O TEMOR DO SÁBIO

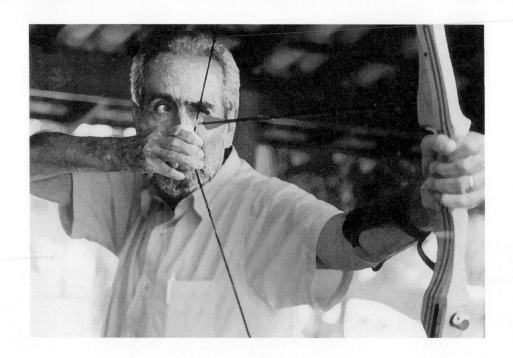

O ARQUEIRO

GERALDO JORDÃO PEREIRA (1938-2008) começou sua carreira aos 17 anos, quando foi trabalhar com seu pai, o célebre editor José Olympio, publicando obras marcantes como *O menino do dedo verde*, de Maurice Druon, e *Minha vida*, de Charles Chaplin.

Em 1976, fundou a Editora Salamandra com o propósito de formar uma nova geração de leitores e acabou criando um dos catálogos infantis mais premiados do Brasil. Em 1992, fugindo de sua linha editorial, lançou *Muitas vidas, muitos mestres*, de Brian Weiss, livro que deu origem à Editora Sextante.

Fã de histórias de suspense, Geraldo descobriu *O Código Da Vinci* antes mesmo de ele ser lançado nos Estados Unidos. A aposta em ficção, que não era o foco da Sextante, foi certeira: o título se transformou em um dos maiores fenômenos editoriais de todos os tempos.

Mas não foi só aos livros que se dedicou. Com seu desejo de ajudar o próximo, Geraldo desenvolveu diversos projetos sociais que se tornaram sua grande paixão.

Com a missão de publicar histórias empolgantes, tornar os livros cada vez mais acessíveis e despertar o amor pela leitura, a Editora Arqueiro é uma homenagem a esta figura extraordinária, capaz de enxergar mais além, mirar nas coisas verdadeiramente importantes e não perder o idealismo e a esperança diante dos desafios e contratempos da vida.

Patrick Rothfuss

O TEMOR DO SÁBIO

*A Crônica do Matador do Rei:
Segundo Dia*

Título original: *The Wise Man's Fear*
Copyright © 2011 por Patrick Rothfuss
Copyright da tradução © 2011 por Editora Arqueiro Ltda.

Todos os direitos reservados.
Nenhuma parte deste livro pode ser utilizada ou reproduzida sob quaisquer meios existentes sem autorização por escrito dos editores.

tradução: Vera Ribeiro
preparo de originais: Rachel Agavino
revisão: Milena Yunes e Natália Klussmann
projeto gráfico e diagramação: Valéria Teixeira
capa: Miriam Lerner
imagem de capa: Marc Simonetti / Bragelonne, 2011
impressão e acabamento: Lis Gráfica e Editora Ltda.

CIP-BRASIL. CATALOGAÇÃO-NA-FONTE
SINDICATO NACIONAL DOS EDITORES DE LIVROS, RJ

R755t	Rothfuss, Patrick, 1973- O temor do sábio / Patrick Rothfuss [tradução de Vera Ribeiro]; São Paulo: Arqueiro, 2011. 960p.; il.; 16x23 cm Tradução de: The wise man's fear ISBN 978-85-8041-032-7 1. Romance americano. I. Ribeiro, Vera. II. Título. CDD 813
11-6816	CDU 821.111(73)-3

Todos os direitos reservados, no Brasil, por
Editora Arqueiro Ltda.
Rua Funchal, 538 – conjuntos 52 e 54 – Vila Olímpia
04551-060 – São Paulo – SP
Tel.: (11) 3868-4492 – Fax: (11) 3862-5818
E-mail: atendimento@editoraarqueiro.com.br
www.editoraarqueiro.com.br

Para meus pacientes fãs, por lerem o blog e me dizerem que o que realmente querem é um livro excelente, mesmo que demore um pouquinho mais.

Para meus brilhantes leitores beta, por sua ajuda inestimável e sua tolerância com minha paranoia em relação ao sigilo.

Para minha fabulosa agente, por manter os lobos afastados da porta, em mais de um sentido.

Para meu sábio editor, por me conceder o tempo e o espaço para escrever um livro que me enche de orgulho.

Para minha amorosa família, por me apoiar e me lembrar que sair de casa de vez em quando faz bem.

Para minha compreensiva namorada, por não ter me abandonado quando a tensão das revisões intermináveis me deixou espumando e monstruoso.

Para meu meigo filhinho, por amar o papai, apesar de eu estar sempre tendo que me afastar para escrever, mesmo quando estamos nos divertindo muito ou quando estamos conversando sobre patos.

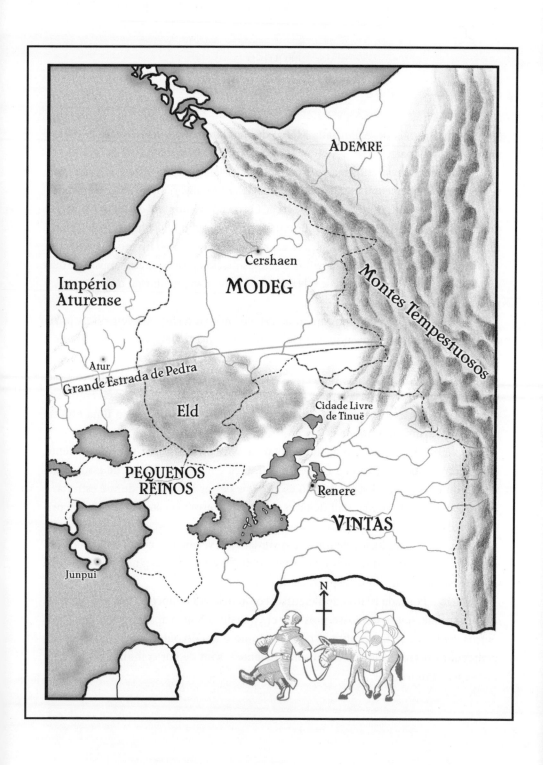

PRÓLOGO
Um silêncio de três partes

CHEGAVA O ALVORECER. A Pousada Marco do Percurso estava em silêncio, e era um silêncio em três partes.

A parte mais óbvia era uma vasta quietude, repleta de ecos, feita das coisas que faltavam. Se houvesse uma tempestade, gotas de chuva haveriam de bater e tamborilar nas silas trepadeiras atrás da hospedaria. O trovão ribombaria e roncaria e perseguiria o silêncio estrada afora, como folhas caídas de outono. Se houvesse viajantes remexendo-se em seus quartos, eles se espreguiçariam e enxotariam o silêncio com seus roncos, como sonhos esgarçados e semiesquecidos. Se houvesse música... mas não, é claro que não havia música. Na verdade, não havia nenhuma dessas coisas e por isso o silêncio persistia.

Dentro da hospedaria, um homem de cabelos negros fechou suavemente a porta dos fundos ao entrar. Movendo-se pela completa escuridão, atravessou pé ante pé a cozinha e o salão do bar e desceu a escada do porão. Com a desenvoltura da longa experiência, evitou as tábuas soltas que pudessem ranger ou suspirar sob seu peso. Cada passo lento fez apenas o mais leve ruído no piso. Com isso, ele acrescentou seu silenciozinho furtivo àquele outro maior e ecoante. Os dois formaram uma espécie de amálgama, um contraponto.

O terceiro silêncio não era fácil de notar. Se você escutasse por tempo suficiente, talvez começasse a senti-lo na friagem da vidraça e nas lisas paredes de estuque do quarto do hospedeiro. Estava no baú escuro aos pés de uma cama dura e estreita. E estava nas mãos do homem ali deitado, imóvel, que esperava atentamente pelo primeiro pálido indício da luz do alvorecer.

O homem tinha cabelos de um ruivo verdadeiro, vermelhos como a chama. Seus olhos eram escuros e distantes e ele estava deitado com o ar resignado de quem há muito abandonou qualquer esperança de sono.

Dele era a Pousada Marco do Percurso, como dele era também o terceiro silêncio. Era apropriado que assim fosse, pois esse era o maior silêncio dos três, englobando os outros dentro de si. Era profundo e amplo, como o fim do outono. Pesado como um pedregulho alisado pelo rio. Era o som paciente – som de flor colhida – do homem que espera a morte.

CAPÍTULO 1

Maçãs e bagas de sabugueiro

Bast apoiou-se com desleixo na longa extensão do balcão de mogno do bar, entediado.

Correndo os olhos pelo salão vazio, deu um suspiro e saiu revirando as coisas, até achar um pedaço de pano limpo. Então, com ar resignado, começou a polir um pedaço do balcão.

Após um momento, inclinou-se para a frente e estreitou os olhos para um pontinho que mal podia ser visto. Esfregou-o e franziu o cenho ante a mancha oleosa formada por seu dedo. Chegou mais perto, enfumaçou o balcão com seu bafo e poliu com vigor. Depois, fez uma pausa, exalou com força na madeira e escreveu uma palavra obscena no embaçado.

Deixando de lado o pano, caminhou por entre as mesas e cadeiras vazias até os janelões da pousada. Parou ali por um longo momento, contemplando a estrada de terra que atravessava o centro da cidade.

Deu outro suspiro e começou a andar de um lado para outro. Movia-se com a graça displicente de um bailarino e a desenvoltura perfeita de um gato. Mas, quando passou as mãos pelo cabelo preto, o gesto foi inquieto. Seus olhos azuis vagaram incessantemente pelo salão, como se buscassem uma saída. Como se buscassem algo que ele já não tivesse visto uma centena de vezes.

Mas não havia nada de novo. Mesas e cadeiras vazias. Banquetas desocupadas no bar. Dois enormes barris avultavam atrás do balcão, um de uísque, um de cerveja. Entre eles se erguia uma vasta coleção de garrafas: todas as cores e formas. Acima delas pendia uma espada.

Os olhos de Bast tornaram a pousar nas garrafas. Concentraram-se nelas por um longo momento meditativo e então ele passou para trás do balcão e pegou um pesado caneco de barro.

Respirou fundo, apontou um dedo para a primeira garrafa da prateleira de baixo e se pôs a cantarolar, enquanto contava a fileira:

Bordo. Festa de maio.
Olhar de soslaio.
Brasa e fogueira.
Sabugueiro.

Terminou a cantiga apontando para uma garrafa verde e atarracada. Tirou a rolha, provou um golinho especulativo, fez uma careta e estremeceu. Repôs depressa a garrafa no lugar e pegou outra, vermelha e arredondada. Dessa também tirou uma prova, esfregou os lábios úmidos um no outro, pensativo, assentiu com a cabeça e verteu uma dose generosa no caneco.

Apontou para a garrafa seguinte e recomeçou a contar:

Calor de mulher nua.
Noite de lua.
Salgueiro. Janela.
Luz de vela.

Dessa vez foi uma garrafa transparente, que continha uma bebida amarelo-pálida. Bast arrancou a rolha e acrescentou uma dose longa ao caneco, sem se dar o trabalho de provar antes. Pondo a garrafa de lado, levantou o caneco e o girou dramaticamente, antes de beber uma golada. Abriu um sorriso brilhante, deu um peteleco na nova garrafa, fazendo-a tilintar baixinho, e recomeçou sua cantilena ritmada.

Barril. Cevada.
Pedra e bastão.
Vento e aguada...

Uma tábua do piso rangeu e Bast levantou os olhos, com um sorriso luminoso:
– Bom dia, Reshi.

O hospedeiro ruivo postava-se na base da escada. Correu as mãos de dedos longos pelo avental limpo e pelas mangas compridas que usava.
– Nosso hóspede já acordou?

Bast balançou a cabeça.
– Nem um farfalhar ou um pio.
– Ele passou por dois dias difíceis – disse Kote. – É provável que esteja começando a sentir o efeito.

Ele hesitou por um instante, depois levantou a cabeça e aspirou o ar.
– Você andou bebendo? – perguntou o hospedeiro, de modo mais curioso que acusatório.
– Não – respondeu Bast.

Kote ergueu uma sobrancelha.
– Eu estava *provando* – defendeu-se Bast, enfatizando a palavra. – Provar vem antes de beber.
– Ah – exclamou o hospedeiro. – Então quer dizer que você estava se preparando para beber?
– Pelos deuses minúsculos, sim. E com grande exagero. Que diabo há mais para se fazer?

Bast pegou o caneco embaixo do bar e olhou para seu conteúdo.

– Eu estava torcendo por bagas de sabugueiro, mas achei uma espécie de melão. – Girou o caneco com ar especulativo. – E mais alguma coisa picante. – Tomou outro gole e estreitou os olhos pensativamente. – Canela? – perguntou, olhando para as fileiras de garrafas. – Será que ao menos nos sobrou algum vinho de sabugueiro?

– Está por aí em algum lugar – respondeu o hospedeiro, sem se dar o trabalho de olhar para as garrafas. – Pare um instante e escute, Bast. Precisamos conversar sobre o que você fez ontem à noite.

Bast ficou muito quieto.

– O que eu fiz, Reshi?

– Você deteve aquela criatura dos Mael.

– Ah. – Bast relaxou, fazendo um gesto de descaso. – Só fiz com que ele fosse mais devagar, Reshi. Só isso.

Kote balançou a cabeça.

– Você percebeu que não era apenas um louco. Tentou nos avisar. Se não fosse a agilidade dos seus pés...

Bast franziu o cenho.

– Não fui tão rápido assim, Reshi. Ele pegou o Shep. – Baixou os olhos para as tábuas bem polidas do piso junto ao bar. – Eu gostava do Shep.

– Todas as outras pessoas vão pensar que o aprendiz de ferreiro nos salvou – disse Kote. – E talvez seja melhor assim. Mas eu sei a verdade. Se não fosse por você, ele teria trucidado todos os que estavam aqui.

– Ah, Reshi, isso não é verdade mesmo. Você o teria matado como se ele fosse uma galinha. Eu só o peguei primeiro.

O hospedeiro deu de ombros, descartando o comentário.

– A noite de ontem me fez pensar – disse. – Refleti sobre o que poderíamos fazer para tornar as coisas um pouco mais seguras por aqui. Você já ouviu "A caçada dos cavaleiros brancos"?

Bast sorriu.

– Era nossa canção antes de ser sua, Reshi.

Respirou fundo e cantou, numa voz suave de tenor:

Brancos eram seus cavalos, como a neve.
Espada de prata e arco de chifre leve.
Na fronte, ramos frescos e flexíveis,
Vermelhos e verdes, imperecíveis.

O hospedeiro assentiu com a cabeça.

– São exatamente os versos em que eu estava pensando. Você acha que pode cuidar disso, enquanto eu preparo as coisas por aqui?

Bast balançou a cabeça com entusiasmo e praticamente disparou, detendo-se junto à porta da cozinha.

– Você não vai começar sem mim, vai? – perguntou, ansioso.

– Começaremos assim que nosso hóspede estiver alimentado e pronto – disse Kote. Depois, ao ver a expressão no rosto do aluno, abrandou-se um pouco. – Mesmo assim, imagino que você tenha uma ou duas horas.

Bast deu uma espiada pela porta e tornou a virar-se para dentro.

Uma expressão divertida luziu por um instante no rosto do hospedeiro.

– Eu o chamarei antes de começarmos – disse. Fez um gesto de enxotar com uma das mãos. – Agora, vá andando.

∽

O homem que se dava o nome de Kote cumpriu sua rotina de praxe na Pousada Marco do Percurso. Movia-se com a precisão de um relógio, qual carroça rodando pela estrada sobre sulcos conhecidos.

Primeiro foi o pão. Misturou com as mãos a farinha, o açúcar e o sal, sem se incomodar em medir os ingredientes. Acrescentou um punhado de levedura do pote de barro que ficava na despensa, trabalhou a massa, moldou os pães e os deixou descansar. Tirou com a pá as cinzas do fogão da cozinha e atiçou a brasa.

Depois, foi ao salão e acendeu o fogo na lareira de pedra negra, varrendo as cinzas de sua enorme soleira, ao longo da parede norte. Bombeou água, lavou as mãos e trouxe do porão um pedaço de carneiro. Cortou gravetos, carregou lenha para dentro, sovou a massa do pão que estava crescendo e o aproximou mais do fogão já aquecido.

De repente, não restava mais nada a fazer. Estava tudo pronto. Tudo limpo e arrumado. O homem da cabeleira vermelha postou-se atrás do balcão, seus olhos voltando lentamente de um lugar distante e se concentrando no aqui e agora, na hospedaria em si.

Então, pousaram na espada pendurada na parede acima das garrafas. Não era uma espada particularmente bonita, não tinha adornos floreados nem chamava atenção. De certo modo, era ameaçadora, do mesmo modo como é ameaçador um rochedo alto e escarpado. Era cinzenta, imaculada e fria. Afiada como estilhaços de vidro. Na madeira negra de seu suporte, uma única palavra havia sido gravada: *Insensatez*.

O hospedeiro ouviu passos pesados na escadinha de madeira do lado de fora. O trinco da porta chacoalhou ruidosamente, seguido por um *oláááá* alto e uma batida.

– Só um minuto! – gritou Kote.

Correu à porta de entrada e girou a chave pesada na fechadura de latão reluzente.

Lá estava Graham, com sua mãozorra pronta para bater na porta. Seu rosto curtido pelo tempo abriu-se num sorriso ao ver o hospedeiro.

– Foi Bast que abriu a casa de novo pra você, hoje de manhã? – perguntou.

Kote deu um sorriso tolerante.

– Ele é um bom garoto – disse Graham. – Só é meio agitadinho. Pensei que você fosse fechar a casa hoje – comentou. Pigarreou e baixou os olhos para os pés por um instante. – Eu não ficaria surpreso, considerando...

Kote pôs a chave no bolso:

– Aberto, como sempre. Em que posso servi-lo?

Graham afastou-se da porta e fez sinal com a cabeça para a rua, onde havia três barris numa carroça próxima. Eram novos, de madeira polida clara e aros de metal brilhante.

– Eu sabia que não ia conseguir dormir ontem à noite, por isso terminei de montar os últimos pra você. Além disso, eu soube que hoje os Benton iam dar uma passada por aqui com as primeiras maçãs do fim da estação.

– Eu lhe agradeço.

– Bem vedadinhos, pra elas se conservarem o inverno inteiro – disse Graham. Aproximou-se da carroça e bateu orgulhosamente com o nó dos dedos na chapa lateral de um barril. – Nada como uma maçã de inverno pra dar uma chapada na fome. – Levantou o rosto com um brilho no olhar e tornou a bater na lateral do barril. – Chapada, entendeu?

Kote resmungou qualquer coisa, esfregando o rosto.

Graham deu um risinho consigo mesmo e deslizou a mão por um dos aros de metal brilhante do barril:

– Eu nunca tinha feito um barril com latão, mas esses saíram tão bons quanto eu podia esperar. Você me avise se não ficarem vedados e cuidarei deles.

– Que bom que não lhe deu muito trabalho – disse o hospedeiro. – O porão fica úmido. Tive medo de que o ferro simplesmente enferrujasse em dois anos.

Graham meneou a cabeça:

– É muito sensato. Não tem muita gente que pense nas coisas a longo prazo – disse, esfregando as mãos uma na outra. – Quer me dar uma mãozinha? Eu detestaria deixar um deles cair e arranhar o seu piso.

Os dois puseram mãos à obra. Dois dos barris com aros de latão foram para o porão, enquanto o terceiro foi manobrado para trás do bar e levado pela cozinha até a despensa.

Depois disso, os homens voltaram para o salão, cada qual no seu lado do balcão. Houve um momento de silêncio enquanto Graham olhava para a taberna deserta. No bar, havia duas banquetas a menos do que deveria e um espaço vazio deixado por uma mesa ausente. No salão arrumado, essas coisas eram conspícuas como a falta de um dente.

Graham tirou os olhos de um pedaço de piso bem esfregado perto do bar. Meteu a mão no bolso e tirou um par de gusas, quase sem tremor na mão.

– Traga aí meia cerveja, sim, Kote? – pediu, com a voz rouca. – Sei que é cedo, mas tenho um dia longo pela frente. Vou ajudar os Murrion a colherem o trigo.

O hospedeiro serviu a bebida e a entregou em silêncio. Graham tomou metade num único e demorado gole. Tinha os cantos dos olhos vermelhos.

– Foi feia a coisa ontem – comentou, sem fazer contato visual, e bebeu mais um pouco.

Kote assentiu com a cabeça. *Foi feia a coisa ontem*. Era provável que isso fosse tudo o que Graham teria a dizer sobre a morte de um homem que ele havia conhecido durante a vida inteira. Esse povo entendia tudo de morte. Matava seus próprios rebanhos. Morria de febres, tombos ou ossos quebrados que não calcificavam. A morte era como uma vizinha incômoda. Não se falava dela, por medo de que ela ouvisse e resolvesse fazer uma visita.

Exceto pelas histórias, é claro. Com as histórias de reis envenenados e duelos e antigas guerras, tudo bem. Elas vestiam a morte de roupas estrangeiras e a despachavam para longe de casa. Já um incêndio na chaminé ou um crupe, isso era apavorante. Mas o julgamento de Gibea ou o cerco de Enfast, aí era diferente. Era como orações, como as rezas resmungadas tarde da noite, quando se andava sozinho no escuro. As histórias eram como amuletos de meio-vintém que o sujeito comprava de um mascate, só por garantia.

– Quanto tempo aquele tal de escriba vai ficar por aqui? – perguntou Graham depois de um momento, com a voz ecoando no caneco. – Talvez eu deva deixar uma coisinha escrita, por via das dúvidas – disse. Franziu de leve o cenho. – Meu pai sempre chamava isso de papéis de sepultamento. Não consigo lembrar como é mesmo o nome deles.

– Se só houver necessidade de cuidar dos seus bens, é uma alienação de propriedade – disse o hospedeiro, com ar displicente. – Se tiver relação com outras coisas, chama-se mandado de declaração de vontade.

Graham o fitou, arqueando uma sobrancelha.

– Pelo menos, foi o que ouvi dizer – acrescentou o hospedeiro, baixando a cabeça e polindo o balcão com um pano branco limpo. – O escriba mencionou alguma coisa desse tipo.

– Mandado... – murmurou Graham. – Acho que vou só pedir uns papéis de sepultamento e deixo ele botar do jeito oficial que quiser. – Levantou os olhos para Kote. – É provável que outras pessoas queiram algo parecido, do jeito que andam as coisas.

Por um momento, o hospedeiro pareceu franzir o cenho, irritado. Mas não, não fez nada disso. Parado atrás do balcão do bar, tinha exatamente a mesma aparência de sempre, com a expressão serena e agradável. Fez um aceno tranquilo com a cabeça e disse:

– Ele mencionou que ia pegar no batente por volta de meio-dia. Estava um pouco tenso com tudo o que aconteceu ontem. Se alguém aparecer antes do meio-dia, suponho que vá se decepcionar.

Graham deu de ombros.

– Não deve fazer diferença. Só vai haver umas 10 pessoas em toda a cidade até a hora do almoço, de qualquer jeito. – Tomou outra golada de cerveja e olhou pela janela: – Hoje é dia de trabalhar no campo, pode ter certeza.

O hospedeiro pareceu relaxar um pouco.

– Ele também estará aqui amanhã. Portanto, não há necessidade de todos correrem para cá hoje. Roubaram o cavalo dele lá pelos lados do Vau do Abade e ele está tentando arranjar um novo.

Graham chupou os dentes, com ar solidário.

– Pobre infeliz. Não vai achar cavalo nenhum, nem por amor nem por dinheiro, no meio da colheita. Nem o Carter conseguiu substituir a Nelly, depois que aquele troço parecido com uma aranha o atacou na Velha Ponte de Pedra. – Balançou a cabeça e continuou: – Não parece direito acontecer uma coisa dessas a menos de 3 quilômetros da porta do sujeito. Antigamente...

De repente Graham parou.

– Santo senhor e senhora, estou parecendo o meu velho! – disse. Inclinou o queixo para dentro e pôs um pouco mais de aspereza na voz: – *Antigamente, quando eu era garoto, nós tínhamos um clima decente. O moleiro não punha o polegar na balança e as pessoas sabiam cuidar da própria vida.*

O hospedeiro sorriu tristemente e disse:

– O meu pai dizia que a cerveja era melhor e que as estradas tinham menos sulcos.

Graham deu um sorriso, que logo se desfez. Baixou a cabeça, como se estivesse constrangido com o que ia dizer.

– Sei que você não é daqui, Kote. Isso é difícil. Há quem ache que um estrangeiro não consegue nem saber que horas são. – Respirou fundo e, ainda sem fitar o hospedeiro nos olhos, acrescentou:

– Mas acho que você sabe coisas que os outros não sabem. Você tem uma espécie de visão *mais ampla*. – Levantou a cabeça, os olhos sérios e cansados, contornados por olheiras escuras pela falta de sono. – As coisas andam tão sombrias quanto parecem nos últimos tempos? Estradas muito ruins. Gente sendo roubada e... – Com um esforço óbvio, Graham se impediu de olhar de novo para o lugar vazio no piso. – Todos esses novos impostos deixando as coisas muito apertadas. Os meninos da família Grayden prestes a perder a fazenda. Aquele troço feito uma aranha... – Tomou outro gole de cerveja. – As coisas vão tão mal quanto parecem? Ou será que só fiquei velho, feito o meu pai, e agora tudo tem um gostinho mais amargo se comparado a quando eu era garoto?

Kote esfregou o balcão por um longo momento, como se relutasse em falar.

– Acho que as coisas costumam correr mal, de um modo ou de outro – disse. – Talvez seja apenas uma questão de que nós, os mais velhos, sabemos perceber isso.

Graham começou a assentir com a cabeça, depois franziu a testa.

– Só que você não é velho, não é? Quase sempre me esqueço disso. – Olhou de cima a baixo para o homem da cabeleira vermelha. – Digo, você anda feito velho e fala feito velho, mas não é velho, é? Aposto que tem metade da minha idade. – Ele estreitou os olhos para o hospedeiro. – Quantos anos você tem, afinal?

Kote deu um sorriso cansado.

– O bastante para me sentir velho.

Graham soltou um grunhido e falou:

– Muito moço pra fazer ruídos de velho. Você devia era estar correndo atrás das mulheres e se metendo em encrencas. Deixe que nós, os velhotes, reclamemos de como o mundo está ficando com as juntas todas frouxas.

O velho carpinteiro levantou-se do bar e se virou para ir em direção à porta.

– Voltarei para falar com o seu escriba quando a gente parar pro almoço. E também não serei o único. Tem uma porção de gente que vai querer botar as coisas no papel oficial quando tiver chance.

O hospedeiro respirou fundo e soltou o ar devagar.

– Graham – começou.

O outro se virou, com uma das mãos na porta.

– Não é só você – disse Kote. – As coisas andam mal, e meu instinto me diz que vão ficar ainda piores. Não faria mal um homem se preparar para um inverno difícil. E, quem sabe, dar um jeito de poder se defender, se for preciso – acrescentou, dando de ombros. – Pelo menos, é o que o meu instinto me diz.

A boca de Graham firmou-se numa linha severa. Ele balançou a cabeça uma vez, num aceno grave.

– É bom saber que não é só o meu instinto, eu acho.

Depois, forçou um sorriso e começou a enrolar as mangas da camisa, virando-se para a porta:

– Ainda assim – disse –, é preciso malhar o ferro enquanto ainda está quente.

∽

Não muito depois, os Benton deram uma passada com uma carroça cheia de maçãs tardias. O hospedeiro comprou metade do que tinham e passou a hora seguinte separando e armazenando as frutas.

As mais verdes e mais firmes foram para os barris do porão, onde as mãos gentis de Kote as puseram cuidadosamente no lugar e as cobriram de serragem, antes de martelar as tampas. As mais próximas de amadurecer foram para a despensa e todas as que tinham um machucado ou um ponto marrom foram condenadas a virar maçãs de sidra, cortadas em quatro e jogadas numa grande bacia.

Enquanto selecionava e embalava, o homem ruivo parecia contente. Porém, se você olhasse mais de perto, talvez notasse que, embora as mãos dele estivessem ocupadas, seu olhar estava distante. E, apesar de ele ter uma expressão calma, até afável, nela não havia alegria. Ele não cantarolou nem assobiou enquanto trabalhava.

Selecionada a última das maçãs, ele carregou a bacia de metal pela cozinha e saiu pela porta dos fundos. Era uma fria manhã de outono e atrás da pousada havia um pequeno jardim particular, protegido pelas árvores. Kote derrubou a carga de maçãs cortadas na prensa de madeira da sidra e girou a parte superior para baixo, até que ela não se mexesse mais com facilidade.

Enrolou as mangas compridas da camisa até acima do cotovelo, depois segurou os cabos da prensa com as mãos longas e graciosas e puxou. A prensa girou para baixo, primeiro comprimindo bem as maçãs, depois esmagando-as. Torcer e tornar a segurar. Torcer e tornar a segurar.

Se houvesse alguém ali para ver, teria notado que ele não tinha os braços flácidos de um hospedeiro. Quando ele puxava os cabos de madeira, os músculos saltavam, rijos como cordas torcidas. Antigas cicatrizes cruzavam e recruzavam sua pele. A maioria era pálida e fina, como rachaduras no gelo do inverno. Outras eram rubras e ásperas, destacando-se em sua pele alva.

As mãos do hospedeiro agarraram e puxaram, agarraram e puxaram. Os únicos sons audíveis eram o ranger rítmico da madeira e o gotejar lento da sidra, escorrendo para o balde embaixo. Havia um ritmo nisso, mas não música, e os olhos do hospedeiro ficaram distantes e sem alegria, de um verde tão pálido que quase poderiam passar por cinzentos.

CAPÍTULO 2

Azevinho

O Cronista chegou à base da escada e pisou no salão da Marco do Percurso. Trazia sua sacola achatada de couro pendurada num ombro. Parando na porta, deu uma olhada no hospedeiro ruivo, atentamente debruçado sobre alguma coisa no bar.

Pigarreando, o Cronista entrou no salão.

– Lamento ter dormido até tão tarde. Realmente não é... – Parou ao ver o que havia no bar. – Você está fazendo uma torta?

Kote levantou a cabeça, ainda amassando as bordas da cobertura com os dedos.

– Tor*tas* – respondeu, frisando o plural. – Sim. Por quê?

O Cronista abriu a boca e tornou a fechá-la. Seus olhos correram para a espada que pendia atrás do bar, cinzenta e silenciosa, depois voltaram para o homem ruivo que prendia cuidadosamente a tampa em toda a borda de uma assadeira.

– Que tipo de torta?

– De maçã. – Kote endireitou o corpo e cortou três fendas meticulosas na crosta da massa. – Você sabe como é difícil fazer uma boa torta?

– Na verdade, não – admitiu o Cronista, que em seguida olhou em volta, nervoso. – Onde está o seu ajudante?

– Só Deus é capaz de saber essas coisas – disse o hospedeiro. – É muito difícil. Fazer torta, eu digo. Não parece, mas há muitas complicações nesse processo. Pão é fácil. Sopa é fácil. Pudim é fácil. Mas torta é complicado. É uma coisa que o sujeito nunca percebe, até tentar por si mesmo.

O Cronista meneou a cabeça, numa vaga concordância, parecendo inseguro quanto ao que se esperaria dele. Tirou a sacola do ombro e se sentou a uma mesa próxima.

Kote limpou as mãos no avental e perguntou:

– Sabe aquela polpa que sobra quando se prensa a maçã para fazer sidra?

– O bagaço?

– *Bagaço* – repetiu Kote, com profundo alívio. – É *assim* que se chama. O que as pessoas fazem com ele, depois de extrair o suco?

– O bagaço de uva serve para fazer um vinho fraco – disse o Cronista. – Ou óleo, se você tiver muito. Mas o bagaço da maçã é praticamente inútil. Pode ser usado como fertilizante ou como adubo de canteiro, mas não é muito bom em nenhuma das duas funções. O pessoal costuma dá-lo como ração ao gado, principalmente.

Kote meneou a cabeça, com ar pensativo.

– Não me pareceu que simplesmente o jogassem fora. Eles arranjam serventia para tudo por aqui, de um modo ou de outro. Bagaço – repetiu, como se saboreasse a palavra. – Já faz dois anos que isso me incomoda.

– Qualquer um na cidade podia ter-lhe dito isso – falou o Cronista, parecendo intrigado.

O hospedeiro franziu o cenho.

– Se é algo que todo mundo sabe, não posso me dar ao luxo de perguntar.

Ouviu-se a batida de uma porta se fechando seguida por um assobio animado e errante. Bast emergiu da cozinha, carregando uma braçada espinhosa de ramos de azevinho embrulhados num lençol branco.

Kote fez um aceno severo com a cabeça e esfregou as mãos.

– Esplêndido. Agora, como é que vamos... – Ele estreitou os olhos. – Esses são os meus lençóis bons?

Bast olhou para o feixe.

– Bem, Reshi – disse, devagar –, depende. Você tem lençóis ruins?

Os olhos do hospedeiro faiscaram de raiva por um segundo, e então ele deu um suspiro.

– Não tem importância, acho. – Estendeu a mão e puxou um ramo comprido do feixe. – O que vamos fazer com isso, afinal?

Bast deu de ombros.

– Eu mesmo estou no escuro quanto a isso, Reshi. Sei que os sithes costumavam cavalgar usando coroas de azevinho quando caçavam troca-peles...

– Não podemos andar por aí com coroas de azevinho – disse Kote com desdém. – O povo falaria.

– Não me importo com o que pensam os obreiros locais – murmurou Bast, começando a entrelaçar vários ramos compridos e flexíveis. – Quando um troca-pele entra no seu corpo, você vira um fantoche. Ele é capaz de fazê-lo morder a própria língua.

Levou à cabeça um círculo semiformado, para ver se servia. Franziu o nariz.

– Espeta.

– Nas histórias que ouvi – disse Kote –, o azevinho também os aprisiona num corpo.

– Não podemos simplesmente usar ferro? – perguntou o Cronista. Os dois homens atrás do bar o olharam com curiosidade, como se quase houvessem esquecido a presença dele. – Digo, se ele é uma criatura das fadinhas...

– Não diga "fadinhas" – cortou Bast, em tom depreciativo. – Faz você parecer uma criança. É uma criatura das terras encantadas. Um Encantado, se você quiser.

O Cronista hesitou por um instante antes de prosseguir:

– Se essa coisa se infiltrasse no corpo de alguém vestido de ferro, isso não a machucaria? Ela não iria simplesmente pular fora de novo?

– Eles são capazes de fazer você arrancar. A sua língua. A dentadas – repetiu Bast, como se falasse com uma criança particularmente burra. – Uma vez dentro de você, usam a sua mão para arrancar seu olho, com a mesma facilidade com que você colheria uma margarida. O que o faz pensar que não poderiam gastar o tempo de tirar uma pulseira ou um anel? – Balançou a cabeça, baixando os olhos, e foi entremeando outro ramo verde vivo de azevinho no círculo que segurava. – Além disso, raios me partam se vou vestir ferro.

– Se eles podem saltar dos corpos, por que ele não saiu do corpo daquele homem, simplesmente, ontem de noite? – perguntou o Cronista. – Por que não pulou para dentro de um de nós?

Houve um longo momento de silêncio até Bast perceber que os outros dois homens o fitavam.

– Você está perguntando a mim? – indagou e riu de incredulidade. – Não faço a menor ideia. *Anpauen*. Os últimos troca-peles foram caçados há centenas de anos. Muito antes da minha época. Eu só ouvi histórias.

– Então, como sabemos que ele *não pulou* para fora? – questionou o Cronista, devagar, como se relutasse até em fazer a pergunta. – Como sabemos que não continua aqui? – Ficou sentado na cadeira, muito rígido. – Como vamos saber se não está dentro de um de nós, neste exato momento?

– Ele pareceu ter morrido quando o corpo do mercenário morreu – disse Kote. – Nós o teríamos visto sair – acrescentou, dando uma olhadela para Bast. – Parece que eles se assemelham a uma sombra ou a uma fumaça escura quando deixam o corpo, não é?

Bast fez que sim e acrescentou:

– Além disso, se ele tivesse pulado para fora, teria simplesmente começado a matar as pessoas com o novo corpo. É o que eles costumam fazer. Vão trocando, trocando, até todo mundo estar morto.

O hospedeiro ofereceu ao Cronista um sorriso tranquilizador.

– Viu? Talvez aquilo nem tenha sido um troca-pele. Talvez fosse só uma coisa parecida.

O Cronista exibiu um olhar que parecia meio desvairado.

– Mas, como podemos ter certeza? Ele pode estar dentro de qualquer pessoa da cidade neste momento...

– Poderia estar dentro de mim – disse Bast, com displicência. – Talvez eu só esteja esperando você baixar a guarda para lhe dar uma dentada no peito, bem sobre o coração, e beber todo o seu sangue. Como se chupasse o sumo de uma ameixa.

A boca do Cronista formou uma linha fina:

– Isso não tem graça.

Bast levantou a cabeça e deu um riso safado e cheio de dentes para o Cronista. Mas alguma coisa não correspondia a essa expressão. Ela durou um tantinho mais que o normal. O riso foi um pouco largo demais. Os olhos estavam focados em um dos lados do escriba, e não diretamente nele.

Bast ficou imóvel um instante, já sem tecer as folhas verdes entre os dedos ágeis. Fitou as próprias mãos com ar curioso e deixou o círculo semiacabado de azevinho cair no balcão. Aos poucos, seu sorriso desfez-se numa expressão vazia e ele correu os olhos pelo salão, com ar obtuso.

– *Te veyan?* – disse com uma voz estranha, o olhar vidrado e confuso. – *Te-tanten ventelanet?*

Então, movendo-se numa velocidade espantosa, disparou de trás do balcão em direção ao Cronista. O escriba saltou do assento, disparando para longe feito um louco. Derrubou duas mesas e meia dúzia de cadeiras, até prender os pés e despencar no chão, todo atrapalhado, numa agitação de braços e pernas, gadanhando freneticamente a caminho da porta.

Enquanto se debatia em desvario, arriscou uma olhadela rápida para trás, com o rosto aterrorizado e pálido, e então viu que Bast não dera mais de três passos. O rapaz de cabelos negros estava parado junto ao bar, quase dobrado ao meio, sacudindo-se numa gargalhada incontrolável. Uma das mãos cobria parcialmente seu rosto, enquanto a outra apontava para o Cronista. Bast ria tanto que mal conseguia respirar. Depois de um momento, teve de estender a mão para se apoiar no balcão.

O Cronista ficou indignado.

– Seu imbecil! – gritou, pondo-se de pé com esforço. – Seu... seu imbecil!

Ainda rindo demais para respirar, Bast levantou as mãos e fez gestos débeis e frouxos de arranhar, como uma criança imitando um urso.

– Bast – repreendeu o hospedeiro. – Ora, vamos. Francamente!

Mas, embora a voz de Kote fosse severa, seus olhos brilhavam, divertidos. Os lábios estremeceram, fazendo força para não se abrir.

Movendo-se com afrontada dignidade, o Cronista ocupou-se com a arrumação de mesas e cadeiras nos lugares, batendo-as no chão com muito mais força do que era necessário. Quando enfim retornou a sua mesa original, sentou-se com o corpo rígido. A essa altura, Bast já tinha voltado para trás do balcão do bar, respirando ofegante e se concentrando propositalmente no azevinho que tinha nas mãos.

O Cronista o fuzilou com os olhos e esfregou a canela. Bast abafou algo que se poderia tomar por uma tosse.

Kote deu um risinho baixo e gutural e puxou outro ramo de azevinho do feixe, somando-o à longa corda que estava fazendo. Levantou a cabeça para atrair a atenção do Cronista.

– Antes que eu me esqueça, algumas pessoas vão dar uma passada aqui hoje para aproveitar os seus serviços de escriba.

– É mesmo? – Ele pareceu surpreso.

Kote fez que sim e soltou um suspiro irritado.

– É. A notícia já vazou, portanto não há nada que se possa fazer. Teremos de lidar com eles quando chegarem. Por sorte, qualquer um que tenha duas mãos estará ocupado nos campos até o meio-dia e assim não teremos que nos preocupar com isso até...

Os dedos do hospedeiro se atrapalharam, quebrando o ramo de azevinho e cravando fundo um espinho na parte carnuda do polegar. O homem ruivo não se encolheu nem xingou, apenas fechou a cara com raiva para a mão, enquanto uma gota de sangue crescia, brilhante como uma amora.

Com o sobrolho carregado, o hospedeiro levou o polegar à boca. Todo o riso esvaiu-se de sua expressão e seus olhos endureceram, sombrios. Ele jogou de lado a corda de azevinho inacabada, com um gesto de tão clara indiferença que quase chegou a dar medo.

Olhou outra vez para o Cronista e, com a voz perfeitamente calma, falou:

– O que quero dizer é que devemos aproveitar nosso tempo antes de sermos interrompidos. Mas, primeiro, imagino que você queira tomar o desjejum.

– Se não der muito trabalho – observou o Cronista.

– Trabalho nenhum – respondeu Kote, dando-lhe as costas e se dirigindo à cozinha.

Bast observou-o sair com uma expressão apreensiva no rosto:

– É bom você tirar a sidra do fogo e pô-la para esfriar lá nos fundos – gritou bem alto para seu mestre. – O último lote ficou mais para geleia do que para sumo. E também achei umas ervas quando saí. Estão em cima do barril com a água da chuva. Você precisa dar uma olhada, para ver se vão ter serventia para o jantar.

Sozinhos no salão, Bast e o Cronista se olharam por sobre o balcão do bar durante um longo momento. O único som audível foi a batida distante da porta dos fundos se fechando.

Bast fez um último ajuste na coroa em suas mãos, examinando-a por todos os ângulos. Levou-a ao rosto, como que para cheirá-la. Em vez disso, porém, encheu os pulmões de ar, fechou os olhos e soprou as folhas de azevinho com tanta delicadeza que elas mal se mexeram.

Abrindo os olhos, deu um sorriso sedutor de desculpas e se encaminhou para o Cronista.

– Tome – disse, estendendo o círculo de azevinho para o homem sentado.

O Cronista não fez nenhum movimento para pegá-lo.

O sorriso de Bast não se desfez.

– Você não notou, porque estava ocupado em levar um tombo – disse, com a voz baixa e serena. – Mas, na verdade, ele riu quando você disparou. Três boas risadas, vindas do fundo da barriga. Ele tem uma risada maravilhosa. Parece fruta. Parece música. Fazia meses que eu não a ouvia.

Bast tornou a estender o círculo de azevinho, com um sorriso tímido.

– Portanto, isto é para você. Apliquei na coroa toda o encantamento de que disponho. Assim, ela continuará verde e viva por mais tempo do que você imaginaria. Colhi o azevinho da maneira apropriada e o moldei com minhas próprias mãos. Coletado, trabalhado e persuadido para uma finalidade. – Segurou a coroa um pouco mais longe do corpo, como um menino nervoso com um buquê. – Tome. É um presente gratuitamente dado. Eu o ofereço sem qualquer obrigação, empecilho ou vínculo.

Hesitante, o Cronista estendeu a mão e pegou a coroa. Examinou-a, girando-a nas mãos. Bagas vermelhas aninhavam-se entre as folhas verde-escuras como pedras preciosas e os galhos tinham sido trançados com tanta argúcia que os espinhos voltavam-se para fora. O escriba a pôs na cabeça com cautela e ela se ajustou perfeitamente a sua fronte.

Bast sorriu.

– Viva o Senhor do Desgoverno! – exclamou, levantando as mãos. E deu uma risada encantada.

Um sorriso repuxou os lábios do Cronista, que tirou a coroa.

– Então – disse o escriba, baixinho, descendo as mãos para o colo –, isso significa que as coisas estão acertadas entre nós?

Bast inclinou a cabeça, intrigado.

– Como disse?

O Cronista pareceu embaraçado:

– Aquilo de que você falou... ontem à noite...

Bast pareceu surpreso.

– Oh, não – disse com seriedade, balançando a cabeça. – Não. De modo algum. Você me pertence até a medula dos ossos. Você é um instrumento do meu desejo. – Lançou uma rápida olhadela para a cozinha, assumindo uma expressão carregada.

– E você sabe o que eu desejo. Faça-o lembrar-se de que é mais que um hospedeiro fazedor de tortas. – Ele praticamente cuspiu a última palavra.

O Cronista se remexeu na cadeira, constrangido, desviando os olhos.

– Continuo sem saber como posso ajudar.

– Você fará tudo o que puder – disse Bast em voz baixa. – Você o arrancará dele mesmo. Você o acordará. – Proferiu estas últimas palavras com ferocidade.

Pôs uma das mãos num ombro do Cronista, estreitando ligeiramente os olhos azuis.

– Você vai fazê-lo recordar. Você *vai*.

O Cronista hesitou por um instante, depois baixou os olhos para o círculo de azevinho em seu colo e meneou de leve a cabeça.

– Farei tudo que puder.

– É só isso que qualquer um de nós pode fazer – disse Bast, dando-lhe um tapinha amistoso nas costas. – A propósito, como vai o ombro?

O escriba o girou, num movimento que pareceu deslocado, já que o resto de seu corpo permaneceu rígido e imóvel:

– Dormente. Frio. Mas não dói.

– É de esperar. Se eu fosse você, não me preocuparia com isso. – Bast deu-lhe um sorriso animador. – A vida é curta demais para vocês se inquietarem com coisas insignificantes.

∞

O desjejum veio e passou. Batatas, torradas, tomates e ovos. O Cronista devorou uma porção respeitável e Bast comeu o bastante para três pessoas. Kote andou para lá e para cá, trazendo mais lenha, atiçando o fogão a fim de prepará-lo para as tortas e engarrafando a sidra que esfriava.

Estava carregando um par de jarros para o bar quando ouviu um som de botas na escada de madeira no exterior da pousada, alto como uma batida. No instante seguinte, o aprendiz de ferreiro irrompeu porta adentro. Com seus 16 anos recém--completados, era um dos homens mais altos da cidade, de ombros largos e braços troncudos.

– Olá, Aaron – disse o hospedeiro, calmamente. – Feche a porta, sim? Está cheio de poeira lá fora.

Enquanto o aprendiz de ferreiro se virava de novo para a porta, o hospedeiro e Bast guardaram a maior parte do azevinho embaixo do balcão, movendo-se numa concordância ágil e silenciosa. Quando o aprendiz tornou a se voltar para eles, Bast estava brincando com algo que se poderia facilmente tomar por uma pequena guirlanda inacabada. Uma coisa feita para proteger do tédio os dedos ociosos.

Aaron não pareceu notar nada diferente ao correr para o bar.

– Senhor Kote – disse, agitado –, será que posso levar uma comida para viagem? –

indagou, agitando um saco de aniagem vazio. – O Carter falou que o senhor saberia o que isso significa.

O hospedeiro assentiu com a cabeça.

– Tenho pão e queijo, linguiça e maçãs – disse. Fez um gesto para Bast, que pegou o saco e partiu célere para a cozinha. – O Carter vai a algum lugar hoje?

– Ele e eu – respondeu o rapaz. – Hoje os Orrison vão vender carne de carneiro em Treya. Contrataram o Carter e eu pra ir junto, por causa das estradas muito ruins e tudo o mais.

– Treya – ponderou o hospedeiro. – Então, vocês só vão voltar amanhã.

O aprendiz de ferreiro pôs cuidadosamente uma lasca fina de prata no mogno polido do balcão do bar.

– O Carter também tem esperança de achar uma substituta para a Nelly. Mas, se não conseguir encontrar um cavalo, disse que é provável ele aceitar o soldo do rei.

As sobrancelhas de Kote se ergueram.

– O Carter vai se alistar?

O garoto deu um sorriso que era uma estranha mescla de riso e tristeza.

– Ele diz que não tem muito mais a fazer se não conseguir arranjar um cavalo pra carroça. Diz que eles cuidam da gente no exército, que o sujeito recebe comida e viaja por aí e tudo o mais.

Os olhos do jovem se agitaram enquanto ele falava, numa expressão que ficava entre um entusiasmo de menino e uma preocupação séria de homem.

– E eles não estão mais dando só um nóbile de prata pra gente se alistar. Hoje em dia, entregam ao sujeito um real quando ele se alista. Um real inteiro, *de ouro*.

A expressão do hospedeiro tornou-se sombria.

– O Carter é o único que está pensando em receber o soldo, certo? – perguntou, fitando o rapaz nos olhos.

– Um real é muito dinheiro – admitiu o aprendiz de ferreiro, com um risinho matreiro. – E a situação anda apertada, desde que meu velho faleceu e mamãe se mudou de Rannish.

– E o que a sua mãe acha de você receber o soldo do rei?

O garoto assumiu um ar desapontado.

– Não me venha agora tomar o partido dela – reclamou. – Achei que o senhor ia entender. O senhor é homem, sabe que um sujeito tem que fazer o que é certo pela mãe.

– Sei que a sua mãe preferiria tê-lo seguro em casa a vê-lo nadar numa tina de ouro, menino.

– Estou cansado de me chamarem de "menino" – rebateu o aprendiz de ferreiro, com o rosto ruborizado. – Posso fazer coisas boas no exército. Quando a gente fizer os rebeldes jurarem lealdade ao Rei Penitente, as coisas vão começar a melhorar de novo. A cobrança de impostos vai parar. Os Bentley não vão perder a terra deles. As estradas voltarão a ser seguras.

Depois, ele assumiu uma expressão sombria e, por um segundo, seu rosto não pareceu nada jovem.

– E aí, a minha mãe não vai ter que ficar lá sentada, toda angustiada, quando eu não estiver em casa – disse, em tom lúgubre. – Vai parar de se levantar três vezes por noite, pra verificar as venezianas das janelas e a tranca da porta.

Aaron enfrentou o olhar do hospedeiro e empertigou o tronco. Quando corrigia a postura arriada, ficava quase uma cabeça mais alto que Kote.

– Às vezes, o homem tem que defender seu rei e seu país – completou.

– E a Rose? – indagou o hospedeiro, baixinho.

O aprendiz enrubesceu e baixou a cabeça, sem graça. Seus ombros tornaram a arriar e ele desinflou, como a vela de um barco em dia sem vento.

– Meu Deus, será que todo mundo sabe da gente?

O hospedeiro fez que sim, com um sorriso gentil.

– Não há segredos numa cidadezinha como esta.

– Bem – disse Aaron, com ar resoluto –, estou fazendo isto por ela também. Por nós. Com o meu soldo e o dinheiro de salário que guardei, posso comprar uma casa pra nós, ou montar meu próprio negócio, sem ter que procurar nenhum agiota de meia pataca.

Kote abriu a boca e tornou a fechá-la. Pareceu pensativo, pelo tempo de uma respiração funda e demorada, depois falou, como se escolhesse as palavras com muito cuidado:

– Aaron, você sabe quem é Kvothe?

O aprendiz de ferreiro revirou os olhos.

– Não sou nenhum idiota – retrucou. – Ainda ontem a gente estava contando histórias dele, não se lembra? – Olhou para a cozinha, por cima do ombro do hospedeiro. – Olhe, eu preciso ir andando. O Carter vai ficar louco de raiva se eu não...

Kote fez um gesto para acalmá-lo.

– Eu faço um trato com você, Aaron. Escute o que tenho a dizer e lhe darei a comida de graça – disse, empurrando a lasca de prata pelo balcão do bar. – Depois você pode usar isso para comprar alguma coisa bonita para a Rose em Treya.

Aaron meneou a cabeça, cauteloso.

– Tudo bem.

– O que você sabe do Kvothe, pelas histórias que ouviu? Como deve ser ele?

Aaron riu.

– Além de estar morto?

Kote deu um sorriso discreto.

– Além de estar morto.

– Ele sabia todo tipo de mágica secreta – disse Aaron. – Sabia seis palavras pra murmurar no ouvido de um cavalo e o fazer correr 160 quilômetros. Sabia transformar ferro em ouro e prender o raio num jarro de um quarto de galão, pra guardá-lo pra depois. Sabia uma canção capaz de abrir qualquer fechadura e conseguia quebrar uma porta grossa de carvalho com apenas uma das mãos...

Foi parando de falar, depois acrescentou:

– Na verdade, tudo depende da história. Às vezes ele é o mocinho, como o Príncipe Galante. Certa vez ele salvou umas moças de uma trupe de ogros...

– Eu sei – concordou o hospedeiro com outro sorriso vago.

– ...mas, em outras histórias, ele é um canalha danado – continuou Aaron. – Roubou mágicas secretas da Universidade. Foi por isso que o expulsaram, o senhor sabe. E também não o chamaram de Kvothe, o Matador do Rei, por ele tocar bem o alaúde.

O sorriso havia sumido, mas o hospedeiro balançou a cabeça.

– É verdade. Mas, *como era* ele?

A testa de Aaron franziu-se um pouco.

– Ele tinha o cabelo ruivo, se é isso que o senhor quer dizer. Todas as histórias dizem isso. Era um perfeito demônio com a espada. Inteligente que só ele. E também tinha uma lábia irresistível, conseguia se safar de qualquer coisa na base da conversa.

O hospedeiro fez que sim.

– Certo. Então, se você fosse o Kvothe, inteligente que só ele, como você diz, e de repente sua cabeça valesse mil reais e um ducado, para qualquer um que a cortasse, o que você faria?

O aprendiz de ferreiro balançou a cabeça e deu de ombros, claramente perdido.

– Bem, se *eu* fosse o Kvothe – disse o hospedeiro –, fingiria minha morte, mudaria de nome e acharia uma cidadezinha no meio de lugar nenhum. Então, abriria uma pousada e faria o melhor possível para desaparecer. – Olhou para o rapaz e completou: – Isso é o que eu faria.

Os olhos de Aaron correram do cabelo ruivo do hospedeiro para a espada pendurada acima do bar, depois voltaram para os olhos do hospedeiro.

Kote balançou a cabeça devagar, depois apontou para o Cronista.

– Aquele sujeito não é apenas um escriba comum. É uma espécie de historiador e está aqui para escrever a verdadeira história da minha vida. Você perdeu o início, mas, se quiser, pode ficar para o restante. – Deu um sorriso descontraído. – Posso lhe contar histórias que ninguém jamais ouviu. Histórias que ninguém jamais tornará a ouvir. Histórias sobre Feluriana, sobre como aprendi a lutar com os ademrianos. A verdade sobre a Princesa Ariel.

O hospedeiro estendeu a mão por cima do balcão e tocou o braço do rapaz.

– A verdade, Aaron, é que gosto de você. Acho que você tem uma inteligência incomum e detestaria vê-lo jogar sua vida fora – disse. Respirou fundo e encarou o aprendiz. Seus olhos eram de um verde espantoso. – Sei como essa guerra começou. Conheço a verdade sobre ela. Quando você a ouvir, não ficará nem de longe tão ansioso por sair correndo e morrer em combate no meio dela.

O hospedeiro gesticulou para uma das cadeiras vazias à mesa, ao lado do Cronista, e deu um sorriso tão sedutor e descontraído que era próprio de um príncipe de livros de histórias.

– O que me diz?

Aaron fitou-o com ar sério por um momento demorado, os olhos correndo para a espada e tornando a descer.

– Se o senhor é mesmo...

A voz desapareceu, mas a expressão do rapaz a transformou numa pergunta.

– Sou mesmo – assegurou-lhe Kote, em tom gentil.

– ...então, posso ver a sua capa que não tem nenhuma cor particular? – perguntou o aprendiz, rindo.

O sorriso encantador do hospedeiro tornou-se rijo e quebradiço como uma lâmina de vidro estilhaçada.

– Você está confundindo o Kvothe com o Grande Taborlin – disse o Cronista, com ar displicente, do outro lado do salão. – Era o Taborlin que tinha a capa sem cor específica.

A expressão de Aaron intrigou-se e ele se voltou para o escriba:

– Então, o que é que o Kvothe tinha?

– Uma capa de sombra – respondeu o Cronista. – Se bem me lembro.

O garoto tornou a se virar para o bar.

– Pode me mostrar a sua capa de sombra, então? – pediu. – Ou uma mágica? Eu sempre quis ver uma. Só um pouquinho de fogo ou de raio seria o bastante. Eu não ia querer que o senhor se cansasse.

Antes que o hospedeiro pudesse responder, Aaron caiu numa súbita gargalhada.

– Só estou brincando com o senhor, Sr. Kote. – E tornou a rir, dessa vez um sorriso mais largo. – Santo senhor e senhora, juro que nunca ouvi um mentiroso igual ao senhor em toda a minha vida! Nem o meu tio Alvan era capaz de contar uma mentira dessas de cara séria.

O hospedeiro baixou os olhos e murmurou alguma coisa incompreensível.

Aaron estendeu a mão larga por cima do balcão e a pôs no ombro de Kote.

– Sei que o senhor está tentando ajudar, Sr. Kote – disse, em tom caloroso. – O senhor é um bom homem e vou pensar no que me disse. Não vou sair correndo pra me alistar, só quero dar uma olhada nas minhas alternativas. – O aprendiz de ferreiro balançou a cabeça, com ar pesaroso. – Eu juro, hoje todo mundo quis me passar a perna. Minha mãe me disse que estava doente, com tuberculose. A Rose me disse que estava grávida. – Correu a mão pelo cabelo, dando um risinho. – Mas a sua história foi a campeã, tenho que reconhecer.

– Bem, sabe como é... – Kote conseguiu dizer, com um sorriso amarelo. – Eu não poderia olhar a sua mãe nos olhos se não tentasse.

– O senhor podia ter tido uma chance se escolhesse alguma coisa mais fácil de engolir – disse Aaron. – Mas todo mundo sabe que a espada do Kvothe era de prata.

– Ele deu uma olhadela na espada pendurada na parede. – E também não se chamava Insensatez. Era Kaysera, a matadora de poetas.

O hospedeiro ficou meio desconcertado com isso.

– Matadora de poetas?

Aaron balançou a cabeça, obstinado.

– Sim, senhor. E o seu escriba ali tem razão. A capa dele era toda de teias de aranha e sombras, e ele usava anéis em todos os dedos. Como é mesmo?

Na primeira mão, anéis de pedra,
Ferro, âmbar, madeira e osso.
Havia...

O aprendiz de ferreiro franziu o cenho.

– Não consigo me lembrar do resto. Tinha uma coisa sobre fogo...

A expressão do hospedeiro era indecifrável. Ele baixou os olhos para onde tinha as próprias mãos espalmadas sobre o balcão do bar e, passado um momento, recitou:

Anéis invisíveis tinha na outra mão:
Um de sangue em ondulante pendão,
Um de ar, murmurante de tão leve,
E no de gelo, das falhas a mais breve.
Fulgia vagamente o anel de chama
E o derradeiro anel era sem nome.

– Isso mesmo – disse Aaron, sorrindo. – O senhor não tem nenhum deles aí atrás do balcão, tem? – perguntou, e se pôs na ponta dos pés, como se tentasse ver melhor.

Kote deu um sorriso nervoso e envergonhado.

– Não. Não, não posso dizer que tenha.

Os dois se assustaram quando Bast bateu com o saco de aniagem no bar.

– Isso deve cuidar de você e do Carter por dois dias, com muita sobra – disse ele, em tom brusco.

Aaron pôs o saco no ombro e começou a sair, depois hesitou e olhou para os dois homens atrás do balcão do bar.

– Detesto pedir favores. O velho Cob disse que daria uma olhada na minha mãe por mim, mas...

Bast contornou o balcão e começou a conduzir Aaron para a porta.

– Ela ficará bem, eu espero. Também posso passar para dar uma olhada na Rose, se você quiser – disse, dando um sorriso largo e lascivo para o aprendiz de ferreiro. – Só para ter certeza de que ela não ficará solitária nem nada.

– Eu agradeceria – disse Aaron, com claro alívio na voz. – Ela estava meio agitada quando eu saí. Um pouco de consolo podia ajudar.

Bast parou em meio à abertura da porta da hospedaria e lançou um olhar de profunda incredulidade ao jovem espadaúdo. Depois, balançou a cabeça e acabou de abrir a porta.

– Certo, pode ir andando. Divirta-se na cidade grande. Não beba da água.

Fechou a porta e encostou a testa na madeira, como se de repente se sentisse exausto.

– *Um pouco de consolo podia ajudar?* – repetiu, incrédulo. – Retiro tudo o que já disse sobre a inteligência desse garoto. – Virou-se de frente para o bar, apontando um dedo acusatório para a porta fechada. – É nisso que dá – disse em tom firme para o salão, sem se dirigir a ninguém especificamente – trabalhar com ferro todo dia.

O hospedeiro deu uma risadinha sem humor, encostando-se no bar.

– Foi-se a minha lendária lábia irresistível.

Bast deu um grunhido depreciativo:

– O garoto é um idiota, Reshi.

– Será que devo me sentir melhor por não ter conseguido convencer um idiota, Bast?

O Cronista pigarreou e disse baixinho:

– Isso mais parece um testemunho do seu desempenho aqui. Você representou tão bem o papel do hospedeiro que eles não conseguem vê-lo de nenhuma outra forma. –Abarcou com um gesto o salão vazio: – Francamente, fico surpreso por você se dispor a arriscar sua vida aqui só para manter o garoto fora do exército.

– Não chega a ser um grande risco – retrucou o hospedeiro. – Não é uma grande vida. – Pôs-se de pé, contornou o balcão do bar e se dirigiu à mesa em que estava o Cronista. – Sou responsável por todos aqueles que morrem nessa guerra estúpida. Tive apenas a esperança de salvar um deles. Ao que parece, até isso está fora do meu alcance.

Kote afundou na cadeira diante do Cronista e perguntou:

– Onde foi que paramos ontem? Não faz sentido eu me repetir, se for possível evitá-lo.

– Você tinha acabado de evocar o vento e dar ao Ambrose um pouco do que ele merecia – disse Bast, do lugar onde havia parado junto à porta. – E estava devaneando loucamente sobre a sua amada.

Kote levantou os olhos.

– Eu não *devaneio*, Bast.

O Cronista pegou a sacola achatada de couro e tirou uma folha de papel já com três quartos preenchidos numa escrita miúda e precisa.

– Posso ler o último trecho em voz alta, se você quiser.

Kote ergueu a mão.

– Eu me lembro suficientemente bem do seu código para ler sozinho – disse, com ar cansado. – Dê-me aqui. Pode ser que isso sirva de tranco inicial.

Lançou um olhar para Bast e chamou:

– Venha sentar-se, se pretende escutar. Não quero você rondando por aí.

Bast correu para uma cadeira, enquanto Kote respirava fundo e examinava a última página da história da véspera. Calou-se por um bom tempo. Sua boca fez algo que talvez fosse o início de um muxoxo, depois algo que lembrava a vaga sombra de um sorriso.

Meneou a cabeça com ar pensativo, os olhos ainda na página.

– Uma parte muito grande da minha juventude foi gasta tentando entrar na Universidade. Eu queria ir para lá antes mesmo de minha trupe ser morta. Antes de saber que o Chandriano era mais que uma história contada junto à fogueira. Antes de começar a procurar os Amyr.

Reclinou-se na cadeira e a expressão de cansaço começou a se desfazer, dando lugar a uma expressão pensativa.

– Eu achava que, uma vez lá dentro, as coisas seriam fáceis. Eu aprenderia magia e encontraria respostas para todas as minhas perguntas. Acreditava que seria tudo simples como em um livro de histórias.

Kvothe deu um sorriso meio sem jeito, e essa expressão fez seu rosto parecer surpreendentemente jovem.

– E poderia ter sido, se eu não tivesse o dom de fazer inimigos e arranjar encrencas. Tudo o que eu queria era tocar minha música, assistir às minhas aulas e encontrar minhas respostas. Tudo o que eu queria estava na Universidade. Tudo o que eu queria era ficar lá.

Meneou a cabeça para si mesmo.

– É por aí que devemos começar.

O hospedeiro devolveu a folha de papel ao Cronista, que a alisou com uma das mãos, distraído. Destampou o tinteiro e nele mergulhou a pena. Bast inclinou-se para a frente, ansioso, sorrindo como uma criança agitada.

Os olhos brilhantes de Kvothe percorreram rapidamente o aposento, absorvendo tudo. Ele respirou fundo, abriu um sorriso repentino e, por um breve momento, não se pareceu nem um pouco com um hospedeiro. Tinha os olhos aguçados e luminosos, verdes como um talo de capim.

– Está pronto?

CAPÍTULO 3

Sorte

Todo período letivo da Universidade começava do mesmo jeito: o sorteio da admissão, seguido por uma onzena inteira de entrevistas. Elas eram uma espécie de mal necessário.

Não duvido que o processo tenha começado com sensatez. No tempo em que a Universidade era menor, eu podia imaginar as entrevistas como uma coisa real. Uma oportunidade para que o aluno conversasse com os professores sobre o que tinha aprendido. Um diálogo. Um debate.

Mas, já agora, a Universidade recebia mais de mil alunos. Não havia tempo para debates. Em vez disso, cada estudante era submetido a uma saraivada de perguntas em poucos minutos. Do jeito que as entrevistas eram curtas, uma única resposta incorreta ou uma hesitação mais prolongada podiam surtir um efeito dramático no custo da taxa escolar.

Antes das entrevistas, os alunos estudavam obsessivamente. Depois delas, bebiam para comemorar ou para se consolar. Por causa disso, durante os 11 dias de admissão, quase todos os estudantes pareciam ansiosos e esgotados, na melhor das hipóteses. Na pior, vagavam pela Universidade feito trapentos, de olhos fundos e rosto macilento pela falta de sono, excesso de bebida ou ambas as coisas.

Pessoalmente, eu achava estranha a seriedade com que as outras pessoas encaravam todo o processo. A vasta maioria dos alunos compunha-se de nobres ou de membros de ricas famílias de mercadores. Para eles, a taxa escolar alta era um inconveniente que os deixava com menos dinheiro miúdo para gastar com cavalos e prostitutas.

Para mim, o risco era maior. Depois que os professores estipulavam a taxa, ela não podia ser alterada. Portanto, se a minha fosse alta demais, eu seria barrado na Universidade até poder pagar.

∽

O primeiro dia de admissão tinha sempre um ar festivo. O sorteio das datas de entrevista ocupava a primeira metade do dia, o que significava que os estudantes azarados que tiravam os primeiros horários eram obrigados a enfrentar suas entrevistas poucas horas depois.

Quando cheguei, havia longas filas serpeando pelo pátio, enquanto os alunos que já haviam tirado suas fichas circulavam de um lado para outro, reclamando e tentando comprar, vender ou trocar horários.

Não vi Wilem nem Simmon em parte alguma, por isso entrei na fila mais próxima e procurei não pensar em quão pouco tinha na bolsa: um talento e três iotas. Em certo ponto da minha vida, isso teria parecido todo o dinheiro do mundo. Mas, para a taxa escolar, não chegava nem perto de ser o bastante.

Havia carroças espalhadas, vendendo linguiça e castanhas, sidra quente e cerveja. Senti o cheiro de pão quente e gordura de uma carroça próxima. Havia pilhas e mais pilhas de tortas de carne de porco, para o tipo de pessoa que podia pagar por essas coisas.

O sorteio era sempre feito no maior pátio da Universidade. A maioria das pessoas o chamava de praça do mastro, embora algumas, de memória mais longa, se referissem a ele como o Salão das Perguntas. Eu o conhecia por um nome ainda mais antigo, a Casa do Vento.

Observei algumas folhas rolarem pelas pedras e, ao erguer a cabeça, vi Feila me olhando de onde estava, 30 ou 40 pessoas mais perto do começo da fila. Ela me deu um sorriso caloroso e um aceno. Retribuí o aceno e ela saiu do seu lugar, caminhando para onde eu estava.

Feila era linda. O tipo de mulher que se esperaria ver num quadro. Não era aquela beleza trabalhada e artificial que se costuma ver na nobreza; Feila era natural e descontraída, de olhos grandes e lábios carnudos, que sorriam constantemente. Ali na Universidade, onde o número de homens era 10 vezes maior que o de mulheres, ela se destacava como um cavalo num rebanho de ovelhas.

– Importa-se se eu esperar com você? – perguntou, parando a meu lado. – Detesto não ter com quem conversar. – Deu um sorriso cativante à dupla de homens enfileirados atrás de mim. – Não estou furando a fila – explicou. – Só estou vindo mais para trás.

Eles não fizeram objeção, embora seus olhos corressem de um lado para outro entre Feila e eu. Quase pude ouvi-los se perguntando por que uma das mulheres mais encantadoras da Universidade desistiria do seu lugar na fila para ficar junto de mim.

Era uma pergunta justa. Eu mesmo estava curioso.

Desloquei-me para o lado, abrindo espaço para ela. Paramos ombro a ombro por um instante, sem que nenhum dos dois falasse.

– O que você vai estudar neste período? – perguntei.

Feila tirou o cabelo do ombro e o jogou para trás.

– Vou continuar com meu trabalho no Arquivo, eu acho. Um pouco de química. E o Brandeur me convidou para matemática dos múltiplos.

Tive um leve arrepio.

– Números além da conta. Não sei nadar nessas águas.

Feila deu de ombros e os cachos longos e escuros que ela havia empurrado para trás aproveitaram a oportunidade para cair de novo para a frente, emoldurando seu rosto.

– Não é tão difícil depois que você pega o jeito. Mais parece um jogo que qualquer outra coisa – disse. Inclinou a cabeça para mim. – E você?

– Observação na Iátrica – respondi. – Estudo e trabalho na Ficiaria. E simpatia, se o Dal me aceitar. Eu também deveria dar uma aprimorada no meu siaru.

– Você fala siaru? – perguntou ela, parecendo surpresa.

– Eu me arranjo. Mas o Wil disse que a minha gramática é vergonhosamente ruim.

Feila meneou a cabeça, depois me olhou de soslaio, mordendo o lábio.

– O Elodin também me chamou para entrar na turma dele – disse, com a voz carregada de apreensão.

– O Elodin tem uma cadeira? – perguntei. – Eu achava que não o deixavam lecionar.

– Ele está começando neste período – respondeu Feila, lançando-me um olhar curioso. – Achei que você estaria nela. Não foi ele o seu padrinho, quando você foi promovido a Re'lar?

– Foi.

– Ah – murmurou ela, parecendo sem jeito, e logo acrescentou: – Provavelmente, ele só não o chamou ainda. Ou então, está planejando monitorar você em separado.

Descartei o comentário dela, embora ficasse mordido com a ideia de ter sido deixado de fora.

– Com o Elodin, quem sabe? – falei. – Se ele não é louco, é o melhor ator que já conheci.

Feila começou a dizer alguma coisa, olhou em volta, nervosa, e chegou mais perto. Seu ombro roçou no meu e seu cabelo cacheado fez cócegas na minha orelha, enquanto ela perguntava, baixinho:

– Ele jogou mesmo você do telhado do Aluadouro?

Dei um risinho constrangido.

– É uma história complicada – respondi e mudei de assunto, de modo muito canhestro. – Como é o nome da cadeira dele?

Feila esfregou a testa e deu uma risada frustrada.

– Não faço a menor ideia. Ele disse que o nome da cadeira é o nome da cadeira. – Feila olhou para mim. – O que quer dizer isso? Quando eu for à seção de Registros e Listas, isso estará lá, sob o nome de "O Nome da Cadeira"?

Admiti que eu não sabia e, desse ponto em diante, foi um pequeno passo para compartilharmos histórias do Elodin. Feila disse que um escriba o apanhara nu no Arquivo. Eu tinha ouvido falar que uma vez ele havia passado uma onzena inteira andando pela Universidade com os olhos vendados. Feila ouvira dizer que ele tinha inventado uma língua partindo do zero. Eu soubera que ele havia começado uma briga numa das mais sórdidas tabernas locais porque alguém insistira em dizer a palavra "utilizar", em vez de "usar".

– Também ouvi falar disso – comentou Feila, rindo. – Só que o lugar foi a Quadriga e a pessoa era um baronete que não parava de usar a palavra "ademais".

Num piscar de olhos, estávamos no começo da fila.

– Kvothe, filho de Arliden – identifiquei-me.

A mulher de ar enfadado assinalou meu nome e tirei uma ficha de marfim liso do saco de veludo preto. Dizia: DIA-DA-SEGA, MEIO-DIA. O oitavo dia do exame de admissão, muito tempo para eu me preparar.

Feila tirou sua ficha e nos afastamos da mesa.

– O que você tirou? – indaguei.

Ela me mostrou seu quadradinho de marfim. Dia-da-pira, ao soar o quarto sino. Tinha sido uma sorte incrível, um dos horários mais distantes que havia.

– Puxa! Parabéns!

Feila deu de ombros e guardou a ficha no bolso.

– Para mim, dá na mesma. Não faço muita questão de estudar. Quanto mais eu me preparo, pior me saio. Só faz me deixar nervosa.

– Nesse caso, você devia trocar a ficha – sugeri, apontando para a multidão de alunos que circulava. – Alguém pagaria um talento inteiro para conseguir esse horário. Talvez mais.

– Também não sou muito de barganhar. Apenas presumo que a ficha que eu tirar vai dar sorte e fico com ela.

Longe da fila, não tínhamos nenhuma desculpa para permanecer juntos. Mas eu estava gostando da companhia dela e Feila não parecia terrivelmente aflita para sair correndo, por isso perambulamos sem rumo pelo pátio, com a multidão circulando à nossa volta.

– Estou morrendo de fome – disse ela, de repente. – Quer almoçar mais cedo em algum lugar?

Eu tinha uma dolorosa consciência da leveza da minha bolsa. Se estivesse mais pobre, teria que pôr uma pedra dentro dela para impedir que esvoaçasse na brisa. Minhas refeições na taberna do Anker eram gratuitas, porque eu tocava lá. Assim, gastar dinheiro com comida em outro lugar, especialmente tão perto da admissão, seria uma tolice completa.

– Eu adoraria – respondi, sinceramente. E aí, menti: – Mas preciso dar uma rodada por aqui e ver se alguém se dispõe a trocar de horário comigo. Sou pechincheiro de longa data.

Feila remexeu no bolso.

– Se você está querendo mais tempo, pode ficar com o meu.

Olhei para a ficha entre seu polegar e indicador, dolorosamente tentado. Mais dois dias de preparação seriam uma bênção. Ou eu poderia ganhar um talento, trocando-a com outra pessoa. Talvez dois.

– Eu não gostaria de tirar a sua sorte – disse-lhe, sorrindo. – E, com certeza, você não quer nada com a minha. Além disso, já foi muito generosa comigo – acrescentei, ajeitando a capa nos ombros num gesto deliberado.

Feila sorriu ao ouvir isso e estendeu a mão, deslizando os nós dos dedos pela frente da capa.

— Que bom que você gosta dela. Mas, no que me diz respeito, ainda estou lhe devendo – disse. Mordeu os lábios, nervosa, depois deixou cair a mão. – Prometa que você me avisa se mudar de ideia.

— Prometo.

Ela tornou a sorrir, deu um meio aceno e saiu andando pelo pátio. Vê-la caminhar por entre a multidão era como observar o vento mover-se na superfície de um lago. Só que, em vez de se formarem círculos na água, eram as cabeças dos rapazes que se viravam para vê-la passar.

Eu ainda estava olhando, quando Wilem parou do meu lado.

— E aí, acabou de flertar? – perguntou ele.

— Eu não estava flertando – respondi.

— Pois devia estar. De que adianta eu esperar educadamente, sem interromper, se você desperdiça uma oportunidade dessas?

— Não é isso. Ela só estava sendo amável.

— É óbvio – disse ele, e seu áspero sotaque ceáldico tornou duas vezes mais denso o sarcasmo em sua voz. – O que você tirou?

Mostrei-lhe minha ficha.

— Você está um dia depois de mim – disse Wilem, me estendendo sua ficha. – Eu troco com a sua por um iota.

Hesitei.

— Ora, ande logo! – insistiu ele. – Não é como se você pudesse estudar no Arquivo, como o resto de nós.

Lancei-lhe um olhar furioso.

— A sua empatia é impressionante.

— Guardo a minha empatia para quem é esperto o bastante para não deixar o Arquivista-Mor espumando de raiva. Para gente como você, só tenho um iota na troca. Quer ou não quer ficar com ele?

— Eu gostaria de dois iotas – respondi, vasculhando a multidão à procura de estudantes com um ar desesperado nos olhos. – Se for possível.

Wilem estreitou os olhos escuros.

— Um iota e três ocres – disse.

Retribuí o olhar, fitando-o atentamente.

— Um iota e três. E você fica com o Simmon como seu parceiro na próxima vez que jogarmos quatro-cantos.

Ele deu uma bufada de riso e fez que sim. Trocamos as fichas e guardei o dinheiro na bolsa: *um talento e quatro*. Um passinho a mais. Depois de pensar por um momento, guardei minha ficha no bolso.

— Não vai continuar trocando? – perguntou Wil.

Balancei a cabeça.

— Acho que vou ficar com esse horário.

Ele franziu a testa.

– Por quê? O que você pode fazer com cinco dias, a não ser se afligir e ficar rodando os polegares?

– O mesmo que qualquer um: me preparar para minha entrevista de admissão.

– Como? – perguntou ele. – Você ainda está banido do Arquivo, não está?

– Há outros tipos de preparação – respondi, com ar de mistério.

Wilem deu um grunhido:

– Isso não soa *nada* suspeito. E você ainda se pergunta por que as pessoas falam a seu respeito.

– Não me pergunto por que elas falam. Eu me pergunto o que dizem.

CAPÍTULO 4

Alcatrão e estanho

A CIDADE QUE HAVIA CRESCIDO em volta da Universidade, ao longo dos séculos, não era grande. Mal passava de um vilarejo, na verdade.

Apesar disso, o comércio prosperava na nossa ponta da Grande Estrada de Pedra. Os mercadores traziam carroças de matéria-prima – alcatrão e argila, gibsita, potassa e sal marinho. Traziam artigos de luxo, como café de Lenatt e vinho de Vintas. Traziam boa tinta preta de Arueh, areia branca e pura para nossas vidrarias e molas e parafusos ceáldicos delicadamente fabricados.

Quando esses mesmos mercadores partiam, suas carroças iam carregadas de coisas que só era possível encontrar na Universidade. A Iátrica fazia remédios. Remédios de verdade, não água suja colorida ou panaceias baratas. O complexo da alquimia produzia suas próprias maravilhas, das quais eu só tinha vaga consciência, e também matérias-primas, como nafta, branco-de-enxofre e cal dobrada.

Talvez eu fosse tendencioso, mas acho lícito dizer que a maior parte das maravilhas palpáveis da Universidade vinha da Artificiaria. Lentes de vidro polido, lingotes de tungstênio e aço de Glantz. Lâminas de ouro tão finas que se rasgavam como papel de seda.

Porém, fazíamos muito mais que isso. Lamparinas de simpatia e telescópios. Absorvedores de calor e conversores de giros. Bombas de sal. Bússolas trimetálicas. Uma dúzia de versões da manivela de Teccam e do eixo de Delevari.

Artífices como eu faziam essas coisas e, quando os mercadores as compravam, nós ganhávamos uma comissão: 60 por cento da venda. Essa era a única razão de eu ter um mínimo de dinheiro. E, como não havia aulas durante o período das entrevistas de admissão, eu dispunha de uma onzena completa para trabalhar na Ficiaria.

∞

Fui até o Estoque, o almoxarifado de onde os artífices retiravam instrumentos e material. Fiquei surpreso ao ver um estudante alto e pálido parado à janela, com um ar de tédio profundo.

– Jaxim? O que está fazendo aqui? Isso é trabalho braçal.

Jaxim meneou a cabeça, com ar desanimado.

– O Kilvin ainda está meio... aborrecido comigo. Você sabe, o incêndio e tudo o mais.

– Lamento saber disso – retruquei.

Jaxim era um Re'lar pleno, como eu. Poderia estar trabalhando num sem-número de projetos sozinho nessa ocasião. Ser forçado a fazer um trabalho subalterno como aquele não era apenas entediante: humilhava-o publicamente, ao mesmo tempo que lhe custava dinheiro e atrasava seus estudos. Em matéria de castigo, era de um rigor notável.

– O que anda em falta por aqui? – indaguei.

Havia uma arte em escolher os projetos na Ficiaria. Não importava que você fizesse a mais luminosa lâmpada de simpatia ou o mais eficiente funil de calor da história da Artificiaria. Até que alguém o comprasse, você não ganhava um vintém quebrado de comissão.

Para muitos dos outros trabalhadores, isso não era problema. Eles podiam se dar ao luxo de esperar. Eu, por outro lado, precisava de alguma coisa que fosse vendida depressa.

Jaxim apoiou-se no balcão que nos separava e disse:

– A caravana acabou de comprar todas as lamparinas de convés. Só nos restou aquela horrorosa do Veston.

Balancei a cabeça. As lamparinas de simpatia eram perfeitas para os navios. Difíceis de quebrar, mais baratas que as de óleo, a longo prazo, e ninguém tinha que se preocupar com a possibilidade de elas porem fogo na embarcação.

Fiz os cálculos de cabeça. Eu poderia fazer duas lamparinas de uma vez, economizando algum tempo pela duplicação do esforço, e ter razoável certeza de que elas seriam vendidas antes de eu ter que pagar a taxa da Universidade.

Infelizmente, as lamparinas de convés eram pura labuta enfadonha. Quarenta horas de trabalho penoso e, se eu atamancasse alguma coisa, elas simplesmente não funcionariam. E aí eu não teria nada a ganhar por meu tempo, exceto uma dívida com o Estoque pelo material desperdiçado.

Mesmo assim, não havia muitas opções.

– Nesse caso, acho que vou fazer lamparinas – declarei.

Jaxim assentiu com a cabeça e abriu o livro de registro. Comecei e recitar de memória o material necessário:

– Vou precisar de 20 emissores naturais médios. Dois jogos daqueles moldes altos. Um estilo de diamante. Um vidro tenten. Dois cadinhos médios. Quatro onças de estanho. Seis onças de aço fino. Duas onças de níquel...

Balançando a cabeça, Jaxim anotou tudo no registro.

∾

Oito horas depois, cruzei a porta de entrada da Anker cheirando a bronze quente, alcatrão e fumaça de carvão. Era quase meia-noite e o salão estava deserto, exceto por um punhado de beberrões dedicados.

– Você está com uma cara acabada – disse o Anker, enquanto eu me dirigia ao bar.

– Estou me sentindo acabado – retruquei. – Imagino que não sobrou nada na panela, não é?

Ele balançou a cabeça.

– Hoje o pessoal estava com fome. Tenho umas batatas frias que ia jogar na sopa de amanhã. E meia abóbora assada, eu acho.

– Vendido. Mas eu ficaria grato por um pouco de manteiga com sal também.

Ele fez que sim e se afastou do bar.

– Não se preocupe em esquentar nada – falei. – Vou só levar tudo para o quarto.

Ele voltou trazendo uma tigela com três batatas de bom tamanho e metade de uma abóbora-ouro, cuja forma lembrava um sino. Havia um punhado generoso de manteiga no meio da abóbora, de onde as sementes tinham sido retiradas.

– Também vou levar uma garrafa de cerveja Bredon – pedi, enquanto recebia a vasilha. – Com tampa. Não quero derramar nada na escada.

Eram três lances até o meu quarto. Depois de fechar a porta, virei cuidadosamente a abóbora de cabeça para baixo sobre a tigela, pus a garrafa em cima e embrulhei tudo num retalho de aniagem, transformando-o numa trouxa que eu pudesse carregar embaixo do braço.

Em seguida, abri minha janela e saí para o telhado da hospedaria. Dali era um pulo curto para a padaria do lado oposto da viela.

Um pedaço de lua baixa no céu me dava luz suficiente para enxergar, sem que eu me sentisse exposto. Não que estivesse muito preocupado. Aproximava-se a meia-noite e as ruas estavam calmas. Além disso, você se surpreenderia ao saber como é raro as pessoas olharem para cima.

Auri estava sentada numa chaminé larga de tijolos, à minha espera. Usava o vestido que eu lhe dera e balançava indolentemente os pés descalços, contemplando as estrelas. Seu cabelo era tão fino e leve que formava uma auréola em torno de sua cabeça, balançando ao mais leve sussurro de brisa.

Pisei com cuidado no meio de um trecho plano de telhado de zinco. Ele fez um *tum* grave sob os meus pés, como um tambor suave e distante. Os pés de Auri pararam de balançar e ela ficou imóvel como um coelho assustado. Então me viu e abriu um sorriso. Acenei para ela.

Auri pulou da chaminé e veio saltitando até onde eu estava, com o cabelo esvoaçando às costas.

– Olá, Kvothe – disse e deu meio passo atrás. – Você está cheirando mal.

Abri meu melhor sorriso do dia:

– Olá, Auri. E você tem cheiro de mocinha bonita.

– Tenho, sim – concordou ela, alegre.

Deu um passinho para o lado e chegou um pouco mais à frente, movendo-se de leve nas pontas dos pés descalços.

– O que você trouxe para mim? – perguntou.

– O que você trouxe *para mim*? – retruquei.

Ela riu.

– Eu tenho uma maçã que acha que é uma pera – disse, levantando a fruta. – E um pãozinho que acha que é um gato. E uma alface que pensa que é uma alface.

– Então, é uma alface esperta.

– Dificilmente – disse Auri, com uma bufadela delicada. – Por que uma coisa esperta haveria de pensar que é uma alface?

– Mesmo se ela *for* uma alface?

– Especialmente nesse caso. Ser uma alface já é muito ruim. Que coisa terrível também se pensar que é uma alface!

Auri balançou a cabeça com ar tristonho, o cabelo seguindo o movimento como se ela estivesse embaixo d'água.

Desembrulhei minha trouxa.

– Eu lhe trouxe batatas, meia abóbora e uma garrafa de cerveja que pensa que é pão.

– O que a abóbora pensa que é? – perguntou ela, curiosa, fitando-a. Manteve as mãos cruzadas às costas.

– Ela sabe que é uma abóbora – respondi. – Mas está fingindo que é o sol poente.

– E as batatas?

– Elas estão dormindo. E frias, eu temo.

Auri ergueu a cabeça, fitando-me com um olhar meigo.

– Não tema – disse, estendendo a mão e descansando os dedos em minha face pelo tempo de uma pulsação, com um toque mais leve que o de uma pluma. – Eu estou aqui. Você está a salvo.

∾

Era uma noite fria e, assim, em vez de comermos nos telhados, como muitas vezes fazíamos, Auri me conduziu pela grade de ferro do ralo para a rede de túneis embaixo da Universidade.

Carregou a garrafa e segurou no alto algo do tamanho de uma moeda, que emitia uma suave luz esverdeada. Eu levei a tigela e a lamparina de simpatia que eu mesmo fizera, a que Kilvin tinha chamado de lâmpada de ladrões. Sua luz avermelhada era um estranho complemento para a luz azul-esverdeada e mais brilhante de Auri.

Ela nos levou a um túnel com canos de todas as formas e tamanhos, que corriam pelas paredes. Algumas das tubulações mais grossas de ferro levavam vapor e, mesmo envoltas em tecido isolante, forneciam um calor contínuo. Auri dispôs cuidadosamente as batatas numa curva do cano em que o tecido havia descascado. Ela formava uma espécie de estufa minúscula.

Usando meu saco de aniagem como mesa, sentamos no chão e dividimos o jantar. O pãozinho estava meio dormido, mas tinha nozes e canela. A alface estava surpreendentemente fresca e me perguntei onde Auri a teria achado. Ela me trouxera uma xícara de porcelana e, para ela mesma, um copinho de prata de esmoler. Serviu a cerveja com ar tão solene que se diria estar tomando chá com o rei.

Não houve conversa durante o jantar. Essa era uma das regras que eu havia aprendido por tentativa e erro. Nada de contatos físicos. Nada de movimentos súbitos. Nada de perguntas nem mesmo remotamente pessoais. Eu não podia perguntar sobre a alface nem sobre a moeda verde. Uma coisa dessas a faria sair em disparada pelos túneis e eu passaria dias sem vê-la.

A bem da verdade, eu nem sabia seu verdadeiro nome. Auri era apenas como eu havia passado a chamá-la, mas, no fundo do coração, eu pensava nela como minha fadinha da lua.

Como sempre, Auri comeu com delicadeza. Sentou-se com as costas eretas, dando mordidas pequenas. Ela possuía uma colher que usamos para comer a abóbora, dividindo-a e nos revezando.

– Você não trouxe seu alaúde – disse ela, ao terminar de comer.

– Hoje tenho que ler. Mas logo o trarei.

– Logo quando?

– Daqui a seis noites – respondi. Já então eu teria terminado o processo de admissão e estudar mais seria inútil.

O rostinho dela franziu-se.

– Seis dias não são logo. Amanhã é logo.

– Seis dias são logo para uma pedra – argumentei.

– Então, toque para uma pedra daqui a seis dias. E toque para mim amanhã.

– Acho que você pode ser uma pedra por seis dias. É melhor do que ser uma alface.

Diante disso, ela sorriu.

– É.

Depois de terminarmos o último pedaço da maçã, Auri me conduziu pelos Subterrâneos. Seguimos em silêncio pelo Caminho do Aceno, andamos aos pulos pelos Saltos e entramos no Enfunado, um labirinto de túneis tomado por um vento lento e constante. Era provável que eu pudesse achar o caminho sozinho, mas preferia ter Auri como guia. Ela conhecia os Subterrâneos como um latoeiro conhece seus fardos.

Wilem tinha razão, eu fora banido do Arquivo. Mas sempre tive jeito para entrar em lugares em que não deveria estar. Tanto pior.

O Arquivo era um imenso bloco de pedra sem janelas. Mas os estudantes lá dentro precisavam de ar puro para respirar e os livros necessitavam de mais que isso. Se o ar fosse muito úmido, eles apodreceriam e mofariam. Se fosse seco demais, o pergaminho ficaria quebradiço e se desfaria em pedaços.

Eu tinha levado muito tempo para descobrir como o ar puro entrava no Arquivo. Mas, mesmo depois de encontrar o túnel certo, entrar nele não foi fácil. Implicou um longo rastejar por um túnel assustadoramente estreito, um quarto de hora me arrastando de bruços, feito uma minhoca, pela pedra suja. Eu guardava uma muda de roupa nos Subterrâneos e, mal completadas 12 visitas, ela estava inteiramente estragada, com os joelhos e cotovelos rasgados.

Mesmo assim, era um preço pequeno a ser pago para se ter acesso ao Arquivo.

Eu teria que pagar o diabo se algum dia me apanhassem. Enfrentaria a expulsão, no mínimo. Contudo, se me saísse mal no exame de admissão e recebesse uma taxa de 20 talentos, seria o mesmo que ser expulso. Portanto, a verdade é que não fazia diferença.

Ainda assim, eu não tinha medo de ser apanhado. As únicas luzes do Acervo eram as carregadas por estudantes e escribas. Isso queria dizer que era sempre noite no Arquivo, e sempre me senti sumamente à vontade à noite.

CAPÍTULO 5

A Eólica

Os DIAS SE ARRASTARAM. Eu trabalhava na Ficiaria até ficar com os dedos dormentes, depois ia ler no Arquivo até os olhos se embotarem.

No quinto dia do período de admissão, finalmente terminei minhas lamparinas de convés e as levei para o Estoque, na esperança de que logo fossem vendidas. Pensei em começar outro par, mas sabia que não teria tempo de terminá-lo antes da data de pagamento da taxa escolar.

Assim, tratei de ganhar dinheiro de outras maneiras. Toquei uma noite extra na Anker, o que me rendeu bebida grátis e um punhado de trocados de membros satisfeitos da plateia. Fiz uns trabalhos avulsos na Ficiaria, criando artigos simples e úteis, como engrenagens de latão e vidraças duplamente reforçadas. Essas coisas podiam ser imediatamente revendidas à oficina com um pequeno lucro.

Depois, já que os pequenos lucros não seriam suficientes, fiz dois lotes de emissores amarelos. Quando usados na confecção de lamparinas de simpatia, a luz deles era de um amarelo agradável, muito próximo da luz solar. E eles valiam um bom dinheiro, porque sua lubrificação exigia materiais perigosos.

Os metais pesados e os ácidos vaporosos eram o mínimo. Os componentes alquímicos bizarros é que realmente assustavam. Eram agentes transportadores capazes de atravessar a pele sem deixar marcas e devorar em silêncio o cálcio dos ossos. Outros ficavam simplesmente escondidos no corpo, sem fazer nada durante meses, até que a pessoa começava a sangrar pelas gengivas e a perder o cabelo. As coisas produzidas no Complexo Alquímico faziam o arsênico parecer o açúcar do chá.

Fui de um cuidado meticuloso, mas, quando trabalhava no segundo lote de emissores, meu vidro tenten rachou e algumas gotas minúsculas de agente transportador salpicaram o vidro da capela de exaustão de vapores em que eu estava trabalhando. Nenhuma parte dele chegou de fato a encostar na minha pele, mas uma gota solitária caiu na minha camisa, bem acima dos punhos longos das luvas de couro que eu usava.

Com gestos lentos, usei um compasso que estava perto para pinçar o tecido da camisa e afastá-lo do corpo. Depois, meio desajeitado, cortei fora o pedaço de tecido, para que ele não tivesse a menor chance de encostar na minha pele. O incidente me deixou trêmulo e transpirando e resolvi que havia melhores maneiras de ganhar dinheiro.

Cobri o plantão de observação de um colega na Iátrica, em troca de um iota, e ajudei um mercador a descarregar três carroças de cal por meio vintém cada uma. Mais tarde, à noite, achei um punhado de jogadores implacáveis que se dispuseram a me deixar participar de seu jogo de bafo-de-cão. No correr de duas horas, consegui perder 18 vinténs e uns trocados de ferro. Embora isso me irritasse, obriguei-me a me afastar da mesa antes que as coisas ficassem piores.

No fim de todos os meus esforços, eu tinha menos dinheiro na bolsa do que quando havia começado.

Por sorte, ainda me restava uma última cartada na manga.

∽

Estiquei as pernas na larga estrada de pedra, a caminho de Imre.

Simmon e Wilem me acompanhavam. Wil acabara vendendo seu horário a um escriba desesperado, com um bom lucro, e ele e Sim haviam terminado as provas de admissão e estavam despreocupados como gatinhos. A taxa de Wil fora fixada em seis talentos e oito, enquanto Sim ainda se gabava de sua taxa impressionantemente baixa, de cinco talentos e dois.

Em minha bolsa havia um talento e três. Um número pouco auspicioso.

Nosso quarteto era completado por Manet, cujo cabelo grisalho desgrenhado e cujas roupas habitualmente amarrotadas davam-lhe um leve ar aturdido, como se ele tivesse acabado de acordar e não se lembrasse bem de onde estava. Nós o leváramos conosco em parte porque precisávamos de um quarto parceiro no jogo de quatro-cantos, mas também por sentirmos que era nosso dever tirar o pobre sujeito da Universidade de vez em quando.

Nós quatro subimos o arco alto da Ponte de Pedra, atravessamos o rio Omethi e entramos em Imre. O outono dava seu último suspiro e eu estava usando minha capa para me proteger de uma possível friagem. Meu alaúde ia comodamente pendurado em minhas costas.

No coração de Imre, atravessamos uma enorme praça calçada de pedras e passamos pela fonte central, cheia de estátuas de sátiros que perseguiam ninfas. A água respingava e se abria em leque na brisa ao entrarmos na fila que levava à Eólica.

Chegando à porta, fiquei surpreso ao ver que Deoch não estava. Em seu lugar havia um homem baixo, de ar severo e pescoço grosso. Ele estendeu uma das mãos:

– É um iota, meu jovem senhor.

– Desculpe – falei. Tirei da frente a alça do alaúde e lhe mostrei a pequena gaita de tubos de prata presa em minha capa. Apontei Wil, Sim e Manet com um gesto. – Eles estão comigo.

O homem estreitou os olhos na direção da gaita, desconfiado.

– Você parece extremamente jovem – disse, correndo de novo os olhos por meu rosto.

– Eu *sou* extremamente jovem – retruquei com desenvoltura. – Faz parte do meu charme.

– Jovem demais para ter essa gaita – esclareceu ele, fazendo disso uma acusação razoavelmente educada.

Hesitei. Embora eu parecesse velho para a minha idade, isso significava que parecia ter alguns anos mais do que os meus 15. Ao que eu soubesse, era o músico mais jovem da Eólica. Normalmente, isso funcionava a meu favor, pois fazia de mim uma espécie de novidade. Mas agora...

Antes que eu pudesse pensar no que dizer, veio uma voz da fila atrás de nós:

– Não é falsificada, Kett. – Era uma mulher alta, que segurava um estojo de violino e acenou com a cabeça para mim. – Ele ganhou a gaita quando você estava fora. É autêntica.

– Obrigado, Marie – falei, enquanto o porteiro nos fazia sinal para entrar.

Nós quatro encontramos uma mesa perto da parede dos fundos, com uma boa visão do palco. Corri os olhos pelos rostos mais próximos e afastei um conhecido lampejo de decepção ao perceber que Denna não estava visível em parte alguma.

– Que história foi aquela na porta? – perguntou Manet, olhando em volta e observando o palco e o teto alto e abobadado. – As pessoas estavam pagando para entrar?

Olhei para ele.

– Você é estudante há 30 anos, mas nunca esteve na Eólica?

– Bem, sabe como é – disse ele, com um gesto vago. – Andei ocupado. Não venho com muita frequência para este lado do rio.

Simmon deu uma risada, sentando-se.

– Deixe-me dizer isto de forma que você compreenda, Manet. Se a música tivesse uma universidade, ela seria aqui, e o Kvothe seria um rematado arcanista.

– Analogia ruim – disse Wil. – Aqui é uma corte musical e o Kvothe é um dos nobres. Nós vamos nas águas do seu sucesso. É por essa razão que há tanto tempo toleramos a companhia impertinente dele.

– Um iota inteiro só para entrar? – indagou Manet.

Fiz que sim.

Ele deu um resmungo indefinido, enquanto olhava ao redor, observando os nobres bem-vestidos que circulavam pelo balcão superior.

– Bem, nesse caso, acho que hoje aprendi alguma coisa– comentou.

∽

A Eólica estava apenas começando a encher, por isso passamos o tempo jogando quatro-cantos. Era só uma partida amistosa de um ocre por rodada e o dobro pela simulação, mas, pobre de moedas como eu estava, qualquer cacife era alto. Por sorte, Manet jogava com a precisão de um relógio de engrenagens: nada de truques, apostas arriscadas nem palpites.

Simmon pagou a primeira rodada de bebidas e Manet, a segunda. Quando as luzes da Eólica esmaeceram, Manet e eu estávamos com 10 mãos de vantagem, principalmente graças à tendência do Simmon de elevar entusiasticamente a aposta. Embolsei o iota de cobre com sombria satisfação. *Um talento e quatro.*

Um homem mais velho subiu ao palco. Após uma breve apresentação do Stanchion, ele tocou no bandolim uma versão pungentemente encantadora de "O entardecer de Taetn". Seus dedos eram leves, ágeis e seguros nas cordas. Mas a voz...

A maioria das coisas declina com a idade. As mãos e as costas se enrijecem. Os olhos perdem a acuidade. A pele se torna áspera e a beleza esmaece. A única exceção é a voz. Bem cuidada, só faz tornar-se mais doce com a idade e o uso constante. A dele era como vinho doce de mel. O músico terminou sua canção sob aplausos calorosos e, passado um momento, as luzes tornaram a clarear e o salão se encheu de conversas.

– Há intervalos entre os artistas, para que o pessoal possa conversar, circular e buscar suas bebidas – expliquei a Manet. – Nem Tehlu e todos os seus anjos serão capazes de garantir a sua segurança se você falar durante uma apresentação.

Manet bufou:

– Não tenha a preocupação de que eu o embarace. Não sou um bárbaro completo.

– Só estou avisando – falei. – Você me informa o que é perigoso na Artificiaria e eu lhe digo o que é perigoso aqui.

– O alaúde dele era diferente – disse Wilem. – Tinha um som diferente do seu. E também era menor.

Lutei contra a ânsia de rir e resolvi não criar caso.

– Aquele tipo de alaúde se chama bandolim.

– Você vai tocar, não vai? – perguntou Simmon, remexendo-se na cadeira como um cãozinho ansioso. – Devia tocar aquela música que escreveu sobre o Ambrose. – Cantarolou um pouco, depois entoou:

Uma mula pode aprender mágicas, uma mula tem certa classe,
Porque, ao contrário do jovem Rosey, ela é apenas meio asno.

Manet deu um risinho dentro do caneco. Wilem abriu um raro sorriso.

– Não – respondi em tom firme. – Para mim, o Ambrose é caso encerrado. No que me diz respeito, estamos quites.

– É claro – concordou Wil, com ar cínico.

– Estou falando sério – insisti. – Não há nenhum benefício nisso. Esse vaivém só faz irritar os professores.

– *Irritar* é uma palavra muito branda – disse Manet, em tom seco. – Não é exatamente a que eu escolheria.

– Você deve isso a ele – disse Simmon, com os olhos faiscando de raiva. – E depois, eles não vão acusá-lo de Conduta Imprópria para um Membro do Arcanum só por cantar uma música.

– Não – confirmou Manet. – Só vão aumentar a taxa escolar dele.

– O quê? – exclamou Simmon. – Eles não podem fazer isso. A taxa é baseada na entrevista de admissão.

O grunhido de Manet ecoou em seu caneco, enquanto ele bebia outro gole:

– A entrevista é só uma parte do jogo. Se você pode pagar, eles apertam um pouquinho. O mesmo acontece quando você cria problemas – disse. Olhou-me com ar sério. – Você vai se dar duplamente mal dessa vez. Quantas vezes foi para o chifre no último período?

– Duas – admiti. – Mas a segunda não foi realmente minha culpa.

– É claro – disse Manet, lançando-me um olhar franco. – E foi por isso que eles o amarraram e chicotearam até sangrar, não foi? Porque a culpa não foi sua?

Remexi-me na cadeira, incomodado, sentindo repuxarem as cicatrizes não inteiramente fechadas nas minhas costas.

– A maior parte não foi minha culpa – corrigi.

Manet descartou a ideia.

– A questão não é de culpa. Árvore não cria tempestade, mas qualquer idiota sabe onde o raio vai cair.

Wilem meneou a cabeça, sério.

– Lá na minha terra nós dizemos: o prego mais comprido leva a martelada primeiro – comentou, depois franziu o cenho. – Soa melhor em siaru.

Simmon pareceu inquieto.

– Mas a entrevista de admissão continua a determinar a maior parte da taxa, não é?

Por seu tom, depreendi que ele nem havia considerado a possibilidade de que ressentimentos pessoais ou questões políticas entrassem na equação.

– A maior parte, sim – reconheceu Manet. – Mas os professores escolhem suas perguntas e todos eles dão o seu palpite – disse. Começou a contar nos dedos: – O Hemme não gosta de você e pode influir com o dobro do peso dele em ressentimentos. Você causou má impressão no Lorren desde o início e conseguiu continuar assim. Você é criador de casos. Perdeu quase uma onzena de aulas no fim do último período. Sem aviso prévio nem explicação posterior – acrescentou e me deu um olhar significativo.

Baixei os olhos para a mesa, plenamente cônscio de que várias das aulas perdidas tinham feito parte do meu período como aprendiz do Manet na Artificiaria.

Passado um momento, ele deu de ombros e continuou:

– Ainda por cima, dessa vez eles vão testá-lo como Re'lar. As taxas vão ficando mais altas nos níveis superiores. Essa é uma das razões de eu ter permanecido como E'lir por tanto tempo.

Manet olhou bem para mim e concluiu:

– Sabe qual é meu melhor palpite? Você terá sorte se sair com menos de 10 talentos.

– Dez talentos – repetiu Sim, que assobiou por entre os dentes e balançou a cabeça com ar solidário. – Que bom que você está cheio da grana.

– Nem tanto assim – retruquei.

– Como pode não estar? – perguntou Simmon. – Os professores multaram o Ambrose em quase 20 talentos depois que ele quebrou o seu alaúde. O que você fez com todo o dinheiro?

Olhei para baixo e afaguei delicadamente o estojo do alaúde com o pé.

– Você gastou num alaúde novo? – indagou Simmon, horrorizado. – Vinte talentos? Sabe o que você poderia comprar com esse dinheiro?

– Um alaúde? – perguntou Wilem.

– Eu nem sabia que era *possível* gastar tanto num instrumento – disse Simmon.

– Pode-se gastar muito mais que isso – disse Manet. – Eles são como os cavalos.

Isso fez a conversa se atrapalhar um pouco. Wil e Sim viraram-se para ele, confusos. Eu ri.

– Na verdade, é uma boa comparação.

Manet assentiu com ar sábio.

– Há uma grande diferença entre os cavalos, sabem? Pode-se comprar um velho cavalo de arado por menos de um talento. Ou comprar um Vaulder puro-sangue por 40.

– Pouco provável – resmungou Wil. – Não um verdadeiro Vaulder.

Manet sorriu.

– Exatamente. Por mais que você saiba que alguém já gastou num cavalo, pode-se facilmente gastar isso comprando uma boa harpa ou violino.

Simmon pareceu perplexo com isso:

– Mas uma vez o meu pai gastou 250 batidos num Kaepcaen alto – disse.

Inclinei-me para um lado e apontei:

– Aquele louro ali, o bandolim dele vale o dobro disso.

– Mas os cavalos têm pedigree – argumentou Simmon. – Você pode criar um cavalo para vender.

– Aquele bandolim tem pedigree – retruquei. – Foi feito pelo próprio Antressor. Existe há 250 anos.

Observei Simmon absorver essa informação, olhando em volta para os instrumentos que havia no salão.

– Mesmo assim – disse ele. – Vinte talentos – e balançou a cabeça. – Por que você não esperou até depois da admissão? Podia gastar tudo o que sobrasse no alaúde.

– Eu precisava dele para tocar na Anker – expliquei. – Tenho moradia e comida de graça como músico da casa. Se não tocar, não posso ficar lá.

Era verdade, mas não era toda a verdade. O Anker me daria algum tempo, se eu lhe explicasse minha situação. Mas, se houvesse esperado, eu teria tido que passar quase duas onzenas sem alaúde. Seria como perder um dente ou um membro. Seria como passar duas onzenas com a boca costurada. Seria impensável.

– E eu não gastei *tudo* no alaúde – acrescentei. – Também surgiram outras despesas.

Especificamente, eu tinha pago à usurária com quem fizera um empréstimo. Isso me custara seis talentos, mas me livrar da minha dívida com a Devi tinha sido como retirar um grande peso do peito.

Só que agora eu sentia o mesmo peso tornando a me oprimir. Se o palpite do Manet fosse parcialmente exato, eu estaria em pior situação do que havia imaginado.

Felizmente, as luzes se atenuaram e o salão ficou em silêncio, o que me poupou de ter que dar maiores explicações. Levantamos a cabeça enquanto Stanchion levava a Marie ao palco. Enquanto afinava o violino, ele conversou com as pessoas da plateia que estavam mais perto e o salão começou a se acomodar.

Eu gostava da Marie. Ela era mais alta que a maioria dos homens, orgulhosa como um felino e falava pelo menos quatro línguas. Muitos músicos de Imre faziam todo o possível para usar uma imitação da última moda, na esperança de se imiscuírem com a nobreza, mas Marie usava roupas de bater. Calças com que um homem poderia trabalhar um dia inteiro, botas que se poderia usar para andar mais de 30 quilômetros.

Não quero dizer que ela vestisse coisas de andar em casa, entenda bem. Apenas não ligava para modismos e afetação. Suas roupas eram obviamente feitas sob medida, bem ajustadas e lhe caíam bem. Nessa noite ela usava vinho e marrom, as cores de sua mecenas, lady Jhale.

Nós quatro fitamos o palco.

– Tenho que admitir que tive um bocado de consideração com a Marie – disse Wilem, baixinho.

Manet soltou um risinho gutural.

– Isso é uma mulher e meia – disse. – O que significa que ela é cinco vezes mais mulher do que qualquer um de vocês saberia como tratar.

Noutra ocasião, uma afirmação como essa poderia ter instigado em nós três um protesto cheio de bravata. Mas Manet a fez sem o menor indício de provocação na voz, por isso deixamos para lá. Sobretudo porque provavelmente era verdade.

– Para mim, não – disse Simmon. – Ela sempre parece que está se preparando para uma luta corporal com alguém. Ou para domar um cavalo selvagem.

– É verdade – concordou Manet, com outro risinho. – Se vivêssemos numa época melhor, ergueriam um templo em volta de uma mulher como essa.

Fizemos silêncio quando Marie terminou de afinar o violino e deu início a um doce rondó, lento e delicado como uma brisa suave de primavera.

Embora eu não tivesse tempo para lhe dizer isso, Simmon tinha bastante razão. Uma vez, na Sílex e Cardo, eu tinha visto Marie acertar um murro no pescoço de um homem por ter-se referido a ela como "aquela vaca violinista respondona". Marie também lhe dera um pontapé quando ele já estava no chão. Mas só uma vez e não num lugar que o ferisse permanentemente.

Ela continuou seu rondó, cujo ritmo lento e doce foi aos poucos crescendo, até atingir um trote animado. Era o tipo de melodia com que só pensaria em dançar quem tivesse pés excepcionalmente leves ou estivesse excepcionalmente bêbado.

Marie deixou a música crescer até ir além de qualquer coisa que um homem pudesse sonhar dançar. Agora ela já não se parecia em nada com um trote. Era uma disparada, veloz como um par de crianças disputando corrida. Fiquei deslumbrado com o som limpo e claro do dedilhado dela, apesar do ritmo frenético.

Mais rápido. Célere como um cervo correndo de um cão selvagem. Comecei a ficar nervoso, sabendo que era só uma questão de tempo ela deslizar, escorregar ou perder uma nota. Mas, de algum modo, Marie seguiu em frente, cada nota perfeita, nítida, forte e doce. Seus dedos chispantes formavam uma curva alta sobre as cordas. O pulso da mão que segurava o arco estava solto e preguiçoso, apesar da velocidade terrível.

Mais depressa ainda. O rosto de Marie estava concentrado. O braço do arco era um borrão. Ainda mais depressa. Ela se preparou, as pernas longas firmemente plantadas no palco, o violino encaixado com firmeza sob o queixo. Cada nota aguda como o canto dos pássaros de manhãzinha. E mais rápido.

Ela terminou numa disparada e fez uma reverência súbita, com um floreio, sem cometer um único erro. Eu suava como um cavalo depois de uma longa corrida, com o coração acelerado.

Não fui o único. Wil e Sim tinham um brilho de suor na testa.

Os nós dos dedos de Manet estavam brancos nas mãos agarradas à borda da mesa.

– Tehlu misericordioso! – exclamou ele, sem fôlego. – Eles têm música assim aqui toda noite?

Dei-lhe um sorriso:
– Ainda é cedo. Você não me ouviu tocar.

∽

Wilem pagou a rodada seguinte de bebidas e nossa conversa voltou-se para as fofocas da Universidade. Manet rodava por lá havia mais tempo que metade dos professores e por isso conhecia mais histórias escandalosas do que nós três juntos.

Um alaudista de espessa barba grisalha tocou uma versão comovente de "En Faeant Moric". Depois, duas mulheres encantadoras, uma na casa dos 40 e a outra jovem o bastante para ser sua filha, cantaram um dueto que eu nunca tinha ouvido sobre Laniel Remoçada.

Marie foi chamada ao palco outra vez e tocou uma giga simples, com tanto entusiasmo que fez as pessoas dançarem nos espaços entre as mesas. Manet chegou até a se levantar no coro final e a nos surpreender, demonstrando um par de pés de leveza admirável. Nós lhe demos vivas e, quando tornou a se sentar, ele estava enrubescido e ofegante.

Wil pagou-lhe uma bebida e Simmon se virou para mim, com um olhar animado.
– Não – falei. – Não vou tocá-la. Eu já disse.

Simmon murchou, com uma decepção tão profunda que não pude deixar de rir.
– Vamos combinar assim: vou dar uma volta pela casa. Se eu vir o Threipe, peço que ele a toque.

Fui andando devagar pelo salão lotado e, embora ficasse de olho para achar o Threipe, a verdade é que estava à procura de Denna. Eu não a vira entrar pela porta da frente, mas, com a música, o jogo de cartas e a comoção geral, havia a possibilidade de que eu simplesmente não a tivesse percebido.

Levei um quarto de hora para percorrer metodicamente o salão principal lotado, dando uma espiada em todos os rostos e parando para conversar com alguns músicos no caminho.

Cheguei ao segundo andar no momento em que as luzes tornaram a diminuir. Instalei-me junto à balaustrada para ver um flautista ylliano tocar uma melodia triste e cadenciada.

Quando as luzes voltaram a se acender, vasculhei o segundo andar da Eólica, um balcão largo em forma de crescente. Minha busca foi mais um ritual do que qualquer outra coisa. Procurar Denna era um exercício de inutilidade, como rezar para fazer bom tempo.

Mas essa noite foi a exceção à regra. Quando eu passeava pelo segundo andar, avistei-a caminhando com um cavalheiro alto, de cabelos pretos. Mudei de trajeto entre as mesas, para interceptá-los como que sem querer.

Denna me viu meio minuto depois. Deu um sorriso alegre e animado e tirou a mão do braço do fidalgo, fazendo sinal para que eu me aproximasse.

O homem ao lado dela era orgulhoso como um falcão, além de bonito, com um queixo que parecia um tijolo. Usava uma camisa de seda de um branco ofuscante e uma jaqueta de suede ricamente tingida na cor do sangue. Costuras prateadas. Prata na fivela do cinto e nos punhos. Tinha toda a aparência de um fidalgo modegano. O custo de seu traje, sem nem mesmo contar os anéis, pagaria minha taxa escolar por um ano inteiro.

Denna desempenhava o papel de sua companheira encantadora e atraente. No passado eu a vira vestida em trajes muito parecidos com os meus: roupas simples, feitas para o trabalho e a viagem. Nessa noite, porém, ela usava um vestido longo de seda verde. O cabelo preto encaracolava-se com arte, emoldurando seu rosto, e descia pelos ombros. No pescoço, ela usava um pingente de esmeralda em forma de lágrima. Combinava tão perfeitamente com a cor do vestido que não podia ser coincidência.

Senti-me um pouco maltrapilho, se comparado a eles. Todas as minhas posses no mundo, em matéria de roupa, correspondiam a quatro camisas, dois pares de calças e algumas peças diversas. Tudo de segunda mão e meio puído, até certo ponto. Nessa noite eu usava o que tinha de melhor, mas você com certeza compreende que o que chamo de melhor não era particularmente bom.

A única exceção era minha capa, presente da Feila. Era quente e maravilhosa, feita sob encomenda para mim, em verde e preto, com numerosos bolsos no forro. Não era elegante, de modo algum, porém era a melhor coisa que eu possuía.

Quando me aproximei, Denna deu um passo à frente e estendeu a mão para que eu a beijasse, num gesto confiante e quase altivo. Para um observador descuidado, ela dava a perfeita impressão da dama aristocrática sendo gentil com um músico jovem e pobre.

Uma impressão perfeita, exceto pelos olhos. Estes eram escuros e profundos, cor de café e chocolate. Seus olhos bailavam de divertimento, cheios de riso. Parado atrás dela, o cavalheiro exibiu um leve indício de cenho franzido quando ela me ofereceu a mão. Eu não sabia qual era o jogo de Denna, mas pude adivinhar meu papel.

Assim, curvei-me sobre sua mão e a beijei de leve, com uma reverência profunda. Eu fora treinado nos gestos da corte quando pequeno e sabia o que estava fazendo. Qualquer um pode se dobrar na cintura, mas uma boa reverência exige habilidade.

Essa foi graciosa e lisonjeira e, enquanto encostava os lábios no dorso da mão dela, abri a capa de lado, com um movimento delicado do pulso. Essa era a parte difícil e eu tinha empenhado várias horas de treinamento cuidadoso diante do espelho da casa de banho para fazer o gesto parecer suficientemente descontraído.

Denna fez uma cortesia, graciosa como uma folha cadente, e deu um passo atrás, colocando-se ao lado do cavalheiro.

– Kvothe, este é lorde Kellin Vantenier. Kellin, Kvothe.

Kellin me olhou de cima a baixo, formando uma opinião completa a meu respeito mais depressa do que você conseguiria dar uma respirada curta e aguda. Sua expressão tornou-se desdenhosa e ele me fez um aceno com a cabeça. O desprezo não me é estranho, mas fiquei surpreso ao ver o quanto essa demonstração particular me foi contundente.

– Às suas ordens, milorde – falei.

Fiz uma mesura cortês e desloquei o peso do corpo, para que minha capa escorregasse do ombro e exibisse minha gaita do talento, com seus tubos de prata.

Ele já ia virando a cabeça, com estudado desinteresse, quando seus olhos captaram a peça reluzente de prata. Como joia, ela nada tinha de especial, mas era significativa naquele lugar. Wilem tinha razão: na Eólica, eu fazia parte da aristocracia.

E Kellin sabia disso. Após um breve instante de consideração, retribuiu minha mesura. Ela mal passou de um aceno da cabeça, a rigor. Apenas baixa o bastante para ser educada.

– Às suas e de sua família – respondeu ele, num aturano perfeito.

Tinha a voz mais grave que a minha, um baixo caloroso com apenas o bastante do sotaque modegano para lhe conferir uma leve entonação musical.

Denna inclinou a cabeça na direção dele.

– O Kellin tem-me ensinado um pouco de harpa.

– Estou aqui para conquistar minha gaita do talento – disse ele, cheio de certeza na voz grave.

Quando ele falou, as mulheres das mesas ao redor viraram-se para olhar em sua direção, com olhos famintos e pálpebras semicerradas. A voz de Kellin surtiu o efeito oposto em mim. Ser rico e bonito já era ruim o bastante. Mas ter uma voz como mel no pão quente, ainda por cima, era simplesmente imperdoável. O som dela fez com que eu me sentisse como um gato agarrado pelo rabo e esfregado de trás para diante com a mão molhada.

Olhei para as mãos dele.

– Então, você é harpeador?

– Harpista – corrigiu ele, em tom rígido. – Toco uma Pendenhale. É a rainha dos instrumentos.

Tomei meio fôlego, mas fechei a boca. A grande harpa modegana tinha sido a rainha dos instrumentos 500 anos antes. Em nossa época, era uma curiosidade antiga. Deixei para lá, evitando a discussão em benefício de Denna.

– Pretende tentar a sorte esta noite? – indaguei.

Os olhos de Kellin se estreitaram ligeiramente.

– Não haverá nenhuma sorte envolvida quando eu tocar. Mas não. Hoje estou desfrutando a companhia de minha dama Dinael.

Levou a mão dela aos lábios e lhe deu um beijo distraído. Correu os olhos pela aglomeração murmurante ao seu redor, com ares de proprietário, como se fosse dono dos presentes.

– Creio que estarei numa companhia digna aqui – comentou.

Dei uma olhadela para Denna, mas ela evitava meu olhar. Tinha a cabeça inclinada de lado e brincava com um brinco antes escondido em seu cabelo, uma esmeralda miúda em forma de lágrima que combinava com o pingente em seu pescoço.

Os olhos de Kellin tornaram a me examinar brevemente. Minha roupa de mau caimento. Meu cabelo, curto demais para estar na moda, comprido demais para ser outra coisa senão rebelde.

– E você é... flauteador?

Era o mais barato dos instrumentos.

– Flautista – retruquei, descontraído. – Mas não. Prefiro o alaúde.

As sobrancelhas dele se levantaram.

– Você toca alaúde áulico?

Meu sorriso endureceu, apesar dos meus melhores esforços.

– Alaúde andarilho.

– Ah! – exclamou ele, rindo como se de repente tudo fizesse sentido. – Música popular!

Deixei passar também, embora com menos facilidade que antes.

– Vocês já têm onde sentar? – perguntei, em tom animado. – Vários de nós estamos com uma mesa lá embaixo, com uma boa visão do palco. Vocês serão bem-vindos, se quiserem nos acompanhar.

– A senhora e eu já temos uma mesa no terceiro círculo – respondeu Kellin, com um aceno na direção de Denna. – Prefiro a companhia de cima.

Fora do ângulo de visão dele, Denna revirou os olhos para mim.

Fiz uma cara séria e outra mesura polida para o homem, pouco mais que um menear da cabeça.

– Nesse caso, não os reterei. – Virando-me para Denna, falei: – Milady. Posso fazer-lhe uma visita, um dia desses?

Ela deu um suspiro, com todo o ar de aristocrata explorada, exceto pelos olhos, que continuavam a rir de toda a formalidade ridícula do diálogo.

– Você certamente há de compreender, Kvothe. Estou cheia de compromissos para os próximos dias. Mas você pode visitar-me no fim da onzena, se quiser. Aluguei aposentos na Homem Gris.

– É muita bondade sua – retruquei, fazendo-lhe uma reverência muito mais acentuada do que minha mesura para Kellin. Dessa vez, foi em relação a mim que ela revirou os olhos.

Kellin estendeu-lhe o braço, voltando-me o lado do corpo nesse processo, e os dois se afastaram. Ao vê-los juntos, deslocando-se graciosamente por entre a aglomeração, seria fácil supor que eram os donos do lugar ou que talvez estivessem pensando em comprá-lo para usar como casa de veraneio. Só os nobres de berço movem-se com aquela arrogância displicente, cientes, no fundo, de que tudo no mundo existe apenas para fazê-los felizes. Denna fazia uma encenação maravilhosa, mas, para Lorde Kellin Queixo-de-Tijolo, aquilo era tão natural quanto respirar.

Observei-os até que chegassem à metade da escada para o terceiro círculo. Foi nesse ponto que Denna parou e pôs uma das mãos na cabeça. Em seguida, olhou para o piso em volta, com expressão ansiosa. Os dois trocaram algumas palavras rápidas e ela apontou para o alto da escada. Kellin meneou a cabeça e subiu, desaparecendo.

Num palpite, baixei os olhos para o chão e vi um lampejo de prata onde Denna estivera de pé, perto da balaustrada. Desloquei-me e parei naquele ponto, obrigando dois mercadores ceáldicos a se desviarem para passar.

Fingi observar a multidão no térreo até Denna se aproximar e me dar um tapinha no ombro.

– Kvothe – disse ela, nervosa. – Desculpe incomodá-lo, mas acho que perdi um brinco. Você teria a bondade de me ajudar a procurá-lo? Tenho certeza de que estava com ele há um minuto.

Concordei e logo desfrutamos de um momento de privacidade, vasculhando decorosamente as tábuas do piso com as cabeças bem próximas. Por sorte, o vestido de Denna seguia o estilo modegano, esvoaçante e solto em volta das pernas. Se tivesse uma fenda lateral, como ditava a moda do momento na República, a figura dela agachada no chão teria sido um escândalo.

– Pelo corpo de Deus, onde foi que você o achou? – murmurei.

Denna deu um risinho gutural.

– Fique quieto. Foi você quem sugeriu que eu aprendesse harpa. O Kellin é um ótimo professor.

– A harpa modegana de pedal tem cinco vezes o seu peso. É um instrumento de salão, você nunca poderia carregá-la na estrada.

Denna parou de fingir que procurava o brinco e me lançou um olhar incisivo.

– E quem disse que nunca terei um salão onde tocar?

Tornei a olhar para o chão e tentei dar de ombros.

– Imagino que ela sirva para estudo. Está gostando, até agora?

– É melhor do que a lira – disse Denna. – Isso eu já posso perceber. Mas ainda mal consigo tocar "O esquilo no telhado de sapê".

– Ele é bom? – perguntei, com um sorriso malicioso. – Com as mãos, quero dizer.

Denna enrubesceu um pouco e, por um segundo, pareceu prestes a me dar um tapa. Mas se lembrou a tempo do decoro e se conformou em apenas estreitar os olhos:

– Você é terrível. O Kellin tem sido um perfeito cavalheiro.

– Que Tehlu nos proteja de todos os perfeitos cavalheiros.

Ela balançou a cabeça.

– Estou falando num sentido literal. Ele nunca tinha saído de Modeg. Parece um gatinho numa gaiola.

– E agora você é Dinael? – perguntei.

– Por enquanto. E para ele – respondeu Denna, me olhando de soslaio com um sorrisinho evasivo. – Vindo de você, continuo a gostar mais de Denna.

– É bom saber disso – comentei e levantei a mão do piso, revelando a lágrima de esmeralda polida que era o brinco. Denna fez uma encenação, como se o descobrisse, levantando-o para captar a luz.

– Ah, aqui está ele!

Levantei-me e a ajudei a ficar de pé. Ela afastou o cabelo do ombro e se inclinou para mim.

– Sou toda desajeitada com essas coisas – disse. – Importa-se?

Dei um passo em sua direção e parei bem perto, enquanto ela me entregava o brinco. Ela exalava um suave aroma de flores silvestres. Por baixo disso, porém, tinha cheiro de folhas de outono. Como o cheiro escuro de seu cabelo, que lembrava poeira de estrada e o ar antes de uma tempestade de verão.

– E ele é o quê? – perguntei, baixinho. – O segundo filho de alguém?

Denna meneou quase imperceptivelmente a cabeça e uma mecha de seu cabelo caiu, roçando o dorso da minha mão.

– Ele é fidalgo por sua própria conta.

– *Skethe te retaa van* – praguejei. Tranquem seus filhos e filhas.

Denna tornou a rir baixinho. Seu corpo sacudiu com o esforço para prender o riso.

– Fique quieta – falei, enquanto segurava delicadamente sua orelha.

Ela inspirou fundo e soltou o ar, recompondo-se. Prendi o brinco no lóbulo de sua orelha e me afastei. Denna levantou uma das mãos para conferir a colocação, depois deu um passo atrás e fez uma mesura.

– Muito obrigada por toda a sua ajuda.

Tornei a me curvar para ela. Não foi uma reverência tão refinada quanto a anterior, porém foi mais sincera.

– Estou às suas ordens, milady.

Denna me deu um sorriso caloroso ao se virar para partir, os olhos rindo outra vez.

∞

Terminei de fazer uma exploração *pro forma* do segundo andar, mas Threipe não parecia estar por lá. Sem querer arriscar o constrangimento de um segundo encontro com Denna e seu lordezinho, resolvi pular o terceiro piso por completo.

Simmon exibia o ar animado que costuma ter depois do quinto drinque. Manet estava arriado na cadeira, de olhos semicerrados, com o caneco comodamente apoiado na protuberância da barriga. Wil parecia o mesmo de sempre, com seus indecifráveis olhos negros.

– O Threipe não está em parte alguma – comentei, voltando para o meu lugar. – Desculpe.

– Que pena – disse Simmon. – Ele já teve alguma sorte na busca de um mecenas para você?

Balancei a cabeça, amargurado.

– O Ambrose ameaçou ou subornou todos os nobres num raio de 160 quilômetros daqui. Eles não querem ter nada a ver comigo.

– Por que o próprio Threipe não fica com você? – perguntou Wilem. – Ele bem que gosta de você.

Fiz que não com a cabeça.

– O Threipe já sustenta outros três músicos. Quatro, na verdade, mas dois deles são um casal.

– Quatro? – repetiu Simmon, horrorizado. – É de admirar que ele ainda consiga comer.

Wil inclinou a cabeça, curioso, e Simmon se debruçou para a frente para explicar:

– O Threipe é conde. Mas suas posses não são realmente tão vastas assim. Sustentar quatro músicos com a renda dele é meio... extravagante.

Wil franziu o sobrolho.

– Bebida e encordoamentos não podem custar grande coisa.

– O mecenas é responsável por mais do que isso – disse Simmon, começando a contar os itens nos dedos: – Existe o próprio contrato de patrocínio. Além disso, ele dá casa e comida a seus músicos, um salário anual, uma muda de roupas com as cores de sua família...

– Duas mudas de roupas, tradicionalmente – interpus. – Todo ano.

Quando crescia na trupe, eu nunca havia apreciado a libré que lorde Greyfallow nos dava. Mas agora, não podia deixar de imaginar quanto meu guarda-roupa melhoraria com duas novas mudas de roupa.

Simmon sorriu à chegada de um rapaz que servia as mesas, o que não deixou dúvidas sobre quem era o responsável pelos copos de conhaque de amora postos diante de cada um de nós. Sim ergueu o copo num brinde silencioso e bebeu um grande gole. Retribuí erguendo meu copo, assim como fez Wilem, embora isso obviamente lhe fosse difícil. Manet continuou imóvel e comecei a desconfiar de que havia cochilado.

– Ainda não faz sentido – comentou Wilem, pousando o conhaque na mesa. – Tudo que o mecenas consegue é ficar com o bolso mais vazio.

– O mecenas ganha fama – expliquei. – É por isso que os músicos usam a libré. Além disso, ele tem artistas às suas ordens: recepções, bailes, desfiles. Às vezes, eles compõem músicas ou peças teatrais a seu pedido.

Wil continuou com ar cético:

– Ainda me parece que o patrocinador leva a pior.

– Isso é porque você só percebe metade da situação – disse Manet, empertigando-se na cadeira. – Você é um menino da cidade. Não sabe o que é crescer numa aldeiazinha construída nas terras de um único homem.

– Isto aqui são as terras do lorde A. Rogante – prosseguiu Manet, usando um pouco de cerveja derramada para desenhar um círculo no centro da mesa. – É onde você vive, como bom plebeuzinho que é. – Pegou o copo vazio de Simmon e colocou-o dentro do círculo. – Um dia, passa um sujeito pela cidade, usando as cores de lorde A. Rogante. – Manet pegou seu copo cheio de conhaque e o fez bailar pela mesa, até parar ao lado do copo vazio de Simmon, no interior do círculo. – E esse sujeito toca músicas para todo mundo na hospedaria local. – Manet derramou um pouco do conhaque no copo de Sim.

Sem precisar de maior estímulo, Simmon sorriu e o bebeu.

Manet fez o copo trotar pela mesa e tornou a entrar no círculo.

– No mês seguinte, mais dois sujeitos passam pela cidade, usando as cores dele, e montam um espetáculo de marionetes – disse e verteu mais conhaque, que Simmon virou. – No outro mês, há uma peça. – Voltou a fazer a mesma coisa.

Nesse momento, Manet pegou seu caneco de madeira e veio batendo com ele pela mesa, até entrar no círculo:

– Aí aparece o coletor de impostos, usando as mesmas cores – disse, batendo com o caneco vazio na mesa, impaciente.

Simmon ficou confuso por um segundo, depois pegou seu próprio caneco e derramou um pouco de cerveja no de Manet, que o olhou e tornou a bater o caneco, com ar severo.

Simmon derramou o resto da cerveja no caneco do outro, rindo:

– Eu gosto mais do conhaque de amora, de qualquer maneira.

– Pois o lorde A. Rogante gosta mais dos seus impostos – retrucou Manet. – E as pessoas gostam de ter diversões. E o coletor de impostos gosta que não o envenenem e enterrem numa cova rasa atrás do velho moinho.

Bebeu um gole de cerveja e completou:

– Portanto, a coisa funciona bem para todos.

Wil assistiu ao diálogo com seus olhos escuros e sérios.

– Isso faz mais sentido – declarou.

– Nem sempre é tão mercenário assim – observei. – O Threipe tem um desejo sincero de ajudar os músicos a aprimorarem seu ofício. Alguns nobres tratam seus artistas como cavalos num estábulo – suspirei. – Mas até isso seria melhor do que o que tenho agora, que não é nada.

– Não se desvalorize – disse Simmon, com ar animado. – Espere para arranjar um bom patrocinador. Você merece. É tão bom quanto qualquer músico daqui.

Fiquei calado, orgulhoso demais para lhes contar a verdade. Eu estava num grau de pobreza que o resto deles dificilmente poderia compreender. Simmon era da nobreza aturense e a família de Wilem era de mercadores de lã de Ralien. Eles achavam que ser pobre significava não ter dinheiro suficiente para beber com a frequência que quisessem.

Com a taxa escolar avultando no horizonte, eu não me atrevia a gastar um vintém quebrado. Não podia comprar velas nem tinta nem papel. Não tinha joias para empenhar, não tinha mesada nem pais a quem pudesse escrever. Nenhum prestamista de respeito me daria um gusa ordinário sequer. Não chegava a surpreender, visto que eu era um órfão desarraigado dos Edena Ruh cujas posses cabiam num saco de aniagem. E nem precisaria ser um saco grande.

Levantei-me antes que a conversa entrasse num terreno incômodo.

— Está na hora de eu produzir um pouco de música.

Peguei o estojo com o alaúde e me dirigi ao canto do bar onde Stanchion estava sentado.

— O que você tem para nós hoje? — perguntou ele, passando a mão na barba.

— Uma surpresa.

Stanchion parou no ato de se levantar da banqueta.

— É o tipo de surpresa que vai causar tumulto ou fazer o pessoal pôr fogo na minha casa?

Balancei a cabeça, sorrindo.

— Ótimo. — Ele sorriu, tomando a direção do palco. — Nesse caso, gosto de surpresas.

CAPÍTULO 6

Amor

STANCHION CONDUZIU-ME ao palco e trouxe uma cadeira sem braços. Depois, foi até o proscênio conversar com a plateia. Estendi minha capa no encosto da cadeira enquanto as luzes começavam a esmaecer.

Pus o estojo surrado do alaúde no chão. Estava ainda mais acabado que eu. Tinha sido muito bom um dia, mas isso fora anos e quilômetros atrás. Agora, as alças de couro estavam rachadas e duras e, em alguns pontos, o corpo estava desgastado e fino como pergaminho. Restava apenas um dos fechos originais, uma delicada peça de prata lavrada. Os outros eu havia substituído pelo que pudesse arranjar e por isso agora o estojo exibia fechos descasados de latão brilhante e ferro opaco.

Dentro dele, porém, a história era completamente diferente. Ali achava-se a razão para eu estar batalhando para arranjar a taxa escolar do dia seguinte. Eu pechinchara muito por esse instrumento e, mesmo assim, ele me custara mais do que eu jamais tinha gastado com qualquer coisa na vida. Tanto dinheiro que eu não pudera bancar um estojo que o acomodasse como convinha e tivera de me ajeitar forrando de trapos o estojo antigo.

A madeira era cor de café escuro, de terra recém-revolvida. A curva da caixa tinha a perfeição de um quadril de mulher. Ele era todo eco abafado, com corda e dedilhado luminosos. Meu alaúde. Minha alma tangível.

Ouvi o que os poetas escrevem sobre as mulheres. Eles fazem rimas, desmancham-se em elogios e mentem. Já vi marinheiros no cais, fitando emudecidos o lento inflar das ondas. Já vi velhos soldados de coração empedernido lacrimejarem ao contemplar a bandeira de seu rei, desfraldada ao vento.

Escute o que digo: esses homens nada sabem do amor.

Você não o encontrará nas palavras dos poetas nem no olhar saudoso dos marinheiros. Se quiser saber do amor, olhe para as mãos de um artista de trupe produzindo sua música. Ele sabe.

Olhei para minha plateia enquanto ela se aquietava aos poucos. Simmon me fez um aceno entusiasmado e eu lhe retribuí com um sorriso. Nesse momento, vi a cabeleira branca do conde Threipe perto da balaustrada do segundo andar. Ele conversava, compenetrado, com um casal bem-vestido, gesticulando na minha direção. Ainda fazendo campanha por mim, embora nós dois soubéssemos que era uma causa perdida.

Tirei o alaúde do estojo surrado e comecei a afiná-lo. Não era o melhor alaúde da Eólica. Nem de longe. Seu braço era ligeiramente torto, mas não arqueado. Uma das cravelhas estava frouxa e tendia a alterar a afinação.

Dedilhei um acorde suave e aproximei o ouvido das cordas. Quando ergui os olhos, vi o rosto de Denna, claro como a lua. Ela me deu um sorriso agitado e remexeu os dedos abaixo do nível da mesa, onde seu fidalgo não podia enxergar.

Toquei gentilmente na cravelha solta, deslizando as mãos pela madeira cálida do alaúde. O verniz estava gasto e arranhado em alguns pontos. Ele fora maltratado em tempos idos, mas isso não o tornava menos encantador por baixo do polimento.

Portanto, sim, ele tinha suas falhas, mas que importância tem isso, quando se trata de questões do coração? Amamos aquilo que amamos. A razão não entra nisso. Sob muitos aspectos, o amor insensato é o mais verdadeiro. Qualquer um pode amar uma coisa *por causa de*. É tão fácil quanto pôr um vintém no bolso. Mas amar algo *apesar de*, conhecer suas falhas e amá-las também, isso é raro, puro e perfeito.

Stanchion fez um gesto largo na minha direção. Houve breves aplausos, seguidos por um silêncio atento.

Tangi duas notas e senti a plateia inclinar-se para mim. Fiz vibrar uma corda, afinei-a ligeiramente e comecei a tocar. Antes de soar um punhado de notas, todos haviam reconhecido a melodia.

Era "O carneiro-guia", uma canção assobiada pelos pastores há 10 mil anos. A mais simples das mais simples. Uma melodia que qualquer pessoa com um balde seria capaz de carregar. Um balde já seria demais, na verdade. Um par de mãos em concha daria muito bem. Uma única mão. Até dois dedos.

Era, para ser honesto, música popular.

Uma centena de canções fora escrita com a melodia de "O carneiro-guia". Canções de amor e de guerra. Canções de humor, tragédia e desejo. Eu não me importava com nenhuma delas. Nada de letra. Apenas a música. Apenas a melodia.

Levantei os olhos e vi Lorde Queixo-de-Tijolo inclinar-se para Denna e fazer um gesto de descaso. Sorri, enquanto ia arrancando cuidadosamente a melodia das cordas do meu alaúde.

Não muito depois, porém, meu sorriso ficou tenso. O suor começou a brotar da minha testa. Debrucei-me sobre o alaúde, concentrado no que faziam minhas mãos. Meus dedos correram, depois dançaram, depois voaram.

Toquei forte como uma chuva de granizo, como um martelo batendo no metal. Toquei suave como o sol sobre o trigo de outono, leve como o farfalhar de uma só folha. Não demorou muito, comecei a ficar sem fôlego com o esforço. Meus lábios desenharam uma linha fina e exangue em meu rosto.

Ao avançar pelo refrão, balancei a cabeça para afastar o cabelo dos olhos. O suor espirrou num arco, tamborilando na madeira do palco. Respirei com esforço, meu peito trabalhando como um fole, esfalfando-se como um cavalo açoitado.

A canção ecoou, cada nota luminosa e transparente. Quase tropecei num momento. O ritmo falhou por uma fração infinitesimal de tempo... Mas de algum modo me recuperei, segui adiante e consegui terminar a última linha, tangendo as notas com doçura e leveza, embora meus dedos fossem um borrão cansado.

E então, quando era patente que eu não conseguiria continuar por nem mais um instante sequer, o último acorde ressoou no salão e eu arriei na cadeira, exausto.

A plateia irrompeu em aplausos estrondosos.

Mas não toda ela. Espalhadas pelo salão, algumas dezenas de pessoas caíram na gargalhada, umas esmurrando as mesas e batendo com os pés no chão, gritando quanto se divertiam.

Os aplausos crepitaram e morreram quase de imediato. Homens e mulheres pararam, com as mãos cristalizadas em meio às palmas, encarando os membros gargalhantes do público. Alguns pareciam zangados, outros, confusos. Muitos ficaram francamente ofendidos por mim e alguns resmungos raivosos começaram a percorrer o salão.

Antes que uma discussão séria pudesse surgir, toquei uma simples nota aguda e ergui a mão, atraindo de novo a atenção de todos para mim. Eu ainda não havia acabado. Nem de longe.

Ajeitei-me na cadeira e girei os ombros. Dedilhei uma vez, toquei na cravelha frouxa e ataquei sem esforço minha segunda canção.

Era de Illien: "Tintatatornin". Duvido que você já tenha ouvido falar dela. É uma espécie de esquisitice, comparada a outras composições de Illien. Primeiro, não tem letra. Segundo, embora seja uma canção encantadora, nem de longe é tão chamativa ou comovente quanto muitas de suas melodias mais conhecidas.

O mais importante, contudo, é que é perversamente difícil de tocar. Meu pai se referia a ela como "a melhor canção já escrita para 15 dedos". Ele me fazia tocá-la quando eu estava ficando muito cheio de mim e, na sua opinião, precisava de humildade. Basta dizer que eu a praticava com bastante regularidade, às vezes mais de uma vez por dia.

E assim, toquei "Tintatatornin". Reclinei-me na cadeira e cruzei os tornozelos, relaxando um pouco. Minhas mãos correram indolentes pelas cordas. Depois do primeiro refrão, inspirei e soltei um breve suspiro, como um garoto preso em casa num dia ensolarado. Meus olhos começaram a vagar a esmo pelo salão, entediados.

Sempre tocando, remexi-me no assento, tentando em vão encontrar uma posição cômoda. Franzi o cenho, fiquei de pé e olhei para a cadeira, como se de algum modo a culpa fosse dela. Depois, tornei a me sentar e me remexi, com uma expressão incomodada no rosto.

Enquanto isso, as 10 mil notas de "Tintatatornin" dançaram e fizeram cabriolas. Detive-me um instante entre um acorde e outro, para me coçar com indolência atrás da orelha.

Mergulhei tão fundo em minha pequena encenação que cheguei mesmo a sentir um bocejo se aproximando. Soltei-o todo, tão largo e prolongado que as pessoas da primeira fila puderam contar meus dentes. Balancei a cabeça, como que para desanuviá-la, e sequei com a manga os olhos lacrimejantes.

"Tintatatornin" ia tropeçando no ar. Harmonia enlouquecida e contraponto se entrelaçando e se afastando aos saltos. Tudo impecável, doce e suave como respirar. Quando chegou o final, reunindo uma dúzia de fios emaranhados de canção, não fiz nenhum floreio. Simplesmente parei e esfreguei um pouco os olhos. Nada de crescendo. Nada de reverência. Nada. Estalei os dedos, distraído, e me inclinei para repor o alaúde no estojo.

Dessa vez, as risadas vieram primeiro. As mesmas pessoas de antes, assobiando e batendo nas mesas, duas vezes mais alto que antes. Minha gente. Os músicos. Deixei minha expressão de tédio desaparecer e lhes dei um sorriso entendido.

Os aplausos seguiram-se um instante depois, mas dispersos e confusos. Antes mesmo que as luzes da casa se acendessem, tinham-se desfeito numa centena de discussões murmuradas por todo o salão.

Marie correu para me cumprimentar quando desci os degraus, o rosto cheio de riso. Apertou minha mão e me deu um tapinha nas costas. Foi a primeira de muitos, todos músicos. Antes que eu ficasse preso ali, ela enlaçou o braço no meu e me levou de volta a minha mesa.

– Santo Deus, garoto, você parece um reizinho aqui – disse Manet.

– Isso não é nem metade da atenção que ele costuma receber – disse Wilem. – Normalmente, ainda estão dando vivas quando ele chega de volta à mesa. As moças piscam e forram o caminho dele de flores.

Simmon varreu o salão com um olhar curioso.

– A reação pareceu... – ficou procurando uma palavra. – Confusa. Por quê?

– Porque o jovem seis-cordas aqui é tão afiado que mal consegue se impedir de se cortar – disse Stanchion, caminhando para nossa mesa.

– Você também notou? – perguntou Manet, em tom seco.

– Shhh – sussurrou Marie. – Foi brilhante.

Stanchion deu um suspiro e balançou a cabeça.

– Eu, por exemplo – disse Wilem, em tom incisivo –, gostaria de saber o que está em discussão.

– O Kvothe aqui tocou a música mais simples do mundo e deu a impressão de estar tecendo fios de ouro com linho – disse Marie. – Depois, pegou uma verdadeira peça musical, algo que só um punhado de pessoas em toda a casa seria capaz de tocar, e a fez parecer tão fácil que era como se uma criança pudesse soprá-la num apito de metal.

– Não nego que foi feito com muita inteligência – disse Stanchion. – O problema foi a maneira como ele o fez. Todas as pessoas que explodiram em aplausos depois da primeira música sentiram-se um bando de idiotas. Ficaram com a impressão de terem sido feitas de bobas.

– E foram – concordou Marie. – O artista manipula a plateia. Essa é a ideia da brincadeira.

– As pessoas não gostam de ser feitas de bobas – retrucou Stanchion. – Ressentem-se disso, na verdade. Ninguém gosta quando lhe pregam peças.

– Tecnicamente – interpôs Simmon, rindo –, a peça dele foi no alaúde.

Todos se viraram para olhá-lo e seu sorriso esmaeceu um pouco.

– Entenderam? Ele realmente pregou uma *peça*. Tocou-a no alaúde.

Simmon baixou os olhos para a mesa e o sorriso sumiu, enquanto o rosto ganhava um súbito rubor de embaraço.

– Desculpem.

Marie deu uma risada descontraída.

Manet se manifestou:

– Portanto, a questão é realmente de duas plateias – disse, devagar. – Há os que conhecem música o bastante para entender a piada, e há os que precisam que lhes expliquem a piada.

Marie fez um gesto triunfal para Manet.

– É exatamente isso – disse e se virou para Stanchion. – Se o sujeito vem para cá e não conhece o bastante para entender a piada sozinho, ele merece que lhe torçam um pouco o nariz.

– Só que a maioria dessas pessoas é da aristocracia – rebateu Stanchion. – E o nosso espertinho aqui ainda não tem quem o patrocine.

– O quê?! – espantou-se Marie. – Faz meses que o Threipe espalhou a notícia. Por que ninguém o agarrou até agora?

– Ambrose Dazno – expliquei.

O rosto dela não demonstrou reconhecimento.

– Ele é músico?

– Filho de barão – respondeu Wilem.

Marie franziu o cenho, intrigada.

– Como é possível que ele o mantenha longe de um mecenas?

– Fartas horas de ócio e o dobro do dinheiro de Deus – respondi, secamente.

– O pai dele é um dos homens mais poderosos de Vintas – acrescentou Manet, virando-se então para Simmon: – Ele é o quê, o 16º na linha de sucessão do trono?

– Décimo terceiro – respondeu Simmon, com ar lúgubre. – Toda a família Surthen desapareceu no mar há dois meses. O Ambrose não para de falar sobre o fato de que seu pai está a meros 12 passos de se tornar rei.

Manet voltou-se outra vez para Marie:

– A questão é que esse filho de barão, em particular, tem toda sorte de maneiras de exercer influência e nenhum medo de jogar com elas.

– Para sermos completamente imparciais, convém mencionar que o jovem Kvothe não é uma das celebridades mais astutas da República – disse Stanchion. Pigarreou e concluiu: – Como ficou evidente na apresentação de hoje.

– Detesto quando as pessoas me chamam de *o jovem Kvothe* – comentei com Simmon, à parte. Ele me lançou um olhar solidário.

– Eu continuo a dizer que foi brilhante – declarou Marie, virando de frente para Stanchion e fincando os dois pés no chão. – Foi a coisa mais inteligente que alguém fez aqui em um mês, e você sabe disso.

Pus a mão no braço de Marie.

– Ele tem razão. Foi estupidez minha – afirmei, dando de ombros, hesitante. – Ou seria, pelo menos, se eu ainda tivesse a menor esperança de arranjar um patrono.

Encarei Stanchion, olho no olho, e completei:

– Mas não tenho. Nós dois sabemos que o Ambrose envenenou esse poço para mim.

– Os poços não ficam envenenados para sempre – retrucou Stanchion.

Encolhi os ombros.

– Então, que tal isto? Prefiro tocar canções que divirtam meus amigos a agradar gente que não gosta de mim com base em boatos.

Stanchion respirou fundo, depois soltou o ar bruscamente:

– Pois muito bem – disse, com um pequeno sorriso.

No breve silêncio que se seguiu, Manet deu um pigarro significativo e correu os olhos pela mesa.

Aproveitei a deixa e fiz as apresentações:

– Stanchion, você já conhece meus amigos estudantes, o Wil e o Sim. Este é Manet, estudante e meu mentor ocasional na Universidade. Todos vocês: este é o Stanchion, anfitrião, proprietário e apresentador do palco da Eólica.

– É um prazer conhecê-los – disse Stanchion, que deu um aceno polido com a cabeça e correu um olhar ansioso pelo salão. – Por falar em anfitrião, preciso cuidar dos negócios – acrescentou, com um tapinha nas minhas costas ao se virar para ir embora. – Vou ver se consigo apagar uns incêndios enquanto isso.

Dei-lhe um sorriso de agradecimento e fiz um gesto floreado.

– Turma, esta é a Marie. Como vocês já tiveram a oportunidade de ouvir, é a melhor violinista da Eólica. Como podem ver com seus próprios olhos, é a mulher mais linda num raio de 1.500 quilômetros. Como podem discernir com sua inteligência, é a mais sábia das...

Sorrindo, ela me deu um tapa.

– Se eu tivesse de sabedoria metade do que tenho de altura, não estaria me aventurando a defendê-lo. O coitado do Threipe anda mesmo batalhando por você há todo esse tempo?

Fiz que sim.

– Eu avisei a ele que era uma causa perdida.

– Será, se você continuar a zombar dos outros – disse ela. – Juro que jamais conheci um homem com o seu talento para a falta de traquejo social. Se você não fosse naturalmente encantador, alguém já o teria esfaqueado.

– É imaginação sua – resmunguei.

Marie virou-se para meus amigos à mesa:

– É um prazer conhecer todos vocês.

Wil meneou a cabeça, Simmon sorriu. Manet, porém, pôs-se de pé com um movimento desenvolto e estendeu a mão. Marie a segurou e ele prendeu calorosamente a da jovem entre as suas, dizendo:

– Marie, você me intriga. Haverá alguma possibilidade de eu lhe oferecer uma bebida e desfrutar o prazer da sua conversa em algum momento desta noite?

Fiquei perplexo demais para fazer outra coisa senão olhar fixamente. Parados ali, os dois pareciam suportes de livros muito malcasados. Marie era uns 15 centímetros mais alta que Manet e as botas faziam suas longas pernas parecerem ainda mais compridas.

Ele, por sua vez, tinha a figura de sempre, grisalho e descabelado, além de ser pelo menos uma década mais velho que Marie.

Ela piscou os olhos e inclinou um pouco a cabeça, como se pensasse no assunto.

– Estou aqui com uns amigos neste momento. Talvez fique tarde quando eu me despedir deles.

– A hora não faz diferença para mim – disse Manet, desenvolto. – Estou disposto a perder o sono, se for essa a questão. Não consigo pensar na última vez que desfrutei a companhia de uma mulher que dissesse o que pensa, com firmeza e sem hesitação. A sua espécie anda escassa hoje em dia.

Marie tornou a examiná-lo.

Manet encarou seu olhar e abriu um sorriso tão confiante e sedutor que seria próprio do palco.

– Não é meu desejo afastá-la de seus amigos – disse ele –, mas você é a primeira violinista em 10 anos que faz meus pés dançarem. Parece que uma bebida é o mínimo que lhe posso oferecer.

Marie retribuiu-lhe o sorriso, com ar meio divertido, meio irônico.

– Estou no segundo andar agora – disse, com um gesto para a escada. – Mas deverei estar livre, digamos, em duas horas...

– É uma enorme gentileza sua – disse Manet. – Devo ir procurá-la?

– Deve – respondeu ela. Depois, dirigiu-lhe um olhar pensativo, virou-se e saiu andando.

Manet retomou seu assento e tomou um gole de sua bebida.

Simmon estava tão estarrecido quanto todos nos sentíamos.

– Que diabo foi isso? – perguntou.

Manet deu um risinho dentro da barba e se reclinou na cadeira, aninhando o caneco no peito.

– Isso – respondeu, cheio de si – é apenas mais uma coisa que eu compreendo e vocês, filhotes, não. Tomem nota. Prestem atenção.

∽

Quando os membros da nobreza querem demonstrar sua apreciação por um músico, eles lhe dão dinheiro. Ao começar a tocar na Eólica, eu tinha recebido alguns desses presentes e, durante certo tempo, isso fora suficiente para ajudar a pagar minha taxa na Universidade e me manter com a cabeça fora d'água, ainda que mal e mal. Mas Ambrose havia persistido em sua campanha contra mim e fazia meses que eu não recebia nada dessa natureza.

Os músicos são mais pobres que os aristocratas, mas, ainda assim, gostam de um espetáculo. Por isso, quando apreciam o modo de alguém tocar, compram-lhe bebidas. Era essa a verdadeira razão para que eu estivesse na Eólica nessa noite.

Manet afastou-se para buscar um trapo úmido no bar, a fim de podermos limpar a mesa e jogar outra rodada de quatro-cantos. Antes que pudesse voltar, um jovem flautista ceáldico aproximou-se e perguntou se haveria alguma possibilidade de nos oferecer uma bebida.

Havia, como se constatou. Ele fez sinal para uma jovem que servia as mesas e cada um de nós pediu aquilo de que mais gostava e, de quebra, uma cerveja para Manet.

Bebemos, jogamos cartas e ouvimos música. Manet e eu tivemos uma sequência de cartas ruins e perdemos três rodadas consecutivas. Isso azedou um pouco o meu humor, mas nem de longe tanto quanto uma suspeita que se insinuava – a de que Stanchion pudesse ter tido razão no que dissera.

Um protetor rico resolveria muitos dos meus problemas. Até um protetor pobre poderia me oferecer algum espaço para respirar, em termos financeiros. Pelo menos isso me daria alguém a quem eu poderia pedir dinheiro emprestado numa situação de aperto, em vez de ser obrigado a lidar com gente perigosa.

Enquanto minha cabeça estava ocupada, joguei mal e perdemos outra rodada, o que nos deixou com quatro derrotas seguidas e uma desistência, além disso.

Manet me fuzilou com os olhos, enquanto recolhia as cartas.

– Eis uma cartilha para os exames de admissão – disse. Ergueu uma das mãos, com três dedos raivosamente espetados para o alto. – Digamos que você tem três cartas de espadas na mão e cinco espadas foram postas na mesa. – Levantou a outra mão, com os cinco dedos bem abertos. – Quantas espadas dá isso, ao todo? – perguntou. Reclinou-se na cadeira e cruzou os braços. – Pense com calma.

– O Kvothe ainda está zonzo por saber que a Marie se dispôs a tomar uma bebida com você – disse-lhe Wilem, secamente. – Todos estamos.

– Eu não – discordou Simmon, em tom alegre. – Eu sabia que você levava jeito.

Fomos interrompidos pela chegada de Lily, uma das moças que costumavam servir as mesas na Eólica.

– O que está havendo por aqui? – perguntou ela, em tom de brincadeira. – Há alguém oferecendo uma bela festa?

– Lily – perguntou Simmon –, se eu a convidasse para tomar uma bebida comigo, você pensaria no assunto?

– Pensaria – respondeu ela, descontraída. – Mas não por muito tempo. – Pôs a mão no ombro dele: – Vocês estão com sorte, senhores. Um admirador anônimo da boa música ofereceu-se para comprar uma rodada de bebidas para a sua mesa.

– Scutten para mim – disse Wilem.

– Hidromel – pediu Simmon, sorrindo.

– Eu vou tomar um sounten – falei.

Manet levantou uma sobrancelha.

– Sounten, é? – perguntou, com uma olhadela para mim. – Também quero um – disse, com um olhar entendido para a moça que nos servia e um aceno de cabeça para mim. – Do dele, é claro.

– É mesmo? – perguntou Lily, dando de ombros. – Volto num instante.

– Agora que você já causou uma impressão danada em todo o mundo, pode se divertir um pouco, certo? – perguntou Simmon. – Qualquer coisa sobre um asno...?

– Pela última vez, não – retruquei. – Para mim, já chega do Ambrose. Não há vantagem nenhuma em continuar a antagonizá-lo.

– Você quebrou o braço dele – disse Wil. – Acho que ele não pode ser mais antagonizado que isso.

– Ele quebrou meu alaúde. Estamos quites. Estou disposto a deixar o passado para lá.

– Uma ova – rebateu Simmon. – Você jogou meio quilo de manteiga rançosa na chaminé dele. Afrouxou a cilha da sela dele...

– Pelas mãos negras, cale a boca! – exclamei, olhando em volta. – Isso foi há quase um mês e ninguém sabe que fui eu, exceto vocês dois. E agora, o Manet. E todo o mundo que está ao alcance da sua voz.

Simmon ficou rubro de vergonha e a conversa parou, até Lily voltar com nossas bebidas. O scutten do Wil estava em seu tradicional copo de pedra. O hidromel do

Simmon brilhava em lampejos dourados num copo alto. Manet e eu recebemos canecos de madeira.

Manet sorriu.

– Nem me lembro da última vez que pedi um sounten – falou, pensativo. – Acho que nunca tinha pedido nenhum para mim, até hoje.

– Você é a única outra pessoa que eu já vi beber isso – comentou Simmon. – O Kvothe aqui vira um atrás do outro, na maior velocidade. Três ou quatro por noite.

Manet ergueu uma sobrancelha hirsuta para mim.

– Eles não sabem? – perguntou.

Balancei a cabeça enquanto bebia do meu caneco, sem saber ao certo se devia me divertir ou ficar sem jeito.

Manet empurrou seu caneco para o Simmon, que o pegou e tomou um gole. Franziu o cenho e bebeu outro.

– Água?

Manet fez que sim.

– É um truque de prostituta experiente – falou. – Você passa uma conversa nela na taberna do bordel e quer mostrar que não é igual aos outros. É um homem refinado. Assim, oferece-lhe uma bebida. – Ele esticou o braço por cima da mesa e retomou seu caneco das mãos do Simmon. – Mas elas estão trabalhando. Não querem bebida nenhuma. Preferem ficar com o dinheiro. Assim, pedem um sounten ou um peveret, ou outra coisa qualquer. Você paga, o sujeito do bar dá água a ela e, no fim da noite, ela divide o dinheiro com a casa. Se for boa ouvinte, uma garota pode ganhar tanto no bar quanto na cama.

– Na verdade – interpus –, nós dividimos em três. Um terço para a casa, um para o rapaz do bar e um para mim.

– Então, você está sendo tapeado – disse Manet em tom franco. – A casa deveria pagar a parte do sujeito do bar.

– Nunca vi você pedir sounten na taberna do Anker – comentou Simmon.

– Deve ser o hidromel de Greysdale – disse Wil. – Você vive pedindo isso.

– Mas *eu* já pedi um Greysdale – protestou Simmon. – Tinha gosto de picles doces e xixi. Além disso... – sua voz morreu.

– Foi mais caro do que você achou que seria? – indagou Manet, rindo. – Não teria muito sentido fazer isso tudo pelo preço de uma cerveja pequena, não é?

– Eles sabem o que eu quero dizer quando peço Greysdale na Anker – contei. – Se eu pedisse uma coisa que não existisse de verdade, seria muito fácil perceberem o jogo.

– Como é que você sabe disso? – perguntou Simmon a Manet.

Manet deu um risinho.

– Não existe truque novo para um cachorro velho como eu – respondeu.

As luzes começaram a diminuir e nós nos voltamos para o palco.

∽

Desse ponto em diante, a noite seguiu a esmo. Manet foi em busca de pastos mais verdes, ao passo que Wilem, Simmon e eu fizemos o melhor possível para manter a mesa sem copos, enquanto os músicos divertidos nos pagavam rodada após rodada de bebida. Uma quantidade obscena de bebida, na verdade. Muito mais do que eu me atreveria a esperar.

Tomei sounten quase o tempo todo, já que levantar dinheiro para cobrir a taxa escolar fora a razão principal para eu ter ido à Eólica nessa noite. Wilem e Simmon também pediram umas rodadas, agora que já conheciam o truque. Fiquei duplamente agradecido, caso contrário teria sido obrigado a levá-los embora num carrinho de mão.

Por fim, nós três nos demos por satisfeitos com a música, os mexericos e, no caso do Simmon, a perseguição infrutífera às moças que nos serviam.

Antes de sairmos, passei para ter uma conversa discreta com o homem do bar, na qual mencionei a diferença entre metade e um terço. No fim da nossa negociação, recebi em espécie um talento inteiro e seis iotas. A maior parte disso viera das bebidas que meus companheiros músicos haviam comprado para mim.

Juntei as moedas na bolsa. *Três talentos exatos.*

Minha negociação também me rendeu duas garrafas marrom-escuras.

– O que é isso? – perguntou o Simmon, quando comecei a enfiar as garrafas no estojo do alaúde.

– Cerveja Bredon.

Mudei a posição dos trapos que usava para acolchoar o alaúde, de modo que as garrafas não o arranhassem.

– Bredon – repetiu Wil, com a voz carregada de desdém. – Isso está mais para pão que para cerveja.

Simmon assentiu com a cabeça, fazendo uma careta.

– Não gosto de ter que mastigar a bebida.

– Não é tão ruim assim – objetei, defensivo. – Nos Pequenos Reinos, as mulheres a bebem quando estão grávidas. O Arwyl mencionou isso numa de suas aulas. Elas a misturam com pólen de flores, óleo de peixe e caroços de cereja. A coisa tem toda sorte de nutrientes.

– Kvothe, não o estamos julgando – disse Wilem, pondo a mão no meu ombro, com expressão apreensiva. – O Simmon e eu não nos incomodamos por você ser uma ylliana grávida.

Simmon deu um ronco, depois riu por ter roncado.

Os três voltamos lentamente para a Universidade, atravessando o arco alto da Ponte de Pedra. E, como não havia ninguém por perto para ouvir, cantei "Asno, Asno" para o Sim.

Wil e Sim foram levemente trôpegos para seus quartos no Cercado. Mas eu não estava pronto para dormir e continuei perambulando pelas ruas desertas da Universidade, respirando o ar frio da noite.

Passei pelas fachadas escuras de boticários, vidreiros e encadernadores. Cortei caminho por um gramado bem cuidado, aspirando o cheiro limpo e terroso das folhas de outono e da grama verde por baixo. Quase todas as hospedarias e tabernas estavam às escuras, mas havia luzes ardendo nos bordéis.

A pedra cinzenta do Prédio dos Professores estava prateada ao luar. Uma única luz tênue ardia lá dentro, iluminando a janela de vitral que retratava Teccam em sua pose clássica: descalço, à entrada de sua caverna, falando com um grupo de jovens estudantes.

Passei pelo Cadinho, com suas incontáveis chaminés escuras, quase todas sem fumaça, espinhando-se contra o céu enluarado. Mesmo à noite a construção cheirava a amônia e flores carbonizadas, ácido e álcool: mil odores misturados que se haviam infiltrado na pedra do edifício ao longo dos séculos.

Por último, vinha o Arquivo. Com seus cinco andares de altura e sem janelas, ele me fazia lembrar um monólito, um enorme marco de estrada. Suas portas maciças estavam fechadas, mas pude ver a luz avermelhada das lamparinas de simpatia aumentando em volta das bordas da porta. Durante o período de admissão, Mestre Lorren mantinha o Arquivo aberto à noite, para que todos os membros do Arcanum pudessem estudar a contento. Todos menos um, é claro.

Voltei para a Anker e encontrei a taberna escura e silenciosa. Eu tinha uma chave da porta dos fundos, mas, em vez de tropeçar pela escuridão, segui para a viela do lado. Pé direito no barril de água da chuva, pé esquerdo no parapeito da janela, mão esquerda no cano de esgoto. Fui subindo em silêncio para minha janela no terceiro andar, abri o trinco com um pedaço de arame e entrei.

Estava um breu e eu me sentia cansado demais para procurar uma luz na lareira do térreo. Assim, toquei no pavio do lampião ao lado da minha cama, sujando os dedos com um pouquinho de óleo. Depois, murmurei uma conexão e senti meu braço esfriar enquanto o calor escoava dele. A princípio, não aconteceu nada e franzi o cenho, concentrando-me para superar o vago embotamento do álcool. A friagem se aprofundou mais em meu braço, fazendo-me estremecer, mas finalmente o pavio se iluminou.

Já então com frio, fechei a janela e corri os olhos pelo quarto minúsculo, com seu teto inclinado e sua cama estreita. Surpreendentemente, percebi que não havia nenhum outro lugar nos quatro cantos em que eu preferisse estar. Tive quase a sensação de estar em casa.

Talvez isso não lhe pareça estranho, mas o foi para mim. Crescendo entre os Ruh, para mim, casa nunca foi um lugar. Casa era um grupo de carroças e cantigas em volta de uma fogueira de acampamento. Quando minha trupe foi morta, isso foi mais do que a perda da minha família e dos meus amigos de infância. Foi como se meu mundo inteiro tivesse sido queimado até o último fiapo.

Agora, depois de quase um ano na Universidade, eu começava a me sentir como se fizesse parte dali. Era um sentimento estranho, essa afeição por um lugar. Em certos sentidos, era reconfortante, mas o Ruh em mim se inquietava, rebelando-se contra a ideia de criar raízes como uma planta.

Ao mergulhar no sono, perguntei a mim mesmo o que meu pai pensaria de mim.

CAPÍTULO 7

Exame de admissão

NA MANHÃ SEGUINTE, salpiquei água no rosto e desci com passos pesados. O salão da taberna do Anker mal começava a se encher de pessoas em busca do pequeno-almoço e alguns estudantes particularmente desconsolados começavam precocemente a bebedeira do dia.

Ainda de olhos vermelhos pela falta de sono, acomodei-me à minha mesa de praxe, no canto, e comecei a me inquietar com a entrevista que se aproximava.

Kilvin e Elxa Dal não me preocupavam. Eu estava preparado para as perguntas deles. O mesmo se aplicava predominantemente a Arwyl. Mas todos os outros professores eram graus variados de mistério para mim.

A cada período, cada professor expunha uma seleção de livros na seção de Tomos, o salão de leitura do Arquivo. Eram textos básicos para estudo dos E'lires de nível mais baixo, com textos progressivamente mais avançados para os Re'lares e os El'thes. Esses livros revelavam o que os professores consideravam conhecimentos valiosos. Eram os livros que o aluno inteligente estudava antes do exame de admissão.

Mas eu não podia circular pela seção de Tomos como todos os demais. Era o único estudante que fora banido do Arquivo em 12 anos e todos estavam a par disso. Tomos era a única sala bem iluminada de todo o prédio e, durante o período das entrevistas de admissão, sempre havia gente por lá, lendo.

Assim, fui obrigado a encontrar exemplares dos textos dos mestres enterrados no Acervo. Você se admiraria ao saber quantas versões de um mesmo livro podem existir. Se eu tivesse sorte, o volume encontrado por mim seria idêntico ao separado pelo professor nos Tomos. Mais comumente, as versões que eu achava eram ultrapassadas, expurgadas ou mal traduzidas.

Eu tinha feito toda a leitura possível nas noites anteriores, mas caçar os livros consumia um tempo precioso e eu ainda estava tristemente despreparado.

Perdia-me nesses pensamentos angustiados quando a voz do Anker me chamou a atenção.

– Na verdade, o Kvothe está bem ali – disse ele.

Levantei a cabeça e vi uma mulher sentada no bar. Não estava vestida como estudante. Usava um sofisticado vestido cor de vinho, de saia longa, cintura fina e luvas vinho para combinar, que lhe subiam até os cotovelos.

Com movimentos resolutos, ela conseguiu descer da banqueta sem prender os pés e veio andando, até parar junto à minha mesa. Seu cabelo louro estava cacheado com esmero e os lábios eram pintados de vermelho-escuro. Não pude deixar de me perguntar o que ela estaria fazendo num lugar como a Anker.

– Foi você que quebrou o braço daquele moleque do Ambrose Dazno? – perguntou.

Falava aturano com um sotaque modegano carregado e musical. Embora ele a tornasse meio difícil de compreender, eu estaria mentindo se dissesse que não o achei atraente. O sotaque modegano praticamente exala sexo.

– Fui. Não foi inteiramente proposital. Mas fui eu.

– Nesse caso, você tem que me deixar comprar-lhe uma bebida – disse ela, no tom de uma mulher que costuma conseguir o que quer.

Dei-lhe um sorriso, desejando ter acordado mais de 10 minutos antes, para que meu raciocínio não estivesse tão embotado.

– Você não seria a primeira a me oferecer uma bebida por isso – comentei, com franqueza. – Já que insiste, vou tomar um hidromel de Greysdale.

Observei-a fazer meia-volta e retornar ao bar. Se era estudante, era uma aluna nova. Se ela tivesse passado mais de alguns dias por ali, eu teria sabido pelo Simmon, que vigiava de perto todas as garotas mais bonitas da cidade e as cortejava com ingênuo entusiasmo.

A modegana voltou um minuto depois e se sentou de frente para mim, deslizando um caneco de madeira pela mesa. O Anker devia ter acabado de lavá-lo, pois os dedos da luva cor de vinho estavam molhados no ponto em que tinham segurado a alça.

A mulher ergueu seu copo, cheio de um vinho tinto escuro.

– Ao Ambrose Dazno – disse, com súbita ferocidade. – Que ele caia num poço e morra.

Levantei o caneco e bebi um gole, tentando imaginar se haveria alguma mulher a menos de 80 quilômetros da Universidade a quem Ambrose não tivesse tratado mal. Enxuguei discretamente a mão nas calças.

A mulher tomou um gole grande de seu vinho e pousou o copo com força. Suas pupilas estavam enormes. Por mais cedo que fosse, ela já devia ter bebido um bocado.

De repente, senti um aroma de noz-moscada e ameixa. Cheirei meu caneco e olhei para o tampo da mesa, achando que alguém devia ter derramado uma bebida. Mas não havia nada.

A mulher à minha frente irrompeu subitamente em lágrimas. E não era um choro suave. Foi como se alguém tivesse aberto uma torneira.

Ela baixou os olhos para as mãos enluvadas e balançou a cabeça. Tirou a luva molhada, olhou para mim e soluçou uma dúzia de palavras em modegano.

– Desculpe – falei, sem jeito. – Eu não falo...

Mas ela já estava se levantando e se afastando da mesa. Enxugando o rosto, correu para a porta.

O Anker me olhou de trás do bar, como todas as outras pessoas no salão.

– Não foi minha culpa – declarei, apontando para a porta. – Ela endoidou sozinha.

Eu a teria seguido e tentado entender tudo, mas ela já estava do lado de fora e faltava menos de uma hora para minha entrevista de admissão. Além disso, se eu tentasse ajudar todas as mulheres que o Ambrose havia traumatizado, não me sobraria tempo para comer nem dormir.

Olhando pelo lado bom, esse encontro bizarro parecia ter desanuviado minha cabeça e deixei de me sentir bronco e embotado pela falta de sono. Resolvi que podia aproveitar para tirar logo do caminho o exame de admissão. Quem cedo começa cedo termina, como dizia meu pai.

∽

A caminho do Cavus, parei para comprar uma torta de frango marrom-dourada na carroça de um vendedor ambulante. Eu precisava de cada vintém para a taxa escolar desse período, mas o preço de uma refeição decente não faria tanta diferença, de um modo ou de outro. A torta era quente e sólida, cheia de frango, cenoura e sálvia. Comi-a pelo caminho, deleitando-me com a pequena liberdade de comprar algo que combinava com meu gosto, em vez de me arranjar com seja lá o que o Anker tivesse à mão.

Terminado o último pedacinho da crosta, senti cheiro de amêndoas carameladas. Comprei uma concha delas, acondicionada num saquinho inteligente, feito de casca seca de milho. Custou-me quatro ocres, mas fazia anos que eu não comia amêndoas carameladas e um pouco de açúcar no sangue não me faria mal na hora de responder às perguntas.

A fila para os exames de admissão serpeava pelo pátio. Não era anormalmente grande, mas ainda assim era irritante. Vi um rosto conhecido da Ficiaria e fui parar perto de uma moça de olhos verdes que também esperava para entrar em fila.

– Olá – cumprimentei. – Você é a Amlia, não é?

Ela me deu um sorriso nervoso e um aceno.

– Eu sou o Kvothe – falei, com uma pequena mesura.

– Sei quem você é. Já o vi na Artificiaria.

– Você deve chamá-la de Ficiaria – falei. Estendi-lhe o saquinho: – Quer uma amêndoa com mel?

Amlia balançou a cabeça.

– Estão gostosas mesmo – insisti, agitando-as tentadoramente no saquinho de casca de milho.

Hesitante, Amlia estendeu a mão e tirou uma.

– Esta fila é para o meio-dia? – perguntei, gesticulando.

Ela fez que não com a cabeça.

– Ainda temos mais uns dois minutos, antes de podermos sequer entrar em fila.

– É ridículo eles nos fazerem ficar de pé desse jeito – comentei. – Feito ovelhas num cercado. Esse processo inteiro é um desperdício do tempo de todo mundo e um insulto, ainda por cima.

Vi um lampejo de inquietação cruzar o rosto de Amlia.

– O que foi? – perguntei.

– É só que você está falando um pouquinho alto – respondeu ela, olhando em volta.

– Eu não tenho é medo de dizer o que todos os outros estão pensando – rebati. – Esse processo todo de admissão é tão falho que beira a idiotia irracional. Mestre Kilvin sabe do que eu sou capaz. O Elxa Dal também. O Brandeur não sabe me diferenciar de um buraco no chão. Por que a opinião dele tem que ter o mesmo peso na minha taxa escolar?

Amlia encolheu os ombros, sem me encarar.

Mordi outra amêndoa e a cuspi nas pedras no mesmo instante.

– Eca! – exclamei, estendendo-as para ela. – Você acha que isso tem cheiro de ameixa?

Amlia lançou-me um olhar vagamente enojado, depois seus olhos se concentraram em alguma coisa atrás de mim.

Virei-me e vi o Ambrose caminhando pelo pátio na nossa direção. Era uma bela figura, como sempre, com seu linho, veludo e brocado alvos e limpos. Usava um chapéu com uma pluma branca alta, cuja visão me enraiveceu de forma irracional. Atipicamente, ele estava sozinho, sem o seu contingente habitual de parasitas e lambe-botas.

– Que maravilha – falei, assim que ele pôde me ouvir. – Ambrose, a sua presença é a cobertura de estrume no bolo de estrume que é o processo de entrevistas de admissão.

Surpreendentemente, Ambrose sorriu ao ouvir isso.

– Ah, Kvothe. É um prazer vê-lo também.

– Conheci uma das suas ex-amadas hoje – comentei. – Ela estava às voltas com o tipo de trauma emocional profundo que presumo vir da visão de você nu.

A expressão dele azedou um pouco diante disso e eu me inclinei e me dirigi a Amlia num sussurro de palco:

– Eu soube de fonte limpa que o Ambrose não só tem o pênis pequenininho, pequenininho, como também só consegue ficar excitado na presença de um cachorro morto, um quadro do duque de Gibea e um batedor de tambor de galé sem camisa.

A expressão do rosto de Amlia endureceu.

Ambrose olhou para ela.

– É melhor você ir embora – disse-lhe, em tom gentil. – Não há razão para você ouvir esse tipo de coisa.

Amlia praticamente fugiu.

– Uma coisa eu reconheço – comentei, vendo-a partir. – Ninguém é capaz de pôr uma mulher para correr como você. – Bati num chapéu imaginário e completei: – Você poderia dar aulas. Poderia lecionar para uma turma.

Ambrose apenas ficou parado, meneando a cabeça, satisfeito, e me observando com um ar curioso de proprietário.

– Esse chapéu lhe dá uma aparência de quem gosta de garotinhos – acrescentei. – E estou pensando em arrancá-lo a tapas da sua cabeça se você não cair fora. – Olhei para ele e indaguei: – Por falar nisso, como vai o braço?

– Vai muito melhor neste momento – disse ele, com prazer. E afagou o braço, distraído, parado ali, sorrindo.

Joguei outra amêndoa na boca, fiz uma careta e a cuspi de novo.

– O que foi? – perguntou Ambrose. – Não gosta de ameixa?

E então, sem esperar resposta, girou nos calcanhares e se afastou, sorrindo.

Diz muito sobre o meu estado de espírito que eu simplesmente o tenha observado afastar-se, sentindo-me confuso. Levei o saquinho ao nariz e respirei fundo. Senti o cheiro empoeirado da casca de milho, mais mel e canela. Nada de ameixa nem noz--moscada. Como é que o Ambrose podia saber...?

E então, tudo se juntou com estrépito na minha cabeça. Ao mesmo tempo, tocou o sino do meio-dia e todos os alunos com uma ficha parecida com a minha se mexeram para entrar na longa fila que ondulava pelo pátio. Estava na hora do meu exame de admissão.

Saí do pátio em louca disparada.

∽

Esmurrei freneticamente a porta, ofegando por ter subido correndo até o terceiro andar do Cercado.

– Simmon! – gritei. – Abra essa porta e fale comigo!

Pelo corredor abriram-se portas e outros estudantes vieram espiar a comoção. Uma das cabeças para fora foi a de Simmon, com o cabelo louro desgrenhado.

– Kvothe? O que está fazendo? Essa aí nem é a minha porta.

Andei até ele, empurrei-o para dentro do quarto e fechei a porta.

– Simmon, o Ambrose me drogou. Acho que alguma coisa não está funcionando direito na minha cabeça, mas não sei o que é.

Simmon riu.

– Eu achava que, para um... – Sua voz estancou e ele assumiu uma expressão incrédula. – O que está fazendo? Não cuspa no meu piso!

– Estou com um gosto esquisito na boca – expliquei.

– Não me importa – disse ele, aborrecido e confuso. – Qual é o seu problema? Você nasceu num celeiro?

Acertei-lhe uma forte bofetada no rosto com a palma da mão, o que o jogou cambaleando contra a parede.

– Eu nasci num celeiro, na verdade – declarei, com ar sombrio. – Há algum problema nisso?

Simmon parou com uma das mãos apoiada na parede, a outra na pele avermelhada da face. Sua expressão era de puro assombro.

– Em nome de Deus, o que há de errado com você?

– Não há nada de errado comigo, mas é melhor você tomar cuidado com o seu tom. Eu bem que gosto de você, porém o simples fato de eu não ter pais ricos não significa que você seja nem um tiquinho melhor do que eu. – Franzi o cenho e cuspi de novo. – Nossa, isso é horroroso, detesto noz-moscada. Sempre detestei, desde pequeno.

Uma súbita compreensão espalhou-se pelo rosto de Simmon:

– Esse gosto na sua boca – disse ele –, parece ameixa com temperos?

Fiz que sim.

– É nojento – falei.

– Pelas cinzas cinzentas de Deus! – exclamou Simmon, a voz abafada numa seriedade lúgubre. – Certo. Você tem razão. Você foi drogado. Eu sei o que é. – Parou de falar quando eu me virei e comecei a abrir a porta: – O que está fazendo?

– Vou matar o Ambrose – respondi. – Por ter-me envenenado.

– Não é veneno. É... – Simmon parou de falar abruptamente, depois continuou, com a voz calma e pausada: – Onde você arranjou essa faca?

– Eu a carrego amarrada na perna, embaixo das calças. Para as emergências.

Simmon respirou fundo, depois soltou o ar.

– Você pode me dar um minuto para explicar, antes de sair para matar o Ambrose?

Dei de ombros.

– Está bem.

– Importa-se de sentar, enquanto conversamos? – e apontou para uma cadeira.

Dei um suspiro e me sentei.

– Ótimo. Mas ande logo. Tenho exame de admissão daqui a pouco.

Simmon balançou calmamente a cabeça e se sentou na beirada da cama, de frente para mim.

– Muito bem, sabe quando alguém andou bebendo e enfia na cabeça a ideia de fazer uma idiotice? E a gente não consegue dissuadi-lo, mesmo sendo óbvio que se trata de uma ideia estúpida?

Eu ri.

– Como quando você quis conversar com aquela harpista do lado de fora da Eólica e vomitou no cavalo dela?

Ele assentiu com a cabeça.

– Exatamente assim. Há uma coisa que um alquimista sabe fazer e que surte o mesmo efeito, só que é muito mais extremo.

Balancei a cabeça.

– Não me sinto minimamente bêbado. Minha cabeça está límpida como um sino.

Simmon tornou a menear a cabeça.

– Não é como estar bêbado. É apenas essa parte da embriaguez. Isso não vai deixá-lo tonto nem cansado. Só torna mais fácil a pessoa cometer idiotices.

Pensei na ideia por um momento.

– Acho que não é isso – afirmei. – Não me sinto com vontade de fazer nenhuma idiotice.

– Há uma maneira de descobrir – disse Simmon. – Você consegue pensar em alguma coisa, neste momento, que lhe pareça má ideia?

Passei um instante pensando, batendo displicentemente com a parte plana da lâmina da faca na ponta da bota.

– Seria má ideia... – minha voz morreu.

Pensei por um tempo maior. Simmon me olhou, com ar de expectativa.

– ...pular do telhado?

Minha voz subiu no final, fazendo da afirmação uma espécie de pergunta.

Simmon permaneceu calado. Continuou olhando para mim.

– Estou entendendo o problema – comentei, devagar. – Parece que não tenho nenhum filtro comportamental.

Simmon deu um sorriso aliviado e um aceno animador.

– É exatamente isso. Todas as suas inibições foram tão bem eliminadas que você nem é capaz de saber que elas sumiram. Mas o resto todo é o mesmo. Você continua firme, bem articulado e racional.

– Você está sendo condescendente comigo – retruquei, apontando-lhe a faca. – Não faça isso.

Ele piscou os olhos.

– Muito bem. Você consegue pensar numa solução para o problema? – perguntou.

– É claro. Preciso de uma espécie de parâmetro comportamental. Você terá que ser a minha bússola, porque ainda está com seus filtros no lugar certo.

– Eu estava pensando na mesma coisa. Então, você vai confiar em mim?

Assenti com a cabeça.

– Menos em matéria de mulheres. Você é um idiota com as mulheres.

Peguei um copo d'água numa mesa próxima, lavei a boca e cuspi tudo no chão. Simmon deu um sorriso trêmulo.

– Muito bem. Primeiro, você não pode matar o Ambrose.

Hesitei.

– Tem certeza?

75

– Tenho. Na verdade, praticamente qualquer coisa que você pense em fazer com essa faca será má ideia. Você deve entregá-la a mim.

Dei de ombros, virei-a na palma da mão e a entreguei a ele pelo cabo improvisado de couro.

Simmon pareceu surpreso com isso, mas se apoderou da faca.

– Tehlu misericordioso – disse, com um profundo suspiro, pousando a faca na cama. – Obrigado.

– Isso foi um caso extremo? – perguntei, tornando a bochechar para lavar a boca.

– É provável que devamos ter uma espécie de sistema de classificação. Como uma escala de 10 pontos.

– Cuspir água no meu chão é número 1 – disse ele.

– Ah. Desculpe.

Repus o copo na escrivaninha.

– Tudo bem – respondeu ele, descontraído.

– Um é baixo ou alto? – perguntei.

– Baixo. Matar o Ambrose é 10. – Simmon hesitou: – Talvez 8 – disse. Remexeu-se no assento. – Ou 7.

– É mesmo? Tanto assim? Então, está bem – concordei. Inclinei-me para a frente na cadeira. – Você precisa me dar umas dicas para o exame de admissão. Tenho que voltar para a fila daqui a pouco.

Simmon balançou a cabeça com firmeza.

– Não. Essa é realmente uma péssima ideia. Oito.

– É mesmo?

– É mesmo. É uma situação social delicada. Uma porção de coisas poderia dar errado.

– Mas, se...

Simmon deu um suspiro e afastou o cabelo claro dos olhos.

– Sou ou não sou o seu parâmetro? Isto vai ficar chato, se eu tiver que lhe dizer tudo três vezes para você me ouvir.

Pensei nisso por um momento.

– Tem razão, sobretudo se eu estiver prestes a fazer uma coisa potencialmente perigosa.

Corri os olhos em volta e perguntei:

– Quanto tempo isso vai durar?

– Não mais que oito horas – disse Simmon. Abriu a boca para continuar, mas fechou-a.

– O que é? – perguntei.

Simmon suspirou.

– Pode ser que haja uns efeitos colaterais. A droga é solúvel em lipídios, por isso vai demorar um pouco no seu corpo. Talvez você experimente pequenas recaídas ocasionais, trazidas pela tensão, emoção intensa, exercícios... – Deu-me um olhar de quem pedisse desculpas. – Elas serão como pequenos ecos disso.

– Com isso eu me preocupo depois – falei. Estendi a mão: – Me dê a sua ficha do exame de admissão. Você pode fazê-lo agora. Eu fico com o seu horário.

Simmon abriu as mãos, com ar desamparado.

– Eu já fiz o exame – explicou.

– Pelas tetas e dentes de Tehlu – praguejei. – Ótimo. Vá chamar a Feila.

Simmon agitou violentamente as mãos diante do corpo.

– Não. Não, não e não. Dez.

Eu ri.

– Por isso não pode ser. Ela tem um horário tardio, no dia-da-pira.

– Acha que ela vai trocar com você?

– Ela já se ofereceu.

Simmon levantou-se.

– Vou procurá-la.

– Eu fico aqui.

Ele fez um aceno entusiástico com a cabeça e correu os olhos pelo quarto, nervoso:

– Provavelmente, é mais seguro você não fazer nada enquanto eu não estiver aqui – disse, abrindo a porta. – Fique sentadinho em cima das mãos até eu voltar.

∾

Ele só demorou cinco minutos e é provável que tenha sido melhor assim.

Houve uma batida na porta.

– Sou eu – disse a voz dele, atravessando a madeira. – Está tudo bem aí?

– Você sabe o que é estranho? – perguntei pela porta fechada. – Tentei pensar numa coisa engraçada que pudesse fazer enquanto você não estava, mas não consegui – disse-lhe, correndo os olhos pelo quarto. – Acho que isso quer dizer que o humor se enraíza na transgressão social. Não posso transgredir, porque não sei dizer o que seria socialmente inaceitável. Para mim, tudo parece igual.

– Talvez você tenha razão – concordou ele. Em seguida perguntou: – Mas você fez alguma coisa, assim mesmo?

– Não. Resolvi ser bonzinho. Você encontrou a Feila?

– Encontrei. Ela está aqui. Mas, antes de nós entrarmos, você tem que prometer que não vai fazer nada sem me perguntar primeiro. Está certo?

Dei uma risada.

– Tudo bem. Só não me mande fazer coisas idiotas na frente dela.

– Prometo – disse Simmon. – Por que você não se senta? Só por segurança.

– Já estou sentado.

Simmon abriu a porta. Vi Feila espiando por cima do ombro dele.

– Oi, Feila – falei. – Preciso trocar de horário com você.

— Primeiro – disse Simmon –, você tem que tornar a vestir a camisa. Isso é mais ou menos dois.

— Ah. Desculpe. Eu estava com calor.

— Podia ter aberto a janela.

— Achei mais seguro limitar as minhas interações com objetos externos – retruquei.

Simmon ergueu uma sobrancelha:

— Na verdade, essa é uma ótima ideia. Só guiou você um pouquinho na direção errada, neste caso.

— Puxa! – Ouvi a voz da Feila no corredor. – Ele está falando sério?

— Completamente sério – respondeu Simmon. – Posso ser franco? Acho que não é seguro você entrar.

Enfiei a camisa.

— Vestido – informei. – Eu até fico sentado em cima das mãos, se isso fizer você se sentir melhor.

E foi exatamente o que fiz, prendendo-as embaixo das pernas.

Simmon deixou Feila entrar e fechou a porta atrás dela.

— Feila, você é simplesmente linda – falei. – Eu lhe daria todo o dinheiro da minha bolsa, se pudesse vê-la nua só por dois minutos. Eu daria tudo o que tenho. Exceto meu alaúde.

É difícil dizer qual dos dois ficou mais vermelho de vergonha. Acho que foi o Sim.

— Não era para eu dizer isso, era?

— Não – respondeu Simmon. – Isso é mais ou menos cinco.

— Mas não faz muito sentido – retruquei. – As mulheres ficam nuas nos quadros. As pessoas compram quadros, não compram? As mulheres posam para eles.

Simmon meneou a cabeça.

— É verdade. Mas, assim mesmo. Só fique quietinho um minuto e não diga nem faça nada. Está bem?

Fiz que sim.

— Não consigo acreditar muito nisso – disse Feila, cujo rubor foi sumindo das faces. – Não consigo deixar de pensar que vocês estão me pregando algum tipo sofisticado de peça.

— Eu gostaria que estivéssemos – falou Simmon. – Esse negócio é terrivelmente perigoso.

— Como ele pode se lembrar de nus na pintura e não se lembrar de que é preciso ficar de camisa em público? – perguntou ela ao Simmon, sem desgrudar os olhos de mim nem por um instante.

— Só não me pareceu muito importante – falei. – Eu tirei a camisa quando fui açoitado. Aquilo foi em público. Parece estranho a pessoa se encrencar por causa disso.

— Você sabe o que aconteceria se tentasse esfaquear o Ambrose? – Simmon perguntou.

Pensei por um segundo. Foi como tentar lembrar o que eu tinha comido no desjejum, um mês antes.

– Haveria um julgamento, suponho – respondi, devagar –, e as pessoas me pagariam bebidas.

Feila abafou uma risada atrás da mão.

– E que tal isto? – perguntou-me Simmon. – O que é pior: roubar uma torta ou matar o Ambrose?

Pensei seriamente por um minuto.

– Torta de carne ou torta de frutas?

– Uau! – exclamou Feila, sem fôlego. – Isso é... – Balançou a cabeça. – Chega quase a me arrepiar.

Simmon também meneou a cabeça.

– É um produto alquímico assustador. É uma variação de um sedativo chamado poda de ameixa. Você nem tem que ingeri-lo. Ele é diretamente absorvido pela pele.

Feila o fitou:

– Como você sabe tanta coisa sobre isso?

Simmon deu um tênue sorriso.

– O Mandrag dá aulas sobre isso em todas as suas turmas de alquimia. Já ouvi a história umas 10 vezes. É o exemplo favorito que ele usa de como se pode abusar da alquimia. Um alquimista o usou para destruir a vida de várias autoridades do governo em Atur, uns 50 anos atrás. Ele só foi apanhado porque uma condessa enlouqueceu completamente no meio de um casamento, matou uma dúzia de pessoas e... – Simmon parou, balançando a cabeça. – Enfim. Foi terrível. Tão terrível que a amante do alquimista o entregou aos guardas.

– Espero que ele tenha recebido o que merecia.

– E mais um pouco – disse Simmon, em tom grave. – A questão é que a droga afeta cada um de maneira um pouquinho diferente. Não é uma simples redução das inibições. Há uma amplificação das emoções. Uma liberação de desejos ocultos, combinada com um tipo estranho de memória seletiva, quase uma amnésia moral.

– Não estou me sentindo mal – falei. – Aliás, estou me sentindo muito bem. Mas fico preocupado com o exame de admissão.

Simmon fez um gesto.

– Está vendo? Ele se lembra do exame de admissão. Isso é importante para ele. Mas as outras coisas simplesmente... somem.

– Isso tem cura? – perguntou Feila, nervosa. – Não devíamos levá-lo para a Iátrica?

Simmon pareceu tenso.

– Acho que não. Eles poderiam tentar um purgativo, mas não é como se houvesse uma droga agindo no organismo dele. A alquimia não funciona assim. Ele está sob a influência de princípios sem restrições. Não dá para expelir isso do jeito que tentaríamos nos livrar do mercúrio ou do ophalum.

– Purgativo não parece muito divertido – acrescentei. – Se é que o meu voto conta.

– E existe a possibilidade de acharem que ele endoidou por causa da tensão dos exames de admissão – disse Simmon a Feila. – Isso acontece com alguns alunos, em todos os períodos. Eles o meteriam no Refúgio até terem certeza...

Fiquei de pé, com os punhos cerrados.

– Prefiro que façam picadinho de mim no inferno a deixar que me enfiem no Refúgio – declarei, furioso. – Nem mesmo por uma hora. Nem por um minuto.

Simmon empalideceu e deu um passo atrás, levantando as mãos num gesto defensivo, com as palmas para fora. Mas sua voz foi firme e calma:

– Kvothe, estou lhe ordenando três vezes. Pare.

Parei. Feila me observava de olhos arregalados, assustados.

Simmon continuou, em tom firme:

– Kvothe, estou ordenando três vezes: sente-se.

Sentei.

De pé atrás dele, Feila olhou para Simmon, surpresa.

– Obrigado – disse ele em tom gentil, baixando as mãos. – Eu concordo. A Iátrica não é o melhor lugar para você. Podemos ficar aqui até isso passar.

– Isso também me parece melhor – assenti.

– Mesmo que as coisas corressem bem na Iátrica – acrescentou Simmon –, imagino que você ficasse mais inclinado que de hábito a dizer o que pensa. – Ele deu um sorrisinho irônico. – Os segredos são a pedra angular da civilização e eu sei que você tem um número um pouco maior que a maioria das pessoas.

– Acho que eu não tenho segredo nenhum – contrapus.

Simmon e Feila caíram na gargalhada ao mesmo tempo.

– Acho que você acabou de comprovar a afirmação dele – disse Feila. – Eu sei que você tem pelo menos alguns.

– E eu também – disse Simmon.

– Você é o meu parâmetro – comentei e dei de ombros. Depois, sorri para Feila e peguei minha bolsa.

Simmon balançou a cabeça para mim.

– Não, não, não. Eu já lhe disse. Vê-la nua seria a pior coisa do mundo neste momento.

Os olhos de Feila se estreitaram um pouco diante disso.

– Qual é o problema? – indaguei. – Você tem medo de que eu a derrube no chão e a violente? – perguntei, rindo.

Simmon me olhou.

– E você não faria isso?

– É claro que não.

Ele olhou para Feila e de novo para mim.

– Pode me dizer por quê? – perguntou, com ar curioso.

Pensei no assunto.

– É porque... – parei de falar e balancei a cabeça. – É... eu só não posso. Sei que não posso comer pedras nem atravessar paredes. É a mesma coisa.

Concentrei-me nisso por um segundo e comecei a ficar tonto. Pus uma das mãos nos olhos e tentei ignorar a vertigem repentina.

– Por favor, me diga que eu tenho razão nisso – pedi, subitamente assustado. – Eu não posso comer pedras, posso?

– Você tem razão – respondeu Feila depressa. – Não pode.

Parei de tentar vasculhar o interior da cabeça em busca de respostas e a estranha vertigem desapareceu.

Simmon me observava atentamente.

– Eu gostaria de saber o que significou *isso* – comentou ele.

– Eu tenho uma boa ideia – murmurou Feila baixinho.

Tirei do bolso a ficha de marfim do exame de admissão.

– Eu só estava querendo trocar – disse-lhe. – A menos que você queira me deixar vê-la nua. – Levantei a bolsa com a outra mão e olhei nos olhos de Feila. – O Simmon diz que é errado, mas ele é um idiota com as mulheres. A minha cabeça pode não estar tão bem atarraxada quanto eu gostaria, mas disso eu me lembro com clareza.

∽

Eram quatro horas quando minhas inibições começaram a voltar e mais duas se passaram até se instalarem com firmeza. Simmon passou o dia inteiro comigo, paciente como um padre, explicando que não, eu não devia ir comprar uma garrafa de conhaque para nós. Não, eu não devia chutar o cachorro que estava latindo do outro lado da rua. Não, eu não devia ir a Imre procurar a Denna. Não. Três vezes não.

Quando o sol se pôs, eu tinha voltado a ser meu eu regular e semimoral. O Simmon me submeteu a um extenso questionário, antes de me levar de volta para o meu quarto na Anker, de onde me fez jurar pelo leite materno que eu não sairia até de manhã. Jurei.

Mas nem tudo estava bem comigo. Minhas emoções continuavam acaloradas, explodindo diante de qualquer coisinha. Pior, minha memória não tinha simplesmente voltado ao normal: voltara com um entusiasmo vívido e incontrolável.

Não tinha sido tão ruim assim quando eu estava com o Simmon. A presença dele era uma distração agradável. Mas, sozinho em meu quartinho do sótão na taberna do Anker, fiquei à mercê da minha memória. Foi como se a minha cabeça estivesse decidida a desembalar e examinar cada coisinha contundente e dolorosa que eu já tinha visto.

Talvez você pense que as piores lembranças eram as de quando minha trupe foi assassinada. De como voltei ao nosso acampamento e encontrei tudo em chamas. Do formato antinatural dos corpos dos meus pais à tênue luz do crepúsculo. Do cheiro de lona queimada e sangue e cabelos em fogo. Lembranças daqueles que os mataram. Do Chandriano. Do homem que falara comigo, rindo o tempo todo. Do Gris.

Essas eram lembranças ruins, mas, no correr dos anos, eu as havia tirado da memória e manipulado tantas vezes que mal lhes restava alguma aresta cortante. Eu me lembrava do tom e do timbre da voz de Haliax com tanta clareza quanto dos de meu pai. Podia trazer à mente sem esforço o rosto do Gris. Seus dentes perfeitos, sorridentes. Seu cabelo branco e ondulado. Seus olhos, negros como gotas de tinta. Sua voz, cheia da friagem do inverno, dizendo: *Os pais de alguém andaram cantando o tipo inteiramente errado de canção.*

Talvez você pensasse que essas seriam as piores lembranças. Mas estaria errado.

Não. As piores lembranças eram as da minha infância. O rolar e chacoalhar lento das viagens na carroça, meu pai segurando frouxamente as rédeas. Suas mãos fortes nos meus ombros, ensinando-me a me postar no palco para que meu corpo dissesse *orgulhoso*, *triste* ou *tímido*. Seus dedos ajustando os meus nas cordas do seu alaúde.

Minha mãe escovando meu cabelo. A sensação dos braços dela à minha volta. O encaixe perfeito da minha cabeça na curva do seu pescoço. O modo como eu me sentava, aninhado no colo dela, junto da fogueira, à noite, sonolento, feliz e seguro.

Eram essas as piores lembranças. Preciosas e perfeitas. Cortantes como estilhaços de vidro enchendo a boca. Fiquei deitado na cama, retesado num nó trêmulo, incapaz de dormir, incapaz de voltar o pensamento para outras coisas, incapaz de me impedir de recordar. De novo. E de novo. E de novo.

Então houve uma batida leve na minha janela. Um som tão miúdo que só o notei quando parou. Aí ouvi a janela abrir-se suavemente atrás de mim.

– Kvothe? – disse Auri, baixinho.

Trinquei os dentes contra os soluços e fiquei o mais imóvel que pude, torcendo para ela achar que eu estava dormindo e ir embora.

– Kvothe? – chamou ela outra vez. – Eu lhe trouxe...

Houve um momento de silêncio e então ela disse:

– Oh.

Ouvi um som leve atrás de mim. O luar mostrou sua sombra pequenina na parede quando ela entrou pela janela. Senti a cama mexer-se quando Auri se acomodou nela.

Uma mão pequenina e fria roçou o lado do meu rosto.

– Está tudo bem – disse ela, baixinho. – Venha cá.

Comecei a chorar baixo e ela desfez gentilmente o nó apertado de mim, até deitar minha cabeça em seu colo. E murmurou com a voz tristonha, afastando meu cabelo da testa, as mãos frias sobre meu rosto quente:

– Eu sei. Às vezes é ruim, não é?

Afagou meigamente o meu cabelo, o que só me fez chorar mais. Eu não conseguia me lembrar da última vez que alguém me tocara de forma amorosa.

– Eu sei – repetiu ela. – Você tem uma pedra no coração e há dias em que ela fica tão pesada que não há nada que se possa fazer. Mas você não precisa ficar sozinho por causa disso. Devia ter-me procurado. Eu compreendo.

Meu corpo se contraiu e, de repente, o gosto de ameixa tornou a me inundar a boca.

– Eu sinto saudade dela – falei, antes de me dar conta de estar falando. Aí, mordi o lábio, antes que pudesse dizer mais alguma coisa. Trinquei os dentes e balancei furiosamente a cabeça, como um cavalo lutando contra as rédeas.

– Você pode falar – disse Auri, com ternura.

Tornei a balançar a cabeça, senti o gosto de ameixa e, de repente, as palavras jorraram de dentro de mim:

– Ela dizia que eu cantei antes de falar. Dizia que, quando eu era só um bebê, ela tinha o hábito de cantarolar quando me segurava no colo. Não era nada parecido com uma canção. Só uma terça descendente. Apenas um som para me tranquilizar. E aí, um dia, ela disse que estava passeando comigo pelo acampamento e me ouviu ecoar seu som. Duas oitavas acima. Uma minúscula terça chilreada. Ela dizia que foi minha primeira canção. Nós a cantávamos de trás para a frente um para o outro. Durante anos.

Engasguei e trinquei os dentes.

– Pode falar – disse Auri, mansinho. – Tudo bem se você falar.

– Eu nunca mais vou vê-la.

Desengasguei-me. E aí comecei a chorar de verdade.

– Está tudo bem – disse Auri, mansinho. – Eu estou aqui. Você está a salvo.

CAPÍTULO 8

Perguntas

Os dias que se seguiram não foram agradáveis nem produtivos.

O horário de exame da Feila era bem no fim da onzena e por isso tentei dar um destino útil a meu tempo extra. Procurei fazer uns trabalhos avulsos na Ficiaria, mas voltei depressa para meu quarto quando irrompi em prantos a meio caminho de gravar a siglística num funil de calor. Não só não consegui manter o Alar adequado, como a última coisa de que eu precisava era gente achando que eu havia enlouquecido sob o estresse do exame de admissão.

Mais tarde, na mesma noite, quando tentei engatinhar pelo túnel estreito que levava ao Arquivo, o gosto de ameixa me inundou a boca e fui tomado por um medo absurdo do espaço escuro e confinante. Por sorte, eu só havia avançado uns 3,5 metros, mas, mesmo assim, quase fiz uma concussão ao me debater de ré para sair do túnel e arranhei as palmas das mãos a ponto de deixá-las em carne viva ao me arrastar em pânico pela pedra.

Assim, passei os dois dias seguintes me fingindo de doente e permanecendo em meu quartinho. Toquei meu alaúde, tive um sono sobressaltado e pensei coisas sinistras sobre o Ambrose.

∞

O Anker estava fazendo a limpeza quando desci.
– Está melhor? – perguntou.
– Um pouco – respondi. Na véspera, só tivera dois ecos da ameixa e tinham sido muito breves. Melhor ainda, havia conseguido dormir a noite inteira. Eu parecia haver superado o pior.
– Está com fome?
Balancei a cabeça.
– Hoje é o exame de admissão.
Anker franziu o cenho.
– Nesse caso, você deve comer alguma coisa. Uma maçã – disse. Remexeu-se atrás do balcão do bar e saiu de lá com um caneco de barro e uma jarra pesada. – Tome um pouco de leite também. Tenho que usá-lo antes que azede. A porcaria do sem-gelo começou a dar defeito há uns dois dias. Três talentos inteiros, foi o que essa coisa me custou. Eu sabia que não devia ter desperdiçado dinheiro nela, com o gelo tão barato por aqui.

Debrucei-me sobre o balcão do bar e espiei a caixa comprida de madeira enfurnada entre os canecos e as garrafas.
– Eu posso dar uma olhada nele para você – ofereci.
Anker levantou uma sobrancelha.
– Você sabe fazer alguma coisa com isso?
– Posso dar uma olhada. Talvez seja algo simples que eu possa consertar.
O taberneiro deu de ombros.
– Você não pode quebrá-lo mais do que já está quebrado – disse. Limpou as mãos no avental e fez sinal para eu entrar atrás do balcão. – Vou lhe preparar uns dois ovos enquanto você dá a sua olhada. Também preciso gastá-los.

Abriu a caixa comprida, tirou um punhado de ovos e voltou para a cozinha.
Contornei o balcão do bar e me ajoelhei para examinar o sem-gelo. Era uma caixa revestida de pedra, do tamanho de um pequeno baú de viagem. Em qualquer outro lugar que não a Universidade, aquilo seria um milagre artesanal, um luxo. Ali, onde era fácil obter essas coisas, era só mais uma chateação desnecessária, que não funcionava direito.

Era praticamente a peça mais simples de artificiaria que se poderia fazer. Nenhuma parte móvel, só duas faixas planas de estanho, cobertas de símbolos siglísticos que deslocavam o calor de uma extremidade da faixa de metal para a outra. Na verdade, não era nada além de um sifão lento e ineficiente de calor.

Agachei-me e apoiei os dedos nas faixas de estanho. A da direita estava aquecida, o que significava que a metade da parte interna estaria correspondentemente fria. Mas a da esquerda estava na temperatura ambiente. Espichei o pescoço para dar uma olhadela na siglística e vi um arranhão profundo no estanho, que riscava duas das runas.

Estava explicado. Uma peça de siglística é parecida com uma frase em muitos aspectos. Se você tirar umas tantas palavras, ela simplesmente não faz o menor sentido. Eu deveria dizer que *geralmente* não faz sentido. Às vezes, um texto danificado de siglística pode fazer coisas realmente desagradáveis. Franzi o cenho ao olhar para a faixa de estanho. Aquilo era um trabalho grosseiro de artificiaria. As runas deveriam estar na parte interna da faixa, onde não pudessem ser danificadas.

Vasculhei o local até achar um martelo de quebrar gelo no fundo de uma gaveta e bati cuidadosamente as duas runas danificadas até achatá-las na superfície macia do estanho. Em seguida, concentrei-me e usei a ponta de uma faca de descascar para entalhá-las de novo na faixa grossa de metal.

Anker saiu da cozinha com um prato cheio de ovos e tomates.

– Agora deve funcionar – falei. Comecei a comer por educação, e então percebi que estava mesmo com fome.

Anker olhou para a caixa, levantando a tampa.

– Fácil assim?

– Como qualquer outra coisa – respondi, com a boca meio cheia. – É fácil quando você sabe o que está fazendo. *Deve* funcionar. Deixe passar um dia para ver se ela esfria mesmo.

Terminei o prato de ovos e tomei o leite o mais depressa que pude, sem ser grosseiro.

– Preciso receber os meus créditos do bar hoje – anunciei. – A taxa escolar vai ser pesada neste período.

Anker assentiu com a cabeça e foi conferir o pequeno livro de registro que guardava embaixo do balcão, onde estavam anotados todos os copos de hidromel de Greysdale que eu fingira beber nos dois meses anteriores. Depois, pegou sua bolsa e contou 10 iotas de cobre na mesa. Um talento inteiro: o dobro do que eu havia esperado. Olhei para ele, intrigado.

– Um dos garotos do Kilvin me cobraria pelo menos meio talento para vir consertar esse treco – explicou Anker, dando um chute no sem-gelo.

– Eu não tenho certeza...

Ele me calou com um aceno de mão.

– Se não estiver consertado, eu tiro o dinheiro do seu salário do mês que vem – disse. – Ou então, uso-o como um incentivo para fazer você começar a tocar também nas noites do dia-do-saque – completou, rindo. – Vejo isso como um investimento.

Guardei o dinheiro na bolsa: *quatro talentos*.

Eu estava a caminho da Ficiaria para ver se minhas lamparinas finalmente tinham sido vendidas, quando vislumbrei um rosto conhecido atravessando o pátio, usando a toga preta dos professores.

– Mestre Elodin! – chamei, ao vê-lo aproximar-se de uma porta lateral do Prédio dos Professores. Era um dos poucos edifícios em que eu não havia passado muito tempo, já que ele tinha pouco mais do que os aposentos dos professores e dos guildeiros residentes, além de quartos de hóspedes para arcanistas visitantes.

Ao som do seu nome, ele girou o corpo. Em seguida, ao me ver correndo na sua direção, revirou os olhos e tornou a se voltar para a porta.

– Mestre Elodin – repeti, com a respiração meio ofegante. – Posso lhe fazer uma pergunta rápida?

– Falando em termos estatísticos, é bem provável – respondeu ele, destrancando a porta com uma chave brilhante de latão.

– Então, posso lhe fazer a pergunta?

– Duvido que algum poder conhecido pelo homem pudesse impedi-lo – respondeu ele. Abriu a porta e entrou.

Eu não tinha sido convidado, mas me esgueirei para dentro atrás dele. Elodin era difícil de achar e tive medo de que, se não aproveitasse essa oportunidade, talvez não tornasse a vê-lo por mais uma onzena.

Acompanhei-o por um corredor estreito de pedra.

– Ouvi um boato de que o senhor estava reunindo um grupo de alunos para estudar denominação – falei, com cautela.

– Isso não é uma pergunta – observou Elodin, dirigindo-se para um lance comprido e estreito de escada.

Lutei contra a vontade de lhe dar uma resposta torta e, em vez disso, respirei fundo.

– É verdade que o senhor vai dar aulas a essa turma?

– Sim.

– Estava planejando me incluir?

Elodin parou e se virou de frente para mim na escada. Parecia deslocado com sua toga negra de professor. Tinha o cabelo emaranhado e o rosto jovem demais, quase de garoto.

Ficou me encarando por um bom momento. Olhou-me de cima a baixo, como se eu fosse um cavalo em que estivesse pensando em apostar ou uma peça de carne que pensasse em vender a peso.

Mas isso não foi nada comparado ao momento em que seus olhos encontraram os meus. Por uma fração de segundo, foi simplesmente inquietante. Depois, foi quase como se a luz da escada escurecesse. Ou como se, de repente, eu fosse lançado em águas profundas e a pressão me impedisse de respirar direito.

– Diabos, seu retardado – ouvi dizer uma voz conhecida, que parecia vir de um ponto muito distante. – Se você vai ficar catatônico de novo, tenha a decência de fazê-lo lá no Refúgio e nos poupar o trabalho de carregar a sua carcaça salpicada de espuma de volta para lá. Afora isso, chegue para o lado.

Elodin desviou os olhos de mim e, de repente, tudo voltou a ficar brilhante e claro. Fiz força para não soltar um arquejo e encher os pulmões de ar.

Mestre Hemme desceu a escada pisando firme e deu um tranco com o ombro em Elodin, empurrando-o grosseiramente para o lado. Ao me ver, soltou um grunhido:

– É claro. O duplamente retardado também está aqui. Será que posso recomendar um livro para os seus estudos? É uma leitura encantadora, intitulada *Corredores, sua forma e função: um guia para deficientes mentais*.

Fuzilou-me com os olhos e, quando não pulei imediatamente para o lado, deu-me um sorriso desagradável.

– Ah, mas você ainda está banido do Arquivo, não é? Devo tomar providências para lhe apresentar as informações pertinentes num formato mais adequado a gente da sua laia? Talvez uma pantomima ou algum tipo de espetáculo de marionetes?

Dei um passo para o lado e Hemme passou feito um tufão, resmungando consigo mesmo. Elodin lançou adagas com os olhos nas costas largas do outro professor. Só depois de Hemme fazer a curva foi que a atenção dele voltou a recair sobre mim.

Elodin suspirou.

– Talvez fosse melhor você seguir seus outros estudos, Re'lar Kvothe. O Dal tem apreço por você, assim como o Kilvin. Você parece estar progredindo bem com eles.

– Mas, mestre – falei, tentando esconder a desolação na voz –, foi o senhor que patrocinou a minha promoção a Re'lar.

Ele se virou e recomeçou a subir a escada.

– Nesse caso, você deveria valorizar o meu sábio conselho, não é?

– Mas, se o senhor vai dar aulas a outros estudantes, por que não a mim?

– Porque você é ansioso demais para ter a paciência adequada – disse ele, com ar atrevido. – É orgulhoso demais para ouvir como convém. E é inteligente demais. Essa é a pior parte.

– Alguns professores preferem estudantes inteligentes – resmunguei, ao emergirmos num corredor largo.

– Sim – disse Elodin. – Dal, Kilvin e Arwyl gostam de alunos inteligentes. Vá estudar com um deles. A sua vida e a minha ficarão consideravelmente mais fáceis com isso.

– Mas...

Elodin parou abruptamente no meio do corredor.

– Ótimo – disse. – Prove que você merece ser ensinado. Abale as minhas suposições nos próprios alicerces. – Bateu dramaticamente na toga, como se procurasse algo perdido num bolso. – Para minha grande desolação, descubro-me sem meios de passar por esta porta – disse, e bateu nela com os nós dos dedos. – O que se faz nesta situação, Re'lar Kvothe?

Sorri, a despeito da minha irritação geral. Ele não poderia ter escolhido um desafio que se adequasse mais perfeitamente aos meus talentos. Tirei de um bolso da capa um pedaço longo e fino de aço de molas, ajoelhei-me diante da porta e examinei a fechadura. O trinco era substancial, feito para durar. Mas, embora as fechaduras grandes e pesadas impressionem, na verdade são mais fáceis de contornar, quando têm uma boa manutenção.

Essa tinha. Levei o tempo de três respirações lentas para abri-la com um clique satisfatório. Levantei-me, limpei os joelhos e empurrei a porta para dentro com um floreio.

Elodin, por sua vez, pareceu um tanto impressionado. Suas sobrancelhas subiram quando a porta se abriu:

– Inteligente – comentou, enquanto entrava.

Continuei nos seus calcanhares. Eu nunca me perguntara realmente como seriam os aposentos do Elodin. Mas, se houvesse tentado adivinhar, não teria sido nada parecido com aquilo.

Eram cômodos imensos e luxuosos, com pé-direito alto e tapetes espessos. As paredes eram revestidas de madeira antiga e as janelas altas deixavam entrar a luz da manhãzinha. Havia quadros também antigos e enormes peças de mobiliário de madeira antiquíssima. Um lugar bizarramente comum.

Elodin deslocou-se depressa pelo vestíbulo, atravessou uma sala de estar de bom gosto e entrou no quarto. Melhor chamá-lo de *câmara*. Era imenso, com uma cama de baldaquino do tamanho de um navio. Elodin abriu um guarda-roupa e começou a retirar várias togas pretas longas, semelhantes à que estava usando.

– Segure – ordenou e foi jogando togas nos meus braços até eu não poder segurar mais nada. Umas eram de algodão comum, mas outras eram de linho fino ou de um rico veludo macio. Elodin pôs mais meia dúzia de togas em seu próprio braço e as levou para a sala de estar.

Passamos por estantes antigas, repletas de centenas de livros, e por uma enorme escrivaninha polida. Uma das paredes era tomada por uma vasta lareira de pedra, grande o bastante para se assar um porco, embora, naquele momento, houvesse apenas um fogo miúdo ardendo nas brasas, para afastar a friagem do começo do outono.

Elodin levantou de sobre uma mesa uma decantadeira de cristal e foi postar-se em frente à lareira. Jogou nos meus braços as togas que carregava, de modo que mal pude enxergar por cima delas. Levantando delicadamente a tampa da decantadeira, provou um gole do conteúdo e levantou a sobrancelha com ar apreciativo, segurando a garrafa contra a luz.

Resolvi tentar de novo.

– Mestre Elodin, por que o senhor não quer me ensinar denominação?

– Essa é a pergunta errada – disse ele, emborcando a decantadeira sobre as brasas que ardiam na lareira. Quando as chamas subiram, vorazes, ele pegou de volta sua braçada de roupa e pôs lentamente no fogo uma toga de veludo. Ela se inflamou depressa e, enquanto ardia em chamas, Elodin alimentou o fogo com as outras, em rápida sucessão. O resultado foi uma enorme pilha de tecido fumegante, que fez uma fumaça densa subir em ondas pela chaminé. – Tente de novo.

Não pude deixar de fazer a pergunta óbvia:

– Por que o senhor está pondo fogo na sua roupa?

– Não. Não chegou nem perto da pergunta certa – disse ele, enquanto tirava mais togas dos meus braços e as empilhava na lareira. Depois, segurou a alça da tampa do duto de ar e a puxou, fechando-a com uma batida metálica. Grandes nuvens de fumaça começaram a inundar o quarto. Elodin tossiu um pouco, depois deu um passo atrás e olhou em volta, com ar vagamente satisfeito.

De repente eu me dei conta do que estava acontecendo.

– Ah, meu Deus, de quem são estes aposentos? – indaguei.

Elodin fez um meneio satisfeito com a cabeça.

– Muito bom! Eu também teria aceito *Por que o senhor não tem a chave deste quarto?*, ou *O que estamos fazendo aqui?*

Baixou os olhos para mim, com ar sério:

– As portas são trancadas por uma razão. As pessoas que não têm a chave devem ficar do lado de fora por uma razão.

Cutucou a pilha de tecido fumegante com um dos pés, como que para se assegurar de que ela permaneceria na lareira.

– Você sabe que é inteligente – disse-me ele. – Essa é a sua fraqueza. Você supõe saber no que está se metendo, mas não sabe. – Com uma expressão séria nos olhos escuros, acrescentou: – Você acha que pode contar comigo para lhe ensinar. Acha que eu o manterei em segurança. Mas esse é o pior tipo de tolice.

– De quem são estes aposentos? – repeti, estupefato.

Ele me mostrou todos os seus dentes, numa risada repentina.

– De Mestre Hemme.

– Por que o senhor está queimando toda a roupa do Hemme? – perguntei, tentando ignorar o fato de que o quarto se enchia rapidamente de uma fumaça amarga.

Elodin me olhou como se eu fosse um idiota.

– Porque eu o odeio – respondeu. Pegou a decantadeira de cristal no console e a atirou com violência no fundo da lareira, onde a garrafa se espatifou. O fogo começou a arder com mais vigor, graças ao que quer que houvesse restado nela. – O homem é um perfeito imbecil. Ninguém fala comigo daquele jeito.

A fumaça continuou a fervilhar no quarto. Não fosse o pé-direito alto, já estaríamos sufocando. Mesmo assim, estava ficando difícil respirar e por isso nos dirigimos para a porta. Elodin a abriu e a fumaça rolou para o corredor.

Paramos do lado de fora, olhando um para o outro, enquanto os rolos de fumaça passavam. Resolvi abordar o problema de outra forma:

– Entendo a sua hesitação, Mestre Elodin. Às vezes eu não pondero as coisas até o fim.

– Obviamente.

– E admito que houve ocasiões em que meus atos foram... – fiz uma pausa, tentando pensar em algo mais humilde que *irrefletidos*.

– De uma estupidez que ultrapassa todo o conhecimento mortal? – disse Elodin, procurando ajudar.

Explodi de raiva, acabando com minha breve tentativa de humildade:

– Bem, graças a Deus por eu ser a única pessoa aqui que já tomou uma decisão errada na vida! – exclamei, mal conseguindo manter a voz abaixo dos gritos. Encarei-o com o olhar duro: – Também ouvi histórias a seu respeito, sabe? Dizem que o senhor mesmo fez um bocado de estragos por aqui na época em que era estudante.

A expressão divertida de Elodin desfez-se um pouco, deixando-o com cara de quem tinha engolido alguma coisa que ficara empacada a meio caminho.

– Se o senhor acha que eu sou inconsequente – continuei –, faça alguma coisa a esse respeito. Mostre-me o caminho mais certo! Molde a minha mente jovem e flexível... – engoli uma golfada de fumaça e comecei a tossir, o que me forçou a abreviar meu discurso. – Faça alguma coisa, droga! – Engasguei. – Me ensine!

Eu não estivera realmente gritando, mas acabei sem fôlego do mesmo jeito. Minha explosão de raiva esvaiu-se com a mesma rapidez com que tinha surgido e senti medo de ter ido longe demais.

Porém Elodin apenas me olhou.

– O que o faz pensar que não lhe estou ensinando? – perguntou, intrigado. – Afora o fato de que você se recusa a aprender.

Dito isso, virou-se e saiu andando pelo corredor:

– Eu sairia daqui, se fosse você – observou, com uma olhadela para trás. – Vão querer saber quem foi o responsável por isto e todo mundo sabe que você e o Hemme não se dão muito bem.

Senti que começava a suar de pânico.

– O quê?

– E eu também tomaria banho antes do exame. Não será bom se você aparecer por lá cheirando a fumaça. Eu moro aqui – disse, tirando uma chave do bolso e abrindo uma porta no extremo oposto do corredor. – Qual é a sua desculpa?

CAPÍTULO 9

Um linguajar civilizado

MEU CABELO AINDA ESTAVA molhado quando atravessei um corredor curto e subi a escada para o palco de um teatro vazio. Como sempre, o salão estava escuro, exceto pela imensa mesa em forma de meia-lua. Desloquei-me até a borda da luz e aguardei educadamente.

O Reitor fez sinal para eu me aproximar e fui até o centro da mesa, estendendo a mão para lhe entregar minha ficha do sorteio. Em seguida, dei um passo atrás e parei no círculo de luz levemente mais forte, entre as duas pontas projetadas da mesa.

Os nove professores me olharam. Eu gostaria de dizer que tinham uma aparência dramática, como corvos pousados numa cerca, ou algo parecido. Mas, embora todos estivessem usando suas togas formais, eles eram diferentes demais para se assemelharem a uma coleção do que quer que fosse.

Além disso, pude ver neles as marcas do cansaço. Só então me ocorreu que, por mais que os estudantes detestassem o exame de admissão, provavelmente ele também não era nenhum mar de rosas para os professores.

– Kvothe, filho de Arliden – disse o Reitor, num tom formal. – Re'lar – acrescentou. Fez um gesto para a ponta na extrema direita da mesa. – Fisiopata-Mor?

Arwyl baixou os olhos para mim, com um ar de avô no rosto, por trás dos óculos de aro redondo.

– Quais são as propriedades medicinais da menka? – perguntou.

– Anestésico potente – respondi. – Catatônico potente. Purgativo potencial – hesitei. – Tem também uma batelada de efeitos secundários complicadores. Devo listar todos?

Arwyl balançou a cabeça.

– Um paciente chega à Iátrica e se queixa de dores articulares e dificuldade para respirar. Tem a boca seca e diz estar sentindo um gosto adocicado. Queixa-se de calafrios, mas, na verdade, está suado e febril. Qual é o seu diagnóstico?

Respirei fundo, hesitando.

– Não faço diagnósticos na Iátrica, Mestre Arwyl. Eu chamaria um dos seus El'thes para fazê-lo.

Ele me deu um sorriso, os olhos franzindo-se nas extremidades.

– Correto – disse. – Mas, apenas a título de discussão, o que você acha que estaria errado?

– O paciente é estudante?

Arwyl ergueu uma sobrancelha.

– O que isso tem a ver com o preço da manteiga?

– Se a pessoa trabalhar na Ficiaria, pode ser o resfriado dos fundidores – respondi. Arwyl inclinou ligeiramente a cabeça e eu acrescentei: – Na Ficiaria é possível arranjar toda sorte de envenenamentos por metais pesados. Por aqui isso é raro, porque os alunos são bem treinados, mas qualquer um que trabalhe com bronze quente pode inalar vapores suficientes para se matar se não tomar os cuidados adequados.

Observei Kilvin assentindo com a cabeça enquanto eu falava e fiquei contente por não ter que admitir que a única razão de eu saber disso era que eu mesmo tinha-me arranjado um caso brando, um mês antes.

Arwyl fez um *humpf* pensativo, depois apontou para o outro lado da mesa.

– Aritmético-Mor?

Brandeur estava sentado na extremidade esquerda da mesa.

– Supondo que o cambista leve 4 por cento, quantos vinténs é possível obter com um talento?

Ele formulou a pergunta sem levantar os olhos dos papéis à sua frente.

– Que tipo de vintém, Mestre Brandeur?

Ele olhou para cima, de cenho franzido.

– Ainda estamos na República, se me lembro corretamente.

Fiz os cálculos de cabeça, trabalhando com base nas cifras dos livros que ele havia separado no Arquivo. Não eram as taxas de câmbio verdadeiras que se obteriam de um prestamista, e sim as taxas de câmbio oficiais usadas pelos governos e financistas, para disporem de uma base comum com que mentir uns para os outros.

– Em vinténs de ferro. Trezentos e cinquenta – falei e acrescentei: – Um. E meio.

Brandeur baixou os olhos para os papéis antes mesmo de eu terminar de falar.

– A sua bússola diz ouro a 220 pontos, platina a 112 pontos e cobalto a 32. Onde você está?

Fiquei sem resposta. A orientação por bússolas trimetálicas exigia mapas detalhados e uma triangulação trabalhosa. Só era praticada por comandantes de navios e cartógrafos e eles usavam mapas minuciosos para fazer seus cálculos. Eu só tinha posto os olhos numa bússola trimetálica duas vezes na vida.

Ou essa era uma pergunta listada num dos livros selecionados para estudo pelo Brandeur ou fora concebida de propósito para travar minhas rodas. Considerando-se que Brandeur e Hemme eram amigos, deduzi que fosse a segunda hipótese.

Fechei os olhos, abri mentalmente um mapa do mundo civilizado e dei meu melhor palpite:

– Em Tarbean? Talvez em algum lugar de Yll? – indaguei. Abri os olhos. – Sinceramente, não faço ideia.

Brandeur fez uma marca num pedaço de papel.

– Nomeador-Mor – disse, sem levantar os olhos.

Elodin me deu um sorriso malicioso e entendido e, de repente, tive medo de que pudesse revelar minha participação no que ele fizera nos aposentos de Hemme naquela manhã.

Em vez disso, ele levantou três dedos, com ar dramático:

– Você tem três cartas de espadas na mão. E já foram jogadas cinco espadas – disse. Juntou os dedos em ponta e me olhou com ar sério. – Quantas espadas dá isso?

– Oito – respondi.

Os outros professores se remexeram um pouco nas cadeiras. Arwyl deu um suspiro. Kilvin deixou cair os ombros. Hemme e Brandeur chegaram a ponto de revirar os olhos um para o outro. No conjunto, todos deram a impressão de uma exasperação resignada.

Elodin fechou a cara para eles.

– O que foi? – perguntou, endurecendo a voz. – Vocês *querem* que eu leve esta pantomima mais a sério? Querem que eu lhe faça perguntas que só um nomeador seria capaz de responder?

Diante disso, os outros professores ficaram quietos, com ar constrangido e se recusando a encará-lo. Hemme foi a exceção e o fuzilou com os olhos.

– Ótimo – disse Elodin, virando-se para mim outra vez. Seus olhos estavam escuros e havia uma estranha ressonância em sua voz. Ela não era alta, mas, quando ele falou, pareceu encher todo o prédio. Não restou espaço para nenhum outro som. – Para onde vai a lua – perguntou, em tom sinistro – quando não está mais no nosso céu?

O salão pareceu anormalmente silencioso quando ele parou de falar. Como se sua voz houvesse deixado um buraco no mundo.

Esperei para ver se haveria algo mais na pergunta.

– Não faço a mínima ideia – admiti. Depois da voz de Elodin, a minha pareceu fina e insubstancial.

Ele deu de ombros, depois fez um gesto gracioso para o outro lado da mesa:

– Simpatista-Mor.

Elxa Dal era o único que parecia realmente à vontade em seu traje formal. Como sempre, sua barba negra e o rosto magro me fizeram pensar no mago maléfico de tantas peças aturenses ordinárias. Ele me deu uma olhadinha solidária e disse, com ar displicente:

– Que tal a conexão da atração galvânica linear?

Enunciei-a sem dificuldade.

Ele meneou a cabeça e indagou:

– Qual é a distância da desintegração insuperável do ferro?

– Oito quilômetros, 850 metros – respondi, dando a resposta dos manuais, apesar de fazer algumas objeções ao termo "insuperável". Embora fosse verdade que deslocar qualquer quantidade significativa de energia por mais de 9,5 quilômetros fosse estatisticamente impossível, ainda assim se podia usar a simpatia para cobrir distâncias muito maiores com a vara rabdomântica.

– Depois que uma onça de água começa a ferver, quanto calor será preciso para que ela ferva até evaporar completamente?

Vasculhei tudo o que consegui lembrar das tabelas de evaporação com que havia trabalhado na Ficiaria.

– Cento e oito taumas – respondi, com mais segurança do que realmente sentia.
– Para mim está bom – disse Dal. – Alquimista-Mor?
Mandrag deu um aceno de descaso, com a mão salpicada de manchas.
– Passo.
– Ele é bom nas perguntas sobre o naipe de espadas – sugeriu Elodin.
Mandrag franziu o sobrolho e disse:
– Arquivista-Mor.
Lorren me olhou, com expressão impassível no rosto comprido.
– Quais são as regras do Arquivo?
Enrubesci ao ouvir isso e baixei os olhos.
– Andar silenciosamente – respondi. – Respeitar os livros. Obedecer aos escribas. Nada de água. Nada de alimentos. – Engoli em seco. – Nada de fogo.
Lorren assentiu com a cabeça. Nada em seu tom ou seu porte indicou qualquer tipo de reprovação, mas isso só piorou as coisas. Seus olhos se deslocaram pela mesa.
– Artífice-Mor.
Praguejei por dentro. Na última onzena, eu tinha lido todos os seis livros selecionados por Mestre Lorren para serem estudados pelos Re'lares. Só *A queda do império*, de Feltemi Reis, tinha-me tomado 10 horas. Havia poucas coisas que eu desejava mais do que ter acesso ao Arquivo e tivera a esperança aflitiva de impressionar Mestre Lorren, respondendo a qualquer pergunta que ele pensasse em formular.
Mas não adiantava. Virei-me para Kilvin.
– Rendimento galvânico do cobre – trovejou por entre a barba o enorme professor ursino.
Dei a resposta até a quinta casa decimal. Eu tivera que usá-lo ao fazer meus cálculos para as lamparinas de convés.
– Coeficiente condutor do gálio.
Esse eu tinha precisado saber para lubrificar os emissores das lâmpadas. Estaria Kilvin me oferecendo perguntas fáceis? Dei a resposta.
– Bom – disse Kilvin. – Retórico-Mor.
Respirei fundo ao me virar de frente para Hemme. Eu tinha lido três livros dele, embora sentisse um nítido desprezo pela retórica e pela filosofia inútil.
Hemme fechou a cara para mim, seu rosto redondo parecendo uma lua furiosa.
– Você pôs fogo nos meus aposentos, seu raviazinho bastardo?
A crueza da pergunta me pegou inteiramente desprevenido. Eu estava preparado para questões de uma dificuldade impossível, traiçoeiras, ou que ele pudesse distorcer para fazer com que qualquer resposta que eu desse parecesse errada.
Mas essa acusação súbita me pegou completamente desprevenido. *Ravia* é um termo pelo qual nutro um desprezo especial. Um rebuliço de emoções ferveu dentro de mim e me trouxe à boca o gosto repentino de ameixa. Enquanto parte de mim ainda considerava a maneira mais gentil de responder, descobri que eu já estava falando:

– Não pus fogo nos seus aposentos – respondi, com honestidade. – Mas gostaria de ter posto. E gostaria que o senhor estivesse lá dentro, em sono profundo, quando o fogo começasse.

A expressão de Hemme passou da raiva para a perplexidade.

– Re'lar Kvothe! – exclamou o Reitor. – Você vai manter um linguajar civilizado, senão eu mesmo o submeterei à acusação de Conduta Imprópria!

O gosto de ameixa desapareceu tão depressa quanto havia surgido, deixando-me meio zonzo e transpirando de medo e vergonha.

– Peço desculpas, senhor Reitor – apressei-me a dizer, baixando os olhos para os pés. – Falei por raiva. *Ravia* é um termo que a minha gente considera particularmente ofensivo. O uso dele faz pouco da matança sistemática de milhares de membros dos Ruh.

Uma ruga de curiosidade surgiu entre as sobrancelhas do Reitor.

– Admito não conhecer essa etimologia, em particular – disse ele, pensativo. – Acho que farei dela a minha pergunta.

– Espere aí – interrompeu Hemme. – Eu não terminei.

– Terminou, sim – disse o Reitor, com voz dura e firme. – Você é tão malcomportado quanto o garoto e com menos justificativa. Demonstrou que não sabe se conduzir com profissionalismo, portanto feche a matraca e se considere com sorte por eu não exigir uma censura oficial.

Hemme ficou branco de raiva, mas mordeu a língua.

O Reitor virou-se para mim:

– Linguista-Mor – anunciou-se formalmente. – Re'lar Kvothe, qual é a etimologia da palavra *ravia*?

– Ela vem dos expurgos instigados pelo imperador Alcyon – respondi. – Ele expediu uma proclamação dizendo que qualquer membro da *ralé viajante* das estradas estava sujeito a multas, detenção ou deportação sem julgamento. A expressão foi abreviada por *ravia* por ênclise metaplástica.

Ele ergueu uma sobrancelha ao ouvir isso.

– Foi mesmo?

Fiz que sim.

– Mas imagino que também haja uma ligação com o termo *ravialendo*, que se refere à aparência maltrapilha das trupes de artistas em situação de aperto.

O Reitor fez um aceno formal com a cabeça.

– Obrigado, Re'lar Kvothe. Vá sentar-se enquanto conferenciamos.

CAPÍTULO 10

Ser valorizada

Minha taxa escolar foi fixada em nove talentos e cinco. Melhor do que os 10 talentos que o Manet havia previsto, porém mais do que eu tinha na bolsa. Eu teria até a hora do almoço do dia seguinte para acertar o pagamento com o tesoureiro, ou seria obrigado a perder um período inteiro.

Ter que adiar meus estudos não seria uma tragédia. Mas somente os estudantes tinham acesso aos recursos da Universidade, como o equipamento da Artificiaria. Isso significava que eu não só não poderia pagar minha taxa, como também seria impedido de trabalhar na oficina do Kilvin, o único emprego em que eu podia ter esperança de ganhar dinheiro suficiente para minha taxa escolar.

Parei no Estoque e o Jaxim sorriu quando me aproximei da janela aberta.

– Acabei de vender as suas lamparinas, hoje de manhã – informou. – Conseguimos empurrá-las por um dinheirinho extra, porque eram as últimas que restavam.

Ele folheou o livro de registro até encontrar a página apropriada.

– Os seus 60 por cento dão quatro talentos e oito iotas. Tirando o material e os trabalhos avulsos que você usou... – correu o dedo pela página – Sobraram dois talentos, três iotas e oito ocres.

Jaxim fez uma anotação no registro e escreveu um recibo para mim. Dobrei cuidadosamente o papel e o guardei na bolsa. Não tinha o peso gratificante das moedas, mas elevou o meu total para mais de seis talentos. Tanto dinheiro, mas ainda não era suficiente.

Se eu não tivesse perdido as estribeiras com o Hemme, a minha taxa escolar poderia ter sido bem mais baixa. Eu poderia ter estudado mais ou ganhado mais dinheiro, se não tivesse sido forçado a me esconder no quarto por quase dois dias inteiros, chorando e me enfurecendo, com aquele gosto de ameixa na boca.

Ocorreu-me uma ideia.

– Acho que eu deveria começar alguma coisa nova – comentei, com ar displicente. – Vou precisar de um cadinho pequeno. Três onças de estanho. Duas onças de bronze. Quatro onças de prata. Um rolo de arame fino de ouro. Cobre em...

– Espere um segundo – Jaxim me interrompeu. Correu de novo o dedo ao longo do meu nome no livro de registro. – Não tenho autorização para você tirar ouro nem prata – disse-me. Levantou a cabeça e perguntou: – Está errado?

Hesitei, não querendo mentir.

– Eu não sabia que precisava de autorização.

Jaxim deu-me um sorriso compreensivo.

– Você não é o primeiro a tentar uma coisa dessas – disse. – Taxa escolar pesada?

Confirmei com um aceno de cabeça.

Ele fez uma careta solidária.

– Lamento. O Kilvin sabe que o Estoque poderia transformar-se numa barraca de agiota se ele não tomar cuidado. – Fechou o registro e acrescentou: – Você vai ter que ir à casa de penhores, como todo mundo.

Levantei as mãos, mostrando-lhe as palmas e o dorso, para frisar a ausência de joias.

Jaxim se encolheu.

– É duro. Eu conheço um agiota decente no Paço da Prata, que só cobra 10 por cento ao mês. Ainda é como ter os dentes arrancados, mas é melhor que a maioria.

Balancei a cabeça e dei um suspiro. O Paço da Prata era onde os prestamistas filiados à guilda tinham suas lojas. Eles não me dariam nem as horas.

– Com certeza é melhor do que arranjei no passado – falei.

∽

Refleti sobre a situação enquanto caminhava para Imre, com o peso familiar do alaúde apoiado num ombro.

Eu estava num aperto, mas não dos terríveis. Nenhum prestamista da guilda confiaria dinheiro a um Edena Ruh órfão e sem garantias, no entanto eu poderia pedi-lo emprestado a Devi. Mesmo assim, gostaria de não ter chegado a esse ponto. Não só a taxa de juros dela era extorsiva, como eu me preocupava com os favores que ela exigiria de mim se algum dia eu deixasse de pagar o empréstimo. Duvidava que fossem pequenos. Ou fáceis. Ou inteiramente legais.

Eram esses os meandros de meus pensamentos quando cruzei a Ponte de Pedra. Parei na loja de um boticário e segui caminho para a Homem Gris.

Ao abrir a porta, vi que se tratava de uma pousada. Não havia um salão comum onde as pessoas pudessem reunir-se e beber. Em vez dele, havia uma pequena sala de estar, ricamente decorada, inclusive com um porteiro bem-vestido que me olhou com ar de reprovação, se não de franca antipatia.

– Em que posso ajudá-lo, meu jovem senhor? – perguntou-me, quando cruzei a porta.

– Venho fazer uma visita a uma jovem senhora – respondi. – Pelo nome de Dinael.

Ele balançou a cabeça.

– Vou ver se ela está.

– Não se incomode – disse-lhe, dirigindo-me à escada. – Ela está me esperando.

O homem bloqueou minha passagem.

– Receio que isso não seja possível. Mas terei prazer em ver se a jovem está.

Estendeu a mão. Olhei para ela.

– Seu cartão de visita? – pediu. – Para que eu possa apresentá-lo à jovem senhora?

– Como é que você pode lhe dar o meu cartão se não tem certeza de que ela está? O porteiro tornou a abrir seu sorriso. Era gentil, educado e tão contundentemente desagradável, que o observei com especial interesse, gravando-o na memória. Um sorriso como aquele era uma obra de arte. Havendo crescido no palco, eu era capaz de apreciá-lo em diversos níveis. Um sorriso assim era como uma faca, em certos ambientes sociais, e eu poderia necessitar dele um dia.

– Ah! – exclamou o porteiro. – A dama *está* – declarou, com certa ênfase. – Mas isso não significa, necessariamente, que esteja para *o senhor*.

– Pode dizer-lhe que o Kvothe veio visitá-la – falei, mais achando graça que me sentindo ofendido. – Eu espero.

Não tive de esperar muito. O porteiro desceu a escada com uma expressão irritada, como se houvesse ansiado por me jogar no olho da rua.

– Por aqui – disse-me.

Segui-o pela escada. O homem abriu uma porta e eu passei por ele com o que torci para ser uma dose irritante de autoconfiança desdenhosa.

Era uma sala de visitas com janelas largas, que deixavam entrar o sol do fim da tarde, ampla o bastante para parecer espaçosa, mesmo com as cadeiras e os sofás espalhados. Havia um saltério de martelos apoiado na parede oposta e um dos cantos da sala era inteiramente ocupado por uma enorme harpa modegana.

Denna estava de pé no centro do cômodo, com um vestido de veludo verde. Tinha o cabelo penteado de modo a exibir favoravelmente o seu pescoço elegante, revelando os brincos de gotas de esmeralda e o colar que formava um conjunto com eles.

Ela conversava com um rapaz que era... a melhor palavra em que consigo pensar é "bonito". Tinha um rosto meigo e escanhoado, com olhos grandes e escuros.

Sua aparência era a de um jovem nobre que se encontrava numa maré de azar havia tempo de mais para que isso fosse algo temporário. Suas roupas eram finas, porém amarrotadas. O cabelo preto era cortado num estilo que obviamente pretendia ser encaracolado, mas não recebera cuidados nos últimos tempos. Os olhos eram fundos, como se ele não viesse dormindo bem.

Denna me estendeu as duas mãos e disse:

– Kvothe, venha conhecer o Geoffrey.

– É um prazer conhecê-lo, Kvothe – disse o rapaz. – A Dinael me falou muito a seu respeito. Você é uma espécie de... como se diz? Mago?

O sorriso dele era franco e completamente ingênuo.

– Arcanista, na verdade – retruquei, com toda a cortesia possível. – Mago traz à mente um excesso de tolices de livros de histórias. As pessoas esperam que usemos mantos negros e atiremos entranhas de aves por todos os lados. E você?

– O Geoffrey é poeta – disse Denna. – E dos bons, embora o negue.

– Nego, sim – admitiu ele e seu sorriso desmanchou-se. – Preciso ir. Tenho um encontro com pessoas que não devo deixar esperando.

Deu um beijo no rosto de Denna, apertou minha mão calorosamente e se foi.

Denna observou a porta fechar-se atrás dele e comentou:

– É uma doçura de menino.

– Você diz isso como se o lamentasse.

– Se ele fosse um pouquinho menos meigo, talvez conseguisse guardar duas ideias na cabeça ao mesmo tempo. Talvez elas se roçassem e provocassem uma centelha. Até uma fumacinha já seria boa, porque aí, ao menos pareceria estar acontecendo alguma coisa lá dentro.

Ela deu um suspiro.

– Ele é mesmo tão obtuso assim? – perguntei.

Denna balançou a cabeça.

– Não. É apenas crédulo. Não tem uma gota de malícia e não tem feito outra coisa senão escolhas ruins desde que chegou aqui, um mês atrás.

Enfiei a mão em minha capa e tirei um par de trouxinhas embrulhadas em tecido, uma branca e outra azul.

– Eu lhe trouxe um presente.

Denna estendeu a mão para pegá-las, com ar levemente intrigado.

O que me parecera uma ótima ideia algumas horas antes nesse momento se afigurou uma grande tolice.

– São para os seus pulmões – expliquei, subitamente sem jeito. – Sei que às vezes você tem problemas.

Ela inclinou a cabeça de lado.

– E como sabe disso, tenha a bondade de me dizer?

– Você o mencionou quando estávamos em Trebon – respondi. – Andei fazendo umas pesquisas. – Apontei o dedo: – Com aquele você pode fazer um chá: ferrão-de--pluma, urtigão, lohatma... – Apontei para o outro: – Desse você ferve as folhas num pouco d'água e aspira o vapor que sobe.

Denna olhou para um pacotinho e para o outro.

– Escrevi instruções aí dentro, num pedaço de papel – acrescentei. – O azul é o que você deve ferver para aspirar o vapor. Azul de água, percebe?

Ela olhou para mim.

– Também não se faz chá com água?

Pisquei os olhos, enrubesci e comecei a dizer alguma coisa, mas Denna riu e balançou a cabeça:

– Estou mexendo com você – disse-me, em tom gentil. – Obrigada. Essa é a coisa mais meiga que já fizeram por mim em muito tempo.

Foi até uma cômoda e guardou cuidadosamente as duas trouxinhas numa caixa de madeira entalhada.

– Você parece vir-se saindo muito bem – comentei, com um gesto para a sala bem decorada.

Denna deu de ombros e correu um olhar indiferente pelo aposento.

– O Kellin é que vem-se saindo muito bem – disse. – Eu fico apenas no reflexo da luz dele.

Meneei a cabeça, compreensivo.

– Achei que talvez você tivesse encontrado um mecenas.

– Não é nada tão formal assim. O Kellin e eu temos andado juntos por aí, como dizem em Modeg, e ele tem-me ensinado um pouco de harpa. – Ela apontou com a cabeça o lugar do enorme instrumento que avultava num canto.

– Importa-se de me mostrar o que aprendeu? – pedi.

Denna balançou a cabeça, embaraçada. O cabelo escorregou-lhe pelos ombros com esse movimento.

– Ainda não sou muito boa.

– Eu refreio a minha ânsia natural de apupar e assobiar – disse-lhe, em tom gentil.

Denna deu uma risada.

– Ótimo. Só um pouquinho.

Colocou-se atrás da harpa e puxou um banco alto em que se encostar. Depois, levou as mãos às cordas, parou por um bom momento e começou a tocar.

A melodia era uma variação de "O carneiro-guia". Sorri.

A interpretação dela foi lenta, quase majestosa. Muita gente pensa que a velocidade é a marca do bom músico. É compreensível. O que Marie fizera na Eólica tinha sido admirável. Mas a rapidez com que se consegue dedilhar as notas é a menor parte da música. O verdadeiro segredo é o tempo certo.

É como contar uma piada. Qualquer um pode se lembrar das palavras. Qualquer um é capaz de repeti-las. Mas fazer alguém rir exige mais do que isso. Contar uma piada mais depressa não a torna mais engraçada. Como acontece com muitas coisas, a hesitação é melhor que a pressa.

É por isso que existem tão poucos músicos de verdade. Uma porção de gente é capaz de cantar ou arrancar uma melodia de um violino, como se fosse uma serra. Uma caixa de música pode tocar impecavelmente uma canção, repetidas vezes. Mas conhecer as notas não basta. É preciso saber *como* tocá-las. A velocidade vem com o tempo e a prática, mas ritmo, a pessoa nasce com ele. Ou o tem, ou não o tem.

Denna o tinha. Moveu-se lentamente pela melodia, mas não se arrastou. Tocou-a com o vagar de um beijo sensual. Não que eu soubesse algo sobre beijos, naquele ponto da minha vida. Mas, enquanto ela abraçava a harpa, com os olhos semicerrados de concentração e os lábios levemente franzidos, eu soube que um dia desejaria ser beijado com aquele cuidado lento e deliberado.

E ela era linda. Suponho que não deva causar surpresa eu ter uma queda particular por mulheres que trazem a música dentro de si. Mas, quando ela tocou, vi-a pela primeira vez nesse dia. Até então, estivera distraído com a mudança do seu cabelo, o corte do vestido. Mas, quando ela tocou, tudo isso desapareceu da visão.

Estou divagando. Basta dizer que ela foi impressionante, embora, obviamente, ainda estivesse aprendendo. Errou algumas notas, porém não se assustou nem se esquivou delas. Como dizem, o joalheiro conhece a pedra preciosa não lapidada. E eu sou. E ela era. E muito.

– Você já foi muito além de "O esquilo no telhado de sapê" – comentei, em voz baixa, depois que ela tangeu as últimas notas.

Denna descartou meu elogio com um dar de ombros, sem me encarar.

– Não tenho muito o que fazer além de praticar. E o Kellin diz que levo algum jeito.

– Há quanto tempo você está estudando? – perguntei.

– Três onzenas? – disse ela, pensativa, depois meneou a cabeça. – Um pouco menos de três onzenas.

– Mãe de Deus! – exclamei, balançando a cabeça. – Jamais conte a ninguém a rapidez com que pegou o jeito. Os outros músicos vão detestá-la por isso.

– Meus dedos ainda não se acostumaram – disse ela, fitando-os. – Não consigo praticar tanto quanto gostaria.

Estendi o braço e segurei uma de suas mãos, virando a palma para cima a fim de ver as pontas dos dedos. Havia marcas de bolhas desaparecendo.

– Você...

Levantei a cabeça e vi como Denna estava perto. Sua mão era fria na minha. Ela me fitava com olhos enormes, negros. Uma sobrancelha ligeiramente levantada. Não desdenhosa, nem mesmo jocosa, apenas com delicada curiosidade. Meu estômago ficou estranho e fraco de repente.

– Eu o quê? – perguntou ela.

Percebi que não fazia ideia do que estivera prestes a falar. Pensei em dizer *Não faço ideia do que ia dizer*. Aí me dei conta de que isso seria uma idiotice. Então, não falei nada.

Denna baixou os olhos e segurou minha mão, virando-a:

– As suas mãos são macias – declarou, e tocou de leve as pontas dos meus dedos. – Pensei que os calos seriam ásperos, mas não são. São lisos.

Já não tendo seus olhos fixados nos meus, recuperei um pouquinho do raciocínio.

– Só leva tempo – comentei.

Denna ergueu o rosto e deu um sorriso tímido. Minha cabeça ficou vazia como uma folha de papel em branco.

Passado um momento, ela soltou minha mão, passou por mim e voltou para o meio da sala.

– Gostaria de beber alguma coisa? – perguntou, acomodando-se graciosamente numa cadeira.

– Seria muita gentileza sua – respondi, por puro reflexo. Percebi que minha mão continuava pendendo estupidamente no ar e a deixei cair junto ao corpo.

Ela apontou para uma cadeira próxima e eu me sentei.

– Veja isto – falou, pegando uma sineta de prata numa mesinha próxima e a balançando de leve. Depois, ergueu uma das mãos, com os cinco dedos esticados. Dobrou o polegar, o indicador, e foi fazendo uma contagem regressiva.

Antes que dobrasse o mindinho, veio uma batida na porta.

– Entre – anunciou Denna e o porteiro bem-vestido abriu a porta.

– Acho que eu gostaria de tomar um chocolate – disse ela. – E o Kvothe...

Virou-se para mim, com ar questionador.

– Um chocolate parece ótimo – concordei.

O porteiro meneou a cabeça e desapareceu, fechando a porta ao sair.

– Às vezes eu faço isso só para fazê-lo correr – admitiu Denna, com ar encabulado, baixando os olhos para a sineta. – Não consigo imaginar como ele pode ouvir. Durante algum tempo, tive a convicção de que ficava sentado no corredor, com o ouvido na minha porta.

– Posso ver a sineta? – pedi.

Denna a entregou. À primeira vista, parecia uma peça normal, mas, quando a virei de cabeça para baixo, vi uns símbolos siglísticos minúsculos na superfície interna.

– Ele não está bisbilhotando – afirmei, devolvendo o objeto. – Há outra sineta lá embaixo que toca em uníssono com essa.

– Como? – perguntou Denna e respondeu à própria pergunta: – Mágica?

– Pode chamar assim, se quiser.

– Esse é o tipo de coisa que vocês fazem por lá? – indagou, apontando a cabeça na direção do rio e da Universidade, mais além. – Parece meio... vulgar.

– É o uso mais frívolo da siglística que já vi – concordei.

Denna caiu na gargalhada.

– Você parece todo ofendido. É assim que se chama: siglística?

– A criação de uma dessas coisas chama-se artificiaria. A siglística é a escrita ou o entalhe das runas que a fazem funcionar.

Os olhos de Denna se iluminaram.

– Então, é uma mágica em que você escreve coisas? – perguntou, inclinando-se para a frente na cadeira. – Como funciona?

Hesitei. Não só por ser uma pergunta imensa, mas porque a Universidade tinha regras muito específicas sobre partilhar os segredos do Arcanum.

– É bem complicado – respondi.

Por sorte, nesse momento, houve outra batida na porta e o nosso chocolate chegou, fumegante. Minha boca se encheu d'água ao sentir aquele aroma. O homem pousou a bandeja numa mesinha próxima e se retirou sem dizer palavra.

Beberiquei e sorri ante a espessa doçura da bebida.

– Faz anos que não tomo chocolate – comentei.

Denna levantou a xícara e olhou ao redor da sala.

– É estranho pensar que algumas pessoas vivem a vida inteira assim – ponderou.

– Isso não lhe agrada? – indaguei, surpreso.

– Gosto do chocolate e da harpa. Mas poderia prescindir da sineta e de uma sala inteira só para ficar sentada – disse. Sua boca curvou-se nos primórdios de um muxoxo. – E detesto saber que uma pessoa foi posta de vigia para me proteger, como se eu fosse um tesouro que alguém pudesse tentar roubar.

– Então, não se deve valorizá-la?

Denna estreitou os olhos por cima da borda da xícara, como se não soubesse ao certo até que ponto eu estava falando sério.

– Não gosto de ficar trancada – esclareceu, com uma nota sombria na voz. – Não me importo que me ofereçam aposentos, mas eles não são realmente meus se eu não tiver a liberdade de ir e vir.

Levantei uma sobrancelha ao ouvir isso, mas, antes que pudesse dizer alguma coisa, ela abanou a mão com displicência:

– Não é assim, na verdade – suspirou. – Mas não duvido que o Kellin seja informado das minhas idas e vindas. Sei que o porteiro lhe conta quem vem me visitar. É meio irritante, só isso. – Deu um sorriso matreiro. – Imagino que isso pareça terrivelmente ingrato, não é?

– De modo algum. Quando eu era menor, a minha trupe viajava por toda parte. Mas, todo ano, passávamos algumas onzenas na propriedade do nosso patrono, fazendo apresentações para seus familiares e convidados. – Balancei a cabeça ante essa lembrança. – O barão Greyfallow era um anfitrião cortês. Nós nos sentávamos à sua mesa. Ele nos dava presentes...

Minha voz foi morrendo, enquanto eu me lembrava de um regimento de soldadinhos de chumbo que ele me dera. Sacudi a cabeça para afastar essa memória.

– Mas o meu pai detestava isso – prossegui. – Subia pelas paredes. Não suportava a sensação de estar às ordens de alguém.

– Sim! É exatamente isso! – exclamou Denna. – Quando o Kellin diz que talvez me faça uma visita em determinada tarde, de repente eu me sinto como se estivesse com um pé pregado no chão. Se eu saio, estou sendo obstinada e grosseira, mas, se fico, sinto-me como um cachorro esperando junto à porta.

Passamos um momento calados. Denna girou distraidamente o anel em seu dedo, e a pedra azul-clara captou a luz do sol.

– Ainda assim – comentei, olhando em volta –, são belos aposentos.

– São bons quando você está aqui.

∽

Horas depois, subi uma escada estreita atrás de um açougue. Havia um cheiro vago e penetrante de gordura rançosa que subia da viela, mas eu estava sorrindo. Uma tarde inteira com Denna só para mim era uma dádiva rara e meus passos foram surpreendentemente leves para quem estava prestes a fazer um trato com um demônio.

Bati na porta de madeira sólida no alto da escada e aguardei. Nenhum prestamista filiado à guilda me confiaria um vintém quebrado, mas sempre há gente disposta a emprestar dinheiro. Os poetas e outros românticos os chamam de gaviões de cobre, ou de tubarões, mas o termo melhor é usurário. É uma gente perigosa de quem as pessoas sensatas ficam longe.

Abriu-se uma fresta na porta, depois ela se escancarou, revelando uma jovem de rosto de elfo e cabelo louro-avermelhado.

– Kvothe! – Devi exclamou. – Eu estava com medo de não vê-lo neste período.

Entrei e ela trancou a porta atrás de mim. O quarto amplo e sem janelas tinha um aroma agradável de citerinas e mel, o que era uma revigorante diferença da viela.

Um de seus lados era dominado por uma enorme cama de dossel, com as cortinas escuras fechadas. No outro, havia uma lareira, uma grande escrivaninha de madeira e uma estante com três quartos do espaço ocupados. Fui até lá dar uma espiada nos títulos, enquanto Devi passava o ferrolho e punha a tranca na porta.

– Esse exemplar do Malcaf é novo? – perguntei.

– É – disse ela, aproximando-se e parando ao meu lado. – Um jovem alquimista que não pôde quitar sua dívida me deixou fazer umas escolhas em sua biblioteca, para acertar as coisas entre nós.

Devi tirou cuidadosamente o livro da prateleira, revelando o título *Visão e revisão*, folheado a ouro na capa. Ergueu os olhos para mim, com um sorriso malicioso, e perguntou:

– Já o leu?

– Não – respondi. Eu tinha querido estudá-lo para o exame de admissão, mas não conseguira encontrar um exemplar no Acervo. – Só ouvi falar.

Devi ficou pensativa por um momento, depois me entregou o livro.

– Quando o tiver terminado, volte aqui e vamos discuti-lo. Ando deploravelmente desprovida de conversas interessantes nos últimos tempos. Se tivermos uma discussão decente, talvez eu o deixe levar outro emprestado.

Depois que o livro estava em minhas mãos, ela bateu de leve na capa com um dedo.

– Este livro vale mais do que você – disse, sem o menor indício de brincadeira na voz. – Se ele voltar danificado, haverá contas a prestar.

– Tomarei muito cuidado – prometi.

Devi assentiu com a cabeça, virou-se, passou por mim e foi para a escrivaninha.

– Pois muito bem, vamos aos negócios. – Sentou-se. – Está meio em cima da hora, não é? A anuidade tem que ser paga amanhã, antes do meio-dia.

– Eu levo uma vida perigosa e excitante – retruquei, aproximando-me e me sentando diante dela. – E, por mais encantadora que eu julgue a sua companhia, tinha a esperança de evitar os seus serviços neste período.

– Está gostando da anuidade de Re'lar? – indagou ela, com ar entendido. – Até que ponto eles o achacaram?

– É uma pergunta bastante pessoal.

Devi lançou-me um olhar franco.

– Estamos prestes a fazer um acordo bastante pessoal – assinalou. – Estou longe de me sentir ultrapassando os limites.

– Nove e meio – respondi.

Ela deu um grunhido desdenhoso.

– Pensei que você fosse o suprassumo da inteligência. Nunca fui além de sete quando era Re'lar.

– Você tinha acesso ao Arquivo – ressaltei.

– Eu tinha acesso a um vasto reservatório intelectual – retrucou ela, sem rodeios. – Além disso, sou uma bonequinha. – E deu um sorriso que fez surgirem covinhas nos dois lados de seu rosto.

– Você brilha como um vintém novo – admiti. – Homem nenhum tem esperança de resistir a você.

– Algumas mulheres também têm dificuldade de manter a calma – disse Devi. Houve uma leve mudança em seu sorriso, que passou de adorável a travesso e ultrapassou em muito a fronteira do malicioso.

Sem ter a menor ideia de como reagir a isso, tomei um rumo mais seguro:

– Acho que preciso pedir emprestados quatro talentos.

– Ah. – Assumindo um súbito ar pragmático, Devi cruzou as mãos sobre a escrivaninha e disse: – Receio ter feito algumas mudanças nos meus negócios, recentemente. No momento, só concedo empréstimos de seis talentos ou mais.

Não me dei o trabalho de tentar esconder minha desolação.

– Seis talentos? Devi, essa dívida extra será uma mó pendurada no meu pescoço.

Ela deu um suspiro que soou ao menos ligeiramente escusatório.

– O problema é o seguinte: quando concedo um empréstimo, eu corro certos riscos. Corro o risco de perder meu investimento se o devedor morrer ou tentar fugir. Corro o risco de que ele tente me denunciar. Corro o risco de ser levada a enfrentar a Lei Férrea ou, pior ainda, a guilda dos prestamistas.

– Você sabe que eu nunca faria uma coisa dessas, Devi.

– Ainda assim – continuou ela –, meu risco é o mesmo, seja o empréstimo pequeno ou grande. Por que eu haveria de correr esses riscos por empréstimos pequenos?

– Pequenos? – repeti. – Eu poderia viver um ano com quatro talentos!

Ela bateu com um dedo na mesa e franziu os lábios.

– Garantias?

– O de sempre – respondi, dando-lhe meu melhor sorriso. – Meu encanto ilimitado.

Devi deu uma bufadela indelicada.

– Pelo encanto ilimitado e três gotas de sangue, você pode levar seis talentos, com meus juros de praxe. Cinquenta por cento por um prazo de dois meses.

– Devi – falei, em tom melífluo –, o que vou fazer com o dinheiro extra?

– Dê uma festa – sugeriu ela. – Passe um dia na Fivela. Arranje um bom jogo de faraó com o cacife alto.

– Faraó é um imposto cobrado de pessoas que não sabem calcular probabilidades.

– Então, seja a banca e cobre o imposto. Compre alguma coisa bonita para você e use-a da próxima vez que vier me visitar – disse, observando-me de cima a baixo com olhos perigosos. – Talvez aí eu me disponha a fazer negócio com você.

– Que tal seis talentos por um mês, a 25 por cento? – perguntei.

Devi abanou a cabeça, não sem gentileza.

– Kvothe, eu respeito o impulso de pechinchar, mas você não tem nenhuma contrapartida a oferecer. Está aqui porque se encontra num beco sem saída. Eu estou aqui para capitalizar nessa situação. – Abriu as mãos num gesto de desamparo e acrescentou: – É assim que eu ganho a vida. O fato de você ter um rostinho meigo não entra realmente nessa história. – Olhando-me com ar sério, acrescentou: – Inversamente, se um prestamista da guilda ao menos lhe desse bom-dia, imagino que você não viria aqui, pelo simples fato de eu ser bonitinha e você gostar da cor do meu cabelo.

– É uma cor encantadora – retruquei. – Nós, os tipos fogosos, realmente deveríamos nos unir.

– Deveríamos – concordou ela. – Proponho que nos unamos em juros de 50 por cento num prazo de dois meses.

– Está bem – cedi, arriando na cadeira. – Você venceu.

Devi me deu um sorriso cativante, tornando a mostrar as covinhas.

– Só posso vencer se nós dois realmente estivermos jogando – disse. Abriu uma gaveta da escrivaninha e tirou um pequeno frasco de vidro e um alfinete comprido.

Estendi a mão para pegá-los, mas, em vez de empurrá-los pela mesa, Devi me lançou um olhar reflexivo:

– Pensando bem, talvez haja uma alternativa.

– Eu adoraria uma alternativa – admiti.

– Na última vez que conversamos – disse ela, devagar –, você deixou implícito que tinha um jeito de entrar no Arquivo.

Hesitei.

– É, deixei implícito.

– Essa informação teria um valor e tanto para mim – comentou ela, com demasiada displicência. Embora tentasse escondê-la, vi em seus olhos uma fome voraz, macilenta.

Fitei minhas mãos e não disse nada.

– Eu lhe dou 10 talentos agora mesmo – disse Devi, sem rodeios. – Não é empréstimo. Eu compro a informação, direto. Se for apanhada no Acervo, nunca terei sabido nada de você.

Pensei em tudo que eu poderia fazer com 10 talentos. Roupas novas. Um estojo para o alaúde que não estivesse caindo aos pedaços. Papel. Luvas para o inverno que se aproximava.

Suspirei e neguei com a cabeça.

– Vinte talentos – disse Devi. – E juros da guilda em qualquer empréstimo que você quiser no futuro.

Vinte talentos significariam meio ano de despreocupação com a taxa escolar. Eu poderia trabalhar nos meus próprios projetos na Ficiaria, em vez de batalhar feito um escravo fazendo lamparinas de convés. Poderia comprar roupas feitas sob medida. Frutas frescas. Poderia usar uma lavanderia, em vez de lavar a minha própria roupa.

Respirei, relutante.

– Eu...

– Quarenta talentos – ofereceu Devi, faminta. – Juros da guilda. E levo você para a cama.

Por 40 talentos eu poderia comprar para a Denna sua própria meia-harpa. Poderia...

Levantei a cabeça e vi Devi me encarando do outro lado da escrivaninha. Seus lábios estavam úmidos, os olhos azuis, febris. Ela movimentava os ombros para trás e para a frente, no movimento lento e inconsciente de um felino antes de saltar.

Pensei em Auri, segura e feliz nos Subterrâneos. O que ela faria se o seu pequenino reino fosse invadido por uma estranha?

– Sinto muito – falei. – Não posso. Entrar é... complicado. Envolve uma pessoa amiga e acho que ela não estaria disposta.

Resolvi ignorar a outra parte da oferta, já que não tinha a mínima ideia do que dizer sobre ela.

Houve um momento longo e tenso.

– Desgraçado – disse Devi, finalmente. – Você parece estar dizendo a verdade.

– Estou. É inquietante, eu sei.

– Maldição – praquejou ela, e fechou a cara ao empurrar o vidro e o alfinete pela mesa.

Espetei o dorso da mão e vi o sangue brotar, escorrer e pingar no vidro. Depois de três gotas, também espetei o alfinete no gargalo.

Devi espalhou um adesivo em torno da rolha e a pôs no vidro com raiva. Depois, enfiou a mão numa gaveta e tirou uma agulha de diamante.

– Você confia em mim? – perguntou, enquanto gravava um número no vidro. – Ou quer que isto seja vedado?

– Confio em você – respondi. – Mas gostaria que fosse vedado, assim mesmo.

Ela derreteu um pouco de cera no tampo do vidro. Pressionei-a com minha gaita do talento, deixando uma impressão reconhecível.

Pondo a mão noutra gaveta, Devi tirou seis talentos e bateu com eles na escrivaninha. O gesto teria parecido petulante se seus olhos não estivessem tão duros e raivosos.

– Vou entrar lá, de um modo ou de outro – disse, com um toque gelado na voz. – Fale com o seu amigo. Se for você a me ajudar, o seu tempo será recompensado.

CAPÍTULO 11
Refúgio

VOLTEI DE BOM HUMOR para a Universidade, apesar do ônus da minha nova dívida. Fiz umas compras, peguei meu alaúde e saí pelos telhados.

Por dentro, o Magno era um pesadelo para se caminhar: um labirinto de corredores e escadas irracionais que não levavam a lugar nenhum. Mas andar pela misturada dos seus telhados não poderia ser mais fácil. Cheguei a um patiozinho que, em algum momento da construção do prédio, tinha-se tornado completamente inacessível, aprisionado qual mosca no âmbar.

Auri não estava me esperando, mas esse era o primeiro lugar onde eu a havia encontrado e, nas noites claras, às vezes ela saía para contemplar as estrelas. Certifiquei-me de que as salas de aula que davam para o pátio estavam escuras e desertas, peguei o alaúde e comecei a afiná-lo.

Fazia quase uma hora que eu estava tocando quando ouvi um farfalhar no pátio coberto de folhagem, lá embaixo. Então Auri apareceu, subindo em disparada pela macieira malcuidada e chegando ao telhado.

Correu para mim, os pés descalços saltitando de leve sobre o piche, o cabelo esvoaçando às suas costas.

– Eu ouvi você! – exclamou, ao se aproximar. – Ouvi você lá embaixo, nos Saltos!

– Tenho a impressão de me lembrar – falei, lentamente – de que eu ia tocar para alguém.

– Eu! – disse ela, juntando as duas mãos no peito e sorrindo. Deslocou-se sobre um pé e o outro, quase dançando de ansiedade. – Toque para mim! Fui mais paciente que duas pedras juntas. Você chegou bem na hora. Eu não poderia ser paciente como três pedras.

– Bem – respondi, hesitante. – Acho que tudo depende do que você trouxe para mim.

Ela riu, elevando-se na ponta dos pés, as mãos ainda unidas junto ao peito.

– O que você trouxe para *mim*?

Ajoelhei-me e comecei a desatar minha trouxa.

– Eu lhe trouxe três coisas.

– Que tradicional! – disse ela, risonha. – Hoje você está sendo o perfeito jovem cavalheiro.

– Estou – concordei e levantei uma garrafa escura e pesada.

Ela a segurou com as duas mãos.

– Quem a fez?

– As abelhas. E, de Bredon, uns cervejeiros.

Auri sorriu.

– Isso dá um abecê – disse, e pôs a garrafa ao lado dos pés.

Peguei uma broa fresquinha de cevada. Ela estendeu a mão e a tocou com um dedo, fazendo um aceno de aprovação.

Por último, peguei um salmão defumado inteiro. Só ele havia custado quatro ocres, mas eu tinha medo de que Auri não arranjasse carne suficiente quando eu não estava por perto. Faria bem a ela.

Auri baixou os olhos para ele com ar curioso, inclinando a cabeça para fitar seu único olho vidrado.

– Olá, peixe – disse. Depois, tornou a olhar para mim. – Ele tem um segredo?

Fiz que sim.

– Ele tem uma harpa no lugar do coração.

Auri tornou a fitá-lo.

– Não é de admirar que pareça tão surpreso.

Tirou o peixe das minhas mãos e o depôs cuidadosamente no telhado.

– Agora, levante-se. Eu tenho três coisas para você, como seria justo.

Fiquei de pé e ela me estendeu algo embrulhado num pedaço de pano. Era uma vela grossa que cheirava a lavanda.

– O que há dentro dela? – perguntei.

– Sonhos felizes. Eu os coloquei aí para você.

Revirei a vela nas mãos, enquanto se formava uma suspeita.

– Você mesma a fez?

Ela meneou a cabeça e deu um sorriso delicado.

– Fiz. Eu sou incrivelmente esperta.

Guardei-a com cuidado num dos bolsos da capa.

– Obrigado, Auri.

Ela ficou séria.

– Agora, feche os olhos e se curve, para eu poder lhe dar seu segundo presente.

Intrigado, fechei os olhos e dobrei o tronco, perguntando-me se ela também teria feito um chapéu para mim.

Senti suas mãos dos dois lados do meu rosto e então ela me deu um beijo minúsculo e delicado no meio da testa.

Surpreso, abri os olhos. Mas ela já estava de pé, a vários passos de distância, com as mãos nervosamente presas nas costas. Não consegui pensar em nada para dizer.

Auri deu um passo à frente.

– Você é especial para mim – disse, com ar sério e o rosto grave. – Quero que saiba que sempre cuidarei de você.

Estendeu a mão hesitante e enxugou minhas faces.

– Não, nada disto esta noite. Este é o seu terceiro presente. Se as coisas correrem mal, você pode vir ficar comigo nos Subterrâneos. É bom lá e você ficará a salvo.

– Obrigado, Auri – agradeci, assim que consegui falar. – Você também é especial para mim.

– É claro que sou – disse ela, sem rodeios. – Sou encantadora como a lua.

Recompus-me enquanto Auri saltitava até um pedaço de encanamento de metal que se projetava de uma chaminé e o usava para abrir a tampa da garrafa. Depois, trouxe-a de volta, segurando-a cuidadosamente com ambas as mãos.

– Auri, os seus pés não sentem frio?

Ela os olhou.

– O piche é bom – disse, girando os tornozelos. – Ainda está quente do sol.

– Você gostaria de um par de sapatos?

– O que haveria neles?

– Os seus pés. Logo vai chegar o inverno.

Ela deu de ombros.

– Seus pés vão ficar frios.

– Não venho para o alto das coisas no inverno. Não é muito bom.

Antes que eu pudesse retrucar, Elodin contornou uma grande chaminé de tijolos, com a displicência de quem houvesse saído para um passeio vespertino.

Nós três nos olhamos por um instante, cada qual assustado à sua maneira. Elodin e eu ficamos surpresos, mas, pelo canto do olho, vi Auri ficar absolutamente imóvel, como um cervo prestes a disparar para a segurança.

– Mestre Elodin – falei, no meu tom mais gentil e amistoso, torcendo desesperadamente para que ele não fizesse nada que assustasse Auri e a levasse a fugir. Na última vez que voltara apavorada para os Subterrâneos, ela havia levado uma onzena inteira para reemergir. – Que prazer vê-lo.

– Olá, vocês – respondeu Elodin, reproduzindo à perfeição o meu tom informal, como se nada houvesse de estranho em nós três nos encontrarmos num telhado no meio da noite. Se bem que, pelo que eu sabia, talvez não parecesse estranho para ele.

– Mestre Elodin – disse Auri, pondo um pé descalço atrás do outro e puxando a bainha do vestido esfarrapado, numa pequena mesura.

Elodin permaneceu na sombra enluarada da alta chaminé de tijolos. Retribuiu com uma reverência curiosamente formal. Não pude ver nenhum detalhe do seu rosto, mas imaginei seus olhos curiosos examinando a garota descalça, de ar desamparado e com uma nuvem de cabelos flutuantes.

– E o que traz vocês dois aqui nesta bela noite? – perguntou ele.

Fiquei tenso. As perguntas eram perigosas com Auri.

Por sorte, essa não pareceu incomodá-la.

– O Kvothe me trouxe coisas encantadoras – disse ela. – Trouxe-me cerveja de abelhas, pão de cevada e um peixe defumado com uma harpa no lugar do coração.

– Ah – exclamou Elodin, afastando-se da chaminé. Apalpou a toga até achar alguma coisa num bolso. Estendeu-a para ela: – Receio que eu só lhe tenha trazido uma citerina.

Auri deu um passo minúsculo de bailarina para trás e não fez nenhum movimento para pegar a fruta.

– Trouxe alguma coisa para o Kvothe? – indagou.

Isso pareceu pegar Elodin de surpresa. Ele ficou sem jeito por um momento, de braços estendidos.

– Receio que não – respondeu. – Mas imagino que o Kvothe também não tenha trazido nada para mim.

Os olhos de Auri se estreitaram e ela fez uma carinha fechada, carregada de reprovação.

– O Kvothe trouxe música – disse, em tom severo –, que é para todos.

Elodin tornou a parar e tenho de admitir que gostei de vê-lo desconcertado com a conduta de outra pessoa, para variar. Ele se virou e fez uma meia mesura na minha direção:

– Minhas desculpas – disse.

Fiz um gesto cortês.

– Nem pense nisso.

Elodin virou-se novamente para Auri e estendeu a mão pela segunda vez.

Ela deu dois passos à frente, hesitou, deu mais dois. Esticou o braço devagar, parou com a mão na frutinha, depois afastou-se com vários passos apressados, levando as duas mãos ao peito.

– Agradeço-lhe de coração – disse, fazendo outra pequena mesura. – Agora, o senhor poderá juntar-se a nós, se quiser. E, caso se comporte bem, poderá ficar e ouvir o Kvothe tocar – acrescentou. Inclinou de leve a cabeça, transformando sua fala numa pergunta.

Elodin hesitou, depois fez que sim.

Auri disparou para o outro lado do telhado e desceu para o pátio pelos galhos desnudos da macieira.

Elodin a observou afastar-se. Quando inclinou a cabeça, o luar era apenas suficiente para que eu visse uma expressão pensativa em seu rosto. Senti uma angústia súbita e aguda me dar nós no estômago.

– Mestre Elodin?

Ele se virou para mim.

– Hum?

Eu sabia por experiência que só levaria três ou quatro minutos para que Auri buscasse o que pretendia trazer dos Subterrâneos. Eu precisava falar depressa.

– Sei que isto parece estranho, mas o senhor precisa ser cuidadoso. Ela é muito nervosa. Não tente tocá-la. Não faça nenhum movimento repentino. Isso a assustará e a fará fugir.

A expressão de Elodin tornou a se ocultar na sombra.

– É mesmo? – perguntou.

– Barulhos altos também. Até uma risada alta. E o senhor não pode lhe perguntar nada que se assemelhe a uma questão pessoal. Ela sairá correndo, se o fizer.

Respirei fundo, com a mente em disparada. Tenho uma boa lábia e, havendo tempo suficiente, confio em minha capacidade de convencer praticamente qualquer um de qualquer coisa. Mas Elodin era simplesmente imprevisível demais para ser manipulado.

– O senhor não pode dizer a ninguém que ela está aqui.

A frase saiu mais imperiosa do que eu pretendia e lamentei imediatamente minha escolha das palavras. Eu não estava em condições de dar ordens a um professor, ainda que ele fosse mais do que meio doido.

– O que eu quero dizer – apressei-me a acrescentar – é que eu consideraria um grande favor pessoal se o senhor não a mencionasse a ninguém.

Elodin deu-me um olhar demorado e especulativo:

– E por que razão, Re'lar Kvothe?

Senti meu suor brotar ante o frio som de divertimento no tom dele.

– Vão enfiá-la no Refúgio – respondi. – E justamente o senhor... – Minha fala morreu e minha garganta ficou seca.

Elodin me encarou, seu rosto pouco mais que uma sombra, mas pude sentir sua expressão carrancuda.

– Justamente eu o quê, Re'lar Kvothe? Você tem a pretensão de conhecer meus sentimentos a respeito do Refúgio?

Senti toda a minha persuasão elegante e mal planejada desfazer-se em farrapos a meus pés. E tive a súbita sensação de estar de volta às ruas de Tarbean, com o estômago contraído num nó apertado de fome, o peito cheio de um desamparo desesperado, enquanto agarrava as mangas de marinheiros e mercadores, implorando vinténs, meios-vinténs ou gusas. Implorando por qualquer coisa para arranjar algo que comer.

– Por favor – disse a ele. – Por favor, Mestre Elodin, se eles a perseguirem, ela vai se esconder e não conseguirei achá-la. Ela não é muito certa da cabeça, mas é feliz aqui. E eu sei cuidar dela. Não muito, mas um pouco. Se a pegarem, isso seria pior ainda. O Refúgio a mataria. Por favor, Mestre Elodin, farei o que o senhor quiser. Só não conte a ninguém.

– Psssiu. Ela está vindo – disse Elodin. Esticou o braço para segurar meu ombro e o luar banhou seu rosto. Sua expressão nada tinha de furiosa nem dura. Havia apenas perplexidade e apreensão.

– Pelo senhor e pela senhora, você está tremendo. Respire fundo e faça a sua expressão do palco. Ela se assustará se o vir nesse estado.

Respirei fundo e fiz força para relaxar. A fisionomia apreensiva de Elodin se desfez e ele deu um passo atrás, soltando meu ombro.

Virei-me a tempo de ver Auri vir correndo pelo telhado em direção a nós, com os braços carregados. Ela parou a uma pequena distância, olhando para nós dois, antes de percorrer o resto do caminho, pisando com o cuidado de uma bailarina, até o lugar onde estivera originalmente. Então, sentou-se com leveza no telhado, cruzando as pernas sob o corpo. Elodin e eu também nos sentamos, embora nem de longe com a mesma graça.

Auri desdobrou uma toalha, estendeu-a com cuidado entre nós três e pôs uma grande travessa de madeira lisa no meio. Pegou a citerina e a cheirou, correndo os olhos pelo alto da fruta.

– O que há aqui dentro? – perguntou a Elodin.

– Luz do sol – disse ele, descontraído, como se esperasse a pergunta. – E de sol da manhãzinha, aliás.

Eles se conheciam. É claro. Por isso é que ela não havia fugido logo de início. Senti a trava sólida da tensão entre minhas omoplatas relaxar um pouco.

Auri tornou a cheirar a fruta e, por um instante, fez um ar pensativo.

– É encantadora – declarou. – Mas as coisas do Kvothe são ainda mais encantadoras.

– É evidente – disse Elodin. – Imagino que o Kvothe seja uma pessoa mais agradável que eu.

– É escusado dizê-lo – retrucou Auri, com ar pomposo.

Ela serviu o jantar, dividindo o pão e o peixe entre nós três. Também trouxe um pote achatado de barro com azeitonas em salmoura. Fiquei contente ao ver que ela era capaz de prover o seu sustento quando eu não estava por perto.

Auri serviu a cerveja na minha conhecida xícara de porcelana. Elodin recebeu um potinho de vidro, do tipo que se usa para guardar geleia. Ela encheu o copo do professor na primeira rodada, mas não na segunda. Fiquei me perguntando se ele simplesmente não estava num lugar fácil de alcançar ou se aquilo seria um sinal discreto do desagrado de Auri.

Comemos sem conversar. Ela com gestos delicados, dando mordidas miúdas, com as costas eretas. Elodin com cautela, arriscando de vez em quando uma olhadela para mim, como se não soubesse muito bem como se portar. Depreendi disso que ele nunca havia compartilhado uma refeição com Auri.

Ao terminarmos todas as outras coisas, Auri pegou uma faquinha brilhante e dividiu a citerina em três partes. Mal cortou a casca, senti o cheiro da fruta no ar, doce e penetrante. Deixou-me com água na boca. A citerina vinha de muito longe e era simplesmente cara demais para gente como eu.

Auri me estendeu meu pedaço e eu o tirei delicadamente de sua mão.

– Eu lhe agradeço de coração, Auri.
– Por nada, de coração, Kvothe.
Elodin correu os olhos entre nós, de um lado para outro.
– Auri?
Esperei que ele terminasse a pergunta, mas isso pareceu ser tudo.
Auri compreendeu antes de mim.
– É o meu nome – disse, com um sorriso orgulhoso.
– É mesmo? – indagou Elodin, curioso.
Auri fez que sim.
– Foi o Kvothe quem me deu – explicou, com um largo sorriso na minha direção. – Não é maravilhoso?
Elodin assentiu com a cabeça.
– É um nome encantador – disse, polidamente. – E combina com você.
– Combina – concordou ela. – É como ter uma flor no meu coração.
Olhou com ar sério para Elodin e acrescentou:
– Se o seu nome estiver ficando muito pesado, o senhor deve fazer o Kvothe lhe dar um novo.
Elodin tornou a balançar a cabeça e deu uma dentada em sua citerina. Enquanto mastigava, virou-se para me olhar. À luz da lua, vi seus olhos. Estavam frios, pensativos e perfeitamente, completamente sãos.

∽

Depois de terminarmos nosso jantar, cantei algumas músicas e nos despedimos. Elodin e eu saímos andando juntos. Eu conhecia pelo menos meia dúzia de maneiras de descer do telhado do Magno, mas deixei que ele seguisse à frente.
Passamos por um observatório redondo de pedra que se projetava do telhado e seguimos por um longo trecho de revestimento de chumbo, razoavelmente plano.
– Há quanto tempo você vem visitá-la? – perguntou Elodin.
Pensei um pouco.
– Meio ano? Depende de quando se começa a contar. Levei umas duas onzenas tocando antes de ter um vislumbre dela e outras tantas antes que ela confiasse em mim o bastante para falar.
– Você teve mais sorte que eu – disse ele. – Já faz anos. Esta foi a primeira vez que ela chegou a menos de 10 passos de mim. Mal trocávamos uma dúzia de palavras nos bons dias.
Subimos uma chaminé larga e baixa e tornamos a descer sobre uma inclinação suave de madeira grossa, vedada com camadas de piche. À medida que andávamos, fui ficando mais ansioso. Por que ele estivera tentando se aproximar de Auri?
Pensei na ocasião em que tinha ido ao Refúgio com Elodin visitar seu guildeiro, Alder Whin. Pensei em Auri naquele lugar. A pequenina Auri, amarrada a uma cama

por grossas correias de couro, para não poder se machucar nem se debater enquanto a alimentassem.

Parei de andar. Elodin deu mais alguns passos antes de se virar para mim.

– Ela é minha amiga – falei, devagar.

Ele meneou a cabeça e disse:

– Isso é óbvio.

– E não tenho tantos amigos que possa suportar a perda de um. Não a dela. Prometa-me que não vai contar a ninguém sobre ela, nem despachá-la numa trouxa para o Refúgio. Não é o lugar certo para ela. – Procurei engolir, lutando contra a secura da garganta. – Preciso que o senhor me prometa.

Elodin inclinou a cabeça de lado.

– Estou ouvindo um *senão*... – disse, em tom divertido. – Mesmo que você não o esteja propriamente dizendo. Eu preciso prometer, *senão*...

Um canto de sua boca levantou-se num sorrisinho irônico.

Quando ele sorriu, senti um rompante de raiva, mesclado com angústia e medo. Seguiu-se o gosto repentino e quente de ameixa e noz-moscada em minha boca e tive plena consciência da faca que levava amarrada à coxa, por baixo das calças. Senti minha mão deslizar lentamente para o bolso.

Então vi a beirada do telhado, meia dúzia de passos atrás de Elodin, e senti meus pés se moverem ligeiramente, preparando-se para disparar e derrubá-lo, jogando-nos a ambos do telhado nas pedras duras lá embaixo.

Um súbito suor frio inundou meu rosto e fechei os olhos. Respirei fundo, devagar, e o gosto em minha boca desapareceu.

Abri os olhos novamente.

– Preciso que o senhor me prometa – disse-lhe. – Senão, é provável que eu faça uma idiotice que ultrapasse todos os conhecimentos humanos. – Engoli em seco. – E nós dois acabaremos ficando em pior situação.

Elodin me olhou.

– Que ameaça admiravelmente sincera! Em geral, elas são muito mais rosnadas e groteiras que isso.

– Groteiras? – perguntei, enfatizando o tê. – O senhor não quer dizer grosseiras?

– Grotescas, grosseiras, as duas coisas. Em geral, é uma porção de *Vou lhe arrebentar os joelhos, vou quebrar seu pescoço*. – Deu de ombros. – Isso me faz pensar naquelas cartilagens grotescas, como quando se desossa uma galinha.

– Ah. Entendo.

– Não vou mandar ninguém interná-la – disse Elodin, por fim. – O Refúgio é o lugar certo para umas pessoas. É o único, para muitas delas. Mas eu não gostaria de trancafiar nem mesmo um cão raivoso lá, se houvesse uma alternativa melhor.

Deu-me as costas e começou a se afastar. Quando não o segui, virou-se para trás e me olhou.

– Isso não é bom o bastante. Preciso que o senhor prometa.

– Juro pelo leite da minha mãe – disse Elodin. – Juro por meu nome e meu poder. Juro pela lua eternamente móvel.

Recomeçamos a andar.

– Ela precisa de roupas mais quentes – comentei. – E de meias e sapatos. E de um cobertor. E têm que ser novos. A Auri não aceita nada que tenha sido usado por outra pessoa. Eu tentei.

– Ela não os aceitará de mim – disse Elodin. – Já lhe deixei coisas. Ela se recusa a tocá-las – acrescentou. Virou-se para mim: – Se eu as der a você, você as passa adiante?

Fiz que sim e disse:

– Nesse caso, ela também precisa de uns 20 talentos, um rubi do tamanho de um ovo e um novo jogo de ferramentas de gravação.

Elodin deu um risinho franco e desinibido.

– Ela também precisa de cordas de alaúde?

Fiz que sim.

– Dois pares, se o senhor puder consegui-los.

– Por que Auri? – perguntou ele.

– Porque ela não tem mais ninguém. E eu tampouco. Se não olharmos um pelo outro, quem o fará?

Ele balançou a cabeça.

– Não. Por que você escolheu esse nome para ela?

– Ah – exclamei, embaraçado. – Por ela ser tão luminosa e tão meiga. Não tem nenhuma razão para ser, mas é. *Auri* quer dizer ensolarada.

– Em que língua? – perguntou ele.

Hesitei.

– Em siaru, acho.

Elodin negou com a cabeça.

– Ensolarada é *leviriet* em siaru.

Tentei pensar em onde tinha ouvido a palavra. Teria tropeçado nela no Arquivo...?

Antes que eu pudesse recordar, Elodin falou:

– Estou me preparando para lecionar uma cadeira – disse, com ar displicente – para os que se interessam pela arte sutil e delicada da denominação. – Olhou-me de soslaio. – Ocorreu-me que talvez ela não seja um completo desperdício do seu tempo.

– Eu poderia estar interessado – retruquei, cauteloso.

Ele meneou a cabeça.

– Você deve ler os *Princípios subjacentes,* de Teccam, para se preparar. Não é um livro longo, mas é denso, se você me entende.

– Se o senhor me emprestar um exemplar, nada me agradaria mais do que lê-lo. Caso contrário, terei que me arranjar sem ele.

Elodin me olhou sem entender.

– Fui banido do Arquivo.

– Como assim, ainda? – perguntou ele, surpreso.

– Ainda.

Elodin pareceu indignado.

– Quanto tempo faz? Meio ano?

– Três quartos de ano, daqui a três dias – respondi. – Mestre Lorren deixou claro o que sente a respeito de me deixar entrar lá outra vez.

– Isso – disse Elodin, com um estranho tom protetor na voz – é uma profunda tolice. Agora você é meu Re'lar.

Ele mudou de direção, seguindo para um pedaço de telhado que eu costumava evitar, por ser coberto de telhas de barro. Dali saltamos para uma viela estreita, caminhamos pelo telhado inclinado de uma hospedaria e passamos para um largo telhado de pedra lavrada.

Por fim, chegamos a um janelão com o brilho cálido de luz de vela por trás. Elodin bateu numa vidraça com tanta força quanto se fosse uma porta. Olhando em volta, percebi que estávamos no alto do Prédio dos Professores.

Passado um momento, vi a silhueta alta e magra de Mestre Lorren bloquear a luz da vela atrás da janela. Ele mexeu no trinco e a janela inteira se abriu sobre uma dobradiça.

– Elodin, em que posso servi-lo? – perguntou Lorren. Se achou alguma coisa estranha naquela situação, não pude dizer ao olhar para seu rosto.

Elodin me apontou com o polegar por cima do ombro.

– O menino aqui diz que ainda está banido do Arquivo. É isso mesmo?

Os olhos impassíveis de Lorren deslocaram-se para mim e voltaram para Elodin.

– É.

– Bem, deixe-o entrar novamente. Ele precisa ler coisas. Você já deixou claro o seu ponto de vista.

– Ele é imprudente – foi a resposta categórica de Lorren. – Eu planejava mantê-lo fora por um ano e um dia.

Elodin suspirou.

– Sei, sei, muito tradicional. Por que não lhe dá uma segunda chance? Eu respondo por ele.

Lorren me fitou por um longo momento. Tentei parecer o mais responsável possível, o que não foi muito, considerando-se que eu estava em pé num telhado no meio da madrugada.

– Muito bem – concordou Lorren. – Apenas os Tomos.

– Os Tomos são para asnos inúteis que não conseguem mastigar a própria comida – disse Elodin, com desdém. – Meu menino é um Re'lar. Vale mais que 20 homens! Ele precisa explorar o Acervo e descobrir toda sorte de coisas imprestáveis.

– Não estou interessado no menino – disse Lorren, com uma calma impassível. – Meu interesse é pelo próprio Arquivo.

Elodin estendeu a mão e me segurou pelo ombro, empurrando-me um pouco para a frente.

– Que tal isto? Se você o pegar fazendo gracinhas de novo, eu o deixo cortar os polegares dele. Isso serviria de exemplo, não acha?

Lorren nos deu um olhar demorado. Depois, meneou a cabeça.

– Muito bem – disse e fechou a janela.

– Pronto, aí está – falou Elodin, com ar generoso.

– Que diabo? – perguntei, agitando as mãos. – Eu... Que diabo?

Elodin me olhou, intrigado.

– O que foi? Você está lá dentro. Problema resolvido.

– O senhor não pode se oferecer para deixá-lo cortar os meus polegares! – exclamei.

Ele ergueu uma sobrancelha.

– Você está planejando desobedecer às regras de novo? – indagou, em tom contundente.

– Qu... Não. Mas...

– Nesse caso, não tem nada com que se preocupar – disse ele. Deu meia-volta e continuou a subir a inclinação do telhado. – Provavelmente. Mesmo assim, eu andaria pianinho, se fosse você. Nunca sei dizer quando o Lorren está brincando.

∽

Assim que acordei no dia seguinte, fui ao escritório da tesouraria e acertei as contas com Riem, o homem de cara murcha que segurava os cordões da bolsa da Universidade. Paguei meus nove talentos e cinco, duramente ganhos, e garanti meu lugar na Universidade por mais um período letivo.

Em seguida, fui à seção de Registros e Listas, onde me inscrevi para fazer observações na Iátrica, e também me matriculei em Fisiognomonia e Fisiopatia. Depois vinha Metalurgia do Ferro e do Cobre, com Cammar, na Ficiaria. E por último, Simpatia Especializada, com Elxa Dal.

Só então me dei conta de que não sabia como se chamava a matéria de Elodin. Folheei o registro até localizar o nome dele, depois corri o dedo até onde o nome da cadeira estava listado em tinta preta recente: "Introdução a Não Ser um Asno Imbecil."

Dei um suspiro e assinei meu nome no único espaço em branco que havia abaixo.

CAPÍTULO 12

A mente adormecida

Ao ACORDAR NO DIA SEGUINTE, meu primeiro pensamento foi para a aula de Elodin. Havia uma agitação em meu estômago. Após longos meses tentando conseguir que o Nomeador-Mor me desse aulas, eu finalmente teria a chance de estudar denominação. Magia de verdade. Magia do Grande Taborlin.

Mas o trabalho vinha antes da diversão. A aula de Elodin seria apenas ao meio-dia. Com a dívida com Devi pairando sobre a minha cabeça, eu precisava encaixar umas duas horas de trabalho na Ficiaria.

∞

Ao entrar na oficina do Kilvin, a barulheira familiar de meia centena de mãos atarefadas inundou-me feito música. Embora fosse um lugar perigoso, eu achava a oficina estranhamente relaxante. Muitos alunos se ressentiam de minha ascensão rápida nas fileiras do Arcanum, mas eu tinha conquistado um respeito relutante da maioria dos outros artífices.

Vi Manet trabalhando perto das fornalhas e comecei a me esgueirar por entre as bancadas agitadas em direção a ele. Manet sempre sabia qual dos trabalhos pagava melhor.

– Kvothe!

O enorme salão aquietou-se e, ao me virar, vi Mestre Kilvin parado à porta de seu gabinete. Ele fez um gesto seco para me chamar e entrou novamente no aposento.

O som encheu a oficina aos poucos, à medida que os estudantes retomaram o trabalho, mas senti seus olhos pousados em mim quando atravessei o salão, serpeando por entre as bancadas.

Ao me aproximar, vi Kilvin pelo janelão de seu gabinete, escrevendo numa lousa montada na parede. Ele era 15 centímetros mais alto que eu, com um tronco que parecia um barril. Sua enorme barba hirsuta e os olhos negros faziam-no parecer ainda maior do que realmente era.

Bati educadamente no batente da porta e Kilvin se virou, pousando o giz.

– Re'lar Kvothe. Entre. Feche a porta.

Ansioso, entrei na sala e bati a porta. O vozerio e o estrépito da oficina cessaram tão completamente que imaginei que Kilvin devia ter instalado alguma siglística engenhosa para abafar o ruído. O resultado era um silêncio quase sobrenatural no gabinete.

Kilvin pegou um pedaço de papel num canto de sua bancada.

– Ouvi uma coisa inquietante. Dias atrás, uma garota esteve no Estoque. Procurava um rapaz que lhe vendera um amuleto – disse e me olhou nos olhos. – Sabe alguma coisa a esse respeito?

Balancei a cabeça.

– O que ela queria? – perguntei:

– Não sabemos – respondeu Kilvin. O E'lir Basil estava trabalhando no Estoque na ocasião. Disse que a moça era jovem e parecia muito aflita. Estava à procura de... – deu uma espiada no papel – um jovem mago. Não sabia o nome dele, mas descreveu--o como jovem, ruivo e bonito.

Kilvin baixou o pedaço de papel e prosseguiu:

– O Basil disse que ela foi ficando cada vez mais agitada enquanto os dois falavam. Parecia assustada e, quando ele tentou obter seu nome, ela saiu correndo, em lágrimas. – Cruzou os braços enormes sobre o peito, com o rosto severo. – Portanto, eu lhe pergunto sem rodeios: você anda vendendo amuletos a moças?

A pergunta me apanhou de surpresa.

– Amuletos? – perguntei. – Amuletos para quê?

– Isso é o que você deveria me dizer – respondeu Kilvin, em tom sombrio. – Amuletos para trazer amor ou dar sorte. Para ajudar uma mulher a engravidar ou para prevenir o mesmo resultado. Amuletos contra demônios e coisas similares.

– Essas coisas podem ser feitas? – indaguei.

– Não – veio a resposta firme de Kilvin. – E é por isso que não os vendemos.

Seus olhos negros pousaram pesadamente em mim.

– Por isso, torno a lhe perguntar: você anda vendendo amuletos ao povo ignorante da cidade?

Eu estava tão despreparado para essa acusação que não consegui pensar em nada sensato para dizer em minha defesa. Então, dei-me conta do ridículo da coisa e caí na gargalhada.

Os olhos de Kilvin se estreitaram.

– Isto não é engraçado, Re'lar Kvothe. Não apenas essas coisas são expressamente proibidas pela Universidade, como um estudante que vendesse amuletos falsos... – interrompeu-se, balançando a cabeça. – Isso revela uma profunda falha de caráter.

– Mestre Kilvin, olhe para mim – falei, puxando um pedaço da camisa. – Se eu estivesse tapeando gente crédula da cidade para lhe tirar dinheiro, não teria que usar roupas de tecido caseiro e de segunda mão.

Kilvin deu uma olhada, como se notasse minha roupa pela primeira vez.

– É verdade – concordou. – Mas seria possível achar que um estudante com menos recursos ficasse mais tentado a praticar esses atos.

– Pensei nisso – admiti. – Com um vintém de ferro e 10 minutos de siglística simples, eu poderia fazer um pingente que desse uma sensação fria ao ser tocado. Não seria difícil vender uma coisa dessas – observei, encolhendo os ombros. – Mas tenho plena ciência de que isso seria enquadrado como Provisão Fraudulenta. Eu não correria esse risco.

Kilvin franziu o cenho.

– Um membro do Arcanum evita tais condutas por elas serem erradas, Re'lar Kvothe. Não por serem arriscadas demais.

Dei-lhe um sorriso desesperançado.

– Mestre Kilvin, se o senhor tivesse tanta confiança na minha solidez moral, não estaríamos tendo esta conversa.

Houve um leve abrandar de sua expressão e ele me deu um sorrisinho.

– Reconheço que eu não esperaria isso de você. Mas já fui surpreendido antes. E eu seria relapso no meu dever se não investigasse essas coisas.

– Essa moça veio reclamar do amuleto? – perguntei.

Kilvin balançou a cabeça.

– Não. Como eu disse, ela não deixou nenhum recado. Mas não faço ideia de por que outra razão uma jovem aflita, carregando um amuleto, viria procurar você, sabendo a sua descrição, mas não o seu nome. – Ergueu uma sobrancelha para mim, transformando sua fala numa pergunta.

Dei um suspiro.

– Quer a minha opinião sincera, Mestre Kilvin?

Diante disso, ele ergueu as duas sobrancelhas.

– Sempre, Re'lar Kvothe.

– Imagino que haja alguém tentando me meter em encrencas – afirmei. Comparado a me drogar com um veneno alquímico, espalhar boatos era praticamente uma conduta refinada em Ambrose.

Kilvin meneou a cabeça, alisando distraidamente a barba com uma das mãos.

– Sim. Entendo.

Deu de ombros e pegou seu pedaço de giz.

– Bem, sendo assim, considero este assunto resolvido por ora.

Virou-se para a lousa e deu uma olhada para mim por cima do ombro.

– Espero não ser importunado por uma horda de mulheres grávidas, agitando pingentes de ferro e maldizendo seu nome, pois não?

– Tomarei providências para evitar isso, Mestre Kilvin.

∽

Passei algumas horas fazendo peças avulsas na Ficiaria, depois me dirigi à sala do Magno onde seria dada a aula de Elodin. Estava marcada para começar ao meio-dia, mas fui o primeiro a chegar, com meia hora de antecedência.

Os outros alunos foram entrando aos poucos. Sete, ao todo. Primeiro chegou Fenton, meu rival amistoso da Simpatia Avançada. Depois veio Feila com Brean, uma moça bonita de uns 20 anos, de cabelo louro cortado como o de um garoto.

Conversamos e nos apresentamos. Jarret era um modegano tímido que eu tinha visto na Iátrica. Reconheci a jovem de vivos olhos azuis e cabelos cor de mel como Inyssa, mas demorei um pouco a me lembrar de onde a conhecia. Ela fora um dos inúmeros relacionamentos efêmeros do Simmon. O último a chegar foi Uresh, de quase 30 anos, um El'the diplomado. Sua tez e seu sotaque o assinalaram como proveniente da distante Lenatt.

Soou a sineta do meio-dia, mas não se viu Elodin em parte alguma.

Passaram-se cinco minutos. Depois, 10. Só ao meio-dia e meia o professor entrou na sala, como se nada houvesse acontecido, carregando uma braçada de papéis soltos. Largou-os numa mesa e começou a andar de um lado para outro, bem diante de nós.

– Diversas coisas devem ficar perfeitamente claras antes de começarmos – disse, sem nenhuma introdução nem pedido de desculpas pelo atraso. – Primeiro, vocês devem fazer o que eu mandar. Devem fazê-lo da melhor maneira possível, mesmo que não entendam as razões. Perguntar, tudo bem, mas no fim, eu mando e vocês obedecem. – Correu os olhos em volta. – Sim?

Assentimos com a cabeça ou murmuramos ruídos afirmativos.

– Segundo, vocês têm que acreditar em mim quando eu lhes disser certas coisas. Algumas coisas que eu digo podem não ser verdadeiras, mas vocês precisam acreditar nelas assim mesmo, até eu mandar que parem. – Olhou-nos um por um. – Sim?

Perguntei-me vagamente se ele começava todas as aulas daquele jeito. Elodin notou a falta de afirmativa vinda de mim. Fuzilou-me com os olhos, irritado.

– Ainda não chegamos à parte difícil – declarou.

– Farei o melhor possível para tentar – respondi.

– Com respostas como essa, faremos de você um advogado num piscar de olhos – rebateu ele, em tom sarcástico. – Por que não fazer, simplesmente, em vez de *fazer o melhor possível para tentar*?

Balancei a cabeça. Isso pareceu acalmá-lo e ele tornou a se voltar para a classe em geral:

– Há duas coisas que vocês precisam lembrar. Primeiro, nossos nomes nos moldam e, por nossa vez, moldamos nossos nomes. – Parou de andar e nos fitou. – Segundo, até o nome mais simples é tão complexo que a mente de vocês não conseguiria nem começar a sentir seus limites, muito menos a compreendê-lo bem o bastante para proferi-lo.

Houve um longo silêncio. Elodin esperou, encarando-nos.

Finalmente, Fenton mordeu a isca.

– Se é assim, como alguém pode ser nomeador?

– Boa pergunta – disse Elodin. – A resposta óbvia é que não pode. Que até o mais simples dos nomes está muito além do nosso alcance. – Levantou uma das mãos. – Lembrem-se, não estou falando dos nomezinhos que usamos todos os dias. Os nomes designativos, como "árvore" e "fogo" e "pedra". Estou falando de algo inteiramente diferente.

Enfiou a mão num bolso e tirou um seixo rolado, liso e escuro.

– Descrevam a forma exata disto. Falem-me do peso e da pressão que o forjaram com areia e sedimentos. Digam-me como a luz se reflete nele. Digam-me como o mundo puxa sua massa, como o vento o envolve quando ele se movimenta pelo ar. Digam-me como seus vestígios de ferro sentirão o chamado de uma pedra-loden. Todas essas coisas e outras 100 mil compõem o nome desta pedra. – Estendeu-a para nós, esticando o braço. – Esta única, simples pedra.

Baixou a mão e nos fitou por um momento.

– Estão vendo como até esta simples coisa é complexa? – prosseguiu. – Se vocês a estudassem por um longo mês, talvez viessem a conhecê-la suficientemente bem para vislumbrar os contornos externos do seu nome. Talvez. Este é o problema enfrentado pelos números. Temos de compreender coisas que estão fora do alcance da nossa compreensão. Como é possível?

Não esperou resposta. Em vez disso, pegou alguns dos papéis que havia trazido e entregou várias folhas a cada um de nós.

– Dentro de 20 minutos, vou jogar esta pedra – disse, firmando os pés –, virado para lá. – Endireitou os ombros. – Vou jogá-la por baixo, com cerca de três pulsos de força por trás. Quero que vocês calculem de que maneira ela se deslocará no ar, para que possam estar com a mão no lugar certo para agarrá-la quando chegar o momento.

Pôs a pedra sobre uma mesa.

– Prossigam.

Dediquei-me ao problema com empenho. Desenhei triângulos e arcos, fiz cálculos, tentei adivinhar fórmulas de que não me lembrava bem. Não demorou muito para que eu me frustrasse com a impossibilidade da tarefa. Havia incógnitas de mais, muitas coisas simplesmente impossíveis de calcular.

Após cinco minutos sozinhos, Elodin nos incentivou a trabalharmos em grupo. Foi então que vi pela primeira vez o talento de Uresh com os números. Seus cálculos haviam superado em tal grau os meus que não consegui entender grande parte do que ele estava fazendo. O mesmo se deu com Feila, embora ela também tivesse esboçado uma série detalhada de arcos parabólicos.

Nós sete discutimos, argumentamos, experimentamos, fracassamos e tentamos de novo. Ao fim de 15 minutos, estávamos frustrados. Especialmente eu. Detesto problemas que não sei resolver.

Elodin nos fitou.

– E então, o que podem me dizer?

Alguns de nós começamos a dar meias respostas ou palpites, mas, com um aceno, ele nos silenciou.

– O que sabem me dizer com certeza?

Passado um instante, Feila se manifestou:

– Não sabemos como a pedra cairá.

Elodin bateu palmas em sinal de aprovação.

– Ótimo! Essa é a resposta certa. Agora, observem.

Foi até a porta e pôs a cabeça para fora.

– Henri! – gritou. – É, você. Venha aqui um segundo.

Recuou e introduziu um dos mensageiros de Jamison, um menino de não mais de oito anos.

Elodin afastou-se meia dúzia de passos e se virou para o garoto. Empertigou os ombros e deu um sorriso doido.

– Pegue! – disse, e jogou a pedra para o menino.

Assustado, o garoto a pegou no ar.

Elodin aplaudiu loucamente, deu parabéns ao garoto perplexo, pegou a pedra de volta e o conduziu às pressas porta afora.

Virou-se para nós.

– E então, como foi que ele fez? – perguntou. – Como ele soube calcular num segundo o que sete membros brilhantes do Arcanum não conseguiram descobrir em um quarto de hora? Será que ele sabe mais geometria do que a Feila? Seus números são mais rápidos que os do Uresh? Porventura devemos trazê-lo de volta e transformá-lo num Re'lar?

Rimos um pouco, relaxando.

– É isto que eu quero dizer – continuou o Elodin. – Há em cada um de nós uma mente que usamos para todos os nossos atos de vigília. Mas há também uma outra, que está adormecida. Ela é tão poderosa que a mente adormecida de um menino de oito anos é capaz de fazer num segundo o que as mentes despertas de sete membros do Arcanum não conseguiram em 15 minutos. – Fez um gesto largo. – A sua mente adormecida é ampla e não cultivada o bastante para conter os nomes das coisas. Sei disso porque, vez por outra, esse conhecimento borbulha na superfície. A Inyssa proferiu o nome do ferro. Sua mente desperta não sabe, mas sua mente adormecida é mais sábia. Alguma coisa nas profundezas da Feila compreende o nome da pedra.

Elodin parou e apontou para mim.

– O Kvothe chamou o vento. A acreditarmos nos escritos dos que morreram há muito tempo, o caminho dele é o tradicional. O vento era o nome que os aspirantes a nomeadores buscavam e captavam quando as coisas eram estudadas aqui, já se vai muito tempo. – Ele se calou por um momento, fitando-nos com ar sério, de braços cruzados. – Quero que cada um de vocês pense no nome que gostaria de descobrir. Deve ser um nome pequeno. Algo simples: ferro ou fogo, vento ou água, madeira ou pedra. Deve ser algo com que sintam afinidade.

Elodin se dirigiu à grande lousa montada na parede e começou a escrever uma lista de títulos. Sua letra era surpreendentemente caprichada.

– Estes são livros importantes – disse. – Leiam um deles.

Após um momento, Brean levantou a mão. Percebeu então que não adiantava, já que Elodin estava de costas para nós.

– Mestre Elodin? – perguntou, hesitante. – Qual deles devemos ler?

O professor deu uma olhada para trás, sem interromper sua escrita por um segundo sequer.

– Não me importa – respondeu, claramente irritado. – Escolha um. Nos outros você deve passar os olhos superficialmente. Veja as ilustrações. Cheire-os, que mais não seja.

Nós sete nos entreolhamos. O único som audível na sala eram as batidas do giz de Elodin.

– Qual deles é o mais importante? – indaguei.

O mestre fez um ruído indignado.

– Não sei. Não os li – disse. Escreveu no quadro *En Temerant Voistra* e circundou o título. – Nem sei se este se encontra no Arquivo. – Pôs uma interrogação do lado e continuou a escrever. – Uma coisa eu lhes digo: nenhum deles está nos Tomos. Eu me certifiquei disso. Vocês terão de caçá-los no Acervo. Terão de se esforçar para obtê-los.

Terminou o último título e deu um passo atrás, meneando a cabeça. Havia 20 livros ao todo. Elodin desenhou asteriscos ao lado de três deles, sublinhou outros dois e desenhou uma cara triste ao lado do último da lista.

E então se foi, retirando-se da sala sem mais uma palavra, e nos deixou pensando na natureza dos nomes e perguntando a nós mesmos no que nos havíamos metido.

CAPÍTULO 13

A caçada

Decidido a causar boa impressão na aula de Elodin, procurei o Wilem e negociei uma troca de bebidas futuras por sua ajuda para circular pelo Arquivo.

Caminhamos juntos pelas ruas calçadas de pedra da Universidade, contra lufadas de vento, enquanto a forma gigantesca e sem janelas do Arquivo avultava diante de nós, do outro lado do pátio. Gravadas acima das maciças portas de pedra estavam as palavras *Vorfelan Rhinata Morie*.

Ao chegarmos mais perto, percebi que minhas mãos estavam suadas.

– Pelo senhor e senhora, espere um segundo – pedi, parando de andar.

Wil me olhou com a sobrancelha levantada.

– Estou nervoso como uma prostituta estreante – comentei. – Apenas me dê um momento.

– Você disse que o Lorren suspendeu a proibição há dois dias – disse Wilem. – Achei que estaria lá dentro assim que obtivesse a permissão.

– Eu estava esperando eles atualizarem os registros – retruquei, enxugando as mãos úmidas na camisa. – Sei que vai acontecer alguma coisa – acrescentei, ansioso.

– Meu nome não estará no livro. Ou o Ambrose estará na recepção e eu terei uma espécie de recaída daquela droga feita de ameixa e vou acabar ajoelhado no pescoço dele, aos gritos.

– Isso eu gostaria de ver – disse Wil. – Mas o Ambrose não trabalha hoje.

– Já é alguma coisa – admiti, relaxando um pouco. Apontei para as palavras acima da porta. – Você sabe o que aquilo quer dizer?

Wil olhou para cima.

– O desejo de saber molda o homem – respondeu. – Ou algo parecido com isso.

– Gostei. – Respirei fundo e disse: – Certo. Vamos.

Empurrei as imensas portas de pedra e entramos numa pequena antecâmara. Em seguida, Wil abriu as portas internas e pisamos no saguão de entrada. No meio do cômodo havia uma enorme escrivaninha de madeira com vários livros grandes de registro, encadernados em couro e abertos. Várias portas majestosas abriam-se em direções diferentes.

Feila estava sentada atrás da escrivaninha, com o cabelo ondulado puxado para trás num rabo de cavalo. A luz vermelha das lâmpadas de simpatia dava-lhe uma aparência diferente, porém não menos bonita. Ela sorriu.

– Olá, Feila – cumprimentei-a, tentando não soar tão nervoso quanto me sentia. – Eu soube que voltei aos livros bons do Lorren. Pode verificar para mim?

Ela assentiu com a cabeça e começou a folhear o registro à sua frente. Seu rosto se iluminou e ela apontou para algo. Em seguida, sua expressão ensombreceu-se.

Senti um nó na boca do estômago.

– O que foi? Há alguma coisa errada? – perguntei.

– Não, nada de errado – respondeu ela.

– A sua cara é de que há alguma coisa errada – resmungou Wil. – O que diz aí?

Feila hesitou, depois girou o livro para que pudéssemos lê-lo: *Kvothe, filho de Arliden. Ruivo. Tez clara. Jovem.* Ao lado disso, escritas à margem numa letra diferente, estavam as palavras *Bastardo Ruh*.

Sorri para ela.

– Correto em todos os pontos. Posso entrar?

Feila fez que sim.

– Precisam de lâmpadas? – perguntou, abrindo uma gaveta.

– Eu preciso – disse Wil, já escrevendo o nome num registro separado.

– Eu tenho a minha – respondi, tirando minha pequena lâmpada de um bolso da capa.

Feila abriu o registro de entrada e anotou nossos nomes. Minha mão tremia quando assinei o livro, agitando a ponta da pena de forma constrangedora, fazendo-a respingar tinta na página.

Feila secou-a com um mata-borrão e fechou o registro. Sorriu para mim e disse:

– Seja bem-vindo de volta.

∽

Deixei Wilem me conduzir pelo Acervo e fiz o melhor que pude para parecer adequadamente admirado.

Não era um papel difícil de representar. Embora já fizesse algum tempo que eu tinha acesso ao Arquivo, fora obrigado a me esgueirar por ele feito um ladrão. Mantivera minha lâmpada ajustada no grau mais tênue e evitara os corredores principais, por medo de esbarrar sem querer em alguém.

As estantes cobriam cada pedacinho das paredes de pedra. Alguns corredores eram largos e abertos, com pé-direito alto, enquanto outros formavam vielas estreitas, que mal davam passagem a duas pessoas, se ambas se virassem de lado. O ar tinha um cheiro carregado de couro e poeira, velhos pergaminhos e cola de encadernação. Recendia a segredos.

Wilem conduziu-me por estantes sinuosas, depois subimos umas escadas e cruzamos um corredor largo, todo ladeado de livros encadernados no mesmo couro vermelho. Por fim, chegamos a uma porta em cujos contornos transparecia uma tênue luz vermelha.

– Há cômodos separados para estudos particulares – disse Wilem, baixinho. – Cabines de leitura. O Simmon e eu usamos bastante esta aqui. Não há muita gente que saiba dela.

Bateu rapidamente na porta antes de abri-la, revelando um cômodo sem janelas, que mal chegava a ser maior do que a mesa e as cadeiras que continha.

Simmon estava sentado à mesa, com a luz vermelha da lâmpada de simpatia fazendo seu rosto parecer mais corado que o habitual. Seus olhos se arregalaram ao me ver.

– Kvothe? O que está fazendo aqui? – perguntou. Virou-se para Wilem, horrorizado. – O que ele está fazendo aqui?

– O Lorren suspendeu a proibição – respondeu Wilem. – O nosso rapazinho tem uma lista de leituras. Está planejando sua primeira caçada aos livros.

– Parabéns! – exclamou Simmon, com um sorriso largo. – Posso ajudar? Estou quase dormindo aqui – disse ele, estendendo a mão.

Dei um tapinha na têmpora.

– O dia em que eu não puder decorar 20 títulos não farei parte do Arcanum – respondi, embora isso fosse apenas meia verdade. A verdade completa era que eu só tinha meia dúzia de preciosas folhas de papel. Não podia me dar ao luxo de desperdiçar uma delas numa coisa dessas.

Simmon tirou do bolso um pedaço de papel dobrado e um toco de lápis.

– Eu preciso de coisas escritas – disse. – Nem todos nós decoramos baladas por diversão.

Encolhi os ombros e comecei a anotar os títulos.

– É provável que andemos mais depressa se dividirmos minha lista em três.

Wilem me olhou.

– Você acha que pode simplesmente andar por aí e achar os livros sozinho? – perguntou e olhou para Simmon, que exibia um largo sorriso.

É claro. Não se esperava que eu conhecesse nada da disposição do Acervo. Wil e Simmon não sabiam que fazia quase um mês que eu andava me esgueirando por lá.

Não que eu não confiasse neles, mas o Simmon não saberia mentir nem para salvar a própria vida e o Wilem trabalhava como escriba. Eu não queria forçá-lo a escolher entre o meu segredo e seu dever para com Mestre Lorren.

Por isso, resolvi bancar o burro:

– Ah, eu me arranjo – respondi, com ar displicente. – Não pode ser tão difícil de entender.

– Há tantos livros no Arquivo – disse Wil, devagar – que a simples leitura de todos os títulos levaria uma onzena inteira. – Fez uma pausa e me olhou atentamente. – Onze dias inteiros, sem parar para comer nem dormir.

– É mesmo? – perguntou Simmon. – Tudo isso?

Wil meneou a cabeça.

– Descobri há um ano. Ajuda a fazer os E'lires pararem de choramingar quando têm de esperar que eu busque um livro – disse. Olhou para mim e acrescentou: – Também há livros sem título. E pergaminhos. E argilas. E muitas línguas.

– O que é uma argila? – indaguei.

– São tábulas de argila – explicou Wilem. – Foram das únicas coisas que sobreviveram ao incêndio de Caluptena. Algumas foram transcritas, mas nem todas.

– Nada disso vem ao caso – interpôs Simmon. – O problema é a organização.

– Catalogação – corrigiu Wilem. – Houve muitos sistemas diferentes ao longo dos anos. Certos professores preferem um, alguns preferem outro. – Franziu o cenho e completou: – Há também os que criaram seus próprios sistemas para organizar os livros.

Dei uma risada.

– Você fala como se eles devessem ser levados ao pelourinho por isso.

– Talvez – resmungou Wil. – Eu não choraria por uma coisa dessas.

Simmon olhou-o.

– Você não pode censurar um mestre por tentar organizar as coisas da melhor maneira possível.

– Posso – rebateu Wilem. – Se o Arquivo fosse mal organizado, seria um incômodo uniforme, com o qual poderíamos trabalhar. Mas houve inúmeros sistemas diferentes nos últimos 50 anos. Livros erroneamente rotulados. Títulos mal traduzidos. – Passou as mãos pelo cabelo, assumindo de repente um ar cansado. – E estão sempre chegando livros novos, que precisam ser catalogados. Há sempre um E'lir preguiçoso nos Tomos que quer que os procuremos para eles. É como tentar cavar um buraco no fundo de um rio.

– Então, o que você está dizendo – comentei, devagar – é que acha que o tempo que gasta como escriba é agradável e recompensador.

Simmon abafou uma risada com as mãos.

– E há também vocês – disse Wil, olhando para mim, com a voz perigosa e grave. – Alunos com liberdade para andar pelo Acervo. Vocês entram, leem metade de um livro e depois o escondem, para continuar mais tarde, quando lhes convier. – Suas mãos fizeram movimentos de apertar, como se agarrassem o peito da camisa de alguém. Ou talvez o pescoço. – Aí vocês esquecem onde puseram o livro e ele desaparece, tão certo quanto se o tivessem queimado.

Wil fez uma pausa, apontou para mim e ameaçou, fervendo de raiva:

– Se algum dia eu descobrir que você fez uma coisa dessas, não haverá deus que o mantenha a salvo de mim.

Pensei com culpa nos três livros que eu tinha escondido exatamente daquele jeito, ao estudar para os exames.

– Prometo que jamais farei isso – falei. *De novo.*

Simmon levantou-se da mesa, esfregando as mãos animadamente.

– Certo. Dito em termos simples, isto aqui é uma bagunça, mas, se você se limitar aos livros listados no catálogo de Tolem, deverá ser capaz de achar o que está procurando. O Tolem é o sistema que usamos agora. O Wil e eu vamos lhe mostrar onde eles guardam os livros de registro.

– E mais algumas coisas – acrescentou Wil. – O Tolem está longe de ser abrangente. Pode ser que alguns dos seus livros precisem de escavações mais profundas.

Virou-se e abriu a porta.

∽

Apenas quatro livros da minha lista estavam no catálogo de Tolem. Depois disso, fomos obrigados a deixar para trás as partes bem organizadas do Acervo. Wil pareceu encarar a lista como um desafio pessoal, por isso aprendi muito sobre o Arquivo nesse dia. Ele me levou aos registros do Arquivo Morto, à Escada Invertida e à Ala Inferior.

Mesmo assim, ao cabo de quatro horas só havíamos conseguido encontrar sete títulos. Wilem pareceu frustrado com isso, mas eu lhe agradeci calorosamente, dizendo que ele me dera tudo de que eu precisava para continuar a busca sozinho.

Nos dias subsequentes, passei quase todos os meus momentos livres no Arquivo, à caça dos livros da lista de Elodin. Não havia nada que eu quisesse mais do que iniciar aquela matéria com o pé direito e estava decidido a ler tudo o que ele nos indicara.

O primeiro era um livro de viagens que achei bastante prazeroso. O segundo era poesia bem ruim, mas era curto e eu me forcei a chegar ao final, rangendo os dentes e, vez por outra, fechando um dos olhos, para não danificar todo o meu cérebro. O terceiro era um livro de filosofia retórica, maçantemente escrito.

Depois, veio um que versava sobre flores silvestres do norte de Atur. Um manual de esgrima com ilustrações muito confusas. Outro livro de poesia, grosso feito um tijolo e ainda mais autoindulgente que o primeiro.

Levei horas, mas li todos eles. Cheguei até a tomar notas em duas de minhas preciosas folhas de papel.

Depois, tanto quanto pude dizer, veio o diário de um louco. Embora isso pareça interessante, na verdade era só uma dor de cabeça espremida entre as duas capas. O homem escrevera com letra miúda e sem espaços entre as palavras. Não havia quebras de parágrafo. Nenhuma pontuação. Nada de gramática ou ortografia coerentes.

Foi nessa hora que comecei a folhear. No dia seguinte, ao deparar com dois livros escritos em modegano, uma série de ensaios sobre a rotação de culturas e uma monografia sobre mosaicos vintasianos, parei de tomar notas.

No último punhado de livros, dei apenas uma olhada superficial, perguntando-me por que Elodin havia de querer que lêssemos um registro de impostos de 200 anos, proveniente de um baronato dos Pequenos Reinos, um texto de medicina ultrapassado e um drama de fundo moral mal traduzido.

Mesmo perdendo rapidamente o meu fascínio pela leitura dos livros de Elodin, continuei encantado por caçá-los. Irritei um bom número de escribas com minhas perguntas constantes: Quem estava encarregado da reposição nas prateleiras? Onde eram guardados os provérbios vintasianos? Quem tinha a chave do depósito de pergaminhos do quarto subsolo? Onde ficavam os livros danificados enquanto aguardavam a restauração?

No fim, encontrei 19 dos livros. Todos, menos *En Temerant Voistra*. E não foi por falta de tentativa. Segundo minha melhor estimativa, a empreitada inteira levou quase 50 horas de buscas e leituras.

Cheguei à aula seguinte de Elodin 10 minutos antes da hora, orgulhoso como um sacerdote. Levei minhas duas páginas de anotações criteriosas, ansioso por impressionar o mestre com minha dedicação e minúcia.

Todos os sete chegamos para a aula antes da sineta do meio-dia. A porta da sala estava fechada, por isso ficamos no corredor, aguardando a chegada de Elodin.

Compartilhamos histórias sobre nossas buscas no Arquivo e especulamos sobre a razão de Elodin ter considerado importantes aqueles livros. Fazia anos que Feila era escriba e ela só havia encontrado 17 deles. Ninguém tinha achado *En Temerant Voistra*, ou mesmo qualquer menção a ele.

Elodin ainda não havia chegado quando tocou o sino do meio-dia e, 15 minutos depois da hora, cansei-me de ficar em pé no corredor e experimentei a porta da sala de aulas. A princípio, a maçaneta não se mexeu, mas, quando a sacudi, frustrado, o trinco girou e a porta se entreabriu.

– Pensei que estivesse trancada – disse Inyssa, franzindo o cenho.

– Só emperrada – falei, abrindo-a.

Entramos no cômodo imenso e vazio e descemos a escada para a primeira fileira de assentos. Na grande lousa à nossa frente, escrita com a letra estranhamente caprichada de Elodin, havia uma única palavra: "Discutam."

Acomodamo-nos em nossas cadeiras e esperamos, porém não se viu Elodin em parte alguma. Olhamos para a lousa, depois uns para os outros, sem saber exatamente o que deveríamos fazer.

Pela expressão no rosto de todos, eu não era o único que estava irritado. Passara 50 horas escavando aquela porcaria de livros inúteis dele. Eu tinha feito a minha parte. Por que Elodin não fazia a sua?

Nós sete passamos as duas horas seguintes aguardando, conversando à toa, à espera de que Elodin chegasse.

Ele não chegou.

CAPÍTULO 14

A cidade oculta

Embora as horas desperdiçadas à caça dos livros de Elodin me houvessem deixado numa profunda irritação, saí dessa experiência com um sólido conhecimento prático do Arquivo. O que aprendi de mais importante foi que ele não era um mero armazém repleto de livros. O Arquivo era como uma cidade independente. Tinha ruas e alamedas tortuosas. Tinha becos e atalhos.

Tal como numa cidade, partes dele tinham uma atividade febril. O Scriptorium abrigava fileiras de escrivaninhas onde os escribas batalhavam com traduções ou copiavam textos desbotados em novos livros, com tinta preta nova. A Sala de Classificação zumbia de atividade, com escribas selecionando e repondo livros nas estantes.

A Bicharia não era nada do que eu havia esperado, graças aos céus. Ao contrário, revelou-se o lugar em que os livros novos eram descontaminados, antes de serem acrescidos à coleção. Ao que parece, criaturas de toda sorte adoravam livros, algumas devoraram pergaminho e couro, outras tinham predileção por papel ou cola. As traças eram o menor problema entre elas e, depois de escutar algumas histórias do Wilem, não havia nada que eu quisesse mais do que lavar as mãos.

A Toca dos Catalogadores, a Encadernação, os Rolos, o Palimpsesto, todos eram atarefados como colmeias, repletos de escribas calados e industriosos.

Mas outras partes do Arquivo eram justamente o oposto de agitadas. O Escritório de Aquisições, por exemplo, era minúsculo e perpetuamente escuro. Pelo postigo, vi que uma parede inteira desse cômodo nada mais era que um imenso mapa, onde cidades e estradas eram marcadas com tamanha minúcia que ele parecia um tear emaranhado. O mapa era revestido por uma camada de verniz alquímico transparente e havia anotações a lápis de cera vermelho em vários pontos, detalhando rumores sobre livros desejáveis e as últimas localizações conhecidas das diversas equipes de compras.

A seção dos Tomos assemelhava-se a um grande jardim público. Qualquer estudante tinha a liberdade de entrar e ler os livros daquelas prateleiras. Ou podia submeter um pedido aos escribas, que partiam de má vontade para o Acervo, a fim de encontrar, se não o livro exato que se queria, ao menos algo estreitamente relacionado.

Mas o Acervo era maior parte do Arquivo. Era ali que os livros efetivamente moravam. E, como em qualquer cidade, havia bons e maus bairros.

Nos bons bairros, tudo era adequadamente organizado e catalogado. Nesses lugares, uma anotação dos livros de registro levava a pessoa a um título com a simplicidade de quem apontasse um dedo.

E havia também as más vizinhanças – setores que tinham sido esquecidos ou negligenciados ou que eram simplesmente complicados demais para que se cuidasse deles no momento. Tratava-se de locais onde os livros eram catalogados por métodos antigos ou não havia catalogação alguma.

Neles existiam paredes de estantes que lembravam bocas parcialmente desdentadas, nas quais escribas desaparecidos fazia muito tempo tinham canibalizado algum velho catálogo, a fim de inserir os livros no sistema que estivesse em moda na ocasião. Trinta anos antes, dois andares inteiros tinham passado de bairros bons a ruins, quando os registros de Larkin foram queimados por uma facção rival de escribas.

E havia, é claro, a porta das quatro chapas. O segredo no coração da cidade.

Era agradável passear pelos bairros bons. Era prazeroso procurar um livro e encontrá-lo exatamente onde devia estar. Era fácil. Reconfortante. Rápido.

Mas os bairros ruins eram fascinantes. Seus livros eram empoeirados e sem uso. Ao abrir um deles, podia-se ler palavras que nenhum olho avistara por centenas de anos. Ali havia um tesouro em meio à escória.

Foi nesses lugares que procurei o Chandriano.

Busquei durante horas e dias. Grande parte da razão de eu ter ido para a Universidade tinha sido meu desejo de descobrir a verdade sobre ele. Agora que finalmente ganhara acesso ao Arquivo, compensei o tempo perdido.

Mas, apesar de minhas longas horas de busca, não encontrei praticamente nada. Havia diversos livros de histórias infantis em que o Chandriano aparecia engajado em pequenas maldades, como roubar tortas e fazer o leite azedar. Noutros, seus membros barganhavam como demônios em dramas aturenses de fundo moral.

Dispersos por essas histórias havia alguns tênues fios de realidade, porém nada que eu já não soubesse. O Chandriano era amaldiçoado. Certos sinais indicavam sua presença: chama azul, podridão e ferrugem, uma friagem no ar.

Minha caçada foi mais dificultada pelo fato de eu não poder pedir a ajuda de ninguém. Se a notícia de que eu passava meu tempo lendo contos infantis se espalhasse, isso não melhoraria minha reputação.

E, mais importante, uma das poucas coisas que eu sabia sobre o Chandriano era que seus membros trabalhavam no sentido de reprimir selvagemente qualquer conhecimento de sua existência. Haviam matado minha trupe porque meu pai andara escrevendo uma canção a seu respeito. Em Trebon, destruíram uma festa inteira de casamento porque alguns convidados tinham visto imagens deles numa peça de cerâmica antiga.

Em vista disso, falar do Chandriano não parecia ser o curso de ação mais sensato.

Assim, fiz minhas próprias buscas. Passados alguns dias, perdi a esperança de encontrar algo tão útil quanto um livro sobre o Chandriano, ou mesmo tão substancial quanto uma monografia. Ainda assim, continuei a ler, torcendo para achar um retalho de verdade escondido em algum lugar. Um simples fato. Um indício. Qualquer coisa.

Mas as histórias infantis não são ricas em detalhes e os poucos que encontrei eram obviamente fantasiosos. Onde morava o Chandriano? Nas nuvens. Nos sonhos. Num castelo de açúcar. Quais eram os seus sinais? O trovão. O escurecimento da lua. Um conto chegava até a mencionar o arco-íris. Quem escreveria uma coisa dessas? Por que fazer uma criança ter pavor do arco-íris?

Os nomes eram mais fáceis de achar, mas todos tinham sido obviamente roubados de outras fontes. Quase todos eram nomes de demônios mencionados no *Livro do caminho* ou em alguma peça teatral, sobretudo na *Daeonica*. Um conto dolorosamente alegórico dava ao Chandriano nomes inspirados em sete imperadores famosos da época do Império Aturense. Isso, pelo menos, provocou-me uma risada curta e amarga.

Acabei descobrindo um volume fininho, chamado *O livro dos segredos*, mergulhado nas profundezas dos registros do Arquivo Morto. Tratava-se de um livro estranho, disposto à maneira de um bestiário, mas escrito como uma cartilha infantil. Tinha desenhos de criaturas de contos de fadas, como ogros, duendes e gnomos-de-dênera. Cada verbete tinha uma imagem, acompanhada por um poema curto e insípido.

O Chandriano, é claro, era o único verbete sem ilustração. Em vez dela, havia apenas uma página em branco, emoldurada por arabescos decorativos. O poema que a acompanhava ficava abaixo de inútil:

O Chandriano gira e muda de lugar
Mas sempre sem vestígio deixar.
Guarda seus segredos com ciúme,
Mas não fere nem mostra azedume.
Não é brigão nem alvoroçado,
Conosco chega a ser delicado.
Num piscar de olhos vem e vai,
Qual raio que luminoso cai.

Por mais irritante que fosse ler uma coisa dessas, um ponto ficava bem claro: para o resto do mundo, o Chandriano nada mais era do que um punhado de contos de fadas infantis. Tão pouco real quanto os trapentos ou os unicórnios.

Eu tinha um conhecimento diferente, é claro. Vira-o com meus próprios olhos. Falara com Gris, o de negros olhos. Vira Haliax vestir-se todo de sombras, como se usasse um manto.

Assim, prossegui em minha busca infrutífera. Não importava no que acreditasse o resto do mundo. Eu sabia a verdade e nunca fui de desistir facilmente.

∽

Acomodei-me ao ritmo do novo período letivo. Como antes, frequentei as aulas e toquei na taberna do Anker. Mas passava a maior parte do tempo no Arquivo. Eu havia ansiado por ele durante um período tão longo que poder cruzar a porta de entrada quando bem quisesse parecia quase anormal.

Nem mesmo minha contínua incapacidade de encontrar algo factual sobre o Chandriano estragava essa experiência. Conforme buscava, eu me distraía cada vez mais com outros livros encontrados. Um manual manuscrito de ervas medicinais, com imagens de várias plantas em aquarelas. Um pequeno *in-quarto,* com quatro peças teatrais de que eu nunca ouvira falar. Uma biografia admiravelmente cativante de Hevred, o Precavido.

Passei tardes inteiras nas cabines de leitura, perdendo refeições e negligenciando meus amigos. Mais de uma vez, fui o último estudante a sair do Arquivo, antes que os escribas trancassem as portas até o dia seguinte. Eu dormiria lá, se isso fosse permitido.

Em certos dias, quando meu horário ficava apertado demais para que eu me instalasse lá para um longo estirão de leituras, simplesmente caminhava pelo Acervo durante alguns minutos entre as aulas.

Fiquei tão apaixonado por minha nova liberdade que, durante muitos dias, não atravessei o rio para ir a Imre. Quando efetivamente retornei à pousada Homem Gris, levei um cartão de visita que tinha feito com um retalho de pergaminho. Achei que Denna se divertiria com ele.

Quando cheguei, porém, o porteiro intrometido da sala de espera da Homem Gris me disse que não, não poderia entregar meu cartão. Não, a jovem já não estava residindo lá. Não, ele não poderia transmitir-lhe um recado. Não, não sabia para onde ela fora.

CAPÍTULO 15
Um fato interessante

Elodin entrou a passos largos na sala de aula, com quase uma hora de atraso. Tinha a roupa coberta de manchas de terra e havia folhas secas emaranhadas em seu cabelo. Estava sorrindo.

Nesse dia, éramos apenas seis à sua espera. Jarret não havia aparecido nas duas aulas anteriores. Pelos comentários mordazes que fizera antes de sumir, eu duvidava que voltasse.

– Já! Digam-me coisas! – gritou Elodin, sem nenhum preâmbulo.

Era sua mais nova maneira de desperdiçar nosso tempo. No começo de cada aula, ele pedia um fato interessante de que nunca tivesse ouvido falar. Elodin, é claro, era o único árbitro do que era interessante e, quando o primeiro fato fornecido não ficava à altura de suas expectativas, ou quando ele já o conhecia, o mestre exigia outro e mais outro, até finalmente se dizer algo que o divertisse.

– Vá! – disse, apontando para Brean:

– As aranhas podem respirar embaixo d'água – disse ela, prontamente.

Elodin meneou a cabeça.

– Ótimo.

Em seguida olhou para Fenton.

– Há um rio no sul de Vintas que flui no sentido errado. É um rio de água salgada que corre do mar de Centhe para a terra.

Elodin balançou a cabeça.

– Eu já sabia disso.

Fenton baixou os olhos para um pedaço de papel.

– Uma vez, o imperador Ventoran aprovou uma lei...

– Chatice – interrompeu Elodin, cortando-o.

– Se a pessoa beber mais de dois quartilhos de água salgada, ela vomita? – perguntou Fenton.

Elodin mexeu a boca especulativamente, como se tentasse tirar um pedaço de cartilagem dos dentes. Depois, deu um aceno satisfeito com a cabeça.

– Essa é boa.

Apontou para Uresh.

– O infinito pode ser dividido um número infinito de vezes e as partes resultantes continuarão a ser infinitamente grandes – disse Uresh, com seu curioso sotaque lenattiano. – Mas, se dividirmos um número não infinito um número infinito de vezes, as partes resultantes serão não infinitamente pequenas. Já que são não infinitamente pequenas, mas existe um número infinito delas, se voltarmos a somá-las, sua soma será infinita. Isso implica que, na verdade, qualquer número é infinito.

– Uau! – exclamou Elodin, depois de uma longa pausa. Apontou um dedo sério para o lenattiano.

– Uresh. Sua próxima tarefa é ter relações sexuais. Se não souber como fazê-lo, procure-me depois da aula.

Virou-se para Inyssa.

– O povo ylliano nunca desenvolveu uma língua escrita – disse ela.

– Não é verdade – objetou Elodin. – Eles usavam um sistema de nós tecidos. – Fez um movimento complexo com as mãos, como se trançasse alguma coisa. – E já o faziam muito antes de começarmos a rabiscar pictogramas em peles de ovelha.

– Eu não disse que lhes faltava uma língua registrada – murmurou Inyssa. – Eu disse língua escrita.

Elodin conseguiu transmitir seu vasto enfado com um simples dar de ombros.

Inyssa fitou-o com o cenho franzido.

– Ótimo. Há um tipo de cão em Sceria que dá à luz por um pênis vestigial – disse.

– Uau! – exclamou Elodin. – Certo. Sim.

Apontou para Feila.

– Há 80 anos, a Iátrica descobriu como retirar a catarata dos olhos.

– Eu já sei disso – retrucou Elodin, abanando a mão com descaso.

– Deixe-me terminar – disse Feila. – Quando descobriram como fazê-lo, isso significou que puderam devolver a visão a pessoas que nunca tinham enxergado até então. Essas pessoas não haviam ficado cegas, mas nascido cegas.

Elodin inclinou a cabeça, curioso.

Feila continuou:

– Depois que elas se tornaram capazes de ver, mostraram-lhes objetos. Uma bola, um cubo e uma pirâmide, todos dispostos numa mesa. – Feila foi desenhando as formas com as mãos ao falar. – E então, os fisiopatas lhes perguntaram qual dos três objetos era redondo.

Fez uma pausa, para aumentar o efeito, e olhou para todos nós.

– Elas não souberam dizer apenas olhando para os objetos. Precisaram tocá-los primeiro. Só depois de tocarem na bola perceberam que era ela o objeto redondo.

Elodin jogou a cabeça para trás e riu, encantado.

– É mesmo? – perguntou.

Ela fez que sim.

– A Feila leva o prêmio! – gritou o mestre, esticando os braços para o alto. Enfiou uma das mãos no bolso e tirou uma coisa marrom e oblonga, que pôs nas mãos de Feila.

Ela fitou o objeto, curiosa. Era um capucho de algodãozinho-do-campo.

– O Kvothe ainda não falou – disse Brean.

– Não tem importância – retrucou Elodin, em tom despreocupado. – O Kvothe é uma porcaria nos Fatos Interessantes.

Amarrei a cara mais fechada que pude.

– Muito bem – disse Elodin. – Fale-me o que você tem.

– Os mercenários ademrianos têm uma arte secreta chamada Lethani – afirmei. – Ela é o segredo que os torna guerreiros tão ferozes.

Elodin inclinou a cabeça para um lado.

– É mesmo? – perguntou. – E o que é?

– Não sei – respondi, com ar petulante, na esperança de irritá-lo. – Como eu disse, é segredo.

Elodin pareceu refletir sobre isso por um momento, depois balançou a cabeça.

– Não. É interessante, mas não é fato. É como dizer que os prestamistas ceáldicos têm uma arte secreta, chamada Finância, que faz deles banqueiros tão agressivos. Não tem substância – afirmou e tornou a me olhar, expectante.

Tentei pensar em alguma outra coisa, mas não consegui. Minha cabeça estava cheia de contos de fadas e pesquisas sobre o Chandriano que levavam a um beco sem saída.

– Viu? – disse Elodin a Brean. – Ele é uma porcaria.

– Só não sei por que estamos desperdiçando nosso tempo com isso – rebati.

– Você tem coisas melhores para fazer? – perguntou Elodin.

– Tenho! – explodi, com raiva. – Tenho mil coisas mais importantes para fazer! Como aprender sobre o nome do vento!

Elodin ergueu um dedo, tentando fazer uma pose sábia e não conseguindo, por causa das folhas no cabelo.

– Pequenos fatos levam a um grande saber – entoou. – Assim como pequenos nomes levam a grandes nomes.

Bateu uma palma e esfregou as mãos, animado.

– Certo! Feila! Abra seu prêmio e poderemos dar ao Kvothe a aula que ele deseja tão ardorosamente.

Feila quebrou a casca seca do capucho de algodãozinho-do-campo. A lanugem branca das sementes flutuantes derramou-se em suas mãos.

O Nomeador-Mor fez sinal para que Feila a jogasse para cima. Quando ela fez isso, todos viram a massa de lanugem branca voar em direção ao teto alto da sala de aula, depois cair pesadamente no chão.

– Diabos! – disse Elodin. Avançou altivo para o feixe de sementes, apanhou-o do chão e o sacudiu vigorosamente, até o ar ficar cheio de lufadas de sementes de algodãozinho.

Em seguida, começou a persegui-las loucamente pela sala, tentando pegá-las no ar. Trepou em cadeiras, correu pelo estrado dos professores e pulou na mesa na frente da sala.

O tempo todo, tentava agarrar as sementes. No começo o fez com uma das mãos, como quem pegasse uma bola. Mas não teve sucesso e, assim, começou a bater palmas, como se achatasse uma mosca. Quando isso também não funcionou, tentou apanhá-las com as duas mãos, como uma criança tentando agarrar um pirilampo.

Mas não conseguiu pegar nenhuma. Quanto mais as perseguia, mais frenético ficava, mais depressa corria e mais desvairado tentava agarrá-las. Isso continuou por um minuto inteiro. Dois minutos. Cinco minutos. Dez.

Talvez prosseguisse durante todo o período da aula, mas ele acabou tropeçando numa cadeira e desabou dolorosamente no chão de pedra, rasgando uma perna da calça e cortando o joelho, que começou a sangrar.

Segurando a perna, sentou-se no chão e soltou uma série de xingamentos raivosos como eu nunca tinha ouvido em toda a minha vida. Gritou e rosnou e cuspiu. Passou por pelo menos oito línguas e, mesmo quando não pude compreender as palavras que usava, o som me causou um frio na barriga e arrepios nos braços. Ele disse coisas que me fizeram suar. Coisas que me deixaram enjoado. Que eu não sabia que era possível dizer.

Imagino que isso pudesse ter continuado, mas, num momento em que inspirou com raiva, ele sugou uma das sementes flutuantes de algodãozinho-do-campo e começou a tossir e a se engasgar violentamente.

Acabou cuspindo a semente, recobrou o fôlego, pôs-se de pé e saiu da sala mancando, sem dizer uma palavra.

Não foi um dia de aula particularmente estranho com Mestre Elodin.

∽

Depois da aula de Elodin, comi um almoço ligeiro na Anker e fui para meu turno na Iátrica, para ver El'thes mais experientes diagnosticarem e tratarem os pacientes que chegavam. Depois disso, tomei o rumo do rio, na esperança de encontrar Denna. Era minha terceira ida no mesmo número de dias, mas fazia um dia frio e ensolarado e, após todo o tempo passado no Arquivo, eu sentia necessidade de esticar um pouco as pernas.

Parei primeiro na Eólica, embora fosse cedo demais para que Denna estivesse lá. Conversei com Stanchion e Deoch antes de seguir para algumas das outras pousadas que ocasionalmente ela frequentava: Barril, Tonel & Fardo e Gancho na Parede. Também não estava em nenhuma dessas.

Perambulei por alguns jardins públicos, cujas árvores estavam quase inteiramente desfolhadas. Depois, visitei todas as lojas de instrumentos que consegui encontrar, dando uma olhada nos alaúdes e perguntando se tinham visto uma bela mulher de cabelos pretos procurando harpas. Não tinham.

Já então havia escurecido por completo. Assim, tornei a passar na Eólica e vaguei lentamente pela multidão. Denna ainda não estava em parte alguma, porém encontrei o conde Threipe. Dividimos uma bebida e ouvimos algumas músicas antes de eu me retirar.

Apertei mais a capa em volta dos ombros ao retomar o caminho da Universidade. Nessa hora, as ruas de Imre eram mais agitadas do que durante o dia e, apesar da friagem no ar, havia uma sensação de festa na cidade. Uns 10 tipos diferentes de música jorravam das entradas de hospedarias e teatros. Pessoas se aglomeravam na porta de restaurantes e salões de exposição.

Ouvi então uma risada alta e animada elevar-se acima do burburinho das aglomerações. Eu a reconheceria em qualquer lugar. Era de Denna. Eu a conhecia como ao dorso de minhas mãos.

Virei-me, sentindo um sorriso espalhar-se por meu rosto. Era sempre assim. Eu só parecia conseguir encontrá-la depois de perder a esperança.

Examinei os rostos da multidão circulante e a encontrei sem dificuldade. Denna estava parada à porta de um pequeno café, usando um vestido longo de veludo azul-escuro.

Dei um passo na sua direção e me detive. Vi-a falar com alguém parado atrás da porta aberta de uma carruagem. A única parte do acompanhante dela que pude vislumbrar foi o alto da cabeça. Ele usava um chapéu com uma longa pluma branca.

Um momento depois, Ambrose fechou a porta da carruagem. Deu um sorriso largo e sedutor e disse algo que fez Denna rir. A luz dos lampiões cintilou no brocado dourado da jaqueta de Ambrose e suas luvas eram tingidas no mesmo tom de azul-real escuro das botas. A cor deveria parecer vulgar nele, mas não parecia.

Enquanto eu olhava fixo, uma sege de corrida, puxada por seus dois cavalos, por pouco não me derrubou e passou por cima de mim, o que seria justo, já que eu estava postado no meio da rua. O cocheiro praguejou e deu uma lambada com o chicote ao passar. A chicotada me acertou na nuca, mas nem a senti.

Recuperei o equilíbrio e levantei os olhos a tempo de ver Ambrose beijar a mão de Denna. Depois, com gestos graciosos, ofereceu-lhe o braço e os dois entraram juntos no café.

CAPÍTULO 16

Um medo não dito

Depois de ver Ambrose e Denna em Imre, mergulhei num humor sombrio. Na caminhada de volta para a Universidade, minha cabeça girava ao pensar neles. Estaria Ambrose fazendo aquilo de pura pirraça? Como havia acontecido? O que Denna tinha na cabeça?

Após uma noite quase toda insone, tentei não pensar no assunto. Em vez disso, enfurnei-me nas profundezas do Arquivo. Os livros são um substituto precário para a companhia feminina, porém são mais fáceis de achar. Consolei-me caçando o Chandriano pelos cantos escuros do Arquivo. Li até os olhos arderem e a cabeça ficar densa e abarrotada.

Passou-se quase uma onzena e pouco fiz além de frequentar as aulas e saquear o Arquivo. Em troca dos meus esforços, ganhei pulmões cheios de poeira, uma dor de cabeça persistente, graças às horas de leitura à luz da lâmpada de simpatia, e um espasmo entre as omoplatas, de tanto me debruçar sobre uma mesa baixa ao folhear os restos desbotados dos registros de Gilean.

Também encontrei uma única menção ao Chandriano. Estava num manuscrito *in-oitavo*, intitulado *Compêndio exótico de crenças populares*. Segundo o meu melhor palpite, o livro tinha 200 anos.

Era uma coletânea de histórias e superstições reunidas por um historiador amador de Vintas. Ao contrário de *Os hábitos de acasalamento do Dracus comum*, não fazia nenhuma tentativa de provar ou desmentir essas crenças. O autor havia simplesmente recolhido e organizado as histórias, com breves comentários ocasionais sobre como as crenças pareciam variar de uma região para outra.

Era um volume impressionante, que obviamente abarcava anos de pesquisa. Havia quatro capítulos sobre demônios. Três sobre Encantados, um deles inteiramente dedicado a histórias de Feluriana. Havia páginas sobre trapentos, lacerados e duendes. O autor registrara canções sobre damas cinzentas e cavaleiros brancos. Contava com uma longa seção sobre os draugar. Havia seis capítulos sobre magia popular: oito maneiras de curar verrugas, 12 maneiras de falar com os mortos, 22 talismãs do amor...

O verbete inteiro sobre o Chandriano tinha menos de meia página:

Do Chandriano há pouco a dizer. Todo homem sabe deles. Toda criança entoa sua canção. Mas o povo não conta histórias.

Pelo preço de meia cerveja, um fazendeiro fala por duas horas sobre os gnomos-de-dênera. Mas basta mencionar o Chandriano e sua boca se aperta como nó de fiandeira e ele toca num pedaço de ferro e empurra a cadeira para trás.

Muitos pensam que dá azar falar dos Encantados, mas as pessoas falam. Não sei o que torna diferente o Chandriano. Um curtumeiro muito embriagado, na cidade de Hillesborrow, disse em tom sussurrante: "Se você fala deles, eles vêm buscá-lo." Esse parece ser o medo não dito dessa gente comum.

Portanto, escrevo aquilo que colhi, tudo comum e inespecífico. O Chandriano é um grupo de números variados. (Provavelmente sete, dado o seu nome.) Eles aparecem e cometem diversas formas de violência, sem qualquer razão clara.

Há sinais que prenunciam sua chegada, mas não há concordância quanto a eles. A chama azul é o mais comum, mas eu também soube de vinho avinagrado, cegueira, lavouras que murcham, tempestades fora da estação, abortos espontâneos e escurecimento do sol no céu.

No cômputo geral, eu os julguei uma área de investigação frustrante e inútil.

Fechei o livro. Frustrante e inútil pareciam familiares.

O pior não era eu já saber tudo o que estava escrito no verbete. O pior era que essa constituía a melhor fonte de informação que eu havia conseguido descobrir em mais de 100 longas horas de busca.

CAPÍTULO 17
Interlúdio – Papéis

Kvothe levantou a mão e o Cronista suspendeu a pena do papel.

– Vamos parar por um instante – disse, indicando a janela com a cabeça. – Estou vendo o Cob vindo pela rua.

Pôs-se de pé e sacudiu a frente do avental.

– Posso sugerir que vocês usem um minuto para se recomporem?

Acenou com a cabeça para o Cronista e completou:

– Você está com ar de quem acabou de fazer algo que não devia ter feito.

Saiu andando calmamente e se postou atrás do balcão do bar, enquanto dizia:

– Nada poderia estar mais longe da verdade, é claro. Cronista, você está entediado, à espera de trabalho. É por isso que seu material de escrita está do lado de fora. Você gostaria de não estar tão preso, sem cavalo, nesta cidade no meio de lugar nenhum. Mas está e fará disso o melhor que puder.

Bast sorriu.

– Aaah! Dê alguma coisa para mim também!

– Jogue com os seus pontos fortes, Bast – disse Kvothe. – Você está bebendo com o nosso único freguês por ser um vagabundo preguiçoso a quem ninguém jamais sonharia pedir ajuda no campo.

Bast deu um sorriso ansioso.

– Também estou entediado?

– É claro que sim, Bast. O que mais se pode estar?

Dobrou o pano de linho e o pousou no balcão do bar.

– Eu, por outro lado, estou ocupado demais para sentir tédio. Estou correndo para lá e para cá, cuidando da centena de pequenas tarefas que mantêm a hospedaria em perfeito funcionamento.

Olhou para os dois e ordenou:

– Cronista, arrie na cadeira. Bast, se você não consegue parar de rir, ao menos comece a contar ao nosso amigo aquela história dos três sacerdotes com a filha do moleiro.

O sorriso de Bast alargou-se.

– Aquela é boa.

– Todos já sabem os seus papéis? – perguntou Kvothe, apanhando o pano do balcão e cruzando a porta da cozinha, enquanto dizia: – Entra o velho Cob pela esquerda do palco.

Houve uma batida de pés na escada de madeira da entrada e, em seguida, o velho Cob irrompeu, irritado, na Pousada Marco do Percurso, pisando duro. Deu uma olhadela para a mesa onde Bast sorria e fazia gestos para acompanhar uma história e prosseguiu para o bar.

– Alô! Você está aí, Kote?

Passado um segundo, o hospedeiro veio depressa da cozinha, enxugando as mãos molhadas no avental.

– Olá, Cob. Em que posso servi-lo?

– O Graham mandou o garotinho dos Owen me buscar – disse Cob, irritado. – Você faz alguma ideia de por que estou aqui, em vez de estar carregando aveia?

Kote balançou a cabeça.

– Pensei que hoje ele ia trazer o trigo dos Murrion.

– Maldita idiotice – resmungou Cob. – Vamos ter chuva logo à noite e aqui estou eu, parado, com os fardos de aveia seca empilhados no meu campo.

– Já que você está mesmo aqui – disse o hospedeiro, com ar esperançoso –, será que posso interessá-lo numa sidra? Fresquinha, prensada hoje de manhã.

Parte da irritação desapareceu do rosto curtido do velho.

– Já que estou mesmo esperando... Um caneco de sidra cairia muito bem.

Kote entrou no cômodo dos fundos e voltou com um jarro de cerâmica. Ouviu-se o som de outros pés na escadinha da entrada e Graham cruzou a porta, com Jake, Carter e o aprendiz de ferreiro enfileirados atrás.

Cob virou-se para lançar-lhes um olhar furioso.

– Que diabo é tão importante que vale a pena me arrastar para a cidade a esta hora da manhã? – indagou. – O sol está brilhando, um...

Houve uma súbita explosão de riso na mesa em que estavam o Cronista e Bast. Todos se viraram e viram o escriba enrubescer, gargalhando e cobrindo a boca com uma das mãos. Bast também ria, dando socos na mesa.

Graham conduziu os outros ao balcão do bar e disse:

– Eu soube que Carter e o garoto vão ajudar os Orrison a levar seus carneiros para o mercado. Para Baedn, não é?

Carter e o aprendiz de ferreiro confirmaram com a cabeça.

– Entendo – falou o velho Cob, olhando para suas mãos. – Então, vão faltar ao enterro dele.

Carter meneou a cabeça com ar solene, mas Aaron assumiu uma expressão abalada. Olhou de um rosto para outro, mas todos os demais estavam muito quietos, observando o velho lavrador junto ao balcão do bar.

– Ótimo – disse Cob, finalmente, levantando os olhos para Graham. – Foi bom você ter mandado nos buscar. – Viu o rosto do garoto e soltou um grunhido. – Você está com cara de quem acabou de matar o seu gato, guri. Carne de carneiro tem que ir pro mercado. O Shep sabia disso. Não pensaria um iota a menos de você por estar fazendo o que precisa ser feito.

Estendeu a mão para dar um tapinha nas costas do aprendiz de ferreiro.

– Vamos todos tomar um trago juntos, pra nos despedirmos dele direito. Isso é o que importa. O que vai acontecer na igreja, à noite, é só uma discurseira de sacerdote. Nós sabemos dizer adeus melhor do que isso.

Olhou para trás do balcão do bar e pediu:

– Traga pra nós um dos favoritos dele, Kote.

O hospedeiro já estava se movimentando, apanhando canecos de madeira e enchendo-os de uma cerveja marrom-escura, tirada de um barrilete menor atrás do balcão.

O velho Cob ergueu seu caneco e os outros o acompanharam.

– Ao nosso Shep.

Graham foi o primeiro a falar:

– Quando éramos garotos, eu quebrei a perna, num dia em que saímos pra caçar. Eu disse pra ele correr e buscar ajuda, mas ele se recusou a sair do meu lado. Improvisou um trenozinho do nada, de pura teimosia. E me arrastou por todo o caminho de volta à cidade.

Todos beberam.

– Ele me apresentou à minha mulher – disse Jake. – Não sei se algum dia eu lhe agradeci direito por isso.

Todos beberam.

– Quando eu fiquei doente, com crupe, ele foi me visitar todos os dias – disse Carter. – Não teve muita gente fazendo isso. E também me levava sopa, feita pela mulher dele.

Todos beberam.

– O Shep foi bom pra mim quando eu cheguei aqui – disse o aprendiz de ferreiro. – Ele me contava piadas. E uma vez estraguei uma peça de carroça que ele tinha levado pra eu consertar e ele nunca contou ao mestre Caleb. – O garoto fez força para engolir e olhou em volta, nervoso. – Eu gostava mesmo dele.

Todos beberam.

– Ele era mais valente do que todos nós – disse Cob. – Foi o primeiro a enfiar uma faca naquele sujeito ontem de noite. Se o desgraçado fosse normal em algum sentido, aquilo teria acabado com a história.

A voz de Cob tremeu um pouco e, por um instante, ele pareceu pequeno e cansado, exatamente tão velho quanto era.

– Mas não foi o que aconteceu. Hoje em dia, não é bom ser corajoso. Mas ele era corajoso, assim mesmo. Eu queria ter tido coragem e estar morto no lugar dele, pra ele estar em casa agora, beijando a sua jovem esposa.

Houve um murmúrio dos outros e todos beberam seus canecos até o fim. Graham tossiu um pouco, antes de pousar o dele no balcão.

– Eu não sabia o que dizer – falou o aprendiz de ferreiro, em voz baixa.

Graham deu-lhe um tapinha nas costas, sorrindo.

– Você se saiu muito bem, guri.

O hospedeiro pigarreou e todos os olhares se voltaram para ele.

– Espero que vocês não me considerem abusado – disse. – Eu não o conhecia tão bem quanto vocês. Não o bastante para o primeiro brinde, mas talvez o suficiente para o segundo.

Remexeu nos cordões do avental, como que sem jeito por se pronunciar.

– Sei que é cedo, mas eu gostaria muito de compartilhar um gole de uísque com vocês, em homenagem ao Shep.

Houve um murmúrio de assentimento e o hospedeiro retirou uns copos de baixo do balcão e começou a enchê-los. E não foi com uísque engarrafado: o homem ruivo o serviu de um dos enormes tonéis que descansavam sobre a bancada atrás do bar. O uísque de tonel custava um vintém o trago e por isso eles ergueram os copos com uma compenetração mais calorosa do que o fariam em outras circunstâncias.

– E qual vai ser esse brinde? – perguntou Graham.

– Ao fim de um ano desgraçado? – sugeriu Jake.

– Isso não é brinde que se faça – resmungou o velho Cob para ele.

– Ao rei? – disse Aaron.

– Não – falou o hospedeiro, com a voz surpreendentemente firme. E, erguendo seu copo: – A velhos amigos que mereciam mais do que receberam.

Os homens do outro lado do bar assentiram solenemente e emborcaram seus copos.

– Pelo senhor e senhora, isso é que é um trago encantador! – disse o velho Cob, em tom respeitoso, com os olhos levemente lacrimejantes. – Você é um cavalheiro, Kote. Fico feliz por conhecê-lo.

O aprendiz de ferreiro pousou seu copo, apenas para vê-lo virar de lado e rolar pelo balcão. Ele o pegou antes que o copo deslizasse pela borda e o emborcou, olhando com desconfiança para o fundo arredondado.

Jake soltou uma gargalhada alta de lavrador ante o espanto do rapaz, enquanto Carter fazia questão de pousar seu copo emborcado no bar.

– Não sei como fazem isso lá em Rannish – disse Carter ao garoto –, mas por aqui, chamamos esse copo de virador. E há uma boa razão para isso.

O aprendiz de ferreiro fez um ar adequadamente desconcertado e virou seu copo de cabeça para baixo, como os outros no bar. O hospedeiro deu-lhe um sorriso tranquilizador, antes de recolher os copos e desaparecer na cozinha.

– Então, muito bem – disse o velho Cob, animado, esfregando as mãos. – Faremos uma noite inteira disto, depois que vocês dois voltarem de Baedn. Mas o clima não vai esperar por mim e não duvido que os Orrison estejam ansiosos por pegar a estrada.

Depois que eles se retiraram da Marco do Percurso num grupo disperso, Kvothe emergiu da cozinha e voltou à mesa em que estavam Bast e o Cronista.

– Eu gostava do Shep – disse Bast, em voz baixa. – O Cob pode ser um velhote turrão meio casca-grossa, mas sabe o que diz na maioria das vezes.

– O Cob não sabe metade do que supõe saber – disse Kvothe. – Você salvou todo mundo ontem à noite. Se não fosse por você, aquela coisa teria percorrido o salão como um lavrador malhando trigo.

– Isso não é verdade, Reshi, não é mesmo – disse Bast, num tom claramente ofendido. – Você a teria detido. É o que você faz.

O hospedeiro deu de ombros, descartando o comentário, sem disposição de discutir. A boca de Bast formou uma linha dura e raivosa e seus olhos se estreitaram.

– Mesmo assim – disse baixinho o Cronista, quebrando a tensão antes que ela se adensasse demais –, o Cob tinha razão. Foi um ato corajoso. Você tem que respeitar isso.

– Não, não tenho – objetou Kvothe. – O Cob estava certo numa coisa: hoje em dia, não é bom ser corajoso. – Fez sinal para que o Cronista pegasse a pena. – Apesar disso, eu também gostaria de ter sido mais corajoso, para que o Shep estivesse em casa, beijando a sua jovem esposa.

CAPÍTULO 18

Vinho e sangue

WILEM E SIMMON ACABARAM me arrancando do cálido abraço do Arquivo. Eu lutei e xinguei, mas eles foram firmes em suas convicções e nós três enfrentamos o vento frio da estrada para Imre.

Chegamos à Eólica e pedimos uma mesa perto da lareira da direita, de onde podíamos ver o palco e manter as costas aquecidas. Depois de uma ou duas bebidas, senti a saudade dos livros esmaecer numa dor surda. Nós três conversamos e jogamos cartas e acabei por começar a me divertir, apesar de saber que Denna certamente estava em algum lugar dali, pendurada no braço do Ambrose.

Após várias horas, fiquei arriado na cadeira, sonolento e aquecido pelo fogo próximo, enquanto Wilem e Simmon trocavam farpas a respeito de o rei supremo de Modeg ser um monarca verdadeiramente governante ou uma simples figura simbólica. Eu estava quase dormindo quando uma garrafa pesada bateu com força na mesa, seguida pelo tilintar delicado de taças de vinho.

Denna postara-se ao lado da nossa mesa.

– Deem uma ajuda aqui – disse, entre dentes. – Vocês estavam esperando por mim. Cheguei atrasada e vocês estão aborrecidos.

Zonzo de sono, fiz força para me empertigar na cadeira e tentei acordar, piscando os olhos.

Simmon aceitou de pronto o desafio.

– Faz uma hora – disse, fechando a cara com expressão feroz. Bateu firmemente com dois dedos na mesa. – Não pense que me oferecer uma bebida vai resolver. Quero um pedido de desculpas.

– A culpa não foi inteiramente minha – disse Denna, irradiando constrangimento. Virou-se e apontou para o bar.

Olhei, com medo de ver o Ambrose lá, me observando, cheio de si, com aquele maldito chapéu. Mas era só um ceáldico meio calvo, que fez uma reverência curta e estranha para nós, a meio caminho entre reconhecer nossa presença e nos pedir desculpas.

Simmon lançou-lhe um olhar carrancudo, virou-se de novo para Denna e apontou de má vontade para a cadeira vazia em frente a mim.

– Muito bem. E então, vamos jogar quatro-cantos ou o quê?

Denna afundou na cadeira, sentando-se de costas para o salão. Em seguida, inclinou-se para beijar Simmon na testa.

– Perfeito – disse.

– Eu também amarrei a cara – reclamou Wilem.

Denna empurrou a garrafa para ele.

– E por isso você pode servir – retrucou. Dispôs as taças diante de cada um de nós. – Presente do meu pretendente de persistência exagerada – disse, com um suspiro irritado. – Eles sempre têm que dar alguma coisa. – Olhou-me com ar especulativo e comentou: – Você está curiosamente mudo.

Esfreguei o rosto com uma das mãos.

– Eu não esperava vê-la hoje. Você me pegou quase cochilando.

Wilem serviu o vinho rosa-pálido e distribuiu as taças, enquanto Denna examinava a gravação na tampa da garrafa.

– Cerbeor – disse, com ar pensativo. – Nem sei se essa é uma safra decente.

– Na verdade, não é – disse Simmon, sem rodeios. – O Cerbeor é aturense. Só os vinhos de Vintas têm *vintage*, tecnicamente – completou e bebeu um gole.

– É mesmo? – perguntei, contemplando minha taça.

Denna tomou um gole e balançou a cabeça, dizendo:

– Mas é um bom vinho. Ele ainda está no bar?

– Está – respondi, sem olhar.

– Bem, nesse caso, parece que vocês vão ter que aguentar minha presença – disse ela, sorrindo.

– Você já jogou quatro-cantos? – perguntou Simmon, com ar esperançoso.

– Acho que não – respondeu Denna. – Mas eu aprendo depressa.

Simmon explicou-lhe as regras, com a minha ajuda e a de Wil. Denna fez algumas perguntas pertinentes, mostrando haver entendido a essência da coisa. Como estava sentada do outro lado da mesa, em frente a mim, seria minha parceira.

– Pelo que vocês costumam jogar? – perguntou ela.

– Depende – disse Wil. – Às vezes jogamos pela mão. Às vezes, pela rodada.

– Então, por uma rodada de mãos – disse Denna. – Quanto?

– Podemos jogar primeiro uma rodada para praticar – interpôs Simmon, afastando o cabelo dos olhos. – Já que você só está aprendendo.

Denna estreitou os olhos.

– Não preciso de tratamento especial – disse. Enfiou a mão num bolso e tirou uma moeda, pondo-a na mesa. – Um iota é demais pra vocês?

Era demais para mim, especialmente com uma parceira que havia acabado de aprender o jogo.

– Tome cuidado com esses dois – recomendei. – Eles jogam para tirar sangue.

– Na verdade – disse Wilem –, sangue não tem serventia para mim. Eu jogo mesmo é por dinheiro.

Ele vasculhou a bolsa até achar um iota, que grudou firmemente na mesa.

– Estou disposto a jogar uma partida para praticar, mas, se ela acha essa ideia um insulto, vou dar-lhe uma surra e tirar tudo que ela se dispuser a pôr na mesa.

Denna riu ao ouvir isso.

– Você é dos meus, Wil.

A primeira rodada correu razoavelmente bem. Denna perdeu uma vaza, mas não poderíamos mesmo ganhar, porque as cartas estavam contra nós. Na segunda mão, no entanto, ela cometeu um erro na hora do lance. E aí, quando Simmon a corrigiu, ficou agitada e danou a fazer lances malucos. Depois, saiu por engano fora da sua vez, o que não era um erro gigantesco, mas com isso mostrou o valete de copas, o que permitiu a todos saberem exatamente que tipo da mão tinha. Denna também percebeu isso e eu a ouvi resmungar entre dentes uma coisa nitidamente imprópria para uma dama.

Fiéis à sua palavra, Wil e Sim jogaram de forma implacável, para tirar proveito da situação. Dadas as cartas fracas que eu tinha na mão, não pude fazer muita coisa além de ficar sentado e vê-los ganhar as duas vazas seguintes e começarem a imprensar Denna como lobos famintos.

Só que não conseguiram. Ela forçou uma carta com inteligência, depois baixou o rei de copas, o que não fazia o menor sentido, já que antes havia tentado sair com o valete. E então também mostrou o ás.

Pouco antes de Wil e Sim, percebi que o erro atrapalhado de Denna tinha sido uma encenação. Consegui não deixar isso transparecer, até ver a vaga percepção insinuar-se na expressão do rosto deles. Aí comecei a rir.

– Não seja convencido – disse-me Denna. – Eu também o enganei. Você parecia que ia vomitar quando mostrei o valete.

Ela cobriu a boca com a mão e arregalou os olhos, com ar inocente.

– Puxa vida, eu nunca joguei quatro-cantos! Vocês podem me ensinar? É verdade que, às vezes, as pessoas jogam a dinheiro?

Denna baixou outra carta na mesa e recolheu a vaza.

– Ora, façam-me o favor! Vocês deviam ficar contentes por eu só lhes dar um tapinha na mão, em vez da profunda surra de uma noite inteira que vocês mereciam.

Ela terminou o resto da mão sem a menor piedade, o que nos deu uma dianteira tão sólida que o resto do jogo foi uma conclusão inevitável. Denna não perdeu mais uma vaza depois disso e jogou com suficiente desenvoltura e astúcia para deixar Manet parecendo um cavalo de tiro, se comparado a ela.

– Foi instrutivo – disse Wil, empurrando seu iota em direção a Denna. – Talvez eu precise lamber um pouco as minhas feridas.

Denna ergueu sua taça num brinde:

– À credulidade dos bem-educados.

Encostamos nossas taças na dela e bebemos.

– Vocês andaram estranhamente ausentes – comentou ela. – Faz quase duas onzenas que ando de olho para ver se vocês aparecem.

– Por quê? – perguntou Simmon.

Denna lançou um olhar cauteloso para ele e Wil.

– Vocês dois também são alunos da Universidade, não é? Daquela especial, que ensina magia?

– Está falando conosco – respondeu Simmon, amavelmente. – Estamos abarrotados de segredos enigmáticos.

– Brincamos com forças obscuras que melhor seria deixar em paz – acrescentou Wil, descontraído.

– A propósito, ela se chama Arcanum – assinalei.

Denna meneou a cabeça com ar sério e se inclinou para a frente, com uma expressão atenta.

– Imagino que, somando o conhecimento dos três, vocês saibam como a maior parte dela funciona – disse, encarando-nos. – Então, me contem: como ela funciona?

– Ela? – repeti.

– A magia. Magia de verdade.

Wil, Sim e eu nos entreolhamos.

– É complicado – respondi.

Denna encolheu os ombros e se reclinou na cadeira.

– Tenho todo o tempo do mundo – disse. – E preciso saber como isso funciona. Mostrem-me. Façam uma mágica.

Nós três nos remexemos nas cadeiras, incomodados. Denna riu.

– Não podemos fazer isso – expliquei.

– Como assim? – perguntou ela. – Isso perturba algum equilíbrio cósmico?

– Perturba os policiais – respondi. – Eles não são muito gentis com esse tipo de coisa por aqui.

– Os professores também não ficam muito satisfeitos – acrescentou Wil. – Eles tomam muito cuidado com a reputação da Universidade.

– Ora, vamos! – exclamou Denna. – Eu soube de uma história de como o nosso Kvothe invocou uma espécie de vento demoníaco – disse, balançando o polegar em direção à porta às suas costas. – Bem na praça, ali fora.

Teria Ambrose contado a ela?

– Foi só um vento. Não houve nenhum demônio envolvido – esclareci.

– E ele também foi açoitado por isso – disse Wilem.

Denna o olhou como se não soubesse dizer se ele estava brincando, depois deu de ombros.

– Bem, eu não gostaria de criar problemas para ninguém – disse, com flagrante insinceridade. – Mas tenho uma curiosidade enorme. E tenho segredos que me disponho a oferecer em troca.

Ao ouvir isso, Simmon mostrou-se interessado.

– Que tipo de segredos?

– Todos os vastos e variados segredos do universo feminino – respondeu Denna, com um sorriso. – Acontece que sei várias coisas que podem ajudar a melhorar as suas relações frustrantes com o belo sexo.

Simmon chegou mais perto de Wil e perguntou, num cochicho teatral:

– Ela disse *frustrantes* ou *flagelantes*?

Wil apontou para o próprio peito, depois para o de Simmon.

– Para mim, frustrantes. Para você, flagelantes.

Denna levantou uma sobrancelha e inclinou a cabeça de lado, olhando para nós três com ar expectante.

Pigarreei, sem jeito:

– Nós somos desestimulados a compartilhar os segredos do Arcanum. Não é estritamente contra as leis da Universidade...

– Na verdade, é, sim – interrompeu Simmon, olhando-me como quem pede desculpas. – Contra várias leis.

Denna deu um suspiro dramático, olhando para o teto alto.

– É como eu pensei – disse. – Vocês são mesmo pura conversa. Admitam, vocês não sabem sequer transformar leite em manteiga.

– Eu tenho certeza de que o Sim é capaz de transformar leite em manteiga – comentei. – Só não gosta de fazê-lo porque é preguiçoso.

– Não estou pedindo para vocês me *ensinarem* magia. Só preciso saber como ela funciona – disse Denna.

Simmon olhou para Wil.

– Isso não se enquadraria em Divulgação Não Autorizada, não é?

– Revelação Ilícita – disse Wil, em tom severo.

Denna inclinou-se para a frente, com ar de conspiração, os cotovelos apoiados sobre a mesa.

– Nesse caso, também estou disposta a financiar uma noite de bebedeira extravagante, muito acima e além desta simples garrafa que vocês têm diante de si. – Voltou os olhos para Wil. – Recentemente, um dos empregados do bar daqui descobriu uma garrafa de pedra toda empoeirada no porão. Não só é um excelente scutten antigo, a bebida dos reis de todos os cealdos, como também um Merovani.

A expressão de Wilem não se alterou, mas seus olhos negros reluziram.

Corri a vista pelo salão quase todo vazio.

– Orden é uma noite fraca. Não deveremos ter nenhum problema se formos discretos – falei e olhei para os outros dois.

Simmon estampava o seu sorriso de garoto.

– Parece razoável. Um segredo por outro.

– Se for mesmo um Merovani – disse Wilem –, eu me disponho a correr o risco de ofender um pouco a sensibilidade dos professores.

– Então, está certo – disse Denna, com um largo sorriso. – Você primeiro.

Simmon inclinou-se para a frente na cadeira.

– Provavelmente, a simpatia é a coisa mais fácil de dominar – começou, mas fez uma pausa, como se não soubesse ao certo como prosseguir.

Intervim:

– Sabe como uma talha permite que você levante uma coisa pesada demais para ser erguida com a mão?

Denna fez que sim.

– A simpatia nos permite fazer coisas desse tipo. Mas sem toda a atrapalhação da corda e das polias.

Wilem deixou cair um par de ocres de ferro na mesa e murmurou uma conexão. Empurrou o ocre da direita com um dedo e o da esquerda deslizou pela mesa ao mesmo tempo, imitando o movimento.

Os olhos de Denna arregalaram-se um pouco diante disso e, embora ela não perdesse o fôlego, chegou a respirar fundo. Só então me ocorreu que ela, provavelmente, nunca vira nada parecido. Por causa de meus estudos, era fácil esquecer que uma pessoa podia morar a poucos quilômetros da Universidade sem jamais ter sido exposta nem mesmo à mais básica das simpatias.

Justiça seja feita, Denna se recuperou da surpresa sem pestanejar. Com um mínimo de hesitação, esticou um dedo para tocar num dos ocres.

– Era assim que funcionava a sineta do meu quarto – refletiu.

Assenti com a cabeça.

Wil deslizou seu ocre pela mesa e Denna o levantou. O outro ocre também se elevou, balançando no ar.

– É pesado – comentou ela, e em seguida meneou a cabeça. – Certo, porque é como uma polia. Estou levantando os dois.

– Calor, luz e movimento, tudo é apenas energia – falei. – Não podemos criar energia nem fazê-la desaparecer. Mas a simpatia nos permite deslocá-la ou transformá-la de um tipo em outro.

Denna repôs o ocre na mesa e o outro foi atrás.

– E qual é a utilidade disso?

Wil deu um grunhido, divertindo-se vagamente:

– A roda-d'água é útil? – perguntou. – Ou o moinho?

Enfiei a mão num bolso da capa.

– Você já viu uma lâmpada de simpatia? – indaguei.

Ela fez que sim.

Empurrei a lâmpada pela mesa na direção dela.

– Elas funcionam segundo o mesmo princípio. Pegam um pouquinho de calor e o transformam em luz. Convertem um tipo de energia em outra.

– Como um corretor de câmbio – disse Wil.

Denna girou a lâmpada nas mãos, curiosa.

– De onde ela tira o calor?

– O próprio metal retém o calor – expliquei. – Se você a deixar acesa, acabará sentindo o metal esfriar. Se ele ficar frio demais, ela não funcionará. Essa fui eu que fiz, portanto é bem eficiente. O simples calor da sua mão deve bastar para mantê-la em funcionamento.

Denna acionou o interruptor e uma luz vermelha e opaca brilhou num arco estreito.

– Entendo como o calor e a luz podem se relacionar – disse ela, pensativa. – O sol é luminoso e quente. O mesmo se dá com a vela – acrescentou, franzindo o cenho. – Mas o movimento não se enquadra nisso. Uma fogueira não pode empurrar uma coisa.

– Pense no atrito – interpôs Simmon. – Quando você fricciona alguma coisa, ela se aquece – disse. Fez uma demonstração, esfregando vigorosamente a mão para a frente e para trás sobre o tecido das calças. – Assim.

Continuou a esfregar a coxa com entusiasmo, sem se dar conta de que, como aquilo acontecia abaixo do tampo da mesa, parecia mais que um pouquinho obsceno.

– Tudo é apenas energia – disse ele. – Se você continuar fazendo isso, vai sentir que o lugar esquenta.

De algum modo, Denna se manteve séria. Mas Wilem começou a rir, cobrindo o rosto com uma das mãos, como se sentisse vergonha de estar sentado à mesma mesa que Simmon.

Simmon parou e corou de vergonha.

Saí em seu auxílio:

– É um bom exemplo. O eixo da roda de uma carruagem dá uma sensação de calor ao ser tocado. Esse calor vem do movimento da roda. O simpatista consegue fazer a energia seguir o caminho inverso, do calor para o movimento. – Apontei para a lâmpada e concluí: – Ou do calor para a luz.

– Ótimo – disse Denna. – Vocês são cambistas de energia. Mas como fazem isso acontecer?

– Existe um modo de pensar especial, chamado Alar – respondeu Wilem. – Você acredita tão intensamente numa coisa que ela passa a ser assim.

Levantou um dos ocres e o outro o seguiu.

– Eu creio que esses dois ocres estão ligados, por isso eles estão – disse. De repente, o outro ocre caiu com estrépito no tampo da mesa. – Quando eu paro de acreditar, deixa de ser assim.

Denna apanhou o ocre.

– Então, é como a fé? – indagou, em tom cético.

– Está mais para força de vontade – disse Simmon.

Ela inclinou a cabeça.

– Então, por que vocês não chamam de força de vontade?

– Alar soa melhor – respondeu Wilem.

Meneei a cabeça.

– Se não tivéssemos nomes impressionantes para as coisas, ninguém nos levaria a sério.

Denna fez que sim, com ar apreciativo e um sorriso repuxando os cantos de sua boca encantadora.

– Então, é isso? Energia e força de vontade?

– E a ligação simpática – esclareci. – A analogia do Wil com a roda-d'água é boa. A ligação é como um cano que leva à roda-d'água. A ligação ruim é como um cano cheio de furos.

– O que compõe uma boa ligação? – perguntou Denna.

– Quanto mais semelhantes entre si são dois objetos, melhor a ligação. Como isto. – Derramei um pouco do vinho pálido na minha taça e molhei nele a ponta do dedo. – Esta é uma ligação perfeita com o vinho – expliquei. – Uma gota do próprio vinho.

Levantei-me e fui até a lareira próxima. Murmurei uma conexão e deixei uma gota cair do meu dedo no suporte de metal quente que sustentava as toras de lenha incandescentes.

Voltei a me sentar no momento em que o vinho da minha taça começou a soltar vapor e a ferver.

– E é por isso – disse Wilem, com ar sinistro – que nunca devemos deixar um simpatista ficar com uma gota do nosso sangue.

Denna olhou para ele e novamente para a taça, empalidecendo.

– Pelas mãos negras, Wil! – disse Simmon, com um olhar horrorizado. – Isso não é coisa que se diga. – Virou-se para Denna e falou, em tom circunspecto: – Nenhum simpatista jamais faria uma coisas dessas. Chama-se malfeitoria e nós não fazemos isso. Nunca.

Denna conseguiu exibir um sorriso, embora fosse meio forçado.

– Se ninguém nunca o faz, por que isso tem nome?

– Costumavam fazer – respondi. – Mas não fazem mais. Já se vão 100 anos.

Deixei a conexão se desfazer e a fervura do vinho cessou. Denna estendeu a mão e tocou na garrafa ao lado.

– Por que esse vinho não ferveu também? – perguntou, intrigada. – É o mesmo vinho.

Toquei minha têmpora:

– O Alar. Minha mente fornece o foco e a direção.

– Se essa é uma conexão boa, o que é uma conexão ruim?

– Olhe, deixe eu lhe mostrar – pedi. Peguei minha bolsa, calculando que as moedas pareceriam menos assustadoras depois do comentário do Wilem. – Simmon, você tem um vintém sólido?

Ele tinha e dispus duas linhas de moedas na mesa diante de Denna. Apontei para um par de ocres de ferro e murmurei uma conexão.

– Levante-o – pedi.

Ela levantou um dos ocres e o outro o seguiu.

Apontei para o segundo par: um ocre e o único talento de prata que me restava.

– Agora, esse.

Denna pegou o segundo ocre e o talento subiu atrás dele. Ela movimentou os dois braços para cima e para baixo, como os pratos de uma balança.

– Este segundo é mais pesado.

Assenti com a cabeça.

– Metais diferentes. São menos semelhantes e por isso é preciso pôr mais energia.

Apontei para o ocre e o vintém de prata, murmurando uma terceira conexão.

Denna pôs os dois primeiros ocres na mão esquerda e levantou o terceiro com a direita. O vintém de prata acompanhou o movimento. Ela meneou a cabeça.

– E este é ainda mais pesado, porque tem uma forma diferente *e* é um metal diferente.

– Exato – concordei. Apontei para o quarto e último par: um ocre e um pedaço de giz.

Denna quase não conseguiu introduzir os dedos por baixo do ocre para levantá-lo.

– É mais pesado que todos os outros juntos – comentou. – Deve ter mais de um quilo!

– Ferro e giz formam uma péssima conexão – disse Wilem. – Má transferência.

– Mas vocês disseram que a energia não podia ser criada nem destruída – disse Denna. – Se eu tenho que fazer força para levantar esse pedacinho de giz, para onde vai a energia extra?

– Inteligente – disse Wilem, com um risinho gutural. – Muito inteligente. Levei um ano para pensar em fazer essa pergunta. – Fitou-a com admiração e explicou: – Parte da energia se perde no ar. – Abanou uma das mãos: – Parte vai para os próprios objetos e parte vai para o corpo do simpatista que controla a conexão. – Ele franziu o cenho: – Isso pode se tornar perigado.

– Perig*oso* – corrigiu Simmon, com delicadeza.

Denna olhou para mim.

– Quer dizer que, neste momento, você acredita que cada ocre desses está ligado a cada uma dessas outras coisas?

Fiz que sim.

Ela movimentou as mãos. As moedas e o giz balançaram no ar.

– Isso não é... difícil?

– É – respondeu Wilem. – Mas o nosso Kvothe é meio exibido.

– Foi por isso que eu fiquei tão quieto – disse Simmon. – Eu não sabia que era possível sustentar quatro conexões de uma vez. É impressionante pra diabo.

– Posso sustentar cinco, se for preciso – esclareci. – Mas esse é basicamente o meu limite.

Simmon sorriu para Denna.

– Mais uma coisa. Veja isto! – E apontou para o pedaço flutuante de giz.

Não aconteceu nada.

– Ora, vamos – disse Simmon em tom queixoso. – Estou tentando mostrar uma coisa a ela.

– Então, mostre – retruquei, com ar convencido, reclinando-me na cadeira.

Ele respirou fundo e olhou fixamente para o pedaço de giz, que tremeu.

Wil inclinou-se para Denna e explicou:

– Um simpatista pode se opor ao Alar de outro. É só uma questão de acreditar firmemente que o ocre não é *nada* parecido com o vintém de prata.

Wil apontou-o e o vintém caiu com estardalhaço no tampo da mesa.

– Sujeira – protestei, rindo. – Dois contra um não é justo.

– Neste caso, é – disse Simmon e o giz tornou a tremer.

– Ótimo – falei, respirando fundo. – Dê o que você tem de pior.

O giz caiu prontamente na mesa, seguido pelo ocre. Mas o talento de prata permaneceu onde estava.

Simmon reclinou-se na cadeira.

– Você é assustador – disse, balançando a cabeça. – Perfeito, você venceu.

Wilem acenou com a cabeça e também relaxou.

Denna olhou para mim.

– Quer dizer que o seu Alar é mais forte que os deles dois juntos?

– É provável que não – respondi, sendo gentil. – Se eles tivessem prática em trabalhar juntos, provavelmente poderiam me derrubar.

Os olhos dela correram pelas moedas espalhadas.

– Então, é só isso? – perguntou, soando ligeiramente decepcionada. – É tudo só uma troca de energia, como o câmbio de dinheiro?

– Existem outras artes – falei. – O Sim faz alquimia, por exemplo.

– Enquanto eu me concentro em ser bonito – disse Wilem.

Denna olhou-nos mais uma vez, com uma expressão séria.

– Existe algum tipo de magia que só... – moveu vagamente os dedos. – Que só... meio que escreve coisas?

– Existe a siglística – respondi. – Como naquela sineta do seu quarto. É como uma simpatia permanente.

– Mas continua a ser uma forma de câmbio, certo? Apenas energia?

Fiz que sim.

Denna pareceu sem jeito ao perguntar:

– E se alguém lhe dissesse conhecer um tipo de mágica que faz mais do que isso? Uma magia em que a pessoa meio que escreve coisas e tudo que ela escreve se torna verdade?

Baixou os olhos, nervosa, com os dedos fazendo desenhos no tampo da mesa.

– E aí, se alguém visse o escrito, mesmo que não soubesse lê-lo, aquilo se tornaria verdade para ele. A pessoa pensaria uma certa coisa ou agiria de certa maneira, dependendo do que dissesse o escrito.

Denna tornou a erguer os olhos para nós, com uma expressão que era uma estranha mescla de curiosidade, esperança e insegurança.

Nós três nos entreolhamos. Wilem deu de ombros.

– Parece bem mais fácil do que a alquimia – disse Simmon. – Eu preferiria fazer isso a passar o dia inteiro desvinculando princípios.

– Parece magia de contos de fadas – comentei. – Coisa de livros de histórias, que não existe de verdade. Eu, com certeza, nunca ouvi falar de nada semelhante na Universidade.

Denna olhou para o tampo da mesa, onde seus dedos continuavam a fazer desenhos na madeira. Estava com a boca levemente franzida, o olhar distante.

Eu não saberia dizer se estava decepcionada ou simplesmente pensativa.

– Por que você pergunta?

Ela me olhou e sua expressão resvalou prontamente para um sorriso irônico. A pergunta foi afastada com um dar de ombros.

– Foi só uma coisa que eu ouvi – disse, com ar indiferente. – Achei que parecia bom demais para ser verdade.

Deu uma olhadela para trás e comentou:

– Parece que sobrevivi ao meu pretendente superentusiasmado.

Wil levantou a palma da mão, dizendo:

– Nós tínhamos um acordo. Envolvia uma bebida e havia um segredo de mulher.

– Vou dar uma palavrinha com o empregado do bar antes de sair – disse Denna, os olhos dançando com ar divertido. – Quanto ao segredo, há duas damas sentadas atrás de você. Passaram a maior parte da noite lançando olhares para vocês. A de verde gosta do Sim, enquanto a de cabelo louro curto parece ter uma queda por ceáldicos que se concentram em ser bonitos.

– Já as tínhamos notado – disse Wilem, sem se virar para olhar. – Infelizmente, elas já estão na companhia de um jovem cavalheiro modegano.

– O cavalheiro *não está* com elas num sentido romântico – disse Denna. – Enquanto as senhoras lançavam olhares para vocês, o cavalheiro andou deixando bastante claro que prefere os ruivos – e ela pôs a mão no meu braço, com ar possessivo. – Infelizmente para ele, eu já declarei meus direitos de posse.

Lutei contra a ânsia de olhar para a mesa.

– Está falando sério? – perguntei.

– Não se preocupe – disse ela a Wil e Simmon. – Vou mandar o Deoch distrair o modegano. Isso deixará a porta aberta para vocês dois.

– O que o Deoch vai fazer? – perguntou Simmon, dando uma risada. – Malabarismo?

Denna dirigiu-lhe um olhar franco.

– O que foi? – disse Simmon. – O q... O Deoch não é dissimulado.

Denna o fitou, piscando os olhos, e disse:

– Ele e o Stanchion são proprietários da Eólica, juntos. Você não sabia?

– Eles são donos do lugar – disse Simmon. – Não estão... *juntos*, você sabe.

Denna riu.

– É claro que estão.

– Mas o Deoch é cheio de mulheres até o pescoço – protestou Simmon. – Ele... ele não pode...

Denna o olhou como se ele fosse um simplório, depois virou-se para Wil e para mim:

– Vocês dois sabiam, não é?

Wilem encolheu os ombros.

– Eu não tinha nenhum conhecimento disso. Mas não é de admirar que ele seja *Basha*. É bem atraente para isso – comentou. Hesitou, franzindo o cenho. – *Basha*. Qual é a palavra para isso por aqui? Para o homem que é íntimo de mulheres e homens.

– Sortudo? – sugeriu Denna. – Cansado? Ambidestro?

– Ambissextro – corrigi.

– Não serve – repreendeu-me Denna. – Se não tivermos nomes impressionantes para as coisas, ninguém nos levará a sério.

Simmon piscou os olhos para ela, obviamente incapaz de aceitar a situação.

– Veja – disse Denna, devagar, como se desse a explicação a uma criança –, tudo é apenas energia. E podemos direcioná-la de maneiras diferentes. – Abriu num sorriso brilhante, como se houvesse descoberto a maneira perfeita de explicar a situação a ele: – É como quando você faz isso – e começou a esfregar vigorosamente as mãos nas coxas, para cima e para baixo, imitando o movimento anterior de Simmon. – Tudo é só energia.

A essa altura, Wilem escondia o rosto nas mãos, balançando os ombros numa risada silenciosa. A expressão de Simmon continuou incrédula e confusa, mas, nesse momento, assumiu também um rubor vermelho furioso.

Levantei-me e peguei o cotovelo de Denna.

– Deixe o pobre menino em paz – disse-lhe, conduzindo-a gentilmente para a porta. – Ele é de Atur. Lá eles são meio travados nessas partes.

CAPÍTULO 19

Cavalheiros e ladrões

Era tarde quando Denna e eu saímos da Eólica e as ruas estavam desertas. Ouvi ao longe música de violino e batidas ocas de cascos de cavalo nas pedras do calçamento.

– E então, sob qual pedra você anda se escondendo? – perguntou ela.

– A de praxe – respondi e então me ocorreu uma ideia: – Você foi me procurar na Universidade? Naquele prédio grande e quadrado que cheira a fumaça de carvão?

Denna negou com a cabeça.

– Eu nem saberia onde encontrá-lo por lá. Aquilo parece um labirinto. Quando não consigo achá-lo tocando na Anker, sei que estou sem sorte. – Olhou-me com ar curioso e perguntou: – Por quê?

– Uma mulher apareceu por lá perguntando por mim – expliquei, com um gesto indiferente. – Ela disse que eu lhe vendera um encanto. Achei que poderia ser você.

– Eu realmente fui procurar você, algum tempo atrás. Mas nunca mencionei o seu encanto abundante.

A conversa morreu e o silêncio avolumou-se entre nós. Eu não conseguia parar de pensar nela andando de braço dado com o Ambrose. Não queria saber mais nada a esse respeito, mas, ao mesmo tempo, era a única coisa que me surgia na cabeça.

– Fui visitá-la na pousada Homem Gris – comentei, só para preencher o espaço entre nós –, mas você já havia partido.

Ela meneou a cabeça.

– O Kellin e eu tivemos um desentendimento.

– Nada muito ruim, espero – falei, apontando para seu pescoço. – Notei que você ainda está com o colar.

Denna tocou na esmeralda em forma de lágrima, com ar distraído.

– Não, nada de terrível. Uma coisa se pode dizer do Kellin: ele é tradicionalista. Quando dá um presente, está dado. Ele disse que a cor me caía bem e que eu também devia ficar com os brincos.

Deu um suspiro e acrescentou:

– Eu me sentiria melhor se não tivesse sido tão gentil. Mesmo assim, é bom ter essas coisas. São uma espécie de rede de segurança. Vão facilitar a minha vida se eu não tiver notícias do meu mecenas em breve.

– Você ainda espera ter notícias dele depois do que aconteceu em Trebon? Depois de ele ter passado mais de um mês sem entrar em contato, sem uma única palavra?

Denna deu de ombros.

– É só o jeito dele. Eu já lhe disse que ele é reservado. Não é estranho que suma por longos períodos.

– Tenho um amigo que está tentando encontrar um mecenas para mim. Posso pedir que procure alguém para você também.

Ela me encarou com um olhar indecifrável.

– É muito gentil você achar que eu mereço coisa melhor, mas não mereço, na verdade. Tenho uma boa voz, mas é só. Quem contrataria uma musicista semitreinada, que nem sequer tem um instrumento próprio?

– Qualquer um que a escute. Qualquer um que tenha olhos para ver.

Denna baixou a cabeça e o cabelo caiu em volta de seu rosto como uma cortina.

– Você é um anjo – disse, baixinho, fazendo um curioso gesto inquieto com as mãos.

– O que foi que azedou as coisas com o Kellin? – perguntei, norteando a conversa para um terreno mais seguro.

– Eu passava tempo de mais recebendo os cavalheiros que me visitavam – foi a resposta seca.

– Você devia ter-lhe explicado que não sou nada remotamente parecido com um cavalheiro. Talvez isso o tranquilizasse.

Mas eu sabia que não podia ter sido o problema. Só conseguira visitá-la uma vez. Teria sido Ambrose o visitante? Eu conseguia imaginá-lo com extrema facilidade naquela sala de estar suntuosa. O maldito chapéu displicentemente pendurado no canto de uma cadeira enquanto ele tomava chocolate e contava piadas.

A boca de Denna estremeceu ao falar:

– Foi principalmente ao Geoffrey que ele objetou. Ao que parece, era para eu ficar sentada, quieta e solitária na minha caixinha, até ele me visitar.

– Como vai o Geoffrey? – perguntei, por educação. – Já conseguiu enfiar mais de uma ideia na cabeça?

Esperei ouvir uma risada, mas Denna apenas suspirou.

– Sim, mas nenhuma delas é particularmente boa – disse ela, balançando a cabeça. – Ele veio para Imre fazer nome com sua poesia, mas perdeu a roupa do corpo no jogo.

– Já ouvi essa história. Vive acontecendo na Universidade.

– Isso foi só o começo. Ele imaginou que poderia recuperar o dinheiro, é claro. Primeiro veio a loja de penhores. Depois, pegou dinheiro emprestado e também o perdeu.

Ela fez um gesto conciliatório e acrescentou:

– Mas, justiça seja feita, esse ele não apostou. Uma desgraçada lhe passou a perna. Apanhou-o no golpe da viúva chorosa, imagine só.

Olhei para ela, intrigado.

– No quê?

Denna me olhou de viés, depois deu de ombros.

– É um golpe simples – disse. – Uma mulher jovem para na porta de uma casa de penhores, toda agitada e lacrimosa, e então, quando passa um cavalheiro rico, ela explica que veio à cidade vender a aliança de casamento. Precisa de dinheiro para os impostos ou para pagar um prestamista. – Agitou as mãos com impaciência. – Os detalhes não vêm ao caso. O importante é que, ao chegar à cidade, ela pediu a outra pessoa que empenhasse o anel no seu lugar. Porque ela não entende nada de negócios, é claro.

Denna parou de andar em frente à vitrine de uma casa de penhores, o rosto crispado numa máscara de aflição.

– Eu achei que podia confiar nele! – disse. – Mas ele empenhou a aliança e fugiu com o dinheiro! A aliança está bem ali! – E apontou com um gesto dramático para a vitrine da loja. – Só que – prosseguiu, levantando um dedo –, por sorte, ele vendeu a aliança por uma fração do que ela vale. É uma herança de família que vale 40 talentos, mas a casa de penhores a está vendendo por quatro.

Denna chegou mais perto e pôs a mão no meu peito, levantando a cabeça para mim com olhos arregalados, suplicantes.

– Se o senhor comprasse o anel, poderíamos vendê-lo por pelo menos 20 talentos. Eu lhe devolveria os seus quatro na mesma hora.

Então ela recuou e encolheu os ombros.

– É esse tipo de coisa.

Franzi o cenho.

– Mas como isso pode ser um golpe? Eu descobriria tudo assim que fôssemos falar com o avaliador.

Denna revirou os olhos.

– Não é assim que funciona. Combinamos de nos encontrar no dia seguinte, ao meio-dia. Mas, quando eu chego à loja, você mesmo já comprou a aliança e fugiu com ela.

Compreendi de repente.

– E você divide o dinheiro que paguei com o dono da casa de penhores?

Ela deu um tapinha no meu ombro.

– Eu sabia que você ia entender mais cedo ou mais tarde.

O golpe pareceu sólido, exceto por uma coisa.

– Parece que você precisaria de uma casa de penhores como parceira, confiável mas desonesta.

– É verdade – admitiu ela. – Mas elas costumam ser marcadas.

Denna apontou para o alto da moldura da porta da casa de penhores mais próxima. Havia uma série de marcas que poderiam facilmente ser confundidas com arranhões casuais na pintura.

– Ah. – Hesitei por um momento e acrescentei: – Em Tarbean, esse tipo de marcas significava que o lugar era seguro para vender... – vacilei, em busca de um eufemismo adequado – mercadorias adquiridas de maneira questionável.

Se Denna se assustou com minha confissão, não deu nenhum sinal. Apenas assentiu com a cabeça e apontou mais de perto para as marcas, movendo o dedo enquanto as lia.

– Esta aqui diz: "Dono confiável. Aberto para golpes simples. Divisão meio a meio". Deu uma espiada no resto da moldura e na tabuleta da loja.

– Não diz nada sobre comprar mercadorias do titio.

– Eu nunca soube lê-las – admiti. Olhei-a de esguelha, tomando o cuidado de não deixar transparecer nenhum julgamento no meu tom. – E você sabe desse tipo de coisa porque...

– Li num livro – disse ela, sarcástica. – Como você acha que eu sei?

Continuou a andar pela rua. Alcancei-a.

– Não costumo bancar a viúva – disse Denna, quase como uma reconsideração. – Sou jovem demais para isso. Comigo, é a aliança da mamãe. Ou da minha avó – disse. Encolheu os ombros. – Você muda a história para o que parecer certo na ocasião.

– E se o cavalheiro for honesto? E se aparecer ao meio-dia, disposto a ajudar?

– Não acontece com frequência – disse ela, fazendo um muxoxo irônico. – Comigo foi só uma vez. E me pegou completamente desprevenida. Agora eu combino as coisas de antemão com o dono, por via das dúvidas. Fico feliz por tapear um safado ganancioso que tente se aproveitar de uma mocinha. Mas não estou aqui para tirar dinheiro de alguém que esteja tentando ajudar. – Sua expressão endureceu. – Ao contrário daquela vadia que pegou o Geoffrey.

– Ele apareceu ao meio-dia, não foi?

– É claro que sim. Simplesmente deu o dinheiro a ela. "Não precisa me pagar, moça. Vá salvar a lavoura da família." – Denna passou as mãos pelo cabelo, olhando para o céu. – Lavoura! Isso nem ao menos faz sentido! Por que a mulher de um lavrador teria um colar de brilhantes? – disse, com uma olhadela para mim. – Por que os bonzinhos são tão idiotas com as mulheres?

– Ele é aristocrata. Não pode simplesmente escrever para casa?

– Ele nunca se deu bem com a família. Agora, menos ainda. A última carta que recebeu nem tinha dinheiro, só a notícia de que a mãe dele estava doente.

Alguma coisa na voz dela me chamou a atenção.

– Doente de quê?

– Doente – disse Denna, sem levantar a cabeça. – Muito doente. E é claro que ele já vendeu o cavalo e não pode pagar uma passagem de navio – disse e tornou a suspirar. – É como assistir ao desenrolar de um daqueles dramas tehlinianos horrorosos. *O caminho mal escolhido*, ou coisa assim.

– Se é assim, tudo que ele tem que fazer é entrar trôpego numa igreja, no fim do quarto ato. Ele reza, aprende a lição e vive o resto dos seus dias como um rapaz puro e virtuoso.

– Seria diferente se ele me procurasse para pedir conselhos – disse Denna, com um gesto frustrado. – Mas não, só passava lá depois, para me contar o que tinha feito. O prestamista da guilda cortou o seu crédito e o que ele fez?

Meu estômago deu uma volta.

– Procurou um usurário – sugeri.

– E estava feliz quando me contou! – disse Denna, olhando-me com uma expressão de desespero. – Como se enfim houvesse descoberto uma saída para essa confusão!

Ela estremeceu e apontou para um jardinzinho.

– Vamos entrar ali. Está ventando mais do que eu esperava.

Descansei meu estojo com o alaúde e encolhi os ombros, soltando a capa.

– Tome, eu estou bem.

Por um instante, Denna pareceu que ia objetar, mas embrulhou-se na capa.

– E você diz que não é cavalheiro – ralhou.

– Não sou. Sei apenas que ela vai cheirar melhor depois de ser usada por você.

– Ah – murmurou ela, com ar emproado. – E aí você vai vendê-la para uma perfumaria e fazer sua fortuna.

– Sempre foi esse o meu plano – admiti. – Um estratagema ardiloso e rebuscado. Como vê, sou mais ladrão que cavalheiro.

Sentamos num banco longe do vento.

– Acho que você perdeu uma fivela – disse Denna.

Olhei para o estojo do alaúde. A parte estreita estava escancarada e não se via a fivela de ferro em parte alguma.

Suspirei e, distraído, enfiei a mão num dos bolsos internos da capa.

Denna fez um barulhinho. Nada alto, só uma inspiração assustada, enquanto me encarava, os olhos de repente arregalados e escuros ao luar.

Tirei a mão, como se a tivesse queimado no fogo, gaguejando uma desculpa.

Denna começou a rir baixinho.

– Ora, isso é embaraçoso – disse a si mesma, em voz baixa.

– Sinto muito – apressei-me em dizer. – Agi sem pensar. Tenho um arame aí dentro que posso usar para fechar isso por enquanto.

– Ah. É claro – concordou ela. Suas mãos moveram-se dentro da capa por um instante e ela me estendeu um pedaço de arame.

– Desculpe-me – repeti.

– Eu só me assustei. Não achava que você fosse do tipo que agarra uma dama sem primeiro dar algum aviso.

Baixei os olhos para o alaúde, constrangido, e tratei de ocupar as mãos, passando o arame por um buraco deixado pela fivela e torcendo-o bem apertado, para fechar o estojo.

– É um alaúde encantador – disse Denna, após um longo momento em silêncio. – Mas esse estojo está uma bela porcaria.

– Esgotei os meus recursos comprando o alaúde – retruquei e então levantei a cabeça, como se de repente me ocorresse uma ideia. – Já sei! Vou pedir ao Geoffrey que me dê o nome do usurário dele! Aí posso comprar dois estojos!

Ela me deu um tapa brincalhão e eu me sentei mais perto no banco.

As coisas ficaram calmas por um instante, depois Denna olhou para suas mãos e repetiu um gesto nervoso que fizera várias vezes durante nossa conversa. Só então me dei conta do que estava fazendo.

– O seu anel. Que aconteceu com ele? – perguntei.

Denna lançou-me um olhar estranho.

– Você tem um anel desde que a conheço – expliquei. – Prata com uma pedra azul-clara.

O cenho dela franziu-se.

– Eu sei como ele era. Como você sabia?

– Você o usa sempre – respondi, tentando soar indiferente, como se não conhecesse cada detalhe dela. Como se não conhecesse seu hábito de girá-lo no dedo quando ficava nervosa ou absorta em pensamentos. – Que aconteceu com ele?

Denna baixou os olhos para as mãos e disse:

– Está com um jovem cavalheiro.

– Ah – falei. E então, sem conseguir me impedir, acrescentei: – Quem?

– Duvido que você... – Ela parou e olhou para mim. – Na verdade, talvez você o conheça. Ele também frequenta a Universidade. Ambrose Dazno.

De repente meu estômago encheu-se de ácido e gelo.

Denna desviou os olhos.

– Ele tem um certo encanto bruto – explicou. – Mais bruto que encanto, na verdade. Mas... – sua voz extinguiu-se e ela deu de ombros.

– Entendo – declarei. E depois: – Deve ser bastante sério.

Denna me olhou, intrigada, depois a compreensão se espalhou por seu rosto e ela caiu na gargalhada. Balançou a cabeça, sacudindo as mãos numa negação violenta.

– Ah, não! Santo Deus, não! Não é nada disso. Ele me visitou algumas vezes. Assistimos a uma peça. Ele me convidou para dançar. Tem pés admiravelmente ágeis.

Respirou fundo e soltou o ar num suspiro.

– Na primeira noite, ele foi muito cortês. Até espirituoso. Na segunda, um pouquinho menos. – Seus olhos se estreitaram. – Na terceira, tornou-se abusado. As coisas degringolaram depois disso. Tive que deixar minhas acomodações na Cabeça de Javali, porque ele ficava aparecendo com quinquilharias e poemas.

Fui inundado por um vasto sentimento de alívio. Pela primeira vez em dias, tive a sensação de poder encher os pulmões de ar. Senti que um sorriso ameaçava explodir no meu rosto e fiz força para contê-lo, por medo de que fosse tão largo que me fizesse parecer completamente maluco.

Denna me olhou com expressão irônica.

– Você ficaria admirado ao ver como a arrogância e a confiança parecem semelhantes, à primeira vista. E ele era generoso e rico, o que é uma bela combinação. – Levantou a mão nua: – O engaste do meu anel estava frouxo e ele disse que mandaria consertá-lo.

– Presumo que ele não tenha sido nem de longe tão generoso depois que as coisas degringolaram, não é?

A boca vermelha de Denna deu outro sorriso irônico.

– Nem de longe.

– Talvez eu possa fazer alguma coisa. Se o anel for importante para você.

– Ele era importante – confirmou Denna, com um olhar franco. – Mas o que você faria, exatamente? Ia lembrar-lhe, de um cavalheiro para outro, que ele deve tratar as mulheres com dignidade e respeito? – Revirou os olhos e completou: – Boa sorte.

Simplesmente lhe ofereci meu sorriso mais sedutor. Já lhe dissera a verdade: eu não era nenhum cavalheiro. Era ladrão.

CAPÍTULO 20

O vento caprichoso

A NOITE SEGUINTE ME ENCONTROU na Pônei Dourado, possivelmente a melhor hospedaria da margem do rio em que ficava a Universidade. Gabava-se de cozinhas sofisticadas, uma bela estrebaria e funcionários qualificados e obsequiosos. Era o tipo de estabelecimento de alta classe que só os estudantes mais ricos podiam bancar.

Eu não estava do lado de dentro, é claro. Agachava-me nas sombras profundas do telhado, tentando não pensar no fato de estar planejando algo que ia muito além dos limites da Conduta Imprópria. Se eu fosse apanhado invadindo os aposentos do Ambrose, sem dúvida seria expulso.

Era uma noite clara de outono, com um vento forte. O que era uma bênção duvidosa. O som das folhas farfalhando encobriria qualquer pequeno ruído que eu fizesse, mas eu temia que as pontas esvoaçantes da minha capa pudessem chamar atenção.

Nosso plano era simples. Eu tinha jogado um bilhete lacrado por baixo da porta de Ambrose. Era um convite coquete e sem assinatura para um encontro em Imre. Wil o escrevera, pois Simmon e eu havíamos julgado que ele tinha a letra mais feminina.

Era uma tentativa impossível, mas calculei que Ambrose fisgaria a isca. Eu preferiria que alguém o distraísse pessoalmente, porém, quanto menos gente envolvida, melhor. Poderia ter pedido a ajuda de Denna, mas queria que a devolução do anel fosse uma surpresa.

Wil e Simmon eram minhas sentinelas, Wil no salão de hóspedes, Simmon no beco junto à porta dos fundos. A tarefa deles era me avisar quando o Ambrose saísse do prédio. E, o que era mais importante, os dois me avisariam caso ele voltasse antes de eu terminar de vasculhar seus aposentos.

Senti um puxão firme no bolso direito, quando o graveto de carvalho chacoalhou nitidamente, duas vezes. Passado um momento, o sinal se repetiu. Wilem estava me informando que Ambrose havia saído da hospedaria.

No meu bolso esquerdo havia um raminho de bétula. Simmon tinha outro parecido. Era um sistema simples e eficaz de sinalização para quem soubesse simpatia suficiente para fazê-lo funcionar.

Rastejei pela inclinação do telhado, movendo-me com cuidado sobre as telhas pesadas de argila. Dos meus dias de garoto em Tarbean, eu sabia que elas tendiam a rachar e escorregar, e eram capazes de fazer o sujeito perder o pé de apoio.

Cheguei à borda do telhado, 4,5 metros acima do chão. Estava longe de ser uma altura estonteante, porém era mais do que suficiente para se quebrar uma perna ou o pescoço. Um pedaço estreito de telhado corria abaixo da longa fileira de janelas do segundo andar. Eram 10 ao todo e as quatro do meio pertenciam ao Ambrose.

Flexionei os dedos algumas vezes para soltá-los e comecei a me esgueirar pela faixa estreita de telhado.

O segredo é o sujeito se concentrar no que está fazendo. Não olhar para o chão. Não olhar para trás. Ignorar o mundo e confiar em que ele retribuirá o favor. Era essa a verdadeira razão de eu estar usando minha capa. Se fosse avistado, não seria nada além de uma forma escura na noite, impossível de identificar. Assim eu esperava.

A primeira janela estava apagada e a segunda, com as cortinas cerradas. Mas a terceira tinha uma iluminação tênue. Hesitei. Quando se tem a pele alva como a minha, nunca se deve espiar por uma janela à noite. O rosto se destaca contra a escuridão como a lua cheia. Em vez de me arriscar a olhar para dentro, vasculhei os bolsos da capa até achar um pedaço de sucata de metal da Ficiaria que eu tinha polido até transformá-lo num espelho improvisado. Cuidadosamente, usei-o para espiar o canto e o interior da janela.

Lá dentro, havia algumas lamparinas tênues e uma cama de dossel do tamanho de todo o meu quarto na Anker. A cama estava ocupada. Ativamente ocupada. Ainda por cima, parecia haver mais membros nus do que duas pessoas poderiam justificar. Infelizmente, meu pedaço de latão era pequeno e não pude ver a cena em toda a sua complexidade, caso contrário, poderia ter aprendido coisas muito interessantes.

Considerei brevemente a ideia de voltar e chegar aos cômodos de Ambrose pelo outro lado, mas veio uma súbita lufada de vento que fez as folhas saltarem pelas pedras do calçamento e que tentou me arrancar em suas garras do meu apoio estreito. Com o coração disparado, resolvi correr o risco de passar por essa janela. Calculei que as pessoas lá dentro tinham coisas melhores a fazer do que contemplar estrelas.

Baixei o capuz da capa e segurei as bordas com os dentes, cobrindo o rosto e deixando as mãos livres. Assim, meio às cegas, avancei aos poucos, ouvindo atentamente qualquer sinal de ter sido avistado. Houve alguns ruídos surpresos, mas não pareceram ter nada a ver comigo.

A primeira janela do Ambrose era um vitral requintado. Bonita, mas imprópria para ser aberta. A seguinte era perfeita: uma janela dupla larga. Tirei um pedaço fino de cobre de um dos bolsos da capa e o usei para soltar o trinco simples que a mantinha fechada.

Quando a janela não abriu, percebi que Ambrose também lhe acrescentara uma tranca móvel. Essa exigiu longos minutos de trabalho complicado, só com uma das mãos e na escuridão quase completa. Felizmente, o vento tinha amainado, pelo menos naquele momento.

Então, depois de vencer a tranca, vi que a janela ainda não se mexia. Comecei a maldizer a paranoia do Ambrose, enquanto buscava a terceira tranca. Procurei por quase 10 minutos até me dar conta de que a janela estava simplesmente emperrada.

Puxei-a umas duas vezes, o que não é tão fácil quanto parece. Você sabe, ninguém põe puxadores do lado de fora. Acabei me entusiasmando demais e puxei com muita força. A janela se abriu e meu peso se deslocou para trás. Inclinei-me por cima da borda do telhado, lutando contra todos os reflexos que me instigavam a dar um passo atrás e recuperar o equilíbrio, por saber que, atrás de mim, não havia nada além de 4,5 metros de vazio.

Sabe aquela sensação de quando a gente inclina demasiadamente a cadeira e começa a cair para trás? Foi meio parecido com isso, misturado com autorrecriminação e medo da morte. Agitei os braços, sabendo que isso não ajudaria, com a cabeça repentinamente oca, por causa do pânico.

O vento me salvou. Soprou forte quando eu oscilava na borda do telhado, dando-me um empurrão que foi a conta certa para eu recobrar o equilíbrio. Um de meus braços agitados agarrou a janela, agora aberta, e entrei aos trambolhões, desesperado, sem me importar com o barulho que fazia.

Uma vez atravessada a janela, agachei-me no chão, com a respiração ofegante. Meu coração mal começava a se aquietar quando o vento pegou a janela e a bateu com força acima da minha cabeça, dando-me outro susto enorme.

Peguei minha lâmpada de simpatia, ajustei o interruptor numa regulagem tênue e corri o arco estreito de luz pelo quarto. Kilvin tivera razão ao chamá-la de lâmpada de ladrão. Era perfeita para esse tipo de movimentação furtiva.

Eram quilômetros para ir e voltar de Imre e eu confiava em que a curiosidade do Ambrose o manteria esperando sua admiradora secreta por pelo menos meia hora. Normalmente, procurar uma coisa tão pequena quanto um anel seria trabalho para um dia inteiro. Mas imaginei que Ambrose nem pensaria em escondê-lo. Na sua cabeça, não se tratava de algo que ele houvesse roubado. Ele o consideraria uma bugiganga ou um troféu.

Tratei de vasculhar metodicamente seus aposentos. O anel não estava na cômoda nem na mesinha de cabeceira. Não estava em nenhuma gaveta da escrivaninha, nem tampouco na bandeja de suas joias no quarto de vestir. Ele nem sequer tinha uma caixa de joias trancada, apenas uma bandeja com toda sorte de alfinetes, anéis e correntes, espalhados sem o menor cuidado.

Deixei tudo em seus lugares, o que não quer dizer que não tenha pensado em depenar completamente o canalha. Meia dúzia de suas joias pagaria minhas taxas escolares por um ano. Mas isso contrariava meu plano: entrar, achar o anel e sair. Desde que eu não deixasse nenhum indício da minha visita, imaginava que o Ambrose simplesmente presumiria ter perdido o anel, se é que notaria seu desaparecimento. Era o tipo de crime perfeito: sem suspeitas, sem perseguições, sem consequências.

Além disso, é sabidamente difícil passar adiante joias roubadas numa cidade tão pequena quanto Imre. Seria fácil demais alguém ligá-las a mim.

Dito isto, nunca afirmei ser santo e havia muitas oportunidades para diabruras nos aposentos de Ambrose. Assim, fiz minhas vontades. Enquanto verificava os bolsos dele, soltei algumas costuras, para haver uma boa chance de ele rasgar os fundilhos da próxima vez que se sentasse ou montasse seu cavalo. Afrouxei a alça da tampa da chaminé, para que ela acabasse caindo e seu quarto se enchesse de fumaça, enquanto ele se atrapalhava para prendê-la de novo.

Estava tentando pensar em algo para fazer com seu maldito e irritante chapéu de plumas quando o graveto de carvalho no meu bolso deu uma sacudida violenta, o que me causou um sobressalto. Em seguida, ele tornou a se mexer e partiu-se ao meio. Soltei impropérios terríveis entre dentes. Não podia fazer mais de 20 minutos que Ambrose saíra. O que o teria trazido de volta tão depressa?

Desliguei a lâmpada de simpatia e a enfiei na capa. Depois, corri para o quarto ao lado, a fim de fugir pela janela. Era irritante ter tido todo aquele trabalho para entrar só para sair de novo, mas, desde que Ambrose não soubesse que alguém tinha invadido seus aposentos, eu poderia simplesmente voltar outra noite.

Mas a janela não se abriu. Empurrei com mais força, perguntando-me se ela teria emperrado ao fechar, batida pelo vento.

Então vislumbrei uma tira fina de latão que corria pela parte interna do parapeito. Não consegui ler os símbolos siglísticos àquela luz tênue, mas reconheço sistemas de proteção quando os vejo. Isso explicava por que Ambrose tinha voltado tão cedo. Ele sabia que alguém tinha invadido seus aposentos. E mais: os melhores tipos de proteção não apenas avisavam sobre a presença de um intruso, como também eram capazes de vedar portas ou janelas para trancar o ladrão do lado de dentro.

Disparei para a porta, com as mãos rebuscando nervosamente os bolsos da capa, à procura de algo comprido e fino que eu pudesse usar para estragar a fechadura. Não encontrando nada que servisse, peguei uma pena na escrivaninha dele, enfiei-a no buraco da fechadura e dei um puxão com força para o lado, quebrando a ponteira de metal dentro do trinco. Um minuto depois, ouvi um áspero ruído metálico, quando Ambrose tentou abrir a porta pelo lado de fora, atrapalhando-se e xingando por não conseguir enfiar a chave.

A essa altura, eu já estava de novo na janela, passando a lâmpada para lá e para cá na tira de latão e murmurando runas baixinho. Era bastante simples. Eu poderia inutilizá-la, raspando um punhado de runas de conexão, abrir a janela e fugir.

Voltei correndo à sala de estar e peguei o abridor de cartas na escrivaninha, derrubando o tinteiro tampado, na pressa. Já ia começando a apagar as runas quando me dei conta da estupidez que seria isso. Qualquer ladrão ordinário poderia invadir os aposentos de Ambrose, mas o número de pessoas que sabiam o suficiente de siglística para estragar um sistema de proteção era muito menor. Seria o mesmo que assinar meu nome na moldura da janela.

Levei um momento para reordenar as ideias, devolvi o abridor de cartas à escrivaninha e repus o tinteiro no lugar. Voltei e examinei melhor a tira comprida de latão. Quebrar uma coisa é simples, compreendê-la é mais difícil.

Isso é duplamente verdadeiro quando você se confronta com xingamentos resmungados atrás de uma porta, acompanhados pelo estalar e chacoalhar de alguém tentando desobstruir uma fechadura.

Então fez-se silêncio no corredor, o que foi ainda mais inquietante. Consegui enfim decifrar a sequência de defesas, enquanto ouvia diversos conjuntos de passos do lado de fora. Dividi a mente em três partes e concentrei meu Alar, empurrando a janela. Minhas mãos e pés esfriaram quando retirei calor do corpo para neutralizar o sistema de defesa, tentando não entrar em pânico ao ouvir a forte pancada de algo pesado batendo na porta.

A janela se abriu e passei num atropelo para o telhado, por cima do caixilho, ao mesmo tempo que a coisa batia de novo na porta e a madeira estalava, se quebrando. Eu ainda poderia ter fugido em segurança, mas, ao apoiar o pé direito no telhado, senti uma telha partir-se sob o meu peso. Enquanto meu pé escorregava, agarrei-me ao parapeito com as duas mãos para me firmar.

Então o vento soprou, pegando a janela aberta e jogando-a contra minha cabeça. Levantei um braço para proteger o rosto e ela atingiu meu cotovelo, quebrando uma das pequenas vidraças. O impacto me empurrou de lado sobre o pé direito, que acabou de escorregar o que faltava até eu perder o apoio.

Assim, já que todas as minhas outras opções pareciam ter-se esgotado, resolvi que seria melhor cair do telhado.

Agindo por puro instinto, minhas mãos tatearam loucamente. Desloquei mais algumas telhas e me agarrei à borda do telhado. Não era um bom apoio, mas reduziu minha velocidade e girou meu corpo, para que eu não caísse de cabeça ou de costas. Em vez disso, aterrissei feito um gato, de cara.

Só que as pernas do gato são todas do mesmo comprimento. Eu caí sobre as mãos e os joelhos. As mãos apenas arderam, mas os joelhos, ao baterem nas pedras do calçamento, doeram mais do que qualquer coisa que eu já havia sentido em minha jovem vida. A dor foi lancinante e eu me ouvi ganir feito um cachorro que recebeu um pontapé.

Um segundo depois, uma saraiva de pesadas telhas vermelhas caiu em toda a minha volta. A maioria se espatifou nas pedras, porém uma delas me atingiu na parte posterior da cabeça, enquanto outra me acertou bem no cotovelo, deixando todo o meu antebraço dormente.

Não perdi um instante sequer pensando nisso. Um braço quebrado se curaria, mas a expulsão da Universidade duraria a vida inteira. Levantei o capuz e me forcei a ficar de pé. Usando uma das mãos para garantir que o capuz ficasse no lugar, dei alguns passos cambaleantes até me colocar sob o beiral da Pônei Dourado, longe da visão da janela do segundo andar.

Depois disso, saí correndo, correndo, correndo...

∽

Por fim, capenguei com cuidado sobre os telhados e entrei em meu quarto pela janela. Foi um avanço lento, mas eu não tinha muitas alternativas. Não podia passar por todo o mundo na taberna, desgrenhado, mancando e com a aparência de quem tinha acabado de cair de um telhado.

Depois de recobrar o fôlego e passar algum tempo me xingando por diversos tipos de idiotice atordoante, avaliei meus ferimentos. A boa notícia era que eu não havia quebrado nenhuma perna, mas tinha esplêndidos machucados logo abaixo dos dois joelhos. A telha que me acertara a cabeça de raspão tinha deixado um calombo, mas não me cortara. E, embora meu cotovelo latejasse com uma dor surda, a mão já não estava dormente.

Houve uma batida na porta. Fiquei momentaneamente petrificado, depois tirei o galhinho de bétula do bolso, murmurei uma conexão rápida e o sacudi de um lado para outro.

Ouvi um barulho assustado no corredor, seguido pela risada grave do Wilem.

– Não tem graça – ouvi Simmon dizer. – Deixe a gente entrar.

Abri a porta para eles. Simmon sentou-se na beirada da cama e Wilem pegou a cadeira junto da escrivaninha. Fechei a porta e me sentei na outra metade da cama. Mesmo depois de todos estarmos acomodados, o quarto minúsculo ficou apinhado.

Olhamo-nos sobriamente por um momento e então Simmon falou:

– Parece que hoje o Ambrose surpreendeu um ladrão nos aposentos dele. O sujeito preferiu pular de uma janela a ser apanhado.

Dei um risinho sem humor.

– Dificilmente. Eu já tinha quase saído quando o vento jogou a janela em cima de mim. – Gesticulei, sem jeito. – Ela me derrubou do telhado.

Wilem soltou um suspiro de alívio.

– Pensei que eu tivesse estragado a conexão.

Balancei a cabeça.

– Fui amplamente alertado. Só não fui cuidadoso como deveria.

– Por que ele voltou tão cedo? – perguntou Simmon, olhando para Wilem. – Você ouviu alguma coisa quando ele entrou?

– Provavelmente deve ter-lhe ocorrido que a minha letra não era especialmente feminina – respondeu Wilem.

– Ele tinha um sistema de proteção nas janelas – expliquei. – É provável que estivesse ligado a um anel ou a alguma coisa que ele carrega consigo. Deve ter-lhe dado o aviso assim que abri a janela.

– Você achou? – perguntou Wilem.

Neguei com a cabeça.

Simmon inclinou o pescoço para ver melhor o meu braço.

– Você está bem?

Acompanhei seus olhos, mas não vi nada. Então, puxei a camisa e notei que estava presa na parte posterior do braço. Com todas as minhas outras dores, eu não o havia notado.

Com gestos muito cautelosos, tirei a camisa pela cabeça. O tecido do cotovelo estava rasgado e salpicado de sangue. Praguejei, amargurado. Eu só tinha quatro camisas e, agora, essa estava estragada.

Tentei dar uma olhada no ferimento, mas logo percebi que era impossível olhar para as costas do meu próprio cotovelo, por mais que eu quisesse. Acabei por levantá-lo, para que Simmon o examinasse.

– Não é grande coisa – disse ele, mostrando com os dedos um intervalo de pouco mais de 5 centímetros. – Há apenas um corte, que quase não está sangrando. O resto está só lanhado. Você parece tê-lo arranhado com força contra alguma coisa.

– Uma telha de barro do telhado caiu em cima de mim.

– Foi sorte – resmungou Wilem. – Quem mais conseguiria cair de um telhado e acabar sem nada além de uns arranhões?

– Estou com machucados do tamanho de maçãs nos joelhos – respondi. Será sorte se conseguir andar amanhã.

No fundo, porém, eu sabia que ele estava certo. A telha que aterrissara no meu cotovelo poderia facilmente ter quebrado meu braço. Às vezes, as bordas lascadas dos tijolos de barro eram afiadas como facas, de modo que, se houvesse me atingido de outra maneira, ela poderia ter-me cortado até o osso. Detesto telhas de barro.

– Bem, podia ter sido pior – disse Simmon, animado, pondo-se de pé. – Vamos à Iátrica remendar você.

– *Kraem*, não! – exclamou Wilem. – Ele não pode ir à Iátrica. Devem estar fazendo perguntas, para saber se apareceu alguém machucado.

Simmon tornou a se sentar.

– É claro – concordou, soando vagamente indignado consigo mesmo. – Eu sabia disso. – Olhou-me de cima a baixo: – Pelo menos, você não está machucado em nenhum lugar que as pessoas possam ver.

Olhei para Wilem.

– Você tem problemas com o sangue, não é?

Ele fez uma expressão levemente ofendida.

– Eu não diria... – Seus olhos correram para meu cotovelo e seu rosto empalideceu um pouco, apesar da tez ceáldica morena. A boca crispou-se numa linha fina. – Sim.

– Tudo bem – falei. Comecei a rasgar tiras de pano da minha camisa estragada. – Parabéns, Simmon. Você foi promovido a socorrista de campanha.

Abri uma gaveta e tirei uma agulha curva e categute, iodo e um potinho de gordura de ganso.

Simmon olhou para a agulha, depois para mim, de olhos arregalados.

Lancei-lhe meu melhor sorriso.

– É fácil. Eu vou-lhe dizendo o que fazer.

∽

Fiquei sentado no chão, com o braço dobrado sobre a cabeça, enquanto Simmon lavava, costurava e punha um curativo no meu cotovelo. Ele me surpreendeu, não sendo nem de longe tão melindroso quanto eu havia esperado. Suas mãos foram mais cuidadosas e confiantes que as de muitos alunos da Iátrica que viviam fazendo esse tipo de coisa.

– Quer dizer que nós três estávamos aqui, jogando bafo-de-cão a noite inteira, certo? – perguntou Wil, evitando enfaticamente olhar na minha direção.

– Parece bom – respondeu Simmon. – Podemos dizer que eu ganhei?

– Não – intervim. – Devem ter visto o Wil na Pônei. Se mentirmos, eles vão me pegar, com certeza.

– Então, o que vamos dizer? – perguntou Simmon.

– A verdade – respondi. Apontei para Wil: – Você estava na Pônei durante a agitação, depois veio aqui para me contar. – Fiz sinal para a mesinha, onde se espalhava em desalinho uma porção de engrenagens, molas e parafusos. – Mostrei-lhes o relógio carrilhão que encontrei e vocês me orientaram sobre como consertá-lo.

Simmon pareceu decepcionado.

– Não é muito empolgante.

– As mentiras simples são as melhores – rebati, levantando-me. – Obrigado de novo aos dois. Isso poderia ter dado terrivelmente errado sem vocês olhando por mim.

Simmon pôs-se de pé e abriu a porta. Wil também se levantou, mas não se virou para ir embora.

— Ouvi um boato estranho uma noite dessas — disse ele.

— Alguma coisa interessante? — perguntei.

Ele fez que sim.

— Muito. Lembro-me de ter ouvido dizer que você dera por encerrado o seu antagonismo a um certo membro poderoso da nobreza. Fiquei surpreso por você finalmente ter decidido não mexer mais com cachorros adormecidos.

— Ora, vamos, Wil — disse Simmon. — O Ambrose não está adormecido. É um cão raivoso que merece ser morto.

— Ele mais se assemelha a um urso furioso — retrucou Wilem. — Um urso que você parece decidido a cutucar com vara curta.

— Como é que você pode dizer isso? — rebateu Simmon, acalorado. — Em dois anos como escriba, algum dia ele o chamou de outra coisa senão de gusa imundo? E que tal aquela vez em que ele quase me cegou, misturando meus sais? O Kvothe vai batalhar para tirar do organismo aquela poda de ameixa durante...

Wil levantou a mão e meneou a cabeça, reconhecendo o que Simmon queria dizer.

— Sei que isso é verdade e foi essa a razão de eu ter-me deixado levar para essa idiotice. Só quero esclarecer uma coisa. — Olhou para mim. — Você se dá conta de ter ido muito além dos limites no que diz respeito a essa tal de Denna, não é?

CAPÍTULO 21

Peças avulsas

A DOR NOS JOELHOS ME PRIVOU de qualquer tipo de sono decente aquela noite. Assim, quando o céu começou a mostrar as primeiras luzes pálidas do alvorecer chegando à minha janela, desisti, vesti-me e dei uma caminhada lenta e dolorosa até os arredores da cidade, à procura de casca de salgueiro para mastigar. No trajeto, descobri vários machucados novos e animadores, dos quais não tomara consciência na noite anterior.

A caminhada foi pura agonia, mas fiquei contente por fazê-la na penumbra da manhãzinha, quando as ruas estavam desertas. Era fatal que houvesse muito falatório sobre a agitação da véspera na Pônei Dourado. Se alguém me visse mancando, seria muito fácil tirar as conclusões certas.

Por sorte, andar afrouxou a rigidez das minhas pernas e a casca de salgueiro abrandou a dor. Quando o sol nasceu completamente, eu já me sentia bem o bastante para aparecer em público. Assim, segui para a Ficiaria, na esperança de passar umas horas fazendo peças avulsas, antes da Simpatia Especializada. Precisava começar a ganhar dinheiro para a taxa escolar do período seguinte e para o empréstimo da Devi, sem falar em curativos e numa camisa nova.

∽

Jaxim não estava no Estoque quando cheguei, mas reconheci o estudante a postos ali. Entráramos na Universidade na mesma ocasião e tínhamos dormido em beliches próximos por algum tempo, enquanto estávamos no Magno. Ele não era um dos nobres que vagavam despreocupados pela escola, sustentados pelo nome e pelo dinheiro da família. Seus pais eram mercadores de lã e ele trabalhava para pagar as taxas universitárias.

– Basil, pensei que você tivesse passado a E'lir no último período. O que está fazendo no Estoque?

Ele enrubesceu um pouco, parecendo envergonhado.

– O Kilvin me pegou misturando água no ácido.

Balancei a cabeça, fechando uma carranca severa.

– Isso contraria os procedimentos adequados, E'lir Basil – disse-lhe, fazendo a voz descer uma oitava. – Um artífice deve mover-se com perfeito cuidado em tudo.

Basil riu.

– Você tem o sotaque dele – comentou, abrindo o livro de registros. – O que posso lhe arranjar?

– Não estou com disposição para fazer nada mais complicado do que peças avulsas, neste momento. Que tal...

– Espere – interrompeu-me Basil, franzindo o cenho para o livro de registro.

– O que foi?

Ele virou o livro para mim e apontou.

– Há uma anotação ao lado do seu nome.

Olhei. Escrita a lápis, com os rabiscos estranhamente infantis do Kilvin, ela dizia: "Nenhum material ou instrumento para o Re'lar Kvothe. Mande-o para mim. Klvn."

Basil me lançou um olhar solidário.

– É ácido na água – brincou, com ar gentil. – Você também se esqueceu?

– Bem que eu gostaria. Pelo menos eu saberia o que está havendo.

Basil deu uma olhadela nervosa em volta, depois se inclinou para a frente e disse em voz baixa:

– Escute, eu vi aquela garota de novo.

Pisquei os olhos para ele, com ar estúpido.

– O quê?

– A garota que veio aqui à sua procura. A novinha, que estava procurando o mago ruivo que lhe vendeu um amuleto, sabe?

Fechei os olhos e esfreguei o rosto.

– Ela voltou? Essa é a última coisa de que eu preciso agora.

Basil meneou a cabeça e disse:

– Ela não entrou. Pelo menos, não que eu saiba. Mas eu a vi umas duas vezes lá fora. Ela fica andando pelo pátio – explicou, balançando a cabeça em direção à saída sul da Ficiaria.

– Você contou a alguém? – perguntei.

Basil pareceu profundamente ofendido:

– Eu não faria isso com você. Mas pode ser que ela tenha falado com outra pessoa. Você precisa mesmo se livrar dela. O Kilvin vai cuspir marimbondos, se achar que você andou vendendo amuletos.

– Não andei. Não faço ideia de quem seja ela. Que aparência ela tem?

– Jovem – respondeu Basil. – Não ceáldica. Acho que tinha cabelo louro. Ela usa uma capa azul, com o capuz levantado. Tentei me aproximar e falar com ela, mas a garota saiu correndo.

Esfreguei a testa.

– Que maravilha.

Basil encolheu os ombros, com ar solidário.

– Só achei que devia lhe avisar. Se ela vier mesmo aqui e perguntar por você, terei que contar ao Kilvin – advertiu, com uma careta para se desculpar. – Desculpe, mas já estou suficientemente encrencado do jeito que as coisas vão.

– Eu entendo. Obrigado pelo aviso.

∽

Ao entrar na oficina, fiquei imediatamente impressionado com uma estranha característica da luz no salão. A primeira coisa que fiz foi olhar para cima, para ver se o Kilvin tinha acrescentado uma nova lamparina à série de esferas de vidro penduradas entre os caibros. Torci para que a mudança da luz fosse por causa de uma lâmpada nova. Kilvin sempre ficava de mau humor quando uma de suas lâmpadas escurecia inesperadamente.

Examinando os caibros, não vi nenhuma lâmpada apagada. Levei um bom momento para perceber que a estranha qualidade da iluminação se devia, na verdade, à luz solar que se infiltrava pelas janelas baixas da parede da direita. Normalmente, eu só chegava para trabalhar mais tarde.

Tão cedo pela manhã, a oficina era de uma quietude quase sobrenatural. O salão imenso parecia oco e sem vida, com apenas um punhado de estudantes trabalhando em seus projetos. Combinado com a luz estranha e a convocação inesperada do Kilvin, isso me deixou bastante inquieto ao atravessar o cômodo em direção ao gabinete do mestre.

Apesar de ser tão cedo, uma pequena fornalha no canto do gabinete já estava bem atiçada. O calor passou em ondas por mim quando parei no vão da porta aberta. Foi agradável, depois da friagem de início de inverno lá fora. Kilvin estava de costas para mim, acionando o fole num ritmo implacável.

Bati com força no alizar da porta, para chamar sua atenção.

– Mestre Kilvin? Acabei de tentar pegar um material no Estoque. Há algum problema?

Ele deu uma olhadela para trás, na minha direção.

– Re'lar Kvothe. Vou demorar um minuto. Entre.

Entrei no gabinete e fechei a porta pesada. Se estivesse encrencado, preferiria não ter ninguém ouvindo.

Kilvin continuou a acionar o fole por um bom tempo. Só quando puxou um tubo comprido percebi que o que estava atiçando não era a fornalha, mas uma pequena peça de vidro. Movendo-se com destreza, ele pegou uma massa de vidro derretido com a ponta do tubo e se pôs a soprar uma bolha cada vez maior.

Após um minuto, o vidro perdeu seu brilho laranja.

– Fole – disse Kilvin, sem olhar para mim, repondo o tubo no bocal da peça.

Apressei-me a obedecer, acionando o fole com ritmo regular, até o brilho laranja voltar ao vidro. Kilvin fez sinal para que eu parasse, puxou-o da fornalha e soprou o tubo por outro longo momento, girando o vidro até a bolha ficar do tamanho de um melão-doce.

Ele o repôs na fornalha e acionei o fole sem ser solicitado. Na terceira vez que repetimos o processo, eu estava encharcado de suor. Desejei não ter fechado a porta, mas não queria largar o fole pelo tempo que levaria para reabri-la.

Kilvin não pareceu notar o calor. A bolha de vidro foi crescendo e ficou do tamanho da minha cabeça, depois, de uma abóbora. No entanto, na quinta vez que ele a retirou do calor e começou a soprar, ela pendeu na ponta do tubo, desinflou e caiu no chão.

– *Kist, crayle, en kote* – praguejou ele, furioso. Atirou o tubo de metal, que ressoou com estrondo ao bater no piso de pedra. – *Kraemet brevetan Aerin!*

Lutei contra a vontade súbita de rir. Meu siaru não era perfeito, mas eu tinha quase certeza de que o Kilvin dissera foi: *merda na barba de Deus*.

O professor ursino ficou parado por um bom minuto, olhando para o vidro estilhaçado no chão. Depois, soltou uma bufadela longa e irritada pelo nariz, tirou os óculos de proteção e se virou para mim.

– Três jogos de sinos sincronizados, latão – disse, sem preâmbulo. – Uma torneira com tarraxa, ferro. Quatro funis de calor, ferro. Seis sifões, estanho. Vinte e duas vidraças de dureza dupla e outras peças sortidas.

Era uma lista de todo o trabalho que eu fizera na Ficiaria nesse período. Coisas simples, que eu podia concluir e revender para o Estoque para obter um lucro rápido.

Kilvin me olhou com seus olhos negros:

– Esse trabalho lhe agrada, Re'lar Kvothe?

– São projetos bastante fáceis, Mestre Kilvin.

– Agora você é Re'lar – disse ele, com a voz carregada de censura. – Contenta-se em levar as coisas na flauta, fazendo brinquedos para os ricos preguiçosos? É isso que deseja do seu tempo na Ficiaria: trabalho fácil?

Senti o suor brotar no couro cabeludo e escorrer pelas minhas costas.

– Fico um pouco inseguro para me aventurar sozinho. O senhor não aprovou particularmente as modificações que fiz na minha lâmpada manual.

– Isso são palavras de covarde. Você nunca mais vai sair de casa, por ter sido repreendido uma vez? – indagou, olhando-me. – Pergunto de novo. Sinetas. Moldes. Esse trabalho lhe agrada, Re'lar Kvothe?

– A ideia de pagar a taxa de matrícula do próximo período letivo me agrada, Mestre Kilvin.

O suor escorria por meu rosto. Tentei enxugá-lo com a manga, mas minha camisa já estava empapada. Olhei para a porta do gabinete.

– E o trabalho em si? – instigou Kilvin. Havia gotas de suor na pele morena de sua testa, mas afora isso, ele não parecia se incomodar com o calor.

– De verdade, Mestre Kilvin? – perguntei, sentindo-me meio zonzo.

Ele pareceu um pouco ofendido.

– Valorizo a verdade em tudo, Re'lar Kvothe.

– A verdade é que eu fiz 10 lâmpadas de convés neste último ano, Mestre Kilvin. Se tiver que fazer mais uma, imagino que eu possa me borrar todo, de puro tédio.

Kilvin bufou alguma coisa que talvez fosse uma risada, depois abriu um largo sorriso:

– Ótimo. É assim que um Re'lar deve se sentir – disse. Apontou um dedo grosso para mim. – Você é inteligente e tem boas mãos. Espero grandes coisas de você. Não trabalhos insignificantes. Faça algo inteligente e isso lhe trará mais dinheiro que uma lâmpada. Com certeza, mais do que peças avulsas. Deixe isso para os E'lires – acrescentou, com um gesto displicente para o janelão de onde se via a oficina.

– Farei o melhor que puder, Mestre Kilvin – prometi. Minha voz soou distante aos meus ouvidos, distante e fraca. – O senhor se importa se eu abrir a porta e deixar entrar um pouco de ar fresco?

Kilvin grunhiu sua concordância e dei um passo em direção à porta. No entanto minhas pernas bambearam e minha cabeça girou. Cambaleei e quase caí de cabeça no chão, mas consegui agarrar a borda da bancada e apenas caí de joelhos.

Quando meus joelhos machucados bateram no chão, foi excruciante. Mas não gritei nem chorei. Na verdade, a dor pareceu vir de muito longe.

༄

Acordei confuso, com a boca seca feito serragem. Tinha os olhos pegajosos e os pensamentos tão arrastados que levei um bom momento para reconhecer o cheiro característico de antisséptico no ar. Isso, combinado ao fato de eu estar deitado nu embaixo de um lençol, informou-me que eu estava na Iátrica.

Virei a cabeça e vi uma cabeleira loura curta e o uniforme escuro dos fisiopatas. Relaxei no travesseiro.

– Olá, Moula – grunhi.

Ela se virou e me deu um olhar sério.

– Kvothe – disse, em tom formal. – Como se sente?

Ainda sonolento, tive que pensar na resposta.

– Embotado – falei. E, em seguida: – Com sede.

Moula trouxe-me um copo e me ajudou a beber. Era um líquido doce e farinhento. Demorei um longo momento para terminá-lo, mas, quando acabei, já me sentia meio humano.

– Que aconteceu? – perguntei.

– Você desmaiou na Ficiaria. O Kilvin o carregou para cá pessoalmente. Foi muito tocante, na verdade. Tive que enxotá-lo daqui.

Senti o corpo todo enrubescer de vergonha ao pensar em ser carregado pelas ruas da Universidade pelo professor grandalhão. Eu devia ter parecido uma boneca de pano no seu colo.

– Eu desmaiei?

– O Kilvin explicou que vocês estavam numa sala quente. E você tinha empapado a roupa de suor. Estava pingando.

Apontou para o lugar onde minha camisa e minhas calças estavam empilhadas na mesa.

– Exaustão térmica?

Moula levantou uma das mãos para fazer com que eu me calasse.

– Esse foi o meu primeiro diagnóstico. Porém, num exame mais detalhado, concluí que, na verdade, você está sofrendo de um caso agudo de pular de uma janela ontem à noite – disse-me, com um olhar incisivo.

Senti-me subitamente constrangido. Não por minha quase nudez, mas pelos ferimentos evidentes que havia sofrido ao cair do telhado da Pônei Dourado. Dei uma espiada na porta e fiquei aliviado ao perceber que estava fechada. Moula continuou a me observar, com uma expressão cuidadosamente vazia.

– Alguém mais viu? – perguntei.

Ela negou com a cabeça.

– Hoje estivemos ocupados.

Relaxei um pouco.

– Já é alguma coisa.

Moula assumiu uma expressão severa.

– Hoje de manhã, o Arwyl nos deu ordem de comunicar qualquer ferimento suspeito. A razão não é segredo. O próprio Ambrose ofereceu uma recompensa apreciável a quem o ajudar a apanhar um ladrão que invadiu os aposentos dele e roubou diversos objetos de valor, inclusive um anel que a mãe dele lhe deu no leito de morte.

— Aquele calhorda — comentei, acalorado. — Eu não roubei nada.

Moula arqueou uma sobrancelha.

— Fácil assim? Nenhuma negação? Nenhum... nada?

Soltei o ar pelo nariz, tentando controlar a raiva.

— Não vou insultar a sua inteligência. É bastante óbvio que eu não rolei uns degraus. — Respirei fundo e acrescentei: — Escute, Moula. Se você contar a alguém, vão me expulsar. Eu não roubei nada. Poderia ter roubado, mas não o fiz.

— Então, por que... — ela hesitou, visivelmente constrangida. — O que você estava fazendo?

Dei um suspiro.

— Você acreditaria que eu estava fazendo um favor a um amigo?

Moula dirigiu-me um olhar sagaz, seus olhos verdes vasculhando os meus.

— Bem, você parece mesmo estar no ramo dos favores, ultimamente.

— Eu... o quê? — perguntei, com o pensamento se arrastando devagar demais para acompanhar o que ela estava dizendo.

— Na última vez que você esteve aqui, tratei-o por queimaduras e inalação de fumaça, depois de você salvar a Feila de um incêndio.

— Ah. Aquilo não foi realmente um favor. Qualquer um teria feito o mesmo.

Moula fitou-me com ar inquisitivo.

— Você acredita mesmo nisso, não é? — Balançou um pouquinho a cabeça, depois pegou um caderno de capa dura e fez algumas anotações, sem dúvida preenchendo seu laudo sobre o tratamento. — Bem, pois eu considero que foi um favor. A Feila e eu dividimos um beliche, quando éramos ambas novatas aqui. Apesar do que você pensa, aquilo não foi algo que muitas pessoas se dispusessem a fazer.

Houve uma batida na porta e a voz de Simmon veio do corredor:

— Podemos entrar?

Sem esperar resposta, abriu a porta e conduziu um Wilem de ar constrangido para dentro do quarto.

— Ele vai ficar bom — disse Moula. — Desde que sua temperatura se estabilize. — Pegou um medidor e o meteu na minha boca. — Sei que será difícil para você, mas procure ficar de boca fechada por um minuto.

— Nesse caso — disse Simmon, com um sorriso —, soubemos que o Kilvin o levou a um lugar privado e lhe mostrou uma coisa que o fez desmaiar feito uma mulherzinha.

Amarrei a cara para ele, mas continuei de boca fechada.

Moula dirigiu-se a Wil e Simmon:

— As pernas dele vão passar um tempo doendo, mas não há nenhuma lesão permanente. O cotovelo também deve ficar bom, embora a sutura esteja uma bagunça. Que diabo vocês estavam fazendo nos aposentos do Ambrose, afinal?

Wilem simplesmente a fitou, caracteristicamente estoico e com um olhar sombrio.

Não tive essa sorte com Simmon.

– O Kvothe precisava encontrar um anel para a amada dele – gorjeou, animadamente.

Moula virou-se para mim com uma expressão de fúria:

– É muita petulância sua me contar mentiras – disse, com os olhos vidrados e raivosos como os de um gato. – Graças a Deus você não tentou insultar a minha inteligência nem nada.

Respirei fundo e levantei a mão para tirar o medidor da boca.

– Maldito Simmon – disse, irritado. – Um dia ainda vou ensiná-lo a mentir.

Simmon correu os olhos de um lado para outro entre nós dois, rubro de pânico e vergonha.

– O Kvothe tem uma queda por uma garota do outro lado do rio – disse, em tom defensivo. – O Ambrose tirou um anel dela e não quer devolvê-lo. Nós só...

Moula o interrompeu com um gesto ríspido.

– Por que você não me contou isso, simplesmente? – perguntou-me, exasperada. – Todo mundo sabe como o Ambrose age com as mulheres!

– Foi por isso que não lhe contei. Pareceria uma mentira muito conveniente. E além do mais, isso não é da sua conta.

A expressão dela endureceu.

– Você é mesmo muito metido a besta para...

– Parem. Parem com isso! – exclamou Wilem, dando-nos um susto que nos fez interromper a discussão. Virou-se para Moula: – Quando o Kvothe chegou aqui, inconsciente, qual foi a primeira coisa que você fez?

– Verifiquei as pupilas dele, para ver se havia sinais de trauma encefálico – respondeu ela, automaticamente. – Que diabo isso tem a ver com alguma coisa?

Wilem apontou na minha direção.

– Veja os olhos dele agora.

Moula me olhou.

– Estão escuros – disse, parecendo surpresa. – Verde-escuros. Como um galho de pinheiro.

Wil continuou:

– Não discuta com ele quando seus olhos ficam escuros desse jeito. Nunca dá bom resultado.

– É como o barulho de uma cascavel – acrescentou Simmon.

– Está mais para cachorro com o pelo arrepiado – corrigiu Wilem. – Mostra quando ele está pronto para morder.

– Vocês podem ir todos para os quintos dos infernos – interpus. – Ou podem me dar um espelho, para eu ver do que estão falando. Não me importa qual das duas coisas.

Wil me ignorou.

– O nosso pequeno Kvothe tem um gênio explosivo, mas, se tiver um minuto para esfriar a cabeça, reconhece a verdade – disse, lançando-me um olhar incisivo. – Ele não está aborrecido por você não ter confiado nele, nem por ter enrolado o Simmon.

Está aborrecido por você ter descoberto a que grau de conduta asinina está disposto a chegar para impressionar uma mulher. – Olhou para mim. – *Asinina* é a palavra certa?

Respirei fundo e admiti:

– Bastante.

– Eu a escolhi por remeter a *asno* – disse Wil.

– Eu sabia que vocês dois tinham que estar envolvidos – observou Moula, com um toque de quem se desculpa na voz. – Francamente, vocês três são unidos como um bando de ladrões, e é isso mesmo que quero dizer, com todas as suas diversas implicações inteligentes.

Ela contornou a cama e deu uma olhadela crítica no meu cotovelo ferido.

– Qual de vocês fez a sutura?

– Eu – disse Simmon, com uma careta. – Sei que fiz uma porcaria.

– *Porcaria* seria generoso – retrucou Moula, olhando-o com ar crítico. – Parece que você estava tentando costurar seu nome nele e ficou errando a grafia.

– Acho que ele se saiu muito bem – disse Wil, enfrentando o olhar de Moula –, considerando-se sua falta de treino e o fato de que ele estava ajudando um amigo em circunstâncias não propriamente ideais.

Moula corou.

– Não foi isso que eu quis dizer – apressou-se a falar. – Trabalhando aqui, é fácil a gente esquecer que nem todos... – Virou-se para Simmon: – Desculpe.

Ele passou a mão pelo cabelo louro.

– Imagino que você possa me recompensar por isso, em algum momento – disse, com um sorriso de menino. – Que tal amanhã à tarde, talvez? Quando você me deixar oferecer-lhe um almoço... – completou, lançando-lhe um olhar esperançoso.

Moula revirou os olhos e deu um suspiro, entre o divertimento e a exasperação.

– Está bem.

– Meu trabalho aqui está terminado – disse Wil, em tom grave. – Vou embora. Detesto este lugar.

– Obrigado, Wil – falei.

Ele deu um aceno por cima do ombro e fechou a porta ao sair.

∾

Moula concordou em não mencionar meus ferimentos suspeitos em seu laudo e se ateve ao diagnóstico original de exaustão térmica. Também cortou os pontos dados pelo Simmon e refez a limpeza, a sutura e o curativo do meu braço. Não foi agradável, mas eu sabia que me curaria mais depressa sob os cuidados experientes dela.

Para encerrar, ela me recomendou beber mais água e dormir um pouco e sugeriu que, no futuro, eu me abstivesse de atividades físicas extenuantes numa fornalha um dia depois de cair de um telhado.

CAPÍTULO 22

Escape

Até esse ponto do período letivo, Elxa Dal estivera nos ensinando teoria na Simpatia Especializada. Quanta luz era possível produzir com 10 taumas de calor contínuo, usando o ferro? E usando o basalto? E usando o corpo humano? Decoramos tabelas numéricas e aprendemos a calcular sequências crescentes de quadrados, momentos angulares e decomposições conjuntas.

Em termos simples, era extremamente entediante.

Não me entenda mal. Eu sabia que eram informações essenciais. As conexões do tipo que mostráramos à Denna eram simples. Mas, quando as coisas se complicavam, o simpatista especializado tinha que fazer cálculos bastante complexos.

Em termos de energia, não há muita diferença entre acender uma vela e derretê-la, transformando-a numa poça de sebo. A única diferença é de foco e controle. Quando a vela está à sua frente, essas coisas são fáceis. Você simplesmente olha fixo para o pavio e para de verter calor quando vê o primeiro lampejo da chama. Entretanto, quando a vela está a uns 400 metros de distância ou num aposento diferente, o foco e o controle são exponencialmente mais difíceis de sustentar.

E há coisas piores do que velas derretidas à espera do simpatista descuidado. A pergunta que Denna me fizera na Eólica era importantíssima: "Para onde vai a energia extra?"

Como Wil tinha explicado, parte dela ia para o ar, parte para os objetos conectados e o restante ia para o corpo do simpatista. O termo técnico era transbordamento táumico, mas até Elxa Dal tendia a se referir ao fenômeno como escape.

Em média, uma vez por ano um simpatista descuidado e de Alar forte canalizava calor suficiente através de uma conexão ruim para fazer sua temperatura corporal dar um salto e deixá-lo delirando de febre. Dal nos falou de um caso extremo, no qual um estudante havia conseguido cozinhar-se por dentro.

Mencionei esse caso ao Manet, um dia depois de Dal compartilhar a história conosco. Esperava que ele se juntasse a mim numa zombaria saudável, mas acontece que Manet tinha sido um dos alunos na época em que isso havia acontecido.

– Cheirava a carne de porco – comentou ele, com ar lúgubre. – Foi o que há de mais pavoroso. Tive pena dele, é claro, mas há um limite para a pena que se pode sentir de um idiota. Um escapezinho aqui e ali a gente mal chega a notar, mas ele deve ter deixado escaparem uns 200 mil taumas, em menos de dois segundos. – Manet balançou a cabeça, sem levantar os olhos do pedaço de estanho que estava gravando. – Toda a ala do Magno ficou fedendo. Ninguém pôde usar aqueles quartos por um ano.

Olhei fixamente para ele.

– Mas o transbordamento táumico é bastante comum – prosseguiu Manet. – Agora, o transbordamento cinético... – levantou as sobrancelhas com ar de apreciação. – Vinte anos atrás, um El'the idiota tomou um porre e tentou levantar uma carroça de esterco e jogá-la no telhado do Prédio dos Professores, por causa de uma aposta. Arrancou o próprio braço, na altura do ombro.

Tornou a se debruçar sobre seu pedaço de estanho, gravando cuidadosamente uma runa. Em seguida acrescentou:

– É preciso um tipo especial de estupidez para fazer uma coisa dessas.

No dia seguinte, prestei atenção especial ao que Dal tinha a dizer.

Ele nos submeteu a exercícios implacáveis. Cálculos de entalpia. Gráficos para mostrar a distância da desintegração. Equações descritivas das curvas entrópicas que o simpatista especializado precisa compreender num nível quase instintivo.

Mas Dal não era bobo. Assim, antes que ficássemos entediados e descuidados, ele transformou a coisa numa competição.

Fez-nos extrair calor de fontes estranhas, de ferros em brasa, de blocos de gelo, do nosso próprio sangue. Acender velas em cômodos distantes era a parte mais fácil. Acender uma dentre uma dúzia de velas idênticas era mais difícil. Acender uma vela que nunca tínhamos visto realmente, num local desconhecido... era como fazer malabarismo no escuro.

Havia concursos de precisão. Concursos de sutileza. Concursos de foco e controle. Após duas vintenas, eu era o aluno classificado em primeiro lugar em nossa turma de 23 Re'lares. Fenton vinha nos meus calcanhares, em segundo lugar.

Quis a sorte que o dia seguinte à minha invasão aos aposentos do Ambrose fosse também o dia em que começamos a duelar na Simpatia Especializada. Duelar exigia toda a sutileza e controle das nossas competições anteriores, com o desafio adicional de haver outro estudante opondo-se ativamente ao nosso Alar.

Assim, apesar da minha ida recente à Iátrica por exaustão térmica, derreti um buraco num bloco de gelo num cômodo distante. Apesar de duas noites quase insones, elevei a temperatura de um quartilho de mercúrio em exatamente 10 graus. Apesar de meus ferimentos latejantes e da comichão no braço enfaixado, rasguei o rei de espadas ao meio, enquanto deixei intactas as outras cartas do baralho.

Fiz todas essas coisas em menos de dois minutos, apesar de Fenton ter reunido todo o seu Alar para se opor a mim. Não foi à toa que passaram a me chamar de Kvothe, o Arcano. Meu Alar parecia uma lâmina de aço Ramston.

∽

– É mesmo de impressionar – disse-me Dal depois da aula. – Faz anos que não vejo um aluno se manter invicto por tanto tempo. Será que alguém mais vai ousar apostar contra você?

Balancei a cabeça.

– Essa fonte secou há muito tempo.

– O preço da fama. – Dal sorriu, depois pareceu um pouco mais sério. – Eu queria avisá-lo antes de fazer o anúncio à turma. Na próxima onzena, provavelmente começarei a pôr os estudantes contra você em pares.

– Terei que me opor ao Fenton e ao Brey ao mesmo tempo? – perguntei.

Dal fez que não com a cabeça.

– Vamos começar pelos duelistas com a classificação mais baixa. Será uma boa introdução para os exercícios em equipe que faremos mais adiante, neste período. – Sorriu e acrescentou: – E vai impedir que você fique cheio de si. – Deu-me um olhar atento, enquanto o sorriso desaparecia. – Você está bem?

– É só um calafrio – respondi sem convicção, tiritando. – Será que podemos ficar perto do braseiro?

Cheguei o mais perto que pude, sem me encostar no metal quente, e abri as mãos sobre a cuba reluzente de pedaços de carvão em brasa. Depois de um momento, o calafrio passou e notei que Dal me olhava com curiosidade.

– Hoje cedo fui parar na Iátrica, com um pouquinho de exaustão térmica – admiti. – Meu corpo só está meio confuso. Agora estou bem.

Ele franziu o cenho.

– Você não deve vir à aula se não estiver passando bem. E com certeza não deveria duelar. Esse tipo de simpatia esgota o corpo e a mente. Você não deve correr o risco de agravar isso com uma doença.

– Eu estava me sentindo bem quando vim para a aula – menti. – Meu corpo só está me lembrando de que eu lhe devo uma boa noite de sono.

– Pois trate de dar repouso a ele – disse Dal em tom severo, esticando suas próprias mãos para o fogo. – Se você se forçar demais, pagará por isso depois. Você anda com uma aparência meio desmazelada ultimamente. Desmazelado não é a palavra certa, na verdade.

– Esgotado? – sugeri.

– Sim. Esgotado. – Dal me olhou com ar especulativo, alisando a barba com uma das mãos. – Você tem o dom da palavra. Essa é uma das razões de ter ido parar na turma do Elodin, imagino.

Não teci nenhum comentário a esse respeito. E deve ter sido um silêncio bem alto, porque Dal lançou-me um olhar curioso.

– Como vão os seus estudos com o Elodin? – perguntou, com ar displicente.

– Bastante bem – esquivei-me.

Ele me olhou.

– Não tão bem quanto eu esperaria – admiti. – Estudar com Mestre Elodin não é o que eu tinha imaginado.

Dal meneou a cabeça.

– Ele sabe ser difícil.

Uma pergunta me ocorreu:

– O senhor conhece nomes, Mestre Dal?

Ele meneou a cabeça com ar solene.

– Quais são? – pressionei-o.

Ele se enrijeceu ligeiramente, depois relaxou, girando as mãos para cima e para baixo sobre o fogo.

– Essa realmente não é uma pergunta educada – disse, com delicadeza. – Bem, não é *indelicada*, é apenas o tipo de pergunta que não se faz. Como indagar a um homem com que frequência ele faz amor com sua mulher.

– Sinto muito.

– Não há por quê. Não haveria razão para você saber. Isto é um remanescente dos velhos tempos, acho. De quando tínhamos mais a temer dos nossos colegas arcanistas. Se você soubesse que nomes seu inimigo conhecia, poderia adivinhar os pontos fracos e fortes dele.

Ambos nos calamos por um momento, aquecendo-nos junto às brasas.

– Fogo – disse ele, passado um bom momento. – Eu sei o nome do fogo. E mais um.

– Só dois? – soltei, sem pensar.

– E quantos você sabe? – perguntou ele, numa caçoada gentil. – Sim, só dois. Mas dois são um grande número de nomes para se saber hoje em dia. O Elodin diz que as coisas eram diferentes, muito tempo atrás.

– Quantos o Elodin conhece?

– Mesmo que eu soubesse, seria excepcionalmente deselegante eu lhe dizer isso – respondeu ele, com um toque de reprovação. – Mas é seguro dizer que ele sabe alguns.

– O senhor poderia me mostrar alguma coisa com o nome do fogo? Se isso não for impróprio?

Dal hesitou um instante, depois sorriu. Olhou atentamente para o braseiro entre nós, fechou os olhos e apontou para o braseiro apagado, do outro lado da sala. "Fogo." Pronunciou a palavra como uma ordem e o braseiro distante irrompeu numa coluna de chamas.

– Fogo? – repeti, desconfiado. – É isso? O nome do fogo é fogo?

Elxa Dal sorriu e balançou a cabeça.

– Não foi exatamente isso que eu disse. Uma parte de você apenas preencheu o vazio com uma palavra conhecida.

– Minha mente adormecida o traduziu?

– Mente adormecida? – repetiu ele, com um olhar intrigado.

– É como o Elodin chama a parte de nós que sabe os nomes – expliquei.

Dal deu de ombros e passou a mão sobre a barba preta e curta.

– Chame-a como quiser. O fato de você ter ouvido eu dizer alguma coisa provavelmente é um bom sinal.

– Às vezes não sei por que me incomodo com a denominação – reclamei. – Eu podia ter acendido aquele braseiro com a simpatia.

– Não sem uma conexão – assinalou Dal. – Sem uma conexão, uma fonte de energia...

– Ainda assim, parece inútil. Todos os dias aprendo coisas na sua aula. Coisas úteis. Não tenho nada para mostrar por todo o tempo que passei na denominação. Ontem, sabe sobre o que foi a aula do Elodin?

Dal fez que não com a cabeça.

– A diferença entre o despido e o nu – revelei, em tom categórico. Dal caiu na gargalhada. – Estou falando sério. Lutei para entrar na turma dele, mas agora só consigo pensar em todo o tempo que estou desperdiçando lá, um tempo que eu poderia gastar em coisas mais práticas.

– Há coisas mais práticas do que nomes – admitiu Dal. – Mas observe.

Concentrou-se no braseiro em frente a nós e seu olhar tornou-se distante. Voltou a falar, dessa vez murmurando, e baixou lentamente a mão, até ela ficar poucas polegadas acima das brasas incandescentes.

Em seguida, com uma expressão atenta no rosto, afundou a mão no coração do fogo, aninhando os dedos afastados nas brasas alaranjadas, como se nada mais fossem que cascalho solto.

Percebi que eu estava prendendo a respiração e a soltei baixinho, sem querer interromper a concentração dele.

– Como? – indaguei.

– Nomes – disse Dal com firmeza e retirou a mão do fogo. Estava suja de cinzas esbranquiçadas, porém perfeitamente intacta. – Os nomes refletem a verdadeira compreensão de algo e, quando você realmente compreende uma coisa, exerce poder sobre ela.

– Mas o fogo não é uma coisa em si – protestei. – É apenas uma reação química exotérmica. Ele... – gaguejei e parei.

Dal respirou fundo e, por um momento, pareceu prestes a oferecer uma explicação. Mas em vez disso deu uma risada e encolheu os ombros, com ar de desamparo.

– Não tenho inteligência para lhe explicar. Pergunte ao Elodin. É ele quem diz compreender essas coisas. Eu só trabalho aqui.

∽

Depois da aula de Dal, cruzei o rio a caminho de Imre. Não encontrei Denna na pousada em que estava hospedada, por isso fui para a Eólica, mesmo sabendo que era cedo demais para encontrá-la ali.

Mal havia uma dúzia de pessoas lá dentro, mas vi um rosto conhecido na outra ponta do bar, conversando com Stanchion. O conde Threipe acenou e caminhei até eles.

– Kvothe, meu rapaz! – exclamou Threipe, com entusiasmo. – Faz uma era mortal que não o vejo!

– As coisas andaram meio caóticas do outro lado do rio – retruquei, pousando meu estojo com o alaúde.

Stanchion me olhou de cima a baixo.

– Dá para perceber – disse. – Você está pálido. Devia comer mais carne vermelha. Ou dormir mais. – Apontou para uma banqueta próxima. – Afora isso, eu lhe ofereço um caneco de metheglin.

– Eu lhe serei grato por isso – respondi, subindo na banqueta. Foi maravilhoso tirar o peso de minhas pernas doloridas.

– Se é de carne e sono que você precisa – disse Threipe, em tom sedutor –, deve ir jantar na minha residência. Prometo-lhe uma comida esplêndida e uma conversa tão maçante que você poderá dormir ao longo dela, sem se preocupar em estar perdendo algo. – Lançou-me um olhar suplicante. – Vamos lá. Eu imploro se for preciso. Não haverá mais de 10 pessoas. Faz meses que morro de vontade de exibi-lo.

Peguei o caneco de metheglin e olhei para o conde. Sua jaqueta de veludo era azul--real e as botas de camurça eram tingidas no mesmo tom. Eu não poderia aparecer num jantar formal na casa dele vestindo roupas de bater de segunda mão, que eram o único tipo que eu possuía.

Threipe não tinha nenhuma ostentação, mas era nascido e criado na nobreza. Provavelmente nem lhe ocorria que eu não tivesse roupas finas. Eu não o censurava por presumir isso. A vasta maioria dos alunos da Universidade era pelo menos modestamente abastada. De que outra maneira eles poderiam pagar as taxas?

A verdade era que nada me agradaria mais do que um bom jantar e a oportunidade de interagir com alguns nobres locais. Eu adoraria jogar conversa fora enquanto bebericava drinques, consertar parte do estrago que Ambrose fizera na minha reputação e, quem sabe, despertar a atenção de um mecenas em potencial.

Mas não podia arcar com o preço do ingresso. Uma muda de roupa medianamente fina custaria pelo menos um talento e meio, mesmo que eu a comprasse de um mascate. O traje não faz o personagem, mas a pessoa precisa da roupa adequada quando quer representar um papel.

Sentado atrás de Threipe, Stanchion fez um meneio exagerado com a cabeça.

– Eu adoraria ir jantar – declarei ao conde. – Prometo que irei. Assim que as coisas se acalmarem um pouco na Universidade.

– Excelente – respondeu ele, com entusiasmo. – E vou cobrar-lhe a promessa. Nada de recuar. Eu vou lhe arranjar um mecenas, meu rapaz. Um que seja adequado. Eu juro.

Atrás dele, Stanchion balançou a cabeça com ar de aprovação.

Sorri para os dois e tomei outro gole de metheglin. Olhei de relance para a escada que levava ao segundo andar.

Stanchion viu meu olhar.

– Ela não está aqui – disse, em tom de desculpa. – Não a vejo há uns dois dias, na verdade.

Um grupo de pessoas cruzou a porta da Eólica e gritou alguma coisa em ylliche. Stanchion acenou para elas e se levantou.

– O dever me chama – disse, afastando-se para cumprimentar os fregueses.

– Por falar em mecenas – comentei com Threipe –, há uma coisa sobre a qual venho querendo pedir sua opinião. – Baixei a voz. – Uma coisa que prefiro que você mantenha entre nós.

Os olhos de Threipe luziram de curiosidade e ele chegou mais perto.

Tomei outro gole de metheglin enquanto ordenava os pensamentos. A bebida estava subindo mais depressa do que eu havia esperado. Na verdade, isso era muito bom, porque entorpecia a dor dos meus diversos ferimentos.

– Imagino que você conheça a maioria dos mecenas potenciais num raio de 160 quilômetros daqui.

Threipe deu de ombros, sem falsa modéstia.

– Um bom número. Todos os que são sérios a esse respeito. Todos os que têm dinheiro, pelo menos.

– Eu tenho uma amiga, uma musicista que está apenas começando. Ela tem um talento natural, mas sem muita formação. Alguém a abordou com uma oferta de ajuda e uma promessa de eventual patrocínio... – Parei de falar, sem saber ao certo como explicar o resto.

Threipe meneou a cabeça e disse:

– Você quer saber se ele é do tipo legítimo. É uma preocupação razoável. Algumas pessoas acham que o mecenas tem direito a mais do que a música. – Apontou para Stanchion e acrescentou: – Se você quiser ouvir histórias, pergunte a ele sobre a ocasião em que a duquesa Samista veio aqui em férias – disse, com um risinho que foi quase um gemido, e esfregou os olhos. – Que os pequenos deuses me ajudem, aquela mulher era assustadora.

– Essa é a minha preocupação. Não sei se ele é de confiança.

– Posso indagar por aí, se você quiser. Como é o nome dele?

– Isso é parte do problema. Não sei o nome dele. Acho que ela também não sabe.

Threipe franziu o cenho ao ouvir isso.

– Como é possível ela não saber o nome dele?

– O sujeito lhe deu um nome, mas ela não sabe se é verdadeiro. Ao que parece, ele faz muita questão de privacidade e deu instruções rigorosas para que ela nunca falasse com ninguém a seu respeito. Eles nunca se encontraram duas vezes no mesmo lugar. Nunca em público. O homem passa meses ausente de cada vez – acrescentei e olhei para Threipe. – O que lhe parece?

– Bem, está longe de ser ideal – respondeu ele, com a voz carregada de reprovação. – É muito provável que esse sujeito não seja mesmo um mecenas correto. Parece que pode estar-se aproveitando da sua amiga.

Assenti com a cabeça, tristonho.

– Também foi o que eu pensei.

– Por outro lado – disse Threipe –, alguns mecenas realmente trabalham em sigilo. Quando descobrem uma pessoa talentosa, não é incomum cuidarem dela em particular e depois... – Fez um floreio dramático com uma das mãos. – É como um truque de mágica. De repente, o sujeito tira do nada um músico brilhante.

Threipe lançou-me um sorriso afável e prosseguiu:

– Eu achava que era isso que alguém tinha feito com você – admitiu. – Você surgiu do nada e ganhou sua gaita de prata. Achei que alguém o mantivera escondido até estar pronto para fazer sua aparição grandiosa.

– Eu não havia pensado nisso.

– Essas coisas acontecem – disse o conde. – Mas pontos de encontro estranhos e o fato de ela não saber ao certo o nome dele? – Balançou a cabeça e franziu o cenho. – No mínimo, é bastante indecoroso. Ou esse sujeito está se divertindo um pouco, fingindo-se de bandido, ou é realmente suspeito.

Threipe pareceu pensar por um momento, tamborilando no balcão do bar.

– Diga a sua amiga para tomar cuidado e manter a cabeça no lugar. É terrível quando um mecenas se aproveita de uma dama. É uma traição. Mas já conheci homens que fazem pouco mais que posar de mecenas para ganhar a confiança de uma mulher. – Carregou o sobrolho e concluiu: – Isso é pior.

∽

Eu estava a caminho da Universidade, com a Ponte de Pedra já despontando ao longe, quando comecei a sentir uma ardência incômoda me subir pelo braço. De início, pensei que fosse a dor dos cortes duas vezes suturados do meu cotovelo, pois eles haviam coçado e ardido o dia inteiro.

Mas, em vez de diminuir, o calor continuou a se espalhar por meu braço e a subir para o lado esquerdo do peito. Comecei a transpirar, como se tivesse uma febre repentina.

Tirei a capa, deixando o ar fresco me esfriar, e comecei a desabotoar a camisa. A brisa outonal ajudou e eu me abanei com a capa. Mas o calor tornou-se mais intenso, até doloroso, como se eu tivesse derramado água fervendo no peito.

Por sorte, essa parte da estrada era paralela a um riacho que desaguava no rio Omethi, ali perto. Sem conseguir pensar num plano melhor, chutei as botas para longe, tirei o alaúde do ombro e pulei dentro d'água.

A água gelada do riacho me fez arquejar e esbravejar, mas esfriou minha pele ardente. Fiquei ali, procurando não me sentir um idiota, enquanto um jovem casal passava de mãos dadas, ignorando-me solenemente.

O calor estranho deslocou-se pelo meu corpo, como se um fogo aprisionado dentro de mim tentasse encontrar uma saída. Começou pelo lado esquerdo, vagou pelas pernas e tornou a subir o braço esquerdo. Quando se deslocou para minha cabeça, afundei embaixo d'água.

Parou depois de alguns minutos e saí do riacho. Tiritando de frio, embrulhei-me na capa, feliz por não haver mais ninguém na estrada. Depois, como não tinha mais nada a fazer, pendurei o estojo do alaúde no ombro e recomecei a longa caminhada para a Universidade, encharcado e com um medo terrível.

CAPÍTULO 23
Princípios

— Eu contei à Moula – afirmei, embaralhando as cartas. – Ela disse que estava tudo na minha cabeça e me empurrou porta afora.
– Bem, só posso imaginar como é a sensação – disse Simmon, em tom aborrecido.
Levantei os olhos, surpreso com a rispidez atípica de sua voz, mas, antes que pudesse perguntar o que havia, Wilem captou minha atenção e meneou a cabeça, alertando-me a não falar. Conhecendo a história de Simmon, imaginei que se tratasse do término rápido e doloroso de mais um relacionamento rápido e doloroso.
Fiquei de boca fechada e distribuí outra mão do bafo-de-cão. Nós três estávamos matando tempo, esperando o salão encher para que eu começasse a tocar para meu público típico do dia-da-sega na taberna Anker.
Hesitei, com medo de que, se falasse de meus medos em voz alta, de algum modo eles se tornassem reais.
– Talvez eu tenha-me exposto a alguma coisa perigosa na Ficiaria.
Wil olhou para mim.
– Como o quê?
– Um dos componentes que usamos. Eles passam direto pela pele e matam a pessoa devagarzinho, de 18 maneiras diferentes.
Recordei o dia em que meu vidro tenten havia rachado na Ficiaria. Aquela única gota de agente transportador que havia caído na minha camisa. Fora apenas uma gota minúscula, que mal chegava a ser maior que a cabeça de um prego. Eu tinha certeza de que não havia tocado a minha pele.
– Espero que não seja isso – comentei –, mas não sei o que mais pode ser.
– Talvez um efeito retardado da poda de ameixa – disse Simmon, com ar sombrio.
– O Ambrose não é grande coisa como alquimista. E, pelo que sei, um dos principais ingredientes dessa droga é o chumbo. Se ele mesmo calculou os componentes, pode ser que haja princípios latentes afetando o seu organismo. Você comeu ou bebeu alguma coisa diferente hoje?
Pensei um pouco antes de responder:
– Bebi uma boa quantidade de metheglin na Eólica.

– Aquele troço deixa qualquer um doente – disse Wil, com ar sinistro.

– Eu gosto – retrucou Simmon. – Mas ele sozinho é praticamente uma panaceia. Há uma porção de tinturas diferentes que entram na composição. Nada de alquímico, mas leva noz-moscada, tomilho, cravo, toda sorte de especiarias. Pode ser que uma delas tenha desencadeado algum dos princípios livres que estão espreitando no seu organismo.

– Que maravilha – resmunguei. – E o que eu faço para consertar isso?

Simmon abriu as mãos, com ar desamparado.

– Foi o que eu pensei – falei. – Mesmo assim, parece melhor do que envenenamento por metais.

Simmon ganhou quatro vazas seguidas, forçando uma carta com inteligência, e, no fim da rodada, estava sorrindo de novo. Nunca foi mesmo dado a longas ruminações.

Wilem alinhou suas cartas e eu afastei minha cadeira da mesa.

– Toque aquela da vaca bêbada e do batedor de manteiga – pediu Simmon.

Não pude deixar de sorrir.

– Mais tarde, talvez – respondi, pegando o estojo cada vez mais caquético do meu alaúde e me dirigindo à frente da lareira, em meio ao som de aplausos dispersos e conhecidos. Levei um bom tempo para abrir o estojo, desatando o fio de cobre que ainda usava no lugar da fivela.

Toquei durante as duas horas seguintes. Cantei "Panela de fundo de cobre", "Ramo de lilás" e "A tina da tia Emme". A plateia riu, bateu palmas e deu vivas. À medida que ia dedilhando as canções, senti minhas preocupações diminuírem. A música sempre foi o melhor remédio para meus azedumes. Enquanto eu cantava, até os machucados pareciam doer menos.

Então senti uma friagem, como se um vento forte de inverno soprasse pela chaminé atrás de mim. Lutei contra um calafrio e terminei o último verso de "Licor de maçã", que finalmente havia tocado para deixar o Simmon contente. Quando finalizei o último acorde, a multidão aplaudiu e, aos poucos, a conversa cresceu, tornando a encher o salão.

Olhei para a lareira às minhas costas, mas o fogo ardia animadamente, sem sinal de correntes de ar. Desci da soleira, na esperança de que uma pequena caminhada espantasse o meu frio. Mal dei alguns passos, porém, vi que não era o caso. O frio se instalou diretamente em meus ossos. Voltei para a lareira e abri as mãos para aquecê-las.

Wil e Simmon apareceram do meu lado.

– O que está havendo? – perguntou Simmon. – Você parece que vai vomitar.

– É qualquer coisa assim – retruquei, cerrando os dentes para não baterem. – Vá dizer ao Anker que estou passando mal e tenho que encurtar a apresentação. Depois, acenda uma vela nesse fogo e leve-a para o meu quarto. – Olhei para os rostos sérios dos dois. – Wil, você pode me ajudar a sair daqui? Não quero fazer uma cena.

Wilem fez que sim e me deu o braço. Apoiei-me nele e me concentrei em impedir que meu corpo sacudisse, enquanto nos dirigíamos à escada. Ninguém prestou muita atenção em nós. Provavelmente, eu parecia mais bêbado que qualquer outra coisa. Minhas mãos estavam dormentes e pesadas. Senti os lábios gelados.

Depois do primeiro lance de escada, não pude mais controlar meu tremor. Ainda consegui andar, mas os músculos grossos de minhas pernas entravam em espasmos a cada passo.

Wil parou.

– Devíamos Iátrica – disse.

Embora não soasse diferente, seu sotaque ceáldico estava mais carregado e ele começava a engolir palavras. Sinal de que estava verdadeiramente preocupado.

Balancei a cabeça com firmeza e me verguei para a frente, sabendo que ele teria de me ajudar a subir a escada ou me deixar cair. Wilem passou o braço em volta de mim e meio que me equilibrou, meio que me carregou o resto do caminho.

Uma vez no meu quartinho, cambaleei para a cama. Wil pôs um cobertor sobre meus ombros.

Ouvimos passos no corredor e Simmon espiou pela porta, nervoso. Segurava um toco de vela, protegendo a chama com a outra mão ao andar.

– Peguei. Para que você a quer, afinal?

– Ali – respondi, apontando para a mesa ao lado da cama. – Você a acendeu na lareira?

Os olhos de Simmon estavam assustados.

– Os seus lábios – disse. – Não estão com uma cor boa.

Arranquei uma lasca da madeira da mesinha de cabeceira e a cravei com força no dorso da mão. O sangue brotou e rolei a lasca por ele, molhando-a.

– Feche a porta – instruí.

– Você *não vai* fazer o que penso que está fazendo – disse Simmon em tom firme.

Enfiei a lasca comprida na cera macia da vela, junto ao pavio incandescente. Ela crepitou um pouco, depois foi envolvida pela chama. Resmunguei duas conexões, uma atrás da outra, falando devagar, para que meus lábios dormentes não engrolassem as palavras.

– O que está fazendo? – perguntou Simmon. – Está tentando se cozinhar?

Quando não respondi, ele deu um passo à frente, como se fosse derrubar a vela.

Wil o segurou pelo braço.

– As mãos dele estão geladas – disse, baixinho. – Ele está gelado. Gelado mesmo.

Os olhos de Simmon correram nervosamente entre nós dois. Ele deu um passo atrás:

– Só... só tome cuidado.

Mas eu já o estava ignorando. Fechei os olhos e liguei a chama da vela ao fogo lá embaixo. Então, com cuidado, fiz a segunda conexão entre o sangue da lasca e o sangue do meu corpo. Foi muito parecido com o que eu tinha feito com a gota de vinho na Eólica. Com a diferença óbvia de que eu não queria que meu sangue fervesse.

No princípio, houve apenas uma breve comichão de calor, nem de longe suficiente. Aumentei a concentração e senti todo o meu corpo relaxar, à medida que o calor me inundava. Mantive os olhos fechados, conservando a atenção nas conexões, até conseguir respirar fundo várias vezes, sem nenhum calafrio nem tremor.

Abri os olhos e vi meus dois amigos me observando, expectantes. Sorri para eles.

– Eu estou bem.

Mas, antes que acabasse de proferir as palavras, comecei a transpirar. De repente, fiquei quente demais, quente de dar náusea. Rompi as duas conexões com a rapidez de quem retira a mão de uma estufa de ferro quente.

Respirei fundo algumas vezes, depois fiquei de pé e fui até a janela. Abri-a e me debrucei pesadamente sobre o parapeito, desfrutando o frio ar outonal que recendia a folhas mortas e à chuva que se aproximava.

Fez-se um longo silêncio.

– Isso pareceu um congelamento por conexão – disse Simmon. – Um caso realmente feio de congelamento.

– A sensação foi mesmo essa – confirmei.

– Talvez o seu corpo tenha perdido a capacidade de regular a própria têmpera, será? – sugeriu Wilem.

– Temperatura – corrigiu-o Simmon, distraído.

– Isso não explicaria a queimadura no meu peito – falei.

Simmon inclinou a cabeça.

– Queimadura?

Eu estava molhado de suor, por isso fiquei contente com a desculpa para desabotoar a camisa e tirá-la pela cabeça. Grande parte do meu peito e do braço tinha uma tonalidade de vermelho-vivo, em nítido contraste com minha pele comumente pálida.

– A Moula disse que era uma assadura e que eu estava resmungando feito uma velha. Mas isso não estava aí antes de eu pular no rio.

Simmon inclinou-se para olhar.

– Ainda acho que são princípios desvinculados – disse. – Eles podem fazer coisas bizarras com as pessoas. No último período, tivemos um E'lir que não tomou cuidado com a fatoração. Acabou sem conseguir dormir nem focar os olhos por quase duas onzenas.

Wilem arriou numa cadeira.

– O que faz um homem ficar frio, depois quente, depois frio de novo?

Simmon deu um sorriso desanimado e comentou:

– Isso parece uma adivinhação.

– Detesto adivinhações – declarei, estendendo a mão para pegar a camisa.

Então soltei um grito, segurando com força o bíceps despido do meu braço esquerdo. Brotou sangue entre meus dedos.

Simmon levantou-se de um salto e olhou em volta, desvairado, obviamente sem saber o que fazer.

A sensação foi de eu ter sido golpeado por uma faca invisível.

– Por Deus enegrecido. Maldição – xinguei, entre os dentes cerrados. Tirei a mão e vi o pequeno ferimento redondo em meu braço, vindo de lugar nenhum.

Simmon assumiu uma expressão horrorizada, olhos arregalados, as mãos cobrindo a boca. Disse alguma coisa, mas eu estava ocupado demais com minha concentração para ouvi-lo. Já sabia o que ele ia dizer, de qualquer modo: *malfeitoria*. Tudo isso era malfeitoria. Havia alguém me atacando.

Desci ao Coração de Pedra e fiz valer todo o meu Alar.

Mas meu agressor desconhecido não estava perdendo tempo. Veio uma dor aguda em meu peito, perto do ombro. Não rompeu a pele dessa vez, mas vi uma mancha azul-escura brotar embaixo dela.

Enrijeci meu Alar e a facada seguinte foi pouco mais que um beliscão. Depois, dividi depressa a minha mente em três partes e dei a duas delas a função de manter o Alar que me protegia.

Só então soltei um longo suspiro.

– Estou bem.

Simmon deu uma risada que se engasgou num soluço, ainda tapando a boca com as mãos.

– Como é que você pode dizer isso? – perguntou, visivelmente horrorizado.

Olhei para mim. Ainda havia sangue brotando por entre meus dedos, escorrendo pelo dorso da mão e pelo braço.

– É verdade – insisti. – Sinceramente, Simmon.

– Mas malfeitoria – objetou ele. – Isso simplesmente não se faz.

Sentei-me na beirada da cama, mantendo a pressão no ferimento.

– Acho que temos provas bem claras do contrário.

Wilem voltou a se sentar.

– Eu estou com o Simmon. Jamais acreditaria nisso – falou, com um gesto enraivecido. – Os arcanistas não fazem mais isso. É loucura. – E, olhando para mim: – Por que você está sorrindo?

– Eu me sinto aliviado – respondi, com sinceridade. – Estava com medo de ter-me envenenado com cádmio ou de ter uma doença misteriosa. Isto é só alguém tentando me matar.

– Como é que alguém poderia fazer isso? – perguntou Simmon. – Não digo em termos morais. Como foi que alguém conseguiu seu sangue ou seu cabelo?

Wilem o fitou.

– O que você fez com as ataduras depois que o suturou?

– Queimei-as – foi a resposta defensiva. – Não sou idiota.

Wil fez um gesto tranquilizador.

– Só estou descartando as opções. Provavelmente, também não foi a Iátrica. Eles são cuidadosos com esse tipo de coisa.

Simmon levantou-se.

– Temos de contar a alguém – disse. Olhou para Wilem. – Será que o Jamison ainda está no escritório dele a esta hora da noite?

– Simmon – interpus –, que tal se apenas esperarmos um pouco?

– O quê? Por quê?

– A única prova que tenho são meus ferimentos – expliquei. – Isso significa que vão querer que alguém da Iátrica me examine. E quando isso acontecer...

Com uma das mãos ainda pressionando o braço ensanguentado, balancei meu cotovelo e seu curativo.

– Tenho uma notável semelhança com alguém que caiu de um telhado há uns dois dias.

Simmon tornou a se sentar em sua cadeira.

– Faz apenas três dias, não é?

Assenti com a cabeça.

– Eu seria expulso. E a Moula ficaria encrencada por não ter mencionado meus ferimentos. Mestre Arwyl não costuma perdoar essas coisas. E provavelmente vocês dois também seriam implicados. Não quero isso.

Ficamos calados por um momento. O único som audível era o clamor distante do salão agitado da taberna, no térreo. Sentei-me na cama.

– Será que temos alguma necessidade de discutir quem está fazendo isso? – perguntou Simmon.

– O Ambrose – falei. – É sempre o Ambrose. Ele deve ter encontrado algum sangue meu num pedaço de telha. Eu devia ter pensado nisso, dias atrás.

– E como ele poderia saber que era seu? – indagou Simmon.

– Porque eu o odeio – respondi, em tom ressentido. – É claro que ele sabe que fui eu.

Wil meneou lentamente a cabeça.

– Não. Não é o estilo dele.

– Não é o estilo dele? – questionou Simmon. – Ele tinha acabado de drogar o Kvothe com aquela poda de ameixa. Aquilo é tão ruim quanto veneno. E contratou aqueles homens para atacarem o Kvothe no beco, no período passado.

– É exatamente o que eu quero dizer – insistiu Wilem. – O Ambrose não faz coisas contra o Kvothe. Arranja outras pessoas para fazê-las por ele. Arrumou uma mulher para drogá-lo. Pagou a bandidos para esfaqueá-lo. Imagino que nem tenha feito isso, na verdade. Aposto que outra pessoa tomou as providências para ele.

– Dá na mesma – retruquei. – Sabemos que ele está por trás disso.

Wilem amarrou a cara para mim.

– Você não está pensando com clareza. Não é que o Ambrose não seja um canalha. Ele é. Mas é um canalha inteligente. Toma o cuidado de se distanciar de qualquer coisa que faça.

Simmon pareceu inseguro ao concordar:

– Nisso o Wil tem razão. Quando você foi contratado como músico da casa na Quadriga, ele não comprou o lugar e o despediu. Mandou o genro do barão Petre fazê-lo. Sem nenhuma ligação com ele.

– Aqui também não há nenhuma ligação – retruquei. – Essa é toda a ideia da simpatia. Ela é indireta.

Wil tornou a balançar a cabeça.

– Se você fosse esfaqueado num beco, as pessoas ficariam chocadas. Mas essas coisas vivem acontecendo no mundo inteiro. E se você caísse em público e começasse a jorrar sangue, por causa de uma malfeitoria? Aí as pessoas ficariam aterrorizadas. Os professores suspenderiam as aulas. Ricos mercadores e nobres tomariam conhecimento do assunto e tirariam seus filhos dos estudos. Mandariam chamar os guardiães de Imre.

Simmon esfregou a testa e olhou para o teto, pensativo. Então, assentiu com a cabeça para si mesmo, primeiro devagar, depois com mais certeza.

– Faz sentido – disse. – Se o Ambrose tivesse encontrado sangue, poderia tê-lo entregado ao Jamison e ordenado que ele descobrisse o ladrão pela rabdomancia. Não haveria nenhuma necessidade de fazer o pessoal da Iátrica procurar ferimentos suspeitos e coisas similares.

– O Ambrose gosta de vingança – assinalei, em tom grave. – Poderia ter escondido o sangue do Jamison, guardando-o para si.

Simmon deu um suspiro.

– O Wil tem razão. Não existem tantos simpatistas assim e todo mundo sabe que o Ambrose guarda rancor de você. Ele é cuidadoso demais para fazer uma coisa dessas. É algo que apontaria diretamente para ele.

– E depois – acrescentou Wilem –, há quanto tempo isso está acontecendo? Faz dias e dias. Você acha, sinceramente, que o Ambrose conseguiria passar tanto tempo sem esfregar isso na sua cara? Nem um pouquinho?

– Nisso você tem razão – admiti, relutante. – Não é do feitio dele.

Eu sabia que tinha que ser o Ambrose. Intuía isso, nas profundezas das minhas entranhas. Estranhamente, eu quase queria que fosse ele. Tornaria a situação muito mais simples.

Mas querer uma coisa não faz com que ela exista. Respirei fundo e me obriguei a pensar no assunto de modo racional.

– Seria imprudente da parte dele – admiti, enfim. – E ele não é do tipo que suja as mãos – acrescentei, com um suspiro. – Ótimo. Maravilhoso. Como se uma pessoa tentando destruir a minha vida já não fosse suficiente.

– Quem poderia ser? – perguntou Simmon. – A média das pessoas não é capaz de fazer esse tipo de coisa com um fio de cabelo, estou certo?

– O Dal seria – retruquei. – Ou o Kilvin.

– Provavelmente, é lícito presumir – disse Wilem, em tom seco – que nenhum dos professores esteja tentando matá-lo.

– Então, tem que ser alguém que tenha sangue dele – afirmou Simmon.

Tentei ignorar a sensação de um nó na boca do estômago.

– Há uma pessoa que tem meu sangue – expliquei. – Mas acho que ela não poderia ser a responsável.

Wil e Simmon viraram-se para mim e imediatamente lamentei ter dito aquilo.

– Por que alguém teria o seu sangue? – perguntou Simmon.

Hesitei, depois me dei conta de que não haveria como deixar de lhes contar a história, àquela altura.

– Peguei dinheiro emprestado com a Devi no começo do período.

Nenhum dos dois reagiu como eu esperava. Ou seja, nenhum deles teve qualquer reação.

– Quem é Devi? – perguntou Simmon.

Comecei a relaxar. Talvez eles não tivessem ouvido falar dela. Isso certamente facilitaria as coisas.

– Ela é uma usurária que mora do outro lado do rio – expliquei.

– Certo – disse Simmon, descontraído. – O que é uma usurária?

– Lembram-se de quando fomos assistir a *O fantasma e a criadora de gansos*? – perguntei. – O Ketler era usurário.

– Ah, um gavião de cobre – disse Simmon, com o rosto iluminado pela compreensão, e depois tornando a ficar sombrio, ao perceber as implicações. – Eu não sabia que havia esse tipo de gente por aqui.

– Esse tipo de gente existe em toda parte.

– Espere aí – disse Wilem de repente, levantando a mão. – Você disse que o seu... – fez uma pausa, esforçando-se para se lembrar da palavra apropriada em aturano – que a pessoa que lhe emprestou dinheiro, seu *gatessor*, se chamava *Devi*? – Seu sotaque ceáldico ficou carregado ao proferir o nome dela, que soou como "Deivid".

Confirmei com a cabeça. Essa era a reação que eu havia esperado.

– Ai, meu Deus! – disse Simmon, alarmado. – Você está falando da Devi Demônio?

Dei um suspiro.

– Então, vocês já ouviram falar dela.

– Ouvimos falar? – disse Simmon, cuja voz foi ficando estridente. – Ela foi expulsa no meu primeiro período! Deixou uma impressão e tanto.

Wilem simplesmente fechou os olhos e balançou a cabeça, como se não suportasse olhar para alguém tão estúpido como eu.

Simmon levantou as mãos e disse:

– Ela foi expulsa por malfeitoria! O que deu na sua cabeça?

– Não – disse-lhe Wilem. – Ela foi expulsa por Conduta Imprópria. Não houve comprovação de malfeitoria.

– Não acho realmente que tenha sido ela – falei. – Aliás, ela é muito gentil. Amável. Além disso, é só um empréstimo de seis talentos e não estou atrasado com a quitação. Ela não tem nenhuma razão para fazer uma coisa dessas.

Wilem lançou-me um olhar demorado e firme.

– Só para explorar todas as possibilidades – disse, devagar –, será que você faria uma coisa por mim?

Fiz um sinal afirmativo.

– Pense nas últimas conversas que teve com ela. Detenha-se um instante e passe uma a uma pelo crivo, para ver se você se lembra de ter dito ou feito alguma coisa que pudesse tê-la ofendido ou aborrecido.

Relembrei nossa última conversa, reencenando-a mentalmente.

– Ela estava interessada numa certa informação que não lhe dei.

– Interessada a que ponto? – indagou Wilem, com voz lenta e paciente, como se falasse com uma criança muito imbecil.

– Bastante interessada – respondi.

– "Bastante" não indica um grau de intensidade.

Dei um suspiro.

– Certo. Extremamente interessada. Suficientemente interessada para... – Interrompi-me.

Wilem arqueou significamente uma sobrancelha.

– É? E o que você acabou de lembrar?

– Talvez ela também tenha-se oferecido para dormir comigo – falei, hesitante.

Wilem meneou calmamente a cabeça, como se esperasse algo dessa natureza.

– E você reagiu de que maneira à oferta generosa dessa jovem?

Senti as bochechas esquentarem.

– Eu... eu meio que a ignorei, só isso.

Wilem fechou os olhos, numa expressão que transmitia um vasto e esgotado desânimo.

– Isso é muito pior do que o Ambrose – disse Simmon, apoiando a cabeça nas mãos. – A Devi não tem que se preocupar com os professores nem nada. Dizem que ela sabia fazer conexões de oito partes! Oito!

– Eu estava num aperto – declarei, meio irritado. – Não tinha nada para usar como garantia. Admito que não foi uma grande ideia. Quando tudo isto houver acabado, podemos fazer um simpósio sobre como fui burro. Mas, por enquanto, será que podemos seguir adiante? – pedi, lançando aos dois um olhar suplicante.

Wilem esfregou os olhos e fez um aceno cansado.

Simmon esforçou-se para se livrar da expressão horrorizada, com um sucesso apenas vago. Engoliu em seco.

– Muito bem. O que *faremos*?

– Neste momento, realmente não importa quem é o responsável – falei, verificando cautelosamente se meu braço tinha parado de sangrar. Tinha, e retirei minha mão ensanguentada. – Vou tomar umas medidas preventivas – afirmei, com um gesto para enxotá-los. – Vão dormir um pouco vocês dois.

Simmon esfregou a testa, rindo consigo mesmo.

– Pelo corpo de Deus, às vezes você é irritante. E se for atacado de novo?

– Já aconteceu duas vezes neste tempo em que estamos sentados aqui – respondi, desenvolto. – Formiga um pouquinho.

Ri da expressão dele e continuei:

– Eu estou bem, Simmon. Sinceramente. Há uma razão para eu ser o melhor duelista da turma do Dal. Estou perfeitamente seguro.

– Desde que fique acordado – interpôs Wilem, com seriedade no olhar sombrio.

Meu sorriso cristalizou-se.

– Desde que eu fique acordado – repeti. – É claro.

Wilem levantou-se e deu a entender que ia embora.

– Pois bem. Lave-se e tome as suas medidas preventivas – disse, lançando-me um olhar incisivo. – Será que o jovem mestre Simmon e eu devemos esperar pelo melhor duelista do Dal no meu quarto, esta noite?

Senti-me corar de vergonha.

– Ora, é claro. Eu agradeceria muitíssimo.

Wil fez uma reverência exagerada, abriu a porta e saiu para o corredor.

A essa altura, Simmon exibia um largo sorriso.

– Então, está combinado. Mas vista uma camisa antes de ir. Vou zelar por você esta noite como o bebezinho cheio de cólicas que é, mas me recuso a fazê-lo se você insistir em dormir nu.

∽

Depois que Wil e Simmon se foram, saí pela janela para os telhados. Deixei a camisa no quarto, já que estava todo ensanguentado e não queria destruí-la. Confiei na noite escura e no horário tardio, torcendo para que ninguém me visse correr pelos telhados da Universidade, seminu e sangrando.

É relativamente fácil a pessoa se proteger da simpatia, quando sabe o que está fazendo. Alguém tentando me queimar, me esfaquear ou tirar o calor do meu corpo até eu entrar em hipotermia, tudo isso lidava com a aplicação simples e direta da força, de modo que a oposição era fácil. Agora que sabia o que estava acontecendo e que mantinha minha guarda levantada, eu me sentia seguro.

Meu novo temor era que a pessoa que estava me atacando ficasse entediada e tentasse algo diferente. Algo como descobrir minha localização e recorrer a um tipo de agressão mais corriqueiro, que eu não pudesse prevenir com minha força de vontade.

A malfeitoria é aterrorizante, mas um bandido com uma navalha afiada nos mata 10 vezes mais depressa se nos pegar numa viela escura. E apanhar alguém desprevenido é incrivelmente fácil quando se pode acompanhar cada movimento dele através do uso do seu sangue.

Por isso, saí andando pelos telhados. Meu plano era pegar um punhado de folhas de outono, marcá-las com meu sangue e jogá-las para que rolassem interminavelmente pela Casa do Vento. Era um truque que eu já havia usado.

Mas, ao saltar sobre uma ruela estreita, vi o clarão do relâmpago nas nuvens e senti cheiro de chuva no ar. Uma tempestade se aproximava. A chuva não apenas amontoaria as folhas, impedindo-as de se mexerem, como também lavaria o meu sangue.

Parar ali no telhado, com a sensação de ter sido surrado até ver 12 cores diferentes do inferno, trouxe de volta ecos inquietantes dos meus anos em Tarbean. Observei os relâmpagos distantes e procurei não me deixar dominar por essa sensação. Forcei-me a me lembrar que eu não era a mesma criança faminta e desamparada que havia sido naquela época.

Ouvi um som vago e tamborilado, quando uma parte do telhado de zinco curvou-se atrás de mim. Enrijeci o corpo, depois relaxei, ao ouvir a voz de Auri:

– Kvothe?

Olhei para a direita e vi sua forma miúda, parada a uns 3,5 metros de distância. As nuvens escondiam a lua, mas pude perceber um sorriso em sua voz quando ela disse:

– Vi você correndo pelo alto das coisas.

Acabei de me virar para ela, contente pelo fato de não haver muita luz. Não me agradava pensar em como Auri reagiria ao me ver seminu e coberto de sangue.

– Olá, Auri. Vem aí uma tempestade. Você não devia estar no alto das coisas esta noite.

Ela inclinou a cabeça e disse, simplesmente:

– Você está.

Dei um suspiro.

– Estou. Mas só...

Feito uma enorme aranha, um relâmpago faiscou no céu e iluminou tudo, pelo espaço de um longo segundo. Então se foi, deixando-me ofuscado pelo clarão.

– Auri? – chamei-a, temendo que a visão do meu corpo a tivesse feito fugir, assustada.

Houve outro clarão de raio e eu a vi, parada mais perto. Ela apontou para mim, com um sorriso encantado, e disse:

– Você está parecendo um Amyr. O Kvothe é um dos Ciridas.

Baixei os olhos para mim e, ao clarão do relâmpago seguinte, vi o que ela queria dizer. Havia sangue seco no dorso das minhas mãos, da hora em que havia escorrido e eu tinha tentado estancá-lo. Parecia uma das antigas tatuagens com que os Amyr costumavam marcar seus membros mais importantes.

Fiquei tão surpreso com a referência dela que me esqueci da primeira coisa que havia aprendido sobre Auri. Esqueci de ser cuidadoso e lhe fiz uma pergunta:

– Auri, como você sabe dos Ciridas?

Não houve resposta. O clarão seguinte não me mostrou nada além de um telhado vazio e um céu inclemente.

CAPÍTULO 24

Tinidos

Permaneci no telhado, com a tempestade piscando no céu e o coração pesado no peito. Tive vontade de seguir Auri e lhe pedir desculpas, mas sabia que seria inútil. O tipo errado de pergunta a fazia fugir e, quando ela disparava, parecia um coelho descendo uma toca. Havia mil lugares em que poderia se esconder nos Subterrâneos. Eu não tinha nenhuma chance de encontrá-la.

Além disso, havia assuntos vitais de que eu precisava cuidar. Naquele exato momento, alguém poderia estar descobrindo minha localização com uma bússola rabdomântica. Eu simplesmente não tinha tempo.

Levei quase uma hora para cruzar os telhados. A luz faiscante da tempestade tornava as coisas mais difíceis, em vez de facilitá-las, pois me cegava por longos momentos após cada clarão. Mesmo assim, acabei capengando até o telhado do Magno, onde eu costumava me encontrar com Auri.

Com movimentos rígidos, desci a macieira até o pátio fechado. Já ia chamá-la pela grade pesada de metal que levava aos Subterrâneos, quando vi um lampejo de movimento na sombra dos arbustos próximos.

Olhei para a escuridão, sem conseguir enxergar nada além de uma forma vaga.

– Auri? – perguntei em tom gentil.

– Não gosto de contar – disse ela, baixinho, com a voz carregada de lágrimas. De todas as coisas terríveis de que eu havia participado nesses últimos dias, essa era, inquestionavelmente, a pior.

– Sinto muitíssimo, Auri. Não vou perguntar de novo. Prometo.

Houve um solucinho vindo das sombras, que congelou meu coração e partiu um pedaço dele.

– O que você estava fazendo hoje no alto das coisas? – indaguei. Sabia que era uma pergunta segura. Já a fizera muitas vezes.

– Estava vendo os relâmpagos – disse ela, fungando. E depois: – Vi um que parecia uma árvore.

– O que havia no relâmpago? – perguntei, baixinho.

– Ionização galvânica – disse ela. Depois, com uma pausa, acrescentou: – E gelo de rio. E o balanço das tifas.

– Isso eu gostaria de ter visto.

– O que você estava fazendo no alto das coisas? – Auri fez uma pausa e deu um risinho soluçado. – Todo doido e quase nu?

Meu coração começou a descongelar um pouco.

– Estava procurando um lugar para pôr meu sangue.

– A maioria das pessoas o guarda do lado de dentro. É mais fácil.

– Quero guardar o resto dele do lado de dentro, mas tenho medo de que alguém esteja procurando por mim – expliquei.

– Ah – murmurou ela, como se entendesse perfeitamente. Vi sua sombra um pouco mais escura mover-se no breu, levantando-se. – Você deve ir comigo aos Tinidos.

– Acho que não vi os Tinidos. Você já me levou lá?

Houve um movimento que poderia ser um meneio da cabeça.

– É particular.

Ouvi um ruído metálico, depois um farfalhar, e então vi uma luz verde-azulada crescer na grade aberta. Desci ao encontro de Auri no túnel subterrâneo.

A luz em sua mão mostrou manchas em seu rosto, provavelmente de quando ela havia enxugado as lágrimas. Foi a primeira vez que a vi suja. Seus olhos estavam mais escuros que o normal e o nariz, vermelho.

Auri fungou e esfregou o rosto manchado.

– Você está uma bagunça pavorosa – disse ela, em tom grave.

Olhei para minhas mãos e meu peito ensanguentados.

– Estou – concordei.

Então ela deu um sorrisinho valente.

– Não fugi tanto desta vez – disse-me, com uma inclinação orgulhosa do queixo.

– Fico contente. E sinto muito.

– Não – falou ela, com um meneio miúdo e firme da cabeça. – Você é o meu Cirida, por isso está acima das recriminações. – Estendeu a mão para tocar com um dedo o centro do meu peito ensanguentado. – *Ivare enim euge.*

∼

Auri conduziu-me pelo labirinto de túneis que formavam os Subterrâneos. Descemos mais, passando pelos Saltos e pelo Cricrido. Depois, seguimos por vários corredores tortuosos e tornamos a descer, usando uma escada em espiral de pedra que eu nunca tinha visto.

Enquanto descíamos, senti cheiro de pedras úmidas e ouvi o som baixo e suave de água corrente. Vez por outra, havia o ruído áspero de vidro na pedra ou o tilintar mais alegre de vidro com vidro.

Depois de uns 50 degraus, a escada em caracol desapareceu num lago revolto de águas negras. Perguntei a mim mesmo até onde os degraus continuariam abaixo da superfície.

Não havia nenhum cheiro de podridão nem sujeira. A água era limpa e formava ondulações ao girar na escada e se afastar para as trevas, além do alcance de nossas lâmpadas. Tornei a ouvir o tinido de vidros e vi duas garrafas girando e balançando na superfície, movendo-se primeiro num sentido, depois no outro. Uma delas afundou e não voltou à tona.

Havia um saco de aniagem pendurado num suporte de tocha montado na parede. Auri enfiou a mão nele e tirou uma garrafa pesada e com rolha, do tipo que um dia poderia ter contido cerveja Bredon.

Entregou-me a garrafa.

– Elas desaparecem por uma hora. Ou um minuto. Às vezes, por dias. Outras, nunca mais voltam – disse. Tirou mais uma garrafa do saco. – É melhor ter pelo menos quatro lançadas de cada vez. Desse jeito, estatisticamente, você terá sempre duas em movimento por aí.

Assenti com a cabeça, puxei um fio de aniagem do saco surrado e o molhei no sangue que cobria minha mão. Tirei a rolha da garrafa e o joguei lá dentro.

– Cabelo também – disse Auri.

Tirei alguns fios da cabeça e os fiz entrar pelo bocal da garrafa. Depois, fechei-a firmemente com a rolha e a pus para flutuar. Ela girou pela água em círculos errantes.

Auri me entregou outra garrafa e repetimos o processo. Quando a quarta garrafa foi levada pela água revolta, Auri acenou com a cabeça e bateu animadamente as mãos uma na outra.

– Pronto – disse, num tom de imensa satisfação. – Assim está bom. Estamos seguros.

∞

Horas depois, de banho tomado, com curativos e consideravelmente menos despido, dirigi-me ao quarto de Wilem, no Magno. Nessa noite, e em muitas outras que viriam, Wil e Simmon se alternaram na vigília enquanto eu dormia, mantendo-me a salvo com seu Alar. Eram o melhor tipo de amigo que há. O tipo por que todos anseiam, mas que ninguém merece, muito menos eu.

CAPÍTULO 25

Apreensão ilegal

A DESPEITO DO QUE PENSAVAM Wilem e Simmon, eu não conseguia acreditar que Devi fosse responsável pela malfeitoria contra mim. Apesar de minha dolorosa consciência de não saber praticamente nada sobre as mulheres, ela sempre fora amistosa comigo. Até meiga, às vezes.

É verdade que tinha uma reputação sinistra, mas eu sabia melhor do que ninguém com que rapidez um punhado de boatos podia transformar-se em rematadas lendas.

Eu achava muito mais provável que meu agressor desconhecido fosse simplesmente um estudante rancoroso que se ressentisse do meu avanço no Arcanum. A maioria dos alunos passava anos estudando para chegar a Re'lar, o que eu havia conseguido em menos de três períodos letivos. Poderia até ser alguém que detestasse os Edena Ruh. Não seria a primeira vez que isso me rendia uma surra.

De certa maneira, realmente não importava quem era o responsável pelos ataques. O que eu precisava era de um modo de fazê-los cessar. Wil e Simmon não podiam velar por mim pelo resto da vida.

Eu precisava de uma solução mais definitiva. Precisava de um gramo.

O gramo é um artefato inteligente, concebido justamente para esse tipo de problema. É uma espécie de armadura simpática que impede que qualquer pessoa faça conexões contra o nosso corpo. Eu não sabia como eles funcionavam, mas sabia que existiam. E sabia onde descobrir como confeccionar um deles.

∾

Kilvin levantou a cabeça quando me aproximei de seu gabinete. Fiquei aliviado ao ver que seu forno estava frio e escuro.

– Imagino que esteja bem, não é, Re'lar Kvothe? – perguntou-me, sem se levantar da bancada. Segurava um grande hemisfério de vidro numa das mãos e um estilo de diamante na outra.

– Estou, Mestre Kilvin – menti.

– Andou pensando no seu próximo projeto? Tem tido sonhos inteligentes?

– Na verdade, andei à procura do esquema de um gramo, Mestre Kilvin. Mas não consigo encontrá-lo em nenhum buraco dos rolos nem nos livros de referência.

Kilvin me encarou com ar curioso.

– E por que você precisaria de um gramo, Re'lar Kvothe? Esse desejo não reflete confiança em seus companheiros arcanistas.

Sem saber ao certo se ele estava brincando ou não, resolvi jogar limpo.

– Estivemos estudando o escape nas aulas de Simpatia Especializada. Fiquei pensando que, se um gramo funciona para repelir afinidades externas...

Kilvin deu um risinho gutural.

– O Dal andou metendo medo em você. Ótimo. E você tem razão, o gramo ajudaria a proteger contra o escape... – Seus negros olhos ceáldicos fitaram-me com expressão séria. – Até certo ponto. Mas um aluno inteligente, ao que me parece, simplesmente aprenderia suas lições e evitaria o escape, por meio do cuidado e da cautela adequados.

– Pretendo fazê-lo, Mestre Kilvin. Mesmo assim, o gramo me parece uma coisa útil para se possuir.

– Há certa verdade nisso – admitiu Kilvin, balançando a cabeça desgrenhada. –

Mas, com os consertos e a entrega de nossas encomendas de outono, estamos com falta de pessoal – disse, apontando a janela que dava para a oficina. – Não posso prescindir de nenhum trabalhador para fazer uma coisa dessas. E, mesmo que pudesse, existe o problema do custo. Isso requer um trabalho delicado e é preciso ouro para a incrustação.

– Eu preferiria fazer o meu, Mestre Kilvin.

Ele balançou a cabeça.

– Há uma razão para o esquema não estar nos livros de referência. Você ainda não avançou o bastante para fazer o seu. É preciso ter cuidado quando se mexe com a siglística e com o próprio sangue.

Abri a boca para dizer alguma coisa, mas ele me interrompeu:

– E, o que é mais importante, a siglística necessária para um dispositivo desses só é confiada aos que chegaram à categoria de El'the. As runas referentes a sangue e ossos têm um potencial grande demais de serem mal utilizadas.

Seu tom deixou claro que eu não ganharia nada discutindo, por isso descartei o assunto com um dar de ombros, como se não desse a mínima importância.

– Não faz mal, Mestre Kilvin. Tenho outros projetos com que ocupar meu tempo.

Ele me deu um sorriso largo.

– Tenho certeza que sim, Re'lar Kvothe. Estou aguardando com grande ansiedade para ver o que você fará para mim.

Ocorreu-me uma ideia:

– Para isso, Mestre Kilvin, será que eu poderia usar uma das oficinas particulares? Eu preferiria não ter todo mundo espiando por cima do meu ombro enquanto trabalho nos meus experimentos.

As sobrancelhas de Kilvin se arquearam diante disso.

– Agora estou duplamente curioso – disse-me. Pousou o hemisfério de vidro, levantou-se e abriu uma gaveta da escrivaninha. – Será que uma das oficinas do primeiro andar lhe serve? Ou existe a possibilidade de alguma coisa explodir? Eu lhe darei uma no terceiro andar, se for esse o caso. Elas são mais frias, mas o telhado se presta melhor para esse tipo de coisas.

Olhei-o por um instante, tentando determinar se estava brincando.

– Uma sala no primeiro andar estará ótima, Mestre Kilvin. Mas vou precisar de um fundidor pequeno e de um espacinho extra para respirar.

Kilvin resmungou alguma coisa e pegou uma chave.

– De quanta respiração você precisa? A sala 27 tem 45 metros quadrados.

– Isso é amplo o suficiente. Talvez eu também precise de permissão para pegar metais preciosos no Estoque.

Kilvin deu um risinho e fez que sim, entregando-me a chave.

– Vou providenciar para que seja feito, Re'lar Kvothe. Estou ansioso para ver o que você fará para mim.

Era irritante que o esquema de que eu precisava fosse restrito. Mas há sempre outras maneiras de descobrir informações e sempre há pessoas que sabem mais do que se esperaria.

Por exemplo, eu não duvidava que o Manet soubesse fazer um gramo. Todos tinham consciência de que ele só era E'lir no título. Mas não houve meio de ele dividir as informações comigo, contrariando os desejos de Kilvin. Fazia 30 anos que a Universidade era seu lar e, provavelmente, ele era o único estudante que temia mais a expulsão do que eu.

Isso significou a limitação das minhas opções. Afora uma busca prolongada no Arquivo, eu não conseguia pensar em nenhum modo de obter um esquema sozinho. Por isso, após vários minutos quebrando a cabeça em busca de melhor opção, fui até a Fardo e Cevada.

Essa era uma das tabernas mais mal-afamadas da cidade, nesse lado do rio. A Anker não era fuleira no sentido mais rigoroso, apenas não tinha pretensões. Era limpa sem recender a flores e barata sem ser vulgar. As pessoas frequentavam a Anker para comer, beber, ouvir música e, vez por outra, ter uma briga amistosa.

A Fardo ficava vários graus abaixo na escala. Era encardida, a música não era uma prioridade e as brigas só costumavam ser recreativas para uma das pessoas envolvidas.

Veja bem, a Fardo não era tão ruim quanto metade dos lugares de Tarbean. Mas era o pior que se tendia a encontrar tão perto da Universidade. Assim, embora fosse reles, tinha pisos de madeira e vidros nas janelas. E, se você desmaiasse de tão bêbado e acordasse sem sua bolsa, poderia contentar-se por ninguém ter-lhe dado uma facada e roubado suas botas também.

Como ainda era cedo, mal havia um punhado de pessoas espalhadas pelo salão. Fiquei satisfeito ao ver o Sleat sentado nos fundos. Eu não o conhecia realmente, mas sabia quem ele era. Tinha ouvido histórias.

Sleat era uma dessas pessoas raras e indispensáveis que têm o dom de arranjar coisas. Pelo que eu ouvira dizer, tinha sido estudante, intermitentemente, nos últimos 10 anos.

Naquela hora, estava conversando com um homem que parecia nervoso e percebi que não convinha interromper. Por isso, comprei dois canecos de cerveja leve e fingi beber um deles enquanto esperava.

Sleat era bem-apessoado, de cabelos e olhos pretos. Embora não tivesse a barba característica, presumi que fosse pelo menos meio ceáldico. Sua linguagem corporal esbanjava autoridade. Ele se movia como se controlasse tudo a seu redor.

O que, aliás, não me surpreenderia se fosse verdade. Ao que eu soubesse, talvez fosse o dono da taberna. O dinheiro não é estranho para pessoas como o Sleat.

Ele e o rapaz nervoso finalmente chegaram a algum tipo de acordo. Sleat deu um sorriso caloroso quando eles apertaram as mãos e um tapinha no ombro do homem quando ele se afastou.

Esperei um momento e fui até sua mesa. Ao chegar mais perto, notei que havia um espaço vazio no piso entre ela e as outras mesas do salão. Não era muita coisa, apenas o bastante para dificultar a bisbilhotice.

Sleat levantou a cabeça à minha aproximação.

– Eu estava pensando se poderíamos conversar – comecei.

Ele fez um gesto largo para a cadeira vazia.

– Isto é uma certa surpresa – disse-me.

– Por quê?

– Não recebo muitas visitas de pessoas inteligentes. Recebo pessoas desesperadas. – Olhou para os canecos: – Os dois são para você?

– Pode ficar com qualquer um, mas já pus a boca neste – respondi, fazendo sinal com a cabeça para o da direita.

Ele olhou desconfiado para os canecos por uma fração de segundo, depois abriu um sorriso branco e largo e pegou o da esquerda.

– Pelo que ouvi dizer, você não é de envenenar as pessoas.

– Você parece saber muito sobre mim.

Seu dar de ombros foi tão descontraído que imaginei que ele o treinasse.

– Sei muita coisa sobre todo mundo. Porém sei mais sobre você.

– Por quê?

Sleat chegou para a frente, apoiando-se na mesa e falando em tom confidencial:

– Você tem alguma ideia de como a média dos estudantes é chata? Metade deles é de turistas ricos que não dão a mínima para as aulas. – Revirou os olhos e fez um gesto, como se jogasse algo para trás, por cima do ombro. – A outra metade é de imbecis livrescos que passaram tanto tempo sonhando com este lugar que mal conseguem respirar quando chegam aqui. Andam pisando em ovos, mansos feito clérigos, com medo de que os professores lancem um olhar reprovador em sua direção.

Deu uma fungadela desdenhosa e se reclinou na cadeira.

– Basta dizer que você é um sopro de ar puro. Todos dizem... – parou e tornou a usar seu dar de ombros treinado. – Bem, você sabe.

– Na verdade, não sei – admiti. – O que é que dizem?

Sleat deu-me um belo sorriso perspicaz.

– Ah, é esse o problema, não é? Todos conhecem a reputação de um homem, exceto ele mesmo. Para a maioria dos homens, isso não é incômodo. Mas alguns de nós batalhamos por nossa reputação. A minha, eu construí passo a passo. É uma ferramenta útil. – Deu-me um olhar matreiro e acrescentou: – Imagino que você entenda do que estou falando.

Permiti-me um sorriso.

– Talvez.

– E o que dizem sobre mim? – perguntou ele. – Conte-me e eu retribuirei o favor.

– Bem. Você é bom para encontrar coisas. É discreto, mas cobra caro.

Ele sacudiu as mãos, irritado.

– Fantasias. Os detalhes são a alma da história. Dê-me a alma.

Pensei um pouco.

– Eu soube que você conseguiu vender diversos frascos de *Regim Ignaul Neratum* no último período letivo. *Depois* do incêndio na oficina do Kilvin, quando todo ele supostamente havia sido destruído.

Sleat fez que sim, sem que sua expressão revelasse nada.

– Ouvi dizer que você conseguiu mandar uma mensagem para o pai de Veyane em Emlin, apesar de estarem sitiando a cidade. – Outro aceno. – Você arranjou para uma jovem prostituta que trabalhava em Buttons um conjunto de documentos, provando que ela era prima consanguínea distante do baronete Gamre, o que lhe permitiu casar-se com um certo jovem cavalheiro com um mínimo de rebuliço.

Sleat sorriu.

– Dessa eu me orgulhei.

– Quando você era E'lir – continuei –, foi suspenso por dois períodos sob a acusação de Apreensão Ilegal. Dois anos depois, foi multado e novamente suspenso por Uso Indevido de Equipamento da Universidade no Cadinho. Ouvi dizer que o Jamison sabe que tipo de coisas você faz, mas é pago para fechar os olhos. Não acredito nesta última, aliás.

– Certo. Eu também não – disse ele, descontraído.

– Apesar das suas inúmeras atividades, você só foi levado a enfrentar a Lei Férrea uma vez – prossegui. – Por Transporte de Substâncias Contrabandeadas, não foi?

Sleat revirou os olhos.

– Sabe o que é mais deplorável? Eu era mesmo inocente nessa história. Os garotos do Heffron pagaram a um condestável para forjar umas provas. As acusações foram retiradas depois de apenas dois dias. – Ele amarrou a cara. – Não que os professores se importassem. A única coisa que lhes interessava era que eu estava conspurcando o bom nome da Universidade – afirmou, num tom ressentido. – Depois disso, minha taxa de matrícula triplicou.

Resolvi pesar um pouco a mão.

– Meses atrás, você envenenou a filha de um jovem barão com venitasina e só lhe ministrou o antídoto depois que ela lhe transferiu a posse do maior feudo que deveria herdar. Aí, você montou um cenário para fazer parecer que ela o havia perdido num jogo de faraó de cacife alto.

Ele ergueu uma sobrancelha ao ouvir isso.

– Disseram por quê?

– Não. Presumo que ela tenha tentado dar o calote numa dívida que tinha com você.

– Há certa verdade nisso. Mas foi um pouco mais complicado. E não foi venitasina. Isso teria sido extraordinariamente irresponsável.

Sleat fez um ar ofendido e deu uma batidinha na manga, visivelmente irritado, perguntando:

– Mais alguma coisa?

Fiz uma pausa, tentando decidir se eu queria obter a confirmação de algo de que suspeitava havia algum tempo.

– Só que, no último período, você pôs o Ambrose Dazno em contato com uma dupla de homens conhecidos por matarem pessoas por dinheiro.

A expressão de Sleat se manteve impassível, o corpo solto e relaxado. Percebi uma ligeira tensão em seus ombros. Pouquíssima coisa me escapa quando observo atentamente.

– Dizem isso, é? – perguntou ele.

Usei um dar de ombros que deixou o dele no chinelo. O meu foi tão displicente que faria inveja a um gato.

– Eu sou músico. Toco três noites por onzena numa taberna movimentada. Escuto todo tipo de coisas – expliquei. Peguei meu caneco. – E o que você ouviu sobre mim?

– As mesmas histórias que todas as outras pessoas conhecem, é claro. Você convenceu os professores a admiti-lo na Universidade, embora fosse apenas um fedelho, sem querer ofender. Aí, dois dias depois, envergonhou Mestre Hemme na própria sala de aula dele e saiu impune.

– Exceto por um açoitamento.

– Exceto por um açoitamento – reconheceu ele. – Durante o qual você não se deu o trabalho de chorar nem sangrar, nem um pouquinho que fosse. Eu não acreditaria nisso, se não tivesse havido centenas de testemunhas.

– Reunimos uma boa plateia. O tempo estava bom para um açoitamento.

– Por causa disso, ouvi um pessoal exageradamente dramático chamá-lo de Kvothe, o Sem-Sangue. Mas calculo que parte disso venha do fato de você ser Edena Ruh, o que significa que está tão longe de um nobre de sangue azul quanto é possível.

– Um pouco de cada coisa, espero – falei, com um sorriso.

Ele assumiu um ar pensativo.

– Eu soube que você e Mestre Elodin tiveram uma briga no Refúgio. Desencadearam-se mágicas vastas e terríveis e, no final, ele venceu, fazendo você atravessar uma parede de pedra e despencar do telhado do edifício.

– Disseram por que nós brigamos?

– Toda sorte de coisas – respondeu Sleat, em tom indiferente. – Um insulto. Um mal-entendido. Você tentou roubar a magia dele. Ele tentou roubar sua mulher. Disparates típicos. – Sleat esfregou o rosto. – Deixe ver. Você toca alaúde sofrivelmente bem e é orgulhoso como um gato que levou um pontapé. É malcriado, tem a língua afiada e não demonstra respeito pelos superiores, que são praticamente todas as pessoas, dada a sua origem humilde de ravia.

Senti uma onda de raiva começar no meu rosto e descer, quente e formigante, por toda a extensão do meu corpo.

– Sou o melhor músico que você jamais conhecerá ou verá de longe – retruquei, numa calma forçada. – E sou Edena Ruh até os ossos. Isso quer dizer que o meu sangue é vermelho. Quer dizer que respiro ar puro e vou aonde meus pés me levam. Não me encolho diante de títulos nem adulo servilmente como um cão. Isso parece orgulho a quem passou a vida inteira cultivando uma espinha dorsal flexível.

Sleat deu um sorriso preguiçoso e percebi que estivera jogando verde.

– Você também tem um gênio explosivo, pelo que ouvi dizer. E há ainda muitos outros absurdos de todo tipo circulando por aí a seu respeito. Você só dorme uma hora por noite. Tem sangue de demônio. É capaz de falar com os mortos...

Inclinei-me para a frente, curioso. Esse não era um dos boatos iniciados por mim.

– É mesmo? Eu converso com espíritos ou será que dizem que ando desenterrando corpos?

– Imagino que sejam os espíritos. Não ouvi ninguém mencionar roubo de sepulturas.

Assenti com a cabeça.

– Mais alguma coisa?

– Só que você foi imprensado num beco, no último período, por dois homens que matam por dinheiro. E, apesar de eles estarem armados com facas e o terem apanhado desprevenido, você cegou um e deixou o outro desmaiado de tanta pancada, invocando o fogo e o relâmpago como o Grande Taborlin.

Passamos um bom momento nos encarando. Não foi um silêncio agradável.

– Você pôs o Ambrose em contato com eles? – perguntei enfim.

– Essa não é uma boa pergunta – disse Sleat em tom franco. – Ela implica eu discutir transações particulares depois do acontecido. – Dirigiu-me um olhar vazio, sem o menor indício de sorriso perto da boca ou dos olhos. – Além disso, você confiaria em que eu lhe desse uma resposta sincera?

Franzi o cenho.

– Mas posso dizer que, por causa dessas histórias, ninguém mais tem grande interesse em aceitar aquele tipo de trabalho – continuou Sleat, em tom coloquial. – Não que haja muita necessidade desse tipo de trabalho por aqui, para começar. Somos todos tremendamente civilizados.

– Não que você soubesse do assunto, mesmo que a coisa estivesse acontecendo.

O sorriso dele voltou.

– Exatamente – disse. Inclinou-se para a frente. – Então, chega de conversa. O que você está procurando?

– Preciso de um esquema para uma peça de artificiaria.

Ele pôs os cotovelos na mesa.

– E...?

– Ela contém material siglístico que o Kilvin restringe a quem está na categoria de El'the ou superior.

Sleat meneou a cabeça com naturalidade.

– E com que rapidez você precisa disso? Horas? Dias?

Pensei no Wil e no Simmon passando as noites em claro para velar por mim.

– Quanto mais cedo, melhor.

Sleat ficou pensativo, com um olhar vago.

– Vai custar caro e não há garantias de que eu consiga arranjá-lo num prazo exato. – Focou a atenção em mim: – Além disso, se você for apanhado, será acusado de Apreensão Ilegal, no mínimo.

Assenti com a cabeça.

– E sabe quais são as penalidades?

– "Por Apreensão Ilegal do Arcano que não leve a danos a terceiros" – recitei –, "o estudante delituoso será multado em não mais de 20 talentos, açoitado não mais de 10 vezes, suspenso do Arcanum ou expulso da Universidade."

– Eles me multaram pelo valor pleno de 20 talentos e me suspenderam por dois períodos – disse Sleat, com ar sombrio. – E era apenas um pouco de alquimia do nível de Re'lar. Será pior com você, se isso for coisa do nível de El'the.

– Quanto? – perguntei.

– Para obtê-lo em alguns dias... – Ele olhou para o teto por um instante. – Trinta talentos.

Senti um vazio na boca do estômago, porém mantive a compostura do rosto.

– Há alguma margem de negociação nisso?

Ele tornou a dar um sorriso astuto, com seus dentes muito brancos.

– Também negocio favores. Mas um favor de trinta talentos será grande – disse. Olhou-me com ar pensativo. – Talvez possamos combinar alguma coisa dentro dessa linha. Mas eu me sinto obrigado a mencionar que, quando cobro um favor, ele tem que ser pago de imediato. Nesse ponto, não há negociação.

Balancei calmamente a cabeça para lhe mostrar que compreendia. Mas senti um nó gelado formar-se em meu estômago. Aquela era má ideia. Intuitivamente, eu sabia.

– Você tem dívidas com mais alguém? – perguntou Sleat. – E não minta para mim, porque eu saberei.

– Seis talentos – respondi, com ar despreocupado. – Com vencimento no fim do período.

Ele meneou a cabeça.

– Imagino que você não tenha conseguido obtê-lo com um prestamista. Procurou o Heffron?

Fiz que não.

– A Devi.

Pela primeira vez em nossa conversa, Sleat perdeu a compostura e seu sorriso charmoso desapareceu por completo.

– A Devi? – repetiu. Empertigou-se na cadeira, subitamente tenso. – Não. Acho que não podemos chegar a um acordo. Se você tivesse dinheiro em espécie, seria outra coisa – disse, balançando a cabeça. – Mas não. Se a Devi já é dona de um pedaço de você...

A reação dele me deu um calafrio, mas então percebi que Sleat só estava jogando para conseguir mais dinheiro.

– E se eu fizesse um empréstimo com você para poder quitar minha dívida com ela?

Ele meneou a cabeça, recuperando parte de sua indiferença esfacelada.

– Isso é a própria definição de apropriação indébita. A Devi tem um interesse vigente em você. Um investimento. – Bebeu um gole de cerveja e pigarreou de forma significativa. – Ela não vê com bons olhos a interferência de terceiros onde já declarou seu interesse.

Levantei uma sobrancelha e disse:

– Acho que fui enganado pela sua reputação. Foi bobagem minha, realmente. – Abanei as mãos com indiferença. – Por favor, confie em que eu tenho pelo menos metade da inteligência de que você ouviu falar. Se não pode obter o que quero, é só admitir. Não desperdice o meu tempo, cobrando um preço que está fora do meu alcance ou vindo com desculpas floreadas.

Sleat pareceu não saber ao certo se deveria ofender-se.

– Qual é a parte disto que lhe parece floreada?

– Ora, vamos. Você se dispõe a desrespeitar as leis da Universidade, a se arriscar à ira dos professores, aos condestáveis e à Lei Férrea de Atur, mas um fiapinho de garota o deixa com as pernas bambas?

Funguei e imitei o gesto que ele fizera antes, fingindo amassar uma coisa e a jogar fora por cima do ombro.

Sleat me olhou por um instante e caiu na gargalhada.

– É, é exatamente isso – disse, enxugando lágrimas de autêntica diversão. – Ao que parece, também fui tapeado pela sua reputação. Se você pensa que a Devi é um fiapinho de garota, não é realmente tão inteligente quanto eu supunha.

Olhando por cima do meu ombro, Sleat fez sinal com a cabeça para alguém que não pude ver e deu um aceno displicente com a mão.

– Vá cuidar da sua vida – disse-me. – Tenho negócios a tratar com pessoas racionais, que conhecem o verdadeiro funcionamento do mundo. Você está me fazendo perder tempo.

Senti-me comichar de irritação, mas me forcei a não deixá-la transparecer no rosto.

– Também preciso de uma balestra – falei.

Ele balançou a cabeça.

– Não, eu já lhe disse. Nada de empréstimos nem favores.

– Posso oferecer mercadorias em troca.

Ele me olhou com ar cético.

– Que tipo de balestra?

– Qualquer uma. Não precisa ser sofisticada. Só precisa funcionar.

– Oito talentos – disse Sleat.

Olhei-o com expressão dura.

– Não me insulte. Isso é contrabando ordinário. Aposto 10 vinténs contra um que você pode arranjá-la em duas horas. Se tentar me esfolar, simplesmente atravessarei o rio e pegarei uma com o Heffron.

– Pegue-a com o Heffron e você terá que trazê-la de Imre. O condestável adoraria ver isso.

Dei de ombros e comecei a me levantar.

– Três talentos e meio – disse Sleat. – Será usada, entenda bem. E de gancho, não de manivela.

Fiz as contas de cabeça.

– Você aceitaria uma onça de prata e um carretel de arame fino de ouro? – perguntei, tirando-os dos bolsos da capa.

Os olhos de Sleat perderam ligeiramente o foco, enquanto ele fazia seus próprios cálculos.

– Você é duro de negociar – disse-me. Pegou o carretel de arame brilhante e o pequeno lingote de prata. – Há um barril de água da chuva atrás do Curtume Grimsome. A besta estará lá dentro de 15 minutos.

Olhou-me com ar ofendido e completou:

– Duas horas? Você não sabe mesmo nada sobre mim.

∾

Horas depois, Feila emergiu das estantes do Arquivo e me apanhou com uma das mãos na porta das quatro chapas. Eu não a estava propriamente empurrando, apenas fazendo pressão. Só checando para ver se estava firmemente fechada. Estava.

– Imagino que não digam aos escribas o que está atrás disso, não é? – perguntei, sem a menor esperança.

– Se dizem, ainda não disseram a mim – respondeu Feila, chegando mais perto e estendendo a mão para deslizar os dedos pelos sulcos feitos pelas letras na pedra: *Valaritas*. – Uma vez eu sonhei com essa porta. Valaritas era o nome de um antigo rei morto. Seu túmulo ficava atrás da porta.

– Puxa, isso é melhor do que os sonhos que tive com ela.

– Como foram os seus? – perguntou Feila.

– Uma vez, sonhei que via luz pelos buracos das fechaduras. Mas, na maioria das vezes, fico apenas parado aqui, olhando para ela, tentando entrar. – Franzi o cenho e completei: – Como se parar diante dela quando estou acordado já não fosse suficientemente frustrante, faço a mesma coisa ao dormir.

Feila riu baixinho, depois se afastou da porta e se virou para mim:

– Recebi o seu bilhete. Que projeto de pesquisa é esse sobre o qual você foi tão vago?

Fomos para uma das cabines de leitura e, uma vez fechada a porta, contei-lhe a história toda, com os embaraços e tudo o mais. Alguém estava praticando malfeitoria contra mim. Eu não podia recorrer aos professores, por medo de revelar que tinha sido eu que invadira os aposentos do Ambrose. Precisava de um gramo para me proteger, mas não conhecia siglística o bastante para produzi-lo.

– Malfeitoria – disse ela em voz baixa, meneando lentamente a cabeça, desolada. – Tem certeza?

Desabotoei a camisa e baixei-a no ombro, revelando a mancha roxa do ataque que eu só conseguira deter parcialmente.

Feila se inclinou para olhá-la.

– E você não sabe mesmo quem seria?

– Na verdade, não – respondi, procurando não pensar na Devi. Por enquanto, queria guardar segredo dessa decisão errada em particular. – Sinto muito envolvê-la nisto, mas você é a única...

Feila abanou as mãos em sinal negativo.

– Nada disso. Eu lhe disse para me pedir se um dia precisasse de um favor e fico contente que o tenha feito.

– Fico contente por você estar contente. Se você puder me ajudar nisto, sou eu que vou ficar lhe devendo. Estou melhorando em matéria de encontrar o que quero por aqui, mas ainda sou novato.

Feila meneou a cabeça.

– Leva anos para se aprender a circular pelo Acervo. Ele é como uma cidade.

Sorri.

– Também é assim que penso nele. Não moro aqui há tempo suficiente para conhecer todos os atalhos.

Feila fez uma pequena careta.

– E acho que vai precisar deles. Se o Kilvin realmente acredita que a siglística é perigosa, a maioria dos livros que você quer deve estar na biblioteca particular dele.

Senti um aperto no peito.

– Biblioteca particular?

– Todos os professores têm bibliotecas particulares – disse Feila, com naturalidade. – Conheço um pouco de alquimia e posso ajudar a localizar livros com fórmulas que o Mandrag não gostaria de ver em mãos erradas. Os escribas que conhecem siglística fazem o mesmo pelo Kilvin.

– Mas, então, isto é inútil. Se o Kilvin trancou todos esses livros, não há chance de eu achar o que estou procurando.

Feila sorriu, balançando a cabeça.

– O sistema não é perfeito. Apenas um terço do Arquivo foi adequadamente catalogado. É provável que o que você procura ainda esteja em algum lugar do Acervo. É só uma questão de encontrar.

– Eu nem precisaria de um esquema completo. Se ao menos soubesse algumas das runas corretas, provavelmente poderia apenas falsificar o resto.

Ela me olhou com preocupação.

– E isso é mesmo sensato?

– Sensatez é um luxo que não posso me proporcionar. O Wilem e o Simmon já estão velando por mim há duas noites. Não podem passar os próximos 10 anos dormindo em turnos.

Feila respirou fundo e soltou o ar lentamente.

– Certo. Podemos começar pelos livros catalogados. Talvez isso de que você precisa tenha escapado aos escribas.

Recolhemos várias dezenas de livros de siglística e nos fechamos numa cabine de leitura pouco frequentada no quarto andar. Passamos então a folheá-los um a um.

Começamos com a esperança de encontrar um esquema completo do gramo, porém, com o correr das horas, reduzimos nossas expectativas. Se não fosse o esquema completo, talvez pudéssemos achar a descrição de um gramo. Talvez uma referência à sequência de runas utilizada. O nome de uma única runa. Um indício. Uma pista. Um retalho. Um pedaço do quebra-cabeça.

Fechei o último livro que leváramos para a cabine. Ele ressoou com um baque sólido quando as páginas se juntaram.

– Nada? – perguntou ela, cansada.

– Nada – respondi, esfregando o rosto com as duas mãos. – Lá se foi a esperança de ter sorte.

Feila encolheu os ombros, com uma careta durante metade do movimento, depois inclinou a cabeça de lado para esticar o pescoço.

– Fazia sentido começar pelos lugares mais óbvios – disse. – Mas esses devem ser os mesmos lugares que os escribas vasculharam para o Kilvin. Só teremos que cavar mais fundo.

Ouvi o som distante do campanário e fiquei surpreso com o número de vezes que o sino badalou. Fazia mais de quatro horas que estávamos pesquisando.

– Você perdeu sua aula – falei para Feila.

– Era só geometria.

– Você é uma pessoa maravilhosa. Qual é a nossa melhor opção, agora?

– Uma longa e lenta peneirada do Acervo. Mas será como peneirar ouro. Dezenas de horas e isso se trabalharmos juntos, para que nossos esforços não se superponham.

– Posso chamar o Wil e o Sim para ajudar.

– O Wilem trabalha aqui – disse Feila. – Mas o Simmon nunca foi escriba, provavelmente só vai atrapalhar.

Lancei-lhe um olhar curioso.

– Você conhece bem o Simmon?

– Não muito – admitiu ela. – Já o vi por aí.

– Você o está subestimando. As pessoas vivem fazendo isso. O Simmon é inteligente.

– Todos aqui são inteligentes – retrucou Feila. – E o Simmon é agradável, mas...

– O problema é esse. Ele é agradável. É gentil, o que as pessoas veem como fraqueza. E é feliz, o que elas veem como burrice.

– Não foi isso que eu quis dizer.

– Eu sei – respondi, esfregando o rosto. – Desculpe-me. Esses dois dias foram ruins. Eu pensava que a Universidade seria diferente do resto do mundo, mas é como em qualquer outro lugar: as pessoas paparicam patifes pomposos e grosseiros feito o Ambrose, enquanto as boas almas, como o Simmon, são descartadas como simplórios.

– Qual deles é você? – perguntou Feila com um sorriso, enquanto começava a empilhar os livros. – Patife pomposo ou boa alma?

– Depois eu investigo isso. No momento, tenho preocupações mais prementes.

CAPÍTULO 26

Confiança

Mesmo tendo razoável certeza de que Devi não estava por trás da malfeitoria, eu teria que ser um tolo para ignorar o fato de que ela estava com meu sangue. Assim, quando ficou claro que produzir um grama exigiria tempo e energia enormes, eu me dei conta de que era chegada a hora de lhe fazer uma visita e me certificar de que não era ela a responsável.

Fazia um dia horroroso: frio, com um vento úmido que atravessava minha roupa. Eu não tinha luvas nem chapéu e precisei me contentar em levantar o capuz e enrolar as mãos no tecido da capa, apertando-a mais nos ombros.

Quando cruzei a Ponte de Pedra, ocorreu-me uma nova ideia: talvez alguém houvesse roubado meu sangue da Devi. Isso fazia mais sentido que qualquer outra coisa. Eu precisava ter certeza de que o frasco com meu sangue estava seguro. Se Devi ainda o tivesse e se não houvessem mexido nele, eu saberia que ela não estava envolvida.

Fui até a borda ocidental de Imre, onde parei numa taberna para comprar uma meia cerveja e me esquentar junto ao fogo. Depois, percorri a viela já conhecida e subi a escada estreita atrás do açougue. Apesar do frio e da chuva recente, o cheiro de gordura rançosa ainda pairava no ar.

Respirei fundo e bati à porta.

Ela se abriu um minuto depois e o rosto de Devi espiou pela fresta estreita.

– Ora, olá – disse ela. – Veio a negócios ou por prazer?

– A negócios, principalmente – admiti.

– Que pena – lamentou ela, abrindo mais a porta.

Ao entrar no quarto, tropecei na soleira e cambaleei para cima dela, atrapalhado, apoiando brevemente uma das mãos no seu ombro para me equilibrar.

– Desculpe-me – falei, envergonhado.

– Você está com uma aparência medonha – disse Devi, enquanto trancava a porta. – Espero que não tenha vindo pedir mais dinheiro. Não faço empréstimos a quem parece estar saindo de uma bebedeira de três dias.

Acomodei-me numa cadeira, cansado.

– Eu trouxe o seu livro para devolver – informei, tirando-o de baixo da capa e pondo-o na escrivaninha.

Ela meneou a cabeça, com um pequeno sorriso.

– O que achou do velho Malcaf?

– Árido. Prolixo. Maçante.

– E também não havia nenhuma ilustração – disse ela, em tom seco. – Mas isso não vem ao caso.

– As teorias dele sobre a percepção como uma força ativa são interessantes – admiti. – Mas ele escreve como se tivesse medo de que alguém possa realmente entendê-lo.

Devi assentiu com a cabeça, franzindo a boca.

– Foi o que eu também achei – disse. Estendeu a mão sobre a escrivaninha e puxou o livro mais para perto. – O que achou do capítulo sobre a propriocepção?

– Ele pareceu desenvolver sua tese partindo de um poço profundo de ignorância. Conheci pessoas na Iátrica com membros amputados. Acho que Malcaf nunca as conheceu.

Observei Devi, em busca de algum sinal de culpa, alguma indicação de que ela teria praticado malfeitoria contra mim. Mas não havia nada. Ela parecia perfeitamente normal, animada e com a língua afiada como sempre. No entanto, eu havia sido criado entre atores. Sabia quantas maneiras existem para esconder os verdadeiros sentimentos.

Devi franziu exageradamente o cenho.

– Você está muito sério. No que está pensando?

– Eu tinha umas perguntas – respondi, evasivo. Não estava ansioso por levar aquilo adiante. – Não eram sobre o Malcaf.

– Estou muito cansada de ser apreciada por meu intelecto – disse Devi. Reclinou-se na cadeira e esticou os braços para cima. – Quando conseguirei achar um bom rapaz que me queira só pelo meu corpo? – indagou, com uma espreguiçadela voluptuosa, mas parou a meio caminho e me olhou com ar intrigado. – Estou esperando uma tirada espirituosa. Você costuma ser mais ágil que isso.

Dei-lhe um sorriso débil.

– Estou com a cabeça cheia. Acho que hoje não posso entrar numa competição intelectual com você.

– Nunca suspeitei que você pudesse competir intelectualmente comigo, mas gosto de uma brincadeirinha de vez em quando – disse. Inclinou-se para a frente e cruzou as mãos na escrivaninha: – Que tipo de perguntas?

– Você estudou muita siglística na Universidade?

– Perguntas pessoais – disse Devi, erguendo uma sobrancelha. – Não. Eu não ligava para isso. Muita perda de tempo para o meu gosto.

– Você não parece ser o tipo de mulher que se incomodaria com uma vadiaçãozinha – falei, conseguindo esboçar um débil sorriso.

– Assim já está melhor – comentou ela, com ar de aprovação. – Eu sabia que você levava jeito.

– Imagino que você não tenha nenhum livro sobre siglística avançada, não é? Aquele tipo de coisa a que não deixam que um Re'lar tenha acesso?

Devi meneou a cabeça.

– Não. Mas tenho uns bons textos de alquimia. Coisas que você nunca acharia no seu precioso Arquivo.

Houve um tom carregado de ressentimento quando ela proferiu esta última palavra.

Foi então que tudo fez sentido na minha cabeça. Devi nunca seria descuidada a ponto de deixar alguém furtar meu sangue. Não o venderia para obter um lucro rápido. Não precisava do dinheiro. Não guardava nenhum rancor de mim.

Mas ela venderia os próprios dentes para entrar no Arquivo.

– É engraçado você mencionar a alquimia – falei, com toda a calma possível. – Já ouviu falar de uma coisa chamada poda de ameixa?

– Ouvi falar – respondeu ela, descontraída. – Uma coisinha desgraçada. Acho que tenho a fórmula. – Virou-se um pouco na cadeira, de frente para a estante. – Está interessado em vê-la?

O rosto dela não a traiu, mas, com bastante prática, qualquer um pode controlar a expressão facial. Sua linguagem corporal também não a delatou. Houve apenas uma levíssima tensão em seus ombros, apenas um indício de hesitação.

Foram seus olhos. Quando mencionei a poda de ameixa, vi um lampejo neles. Não apenas de reconhecimento. Culpa. É claro. Ela vendera a fórmula ao Ambrose.

E por que não o faria? Ambrose era um escriba do alto escalão. Poderia introduzi-la furtivamente no Arquivo. Diabos, com os recursos de que dispunha, ele talvez nem precisasse fazer isso. Todos sabiam que, de vez em quando, o Lorren facultava a não alunos do Arcanum o acesso ao Arquivo, especialmente quando seus padrinhos se dispunham a preparar o terreno com uma doação generosa. Certa vez, o Ambrose tinha comprado toda uma hospedaria só para fazer picuinha comigo. Quanto não se disporia a pagar para pôr as mãos no meu sangue?

Não. Wil e Simmon tinham estado certos a esse respeito. Ambrose não era do tipo que sujava as mãos se pudesse evitá-lo. Para ele, seria muito mais simples contratar a Devi para fazer seu trabalho sujo. Ela já fora expulsa. Não tinha nada a perder e tinha todos os segredos do Arquivo a ganhar.

– Não, obrigado – respondi. – Não trabalho muito com alquimia. – Respirei fundo e resolvi ir direto ao ponto: – Mas realmente preciso ver o meu sangue.

A expressão animada da Devi cristalizou-se em seu rosto. A boca continuou sorrindo, mas seus olhos congelaram.

– Perdão, o que disse?

Não foi realmente uma pergunta.

– Preciso ver o sangue que deixei aqui com você. Preciso saber se ele está seguro.

– Receio que isso não seja possível – disse Devi, cujo sorriso desapareceu por completo, deixando a boca numa linha fina e plana. – Não é assim que faço negócios. Além disso, você acha que eu cometeria a estupidez de deixar aquele tipo de coisa aqui?

Senti um frio na barriga, ainda sem querer acreditar.

– Podemos ir ao lugar onde você o guarda – retruquei, calmamente. – Alguém anda praticando malfeitorias contra mim. Preciso ter certeza de que meu sangue não foi mexido. É só isso.

– Como se eu fosse lhe mostrar onde guardo esse tipo de coisa – disse Devi, com um sarcasmo contundente. – Você levou uma pancada na cabeça ou coisa assim?

– Receio que eu precise insistir.

– Pois vá receando – rebateu ela, com um olhar furioso. – Vá em frente e insista. Não fará a menor diferença.

Era ela. Não havia nenhuma outra razão para esconder o sangue de mim.

– Se você se recusar a me mostrar o frasco – prossegui, tentando manter a voz equilibrada e serena –, terei de presumir que vendeu o meu sangue ou que fez um boneco para me representar, por alguma razão.

Devi reclinou-se na cadeira e cruzou os braços, com proposital indiferença.

– Pode presumir a idiotice que quiser. Você verá o seu sangue quando quitar a dívida comigo, nem um minuto antes.

Tirei uma boneca de cera de baixo da capa e apoiei a mão na escrivaninha, para que Devi pudesse vê-la.

– Essa aí seria eu? Com esses quadris? – disse ela, mas as palavras eram apenas a casca de uma pilhéria, um ato reflexo. O tom foi monocórdio e enraivecido. Seu olhar se manteve duro.

Com a outra mão, peguei um fio curto de cabelo louro-avermelhado e o prendi na cabeça da boneca. A mão de Devi correu para seu cabelo, inconscientemente, e ela exibiu uma expressão chocada.

– Alguém vem me atacando – repeti. – Preciso ter certeza de que o meu sangue está...

Dessa vez, quando mencionei o sangue, vi os olhos dela correrem de relance para uma das gavetas da escrivaninha. Houve um leve tremor em seus dedos.

Encarei-a.

– Não faça isso – adverti, em tom sinistro.

A mão de Devi correu para a gaveta e a abriu com um puxão.

Nem por um segundo duvidei de que a gaveta contivesse o boneco que ela fizera para me representar. Eu não podia deixar que o pegasse. Concentrei-me e murmurei uma conexão.

A mão de Devi estancou num tranco, a meio caminho da gaveta aberta.

Não fiz nada para machucá-la. Nem fogo nem dor, nada parecido com o que ela vinha fazendo comigo nos últimos dias. Foi apenas uma conexão para mantê-la imóvel. Ao parar na taberna para me aquecer, eu havia tirado uma pitada de cinza da lareira. Não era uma grande fonte e o lugar ficava mais longe do que eu gostaria, porém era melhor que nada.

Mesmo assim, eu provavelmente só conseguiria mantê-la desse jeito por alguns minutos, antes de tirar tanto calor do fogo que o apagaria. Mas esse tempo deveria ser suficiente para eu lhe arrancar a verdade e recuperar o boneco feito por ela.

Os olhos de Devi assumiram uma expressão desvairada, enquanto ela lutava para se mexer.

– Como se atreve? – gritou ela. – Como é que se atreve?

– Como se atreve *você* – rebati, com raiva. – Mal posso acreditar que confiei em você! Eu a defendi perante os meus amigos...

Minha voz morreu quando aconteceu o impensável. Apesar da minha conexão, Devi começou a se mexer, sua mão se aproximando pouco a pouco da gaveta aberta.

Concentrei-me mais e sua mão parou. Em seguida, lentamente, começou de novo a avançar, desaparecendo na gaveta. Mal pude acreditar.

– Você acha que pode vir aqui me ameaçar? – sibilou ela, o rosto crispado numa máscara de ódio. – Acha que não sei cuidar de mim? Eu cheguei a Re'lar antes de eles me expulsarem, seu calculadorzinho idiota. Fiz por merecer. O meu Alar é como o oceano na tormenta.

Sua mão havia entrado quase completamente na gaveta.

Senti um suor pegajoso brotar na minha testa e dividi minha mente mais três vezes. Tornei a murmurar e cada parte dela fez uma conexão separada, concentrando-se em manter Devi imóvel. Tirei calor do meu corpo e senti o frio subir por meus braços, enquanto procurava derrotá-la. Eram cinco conexões, ao todo. Meu limite máximo.

Devi ficou imóvel como uma pedra e deu um risinho gutural, que se alargou num sorriso.

– Ah, você é *muito* bom. Chego quase a acreditar nas histórias a seu respeito. Mas o que o leva a supor que pode fazer o que nem o Elxa Dal conseguiu? Por que acha que me expulsaram? Eles tiveram medo de uma mulher que, no segundo ano, já era capaz de se equiparar a um mestre.

A transpiração fez seu cabelo claro grudar-se à testa. Devi cerrou os dentes, com uma determinação selvagem no rostinho de elfo. Sua mão voltou a se mexer.

E então, com uma explosão repentina de movimento, ela arrancou a mão da gaveta, como se a soltasse da lama espessa. Bateu com uma coisa redonda e metálica no tampo da mesa, fazendo a chama da lamparina saltar e crepitar. Não era um boneco. Não era um frasco com meu sangue.

– Seu canalha – disse-me, quase cantarolando as palavras. – Acha que não estou preparada para este tipo de coisa? Acha que é o primeiro a tentar se aproveitar de mim?

Torceu o topo da esfera cinzenta de metal, que fez um nítido clique, e afastou vagarosamente a mão. Apesar dos meus melhores esforços, não consegui mantê-la parada.

Foi então que reconheci o dispositivo que ela havia tirado da gaveta. Eu o estudara com Manet no período anterior. Kilvin referia-se a esses objetos como "aceleradores exotérmicos autônomos", mas todas as outras pessoas os chamavam de aquecedores de bolso ou braseiros de pobre.

Eles continham querosene, nafta ou açúcar. Uma vez ativados, queimavam o combustível no seu interior, produzindo tanto calor quanto uma forja por aproximadamente cinco minutos. Depois, tinham que ser desmontados, limpos e enchidos novamente. Eram sujos e perigosos e tendiam a se quebrar com facilidade, por causa do aquecimento e resfriamento rápidos. Mas, por um curto espaço de tempo, davam ao simpatista o equivalente à energia de uma fogueira.

Mergulhei no Coração de Pedra e cindi mais um pedaço da minha mente, murmurando a conexão. Em seguida, tentei fazer a sétima e não consegui. Estava cansado e todo dolorido. O frio consumia meus braços e eu havia passado por coisas de mais nos dias anteriores. Mas cerrei os dentes e me obriguei a murmurar as palavras baixinho.

Devi nem pareceu notar a sexta conexão. Mexendo-se com a lentidão de um ponteiro de relógio, puxou um fio solto de sua manga. O braseiro de pobre soltou um rangido metálico e o calor começou a brotar dele em ondas bruxuleantes.

– Não tenho uma ligação decente com você neste momento – disse Devi, enquanto a mão que segurava o fio movia-se devagar para o aquecedor. – Mas, se você não desfizer a sua conexão, vou usar isto para incendiar cada retalho de tecido no seu corpo e estarei sorrindo enquanto você gritar.

São estranhos os pensamentos que passam chispando pela cabeça em situações como essa. A primeira coisa que pensei não foi em ser pavorosamente queimado. Foi que a capa que Feila me dera se estragaria e só me restariam duas camisas.

Meus olhos correram para o tampo da escrivaninha de Devi, onde o verniz já começava a se empolar num círculo em volta do braseiro de pobre. Senti o calor irradiar em direção ao meu rosto.

Sei quando sou derrotado. Rompi as conexões, sentindo a cabeça rodar enquanto seus pedaços se rejuntavam.

Devi girou os ombros.

– Largue a boneca – ordenou.

Abri a mão e a boneca de cera desabou na escrivaninha feito um bêbado. Fiquei sentado com as mãos no colo, mantendo-me perfeitamente imóvel, sem querer assustar nem ameaçar Devi de nenhum modo.

Ela se levantou e se curvou sobre a escrivaninha. Estendeu a mão e a passou no meu cabelo, depois fechou o punho e arrancou alguns fios. Dei um grito a contragosto.

Tornando a se sentar, ela pegou a boneca e substituiu seu cabelo por vários fios do meu. Resmungou uma conexão.

– Devi, você não está entendendo. Eu só precisava...

Ao fazer a conexão com ela, eu me havia concentrado em seus braços e pernas. É a maneira mais eficiente de conter alguém. Eu dispunha de pouco calor para trabalhar e não podia desperdiçar energia em mais nada.

Mas Devi tinha calor de sobra nesse momento e sua conexão era como estar preso num torno de ferro. Eu não conseguia mexer braços nem pernas, queixo nem língua. Mal podia respirar e, mesmo assim, só com inspirações curtas e superficiais, que não exigissem nenhum movimento do peito. Foi pavoroso, como ter a mão de alguém apertando meu coração.

– Eu confiei em você – disse Devi, com a voz grave e rouca, como uma serra afiada de cirurgião cortando cartilagens e ossos na lenta amputação de uma perna. – *Confiei* em você – repetiu, com um olhar de pura fúria e repugnância. – Houve, sim, alguém que veio aqui, tentando comprar o seu sangue. Cinquenta e cinco talentos. Eu o mandei embora. Neguei até mesmo conhecer você, porque nós tínhamos uma relação de negócios. Eu cumpro os compromissos que assumo.

Quem?, tive vontade de gritar. Mas só consegui produzir um som inarticulado, *qmmm qmmm*.

Devi olhou para a boneca de cera em sua mão e para o braseiro de pobre que ia queimando um anel escuro no tampo da escrivaninha.

– Agora, a nossa relação de negócios acabou – disse, em tom firme. – Estou considerando a sua dívida vencida. Você tem até o fim do período para me trazer o meu dinheiro. Nove talentos. Se houver um atraso de meio suspiro, venderei seu sangue para recuperar meu investimento e lavarei as mãos com relação a você.

Olhou-me com frieza e acrescentou:

– Isto é mais do que você merece. Ainda tenho o seu sangue. Se você procurar os professores da Universidade ou o condestável de Imre, as coisas acabarão mal para o seu lado.

Já então a fumaça subia em espirais da escrivaninha e Devi moveu a mão para segurar a boneca acima do metal rangente do braseiro de pobre. Murmurou alguma coisa e senti um formigamento de calor inundar todo o meu corpo. A sensação foi exatamente igual à das febres repentinas que me haviam atormentado durante dias.

– Quando eu desfizer esta conexão, você dirá "compreendo, Devi". Depois, vai se retirar. Ao término do período, mandará alguém com o dinheiro que você me deve. Não virá pessoalmente. Nunca mais quero vê-lo.

Olhou-me com tanto desprezo que chego a me encolher ao lembrar. Depois, deu-me uma cusparada e pequenos respingos de saliva atingiram o braseiro de pobre e produziram um chiado, transformando-se em vapor.

– Se eu tornar a vislumbrá-lo, mesmo pelo canto do olho, isso acabará mal para você.

Levantou a boneca de cera acima da cabeça e a desceu com força sobre a escrivaninha, com a mão espalmada em cima. Se eu pudesse me esquivar ou gritar de pânico, o teria feito.

A boneca espatifou-se, braços e pernas despedaçados, a cabeça rolando pela escrivaninha e caindo no chão. Senti um impacto violento e repentino, como se houvesse despencado de vários metros de altura e me estatelado num piso de pedra. Foi assustador, mas nem de longe tão terrível quanto poderia ter sido. Em meio ao pavor, uma pequena parte de mim deslumbrou-se com a precisão e o controle de Devi.

A conexão que me prendia desfez-se e pude respirar fundo.

– Eu compreendo, Devi. Mas posso...

– SAIA! – gritou ela.

Saí. Gostaria de dizer que foi uma retirada digna, contudo não seria verdade.

CAPÍTULO 27

Pressão

Wilem e Simmon estavam à minha espera no canto dos fundos da Anker. Levei para eles dois canecos de cerveja e uma bandeja cheia de pão fresco, manteiga, queijo, frutas e tigelas de sopa quente e grossa, com carne e nabo.

Wilem esfregou um olho com a palma da mão. Parecia meio indisposto, por baixo da tez ceáldica morena, mas, afora isso, não se mostrava muito pior pelas três noites de sono encurtado.

– Qual é a comemoração? – perguntou.

– Só estou querendo ajudar vocês dois a conservarem a energia.

– Estou muito à frente disso – declarou Simmon. – Tirei um cochilo revigorante na aula de sublimação – explicou. Seus olhos estavam meio escuros nas bordas, mas ele também não parecia muito desgastado.

Wilem começou a encher seu prato e disse:

– Você mencionou que tinha notícias. Que tipo de notícias?

– É meio dúbio. Qual vocês querem primeiro, a boa ou a má?

– Primeiro a má notícia – respondeu Simmon.

– O Kilvin se recusa a me dar os planos de que preciso para fazer meu gramo. É a siglística envolvida. Runas correspondentes a sangue e ossos e coisas desse gênero. Ele acha que são muito perigosas para serem ensinadas a um Re'lar.

Simmon mostrou-se curioso:

– Ele disse por quê?

– Não – admiti. – Mas posso adivinhar. Eu poderia usá-las para criar toda sorte de coisas desagradáveis. Como um disquinho de metal com um buraco. Aí, se a pessoa pusesse lá dentro uma gota do sangue de alguém, poderia usá-lo para queimar o sujeito vivo.

– Puxa, isso é terrível – comentou Simmon, pousando a colher. – Algum dia você tem pensamentos agradáveis?

– Qualquer um no Arcanum poderia fazer a mesma coisa com simpatia elementar – assinalou Wilem.

– Há uma grande diferença – falei. – Depois que eu fizesse esse dispositivo, *qualquer pessoa* poderia usá-lo. Repetidas vezes.

– Isso é loucura – observou Simmon. – Por que alguém faria uma coisa dessas?

– Por dinheiro – respondeu Wilem, com ar desanimado. – As pessoas vivem fazendo idiotices por dinheiro. – Lançou-me um olhar significativo e concluiu: – Como pedir dinheiro emprestado a *gatessores* sedentos de sangue.

– O que me leva à segunda notícia – emendei, constrangido. – Confrontei a Devi.

– Sozinho? – admirou-se Simmon. – Você é retardado?

– Sim – respondi –, mas não pelas razões que você supõe. As coisas se tornaram desagradáveis, no entanto agora eu sei que ela não foi responsável pelos ataques.

Wilem franziu o cenho.

– Se não foi ela, quem foi?

– Só existe uma coisa que faz sentido – respondi. – É o Ambrose.

Wil meneou a cabeça.

– Já examinamos isso. O Ambrose nunca se arriscaria. Ele...

Ergui a mão para detê-lo.

– Ele nunca se arriscaria a praticar malfeitorias contra *mim* – concordei. – Mas acho que ele não sabe a quem está agredindo.

Wilem fechou a boca e assumiu um ar pensativo.

– Pensem nisto – continuei –: se o Ambrose desconfiasse que fui eu, moveria uma acusação contra mim diante dos professores. Já o fez antes – lembrei e esfreguei meu braço ferido. – Eles descobririam meus ferimentos e eu seria apanhado.

Wil baixou os olhos para o tampo da mesa.

– *Kraem* – praguejou. – Isso faz sentido. Ele poderia desconfiar que você contrataria um ladrão, mas não que você mesmo praticaria uma invasão de domicílio. Ele nunca faria uma coisa dessas.

Assenti com a cabeça.

– É provável que ele esteja tentando descobrir a pessoa que invadiu seus aposentos. Ou simplesmente conseguir uma vingancinha fácil. Isso explica por que os ataques andam se intensificando. Talvez ele ache que o ladrão fugiu para Imre ou Tarbean.

– Temos de levar isso aos professores – sugeriu Simmon. – Eles podem revistar os aposentos do Ambrose à noite. Ele será expulso por isso, além de açoitado. – Espalhou-se por seu rosto um sorriso largo e venenoso: – Puxa, eu pagaria 10 talentos para poder segurar o chicote.

Ri do seu tom sanguinário. Era preciso muita coisa para provocar a aversão do Simmon, mas, quando se chegava lá, era um caminho sem volta.

– Nós não podemos, Simmon.

Ele me lançou um olhar de pura incredulidade.

– Você não está falando sério. Ele não pode se safar com isso!

– Eu seria expulso por ter invadido os aposentos dele, para começo de conversa. Conduta Imprópria.

– Eles não expulsariam você por isso – afirmou Simmon, porém sua voz estava longe de mostrar segurança.

– Não estou disposto a correr o risco. O Hemme me odeia. O Brandeur vai atrás do Hemme. E ainda estou no livro negro do Lorren.

Fiz uma pausa e concluí:

– Só aí, são três votos contra mim.

– Acho que você não dá crédito suficiente ao Lorren – disse Wilem. – Mas tem razão. Eles o expulsariam. Nem que fosse só para ajeitar as coisas com o barão Dazno.

Simmon olhou para Wilem.

– Você acha mesmo?

Wil fez que sim.

– É possível que nem sequer expulsassem o Ambrose – disse, em tom melancólico. – Ele é o favorito do Hemme e os professores sabem dos problemas que seu pai poderia criar para a Universidade. – Bufou. – Pense no problema que o Ambrose pode criar quando tomar posse da herança. – Baixou os olhos e balançou a cabeça. – Nessa eu estou com o Kvothe, Simmon.

Simmon deu um enorme e cansado suspiro.

– Que maravilha – disse. Depois, fitou-me com os olhos espremidos. – Eu lhe avisei. Disse para você deixar o Ambrose em paz desde o começo. Entrar numa briga com ele é como pisar numa armadilha para ursos.

– Armadilha para ursos? – repeti, pensativo.

Ele balançou a cabeça com firmeza.

– O pé entra com facilidade, mas você nunca mais o tira.

– Uma armadilha para ursos – tornei a dizer. – É exatamente disso que eu preciso.

Wilem deu uma risadinha sombria.

– Estou falando sério. Onde posso arranjar uma armadilha para ursos? – perguntei.

Wilem e Simmon me olharam com estranheza e resolvi não abusar da sorte.

– É só uma piada – menti, sem querer complicar ainda mais as coisas. Eu poderia achar a armadilha sozinho.

– Precisamos ter certeza de que é o Ambrose – disse Wilem.

Assenti com a cabeça.

– Se ele estiver trancado em seus aposentos nas próximas vezes que eu for atacado, isso deverá ser prova suficiente.

A conversa se extinguiu e, por alguns minutos, comemos em silêncio, cada um às voltas com seus próprios pensamentos.

– Muito bem – fez Simmon, como se houvesse chegado a uma conclusão. – Não houve nenhuma mudança real. Você continua a precisar de um gramo, certo?

Olhou para Wil, que confirmou com a cabeça, e novamente para mim.

– Agora, ande logo com a boa notícia, antes que eu me mate – disse.

Sorri.

– A Feila concordou em me ajudar a vasculhar o Arquivo à procura do esquema. – Fiz um gesto abarcando os dois e acrescentei: – Se vocês quiserem se juntar a nós, isso significará longas horas estafantes em estreito contato com a mulher mais bonita deste lado do rio Omethi.

– Pode ser que eu consiga arranjar umas horas vagas – disse Wilem, com ar indiferente.

Simmon sorriu.

Assim teve início a nossa busca no Arquivo.

Surpreendentemente, a princípio foi divertido, quase como um jogo. Nós quatro nos dispersávamos por seções diferentes, depois voltávamos e examinávamos os livros em grupo. Passamos horas conversando e brincando, gostando do desafio e da companhia uns dos outros.

Mas, à medida que as horas se transformaram em dias de busca infrutífera, a empolgação foi embora, deixando apenas uma rígida determinação. Wilem e Simon continuaram a velar por mim enquanto eu dormia, protegendo-me com seu Alar. Noite após noite eles perdiam o sono, o que os deixou taciturnos e irritadiços. Reduzi meu sono a cinco horas por noite, para lhes facilitar um pouco as coisas.

Em circunstâncias comuns, cinco horas de sono seriam mais do que suficientes para mim, porém eu ainda estava me recuperando dos ferimentos. Além disso, precisava sustentar constantemente o Alar que me mantinha a salvo. Era mentalmente exaustivo.

No terceiro dia de nossa busca, cochilei enquanto estudava metalurgia. Foi só um cochilo de meio minuto, até minha cabeça pender e eu acordar, assustado. Mas o medo gélido me seguiu pelo resto do dia. Se o Ambrose me houvesse atacado naquele momento, eu poderia ter morrido.

Assim, embora não pudesse arcar com o preço, comecei a me valer de meus recursos cada vez mais escassos para comprar café. Muitas hospedarias e restaurantes próximos da Universidade atendiam às preferências dos nobres, de modo que era fácil encontrá-lo, mas café nunca é barato. A nahlruta seria menos dispendiosa, porém tinha efeitos colaterais mais severos e eu não queria arriscar.

Entre os períodos de pesquisa, tratamos de confirmar minhas suspeitas de que o Ambrose era responsável pelos ataques. Nisso, pelo menos, tivemos sorte. Wil o viu voltar para o quarto depois da aula de retórica e, no mesmo horário, fui forçado a rechaçar um congelamento por conexão. Feila o viu terminar um almoço tardio e retornar a seus aposentos e, 15 minutos depois, senti um formigamento suarento de calor nas costas e nos braços.

Mais tarde, nessa noite, eu o vi voltar para seu quarto, na Pônei Dourado, após seu turno no Arquivo. Não muito depois, senti nos dois ombros uma vaga pressão que me informou que ele estava tentando me esfaquear. Depois dos ombros, seguiram-se várias outras estocadas numa área mais pessoal.

Wilem e Simmon concordaram em que não podia ser coincidência: era o Ambrose. E o melhor de tudo foi que isso nos fez saber que, fosse lá o que ele estivesse usando contra mim, era algo que guardava em seus aposentos.

CAPÍTULO 28

Gravetos

Os ATAQUES NÃO ERAM particularmente frequentes, mas chegavam sem nenhum aviso.

No quinto dia depois de iniciarmos a busca do esquema, quando Ambrose devia estar-se sentindo especialmente obstinado ou entediado, houve oito deles: um quando eu estava acordando no quarto do Wilem, dois durante o almoço, dois quando eu estudava fisiognomonia na Iátrica e três em rápida sucessão quando eu forjava ferro a frio na Ficiaria.

No dia seguinte, não houve ataque algum. Sob certos aspectos, isso foi pior. Nada além de horas à espera de que se completasse a tarefa.

Por isso, aprendi a manter um Alar duro como ferro enquanto comia ou tomava banho, assistia às aulas ou conversava com meus professores e amigos. Mantive-o até ao duelar na cadeira de Simpatia Especializada. No sétimo dia de busca, essa distração e meu esgotamento geral levaram à minha primeira derrota nas mãos de dois colegas de turma, o que pôs fim a minha sequência de duelos invictos.

Eu poderia dizer que estava fatigado demais para me incomodar, mas não seria toda a verdade.

∾

No nono dia de nossa busca, Wilem, Simmon e eu estávamos examinando livros na nossa cabine de leitura quando a porta se abriu e Feila entrou furtivamente. Carregava um único livro, em vez da sua braçada usual. E tinha a respiração ofegante.

– Achei! – disse ela, com os olhos brilhantes e a voz tão empolgada que chegava a ser quase feroz. – Encontrei um exemplar.

Jogou-nos o livro, para podermos ler o folheado a ouro na lombada grossa de couro: *Facci-Moen ve Scrivani*.

Tínhamos sabido do *Scrivani* logo no começo da busca. Tratava-se de uma vasta coleção de esquemas de um artífice chamado Surthur, morto fazia muito tempo. Doze grossos volumes de descrições e diagramas detalhados. Ao encontrarmos o índice, havíamos pensado que nossa busca estava quase encerrada, pois ele listava "Diagrammas detalhando a cõstruição de um maravilhoso cinco-grammo, o qual se provou de summa efficiencia na prevenção de sympatias maleficentes". Localização: volume 9, página 82.

Localizamos oito versões do *Scrivani* no Arquivo, mas em momento algum encontramos o conjunto completo. Os volumes 7, 9 e 11 sempre faltavam, sem dúvida escondidos na biblioteca particular do Kilvin.

Havíamos passado dois dias inteiros procurando, até finalmente desistir do *Scrivani*. Nesse momento, porém, Feila o havia encontrado – não apenas parte do quebra-cabeça, mas o conjunto inteiro.

– Esse é o certo? – perguntou Simmon, com uma mistura de empolgação e incredulidade na voz.

Feila retirou a mão devagar da parte inferior da encadernação, revelando o número gravado em ouro luminoso: 9.

Levantei aos tropeços da cadeira e quase a derrubei, na pressa de chegar até Feila. Mas ela sorriu e levantou o livro bem alto, acima da cabeça.

– Primeiro você tem que me prometer um jantar – disse.

Ri e tentei alcançar o livro.

– Quando isto acabar, levarei vocês todos para jantar fora – prometi.

Feila deu um suspiro.

– E tem que me dizer que sou a melhor escriba de todos os tempos.

– Você é a melhor escriba de todos os tempos – afirmei. – É duas vezes melhor do que o Wil jamais conseguiria ser, mesmo que tivesse uma dúzia de mãos e uma centena de olhos extras.

– Eca! – exclamou ela e me entregou o livro. – Aí está.

Corri para a mesa e abri o volume.

– As páginas estarão faltando ou alguma coisa assim – comentou Simmon com Wil, em voz baixa. – Não pode ser tão fácil, depois de todo esse tempo. Sei que alguma coisa vai travar a nossa roda.

Parei de virar as páginas e esfreguei os olhos, espremendo-os diante da escrita.

– Eu sabia – disse Simmon, que inclinou a cadeira para trás sobre duas pernas e tampou os olhos cansados com as mãos. – Deixe-me adivinhar, ele está com caruncho cinéreo. Ou com traças, ou os dois.

Feila chegou mais perto e olhou por cima do meu ombro.

– Ah, não! – exclamou, pesarosa. – Nem olhei para ele, estava empolgada demais. – Levantou os olhos para nós: – Algum de vocês sabe ler víntico antigo?

– Eu leio aquela algaravia pipilante que vocês chamam de aturano – disse Wilem, com azedume. – Considero-me suficientemente poliglota.

– Só noções superficiais – respondi. – Algumas dezenas de palavras.

– Eu leio – informou Simmon.

– Verdade? – perguntei, sentindo meu peito encher-se outra vez de esperança. – Onde você aprendeu?

Simmon correu a cadeira pelo chão até poder ver o livro.

– No meu primeiro período como E'lir, li um pouco de poesia em víntico antigo. Estudei-o durante três períodos com o Reitor.

– Nunca me interessei por poesia – comentei.

– O prejuízo é seu – disse Simmon, com ar distraído, folheando algumas páginas. – A poesia em víntico antigo é atroadora. Esmurra a gente.

– Como é a métrica? – perguntei.

– Não entendo nada de métrica – declarou Simmon, ainda distraído, deslizando o dedo pela página à sua frente. – É assim:

Buscamos o Scrivani, obra verbal de Surthur,
Há muito no registro perdida, por toda a esperança esquecida.
Mas logo por amizade encontrada e bela a sua portadora.
Inflamada veio a caçadora, Feila, no alvoroço do achado,

> *Arfante o seu peito,   o sangue subindo alto*
> *Para madurar a floração   da rubra face da beleza.*

– É esse tipo de coisa – disse Simmon, displiscente, ainda examinando a página à sua frente.

Vi Feila virar a cabeça para fitá-lo, quase como se estivesse surpresa por vê-lo sentado ali.

Não. Foi quase como se, até aquele ponto, ele houvesse apenas ocupado espaço ao redor dela, como uma peça do mobiliário. Mas dessa vez, ao fitá-lo, ela o absorveu por inteiro. O cabelo cor de areia, a linha do queixo, a largura dos ombros sob a camisa. Dessa vez, ao olhar, ela realmente o viu.

Deixe-me dizer uma coisa. Testemunhar esse momento valeu todo o tempo terrível e irritante que fora gasto na pesquisa do Arquivo. Valeu o sangue e o medo da morte vê-la apaixonar-se por ele. Só um pouquinho. Só o primeiro tênue suspiro de amor, tão leve que, provavelmente, nem ela mesma o notou. Não foi dramático como um relâmpago seguido pelo estrondo do trovão. Foi mais parecido com a pedra riscando o aço e a centelha esmaecendo, quase depressa demais para ser vista. Mas, ainda assim, a gente sabe que ela está ali, nos recônditos, onde não é possível avistá-la, como um atiçar de gravetos.

– Quem leu poesia em víntico antigo para você? – perguntou Wil.

Feila piscou os olhos e se virou outra vez para o livro.

– O Marionetista – respondeu Simmon. – Na primeira vez que o encontrei.

– O Marionetista! – exclamou Wil, com ar de quem queria arrancar os cabelos. – Que Deus me esmurre, por que não o procuramos para falar disto? Se existe uma tradução desse livro em aturano, ele deve saber onde está!

– Pensei na mesma coisa umas 100 vezes, nesses últimos dias – disse Simmon. – Mas ele não tem passado bem ultimamente. Não seria de grande ajuda.

– E o Marionetista sabe o que está incluído na lista de restrições – interpôs Feila. – Duvido que simplesmente entregasse uma coisa dessas.

– Todos conhecem esse tal de Marionetista, menos eu? – indaguei.

– Os escribas o conhecem – disse Wilem.

– Acho que sei montar a maior parte desse quebra-cabeça – disse Simmon, voltando-se para mim. – Esse diagrama faz algum sentido para você? Para mim, é um perfeito disparate.

– Essas são as runas – assinalei. – Claras como o dia. E aqueles são símbolos metalúrgicos. – Examinei mais de perto. – O resto... não sei. Talvez sejam abreviaturas. É provável que possamos decifrá-las à medida que formos avançando.

Sorri e me virei para Feila.

– Parabéns, você continua a ser a melhor escriba de todos os tempos.

Com a ajuda do Simmon, levei dois dias para decifrar os diagramas do *Scrivani*. Melhor dizendo, levei um dia para decifrá-los e mais outro para conferir e revisar nosso trabalho.

Uma vez sabendo construir meu gramo, comecei a jogar um estranho tipo de esconde-esconde com Ambrose. Eu precisava liberar toda a minha concentração ao trabalhar na siglística. Isso significava baixar a guarda. Assim, eu só podia me dedicar ao gramo quando tinha certeza de que Ambrose estava ocupado com outra coisa.

O gramo era um trabalho delicado, uma gravação miúda e sem margem de erro. E o fato de eu ser obrigado a roubar tempo aos bocadinhos não ajudava. Meia hora enquanto Ambrose tomava um café com uma jovem numa cafeteria pública. Quarenta minutos enquanto ele assistia a uma aula de lógica simbólica. Uma hora e meia enquanto ele trabalhava na recepção do Arquivo.

Quando não podia me dedicar ao gramo, eu me empenhava em meu projeto favorito. De certo modo, foi uma sorte o Kilvin ter-me encarregado de fazer algo digno de um Re'lar. Isso me deu a desculpa perfeita para todo o tempo que eu passava na Ficiaria.

O resto do tempo eu gastava relaxando no salão de hóspedes da Pônei Dourado. Precisava me estabelecer como um freguês habitual do lugar. Desse modo, as coisas pareceriam menos suspeitas.

CAPÍTULO 29

Furtado

TODAS AS NOITES EU ME RECOLHIA a meu quartinho no sótão da Anker. Trancava a porta, saía pela janela e entrava furtivamente no quarto do Wilem ou no do Simmon, dependendo de quem fosse ficar com o primeiro turno da vigília noturna.

Ainda que as coisas já estivessem ruins, eu sabia que ficariam infinitamente piores se o Ambrose percebesse que fora eu o invasor de seus aposentos. Embora meus ferimentos estivessem sarando, ainda eram mais do que suficientes para me incriminar. Por isso, fiz um grande esforço para manter a aparência de normalidade.

E foi assim que uma noite, já bem tarde, entrei me arrastando na Anker, com todo o vigor de um trapento. Fiz uma débil tentativa de conversar com a nova criada do Anker, peguei metade de um pão e desapareci na escada.

Um minuto depois, estava de volta à taberna, coberto por um suor frio de pânico e o coração trovejando nas orelhas.

A garota levantou a cabeça.

– Quer dizer que mudou de ideia sobre aquela bebida? – perguntou-me, sorrindo.

Balancei a cabeça tão depressa que meu cabelo me açoitou o rosto.

– Eu deixei meu alaúde aqui ontem de noite, quando acabei de tocar? – perguntei, aflito.

Ela fez que não.

– Você o carregou, como sempre. Lembra que eu perguntei se precisava de um pedaço de barbante para amarrar o estojo?

Disparei de novo escada acima, veloz como um peixe. E tornei a descer em menos de um minuto.

– Tem certeza? – indaguei, com a respiração ofegante. – Você pode olhar atrás do balcão do bar, só para garantir?

Ela olhou, mas o alaúde não estava lá. Também não estava na despensa. Nem na cozinha.

Subi a escada e abri a porta do meu quartinho minúsculo. Num cômodo daquele tamanho, não havia muitos lugares em que um estojo de alaúde pudesse caber. Não estava embaixo da cama. Não estava encostado na parede, ao lado da minha pequena escrivaninha. Não estava lá.

O estojo do alaúde era grande demais para caber no velho baú ao pé da cama. Assim mesmo, olhei. Não estava no baú. Olhei de novo embaixo da cama, só para ter certeza. Não estava embaixo da cama.

Então olhei para a janela. Para o trinco simples, que eu mantinha bem lubrificado, para poder destravá-lo pelo lado de fora, quando estava no telhado.

Tornei a olhar atrás da porta. O alaúde não estava ali. Sentei-me na cama. Se antes eu estivera cansado, isso era algo inteiramente diferente. Tive a sensação de ser feito de papel molhado. Tive a sensação de mal poder respirar, como se alguém houvesse roubado o coração de dentro do meu peito.

CAPÍTULO 30

Mais do que sal

– Hoje – disse Elodin, com voz animada – falaremos de coisas de que não se pode falar. Especificamente, discutiremos por que algumas coisas não podem ser discutidas.

Dei um suspiro e descansei o lápis. Todo dia eu torcia para que fosse chegada a aula em que ele de fato nos ensinaria alguma coisa. Todo dia eu levava um apoio duro e um de meus preciosos pedaços de papel, pronto para aproveitar o momento de clareza. Todo dia parte de mim esperava que o Elodin risse e admitisse que vinha apenas testando a nossa determinação, com seus absurdos intermináveis.

E todo dia eu saía desapontado.

– A maioria das coisas importantes não pode ser dita com franqueza – declarou o mestre. – Não pode ser explicitada. Só pode ficar implícita.

Olhou para seu punhado de alunos, numa sala de aula praticamente vazia.

– Digam o nome de uma coisa que não possa ser explicada – pediu. Em seguida, apontou para Uresh: – Fale.

Uresh pensou por um momento.

– O humor. Quando se explica uma piada, ela deixa de ser piada.

Elodin assentiu com a cabeça e apontou para Fenton.

– A denominação? – perguntou ele.

– Isso é resposta barata, Re'lar – disse Elodin, com um toque de reprovação. – Mas você previu corretamente o tema da minha aula, portanto, vamos deixar passar.

Apontou para mim.

– Não há nada que não se possa explicar – declarei, em tom firme. – Se uma coisa pode ser compreendida, pode ser explicada. Talvez uma pessoa não consiga sair-se muito bem ao dar a explicação. Mas isso significa apenas que ela é difícil, não que é impossível.

Elodin levantou um dedo.

– Nem difícil, nem impossível. É meramente inútil. Algumas coisas só podem ser inferidas – disse e me deu um sorriso enfurecedor. – A propósito, a sua resposta deveria ter sido "a música".

– A música se explica por si – retruquei. – Ela é o caminho e o mapa que mostra o caminho. É os dois juntos.

– Mas você sabe explicar como a música funciona? – perguntou Elodin.

– É claro – respondi, embora não tivesse certeza daquilo.

– Sabe me explicar como funciona a música sem usar a música?

Isso me fez estancar. Enquanto eu procurava pensar numa resposta, Elodin virou-se para Feila.

– O amor? – perguntou ela.

Elodin levantou uma sobrancelha, como se ficasse levemente escandalizado com isso, depois meneou a cabeça em sinal de aprovação.

– Espere um minuto – falei. – Nós não terminamos. Não sei se eu poderia explicar a música sem usá-la, mas isso não vem ao caso. Isso não é explicação, é tradução.

O rosto de Elodin iluminou-se.

– É exatamente isso! – exclamou. – Tradução. Todo saber explícito é um saber traduzido e toda tradução é imperfeita.

– Então, todo saber explícito é imperfeito? – indaguei. – Diga ao Mestre Brandeur que a geometria é subjetiva. Eu adoraria assistir a essa discussão.

– Nem todo saber – admitiu Elodin. – Mas a maioria.

– Prove – desafiei-o.

– Não se pode provar a inexistência – interpôs Uresh sem rodeios. Parecia exasperado. – Lógica falha.

Trinquei os dentes diante disso. Era uma lógica falha. Eu nunca teria cometido esse erro se estivesse mais descansado.

– Então, demonstre-o – insisti.

– Ótimo, ótimo. – Elodin foi até onde Feila estava sentada. – Usaremos o exemplo da Feila – disse. Pegou-a pela mão e a fez levantar-se, com um sinal para que eu os seguisse.

Também me levantei, com relutância, e Elodin nos posicionou frente a frente, de perfil para a classe.

– Temos aqui dois jovens encantadores – disse. – Seus olhares se encontram na sala.

Empurrou meu ombro e tropecei meio passo para a frente.

– Ele diz olá. Ela sorri. Ele desloca o peso de um pé para o outro, inquieto.

Parei de fazer exatamente isso e um vago murmúrio de riso veio dos demais.

– Há algo de efêmero no ar – disse Elodin, colocando-se atrás da Feila. Pôs as mãos nos ombros dela e se inclinou para seu ouvido. – Ela adora as feições dele – disse, baixinho. – Sente curiosidade sobre o formato de sua boca. Pergunta a si mesma se ele seria o homem certo, se poderia abrir-lhe os recônditos secretos de seu coração.

Feila baixou os olhos, um vivo escarlate corando suas faces.

Elodin contornou-nos furtivamente e se postou atrás de mim.

– O Kvothe olha para ela e, pela primeira vez, compreende o impulso que moveu os homens a pintarem. A esculpirem. A cantarem.

Tornou a nos circundar e acabou por se colocar entre nós, como um sacerdote prestes a realizar um casamento.

– Existe entre eles algo tênue e delicado. Ambos o sentem. É como estática no ar. Tênue como a geada.

Encarou-me, com uma expressão séria nos olhos escuros.

– Agora. O que você faz?

Olhei-o, completamente perdido. Se havia uma coisa da qual eu entendia menos que de denominação, era como cortejar as mulheres.

– Há três caminhos aqui – disse Elodin à turma. Levantou um dedo. – Primeiro: Nossos jovens enamorados podem tentar expressar o que sentem. Podem tentar tocar a canção entreouvida que seus corações estão cantando.

Deteve-se, para aumentar o efeito.

– Esse é o caminho do tolo sincero e ele acaba mal. Essa coisa entre vocês dois é trêmula demais para a fala. É uma centelha tão vaga que até a respiração mais cuidadosa poderia extingui-la.

O Nomeador-Mor meneou a cabeça.

– Mesmo que vocês sejam inteligentes e hábeis com as palavras, estão fadados ao fracasso. Isso porque, ainda que suas bocas possam falar a mesma língua, seus corações não o fazem. – Olhou-me atentamente: – É um problema de tradução.

Levantou dois dedos e prosseguiu:

– O segundo caminho é mais cuidadoso. Vocês falam de coisas miúdas. Do clima. De uma peça conhecida. Passam tempo na companhia um do outro. Dão-se as mãos. Com isso, aprendem aos poucos os significados secretos das palavras um do outro. Assim, quando chega o momento, conseguem falar com um sentido sutil sob as palavras e há compreensão de ambos os lados.

Elodin fez um gesto largo na minha direção.

– E há o terceiro caminho. O caminho do Kvothe – disse. Deu um passo e parou ombro a ombro comigo, de frente para Feila. – Você intui algo entre vocês. Algo maravilhoso e delicado. – Deu um suspiro romântico, perdidamente apaixonado. – E, como deseja ter certeza de tudo, resolve forçar a situação. Toma o caminho mais curto. Quanto mais simples, melhor, supõe.

Elodin estendeu as mãos e fez gestos desvairados de agarrar em direção a Feila.

– Assim, você estica os braços e agarra os seios dessa jovem.

Houve uma explosão de riso assustado que veio de todos, menos de Feila e de mim. Amarrei a cara. Ela cruzou os braços sobre o peito e seu rubor desceu pelo pescoço, até se esconder sob a blusa.

Elodin virou-lhe as costas e me encarou.

– Re'lar Kvothe – disse, em tom sério. – Estou tentando despertar a sua mente adormecida para a linguagem sutil que o mundo sussurra. Estou tentando seduzi-lo a compreender. Estou tentando *ensinar-lhe*. – Inclinou-se para a frente, até seu rosto quase encostar no meu. – Pare de agarrar os meus mamilos.

∽

Saí da aula de Elodin de mau humor.

Se bem que, para ser franco, meu humor dos últimos dias não tinha sido outra coisa senão diferentes variações do péssimo. Eu procurava escondê-lo de meus amigos, mas estava começando a desabar sob o peso daquilo tudo.

A gota d'água tinha sido a perda do meu alaúde. Tudo o mais eu havia aceitado, dançando conforme a música: a ardência cáustica no peito, a dor constante nos joelhos, a falta de sono, o medo persistente de deixar meu Alar escapar na hora errada e, de repente, começar a vomitar sangue.

Eu vinha lidando com aquilo tudo: minha pobreza desesperadora, minha frustração com as aulas de Elodin. Até com a nova corrente subterrânea de angústia que vinha de saber que a Devi me esperava do outro lado do rio, com o coração cheio de ódio, três gotas do meu sangue e um Alar que parecia o oceano na tormenta.

Mas a perda do alaúde fora demais. Não era só que eu precisasse dele para ganhar casa e comida na Anker. Não era só que meu alaúde fosse a chave da minha capacidade de ganhar a vida, se viesse a ser expulso da Universidade.

Não. A verdade simples era que, com minha música, eu conseguia lidar com o resto. Minha música era a cola que me mantinha inteiro. Apenas dois dias sem ela e eu já estava me desfazendo em pedaços.

Depois da aula de Elodin, não suportei a ideia de passar outras horas debruçado sobre uma bancada de trabalho na Ficiaria. Minhas mãos doeram ao pensar nisso e havia areia nos meus olhos pela falta de sono.

Assim, em vez disso, voltei à taberna do Anker para almoçar cedo. Devia estar mesmo com uma aparência deplorável, porque ele me trouxe uma fatia dupla de toucinho com a sopa e, de quebra, uma meia cerveja.

– Como foi o seu jantar, se não se importa com a pergunta? – indagou o Anker, encostado no bar.

Levantei a cabeça para ele.

– Perdão, como disse?

– Com a sua jovem senhorita. Não sou de bisbilhotar, mas o portador apenas largou a mensagem. Tive de lê-la para ver para quem era.

Lancei para Anker meu olhar mais vazio.

Ele me fitou, intrigado, e franziu o cenho.

– A Laurel não lhe deu seu bilhete?

Neguei com a cabeça e Anker praguejou, irritado:

– Juro que há dias em que a luz deve passar direto pela cabeça dessa moça.

Começou a procurar algo atrás do balcão do bar.

– Um mensageiro deixou um bilhete para você anteontem. Eu disse à Laurel que o desse a você na sua chegada. Aqui está ele – falou, enquanto apanhava um pedaço de papel úmido e bastante sujo para me entregar.

O bilhete dizia:

Kvothe,
Estou de volta à cidade e apreciaria imensamente ter hoje a companhia de um cavalheiro charmoso para jantar. Infelizmente, não há nenhum disponível. Você gostaria de me encontrar na Aduela Fendida?
Com muita expectativa, sua,
D.

Meu estado de espírito melhorou um pouco. Os bilhetes de Denna eram um raro prazer e ela nunca me convidara para jantar. Embora tenha ficado com raiva por haver perdido o encontro, saber que ela voltara à cidade e estava ansiosa por me ver levantou consideravelmente o meu moral.

Engoli o almoço e resolvi faltar à aula de siaru, em favor de uma ida a Imre. Fazia mais de uma onzena que eu não via Denna e passar algum tempo com ela era a única coisa em que eu podia pensar que seria capaz de me animar.

Meu entusiasmo arrefeceu um pouco ao me aproximar do rio. Era uma longa caminhada e meus joelhos começaram a doer antes mesmo de eu chegar à Ponte de Pedra. O sol tinha um brilho ofuscante, mas não calor suficiente para combater a friagem do vento do início de inverno. A poeira da estrada era soprada em meus olhos e me fazia engasgar.

Denna não estava em nenhuma das hospedarias em que costumava ficar. Não estava ouvindo música no Barril nem na Cabra na Porta. Nem Deoch nem Stanchion a tinham visto. Tive medo de que ela pudesse ter deixado a cidade enquanto eu estivera ocupado. Ela poderia ficar fora durante meses. Poderia partir para sempre.

Então, dobrei uma esquina e a vi sentada num jardinzinho público, embaixo de uma árvore. Segurava uma carta numa das mãos e uma pera parcialmente comida na outra. Onde teria achado uma pera, tão no final da estação?

Eu já atravessara metade do jardim quando me dei conta de que ela estava chorando. Parei onde me encontrava, sem saber o que fazer. Eu queria ajudar, mas não ser invasivo. Talvez fosse melhor...

– Kvothe!

Denna jogou fora o resto da pera, levantou-se de um salto e correu para mim pela grama. Estava sorrindo, no entanto tinha os olhos vermelhos. Enxugou as faces com uma das mãos.

– Você está bem? – perguntei.

Seus olhos se encheram de novas lágrimas, porém, antes que elas caíssem, Denna os apertou e balançou a cabeça com força.

– Não – respondeu. – Não totalmente.

– Posso ajudar?

Ela secou os olhos com a manga da blusa.

– Você ajuda só por estar aqui.

Dobrou a carta num quadradinho e a empurrou para dentro do bolso. Depois, tornou a sorrir. Não foi um sorriso forçado, do tipo que se usa feito máscara. Era um sorriso de verdade, encantador, apesar das lágrimas.

Então, inclinou a cabeça de lado e me olhou com mais atenção, enquanto o sorriso se transformava numa expressão apreensiva.

– E você? – perguntou. – Está parecendo meio indisposto.

Dei um sorriso débil. O meu foi forçado e eu sabia.

– Ando enfrentando uns tempos difíceis ultimamente.

– Espero que não esteja num mal-estar tão ruim quanto a sua aparência – disse ela, em tom gentil. – Você tem dormido o suficiente?

– Não – admiti.

Denna respirou fundo para falar, mas parou e mordeu o lábio:

– É alguma coisa sobre a qual você queira conversar? Não sei se posso ser de alguma ajuda, mas... – Encolheu os ombros e deslocou ligeiramente o peso do corpo de um pé para o outro. – Eu mesma não durmo bem. Sei como é.

Sua oferta de ajuda me pegou desprevenido. Fez com que eu me sentisse... Não sei dizer exatamente o que me fez sentir. Não é algo fácil de se exprimir em palavras.

Não foi a oferta de ajuda em si. Fazia dias que meus amigos vinham trabalhando incansavelmente para me ajudar. Mas a disposição para ajudar do Simmon era diferente dessa. A ajuda dele era tão confiável quanto o pão. Porém, saber que Denna se importava foi como um gole de vinho quente numa noite de inverno. Senti seu calor doce em meu peito.

Sorri para ela. Um sorriso de verdade. A expressão trouxe uma sensação esquisita a meu rosto e eu me perguntei há quanto tempo vinha amarrando a cara sem saber.

– Você está me ajudando só por estar aqui – falei, em tom sincero. – O simples fato de vê-la faz maravilhas pelo meu humor.

Denna revirou os olhos.

– É claro. A visão do meu rosto todo manchado é uma panaceia.

– Não há muito de que falar – expliquei. – Meu azar se enredou com as minhas decisões ruins e estou pagando por isso.

Denna deu um risinho que beirou um soluço.

– Eu não entenderia *nada* desse tipo de coisa – disse-me, com uma torção irônica dos lábios. – É pior quando a culpa é da nossa própria estupidez, não é?

Senti minha boca curvar-se, imitando a dela.

– É. A bem da verdade, eu preferiria alguma distração a um ouvido solidário.

– Isso eu posso oferecer – retrucou Denna, segurando meu braço. – Deus sabe que você já fez o mesmo por mim um bom número de vezes.

Acertei o passo com o dela.

– Fiz?

– Infinitas vezes. É fácil esquecer quando você está perto – falou. Parou de andar por um momento e tive que parar também, já que ela pusera seu braço no meu. – Isso não está certo. Eu quis dizer que, quando você está por perto, é fácil esquecer.

– Esquecer o quê?

– Tudo – disse ela, e, por um instante, sua voz não foi tão brincalhona. – Todas as partes ruins da minha vida. Quem eu sou. É bom poder tirar férias de mim mesma de vez em quando. Você ajuda nisso. É meu porto seguro num mar tempestuoso e interminável.

Dei um risinho.

– Sou?

– É – confirmou ela, com naturalidade. – Você é meu salgueiro umbroso num dia ensolarado.

– Você é música suave num cômodo distante – retruquei.

– Essa é boa – constatou Denna. – Você é um bolo inesperado numa tarde chuvosa.

– Você é o emplastro que retira o veneno do meu coração.

– Hum – murmurou Denna, com ar inseguro. – Essa eu não sei. Um coração cheio de veneno não é uma ideia atraente.

– É – admiti. – A frase soava melhor antes de eu pronunciá-la.

– É o que acontece quando a gente mistura metáforas. – Ela fez uma pausa e indagou: – Você recebeu meu bilhete?

– Recebi-o hoje – respondi, deixando todo o meu pesar derramar-se na voz. – Há apenas umas duas horas.

– Ah. Que pena, foi um bom jantar. Comi o seu também.

Tentei pensar em algo para dizer, mas Denna simplesmente sorriu e meneou a cabeça.

– Estou brincando. O jantar foi só um pretexto, na verdade. Tenho uma coisa para lhe mostrar. Você é um homem difícil de achar. Pensei que teria de esperar até amanhã, quando você canta na taberna do Anker.

Senti uma pontada aguda no peito, tão intensa que nem mesmo a presença de Denna foi capaz de superá-la por completo.

– Foi sorte você ter-me encontrado hoje. Não sei ao certo se vou tocar amanhã.

Ela inclinou a cabeça para mim.

– Você sempre canta nas noites do dia-da-sega. Não modifique isso. Já tenho dificuldade suficiente para encontrá-lo.

– Veja só quem fala. Nunca a encontro duas vezes no mesmo lugar.

– Ah, sim, tenho certeza de que você *vive* à minha procura – disse ela, fazendo pouco caso, e então abriu um sorriso empolgado. – Mas isso não importa. Vamos. Tenho certeza de que isto vai distraí-lo. – Começou a andar mais depressa, puxando meu braço.

Seu entusiasmo era contagioso e me vi sorrindo ao segui-la pelas ruas tortuosas de Imre.

Acabamos chegando a uma lojinha. Denna entrou na minha frente, quase saltitando de animação. Todos os sinais de choro haviam sumido e seus olhos brilhavam. Ela pôs as mãos frescas sobre meu rosto.

– Feche os olhos – disse. – É uma surpresa!

Fechei-os e ela me conduziu pela mão por alguns passos. O interior da loja era pouco iluminado e recendia a couro. Ouvi uma voz masculina dizer "Então, esse é ele?", seguida pelo som oco de coisas sendo remexidas.

– Está pronto? – Denna disse em meu ouvido. Escutei o sorriso em sua voz. Sua respiração fez cócegas nos pelos da minha nuca.

– Não faço a menor ideia – respondi, com sinceridade.

Senti o sopro do seu riso abafado em minha orelha.

– Está bem. Abra os olhos.

Abri-os e vi um senhor esguio parado atrás de um longo balcão de madeira. À sua frente, um estojo vazio de alaúde, aberto como um livro. Denna me comprara um presente. Um estojo para meu alaúde. Um estojo para meu alaúde roubado.

Dei um passo para me aproximar. O estojo vazio era comprido e fino, revestido de couro preto liso. Não havia dobradiças. Sete presilhas luminosas de aço circundavam a borda da tampa, que se levantava como a de uma caixa.

O interior era de um veludo suave. Estendi a mão para tocá-lo e vi que o acolchoamento era macio, porém resiliente como uma esponja. O veludo tinha quase 1 centímetro de espessura e era de um tom escuro de vinho.

O homem atrás do balcão deu um sorriso tênue.

– A sua senhora tem bom gosto. E séria determinação sobre o que quer.

Segurou a tampa e acrescentou:

– O couro foi hidratado e encerado. São duas camadas, com arcos de bordo por baixo – disse. Deslizou o dedo pela parte inferior do estojo e apontou para o sulco correspondente na tampa. – Ela tem um encaixe suficientemente justo para que nenhum ar possa entrar ou sair. Portanto, não precisa se preocupar ao passar de uma sala quente e úmida para uma noite gelada.

Começou a fechar as presilhas ao redor do estojo.

– A senhora objetou ao latão. Portanto, estas são de aço fino. E, uma vez fechadas, a tampa é vedada por uma gaxeta. O senhor pode mergulhá-la num rio que o veludo permanecerá seco no interior – disse. Encolheu os ombros e completou: – A água acabaria permeando o couro, é claro. Mas há um limite para o que se pode fazer.

Virando o estojo ao contrário, ele bateu com força com os nós dos dedos no fundo arredondado.

– Usei lâminas finas de bordo, portanto ele não é volumoso nem pesado, e reforcei-as com tiras de aço de Glantz. – Fez um gesto para onde estava Denna, risonha. – A senhora queria aço de Ramston, mas expliquei que, embora ele seja forte, é também bastante quebradiço. O aço de Glantz é mais leve e conserva sua forma.

Olhou-me de cima a baixo e acrescentou:

– Se o jovem cavalheiro quiser, pode subir no estojo sem quebrá-lo. – Franziu de leve a boca e olhou para meus pés: – Embora eu prefira que não o faça.

Desvirou o estojo.

– Tenho que dizer que este talvez seja o melhor estojo que fiz em 20 anos – declarou, deslizando-o para mim sobre o balcão. – Espero que seja do seu agrado.

Fiquei sem palavras. Era uma raridade. Estendi o braço e deslizei a mão pelo couro. Era quente e liso. Toquei a argola de aço em que se prenderia a alça. Olhei para Denna, que praticamente dançava de prazer.

Ela deu um passo à frente, ansiosa.

– Esta é a melhor parte – disse, abrindo as presilhas com tal familiaridade que percebi que já o fizera antes. Tirou a tampa e cutucou o interior com um dedo. – A forração foi feita para ser retirada e recolocada. Por isso, seja qual for o seu alaúde no futuro, ele continuará a se encaixar. E olhe! – acrescentou. Pressionou o veludo no lugar onde ficaria o braço, girou os dedos e uma tampa saltou, revelando um espaço oculto por baixo. Tornou a sorrir. – Isso também foi ideia minha. É como um bolso secreto.

– Pelo corpo de Deus, Denna! Isso deve ter-lhe custado uma fortuna.

– Bem, você sabe – disse ela, com um ar de modéstia afetada –, eu tinha uma pequena reserva.

Deslizei a mão pelo interior, tocando o veludo.

– Denna, estou falando sério. Este estojo deve valer tanto quanto o meu alaúde...

Minha voz morreu e meu estômago deu uma volta nauseante. O alaúde que eu já nem possuía.

– Se não se importa que eu o diga, senhor – disse o homem atrás do balcão –, a menos que o seu alaúde seja de prata maciça, calculo que este estojo valha bem mais do que ele.

Tornei a correr as mãos pela tampa, sentindo o estômago cada vez mais embrulhado. Não conseguia pensar numa só palavra para dizer. Como poderia contar a Denna que alguém havia roubado meu alaúde depois de ela ter-se dado todo o trabalho de mandar fazer aquele lindo presente para mim?

Denna sorriu, empolgada.

– Vamos ver como o seu alaúde se encaixa!

Fez um gesto e o homem atrás do balcão pegou meu alaúde e o pôs no estojo. Encaixou como uma luva.

Desatei a chorar.

∽

– Por Deus, estou envergonhado – falei, assoando o nariz.

Denna tocou de leve o meu braço.

– Eu sinto muito mesmo! – repetiu pela terceira vez.

Estávamos os dois sentados no meio-fio, fora da lojinha. Já era ruim o bastante irromper em pranto na frente de Denna. Eu quisera me recompor sem que o lojista também ficasse me encarando.

– Eu só queria que ele encaixasse direito – disse Denna, com a expressão abalada. – Deixei um bilhete. Era para você ter vindo jantar, para que eu pudesse lhe fazer a surpresa. Não era nem para você saber que ele tinha sumido.

– Está tudo bem – falei.

– É óbvio que não está – retrucou Denna, com os olhos começando a marejar. – Quando você não apareceu, fiquei sem saber o que fazer. Procurei-o em toda parte ontem à noite. Bati na sua porta, mas você não atendeu. – Olhou para os pés e acrescentou: – Nunca consigo encontrá-lo quando o procuro.

– Denna, está tudo bem.

Ela balançou vigorosamente a cabeça, recusando-se a me olhar, enquanto as lágrimas começavam a rolar por sua face.

– Não está tudo bem. Eu devia saber. Você o segura como se fosse seu bebê. Se algum dia na vida alguém me olhasse do jeito que você olha para esse alaúde, eu...

Sua voz entrecortou-se e ela engoliu em seco, antes que as palavras recomeçassem a brotar de seus lábios:

– Eu sabia que ele era a coisa mais importante da sua vida. Foi por isso que quis arranjar um lugar seguro para que você guardasse. Só não imaginei que fosse tão...

Tornou a engolir em seco, cerrando os punhos. Tinha o corpo tão tenso que estava quase tremendo.

– Deus, eu sou tão idiota! Nunca penso. Sempre faço isso. Eu estrago tudo.

O cabelo havia caído em volta do seu rosto e eu não podia ver sua expressão.

– O que há de errado comigo? – perguntou, num tom baixo e raivoso. – Por que sou tão idiota? Por que não posso fazer uma só coisa direito em toda a minha vida?

– Denna – tive de interrompê-la, já que ela mal parava para respirar. Pus a mão em seu braço e ela ficou rígida e imóvel. – Denna, você não tinha como saber. Há quanto tempo está tocando? Um mês? Algum dia teve um instrumento?

Ela meneou a cabeça, o rosto ainda escondido pelo cabelo.

– Eu tive aquela lira – disse, baixinho. – Mas foi só por uns dias, antes do incêndio.

Levantou finalmente o rosto, com uma expressão de puro sofrimento. Disse, com os olhos e o nariz vermelhos:

– Isso vive acontecendo. Tento fazer uma coisa boa, mas fica tudo enrolado. – Fitou-me com um olhar arrasado. – Você não sabe o que é isso.

Dei uma risada. Era incrivelmente bom rir de novo. O riso brotou das profundezas de minhas entranhas e jorrou da minha garganta feito as notas de uma trompa dourada. Por si só, essa gargalhada valeu por três refeições quentes e 20 horas de sono.

– Sei exatamente como é – repliquei, sentindo os machucados nos joelhos e o repuxar das feridas parcialmente cicatrizadas nas costas. Pensei em lhe contar a confusão que eu arrumara tentando recuperar seu anel, mas concluí que, provavelmente, não melhoraria seu humor se explicasse que o Ambrose vinha tentando me matar. – Denna, eu sou o rei das boas ideias que dão completamente errado.

Ela sorriu ao ouvir isso, fungando e exugando os olhos com uma das mangas.

– Nós somos um casal encantador de idiotas chorões, não é?

– Somos.

– Desculpe – disse ela mais uma vez, deixando morrer o sorriso. – Eu só queria lhe fazer uma gentileza. Mas sou péssima nessas coisas.

Segurei sua mão entre as minhas e a beijei.

– Denna – disse-lhe, com toda a sinceridade –, essa foi a coisa mais gentil que alguém já fez por mim.

Ela deu uma bufadela indelicada.

– É a pura verdade. Você é o meu vintém brilhante à beira da estrada. Você é mais valiosa que o sal, a lua ou uma longa noite de caminhada. Você é vinho doce na minha boca, uma canção na minha garganta e riso no meu coração.

As bochechas de Denna enrubesceram, mas segui adiante, despreocupado:

– Você é boa demais para mim. É um luxo que não posso me proporcionar. Mesmo assim, quero que venha comigo hoje. Vou lhe oferecer o jantar e passar horas desmanchando-me em elogios sobre a vasta paisagem de deslumbramento que você é.

Levantei-me e a puxei, pondo-a de pé.

– Vou tocar para você. Vou cantar-lhe cantigas. Pelo resto da tarde, o resto do mundo não poderá nos atingir.

Inclinei a cabeça, transformando minha fala numa pergunta.

A boca de Denna curvou-se.

– Parece bom. Eu gostaria de fugir do mundo por uma tarde.

∽

Horas depois, voltei para a Universidade com o andar saltitante. Assobiei. Cantei. Meu alaúde, pendurado no ombro, era leve como um beijo. O sol estava cálido e reconfortante. A brisa estava fresca.

Minha sorte começava a mudar.

CAPÍTULO 31

O cadinho

Com o alaúde de novo nas mãos, os outros aspectos da minha vida entraram facilmente nos eixos. Meu trabalho na Ficiaria foi mais fácil. As aulas correram sem esforço. Até Elodin parecia fazer mais sentido.

Foi com o coração leve que fiz uma visita ao Simmon, no conjunto de prédios da alquimia. Ele me abriu a porta quando bati e fez sinal para que eu entrasse.

– Funcionou – disse-me, empolgado.

Fechei delicadamente a porta e ele me levou a uma mesa onde estava disposta uma série de frascos, tubos e bicos de gás de hulha. Deu um sorriso orgulhoso e levantou um pote baixo e raso, do tipo que se usa para guardar pó facial ou ruge.

– Pode me mostrar? – pedi.

Ele acendeu um pequeno bico de gás e a chama aqueceu o fundo de uma frigideira rasa de ferro. Passamos um instante calados, ouvindo-a chiar.

– Comprei botas novas – disse Simmon, puxando conversa, e levantou um pé para que eu as visse.

– São bonitas – comentei automaticamente e então parei e olhei melhor. – Isso são tachões? – perguntei, incrédulo.

Ele deu um sorriso perverso. Eu ri.

A frigideira de ferro esquentou e Simmon desatarraxou a tampa do pote, pressionando o dedo indicador na substância translúcida que ele continha. Em seguida, com um pequeno floreio, levantou a mão e encostou a ponta do dedo na superfície da frigideira aquecida.

Encolhi-me. Simmon deu um sorriso convencido e manteve o dedo ali pelo tempo de uma respiração prolongada, antes de retirá-lo.

– Incrível – comentei. – Vocês fazem umas coisas malucas aqui. Um escudo contra o calor.

– Não – rebateu Simmon, com ar sério. – Essa é a maneira absolutamente errada de pensar nisso. Não se trata de um escudo. Não é um isolante. É como uma camada extra de pele, que queima antes que a sua pele de verdade se aqueça.

– É como ter água nas mãos.

Ele tornou a balançar a cabeça.

– Não. A água conduz calor. Isso não conduz.

– Então *é* um isolante.

– Está bem – disse ele, exasperado. – Você tem que calar a boca e escutar. Isto é alquimia. Você não entende nada de alquimia.

Fiz um gesto para acalmá-lo.

– Eu sei. Eu sei.

– Então, diga. Diga: "Eu não entendo nada de alquimia."

Lancei-lhe um olhar furioso.

– Alquimia não é só química com umas coisinhas a mais – afirmou ele. – Isso quer dizer que, se você não me escutar, vai-se precipitar nas suas próprias conclusões e estará completamente errado. *Mortalmente* errado.

Respirei fundo e soltei o ar.

– Está bem. Então me diga.

– Você terá de espalhar a substância depressa. Só vai dispor de uns dez segundos para espalhá-la uniformemente pelas mãos e pela parte inferior dos braços – disse, fazendo um gesto até o meio do antebraço.

– Ela não vai se soltar com o atrito, mas você a perderá um pouco se esfregar demais as mãos. Não toque em seu rosto. Não esfregue os olhos. Não cutuque o nariz. Não roa as unhas. Ela é meio venenosa.

– Meio? – perguntei.

Simmon me ignorou, mostrando o dedo que havia apertado na frigideira quente.

– Ela não é como as luvas das armaduras. Assim que é exposta ao calor, começa a queimar.

– Vai soltar algum cheiro? – indaguei. – Algo que revele a presença disso?

– Não. Tecnicamente, ela não *queima* de fato. Simplesmente se decompõe.

– Decompõe-se em quê?

– Em coisas – respondeu Simmon, mal-humorado. – Decompõe-se em coisas complicadas que você não pode compreender, porque não entende nada de alquimia.

– Pode ser aspirada com segurança?

– Pode. Caso contrário, eu não a daria a você. Essa é uma fórmula antiga. Testada e comprovada. Agora, uma vez que ela não transmite calor, as suas mãos vão passar direto da sensação de frio para a de pressionar com força uma coisa que estará pelando, incandescente. – Lançou-me um olhar incisivo e acrescentou: – Recomendo que você pare de tocar em coisas quentes *antes* que ela se gaste toda.

– Como posso saber quando isso vai acontecer?

– Não pode – respondeu ele, simplesmente. – Por isso o aconselho a usar alguma outra coisa além das mãos descobertas.

– Que maravilha.

– Se for misturada com álcool, ela se tornará ácida. Mas só um pouquinho. Você terá tempo mais que suficiente para lavá-la. Se for misturada com um pouco d'água, como o seu suor, tudo bem. Mas, se ela se misturar com muita água, digamos, em uma proporção de 100 partes para uma, ficará inflamável.

– E se eu a misturar com urina, ela vira um doce delicioso, certo? – Dei uma risada e perguntei: – Você e o Wilem fizeram uma aposta sobre quanto disso eu engoliria? Nada se torna inflamável ao ser misturado com água.

Os olhos de Simmon se estreitaram. Ele pegou um cadinho vazio.

– Maravilha – disse. – Então, encha isto.

Ainda rindo, fui até a vasilha de água num canto da sala. Era idêntica às que tínhamos na Ficiaria. A água pura também é importante para o trabalho de artificiaria, especialmente na mistura de tipos de argila e no resfriamento de metais que não se quer contaminar.

Derramei um pouco d'água no cadinho e o levei de volta para o Simmon. Ele mergulhou nela a ponta do dedo, girou-a e derramou a água na frigideira quente de ferro.

Uma densa chama laranja elevou-se num rugido, queimando a três pés de altura, até bruxulear e se extinguir. Simmon pousou o cadinho vazio com um leve clique e me olhou com ar grave.

– Diga.

Baixei os olhos para os pés.

– Eu não entendo nada de alquimia.

Simmon balançou a cabeça, parecendo satisfeito.

— Certo — falou, virando-se outra vez para a bancada de trabalho. — Vamos repassar isso.

CAPÍTULO 32
Sangue e cinzas

As FOLHAS FARFALHARAM SOB os meus pés quando segui pela floresta para o norte da Universidade. O luar pálido que se filtrava por entre as árvores desnudas não era suficiente para se enxergar com clareza, mas eu tinha feito esse percurso várias vezes na onzena anterior e conhecia o caminho de cor. Senti o cheiro de fumaça de madeira muito antes de ouvir vozes e vislumbrar a luz da fogueira por entre as árvores.

Não era realmente uma clareira, mas um espaço sossegado, escondido atrás de um afloramento de rocha. Alguns pedaços de pedra bruta e o tronco de uma árvore caída serviam de bancos improvisados. Eu mesmo tinha escavado o poço alguns dias antes. Tinha mais de 30 centímetros de profundidade e 1,80 metro de comprimento, forrado de pedras. Ele tornava ainda menor a pequena fogueira que ardia lá nesse momento.

Todos os outros já haviam chegado. Moula e Feila dividiam o banco de tronco. Wilem estava acocorado numa pedra. Simmon sentava-se no chão, de pernas cruzadas, cutucando o fogo com um graveto.

Wil levantou a cabeça quando saí do arvoredo. À luz bruxuleante da fogueira, seus olhos pareciam escuros e fundos. Fazia quase duas onzenas inteiras que ele e Simmon velavam por mim.

— Você está atrasado — disse ele.

Simmon ergueu os olhos para mim, animado como sempre, mas em seu rosto também havia marcas de exaustão.

— Terminou? — perguntou-me, agitado.

Fiz que sim. Desabotoei o punho da camisa, enrolei a sua manga e revelei um disco de ferro, ligeiramente maior que um vintém da República. Era recoberto por uma siglística delicada e tinha incrustações de ouro. Meu gramo recém-concluído. Ficava preso na parte interna do meu antebraço por um par de fios de couro.

Um viva elevou-se do grupo.

— Modo interessante de usá-lo — comentou Moula. — Elegante, num estilo que lembra o de um invasor bárbaro.

— Ele funciona melhor em contato com a pele — expliquei. — E preciso mantê-lo fora de vista, já que eu não deveria saber fazê-lo.

— Prático *e* elegante — disse Moula.

Simmon aproximou-se e deu uma espiada, estendendo a mão para tocá-lo com um dedo.

– Parece tão pequeno... aaaai! – gritou, dando um pulo para trás e retorcendo a mão. – Maldito negrume! – praguejou, embaraçado. – Desculpe. Ele me assustou, só isso.

– *Kist e crayle* – falei, com meu próprio coração disparado. – O que foi?

– Você já tocou um guílder do Arcanum? – perguntou ele. – Daqueles que a gente recebe quando se torna arcanista pleno?

Fiz que sim.

– Ele meio que zumbiu. Deixou minha mão insensível, como se estivesse dormente – falei.

Simmon apontou com a cabeça para o meu gramo, sacudindo a mão.

– A sensação é parecida. E me pegou de surpresa.

– Eu não sabia que os guílderes também funcionavam como gramos – comentei. – Mas faz sentido.

– Você o testou? – perguntou Wilem.

Fiz que não com a cabeça.

– Achei que seria meio estranho se eu mesmo o testasse – admiti.

– Quer que um de nós o teste? – ofereceu Simmon, com uma risada. – Tem razão, isso é perfeitamente normal.

– Também pensei que seria conveniente ter um fisiopata por perto – comentei, fazendo um sinal na direção de Moula. – Só por precaução.

– Eu não sabia que meus serviços profissionais seriam necessários hoje – protestou ela. – Não trouxe meu equipamento.

– Não deve ser necessário – falei, tirando um cubo de cera de simpatia da capa e agitando-o no ar. – Quem quer fazer as honras?

Houve um momento de silêncio, depois Feila estendeu a mão.

– Eu faço o boneco, mas não vou espetar alfinetes nele.

– *Vhenata* – disse Wilem.

Simmon deu de ombros e falou:

– Tudo bem, eu o espeto. Eu acho.

Entreguei o cubo de cera a Feila, que começou a aquecê-lo entre as mãos.

– Você quer usar cabelo ou sangue? – perguntou-me, baixinho.

– Os dois – respondi, tentando não deixar transparecer minha ansiedade crescente. – Preciso ter certeza absoluta de que ele funciona, se quiser dormir à noite.

Peguei um alfinete de chapéu, espetei o dorso da mão e observei uma brilhante gota de sangue se formar.

– Isso não vai servir – disse Feila, ainda trabalhando a cera nas mãos. – Sangue não se mistura com cera. Simplesmente forma uma gota e escorre.

– E como você chegou a essa esplêndida informação? – perguntou Simmon, implicando com ela, um pouco apreensivo.

Feila corou e abaixou um pouco a cabeça, fazendo o cabelo comprido cair em cascata dos seus ombros.

– Velas. Para fazer velas coloridas, não se pode usar tintura à base de água. Tem que ser em pó ou a óleo. É uma questão de solubilidade. Alinhamentos polares e não polares.

– Adoro a Universidade – disse Simmon a Wilem, do outro lado da fogueira. – As mulheres instruídas são muito mais atraentes.

– Eu gostaria de dizer o mesmo, porém jamais conheci homens instruídos – retrucou Moula, em tom seco.

Inclinei-me, peguei uma pitada de cinza do braseiro escavado no chão e a joguei no dorso da mão, onde ela absorveu meu sangue.

– Isso deve funcionar – disse-me Feila.

– Essa carne queimará. Às cinzas tudo retornará – entoou Wilem, com voz soturna, e se virou para Simmon. – Não é isso que diz o seu livro sagrado?

– Não é o *meu* livro sagrado – retrucou Simmon. – Mas você chegou perto. "Às cinzas tudo retornará e também assim essa carne queimará."

– Vocês dois estão mesmo se divertindo – observou Moula, seca.

– Fico zonzo só de pensar numa noite inteira de sono – disse Wilem. – A diversão da noite é o café depois do bolo.

Feila me estendeu o grumo de cera macia, no qual pressionei a cinza molhada. Ela tornou a trabalhar a massa, depois começou a moldá-la, dando-lhe tapinhas com os dedos. Com alguns movimentos hábeis transformou-a num boneco em forma de homem. Exibiu-o para que o grupo o visse.

– A cabeça do Kvothe é muito maior que isso – disse Simmon, com seu sorriso de garoto.

– Também tenho órgãos genitais – retruquei, pegando o boneco da mão de Feila e fincando um fio do meu cabelo no alto da sua cabeça. – Mas há um ponto em que o realismo se torna improdutivo.

Fui até Simmon e lhe entreguei o simulacro e o alfinete de chapéu. Ele segurou um em cada mão, correndo os olhos entre um e outro, constrangido.

– Você tem certeza disso? – indagou.

Fiz que sim.

– Muito bem.

Simmon respirou fundo e endireitou os ombros. Sua testa franziu-se de concentração e ele contemplou o boneco.

Curvei-me, gritando e segurando minha perna.

Feila soltou um grito abafado. Wilem levantou-se de um salto. Simmon arregalou os olhos de pânico, segurando o boneco e o alfinete com os braços esticados, um longe do outro. Olhou aflito para todos em volta e disse:

– Eu... eu não...

Estiquei o corpo e ajeitei a camisa.

– Eu só estava treinando – falei. – O grito foi muito de menina?

Simmon amoleceu de alívio.

– Miserável – disse em tom débil, rindo. – Não tem graça, seu safado.

Continuou a rir, sem conseguir conter-se, enquanto enxugava a camada de suor da testa.

Wilem resmungou alguma coisa em siaru e voltou para seu assento.

– Vocês três são tão bons quanto uma trupe itinerante – disse Moula.

Simmon respirou fundo e soltou lentamente o ar. Tornou a endireitar os ombros e ergueu o boneco e o alfinete à sua frente. Sua mão tremia.

– Ora, por Tehlu – falou. – Você quase me matou de medo. Agora eu não consigo fazer isso.

– Pelo amor de Deus! – disse Moula, que se levantou e contornou o braseiro no chão, parando ao lado de Simmon. Estendeu as mãos: – Dê isso aqui – ordenou. Pegou o boneco e o alfinete, virou-se para mim e me encarou: – Está pronto?

– Só um segundo – pedi.

Após duas onzenas de vigilância constante, relaxar o Alar que me protegia era como abrir à força um punho enrijecido por ter-se agarrado a alguma coisa durante tempo de mais.

Passado um instante, balancei a cabeça. Senti-me estranho sem o Alar. Quase nu.

– Não se contenha, mas me acerte na perna, por via das dúvidas.

Moula fez uma pausa, murmurou uma conexão e cravou o alfinete na perna do boneco.

Silêncio. Todos me observaram, imóveis.

Não senti nada.

– Estou bem – informei. Todos recomeçaram a respirar e lancei um olhar curioso a Moula. – Isso foi mesmo tudo o que você podia fazer?

– Não – respondeu ela com franqueza, puxando o alfinete da perna do boneco e se ajoelhando para segurá-lo acima do fogo. – Isso foi um teste delicado. Eu não queria ouvir seu grito de menininha de novo.

Trouxe o alfinete de volta do fogo e se levantou.

– Desta vez vou atacar pra valer – disse. Posicionou o alfinete acima do boneco e me olhou: – Está pronto?

Fiz que sim. Ela fechou os olhos um instante, murmurou uma conexão e cravou o alfinete aquecido na perna do boneco. O metal do gramo esfriou na parte interna do meu braço e senti uma pressão rápida no músculo da panturrilha, como se alguém me houvesse cutucado. Baixei os olhos para ter certeza de que o Simmon não estava se vingando, espetando-me com um graveto.

Por não estar olhando, perdi o que Moula fez em seguida, mas senti outras três cutucadas secas, uma em cada braço e a terceira no músculo logo acima do joelho. O gramo esfriou mais.

Ouvi Feila prender a respiração e levantei os olhos a tempo de ver Moula, com ar sinistro e resoluto, lançar o boneco no meio da fogueira, murmurando outra conexão.

Quando o boneco de cera descreveu um arco no ar, Simmon soltou um grito assustado. Wilem tornou a ficar de pé, quase se atirando em cima de Moula, porém era tarde demais para detê-la.

O boneco aterrissou entre as brasas vivas com uma explosão de fagulhas. Meu gramo esfriou a ponto de quase doer no meu braço e desatei a rir feito um louco. Todos se viraram para mim, suas expressões em vários estágios de horror e incredulidade.

– Estou bem – disse-lhes. – Mas isto é esquisito mesmo. É cambiante. Como ficar parado numa ventania quente e densa.

O gramo ficou gelado em meu braço, depois a sensação estranha foi sumindo, à medida que o boneco derretia, destruindo a conexão. As labaredas subiram quando a cera começou a queimar.

– Doeu? – perguntou Simmon, aflito.

– Nem um pouquinho – respondi.

– E isso era tudo o que eu tinha – disse Moula. – Para fazer mais alguma coisa, eu precisaria de uma fornalha.

– E ela é El'the – disse Simmon, com ar convencido. – Aposto que é uma simpatista três vezes melhor que o Ambrose.

– Pelo menos três vezes – concordei. – Mas, se há alguém que se disporia a fazer o impossível para arranjar uma fornalha, é o Ambrose. O gramo pode ser sobrepujado se forem jogadas coisas suficientes contra ele.

– Quer dizer que vamos em frente amanhã? – perguntou Moula.

Confirmei com a cabeça.

– É melhor prevenir do que remediar.

Simmon espetou um graveto no ponto da fogueira onde o boneco havia caído.

– Se a Moula pode fazer o que tem de pior e a coisa apenas roça, sem atingi-lo, talvez isso também seja suficiente para tirar a Devi das suas costas. E lhe dar um pouco de espaço para respirar.

Houve um breve momento de silêncio. Prendi a respiração, torcendo para que Feila e Moula não dessem atenção especial a esse comentário.

Moula levantou uma sobrancelha para mim.

– Devi?

Fuzilei o Simmon com os olhos e ele fez uma expressão de dar pena, como um cachorro que sabe que vai levar um pontapé.

– Peguei um dinheiro emprestado com uma usurária chamada Devi – esclareci, na esperança de que ela se satisfizesse com isso.

Moula continuou a me olhar.

– E...?

Dei um suspiro. Comumente, eu teria evitado o assunto, mas Moula tendia a ser insistente nesse tipo de coisa e eu precisava desesperadamente dela para o plano do dia seguinte.

– A Devi foi membro do Arcanum – expliquei. – Eu lhe dei algumas gotas do meu sangue como garantia de um empréstimo feito no início do período. Quando o Ambrose começou a me atacar, eu me precipitei, tirei uma conclusão errada e a acusei de malfeitoria. Depois disso, nosso relacionamento azedou.

Moula e Feila se entreolharam.

– Você se esforça mesmo para tornar a vida excitante, não é? – disse Moula.

– Já admiti que foi um erro – respondi, irritado. – O que mais você quer que eu faça?

– Você vai conseguir quitar a dívida com ela? – perguntou Feila, entrando na conversa antes que as coisas esquentassem entre mim e Moula.

– Sinceramente, não sei – admiti. – Com um pouco de sorte e umas noites longas na Ficiaria, talvez eu consiga juntar o bastante até o fim do período.

Não contei toda a verdade. Embora eu talvez tivesse a possibilidade de ganhar o suficiente para devolver o dinheiro à Devi, não haveria a menor chance de pagar a taxa escolar ao mesmo tempo. Eu não queria estragar a noite de todo mundo com a constatação de que o Ambrose tinha vencido. Ao me forçar a passar tanto tempo à caça de um gramo, ele efetivamente me expulsara da Universidade.

Feila inclinou a cabeça de lado.

– O que acontece se você não puder pagar a ela?

– Nada de bom – disse Wilem, em tom sinistro. – Não é à toa que a chamam de Devi Demônio.

– Não sei ao certo – falei. – Ela poderia vender meu sangue. Disse que conhecia alguém disposto a comprá-lo.

– Tenho certeza de que ela não faria isso – declarou Feila.

– Eu não a culparia – retruquei. – Eu sabia no que estava me metendo quando fechei o negócio.

– Mas el...

– A vida é assim mesmo – interrompi-a em tom firme, não querendo me estender no assunto mais do que o necessário. Queria que a noite terminasse num clima positivo. – Eu, por exemplo, estou ansioso por uma boa noite de sono na minha própria cama. – Olhei em volta e vi Wil e Sim meneando a cabeça numa concordância fatigada. – Vejo vocês todos amanhã. Não se atrasem.

∽

Mais tarde, dormi no luxo da minha cama estreita, no meu quarto minúsculo. Em dado momento, fui arrastado para a vigília pela sensação de metal frio na pele. Sorri, virei de lado e tornei a mergulhar num sono bem-aventurado.

CAPÍTULO 33

Incêndio

Na noite seguinte, arrumei cuidadosamente minha sacola de viagem, com medo de esquecer algum equipamento fundamental. Estava verificando tudo pela terceira vez quando ouvi uma batida na porta.

Abri-a e vi um garotinho de uns 10 anos parado no corredor, ofegante. Seus olhos correram para o meu cabelo e sua expressão se aliviou.

– Você é o Koath?

– Kvothe – respondi. – E sim, sou eu.

– Tenho um recado pra você – disse. Enfiou a mão no bolso e tirou um pedaço de papel amarfanhado.

Estendi a mão e o garoto deu um passo atrás, balançando a cabeça.

– A moça disse que você me daria um iota por lhe trazer a mensagem.

– Duvido – retruquei, estendendo a mão. – Deixe-me ver o bilhete. Eu lhe darei meio vintém se for mesmo para mim.

Ele amarrou a cara e me entregou o papel, a contragosto.

O bilhete nem estava lacrado, apenas dobrado duas vezes. Também estava vagamente úmido. Olhando para o garoto empapado de suor, pude adivinhar por quê. Dizia:

Kvothe,
A sua presença é gentilmente solicitada para jantar esta noite. Estou com saudade de você. Tenho uma notícia empolgante. Por favor, encontre-me na Barril e Javali ao quinto sino.
Sua,
Denna

P.S. Prometi meio vintém ao menino.

– Quinto sino? – perguntei. – Pelas mãos negras de Deus! Quanto tempo você levou para chegar aqui? Já passa do sexto sino.

– Não é culpa minha – disse ele, amarrando uma cara furiosa. – Tô procurando em todo canto faz horas. Na Âncora, ela disse. Leva pro Koath na Âncora, do outro lado do rio. Mas isso aqui não tem nada a ver com o cais. E não tem âncora nenhuma na placa lá fora. Como é que alguém vai achar esse lugar?

– Perguntando! – gritei. – Pela maldição preta, garoto, como você pode ser tão tapado?

Lutei contra uma vontade muito real de estrangulá-lo e respirei fundo.

Olhei pela janela para a luz esmaecente. Em menos de meia hora meus amigos estariam reunidos em volta da fogueira escavada no chão do bosque. Eu não tinha tempo para ir a Imre.

– Certo – falei, com toda a calma que consegui reunir. Arranjei um toco de lápis e rabisquei um bilhete no verso do pedaço de papel:

> Denna,
> Lamento muitíssimo. Seu mensageiro só me encontrou depois do sexto sino. É de uma burrice indizível.
> Também senti saudades suas e me coloco inteiramente à sua disposição amanhã, em qualquer hora do dia ou da noite. Mande o garoto de volta com sua resposta, para me dizer quando e onde.
> Afetuosamente,
> Kvothe
>
> P.S. Se o garoto tentar lhe tirar algum dinheiro, dê-lhe um grande tabefe na orelha. Ele vai receber o dinheiro quando voltar à Anker com o seu bilhete, desde que não se confunda e coma o papel no caminho.

Dobrei novamente o bilhete e pus uma gota de cera macia de vela na borda.

Apalpei a bolsa. No mês anterior, eu havia torrado aos poucos os dois talentos extras que pegara emprestados com a Devi. Tinha esbanjado o dinheiro em luxos como curativos, café e o material para o plano dessa noite.

Como resultado, tudo que tinha de meu eram quatro vinténs e um gusa solitário. Pus a sacola no ombro e fiz sinal para que o garoto descesse comigo.

Acenei para Anker, parado atrás do balcão do bar, e me virei para o menino.

– Muito bem. Você meteu os pés pelas mãos na vinda para cá, mas vou lhe dar uma chance de consertar as coisas. – Peguei três vinténs e os segurei para que ele os visse. – Volte à Barril e Javali, encontre a mulher que o mandou aqui e lhe entregue isto – disse, mostrando o bilhete. – Ela vai mandar uma resposta. Traga-a para cá e entregue-a àquele homem – instruí, apontando para o Anker. – E ele lhe dará o dinheiro.

– Não sou idiota – disse o garoto. – Quero o meio vintém primeiro.

– Eu também não sou idiota – retruquei. – Você vai receber três vinténs inteiros quando voltar aqui trazendo o bilhete dela.

Ele me lançou um olhar furioso, depois acenou com a cabeça, de cara emburrada. Entreguei-lhe o bilhete e ele saiu correndo porta afora.

– O garoto parecia meio atrapalhado quando chegou – comentou Anker.

Balancei a cabeça.

– Ele é néscio como uma ovelha. Eu não o usaria, de jeito nenhum, mas ele sabe como ela é – acrescentei com um suspiro e pus os três vinténs no balcão. – Você me faria um favor se lesse o bilhete, para ter certeza de que o garoto não está mentindo.

Anker lançou-me um olhar meio constrangido.

– E se o bilhete for de natureza... hum... pessoal?

– Nesse caso, eu dançarei uma giguinha alegre. Mas, cá entre nós, isso é pouco provável.

∾

O sol tinha-se posto quando cheguei à floresta. Wilem já estava lá, atiçando o fogo no enorme braseiro. Trabalhamos juntos por 15 minutos, juntando lenha suficiente para manter a fogueira queimando por horas.

Simmon chegou pouco depois, arrastando um matacão comprido de galho morto. Nós três o partimos em pedaços e conversamos nervosos sobre banalidades, até Feila sair do arvoredo.

Seus longos cabelos estavam presos, deixando à mostra o pescoço e os ombros elegantes. Os olhos estavam escuros e a boca ligeiramente mais vermelha que de hábito. O longo vestido preto ajustava-se à cintura fina e aos quadris arredondados. Ela também exibia o mais espetacular par de seios que eu já vira em minha jovem vida.

Todos abrimos a boca, mas Simmon escancarou a dele.

– Uau! – exclamou. – Quer dizer, você era a mulher mais bonita que eu já tinha visto até agora. Não pensei que pudesse ficar ainda melhor. – Deu sua risada de garoto e apontou para ela com as duas mãos. – Olhe só para você. Está incrível!

Feila enrubesceu e desviou o olhar, obviamente satisfeita.

– Você tem o papel mais difícil de hoje – falei a ela. – Detesto perguntar, mas...

– Mas você é a única mulher irresistivelmente atraente que conhecemos – interpôs Simmon. – O nosso plano de apoio era enfiar o Wilem num vestido. Ninguém merece isso.

Wilem assentiu com a cabeça.

– Concordo.

– Só por você – disse Feila, torcendo a boca num sorriso irônico. – Quando eu disse que lhe devia um favor, nunca imaginei que você fosse me pedir que saísse com outro homem. – O sorriso azedou um pouquinho. – Especialmente com o Ambrose.

– Você só precisa aturá-lo por uma ou duas horas. Tente levá-lo a Imre, se puder, mas qualquer lugar a pelo menos 100 metros da Pônei servirá.

Feila deu um suspiro.

– Pelo menos vou ganhar um jantar com isso. – Olhou para Simmon. – Gostei das suas botas.

Ele sorriu.

– São novas.

Virei-me ao som dos passos que se aproximavam. Moula era a única de nós que não estava presente, mas ouvi vozes misturadas com os passos e rangi os dentes. Provavelmente era um casal de namorados aproveitando o tempo atipicamente quente.

Nosso grupo não podia ser visto junto, não nessa noite. Isso suscitaria perguntas de mais. Eu estava prestes a sair correndo para interceptar o casal quando reconheci a voz de Moula:

– Só espere aqui enquanto eu explico – disse ela. – Por favor. Espere. Isso facilitará as coisas.

– Ele que tenha um chilique em 12 cores – disse uma voz feminina conhecida, saindo da escuridão. – Ele que cague o fígado, não estou nem aí.

Estanquei. Eu conhecia aquela voz, mas não consegui identificar a quem pertencia.

Moula emergiu do arvoredo escuro. A seu lado estava uma figura miúda, de cabelo curto, louro-avermelhado. Devi.

Observei, perplexo, Moula se aproximar, estendendo as mãos num gesto de apaziguamento e falando depressa:

– Kvothe, eu conheço a Devi há muito tempo. Ela me pôs a par das coisas quando eu era novata aqui. Antes de... ir embora.

– De ser expulsa – disse Devi, orgulhosa. – Não me envergonho disso.

Moula apressou-se a continuar:

– Depois do que você contou ontem, pareceu-me que havia um mal-entendido. Passei por lá para fazer a ela umas perguntas sobre isso... – encolheu os ombros – e a história toda meio que veio à tona. Ela quis ajudar.

– Quero um pedaço do Ambrose – disse Devi. Houve uma carga gélida de fúria em sua voz ao proferir o nome dele. – Minha ajuda é predominantemente acidental.

Wilem pigarreou.

– Seria correto nós presumirmos...

– Ele bate nas prostitutas – disse Devi, interrompendo-o abruptamente. – E, se eu pudesse matar aquele patife arrogante e sair impune, já o teria feito há anos. – Olhou com ar categórico para Wilem. – Sim, nós temos um passado. E não, não é da sua conta. Isso é motivo suficiente para você?

Fez-se um silêncio tenso. Wilem meneou a cabeça, com expressão cuidadosamente neutra.

Devi virou-se para mim.

– Devi – cumprimentei-a, com uma reverência curta. – Sinto muito.

Ela piscou os olhos, surpresa.

– Ora, diabos me levem – disse, com a voz carregada de sarcasmo. – Talvez você tenha mesmo meio cérebro na cabeça.

– Achei que não podia confiar em você. Estava errado e lamento. Não foi o raciocínio mais lúcido que já tive na vida.

Ela passou um bom momento me observando.

— Não somos amigos — disse, secamente, com uma expressão ainda gelada. — Mas, se você ainda estiver vivo ao final disto tudo, conversaremos.

Olhou para adiante de onde eu estava e sua expressão se abrandou.

— Feilinha!

Passou por mim e deu um abraço em Feila.

— Como você está crescida! — exclamou. Deu um passo atrás e segurou Feila com os braços estendidos, olhando-a com ar apreciativo. — Meu Deus, você está parecendo uma prostituta modegana de 10 listras! Ele vai adorar.

Feila sorriu e deu uma voltinha, fazendo a barra da saia se abrir.

— É bom a gente ter um pretexto para se arrumar de vez em quando — falou.

— Você devia se arrumar por si mesma — disse Devi. — E para homens melhores do que o Ambrose.

— Andei ocupada. Estou sem prática para me produzir. Levei uma hora para me lembrar de como prender o cabelo. Alguma recomendação?

Abriu os braços para os lados e girou lentamente.

Devi a olhou de cima a baixo, com expressão calculista.

— Você já está melhor do que ele merece. Mas está tão simples! Por que não usou nenhum brilho?

Feila olhou para as mãos.

— Anel não funciona com luvas — disse. — E eu não tinha nada suficientemente bonito para combinar com o vestido.

— Pois tome — disse Devi, inclinando a cabeça e levando as mãos ao cabelo, primeiro de um lado, depois do outro. Chegou mais perto de Feila. — Puxa, você é alta, abaixe-se.

Quando Feila tornou a erguer o corpo, usava um par de brincos pingentes que captaram a luz da fogueira.

Devi deu um passo atrás e soltou um suspiro exasperado.

— E eles ficam melhor em você, é claro. — Balançou a cabeça com irritação. — Santo Deus, mulher, se eu tivesse peitos como os seus, já seria dona de meio mundo.

— Eu também — disse Simmon, entusiasmado.

Wilem caiu na gargalhada, depois cobriu o rosto e se afastou de Simmon, meneando a cabeça e fazendo o possível para fingir que não tinha a menor ideia de quem era o rapaz a seu lado.

Devi olhou para o sorriso desinibido e pueril de Simmon, depois se virou outra vez para Feila.

— Quem é esse idiota?

Captei a atenção de Moula e fiz sinal para ela chegar mais perto, para que pudéssemos conversar.

— Não precisava, mas obrigado. É um alívio saber que ela não está lá longe, tramando coisas contra mim.

– Não faça suposições – disse Moula, em tom sombrio. – Nunca a vi com tanta raiva. Mas me pareceu uma pena vocês dois se desentenderem. Vocês são muito parecidos.

Relanceei os olhos por cima da fogueira, para onde Wil e Sim se aproximavam com cautela de Feila e Devi.

– Ouvi muitas coisas a seu respeito – disse Wilem, olhando para Devi. – Pensei que você fosse mais alta.

– E como tem sido isso para você? – retrucou ela, secamente. – Pensar, quero dizer.

Agitei as mãos para chamar a atenção de todos.

– Está tarde. Precisamos entrar em posição.

Feila assentiu com a cabeça.

– Quero chegar lá cedo, por garantia – disse. Endireitou nervosamente as luvas. – Desejem-me sorte.

Moula aproximou-se e lhe deu um abraço rápido.

– Vai correr tudo bem. Fique com ele num lugar público. Ele se portará melhor se houver gente observando.

– Faça perguntas sobre a poesia dele – aconselhou Devi. – Ambrose não vai parar de falar.

– Se ele ficar impaciente, elogie o vinho – acrescentou Moula. – Diga coisas como: "Ah, eu adoraria outra taça, mas tenho medo que me suba direto à cabeça." Ele comprará uma garrafa e tentará empurrá-la pela sua goela abaixo.

Devi balançou a cabeça.

– Isso o deixará com as mãos longe de você por mais meia hora, no mínimo – disse. Estendeu a mão e puxou um pouco para cima o decote do vestido de Feila. – Comece conservadora, depois, perto do fim do jantar, vá deixando os seios um pouco mais à mostra. Incline-se. Use os ombros. Se ele continuar vendo mais e mais, vai pensar que está chegando lá. Isso impedirá que fique tentando agarrá-la.

– Essa é a coisa mais apavorante que já vi – disse Wilem, baixinho.

– Será que todas as mulheres do mundo se conhecem secretamente? – perguntou Simmon. – Porque isso explicaria muita coisa.

– Nós mal chegamos a 100 no Arcanum – disse Devi, mordaz. – Eles nos confinam numa única ala do Magno, queiramos ou não morar lá. Como é possível *não* nos conhecermos?

Aproximei-me de Feila e lhe entreguei um graveto fino de carvalho.

– Eu lhe darei um sinal quando tivermos terminado. Você me avisa se ele a largar sozinha.

Feila arqueou uma sobrancelha.

– Uma mulher poderia tomar isso como uma desfeita – disse, depois sorriu e guardou o graveto dentro de uma das longas luvas pretas. Seus brincos balançaram e tornaram a captar a luz. Eram esmeraldas. Esmeraldas lisas, em forma de lágrimas.

– Que brincos lindos – comentei com Devi. – Onde você os arranjou?

Os olhos dela se estreitaram, como se ela tentasse decidir se devia ou não se ofender.

– Um rapazinho bonito usou-os para quitar sua dívida. Não que isso seja da sua conta.

– Foi só curiosidade – falei, dando de ombros.

Feila acenou e saiu andando, mas, antes que avançasse 3 metros, Simmon a alcançou. Deu um sorriso sem jeito, falando e fazendo alguns gestos enfáticos, e lhe entregou alguma coisa. Ela sorriu e a guardou na longa luva preta.

Virei-me para Devi.

– Suponho que você conheça o plano, não é?

Ela fez que sim.

– Qual é a distância daqui até o quarto dele?

– Pouco mais de 800 metros – respondi, em tom de quem se desculpa. – O escape...

Devi me interrompeu com um gesto.

– Eu faço meus próprios cálculos – disse, com rispidez.

– Certo.

Apontei para onde estava minha sacola de viagem, junto à borda do braseiro.

– Ali tem cera e barro – informei. Entreguei-lhe um graveto fino de bétula. – Eu lhe darei o sinal quando estivermos em posição. Comece pela cera. Dê meia hora exata, depois faça um sinal para nós e passe para o barro. Dê ao barro pelo menos meia hora.

– Com uma fogueira atrás de mim? – Devi bufou. – Levarei 15 minutos, no máximo.

– Pode ser que ele não esteja guardado na gaveta das meias dele, entende? Talvez esteja trancado sem muito ar.

Devi me despachou com um aceno.

– Conheço o meu ofício.

Fiz uma meia mesura.

– Deixo o assunto nas suas mãos competentes.

– É só isso? – perguntou Moula, indignada. – Você me deu um sermão de uma hora! Você me fez um *questionário*!

– Não há tempo – respondi, com simplicidade. – E você estará aqui para instruí-la se for preciso. Além do mais, Devi está entre o punhado de pessoas que desconfio que possam ser simpatistas melhores do que eu.

Devi lançou-me um olhar sinistro.

– Desconfia? Eu lhe dei uma surra como se você fosse um enjeitado! Você foi meu fantochinho de simpatia.

– Isso foi há duas onzenas – retruquei. – Aprendi muito de lá para cá.

– Fantoche? – Simmon perguntou ao Wilem. Wil fez um gesto explicativo e os dois caíram na gargalhada.

Fiz sinal para Wilem.

– Vamos.

Antes que pudéssemos sair, Simon me entregou um potinho.

Olhei-o com estranheza. Eu já havia guardado na capa a poção alquímica feita por ele.

– O que é isso?

– É só uma pomada, para o caso de você se queimar – explicou ele. – Mas, se você a misturar com xixi, ela vira um doce – acrescentou, com a cara mais cínica do mundo.

– Um doce delicioso.

Meneei a cabeça com ar sério.

– Sim, senhor.

∞

Uma hora depois, Wilem e eu jogávamos cartas na Pônei Dourado. O salão de hóspedes estava quase lotado e um harpista razoável executava uma versão sofrível de "Doce centeio hibernal". Conversas murmuradas enchiam o aposento, enquanto os fregueses abastados jogavam, bebiam e falavam de seja o que for que falam os ricos. De como surrar adequadamente o cavalariço, imaginei. Ou técnicas para perseguir a criada de quarto pela propriedade.

A Pônei Dourado não era o meu tipo de lugar. A clientela era educada demais, as bebidas caras demais e os músicos mais agradáveis aos olhos que aos ouvidos. Apesar disso tudo, fazia quase duas onzenas que eu a frequentava, dando mostras de estar tentando subir na escala social. Assim, ninguém poderia dizer que era estranho eu estar lá justamente nessa noite.

Wilem bebeu um gole e embaralhou as cartas. Minha bebida parcialmente consumida estava quente. Era uma simples cerveja, mas, dados os preços da Pônei, àquela altura eu estava literalmente sem nenhum vintém.

Wil distribuiu outra mão de bafo-de-cão. Apanhei minhas cartas com cuidado, porque a poção alquímica do Simmon deixava meus dedos levemente pegajosos. Era como se estivéssemos jogando com cartas em branco. Eu as comprava e baixava ao acaso, fingindo concentrar-me no jogo, quando, na verdade, estava esperando e ouvindo.

Senti uma leve coceira no canto do olho e ergui a mão para esfregá-lo, mas me detive no último segundo, com a mão levantada. Wilem me fitava do outro lado da mesa, com os olhos assustados, e fez um aceno firme e curto com a cabeça. Fiquei imóvel por um instante, depois baixei lentamente a mão.

Estava tão empenhado em procurar parecer despreocupado que, quando veio o grito do lado de fora, realmente me assustei. Ele atravessou o burburinho das conversas como só uma voz estridente e tomada de pânico poderia fazer.

– Fogo! Fogo!

Todos na Pônei Dourado se imobilizaram por um momento. Isso sempre acontece quando as pessoas ficam assustadas e confusas. Elas levam um segundo para olhar em volta, farejar o ar e pensar coisas do tipo "Será que ele acabou de gritar 'fogo'?", ou "Fogo? Onde? Aqui?"

Não hesitei. Levantei-me de um salto e simulei que olhava aflitivamente em volta, na tentativa óbvia de localizar o fogo. Quando todas as outras pessoas do salão de hóspedes começaram a se mexer, eu já disparava para a escada.

– Fogo! – continuaram os gritos lá fora. – Ah, meu Deus, fogo!

Sorri ao ouvir o Basil exagerar a encenação de seu pequeno papel. Eu não o conhecia o bastante para lhe revelar o plano todo, mas era vital que alguém notasse logo o incêndio, para que eu pudesse entrar em ação depressa. A última coisa que eu queria era incendiar acidentalmente metade da hospedaria.

Cheguei ao alto da escada e dei uma olhada no andar superior da Pônei Dourado. Já havia passos pisando duro nos degraus atrás de mim. Alguns hóspedes ricos abriram suas portas, espiando o corredor.

Havia tênues anéis de fumaça enroscando-se por baixo da porta dos aposentos de Ambrose. Perfeito.

– Acho que é ali! – gritei, deslizando a mão para um dos bolsos da minha capa ao correr para a porta.

Nos longos dias que passáramos vasculhando o Arquivo, eu tinha achado referências a inúmeras peças interessantes de artificiaria. Uma delas era um elegante objeto chamado pedra de cerco.

Ela funcionava segundo os princípios mais elementares da simpatia. A balestra acumula energia e a utiliza para disparar uma flecha a longa distância, com grande velocidade. A pedra de cerco era um pedaço de chumbo gravado que armazenava energia e a usava para se deslocar por uns 15 centímetros com a força de um aríete.

Chegando ao meio do corredor, preparei-me e investi de ombro contra a porta de Ambrose. Também a atingi com a pedra de cerco que levava escondida na palma da mão.

A porta de madeira grossa quebrou feito um barril atingido por um malho de bigorna. Houve arquejos e exclamações assustadas de todos os que estavam no corredor. Precipitei-me para dentro, tentando desesperadamente tirar o sorriso maníaco do rosto.

A sala de estar de Ambrose estava na escuridão, que era ainda mais acentuada por uma nuvem de fumaça no ar. Vi uma luz bruxuleante de fogo lá dentro, mais à esquerda. Por minha visita anterior, eu sabia que se tratava do quarto de dormir.

– Olá! – gritei. – Estão todos bem?

Usei um tom de voz cuidadoso: ousado, mas apreensivo. Nada de pânico, é claro. Afinal, eu era o herói dessa cena.

A fumaça era espessa no quarto, captando a luz laranja do fogo e fazendo com que meus olhos ardessem. Havia uma enorme cômoda de madeira encostada na parede, grande como uma bancada de trabalho da Ficiaria. As chamas lambiam os contornos das gavetas e bruxuleavam. Aparentemente, Ambrose vinha *mesmo* guardando o boneco na gaveta de meias.

Peguei uma cadeira próxima e a usei para quebrar a janela por onde havia entrado várias noites antes.

– Esvaziem a rua! – gritei lá de cima.

A gaveta inferior esquerda parecia a mais incandescente e, quando a abri com um puxão, as roupas em chamas dentro dela captaram vorazmente o ar e explodiram em labaredas. Senti cheiro de cabelo queimado e torci para não ter perdido minhas sobrancelhas. Não queria passar os meses seguintes com a aparência de quem estava constantemente surpreso.

Depois da explosão inicial, respirei fundo, dei um passo à frente e, com as mãos nuas, tirei a gaveta pesada da cômoda. Ela estava cheia de tecidos fumegantes e enegrecidos, mas, ao correr para a janela, pude ouvir uma coisa dura no fundo, chacoalhando contra a madeira. Ela caiu quando atirei tudo pela janela, com as roupas explodindo em chamas ao serem apanhadas pelo vento.

Em seguida, arranquei a gaveta superior direita. Assim que a soltei, a fumaça e as labaredas brotaram numa massa quase sólida. Retiradas essas duas gavetas, o espaço vazio no interior da cômoda formou uma chaminé tosca, dando ao fogo todo o ar de que ele precisava. Quando icei a segunda gaveta e a joguei pela janela, pude efetivamente ouvir a onda oca de fogo espalhando-se pela madeira envernizada e pelas roupas dentro dela.

Na rua, as pessoas atraídas pela comoção faziam o melhor que podiam para extinguir o fogo dos destroços. No meio da pequena aglomeração, Simmon pisoteava tudo com suas novas botas de tachões, destroçando as coisas, como um garoto chapinhando nas poças depois da primeira chuva da primavera. Mesmo que o boneco tivesse resistido à queda, não resistiria àquilo.

Isso era mais do que simples mesquinharia. Vinte minutos antes, Devi me dera um sinal para informar que já havia experimentado o boneco de cera. Como não houvera resultado, isso queria dizer que Ambrose tinha usado meu sangue para fazer um boneco de barro que me representasse. Um simples incêndio não o destruiria.

Uma a uma, peguei as outras gavetas e também as joguei na rua, fazendo uma pausa para arrancar as grossas cortinas de veludo em torno da cama de Ambrose para proteger minhas mãos do calor do fogo. Isso também poderia parecer mesquinho, mas não era. Eu estava morrendo de medo de queimar as mãos. Todos os meus talentos dependiam delas.

Mesquinho foi quando chutei o urinol, ao voltar para a cômoda. Era do tipo dispendioso, de fina cerâmica esmaltada. Ele virou e rolou loucamente pelo piso, até bater na parte frontal da lareira e se espatifar. Basta dizer que o que se derramou nos tapetes de Ambrose não foi um doce delicioso.

As chamas faiscaram abertamente nos espaços em que tinham estado as gavetas, iluminando o quarto enquanto a janela aberta deixava entrar um pouco de ar puro. Alguém enfim teve coragem suficiente para entrar no quarto. Usou um dos cobertores da cama de Ambrose para proteger as mãos e me ajudou a atirar pela janela as últimas gavetas em chamas que restavam. Foi um trabalho quente, cheio de fuligem e, mesmo com essa ajuda, eu estava tossindo quando a última gaveta despencou na rua.

Tudo terminou em menos de três minutos. Uns poucos fregueses do bar que tinham o raciocínio rápido trouxeram jarros d'água e molharam a armação ainda em chamas da cômoda vazia. Joguei as cortinas de veludo fumegantes pela janela, gritando "Cuidado aí embaixo!", para que Simmon soubesse que devia recuperar minha pedra de cerco da pilha de tecido amarfanhado.

Acenderam-se lâmpadas e a fumaça foi afinando, à medida que o ar frio da noite entrava pela janela quebrada. Várias pessoas se infiltraram aos poucos no quarto, para ajudar, olhar, abobalhadas, ou mexericar. Um grupo de espectadores admirados juntou-se em volta da porta derrubada do Ambrose e eu me perguntei, despreocupado, que tipo de boatos surgiria da encenação dessa noite.

Uma vez adequadamente iluminado o quarto, deslumbrei-me ao ver os estragos causados pelo fogo. A cômoda mal passava de uma coleção de pedaços de madeira carbonizados e a parede de gesso atrás dela estava rachada e empolada por causa do calor. O teto branco fora pintado por uma larga faixa de fuligem negra.

Vislumbrei meu reflexo no espelho da penteadeira e fiquei satisfeito ao ver que minhas sobrancelhas estavam mais ou menos intactas. Eu estava em completo desalinho, com o cabelo desgrenhado e o rosto sujo de suor e cinzas escuras. O branco dos olhos parecia muito alvo, em contraste com o pretume do meu rosto.

Wilem foi ao meu encontro e ajudou a enfaixar minha mão esquerda. Ela não estava realmente queimada, mas eu sabia que pareceria estranho eu me retirar completamente ileso. Afora um punhado de cabelo perdido, minha pior lesão, na verdade, eram os buracos carbonizados nas minhas mangas compridas. Outra camisa destruída. Se continuasse assim, eu estaria nu ao fim do período letivo.

Sentei-me na beira da cama e fiquei vendo as pessoas trazerem mais água para espargir na cômoda. Apontei para uma viga chamuscada no teto e elas também a molharam, fazendo subir um chiado alto e uma nuvem de vapor e fumaça. Todos continuaram a entrar e sair, contemplando os destroços e murmurando coisas entre si, enquanto meneavam a cabeça.

Quando Wil estava terminando meu curativo, o som de cascos galopando nas pedras do calçamento atravessou a janela aberta, superando momentaneamente o barulho dos pisões furiosos de botas de tachão.

Menos de um minuto depois, ouvi Ambrose no corredor:

– Em nome de Deus, o que está acontecendo aqui? Saiam! *Saiam!*

Xingando e empurrando as pessoas, Ambrose fez sua entrada. Ao me ver sentado em sua cama, estancou.

– O que está fazendo nos meus aposentos? – indagou.

– O quê? – perguntei, olhando em volta. – São *seus* aposentos? – admirei-me. Manter a dose adequada de consternação no meu tom não foi fácil, já que minha voz estava rouca por causa da fumaça. – Eu acabei de me queimar salvando as *suas* coisas?

Os olhos de Ambrose se estreitaram, depois correram para os destroços carbonizados de sua cômoda. Voltaram céleres para mim e se arregalaram de súbita compreensão. Lutei contra a vontade de rir.

– Saia daqui, seu ladrão Ruh imundo! – disse, vomitando as palavras venenosas. – Juro que, se estiver faltando alguma coisa, porei o condestável no seu encalço. Farei com que você seja submetido à Lei Férrea e enforcado.

Respirei fundo para responder, mas comecei a tossir de forma incontrolável e tive que me contentar em fuzilá-lo com os olhos.

– Bom trabalho, Ambrose – disse Wilem em tom sarcástico. – Você o apanhou. Ele roubou o seu fogo.

– É, faça-o devolvê-lo! – interveio um dos curiosos.

– Saia! – gritou Ambrose, rubro de ódio. – E leve esse gusa nojento daqui, senão vou mandar aplicar nos dois a surra que vocês merecem.

Observei os curiosos olharem fixamente para Ambrose, estarrecidos com seu comportamento.

Lancei-lhe um olhar demorado e orgulhoso, explorando a cena ao máximo.

– De nada – disse-lhe, com a dignidade ofendida, e passei por ele com um empurrão, afastando-o do caminho com um jeito rude.

Quando eu ia saindo, um homem gordo e corado, que vestia um colete, entrou cambaleando pela porta destruída dos aposentos de Ambrose. Reconheci-o como o dono da Pônei Dourado.

– Que diabo aconteceu aqui? – perguntou.

– Vela é uma coisa perigosa – comentei. Dei uma virada para trás e encontrei o olhar de Ambrose. – Francamente, rapaz – disse-lhe –, não sei onde você estava com a cabeça. Seria de se esperar que um membro do Arcanum tivesse mais juízo.

∾

Wil, Moula, Devi e eu estávamos sentados em volta do que restava da fogueira quando ouvimos o estalar de passos se aproximando pelo arvoredo. Feila ainda estava vestida com elegância, mas seu cabelo se soltara. Simmon caminhava com cuidado a seu lado, afastando distraidamente os galhos do caminho dela.

– E onde é que vocês dois estavam? – perguntou Devi.

– Tive que voltar a pé de Imre – explicou Feila. – Simmon foi ao meu encontro no meio do caminho. Não se preocupe, mamãe, ele foi um perfeito cavalheiro.

– Espero que não tenha sido muito ruim para você – falei para ela.

– O jantar foi mais ou menos o que era de se esperar – admitiu Feila. – Mas a segunda parte fez tudo valer a pena.

– Segunda parte? – indagou Moula.

– No trajeto de volta, o Sim me levou para ver os estragos na Pônei. Parei e dei uma palavrinha com Ambrose. Nunca me diverti tanto – acrescentou, com um sorriso maldoso. – Fui de uma indignação perfeita.

– É mesmo – disse Simmon. – Ela foi brilhante.

Feila virou-se para Sim e pôs as mãos nas cadeiras.

– Quer fugir de mim, é?

Simmon contraiu o rosto numa carranca exagerada e gesticulou como um louco.

– Escute aqui, sua tipinha idiota! – disse, numa boa imitação do sotaque vintasiano de Ambrose. – Os meus aposentos estavam pegando fogo!

Feila virou-lhe as costas, levantando as mãos.

– Não minta para mim! Você fugiu para ficar com alguma prostituta. Nunca fui tão humilhada em toda a minha vida! *Nunca mais quero ver você!*

Aplaudimos. Feila e Simmon deram o braço e se curvaram.

– A bem da exatidão – disse Feila, num aparte –, Ambrose não usou as palavras "tipinha idiota".

Ela não soltou o braço do Simmon.

Ele fez um ar meio sem jeito.

– Bem, há certas coisas de que não se chama uma dama, nem de brincadeira.

Soltou o braço de Feila com relutância e foi sentar-se no tronco de árvore caído. Feila acomodou-se a seu lado.

Ela se inclinou para ele e cochichou alguma coisa. Simmon riu, meneando a cabeça.

– Por favor – pediu Feila, pondo-lhe a mão no braço. – O Kvothe não está com o alaúde. Alguém tem que nos divertir.

– Está bem, está bem – disse Simmon, obviamente meio alvoroçado. Fechou os olhos por um instante, depois falou com voz sonora:

Veloz veio nossa Feila,
olhos fogosos faiscando.
Com passos firmes
cruzou as pedras do calçamento.
Aproximou-se de Ambrose,
todo cercado de cinzas,
de olhar tenebroso
e carranca assustadora.
Mas Feila não teve medo
e bravos foram os seus pei...

Simmon parou abruptamente antes de concluir a palavra "peitos" e ficou vermelho feito uma beterraba. Devi soltou um risinho obsceno de onde estava sentada, do outro lado da fogueira.

Sempre bom amigo, Wilem interveio com uma pergunta:

– Que pausa é essa que você fica fazendo? – perguntou. – É como se não conseguisse recobrar o fôlego.

– Também fiz essa pergunta – disse Feila, risonha.

– É uma coisa que eles usam na poesia em víntico antigo – explicou Simon. – É uma pausa no verso, chama-se cesura.

– Você é perigosamente bem informado sobre poesia, Simmon – comentei. – Estou prestes a perder o respeito por você.

– Fique quieto – disse Feila. – Eu acho que é um encanto. Você só está com inveja porque ele sabe fazer isso de improviso.

– A poesia é uma canção sem música – retruquei com altivez. – Uma canção sem música é como um corpo sem alma.

Wilem ergueu a mão antes que Simmon pudesse responder.

– Antes de nos atolarmos numa conversa filosófica, tenho uma confissão a fazer – disse, em tom sombrio. – Larguei um poema no corredor, do lado de fora dos aposentos do Ambrose. Era um acróstico que falava da afeição intensa que ele tem por Mestre Hemme.

Todos rimos, mas Simmon pareceu achar isso particularmente engraçado. Levou muito tempo para recobrar o fôlego.

– Não poderia ser mais perfeito se o tivéssemos planejado – disse. – Comprei algumas peças de roupas femininas e as espalhei no meio do que estava na rua. Cetim vermelho. Umas coisinhas rendadas. Um espartilho de ossos de baleia.

Houve mais gargalhadas. Então, os olhares se voltaram para mim.

– E você, o que fez? – instigou Devi.

– Só o que tinha me proposto fazer – respondi, melancólico. – Só o que era necessário para destruir o boneco, para que eu pudesse dormir em segurança à noite.

– Você chutou o urinol no quarto dele – disse Wilem.

– É verdade – admiti. – E achei isto – acrescentei, segurando um pedaço de papel.

– Se for um dos poemas dele – disse Devi –, sugiro que você o queime depressa e lave as mãos.

Desdobrei o papelzinho e li em voz alta:

– "Número de registro 4535: Anel. Ouro branco. Quartzo esfumaçado azul. Restaurar engaste e polir."

Tornei a dobrá-lo cuidadosamente e o guardei num bolso. Em seguida, falei:

– Para mim, isto é melhor do que um poema.

Simmon empertigou-se no assento.

– É um canhoto de casa de penhores para o anel da sua dama?

– Se não estou enganado, é um canhoto de joalheria. Mas, sim, é do anel dela. Aliás, ela não é minha dama.

– Nessa eu me perdi – disse Devi.

– Foi assim que tudo isto começou – explicou Wilem. – O Kvothe estava tentando recuperar um objeto que pertence a uma garota de quem ele gosta.

– Alguém deveria ter-me informado – disse Devi. – Parece que peguei a história no meio do caminho.

Encostei-me num pedaço de rocha bruta, satisfeito em deixar meus amigos contarem a história.

O papelzinho não estivera na cômoda do Ambrose. Não estivera na lareira nem na mesinha de cabeceira. Não estivera em sua bandeja de joias nem na escrivaninha.

Na verdade, estava na bolsa dele. Eu a furtara num acesso de ressentimento, meio minuto depois de ele me chamar de ladrão Ruh imundo. Fora quase um reflexo, ao esbarrar rudemente nele na saída de seus aposentos na Pônei.

Por uma estranha coincidência, a bolsa também continha dinheiro. Um pouco menos de seis talentos. Não era uma grande quantia, em se tratando do Ambrose. O suficiente para uma noitada extravagante com uma dama. Para mim, porém, era muito dinheiro, tanto que eu quase me sentia em culpa por tê-lo roubado. Quase.

CAPÍTULO 34

Berloques

Não havia nenhum bilhete de Denna para mim quando voltei à taberna do Anker nessa noite. Tampouco havia algum à minha espera de manhã. Perguntei a mim mesmo se o garoto a teria encontrado com meu recado, se teria simplesmente desistido ou se jogara o papel no rio ou o comera.

Na manhã seguinte, resolvi que meu humor estava bom demais para ser estragado pela loucura inevitável da aula do Elodin. Por isso, pendurei o alaúde no ombro e parti para o rio, com a intenção de procurar Denna. Levara mais tempo do que eu tinha planejado, mas eu estava ansioso por ver a expressão no rosto dela quando eu finalmente lhe devolvesse o anel.

∽

Entrei na joalheria e sorri para o homenzinho parado atrás de uma vitrine baixa.

– O senhor aprontou o anel?

Ele franziu a testa.

– Eu... Perdão, senhor, como disse?

Dei um suspiro, enfiei a mão no bolso e peguei o pedaço de papel.

Ele o olhou e seu rosto se iluminou de compreensão.

– Ah, sim. É claro. Só um momento. – E se retirou por uma porta para os fundos da loja.

Relaxei um pouco. Era a terceira loja que eu visitava. As outras conversas nem de longe tinham corrido tão bem.

O homenzinho voltou às pressas da sala dos fundos.

– Aqui está, senhor – disse, mostrando-me o anel. – Está perfeitinho de novo. E é uma linda gema, se me permite que o diga.

Levantei o anel contra a luz. Era o de Denna.

– O senhor fez um belo trabalho.

Ele sorriu.

– Obrigado, senhor. Ao todo, o trabalho ficou em 45 vinténs.

Dei um suspiro silencioso. Era demais esperar que o Ambrose tivesse pago o conserto antecipadamente. Fiz as contas de cabeça e pus um talento e seis iotas no tampo de vidro da vitrine. Ao fazê-lo, notei que ele tinha a superfície ligeiramente oleosa do vidro de dureza dupla. Deslizei a mão pela superfície, perguntando-me se seria uma das peças feitas por mim na Ficiaria.

Quando o joalheiro recolheu as moedas, notei outra coisa. Algo dentro da vitrine.

– Será que algum berloque chamou sua atenção? – perguntou ele, adulador.

Apontei para um colar no centro da vitrine.

– O senhor tem muito bom gosto – comentou ele, pegando uma chave e destrancando um painel na parte traseira da vitrine. – Esta é uma peça realmente excepcional. Não só o engaste é elegante, como a gema em si é de uma excelência notável. Não se vê com frequência uma esmeralda dessa qualidade lapidada sob a forma de uma gota longa.

– É trabalho seu? – indaguei.

O joalheiro soltou um suspiro dramático.

– Infelizmente, não posso reivindicar esse mérito. Uma jovem o trouxe algumas onzenas atrás. Parecia estar mais necessitada de dinheiro que de adornos e chegamos a um acordo.

– Quanto o senhor gostaria de receber por ele? – perguntei, no tom mais displicente que pude.

Ele me disse. Era uma soma estarrecedora. Mais dinheiro do que eu jamais vira num lugar só. Dinheiro suficiente para uma mulher viver com conforto em Imre, durante vários anos. Suficiente para uma bela harpa nova, para um alaúde de prata maciça ou, se ela quisesse, um estojo para esse alaúde.

O joalheiro tornou a suspirar, balançando a cabeça diante da situação lamentável do mundo.

– É uma pena. Quem sabe dizer o que leva as moças a fazerem essas coisas? – comentou. Em seguida, levantou a cabeça e sorriu, segurando a esmeralda em forma de lágrima contra a luz, com expressão de expectativa. – Ainda assim, o prejuízo dela é o seu lucro.

Como Denna havia mencionado a Barril e Javali no seu bilhete, resolvi começar a procurá-la por lá. O estojo do meu alaúde ficou mais pesado no ombro agora que eu sabia do que ela havia aberto mão para pagar por ele. Ainda assim, uma boa ação justifica outra e eu tinha esperança de que a devolução do anel ajudasse a equilibrar as coisas entre nós.

Mas Barril e Javali não era uma hospedaria, apenas um restaurante. Sem nenhuma esperança real, perguntei ao anfitrião se alguém teria deixado um recado para mim. Ninguém. Perguntei se ele se lembrava de uma mulher que estivera lá na noite anterior. De cabelos pretos. Linda.

Ele assentiu com a cabeça e disse.

– Ela esperou um longo tempo. Lembro-me de ter pensado: quem deixaria uma mulher dessas esperando?

Você se admiraria ao saber quantas hospedarias e pensões existem, mesmo numa cidade relativamente pequena como Imre.

CAPÍTULO 35

Segredos

DOIS DIAS DEPOIS, EU ESTAVA a caminho da Ficiaria, torcendo para que um trabalho honesto me desanuviasse a cabeça e me tornasse mais capaz de tolerar duas horas das asneiras do Elodin. Estava a três passos da porta quando vi uma garotinha de capa azul atravessando o pátio às pressas, vindo na minha direção. Sob o capuz, seu rosto era uma mescla assustadora de empolgação e angústia.

Nossos olhos se cruzaram e ela parou de andar. Depois, ainda me fitando, fez um gesto tão furtivo e rígido que não consegui entender o que pretendia, até que ela o repetiu: eu devia segui-la.

Intrigado, assenti com a cabeça. Ela deu meia-volta e saiu do pátio, andando com a rigidez desajeitada de quem tenta desesperadamente ser descontraído.

Segui-a. Em outras circunstâncias, eu a teria tomado por um chamariz que estivesse tentando me atrair para uma viela escura, onde os bandidos arrancariam meus dentes a pontapés e levariam minha bolsa. Mas não havia nenhuma viela condignamente perigosa tão perto da Universidade e, além disso, a tarde estava ensolarada.

Ela acabou por entrar num trecho deserto de rua, atrás das lojas de um vidreiro e de um relojoeiro. Olhou em volta, nervosa, depois virou-se para mim, com o rosto radiante sob a proteção do capuz.

– Até que enfim o achei! – exclamou, arfante.

Era mais nova do que eu havia suposto, não tinha mais de 14 anos. Cachos de cabelo castanho-claro emolduravam seu rosto pálido e faziam força para escapar do capuz. Ainda assim, não consegui identificá-la...

– Tive uma dificuldade danada para encontrar você – disse ela. – Passo tanto tempo aqui que a minha mãe acha que tenho um pretendente na Universidade – completou. Esta última parte foi dita quase com timidez, os lábios formando uma curvinha.

Abri a boca para admitir que não fazia a menor ideia de quem era ela, mas, antes que pudesse dizer uma palavra, ela tornou a falar:

– Não se preocupe. Não contei a ninguém que vinha vê-lo.

Seus olhos brilhantes toldaram-se de apreensão, como um lago quando o sol se esconde atrás das nuvens.

– Sei que assim é mais seguro – acrescentou.

Só quando seu rosto foi tomado pela preocupação a reconheci. Era a garota que eu conhecera em Trebon, quando fora investigar boatos sobre o Chandriano.

– Nina – falei. – O que está fazendo aqui?

– Procurando você – disse ela, empinando o queixo com orgulho. – Eu sabia que você devia ser daqui, porque conhecia todo tipo de mágica. – Olhou em volta e prosseguiu: – Mas isso aqui é maior do que eu havia pensado. Sei que você não contou seu nome a ninguém em Trebon porque senão eles teriam poder sobre você, mas tenho que dizer que isso o torna terrivelmente difícil de achar.

Eu não dissera meu nome a ninguém em Trebon? Algumas lembranças daquela ocasião eram vagas, já que eu havia sofrido uma pequena concussão. Provavelmente, era melhor eu ter-me mantido anônimo, visto que tinha sido responsável por incendiar uma parcela considerável da cidade.

– Lamento ter-lhe dado tanto trabalho – falei, ainda sem saber ao certo do que tudo aquilo se tratava.

Nina deu um passo para se aproximar.

– Eu tive sonhos depois que você foi embora – contou em voz baixa e em tom confidencial. – Pesadelos. Achei que *eles* iam me buscar, por causa do que eu tinha dito a você – falou, lançando-me um olhar significativo. – Mas aí comecei a dormir com o amuleto que você me deu. Fazia minhas orações toda noite e os sonhos foram embora.

Uma das mãos dela apalpou distraidamente um pedaço de metal brilhante, pendurado por um fio de couro em seu pescoço.

Com súbita culpa, compreendi que eu havia mentido sem querer para Mestre Kilvin. Eu não tinha vendido nenhum amuleto a ninguém nem feito nada parecido a um talismã. Mas dera à Nina um pedaço de metal gravado e lhe dissera que era um amuleto para tranquilizar sua mente. Antes disso, ela estivera à beira de um colapso nervoso, com medo de ser morta por demônios.

– Quer dizer que tem funcionado? – perguntei, procurando não parecer culpado.

Ela fez que sim com a cabeça.

– Logo que o botei embaixo do travesseiro e fiz minhas orações, passei a dormir feito um bebê. Aí comecei a ter o meu sonho especial – disse-me com um sorriso. – Sonhei com o vaso grande que o Jimmy me mostrou, antes de matarem aquela gente lá na fazenda do Mauthen.

Senti a esperança crescer no meu peito. Nina era a única pessoa viva que tinha visto a antiga peça de cerâmica. Era coberta de imagens do Chandriano, cujos membros são zelosos com seus segredos.

– Você se lembrou de alguma coisa sobre o vaso com as sete pessoas pintadas? – perguntei, animado.

Ela hesitou por um momento, franzindo o cenho.

– Eram oito. Não sete – disse.

– Oito? – repeti. – Tem certeza?

Ela balançou a cabeça, compenetrada.

– Pensei que eu tinha lhe dito antes.

A esperança que crescia no meu peito de repente afundou na boca do estômago, onde deixou uma sensação de peso e azedume. Havia sete membros no Chandriano. Essa era uma das poucas coisas que eu sabia com certeza sobre eles. Se havia oito pessoas no vaso pintado visto por Nina...

Ela continuou a tagarelar, sem se dar conta da minha decepção:

– Sonhei com o vaso três noites seguidas. E também não foi pesadelo nem nada. Acordei descansada e feliz, todos os dias. Aí entendi o que Deus estava me mandando fazer.

Começou a vasculhar os bolsos e tirou um pedaço de chifre polido, com mais de um palmo de comprimento e da espessura do meu polegar.

– Eu me lembrei que você tinha ficado muito curioso com o vaso. Mas não podia lhe dizer nada, porque só o tinha visto por um momento – disse e me entregou o pedaço de chifre, orgulhosa.

Olhei para aquele chifre cilíndrico em minhas mãos, sem saber ao certo o que fazer com ele. Levantei os olhos para Nina, confuso.

Ela deu um sorriso impaciente e pegou o chifre de volta. Torceu-o e tirou a ponta, como se fosse uma tampa.

– Meu irmão fez esse pra mim – disse, enquanto puxava cuidadosamente um pedaço de pergaminho enrolado do interior do chifre. – Não se preocupe. Ele não sabe para o que era.

Entregou-me o pergaminho.

– Não está muito bom – disse, nervosa. – Mamãe me deixa ajudar a pintar os vasos, mas esse é diferente. É mais difícil desenhar gente que flores e motivos decorativos. E é difícil acertar uma coisa que a gente só consegue ver na cabeça.

Fiquei admirado por minhas mãos não tremerem.

– Era isso que estava pintado no vaso? – perguntei.

– É um lado dele. Uma coisa redonda dessas, a gente só consegue ver um terço, quando olha para ela de um só ângulo.

– Então, você sonhou com um ângulo diferente em cada noite?

Ela fez que não com a cabeça.

– Só esse ângulo. Três noites seguidas.

Desenrolei devagar o pedaço de papel e, no mesmo instante, reconheci o homem que ela havia pintado. Seus olhos eram puro negrume. Ao fundo havia uma árvore desfolhada e ele estava em pé num círculo azul com linhas onduladas.

– Isso devia ser água – disse Nina, apontando. – Mas pintar água é difícil. E ele está de pé em cima dela. Também havia montes de neve em volta dele e o cabelo era branco. Mas não consegui fazer a tinta branca funcionar. Misturar tintas pra usar no papel é mais difícil do que os esmaltes dos vasos.

Balancei a cabeça, sem confiar que seria capaz de falar. Era Gris, aquele que havia assassinado meus pais. Eu via seu rosto mentalmente, sem sequer me esforçar. Sem sequer fechar os olhos.

Desenrolei mais o papel. Havia um segundo homem, ou melhor, a forma de um homem sob um amplo manto encapuzado. No interior do capuz não havia nada além de negrume. Acima de sua cabeça havia três luas: uma cheia, uma meia-lua e uma que era apenas um crescente. A seu lado havia duas velas. Uma era amarela, de chama laranja viva. A outra estava embaixo de sua mão estendida: era cinzenta, com uma chama negra, e o espaço à sua volta era manchado e escurecido.

– Isso é a sombra, eu acho – disse Nina, apontando para a área sob a mão dele. – No vaso ficava mais evidente. Tive de usar carvão pra isso. Não consegui acertar o desenho com tinta.

Tornei a balançar a cabeça. Era Haliax. O líder do Chandriano. Quando eu o vira, ele estava cercado por uma sombra anormal. As fogueiras à sua volta tinham uma luz estranhamente atenuada e o capuz do manto era negro como o fundo de um poço.

Terminei de desenrolar o papel, revelando uma terceira figura, maior que as outras duas. Ela usava armadura e um elmo com a frente aberta. No peito havia uma insígnia brilhante, parecida com uma folha de outono, vermelha na parte externa, clareando para laranja perto do centro, com uma haste preta reta.

A pele do rosto era morena, mas a mão que ela mantinha levantada era de um vermelho vivo. A outra mão estava escondida por um objeto redondo e grande, que, de algum modo, Nina conseguira colorir de um bronze metálico. Imaginei que fosse seu escudo.

– Ele é o pior – disse Nina, num tom modesto.

Olhei para ela. Seu rosto parecia sombrio e calculei que ela havia interpretado erroneamente o meu silêncio.

– Você não deve dizer isso. Fez um trabalho maravilhoso.

Nina deu um vago sorriso.

– Não foi isso que eu quis dizer. Ele foi difícil de desenhar. Acertei direitinho o cobre aqui – disse, tocando no escudo. – Mas esse vermelho – acrescentou, roçando a mão erguida – era para ser sangue. Ele tinha sangue em toda a mão. – Bateu no peito dele e concluiu: – E isso era mais brilhante, como se estivesse em chamas.

Então entendi. Não era uma folha em seu peito. Era uma torre envolta em chamas. Sua mão estendida e ensanguentada não estava mostrando nada. Fazia um gesto de reprovação para Haliax e os demais. Estava com a mão levantada para detê-los. Esse homem era um dos Amyr. Um dos Ciridas.

A mocinha estremeceu e aproximou sua capa do corpo.

– Não gosto de olhar para ele, nem agora – disse. – Eram todos pavorosos de ver, mas esse era o pior. Não sei desenhar rostos direito, mas o dele era terrivelmente ameaçador. Parecia muito zangado. Ele parecia pronto para incendiar o mundo inteiro.

– Se esse é um dos ângulos, você se lembra do resto? – indaguei.

– Não muito. Eu me lembro que havia uma mulher sem roupa, uma espada quebrada e uma fogueira... – Nina assumiu um ar pensativo, depois tornou a menear a cabeça. – Como eu lhe disse, só vi o vaso rapidinho, por um segundo, quando o Jimmy o mostrou a mim. Acho que um anjo me ajudou a lembrar desse pedaço num sonho, para que eu pudesse pintá-lo e trazer pra você.

– Nina, isso é realmente espantoso. Você não faz a menor ideia de como é incrível.

O rosto dela tornou a se iluminar com um sorriso.

– Isso me deixa contente. Tive uma trabalheira danada pra fazer o desenho.

– Onde você arranjou o pergaminho? – perguntei, notando-o pela primeira vez. Era velino de verdade, um material de alta qualidade. Muito melhor do que qualquer coisa que eu pudesse pagar.

– Primeiro treinei numas tábuas. Mas sabia que não ia funcionar. Além do mais, eu sabia que precisaria esconder isso. Assim, entrei de mansinho na igreja e cortei umas páginas do livro deles.

Ela deu esta última informação sem o mais vago indício de constrangimento.

– Você recortou isso do *Livro do Caminho*? – perguntei, um pouco chocado. Não sou particularmente religioso, mas tenho um vestígio de senso de decoro. E, depois de tantas horas no Arquivo, a ideia de cortar páginas de um livro me horrorizava.

Nina balançou a cabeça com naturalidade.

– Pareceu a melhor coisa, já que um anjo me deu o sonho. E eles não podem trancar direito a igreja de noite desde que você arrancou a frente do prédio e matou aquele demônio.

Estendeu a mão e roçou o papel com um dedo.

– Não é tão difícil assim. A gente só precisa pegar uma faca, raspar um pouquinho e todas as palavras saem – explicou. Apontou um lugar: – Mas tomei o cuidado de nunca raspar o nome de Tehlu. Nem de Andan, nem de nenhum dos outros anjos – acrescentou em tom devoto.

Examinei o pergaminho mais de perto e vi que era verdade. Ela havia pintado o Amyr de tal modo que as palavras *Andan* e *Ordal* apoiavam-se diretamente nos ombros dele, uma de cada lado. Era quase como se ela esperasse que os nomes o oprimissem ou o prendessem numa armadilha.

– E você disse que eu não devia contar a ninguém o que vi – acrescentou Nina. – Pintar é como contar com imagens, em vez de palavras. Por isso, achei que seria mais seguro usar páginas do livro de Tehlu, porque nenhum demônio jamais olharia para uma página daquele livro. Especialmente com o nome de Tehlu ainda escrito nela – disse, me lançando um olhar orgulhoso.

– Isso foi muito inteligente – falei, em tom de aprovação.

A torre do sino começou a soar a hora e a expressão de Nina inflamou-se com um pânico repentino.

– Ah, não! – exclamou, numa aflição de dar dó. – Eu já devia estar de volta no cais. Minha mãe vai me dar uma surra com vara de vidoeiro!

Dei uma risada. Em parte por ficar profundamente surpreso com essa sorte inesperada e em parte pela ideia de uma mocinha valente o bastante para desafiar o Chandriano se apavorar com a possibilidade de deixar a mãe zangada. Assim é a vida.

– Nina, você me fez um favor maravilhoso. Se um dia precisar de alguma coisa ou se tiver outro sonho, pode me encontrar numa taberna chamada Anker. Eu toco lá.

Os olhos dela se arregalaram.

– É música mágica?

Tornei a rir.

– Algumas pessoas acham que sim.

Ela olhou em volta, nervosa.

– Eu tenho mesmo que ir embora! – disse. Deu um aceno e partiu correndo em direção ao rio, com o vento soprando seu capuz para trás.

Tornei a enrolar cuidadosamente o pedaço de papel e a enfiá-lo no pedaço oco de chifre. Minha cabeça rodava com o que eu acabara de descobrir. Pensei no que ouvira Haliax dizer ao Gris tantos anos antes: *Quem o mantém protegido dos Amyr? E dos cantores? E dos sithes?*

Após meses de buscas, eu tinha uma boa dose de certeza de que o Arquivo não continha nada além de contos de fadas sobre o Chandriano. Ninguém o considerava mais real que os trapentos ou os Encantados.

Mas todos sabiam dos Amyr. Eles eram os brilhantes cavaleiros do Império Aturense. Tinham sido a mão forte da Igreja por 200 anos. Eram tema de centenas de histórias e canções.

Eu conhecia a história. A Ordem dos Amyr fora fundada pela Igreja tehliniana nos primórdios do Império Aturense.

No entanto, a cerâmica vista por Nina era muito mais antiga que isso.

Eu conhecia a história. A Ordem dos Amyr tinha sido condenada e dissolvida pela Igreja antes da queda do império.

Mas eu sabia que até hoje o Chandriano a temia.

Parecia haver mais coisas nessa história.

CAPÍTULO 36

Todo esse saber

Dias depois, convidei Wil e Sim a atravessarem o rio, para comemorarmos nossa campanha bem-sucedida contra o Ambrose.

Dada a minha predileção pelo sounten, eu não entendia muito de bebida, mas Wil e Sim fizeram a gentileza de demonstrar os requintes dessa arte. Visitamos várias tabernas diferentes, só para variar, mas acabamos voltando à Eólica. Eu a preferia por causa da música; Simmon, por causa das mulheres e Wilem, porque ela servia scutten.

Eu estava moderadamente embriagado quando me chamaram ao palco, porém é preciso mais do que uma bebidinha para meus dedos se atrapalharem. Só para provar que não estava bêbado, enfrentei toda a interpretação de "Vai a vara varar o varal", canção que já é suficientemente difícil de articular quando se está sóbrio como uma pedra.

A plateia adorou e mostrou sua apreciação da maneira adequada. E, como nessa noite eu não estava bebendo sounten, boa parte dela perdeu-se na memória dos tempos.

∞

Nós três refizemos o longo percurso de volta da Eólica. Havia no ar uma friagem cortante, com jeito de inverno, mas nós éramos jovens e estávamos aquecidos por dentro pelos muitos copos de bebida. Uma brisa jogou minha capa para trás e eu respirei fundo, feliz.

Então, fui tomado por um pânico repentino.

– Onde está meu alaúde? – perguntei, mais alto do que havia pretendido.

– Você o deixou com o Stanchion, na Eólica – disse Wilem. – Ele ficou com medo de que você tropeçasse no instrumento e quebrasse o pescoço.

Simmon havia parado no meio da estrada. Esbarrei nele, perdi o equilíbrio e despenquei no chão. Ele nem pareceu notar.

– Bem – disse, com ar sério –, certamente não estou com disposição para isso agora.

A Ponte de Pedra ergueu-se mais à frente: 60 metros de uma ponta à outra, com um arco alto cujo pico elevava-se na altura de uns cinco andares acima do rio. Ela fazia parte da Grande Estrada de Pedra, reta como um prego, plana como uma mesa e mais velha que Deus. Eu sabia que a ponte pesava mais que uma montanha. Sabia que tinha um parapeito de 90 centímetros ao longo das duas bordas.

Apesar de todo esse conhecimento, senti uma profunda inquietação ante a ideia de tentar atravessá-la. Pus-me de pé, trôpego.

Enquanto nós três examinávamos a ponte, Wilem começou a se inclinar lentamente para um dos lados. Estendi a mão para firmá-lo e, ao mesmo tempo, Simmon segurou meu braço, embora eu não soubesse ao certo se para me ajudar ou para se equilibrar.

– Com certeza não estou com disposição para isso agora – repetiu Simmon.

– Há um lugar para sentar aqui – disse Wilem. – *Kella trelle turen navor ka.*

Simmon e eu abafamos o riso e Wilem nos conduziu pelas árvores até uma pequena clareira, a menos de 15 metros da base da ponte. Para minha surpresa, no meio dela havia um monólito cinzento e alto, apontando para o céu.

Wil entrou na clareira com serena familiaridade. Entrei mais devagar e olhando em volta, curioso. Os monólitos cinzentos são especiais para as trupes viajantes e aquela visão deu origem a sentimentos confusos.

Simmon arriou na grama espessa, enquanto Wilem acomodou as costas no tronco de uma bétula inclinada. Fui até o monólito e o toquei com a ponta dos dedos. Era morno e familiar.

– Não empurre esse troço – recomendou Simmon, nervoso. – Você vai derrubá-lo.

Dei uma risada.

– Essa pedra está aqui há mil anos, Simmon. Acho que o fato de eu respirar nela não vai incomodá-la.

– É, mas fique longe dela. Essas coisas não são boas.

– É um monólito cinzento – contrapus, dando um tapinha amistoso na pedra. – Eles demarcam as estradas antigas. No mínimo, estamos mais seguros perto dele. Esses monólitos indicam locais seguros. Todo mundo sabe disso.

Simmon balançou teimosamente a cabeça.

– São resquícios pagãos.

– Aposto um iota que estou com a razão – desafiei.

– Hum! – exclamou Simmon, ainda deitado de costas, levantando a mão. Cheguei mais perto para tocá-la com a minha, formalizando nossa aposta.

– Podemos ir ao Arquivo e resolver isso amanhã – propôs Simmon.

Sentei-me junto ao monólito e, mal havia começado a relaxar, fui tomado por um pânico repentino.

– Pelo corpo de Deus! Meu alaúde!

Tentei levantar-me de um salto, não consegui e por pouco não rachei a cabeça no monólito.

Simmon tentou sentar-se para me acalmar, mas o movimento súbito foi demais para ele, que caiu todo torto de lado e começou a rir de forma incontrolável.

– Isso não tem graça! – gritei.

– Ele está na Eólica – disse Wilem. – Você já perguntou por ele quatro vezes desde que saímos.

– Não perguntei, não – retruquei, com uma convicção maior do que realmente sentia. Esfreguei a cabeça no ponto em que batera com ela na pedra.

– Não há razão para se envergonhar – disse Wilem, balançando a mão com descaso. – É da natureza humana ficar remoendo o que está no coração.

– Ouvi dizer que o Kilvin tomou umas e outras na Barril, uns dois meses atrás, e não parava de falar na sua nova lamparina de enxofre frio – comentou Simmon.

Wil bufou.

– O Lorren ficaria matraqueando sobre a conduta apropriada para se mexer nos livros das estantes: *Segure pela lombada. Segure pela lombada* – imitou. Deu um rosnado e fez gestos de agarrar com as duas mãos. – Se eu o ouvir dizer isso de novo, vou agarrar a lombada *dele*.

De repente tive um lampejo.

– Tehlu misericordioso! – exclamei, subitamente horrorizado. – Hoje eu cantei "Latoeiro Curtumeiro" lá na Eólica?

– Cantou – respondeu Simmon. – Eu não sabia que a música tinha tantas estrofes.

Franzi a testa, tentando desesperadamente me lembrar.

– Eu cantei a estrofe sobre o tehliniano e a ovelha? – perguntei. Não era uma boa estrofe para uma companhia refinada.

– Não – disse Wilem.

– Graças a Deus – falei.

– Foi uma cabra – acrescentou Wilem com ar sério, antes de cair na gargalhada.

– ... na batina do tehliniano! – cantou Simmon, juntando-se às risadas de Wilem.

– Não, não – falei, apoiando a cabeça nas mãos. – Minha mãe fazia meu pai dormir embaixo da carroça quando ele cantava isso em público. O Stanchion vai me dar uma surra de pau e tirar a minha gaita do talento da próxima vez que eu o vir.

– Eles adoraram – tranquilizou-me Simmon.

– Eu vi o Stanchion cantar junto – acrescentou Wilem. – Àquela altura, o nariz dele também estava meio vermelho.

Houve um longo intervalo num silêncio confortável.

– Kvothe – chamou Simmon.

– Sim?

– Você é mesmo dos Edena Ruh?

A pergunta me pegou desprevenido. Normalmente, ela me deixaria tenso, mas, naquele momento, eu não soube o que ela me fazia sentir.

– Isso tem importância?

– Não. Eu só estava pensando.

– Ah – murmurei e continuei a contemplar as estrelas por mais algum tempo. – Pensando o quê?

– Nada em especial. O Ambrose chamou você de Ruh algumas vezes, mas já o havia chamado de outras coisas ofensivas.

– Isso não é uma ofensa – retruquei.

– Quero dizer que ele o chamou de coisas que não eram verdade – corrigiu-se Simmon, depressa. – Você não fala da sua família, mas disse coisas que me fizeram pensar. – Encolheu os ombros, ainda deitado de costas e fitando as estrelas. – Nunca conheci ninguém dos Edena. Não muito bem, pelo menos.

– O que se ouve dizer não é verdade – falei. – Não roubamos crianças, não adoramos deuses obscuros, nem nada parecido.

– Nunca acreditei em nada disso – retrucou ele, com ar indiferente, e acrescentou: – Mas algumas coisas que dizem por aí devem ser verdade. Nunca ouvi ninguém tocar como você.

– Isso não tem nada a ver com eu ser Edena Ruh – respondi, contudo reconsiderei. – Um pouquinho, talvez.

– Você sabe dançar? – indagou Wilem, aparentemente tirando a pergunta do nada.

Se o comentário tivesse vindo de outra pessoa ou numa outra hora, provavelmente teria provocado uma briga.

– É assim que as pessoas nos imaginam, só isso. Tocando violinos e gaitas. Dançando em volta das fogueiras. Isso quando não estamos roubando tudo que não estiver pregado no chão, é claro. – Uma leve amargura insinuou-se em minha voz quando eu pronunciei esta última frase. – Não é isso que significa ser um Edena Ruh.

– E o que significa? – perguntou Simmon.

Pensei por um momento, mas meu raciocínio encharcado não estava à altura da tarefa.

– Somos apenas gente, na verdade – acabei respondendo. – Só que não ficamos muito tempo no mesmo lugar e todo mundo nos odeia.

Os três ficamos contemplando as estrelas, calados.

– Ela o fazia mesmo dormir embaixo da carroça? – perguntou Simmon.

– O quê?

– Você disse que sua mãe fazia seu pai dormir embaixo da carroça quando ele cantava a estrofe da ovelha. Ela fazia isso mesmo?

– É basicamente força de expressão – respondi. – Mas, uma vez, ela o obrigou, sim.

Eu não pensava com frequência nos meus primeiros anos de vida na trupe, quando meus pais eram vivos. Evitava o assunto, assim como um aleijado aprende a não apoiar o peso na perna defeituosa. Mas a pergunta do Simmon fez uma lembrança aflorar na minha mente.

– Não foi por ele ter cantado "Latoeiro Curtumeiro" – vi-me dizendo. – Foi por uma música que ele tinha escrito sobre ela...

Calei-me por um longo momento. Depois disse:

– Laurian.

Era a primeira vez em anos que eu dizia o nome da minha mãe. A primeira vez desde que ela fora assassinada. Tive uma sensação estranha na minha boca.

Depois, sem que tivesse realmente essa intenção, comecei a cantar:

Morena Laurian, de Arliden esposa,
Tem cara feia de raposa,
A voz é de espinhosa bolota,
Mas ela faz contas feito um agiota.
Cozinhar não sabe o meu amor,
Mas na contabilidade tem seu valor.
Com todos os defeitos, devo confessar,
Que vale muito a pena
Fazer com que minha pequena
Não falhe, não pare de contar.

Senti-me curiosamente entorpecido, desligado do meu próprio corpo. Estranhamente, embora a lembrança fosse vívida, não foi dolorosa.

– Dá pra entender por que isso mandaria um homem para baixo da carroça – comentou Wilem, com ar grave.

– Não foi isso – ouvi-me dizer. – Ela era linda e os dois sabiam. Eles viviam implicando um com o outro o tempo todo. Foi a métrica. Ela detestou a métrica horrorosa.

Eu nunca falava de meus pais e me referir a eles no passado foi incômodo. Desleal. Wil e Sim não se surpreenderam com minha revelação. Qualquer um que me conhecesse sabia que eu não tinha família. Eu nunca dissera nada, mas eles eram bons amigos. Eles sabiam.

– Em Atur, os homens dormem no canil quando as mulheres ficam zangadas – disse Simmon, levando a conversa de volta para um terreno mais seguro.

– *Melosi rehu eda Stiti* – resmungou Wilem.

– Aturense – gritou Simmon, com a voz transbordando de riso –, chega dessa sua língua de jumento!

– *Eda Stiti?* – repeti. – Vocês dormem perto do fogo?

Wilem fez que sim.

– Eu protesto oficialmente contra a rapidez com que você aprendeu siaru – disse Simmon, levantando um dedo. – Passei um ano estudando para ter um mínimo de competência. Um ano! E você pega tudo num único período.

– Aprendi muito quando era pequeno – comentei. – Só estava aprimorando os detalhes nesse período letivo.

– Você tem uma pronúncia melhor – disse Wilem a Simmon. – O Kvothe parece um mercador sulista falando. A sua pronúncia é muito mais refinada.

Simmon pareceu abrandar-se com isso.

– Perto do fogo – repetiu. – Não parece estranho serem sempre os homens que têm que ir dormir em outro lugar?

– É bastante óbvio que as mulheres controlam a cama – falei.

– Não é uma ideia desagradável – comentou Wilem. – Dependendo da mulher.

– A Distrel é bonita – disse Simmon.

– *Keh* – rebateu Wil. – Muito pálida. A Feila.

Simmon meneou a cabeça com ar pesaroso.

– Não é para o seu bico.

– Ela é modegana – retrucou Wilem, com um sorriso tão largo que era quase demoníaco.

– É? – perguntou Simmon.

Wil balançou a cabeça, exibindo o mais largo sorriso que eu já vira em seu rosto. Simmon deu um suspiro desolado e disse:

– Dá pra entender. Como se já não bastasse ela ser a garota mais bonita da República. Eu não sabia que também era modegana.

– Eu lhe dou razão quanto a ela ser a garota mais bonita do seu lado do rio – corrigi –, mas do lado de cá existe...

– Você já falou sem parar da sua Denna – interrompeu Wil. – Cinco vezes.

– Escute – disse Simmon, num tom subitamente sério. – Você só tem que tomar a iniciativa. É óbvio que essa garota, a Denna, está interessada em você.

– Ela não disse nada nesse sentido.

– Elas nunca *dizem* que estão interessadas – falou Simmon, rindo desse absurdo. – São uns joguinhos. É como uma dança – acrescentou. Levantou as duas mãos e as fez falarem uma com a outra: – "Ah, que surpresa encontrá-la aqui!" "Ora, olá, eu estava saindo para almoçar." "Que feliz coincidência, eu também. Posso carregar seus livros?"

Levantei a mão para interrompê-lo:

– Será que dá para pular para o fim desse teatro de marionetes, lá para o pedaço em que você acaba soluçando em cima da cerveja por uma onzena inteira?

Simmon fechou a cara para mim. Wilem riu.

– Denna já tem homens suficientes para paparicá-la – expliquei. – Eles vêm e vão como... – fiz força para pensar numa analogia e não consegui. – Prefiro ser amigo dela.

– Você preferiria ficar dentro do coração dela – retrucou Wilem, sem nenhuma inflexão particular. – Preferiria ser alegremente envolvido pelos braços dela. Mas tem medo de que ela o rejeite. Tem medo de que ela ria e você banque o bobo – acrescentou, dando de ombros de um jeito descontraído. – Você está longe de ser o primeiro a se sentir assim. Não há nenhuma vergonha nisso.

Aquilo chegou incomodamente perto de acertar em cheio e, durante um bom tempo, não consegui pensar em nada para retrucar.

– Eu tenho esperança – admiti, baixinho. – Mas não quero ter pretensões. Vi o que acontece com os homens que presumem coisas de mais e se agarram a elas.

Wilem balançou a cabeça com ar solene.

– Ela comprou aquele estojo de alaúde para você – interpôs Simmon, querendo ajudar. – Isso tem que significar alguma coisa.

– Mas o quê? – perguntei. – Ela parece interessada, mas e se for só fantasia minha, confundindo o desejo com a realidade? Todos aqueles outros homens também devem achar que ela está interessada. Mas é óbvio que estão enganados. E se eu também estiver?

– Você nunca vai saber se não tentar – disse Simmon, com um toque de amargura na voz. – Normalmente, isso é o que eu diria. Mas, quer saber? Não adianta porcaria nenhuma. Eu corro atrás delas e elas me chutam feito um cachorro em volta da mesa de jantar. Estou cansado de me esforçar tanto. – Deu um suspiro cansado, ainda deitado de costas. – Só quero alguém que goste de mim.

– Eu só quero um sinal claro – falei.

– Eu quero um cavalo mágico que caiba no meu bolso – declarou Wilem. – E um anel de âmbar vermelho que me dê poder sobre os demônios. E um suprimento interminável de bolos.

Houve outro momento de silêncio confortável. O vento soprou suavemente por entre as árvores, fazendo as folhas farfalharem.

– Dizem que os Ruh sabem todas as histórias do mundo – comentou Simmon, após algum tempo.

– Provavelmente é verdade – admiti.

– Conte uma – pediu ele.

Olhei-o atentamente.

– Não me olhe desse jeito – protestou Simmon. – Estou com vontade de ouvir uma história, só isso.

– Estamos meio carentes de diversão – disse Wilem.

– Tudo bem, tudo bem. Deixem-me pensar.

Fechei os olhos e uma história envolvendo os Amyr borbulhou na superfície. Não era de admirar. Eles tinham estado constantemente na minha cabeça desde que Nina me encontrara.

Sentei-me com o corpo ereto.

– Muito bem. – Respirei fundo e fiz uma pausa. – Se algum de vocês tiver que fazer xixi, vá agora. Não gosto de ter que parar no meio da história.

Silêncio.

– Certo – falei e pigarreei. – Existe um lugar que pouca gente já viu. Um lugar estranho, chamado Faeriniel. Se acreditarmos nas histórias, há duas coisas que tornam Faeriniel singular. Primeiro, é lá que todas as estradas do mundo se encontram. Segundo, não é um lugar que homem algum já tenha encontrado ao procurá-lo. Não é um lugar a que se vá, mas por onde se passa a caminho de outro.

Fiz uma pausa e depois retomei a narrativa:

– Dizem que qualquer um que viaje bastante acaba chegando lá. Esta é uma história desse lugar, de um ancião numa estrada comprida e de uma longa e solitária noite sem luar...

CAPÍTULO 37

Um cantinho ao redor da fogueira

FAERINIEL ERA UMA GRANDE encruzilhada, mas não havia hospedaria onde as estradas se encontravam. Em vez disso, havia clareiras entre as árvores, nas quais os viajantes montavam seus acampamentos e passavam a noite.

Um dia, anos atrás e a milhas daqui, cinco grupos de viajantes chegaram a Faeriniel. Escolheram suas clareiras e acenderam suas fogueiras quando o sol começou a se pôr, fazendo uma pausa em sua jornada.

Mais tarde, quando o sol já se pusera e a noite estava firmemente instalada no céu, um velho mendigo de túnica esfarrapada veio andando pela estrada. Movia-se com lento cuidado, apoiado numa bengala.

O velho estava indo de lugar nenhum para nenhum lugar. Não tinha chapéu na cabeça nem bornal nas costas. Não tinha um só vintém, nem uma bolsa onde guardá-lo. Mal era dono do seu próprio nome e até este havia sido desgastado e esfiapado pelos anos.

Se você lhe perguntasse quem ele era, o velho diria "Ninguém". Mas estaria errado.

Entrou em Faeriniel. Estava faminto como uma fogueira seca e moído de cansaço até os ossos. A única coisa que o mantinha em movimento era a esperança de que alguém lhe desse um prato de comida e um cantinho ao redor de sua fogueira.

Assim, ao ver chamas bruxuleando, ele saiu da estrada e se encaminhou para elas, exausto. Não tardou a ver quatro cavalos altos entre as árvores. Havia prata entremeada em seus arreios e misturada ao ferro das ferraduras. Logo adiante, o mendigo viu uma dúzia de mulas carregadas de mercadorias: tecidos de lã, joias graciosas e belas lâminas de aço.

Mas o que chamou sua atenção foi a meia rês pendurada acima do fogo, que fumegava e gotejava gordura nas brasas. Ele quase desmaiou com aquele cheiro maravilhoso, pois tinha caminhado o dia inteiro sem nada para comer, a não ser um punhado de bolotas e uma maçã machucada que encontrara à beira do caminho.

Entrando na clareira, o velho mendigo gritou para os três homens de barba negra sentados ao redor do fogo:

– Olá! Será que podem me arranjar um pedaço de carne e um pouco do seu fogo?

Os homens se viraram, suas correntes de ouro cintilando à luz da fogueira.

– Certamente – respondeu o chefe deles. – O que você tem aí: lascas ou vinténs? Argolas ou strehlaum? Ou será que tem a moeda ceáldica altissonante que valorizamos acima de todas as outras?

– Não tenho nada disso – respondeu o mendigo, abrindo as mãos para mostrar que estavam vazias.

– Nesse caso, não encontrará consolo aqui – disseram os homens, que, sob o olhar do velho, começaram a cortar grossos pedaços do lombo pendurado sobre o fogo.

– Não leve a mal, Wilem. A história é assim.

– Eu não disse nada.

– Mas deu a impressão de que ia dizer.

– Talvez diga. Mas vou esperar para depois.

O velho continuou a andar, seguindo a luz de outra fogueira por entre as árvores.

– Olá! – chamou, ao sair na segunda clareira. Tentou soar animado, embora estivesse exausto e dolorido. – Será que podem me arranjar um pedaço de carne e um pouco do seu fogo?

Havia ali quatro viajantes, dois homens e duas mulheres. Ao som da voz dele, puseram-se de pé, mas ninguém falou. O ancião aguardou, educadamente, procurando parecer gentil e inofensivo. Mas o silêncio se estendeu até não mais poder e ainda assim não se disse uma palavra.

Como era compreensível, o velho se irritou. Acostumara-se a ser evitado ou descartado, mas aquela gente só fazia olhar, calada e inquieta, movendo-se de um pé para o outro, enquanto as mãos se torciam nervosamente.

Quando ele estava prestes a se afastar, cabisbaixo, houve um clarão na fogueira e o mendigo viu que os quatro usavam as roupas vermelho-sangue que eram a marca dos mercenários ademrianos. E então compreendeu. Os ademrianos são chamados de povo silencioso, pois raramente falam.

O ancião conhecia muitas histórias sobre eles. Ouvira dizer que possuíam uma habilidade secreta chamada Lethani. Ela lhes permitia usar seu silêncio como uma armadura, capaz de desviar uma espada ou deter uma flecha no ar. Era por isso que raramente falavam. Eles economizavam as palavras, guardando-as dentro de si como brasas no bojo de uma fornalha.

Essas palavras acumuladas enchiam-nos com tamanha energia irrequieta que eles jamais conseguiam ficar completamente imóveis. Era por isso que viviam se contorcendo e se agitando. E então, quando entravam em combate, usavam essa habilidade secreta para queimar as palavras como combustível dentro de si, o que os tornava fortes como ursos e velozes como serpentes.

Na primeira vez que ouvira esses boatos, o mendigo os havia considerado histórias tolas, contadas em volta da fogueira. Mas anos antes, em Modeg, tinha visto uma ademriana lutar com a guarda da cidade. Os soldados portavam armas e usavam armadura, além de terem peito e braços fortes. Pediram, em nome do rei, que a mulher apresentasse sua espada e, embora hesitante, ela o fez. Mal se viram com a arma nas mãos, eles lançaram olhares lascivos para a mulher e a apalparam, fazendo insinuações obscenas sobre o que ela poderia oferecer para recuperar a arma.

Eram homens altos, de armaduras reluzentes e espadas afiadas. Caíram feito trigo no outono diante da ademriana. Ela matou três, quebrando-lhes os ossos com as mãos.

Em comparação aos deles, seus próprios ferimentos foram pequenos: uma mancha roxa numa das faces, uma leve claudicação, um corte superficial numa das mãos. Mesmo depois de todos aqueles longos anos, o ancião se lembrava de como a mulher havia lambido o sangue no dorso da mão, feito um gato.

Foi nisso que o velho mendigo pensou ao ver os ademrianos parados ali. Qualquer ideia de alimento e calor o abandonou e ele recuou lentamente para o abrigo das árvores circundantes.

Partiu então para a fogueira seguinte, na esperança de que a terceira tentativa lhe trouxesse sorte.

Nessa clareira havia alguns aturenses parados em volta de um burro morto, perto de uma carroça. Um deles avistou o velho e apontou, dizendo:

– Olhem! Peguem-no! Vamos atrelá-lo à carroça e fazê-lo puxar!

O ancião disparou para as árvores e, depois de correr para lá e para cá, despistou os aturenses, escondendo-se sob um monte de folhas em decomposição.

Quando o som dos aturenses se extinguiu, ele rastejou para longe das folhas e encontrou sua bengala. Então, com a coragem dos pobres e famintos, seguiu para a quarta fogueira que avistou ao longe.

Talvez ali encontrasse o que procurava, porque em volta da fogueira estavam mercadores de Vintas. Se as coisas fossem diferentes, era possível que eles o acolhessem para o jantar, dizendo que "onde comem seis, sete podem comer".

Mas o velho, àquela altura, era uma visão e tanto. Tinha o cabelo arrepiado, em completo desalinho. A túnica, antes surrada, agora estava rasgada e suja. Ele tinha o rosto pálido de susto e a respiração lhe chiava e apitava no peito.

Por causa disso, os vintasianos soltaram exclamações abafadas e fizeram gestos à frente de seus rostos. Acharam que ele era um draug, entendem? Um daqueles mortos desassossegados que os vintasianos supersticiosos acreditam perambular pela noite.

Cada vintasiano teve uma ideia diferente de como poderia detê-lo. Uns acharam que o fogo o espantaria, outros, que sal espalhado na grama o manteria afastado e outros, ainda, que o ferro cortaria as cordas que prendiam a alma dele a seu cadáver.

Ouvindo-os discutir, o velho mendigo percebeu que, não importava a que acordo chegassem, ele não se daria bem. Assim, voltou apressado para o meio das árvores.

Achou uma pedra em que se sentar e sacudiu as folhas mortas e a poeira da melhor maneira que pôde. Depois de algum tempo sentado, pensou em tentar um último acampamento, sabendo que bastaria um viajante generoso para lhe encher a barriga.

Ficou satisfeito ao ver um homem sentado sozinho junto à última fogueira. Ao chegar mais perto, viu algo que o deixou encantado e com medo, pois, embora tivesse muitos anos de vida, o mendigo nunca havia falado com um Amyr.

No entanto, sabia que os Amyr faziam parte da Igreja de Tehlu e...

– Eles não faziam parte da Igreja – disse Wilem.

– O quê? É claro que faziam.

– Não, eles eram da burocracia aturense. Tinham... Vecarum, *poderes judiciários*.

– Eles eram chamados de Sagrada Ordem dos Amyr. Eram o braço direito armado da Igreja.

– Quer apostar um iota?

– Ótimo. Se isso o fizer ficar calado durante o resto da história.

O velho mendigo ficou encantado, porque sabia que os Amyr faziam parte da Igreja de Tehlu e a Igreja às vezes era generosa com os pobres.

O Amyr pôs-se de pé quando o velho se aproximou.

– Quem vem lá? – perguntou, com voz orgulhosa e forte, mas também fatigada. – Saiba que sou da Ordem dos Amyr. Ninguém deve interpor-se entre mim e minhas tarefas. Agirei pelo bem de todos, ainda que deuses e homens barrem o meu caminho.

– Senhor – disse o mendigo –, tenho apenas a esperança de um pouco de fogo e alguma caridade numa longa estrada.

O Amyr fez um gesto para que o velho se aproximasse. Usava uma armadura de argolas brilhantes de aço e sua espada tinha a altura de um homem. Seu tabardo era de um branco reluzente, mas, a partir dos cotovelos, a cor escurecia até chegar ao carmesim, como se houvesse mergulhado em sangue. No centro do peito ele usava o símbolo dos Amyr: a torre negra envolta numa chama rubra.

O ancião sentou-se perto da fogueira e deu um suspiro, com o calor inundando seus ossos.

Passado um momento, o Amyr falou:

– Receio não poder oferecer-lhe nada de comer. Meu cavalo está se alimentando melhor que eu esta noite, mas isso não significa que esteja comendo bem.

– Qualquer coisa seria uma esplêndida ajuda – disse o velho. – Migalhas são mais do que eu tenho. Não sou orgulhoso.

O Amyr deu um suspiro e disse:

– Amanhã terei de cavalgar 80 quilômetros para impedir um julgamento. Se eu falhar ou hesitar, uma mulher inocente morrerá. Isto é tudo que tenho.

Ele apontou para um pedaço de pano com uma crosta de pão e uma fatia fina de queijo. Juntos, os dois mal bastariam para reduzir a fome do ancião. Eram uma ceia precária para um homem grande como o Amyr.

– Amanhã terei de cavalgar e lutar – disse o homem de armadura. – Precisarei de minhas forças. Por isso, tenho que pesar sua noite de fome contra a vida dessa mulher.

Enquanto falava, o Amyr ergueu as mãos e as manteve com as palmas viradas para cima, como os pratos de uma balança.

Quando fez esse gesto, o velho mendigo viu as costas das mãos dele e, por um segundo, pensou que o Amyr houvesse se cortado e que o sangue estivesse escorrendo por entre seus dedos e pelos braços. Então, uma chama da fogueira oscilou e o mendigo viu que aquilo era apenas uma tatuagem, embora ainda sentisse um calafrio ante as marcas ensanguentadas nas mãos e nos braços do Amyr.

Teria feito mais que sentir um calafrio se soubesse tudo o que significavam aquelas marcas. Elas mostravam que o Amyr contava com a confiança tão completa da Ordem que seus atos jamais seriam questionados. E, como a Ordem estava por trás dele, nenhuma igreja, tribunal ou rei poderia confrontá-lo. Pois este era um dos Ciridas, os mais altos entre os Amyr.

Se ele matasse um homem desarmado, não seria assassinato aos olhos da Ordem. Se estrangulasse uma gestante no meio da rua, ninguém ergueria a voz contra ele. Se incendiasse uma igreja ou despedaçasse uma velha ponte de pedras, o império o julgaria inocente, confiando em que todos os seus atos estavam a serviço do bem maior.

Mas o mendigo não sabia nada disso e, assim, tentou de novo:

– Se o senhor não tem nenhum alimento para dar, será que me concederia um ou dois vinténs? – perguntou, pensando no acampamento ceáldico e em como poderia comprar uma fatia de carne ou de pão.

O Amyr fez que não com a cabeça.

– Se eu os tivesse, ficaria feliz em dá-los. Mas, há três dias, dei o último dinheiro que me restava a um viúvo recente com um filho faminto. E, desde então, estou tão sem vintém quanto você.

Meneou a cabeça, com uma expressão fatigada, cheia de pesar, e acrescentou:

– Gostaria que as circunstâncias fossem diferentes. Mas agora preciso dormir e por isso você deve ir embora.

O velho ficou longe de satisfeito com isso, porém havia algo na voz do Amyr que o deixou ressabiado. Assim, pôs-se de pé, com os ossos rangendo, e largou a fogueira para trás.

Antes que o calor da fogueira do Amyr o deixasse, o ancião apertou o cinto e decidiu simplesmente continuar a andar até amanhecer. Esperava que o fim dessa estrada pudesse trazer-lhe melhor sorte ou, pelo menos, um encontro com gente mais bondosa.

Atravessou o centro de Faeriniel e, ao fazê-lo, viu um círculo de enormes pedras cinzentas. No interior do círculo havia o brilho tênue da luz do fogo, escondido num poço bem cavado. O velho notou que também não sentia cheiro de um fiapo de fumaça e percebeu que aquelas pessoas estavam queimando toras de rennel, madeira que queima forte e produz muito calor, mas não tem cheiro nem solta fumaça.

O velho viu então que duas das grandes formas não eram pedras, de modo algum. Eram carroças. Um punhado de pessoas se encolhia em torno de um caldeirão, à luz tênue do fogo.

Mas já não restava ao velho nem um fiapo de esperança, por isso ele continuou a andar. Quase havia passado das pedras quando uma voz o chamou:

– Ei, você aí! Quem é você e por que está passando tão quieto à noite?

– Não sou ninguém – respondeu o ancião. – Apenas um velho mendigo, seguindo minha estrada até o fim.

– Por que continua andando, em vez de se acomodar para dormir? Essas estradas não são nada seguras à noite – disse a voz.

– Não tenho cama – falou o velho. – E esta noite não posso pedir nem tomar nenhuma emprestada, por nada neste mundo.

– Há uma aqui para você, se lhe agradar. E um pouco de comida, se estiver com vontade de dividir. Ninguém deve andar o dia inteiro, muito menos de noite.

Um belo homem barbado saiu do esconderijo criado pelas altas pedras cinzentas. Segurou o ancião pelo cotovelo e o conduziu até o fogo, avisando ao se aproximar:

– Hoje temos visita!

Houve uma pequena agitação à frente deles, mas era uma noite sem luar e a fogueira estava no fundo de um poço feito para escondê-la, por isso o mendigo não pôde ver muito bem o que as pessoas estavam fazendo. Curioso, indagou:

– Por que vocês escondem sua fogueira?

Seu anfitrião deu um suspiro e explicou:

– Nem todas as pessoas são cheias de amor por nós. Ficamos mais seguros mantendo-nos longe do perigo. Além disso, hoje nossa fogueira está pequena.

– Por quê? – perguntou o mendigo. – Com tantas árvores, deveria ser fácil arranjar lenha.

– Fomos buscá-la mais cedo – disse o homem barbado. – Mas as pessoas nos chamaram de ladrões e dispararam flechas contra nós. – Deu de ombros e acrescentou:
– Assim, nós nos arranjamos e que o amanhã cuide de suas próprias preocupações.
– Meneou a cabeça. – Mas estou falando demais. Posso oferecer-lhe uma bebida, pai?

– Um pouco d'água se puder cedê-la.

– Bobagem, o senhor tomará vinho.

Fazia muito tempo desde a última vez que o mendigo sentira o gosto do vinho e a ideia foi o bastante para lhe deixar a boca cheia d'água. Mas ele sabia que o vinho não era o melhor para um estômago vazio que passara o dia inteiro andando, por isso disse:

– É bondade sua, bendito seja. Mas água será o bastante para mim.

O homem a seu lado sorriu.

– Nesse caso, tome água e vinho, cada um com seu desejo.

E, assim dizendo, levou o mendigo até o barril de água.

O ancião curvou-se e tirou uma concha. A água tocou seus lábios, fresca e doce, mas ele não pôde deixar de notar que o barril estava quase vazio.

Apesar disso, o anfitrião insistiu:

– Pegue mais uma e lave a poeira das mãos e do rosto. Vejo que o senhor esteve na estrada por um tempo longo e cansativo.

Assim, o ancião pegou uma segunda concha d'água e, uma vez de mãos e rosto limpos, sentiu-se muito refrescado.

Então o anfitrião tornou a pegá-lo pelo cotovelo e o conduziu à fogueira.

– Como é seu nome, pai?

De novo o mendigo se surpreendeu. Fazia anos que ninguém se importava em lhe perguntar seu nome. Tanto tempo que ele teve de parar e pensar por um momento.

– Sceop – disse por fim. – Eu me chamo Sceop. E você?

– Meu nome é Terris – respondeu o anfitrião, enquanto acomodava o velho perto do fogo. – Esta é Silla, minha mulher, e esse é Wint, nosso filho. Estes são Shari, Benthum, Lil, Peter e Fent.

Em seguida, Terris deu vinho a Sceop. Silla ofereceu-lhe uma concha pesada de sopa de batatas, uma fatia de pão quente e meia abóbora-ouro de verão, com manteiga sem sal no bojo. A comida era simples e também não havia muita, no entanto, para Sceop, pareceu um banquete. Enquanto ele comia, Wint manteve seu copo cheio de vinho, sorriu para ele, sentou-se junto ao seu joelho e o chamou de avô.

Isso foi demais para o velho mendigo, que começou a chorar baixinho. Talvez fosse por ser idoso e porque tivera um longo dia. Talvez fosse por não estar acostumado com a bondade. Talvez tenha sido o vinho. Qualquer que fosse a razão, as lágrimas começaram a rolar por seu rosto e se perderam em sua espessa barba branca.

Terris percebeu e perguntou prontamente:

– Pai, o que houve?

– Sou um velho bobo – disse Sceop, mais para si mesmo que para os outros. – Vocês foram mais bondosos comigo do que qualquer outra pessoa em anos e lamento não poder retribuir.

Terris sorriu e pôs a mão nas costas do velho.

– Gostaria mesmo de nos retribuir?

– Não posso. Não tenho nada para lhes dar.

O sorriso de Terris se alargou.

– Sceop, nós somos os Edena Ruh. O que mais valorizamos é algo que todo mundo possui.

Um a um, Sceop viu os rostos ao redor da fogueira fitarem-no com expectativa. E Terris disse:

– Você pode nos contar a sua história.

Sem saber o que mais fazer, Sceop começou a falar. Contou como havia chegado a Faeriniel. Como andara de uma fogueira para outra, na esperança de encontrar caridade. No começo, sua voz vacilou e a história seguiu aos tropeços, pois fazia muito tempo que ele estava sozinho e não tinha o costume de falar. Mas a voz logo se tornou mais forte, as palavras, mais ousadas e, enquanto as chamas bruxuleavam e se refletiam em seus luminosos olhos azuis, as mãos dele dançaram, acompanhando a voz ressequida e velha. Nem os Edena Ruh, que sabem todas as histórias do mundo, puderam deixar de ouvir com assombro.

Quando sua história chegou ao fim, os membros da trupe se mexeram, como se despertassem de um sono profundo. Por um momento, não fizeram nada senão se entreolhar e então fitaram Sceop.

Terris sabia o que estavam pensando.

– Sceop – perguntou, em tom gentil –, para onde você estava indo hoje, quando o detive em seu caminho?

– Estava indo para Tinuë – respondeu Sceop, meio sem jeito por ter ficado tão absorto na história. Tinha o rosto quente e vermelho e se sentia tolo.

– Nós estamos a caminho de Belenay – disse Terris. – Você consideraria vir conosco, em vez de ir para Tinuë?

Por um instante, o rosto de Sceop iluminou-se de esperança, mas em seguida abateu-se.

– Eu não seria nada além de um fardo. Até um mendigo tem seu orgulho.

Terris riu.

– Você quer falar de orgulho com os Edena? Não o estamos convidando por piedade. Convidamos porque você faz parte da nossa família e gostaríamos que nos contasse muitas histórias nos anos que virão.

O mendigo balançou a cabeça.

– Meu sangue não é o seu. Não faço parte da sua família.

– O que tem o sangue a ver com isso? – perguntou Terris. – Nós, os Ruh, decidimos quem faz e quem não faz parte da nossa família. O seu lugar é aqui. Olhe em volta e veja se estou mentindo.

Sceop olhou para o círculo de rostos e viu que era verdade o que Terris dizia.

Assim, o velho ficou e viveu muitos anos com eles, antes de se separarem. Muitas coisas ele viu e muitas histórias contou e, por causa disso, todos se tornaram mais sábios.

Isso aconteceu, embora tenha sido há muitos anos e a muitos quilômetros. Eu o ouvi da boca dos Edena Ruh, por isso sei que é verdade.

CAPÍTULO 38

Sementes de verdade

– Isso é o fim? – perguntou Simmon, após uma pausa educada. Ele estava deitado de costas, olhando as estrelas.

– É.

– Não acabou como achei que acabaria.

– O que você esperava?

– Estava esperando descobrir quem era realmente o mendigo. Achei que, assim que alguém fosse gentil com ele, o homem revelaria ser o Grande Taborlin. Depois, daria a eles seu cajado e um saco de dinheiro e... sei lá. Faria acontecer alguma coisa mágica.

Wilem, que também estava deitado de costas na grama alta, finalmente se manifestou:

– Ele diria: "Toda vez que você estiver em perigo, bata com este cajado no chão e diga 'seja rápido, cajado'", aí o cajado ia rodopiar e defendê-los de qualquer um que os atacasse. Achei que ele não era realmente um velho mendigo.

– Os velhos mendigos das histórias nunca são *realmente* velhos mendigos – comentou Simmon, com um toque de acusação na voz. – São sempre feiticeiros, príncipes, anjos ou coisas assim.

– Na vida real, os velhos mendigos quase sempre são velhos mendigos – assinalei. – Mas sei em que tipo de história vocês estão pensando. São as que contamos a outras pessoas para diverti-las. Esta história é diferente. É do tipo que podemos contar uns aos outros.

– Para que contar uma história se ela não é divertida?

– Para nos ajudar a lembrar. Para nos ensinar... – fiz um gesto vago. – Coisas.

– Como estereótipos exagerados? – perguntou Simmon.

– O que quer dizer com isso? – indaguei, mordido.

– "Vamos atrelá-lo à carroça e fazê-lo puxar"? – disse ele, com um estalido de nojo. – Eu ficaria ofendido se não conhecesse você.

– Se não conhecesse *você* – retruquei, acalorado –, *eu* ficaria ofendido. Sabia que os aturenses matavam as pessoas quando as encontravam morando na estrada? Um dos seus imperadores declarou que elas eram prejudiciais ao império. A maioria era pouco mais do que mendigos, gente que havia perdido a casa por causa das guerras e dos impostos. A maioria era simplesmente obrigada a prestar o serviço militar.

Puxei o peito da camisa e prossegui:

– Mas os Edena eram especialmente valorizados. Eles nos caçavam como a raposas. Durante 100 anos, a caça aos Ruh foi um dos passatempos favoritos da classe alta aturense.

Fez-se um silêncio profundo. Minha garganta ardeu e percebi que estivera gritando.

A voz de Simmon soou abafada:

– Eu não sabia disso.

Dei-me um pontapé mentalmente e soltei um suspiro.

– Desculpe, Simmon. É... Isso foi há muito tempo. E não é culpa sua. É uma história antiga.

– Tinha que ser, para fazer referência aos Amyr – disse Wilem, obviamente tentando mudar de assunto. – Eles se dispersaram há quanto tempo: 300 anos?

– Mesmo assim – respondi –, há certa veracidade na maioria dos estereótipos. Uma semente da qual eles brotaram.

– O Basil é de Vintas – disse Wil. – E tem algumas esquisitices. Dorme com um vintém debaixo do travesseiro, esse tipo de coisa.

– A caminho da Universidade, viajei com um par de mercenários ademrianos – contou Simmon. – Eles não falavam com ninguém, exceto um com o outro. E *eram* irrequietos e agitados.

Wilem falou, em tom hesitante:

– Admito que conheço muitos ceáldimos que tomam um cuidado enorme de forrar as botas com prata.

– As bolsas – corrigiu-o Simmon. – As botas são para enfiar os pés – e remexeu um dos seus, a título de ilustração.

– Sei o que é uma bota – retrucou Wilem, mal-humorado. – Falo essa língua vulgar melhor que você. É bota que nós dizemos, *Patu*. O dinheiro da bolsa é para gastar. O dinheiro que se planeja guardar fica na bota.

– Ah – murmurou Simmon, pensativo. – Entendo. Como economizar para os tempos difíceis.

– O que vocês fazem com o dinheiro quando os tempos estão difíceis? – perguntou Wilem, sinceramente intrigado.

– E há mais nessa história do que vocês imaginam – interrompi depressa, antes que a digressão se tornasse ainda maior. – Ela tem uma semente de verdade. Se vocês me prometerem guardá-lo, eu lhes contarei um segredo.

Senti a atenção dos dois concentrar-se em mim.

– Se um dia vocês aceitarem a hospitalidade de uma trupe itinerante e eles lhes oferecerem vinho antes de qualquer outra coisa, são Edena Ruh. Essa parte da história é verdadeira. – Levantei um dedo em sinal de advertência. – Mas não bebam o vinho.

– Mas eu gosto de vinho – disse Simmon, com ar pesaroso.

– Não importa – retruquei. – O anfitrião lhe oferece vinho, mas você insiste em água. Isso pode até virar uma espécie de competição, o anfitrião oferecendo com grandiosidade cada vez maior, a visita recusando com mais e mais polidez. Se a pessoa fizer isso, eles saberão que ela é amiga dos Edena, que conhece os nossos costumes. E a tratarão como alguém da família nessa noite, em vez de ser um mero convidado.

A conversa cessou enquanto eles absorviam essa informação. Olhei para as estrelas, desenhando mentalmente as constelações que conhecia. Ewan, o caçador; o cadinho, a mãe remoçada, a raposa de língua de fogo, a torre partida...

– Aonde vocês iriam se pudessem ir a qualquer lugar? – disse Simmon e a pergunta pareceu surgir do nada.

– Para o outro lado do rio – respondi. – Cama.

– Não, não – protestou ele –, eu me refiro a vocês poderem ir a qualquer lugar do mundo.

– Mesma resposta – falei. – Já estive em um monte de lugares. Foi para cá que eu sempre quis vir.

– Mas não para sempre – disse Wilem. – Você não quer ficar aqui para sempre, quer?

– Foi isso que eu quis dizer – acrescentou Simmon. – Todos queremos estar aqui. Mas nenhum de nós quer ficar para sempre.

– Exceto o Manet – disse Wil.

– Para onde você iria? – insistiu Simmon, obstinado. – Em busca de aventura?

Pensei por um momento, calado.

– Acho que eu iria ao Tahlenwald – respondi.

– Ficar com os Tahl? – perguntou Wilem. – Eles são um povo nômade primitivo, pelo que ouvi dizer.

– Tecnicamente, os Edena Ruh são um povo nômade – retruquei num tom seco. – Uma vez, ouvi uma história de que os chefes das tribos deles não são grandes guerreiros, são cantores. Suas canções podem curar doentes e fazer as árvores dançarem. – Dei de ombros. – Eu iria lá para descobrir se é verdade.

– Eu iria a Faen, a corte dos Encantados – disse Wilem.

Simmon riu.

– Você não pode escolher isso.

– Se o Kvothe pode ir atrás de uma árvore que dança, posso ir a Faen e dançar com as *Embrula*... as mulheres faenas.

– O Tahl é real – protestou Simmon. – Os contos de fadas são para bêbados, mentecaptos e crianças.

– Aonde você iria? – perguntei ao Simmon, para impedir que brigasse com Wilem.

Houve uma longa pausa.

– Não sei – respondeu ele, com a voz estranhamente desprovida de qualquer inflexão. – Nunca fui a lugar nenhum, na verdade. Só vim para a Universidade porque, depois que meus irmãos tomarem posse da herança e minha irmã receber seu dote, não restará muita coisa para mim, exceto o sobrenome da família.

– Você não queria vir para cá? – perguntei, tomado pela incredulidade.

Simmon deu de ombros com ar evasivo e eu estava prestes a lhe perguntar outra coisa quando fui interrompido pelo som de Wilem se levantando ruidosamente.

– Será que estamos com disposição de enfrentar a ponte agora?

Minha cabeça estava admiravelmente desanuviada. Fiquei de pé, apenas com um ligeiro gingado.

– Por mim, tudo bem.

– Só um segundo – pediu Simmon, começando a abrir as calças enquanto andava em direção às árvores.

Assim que ele saiu de nosso campo de visão, Wilem inclinou-se para perto de mim e disse:

– Não pergunte pela família dele – disse, baixinho. – Não é fácil para ele falar sobre isso. Pior ainda quando está bêbado.

– O que...

Ele fez um movimento ríspido com a mão, balançando a cabeça.

– Depois.

Simmon voltou em zigue-zague para a fogueira e nós três regressamos em silêncio para a estrada, cruzamos a Ponte de Pedra e entramos na Universidade.

CAPÍTULO 39

Contradições

No fim da manhã seguinte, Wil e eu fomos ao Arquivo encontrar com Simmon e resolver nossas apostas da noite anterior.

– O problema é o pai dele – explicou Wilem em voz baixa, enquanto caminhávamos por entre os prédios cinzentos. – O pai do Sim tem um ducado em Atur. A terra é boa, mas...

– Espere – interrompi. – O pai do nosso Simmonzinho é duque?

– O Simmonzinho – retrucou Wilem em tom seco – é três anos mais velho e 5 centímetros mais alto que você.

– Que ducado? – perguntei. – E ele não é tão mais alto assim.

– Dalonir – respondeu Wilem. – Mas você sabe como é. Sangue nobre de Atur. Não admira que ele não fale do assunto.

– Ora, vamos – censurei-o, abarcando num gesto os estudantes que enchiam a rua à nossa volta –, a Universidade tem a atmosfera mais liberal que existe desde que a Igreja reduziu Caluptena a cinzas.

– Você não faz nenhum alarde sobre ser Edena Ruh.

Espinhei-me:

– Você está insinuando que sinto vergonha?

– Estou dizendo que você não faz alarde – respondeu Wilem, calmamente e com o olhar firme. – Simmon também não. Imagino que os dois tenham suas razões.

Reprimindo a irritação, assenti com a cabeça.

Wilem continuou:

– Dalonir fica no norte de Aturna, portanto eles são razoavelmente abastados.

Mas ele tem três irmãos mais velhos e duas irmãs. O primeiro filho herda os bens. O pai comprou uma patente militar para o segundo. O terceiro foi destinado à Igreja. Simmon... – Wilem deixou a voz morrer, sugestivamente.

– É difícil imaginar o Sim como sacerdote – admiti. – Ou soldado, pensando bem.

– Assim, ele acabou na Universidade – concluiu Wilem. – O pai tinha esperança de que ele se tornasse diplomata. Aí o Sim descobriu que gostava de alquimia e poesia e entrou no Arcanum. O pai dele não ficou muito satisfeito.

Wilem lançou-me um olhar significativo e compreendi que aquilo era um grande eufemismo.

– Ser arcanista é admirável! – protestei. – Muito mais impressionante do que ser um puxa-saco perfumado numa corte qualquer.

Wilem deu de ombros.

– A taxa escolar dele é paga. A mesada continua a chegar. – Ele fez uma pausa e acenou para alguém do outro lado do pátio. – Mas Simmon não vai à casa dele. Nem mesmo para uma visita breve. O pai dele gosta de caçar, lutar, beber e sair com prostitutas. Desconfio que o nosso meigo e livresco Simmon provavelmente não recebeu o amor que um filho inteligente merece.

∽

Wil e eu encontramos Sim na nossa cabine de leitura habitual e esclarecemos os detalhes de nossas apostas da bebedeira. Depois, cada um seguiu seu caminho.

Passada uma hora, voltei com uma braçada modesta de livros. Minha busca tinha sido consideravelmente facilitada pelo fato de eu vir pesquisando os Amyr desde que Nina tinha aparecido para me entregar o pergaminho.

Bati de leve na porta da cabine de leitura e entrei. Wil e Sim já estavam sentados à mesa.

– Primeiro eu – disse Simmon, todo contente. Consultou uma lista e tirou um livro de sua pilha. – Página 152 – anunciou. Folheou o livro até chegar à página e começou a percorrê-la. – Arrá! "Então a menina fez um relato de tudo... *blablablá*... E os levou ao lugar onde havia encontrado a relíquia pagã." – Levantou a cabeça, apontando para a página: – Viu? Ele diz "pagã", bem aqui.

Sentei-me.

– Vamos ver o resto.

O segundo livro de Simmon era mais da mesma coisa. Mas o terceiro trouxe uma espécie de surpresa.

– "Uma grande preponderância de marcos de pedra na vizinhança, sugerindo que essa área teria sido cruzada por rotas comerciais num passado longínquo..."

Ele parou de falar, encolheu os ombros e me entregou o livro.

– Esse parece estar do seu lado.

Não pude deixar de rir.

– Você não leu os livros antes de trazê-los para cá?

– Em uma hora? – Ele mesmo deu uma risada. – Pouco provável. Apenas pedi ajuda a um escriba.

Wilem lançou-lhe um olhar zangado.

– Não pediu, não. Você perguntou ao Marionetista, não foi?

Simmon assumiu uma expressão inocente, que, em seu rosto naturalmente inocente, só serviu para fazê-lo parecer profundamente culpado.

– Talvez eu tenha dado uma passada para vê-lo – desconversou. – E talvez, por acaso, ele tenha sugerido uns dois livros com informações sobre os monólitos cinzentos.

Ao ver a expressão de Wilem, ele levantou uma das mãos.

– Não venha torcer o nariz para mim. O feitiço virou contra o feiticeiro, de qualquer jeito.

– De novo o Marionetista – resmunguei. – Será que algum dia vão me apresentar a ele? Vocês dois vivem de boca fechada sobre esse sujeito.

Wilem deu de ombros.

– Você entenderá quando o conhecer.

Os livros de Simmon dividiam-se em três categorias. Uma corroborava o seu lado, falando de ritos pagãos e sacrifícios de animais. A outra especulava sobre uma antiga civilização que usava os monólitos como marcos nas estradas, apesar de alguns se situarem em encostas escarpadas ou no leito de rios, onde não poderia haver estrada alguma.

O último livro dele foi interessante por outras razões.

– "...um par de monólitos de pedra idênticos, com um terceiro atravessado em cima" – leu Simmon. – "A população local refere-se a eles como o portal. Embora os desfiles da primavera e do verão envolvam a decoração das pedras e danças em volta delas, os pais proíbem os filhos de permanecerem perto delas quando a lua está cheia. Um ancião respeitado e tido como sensato afirmou..." – Ele interrompeu a leitura. – Enfim... – disse, indignado, começando a fechar o livro.

– Afirmou o quê? – perguntou Wilem, com a curiosidade despertada.

Simmon revirou os olhos e continuou a ler:

– "...afirmou que, em certas ocasiões, os homens podiam cruzar o portal de pedra e entrar na terra dos Encantados, onde mora a própria Feluriana, que ama e destrói os homens com seu abraço."

– Interessante – murmurou Wilem.

– Não, não é. É uma conversa mole, infantil e supersticiosa – disse Simmon, irritado. – E nada disso está nos fazendo chegar mais perto de decidir quem tem razão.

– Como você faria a conta, Wilem? – perguntei. – Você é nosso juiz imparcial.

Wilem aproximou-se da mesa e examinou os livros. Suas sobrancelhas escuras subiram e desceram, enquanto ele ponderava.

– Sete para o Simmon. Seis para o Kvothe. Três contrários.

Demos uma olhadela rápida nos quatro livros que eu levara. Wilem excluiu um deles, o que elevou a conta a sete para o Simmon e 10 para mim.

– Está longe de ser conclusivo – ponderou Wilem.

– Poderíamos declarar um empate – sugeri, com magnanimidade.

Simmon fechou a cara. Independentemente de sua boa índole, ele detestava perder apostas.

– Tudo bem – concordou.

Virei-me para Wilem e dei uma olhada significativa no par de livros sobre a mesa que ainda não tinham sido tocados.

– Parece que nossa aposta será decidida um pouquinho mais depressa, *nia*?

Wilem deu um sorriso de predador.

– Muito depressa – confirmou, levantando um livro. – Tenho aqui um exemplar da proclamação que dissolveu os Amyr.

Abriu uma página marcada e começou a ler:

– "Doravante, seus atos serão julgados pelas leis do Império. Nenhum membro da Ordem poderá arrogar-se o direito de julgar processos nem proferir sentenças nos tribunais."

Wilem levantou a cabeça, com ar convencido.

– Viram? Se os poderes de julgamento deles foram revogados, é porque eles deviam ter tido algum, para começo de conversa. Portanto, é evidente que faziam parte da burocracia aturense.

– Na verdade, a Igreja sempre teve poderes judiciais em Atur – falei, em tom compungido. Levantei um de meus dois livros: – É engraçado você ter trazido o *Alpura Prolycia Amyr*. Eu também o trouxe. O próprio decreto foi expedido pela Igreja.

A expressão de Wilem toldou-se.

– Não foi, não. Ele foi listado aqui como o 63º decreto do imperador Nalto.

Intrigados, comparamos os dois livros e verificamos que eram diretamente contraditórios.

– Bem, acho que esses se anulam mutuamente – comentou Simmon. – O que mais vocês têm?

– Este é de Feltemi Reis. *As luzes da história* – resmungou Wilem. – É definitivo. Não achei que fosse precisar de nenhuma prova adicional.

– Isso não incomoda nenhum de vocês? – indaguei, batendo com os nós dos dedos nos dois livros contraditórios. – Eles não deveriam dizer coisas diferentes.

– Acabamos de ler 20 livros que dizem coisas diferentes – assinalou Simmon. – Por que eu teria problemas com mais dois?

– A finalidade dos monólitos cinzentos é especulativa. É inevitável que haja uma multiplicidade de opiniões. Mas o *Alpura Prolycia Amyr* foi um decreto público. Transformou milhares dos homens e mulheres mais poderosos do Império Aturense em marginais. Essa foi uma das principais razões do desmoronamento do Império. Não há razão para informações conflitantes.

– A Ordem *foi* desmembrada há mais de 300 anos – disse Simmon. – É tempo mais do que suficiente para surgirem algumas contradições.

Balancei a cabeça, folheando os dois livros.

– Opiniões contrárias são uma coisa. Fatos contrários são outra. – Levantei meu exemplar. – Este é *A queda do Império*, de Greggor Menor. Ele é um falastrão preconceituoso, mas é o melhor historiador de sua época. – Levantei o livro de Wilem. – Feltemi Reis não chega nem perto de ser historiador, mas é duas vezes mais erudito do que foi Greggor, além de ser escrupuloso com os fatos.

Olhei de um livro para o outro, franzindo o cenho.

– Isso não faz o menor sentido.

– Bem, e agora? – perguntou Simmon. – Outro empate? Isso é decepcionante.

– Precisamos de alguém para julgar – disse Wilem. – Uma autoridade superior.

– Superior a Feltemi Reis? – perguntei. – Duvido que possamos incomodar o Lorren para decidir nossa aposta.

Wil meneou a cabeça, depois levantou-se e alisou as dobras do peito da camisa.

– Isso significa que você finalmente vai conhecer o Marionetista.

CAPÍTULO 40

Marionetista

— O MAIS IMPORTANTE É SER GENTIL – sussurrou-me Simmon ao atravessarmos um corredor estreito, ladeado por livros. Nossas lâmpadas de simpatia lançavam feixes de luz pelas prateleiras e faziam as sombras dançarem nervosamente. – Mas não o trate com condescendência. Ele é meio... esquisito, mas não é idiota. Trate-o simplesmente como trataria qualquer outra pessoa.

– Mas de maneira cortês – retruquei em tom sarcástico, já cansado da sua ladainha de conselhos.

– Exatamente – disse Simmon, com ar sério.

– Aonde estamos indo, afinal? – perguntei, principalmente para interromper a amolação do Simmon.

– Subterrâneo três – respondeu Wilem ao nos virarmos para descer um longo lance de escada de pedra. Séculos de uso haviam-na desgastado, fazendo os degraus parecerem abaulados, como prateleiras cheias demais. Quando começamos a descer, as lâmpadas fizeram os degraus parecerem lisos, escuros e sem bordas, como um leito de rio abandonado e escavado na pedra.

– Tem certeza de que ele estará lá?

Wil fez que sim.

– Acho que ele não sai muito dos seus aposentos.

– Aposentos? – perguntei. – Ele *mora* aqui?

Nenhum dos dois disse nada, enquanto Wilem descia mais um lance de escada à nossa frente, depois atravessava um longo trecho de um corredor largo e de pé-direito baixo. Finalmente, chegamos a uma porta sem destaque, enfurnada num canto. Se eu não tivesse outras informações, teria presumido que se tratava de uma das inúmeras cabines de leitura espalhadas por todo o Acervo.

– Só não faça nada para aborrecê-lo – disse Simmon, nervoso.

Assumi minha expressão mais cortês quando Wilem bateu de leve na porta. A maçaneta começou a girar quase de imediato. A porta se entreabriu, depois se escancarou. O Marionetista ficou emoldurado pelo vão, mais alto que qualquer um de nós. As mangas de sua túnica preta enfunaram-se espantosamente com a brisa gerada pelo movimento da porta.

Ele nos fitou por um momento, com altivez, depois assumiu um ar intrigado e levou uma das mãos à lateral da cabeça.

– Esperem, esqueci meu capuz – disse e fechou a porta com um chute.

Por mais estranha que tivesse sido sua breve aparição, eu havia notado uma coisa ainda mais inquietante.

– Pelo corpo queimado de Deus – murmurei –, ele tem velas lá dentro. O Lorren sabe?

Simmon ia abrindo a boca para responder quando a porta tornou a se escancarar. O Marionetista preencheu o vão, a túnica negra destacando-se contra a luz cálida das velas atrás dele. Dessa vez o homem estava de capuz, com os braços levantados. As mangas compridas da túnica captaram a entrada de ar e se inflaram de modo impressionante. A mesma lufada de ar pegou seu capuz e o tirou parcialmente da cabeça.

– Raios! – exclamou ele, com a voz perturbada. O capuz estava meio em cima, meio fora da cabeça, cobrindo parcialmente um olho. O homem tornou a fechar a porta com um pontapé.

Wilem e Simmon mantiveram o ar sério. Eu me abstive de qualquer comentário.

Houve um instante de silêncio. Por fim, veio uma voz abafada do outro lado da porta:

– Importam-se de bater de novo? Não parece muito correto se não for assim.

Obedientemente, Wil tornou a se aproximar da porta e bateu. Uma, duas vezes, e então ela se escancarou e nós nos vimos diante de uma figura que se agigantava numa túnica escura. O capuz lhe encobria o rosto e as mangas compridas da túnica agitavam-se ao vento.

– Quem vem procurar o Grande Taborlin? – entoou o Marionetista com uma voz sonora, porém ligeiramente abafada pelo grande capuz. Uma das mãos apontou, num gesto dramático. – Você! Simmon!

Houve uma pausa e a voz dele perdeu sua ressonância teatral.

– Eu já o vi hoje, não vi?

Simmon assentiu com a cabeça. Intuí a risada que dava cambalhotas dentro dele, tentando achar uma saída.

– Há quanto tempo?

– Faz cerca de uma hora.

– Hum... – O capuz balançou. – Fui melhor desta vez?

Ele levantou a mão para empurrar o capuz para trás e notei que a túnica era grande demais para seu corpo, as mangas pendendo até a ponta dos dedos. Quando o rosto emergiu do capuz, ele sorria como uma criança que estivesse brincando com as roupas dos pais.

– Antes você não fez o Taborlin – admitiu Simmon.

– Ah – disse o Marionetista, parecendo meio desconcertado. – Como fui dessa vez? Da última vez, quero dizer. Foi um bom Taborlin?

– Bastante bom – respondeu Simmon.

O Marionetista olhou para Wilem.

– Gostei da túnica – disse Wil. – Mas sempre imaginei o Taborlin com uma voz suave.

– Ah – murmurou ele e finalmente olhou para mim. – Olá.

– Olá – respondi, no meu tom mais cortês.

– Não o conheço. – Ele fez uma pausa. – Quem é você?

– Sou o Kvothe.

– Você parece muito seguro disso – comentou ele, olhando-me atentamente. Fez outra pausa. – Eles me chamam de Marionetista.

– Quem é "eles"?

– Quem *são* eles? – corrigiu-me ele, levantando um dedo.

Sorri.

– Então, quem são eles?

– Quem *eram* eles então?

– Quem são eles *agora*? – esclareci, abrindo ainda mais o sorriso.

O Marionetista imitou meu sorriso de um jeito dispersivo e fez um gesto vago com uma das mãos.

– Eles, você sabe. As pessoas.

Continuou a me olhar fixamente, tal como eu examinaria uma pedra interessante ou um tipo de folha que nunca tivesse visto.

– Como você chama a si mesmo? – indaguei.

Ele pareceu meio surpreso e seus olhos se concentraram em mim de maneira mais comum.

– Isso seria revelar um segredo, desconfio – respondeu, com um toque de censura. Olhou para Wilem e Simmon, ambos calados. – Agora vocês devem entrar.

Deu meia-volta e entrou no cômodo.

Não era um aposento muito grande. Mas parecia bizarramente deslocado, aninhado no bojo do Arquivo. Havia uma cadeira estofada, uma grande mesa de madeira e um par de portas que levavam a outros cômodos.

Os livros estavam por toda parte, abarrotando prateleiras e estantes. Empilhavam-se no chão, espalhavam-se por mesas e se amontoavam em cadeiras. Uma cortina fechada numa parede me surpreendeu. Minha cabeça lutou contra a impressão de que devia haver uma janela atrás dela, apesar de eu saber que estávamos nas profundezas do subterrâneo.

A sala era iluminada por lamparinas e velas, longos círios e grossas pilastras gotejantes de cera. Cada uma das chamas me enchia de uma vaga angústia, ao pensar em fogo num prédio repleto de centenas de milhares de livros preciosos.

E havia marionetes. Pendiam de prateleiras e ganchos nas paredes. Amarfanhavam-se nos cantos e embaixo das cadeiras. Algumas estavam em processo de confecção ou restauração, espalhadas entre ferramentas sobre os tampos das mesas. Havia prateleiras cheias de estatuetas, todas habilmente entalhadas e pintadas sob a forma de pessoas.

A caminho de sua mesa, o Marionetista soltou-se da túnica negra e a deixou cair displicentemente no chão. Por baixo dela, o homem usava uma roupa simples: camisa branca amarrotada, calça preta amarrotada e meias descasadas, muito remendadas no calcanhar. Percebi que era mais velho do que eu havia suposto. Tinha o rosto liso e sem vincos, mas o cabelo era de um branco puro e rareava no alto.

O Marionetista esvaziou uma cadeira para mim, tirando cuidadosamente do assento um pequeno fantoche de cordas e encontrando um lugar para ele numa prateleira próxima. Em seguida, sentou-se à mesa, deixando Wilem e Simmon de pé. Justiça seja feita, eles não pareceram terrivelmente desconcertados.

Vasculhando um pouco a bagunça da mesa, ele pegou um pedaço de madeira de forma irregular e uma faquinha. Lançou outro olhar demorado e inquisitivo para o meu rosto, depois começou a esculpir metodicamente, deixando lascas de madeira em forma de cachos caírem no tampo da mesa.

Estranhamente, não tive vontade de perguntar a ninguém o que estava acontecendo. Quem faz tantas perguntas quanto eu aprende quando elas são apropriadas.

Além disso, eu sabia quais seriam as respostas. O Marionetista era uma daquelas pessoas talentosas e não muito boas da cabeça que haviam encontrado um nicho para si na Universidade.

A formação no Arcanum fazia coisas estranhas com a mente dos estudantes. A mais notável dessas coisas pouco naturais era a capacidade de fazer o que a maioria das pessoas chama de mágica e que nós chamávamos de simpatia, siglística, alquimia, denominação e similares.

Algumas mentes se habituavam facilmente a isso, outras tinham dificuldade. As piores dentre estas enlouqueciam e acabavam no Refúgio. Mas a maioria não se estilhaçava ao ser submetida à tensão do Arcanum, apenas rachava um pouquinho. Às vezes, essas rachaduras transpareciam em pequenos detalhes, como tiques nervosos ou gagueira. Noutras, os alunos ouviam vozes, ficavam esquecidos, cegos ou mudos... Às vezes era só por uma hora ou por um dia. Outras vezes, era para sempre.

Calculei que o Marionetista era um aluno que havia rachado anos antes. Como Auri, parecia ter encontrado um lugar para si, embora eu me deslumbrasse com o fato de Lorren deixá-lo viver ali embaixo.

– Ele tem sempre essa cara? – perguntou o Marionetista a Wilem e Simmon. Um montinho de aparas de madeira clara tinha-se acumulado em volta de suas mãos.

– Quase sempre – disse Wilem.

– Que cara? – perguntou Simmon.

– Como se tivesse acabado de pensar nos três próximos movimentos de um jogo de tirani e descoberto como vai ganhar – disse o Marionetista, que deu outro olhar demorado para meu rosto e desbastou outra tira fina de madeira. – É bem irritante, na verdade.

Wilem soltou uma risada.

– Essa é a cara dele quando pensa, Marionetista. Ele a usa muito, mas não o tempo todo.

– O que é tirani? – perguntou Simmon.

– Um pensador – disse o Marionetista, com ar absorto. – Em que está pensando agora?

– Estou pensando que você deve ser um observador muito cuidadoso das pessoas, Marionetista – respondi, de modo educado.

Ele deu uma bufadela, sem levantar os olhos.

– De que adianta o *cuidado*? De que adianta observar, aliás? As pessoas vivem observando coisas. Deveriam *vê-las*. Eu *vejo* as coisas para as quais olho. Sou um ve-dor.

Olhou para o pedaço de madeira em sua mão, depois para meu rosto. Aparentemente satisfeito, cruzou as mãos sobre o entalhe, mas não antes que eu vislumbrasse meu perfil, habilmente esculpido na madeira.

– Sabe o que você foi, o que não é e o que será? – perguntou.

Parecia uma charada.

– Não.

– Um ve-dor – disse ele, demostrando certeza. – Porque é isso que significa E'lir.

– Na verdade, o Kvothe é Re'lar – disse Simmon, respeitosamente.

O Marionetista deu uma fungada depreciativa.

– Dificilmente – disse, olhando-me de perto. – Você pode vir a ser um ve-dor, mas ainda não o é. Por enquanto, é um olhador. Será um verdadeiro E'lir em algum momento. Se aprender a relaxar.

Exibiu o rosto entalhado na madeira e perguntou:

– O que você vê aqui?

Já não era um pedaço de madeira irregular. Minhas feições, aprisionadas em séria contemplação, fitaram-me dos veios da madeira. Inclinei-me para a frente a fim de olhar mais de perto.

O Marionetista riu e levantou as mãos.

– Tarde demais! – exclamou, parecendo infantil por um momento. – Você olhou demais e não viu o bastante. O excesso do olhar pode atrapalhar o ver, entende?

Pôs o rosto entalhado em cima da mesa, de modo a parecer que ele estava encarando um dos fantoches reclinados.

– Está vendo o pequeno Kvothe de madeira? Vê como ele olha? Muito atento. Muito dedicado. Passará 100 anos olhando, mas será que algum dia vai *ver* o que está na sua frente?

O Marionetista reclinou-se na cadeira, deixando os olhos vagarem pela sala com ar satisfeito.

– E'lir significa ve-dor? – perguntou Simmon. – As outras categorias também têm significados?

– Como estudante com pleno acesso ao Arquivo, imagino que você possa descobrir isso sozinho – respondeu o Marionetista.

Sua atenção concentrou-se numa marionete em cima da mesa, à sua frente. Ele a desceu com cuidado para o chão, evitando emaranhar suas cordas. Era uma miniatura perfeita de um clérigo tehliniano vestindo um hábito cinzento.

– Você teria alguma recomendação sobre onde ele poderia começar a pesquisar? – indaguei, seguindo um palpite.

– No *Dictum*, de Renfalque – disse o Marionetista.

Sob a direção dele, o fantoche tehliniano levantou-se do chão e moveu todos os membros, como quem se espreguiçasse depois de um longo sono.

– Com esse eu não estou familiarizado.

O Marionetista respondeu, com ar distraído:

– Está no segundo andar, na área sul. Segunda fileira, segunda estante, terceira prateleira, lado direito, encadernação de couro vermelho.

O sacerdote em miniatura andou lentamente em volta dos pés do Marionetista. Segurava firme numa das mãos uma réplica minúscula do *Livro do Caminho*, perfeitamente moldada, até a miúda roda raiada pintada na capa.

Nós três ficamos vendo o Marionetista puxar as cordas do sacerdotinho, fazendo-o andar para trás e para a frente, até finalmente sentar-se num de seus pés calçados com meias.

Wilem pigarreou respeitosamente.

– Marionetista?

– Sim? – respondeu o outro, sem levantar os olhos dos pés. – Você tem uma pergunta. Ou melhor, o Kvothe tem uma pergunta e você está pensando em formulá-la por ele. O Kvothe está sentado ligeiramente para a frente na cadeira. Há uma ruga entre suas sobrancelhas e um franzir dos lábios que deixam isso transparecer. Deixe que ele pergunte. Talvez isso lhe faça bem.

Fiquei paralisado, ao me ver fazendo cada uma das coisas que ele havia mencionado. O Marionetista continuou a mexer as cordas de seu pequeno tehliniano. O boneco fez uma busca criteriosa e temerosa na área em torno dos pés dele, brandindo o livro à frente, antes de contornar os pés da mesa e olhar para os sapatos abandonados do Marionetista. Seus movimentos eram insólitos e aquilo me distraiu a ponto de eu esquecer que não estava à vontade, então me senti relaxar.

– Na verdade, eu estava pensando nos Amyr – falei. Meus olhos continuaram pousados na cena que se desenrolava aos pés do Marionetista. Outro boneco se juntara ao espetáculo, uma mocinha com roupas de camponesa. Ela se aproximou do tehliniano e estendeu uma das mãos, como se tentasse dar-lhe alguma coisa. Não, estava fazendo uma pergunta. O tehliniano virou-lhe as costas. Ela pôs a mão tímida em seu braço. Ele se afastou com um passo altivo. – Estava pensando em quem os dissolveu. O imperador Nalto ou a Igreja.

– Ainda está olhando – advertiu-me ele, com mais delicadeza que antes. – Você precisa passar um tempo perseguindo o vento, é sério demais. Isso lhe criará problemas.

De repente, o tehliniano voltou-se contra a garota. Trêmulo de raiva, ameaçou-a com o livro. Ela deu um passo atrás, assustada, e tropeçou, caindo de joelhos.

– A Igreja os dissolveu, é claro. Somente um édito do pontífice poderia afetá-los – disse o Marionetista.

O tehliniano bateu com o livro na garota. Uma, duas vezes, jogando-a no chão, onde ela permaneceu, terrivelmente imóvel.

– Nalto não conseguiria sequer mandá-los atravessar uma rua – completou.

Um ligeiro movimento atraiu o olhar do Marionetista.

– Ora, ora – disse ele, inclinando a cabeça para Wilem. – Veja o que estou vendo. A cabeça se curva de leve. O queixo se trava, mas os olhos não se fixam em nada, voltando a irritação para dentro. Se eu fosse o tipo de pessoa que julga pelo olhar, diria que o Wilem acabou de perder uma aposta. Você não sabe que a Igreja não aprova o jogo?

A seus pés, o tehliniano brandiu o livro para Wilem.

O clérigo juntou as mãos e voltou as costas para a mulher caída. Deu um ou dois passos para longe e curvou a cabeça, como se orasse.

Consegui desviar a atenção da cena e ergui os olhos para nosso anfitrião.

– Marionetista, você leu as *Luzes da história*, de Feltemi Reis? – perguntei.

Vi Simmon lançar um olhar ansioso para Wilem, mas o Marionetista não pareceu achar nada de estranho na pergunta. O tehliniano a seus pés levantou-se e começou a dançar e dar cambalhotas.

– Sim.

– Por que o Reis diria que o *Alpura Prolycia Amyr* foi o 63º decreto do imperador Nalto?

– Reis não diria nada disso – declarou o Marionetista, sem levantar os olhos da marionete a seus pés. – Isso é puro disparate.

– Mas encontramos um exemplar do *Luzes* que diz exatamente isso – afirmei.

O Marionetista deu de ombros, vendo o tehliniano dançar a seus pés.

– Talvez seja um erro de transcrição – ponderou Wilem. – Dependendo da edição do livro, a própria Igreja poderia ser responsável por alterar essa informação. O imperador Nalto é o bode expiatório favorito da história. Poderia ser a Igreja tentando distanciar-se dos Amyr. Eles fizeram umas coisas terríveis, no final.

– Esperto, esperto – comentou o Marionetista. A seus pés, o tehliniano fez uma mesura profunda na direção de Wilem.

De repente ocorreu-me uma ideia.

– Marionetista, você sabe o que há atrás da porta trancada no andar acima deste aqui? A porta grande de pedra?

O tehliniano parou de dançar e o Marionetista ergueu a cabeça. Lançou-me um olhar demorado e severo. Seus olhos ficaram sérios e lúcidos.

– Acho que a porta das quatro chapas não deveria ser do interesse de um aluno. E você?

Senti-me enrubescer.

– Não, senhor – respondi e desviei os olhos dos dele.

A tensão do momento foi rompida pelo som distante do campanário. Simmon praguejou baixinho.

– Estou atrasado – disse. – Desculpe-me, Marionetista, tenho que ir embora.

O Marionetista levantou-se e pendurou o tehliniano na parede.

– Está na hora de eu voltar para minha leitura, de qualquer modo – disse. Mudou-se para a cadeira estofada, sentou-se e abriu um livro. – Traga esse aí de volta, em algum momento – falou, com um gesto na minha direção, sem erguer os olhos do livro. – Tenho mais trabalho para fazer nele.

CAPÍTULO 41

O bem maior

ERGUI OS OLHOS PARA Simmon e cochichei:

– *Ivare enim euge.*

Simmon deu um suspiro aflito.

– Você *deveria* estar estudando fisiognomonia.

Fazia uma onzena inteira desde que puséramos fogo nos aposentos de Ambrose e o inverno finalmente mostrava os dentes, cobrindo a Universidade com montes de neve trazidos pelo vento, que chegavam à altura dos joelhos. Como sempre acontecia quando o tempo se tornava inclemente, o Arquivo estava completamente lotado de alunos industriosos.

Visto que todas as cabines de leitura estavam ocupadas, Simmon e eu tínhamos sido forçados a levar nossos livros para a seção dos Tomos. O salão sem janelas, de pé-direito alto, estava com mais da metade da sua lotação, mas continuava silencioso como uma cripta. Toda aquela pedra escura e os murmúrios sussurrados tornavam-no ligeiramente fantasmagórico, evidenciando a razão por que os estudantes se referiam a ele como Tumbas.

– Estou estudando minha matéria de fisiognomonia – protestei, baixinho. – Estava examinando alguns diagramas de Gibea. Veja o que encontrei. – Estendi o livro para ele ver.

– Gibea? – cochichou Simmon, horrorizado. – Juro que a única razão de você estudar comigo é para me interromper – disse e se afastou do livro que eu lhe oferecia.

– Não há nada de grotesco – protestei. – Só... aqui. Olhe só o que diz aqui.

Simmon empurrou o livro para longe e perdi a paciência.

– Cuidado! – sibilei. – Este é um dos originais. Achei-o atrás de uns outros livros, enfurnado no Arquivo Morto. O Lorren arrancará meus polegares se acontecer alguma coisa com ele.

Simmon recuou do livro como se ele estivesse em brasa.

– Original? Tehlu misericordioso, isso deve ter sido escrito em pele humana. Leve-o para longe de mim!

Quase fiz uma piada, dizendo que a pele humana provavelmente não aceitaria tinta, mas deixei a ideia de lado ao ver a expressão do rosto de Simmon. Mesmo assim, a minha deve ter-me traído.

– Você é perverso – cuspiu ele, a voz subindo a níveis quase inaceitáveis. – Pela mãe de Deus, você não sabe que ele abria a faca homens vivos para ver seus órgãos funcionarem? Eu me recuso a olhar para qualquer coisa pela qual esse monstro tenha sido responsável.

Pousei o livro e disse, com toda a delicadeza possível:

– Nesse caso, você bem que poderia parar de estudar medicina. As pesquisas de Gibea sobre o corpo humano foram as mais minuciosas já feitas até hoje. Os diários dele são a espinha dorsal da fisiopatia moderna.

O rosto de Simmon permaneceu fechado e ele se inclinou para a frente, para poder falar baixo e, mesmo assim, ser ouvido.

– Quando os Amyr se mobilizaram contra ele, encontraram os ossos de 20 mil pessoas. Valas enormes de ossos e cinzas. Mulheres e crianças. Vinte mil! – Simmon gaguejou um pouco antes de conseguir continuar: – E esses foram só os que eles encontraram.

Deixei que ele se acalmasse um pouco, antes de falar:

– O Gibea escreveu 23 livros sobre o funcionamento do corpo – assinalei, com a maior delicadeza que pude. – Quando os Amyr o atacaram, parte de sua propriedade pegou fogo e quatro desses volumes e todas as suas anotações se perderam. Pergunte ao Mestre Arwyl o que ele daria para ter esses volumes restaurados.

Simmon baixou a mão com força sobre o tampo da mesa, fazendo vários estudantes olharem na nossa direção.

– Diabos! – sibilou. – Eu cresci a 50 quilômetros de Gibea! Dos morros do meu pai, num dia claro, dava para ver as ruínas!

Isso me silenciou. Se as terras da família de Sim eram tão próximas, seus ancestrais deviam ter-se vinculado ao Gibea por laços de lealdade. Isso significava que ele talvez os tivesse forçado a recolher sujeitos para seus experimentos. Podia até ser que membros de sua família tivessem acabado nas valas de ossos e cinzas.

Esperei muito tempo antes de voltar a sussurrar:

– Eu não sabia.

Ele recuperou quase toda a compostura.

– Nós não falamos disso – comentou, rígido, afastando o cabelo dos olhos.

Debruçamo-nos sobre os estudos e uma hora se passou até Simmon voltar a falar.

– O que você encontrou? – perguntou de um jeito displicente, como se não quisesse admitir sua curiosidade.

– Aqui, na aba interna – cochichei, animado. Abri a capa e o rosto de Simmon crispou-se inconscientemente ao fitá-la, como se o livro cheirasse a morte.

– ...derramou em tudo – disse uma voz, quando um par de alunos mais velhos entrou no salão. Pelas roupas suntuosas, pude perceber que eram ambos da nobreza e, embora não estivessem gritando, também não faziam o menor esforço para falar baixo. – O Anisat o fez limpar toda a sujeira antes de deixá-lo se lavar. Ele vai cheirar a ureia por uma boa onzena.

– O que há para ver? – perguntou Simmon, olhando para a página. – São só o nome dele e as datas.

– Não é no meio, olhe para o alto. Perto das bordas da página – apontei para os arabescos decorativos. – Bem ali.

– Eu seria capaz de apostar um ocre que aquele fedelho vai se envenenar antes de terminar o período – disse um dos falastrões. – Será que algum dia fomos burros assim?

– Ainda não estou vendo nada – disse Simmon, baixinho, fazendo um gesto perplexo, com os dois cotovelos na mesa. – É bem bonitinho, para quem gosta desse tipo de coisa, mas nunca fui grande fã de textos com iluminuras.

– Poderíamos ir à Dois Vinténs – continuou a conversa, a várias mesas de distância, atraindo olhares aborrecidos dos estudantes em volta. – Eles têm uma garota lá que toca harmônica, juro que você nunca viu nada igual a ela. E o Linten disse que, se você tiver uma pratinha, ela... – a voz baixou, com ar conspiratório.

– Ela o quê? – perguntei, metendo-me na conversa dos dois com toda a grosseria possível. Não precisei gritar. No Tomos, a voz falada em tom normal atravessava o salão inteiro. – Acho que não ouvi direito essa última parte.

Os dois me lançaram olhares indignados, mas não responderam.

– O que você está fazendo? – sibilou Simmon para mim, envergonhado.

– Tentando fazê-los calarem a boca.

– É só ignorá-los – disse ele. – Veja, estou olhando para a droga do seu livro. Mostre o que você quer que eu veja.

– O Gibea ilustrava todos os seus diários. Esse é um original dele, logo faz sentido que ele também tenha desenhado os arabescos, certo?

Simmon fez que sim e afastou o cabelo dos olhos.

– O que você vê aqui? – perguntei, apontando lentamente de um arabesco para o outro. – Está vendo?

Simmon fez que não com a cabeça.

Tornei a apontar, com mais precisão.

– Ali – disse –, e ali no canto.

Os olhos dele se arregalaram.

– Letras! *I... v...* – fez uma pausa para decifrá-las. – *Ivare enim euge*. Era sobre isso que você andava tagarelando. – Empurrou o livro para longe. – E qual é a ideia, afora o fato de que ele era quase analfabeto em têmico?

– Não é têmico – assinalei. – É temano. Um uso arcaico.

– E o que isso estaria dizendo? – perguntou Simmon, levantando os olhos do livro e franzindo a testa. – Para o grande bem?

Balancei a cabeça e o corrigi:

– Para o bem maior. Soa familiar?

– Não sei quanto tempo ela vai ficar lá – disse um dos membros do par barulhento. – Se você não a vir, vai se arrepender.

– Eu lhe disse que hoje não posso. Talvez no dia-da-sega. Estarei livre no dia-da-sega.

– Você deve ir antes disso – falei. – A Dois Vinténs fica lotada à noite, no dia-da-sega.

Os dois me olharam, irritados.

– Meta-se com a sua vida, calculadorzinho idiota – disse o mais alto.

Isso me exasperou ainda mais.

– Desculpe, você não estava falando comigo?

– Eu *parecia* estar falando com você? – perguntou ele, em tom mordaz.

– O *som* disse que sim. Se posso ouvi-lo a três mesas de distância, você deve querer que eu participe da conversa. – Pigarreei e completei: – A única alternativa é você ser grosseiro demais para manter a voz baixa nos Tomos.

O rosto do sujeito ficou vermelho e ele provavelmente teria retrucado, mas seu amigo lhe disse alguma coisa no ouvido e os dois recolheram os livros e se retiraram. Houve aplausos esparsos e discretos quando a porta se fechou atrás deles. Dei um sorriso e um aceno para minha plateia.

– Os escribas teriam cuidado disso – censurou-me Simmon, baixinho, quando voltamos a nos debruçar sobre a mesa para conversar.

– Os escribas não estavam cuidando – assinalei. – Além disso, o silêncio voltou e é isso que importa. E então, o que lembra a você "para o bem maior"?

– Os Amyr, é claro. Com você, ultimamente, são sempre os Amyr. Qual é a sua questão?

– A questão – sussurrei, agitado – é que o Gibea era um membro secreto da Ordem dos Amyr.

Simmon lançou-me um olhar cético.

– É meio forçado, mas suponho que faça sentido. Isso foi uns 50 anos antes de eles serem denunciados pela Igreja. Eles eram bem corruptos naquela época.

Tive vontade de dizer que Gibea não era necessariamente corrupto. Estava buscando o objetivo dos Amyr, o bem maior. Embora seus experimentos tivessem sido horripilantes, seu trabalho fizera a medicina avançar de maneiras quase impossíveis de compreender. Era provável que seu trabalho tivesse salvado 10 vezes mais vidas, nas centenas de anos decorridos desde então.

Mas duvidei que Simmon fosse apreciar meu ponto de vista.

– Corrupto ou não, ele era membro secreto dos Amyr. Por que mais esconderia o credo deles na capa do seu diário?

Simmon deu de ombros.

– Tudo bem, ele era um dos Amyr. E o que tem isso?

Levantei as mãos, frustrado, e fiz força para manter a voz baixa:

– Isso significa que a Ordem tinha membros secretos *antes* de ser denunciada pela Igreja! Significa que, quando o pontífice os dissolveu, os Amyr tinham aliados ocultos. Aliados que podiam mantê-los em segurança. Significa que os Amyr poderiam existir até hoje, em segredo, fazendo o seu trabalho de maneiras sutis.

Notei uma mudança no rosto de Simmon. No começo, achei que ele estivesse prestes a concordar comigo. Então senti um arrepio na nuca e percebi a verdade.

– Olá, Mestre Lorren – cumprimentei-o em tom respeitoso, sem me virar para trás.

– Falar com estudantes em outras mesas não é permitido – disse ele, às minhas costas. – Você está suspenso por cinco dias.

Assenti com a cabeça e nós dois nos levantamos e recolhemos nossas coisas. Com expressão impassível, Mestre Lorren estendeu-me sua mão comprida.

Entreguei-lhe o diário de Gibea sem tecer comentários e, um minuto depois, estávamos piscando sob o frio sol de inverno, fora das portas do Arquivo. Puxei a capa para junto do corpo e bati com os pés para sacudir a neve.

– Suspenso – disse Simmon. – Essa foi inteligente.

Dei de ombros, mais sem jeito do que gostaria de admitir. Torci para que um dos outros estudantes explicasse que, na verdade, eu estava tentando manter o silêncio, e não o inverso.

– Eu só estava tentando fazer o que é certo.

Simmon riu, ao começarmos a andar lentamente para a Anker. Chutou um montinho de neve, de brincadeira.

– O mundo precisa de gente como você – disse, no seu tom que me informava que ele estava ficando filosófico. – Você faz coisas. Nem sempre da melhor maneira, nem da mais sensata, mas as faz assim mesmo. Você é uma criatura rara.

– O que quer dizer? – perguntei, com a curiosidade instigada.

Simmon deu de ombros.

– É como hoje. Uma coisa o incomoda, alguém o ofende e, de repente, lá vai você. – Fez um movimento rápido com a mão esticada. – Sabe exatamente o que fazer. Nunca hesita, simplesmente vê e reage. – Ficou pensativo por um instante e acrescentou: – Imagino que os Amyr fossem assim. Não admira que o povo tivesse medo deles.

– Nem sempre sou tão seguro assim – admiti.

Simmon sorriu.

– Isso me parece estranhamente tranquilizador.

CAPÍTULO 42

Penitência

Como estudar não era uma alternativa e o inverno estava cobrindo tudo de montes de neve trazidos pelo vento, resolvi que essa era a ocasião perfeita para me pôr em dia com umas coisas que eu vinha deixando de lado.

Tentei fazer uma visita a Auri, mas o gelo cobria os telhados e o pátio onde costumávamos nos encontrar estava cheio de neve acumulada. Fiquei contente por não ver pegada alguma, pois achava que Auri não tinha sapatos, muito menos casaco ou chapéu. Eu teria ido procurá-la nos Subterrâneos, mas a grade de ferro do pátio estava trancada e coberta de gelo.

Fiz uns turnos duplos de trabalho na Iátrica e toquei uma noite extra na Anker, para me desculpar pela noite em que precisara sair mais cedo. Trabalhei longas horas na Ficiaria, fazendo cálculos e testes e moldando ligas para meu projeto. Também fiz questão de pôr o sono em dia, depois de um mês de noites maldormidas.

Mas há um limite para o tanto que uma pessoa pode dormir e, no quarto dia da minha suspensão, eu havia esgotado minhas desculpas. Por mais que não o quisesse, tinha que conversar com a Devi.

Quando tomei a decisão de ir, o tempo havia esquentado apenas o suficiente para que a neve que caía se transformasse em cortinas de chuva gelada.

A caminhada até Imre foi uma desgraça. Eu não tinha chapéu nem luvas e as rajadas de vento e chuva encharcaram minha capa em cinco minutos. Em 10, eu estava molhado até os ossos e desejando ter esperado ou gasto o dinheiro numa carruagem. A chuva derretera a neve na estrada e a lama úmida tinha alguns centímetros de espessura.

Parei na Eólica a fim de me aquecer um pouco antes de seguir para a casa da Devi. Mas o prédio estava trancado e apagado, pela primeira vez, ao que eu soubesse. Não era de admirar. Que nobre sairia com aquele tempo? Que músico exporia seu instrumento à umidade gélida?

Assim, fui chafurdando pelas ruas desertas e acabei chegando à viela atrás do açougue. Que eu me lembrasse, era a primeira vez que a escada não cheirava a gordura rançosa.

Bati na porta da Devi e assustei-me com a dormência da minha mão. Mal consegui sentir os nós dos dedos tocarem a madeira. Esperei um bom momento e tornei a bater, com medo de que ela não estivesse em casa e eu houvesse andado todo aquele estirão para nada.

A porta se entreabriu um pouquinho. A luz cálida do lampião e um único olho azul e frio espiaram pela fresta. Em seguida, a porta se escancarou.

– Pelas tetas e dentes de Tehlu! – exclamou Devi. – O que você está fazendo na rua com esse tempo?

– Eu pensei...

– Não pensou, não – disse ela com desdém. – Entre aqui.

Entrei pingando, com o capuz grudado na cabeça. Devi fechou a porta atrás de mim, depois a trancou e passou o ferrolho. Olhando em volta, notei que ela havia acrescentado uma segunda estante de livros ao cômodo, embora ainda estivesse quase toda vazia. Passei o peso do corpo de um pé para o outro e uma enorme massa de lama úmida soltou-se da minha capa e se esparramou no chão, molhando tudo.

Devi me olhou demoradamente, num exame desapaixonado. Vi o fogo crepitando na lareira do outro lado do cômodo, perto da escrivaninha, mas ela não deu nenhuma indicação de que eu devesse avançar mais para dentro da sala. Assim, permaneci onde estava, pingando e tiritando de frio.

– Você nunca faz nada da maneira fácil, não é? – perguntou ela.

– Existe uma maneira fácil?

Devi não riu.

– Se você acha que aparecer aqui semicongelado, com cara de cachorro que levou um chute, vai melhorar a minha disposição a seu respeito, está redondamente... – Parou de falar e me olhou por mais um momento, pensativa. – Raios me partam! – disse, parecendo surpresa. – A verdade é que gosto de vê-lo assim. Está melhorando o meu humor num grau quase irritante.

– Não era realmente a minha intenção, mas aceito. Ajudaria se eu pegasse uma gripe terrível?

Devi pensou no assunto.

– Talvez – admitiu. – A penitência envolve mesmo uma certa dose de sofrimento.

Assenti com a cabeça, sem precisar me esforçar para parecer infeliz. Enfiei a mão na bolsa, com os dedos atrapalhados, e tirei uma moedinha de bronze que ganhara do Simmon algumas noites antes, jogando bafo-de-cão com cacife baixo.

Devi a pegou.

– Uma moeda de penitência – disse, sem se impressionar. – Isso é para ser simbólico?

Dei de ombros, fazendo cair mais lama no chão.

– Um pouco – respondi. – Pensei em passar num cambista e pagar toda a minha dívida com você em moedas de penitência.

– E o que o deteve? – perguntou ela.

– Percebi que isso só a deixaria irritada. E eu não estava ansioso por pagar a taxa do cambista.

Lutei contra a ânsia de olhar nostalgicamente para a lareira e disse:

– Passei muito tempo tentando pensar num gesto que pudesse servir como um pedido adequado de desculpas a você.

– E resolveu que o melhor seria andar até aqui no pior tempo do ano?

– Resolvi que o melhor seria conversarmos. O mau tempo foi só um acidente afortunado.

Devi amarrou a cara e se virou para a lareira.

– Então, entre – disse. Foi até uma cômoda perto da cama e trouxe um roupão grosso de algodão azul. Entregou-o a mim e fez sinal para uma porta fechada. – Vá tirar suas roupas molhadas. Torça-as na pia, senão vão levar uma eternidade para secar.

Fiz o que ela mandou, depois trouxe as roupas e as pendurei nos ganchos em frente à lareira. Foi uma sensação maravilhosa ficar tão perto do fogo. À luz dele, pude perceber que a pele sob as minhas unhas já estava meio azul.

Por mais que quisesse demorar-me ali e me aquecer, fui juntar-me a Devi na escrivaninha. Notei que o tampo tinha sido lixado e reenvernizado, embora ainda exibisse um aro negro como carvão no lugar onde o braseiro de pobre havia queimado a madeira.

Senti-me muito vulnerável, sentado ali usando apenas o roupão que ela me dera, mas não havia nada que eu pudesse fazer.

– Depois do nosso... encontro anterior – comecei, lutando para não olhar na direção do anel carbonizado na escrivaninha –, você me informou que o valor total do meu empréstimo teria de ser pago no fim do período. Está disposta a renegociar isso?

– É pouco provável – respondeu ela, secamente. – Mas fique certo de que, se você não puder quitar a dívida em dinheiro, ainda estou no mercado para obter certas informações – disse, com um sorriso astuto e voraz.

Assenti com a cabeça. Ela ainda queria ter acesso ao Arquivo.

– Eu tinha esperança de que se dispusesse a reconsiderar, agora que conhece a história toda. Havia alguém praticando malfeitorias contra mim. Eu precisava ter certeza de que o meu sangue estava seguro.

Olhei-a com ar inquisitivo. Devi deu de ombros, sem tirar os cotovelos da mesa, com uma expressão de vasta indiferença.

– E tem mais – prossegui, olhando-a nos olhos. – É perfeitamente possível que minha conduta irracional tenha-se devido, em parte, aos vestígios de um veneno alquímico a que fui submetido numa ocasião anterior a este período.

A expressão de Devi tornou-se rígida.

– O quê?

Então, ela não soubera. Isso me trouxe certo alívio.

– Ambrose arranjou para que eu fosse dopado com poda de ameixa, mais ou menos uma hora antes da minha entrevista de admissão. E foi você quem lhe vendeu a fórmula.

– Você é muito petulante! – exclamou Devi, com o rosto ofendido e indignado, embora pouco convincente. Ela fora apanhada de surpresa e estava exagerando demais no disfarce.

– O que eu tenho – respondi, calmamente – é um gosto remanescente de ameixa e noz-moscada na boca e, de vez em quando, um desejo irracional de esganar as pessoas, sem que elas tenham feito nada mais ofensivo do que me dar um esbarrão na rua.

A falsa indignação de Devi se desfez.

– Você não pode provar nada.

– E nem preciso. Não tenho o menor desejo de vê-la encrencada com os professores nem sendo julgada pela Lei Férrea. – Olhei-a nos olhos. – Só achei que você se interessaria pelo fato de eu ter sido envenenado.

Devi ficou muito quieta. Lutou para manter a compostura, mas a culpa foi-se insinuando em sua expressão.

– Foi muito ruim? – perguntou.

– Foi – respondi em voz baixa.

Ela desviou os olhos e cruzou os braços.

– Eu não sabia que era para o Ambrose – disse. – Um ricaço idiota apareceu por aqui. Fez uma oferta espantosamente boa...

Devi tornou a olhar para mim. Agora que a raiva fria a deixara, ela me pareceu surpreendentemente pequena.

– Eu jamais faria negócios com o Ambrose – afirmou. – E não sabia que seria usado contra você. Juro.

Houve um longo momento de silêncio, rompido apenas por um ou outro estalido do fogo.

– Eu vejo a situação assim – comecei. – Recentemente, nós dois fizemos uma coisa muito tola. Uma coisa de que nos arrependemos. – Apertei mais o roupão nos ombros. – E, embora essas duas coisas certamente não se anulem, parece-me que elas estabelecem uma espécie de equilíbrio. – Estendi as mãos, como se fossem os pratos equilibrados de uma balança.

Devi me deu um sorrisinho constrangido.

– Talvez eu tenha-me precipitado ao exigir o pagamento integral.

Retribuí o sorriso e me senti relaxar.

– O que você acharia de voltarmos aos termos originais do nosso empréstimo?

– Parece justo – disse ela. Estendeu a mão por cima da escrivaninha e eu a apertei. O último resquício de tensão na sala evaporou-se e senti um antigo nó de preocupação desatar-se em meu peito.

– A sua mão está gelada – disse Devi. – Vamos sentar perto do fogo.

Trocamos de lugar e nos sentamos calados por vários minutos.

– Pelos deuses inferiores! – disse ela, com um suspiro explosivo. – Fiquei com muita raiva de você. – Balançou a cabeça. – Não sei se algum dia senti tanta raiva de alguém em toda a minha vida.

Meneei a cabeça.

– Eu não acreditava realmente que você fosse se rebaixar à malfeitoria. Tinha certeza de que não podia ser você. Mas todos ficaram contando histórias e falando de como você era perigosa. Aí, quando não quis me deixar ver o meu sangue...

Deixei minha voz se extinguir e dei de ombros.

– Você ainda está mesmo tendo efeitos retardados da poda de ameixa? – perguntou ela.

– Pequenos rompantes – respondi. – E pareço perder as estribeiras com mais facilidade. Mas isso pode ser apenas tensão. Simmon disse que, provavelmente, eu tenho princípios desvinculados no meu organismo, seja lá o que isso quer dizer.

Devi franziu o cenho.

– Eu trabalho aqui com um equipamento que não chega a ser ideal – disse, apontando para uma porta fechada. – E lamento muito. Mas o sujeito me ofereceu uma coleção completa do *Vautium Tegnostae* – acrescentou, com um aceno para as estantes de livros. – Normalmente, eu nunca faria uma coisa daquelas, mas os exemplares não expurgados são simplesmente impossíveis de achar.

Virei-me para ela, surpreso.

– Você fez a poção para ele?

– É melhor do que entregar a fórmula – retrucou ela, com ar defensivo.

Parte de mim sentiu que eu deveria me zangar, mas a maior parte estava simplesmente feliz por se sentir aquecida e seca, sem uma ameaça de morte pairando sobre minha cabeça. Dei de ombros.

– Simmon disse que você não sabe fazer porcaria de fatoração nenhuma – comentei, puxando conversa.

Devi baixou os olhos para as mãos.

– Não me orgulho de ter vendido a poção – admitiu. Então, passado um instante, levantou os olhos, sorrindo. – Mas o *Tegnostae* tem ilustrações deslumbrantes.

Eu ri.

– Mostre-me.

∽

Horas depois, minhas roupas estavam secas e a chuva de granizo tinha-se transformado numa nevada suave. A Ponte de Pedra seria uma sólida camada de gelo, mas, afora isso, a caminhada para casa seria muito mais agradável.

Ao sair do lavatório, vi que Devi tornara a se sentar à escrivaninha. Fui até lá e lhe entreguei o roupão.

– Não vou questionar sua honra perguntando por que você tem um roupão muito mais comprido e mais largo nos ombros do que qualquer coisa que uma jovem delicada do seu tamanho poderia usar.

Devi deu uma bufadela indelicada e revirou os olhos.

Sentei-me e puxei as botas. Estavam encantadoramente quentes, por terem ficado perto do fogo. Depois, peguei minha bolsa e pus três pesados talentos de prata na escrivaninha, empurrando-os para ela, que os olhou com curiosidade.

– Ganhei um dinheirinho nos últimos tempos – disse-lhe. – Não é o bastante para quitar toda a minha dívida. Mas posso adiantar o pagamento dos juros deste período – expliquei, acenando para as moedas. – Um gesto de boa-fé.

Devi sorriu e empurrou as moedas de volta pela mesa.

– Você ainda tem duas onzenas até o fim do período. Como eu disse, vamos voltar à negociação original. Eu me sentiria mal tirando o seu dinheiro antes da hora.

∽

Embora eu tivesse posto o dinheiro à disposição de Devi, como uma sincera oferenda de paz, fiquei contente por conservar meus três talentos temporariamente. Há uma enorme diferença entre ter umas moedas e não ter nenhuma. Brota um sentimento de desamparo quando se tem a bolsa vazia.

É como grãos para a semeadura. Ao final de um longo inverno, quando ainda restam alguns grãos, a pessoa pode usá-los como sementes. Ela tem o controle da própria vida. Pode usar essas sementes e fazer planos para o futuro. Mas, se não tem grãos para semear na primavera, fica desamparada. Não há trabalho árduo nem boas intenções que façam a lavoura crescer se não houver sementes com que começar.

Assim, comprei roupas: três camisas, um novo par de calças e meias de lã grossa. Comprei um chapéu, luvas e um cachecol, para afastar o frio do inverno. Para Auri, comprei um saquinho de sal marinho, uma saca de ervilhas secas, dois potes de pêssegos em conserva e um par de chinelas quentes. Comprei um jogo de cordas para o alaúde, tinta e meia dúzia de folhas de papel.

Também comprei uma robusta barra móvel de metal e a aparafusei na moldura da janela do meu quartinho no sótão. Eu sabia contorná-la com bastante facilidade, mas ela manteria seguras as minhas escassas posses, até mesmo diante dos ladrões mais bem-intencionados.

CAPÍTULO 43

Sem recado nem aviso

OLHEI PELA JANELA DA FRENTE da Anker, contemplando a neve que caía e girando ociosamente o anel de Denna nos dedos. O inverno pesava sobre a Universidade e fazia mais de um mês que ela havia sumido. Eu dispunha de três horas antes da aula com Elodin e tentava decidir se a remota chance de encontrá-la valeria a longa e fria caminhada até Imre.

Quando eu estava à janela, um ceáldico entrou pela porta, batendo com os pés para tirar os flocos de neve das botas e olhando em volta com curiosidade. O dia mal havia começado e eu era a única pessoa no salão da taberna.

Ele se aproximou de mim, com os flocos de neve derretendo na barba até se tornarem brilhantes gotas d'água.

– Desculpe incomodar, estou procurando um sujeito – disse, surpreendendo-me com a completa ausência de qualquer coisa que se assemelhasse a um sotaque ceáldico. Enfiou a mão no casaco comprido e tirou um envelope grosso, com um lacre vermelho-sangue. – Ka-voth-ee – leu, devagar, depois virou o envelope para mim, para que eu pudesse ver a frente.

Kvothe – Hospedaria Anker.
Universidade. (Duas milhas a oeste de Imre.)
Belenay-Barren
República Central.

Era a letra de Denna.

– É Kvothe, na verdade – falei, distraído. – O "e" final é mudo.

O homem deu de ombros.

– É você?

– Sou.

Ele meneou a cabeça, satisfeito.

– Bem, recebi isso em Tarbean, mais ou menos há uma onzena. Comprei de um sujeito por um vintém sólido. Ele o tinha comprado de um marinheiro em Junpui por uma lasca de prata. Ele não conseguiu se lembrar do nome da cidade em que o marinheiro o tinha conseguido, mas era bem para o interior. – O homem me encarou. – Estou lhe dizendo isto para que não ache que estou tentando lhe passar a perna no negócio. Paguei um vintém sólido, depois vim pessoalmente de Imre, embora ficasse fora do meu caminho – disse. Correu os olhos pelo salão da taberna. – Mas acho que um sujeito com uma bela taberna como essa não faria objeção em dar a um sujeito o que lhe é devido.

Dei uma risada.

– A taberna não é minha. Só tenho um quarto aqui.

– Ah – murmurou ele, obviamente um pouco decepcionado. – Você tinha um jeito de proprietário, parado aí. Mesmo assim, tenho certeza de que entende que preciso ganhar meu dinheiro com isto.

– Entendo. Quanto você acha que é justo?

Ele me examinou de cima a baixo, olhando para minha roupa.

– Acho que eu ficaria contente se recebesse o meu vintém sólido de volta e um vintém mole de quebra.

Peguei a bolsa e dei uma vasculhada. Por sorte, havia jogado cartas fazia algumas noites e tinha algum dinheiro aturense.

– Parece justo – falei e lhe entreguei o dinheiro.

Ele começou a se afastar, mas deu meia-volta.

– Só por curiosidade – indagou –, você teria pago dois vinténs sólidos para recebê-lo?

– Provavelmente – admiti.

– *Kist* – praguejou ele e retomou o caminho da rua, batendo a porta ao sair.

O envelope era de pergaminho pesado, amassado e sujo de tanto manuseio. O lacre exibia um cervo empinado diante de um barril e uma harpa. Pressionei-o com força entre os dedos enquanto me sentava.

A carta dizia:

Kvothe,
Lamento ter saído de Imre sem recado nem aviso. Mandei-lhe uma mensagem na noite da minha partida, mas imagino que você nunca a tenha recebido.

Fui embora em busca de pastos mais verdes e de uma Oportunidade melhor. Gosto de Imre e gozava do prazer da sua companhia Ocasional, embora Esporádica, mas é uma cidade cara para se viver e as minhas perspectivas tinham ficado menores nos últimos tempos.

Yll é adorável, toda feita de um mar de colinas. O clima me agrada muito, é mais quente, e o ar recende a mar. Talvez eu possa atravessar um inverno inteiro sem ficar de cama por causa dos pulmões. O meu primeiro, em anos.

Passei algum tempo nos Pequenos Reinos e vi uma escaramuça entre dois bandos de homens montados. Foi um estrépito e uma Gritaria de Cavalos como nunca se ouviu. Também passei algum tempo navegando e aprendi toda a sorte de nós de marinheiro e como cuspir direito. Minha Capacidade de Praguejar também teve um grande desenvolvimento.

Se você pedir com modos, da próxima vez que nos encontrarmos pode ser que eu demonstre minhas novas habilidades.

Vi minha primeira Mercenária Ademriana (por aqui eles são chamados de camisas de sangue). Ela é pouco maior do que eu, com os mais incríveis olhos cinzentos. É bonita, mas estranha e calada, com tiques intermináveis. Não a vi lutar e não sei direito se quero ver. Mas fico curiosa.

Continuo enamorada da harpa. Atualmente moro com um cavalheiro habilidoso (cujo nome não direi) para a promoção do meu estudo dela.

Tomei um pouco de vinho enquanto escrevia esta carta. Menciono isso para me desculpar pela maneira como grafei acima a palavra promosão. Promoção. Kist. Você sabe o que quero dizer.

<u>*Peço desculpas por não ter escrito antes, mas andei viajando muito e só neste momento tive meios de escrever uma Carta. Agora que terminei, imagino que demore um pouco mais até eu achar um viajante em quem possa confiar para fazer esta missiva começar sua longa viagem de volta a você.*</u>

Penso em você com frequência e com carinho.

Sua,

D.

P.S. Espero que o seu estojo do alaúde esteja sendo útil.

∽

A aula de Elodin teve um início estranho nesse dia.

Para começar, ele realmente chegou na hora. Isso nos pegou desprevenidos, já que nós, os seis alunos remanescentes, havíamos adquirido o hábito de passar os primeiros 20 ou 30 minutos da aula batendo papo, jogando baralho e nos afligindo com o pouco que estávamos aprendendo. Nem notamos o Nomeador-Mor até ele descer metade dos degraus da sala de aulas, batendo palmas para chamar nossa atenção.

A segunda coisa estranha foi que Elodin estava usando sua toga formal. Eu já o vira usá-la antes, quando a ocasião assim o exigia, mas sempre de má vontade. Mesmo nas entrevistas de admissão, ela costumava estar amarrotada e malcuidada.

Nesse dia, ele a usava como se a levasse a sério. A toga parecia recém-lavada e bem passada. Seu cabelo também não exibia o estado normal de desalinho. Parecia ter sido aparado e penteado.

Ao chegar à frente da sala, ele subiu no estrado e se postou atrás do atril. Isso, mais que qualquer outra coisa, fez todos se empertigarem nos assentos e prestarem atenção. Elodin nunca usava o atril.

– Há muito tempo – disse ele, sem qualquer preâmbulo –, este era um lugar onde as pessoas vinham aprender coisas secretas. Homens e mulheres vinham para a Universidade estudar a forma do mundo.

Fez uma pausa, olhou para nós e depois prosseguiu:

– Nesta antiga Universidade, não havia habilidade mais buscada que a denominação. Tudo o mais era reles metal. Os nomeadores caminhavam por estas ruas como pequenos deuses. Faziam coisas terríveis, maravilhosas, e todos os outros os invejavam. Somente pela habilidade na denominação é que os estudantes eram promovidos em suas categorias – acrescentou. – Um alquimista sem nenhuma capacidade de denominar era visto como algo lamentável, não mais respeitado que um cozinheiro. A simpatia foi inventada aqui, mas um simpatista sem a denominação bem poderia ser um carroceiro. Um artífice sem nomes que respaldassem seu trabalho era pouco mais que um sapateiro ou um ferreiro. Todos vinham aprender os nomes das coisas – disse Elodin, com ardor nos olhos escuros e a voz sonora e vibrante. – Mas não se pode ensinar denominação por meio de regras ou memorização. Ensinar alguém a ser nomeador é como ensiná-lo a se apaixonar. É um caso perdido. Não pode ser feito.

O Nomeador-Mor deu um sorrisinho nesse momento, parecendo pela primeira vez o Elodin que conhecíamos.

– Mesmo assim, os alunos tentavam aprender. E os professores tentavam ensinar. E, às vezes, conseguiam. – Ele apontou um dedo e chamou: – Feila! – Fez sinal para que ela se aproximasse. – Venha.

Feila ficou de pé, parecendo nervosa ao subir no estrado para se juntar a ele no atril.

– Todos vocês escolheram o nome que esperam aprender – disse o mestre, correndo os olhos por nós. – E todos têm seguido seus estudos com graus variáveis de dedicação e sucesso.

Lutei contra a ânsia de desviar os olhos, envergonhado, ciente de que meus esforços tinham sido débeis, na melhor das hipóteses.

– Pois onde vocês falharam, a Feila teve êxito – prosseguiu Elodin. – Ela descobriu o nome da pedra... – Virou-se de lado para fitá-la. – Quantas vezes?

– Oito – disse ela, baixando os olhos e torcendo nervosamente as mãos na frente do corpo.

Houve um murmúrio de sincero assombro de todos nós. Ela nunca mencionara isso em nossas frequentes sessões de lamúrias.

Elodin meneou a cabeça, como que aprovando nossa reação.

– Quando a denominação ainda era ensinada, nós, nomeadores, usávamos nossa mestria com orgulho. O estudante que adquiria o domínio de um nome usava um anel, como declaração de sua habilidade.

Elodin estendeu uma das mãos diante de Feila e a abriu, revelando um seixo liso e escuro.

– E isso é o que a Feila fará agora, como prova da sua capacidade.

Assustada, Feila o encarou. Seus olhos correram entre ele e a pedra e seu rosto mostrou-se abalado e pálido.

Elodin deu-lhe um sorriso tranquilizador.

– Ora, vamos – disse, em tom delicado. – Você sabe, em seu coração secreto, que é capaz disso. E mais.

Feila mordeu o lábio e pegou a pedra, que pareceu maior em suas mãos que nas do mestre. Fechou momentaneamente os olhos e respirou fundo, devagar. Soltou o ar lentamente, levantou a pedra e abriu os olhos, para que o objeto fosse a primeira coisa vista por ela.

Olhou fixamente para a pedra e houve um longo momento de silêncio. A tensão cresceu na sala, até ficar esticada como uma corda de harpa. O ar vibrava com ela.

Passou-se um longo minuto. Dois minutos muito longos. Três minutos terrivelmente longos.

Elodin deu um suspiro alto, rompendo a tensão.

– Não, não, não – disse, estalando os dedos perto do rosto de Feila para lhe chamar a atenção. Pôs uma das mãos sobre os olhos dela, como se fosse uma venda. – Você está olhando para ela. Não olhe para ela. *Olhe* para ela! – exclamou e retirou a mão.

Feila ergueu a pedra e abriu os olhos. No mesmo instante, Elodin deu-lhe um tapa estalado na parte posterior da cabeça.

Ela se virou para o professor, com expressão indignada. Mas Elodin apenas apontou para a pedra que ela ainda segurava na mão.

– Olhe! – disse, empolgado.

Os olhos de Feila voltaram-se para a pedra e ela sorriu, como se visse um velho amigo. Cobriu-a com a mão e a aproximou da boca. Seus lábios se moveram.

Houve um estalo súbito e agudo, como se uma gota d'água caísse numa frigideira de gordura quente. Seguiram-se dezenas de outros, tão nítidos e rápidos que soaram como um velho estalando os dedos, ou uma saraiva de granizo batendo num telhado duro de ardósia.

Feila abriu a mão, da qual escorreu um punhado de areia e cascalho. Com dois dedos, ela mexeu na mistura de fragmentos soltos e tirou um anel de pura pedra negra. Era redondo como uma xícara e liso como vidro polido.

Elodin deu uma risada triunfal e envolveu Feila num abraço entusiasmado. Feila retribuiu, lançando impetuosamente os braços em volta dele. Os dois deram vários passos rápidos juntos, meio cambaleando, meio dançando.

Ainda sorrindo, Elodin estendeu a mão. Feila lhe entregou o anel, que ele examinou cuidadosamente, antes de menear a cabeça.

– Feila – disse, em tom sério –, eu a promovo à categoria de Re'lar. – Levantou o anel e pediu: – Sua mão.

Quase timidamente, Feila estendeu a mão. Mas Elodin balançou a cabeça.

– A mão esquerda – disse, com firmeza. – A direita significa uma coisa completamente diferente. Nenhum de vocês está nem de longe pronto para isso.

Feila estendeu a outra mão e Elodin pôs o anel de pedra em seu dedo, sem dificuldade. O resto da turma irrompeu em aplausos, aproximando-se às pressas para ver o que ela fizera.

Feila abriu um sorriso radiante e estendeu a mão para todos a vermos. O anel não era liso como eu pensara inicialmente. Era coberto por milhares de minúsculas facetas planas. Elas circundavam umas às outras num desenho sutil de remoinho, diferente de tudo que eu já tinha visto.

CAPÍTULO 44

O pegador

APESAR DOS PROBLEMAS COM O Ambrose, de minha obsessão com o Arquivo e de minhas inúmeras idas infrutíferas a Imre à procura de Denna, consegui terminar meu projeto na Ficiaria.

Eu gostaria de dispor de mais uma onzena para fazer alguns outros testes e mexer no aparelho, mas simplesmente não tinha tempo. O sorteio das admissões se aproximava e minha taxa escolar teria de ser paga não muito depois. Para que pudesse pôr meu projeto à venda, precisava que Kilvin o aprovasse.

E foi assim que, não sem considerável inquietação, bati à porta do gabinete dele.

O Artífice-Mor estava debruçado sobre sua bancada pessoal, removendo cuidadosamente os parafusos da carcaça de bronze de uma bomba compressora. Não levantou os olhos ao falar:

– Pois não, Re'lar Kvothe?

– Terminei, Mestre Kilvin – declarei com simplicidade.

Ele levantou os olhos para mim, piscando.

– É mesmo?

– Sim, e tinha esperança de marcar uma hora para lhe fazer uma demonstração.

Kilvin pôs os parafusos numa bandeja e esfregou as mãos.

– Para isso, estou disponível agora.

Assenti com a cabeça e o conduzi pela oficina movimentada, passando pelo Estoque, até a oficina particular que ele me destinara. Peguei a chave e destranquei a pesada porta de madeira.

Era uma oficina tão grande quanto qualquer outra, com sua própria fornalha de piso, bigorna, capela de exaustão de vapores, cuba de imersão e um sortimento de outros recursos essenciais do ofício de artífice. Eu tinha empurrado a bancada para um lado, a fim de deixar metade da sala vazia, exceto por vários fardos volumosos de palha empilhados contra a parede.

Pendurado no teto, em frente aos fardos, estava um espantalho tosco. Eu o vestira com minha camisa queimada e calças de aniagem. Parte de mim gostaria de ter feito mais alguns testes no tempo que gastara costurando as calças e enchendo o boneco de palha. Mas, no final das contas, sou antes de mais nada um artista de trupe e todo o resto vem em segundo lugar. Como tal, não podia desprezar a oportunidade de uma pequena encenação.

Fechei a porta atrás de nós enquanto Kilvin corria os olhos pela oficina, curioso. Resolvido a deixar meu trabalho falar por si, peguei a balestra e a entreguei a ele.

A expressão do enorme professor toldou-se.

– Re'lar Kvothe – disse ele, com a voz carregada de reprovação. – Não me diga que desperdiçou o trabalho de suas mãos no aperfeiçoamento de uma coisa tão horrenda.

– Confie em mim, Mestre Kilvin – retruquei, estendendo-lhe a arma.

Ele me lançou um olhar demorado, pegou a besta e começou a examiná-la, com a atenção meticulosa de um homem que passava todos os dias trabalhando com um equipamento mortífero. Passou o dedo pela corda bem trançada e esticada e inspecionou o braço curvo de metal do arco.

Após vários longos minutos, meneou a cabeça, pôs um pé no estribo e o armou, sem qualquer esforço perceptível. Pensei em como Kilvin era forte. Meus ombros doíam e minhas mãos estavam cheias de bolhas por ter lutado com aquela coisa desajeitada nos dias anteriores.

Entreguei-lhe a flecha pesada, que ele também examinou. Percebi que parecia cada vez mais perplexo. Eu sabia por quê. O arco não tinha nenhuma modificação nem siglística óbvias. Nem a flecha.

Kilvin encaixou o arco na besta e ergueu uma sobrancelha para mim.

Fiz um gesto largo para o espantalho, procurando parecer mais confiante do que me sentia. Minhas mãos transpiravam e meu estômago estava embrulhado. Os testes tinham ido bem. Os testes eram importantes. Eram como ensaios. Mas a única coisa que realmente conta é o que acontece quando a plateia está olhando. Essa é uma verdade que todo artista conhece.

Kilvin deu de ombros e levantou a balestra. Ela pareceu pequena, encostada em seu ombro largo, e o mestre levou um momento para fazer mira cuidadosamente pela parte superior. Fiquei surpreso ao vê-lo inspirar com calma, de leve, depois soltar o ar devagar enquanto puxava o gatilho.

A balestra sacudiu, a corda vibrou, a flecha anuviou-se no ar.

Ouviu-se um ríspido tinido metálico e a flecha parou em pleno voo, como se tivesse batido numa parede invisível. Caiu com estrépito no piso de pedra, no meio da sala, a 4,5 metros do espantalho.

Incapaz de me conter, dei uma risada e levantei os braços, em triunfo.

Kilvin ergueu as sobrancelhas e me olhou. Exibi um sorriso maníaco.

O mestre pegou a flecha no chão e tornou a examiná-la. Depois, armou de novo a besta, mirou e apertou o gatilho.

Tlim. A flecha caiu no chão pela segunda vez, correndo um pouco para o lado.

Dessa vez, Kilvin avistou a fonte do barulho. Pendurado no teto, no canto oposto da sala, havia um objeto de metal do tamanho de um lampião grande. Balançava de um lado para outro e girava de leve, como se alguém tivesse acabado de atingi-lo com um golpe de raspão.

Tirei-o do gancho e o levei até onde Mestre Kilvin aguardava, junto à bancada.

– O que é esse negócio, Re'lar Kvothe? – perguntou ele, curioso.

Pus o objeto na mesa com um baque forte.

– Em termos gerais, Mestre Kilvin, é um dispositivo de oposição cinética de acionamento automático. – Abri um sorriso orgulhoso. – Mais especificamente, ele detém flechas.

Kilvin curvou-se para examiná-lo, mas não havia nada para ver, exceto placas de ferro escuro sem traços característicos. Não havia nada a que minha criação se assemelhasse mais do que um grande lampião de oito lados, todo feito de metal.

– E como você o chama?

Essa era a única parte da minha invenção que eu não tinha conseguido concluir. Havia pensado numa centena de nomes, mas nenhum parecia se encaixar. Armadilha de Flechas era vulgar. Amigo do Viajante era prosaico. Aflige-bandido era ridiculamente melodramático. Eu jamais poderia voltar a olhar nos olhos de Kilvin, se tentasse usar esse nome.

– Venho tendo certa dificuldade com o nome – admiti. – Mas, por enquanto, eu o estou chamando de pega-flechas.

– Hum – grunhiu Kilvin. – Ele não pega a flecha exatamente.

– Eu sei – retruquei, exasperado. – Mas era isso ou chamá-lo de "tinido".

Kilvin me olhou de esguelha, os olhos meio sorridentes.

– Seria de se supor que um aluno do Elodin se mostrasse mais fluente nas denominações, Re'lar Kvothe.

– Para o Delevari foi fácil, Mestre Kilvin. Ele apenas fez um eixo melhor e lhe chapou seu nome. Não posso propriamente chamar isto de "o Kvothe".

Kilvin deu um risinho.

– É verdade – concordou. Tornou a se virar para o pega-flechas, inspecionando-o com curiosidade. – Como funciona?

Sorri e peguei um grande rolo de papel, coberto de diagramas, uma siglística complicada, símbolos metalúrgicos e fórmulas trabalhosas de conversão cinética.

– Há duas partes principais – expliquei. – A primeira é a siglística, que forma automaticamente um vínculo simpático com qualquer pedaço fino de metal que se mova com velocidade, a menos de 6 metros de distância. Não me incomodo em lhe dizer que levei uns bons dois dias para defini-la.

Dei um tapinha nas runas apropriadas no papel.

– No começo, achei que só ela bastaria. Minha esperança era que, se eu ligasse uma cabeça de flecha em aproximação a um pedaço imóvel de ferro, ele absorveria o impulso da flecha e a tornaria inofensiva.

Kilvin meneou a cabeça ao dizer:

– Isso já foi tentado.

– Eu deveria ter-me dado conta, antes mesmo de tentar. Na melhor das hipóteses, ele só absorve um terço do impulso e qualquer flechada com dois terços de momento ainda será ruim.

Apontei para um diagrama diferente e continuei:

– O que eu realmente precisava era de algo que pudesse empurrar a flecha. E teria que empurrá-la muito depressa e com muita força. Acabei usando a mola de aço de uma armadilha para ursos. Modificada, é claro.

Peguei uma cabeça de flecha extra na bancada e fingi que ela se movia em direção ao pega-flechas.

– Primeiro, a flecha se aproxima e estabelece a ligação. Depois, o impulso da flecha que chega aciona o gatilho, como quando se pisa numa armadilha. – Estalei os dedos com força e acrescentei: – Então, a energia armazenada na mola empurra a flecha no sentido inverso, detendo-a ou até jogando-a para trás.

Kilvin balançava a cabeça enquanto ouvia.

– Se ele precisa ser regulado de novo a cada vez que é usado, como deteve minha segunda flechada? – perguntou ele.

Apontei para o diagrama central e expliquei:

– Ele não teria muita utilidade se só parasse uma flecha. Ou se só parasse flechas vindas de uma direção. Eu o projetei para ter oito molas em círculo. Ele deve ser capaz de deter flechas vindas de várias direções ao mesmo tempo.

Encolhi os ombros, como que me desculpando, e acrescentei:

– Em tese. Isso eu ainda não pude testar.

Kilvin olhou para o espantalho e observou:

– Meus dois disparos vieram da mesma direção. Como é que o segundo foi bloqueado se essa mola já tinha sido acionada?

Segurei o pega-flechas pela argola que havia montado no topo e mostrei que ele podia girar livremente.

– Ele fica pendurado numa argola giratória. O impacto da primeira flechada o fez girar ligeiramente, alinhando uma segunda mola. Mesmo que não o tivesse feito, a energia da flecha, ao se aproximar, tenderia a balançá-lo até a mola seguinte não disparada, assim como um cata-vento aponta para o vento.

Na verdade, esse era um detalhe que eu não havia planejado. Tinha sido um acidente fortuito, mas não vi razão para dizer isso ao Kilvin.

Toquei nos pontos vermelhos visíveis em duas das oito faces de ferro do pega-flechas e disse:

– Eles mostram as molas que foram disparadas.

Kilvin tirou a peça de mim e a girou nas mãos.

– Como você reposiciona as molas?

Puxei um dispositivo metálico que estava sob a bancada, pouco mais que um pedaço de ferro com uma alavanca comprida. Em seguida, mostrei a Kilvin o buraco de oito lados na base do pega-flechas. Encaixei o dispositivo nele e pressionei a alavanca com o pé, até ouvir um clique alto. Depois, girei o pega-flechas e repeti o processo.

Kilvin abaixou-se para apanhá-lo e o girou nas mãos enormes.

– É pesado – comentou.

– Tinha que ser robusto. Uma flechada de balestra é capaz de perfurar uma tábua de carvalho de 5 centímetros. Eu precisava que a mola saltasse com pelo menos o triplo dessa força para deter a flecha.

Kilvin sacudiu a esmo o pega-flechas, segurando-o junto à cabeça. O objeto não fez nenhum ruído.

– E se as cabeças das flechas não forem de metal? – perguntou. – Dizem que os salteadores Vi Sembi usam flechas de pederneira ou obsidiana.

Baixei os olhos para as mãos e dei um suspiro.

– Bem... – respondi, devagar. – Se as cabeças das flechas não forem de algum tipo de ferro, o pega-flechas não será acionado quando elas chegarem a menos de 6 metros.

Kilvin deu um grunhido enigmático e repôs o aparelho na mesa com um baque.

– Mas, se chegar a menos de 4,5 metros, qualquer pedaço de pedra ou vidro pontiagudos desencadeará um conjunto diferente de ligações – acrescentei, em tom animado.

Dei um tapinha no meu esquema. Orgulhava-me dele, já que também tomara a precaução de gravar nas peças embutidas de obsidiana a siglística do vidro de dureza dupla. Assim, elas não se estilhaçariam sob o impacto.

Kilvin deu uma espiada no esquema, depois abriu um sorriso orgulhoso e soltou um risinho gutural.

– Ótimo. Ótimo. E se a flecha tiver a cabeça de osso ou marfim?

– As runas referentes a ossos não são confiadas a um simples Re'lar como eu – respondi.

– E se fossem? – indagou Kilvin.

– Mesmo assim, eu não as usaria. Para que nenhuma criança dando uma cambalhota acionasse o pega-flechas com um pedaço de seu crânio em movimento rápido.

Kilvin meneou a cabeça em sinal de aprovação.

– Eu estava pensando num cavalo a galope – disse. – Mas com isso você demonstra sua sensatez. Mostra que tem a mente cuidadosa do artífice.

Virei-me outra vez para o esquema e apontei.

– Dito isto, Mestre Kilvin, a uma distância de 3 metros, um pedaço cilíndrico de madeira num movimento veloz acionará o pega-flechas. – Dei um suspiro: – Não é uma boa ligação, mas é o bastante para deter a flecha ou para desviá-la, pelo menos.

Kilvin curvou-se para examinar mais de perto o esquema, correndo os olhos pela página totalmente preenchida durante uns dois longos minutos.

– É tudo ferro? – perguntou.

– É mais próximo do aço, Mestre Kilvin. Tive medo de que o ferro fosse quebradiço demais, a longo prazo.

– E cada uma dessas 18 ligações está gravada em todas as molas? – indagou ele, apontando-as.

Fiz que sim com a cabeça.

– É uma grande duplicação do esforço – disse ele, mais em tom de conversa que de censura. – Alguns diriam que é um excesso de construção.

– Eu me importo muito pouco com o que as outras pessoas pensam, Mestre Kilvin. Só me importa o que o senhor pensa.

Ele grunhiu, depois tirou os olhos do papel e se virou para mim.

– Tenho quatro perguntas.

Meneei a cabeça, esperando.

– Primeiro: por que fazer justamente isso?

– Ninguém jamais deveria morrer numa emboscada na estrada – respondi com firmeza.

Kilvin esperou, mas eu não tinha nada mais a dizer sobre o assunto. Passado um momento, ele deu de ombros e apontou para o outro lado da sala.

– Segundo: onde você arranjou a... – seu cenho franziu-se de leve. – *Tevetbem*. A besta?

Meu estômago se revirou quando ouvi essa pergunta. Eu havia alimentado a vã esperança de que, sendo ceáldico, Kilvin não soubesse que essas coisas eram ilegais ali na República. Afora isso, tinha torcido para que ele simplesmente não perguntasse.

– Eu... eu a adquiri, Mestre Kilvin – respondi, evasivamente. – Precisava dela para testar o pega-flechas.

– Por que não usar um simples arco de caça? – indagou Kilvin com ar severo. – E assim evitar a necessidade de uma obtenção ilegal.

– Ele seria muito fraco, Mestre Kilvin. Eu precisava ter certeza de que meu aparelho deteria qualquer flecha e a balestra dispara flechadas com mais força do que qualquer arco.

– O arco longo modegano se equipara ao arco plano – disse Kilvin.

– Mas não tenho habilidade para usar o arco plano. E a compra de um arco modegano está muito além das minhas posses.

Kilvin soltou um suspiro profundo.

– Antes, ao fazer a sua lâmpada de ladrões, você fez uma coisa errada da maneira certa. Não gosto disso. – Baixou os olhos para o esquema e acrescentou: – Desta vez, você fez uma coisa certa da maneira errada. Assim é melhor, mas não totalmente. O melhor é fazer a coisa certa da maneira certa. Concorda?

Assenti com a cabeça.

Ele pôs uma das mãos na balestra.

– Alguém viu você com isto?

Fiz que não.

– Nesse caso, diremos que é minha e que você a adquiriu a conselho meu. Ela ficará com o equipamento do Estoque. – Olhou-me com severidade e disse: – E, no futuro, você me procurará se precisar de coisas desse tipo.

Isso me incomodou um pouco, já que eu havia planejado revendê-la ao Sleat. Mesmo assim, poderia ter sido pior. A última coisa que eu queria era criar encrencas com a Lei Férrea.

– Terceiro: não vejo menção a fios de ouro ou à prata no seu esquema. E também não consigo imaginar nenhuma serventia que eles pudessem ter num aparelho como o seu. Explique por que retirou esse material do Estoque.

Tive súbita e aguda consciência do metal frio do gramo encostado na parte interna do meu braço. Sua incrustação era de ouro, mas dificilmente eu poderia dizer isso a Kilvin.

– Eu estava sem dinheiro, Mestre Kilvin. E precisava de materiais que não podia obter no estoque.

– Como a sua balestra.

Fiz que sim.

– E a palha e as armadilhas para urso – acrescentei.

– Um erro vem atrás do outro – disse Kilvin, em tom reprovador. – O Estoque não é uma barraca de prestamista e não deve ser usado como tal. Estou rescindindo a sua autorização para retirar metais preciosos.

Baixei a cabeça, torcendo para parecer apropriadamente compungido.

– Você também trabalhará 20 horas no Estoque, a título de punição. Se alguém perguntar, você lhe dirá o que fez. E explicará que, como castigo, foi obrigado a pagar o valor dos metais, com um acréscimo de 20 por cento. Quem usa o Estoque como prestamista deve pagar juros como a um prestamista.

Retraí-me ao ouvir isso.

– Sim, Mestre Kilvin.

– Por último – disse ele, virando-se para pôr a mãozorra no pega-flechas –, por quanto você imagina que uma coisa destas seria vendida, Re'lar Kvothe?

Meu coração aqueceu-se no peito.

– Isso significa que o senhor o aprova para venda, Mestre Kilvin?

O enorme artífice ursino fitou-me com ar intrigado.

– É claro que o aprovo, Re'lar Kvothe. É uma coisa maravilhosa. É uma melhoria para o mundo. Toda vez que uma pessoa vir isso, verá como a obra do artífice é usada para manter os homens em segurança. E pensará bem dos artífices pela criação de uma coisa dessas.

Baixou os olhos para o pega-flechas e franziu o cenho, pensativo.

– Mas, para que o vendamos, ele precisa ter um preço. O que você sugere?

Eu passara seis onzenas pensando nessa pergunta. A simples verdade era que eu esperava que ele me rendesse dinheiro suficiente para pagar minha taxa escolar e os juros do empréstimo feito com a Devi. O bastante para me manter na Universidade por mais um período.

– Sinceramente, não sei, Mestre Kilvin. Quanto o senhor pagaria para evitar que a longa jarda de uma flecha de freixo lhe atravessasse o pulmão?

Ele deu um risinho.

– Meu pulmão é muito valioso. Mas vamos pensar em outros termos. O material soma... – deu uma olhadela no esquema – cerca de nove iotas, estou certo?

Insolitamente certo. Balancei a cabeça.

– Quantas horas você levou para fazê-lo?

– Umas 100. Talvez 120. Mas grande parte disso foi com experimentação e testes. Provavelmente, eu poderia fazer outro em 50 ou 60 horas. Menos, se fizer moldes.

Kilvin assentiu com a cabeça.

– Sugiro 25 talentos. Isso lhe parece razoável?

A soma me deixou sem fôlego. Mesmo depois de eu pagar o material ao Estoque e de a oficina tirar sua comissão de 40 por cento, o valor seria seis vezes maior do que eu ganharia trabalhando com lâmpadas de convés. Era uma soma quase absurda.

Comecei a concordar, entusiasmado, mas então me ocorreu uma ideia. Embora me fosse doloroso, meneei lentamente a cabeça.

– Para ser sincero, Mestre Kilvin, eu preferiria vendê-los por um preço mais baixo.

Ele levantou uma sobrancelha.

– Eles pagarão – assegurou-me. – Já vi pessoas pagarem mais por coisas menos úteis.

Encolhi os ombros.

– Vinte e cinco talentos é muito dinheiro. A segurança e a paz de espírito não devem ser acessíveis apenas aos que têm o bolso recheado. Acho que oito seriam mais do que suficientes.

Kilvin me olhou demoradamente, depois assentiu com a cabeça.

– Como você quiser. Oito talentos.

Passou a mão pelo topo do pega-flechas, quase num afago, e disse:

– Mas, como este é o primeiro e o único que existe, eu lhe pagarei 25 talentos por ele. Irá para a minha coleção pessoal. – Inclinou a cabeça para mim. – *Lhinsatva?*

– *Lhin* – respondi, agradecido, sentindo um grande peso de angústia sair dos meus ombros.

Kilvin sorriu e fez um sinal para a mesa.

– Eu também gostaria de examinar o esquema com calma. Você me faria uma cópia?

– Por 25 talentos – respondi, sorridente, empurrando o papel por cima da mesa –, o senhor pode ficar com o original.

∽

Kilvin escreveu um recibo para mim e se retirou, agarrado ao pega-flechas como uma criança com um novo brinquedo favorito.

Corri para o Estoque com meu pedaço de papel. Tinha de quitar minha dívida pelo material, inclusive o fio de ouro e os lingotes de prata. Mas, mesmo depois de a oficina tirar sua comissão, restaram-me quase 11 talentos.

Passei o resto do dia rindo e assobiando feito um idiota. É como dizem: a bolsa pesada deixa o coração leve.

CAPÍTULO 45

Consórcio

Sentei-me no frontal da lareira da Anker, com meu alaúde no colo. O salão estava silencioso e cálido, repleto de pessoas que tinham ido me ouvir tocar.

A noite do dia-da-sega era meu horário regular na taberna e era sempre movimentada. Mesmo quando o tempo estava péssimo, não havia cadeiras suficientes e quem chegava tarde era obrigado a se aglomerar em volta do bar, encostando-se nas paredes. Nos últimos tempos, o Anker tinha precisado chamar uma jovem extra nessa noite, só para agilizar o serviço de bebidas no salão.

Do lado de fora, o inverno continuava a cravar suas garras na Universidade, mas o ar no interior era morno e adocicado, com aroma de cerveja, pão e sopa. Ao longo dos meses, eu havia treinado lentamente minha plateia a ficar atenta como convinha enquanto eu tocava, por isso o salão silenciou quando dedilhei a segunda estrofe de "A espera de Violet".

Eu estava em ótima forma nessa noite. Meu público havia comprado meia dúzia de bebidas para mim e, num arroubo de generosidade, um escriba jogara um vintém sólido no estojo do alaúde, onde ele reluzia em meio ao ferro opaco e ao cobre. Eu tinha feito o Simmon chorar duas vezes e a nova criada do Anker sorria para mim e corava com tanta frequência que nem eu conseguia deixar escapar o sinal. E a moça tinha olhos lindos.

Que eu me lembrasse, era a primeira vez que eu realmente sentia ter algum controle sobre a minha vida. Havia dinheiro em minha bolsa. Meus estudos corriam bem. Eu tinha acesso ao Arquivo e, apesar de ser obrigado a trabalhar no Estoque, todos sabiam que o Kilvin estava tremendamente satisfeito comigo.

A única coisa que faltava era Denna.

Baixei os olhos para minhas mãos ao entrar no último refrão de "A espera de Violet". Eu havia bebido um pouco mais do que estava habituado e não queria me atrapalhar. Enquanto observava meus dedos, ouvi a porta da taberna abrir e senti um vento frio rodopiar pelo salão. O fogo balançou e dançou ao meu lado e ouvi o som de botas deslocando-se pelo assoalho de madeira.

O salão fez silêncio para me ouvir cantar:

Violet senta à janela,
Bebericando seu chá.
É por amor que espera,
Amor que do mar voltará.
Buscam-na os pretendentes
E ela observa as marés,
Sempre de olhos pacientes.

Dedilhei o acorde final, mas, em vez do estrondoso aplauso que eu esperava, houve apenas um ecoante silêncio. Levantei a cabeça e vi quatro homens altos parados diante da lareira. Os ombros de suas capas pesadas estavam molhados de neve derretida. Seus rostos eram sinistros.

Três deles usavam o boné preto e redondo que os distinguia como guardas. E, como se isso já não fosse indicação suficiente do que faziam ali, cada um segurava um longo porrete de carvalho com aros de ferro. Os quatro me vigiavam como águias de olhar duro.

O quarto homem diferenciava-se dos outros. Não usava o boné dos guardas e estava longe de ser tão alto ou espadaúdo quanto os demais. Ainda assim, seu porte era de inegável autoridade. O rosto era magro e severo e ele abriu um pergaminho pesado, decorado com diversos lacres pretos de aparência oficial.

– Kvothe, filho de Arliden – leu para o salão, em voz alta, clara e forte. – Na presença destas testemunhas, eu vos convoco a prestar contas perante o tribunal da Lei

Férrea. Sois acusado de Consórcio com Forças Demoníacas, Uso Maldoso de Artes Antinaturais, Agressão Injustificada e Malfeitoria.

Nem é preciso dizer que aquilo me pegou completamente desprevenido.

– O quê? – perguntei, estupidamente. Como eu disse, tinha exagerado um pouco nos drinques.

O homem sisudo me ignorou e se virou para um dos guardas, ordenando:

– Algeme-o.

O guarda sacou um pedaço de ruidosa corrente de ferro. Até então, eu estivera assustado demais para me sentir propriamente com medo, mas a visão desse sujeito carrancudo, tirando de um saco um par de algemas de ferro escuro, encheu-me de um pavor que transformou meus ossos em água.

Simmon apareceu junto à lareira, passando aos empurrões pelos guardas e se postando diante do quarto homem.

– O que exatamente está acontecendo aqui? – perguntou, num tom ríspido e raivoso. Foi a única vez que o ouvi falar como filho de um duque. – Explique-se.

O homem que segurava o pergaminho fitou-o com tranquilidade, depois enfiou a mão sob a capa e retirou uma sólida barra de ferro com um aro de ouro em cada extremidade. Simmon empalideceu um pouco, enquanto o homem sinistro a levantava para que todos no salão a vissem. Ela não só era tão ameaçadora quanto os porretes dos guardas, como era um símbolo inequívoco da autoridade do homem. Ele era intimador dos tribunais da República. E não um intimador qualquer: os aros de ouro significavam que podia convocar qualquer um a comparecer perante a Lei Férrea: sacerdotes, autoridades do governo e mesmo membros da nobreza, até o status de barão.

Nesse momento, Anker também abriu caminho por entre o público aglomerado. Ele e Simmon examinaram o documento do intimador e constataram que era perfeitamente legítimo e oficial. Trazia a assinatura e o selo de toda sorte de pessoas importantes de Imre. Não havia nada a fazer. Eu seria levado a responder perante a Lei Férrea.

Todos na taberna me viram ser acorrentado pelas mãos e pelos pés. Alguns pareceram chocados, outros, confusos, mas a maioria simplesmente tinha um ar amedrontado. Quando os guardas me arrastaram pela aglomeração em direção à porta, apenas um punhado dos componentes do meu público se dispôs a me olhar nos olhos.

Fizeram-me marchar pelo longo trajeto de volta a Imre. Cruzando a Ponte de Pedra e a extensão plana da grande estrada de pedra. Ao longo de todo o percurso, o vento invernal enregelou o ferro que me atava as mãos e os pés, até ele queimar, morder e congelar minha pele.

∞

Na manhã seguinte, Simmon chegou com Elxa Dal e, aos poucos, as coisas se esclareceram. Fazia meses desde que eu invocara o nome do vento em Imre, depois de Ambrose quebrar meu alaúde. Os professores haviam me acusado de malfeitoria e me fizeram ser publicamente açoitado na Universidade. Tanto tempo se passara desde aquela ocasião que as marcas do açoite em minhas costas já não passavam de pálidas cicatrizes prateadas. Eu supusera que o assunto estivesse encerrado.

Ao que parecia, não estava. Como o incidente havia ocorrido em Imre, fiquei sob a jurisdição dos tribunais da República.

Vivíamos numa era civilizada e poucos lugares eram mais civilizados que a Universidade e seus arredores imediatos. Mas algumas partes da Lei Férrea haviam restado de tempos mais obscuros. Fazia 100 anos desde a última vez que alguém fora condenado à fogueira por Consórcio ou Artes Antinaturais, porém as leis continuavam em vigor. A tinta havia desbotado, mas as palavras eram claras.

Ambrose não estava diretamente envolvido, é claro. Era esperto demais para isso. Esse tipo de julgamento era nocivo à reputação da Universidade. Se Ambrose tivesse feito essa acusação contra mim, teria enfurecido os mestres. Eles se empenhavam com afinco em proteger o bom nome da Universidade, em geral, e o do Arcanum, em particular.

Assim, Ambrose não tinha ligação alguma com as acusações. Em vez disso, o caso fora levado aos tribunais de Imre por um punhado de nobres influentes da cidade. Oh, é claro que eles *conheciam* Ambrose, mas isso nada tinha de incriminador. Afinal, Ambrose conhecia todas as pessoas dotadas de poder, sangue ou dinheiro em ambos os lados do rio.

Assim, tive de comparecer perante a Lei Férrea. Durante seis dias, isso foi fonte de irritação e angústia extraordinárias para mim. Perturbou meus estudos, paralisou meu trabalho na Ficiaria e cravou o último prego no caixão que usei para enterrar minhas esperanças de algum dia encontrar um mecenas local.

O que começara como uma experiência aterrorizante não tardou a se transformar num processo tedioso, cheio de rituais e de pompa. Mais de 40 cartas de testemunho foram lidas em voz alta, confirmadas e transcritas nos registros oficiais. Houve dias repletos de nada além de longos discursos. Citações da Lei Férrea. Minúncias processuais. Formas de tratamento formais. Anciãos fazendo leituras de livros vetustos.

Eu me defendi da melhor maneira que pude, primeiro no tribunal da República, depois também nas cortes eclesiásticas. Arwyl e Elxa Dal depuseram a meu favor. Ou melhor, escreveram cartas e as leram em voz alta nos tribunais.

No fim, fui absolvido de qualquer delito. Julguei ter sido inocentado. Pensei ter vencido...

Mas eu ainda era terrivelmente ingênuo, em muitos sentidos.

CAPÍTULO 46

Interlúdio – Um pouco de violino

Kvothe levantou-se devagar e deu uma espreguiçada rápida.

– Façamos uma pausa, por ora – disse. – Imagino que teremos mais do que o número habitual de pessoas no almoço de hoje. Preciso verificar a sopa e aprontar umas coisas. – Acenou com a cabeça para o Cronista, acrescentando: – Talvez lhe convenha fazer o mesmo.

O Cronista continuou sentado.

– Espere um minuto – disse. – Esse foi o seu julgamento em Imre? – Baixou os olhos para a página, desolado. – É só isso?

– É isso – confirmou Kvothe. – Não há muito que comentar, na verdade.

– Mas essa foi a primeira história que ouvi a seu respeito quando cheguei à Universidade – protestou o Cronista. – A história de como você aprendeu temano em um dia. De como proferiu toda a sua defesa em verso e depois foi aplaudido. De como...

– Um monte de bobagens, imagino – interrompeu Kvothe com displicência, dirigindo-se ao bar. – Você tem a essência da história.

O Cronista olhou para a página.

– Parece que você a está tratando com extremo descaso.

– Se você está aflito pelo relato integral, pode encontrá-lo em outro lugar. Dezenas de pessoas assistiram ao julgamento. Já foram escritos dois relatos completos. Não vejo necessidade de acrescentar um terceiro.

O Cronista espantou-se.

– Você já conversou sobre isso com algum historiador?

Kvothe deu um risinho gutural.

– Você está parecendo um amante rejeitado – disse e começou a tirar pilhas de tigelas e pratos de baixo do balcão do bar. – Pode ter certeza de que é o primeiro a ouvir minha história.

– Você disse que houve registros escritos – observou o Cronista, de olhos arregalados. – Está me dizendo que escreveu um livro de memórias? – indagou, com um toque estranho na voz, que soou quase como fome.

Kvothe franziu o cenho.

– Não, na verdade, não – disse, com um suspiro alto. – Cheguei a começar uma coisa desse gênero, mas desisti, era má ideia.

– Você escreveu tudo, até o momento do seu julgamento em Imre? – indagou o escriba, fitando o papel à sua frente. Só então se deu conta de que ainda segurava a pena erguida sobre a página. Começou a desatarraxar e limpar a ponta de metal num pedaço de pano, com ar de vasta irritação. – Se você já tinha tudo isso escrito, podia ter-me poupado uma cãibra na mão neste último dia e meio.

A testa de Kvothe franziu-se, com ar confuso:

– O quê?

O Cronista esfregou vigorosamente a ponteira da pena com o pano, cada movimento gritando sua dignidade afrontada.

– Eu já devia saber. Tudo se encaixava bem demais – disse e levantou a cabeça, com um olhar furioso. – Sabe quanto me custou este papel? – perguntou, com um gesto zangado para a sacola que continha as páginas concluídas.

Kvothe simplesmente o encarou por um momento, depois riu, compreendendo tudo:

– Você me entendeu mal. Desisti do livro de memórias depois de um dia, mais ou menos. Escrevi um punhado de páginas. Nem isso.

A irritação desapareceu do rosto do Cronista, deixando uma expressão acanhada.

– Ah.

– Você *é* um amante magoado – comentou Kvothe, com ar divertido. – Santo Deus, acalme-se. Minha história é virginal. Suas mãos são as primeiras a tocá-la. – Balançou a cabeça. – Há algo diferente em escrever uma história. Não pareço ter jeito para isso. Saiu tudo errado.

– Eu adoraria ver o que você escreveu – disse o Cronista, inclinando-se para a frente na cadeira. – Mesmo que sejam apenas algumas páginas.

– Isso foi há muito tempo – disse Kvothe. – Nem sei se me lembro onde elas estão.

– Estão lá em cima, no seu quarto, Reshi – interpôs Bast, animado. – Na escrivaninha.

Kvothe deu um longo suspiro.

– Eu estava tentando ser gentil, Bast. A verdade é que não há nada nelas que valha a pena mostrar a alguém. Se eu tivesse escrito algo digno de ser lido, teria continuado a escrever.

Retirou-se para a cozinha e então foram ouvidos sons baixos e atarefados que vinham do cômodo dos fundos.

– Boa tentativa – comentou Bast, em voz baixa. – Mas é um caso perdido. Eu já tentei.

– Não me venha com instruções – retrucou o Cronista, mal-humorado. – Sei extrair uma história de uma pessoa.

Ouviram-se mais batidas no cômodo dos fundos, um esguichar de água, o som de uma porta se fechando.

O Cronista olhou para Bast.

– Você não deveria ajudá-lo?

Bast deu de ombros e se afundou mais na cadeira.

Passado um momento, Kvothe emergiu do cômodo dos fundos, carregando uma tábua de fatiar e uma tigela cheia de legumes recém-lavados.

– Acho que estou confuso – comentou o Cronista. – Como é que pode já haver dois relatos escritos se você nunca os escreveu pessoalmente nem falou com um historiador?

– Você nunca foi levado a julgamento, não é? – disse Kvothe, com ar divertido. – Os tribunais da República mantêm registros minuciosos e a Igreja é ainda mais obsessiva. Se você tiver um desejo desesperado por detalhes, poderá vasculhar seus respectivos registro de depoimentos e livro de atas.

– Talvez seja o caso – concordou o Cronista. – Mas o seu relato do julgamento...

– Seria enfadonho – cortou Kvothe. Terminou de raspar as cenouras e começou a picá-las. – Discursos formais intermináveis e leituras do *Livro do Caminho*. Foi maçante viver aquilo e seria maçante repeti-lo.

Tirou as cenouras fatiadas da tábua e as pôs numa tigela próxima.

– De todo modo, é provável que eu nos tenha mantido por tempo de mais na Universidade – comentou. – Precisaremos do tempo para outras coisas. Coisas que ninguém jamais viu nem ouviu.

– Não, Reshi! – gritou Bast, alarmado, empertigando-se na cadeira. Tinha uma expressão queixosa ao apontar para o bar. – Beterraba?

Kvothe baixou os olhos para a raiz vermelho-escura na tábua, como se ficasse surpreso ao vê-la ali.

– Não ponha beterraba na sopa, Reshi – pediu Bast. – É horroroso.

– Muita gente gosta de beterraba, Bast – disse Kvothe. – E é saudável. Faz bem para o sangue.

– Detesto beterraba – comentou o outro, numa tristeza de dar dó.

– Bem – retrucou Kvothe, calmamente –, como sou eu que estou terminando a sopa, eu escolho o que pôr nela.

Bast pôs-se de pé e pisou duro em direção ao bar.

– Então deixe que eu cuide dela – disse, impaciente, fazendo um gesto de enxotar. – Vá buscar umas linguiças e um daqueles queijos cheios de veias.

Empurrou Kvothe para os degraus do porão e irrompeu cozinha adentro, resmungando. Logo depois se ouviu o som de coisas chocalhando e batendo no cômodo dos fundos.

Kvothe olhou para o Cronista e lhe deu um sorriso largo e preguiçoso.

∞

As pessoas foram entrando aos poucos na Pousada Marco do Percurso. Chegavam em duplas e trios, cheirando a suor, a cavalos e a trigo recém-cortado. Riam e conversavam e arrastavam palhiço pelo assoalho limpo de madeira.

O Cronista trabalhou depressa. Os homens sentavam-se, inclinando o corpo para a frente na cadeira, ora gesticulando, ora falando com lenta determinação. O rosto do escriba se mantinha impassível, enquanto a pena ia arranhando a página, vez por outra dando uma corrida rápida ao tinteiro.

Bast e o homem que usava o nome de Kote foram trabalhando juntos, como uma equipe harmoniosa. Serviram sopa e pão. Maçãs, queijo e linguiça. Cerveja, *ale* e água fresca da bomba dos fundos. Havia também carneiro assado para quem quisesse e torta de maçã fresquinha.

Os homens e mulheres sorriram e relaxaram, contentes por tirarem o peso dos pés e se sentarem à sombra. O salão encheu-se do burburinho suave das conversas, enquanto as pessoas trocavam mexericos com vizinhos que conheciam a vida inteira. Insultos familiares, brandos e inofensivos como manteiga, eram trocados para lá e para cá e os amigos travavam discussões amenas sobre de quem era a vez de pagar a cerveja.

Por baixo de tudo, porém, havia tensão na sala. Um estranho jamais a notaria, mas ela estava ali, escura e silenciosa como uma corrente submarina. Ninguém falou de impostos nem de exércitos, nem de como havia começado a trancar as portas à noite. Ninguém falou do que acontecera na pousada na véspera. Ninguém contemplou o pedaço de piso de madeira bem esfregado, que não exibia um só vestígio de sangue.

Em vez disso, houve piadas e histórias. Uma jovem esposa beijou o marido, provocando assobios e vaias no resto do aposento. O Velho Benton tentou levantar a bainha da saia da viúva Creel com sua bengala e riu-se quando ela lhe deu um tapa. Duas garotinhas perseguiram uma à outra em volta das mesas, gritando e rindo, enquanto todos observavam e davam sorrisos afetuosos. Ajudou um pouco. Era tudo que se podia fazer.

˜

A porta da pousada bateu com força ao se abrir. O velho Cob, Graham e Jake entraram arrastando os pés, saindo do luminoso sol do meio-dia.

– Olá, Kote! – saudou o velho Cob, correndo os olhos pelo punhado de pessoas espalhadas pela taberna. – Hoje você está com uma boa turma por aqui!

– Você perdeu a maior parte – disse Bast. – Ficamos completamente atordoados por um tempo.

– Sobrou alguma coisa pros retardatários? – perguntou Graham, afundando-se no banco.

Antes que Kote pudesse responder, um homem de ombros de touro bateu com um prato vazio no balcão do bar e depôs delicadamente o garfo ao lado dele.

– Isso – falou, com voz trovejante – é que foi uma torta do cacete.

Uma mulher magra, de rosto franzido, postou-se ao lado dele e repreendeu-o:

– Não comece com palavrões, Elias – disse, em tom ríspido. – Não tem motivo pra isso.

– Ah, meu bem – retrucou o homenzarrão –, não precisa se encrespar toda. – Ducacete é um tipo de maçã, não é? – perguntou, sorrindo para o pessoal sentado no bar. – Uma espécie de maçã estrangeira lá de Atur, hein? O nome foi homenagem ao barão Ducacete, se bem me lembro.

Graham retribuiu-lhe o sorriso.

– Acho que ouvi falar disso.

A mulher fuzilou-os com os olhos.

– Essas eu comprei dos Benton – disse o hospedeiro, em tom manso.

– Ah – murmurou o lavrador corpulento, com um sorriso. – Então, eu me enganei. – Catou uma migalha de crosta do prato e a mastigou, com ar especulativo. – Mas, assim mesmo, eu seria capaz de jurar que foi uma torta Ducacete. Vai ver que os Benton arranjaram umas maçãs Ducacete sem saber.

Sua mulher deu uma fungada, depois viu o Cronista desocupado à mesa e puxou o marido para longe.

O velho Cob viu os dois se afastarem e meneou a cabeça.

– Não sei do que aquela mulher precisa na vida pra ficar só um pouquinho satisfeita. Mas espero que ela descubra, antes que tire sangue do velho Eli, de tanto lhe dar bicadas.

Jake e Graham concordaram com resmungos vagos.

– É bom ver o pessoal enchendo a casa – comentou o velho Cob, olhando para o homem ruivo atrás do balcão do bar. – Você é um belo cozinheiro, Kote. E tem a melhor cerveja num raio de 30 quilômetros. O pessoal só precisa é de um pretextozinho pra dar uma passada aqui.

O velho Cob deu um tapinha especulativo do lado do nariz.

– Sabe – disse ao hospedeiro –, você devia arranjar um cantor, ou qualquer coisa assim, para as noites. Diabos, até aquele garoto dos Orrison sabe tocar um pouquinho do violino do pai. Aposto que ia ficar contente de vir tocar pelo preço de uns dois copos. – Correu os olhos pela pousada e acrescentou: – Um pouquinho de música é justamente do que esse lugar precisa.

O hospedeiro assentiu com a cabeça. Sua expressão era tão descontraída e amável que quase não chegava a ser uma expressão.

– Imagino que você tenha razão – disse Kote, com a voz perfeitamente calma. Uma voz perfeitamente normal. Uma voz incolor e cristalina, como uma vidraça.

O velho Cob abriu a boca, mas, antes que pudesse dizer mais alguma coisa, Bast bateu forte com o nó de um dedo no balcão.

– Bebida? – perguntou aos homens sentados no bar. – Acho que vocês todos gostariam de um traguinho, antes de lhes trazermos algo para comer.

Eles gostariam e Bast ocupou-se atrás do balcão, servindo cerveja nos canecos e pondo-os nas mãos expectantes. Após um vagaroso momento, o hospedeiro recomeçou a se mover em silêncio ao lado do ajudante e foi buscar sopa na cozinha. E pão com manteiga. E queijo. E maçãs.

CAPÍTULO 47

Interlúdio – Os versos de cânhamo

O Cronista sorria ao se dirigir ao bar.

– Foi uma hora inteirinha de trabalho – disse, orgulhoso, ocupando um assento. – Imagino que não tenha sobrado nada na cozinha para mim, não é?

– Ou um pedaço da torta que o Eli mencionou? – acrescentou Jake, esperançoso.

O hospedeiro sorriu, secando as mãos no avental.

– Acho que talvez eu tenha-me lembrado de reservar uma, para o caso de vocês três aparecerem depois do resto.

O velho Cob esfregou as mãos.

– Nem me lembro da última vez que comi uma torta de maçã quentinha – disse.

O hospedeiro voltou à cozinha. Tirou a torta do forno, cortou-a e arrumou cuidadosamente as fatias nos pratos. Quando voltava com elas para o salão da taberna, ouviu vozes elevadas no outro aposento.

– Era um demônio, sim, Jake – dizia o velho Cob, enraivecido. – Eu lhe disse ontem de noite, e vou dizer de novo, 100 vezes. Não sou de mudar de ideia que nem os outros trocam de meias. – Ergueu um dedo. – Ele invocou um demônio, que mordeu o sujeito e sugou o sumo dele feito uma ameixa. Eu soube disso por um camarada que conhecia uma mulher que assistiu a tudo pessoalmente. Foi por isso que o condestável e os ajudantes apareceram e tiraram ele de lá. Meter-se com forças obscuras é contra a lei lá em Amary.

– Pois eu continuo a dizer que o povo só achou que era um demônio – insistiu Jake. – Você sabe como é o povo.

– Eu conheço o povo – retrucou o velho Cob, fechando a cara. – Estou nesta vida há mais tempo que você, Jacob. E também entendo das histórias que conto.

Houve um longo momento de silêncio tenso no bar, até Jake desviar os olhos.

– Foi só jeito de falar – resmungou ele.

O hospedeiro empurrou uma tigela de sopa para o Cronista.

– O que está havendo?

O escriba lançou-lhe um olhar dissimulado.

– O Cob está nos falando do julgamento do Kvothe em Imre – disse, com um toque convencido na voz. – Não se lembra? Ele começou a contar a história ontem à noite, mas só chegou à metade.

– Pois então – disse Cob, correndo os olhos em volta, como se os desafiasse a interrompê-lo. – Foi um aperto danado. O Kvothe sabia que, se o considerassem culpado, iam pendurá-lo na corda – disse, com um gesto ao lado do pescoço, como se segurasse um laço, e deixou a cabeça pender de banda. – Mas o Kvothe tinha lido um montão de livros quando estava na Universidade e sabia lá os seus truques –

prosseguiu. Parou para abocanhar uma garfada de torta e fechou os olhos por um momento, enquanto mastigava. – Ah, pelo senhor e senhora! – disse consigo mesmo. – Isso é que é torta! Juro que é melhor do que a que a mamãe fazia antigamente. Ela sempre foi unha de fome com o açúcar.

Deu outra mordida e uma expressão de júbilo espalhou-se por seu rosto curtido.

– Quer dizer que o Kvothe sabia um ou outro truque? – instigou-o o Cronista.

– Como? Ah! – Cob pareceu lembrar-se. – Certo. Sabe, no *Livro do Caminho* tem dois versos que, quando o sujeito sabe ler em voz alta, naquele temano antigo que só os sacerdotes conhecem, a Lei Férrea diz que ele passa a ser tratado como clérigo. Isso quer dizer que nenhum juiz da República pode fazer porcaria nenhuma contra ele. Quando o sujeito lê essas linhas, o caso dele tem que ser decidido pelos tribunais da Igreja.

O velho Cob pegou outro pedaço de torta e o mastigou lentamente antes de engolir.

– Essas duas linhas são chamadas de versos de cânhamo, porque, se a pessoa os conhece, pode evitar ser enforcada. Os tribunais da Igreja não podem enforcar o sujeito, sabem?

– Quais são os versos? – indagou Bast.

– Bem que eu adoraria saber – respondeu o velho Cob, em tom pesaroso. – Mas não falo temano. O próprio Kvothe não falava. Mas decorou os versos antes da hora. Aí, fingiu que estava lendo e o tribunal da República teve que soltá-lo. Ele sabia que tinha dois dias até um juiz tehliniano conseguir chegar lá de longe a Amary. Assim, tratou de aprender temano. Leu livros e passou um dia e uma noite inteiros praticando. E era de uma inteligência tão grande que, no fim do estudo, sabia falar temano melhor do que a maioria do pessoal que tinha passado a vida inteira fazendo isso.

Após uma breve pausa, Cob prosseguiu:

– Depois, no segundo dia antes de o juiz aparecer, Kvothe preparou uma poção para tomar. Era de mel, de uma pedra especial encontrada na cabeça das cobras e de uma planta que só cresce no fundo do mar. Quando bebeu a poção, ela tornou a voz dele tão doce que todos os que o ouviam não podiam deixar de concordar com tudo que ele dizia. Aí, quando o juiz enfim apareceu, o julgamento todo só durou 15 minutos – completou Cob, com um risinho. – Kvothe fez um belo discurso em temano perfeito, todo mundo concordou com ele e todos foram para casa.

– E ele viveu feliz para sempre – disse baixinho o homem de cabelo ruivo atrás do balcão do bar.

∾

As coisas ficaram quietas no bar. Lá fora, o ar estava seco e quente, cheio de poeira e do cheiro de palhiço. A luz do sol era inclemente e brilhante como uma barra de ouro.

Dentro da Marco do Percurso, a luz do sol era tênue e fresca. Os homens haviam acabado de comer lentamente os últimos pedaços de torta e ainda restava um pouco de cerveja em seus canecos. Assim, eles se demoraram um pouquinho mais, debruçados no balcão com o ar culpado de homens orgulhosos demais para serem propriamente preguiçosos.

– Por mim, nunca dei muita importância às histórias do Kvothe – disse o hospedeiro com naturalidade, enquanto recolhia os pratos de todos.

O velho Cob ergueu os olhos de sua cerveja.

– É mesmo?

O hospedeiro deu de ombros.

– Se eu quiser uma história com magia, quero que ela tenha um mago de verdade. Alguém como o Grande Taborlin, Serapha ou o Cronista.

Na ponta do balcão, o escriba não se engasgou nem se assustou. Mas parou por meio segundo antes de tornar a baixar a colher para sua segunda tigela de sopa.

O salão tornou a mergulhar num silêncio cômodo e o hospedeiro recolheu o último prato vazio, encaminhando-se para a cozinha. Antes que pudesse atravessar a porta, porém, Graham levantou a voz:

– O Cronista? Nunca ouvi falar.

O hospedeiro virou-se, surpreso.

– Não ouviu?

Graham fez que não com a cabeça.

– Tenho certeza de que ouviu – contrapôs o hospedeiro. – Ele anda com um livro enorme e tudo o que anota nesse livro se torna realidade.

Kote olhou para todos com ar de expectativa. Jake também meneou a cabeça.

O hospedeiro voltou-se para o escriba na extremidade do bar, que mantinha a atenção na comida.

– Você ouviu falar dele, com certeza – disse. – Ele é chamado de Senhor das Histórias e, quando descobre um segredo de alguém, pode escrever o que quiser sobre ele em seu livro. Nunca ouviu falar dele?

O Cronista baixou os olhos e balançou a cabeça. Mergulhou uma crosta de pão na sopa e a comeu sem falar.

O hospedeiro fez um ar surpreso.

– Quando eu era pequeno, gostava mais do Cronista que do Taborlin ou qualquer dos outros. Ele tem um pouco de sangue dos Encantados, o que o torna mais arguto que os homens normais. É capaz de enxergar a 160 quilômetros de distância num dia nublado e de ouvir um sussurro do outro lado de uma porta grossa de carvalho. É capaz de perseguir um camundongo na floresta em noites sem luar.

– Eu ouvi falar – disse Bast, sôfrego. – A espada dele se chama Roldana e a lâmina é de um único pedaço de papel. É leve como uma pluma, porém tão afiada que, se ele o cortar, você vê o sangue antes mesmo de sentir o corte.

O hospedeiro assentiu com a cabeça.

– E, quando descobre o nome do sujeito, ele pode escrevê-lo na lâmina da espada e usá-lo para matar o indivíduo a 1.600 quilômetros de distância.

– Mas tem que escrevê-lo com seu próprio sangue – acrescentou Bast. – E há um limite de espaço na espada. Ele já escreveu 17 nomes na lâmina, por isso não resta muito espaço.

– Ele era membro da corte do rei supremo de Modeg – disse Kote. – Mas se apaixonou pela filha do rei.

Graham e o velho Cob puseram-se a balançar a cabeça. Isso era território conhecido. Kote prosseguiu:

– Quando o Cronista pediu para se casar com ela, o rei supremo zangou-se. Por isso, deu-lhe uma tarefa para que ele provasse seu valor...

O hospedeiro fez uma pausa dramática e concluiu:

– O Cronista só poderia casar-se com ela se encontrasse algo mais precioso que a princesa e o levasse para o rei supremo.

Graham soltou um ruído apreciativo.

– Isso é uma tarefa de lascar. O que o homem vai fazer? Não dá para voltar com alguma coisa e dizer: "Tome, isto vale mais do que a sua filhinha..."

O hospedeiro fez um aceno grave com a cabeça.

– Por isso o Cronista vagou pelo mundo, à procura de tesouros antigos e velhas magias, na esperança de encontrar algo que pudesse levar para o rei.

– Por que ele não escreveu sobre o rei no seu livro mágico, simplesmente? – perguntou Jake. – Por que não escreveu "E aí o rei parou de ser um cretino e deixou a gente se casar de uma vez"?

– Porque ele não conhecia nenhum segredo do rei – explicou o hospedeiro. – E o rei supremo de Modeg conhece um pouco de mágica e sabe se proteger. E, o que é mais importante, conhece as fraquezas do Cronista. Sabe que, se a pessoa ludibriar o Cronista e o fizer beber tinta, ele terá de fazer os três favores seguintes que lhe forem pedidos. Além disso, ele sabe que o Cronista não consegue controlar a outra pessoa se ela esconder seu nome num lugar seguro. O nome do rei supremo está escrito num livro de vidro, escondido numa caixa de cobre. E essa caixa fica trancada num grande baú de ferro, onde ninguém pode tocá-la.

Houve uma pausa momentânea enquanto todos refletiam sobre isso. Então, o velho Cob começou a menear pensativamente a cabeça.

– Essa última parte roçou a minha memória – disse, devagar. – Acho que me lembro de uma história em que esse tal de Cronista sai à procura de uma fruta mágica. Quem comesse essa fruta saberia num instante os nomes de todas as coisas e teria poderes como os do Grande Taborlin.

O hospedeiro esfregou o queixo e assentiu lentamente com a cabeça.

– Acho que também ouvi falar dessa. Mas foi há muito tempo e não sei se me lembro de todos os detalhes...

– Ah, bem – disse o velho Cob, tomando o último gole de cerveja e batendo com o caneco. – Não há nada de que se envergonhar, Kote. Algumas pessoas são boas pra lembrar, outras não. Você faz uma torta deliciosa, mas todos sabemos quem é o contador de histórias por aqui.

O velho Cob desceu da banqueta com movimentos rígidos e fez sinal para Graham e Jake.

– Vamos. Podemos ir andando juntos até a casa dos Byre. Eu vou contando tudo a vocês dois. Pois bem, esse tal de Cronista é alto, pálido e magro feito um caniço e tem o cabelo negro como tinta...

A porta da Pousada Marco do Percurso bateu com força ao se fechar.

– Em nome de Deus, que história foi essa? – perguntou o Cronista.

Kvothe deu-lhe uma olhadela de esguelha, com um sorrisinho astuto.

– Que tal a sensação de saber que há gente lá fora contando histórias a seu respeito?

– Eles não estão contando histórias a meu respeito! – objetou o Cronista. – É só um monte de bobagens.

– Bobagens, não – disse Kvothe, parecendo meio ofendido. – Elas podem não ser verdadeiras, mas isso não significa que sejam bobagens.

Olhou para Bast e acrescentou:

– Gostei da espada de papel.

Bast abriu um largo sorriso.

– A tarefa do rei foi um belo toque, Reshi. Mas o sangue dos Encantados, não sei, não.

– Sangue de demônio seria sinistro demais – observou Kvothe. – O velho precisava de uma reviravolta.

– Pelo menos não terei que ouvi-lo contar a história – disse o Cronista, macambúzio, cutucando um pedaço de batata com a colher.

Kvothe levantou os olhos e deu um risinho amargo.

– Você não compreende, não é? Uma história novinha como essa, num dia de colheita? Vão todos cair em cima dela como criança com brinquedo novo. O velho Cob vai falar do Cronista com uma dúzia de pessoas quando todos estiverem empilhando fardos de feno e bebendo água à sombra. Hoje à noite, no velório do Shep, gente de 10 cidades diferentes ouvirá falar do Senhor das Histórias. Vai-se espalhar como um incêndio no campo.

O Cronista olhou de um para outro, com uma expressão vagamente horrorizada.

– Por quê? – perguntou.

– É um presente – respondeu Kvothe.

– Você acha que eu quero isso? – disse o Cronista, incrédulo. – Fama?

– Fama, não – rebateu Kvothe, com ar sombrio. – Perspectiva. Você sai por aí vasculhando a vida dos outros. Ouve boatos e sai escavando a verdade dolorosa por baixo das mentiras encantadoras. Acha que tem direito de fazer essas coisas. Mas não tem – disse e olhou duro para o escriba. – Quando alguém lhe conta um pedaço da sua vida, está lhe oferecendo um presente, não entregando o que lhe é devido.

Kvothe enxugou as mãos na toalha limpa de linho.

– Estou-lhe dando a minha história, com todos os pedaços imundos intactos. Todos os meus erros e idiotices abertamente expostos à luz. Tenho todo o direito de decidir passar por cima de um pedacinho, se ele me chatear. Não vou me deixar espicaçar a mudar de ideia pela história de um lavrador qualquer. Não sou idiota.

O Cronista baixou os olhos para a sopa.

– Carreguei um pouco na mão, não foi?

– Foi – confirmou Kvothe.

O escriba levantou a cabeça com um suspiro e deu um risinho sem jeito.

– Bem, você não pode me censurar por tentar.

– Posso, sim. Mas creio ter deixado clara a minha posição. E, se é que serve para alguma coisa, lamento qualquer incômodo que isso possa lhe causar. – Kvothe apontou para a porta por onde os lavradores haviam saído. – Talvez eu tenha exagerado um pouco na reação. Nunca reagi bem a ser manipulado.

Saiu de trás do bar e se encaminhou para a mesa próxima da lareira.

– Venham logo, vocês dois. O julgamento em si foi uma história maçante. Mas teve repercussões de peso.

CAPÍTULO 48
Uma ausência significativa

Passei pelo sorteio do exame de admissão e tive a felicidade de tirar um horário nos últimos dias. Fiquei contente com o tempo extra, já que meu julgamento me deixara pouca oportunidade de estudar para as provas.

Apesar disso, eu não estava terrivelmente preocupado. Teria tempo para estudar e livre acesso ao Arquivo. E mais, pela primeira vez desde minha chegada à Universidade, eu não era um miserável. Tinha 13 talentos na bolsa. Mesmo depois de pagar à Devi os juros do empréstimo, restaria dinheiro bastante para a matrícula.

E o melhor de tudo era que as longas horas gastas na pesquisa do gramo tinham-me ensinado muito sobre o Arquivo. Ainda que eu não tivesse tanto conhecimento quanto um escriba experiente, estava familiarizado com muitos dos cantos ocultos e dos segredos silenciosos daquele lugar. Assim, embora estudasse, também me permiti a liberdade de fazer outras leituras enquanto me preparava para a entrevista de admissão.

Fechei o livro que estivera examinando: uma história abrangente e bem escrita da Igreja aturense. Tão inútil quanto todo o resto.

Wilem levantou a cabeça ao ouvir o baque do meu livro sendo fechado.

– Nada? – perguntou.

– Menos que nada – respondi.

Estávamos ambos estudando numa das cabines de leitura do quarto andar, muito menor que nosso lugar habitual no terceiro piso, mas, dada a proximidade dos exames, tivéramos sorte de encontrar alguma sala privada.

– Por que não deixa isso para lá? – sugeriu Wilem. – Há quanto tempo você vem batendo nesse troço dos Amyr como se fosse um cavalo morto: duas onzenas?

Meneei a cabeça, sem querer admitir que, na verdade, minha pesquisa sobre os Amyr tinha começado muito antes de nossa aposta nos levar ao Marionetista.

– E o que descobriu até agora?

– Prateleiras de livros. Dezenas de livros de história. Menções numa centena deles.

Wilem fitou-me com um olhar penetrante.

– E essa abundância de informações o irrita.

– Não – retruquei. – A *falta* de informações me incomoda. Não há nenhuma informação concreta sobre os Amyr em nenhum desses livros.

– Nenhuma? – repetiu Wilem, com ar cético.

– Bem, todo historiador dos últimos 300 anos *fala* deles. Especula sobre como os Amyr influenciaram a queda do império. Os filósofos falam nas ramificações éticas dos atos deles. – Apontei os livros. – Isso me diz o que as pessoas pensam dos Amyr. Não me diz nada sobre os Amyr em si.

Wilem franziu o cenho para minha pilha de livros.

– Não é possível que isso tudo seja de historiadores e filósofos.

– Também há histórias. No começo, há histórias sobre as grandes injustiças que eles corrigiram. Depois, histórias sobre as coisas terríveis que fizeram. Um Amyr de Renere matou um juiz corrupto. Outro, em Junpui, sufocou um levante de camponeses. Um terceiro, em Melithi, envenenou metade dos nobres da cidade.

– E essas não são informações concretas?

– São relatos sem maior fundamento, de segunda ou terceira mão. Três quartos deles são simples rumores. Não consigo encontrar provas que os corroborem em parte alguma. Por que não consigo encontrar nenhuma referência ao juiz corrupto nos registros da Igreja? Seu nome devia estar registrado em todos os processos que ele julgou. Qual foi a data dessa revolta de camponeses e por que não é mencionada em nenhum outro livro de história?

– Isso foi há 300 anos – disse Wilem, em tom de censura. – Você não pode esperar que todos esses pequenos detalhes sobrevivam.

– Eu esperaria que *algum* dos pequenos detalhes sobrevivesse. Você sabe como os tehlinianos são obsessivos com os seus registros. Temos mil anos de documentos da corte de 100 cidades diferentes, armazenados lá no subterrâneo dois. Salas inteiras repletas de...

Agitei as mãos como quem descartasse a ideia.

– Mas, tudo bem, abandonemos os pequenos detalhes. Existem enormes perguntas para as quais não consigo encontrar nenhuma resposta. Quando foi fundada a Ordem dos Amyr? Quantos Amyr havia? Quem pagava a eles e quanto? De onde vinha o dinheiro? Onde eles eram formados? Como passaram a fazer parte da Igreja tehliniana?

– O Feltemi Reis deu essa resposta – disse Wilem. – Eles nasceram da tradição dos juízes mendicantes.

Peguei um livro ao acaso e dei com ele na mesa diante de Wilem.

– Encontre uma única prova que confirme essa teoria. Ache-me um único registro que mostre um juiz mendicante sendo promovido às fileiras dos Amyr. Mostre-me um registro de um Amyr empregado por um tribunal. Encontre um documento eclesiástico que mostre um Amyr presidindo um julgamento. – Cruzei os braços, com ar beligerante. – Vá em frente, eu espero.

Wilem ignorou o livro.

– Talvez não houvesse tantos Amyr quanto as pessoas supõem. Talvez houvesse apenas um punhado deles e sua reputação tenha fugido de controle – disse, com um olhar significativo para mim. – Você deveria entender como isso funciona.

– Não. Essa é uma ausência significativa. Às vezes, não encontrar nada pode significar encontrar alguma coisa.

– Você está começando a parecer o Elodin falando – disse Wilem.

Franzi o cenho para ele, mas resolvi não morder a isca.

– Não, escute um minuto. Por que haveria tão poucas informações factuais sobre os Amyr? Só existem três possibilidades.

Levantei os dedos para assinalá-las.

– Um: não se escreveu nada. Essa eu acho que podemos descartar com segurança. Eles eram importantes demais para serem tão completamente negligenciados por historiadores, amanuenses e a documentação obsessiva da Igreja.

Baixei esse dedo.

– Dois: por um estranho acaso, os exemplares dos livros que contêm essas informações simplesmente nunca chegaram até o Arquivo. Mas isso é ridículo. É impossível achar que, ao longo de todos esses anos, nada referente ao assunto tenha acabado na maior biblioteca do mundo.

Dobrei o segundo dedo.

– Três – falei, apontando o dedo restante: – Alguém retirou, alterou ou destruiu essas informações.

Wilem franziu o cenho.

– Quem faria isso?

– Pois é, quem? Quem seria o maior beneficiário da destruição das informações sobre os Amyr? – Hesitei, deixando crescer a tensão. – Quem, senão os próprios Amyr?

Eu havia esperado que Wilem descartasse minha ideia, mas ele não o fez.

– É uma ideia interessante – disse Wil. – Mas por que presumir que os Amyr estejam por trás disso? É muito mais sensato supor que a própria Igreja seja a responsável. Sem dúvida, nada agradaria mais aos tehlinianos do que apagar discretamente as atrocidades dos Amyr.

– É verdade – admiti. – Mas a Igreja não é muito forte aqui na República. E esses livros vêm de toda parte do mundo. Um historiador ceáldico não teria nenhum pudor de escrever uma história dos Amyr.

– Um historiador ceáldico teria pouquíssimo interesse em escrever a história de um ramo herege de uma Igreja pagã – assinalou Wilem. – Além disso, como é que um punhado desacreditado dos Amyr poderia fazer algo que a própria Igreja não conseguiu?

Debrucei-me sobre a mesa.

– Acho que os Amyr são muito mais antigos do que a Igreja tehliniana. Durante a época do Império Aturense grande parte da força pública desses homens estava na Igreja, porém eles eram mais do que um mero grupo de juízes itinerantes.

– E o que o leva a essa convicção? – indagou Wilem. Por sua expressão, percebi que estava perdendo o seu apoio, em vez de conquistá-lo.

Um pedaço de cerâmica antiga, pensei. *Uma história que ouvi de um velho em Tarbean. Sei disso por causa de uma coisa que o Chandriano deixou escapar, depois de matar todas as pessoas que eu conhecia.*

Suspirei e balancei a cabeça, ciente de quão maluco pareceria se dissesse a verdade. Era por isso que eu esquadrinhava o Arquivo. Eu precisava de uma prova tangível para corroborar minha tese, algo que não me transformasse em motivo de pilhérias.

– Encontrei cópias dos documentos dos tribunais da época em que os Amyr foram denunciados – respondi. – Sabe quantos Amyr eles levaram a julgamento em Tarbean?

Wil deu de ombros.

Levantei um único dedo.

– Um. Um Amyr em toda Tarbean. E o escrevente que anotou a transcrição do julgamento deixou claro que o homem conduzido ao tribunal era um simplório, que nem entendia o que estava acontecendo.

A dúvida persistia no rosto de Wilem.

– Pense um pouco – pedi. – Os fragmentos que achei sugerem que havia pelo menos 3 mil Amyr no império antes de eles serem desarticulados. Três mil homens e mulheres ricos, sumamente treinados e munidos de armas pesadas, com *absoluta* dedicação ao bem maior.

Fiz uma pausa breve.

– E então – prossegui –, um dia a Igreja os acusa, dissolve toda a sua ordem e confisca seus bens. – Estalei os dedos. – E 3 mil fanáticos mortíferos, obcecados com a justiça, simplesmente desaparecem? Viram de lado e resolvem deixar que outras pessoas cuidem do bem maior por algum tempo? Sem protestos? Sem resistência? Sem nada?

Olhei sério para Wilem e meneei a cabeça com firmeza.

– Não. Isso contraria a natureza humana. Não encontrei um só registro de um membro dos Amyr sendo levado à justiça eclesiástica. Nenhum. Será que é tão escandaloso supor que eles poderiam ter resolvido passar para a clandestinidade, para continuar seu trabalho de maneira mais secreta? E, se isso é razoável – continuei, antes que ele pudesse me interromper –, por acaso também não faz sentido que eles tentassem preservar o seu sigilo, podando cuidadosamente os livros de história nos últimos 300 anos?

Houve uma longa pausa.

Wilem não descartou a ideia de pronto.

– É uma teoria interessante – comentou, devagar. – Mas leva a uma última pergunta – disse, dirigindo-me um olhar sério. – Você andou bebendo?

– Não – respondi, afundando na cadeira.

Wilem ficou de pé.

– Nesse caso, devia começar. Está passando tempo de mais com todos esses livros. Precisa lavar a poeira do cérebro.

E assim, fomos tomar uma bebida, mas continuei a acalentar minhas suspeitas. Joguei a ideia para Simmon na primeira oportunidade que tive. Ele a aceitou com mais facilidade do que Wilem – o que não quer dizer que tenha acreditado em mim, mas apenas admitido a possibilidade. E disse que eu deveria mencioná-la ao Lorren.

Não o fiz. O Arquivista-Mor de rosto impassível ainda me deixava nervoso e eu o evitava em todas as oportunidades, por medo de lhe dar algum pretexto para me expulsar do Arquivo. A última coisa que eu queria era sugerir que seu precioso Arquivo tinha sido podado, lentamente, durante os 300 anos anteriores.

CAPÍTULO 49

O Edena ignorante

Vi Elxa Dal me cumprimentar com um aceno de mão, do outro lado do pátio.

– Kvothe! – chamou, com um sorriso caloroso. – Justamente quem eu estava esperando ver! Posso tomar um momento do seu tempo?

– É claro – respondi. Embora eu gostasse de Mestre Dal, não tivéramos muito contato fora da sala de aulas. – Posso lhe oferecer uma bebida, ou alguma coisa para almoçar? Gostaria de lhe agradecer de maneira mais apropriada por ter deposto a meu favor no julgamento, mas estive ocupado...

– E eu também – disse Dal. – Na verdade, faz dias que penso em falar com você, mas o tempo sempre me escapa. – Olhou em volta: – Eu não rejeitaria um almocinho, no entanto é provável que eu deva abrir mão da bebida. Tenho que supervisionar exames de admissão em menos de uma hora.

Entramos na hospedaria Cervo Branco. Eu mal tinha visto o interior do lugar, já que ele era rico demais para gente como eu.

Elxa Dal era reconhecível em sua toga negra de professor e o hospedeiro o bajulou um pouco enquanto nos conduzia a uma mesa privada. Dal pareceu perfeitamente à vontade ao se sentar, mas eu estava cada vez mais nervoso. Não podia imaginar por que o Simpatista-Mor me procuraria para uma conversa.

– O que posso trazer-lhes? – perguntou o homem alto e magro, assim que nos acomodamos nas cadeiras. – Uma bebida? Uma seleção de queijos? Também temos uma deliciosa truta ao molho de limão.

– A truta e os queijos cairiam muito bem – respondeu Dal.

O hospedeiro virou-se para mim:

– E para o senhor?

– Também vou experimentar a truta.

– Esplêndido – disse ele, esfregando as mãos em antecipação. – E para beber?

– Sidra – respondi.

– Vocês teriam um tinto de Fallows? – perguntou Dal, hesitante.

– Temos – respondeu o hospedeiro. – E de um ano excelente, aliás, embora eu seja suspeito para falar.

– Tomarei uma taça – disse Dal, com uma olhadela para mim. – Uma taça não deve alterar demais o meu julgamento.

O hospedeiro retirou-se rapidamente, deixando-me sozinho à mesa com Elxa Dal. Era estranho estar sentado diante dele. Remexi-me no assento, nervoso.

– E então, como vão as coisas? – perguntou Dal, puxando conversa.

– Razoavelmente bem. Foi um bom período letivo, com exceção de... – e fiz um gesto em direção a Imre.

Dal deu um risinho sem humor.

– Aquilo foi uma passagem de raspão pelos velhos tempos, não é? – disse Dal, meneando a cabeça. – Consórcio com Demônios, santo Deus.

O hospedeiro voltou com nossas bebidas e saiu sem dizer palavra.

Mestre Dal levantou sua larga taça de cerâmica e a sustentou no ar.

– A não ser queimado vivo por gente supersticiosa – brindou.

Sorri, apesar de meu constrangimento, e ergui meu caneco de madeira.

– Bela tradição.

Ambos bebemos e Dal deu um suspiro apreciativo pelo vinho.

Olhou-me do seu lado da mesa.

– Então, diga-me. Já pensou no que vai fazer quando houver terminado aqui? Depois que receber o seu guílder, quero dizer.

– Não pensei muito nisso – admiti, sinceramente. – Ainda parece estar muito distante.

– Com a rapidez com que você vem sendo promovido, talvez não demore tanto assim. Já é Re'lar e... quantos anos você tem mesmo?

– Dezessete – menti, com desenvoltura. Eu era sensível quanto a minha idade. Muitos alunos tinham quase 20 anos antes de se matricularem na Universidade, que dirá ingressarem no Arcanum.

– Dezessete – refletiu Dal, baixinho. – É muito fácil esquecer isso. Você se porta com muita altivez. – Seus olhos assumiram uma expressão distante. – Pelo senhor e senhora, eu era uma embrulhada só aos 17 anos. Os estudos, a tentativa de encontrar meu lugar no mundo. As mulheres... – Meneou a cabeça devagar. – Isso melhora, você sabe. Dê uns três ou quatro anos que tudo se acomoda um pouco.

Ergueu brevemente a taça para mim antes de beber outro gole.

– Não que você pareça vir tendo grande dificuldade. Re'lar aos 17 anos. É um sinal e tanto de distinção.

Enrubesci um pouco, sem saber o que dizer.

O hospedeiro voltou e começou a dispor os pratos na mesa. Uma pequena tábua com um sortimento de vários queijos fatiados. Uma cesta com pedacinhos de pão tostado. Uma tigela com morangos em conserva. Outra de geleia de mirtilo. Um pratinho de nozes descascadas.

Dal pegou um pedacinho de pão e uma fatia de queijo branco e disse:

– Você é um simpatista e tanto. Há um sem-número de oportunidades lá fora para alguém com as suas habilidades.

Espalhei um pouco de morango num pedaço de torrada com queijo e os pus na boca, a fim de ganhar algum tempo para pensar. Estaria Dal insinuando que queria que eu me concentrasse mais no estudo da simpatia? Ou que queria ser meu padrinho na promoção para El'the?

Elodin fora meu padrinho na passagem para Re'lar, mas eu sabia que essas coisas mudavam. Vez por outra, os professores disputavam os alunos particularmente promissores. A Moula, por exemplo, tinha sido escriba antes de Arwyl roubá-la para a Iátrica.

– Eu realmente gosto muito do estudo de simpatia – comentei, com cautela.

– Isso está bastante claro – disse Dal, risonho. – Alguns de seus colegas de turma gostariam que ela lhe agradasse um pouco menos, posso lhe garantir.

Comeu outro pedaço de queijo e continuou:

– Dito isto, existe a possibilidade de exagero. O Teccam não disse que "o excesso de estudo prejudica o estudante"?

– Foi Ertram, o Mais Sábio, na verdade – comentei. Esse tinha sido um dos livros selecionados por Mestre Lorren para os Re'lares estudarem nesse período.

– De qualquer modo, é verdade. Talvez seja interessante você pensar em tirar um período de folga, para relaxar um pouquinho. Viajar um pouco, tomar sol – disse ele e bebeu outro gole. – Não é bom ver um dos Edena Ruh sem um bronzeado.

Eu não soube o que dizer diante disso. A ideia de tirar ferias da Universidade nunca me havia ocorrido. Aonde eu poderia ir?

O hospedeiro chegou com os pratos de peixe, fumegantes e recendendo a limão e a manteiga. Por um tempo, ambos nos concentramos na comida. Fiquei contente por ter uma desculpa para não falar. Por que Dal me elogiaria por meus estudos e, em seguida, me incentivaria a me ausentar?

Após algum tempo, Elxa Dal deu um suspiro satisfeito e afastou o prato.

– Deixe-me contar-lhe uma historinha – disse. – Uma história que gosto de chamar de "O Edena ignorante".

Levantei os olhos ao ouvir isso, mastigando o peixe devagar. Mantive uma expressão cuidadosamente serena.

Ele arqueou uma sobrancelha, como que esperando para ver se eu tinha algo a dizer. Quando não o fiz, ele prosseguiu:

– Era uma vez um arcanista douto, que sabia tudo de simpatia, siglística e alquimia. Tinha 10 dúzias de nomes bem guardadinhos na cabeça, falava oito línguas e tinha uma caligrafia exemplar. Na verdade, a única coisa que o impedia de ser um mestre era uma certa falta de senso de oportunidade e de traquejo social.

Tomou um gole de vinho e continuou:

– Assim, esse sujeito saiu perseguindo o vento por algum tempo, na esperança de fazer fortuna no vasto mundo. E, quando estava na estrada para Tinuë, chegou a um lago que era preciso atravessar. – Dal abriu um largo sorriso. – Por sorte, havia um barqueiro Edena que se ofereceu para transportá-lo até a outra margem. O arcanista, ao notar que a viagem levaria horas, procurou puxar conversa. – "O que acha", perguntou ao barqueiro, "da teoria de Teccam sobre a energia como substância elementar, e não como propriedade material?" O barqueiro respondeu que nunca havia pensado no assunto nem planejava fazê-lo. "Mas a sua educação com certeza incluiu a *Teofania* de Teccam, não é?", perguntou o arcanista. Ao que o barqueiro respondeu: "Nunca tive o que o senhor chamaria de educação, excelência. E não seria capaz de reconhecer esse seu Teccam se ele aparecesse para vender agulhas à minha mulher."

Dal fez uma pausa, me encarou e prosseguiu:

– Curioso, o arcanista fez algumas perguntas e o Edena admitiu que não sabia quem era Feltemi Reis nem o que fazia um conversor de giros. O arcanista continuou assim por uma hora inteira, primeiro por curiosidade, depois, desolado. A gota d'água veio quando descobriu que o barqueiro nem sequer sabia ler ou escrever. "Francamente, senhor", disse o arcanista, horrorizado. "É obrigação de todo homem aprimorar-se. Um homem sem os benefícios da educação pouco mais é do que um animal."

Dal abriu um sorriso e continuou:

– Bem, como você pode imaginar, a conversa não foi muito longe depois disso. Os dois seguiram viagem durante a hora seguinte num silêncio tenso e, quando a margem oposta começou a surgir no horizonte, veio uma tempestade. As ondas começaram a açoitar o barquinho, fazendo as tábuas rangerem e gemerem. O Edena olhou bem para as nuvens e disse: "Vai ficar ruim mesmo daqui a uns cinco minutos, depois piora um pouco, antes de passar. Este meu barquinho não vai aguentar até o fim. Teremos que vencer o último trecho a nado." E, dizendo isso, o barqueiro tirou a camisa e começou a amarrá-la na cintura. "Mas eu não sei nadar", atalhou o arcanista.

Dal tomou o último gole do vinho, emborcou a taça e a arriou com um gesto firme no tampo da mesa. Houve um momento de silêncio expectante, enquanto ele me observava, com uma expressão de leve condescendência no rosto.

– Não é uma história ruim – admiti. – O sotaque Ruh foi um tantinho exagerado.

Dal curvou rapidamente o tronco numa reverência zombeteira.

– Levarei isso em consideração – disse e então ergueu um dedo e me olhou com ar conspiratório. – Minha história destina-se não apenas a encantar e divertir, mas tem também um núcleo de verdade, escondido onde só o mais inteligente dos estudantes poderia encontrá-lo.

Sua expressão tornou-se misteriosa e ele concluiu:

– Toda a verdade do mundo está contida nas histórias, você sabe.

༄

Mais tarde, à noite, relatei o encontro a meus amigos, quando jogávamos cartas na Anker.

– Ele estava lhe dando uma dica, sua toupeira – disse Manet, irritado. As cartas tinham-se voltado contra nós a noite toda e havíamos perdido cinco rodadas. – Só que você se recusa a ouvir.

– Ele estava sugerindo que devo passar um período sem estudar simpatia? – perguntei.

– Não – retrucou Manet. – Estava lhe dizendo o que eu já lhe disse duas vezes. Você será um supremo idiota se fizer o exame de admissão neste período.

– O quê? Por quê? – perguntei.

Manet baixou as cartas com profunda calma.

– Kvothe, você é um garoto inteligente, mas tem uma dificuldade gigantesca para escutar as coisas que não quer ouvir – disse. Olhou à esquerda e à direita para Wilem e Simmon. – Será que vocês podem tentar dizer a ele?

– Suspenda os estudos por um período – disse Wilem, sem levantar os olhos das cartas. Depois acrescentou: – Toupeira.

– Você precisa mesmo – disse Simmon, com ar solene. – Todos ainda estão falando do julgamento. E só disso que todo mundo fala.

– Do julgamento? – ri. – Isso foi há mais de uma onzena. Estão falando é de como fui julgado completamente inocente. Inocentado aos olhos da Lei Férrea e do próprio Tehlu misericordioso.

Manet deu uma bufadela alta, baixando as cartas.

– Melhor seria você ter sido discretamente condenado, em vez de inocentado com tanto estardalhaço – disse, e olhou para mim. – Sabe quanto tempo faz desde que algum arcanista foi acusado de Consórcio?

– Não – admiti.

– Nem eu – disse ele. – O que significa que faz muito, muito tempo. Você é inocente. Que maravilha, parabéns. Mas o julgamento deixou a Universidade com um enorme e chamativo olho roxo. Lembrou ao povo que, embora *você* possa não merecer a fogueira, alguns arcanistas talvez a mereçam. – Balançou a cabeça. – Pode ter certeza de que os professores estão uniformemente furiosos com isso, feito um gato escaldado.

– Alguns alunos também não estão lá muito satisfeitos – acrescentou Wil, com ar lúgubre.

– Não foi minha culpa ter havido um julgamento! – protestei, mas recuei um pouco. – Não inteiramente. Foi o Ambrose que criou essa agitação. Ele ficou nos bastidores durante a história toda, rindo às escondidas.

– Mesmo assim – disse Wilem. – O Ambrose teve o bom senso de evitar o exame de admissão neste período.

– O quê? – perguntei, surpreso. – Ele não vai fazer a prova de admissão?

– Não – confirmou Wilem. – Viajou pra casa há dois dias.

– Mas não havia nada que o ligasse ao julgamento – retruquei. – Por que ele iria embora?

– Porque os professores não são idiotas – respondeu Manet. – Vocês dois vivem se mordendo feito cães raivosos desde o primeiro dia que se viram. – Deu um tapinha pensativo nos lábios, com uma expressão cheia de inocência exagerada. – Sabe, isso me lembra: o que era mesmo que você estava fazendo na Pônei Dourado, na noite em que o quarto do Ambrose pegou fogo?

– Jogando baralho – respondi.

– É claro que sim – rebateu Manet, num tom carregado de sarcasmo. – Vocês dois passaram um ano inteiro atirando pedras um no outro e uma delas finalmente acertou o ninho de marimbondos. A única coisa sensata a fazer é fugir para uma distância segura, até o zumbido parar.

Simmon pigarreou timidamente.

– Detesto me juntar ao coro – disse, com ar de quem se desculpa –, mas corre um boato de que você foi visto almoçando com o Sleat. – Fez uma careta e continuou: – E a Feila me disse ter ouvido falar que você andava... hum... cortejando a Devi.

– Você sabe que essa história sobre a Devi não é verdade – retruquei. – Só fui visitá-la para manter a paz. Ela passou um tempo querendo comer o meu fígado. E só tive uma conversa com o Sleat. Mal durou 15 minutos.

– Devi? – exclamou Manet, desolado. – Devi e Sleat? Uma expulsa, o outro quase? – indagou, jogando as cartas na mesa. – Por que você haveria de ser visto com essa gente? Por que eu mesmo deixo que me vejam com você?

– Ora, vamos – objetei, olhando de um lado para outro, para Wilem e Simmon. – Está tão ruim assim?

Wilem arriou as cartas.

– Eu prevejo – disse, calmamente – que, se você fizer o exame de admissão, vai receber uma taxa escolar de pelo menos 35 talentos. – Correu os olhos entre Simmon e Manet. – Aposto um marco de ouro inteirinho nisso. Alguém interessado na minha aposta?

Nenhum dos dois aceitou a oferta.

Senti um aperto desesperado na boca do estômago.

– Mas isso não pode... Isso...

Simmon também baixou as cartas, a expressão sombria parecendo deslocada em seu rosto amável.

– Kvothe – disse ele, formalmente. – Estou lhe dizendo três vezes. Tire um período de folga.

∾

Acabei percebendo que meus amigos me diziam a verdade. Infelizmente, isso me deixou sem rumo. Eu não tinha que estudar para os exames e começar outro projeto na Ficiaria seria pura tolice. A própria ideia de vasculhar o Arquivo em busca de informações sobre o Chandriano ou os Amyr tinha poucos atrativos. Eu havia procurado por muito tempo, sem encontrar quase nada.

Considerei a ideia de procurar em outros lugares. Existiam outras bibliotecas, é claro. Toda casa nobiliárquica possuía ao menos uma coleção modesta, com registros domésticos e histórias das terras e da família. A maioria das igrejas tinha fartos registros, que remontavam a centenas de anos antes e forneciam detalhes sobre julgamentos, matrimônios e disposições. O mesmo se aplicava a qualquer cidade de porte razoável. Os Amyr não podiam ter destruído todos os vestígios de sua existência.

A pesquisa em si não seria a pior parte. Duro seria ter acesso às bibliotecas, para começar. Dificilmente eu poderia aparecer em Renere em andrajos e cheio de poeira da estrada, pedindo para folhear os arquivos do palácio.

Essa era outra situação em que um padrinho seria de valor inestimável. Um padrinho poderia escrever uma carta de apresentação que me abriria toda sorte de portas. E mais, com o apoio de um protetor, eu poderia ganhar uma remuneração decente enquanto viajava. Muitas cidadezinhas nem deixavam o indivíduo tocar na hospedaria local sem um certificado de patrocínio.

A Universidade fora o centro da minha vida por um ano inteiro. Agora, confrontado com a necessidade de partir, fiquei completamente à deriva, sem ideia do que fazer comigo mesmo.

CAPÍTULO 50

Perseguindo o vento

Dei a Feila minha ficha do exame de admissão, dizendo-lhe que esperava que ela lhe trouxesse sorte. E assim, o período letivo de inverno chegou ao fim.

De repente, três quartos da minha vida simplesmente sumiram. Eu não tinha aulas para ocupar o tempo, nem plantões a cumprir na Iátrica. Já não podia retirar material do Estoque, usar ferramentas na Ficiaria, nem entrar no Arquivo.

No começo, não foi muito ruim. O Festival do Solstício de Inverno foi uma distração maravilhosa e, sem a preocupação do trabalho e dos estudos, fiquei livre para me divertir e passar tempo na companhia de meus amigos.

E então começou o período letivo da primavera. Meus amigos continuavam presentes, mas estavam ocupados com seus estudos. Peguei-me atravessando mais e mais o rio. Ainda não se via Denna em parte alguma, porém Deoch e Stanchion sempre se dispunham a compartilhar uma bebida e um papo informal.

Threipe também andava por lá e, embora me pressionasse de vez em quando para jantar em sua casa, eu percebia que não o fazia de coração. Meu julgamento não agradara às pessoas desse lado do rio, tampouco, e ainda se contavam histórias sobre ele. Eu não seria bem-vindo em nenhum círculo social respeitável durante um longuíssimo tempo, talvez nunca.

Brinquei com a ideia de sair da Universidade. Sabia que as pessoas esqueceriam o julgamento mais depressa se eu não estivesse por perto. Mas para onde iria? A única ideia que me veio à mente foi partir para Yll, na vã esperança de encontrar Denna. Mas eu sabia que isso não passava de uma tolice.

Como eu não precisava guardar dinheiro para a matrícula, fui quitar minha dívida com Devi. Mas, pela primeira vez, não consegui encontrá-la. No decorrer de vários dias, fiquei cada vez mais nervoso. Cheguei até a enfiar vários bilhetes com pedidos de desculpas sob a porta dela, até saber por Moula que Devi estava de férias e não tardaria a voltar.

~

Passaram-se dias. E permaneci ocioso, enquanto o inverno se retirava lentamente da Universidade. O gelo sumiu dos cantos das vidraças, as pilhas de neve minguaram e as árvores começaram a mostrar seus primeiros brotos verdejantes. Simmon enfim captou o primeiro vislumbre de uma perna desnuda sob um vestido esvoaçante e declarou oficialmente chegada a primavera.

Uma tarde, quando eu bebericava metheglin com o Stanchion, Threipe entrou pela porta, praticamente borbulhando de excitação. Arrastou-me para uma mesa privada no segundo andar, parecendo prestes a explodir com a notícia que portava, fosse ela qual fosse.

Cruzou as mãos sobre a mesa.

– Como não tivemos muita sorte para lhe encontrar um mecenas local, comecei a lançar minha rede por áreas mais distantes. É bom ter um padrinho local. Mas, quando se tem o apoio de um lorde com a devida influência, nem chega a importar onde ele vive.

Assenti com a cabeça. Minha trupe havia circulado pelos quatro cantos do mundo sob a proteção do nome de lorde Greyfallow.

Threipe sorriu.

– Você já esteve em Vintas?

– É possível que sim – respondi. Ao ver seu olhar intrigado, expliquei: – Viajei bastante quando era pequeno. Não consigo lembrar se algum dia chegamos tão a leste.

Ele meneou a cabeça.

– Você sabe quem é o maer Alveron?

Eu sabia, mas percebi que o Threipe estava roxo para me dizer ele mesmo.

– Acho que me lembro de alguma coisa... – respondi, vagamente.

Threipe sorriu.

– Conhece a expressão "rico como o rei de Vint"?

Fiz que sim.

– Bem, é ele. Os tataravôs dele *eram* os reis de Vint, antes que o império entrasse feito um furacão, convertendo todos à Lei Férrea e ao *Livro do Caminho*. Não fosse por uns caprichos do destino, umas 12 gerações atrás, os Alveron, e não os Calanthi, seriam a família real de Vintas e meu amigo, o maer, seria o rei.

– Seu amigo? – indaguei, em tom apreciativo. – Você conhece o maer Alveron?

Threipe fez um gesto hesitante e admitiu:

– *Amigo* talvez seja um pouquinho de exagero. Nós nos correspondemos há alguns anos, trocando notícias de nossos cantos diferentes do mundo e fazendo um ou dois favores um ao outro. Seria mais apropriado dizer que somos *conhecidos*.

– É um conhecido que impressiona. Como ele é?

– Suas cartas são muito corteses. Nada esnobes, jamais, embora ele tenha um nível bem superior ao meu – disse Threipe com modéstia. – Ele é um perfeito rei, exceto pelo título e a coroa, você sabe. Quando Vintas foi formada, a família dele se recusou a abrir mão de qualquer de seus plenos poderes. Isso significa que o maer tem autoridade para fazer praticamente qualquer coisa que o próprio rei Roderic possa fazer: outorgar títulos, levantar exércitos, cunhar dinheiro, cobrar impostos...

Threipe balançou a cabeça com vigor e acrescentou:
– Ora, ia me esquecendo do que estou fazendo – disse e começou a vasculhar os bolsos. – Recebi uma carta dele ainda ontem.
Pegou um pedaço de papel, desdobrou-o, pigarreou e leu:

Sei que você vive imerso até o pescoço entre poetas e músicos por aí e ando muito necessitado de um jovem que seja bom com as palavras. Não consigo encontrar ninguém que me sirva aqui em Severen. E, para resumir, eu preferiria o melhor.

Ele deve ser bom com as palavras, acima de tudo, e talvez algum tipo de músico. Afora isso, eu desejaria que fosse inteligente, bem-falante, cortês, instruído e discreto. Pela leitura desta lista, você já percebe por que não tenho tido sorte em encontrar alguém assim para mim. Se porventura você conhecer um homem dessa espécie rara, incentive-o a me procurar.

Eu gostaria de lhe dizer no que tenciono servir-me dele, mas trata-se de um assunto de natureza particular...

Threipe estudou a carta por um ou dois instantes.
– Isso vai um pouco adiante. Depois, ele diz: "Quanto ao assunto que mencionei antes, tenho certa pressa. Se não houver ninguém adequado em Imre, queira enviar-me uma carta pelo correio. Se porventura você me encaminhar alguém, estimule-o a apertar o passo."
Os olhos de Threipe examinaram o papel por mais um momento, os lábios se movendo em silêncio.
– Isso é tudo – disse, por fim, e tornou a guardar a carta num bolso. – O que acha?
– Você me faz um enorme...
– Sei, sei – interrompeu ele, com um aceno impaciente. – Você está lisonjeado. Pule tudo isso – disse e se inclinou para a frente, com ar sério. – Quer fazer isso? Será que seus estudos – fez um gesto desdenhoso para a esquerda, em direção à Universidade – lhe permitirão uma ausência de uma estação ou algo assim?
Pigarreei.
– Na verdade, andei considerando levar meus estudos para fora, por algum tempo.
O conde explodiu num largo sorriso e bateu no braço da cadeira.
– Ótimo! – Ele riu. – Pensei que teria de arrancá-lo à força da sua preciosa Universidade, como quem tira um vintém do punho de um gusa morto! Esta é uma oportunidade maravilhosa, você deve perceber. É coisa de uma vez na vida, na verdade – e me deu uma piscadela marota. – Além disso, um jovem como você teria muita dificuldade de encontrar um padrinho melhor que um homem mais rico que o rei de Vint.
– Há uma dose de verdade nisso – admiti em voz alta. Em silêncio, pensei: *Eu poderia ter esperança de uma ajuda melhor em minha busca dos Amyr?*

– Há *muita* verdade nisso – disse Threipe com um risinho. – Em quanto tempo você pode se aprontar para partir?

Dei de ombros.

– Amanhã?

Ele ergueu uma sobrancelha.

– Você não dá muito tempo para a poeira assentar, não é?

– Ele disse que tinha pressa e prefiro chegar cedo a me atrasar.

– É verdade. É verdade – concordou ele. Tirou do bolso um relógio de algibeira prateado, consultou-o, deu um suspiro e o fechou com um clique. – Terei de perder um pouco de sono esta noite, redigindo uma carta de apresentação para você.

Dei uma espiada pela janela.

– Ainda nem escureceu – comentei. – Quanto tempo você acha que vai levar?

– Ora! Eu escrevo devagar – disse ele, contrariado. – Especialmente quando estou mandando uma carta para alguém da importância do maer. Além disso, tenho que descrever você, o que não é tarefa simples.

– Nesse caso, deixe-me ajudá-lo. Não faz sentido perder o sono por minha causa. – Sorri. – E depois, se há uma coisa em que sou muito versado, é nas minhas boas qualidades.

∽

No dia seguinte, fiz uma ronda de despedidas apressadas de todos a quem conhecia na Universidade. Recebi apertos de mão sinceros de Wilem e Simmon e um aceno animado de Auri.

Kilvin deu um grunhido, sem levantar os olhos da gravação que fazia, e me disse para anotar qualquer ideia que me ocorresse para a lâmpada de combustão permanente enquanto estivesse fora. Arwyl lançou-me um olhar penetrante e demorado por trás dos óculos e me disse que haveria um lugar para mim na Iátrica quando eu voltasse.

Elxa Dal foi animador depois das reações reservadas dos outros professores. Riu e admitiu sentir um pouco de inveja da minha liberdade. Aconselhou-me a aproveitar plenamente todas as oportunidades de inconsequência que se apresentassem. Se 1.600 quilômetros não fossem o bastante para manter em segredo as minhas aventuras, nada mais o seria.

Não tive a sorte de encontrar Elodin e me contentei em enfiar um bilhete por baixo da porta do seu gabinete – embora, como ele nunca parecia usar aquele lugar, talvez se passassem meses até que ele o encontrasse.

Comprei uma nova sacola de viagem e mais umas coisas que nunca deveriam faltar a um simpatista: cera, barbante e arame, agulha de gancho e categute. Minhas roupas foram fáceis de embalar, já que eu não tinha muitas.

Ao preparar a bagagem, percebi aos poucos que não poderia levar tudo comigo.

Isso foi uma espécie de choque. Durante muitos anos eu pudera carregar tudo o que possuía, em geral com uma das mãos sobrando.

Desde que me mudara para aquele quartinho no sótão, porém, havia começado a juntar uma miscelânea de sobras e alguns projetos semiconcluídos. Tinha agora o luxo de possuir dois cobertores. Havia páginas de anotações, um pedaço circular de estanho com uma gravação parcial, vindo da Ficiaria, um relógio de engrenagens quebrado que eu havia desmontado, para ver se conseguiria remontá-lo.

Terminei de arrumar a sacola de viagem e guardei todo o resto no baú que ficava ao pé da cama. Algumas ferramentas usadas, um pedaço quebrado de lousa que eu usava para fazer contas, uma caixinha de madeira com o punhado de pequenos tesouros que Auri me dera...

Feito isso, desci e perguntei ao Anker se ele se importaria de guardar minhas posses no porão até eu voltar. Com certa culpa, ele admitiu que, antes de eu começar a dormir lá, o quartinho de telhado inclinado passara anos vazio e só era usado para guardar coisas. Ele estava disposto a não alugá-lo, se eu prometesse continuar com o nosso arranjo do quarto em troca de música quando retornasse. Concordei com prazer e, balançando o estojo do alaúde no ombro, saí porta afora.

∽

Não fiquei inteiramente surpreso ao encontrar Elodin na Ponte de Pedra. Nos últimos tempos, pouquíssimas coisas me surpreendiam no que dizia respeito ao Nomeador-Mor. Ele estava sentado na mureta de pedra da ponte, que batia na cintura, balançando os pés descalços sobre os 30 metros de altura que teria a queda até o rio lá embaixo.

– Olá, Kvothe – disse-me, sem tirar os olhos das águas revoltas.

– Olá, Mestre Elodin. Receio ficar fora da Universidade por um ou dois períodos.

– Receia mesmo? – disse ele e notei um sussurro divertido em sua voz baixa e sonora.

Levei um momento para perceber a que ele se referia.

– É só uma figura de linguagem.

– As figuras da nossa fala são como imagens de nomes. Nomes vagos, fracos, mas nomes, ainda assim. Preste atenção a eles. – Ergueu os olhos para mim e disse: – Sente-se comigo por um momento.

Comecei a dar uma desculpa, mas hesitei. Afinal, ele me havia apadrinhado. Pousei o alaúde e a sacola de viagem na pedra achatada da ponte. Um sorriso afetuoso abriu-se em seu rosto de menino e ele bateu com a palma da mão no parapeito de pedra a seu lado, oferecendo-me um assento.

Olhei por cima da mureta, com leve ansiedade.

– Prefiro não me sentar, Mestre Elodin.

Ele me olhou com reprovação.

– A cautela convém ao arcanista. A segurança convém ao nomeador. O medo não convém a nenhum dos dois – disse e tornou a bater na pedra, dessa vez com mais firmeza.

Subi cuidadosamente no parapeito e joguei os pés por cima da borda. A visão era espetacular, eletrizante.

– Você está enxergando o vento?

Tentei. Por um momento, pareceu que... Não, não era nada. Neguei com a cabeça. Elodin deu de ombros com ar descontraído, mas senti um quê de decepção.

– Este é um bom lugar para um nomeador. Diga-me por quê.

Olhei em volta.

– Vento largo, água forte, pedra antiga.

– Boa resposta – disse ele e ouvi um prazer sincero em sua voz. – Mas há uma outra razão. Pedra, água e vento também se encontram em outros lugares. O que torna este diferente?

Pensei por um instante, olhei ao redor e balancei a cabeça.

– Não sei.

– Outra boa resposta. Lembre-se dela.

Esperei que ele continuasse. Quando não o fez, perguntei:

– O que faz com que este seja um bom lugar?

Ele fitou demoradamente a água antes de dizer:

– É uma borda. É um lugar alto, com a possibilidade de queda. Das bordas se veem as coisas com mais facilidade. O perigo desperta a mente adormecida. Esclarece algumas coisas. Enxergar as coisas é parte de ser um nomeador.

– E quanto à queda?

– Se você cair, caiu – disse Elodin, dando de ombros. – Às vezes, cair também nos ensina. Nos sonhos, é comum o sujeito cair antes de acordar.

Ambos nos calamos por algum tempo, imersos em nossos pensamentos. Fechei os olhos e tentei escutar o nome do vento. Ouvi a água lá embaixo, senti a pedra da ponte sob as palmas das mãos. Nada.

– Sabe o que costumavam dizer quando um aluno saía da Universidade por um período escolar? – indagou Elodin.

Fiz que não com a cabeça.

– Diziam que ele estava perseguindo o vento – falou o mestre, com um risinho.

– Já ouvi essa expressão.

– É? E o que lhe pareceu que ela significava?

Levei um momento para escolher as palavras:

– Tinha um sabor frívolo. Como se os estudantes ficassem correndo em círculos, sem nenhum objetivo que prestasse.

Elodin assentiu.

– A maioria dos estudantes sai por razões frívolas, ou em busca de frivolidades

– disse. Inclinou o tronco para a frente, a fim de olhar direto para o rio lá embaixo. – Mas nem sempre foi esse o significado.

– Não?

– Não – respondeu ele e tornou a empertigar o corpo. – Muito tempo atrás, quando todos os alunos aspiravam a ser nomeadores, as coisas eram diferentes – disse, lambendo um dedo e erguendo-o no ar. – O nome que a maioria dos nomeadores novatos era incentivada a descobrir era o do vento. Depois que eles descobriam esse nome, sua mente adormecida despertava e a descoberta de outros nomes tornava-se mais fácil.

Ele fez uma pausa e prosseguiu:

– Mas alguns estudantes tinham dificuldade de descobrir o nome do vento. Havia poucas bordas aqui, pouco risco. Por isso eles partiam para terras incultas e agrestes. Iam em busca de fortuna, de aventuras, à caça de segredos e tesouros...

Olhou para mim e concluiu:

– Mas, na verdade, estavam à procura do nome do vento.

Nossa conversa parou quando mais alguém entrou na ponte. Era um homem de cabelo preto e rosto emaciado. Observou-nos pelo canto do olho, sem virar a cabeça, e, quando passou atrás de nós, tentei não pensar em como seria fácil para ele me empurrar da ponte.

E então ele se foi. Elodin deu um suspiro cansado e continuou:

– As coisas mudaram. Agora há ainda menos bordas do que antes. O mundo está menos selvagem. Há menos magia, mais segredos e apenas um punhado de pessoas que sabem o nome do vento.

– O senhor o sabe, não é? – perguntei.

Elodin confirmou com a cabeça.

– Ele muda de um lugar para outro, mas sei ouvir sua forma mutável – disse. Riu e me deu um tapinha no ombro. – Você deve ir andando. Persiga o vento. Não tenha medo de um ou outro risco ocasional. – Sorriu. – Com moderação.

Girei as pernas, pulei da mureta grossa e reacomodei o alaúde e a sacola de viagem no ombro. Mas, quando ia partindo em direção a Imre, a voz de Elodin me deteve:

– Kvothe.

Virei e o vi se debruçar sobre a mureta da ponte. Sorriu feito um garoto de escola.

– Cuspa pra dar sorte.

∽

Devi abriu a porta para mim e arregalou os olhos, assustada.

– Valha-me Deus! – exclamou, apertando dramaticamente um pedaço de papel no peito. Reconheci-o como um dos bilhetes que eu havia deixado embaixo da porta. – É o meu admirador secreto!

– Eu estava tentando pagar meu empréstimo. Fiz quatro viagens.

– Caminhar é bom para você – disse ela, com animada falta de solidariedade, fazendo-me sinal para entrar e trancando a porta às minhas costas. O cômodo cheirava a...

Funguei o ar.

– O que é isso? – perguntei.

A expressão dela entristeceu-se.

– Era para ser pera.

Pousei o alaúde e a sacola de viagem e me sentei à escrivaninha. Apesar de minhas melhores intenções, meu olhar foi atraído pelo anel preto de madeira queimada.

Devi jogou o cabelo louro-avermelhado para trás e me encarou.

– Quer uma revanche? – perguntou, curvando a boca. – Ainda posso derrotá-lo, com ou sem gramo. Posso derrotá-lo até ferrada no sono.

– Admito que fico curioso. Mas é melhor eu cuidar dos negócios.

– Muito bem – disse ela. – Vai mesmo me pagar a dívida toda? Finalmente achou um mecenas?

Neguei com a cabeça.

– Não, mas surgiu uma oportunidade incrível. A chance de eu arranjar um protetor bom de verdade. – Fiz uma pausa. – Em Vintas.

Ela ergueu uma sobrancelha.

– Isso é longe à beça – disse, sem maiores rodeios. – Que bom que você veio quitar sua dívida antes de ir passear do outro lado do mundo. Quem sabe quando vai voltar.

– É verdade. Mas eu me encontro numa situação um pouco estranha, em termos financeiros.

Devi já foi balançando a cabeça, antes que eu terminasse de falar.

– De jeito nenhum. Você já me deve nove talentos. Não vou lhe emprestar mais dinheiro no dia em que você está saindo da cidade.

Levantei as mãos, com ar defensivo.

– Você me entendeu mal.

Abri a bolsa e derramei talentos e iotas na mesa. O anel de Denna também caiu e eu o segurei antes que rolasse pela borda.

Apontei para a pilha de moedas à minha frente, pouco mais de 13 talentos.

– Este é todo o dinheiro que tenho no mundo. Com ele, preciso chegar a Severen com uma velocidade razoável. Mil e seiscentos quilômetros e mais alguma coisa. Isso significa passagem em pelo menos um barco. Alimentação. Hospedagem. Dinheiro para carruagens ou uma licença para usar as postas.

À medida que listava cada coisa, fui deslizando uma soma apropriada em dinheiro de um lado da escrivaninha para o outro.

– Quando finalmente chegar a Severen, precisarei comprar roupas que me permitam circular pela corte, sem parecer o músico andrajoso que sou – acrescentei. Mais moedas.

Apontei para o punhado disperso que restava.

– Isso não me deixa o suficiente para quitar minha dívida com você.

Devi me observou por cima das pontas dos dedos unidos.

– Entendo – disse, com ar sério. – Precisamos descobrir um método alternativo para você pagar a dívida.

– Minha ideia é a seguinte: posso lhe deixar uma garantia até o meu retorno.

Ela olhou de relance para a forma esguia e escura do estojo do meu alaúde.

– Meu alaúde, não – apressei-me a dizer. – Preciso dele.

– Então, o quê? – perguntou Devi. – Você sempre disse que não tinha garantias.

– Tenho umas coisas – respondi, remexendo na sacola de viagem, da qual tirei um livro.

Os olhos de Devi se iluminaram. Em seguida, ela leu a lombada.

– *Retórica e lógica*? – disse, com uma careta.

– Também me sinto assim. Mas ele tem algum valor. Especialmente para mim. Além disso... – Enfiei a mão num bolso da capa e tirei minha lâmpada portátil. – Tenho isto. Uma lâmpada de simpatia que eu mesmo criei. Tem um feixe de luz direcionável e um botão para regulá-lo.

Devi pegou-a na escrivaninha, meneando a cabeça, e disse:

– Eu me lembro dela. Você falou antes que não podia cedê-la, por causa de uma promessa feita ao Kilvin. Isso mudou?

Abri um sorriso luminoso, que era dois terços mentira.

– Na verdade, é essa promessa que faz da lâmpada a garantia perfeita. Se você a levar ao Kilvin, tenho plena confiança em que ele pagará uma soma polpuda, só para tirá-la... – pigarreei – ...de mãos desonrosas.

Devi ficou mexendo no botão, aumentando e diminuindo a intensidade do foco.

– E imagino que esta seja uma exigência sua: que eu a devolva ao Kilvin?

– Você me conhece tão bem que chega a ser quase embaraçoso.

Devi repôs a lâmpada na mesa, ao lado do meu livro, e respirou fundo pelo nariz.

– Um livro que só tem valor para você. E uma lâmpada que só tem valor para o Kilvin – disse, balançando a cabeça. – Não é uma oferta atraente.

Senti uma pontada ao levar a mão ao ombro, abrir o fecho da gaita do talento e também a colocar na mesa.

– É de prata – informei. – E é difícil de conseguir. E também a deixará entrar de graça na Eólica.

– Sei o que é isso – disse Devi, que a pegou e examinou com olhos argutos. Em seguida, observou: – Você tinha um anel.

Fiquei gelado.

– Ele não posso dá-lo porque não é meu.

Devi riu.

– Está no seu bolso, não é? – perguntou, estalando os dedos. – Vamos, deixe-me vê-lo.

Tirei-o do bolso, mas não o entreguei.

– Passei por uma porção de problemas por causa disto. É o anel que o Ambrose tirou de uma amiga minha. Só estou esperando a hora de devolvê-lo a ela.

Devi se manteve calada, com a mão estendida. Após um momento, pus o anel em sua palma.

Ela o segurou junto da lâmpada e se inclinou para a frente, estreitando um olho em seu rostinho de elfo.

– É uma bela pedra – disse, em tom apreciativo.

– O engaste é novo – comentei, desolado.

Devi pousou cuidadosamente o anel em cima do livro, ao lado da gaita do talento e da lâmpada manual.

– Eis a minha oferta: guardarei essas peças como garantia da sua dívida atual de nove talentos. Isso vai durar pelo prazo de um ano.

– Um ano e um dia – retruquei.

Um sorriso curvou-lhe os cantos da boca.

– Que coisa mais típica de livros de histórias! Muito bem. Isso adiará a sua quitação por um ano e um dia. Se até o fim desse prazo você não me pagar, perderá o direito a esses objetos e a nossa dívida estará acertada.

O sorriso tornou-se astuto e ela acrescentou:

– Mas posso ser convencida a devolvê-los, em troca de certas informações.

Ouvi o sino do campanário ao longe e dei um profundo suspiro. Eu não tinha muito tempo para pechinchar, pois já estava atrasado para meu encontro com Threipe.

– Certo – respondi, irritado. – Mas o anel será guardado em lugar seguro. Você não poderá usá-lo, a menos que eu lhe dê um calote.

Devi franziu o cenho.

– Você não...

– Não mudo de ideia quanto a esse ponto – interrompi, falando sério. – Ele pertence a uma amiga. É precioso para ela. Não quero que ela o veja na mão de outra pessoa. Não depois de tudo o que fiz para recuperá-lo do Ambrose.

Devi não disse nada e seu rosto assumiu uma expressão severa. Fiz minha própria expressão severa e a encarei. Sei fazer uma boa expressão de severidade quando é preciso.

Um longo momento de silêncio estendeu-se entre nós.

– Está bem! – disse ela, por fim.

Selamos o acordo com um aperto de mão.

– Um ano e um dia – reiterei.

CAPÍTULO 51

Todos os sábios temem

Parei na Eólica, onde Threipe estava à minha espera, praticamente dançando de impaciência. Segundo me disse, havia encontrado um barco que desceria o rio em menos de uma hora. E mais, já tinha pago minha passagem até Tarbean, onde eu encontraria facilmente uma passagem para o leste.

Corremos para as docas, chegando no momento em que o navio fazia os preparativos finais. Threipe, de rosto vermelho e arfando pela caminhada acelerada, apressou-se a me dar uma vida inteira de conselhos no espaço de três minutos.

– O maer vem de uma linhagem muito, muito antiga. Não é como a maioria desses nobrezinhos daqui, que não sabem dizer quem eram seus bisavós. Portanto, trate-o com respeito.

Revirei os olhos. Por que todos sempre esperavam que eu me portasse tão mal?

– E lembre-se: – disse ele – se você der a impressão de estar atrás de dinheiro, eles o verão como provinciano. Assim que isso acontecer, ninguém o levará a sério. Você está lá para conquistar a benevolência dele. Esse é um jogo de cacife alto. E depois, como dizem, a fortuna segue as boas graças. Se você conseguir estas, terá a outra. É como escreveu Teccam: "O preço do pão é coisa simples, por isso se costuma buscar o pão..."

– "...mas algumas coisas não têm preço: o riso, a terra e o amor nunca se compram" – concluí. Na verdade, era uma citação de Gregan, o Menor, mas não me dei o trabalho de corrigi-lo.

– Ei, vocês aí! – gritou-nos um homem moreno e barbudo no convés do navio. – Estamos à espera de um retardatário e o comandante está furioso como uma prostituta feia. Jurou que vai partir se o sujeito não chegar aqui em dois minutos. É melhor vocês estarem a bordo nessa hora. – E se retirou sem esperar resposta.

– Trate-o por "Vossa Graça" ou "Vossa Excelência" – continuou Threipe, como se não tivéssemos sido interrompidos. – E lembre-se: fale o mínimo, quanto mais quiser se fazer ouvir. Ah! – exclamou, tirando uma carta lacrada do bolso interno da jaqueta. – Aqui está sua carta de apresentação. É possível que eu mande outra cópia pelo correio, para ele saber que deve esperá-lo.

Dei-lhe um largo sorriso e segurei seu braço.

– Obrigado, Denn – falei, em tom solene – Por tudo. Sou mais grato por tudo isto do que você imagina.

Threipe descartou o comentário com um aceno.

– Sei que você se sairá esplendidamente. É um rapaz inteligente. Trate de achar um bom alfaiate ao chegar lá. A moda será diferente. Como dizem, a dama se conhece pela etiqueta, o cavalheiro, pelo traje.

Ajoelhei-me e abri o estojo do alaúde. Afastando o instrumento para um lado, apertei a tampa do compartimento secreto e a abri. Guardei lá dentro a carta lacrada de Threipe, junto com o chifre oco com o desenho de Nina e um pacotinho de maçãs desidratadas que eu pusera ali. Não havia nada de especial na maçã, mas, na minha opinião, se você tem um compartimento secreto no estojo do alaúde e não o usa para esconder coisas, há algo de terrivelmente errado com você.

Travei os fechos, tornando a prender a tampa, levantei-me e recolhi meus pertences, pronto para embarcar.

De repente Threipe segurou-me pelo ombro.

– Quase me esqueci! Numa de suas cartas, o Alveron mencionou que os jovens da sua corte jogam, o que ele considera um hábito deplorável. Portanto, fique longe disso. E lembre-se: pequenos degelos causam grandes inundações, logo, tenha duas vezes mais cuidado com as estações que mudam devagar.

Vi alguém correndo pelo cais na nossa direção. Era o homem de rosto emaciado que tinha passado por mim e por Elodin na Ponte de Pedra mais cedo. Carregava um pacote embrulhado em tecido embaixo de um dos braços, bem apertado.

– Imagino que esse seja o marinheiro que faltava – apressei-me a dizer. – É melhor eu embarcar.

Dei um rápido abraço em Threipe e tentei me afastar antes que ele pudesse me dar mais conselhos. Mas ele segurou minha manga, quando eu ia me virando.

– Tome cuidado com o que fizer por lá – disse, com expressão ansiosa. – Lembre-se de que há três coisas que todo sábio teme: o mar na tormenta, uma noite sem luar e a ira de um homem gentil.

O marinheiro passou por nós e subiu correndo a prancha de embarque, sem se importar com o quanto ela sacudia e estalava sob seus pés. Dei a Threipe um sorriso tranquilizador e parti nos calcanhares do marujo. Dois homens de rosto curtido içaram a prancha e retribuí o último aceno de Threipe.

Vieram ordens gritadas, homens bracejando e o navio começou a se mover. Virei-me para a descida do rio, para Tarbean, para o mar.

CAPÍTULO 52

Uma breve jornada

MINHA ROTA ERA SIMPLES: eu seguiria a correnteza até Tarbean, passaria pelo estreito de Refting, desceria pela costa até Junpui e depois subiria o rio Arrand. A volta era maior do que o caminho por terra, mas era melhor, no final das contas. Mesmo que eu comprasse uma licença para as postas e trocasse de cavalos em todas as oportunidades, ainda levaria quase três onzenas para chegar a Severen por terra. E a maior parte desse tempo seria gasto no sul de Atur e nos Pequenos Reinos. Só clérigos e tolos esperariam que as estradas dessa parte do mundo fossem seguras.

A rota pela água acrescentava centenas de quilômetros à distância atravessada, porém os navios no mar não precisam preocupar-se com os meandros e desvios das estradas. E, embora um bom cavalo consiga desenvolver uma velocidade melhor que um navio, não se pode montá-lo dia e noite, sem uma pausa para descansar. A viagem pela água levaria cerca de 12 dias, dependendo das condições do tempo.

Minha curiosidade também se alegrou por eu pegar a rota marítima. Eu nunca estivera em águas mais largas que as de um rio. Minha única verdadeira preocupação era que eu viesse a me entediar, não tendo nada além de vento, ondas e marinheiros por companhia.

∽

Surgiram várias complicações lastimáveis durante a viagem.

Para resumir, houve uma borrasca, pirataria, traição e um naufrágio, embora não nessa ordem. Também é escusado dizer que fiz inúmeras coisas, umas heroicas, outras irrefletidas, algumas inteligentes e audaciosas.

No decorrer da viagem, fui roubado, quase afogado e deixado sem vintém nas ruas de Junpui. Para sobreviver, implorei migalhas, roubei os sapatos de um homem e recitei poemas. Este último detalhe, mais que qualquer outra coisa, há de demonstrar como se tornou realmente desesperada a minha situação.

No entanto, como esses acontecimentos pouco têm a ver com a essência da história, devo deixá-los de lado, em favor de coisas mais importantes. Dito em termos simples, levei 16 dias para chegar a Severen. Um pouquinho mais do que eu havia planejado, porém em momento algum da viagem fui tomado pelo tédio.

CAPÍTULO 53

O Despenhadeiro

Entrei capengando pelos portões de Severen, maltrapilho, sem vintém e faminto. A fome não me é estranha. Conheço as inúmeras formas ocas que ela adquire no interior do corpo. Essa fome, em particular, não era terrível. Eu tinha comido duas maçãs e um pouco de carne de porco salgada na véspera, de modo que essa era apenas dolorosa. Não era a fome terrível que deixa o indivíduo fraco e trêmulo. Desta eu estaria protegido, por pelo menos umas oito horas.

Nas duas onzenas anteriores, tudo o que eu possuía fora perdido, destruído, furtado ou abandonado. A única exceção era meu alaúde. O maravilhoso estojo de Denna valera 10 vezes o seu preço durante minha viagem. Além de salvar minha vida em uma ocasião, tinha protegido meu alaúde, a carta de apresentação do Threipe e o inestimável desenho que Nina fizera do Chandriano.

Você pode notar que não incluí nenhuma roupa na lista de minhas posses. Há duas boas razões para isso. A primeira é que não se poderia realmente chamar de roupa os trapos imundos que eu usava sem que isso forçasse a verdade até o limite da ruptura. Segundo, eu os havia furtado, portanto não pareceria correto reivindicá-los como meus.

O mais irritante fora a perda da capa que ganhara de Feila. Eu tinha sido obrigado a rasgá-la e usá-la para fazer ataduras em Junpui. Quase igualmente ruim era o fato de que o meu gramo, tão duramente obtido, jazia agora em algum ponto sob as águas frias e escuras do mar de Centhe.

∾

A cidade de Severen era dividida em duas partes desiguais por um penhasco alto, íngreme e branco. A maioria de suas atividades vitais ocorria na parte maior, aos pés do rochedo, apropriadamente chamado de Despenhadeiro.

No alto do Despenhadeiro ficava uma parte muito menor da cidade. Compunha-se sobretudo de herdades e mansões senhoriais pertencentes à aristocracia e a mercadores ricos. Também presente achava-se o número correspondente de alfaiatarias, estrebarias, teatros e bordéis necessários para atender às necessidades da classe alta.

O penhasco escarpado de pedra branca parecia ter-se projetado em direção ao céu para dar à nobreza uma visão melhor da paisagem interiorana. Ao avançar para o nordeste e para o sul, ele perdia altitude e estatura, mas, no ponto em que cindia Severen, tinha 60 metros de altura e era íngreme como um muro de jardim.

No centro da cidade, uma larga península de rocha projetava-se do Despenhadeiro. Acocorada nessa protuberância ficava a propriedade do maer Alveron. Suas paredes alvas de pedra eram visíveis de qualquer ponto da cidade abaixo. O efeito era assombroso, como se a casa ancestral do maer nos fitasse lá de cima.

Vê-la sem um vintém no bolso ou uma roupa decente no corpo foi intimidante. Eu havia planejado levar a carta de Threipe diretamente ao maer, a despeito de meu estado de desalinho, mas, ao ver as altas muralhas de pedra, percebi que provavelmente não me deixariam cruzar o portão de entrada. Eu parecia um mendigo sórdido.

Tinha poucos recursos e ainda menos opções entre as quais escolher. Com exceção de Ambrose, alguns quilômetros ao sul, no baronato de seu pai, eu não conhecia vivalma em toda Vintas.

Eu já havia mendigado e furtado. Mas só quando não tivera alternativa. Essas são ocupações perigosas e só um perfeito idiota tenta exercê-las numa cidade desconhecida, e mais ainda numa região inteiramente nova. Ali em Vintas, eu não sabia sequer que leis estaria violando.

Assim, trinquei os dentes e optei pela única alternativa a meu dispor. Vaguei descalço pelas ruas de pedra da Baixa Severen até encontrar uma casa de penhores, numa das melhores partes da cidade.

Passei quase uma hora do outro lado da rua, observando as pessoas irem e virem e tentando pensar numa ideia melhor. Mas ela simplesmente não existia. Assim, retirei a carta de Threipe e a pintura de Nina do compartimento secreto do estojo do alaúde, atravessei a rua e empenhei alaúde e estojo por oito nóbiles de prata e uma nota válida por uma onzena.

Se você tem levado o tipo de vida fácil que jamais o conduz a uma casa de penhores, permita-me explicar. A nota era uma espécie de recibo com o qual eu poderia readquirir meu alaúde pelo mesmo valor em dinheiro, desde que o fizesse no prazo de onze dias. No 12º, ele se tornaria propriedade do penhorista, que sem dúvida viraria para outro lado e o venderia por 10 vezes esse valor.

De volta à rua, pesei as moedas. Pareciam finas e sem substância, comparadas à moeda ceáldica ou aos vinténs pesados da República com os quais eu estava familiarizado. Mas dinheiro se gasta do mesmo jeito em todo o mundo e sete nóbiles me compraram uma bela muda de roupas, do tipo que seria usado por um fidalgo, e um par de botas de couro macio. O restante pagou por um corte de cabelo, barba, banho e minha primeira refeição consistente em três dias. Depois disso, voltei a ficar sem vintém, porém muito mais seguro.

Mesmo assim, eu sabia que seria difícil chegar ao maer. Os homens com o tipo de poder que ele detinha vivem sob camadas de proteção. Existem maneiras elegantes e costumeiras de navegar por essas camadas: apresentações e audiências, mensagens e anéis, cartões de visita e bajulação.

Mas, com apenas onze dias para tirar meu alaúde do penhor, meu tempo era precioso demais para isso. Eu precisava entrar em contato com Alveron depressa.

Assim, dirigi-me ao sopé do Despenhadeiro e encontrei um pequeno café que servia a uma clientela refinada. Usei uma das preciosas moedas que me restavam para comprar um caneco de chocolate e um assento com vista para a loja de artigos masculinos do outro lado da rua.

Durante as horas seguintes, fiquei ouvindo a conversa que flui nesses lugares. Melhor que isso, ganhei a confiança do rapaz inteligente que trabalhava no café, pronto para encher novamente meu caneco, se eu assim o desejasse. Com a ajuda dele e de alguma bisbilhotice discreta, descobri em pouco tempo muitas coisas sobre a corte do maer.

Enfim, as sombras se alongaram e resolvi que era hora de agir. Chamei o garoto e apontei para o outro lado da rua.

– Você conhece aquele senhor? O de colete vermelho?

– Sim, senhor.

– Sabe quem é ele?

– É o escudeiro Bergon, senhor.

Eu precisava de alguém mais importante que isso.
– E o sujeito de ar aborrecido, com aquele horrível chapéu amarelo?
O garoto escondeu um sorriso.
– Aquele é o baronete Pettur.
Perfeito. Levantei-me e dei um tapinha nas costas de Jim.
– Você se sairá bem na vida com uma memória dessas. Boa sorte.

Dei-lhe meio vintém e caminhei para onde estava o baronete, alisando uma peça de veludo verde-escuro.

Não é preciso dizer que, em termos de classe social, não há ninguém mais baixo que os Edena Ruh. Mesmo deixando de lado minha herança, eu era um plebeu sem terras. Em termos de posição social, isso significava que o baronete estava tão acima de mim que, se fosse uma estrela, eu não conseguiria enxergá-lo a olho nu. Uma pessoa do meu nível deveria dirigir-se a ele como "milorde", evitar o contato visual e fazer reverências profundas e humildes.

A bem da verdade, uma pessoa do meu nível nem deveria dirigir-lhe a palavra.

Na República as coisas eram diferentes, é claro. E a Universidade em si era particularmente igualitária. Mesmo nela, porém, os nobres continuavam a ser ricos, poderosos e bem-relacionados. Pessoas como Ambrose sempre tratariam gente como eu a pontapés. E, se as coisas ficassem difíceis, alguém como ele sempre poderia abafar a situação ou subornar um juiz para se livrar de encrenca.

Mas agora eu estava em Vintas. Ali, Ambrose não precisaria subornar um juiz. Se eu desse um esbarrão acidental no baronete Pettur na rua quando ainda estava descalço e enlameado, ele poderia me chicotear até tirar sangue e depois chamar o condestável para me prender por perturbação da ordem pública. E o condestável o faria, com um sorriso e um aceno de cabeça.

Permita-me dizer isto mais sucintamente: na República, os aristocratas eram pessoas com poder e dinheiro. Em Vintas, tinham poder, dinheiro e *privilégio*. Muitas regras simplesmente não se aplicavam a eles.

Isso queria dizer que, em Vintas, a classe social era de suma importância.

Queria dizer que, se o baronete soubesse que eu era inferior a ele, usaria de prepotência comigo, num sentido literal.

Por outro lado...

Ao atravessar a rua em direção ao baronete, endireitei os ombros e levantei um pouco o queixo. Enrijeci o pescoço e estreitei ligeiramente os olhos. Olhei em volta como se fosse dono da rua inteira e, naquele momento, ela me causasse certa decepção.

– Baronete Pettur? – chamei-o, em tom enérgico.

O homem levantou os olhos com um vago sorriso, como se não conseguisse decidir se me reconhecia ou não.

– Sim?

Fiz um gesto seco para o Despenhadeiro.

– O senhor prestaria um grande serviço ao maer se me escoltasse à residência dele, o mais depressa possível – falei, mantendo uma expressão severa, quase zangada.

– Bem, com certeza – retrucou o homem, parecendo tudo, menos certo. Pude sentir as perguntas, as desculpas começando a borbulhar nele. – Qu...

Fixei os olhos no baronete com minha expressão mais altiva. Os Edena podem estar no degrau mais baixo da escala social, mas até hoje não nasceram atores melhores. Eu havia sido criado no palco e meu pai era capaz de representar um rei tão majestoso que eu vira plateias tirarem o chapéu à sua entrada.

Com os olhos duros como ágatas, contemplei o homem corado de cima a baixo, como se ele fosse um cavalo em que eu não estivesse seguro de apostar.

– Se o assunto não fosse urgente, eu jamais abusaria de sua bondade desta maneira – disse-lhe. Hesitei e acrescentei um rígido e relutante "senhor".

O baronete Pettur me encarou. Fora ligeiramente apanhado de surpresa, mas nem de longe tanto quanto eu esperaria. Como a maioria dos nobres, era egocêntrico como um giroscópio e a única coisa que o impediu de dar uma bufadela e me tratar com desdém foi sua insegurança. Ele me examinou, tentando decidir se podia correr o risco de me ofender, perguntando meu nome ou de onde nos conhecíamos.

Mas eu ainda tinha uma última cartada. Exibi o sorriso fino e contundente que o porteiro da pousada Homem Gris havia usado quando de minha visita a Denna, muitos meses antes. Como eu tinha dito, era um ótimo sorriso: cortês, refinado e mais condescendente do que se eu estendesse a mão e desse um tapinha na cabeça do homem, como se ele fosse um cachorro.

O baronete Pettur resistiu por quase um segundo inteiro sob o peso do sorriso. Depois, rachou-se como uma casca de ovo, curvou um pouco os ombros e assumiu uma postura ligeiramente obsequiosa.

– Qualquer serviço que eu possa prestar ao maer é um serviço que me alegra prestar – disse. – Por favor, tenha a bondade de me acompanhar. – Saiu à frente, em direção ao sopé do penhasco.

Atrás dele, sorri.

CAPÍTULO 54

O mensageiro

Consegui atravessar a maioria das defesas do maer na base do blefe e da conversa. O baronete Pettur me ajudou por sua simples presença. Ser escoltado por um membro reconhecível da nobreza foi o suficiente para me fazer penetrar na propriedade do maer. Depois disso, ele não tardou a perder a utilidade e o deixei para trás.

Quando ele ficou longe dos olhos, assumi meu ar mais impaciente, pedi informações a um criado atarefado e caminhei até a porta externa do gabinete de audiências do maer, até ser parado por um homem despretensioso de meia-idade. Era corpulento, de rosto redondo e, apesar das roupas finas, pareceu-me um merceeiro.

Não fosse pelas várias horas que passara colhendo informações na Baixa Severen, eu poderia ter cometido um erro terrível e tentado blefar com esse homem para passar por ele, tomando-o por nada além de um criado bem-vestido.

Mas essa, na verdade, era a pessoa que eu estava procurando: o camareiro do maer, Stapes. Embora parecesse um merceeiro, ele tinha a aura da verdadeira autoridade. Tinha modos discretos e seguros, ao contrário da postura prepotente e atrevida que eu tinha usado para intimidar o baronete.

– Em que posso ajudá-lo? – perguntou Stapes.

Seu tom foi perfeitamente gentil, porém outras perguntas espreitavam por trás de suas palavras. *Quem é você? O que está fazendo aqui?*

Peguei a carta do conde Threipe e a entreguei a ele com uma ligeira mesura.

– O senhor me prestaria um enorme serviço se transmitisse isto ao maer. Ele está à minha espera.

Stapes olhou-me com frieza, deixando perfeitamente claro que, se o maer estivesse à minha espera, ele teria sabido disso 10 dias antes. Coçou o queixo e me examinou. Vi que ele usava um anel de ferro fosco com uma gravação de letras a ouro na superfície.

Apesar de sua evidente desconfiança, o camareiro levou a carta e desapareceu por uma porta dupla. Passei um minuto nervoso, parado no corredor, até que ele voltou e me fez entrar, ainda com ar de vaga reprovação.

Cruzamos um corredor curto e chegamos a um segundo par de portas, ladeadas por guardas de armadura. Não eram guardas cerimoniais, do tipo que às vezes se vê em público, em rígida posição de sentido, segurando alabardas. Eles usavam as cores do maer, mas sob a safira e o marfim usavam peitorais eficazes, com aros de aço e couro. Cada um portava uma espada longa e um facão. Olharam-me com seriedade quando me aproximei.

O camareiro fez um aceno de cabeça para mim e um dos guardas me revistou de forma rápida e competente, deslizando as mãos por meus braços e pernas e em volta do meu tronco, em busca de armas ocultas. De repente, fiquei muito feliz por alguns infortúnios da minha viagem, em particular os que haviam terminado na perda do par de facas finas que eu me habituara a usar embaixo da roupa.

O guarda deu um passo atrás e meneou a cabeça. Em seguida, Stapes lançou-me outro olhar irritado e abriu a porta interna.

Lá dentro, dois homens estavam sentados a uma mesa coberta de mapas. Um era alto e calvo, com o ar duro e calejado de um soldado veterano. A seu lado estava o maer.

Alveron era mais velho do que eu havia imaginado. Tinha um rosto sério, a boca e os olhos orgulhosos. Na barba grisalha e bem aparada restavam pouquíssimos pelos negros, mas a cabeleira ainda era basta. Os olhos também pareciam desmentir sua idade. Eram de um cinza cristalino, inteligentes e penetrantes. Não eram olhos de velho.

O maer voltou esses olhos para mim quando entrei no aposento. Segurava a carta de Threipe numa das mãos.

Fiz uma típica reverência número três – "O mensageiro", como a chamava meu pai. Baixa e formal, como convinha à posição elevada do maer. Deferente, mas não obsequiosa. O fato de eu pisar nos calos da etiqueta não significava que eu não soubesse fazer o jogo quando ele me era útil.

O maer relanceou os olhos pela carta e tornou a voltá-los para mim.

– Kvothe, pois não? Você viaja com celeridade, para chegar em tão pouco tempo. Eu não esperava nem mesmo uma resposta do conde tão cedo.

– Usei de toda a rapidez possível para me colocar à disposição de Vossa Graça.

– Com efeito – disse ele, examinando-me cuidadosamente. – E você parece confirmar a opinião do conde sobre sua inteligência, chegando à minha porta sem nada além de uma carta lacrada na mão.

– Julguei melhor apresentar-me o mais depressa possível, excelência – retruquei, em tom neutro. – Sua carta implicava que Vossa Graça tinha certa pressa.

– E fez um trabalho impressionante – comentou Alveron, com uma olhadela para o homem alto sentado a seu lado à mesa. – Não lhe parece, Dagon?

– Sim, excelência.

Dagon fitou-me com seus olhos escuros e frios. Tinha o rosto severo, arguto e desprovido de emoção. Reprimi um calafrio.

Alveron tornou a dar uma espiada na carta.

– Threipe certamente diz coisas lisonjeiras a seu respeito – comentou. – Bem-falante. Encantador. O músico mais talentoso que ele conheceu nos últimos 10 anos...

O maer continuou a leitura, depois tornou a levantar a cabeça, com um olhar astuto.

– Você parece bastante jovem – disse, hesitante. – Mal passou dos 20 anos, não é?

Havia um mês que eu completara 16, fato que omitira intencionalmente na carta.

– Sou jovem, excelência – admiti, esquivando-me de uma mentira escancarada –, mas faço música desde os quatro anos.

Falei com serena confiança, duplamente satisfeito com minha nova roupa. De andrajos, não teria deixado de parecer um moleque esfaimado. Ao contrário, estava bem-vestido e bronzeado pelos dias no mar e os vincos finos de meu rosto acrescentavam alguns anos a minha aparência.

Alveron fitou-me por um longo momento especulativo, depois acenou com a cabeça, aparentemente satisfeito.

– Muito bem – disse. – Infelizmente, estou bastante ocupado no momento. Amanhã lhe seria conveniente? – indagou, mas não era de fato uma pergunta. – Já encontrou acomodação na cidade?

– Ainda não tomei nenhuma providência nesse sentido, excelência.

— Você ficará aqui — declarou ele, sem alterar a voz. — Stapes? — chamou, em tom pouco mais alto que o de sua fala normal, e o sujeito corpulento, com cara de merceeiro, apareceu quase no mesmo instante. — Instale o nosso novo hóspede em algum lugar da ala sul, perto dos jardins — ordenou e tornou a se virar para mim: — Sua bagagem virá em seguida?

— Receio que toda a minha bagagem tenha-se perdido na viagem, excelência. Naufrágio.

Alveron arqueou ligeiramente uma sobrancelha.

— O Stapes providenciará para que o vistam de modo adequado — disse. Dobrou a carta de Threipe e me dispensou com um gesto. — Boa noite.

Fiz uma mesura rápida e saí do aposento atrás de Stapes.

∾

Os cômodos eram os mais opulentos que eu já vira, que dirá habitara, cheios de madeira antiga e pedra polida. A cama tinha um colchão de plumas de 30 centímetros de espessura e, quando abri seu cortinado e me deitei, ela me pareceu ter o tamanho de todo o meu quarto na taberna do Anker.

Meus aposentos eram tão agradáveis que levei quase um dia inteiro para perceber quanto os detestava.

Mais uma vez, é preciso raciocinar em termos de sapatos. Ninguém quer o par maior. O que se quer é um par que sirva. Quando os sapatos são grandes demais, os pés ficam esfolados e cheios de bolhas.

De modo similar, meus aposentos me irritavam. Havia um imenso guarda-roupa vazio, cômodas vazias e estantes de livros vazias. Embora meu quarto na Anker fosse minúsculo, nesse novo lugar eu me sentia como uma ervilha seca, chacoalhando numa caixa de joias vazia.

No entanto, embora os aposentos fossem grandes demais para minhas posses inexistentes, eram pequenos demais para mim. Eu era obrigado a permanecer neles, esperando que o maer me convocasse. Como não fazia ideia de quando isso aconteceria, estava efetivamente preso numa armadilha.

Em defesa da hospitalidade do maer, devo mencionar algumas coisas positivas. A comida era excelente, apesar de um pouco fria quando chegava da cozinha. Havia também uma esplêndida tina de cobre para o banho. Os criados traziam a água quente, mas depois ela era escoada por uma série de canos. Eu não havia esperado encontrar tais comodidades tão longe da influência civilizadora da Universidade.

Fui visitado por um dos alfaiates do maer, um homenzinho agitado que tirou minhas medidas de 12 maneiras diferentes, enquanto tagarelava sobre os boatos da corte. No dia seguinte, um garoto de entregas levou-me duas mudas refinadas de roupa em cores que me favoreciam.

De certo modo, fora uma sorte eu ter tido problemas no mar. As roupas fornecidas pelos alfaiates de Alveron eram muito superiores a qualquer coisa que eu pudesse ter comprado, mesmo com a ajuda do Threipe. Como resultado, fiz uma bela figura durante minha temporada em Severen.

O melhor de tudo foi que, enquanto fazia a prova de minhas roupas, o alfaiate tagarela mencionou que as capas estavam na moda. Aproveitei a oportunidade para exagerar um pouco na descrição da que Feila me dera, lamentando sua perda.

O resultado foi uma capa num rico tom de vinho. Não serviria para nada em matéria de proteção contra a chuva, mas me agradou bastante. Não só me deixava muito elegante, como era cheia de bolsinhos inteligentes, é claro.

Assim, fui vestido, alimentado e hospedado no luxo. Mas, apesar de toda essa magnanimidade, na hora do almoço do dia seguinte eu já vagueava por meus aposentos como um gato dentro de um caixote. Ansiava por estar do lado de fora, tirar meu alaúde da casa de penhores e descobrir por que o maer precisava dos serviços de uma pessoa inteligente, bem-falante e, acima de tudo, discreta.

CAPÍTULO 55

Gentileza

Espiei o maer por uma fresta na cerca viva. Estava sentado num banco de pedra sob uma árvore frondosa de seus jardins, com um perfeito ar de fidalgo, de colete e camisa de mangas soltas. Usava as cores da casa de Alveron: safira e marfim. Mas, embora sua roupa fosse fina, não havia ostentação. Ele usava um anel de sinete de ouro, mas nenhuma outra joia. Comparado a muitos membros de sua corte, usava trajes quase simples.

No começo, isso pareceu implicar que Alveron desdenhava dos modismos da corte. Após um instante, no entanto, percebi a verdade. O marfim de sua camisa era sedoso e impecável, a safira do colete era vibrante. Eu apostaria os polegares que nenhuma das duas peças fora usada mais de meia dúzia de vezes.

Como exibição de riqueza, era sutil e assombroso. Uma coisa era poder comprar roupas finas, mas quanto custaria manter um guarda-roupa que nunca mostrasse o mais leve sinal de desgaste? Pensei no que o conde Threipe dissera sobre Alveron: *rico como o rei de Vint*.

O maer em si parecia o mesmo de antes. Alto e magro. Grisalho e imaculadamente arrumado. Observei as rugas cansadas de seu rosto, o leve tremor das mãos, a postura. *Ele parece velho*, pensei, *mas não é*.

O campanário começou a bater a hora. Recuei da cerca e contornei a esquina para ir ao encontro do maer.

Alveron deu um aceno de cabeça, seus olhos frios me examinavam cuidadosamente.

– Kvothe, eu tinha esperança de que você viesse.

Fiz uma reverência semiformal.

– Foi um prazer receber o convite de Vossa Graça.

Alveron não fez nenhum gesto para que eu me sentasse, por isso continuei de pé. Calculei que ele estava testando minha etiqueta.

– Espero que não se importe por nos encontrarmos ao ar livre. Já viu os jardins?

– Ainda não tive a oportunidade, excelência – respondi. Estivera preso em meus malditos aposentos até ele me chamar.

– Você deve permitir que eu lhe mostre este lugar – disse ele. Segurou uma bengala polida que estava encostada na árvore frondosa. – Sempre achei que tomar um pouco de ar é bom para qualquer perturbação do corpo, embora algumas pessoas discordem.

Inclinou-se para a frente, como se quisesse levantar-se, mas uma sombra de dor cruzou-lhe o rosto e ele tomou um fôlego curto e doloroso entre dentes. *Doente*, percebi. *Não velho, doente.*

Num piscar de olhos, postei-me a seu lado e lhe ofereci o braço.

– Permita-me, excelência.

O maer deu um sorriso crispado.

– Se eu fosse mais jovem, faria pouco de sua oferta. – Suspirou. – Mas o orgulho é um luxo dos fortes – disse. Pôs a mão fina em meu braço e usou meu apoio para ficar de pé. – Em vez disso, tenho que me contentar em ser gentil.

– A gentileza é um luxo dos sábios – retruquei com desenvoltura. – Para que se possa notar que a sabedoria de Vossa Graça lhe confere a gentileza.

Alveron deu um risinho irônico e um tapinha em meu braço.

– Isso torna a coisa um pouco mais fácil de suportar, presumo.

– Gostaria de sua bengala, excelência? Ou prefere que caminhemos juntos?

Ele deu o mesmo risinho irônico.

– "Caminhemos juntos" – repetiu. – É uma forma delicada de dizê-lo.

Pegou a bengala com a mão direita, enquanto a esquerda segurava meu braço com uma força surpreendente.

– Pelo senhor e senhora – praguejou entre dentes. – Detesto ser visto andando com passos trôpegos. Mas é menos exasperante apoiar-me no braço de um jovem do que claudicar por aí sozinho. É terrível quando o corpo nos falta. Nunca se pensa nisso quando se é jovem.

Começamos a caminhar e a conversa diminuiu, enquanto ouvíamos o som da água borrifando nas fontes e dos pássaros cantando nas sebes. De vez em quando, o maer apontava uma peça particular da estatuária e dizia qual de seus ancestrais a havia encomendado, esculpido ou (dessas ele falava em tom mais baixo, escusatório) pilhado de terras estrangeiras em tempos de guerra.

Passeamos pelos jardins durante quase uma hora. O peso de Alveron no meu braço foi diminuindo aos poucos e ele não tardou a me usar mais para manter o equilíbrio do que como apoio. Passamos por diversos membros da nobreza, que se curvaram ou acenaram com a cabeça para o maer. Quando eles já não podiam nos ouvir, Alveron mencionava quem eram, que posição ocupavam na corte e oferecia um ou outro fragmento de boatos divertidos.

– Eles se perguntam quem é você – comentou, depois de um desses casais passar para trás de uma sebe. – Logo à noite, você será o assunto da corte. Será que é um embaixador de Renere? Um jovem nobre à procura de um feudo rico e uma esposa para acompanhá-lo? Talvez seja meu filho há muito perdido, um remanescente dos anos mais desregrados da minha mocidade.

Deu um risinho consigo mesmo e um tapinha em meu braço. E poderia ter prosseguido, mas tropeçou numa laje protuberante e quase caiu. Equilibrei-o depressa e o ajudei a se sentar num banco de pedra à beira do caminho.

– Maldição incômoda – praguejou ele, obviamente embaraçado. – Que tal seria isto: o maer tateando feito um besouro caído de costas? – Olhou ao redor, exasperado, mas parecíamos estar sozinhos. – Você faria um favor a um velho?

– Estou à disposição de Vossa Graça.

Alveron lançou-me um olhar arguto.

– Está mesmo? Bem, é uma coisa pequena. Guarde segredo sobre quem você é e o que veio fazer. Isso fará maravilhas por sua reputação. Quanto menos lhes disser, mais todos quererão arrancá-lo de você.

– Guardarei a discrição a meu respeito, excelência. Porém eu me sairia melhor ao evitar a questão de por que estou aqui se soubesse qual é a razão...

Alveron assumiu uma expressão dissimulada.

– É verdade. Mas este lugar é demasiadamente público. Você demonstrou paciência até agora. Exerça-a um pouco mais. – Levantou a cabeça para mim. – Quer ter a bondade de me conduzir a meus aposentos?

Estendi-lhe o braço.

– Certamente, excelência.

∞

Ao regressar a meus aposentos, tirei a jaqueta bordada e a pendurei no guarda-roupa de pau-rosa entalhado. O móvel imenso era forrado de cedro e sândalo, o que perfumava o ar. Espelhos enormes e impecáveis pendiam na parte interna das portas.

Cruzei o piso de mármore polido e me sentei numa espreguiçadeira de veludo vermelho. Pus-me a pensar em como exatamente a pessoa deveria reclinar-se. Pessoalmente, não me lembrava de jamais tê-lo feito. Após um momento de reflexão, concluí que reclinar-se devia ser parecido com relaxar, só que com mais dinheiro no bolso.

Inquieto, levantei-me e fiquei andando pelo quarto. Havia quadros nas paredes, retratos e cenas pastoris habilmente compostos a óleo. Uma parede era coberta por uma enorme tapeçaria que exibia com detalhes intricados uma batalha naval. Isso ocupou minha atenção por quase meia hora.

Eu sentia falta do alaúde.

Fora terrivelmente difícil empenhá-lo, como decepar minha mão. Eu tivera toda a expectativa de passar os 10 dias seguintes doente de preocupação, com medo de não conseguir recomprá-lo.

Sem querer, porém, o próprio maer me havia tranquilizado. Em meu guarda-roupa estavam pendurados seis trajes completos, suficientemente refinados para qualquer lorde. Ao serem entregues em meu quarto, eu me sentira relaxar. Ao vê-los, minha primeira ideia não tinha sido a de que agora eu poderia misturar-me comodamente com a sociedade da corte. Eu havia pensado que, se tudo saísse errado, eu poderia furtá-los, vendê-los a um adeleiro e dispor facilmente de dinheiro suficiente para recuperar meu alaúde.

É claro que, se fizesse uma coisa dessas, eu acabaria com todas as minhas chances com o maer. Isso tornaria inútil toda a minha viagem a Severen e causaria um embaraço tão profundo ao Threipe que talvez ele nunca mais falasse comigo. Ainda assim, saber que eu dispunha dessa alternativa deu-me um tênue fio de controle da situação. Foi o bastante para que a preocupação não me deixasse absolutamente louco.

Eu sentia falta do alaúde, mas, se conseguisse ganhar a proteção do maer, de repente a estrada da minha vida se tornaria plana e reta. O maer tinha dinheiro suficiente para que eu continuasse minha formação na Universidade. Seus contatos poderiam ajudar-me a prosseguir em minha pesquisa dos Amyr.

Talvez o mais importante fosse o poder do seu nome. Se o maer se tornasse meu mecenas, eu ficaria sob a sua proteção. O pai de Ambrose podia ser o barão mais poderoso de toda Vintas, a 12 passos da realeza. Mas Alveron era praticamente um rei por si mesmo. Quão mais simples seria a minha vida sem o Ambrose sempre tentando me prejudicar? Era uma ideia estonteante.

Eu sentia falta do alaúde, mas tudo tem seu preço. Pela chance de ter o maer como mecenas, eu me dispunha a trincar os dentes e passar uma onzena entediado e nervoso, sem música.

Alveron mostrou ter razão quanto à natureza curiosa da corte que o cercava. Depois de ele me chamar a seu gabinete nessa noite, os boatos se espalharam como um incêndio florestal a meu redor. Compreendi por que o maer gostava desse tipo de coisa. Era como assistir ao nascimento das histórias.

CAPÍTULO 56

Poder

Alveron tornou a mandar me chamar no dia seguinte e logo estávamos passeando outra vez pelas aleias do jardim, com a mão dele apoiada de leve em meu braço.

– Vamos para o lado sul – apontou o maer com a bengala. – Ouvi dizer que as silas não demoram a entrar em plena floração.

Viramos para a trilha da esquerda e ele respirou fundo.

– Existem dois tipos de poder: o intrínseco e o concedido – disse, informando-me o tema da conversa do dia. – O poder intrínseco é aquele que se possui como parte de si mesmo. O concedido é emprestado ou dado por outras pessoas.

Olhou-me de esguelha. Assenti com a cabeça. Ao ver minha concordância, ele prosseguiu:

– O poder intrínseco é uma coisa óbvia. A força do corpo. – Deu um tapinha no braço com que eu lhe dava apoio. – A força da mente. A força da personalidade. Tudo isso está dentro de pessoa. São coisas que nos definem. Determinam nossos limites.

– Não inteiramente, excelência – protestei, com delicadeza. – O homem sempre pode se aprimorar.

– Elas nos limitam – insistiu o maer em tom firme. – Um homem com uma só mão jamais lutará nos torneios. Um homem de uma perna só jamais correrá com a mesma velocidade de um homem com duas.

– Um guerreiro ademriano com uma só mão pode ser mais mortífero que um guerreiro comum com duas, excelência – assinalei. – Apesar da deficiência.

– É verdade, é verdade – concordou ele, de mau humor. – Podemos nos aprimorar, exercitar o corpo, educar a mente, arrumar-nos com cuidado – passou a mão pela imaculada barba grisalha –, porque até a aparência é um tipo de poder. Mas sempre existem limites. Embora um homem maneta possa tornar-se um guerreiro sofrível, não poderia tocar alaúde.

Assenti com a cabeça, devagar.

– Vossa Graça faz uma boa colocação. Nosso poder tem limites que podemos ampliar, mas não infinitamente.

Alveron ergueu um dedo.

– Mas esse é apenas o primeiro tipo de poder. Somos limitados apenas quando dependemos do poder que nós mesmos possuímos. Existe ainda o poder que é conferido. Compreende o que quero dizer com poder conferido?

Pensei por um instante.

– Tributos?

– Hum – murmurou o maer, surpreso. – É um ótimo exemplo, na verdade. Você já andou pensando muito neste tipo de coisa?

— Um pouco — admiti. — Mas nunca nesses termos.

— É difícil — disse ele, parecendo satisfeito com minha resposta. — Qual dos dois você acha que é o maior tipo de poder?

Só tive de pensar por um segundo.

— O intrínseco, excelência.

— Interessante. Por que diz isso?

— Porque um poder que o próprio indivíduo possui não lhe pode ser tirado, excelência.

— Ah! — exclamou ele. Levantou um dedo comprido, como que para me advertir. — Mas já concordamos em que esse tipo de poder tem graves limitações. O poder conferido não tem limites.

— *Nenhum* limite, excelência?

Alveron balançou a cabeça, num gesto de concessão.

— Pouquíssimos limites, então.

Continuei a discordar. O maer deve tê-lo percebido em meu rosto, porque se inclinou para mim para explicar.

— Digamos que eu tenha um inimigo jovem e forte. Digamos que ele tenha-me furtado algo, dinheiro, por exemplo. Está me acompanhando?

Fiz que sim.

— Não há treinamento que me faça ficar à altura de um jovem brigão de 20 anos. Então, o que faço? Chamo um de meus amigos jovens e fortes para lhe esmurrar a cabeça. Com essa força, posso realizar uma proeza que, de outro modo, seria impossível.

— O inimigo de Vossa Graça poderia esmurrar o seu amigo, em vez disso — assinalei, enquanto dobrávamos uma esquina. Uma arcada de treliça transformou a alameda à nossa frente num túnel de sombras, cheio de folhas verde-escuras.

— Digamos que eu reúna três amigos — emendou o maer. — De repente, isso me concede a força de três homens! Mesmo que meu inimigo fosse muito forte, nunca poderia ser tão forte assim. Veja as silas. São dificílimas de cultivar, segundo me dizem.

Entramos na sombra do túnel de treliça, onde centenas de pétalas vermelho-escuras floresciam à sombra da folhagem e da arcada. O aroma era doce e suave. Rocei a mão num dos botões vermelho-escuros. Era de uma delicadeza indescritível. Pensei em Denna.

O maer retomou nossa discussão.

— Você está perdendo de vista o que interessa, de qualquer modo. A força emprestada é apenas um pequeno exemplo. Alguns tipos de poder *só podem* ser conferidos.

Fez um gesto sutil para um canto do jardim.

— Está vendo o conde Farlend ali? Se você lhe perguntasse por seu título, ele lhe diria que o possui. Diria que é parte tão integrante dele quanto seu próprio sangue. *Parte* de seu sangue, na verdade. Quase qualquer nobre diria a mesma coisa. Eles argumentariam que sua linhagem os imbui do direito de mandar.

O maer me olhou, com um brilho divertido nos olhos.

– Mas estão errados – falou. – Não é um poder intrínseco. É concedido. Eu poderia retirar as terras dele e deixá-lo mendigando na rua.

Alveron fez sinal para que eu me aproximasse e eu me inclinei um pouco.

– Eis um grande segredo: até o *meu* poder, minha fortuna, meu controle sobre as pessoas e a terra é apenas um poder conferido. Pertence tão pouco a mim quanto a força do seu braço. – Deu um tapinha em minha mão e me sorriu. – Mas *eu* sei a diferença e é por isso que estou sempre no controle.

Endireitou o corpo e falou em seu tom normal:

– Boa tarde, conde. Dia adorável para passear ao sol, não lhe parece?

– Sem dúvida, excelência. As silas estão mesmo deslumbrantes – respondeu o conde, um homem pesadão, de papada e bigode espesso. – Meus parabéns.

Depois que o conde passou, Alveron prosseguiu:

– Reparou que ele deu parabéns *a mim* pelas silas? Nunca pus a mão numa colher de jardineiro em toda a minha vida.

Lançou-me um olhar de esguelha, com uma expressão levemente presunçosa, e perguntou:

– Ainda acha que o poder intrínseco é o melhor dos dois?

– O argumento de Vossa Graça é muito forte. Mas...

– Você é difícil de convencer. Então, um último exemplo. Podemos concordar em que nunca poderei dar à luz uma criança?

– Creio que é lícito dizê-lo, excelência.

– No entanto, se uma mulher me conceder o direito de desposá-la, poderei ter um filho. Por meio do poder concedido, o homem pode tornar-se veloz como um cavalo, forte como um touro. O poder intrínseco é capaz de fazer isso por você?

Não tive como discutir.

– Eu me curvo ante o argumento de Vossa Graça.

– Eu me curvo à sua sabedoria por aceitá-lo – disse ele, com um risinho, e ao mesmo tempo o vago repicar da hora atravessou o jardim.

– Ora, que maçada – disse o maer, cuja expressão se azedou. – Tenho que tomar aquela minha beberagem pavorosa, senão o Caudicus ficará completamente insuportável por uma onzena.

Olhei-o com ar intrigado e ele explicou:

– De algum modo, ele descobriu que joguei a dose de ontem no urinol.

– Vossa Graça deve cuidar de sua saúde.

Alveron carregou o sobrolho.

– Você está se excedendo – rebateu.

Corei de vergonha, mas, antes que pudesse pedir-lhe desculpas, ele me silenciou com um aceno.

– Você está certo, é claro. Conheço o meu dever. Mas falou igualzinho a ele. Um Caudicus já me basta.

Parou para cumprimentar um casal que se aproximava. O homem era alto e bonito, alguns anos mais velho que eu. A mulher teria uns 30 anos, talvez, olhos escuros e uma boca elegante, maliciosa.

– Boa tarde, lady Hesua. Espero que seu pai continue a se recuperar, pois não?

– Ah, sim – respondeu ela. – O cirurgião disse que ele deverá estar de pé antes do fim da onzena.

Seu olhar cruzou com o meu e o sustentou brevemente, enquanto a boca vermelha se curvava num sorriso sugestivo.

E passou por nós. Descobri-me transpirando um pouco.

Se o maer o percebeu, ignorou-o.

– Mulher terrível – disse. – Um novo homem a cada onzena. O pai foi ferido num duelo com o escudeiro Higton por causa de um comentário "impróprio". Um comentário verdadeiro, mas isso não vem ao caso depois que se desembainham as espadas.

– E como ficou o escudeiro?

– Morreu no dia seguinte. E foi uma pena. Era um bom homem, só não sabia conter a língua.

Alveron deu um suspiro, levantou os olhos para o campanário e prosseguiu:

– Como eu ia dizendo, um médico me é mais do que suficiente. O Caudicus estala a língua para mim feito uma galinha com os pintinhos. Detesto tomar remédios quando já estou me recuperando.

Ele parecia mesmo melhor nesse dia. Não tinha precisado realmente do apoio de meu braço em nosso passeio. Intuí que só se apoiava em mim para nos dar uma desculpa para conversarmos tão próximos.

– A melhora da saúde de Vossa Graça parece prova suficiente de que os cuidados dele estão funcionando para curá-lo – comentei.

– Sim, sim. As poções dele afastam minha doença por uma onzena. Por meses, de vez em quando. – Deu um suspiro amargurado. – Mas ela sempre retorna. Será que vou tomar poções pelo resto da vida?

– Talvez a necessidade delas passe, excelência.

– Era o que eu havia esperado. Em suas viagens recentes, Caudicus colheu umas ervas que funcionaram maravilhosamente. O último tratamento dele me deixou sadio por quase um ano. Achei que enfim estava livre da doença. – O maer franziu o sobrolho para a bengala e acrescentou: – No entanto, aqui estou.

– Se eu pudesse ajudar Vossa Graça de algum modo, eu o faria.

Alveron virou a cabeça e me olhou nos olhos. Após um instante, meneou-a para si mesmo e disse:

– Creio que o faria, sim. Que coisa extraordinária.

∽

Seguiram-se várias conversas de natureza semelhante. Era perceptível que ele estava tentando me sondar. Com toda a habilidade aprendida em 40 anos de intrigas da corte, guiava o diálogo de maneiras sutis, descobrindo minhas opiniões e determinando se eu era ou não digno de sua confiança.

Embora não tivesse a sua experiência, eu mesmo me saía bem na conversa. Tomava cuidado com as respostas e era sempre cortês. Após alguns dias, começou a surgir um respeito mútuo entre nós. Não era uma amizade como a que eu tinha com o conde Threipe. O maer nunca me incentivava a desconsiderar seu título ou a me sentar em sua presença, porém fomos ficando mais próximos. Enquanto Threipe era um amigo, Alveron era como um avô distante: gentil, porém mais velho, sério e reservado.

Tive a impressão de que era um homem solitário, forçado a se manter distante de seus súditos e dos membros da corte. Um homem inteligente, porém afastado da política da corte, para poder ter uma conversa franca de tempos em tempos.

A princípio, descartei essa ideia como improvável, mas os dias continuaram a passar e, ainda assim, o maer evitou qualquer menção de como planejava usar meus serviços.

Se estivesse com o alaúde, eu poderia passar o tempo de forma agradável, mas ele ainda se encontrava na Baixa Severen, a sete dias de se tornar propriedade da casa de penhores. Assim, não havia música, apenas o eco de meus aposentos e meu maldito ócio inútil.

À medida que se espalharam os rumores a meu respeito, vários membros da corte foram me visitar. Alguns fingiram dar-me as boas-vindas. Outros deram mostras de querer trocar mexericos. Cheguei até a suspeitar de algumas tentativas de sedução, mas, àquela altura da minha vida, eu entendia tão pouco das mulheres que era imune a esses jogos. Um cavalheiro chegou mesmo a tentar obter um empréstimo comigo e foi muito difícil não rir na cara dele.

Eles contavam histórias diferentes e usavam variados graus de sutileza, mas estavam todos ali pela mesma razão: obter informações a meu respeito. Entretanto, como eu seguia as instruções do maer quanto ao sigilo, todas as conversas eram curtas e insatisfatórias.

Todas, exceto uma, devo dizer. A exceção que confirma a regra.

CAPÍTULO 57

Um punhado de ferro

Conheci Bredon no meu quarto dia em Severen. Era cedo, mas eu já andava de um lado para outro em meus aposentos, quase louco de tédio. Fizera o meu desjejum e ainda faltavam horas para o almoço.

Até então, nesse dia, eu tinha lidado com três cortesãos que haviam aparecido para bisbilhotar. Livrara-me deles habilmente, derrubando a conversa em todas as oportunidades. *E de onde você é, meu rapaz?* Ah, sabe como são as coisas. Viaja-se muito. *E seus pais?* Sim, pois é. Eu os tive. Dois, na verdade. *O que o trouxe a Severen?* Uma carruagem e quatro cavalos, na maior parte do trajeto. Mas também caminhei um pouco. É bom para os pulmões, o senhor sabe. *E o que está fazendo aqui?* Desfrutando de uma boa conversa, é claro. Conhecendo pessoas interessantes. *É mesmo? Quem?* Ora, toda sorte de pessoas. Inclusive o senhor, lorde Praevek. O senhor é um sujeito fascinante...

E por aí vai. Não demorava muito para que o mexeriqueiro mais persistente se cansasse e fosse embora.

O pior de tudo era que esses breves diálogos seriam a parte mais interessante do meu dia se o maer não mandasse me chamar. Até então, havíamos conversado durante um almoço ligeiro, três vezes em breves passeios pelo jardim e uma vez, tarde da noite, quando a maioria das pessoas sensatas estaria dormindo. Em duas ocasiões, Alveron me acordara de um sono profundo, antes que o céu começasse a se colorir com os primeiros tons de azul do alvorecer.

Sei quando estou sendo testado. Alveron queria ver se eu estava realmente disposto a me colocar às suas ordens, a qualquer hora absurda do dia ou da noite. Observava para ver se eu me impacientaria ou me irritaria com o uso displicente que fazia de mim.

Assim, entrei no jogo. Fiz-me cativante e infalivelmente educado. Comparecia quando chamado e me retirava assim que ele me dispensava. Não fazia perguntas impertinentes, não lhe pedia coisa alguma e passava o restante do dia trincando os dentes, andando por meus enormes aposentos e procurando não pensar em quantos dias faltavam para expirar a validade da minha nota do alaúde.

Não admira que uma batida na porta, nesse quarto dia, me fizesse correr para ela. Eu tinha esperança de que fosse uma convocação do maer, mas, àquela altura, qualquer distração seria bem-vinda.

Abri a porta e deparei com um homem mais velho, um fidalgo até os ossos. Seu traje era revelador, com certeza, porém o mais importante era o fato de ele usar sua riqueza com a cômoda indiferença de quem nasceu dentro dela. Os nobres recém-titulados, os aspirantes à nobreza e os mercadores ricos simplesmente não tinham o mesmo porte.

O camareiro de Alveron, por exemplo, possuía roupas mais finas que metade dos aristocratas, mas, apesar de sua segurança, parecia um padeiro em seus melhores trajes de festa.

Graças aos alfaiates do maer, eu me vestia tão bem quanto qualquer um. As cores me caíam bem – verde-escuro, preto e vinho, com trabalhos em prata no colarinho e nos punhos. Ao contrário de Stapes, no entanto, eu usava as roupas com a desenvoltura descontraída dos nobres. É verdade que o brocado comichava. É verdade que os botões, fivelas e camadas intermináveis de tecido tornavam todos os trajes tão duros e desajeitados quanto a roupa de couro dos mercenários. Mas eu ficava tão à vontade neles que pareciam uma segunda pele. Aquilo era um traje de palco, entende? E eu desempenhava meu papel como só os membros das trupes sabem fazer.

Como eu dizia, abri a porta e vi um cavalheiro mais velho parado no corredor.

– Então, você é o Kvothe, pois não? – perguntou-me.

Assenti com a cabeça, apanhado meio desprevenido. No norte de Vintas, era costume enviar-se um criado à frente para solicitar um encontro. O mensageiro trazia um bilhete e um anel gravado com o nome do fidalgo. Mandava-se um anel de ouro para solicitar um encontro com um nobre de status mais elevado na hierarquia, de prata para alguém aproximadamente da mesma posição e de ferro para quem estivesse abaixo.

Eu não tinha nenhum status, é claro. Nem título nem terras, nem família nem linhagem. Era da mais baixa extração que havia, mas ninguém ali sabia disso. Todos supunham que o ruivo misterioso que passava tempo com Alveron era alguma espécie de aristocrata e minha origem e posição eram um tema muito debatido.

O importante era que eu não tinha sido oficialmente apresentado à corte. Nessas condições, não tinha uma posição *oficial*. Isso significava que todos os anéis enviados a mim eram de ferro. E, tipicamente, não se recusava um pedido enviado com um anel de ferro, para não ofender os superiores.

Por isso, foi uma grande surpresa deparar com aquele cavalheiro mais velho, parado do lado de fora do quarto. Obviamente um nobre, mas não anunciado nem convidado.

– Pode me chamar de Bredon – disse ele, fitando-me nos olhos. – Sabe jogar tak?

Balancei a cabeça, sem saber ao certo como entender aquilo.

Ele deu um suspirinho desapontado.

– Ah, bom, eu posso lhe ensinar – disse. Jogou uma sacola de veludo preto para mim e eu a agarrei com as duas mãos. Parecia estar cheia de pedrinhas lisas.

Bredon fez um sinal para trás e um par de rapazes entrou apressado em meu quarto, carregando uma mesa pequena. Saí do caminho e Bredon cruzou a porta na esteira deles.

– Ponham-na junto à janela – instruiu, apontando com a bengala. – E tragam umas cadeiras... não, as de espaldar de tiras de madeira.

Num instante, tudo ficou arrumado a seu gosto. Os dois criados se foram e Bredon virou-se para mim, com uma expressão compungida.

– Você há de perdoar um velho pela entrada teatral, espero.

– É claro – respondi, cortesmente. – Sente-se, por favor – e apontei para a nova mesa junto à janela.

– Quanta pose! – comentou ele com um risinho, apoiando a bengala no parapeito.

A luz do sol incidiu sobre o cabo de prata polida, lavrada no formato de uma cabeça de lobo rosnando.

Bredon era mais velho. De modo algum chegava a ser idoso, mas o que considero idade de avô. Suas cores nada tinham de cores, eram mero cinza como freixo e negro como carvão. O cabelo e a barba eram de um branco puro, cortados no mesmo comprimento, criando uma moldura para o rosto. Sentado ali, espiando-me com seus vivos olhos castanhos, ele me lembrou uma coruja.

Sentei-me diante dele e fiquei pensando em como o homem tentaria me arrancar informações. Era óbvio que ele havia trazido um jogo. Talvez tentasse me arrancar informações por meio de apostas. Pelo menos, seria uma abordagem nova.

Ele sorriu para mim. Um sorriso franco, que me apanhei retribuindo antes de me dar conta do que fazia.

– Você deve ter uma bela coleção de anéis a esta altura – disse-me.

Fiz que sim.

Ele se inclinou para a frente, curioso:

– Será que se importaria muito se eu desse uma olhada neles?

– De modo algum.

Fui até o outro quarto e lhe trouxe um punhado de anéis, que derramei na mesa.

Bredon examinou-os, balançando a cabeça.

– Todos os nossos melhores mexeriqueiros já caíram em cima de você. Veston, Praevek e Temenlovy, todos arriscaram uma tentativa.

Levantou as sobrancelhas ao ver o nome gravado em outro anel.

– Praevek duas vezes. E nenhum deles tirou coisa alguma de você. Nada que tivesse metade da solidez de um sussurro.

Relanceou os olhos para mim e acrescentou:

– Isso me diz que você tem mantido a língua bem presa entre os dentes e é bom nisso. Tenha certeza de que não estou aqui na vã tentativa de bisbilhotar os seus segredos.

Não acreditei inteiramente nisso, mas foi bom ouvi-lo.

– Admito que isso é um alívio.

– Como um breve aparte – comentou, com ar displicente –, devo mencionar que, por tradição, os anéis ficam na sala de espera, perto da porta. São exibidos como uma marca de status.

Eu não sabia disso, mas não quis admiti-lo. Se me mostrasse não familiarizado com os costumes da corte local, isso lhe informaria que eu era de fora ou que não fazia parte da aristocracia.

– Não há nenhum status real num punhado de ferro – observei com descaso. O conde Threipe me explicara os fundamentos do uso dos anéis antes de eu partir de Imre. Mas não era de Vintas e, obviamente, não soubera me falar dos detalhes.

– Há certa verdade nisso – concordou Bredon sem dificuldade. – Mas não é a verdade toda. Os anéis de ouro implicam que as pessoas abaixo de você estão trabalhando para cair nas suas graças. A prata indica uma saudável relação operacional com seus pares. – Ele enfileirou os anéis na mesa. – Mas o ferro significa que você tem a atenção de seus superiores. Indica que você é desejável.

Balancei a cabeça devagar.

– É claro. Qualquer anel que o maer me envie será de ferro.

– Exato – concordou Bredon. – Ter um anel do maer é marca de grande prestígio. – Empurrou os anéis para mim pelo tampo liso da mesa de mármore. – Mas não há nenhum anel desse tipo aqui, o que por si só é significativo.

– Parece que a política da corte não lhe é estranha – observei.

Bredon fechou os olhos e concordou, com ar cansado:

– Eu a apreciava muito quando era moço. Cheguei até a ser uma espécie de força no que diz respeito a essas coisas. Mas, no momento, não tenho maquinações para promover. E isso tira o sabor dessas manobras – completou. Tornou a me olhar diretamente nos olhos. – Agora tenho gostos mais simples. Viajo. Gosto de vinhos e de conversar com pessoas interessantes. Estou aprendendo a dançar.

Deu outro sorriso caloroso e bateu com o nó de um dos dedos no tabuleiro.

– Mais do que qualquer outra coisa, porém, gosto de jogar tak. Só que conheço poucas pessoas com tempo ou inteligência suficientes para jogar como convém – observou e levantou uma sobrancelha para mim.

Hesitei.

– Seria de se supor que alguém versado na arte sutil da conversa pudesse usar longos períodos de bate-papo informal para extrair informações de uma vítima desavisada – disse-lhe.

Bredon sorriu.

– Pelos nomes que há nesses anéis, percebo que você não viu outra coisa senão os mais espalhafatosos e vorazes dentre nós. É compreensível que seja arisco em relação a seus segredos, sejam eles quais forem. – Inclinou-se para a frente. – Mas considere isto: os que se aproximaram de você são como pegas. Eles grasnam e batem asas à sua volta, na esperança de agarrar alguma coisa brilhante e levar para casa. – Revirou os olhos com desdém. – Que vantagem há nisso? Uma breve notoriedade, imagino. Uma breve elevação entre pares espalhafatosos e mexeriqueiros.

Bredon passou a mão pela barba branca e prosseguiu:

– Não tenho nada de pega. Não preciso de nada reluzente e não me importo com o que pensam os boateiros. Meu jogo é mais longo e mais sutil. – Começou a soltar as cordas que amarravam a sacola de veludo preto. – Você é um homem de certa argúcia. Sei disso porque o maer não perde tempo com tolos. Sei que você conta com as graças dele ou tem a possibilidade de conquistá-las. Portanto, meu plano é o seguinte...

Tornou a dar seu sorriso caloroso e indagou:

– Gostaria de ouvir meu plano?

Apanhei-me retribuindo o sorriso sem que essa fosse minha intenção, como já acontecera.

– Seria uma enorme gentileza de sua parte.

– Meu plano é me insinuar nas suas graças neste momento. Serei prestativo e divertido. Oferecerei conversas e uma forma de passar o tempo.

Derramou um conjunto de pedras redondas sobre o tampo de mármore e continuou:

– Então, quando sua estrela entrar em ascensão no céu do maer, talvez eu me descubra de posse de um amigo inesperadamente útil. – Começou a separar as pedras pelas cores. – E, se a sua estrela não ascender, ainda assim estarei mais rico, graças a diversas partidas de tak.

– Também imagino que não prejudique a sua reputação passar várias horas a sós comigo – mencionei –, já que todas as minhas outras conversas foram coisas estéreis, que não tenderam a durar um quarto de hora.

– Também nisso há certa verdade – disse Bredon, enquanto começava a dispor as pedras. Seus olhos castanhos e curiosos tornaram a sorrir para mim. – Ah, sim, creio que vou me divertir bastante jogando com você.

∽

Passei minhas horas seguintes aprendendo a jogar tak. Mesmo que não estivesse quase louco de tédio, eu teria gostado disso. O tak é o melhor tipo de jogo que há: simples nas regras, complexo na estratégia. Bredon me derrotou facilmente em todas as cinco partidas que jogamos, mas eu me orgulho de dizer que nunca me venceu duas vezes da mesma maneira.

Depois da quinta partida, ele se recostou na cadeira com um sorriso satisfeito.

– Isso chegou perto de ser um bom jogo. Você foi inteligente aqui nesse canto – disse, balançando os dedos para a borda do tabuleiro.

– Não o bastante.

– Mas ainda assim inteligente. O que você tentou fazer chama-se queda de riacheio, para sua informação.

– E como se chama a maneira pela qual você escapou?

– Eu a chamo de defesa de Bredon – respondeu ele, com um sorriso moleque. – Mas esse é o nome que dou a qualquer manobra com que saio de um aperto, por meio de uma esperteza incomum.

Ri e recomecei a separar as pedras.

– Mais uma? – propus.

Bredon suspirou.

– Infelizmente, tenho um compromisso inadiável. Não preciso sair correndo porta afora, mas não tenho tempo para outra partida. Não uma partida apropriada.

Seus olhos castanhos me examinaram enquanto ele começava a recolher as pedras na sacola de veludo.

– Não vou insultá-lo perguntando se você está familiarizado com os costumes locais, mas achei que poderia lhe dar uns conselhos de ordem geral, para a eventualidade de eles serem úteis – disse e sorriu para mim. – Melhor seria ouvir, é claro. Se você se recusar, estará revelando seu conhecimento dessas coisas.

– É claro – falei, com ar sério.

Bredon abriu a gaveta da mesa e tirou o punhado de anéis de ferro que puséramos de lado, ao esvaziarmos o tabuleiro para nosso jogo.

– A apresentação dos anéis tem muitas implicações. Se estiverem misturados numa tigela, por exemplo, isso implica desinteresse pelos aspectos sociais da corte.

Dispôs os anéis com os nomes gravados voltados para mim.

– Dispostos num arranjo cuidadoso, mostram que você se orgulha de suas relações – disse. Ergueu os olhos e sorriu. – De um modo ou de outro, todo recém-chegado costuma ser deixado a sós na sala de espera, a pretexto de alguma coisa. Isso lhe dá a oportunidade de remexer na sua coleção, para satisfazer a curiosidade.

Com um dar de ombros, Bredon empurrou os anéis para mim.

– Você sempre fez questão, é claro, de se oferecer para devolver os anéis a seus donos – disse, tomando o cuidado de não fazer da observação uma pergunta.

– É claro – respondi, com sinceridade. Ao menos isso o Threipe soubera me dizer.

– É o mais educado a fazer – comentou. Levantou a cabeça, os olhos castanhos me espiando com ar de coruja do meio do halo formado pela cabeleira e pela barba brancas. – Já usou algum deles em público?

Levantei minhas mãos desnudas.

– Usar um anel pode indicar uma dívida ou que você está tentando cair nas graças de alguém – informou ele, olhando para mim. – Se um dia o maer se recusar a receber de volta o anel, será uma indicação de que está disposto a tornar a relação dele com você um pouco mais formal.

– E não usar o anel seria visto como descaso – comentei.

Bredon sorriu.

– Talvez. Uma coisa é exibir um anel na sua sala de estar, outra, bem diferente, é exibi-lo na mão. Usar o anel de um superior pode ser visto como muito pretensioso. Além disso, se você usasse o anel de outro nobre ao visitar o maer, ele poderia ver isso como inoportuno. Como se alguém o furtasse da floresta dele.

Bredon se recostou na cadeira e emendou:

– Menciono essas coisas como temas gerais de conversa, desconfiando que estas informações já lhe sejam bem conhecidas e que você esteja educadamente deixando um velho tagarelar.

– Talvez eu ainda esteja zonzo, após uma série de derrotas atordoantes no tak.

Ele descartou meu comentário com um aceno e notei que não usava nenhum tipo de anel.

– Você pegou depressa o jeito da coisa, como um barão num bordel, como dizem. Espero que se revele um desafio decente dentro de mais ou menos um mês.

– Espere só para ver. Vou derrotá-lo da próxima vez que jogarmos.

Bredon deu um risinho.

– É um prazer ouvir isso – disse. Enfiou a mão num bolso e tirou um saquinho pequeno de veludo. – Eu lhe trouxe um presentinho.

– Eu não poderia aceitá-lo – retruquei, pensativo. – Você já me proporcionou uma tarde de diversão.

– Por favor – disse ele, empurrando o saquinho pela mesa. – Devo insistir. Isto é seu, sem qualquer obrigação, empréstimo ou vínculo. Um presente gratuitamente oferecido.

Virei o saquinho e três anéis tilintaram na palma de minha mão. Ouro, prata e ferro. Cada um trazia meu nome gravado no metal: *Kvothe*.

– Ouvi um boato de que sua bagagem se perdeu e achei que eles poderiam ser úteis – disse Bredon, com um sorriso. – Especialmente se você quiser jogar uma nova partida de tak.

Revirei os anéis na mão, perguntando a mim mesmo se o anel de ouro seria maciço ou apenas folheado.

– E que anel eu enviaria ao meu novo conhecido se desejasse a companhia dele? – perguntei.

– Bem – respondeu Bredon, devagar. – Isso *é* complicado. Com minha invasão precipitada e imprópria dos seus aposentos, esqueci de fazer uma apresentação adequada e de lhe informar meu título e minha posição.

Seus olhos castanhos fitaram os meus com ar sério.

– E seria uma terrível grosseria da minha parte indagar sobre essas coisas – comentei lentamente, sem saber muito bem qual era o jogo dele.

Bredon assentiu com a cabeça.

– Assim, por ora, você deve presumir que não tenho título nem posição. Isso nos coloca numa situação curiosa: você não anunciado à corte e eu não anunciado a você. Portanto, seria apropriado você me mandar um anel de prata, caso venha a querer, no futuro, compartilhar uma refeição ou ter a gentileza de perder outra partida de tak.

Rolei o anel de prata entre os dedos. Se eu o enviasse a Bredon, correria o boato de que estava reivindicando um status aproximadamente igual ao dele e eu não fazia ideia de que status era esse.

– O que dirão os outros?

Os olhos dele dançaram um pouco.

– Pois é, o que dirão?

E assim os dias continuaram a passar. O maer convocou-me para conversas polidas. Nobres ávidos como pegas enviaram seus cartões e anéis e foram recebidos com polidas conversas de repúdio.

Só Bredon me impediu de enlouquecer de tédio, enjaulado como estava. No dia seguinte, enviei-lhe meu novo anel de prata com um cartão que dizia: "Quando lhe convier. Meus aposentos." Cinco minutos depois, ele chegou com a mesa de tak e o saquinho de pedras. Ofereceu-se a devolver meu anel, o que aceitei com toda a cortesia possível. Não me importaria que ele o conservasse. Mas, como ele sabia, eu só tinha um.

Nossa quinta partida interrompeu-se quando fui convocado pelo maer, cujo anel de ferro destacava-se, escuro, na salva de prata polida do mensageiro. Pedi desculpas a Bredon e segui às pressas para o jardim.

Mais tarde, na mesma noite, Bredon enviou-me seu anel de prata e um cartão com os dizeres: "Depois da ceia. Seus aposentos." Escrevi "Com prazer" no cartão e o mandei de volta.

Quando ele chegou, ofereci-me para devolver seu anel. Ele declinou educadamente e a joia foi juntar-se às demais, na travessa ao lado da minha porta. Lá ficou à vista de todos, a prata brilhante reluzindo em meio ao punhado de ferro.

CAPÍTULO 58

Fazer a corte

Durante dois dias, o maer não mandou me chamar.

Fiquei preso em meus aposentos e quase louco de tédio e irritação. E pior era não saber por que o maer não me chamava. Estaria atarefado? Será que eu o havia ofendido? Pensei em lhe enviar um cartão com o anel de ouro que Bredon me dera. Mas, se Alveron estava testando minha paciência, isso poderia constituir um grave erro.

Mas eu *estava* impaciente. Fora para lá à procura de um mecenas ou, pelo menos, de alguma ajuda em minha busca dos Amyr. Até então, tudo o que tinha para mostrar por meu tempo a serviço do maer era um traseiro profundamente achatado. Não fosse por Bredon, juro que teria enlouquecido, espumando de raiva.

Pior, faltavam apenas dois dias para que meu alaúde e o estojo encantador dado por Denna se tornassem propriedade de outra pessoa. A essa altura, eu esperava já haver caído nas graças do maer a ponto de poder lhe pedir o dinheiro de que precisava para retirá-los do penhor. Queria que ele estivesse em dívida comigo, e não o inverso. Quando o indivíduo deve algo a um membro da nobreza, é sabidamente difícil livrar-se dessa dívida.

Mas, se a falta de convocação de Alveron servia de indicação, eu parecia estar longe de cair em suas boas graças. Puxei pela memória, tentando pensar no que teria dito em nossa última conversa que pudesse tê-lo ofendido.

Eu havia tirado um cartão da gaveta e procurava pensar numa forma política de pedir dinheiro ao maer quando houve uma batida na porta. Achando que meu almoço tivesse chegado mais cedo, gritei para que o menino o deixasse na mesa.

Houve uma pausa significativa, que me despertou do meu devaneio. Corri até a porta e fiquei surpreso ao ver o camareiro do maer, Stapes, parado do lado de fora. Até então, as convocações de Alveron sempre tinham sido entregues por mensageiros.

– O maer gostaria de vê-lo – disse-me o camareiro. Notei que parecia meio desgastado. Tinha os olhos cansados, como se não viesse dormindo o suficiente.

– No jardim?

– Nos aposentos dele. Eu o levarei até lá.

A acreditar nos cortesãos mexeriqueiros, Alveron raramente recebia visitas em seus aposentos. Ao começar a seguir os passos de Stapes, não pude deixar de sentir alívio. Qualquer coisa era melhor do que a espera.

∾

Alveron estava recostado nos travesseiros em sua enorme cama de plumas. Parecia mais pálido e mais magro que na última vez que eu o vira. Os olhos continuavam cristalinos e penetrantes, mas, nesse dia, tinham algo mais, uma emoção dura.

Ele apontou para uma cadeira próxima.

– Kvothe. Entre. Sente-se.

Sua voz também estava mais fraca, porém ainda transmitia o peso do comando. Sentei-me junto à cama, intuindo que não era o momento apropriado para lhe agradecer por esse privilégio.

– Sabe quantos anos tenho, Kvothe? – perguntou-me, sem qualquer preâmbulo.

– Não, excelência.

– Qual seria o seu palpite? Que idade acha que tenho?

Tornei a captar a emoção dura em seus olhos: raiva. Uma raiva lenta, contida, como carvão em brasa sob uma fina camada de cinzas.

Meu pensamento disparou, tentando decidir qual seria a melhor resposta. Eu não queria me arriscar a insultá-lo, mas a lisonja irritava o maer, a menos que fosse proferida com rematada sutileza e habilidade.

Então lancei mão de meu último recurso: a franqueza.

– Cinquenta e um, excelência. Talvez 52.

Ele meneou a cabeça devagar e a raiva pareceu desvanecer-se, como um trovão à distância.

– Nunca pergunte a idade a um jovem. Tenho 40 anos, a completar o aniversário na próxima onzena. Mas você tem razão, pareço ter 50, nem um dia a menos. Alguns até diriam que você está sendo generoso – comentou, enquanto as mãos alisavam distraidamente as cobertas. – É terrível envelhecer antes da hora.

Enrijeceu-se de dor e fez uma careta. Após um momento, ela passou e o maer respirou fundo. Uma tênue camada de suor lhe cobria o rosto.

– Não sei por quanto tempo conseguirei conversar com você. Parece que hoje não estou passando muito bem.

Levantei-me.

– Vossa Graça deseja que eu vá buscar o Caudicus?

– Não – cuspiu ele. – Sente-se.

Sentei-me.

– Esta maldita doença infiltrou-se em mim neste último mês, acrescentando anos à minha idade e me fazendo senti-los. Passei a vida inteira cuidando das minhas terras, mas fui relapso num aspecto. Não tenho família nem herdeiro.

– Vossa Graça pretende casar-se?

Ele afundou nos travesseiros.

– O boato finalmente se espalhou, não é?

– Não, excelência. Depreendi a ideia do que Vossa Graça disse em algumas de nossas conversas.

Ele me lançou um olhar penetrante.

– É verdade? Uma dedução, e não um boato?

– É verdade, excelência. Existem rumores, uma palaciada inteira deles, se Vossa Graça me permite a palavra.

– "Palaciada". Essa é boa – disse ele, com um tênue fiapo de sorriso.

– Mas quase todos dizem respeito a um misterioso visitante vindo do oeste. – Fiz uma pequena reverência, sentado. – Nada sobre casamento. Todos veem Vossa Graça como o solteirão mais cobiçado do mundo.

– Ah! – exclamou ele, o alívio transparecendo no rosto. – Houve tempo em que era assim. Meu pai tentou casar-me quando eu era mais moço. Mas fui muito obstinado quanto a não desposar ninguém naquela época. Esse é outro problema do poder. Quando o sujeito tem um excesso dele, as pessoas não se atrevem a apontar seus erros. O poder pode ser terrível.

– Imagino que sim, excelência.

– Ele nos retira as escolhas. Dá umas oportunidades ao homem, porém ao mesmo tempo retira outras. A minha situação é difícil, para dizer o mínimo.

Ao longo da minha vida, passei fome vezes de mais para sentir grande simpatia pela nobreza. Mas, deitado ali, o maer parecia tão pálido e fraco que senti um lampejo de solidariedade.

– Qual é essa situação, excelência?

Alveron se esforçou para sentar-se ereto, apoiado nos travesseiros.

– Para que eu me case, tem que ser com alguém adequado. Alguém de uma família tão bem posicionada quanto a minha. E não é só isso: não pode ser um casamento de mera conveniência. A moça tem que ser suficientemente jovem para... – ele pigarreou, produzindo um ruído de papel – para gerar um herdeiro. Vários, se possível.

Levantou os olhos para mim e perguntou:

– Começa a perceber meu problema?

Balancei lentamente a cabeça.

– Apenas os contornos, excelência. Quantas dessas jovens existem?

– Um mero punhado – disse Alveron, com um toque da velha impetuosidade retornando à sua voz. – Mas não pode ser uma das jovens que estão sob o controle do rei. Essas são moeda de troca e servem para selar acordos. Minha família lutou para conservar seus plenos poderes desde a fundação de Vintas. Não negociarei uma esposa com aquele bastardo do Roderic. Não lhe cederei um grão de poder.

– Quantas mulheres existem fora do controle do rei, excelência?

– Uma – respondeu ele. A palavra caiu como um peso de chumbo. – E isso não é o pior. A mulher é perfeita em todos os sentidos. Vem de família respeitável. É culta. Jovem. Linda.

A última palavra pareceu-lhe difícil de proferir.

– Ela é assediada por um bando de cortesãos enamorados, homens jovens e fortes que têm mel na língua. Eles a desejam por todas as razões: o sobrenome, as terras, a inteligência.

Alveron fez uma longa pausa.

– Como reagirá ela à corte de um velho doente, que anda de bengala, isso quando consegue andar? – perguntou, torcendo a boca como se as palavras amargassem.

– Mas, com certeza, a posição de Vossa Graça... – comecei.

Ele ergueu uma das mãos e me encarou.

– Você se casaria com uma mulher a quem tivesse comprado?

Baixei os olhos.

– Não, excelência.

– Nem eu o farei. A ideia de usar minha posição para convencer essa moça a se casar comigo é... impalatável.

Ficamos um momento calados. Pela janela, observei dois esquilos se perseguirem em volta do tronco alto de um freixo.

– Se vou ajudar Vossa Graça a cortejar essa dama... – comecei, mas senti o calor da raiva do maer antes de me virar para vê-la. – Perdoe-me, excelência. Ultrapassei os limites.

– Então esse é outro dos seus palpites?

– Sim, excelência.

Ele pareceu lutar consigo mesmo por um instante. Depois, deu um suspiro e a tensão no quarto se dissipou.

– Eu é que devo pedir o *seu* perdão. Esta dor lancinante acaba com o meu humor e não é meu costume discutir assuntos pessoais com estranhos, muito menos permitir que tais assuntos sejam objeto de adivinhações sem que eu o saiba. Diga-me o resto do que você imagina. Seja ousado, se precisar.

Respirei um pouco melhor.

– Acho que Vossa Graça deseja casar-se com essa mulher. Para cumprir seu dever, em primeiro lugar, mas também porque a ama.

Houve outra pausa, não tão ruim quanto a anterior, mas, ainda assim, tensa.

– Amor – disse ele, devagar – é uma palavra que os tolos usam com demasiada frequência. A jovem é digna de ser amada, isso é certo. E tenho afeição por ela – acrescentou, com ar constrangido. – É só o que vou dizer. – Virando-se para mim, indagou: – Posso contar com a sua discrição?

– É claro, excelência. Mas por que tanto sigilo?

– Prefiro agir num momento escolhido por mim. Os boatos nos forçam a agir antes de estarmos prontos ou estragam a situação antes que ela amadureça plenamente.

– Compreendo. Como é o nome da dama?

– Meluan Lackless – respondeu ele, pronunciando cuidadosamente o nome. – Bem, descobri por mim mesmo que você é cativante e bem-educado. E mais, o conde Threipe me assegura que é um grande compositor e intérprete de canções. Essas coisas são exatamente do que preciso. Está disposto a me prestar esses serviços?

Hesitei.

– Exatamente de que maneira Vossa Graça pretende servir-se de mim?

Ele me lançou um olhar cético.

– Eu diria que isso é bastante óbvio para alguém tão excelente em matéria de palpites.

– Sei que Vossa Graça espera cortejar essa dama, porém não sei *como*. Quer que eu redija uma ou duas cartas? Que componha músicas para ela? Terei de escalar sacadas ao luar para lhe deixar flores no parapeito da janela? Devo dançar mascarado com ela, usando o nome de Vossa Graça como meu? – Dei um débil sorriso e acrescentei: – Não sou grande dançarino, excelência.

Alveron deu uma risada grave e franca, mas, mesmo em meio ao som alegre, percebi que rir lhe causava dor.

– Eu estava pensando mais nas duas primeiras – admitiu, tornando a afundar nos travesseiros, com os olhos pesados.

Meneei a cabeça.

– Precisarei de mais informações sobre ela, excelência. Tentar cortejar uma mulher sem conhecê-la seria pior do que uma tolice.

Alveron assentiu, com um gesto cansado.

– O Caudicus poderá preparar o terreno para você. Ele sabe muito sobre a história das famílias. A família é a base sobre a qual um homem se ergue. Você precisará saber de onde ela vem se quiser cortejá-la.

Fez sinal para que eu me aproximasse e me estendeu um anel de ferro, o braço trêmulo com o esforço de permanecer levantado.

– Mostre isto ao Caudicus e ele saberá que você está a meu serviço.

Olhei rapidamente para o anel.

– Ele sabe que Vossa Graça pretende casar-se?

– Não! – exclamou Alveron, abrindo os olhos. – Não fale disso com ninguém! Invente uma razão para suas perguntas. Vá buscar meu remédio.

Reclinou-se e fechou os olhos. Quando ia saindo, eu o ouvi dizer com voz fraca:

– Às vezes não o concedem sabendo, às vezes não o concedem de bom grado. Mas... é tudo poder.

– Sim, excelência – falei, mas o maer já estava imerso num sono agitado antes que eu saísse do quarto.

CAPÍTULO 59
Propósito

A*o deixar os aposentos do maer*, pensei em enviar a Caudicus um mensageiro à minha frente, com meu cartão e meu anel. Depois, descartei a ideia. Eu estava a serviço do maer. Isso certamente justificaria uma ligeira quebra de protocolo.

Pela usina de boatos, eu sabia que fazia mais de 12 anos que o arcanista de Alveron era parte permanente de sua corte. Mas, afora o fato de ele morar numa das torres da parte sul da propriedade, eu não tinha ideia do que esperar do homem.

Bati na espessa porta de madeira.

– Espere um momento – disse uma voz fraca. Ouviu-se o som de um trinco soltando-se e a porta se abriu, revelando um homem magro, de longo nariz aquilino e cabelos pretos encaracolados. Usava uma roupa preta comprida, que lembrava vagamente a toga dos professores. – Pois não?

– Eu gostaria de saber se poderia usar um momento do seu tempo, senhor? – indaguei, com um nervosismo que só em parte era fingido.

Ele me examinou, observando meu traje refinado.

– Não trabalho com poções do amor. O senhor poderá encontrar esse tipo de coisa na Baixa Severen – falou. A porta maciça começou a se fechar aos poucos. – Mas o senhor se sairia melhor com um pouco de dança e umas rosas, se quer a minha opinião.

– Estou aqui por outra razão – apressei-me a dizer. – Duas, na verdade. Uma pelo maer, outra por mim mesmo. – Levantei a mão, revelando o anel de ferro na minha palma. O nome Alveron luzia em ouro vivo na face do anel.

A porta parou de se fechar.

— Nesse caso, é melhor que entre — disse Caudicus.

A sala parecia uma pequena Universidade contida num único aposento. Iluminadas pelo brilho vermelho e conhecido das lâmpadas de simpatia, havia prateleiras de livros, mesas repletas de vidros retorcidos e, mais ao fundo, parcialmente escondida pela parede curva da torre, julguei avistar uma pequena fornalha ou forno.

— Santo Deus! — exclamei, cobrindo a boca com uma das mãos. — Aquilo é um dragão? — perguntei, apontando para um enorme crocodilo empalhado que pendia de uma das vigas do teto.

Você tem que entender que alguns arcanistas são mais zelosos de seu território do que os tubarões, especialmente os que conseguiram ocupar luxuosas posições palacianas como essa. Eu não tinha ideia de como Caudicus reagiria à chegada de um jovem arcanista em formação a seu território, por isso decidi que seria mais seguro fazer o papel de um lordezinho agradavelmente obtuso e nada ameaçador.

Caudicus fechou a porta atrás de mim, com um risinho.

— Não. É um aligátor. Perfeitamente inofensivo, eu lhe garanto.

— Ele me assustou um pouco. Para que serve uma coisa dessas?

— Com franqueza? — perguntou ele, levantando a cabeça. — Não sei ao certo. Ele pertencia ao arcanista que morou aqui antes de mim. Pareceu-me uma pena jogá-lo fora. É um espécimen impressionante, não acha?

Lancei-lhe um olhar nervoso.

— Muito.

— Qual é esse assunto que o senhor mencionou?

Caudicus apontou para uma grande cadeira estofada e se acomodou em outra semelhante, de frente para mim.

— Receio só dispor de alguns minutos antes de me ocupar com outra tarefa. Até lá, o meu tempo é seu... — Deixou a fala se extinguir, com ar inquisitivo.

Percebi que ele sabia muito bem quem eu era: o jovem misterioso com quem o maer vinha-se encontrando. Calculei que ele devia estar tão ansioso quanto os demais para descobrir por que eu estava em Severen.

— Kvothe — falei. — Na verdade, o remédio do maer é metade do meu assunto.

Vi uma tênue ruga de irritação surgir entre suas sobrancelhas e me apressei a corrigir o que ele pudesse estar pensando:

— Estive falando com o maer mais cedo — expliquei. Fiz uma pausa brevíssima, como se me orgulhasse absurdamente disso. — E ele me perguntou se eu poderia levar-lhe seu medicamento depois que terminasse de falar com o senhor.

A ruga desapareceu.

— Decerto — disse Caudicus, com desenvoltura. — Isso me pouparia a ida aos aposentos dele. Mas qual é o assunto de que o senhor queria falar?

— Bem — inclinei-me para a frente, empolgado —, estou fazendo uma pesquisa sobre a história das famílias nobres de Vintas. Penso em escrever um livro, sabe?

– Uma genealogia? – perguntou ele e vi o enfado começar a lhe toldar os olhos.

– Oh, não. Já existe uma profusão de genealogias. Eu estava pensando numa coletânea de histórias relacionadas às grandes famílias – expliquei. Orgulhei-me muito dessa mentira. Ela não apenas explicaria minha curiosidade sobre a família de Meluan, como daria uma razão para eu estar passando tanto tempo com o maer. – A história tende a ser muito árida, mas todos apreciam uma anedota.

Caudicus meneou a cabeça como que para si mesmo.

– Ideia sagaz. Poderia ser um livro interessante.

– Vou escrever um breve prefácio histórico sobre cada família, como introdução aos relatos anedóticos que virão em seguida. O maer mencionou que o senhor é uma grande autoridade em famílias antigas e disse que ficaria satisfeito se eu o procurasse.

O elogio surtiu o efeito pretendido e Caudicus assumiu um ar levemente emproado.

– Não sei se eu me consideraria uma *autoridade* – disse, com falsa modéstia –, mas tenho um pouco de historiador – completou. Ergueu uma sobrancelha para mim. – O senhor deve perceber que, provavelmente, as próprias famílias seriam uma fonte superior de informações.

– Seria de se *supor* que sim – respondi, com uma olhadela de esguelha. – Mas as famílias tendem a relutar em compartilhar suas histórias mais interessantes.

Caudicus abriu um largo sorriso.

– Imagino que sim. – O sorriso desapareceu com igual rapidez. – Mas tenho certeza de não conhecer nenhuma história desse tipo a respeito da família do maer – disse, com ar sério.

– Oh, não, não, não! – exclamei, agitando as mãos numa negação violenta. – O maer é um caso especial. Eu nem sonharia... – Deixei a voz morrer, visivelmente engolindo em seco. – Minha esperança era que o senhor pudesse esclarecer-me a respeito da família Lackless. Estou inteiramente no escuro quanto a ela.

– Verdade? – disse Caudicus, surpreso. – Eles decaíram um pouco do que já foram, mas são uma mina de ouro de histórias.

Seus olhos assumiram uma expressão distante e ele tamborilou de leve nos lábios, com ar distraído.

– Que tal fazermos assim: eu lhe dou umas informações sobre a história deles e o senhor pode voltar amanhã para uma conversa mais longa. Está quase na hora do remédio do maer, que não deve se atrasar.

Caudicus se levantou e começou a arregaçar as mangas.

– Há uma coisa de que me lembro de imediato, se o senhor não se importar em que eu vá falando enquanto preparo a medicação do maer.

– Nunca vi fazerem uma poção – comentei, entusiasmado. – Se o senhor não achar que perturbo muito...

– De modo algum. Eu seria capaz de prepará-la dormindo.

Colocou-se atrás de uma bancada de trabalho e acendeu um par de velas de chama azul. Tomei o cuidado de parecer convenientemente impressionado, mesmo sabendo que elas eram pura exibição.

Caudicus salpicou algumas folhas secas numa pequena balança manual e as pesou.

– O senhor tem problemas para aceitar boatos na sua pesquisa?

– Não se eles forem interessantes.

Ele se calou, enquanto media cuidadosamente uma pequena quantidade de um líquido transparente de uma garrafa com tampa de vidro.

– Pelo que sei, os Lackless têm uma relíquia familiar. Bem, não é *exatamente* uma relíquia, mas uma coisa antiga, que remonta aos primórdios de sua linhagem.

– Não há nada de muito estranho nisso. As famílias antigas são repletas de relíquias.

– Fique quieto – disse ele, mal-humorado. – É mais do que isso.

Verteu o líquido numa tigela rasa de chumbo, com uns símbolos toscos entalhados na parte externa. Ele borbulhou e assobiou, enchendo o ar de um vago cheiro acre.

Caudicus decantou o líquido na tigela, acima das velas. Depois, acrescentou as folhas secas, uma pitada de alguma coisa e uma dose de um pó branco. Somou uma borrifada de um líquido que presumi ser simplesmente água, mexeu e, usando um filtro, verteu o resultado num frasco de vidro transparente, que tampou com uma rolha.

Estendeu o resultado para que eu o visse: um líquido âmbar translúcido, com um ligeiro toque esverdeado.

– Aqui está. Lembre-o de tomar tudo.

Peguei o frasco morno.

– Que relíquia era essa? – indaguei.

Caudicus lavou as mãos numa cuba de porcelana e as sacudiu para secá-las.

– Ouvi dizer que, nas partes mais antigas das terras dos Lackless, na área mais antiga de sua propriedade ancestral, existe uma porta secreta. Uma porta sem maçaneta nem dobradiças.

Ele me olhou para se certificar de que eu prestava atenção e prosseguiu:

– Não há maneira de abri-la. Ela fica trancada, mas, ao mesmo tempo, não tem fechadura. Ninguém sabe o que há do outro lado.

Fez um sinal com a cabeça para o frasco em minha mão.

– Agora, leve isso para o maer. É melhor que ele o beba enquanto está morno – recomendou e me escoltou até a porta. – Volte amanhã – disse, com um risinho de mofa. – Sei de uma história dos Menebra que deixará branco o seu cabelo ruivo.

– Ah, eu só trabalho com uma família de cada vez – retruquei, sem querer correr o risco de me atolar em intermináveis boatos palacianos. – Duas são o máximo absoluto. Neste momento, estou trabalhando com os Alveron e os Lackless. Não teria como encontrar ânimo para iniciar também uma terceira. – Dei um sorriso insípido. – Eu ficaria todo atolado.

– É pena – disse Caudicus. – Eu viajo bastante, sabe. Muitas famílias da nobreza anseiam por hospedar o arcanista pessoal do maer.

Lançou-me um olhar malicioso e acrescentou, enquanto abria a porta:

– Isso me deixa a par de alguns fatos bem interessantes. Pense nisso. E venha realmente amanhã. Terei mais a dizer sobre os Lackless, de qualquer modo.

Cheguei à porta dos aposentos do maer antes que o frasco pudesse esfriar. Stapes abriu-a quando bati e me conduziu aos aposentos internos.

Alveron estava dormindo na mesma posição em que eu o deixara. Quando Stapes fechou a porta às minhas costas, um dos olhos do maer se abriu e ele fez um débil sinal para mim.

– Você levou um bocado de tempo.

– Excelência, eu...

Alveron tornou a fazer um gesto para eu avançar, mais ríspido, dessa vez.

– Dê-me o meu remédio – disse, com a voz arrastada. – Depois, saia. Estou cansado.

– Receio que seja muito importante, excelência.

Os dois olhos se abriram e a raiva fervilhante reapareceu.

– O que é? – indagou ele, em tom rude.

Cheguei junto da cama e me inclinei para bem perto. Antes que ele pudesse protestar contra minha impropriedade, cochichei:

– Excelência, Caudicus está envenenando Vossa Graça.

CAPÍTULO 60

O instrumento da sabedoria

OS OLHOS DO MAER SE ARREGALARAM ao som de minhas palavras, depois tornaram a se estreitar. Mesmo em meio à enfermidade, sua inteligência era aguda.

– Você fez bem em falar tão perto e tão baixo – disse-me. – Está pisando num terreno perigoso. Mas fale, eu o ouvirei.

– Excelência, suponho que o Threipe não tenha mencionado em sua carta que, além de músico, sou aluno da Universidade.

Os olhos de Alveron não exibiram qualquer lampejo de reconhecimento.

– Que universidade? – perguntou.

– *A* Universidade, excelência. Sou membro do Arcanum.

O maer franziu o cenho.

– Você é jovem demais para fazer essa afirmação. E por que o Threipe deixaria de mencioná-la?

– Vossa Graça não estava à procura de um arcanista. E há certo estigma ligado a esse tipo de estudos nesta região tão a leste.

Era o mais perto que eu podia chegar de dizer a verdade: que os vintasianos eram supersticiosos num grau que beirava a idiotice.

O maer piscou os olhos lentamente, enquanto sua expressão endurecia.

– Muito bem – falou. – Se você é o que diz, faça uma mágica.

– Sou apenas um arcanista em formação, excelência. Mas, se Vossa Graça quiser ver um pouco de magia...

Olhei para os três lampiões alinhados nas paredes, lambi os dedos, concentrei-me e apaguei o pavio da vela sobre sua mesa de cabeceira.

O quarto todo escureceu e eu o ouvi inspirar, assustado. Peguei meu anel de prata e, no instante seguinte, ele começou a brilhar com uma luz azul-prateada. Minhas mãos esfriaram, pois eu não tinha outra fonte de calor senão meu próprio corpo.

– Basta – disse o maer. Se ficara perturbado, não houve qualquer indício em sua voz.

Atravessei o quarto e abri as janelas fechadas. A luz do sol inundou o cômodo. Havia um vago aroma das flores de silas e um trinar de pássaros.

– Sempre achei que tomar um pouco de ar é bom para qualquer perturbação do corpo, embora algumas pessoas discordem – comentei e sorri para ele.

Alveron não retribuiu o sorriso.

– Sim, sim. Você é muito inteligente. Venha aqui e sente-se.

Assim fiz, aproximando uma cadeira de sua cama.

– Agora, explique-se.

– Eu disse ao Caudicus que estava compilando uma coletânea de histórias das casas nobiliárquicas. Foi uma desculpa cômoda, pois também explica por que tenho passado tempo com Vossa Graça.

A expressão do maer continuou carregada. Vi a dor embotar seus olhos como uma nuvem passando diante do sol.

– A prova de que você é um hábil mentiroso está longe de lhe granjear minha confiança.

Um nó frio começou a se formar em meu estômago. Eu havia presumido que o maer aceitaria a verdade de maneira mais fácil.

– Justamente, excelência. Eu menti para *ele* e estou dizendo a verdade a *Vossa Graça*. Como ele não me tomou por nada além de um lordezinho ocioso, deixou-me vê-lo preparar seu remédio.

Ergui o frasco de líquido âmbar. A luz do sol decompôs-se num arco-íris no vidro.

Alveron continuou impassível. Seus olhos, normalmente cristalinos, toldaram-se de confusão e dor.

– Eu peço provas e você me conta uma história. Caudicus tem sido um servo fiel há 12 anos. Ainda assim, considerarei o que você disse.

Seu tom implicou que seria uma consideração breve e impiedosa. Ele estendeu a mão para o frasco.

Senti uma chaminha de raiva acender-se dentro de mim. Ela ajudou a aliviar o gélido temor que se instalava em minhas entranhas.

– Vossa Graça deseja uma prova?

– Quero meu remédio! – rebateu ele. – E quero dormir. Por favor, me...

– Excelência, eu posso...

– Como *se atreve* a me interromper? – explodiu Alveron num tom furioso, lutando para sentar-se ereto na cama. – Você vai longe demais! Retire-se já e talvez eu ainda considere conservar os seus serviços.

Ele tremia de ódio, com a mão ainda estendida para o frasco.

Houve um momento de silêncio. Estendi-lhe o frasco, mas, antes que ele pudesse pegá-lo, falei:

– Vossa Graça vomitou recentemente. Era um vômito leitoso e branco.

A tensão no quarto cresceu nitidamente, mas o maer ficou imóvel ao ouvir o que eu dissera.

– Sua língua parece grossa e pesada. Sua boca está seca e cheia de um gosto estranho e picante. Vossa Graça anseia por doces, por açúcar. Acorda de madrugada e descobre que não consegue mexer-se, não consegue falar. Fica paralisado, com cólicas abdominais e um pânico absurdo.

Enquanto eu falava, a mão do maer afastou-se lentamente do frasco. Sua expressão deixou de ser sinistra e raivosa. Seus olhos pareceram inseguros, quase assustados, mas voltaram a clarear, como se o medo houvesse despertado uma cautela adormecida.

– Caudicus lhe contou – disse-me, mas pareceu longe de estar seguro.

– Porventura o Caudicus discutiria detalhes da sua enfermidade com um estranho? – perguntei, em tom incisivo. – Minha preocupação é com a vida de Vossa Graça. Se eu tiver de ferir as conveniências para salvá-la, assim farei. Dê-me dois minutos para falar e lhe apresentarei uma prova.

Alveron assentiu lentamente com a cabeça.

– Não alegarei saber exatamente o que é isto – declarei, apontando para o frasco. – Mas grande parte do que está envenenando Vossa Graça é chumbo. Ele é responsável pelos espasmos, pela dor nos músculos e nas vísceras, pelo vômito e pela paralisia.

– Não tive nenhuma paralisia.

– Hum – resmunguei, observando-o com olhar crítico. – É uma sorte. Porém há mais do que o simples chumbo nisso. Imagino que a poção contenha uma boa quantidade de ophalum, que não é exatamente venenoso.

– Então, o que é?

– É mais parecido com um medicamento ou uma droga.

– Qual dos dois, afinal: veneno ou medicamento? – rebateu o maer.

– Vossa Graça já tomou láudano?

– Uma vez, quando era mais moço, para me ajudar a dormir com a dor de uma perna quebrada.

– O ophalum é uma droga semelhante, mas costuma ser evitado, por ser sumamente viciante. – Fiz uma pausa. – Também é chamado de resina de dênera.

O maer empalideceu ao ouvir isso e, nesse momento, seus olhos ficaram quase perfeitamente límpidos. Todos tinham conhecimento dos papa-doces.

– Suspeito que ele o tenha acrescentado porque Vossa Graça não vinha tomando a medicação com regularidade – esclareci. – O ophalum o faria ansiar pelo remédio, ao mesmo tempo que aliviaria sua dor. Também explicaria a ânsia por açúcar, os suores e quaisquer sonhos estranhos que lhe venham ocorrendo. O que mais ele terá posto aqui? – Refleti por um instante. – Provavelmente raiz-de-ponta ou manum, para impedir que Vossa Graça vomite em demasia. Inteligente. Pavoroso e inteligente.

– Não tão inteligente – comentou o maer, com um sorriso forçado. – Ele não conseguiu me matar.

Hesitei, mas resolvi dizer-lhe a verdade:

– Matar Vossa Graça seria simples. Ele poderia, sem dificuldade, dissolver neste frasco chumbo suficiente para matá-lo – afirmei, erguendo o vidro contra a luz. – Pôr o bastante para fazer Vossa Graça adoecer, sem matá-lo nem deixá-lo paralítico, *isso* é difícil.

– Por quê? Por que me envenenar, se não é para me matar?

– Vossa Graça teria mais sorte que eu para solucionar esse enigma. Tem mais conhecimento da política envolvida.

– Por que me envenenar? – repetiu ele, sinceramente intrigado. – Eu o remunero com prodigalidade. Ele é um membro altamente respeitado da corte. Tem liberdade para trabalhar em seus próprios projetos e viajar quando deseja. Vive aqui há 12 anos. Por que agora?

Balançou a cabeça e acrescentou:

– Estou lhe dizendo que isso não faz sentido.

– Dinheiro? – sugeri. – Dizem que todo homem tem seu preço.

Alveron continuou meneando a cabeça. Depois, ergueu subitamente os olhos.

– Não. Acabo de me lembrar. Adoeci muito antes de Caudicus começar a tratar de mim – disse. Parou para pensar. – Sim, isso mesmo. Eu o procurei para saber se poderia cuidar da minha doença. Os sintomas que você mencionou só apareceram meses depois de ele começar a me tratar. *Não pode* ter sido ele.

– O chumbo funciona lentamente em pequenas doses, excelência. Se ele pretendia envená-lo, dificilmente quereria que Vossa Graça começasse a vomitar sangue 10 minutos depois de tomar o remédio.

De repente, lembrei-me de com quem estava falando.

– Isto foi mal formulado, excelência. Peço desculpas.

Ele meneou a cabeça, numa aceitação rígida.

– Muito do que você diz chega perto demais do alvo para que eu o ignore. Ainda assim, não posso acreditar que Caudicus seja capaz de uma coisa dessas.

– Podemos fazer um teste, excelência.

Ele me olhou.

– Como assim?

– Mande trazer meia dúzia de pássaros para seus aposentos. Os bebe-gotas seriam ideais.

– Bebe-gotas?

– Uns passarinhos minúsculos e brilhantes, amarelos e vermelhos – respondi, mostrando o polegar e o indicador afastados alguns centímetros. – Há uma profusão deles nos seus jardins. Eles bebem o néctar das suas silas.

– Ah. Nós os chamamos de ligeirinhos.

– Misturaremos o seu remédio no néctar deles e veremos o que acontece.

A expressão de Alveron ensombreceu-se.

– Se o chumbo age lentamente, como você diz, isso levaria meses. Não passarei meses sem a minha medicação por causa dessa sua fantasia mal corroborada.

Vi sua raiva em ebulição na superfície da voz.

– Eles pesam muito menos do que Vossa Graça e têm um metabolismo muito mais rápido. Devemos ver os resultados em um ou dois dias, no máximo.

Assim eu esperava.

Ele pareceu considerar a ideia.

– Muito bem – disse, levantando uma sineta da mesa de cabeceira.

Falei depressa, antes que ele pudesse tocá-la.

– Será que posso pedir a Vossa Graça que invente uma razão para necessitar desses pássaros? Um pouco de cautela nos faria bem.

– Conheço Stapes desde sempre – disse o maer com firmeza, os olhos límpidos e argutos como eu jamais os vira. – A ele eu confio minhas terras, meu cofre e minha vida. Jamais desejo ouvi-lo implicar que ele é outra coisa senão alguém perfeitamente digno de confiança.

Havia uma convicção inabalável na voz de Alveron.

Baixei os olhos.

– Sim, excelência.

Ele tocou a sineta e mal haviam se passado dois segundos quando o camareiro corpulento abriu a porta.

– Pois não, senhor?

– Stapes, tenho sentido falta de andar pelos jardins. Você poderia me arranjar uma meia dúzia de ligeirinhos?

– Ligeirinhos, senhor?

– Sim – confirmou o maer, como quem encomendasse o almoço. – Eles são bonitos. Acho que seu canto me ajudará a dormir.

– Verei o que posso fazer, senhor.

Antes de fechar a porta, Stapes amarrou a cara para mim.

Depois que a porta se fechou, olhei para o maer.

– Posso perguntar a Vossa Graça por quê?

– Para poupá-lo do trabalho de mentir. Ele não tem jeito para isso. E há sabedoria no que você disse. A cautela é sempre o instrumento da sabedoria.

Vi uma fina camada de transpiração cobrir-lhe o rosto e falei:

– Se eu estiver certo, esta será uma noite difícil para Vossa Graça.

– Todas as minhas noites são difíceis, ultimamente – disse ele com amargura. – O que tornará esta pior do que a anterior?

– O ophalum, excelência. Seu corpo anseia por ele. Dentro de dois dias, Vossa Graça deverá ter passado pelo pior. Porém, até lá, vai experimentar um... desconforto considerável.

– Seja claro.

– Haverá dores no queixo e na cabeça, transpiração, náusea, cãibras e espasmos, especialmente nas pernas e na parte inferior das costas. Talvez Vossa Graça perca o controle dos intestinos e haverá períodos alternados de sede intensa e vômitos.

Baixei os olhos para minhas mãos.

– Sinto muito, excelência.

A expressão de Alveron estava muito crispada ao término da minha descrição, mas ele meneou a cabeça com cortesia.

– Eu prefiro saber.

– Há umas coisas que tornarão isso ligeiramente mais tolerável, excelência.

Ele se animou um pouco:

– Como o quê?

– O láudano, por exemplo. Só um tantinho, para reduzir a ânsia do seu corpo. E algumas outras coisas cujos nomes não são importantes. Posso misturá-las num chá para Vossa Graça. Outro problema é que continuará a haver uma boa quantidade de chumbo em seu sangue, que não irá embora sozinha.

Isso pareceu assustá-lo mais que qualquer outra coisa que eu dissera até então.

– Não vou eliminá-lo pela digestão, simplesmente?

Fiz que não com a cabeça.

– Os metais são venenos insidiosos. Ficam aprisionados no organismo. Só por meio de um esforço especial se consegue sugar o chumbo para fora do corpo.

O maer crispou o rosto.

– Maldito aborrecimento. Detesto sanguessugas.

– É maneira de falar, excelência. Só imbecis e parasitas bajuladores usam sanguessugas hoje em dia. O chumbo precisa ser *extraído* de Vossa Graça.

Pensei em lhe dizer a verdade – que o mais provável era que ele jamais se livrasse inteiramente do chumbo –, mas resolvi guardar essa informação para mim.

– Você sabe fazer isso?

Pensei por um bom momento.

– É provável que eu seja sua melhor opção, excelência. Estamos muito longe da Universidade. Aposto que nem um em cada 10 médicos daqui tem uma formação respeitável, e não sei qual deles conheceria o Caudicus.

Pensei mais um pouco e balancei a cabeça.

– Posso pensar em 50 pessoas mais adequadas que eu para fazer esse trabalho, mas estão todas a 1.600 quilômetros daqui.

– Aprecio a sua franqueza.

– Posso encontrar quase tudo de que preciso na Baixa Severen. Entretanto...

Deixei a voz morrer, na esperança de que o maer compreendesse o sentido e me poupasse o embaraço de lhe pedir dinheiro.

Ele me olhou sem entender.

– Entretanto?

– Precisarei de dinheiro, excelência. As coisas de que Vossa Graça necessita não são fáceis de achar.

– Ah, é claro.

Pegou uma bolsa e a entregou a mim. Fiquei um tanto surpreso ao constatar que o maer tinha pelo menos uma bolsa polpuda ao alcance da mão, perto de sua cama. Sem que fosse chamada, veio-me à lembrança uma descompostura que eu havia passado num alfaiate em Tarbean, anos antes. Como é que eu tinha dito? *Um cavalheiro nunca fica muito longe de sua bolsa?* Fiz força para reprimir um inconveniente acesso de riso.

Stapes regressou pouco depois. Numa surpreendente demonstração de engenhosidade, exibiu uma dúzia de bebe-gotas numa gaiola sobre rodas, do tamanho de um guarda-roupa.

– Stapes, você realmente se superou! – exclamou o maer, enquanto o camareiro fazia a gaiola de tela fina rolar pela porta.

– Onde prefere que ela fique, senhor?

– É só deixá-la aí, por enquanto. Mandarei o Kvothe deslocá-la para mim.

Stapes pareceu meio magoado.

– Não é problema algum.

– Sei que você o faria com prazer, Stapes. Mas, em vez disso, eu tinha esperança de que você me trouxesse uma jarra de sumo fresco de maçã. Creio que me acalmaria o estômago.

– Certamente – disse o camareiro, que se apressou a sair e fechou a porta.

Tão logo ela bateu, aproximei-me da gaiola. Os passarinhos, que pareciam pedras preciosas, saltavam de poleiro em poleiro a uma velocidade estonteante.

– Coisinhas lindas – ouvi o maer dizer. – Eu era fascinado por eles quando pequeno. Lembro-me de pensar em como devia ser maravilhoso não comer nada além de açúcar o dia inteiro.

Havia três comedouros presos com arame à parte externa da gaiola: tubos de vidro cheios de água com açúcar. Dois deles tinham bicos em forma de botões de silas, enquanto o do terceiro era uma íris estilizada. As aves eram o bichinho de estimação perfeito para a nobreza. Quem mais poderia se dar ao luxo de alimentar seus animais com açúcar todos os dias?

Desatarraxei as tampas dos comedouros e verti um terço do remédio do maer em cada um. Exibi o frasco vazio a Alveron.

– O que Vossa Graça costuma fazer com isto?

Ele o pôs na mesa ao lado da cama.

Observei a gaiola até que um dos pássaros voou até um comedouro e bebeu.

– Se Vossa Graça disser ao Stapes que quer alimentá-los pessoalmente, isso o impedirá de mexer no alimento deles?

– Sim. Ele sempre faz exatamente o que ordeno.

– Ótimo. Deixe que esvaziem os comedouros antes de tornar a enchê-los. Desse modo, receberão uma dose melhor e veremos os resultados mais depressa. Onde Vossa Graça quer que eu ponha a gaiola?

Ele correu lentamente os olhos pelo quarto.

– Ao lado da cômoda, na sala de estar – disse, finalmente. – Poderei ver a gaiola daqui.

Rolei-a com cuidado até o aposento vizinho. Ao voltar, encontrei Stapes servindo um copo de sumo de maçã ao maer.

Fiz uma reverência para Alveron.

– Com sua permissão, excelência.

Ele fez um gesto para me dispensar.

– Stapes, o Kvothe voltará aqui depois, hoje à tarde. Deixe-o entrar, mesmo que eu esteja dormindo.

Stapes assentiu com a cabeça, rígido, e tornou a me lançar um olhar de reprovação.

– Talvez ele também me traga umas coisas. Por favor, não mencione isso a ninguém.

– Se há alguma coisa de que o senhor precisa...

Alveron deu um sorriso cansado.

– Sei que você o faria, Stapes. Estou simplesmente fazendo o rapaz ser útil. Prefiro ter você bem à mão.

Alveron deu um tapinha no braço do camareiro e Stapes pareceu abrandar-se. Retirei-me sozinho.

∞

Minha ida à Baixa Severen levou horas além do que seria preciso. Embora a demora me aborrecesse, ela era necessária. Enquanto andava pelas ruas, vislumbrei pessoas que me seguiam como cães.

Não fiquei surpreso. Pelo que tinha visto da natureza mexeriqueira da corte do maer, eu esperava que houvesse um ou dois criados vigiando minhas andanças pela Baixa Severen. Como eu disse, a corte do maer tinha grande curiosidade a meu respeito nessa ocasião e é inimaginável o que a nobreza entediada é capaz de fazer para bisbilhotar a vida alheia.

Embora os rumores em si não me causassem apreensão, seus efeitos poderiam ser catastróficos. Se Caudicus soubesse que eu saíra para fazer compras em boticários depois de visitar Alveron, que medidas tomaria? Qualquer pessoa disposta a envenenar o maer não hesitaria em me apagar como a uma vela.

Assim, para evitar suspeitas, a primeira coisa que fiz ao chegar a Severen foi almoçar. Um bom guisado quente com pão integral. Eu estava mortalmente enjoado daquela comida requintada que já chegava morna aos meus aposentos.

Depois, comprei dois frascos para bebidas, do tipo normalmente usado para conhaque. Em seguida, passei uma meia hora relaxante, vendo uma pequena trupe itinerante encenar o final de *O fantasma e a criadora de gansos* numa esquina. Eles não eram Edena Ruh, mas fizeram um bom trabalho. A bolsa do maer lhes foi generosa quando eles passaram o chapéu.

Por fim, achei o caminho para uma botica bem suprida. Comprei diversas coisas, de um jeito nervoso e desordenado. Quando tinha tudo de que precisava e algumas coisas que não seriam úteis, fiz perguntas constrangidas ao boticário sobre o que um homem poderia tomar se viesse... tendo certos problemas... no quarto.

O boticário meneou a cabeça com seriedade e recomendou várias coisas, com ar perfeitamente sóbrio. Comprei um pouco de cada uma, depois fiz uma tentativa atrapalhada de ameaçá-lo e de comprar seu silêncio. Quando enfim me retirei, ele estava ofendido e absolutamente irritado. Se alguém lhe fizesse perguntas, contaria prontamente a história de um cavalheiro rude, interessado em curas da impotência. Estava longe de ser algo que eu ansiasse por somar à minha reputação, porém ao menos não haveria nenhuma história chegando ao Caudicus sobre minha compra de láudano, urtigão, quebra-dente e outras drogas igualmente suspeitas.

Por último, resgatei meu alaúde da casa de penhores, com um dia inteiro de antecedência. Isso quase esvaziou a bolsa do maer, mas era minha missão final. O sol já se punha quando regressei ao sopé do Despenhadeiro.

Havia apenas um punhado de alternativas para transitar entre Alta Severen e Baixa Severen. As mais comuns eram duas escadarias estreitas, que subiam de um lado ao outro pela frente do Despenhadeiro. Eram velhas, meio desabadas e estreitas em alguns pontos, mas eram gratuitas e, portanto, constituíam a escolha usual da gente comum que morava na Baixa Severen.

Para quem não gostava da ideia de subir a uma altura de 60 metros por uma escada estreita, havia outras opções. Os elevadores de frete eram operados por um par de ex-alunos da Universidade. Não se tratava de arcanistas plenos, mas de homens inteligentes que conheciam o suficiente de simpatia e engenharia para lidar com a tarefa bastante prosaica de içar e baixar carroças e cavalos pelo Despenhadeiro, numa grande plataforma de madeira.

Para os passageiros, o frete custava um vintém na subida e meio vintém na descida, embora vez por outra fosse preciso esperar que um mercador terminasse de carregar ou descarregar seus produtos para que o elevador pudesse fazer sua viagem.

A nobreza não usava os elevadores fretados. A desconfiança vintasiana de tudo que fosse remotamente esotérico levava os nobres para o elevador movido a cavalos. Este era içado por uma tropa de 20 cavalos, presos a um sistema complexo de polias. Isso significava que tal elevador era um pouco mais rápido e cobrava uma lasca inteirinha de prata pelo transporte. O melhor de tudo era que, mais ou menos uma vez por mês, um lordezinho embriagado despencava dele para a morte, o que lhe aumentava a popularidade, por mostrar o pedigree da clientela.

Como o dinheiro na bolsa não era meu, resolvi usar o elevador movido a cavalos.

Juntei-me aos quatro cavalheiros e uma dama que já estavam na fila, esperei o elevador descer, entreguei minha fina lasca de prata e subi a bordo.

Ele não passava de uma caixa com os lados vazados e um corrimão de metal em toda a volta das bordas. Grossas cordas de cânhamo eram presas aos cantos, o que lhe conferia certa estabilidade, mas qualquer movimento extremo fazia a coisa balançar da maneira mais inquietante. Um garoto bem-vestido subia e descia com cada leva de passageiros, abrindo o portão e fazendo sinal para os encarregados dos cavalos, lá no alto, no momento de eles começarem a puxar.

Era costume dos nobres dar as costas a Severen ao subirem nos elevadores. Ficar olhando embasbacado era coisa de plebeu. Sem me importar particularmente com o que os aristocratas pensavam de mim, parei junto ao corrimão frontal. Meu estômago teve um comportamento peculiar ao nos elevarmos do chão.

Contemplei Severen espalhando-se lá embaixo. Tratava-se de uma cidade antiga e orgulhosa. O alto muro de pedra que a cercava falava de épocas conturbadas, muito tempo antes. Dizia muito sobre o maer que, mesmo nesses tempos de paz, as fortificações fossem mantidas em excelentes condições. Todos os três portões eram guardados e se fechavam todas as noites, ao cair do sol.

À medida que o elevador continuou a subir, pude ver os diferentes bairros de Severen com a clareza de quem examinasse um mapa. Havia o bairro rico, espaçado por jardins e parques, com todas as construções de tijolos e pedras antigas. Havia o bairro pobre, de ruas sinuosas e estreitas, onde todos os telhados eram de tábuas de madeira revestidas de piche. Aos pés do penhasco, uma cicatriz negra marcava o local em que um incêndio havia cortado a cidade, em algum momento do passado, deixando pouco mais que os esqueletos carbonizados das construções.

Logo terminou a subida. Deixei os outros nobres desembarcarem, enquanto me debruçava no corrimão, contemplando a cidade lá embaixo.

– Senhor? – chamou o menino, com ar cansado. – Todos têm que desembarcar.

Virei-me, pisei fora do elevador e deparei com Denna, parada no começo da fila.

Antes que eu tivesse tempo de fazer outra coisa além de fitá-la, assombrado, ela se virou e seus olhos cruzaram com os meus. Seu rosto se iluminou. Ela exclamou meu nome, correu para mim e se aninhou em meus braços, antes que eu soubesse o que estava acontecendo. Acomodei os braços em volta dela e descansei a bochecha em sua orelha. Nós nos encaixávamos com facilidade, como se fôssemos dançarinos. Como se o tivéssemos praticado mil vezes. Denna era morna e macia.

– O que está fazendo aqui? – perguntou-me. Tinha o coração disparado e o senti palpitar contra meu peito.

Fiquei mudo enquanto ela dava um passo atrás. Só então notei um hematoma de dias, já desbotando para o amarelo, no alto da maçã de seu rosto. Mesmo assim, ela era a coisa mais linda que eu tinha visto em dois meses e em mais de mil quilômetros.

– O que *você* está fazendo aqui? – perguntei.

Denna deu sua risada de prata e estendeu a mão para tocar meu braço. Em seguida, seus olhos correram por cima do meu ombro e seu rosto ficou desolado.

– Espere! – gritou ela para o menino, que já ia fechando o portão do elevador. – Tenho que pegar este, senão chegarei atrasada – disse-me, com o rosto carregado de sofridas desculpas, enquanto passava por mim e entrava no elevador. – Vá me procurar.

O garoto fechou o portão atrás dela e senti um aperto no peito quando o elevador começou a descer e a desaparecer de vista.

– Onde devo procurá-la? – perguntei, mais perto da borda do Despenhadeiro, vendo-a descer e se afastar.

Denna olhou para cima, o rosto branco contra a escuridão, o cabelo uma sombra da noite.

– Na segunda rua ao norte da Central: rua Tinnery.

As sombras a tragaram e, de repente, vi-me sozinho. Fiquei parado ali, com o aroma dela ainda no ar à minha volta, o calor de seu corpo mal começando a desaparecer de minhas mãos. Eu ainda sentia o tremor de seu coração, qual pássaro engaiolado, batendo contra o meu peito.

CAPÍTULO 61

Urtigão

Depois da ida a Severen, depositei o estojo com o alaúde em meu quarto e fui o mais rápido possível para os aposentos de Alveron. Stapes não ficou satisfeito ao me ver, mas me fez entrar com a mesma eficiência azafamada de sempre.

Alveron estava deitado num estupor suarento, com a roupa de cama enroscada a seu redor. Só então notei quanto havia emagrecido. Seus braços e pernas estavam finos e fibrosos e a tez passara de pálida a cinzenta. Ele me olhou com ar ameaçador quando entrei no quarto.

Stapes ajeitou-lhe as cobertas de maneira mais recatada e o ajudou a sentar-se, apoiando-o nos travesseiros. Alveron suportou estoicamente esses cuidados e disse "Obrigado, Stapes", num tom de quem o dispensava. O camareiro retirou-se devagar, lançando-me um olhar decididamente incivilizado.

Aproximei-me da cama do maer e tirei diversos produtos dos bolsos da capa.

– Encontrei tudo de que precisava, excelência. Mas nem tudo que havia esperado. Como se sente Vossa Graça?

Ele me lançou um olhar que dizia tudo.

– Você demorou um tempo desgraçado para voltar. O Caudicus esteve aqui na sua ausência.

Reprimi uma onda de ansiedade.

– O que aconteceu?

– Ele me perguntou como eu me sentia e eu lhe disse a verdade. Ele examinou meus olhos e minha garganta e perguntou se eu tinha vomitado. Eu lhe disse que sim, que queria mais remédio e que ele me deixasse em paz. Ele foi embora e mandou mais remédio.

Senti o pânico avolumar-se em mim.

– E Vossa Graça o tomou?

– Se você demorasse muito mais, eu o teria tomado e para o diabo com as suas histórias da carochinha – respondeu ele. Tirou outro frasco de baixo do travesseiro. – Não vejo que mal isso poderia fazer. Já me sinto agonizando – disse, atirando o frasco para mim, com raiva.

– Devo poder melhorar essa situação, excelência. Lembre-se, esta noite será a mais difícil. Amanhã será ruim. Depois, tudo deverá ficar bem.

– Se eu viver até lá – resmungou ele.

Era apenas a ranhetice mal-humorada de um doente, mas espelhou com tamanha precisão os meus pensamentos, que senti um frio correr pela espinha. Mais cedo, eu já havia considerado que o maer poderia morrer, apesar da minha intervenção. Mas, ao olhá-lo nessa hora, frágil, cinzento e trêmulo, reconheci a verdade: talvez ele não sobrevivesse àquela noite.

– Primeiro temos isto, excelência – falei, pegando o frasco de bebida.

– Conhaque? – perguntou ele, com uma expectativa abafada. Balancei a cabeça e abri o frasco. Ele torceu o nariz ao sentir o cheiro e tornou a afundar nos travesseiros. – Pelos dentes de Deus! Como se a minha agonia já não bastasse. Óleo de fígado de bacalhau?

Fiz que sim, com ar sério.

– Tome dois bons goles, excelência. Isso faz parte da sua cura.

Ele não fez nenhum movimento para tomá-lo.

– Nunca pude tragar esse negócio e, ultimamente, vomito até o chá. Não vou me submeter ao inferno de beber isso só para devolvê-lo depois.

Assenti com a cabeça e tampei o frasco.

– Vou dar-lhe uma coisa para acabar com isso.

Havia um bule d'água na mesa de cabeceira e comecei a preparar uma xícara de chá. Ele se inclinou debilmente, para ver o que eu fazia.

– O que está pondo aí?

– Uma coisa para impedir que Vossa Graça fique enjoado e outra para ajudá-lo a eliminar o veneno do organismo. Um pouco de láudano para diminuir sua ânsia. E chá. Vossa Graça usa açúcar?

– Normalmente, não. Mas imagino que, sem ele, isso tenha gosto de água podre de chuva em toco de árvore.

Acrescentei uma colherada, mexi e lhe entreguei a xícara.

– Primeiro você – disse Alveron. Pálido e carrancudo, observou-me com seus argutos olhos cinzentos. E deu um sorriso terrível.

Hesitei, mas apenas por um instante.

– À saúde de Vossa Graça – brindei e bebi um bom gole. Fiz uma careta e pus mais uma colherada de açúcar. – Vossa Graça previu muito bem. É água podre de chuva.

Ele segurou a xícara com as duas mãos e começou a beber, em vários goles rápidos e decididos.

– Pavoroso – disse, simplesmente. – Mas é melhor do que nada. Sabe como é infernal sentir sede e não conseguir beber nada, por medo de vomitar? Eu não desejaria isso a um cão.

– Espere um pouco antes de terminar – adverti-o. – Isso deverá acalmar seu estômago em poucos minutos.

Fui ao outro cômodo e acrescentei o novo frasco de remédio aos comedouros dos ligeirinhos. Senti alívio ao ver que continuavam a bebericar o néctar tratado com o medicamento. Tinha sentido medo de que o evitassem, por causa da mudança de sabor ou de um instinto natural de autopreservação.

Eu também temia que o chumbo pudesse não ser venenoso para os bebe-gotas. Temia que eles levassem uma onzena para manifestar qualquer efeito nocivo, e não apenas dias. Preocupava-me com o humor cada vez pior do maer. Preocupava-me com sua doença. Preocupava-me com a possibilidade de estar errado a respeito de tudo que havia suposto.

Voltei para junto do leito do maer e o encontrei aninhando a xícara vazia no colo. Preparei uma segunda, semelhante à primeira, e ele a bebeu depressa. Depois, ficamos sentados em silêncio por cerca de 15 minutos.

– Como se sente, excelência?

– Melhor – admitiu ele, a contragosto. Sua fala era ligeiramente arrastada. – Muito melhor.

– Provavelmente, é o láudano – comentei. – Mas agora seu estômago deve ter-se acalmado.

Peguei o frasco de óleo de fígado de bacalhau.

– Duas boas goladas, excelência.

– Isso é mesmo a única coisa que serve? – perguntou ele, com desagrado.

– Se eu tivesse acesso aos boticários próximos da Universidade, poderia encontrar algo mais palatável, mas, no momento, isso é tudo que podemos usar.

– Dê-me outra xícara de chá para empurrar isso goela abaixo – disse ele. Pegou o frasco, tomou dois golinhos e o devolveu, com a boca curvada para baixo numa expressão macabra.

Internamente, dei um suspiro.

– Se Vossa Graça pretende bebericá-lo, passaremos a noite toda aqui. Duas boas goladas, como as dos marinheiros quando bebem uísque barato.

Ele fechou a carranca.

– Não fale comigo como se eu fosse criança.

– Então, faça papel de homem – retruquei com rispidez, deixando-o num silêncio estupefato. – Dois goles a cada quatro horas. Esse frasco inteiro deverá estar terminado amanhã.

Seus olhos cinzentos se estreitaram perigosamente.

– Eu gostaria de lembrar-lhe com quem você está falando.

– Estou falando com um homem doente que se recusa a tomar seu remédio – retruquei, sem me alterar.

A raiva fervilhou baixinho por trás de seus olhos embotados pelo láudano.

– Um quartilho de óleo de peixe não é remédio – sibilou ele. – É uma exigência maldosa e absurda. Não se pode atendê-la.

Fitei-o com meu melhor olhar de desdém e tirei o frasco de sua mão. Sem desviar os olhos dos seus, bebi a coisa toda. Gole após gole do óleo desceram por minha goela, enquanto eu sustentava o olhar do maer. Vi seu rosto passar de furioso a enojado e, por fim, acomodar-se numa expressão de assombro mudo e nauseado. Emborquei o frasco, passei o dedo por seu interior e lambi tudo, até ficar limpo.

Tirei um segundo frasco de um bolso da capa.

– Esta seria sua dose de amanhã, mas Vossa Graça precisará usá-la esta noite. Se lhe parecer mais fácil, um gole a cada duas horas deverá bastar.

Estendi-lhe o frasco, ainda sustentando seu olhar.

Alveron pegou-o em silêncio, bebeu duas boas goladas e tampou o frasco, com sombria determinação. O orgulho sempre tem mais peso com a nobreza do que a razão.

Remexi num dos bolsos de minha bela capa cor de vinho e tirei o anel do maer.

– Esqueci de lhe devolver isto antes, excelência – falei, estendendo-lhe a joia.

Ele começou a esticar a mão para apanhá-lo, mas parou.

– Guarde-o por enquanto. Você o mereceu, imagino.

– Obrigado, excelência – respondi, tomando o cuidado de manter uma expressão sóbria. Ele não estava me convidando a usar o anel, mas permitir que eu o conservasse era um passo à frente em nossa relação. Independentemente de como corresse sua corte a lady Lackless, eu o havia impressionado nesse dia.

Servi-lhe mais chá e resolvi concluir suas instruções, enquanto contava com sua atenção.

– Vossa Graça deve tomar o resto deste bule durante a noite. Mas, lembre-se, é tudo o que terá até amanhã. Quando mandar me chamar, eu lhe prepararei um pouco mais. Vossa Graça deve procurar beber todos os líquidos que puder esta noite. O melhor seria leite. Ponha um pouco de mel, para que desça mais fácil.

Ele concordou e pareceu estar resvalando para o sono. Sabendo como sua noite seria difícil, deixei-o cochilar. Recolhi minhas coisas antes de sair.

Stapes me esperava num dos aposentos externos. Fiz-lhe sinal de que o maer havia adormecido e lhe disse para não jogar fora o chá do bule, pois Sua Graça o quereria quando acordasse.

Quando saí, o olhar que Stapes me lançou não foi meramente gélido, como os de antes. Foi cheio de ódio, praticamente venenoso. Só depois que ele fechou a porta atrás de mim foi que me dei conta de como aquilo devia parecer-lhe. Ele presumia que eu estava me aproveitando do maer em seu momento de fraqueza.

Há inúmeras pessoas assim no mundo: médicos itinerantes sem o menor escrúpulo de tirar proveito dos temores dos desesperadamente enfermos. O melhor exemplo disso era Urtigão, o vendedor de poções de *Três vinténs por um desejo*. Um dos personagens mais desprezados do teatro, sem dúvida, não havia plateia que não desse vivas quando ele era levado ao pelourinho no quarto ato.

Com isso em mente, comecei a pensar em como o maer me parecera frágil e macilento. Quando morava em Tarbean, eu tinha visto jovens saudáveis serem mortos pela desabituação do ophalum, e o maer não era jovem nem saudável.

Se ele morresse, quem levaria a culpa? Certamente não Caudicus, o conselheiro de confiança. Certamente não Stapes, o amado camareiro...

Eu. Culpariam a mim. O estado do maer *havia* piorado logo depois da minha chegada. Eu não duvidava que Stapes trouxesse imediatamente à luz o fato de eu ter passado um tempo a sós com Alveron em seus aposentos. De ter-lhe preparado um bule de chá pouco antes de ele ter uma noite muito traumática.

Na melhor das hipóteses, eu pareceria um jovem Urtigão. Na pior, um assassino.

Era esse o rumo de meus pensamentos quando atravessei a propriedade do maer, na volta a meus aposentos, parando apenas para me debruçar numa das janelas que davam para Baixa Severen e vomitar um quartilho de óleo de fígado de bacalhau.

CAPÍTULO 62

Crise

NA MANHÃ SEGUINTE, FUI À Baixa Severen antes do nascer do sol. Comi um desjejum quente de ovos e batatas, enquanto esperava pela abertura de uma botica. Depois de terminar, comprei mais dois quartilhos de óleo de fígado de bacalhau e uma miscelânea de outras coisas em que não tinha pensado na véspera.

Feito isso, percorri toda a extensão da rua Tinnery, na esperança de tropeçar em Denna, apesar de ser cedo demais para que ela estivesse de pé. Grandes diligências e carroças de agricultores disputavam espaço nas ruas pavimentadas de pedra. Mendigos ambiciosos reivindicavam as esquinas mais movimentadas, enquanto lojistas penduravam suas tabuletas do lado de fora e escancaravam as janelas.

Contei 23 hospedarias e pensões na rua Tinnery. Depois de anotar mentalmente as que seriam do provável agrado de Denna, obriguei-me a retornar à residência do maer. Dessa vez, peguei um elevador de frete, em parte para confundir quem estivesse me seguindo, mas também porque a bolsa que Alveron me dera estava quase vazia.

Como eu precisava manter uma aparência de normalidade, permaneci em meus aposentos, à espera de que o maer mandasse me chamar. Enviei meu cartão e meu anel a Bredon, que pouco depois estava sentado diante de mim, arrasando-me no tak e contando histórias.

– ...e assim, o maer mandou pendurá-lo num patíbulo. Bem ao lado do portão leste. Passou dias pendurado ali, urrando e praguejando. Alegando que era inocente. Dizendo que aquilo não era direito e que queria ir a julgamento.

Eu não conseguia realmente acreditar.

– Num patíbulo?

Bredon fez que sim, com ar sério.

– Um verdadeiro patíbulo de ferro. Quem sabe onde ele terá conseguido encontrá-lo, na época atual. Parecia uma coisa tirada de uma peça de teatro.

Procurei algo mais ou menos neutro para dizer. Ainda que aquilo soasse grotesco, eu também sabia que não convinha criticar abertamente o maer.

– Bem, o banditismo *é* uma coisa terrível – comentei.

Bredon ia pondo uma pedra no tabuleiro, mas pensou melhor.

– Muita gente considerou aquilo bastante... – pigarreou. – De mau gosto. Mas ninguém o disse em voz muito alta, se entende o que quero dizer. Foi uma coisa macabra. Porém transmitiu a mensagem.

Ele finalmente escolheu o lugar em que pôr sua pedra e passamos um tempo jogando em silêncio.

– É estranho – falei. – Um dia desses, topei com uma pessoa que não sabia qual seria a posição do Caudicus no panorama geral das coisas.

– Não chega a ser uma grande surpresa – disse Bredon, fazendo um gesto para o tabuleiro. – Dar e receber anéis é muito parecido com o tak. À primeira vista, as regras são simples. Na execução, tornam-se muito complicadas.

Ele baixou uma pedra com um clique e seus olhos se franziram com ar jocoso.

– Aliás – prosseguiu –, outro dia estive explicando as complexidades desse costume a um estrangeiro que não estava familiarizado com essas coisas.

– Foi gentileza sua – comentei.

Bredon fez um aceno cortês com a cabeça.

– Parece simples, à primeira vista. Barão está acima de baronete. Às vezes, porém, o dinheiro novo vale mais do que o sangue antigo. Às vezes, o controle de um rio é mais importante do que o número de soldados que se pode pôr no campo de batalha. Às vezes, na verdade, uma pessoa é mais de uma, tecnicamente falando. O conde de Svanis, por uma estranha herança, é também o visconde de Tevn. Um só homem, porém duas entidades políticas diferentes.

Sorri e comentei:

– Certa vez, minha mãe me disse ter conhecido um homem que era vassalo dele mesmo. Devia a si mesmo uma parcela de seus próprios tributos todo ano e, se algum dia fosse ameaçado, havia tratados em vigor que exigiam que ele desse a si mesmo um apoio militar imediato e leal.

Bredon balançou a cabeça.

– Isso acontece com mais frequência do que as pessoas se dão conta. Especialmente com as famílias mais antigas. O Stapes, por exemplo, existe em diversas condições distintas.

– O Stapes? – repeti. – Mas ele é apenas um camareiro, não?

– Bem – disse Bredon, devagar –, isso ele é. Mas está longe de ser *apenas* um camareiro. Sua família é muito antiga, embora ele não tenha um título próprio. Tecnicamente, não fica acima de um cozinheiro. Mas é dono de terras substanciais. Tem dinheiro. E é o camareiro *do maer*. Eles se conhecem desde que eram meninos. Todos sabem que Alveron lhe dá ouvidos.

Os olhos escuros de Bredon me inspecionaram.

– Quem se atreveria a insultar um homem desses com um anel de ferro? Se você for ao quarto dele, verá a verdade: não há nada em sua salva senão ouro.

∽

Bredon pediu licença para se retirar logo depois do jogo, alegando um compromisso anterior. Por sorte, agora eu tinha meu alaúde para ocupar o tempo. Pus-me a reafiná-lo, verificando o traste e me inquietando com a cravelha que afrouxava constantemente. Fazia muito tempo que estávamos longe um do outro e levaria algum tempo para nos familiarizarmos outra vez.

Passaram-se horas. Descobri-me tocando distraidamente "O lamento de Urtigão" e me forcei a parar. O meio-dia veio e se foi. O almoço foi trazido e retirado. Tornei a afinar o alaúde e toquei umas escalas. Quando dei por mim, estava tocando "Saia da Cidade, Latoeiro". Só então me dei conta do que minhas mãos tentavam me dizer. Se ainda estivesse vivo, o maer já teria me chamado àquela altura.

Deixei o alaúde calar-se e comecei a raciocinar muito depressa. Eu precisava ir embora. Já. Stapes me vira levar remédios para o maer. Eu poderia até ser acusado de ter mexido no frasco que levara para ele dos aposentos de Caudicus.

Um medo vagaroso começou a me dar um nó nas entranhas, quando percebi o desamparo da minha situação. Eu não conhecia suficientemente bem a propriedade do maer para tentar uma fuga inteligente. Na ida à Baixa Severen, nessa manhã, eu tinha virado na direção errada e fora obrigado a parar e pedir indicações sobre o caminho.

A batida na porta foi mais alta que de hábito, mais imperiosa que a do garoto de recados que normalmente trazia o convite do maer. Guardas. Fiquei gelado na cadeira. Seria melhor atender e dizer a verdade? Ou sair de fininho pela janela para o jardim e, de algum modo, tentar uma fuga?

A batida recomeçou, mais alta.

– Senhor! Senhor?

A voz estava abafada pela porta, mas não era de um guarda. Abri e vi um rapazinho carregando uma salva com o anel de ferro e um cartão do maer.

Peguei-os. O cartão tinha uma única palavra, escrita com mão trêmula: *Imediatamente*.

∽

Stapes parecia atipicamente esfrangalhado e me recebeu com um olhar gélido. Na véspera, dera a impressão de querer me ver morto e enterrado. Nesse dia, seu olhar deixou implícito que apenas "enterrado" já seria bom.

O quarto do maer estava generosamente decorado com silas. O perfume delicado era quase suficiente para encobrir os odores que as flores se destinavam a encobrir. Combinando-as com a aparência de Stapes, compreendi que minhas previsões sobre os incômodos da noite tinham-se aproximado da verdade.

Alveron estava na cama, com as costas escoradas. Parecia tão bem quanto se poderia esperar, ou seja, exausto, mas já não transpirava nem estava torturado pela dor. Na verdade, parecia quase angelical. Era banhado por um retângulo de luz solar, que conferia uma frágil transparência a sua pele e fazia seu cabelo despenteado brilhar como uma coroa de prata em sua cabeça.

Quando cheguei mais perto, ele abriu os olhos, rompendo a ilusão beatífica. Anjo algum jamais teve olhos argutos como os de Alveron.

– Espero encontrar Vossa Graça passando bem? – indaguei, com polidez.

– Sofrivelmente – respondeu ele. Mas foi um mero ruído social, que não me disse nada.

– Como está se *sentindo*? – perguntei, em tom mais sério.

Alveron lançou-me um olhar demorado, que deixou claro que não aprovava meu modo tão informal de me dirigir a ele, e disse:

– Velho. Sinto-me velho e fraco.

Respirou fundo e prosseguiu:

– Mas, apesar de tudo, sinto-me melhor do que estava há vários dias. Com um pouco de dor e cansadíssimo. Mas me sinto... limpo. Acho que superei a crise.

Não fiz perguntas sobre a noite anterior.

– Gostaria que eu lhe preparasse outro bule de chá?

– Por favor.

Seu tom foi comedido e cortês. Sem conseguir adivinhar seu estado de ânimo, apressei-me nos preparativos e lhe entreguei a xícara de chá.

Ele me olhou depois de prová-la.

– Está com um gosto diferente.

– Tem menos láudano – expliquei. – O excesso seria prejudicial a Vossa Graça. Seu corpo começaria a depender dele, exatamente como vinha ansiando pelo ophalum.

Ele assentiu com a cabeça.

– Você vai notar que meus pássaros estão passando bem – disse, em tom de exagerada displicência.

Olhei pela porta e vi os bebe-gotas chispando para lá e para cá em sua gaiola, mais animados que nunca. Senti um calafrio ante a implicação do comentário de Alveron. Ele ainda não acreditava que Caudicus o estivesse envenenando.

Fiquei perplexo demais para dar uma resposta rápida, mas, depois de respirar uma ou duas vezes, consegui dizer:

– A saúde deles não me interessa nem de longe tanto quanto a sua, excelência. Vossa Graça *está* se sentindo melhor, pois não?

– É da natureza da minha doença. Ela vem e vai – disse o maer, pousando a xícara de chá, ainda cheia até três quartos. – Ela acaba desaparecendo por completo e Caudicus fica livre para vagabundear por meses a fio, colhendo ingredientes para seus talismãs e poções. Por falar nisso – disse, cruzando as mãos no colo –, você me faria o favor de buscar meu remédio com o Caudicus?

– Certamente, excelência.

Forcei-me a abrir um sorriso, tentando ignorar o incômodo que se instalava em meu peito. Limpei a bagunça que havia criado ao preparar o chá, guardando pacotes e saquinhos de ervas nos bolsos de minha capa cor de vinho.

O maer fez um aceno cordial com a cabeça, fechou os olhos e pareceu mergulhar de novo em seu cochilo sereno, iluminado pelo sol.

∽

– Nosso aspirante a historiador! – exclamou Caudicus, fazendo um gesto para que eu entrasse e me oferecendo uma cadeira. – Dê-me licença um instante, volto já.

Afundei na cadeira estofada e só então notei a fileira de anéis numa mesa próxima. Caudicus chegara a ponto de mandar construir uma estante para eles. Cada um era exibido com o nome voltado para fora. E havia inúmeros, de prata, ferro e ouro.

Meu anel de ouro e o de Alveron, de ferro, encontravam-se numa pequena salva sobre a mesa. Peguei-os de volta, percebendo que aquela era uma forma elegante e silenciosa de oferecer a devolução de um anel.

Corri os olhos pela ampla sala da torre, com muda curiosidade. Que motivo Caudicus teria para envenenar o maer? Afora o acesso à Universidade em si, aquele local era o sonho de todo arcanista.

Curioso, levantei-me e caminhei até a estante de livros. Caudicus tinha uma biblioteca respeitável, com quase uma centena de volumes disputando o espaço. Reconheci muitos títulos. Alguns eram obras de consulta de química. Outros, de alquimia. Outros, ainda, versavam sobre as ciências naturais, ciência herbolária, fisiologia e zooiatria. A grande maioria dos textos parecia ser de natureza histórica.

Ocorreu-me uma ideia. Talvez eu pudesse fazer a superstição nata dos vintasianos trabalhar a meu favor. Se Caudicus fosse um estudioso sério e 50 por cento menos supersticioso que um vintasiano nato, talvez soubesse algo sobre o Chandriano. E o melhor era que, como eu estava bancando o lordezinho obtuso, nem precisaria me preocupar com o dano para minha reputação.

Caudicus voltou, contornando a parede curva, e pareceu meio surpreso ao me ver parado junto às estantes de livros. Mas se recompôs depressa e me deu um sorriso polido.

– Viu alguma coisa em que esteja interessado?

Virei-me para ele, balançando a cabeça.

– Não particularmente. O senhor sabe alguma coisa sobre o Chandriano?

Caudicus me fitou por um instante, sem entender, depois caiu na gargalhada.

– Sei que ele não irá ao seu quarto de madrugada para roubá-lo da sua cama – disse, agitando os dedos na minha direção, como quem implica com uma criança.

– Quer dizer que o senhor não estuda mitologia? – indaguei, reprimindo uma onda de desapontamento diante da reação dele. Tentei me consolar com o fato de que, em sua cabeça, isso me consolidaria firmemente como um lordezinho idiota.

Caudicus torceu o nariz.

– Isso está longe de ser *mitologia* – disse, com descaso. – Mal poderíamos condescender em chamá-lo de folclore. É uma bobajada supersticiosa com a qual não perco meu tempo. Nenhum estudioso sério o perderia.

Começou a circular pelo aposento, tampando garrafas e guardando-as em armários, endireitando pilhas de papéis e devolvendo livros às prateleiras.

– Por falar em estudos sérios, se bem me lembro, o senhor estava curioso a respeito da família Lackless, não é?

Simplesmente o fitei por um momento. Com tudo o que havia acontecido desde então, eu praticamente me esquecera do pretenso anedotário genealógico que tinha inventado na véspera.

– Se não for problema – apressei-me a declarar. – Como eu disse, não sei praticamente nada sobre eles.

Caudicus fez um aceno sério com a cabeça.

– Nesse caso, talvez lhe convenha considerar o sobrenome da família.

Ajustou uma lamparina a álcool sob um alambique de vidro que fervilhava em fogo brando, em meio a um conjunto impressionante de tubos de cobre. O que quer que ele estivesse destilando, deduzi que não seria conhaque de pêssego.

– Sabe, os nomes podem dizer muito sobre as coisas – comentou.

Sorri ao ouvir isso, depois fiz força para ocultar minha expressão.

– Não me diga!

– Ah, sim. Veja, às vezes os sobrenomes se baseiam em outros mais antigos. Quanto mais velho o nome, mais se aproxima da verdade. *Lackless* é um sobrenome relativamente novo na família, não tem muito mais de 600 anos.

Para quebrar a monotonia, não precisei fingir espanto.

– Seiscentos anos são uma coisa nova?

– A família Lackless é *antiga* – disse ele. Parou de andar de um lado para outro e se acomodou numa poltrona puída. – Muito mais antiga do que a casa de Alveron. Mil anos atrás, a família Lackless gozava de um poder pelo menos tão grande quanto o dos Alveron. Partes do que hoje são Vintas, Modeg e uma grande área dos Pequenos Reinos já foram terras dos Lackless um dia.

– Qual era o sobrenome deles antes disso?

Caudicus puxou da estante um livro grosso e folheou as páginas com impaciência.

– Aqui está. A família chamava-se Loeclos ou Loklos, ou Loeloes. Todos se traduzem com a mesma acepção de falta de trinco ou fechadura, na forma Lockless. A grafia era bem menos importante naquela época.

– Que época era essa? – perguntei.

Caudicus tornou a consultar o livro.

– Faz uns 900 anos, mas vi outros textos de história que mencionam os Loeloes mil anos antes da queda de Atur.

Fiquei pasmo ao pensar numa família mais antiga do que impérios.

– Então, a família Lockless tornou-se a família Lackless? Que razão teria uma família para trocar de sobrenome?

– Alguns historiadores cortariam a mão direita para descobrir essa resposta – disse Caudicus. – Em geral, considera-se que algum tipo de desavença cindiu a família. Cada pedaço assumiu um sobrenome diferente. Em Atur, eles se tornaram os Lack-key. Eram numerosos, mas enfrentaram dificuldades. É daí que vem a palavra "lacaio", você sabe. Todos aqueles nobres empobrecidos, forçados a trabalhar e a se curvar para fazer frente às despesas e sobreviver.

Após uma pausa, Caudicus prosseguiu:

– No sul, eles se tornaram os Laclith, que aos poucos caíram na obscuridade. O mesmo se deu com os Kaepcaen, em Modeg. A maior parte da família ficou aqui em Vintas, que ainda não existia naquela época.

Caudicus fechou o livro e o estendeu para mim.

– O senhor pode pegá-lo emprestado, se quiser.

– Obrigado – falei, aceitando o livro. – É muita bondade sua.

Ouviu-se o som distante de um campanário.

– Sou muito prolixo – disse ele. – Gastei nosso tempo falando e não lhe dei nada de útil.

– A simples informação histórica faz uma enorme diferença – retruquei, agradecido.

– Tem certeza de que não posso interessá-lo numas aventuras de outras famílias? – perguntou Caudicus, encaminhando-se para uma bancada. – Passei o inverno com os Dazno, não faz muito tempo. O barão é viúvo, o senhor sabe. Muito rico e meio excêntrico – observou. Levantou as duas sobrancelhas para mim, os olhos arregalados numa implicação de escândalos. – Tenho certeza de que poderia me lembrar de umas coisas interessantes se tivesse meu anonimato garantido.

Fiquei tentado a abandonar meu personagem por causa disso, mas balancei a cabeça.

– Talvez, quando eu terminar o trabalho sobre a seção dos Lackless – respondi, com toda a empáfia da pessoa dedicada a um projeto realmente inútil. – Minha pesquisa é muito delicada. Não quero ficar com a cabeça confusa.

Caudicus franziu de leve o cenho, depois deu de ombros, arregaçando as mangas e começando a preparar o remédio do maer.

Observei-o novamente em seus preparativos. Não era alquimia. Disso eu sabia, por ter observado o Simmon trabalhando. Mal chegava sequer a ser química. Misturar um medicamento como aquele mais parecia obediência a uma receita do que qualquer outra coisa. Mas quais eram os ingredientes?

Observei-o seguir o processo passo a passo. Era provável que a folha seca fosse quebra-dente. O líquido da garrafa com tampa era muratum, sem dúvida, ou então água-forte – um tipo de ácido, de qualquer modo. Ao ser aquecido e vaporizado na tigela de chumbo, dissolvia uma pequena quantidade do metal, talvez apenas um quarto de escrópulo. Quanto ao pó branco, era provavelmente o ophalum.

Ele acrescentou uma pitada do último ingrediente. Não pude nem imaginar o que seria. Parecia sal, mas, por outro lado, quase tudo se parece com sal.

Enquanto cumpria seu roteiro, Caudicus foi desfiando os boatos da corte. O filho primogênito de DeFerre havia quebrado a perna ao pular da janela de um bordel. O amante mais recente de lady Hesua era ylliano e não falava uma palavra de aturano. Havia boatos sobre ataques de salteadores na estrada do rei, ao norte, mas sempre havia rumores sobre bandidos, de modo que isso não era novidade.

Não dou a mínima para fuxicos, mas sei fingir interesse quando convém. Durante todo esse tempo, fiquei vigiando Caudicus, à procura de algum sinal revelador. Um traço de nervosismo, uma gota de suor, uma hesitação momentânea. Mas não houve nada, nem a mínima indicação de que ele estava preparando um veneno para o maer. O homem mostrava-se perfeitamente à vontade, relaxado ao extremo.

Seria possível que estivesse envenenando o maer sem querer? Não. Qualquer arcanista digno do seu guílder conhecia química o bastante para...

E então compreendi de repente. Talvez Caudicus não fosse arcanista coisa nenhuma. Talvez fosse simplesmente um homem de túnica escura, que não sabia a diferença entre um aligátor e um crocodilo. Talvez fosse apenas um impostor que vinha envenenando o maer por pura ignorância.

Talvez aquilo *fosse* conhaque de pêssego em sua destilaria.

Ele prendeu a rolha no frasco de líquido âmbar e o entregou a mim, dizendo:

– Pronto, tome. Certifique-se de levá-lo imediatamente para o maer. É melhor que ele o beba enquanto ainda está morno.

A temperatura dos medicamentos não faz a mínima diferença. Qualquer fisiopata sabe disso.

Peguei o frasco e apontei para o peito de Caudicus, como se houvesse acabado de notar uma coisa.

– Uau, isso é um amuleto?

De início ele pareceu confuso, depois puxou o fio de couro de baixo da túnica.

– É uma espécie de amuleto – respondeu, com um sorriso tolerante. A uma olhadela casual, o pedaço de chumbo que ele usava no pescoço era muito parecido com um guílder do Arcanum.

– Ele o protege dos espíritos? – perguntei, em tom sussurrado.

– Ah, sim – disse Caudicus, com ar irreverente. – De todos os tipos.

Engoli em seco, nervoso.

– Posso tocá-lo?

Caudicus deu de ombros e se inclinou para a frente, estendendo-o para mim.

Peguei-o timidamente entre o polegar e o indicador e então recuei um passo, de um salto.

– Ele me picou! – exclamei, postando a voz mais ou menos entre a indignação e a angústia e torcendo as mãos.

Vi Caudicus prender o riso.

– Ah, é. Preciso alimentá-lo, acho – disse, e tornou a enfiá-lo para dentro da túnica. – Vá indo, agora – ordenou, agitando os braços como se me enxotasse para a porta.

Fiz o percurso de volta aos aposentos do maer tentando massagear os dedos entorpecidos, para lhes devolver um pouco de sensibilidade. Era um guílder autêntico do Arcanum. Caudicus era um arcanista de verdade. Sabia exatamente o que estava fazendo.

Regressei aos aposentos do maer e entabulei cinco minutos de uma conversa dolorosamente formal, enquanto tornava a encher os comedouros dos pássaros com o remédio ainda quente. Para minha exasperação, as aves estavam irritantemente cheias de energia, soltando seus doces gorjeios e trinados.

O maer tomava uma xícara de chá enquanto conversávamos, seus olhos me seguindo da cama em silêncio. Terminado meu trabalho com os passarinhos, despedi-me e me retirei, tão rápido quanto me permitia o decoro.

Embora nossa conversa não tivesse tocado em nada mais sério do que o clima, li a mensagem subjacente com tanta clareza quanto se ele a tivesse escrito para que eu a lesse. Alveron estava no controle. Estava mantendo suas opções em aberto. Não confiava em mim.

CAPÍTULO 63
A gaiola dourada

Após ter um breve gosto de liberdade, tornei a ficar preso em meus aposentos. Embora tivesse a esperança de que o maer já houvesse passado pelo pior da recuperação, eu precisava me manter disponível, caso o estado dele piorasse e eu fosse chamado. Não podia justificar nem mesmo uma rápida ida à Baixa Severen, por mais desesperado que fosse meu desejo de retornar à rua Tinnery, na esperança de encontrar Denna.

Assim, mandei chamar Bredon e passei uma tarde agradável, jogando tak. Disputamos uma partida após outra e perdi todas elas, cada uma de forma nova e excitante. Dessa vez, ao nos despedirmos, ele deixou a mesa de jogos comigo, alegando que seus criados estavam cansados de carregá-la para lá e para cá entre nossos aposentos.

Além do tak com o Bredon e da minha música, eu tinha uma nova distração, embora esta fosse irritante. Caudicus era exatamente o mexeriqueiro que parecia ser e a notícia do meu anedotário genealógico se espalhou. Assim, além dos cortesãos que tentavam arrancar-me informações, fui inundado por um fluxo contínuo de pessoas ávidas por arejar a roupa suja de todas as outras.

Dissuadi as que pude e incentivei as especialmente fanáticas a escreverem suas histórias e remeterem-nas para mim. Um número surpreendente delas reservou tempo para fazê-lo e uma pilha de relatos difamantes começou a se acumular na escrivaninha de um de meus aposentos não usados.

No dia seguinte, quando o maer mandou me chamar, encontrei-o sentado numa cadeira perto da cama, lendo um exemplar de *A prerrogativa dos reis*, de Fyoren, no víntico antigo original. Sua cor estava admiravelmente boa e não vi tremor algum em suas mãos quando ele virou uma página. Alveron não ergueu os olhos quando entrei no quarto.

Em silêncio, preparei um novo bule de chá com a água quente que me esperava em sua mesa de cabeceira. Servi uma xícara e a pus na mesa, junto ao seu cotovelo.

Verifiquei a gaiola dourada na sala de espera. Os ligeirinhos voavam para lá e para cá entre os comedouros, fazendo estonteantes jogos aéreos que tornavam difícil contá-los. Mesmo assim, tive razoável certeza de que havia 12. Não pareciam ter piorado em nada, apesar dos três dias de dieta venenosa. Resisti à ânsia de dar uns murros na gaiola.

Por fim, substituí o frasco de óleo de fígado de bacalhau do maer e constatei que ainda continha três quartos do líquido. Mais um sinal da queda de minha credibilidade.

Sem dizer palavra, juntei minhas coisas e me preparei para sair, mas, antes que chegasse à porta, Alveron ergueu os olhos de seu livro.

– Kvothe?

– Pois não, excelência.

– Parece que não estou com tanta sede quanto supunha. Importa-se de terminar isto para mim? – indagou, apontando para a xícara de chá intacta sobre a mesa.

– À saúde de Vossa Graça – brindei e bebi um gole. Fiz uma careta, acrescentei uma colher de açúcar, mexi e esvaziei o resto da xícara, sob a vigilância do maer. Seus olhos mostravam-se calmos, inteligentes e sábios demais para serem inteiramente bons.

∽

Caudicus deixou-me entrar e me conduziu à mesma cadeira de antes.

– Dê-me licença por um momento – disse. – Preciso cuidar de um experimento, senão temo que se estrague.

Subiu depressa um lance de escada que levava a uma parte diferente da torre.

Sem mais nada que me chamasse a atenção, tornei a examinar sua disposição de anéis e me dei conta de que a pessoa podia fazer uma estimativa razoável de sua posição na corte usando-os como pontos de triangulação.

Caudicus retornou no instante em que eu considerava, distraidamente, se devia furtar um de seus anéis de ouro.

– Eu não sabia ao certo se o senhor queria seus anéis de volta – disse-me ele, apontando-os.

Tornei a olhar para a mesa e os vi pousados numa bandeja. Pareceu-me estranho não os ter notado antes. Apanhei-os e os guardei num bolso interno da capa.

– Fico-lhe muito agradecido.

– E hoje o senhor vai tornar a levar o remédio para o maer? – perguntou-me.

Fiz que sim, estufando o peito com orgulho.

Ao balançar a cabeça, o movimento me deixou tonto. Só então percebi o problema: eu tinha bebido uma xícara cheia do chá de Alveron. Não houvera muito láudano nele. Ou melhor, não muito láudano para quem estivesse sofrendo de dores e sendo desabituado aos poucos de um vício embrionário em ophalum.

No entanto, era uma dose e tanto de láudano para alguém como eu. Senti seus efeitos se insinuarem lentamente em meu corpo – uma indolência morna que me chegava aos ossos. Tudo parecia mover-se um pouco mais devagar que o normal.

– Hoje o maer parecia ansioso por seu remédio – comentei, tomando um cuidado extra para falar com clareza. – Receio não ter muito tempo para conversar.

Eu não tinha a menor condição de continuar a bancar o aristocrata debiloide por mais tempo.

Caudicus fez um sinal afirmativo com a cabeça, com ar sério, e se retirou para a bancada. Segui-o como sempre, estampando minha melhor expressão de curiosidade.

Observei com meio olho enquanto o arcanista misturava a medicação. Mas meu raciocínio fora embotado pelo láudano e a parte que restava de minha consciência estava concentrada em outras questões. O maer mal vinha falando comigo. Stapes não confiara em mim desde o começo e os bebe-gotas permaneciam sadios como sempre. Pior que tudo, eu estava preso em meus aposentos, enquanto Denna me esperava na rua Tinnery, sem dúvida se perguntando por que eu não fora visitá-la.

Levantei a cabeça, ciente de que Caudicus me fizera uma pergunta.

– Perdão, como disse?

– Pode me passar o ácido? – repetiu ele, enquanto terminava de medir uma porção de folhas em seu pilão.

Peguei a garrafa de vidro e comecei a entregá-la, antes de me lembrar que eu era apenas um lordezinho ignorante. Era incapaz de distinguir sal de enxofre. Nem sabia o que era um ácido.

Não enrubesci nem tropecei. Não transpirei nem gaguejei. Sou um Edena Ruh nato e, mesmo drogado e confuso, sou ator até a medula. Enfrentei o olhar dele e perguntei:

– É este, certo? Depois vem a garrafa transparente.

Caudicus lançou-me um olhar demorado e especulativo.

Abri-lhe um sorriso brilhante.

– Tenho olho para os detalhes – comentei, com ar presunçoso. – Já o vi fazer isso duas vezes. Aposto que eu seria capaz de misturar sozinho o remédio do maer, se quisesse.

Impostei a voz com toda a autoconfiança ignorante que consegui reunir. Essa é a verdadeira marca da nobreza: a crença inabalável em que eles são capazes de fazer qualquer coisa – tingir couro, ferrar cavalos, fazer cerâmica, arar campos – se realmente o quiserem.

Caudicus me olhou por mais um momento e começou a medir o ácido.

– Suponho que poderia, meu jovem senhor.

Três minutos depois, atravessei o corredor com o frasco morno de remédio na palma suarenta da mão. Quase não vinha ao caso se eu o havia enganado ou não. O importante era que, por alguma razão, Caudicus desconfiava de mim.

Stapes me apunhalou as costas com o olhar ao me admitir nos aposentos do maer e Alveron me ignorou enquanto eu vertia uma nova dose de veneno nos comedouros das aves. Aquelas coisinhas lindas gorjeavam pela gaiola com uma energia de enfurecer.

Peguei o caminho mais longo na volta a meus aposentos, tentando sondar melhor a disposição das terras do maer. Já tinha minha rota de fuga parcialmente planejada, mas a desconfiança de Caudicus me incentivou a lhe dar os retoques finais. Se os ligeirinhos não começassem a morrer no dia seguinte, era provável que eu tivesse o interesse de desaparecer de Severen da maneira mais rápida e discreta possível.

∽

Mais tarde, nessa noite, tendo razoável certeza de que o maer não mandaria me chamar, escapuli pela janela do quarto e fiz uma exploração minuciosa dos jardins. Não havia guardas nesse horário tardio, mas tive de evitar meia dúzia de casais que passeavam ao luar. Havia outros dois sentados em conversa íntima e romântica, um deles num caramanchão, o outro num belvedere. Por pouco não pisei no último casal quando cortava caminho por uma cerca viva. Esse não passeava nem conversava num sentido convencional, mas suas atividades eram românticas. Nenhum dos dois me notou.

Acabei encontrando o caminho do telhado. De lá pude ver as terras que cercavam a propriedade. A extremidade ocidental estava fora de cogitação, é claro, pois se encostava na borda do Despenhadeiro, mas eu sabia que tinha de haver outras oportunidades de fuga.

Enquanto explorava a extremidade sul do palácio, vi luzes brilhantes que ardiam numa das torres. E mais, tinham a característica coloração vermelha das lâmpadas de simpatia. Caudicus ainda estava acordado.

Desloquei-me até lá e arrisquei uma espiada para dentro, examinando o interior da torre. Caudicus não estava apenas trabalhando até tarde. Conversava com alguém. Espichei o pescoço, mas não consegui ver quem era. E mais, a janela estava hermeticamente fechada e não pude ouvir coisa alguma.

Já ia me deslocar para uma janela diferente quando Caudicus levantou-se e começou a caminhar para a porta. A outra pessoa tornou-se visível e, mesmo do meu ângulo estreito, reconheci a figura corpulenta e despretensiosa de Stapes.

Era claro que o camareiro estava agitado com alguma coisa. Fez um gesto enfático com uma das mãos, seu rosto mortalmente sério. Caudicus assentiu várias vezes com a cabeça antes de abrir a porta para ele ir embora.

Notei que o camareiro não carregava nada ao sair. Não passara por lá em busca de remédios. Não passara para pegar um livro emprestado. Stapes havia passado por lá, no meio da madrugada, para ter uma conversa particular com o homem que estava tentando matar o maer.

CAPÍTULO 64

Fuga

E*MBORA* NENHUMA FAMÍLIA *possa vangloriar-se de um passado verdadeiramente pacífico, os Lackless têm sido especialmente marcados por infortúnios. Uns vindos de fora: assassinatos, invasões, revoltas de camponeses e furtos. Mais revelador é o infortúnio que vem de dentro: como pode uma família prosperar, quando o herdeiro primogênito abandona todos os deveres familiares? Não admira que seus detratores comumente os chamem de "Luckless", "sem sorte".*

Parece um testemunho do vigor do seu sangue que eles tenham sobrevivido a tanto, durante tanto tempo. Com efeito, não fosse pelo incêndio de Caluptena, talvez possuíssemos registros que atestassem a origem da família Lackless em tempos tão remotos que ela rivalizaria com a casa real de Modeg em antiguidade...

Joguei o livro na mesa de um modo que faria Mestre Lorren cuspir sangue. Se o maer achava que esse tipo de informação bastaria para seduzir uma mulher, precisava da minha ajuda mais do que supunha.

No entanto, no pé em que estavam as coisas, eu duvidava que ele me pedisse ajuda no que quer que fosse, muito menos em algo tão sensível quanto sua corte a uma mulher. Na véspera, nem sequer me havia convocado a seus aposentos.

Eu estava claramente desprestigiado e intuí que havia um dedo de Stapes nisso. Considerando-se o que eu tinha visto na torre de Caudicus, duas noites antes, era bastante óbvio que Stapes fazia parte da conspiração para envenenar o maer.

Embora isso significasse passar o dia inteiro aprisionado em meus aposentos, permaneci onde estava. Sabia que não convinha arriscar a opinião já precária que Alveron fazia de mim procurando-o sem ser chamado.

Uma hora antes do almoço, o visconde Guermen passou por meus aposentos com algumas páginas de mexericos manuscritos. Levou também um baralho, aparentemente pensando em imitar o exemplo de Bredon. Ofereceu-se para me ensinar a jogar tordo e, já que eu estava apenas aprendendo, concordou em jogar pela ninharia de uma única lasca de prata por partida.

Cometeu o erro de me deixar dar as cartas e foi embora meio ressentido, depois que eu o venci por 18 vezes seguidas. Suponho que eu poderia ter sido mais sutil. Poderia tê-lo enganado como a um peixe com um anzol e trapaceado até lhe tirar metade dos seus bens, mas não estava com disposição para isso. Meus pensamentos não eram agradáveis e eu preferia ficar a sós com eles.

∽

Uma hora depois do almoço, decidi que já não estava interessado em cair nas boas graças do maer. Se Alveron queria confiar em seu criado traiçoeiro, era problema dele. Eu é que não ia passar mais um minuto sentado à toa em meu quarto, esperando junto à porta feito um cachorro açoitado.

Vesti a capa, peguei o estojo com o alaúde e resolvi dar um passeio pela rua Tinnery. Se o maer precisasse de mim na minha ausência, poderia muito bem deixar um bilhete.

Estava a meio caminho do saguão quando vi o guarda em posição de sentido do lado de fora da minha porta. Era um dos homens de Alveron, vestido de safira e marfim.

Ficamos imóveis por um instante. Não fazia sentido perguntar se ele estava ali por minha causa. A minha era a única porta numa distância de 6 metros, em qualquer direção. Encarei-o.

– E você é?

– Jayes, senhor.

Pelo menos eu ainda figurava como "senhor". Já valia alguma coisa.

– E a razão de você estar aqui é...?

– Para acompanhá-lo, caso saia do seu quarto. Senhor.

– Certo.

Voltei para o quarto e fechei a porta.

Seriam ordens de Alveron ou de Stapes? Não tinha importância, na verdade.

Saí pela janela para o jardim, atravessei o pequeno riacho, passei por trás de uma sebe e escalei um trecho do muro decorativo de pedra. Minha capa vinho não era da melhor cor para eu me esgueirar pelas plantas, mas funcionava muito bem no vermelho das telhas das coberturas.

Depois disso, cheguei ao telhado da estrebaria, atravessei um celeiro e saí pela porta traseira de um galpão sem uso. De lá, precisei apenas pular uma cerca e eu estava fora da propriedade do maer. Simples.

Passei por 12 hospedarias da rua Tinnery até encontrar aquela em que Denna se abrigara. Ela não estava, por isso continuei pela rua, mantendo os olhos abertos e confiando na sorte.

Avistei-a uma hora depois, parada junto a uma aglomeração, assistindo, acredite se quiser, a uma montagem de rua de *Três vinténs por um desejo*.

Sua pele estava mais morena que da última vez que eu a vira na Universidade, bronzeada pelas viagens, e ela usava um vestido de gola alta, seguindo a moda local. Sua cabeleira negra lhe caía num feixe liso pelas costas, toda ela, menos uma única trança fina que pendia junto ao rosto.

Captei seu olhar no momento em que Urtigão berrava sua primeira estrofe na peça:

Tenho curas para qualquer aflição!
Produtos meus jamais te trairão!
Poções por vinténs, resultados certeiros!
Se teu coração se afadiga a toda hora,
Se as pernas não consegues abrir por inteiro,
Vem direto à minha carroça, sem demora,
E o que te falta terás por teu dinheiro!

Denna sorriu ao me ver. Poderíamos ter ficado para assistir à peça, mas eu já conhecia o final.

∽

Horas depois, Denna e eu chupávamos doces uvas vintasianas à sombra do Despenhadeiro. Algum talhador industrioso havia escavado um nicho raso na pedra branca do penhasco, criando assentos lisos. Era um lugar aconchegante, que tínhamos descoberto ao vagar a esmo pela cidade. Estávamos a sós e eu me sentia o homem mais afortunado do mundo.

Meu único pesar era não estar com o anel dela. Seria o presente perfeito e inesperado para combinar com nosso encontro também inesperado. Pior que isso, eu nem podia contar-lhe a história do anel. Se o fizesse, seria forçado a admitir que o tinha usado como garantia do meu empréstimo com Devi.

– Você parece andar prosperando bastante – comentou Denna, esfregando a ponta da minha capa vinho entre os dedos. – Desistiu da vida livresca?

– Estou tirando umas férias – esquivei-me. – No momento, auxilio o maer Alveron em uma ou duas coisas.

Os olhos dela se arregalaram de apreciação.

– Conte tudo.

Desviei o olhar, sem jeito.

– Acho que não posso. São assuntos delicados. – Pigarreei e procurei mudar de assunto: – E você? Também parece estar prosperando bastante – comentei, roçando dois dedos no bordado que enfeitava a gola alta de seu vestido.

– Bem, não ando confraternizando com o maer – disse ela, com um gesto exagerado de deferência na minha direção –, mas, como mencionei nas minhas cartas...

– Cartas? – indaguei. – Você mandou mais de uma?

Ela fez que sim.

– Três, desde que viajei. Estava para começar a quarta, mas você me poupou o trabalho.

– Só recebi uma.

Denna encolheu os ombros.

– Eu preferiria lhe contar pessoalmente, de qualquer jeito. – Fez uma pausa dramática: – Enfim consegui meu patrocínio formal.

– É mesmo? – falei, encantado. – Denna, que notícia maravilhosa!

Ela sorriu, orgulhosa. Seus dentes eram alvos, em contraste com o tom castanho-claro do rosto bronzeado. Os lábios, como sempre, estavam vermelhos, sem a ajuda de qualquer tintura.

– Ele faz parte da corte daqui de Severen? – perguntei. – Como se chama?

O sorriso de Denna desfez-se numa expressão séria, bailando confuso em volta da boca.

– Você sabe que não posso lhe dizer isso – ralhou. – Sabe com que zelo ele preserva a privacidade.

Minha empolgação desapareceu, deixando-me frio.

– Ah, não, Denna! Não é aquele mesmo sujeito de antes, é? O que mandou você tocar naquele casamento em Trebon?

Denna assumiu um ar intrigado.

– É claro que é. Não posso lhe dizer seu nome verdadeiro. Como era mesmo que você o chamava: Mestre Olmeira?

– Mestre Freixo – respondi e tive a sensação de estar falando com um monte de cinzas na boca. – Será que ao menos *você* sabe o nome verdadeiro dele? Ele lhe disse pelo menos isso, antes que assinasse o contrato?

– Suponho que eu saiba o verdadeiro nome dele – disse Denna, encolhendo os ombros e deslizando a mão pelo cabelo. Quando os dedos tocaram na trança, ela pareceu surpresa por encontrá-la ali e começou a desfazê-la prontamente, os dedos hábeis alisando os fios já soltos. – E, mesmo que eu não saiba, que importância tem isso? Todos têm segredos, Kvothe. Não me interessa particularmente quais são os dele, desde que continue a agir de maneira correta comigo. Tem sido muito generoso.

– Ele não é apenas sigiloso, Denna – protestei. – Pelo modo como você o descreveu, eu diria que é paranoico ou está metido em negócios escusos.

– Não sei por que você implica tanto com ele.

Nem acreditei que ela pudesse ter dito isso.

– Denna, ele bateu em você a ponto de deixá-la desacordada.

Ela ficou muito quieta.

– Não – protestou. Sua mão correu para a mancha já esmaecida no rosto. – Não bateu, não. Eu lhe disse. Eu caí quando estava cavalgando. O idiota do cavalo não sabia diferenciar um graveto de uma cobra.

– Estou falando do outono passado, em Trebon – insisti, meneando a cabeça.

A mão de Denna tornou a cair em seu colo, onde fez um gesto distraído de agitação, tentando brincar com um anel que não estava ali. Ela me fitou com uma expressão vazia.

– Como você soube disso?

– Você mesma me contou. Naquela noite no morro, esperando a chegada do dracus.

Ela baixou os olhos, pestanejando.

– Eu... eu não me lembro de ter dito isso.

– Você estava meio dopada na ocasião – comentei, em tom gentil. – Mas disse. Você me contou tudo. Denna, você não deveria ter de ficar com um homem assim. Qualquer um que seja capaz de fazer aquilo com você...

– Ele o fez para meu próprio bem – retrucou ela, os olhos negros começando a faiscar de raiva. – Eu lhe disse disso? Lá estava eu, sem um único arranhão, todas as outras pessoas do casamento duras feito pedras. Você sabe como são essas cidadezinhas. Mesmo depois de me encontrarem desacordada, eles acharam que eu podia ter tido alguma coisa a ver com aquilo. Você se lembra.

Baixei e balancei a cabeça, como um boi sacudindo o jugo.

– Não acredito nisso. Tinha de haver outra maneira de contornar a situação. Eu teria encontrado outro jeito.

– Bem, acho que nem todos podemos ser inteligentes como você.

– Inteligência não tem nada a ver com isso! – exclamei, quase gritando. – O sujeito podia tê-la levado com ele! Podia ter aparecido e posto a mão no fogo por você!

– Ele não podia deixar ninguém saber que estivera lá. Ele disse...

– Ele bateu em você – repeti.

Ao proferir essas palavras, senti uma raiva medonha avolumar-se dentro de mim. Não era incandescente e furiosa como tendiam a ser minhas explosões de mau humor. Essa era diferente, lenta e fria. E, mal a senti, percebi que ela estivera dentro de mim por muito tempo, cristalizando-se como um lago que vai congelando devagar, até ficar completamente sólido, numa longa noite de inverno.

– Ele bateu em você – tornei a dizer, sentindo dentro de mim aquele bloco sólido de raiva gelada. – Nada que você diga mudará isso. E, se algum dia eu o vir, é provável que lhe enfie uma faca, em vez de lhe apertar a mão.

Denna ergueu os olhos para mim nesse momento e a irritação desapareceu de seu rosto. Lançou-me um olhar que era quase todo feito de doce afeição, com uma mescla de piedade. Era o tipo de olhar que se dá a um cãozinho filhote que rosna, julgando-se terrivelmente feroz. Ela pôs a mão com delicadeza no meu rosto e eu me senti tomar por um violento rubor, subitamente envergonhado do meu próprio melodrama.

– Podemos não falar disso? – pediu-me. – Por favor! Hoje não! Faz tanto tempo que não vejo você...

Resolvi deixar para lá, em vez de me arriscar a afastá-la. Eu sabia o que acontecia quando os homens a pressionavam demais.

– Está bem. Só por hoje. Você pode ao menos me dizer para que tipo de coisa o seu mecenas a trouxe para cá?

Denna reclinou-se no assento, abrindo um sorriso largo.

– Desculpe, são assuntos delicados – respondeu imitando-me.

– Não faça isso – protestei. – Eu lhe diria, se pudesse, mas o maer valoriza muito a privacidade dele.

Denna tornou a se inclinar para pôr a mão na minha.

– Pobre Kvothe, não é por implicância. O meu patrono é *no mínimo* tão zeloso da privacidade dele quanto o maer. Deixou muito claro que as coisas correriam mal se um dia eu tornasse público o relacionamento que tenho com ele. Foi muito enfático a esse respeito. – Ela assumiu uma expressão séria. – Ele é um homem muito poderoso.

Denna pareceu prestes a dizer algo mais, porém se deteve.

Mesmo não o querendo, compreendi. Meu contato recente com a raiva do maer me ensinara a ter cautela.

– O que você *pode* me dizer sobre ele?

Denna bateu com um dedo nos lábios, pensativa.

– Ele dança surpreendentemente bem. Acho que isso eu posso dizer, sem nenhuma traição. É muito gracioso – continuou e riu da expressão que fiz. – Estou fazendo uma pesquisa para ele, examinando genealogias e histórias. Ele está me ajudando a compor umas canções, para que eu possa fazer meu nome...

Hesitou, depois balançou a cabeça e concluiu:

– Acho que é só isso que posso dizer.

– Será que vou ouvir as canções quando você tiver acabado de compor?

Ela deu um sorriso tímido.

– Acho que isso se pode providenciar.

Levantou-se de um salto e segurou meu braço, puxando-me para eu ficar de pé.

– Chega de conversa. Vamos passear!

Sorri de seu entusiasmo, contagiante como o de uma criança. Mas, ao puxar minha mão, ela soltou um gritinho, encolhendo-se e pressionando a lateral do corpo com a outra mão.

Num segundo eu estava de pé a seu lado.

– O que foi?

Denna encolheu os ombros e me deu um sorriso frágil, mantendo o braço junto às costelas.

– Meu tombo – disse. – Aquele cavalo idiota. Sinto uma pontada toda vez que me esqueço e me mexo muito depressa.

– Alguém examinou isso?

– É só uma mancha roxa. E eu não confiaria no tipo de médico que posso pagar.

– E o seu mecenas? Ele certamente poderia arranjar alguma coisa.

Denna endireitou o corpo devagar.

– Isto realmente não é problema – disse. Levantou os braços acima da cabeça e fez um passo de dança ligeiro e gracioso, depois riu da minha seriedade. – Agora chega de falar de coisas secretas. Vamos passear juntos. Conte-me os mexericos obscuros e chocantes da corte do maer.

– Muito bem – falei, ao começarmos a andar. – Ouvi dizer que o maer recuperou-se magnificamente de uma longa doença.

– Você é um péssimo fuxiqueiro. Todo mundo sabe disso.

– O baronete Bramston jogou uma partida desastrosa de faraó ontem à noite.

Denna revirou os olhos e declarou:

– Maçante.

– A condessa DeFerre perdeu sua virgindade quando assistia a uma apresentação da *Daeonica*.

– Oh! – exclamou Denna, pondo a mão na boca e abafando uma risada. – Foi mesmo?

– Com certeza não a tinha consigo depois do intervalo – respondi num sussurro. – Mas apenas a havia esquecido em seus aposentos. Portanto, ela só fora extraviada, não realmente perdida. Os criados a encontraram dois dias depois, quando faziam a limpeza. Dizem que ela havia rolado para baixo de uma cômoda.

– Não é possível que eu tenha acreditado em você! – disse Denna, com uma expressão indignada.

Deu-me um tapa e fez outra careta, estalando a língua entre os dentes.

– Sabe – comentei, baixinho –, recebi treinamento na Universidade. Não sou fisiopata, mas a medicina que conheço é boa. Eu poderia dar uma olhadela nisso para você.

Denna fitou-me demoradamente, como se não soubesse muito bem como entender minha oferta. Por fim, disse:

– Acho que esse talvez tenha sido o caminho mais circunspecto que alguém já tentou para me fazer tirar a roupa.

Senti-me enrubescer furiosamente.

– Eu... Eu não quis dizer...

Denna riu do meu embaraço.

– Se eu deixasse alguém brincar de médico comigo, seria você, meu Kvothe. Mas, por enquanto, eu mesma cuido disso.

Enlaçou seu braço no meu e continuamos a caminhar pela rua.

– Sei o bastante para cuidar de mim mesma.

∽

Voltei à residência do maer horas depois, usando a rota direta, em vez de ir pelos telhados. Quando cheguei ao corredor que levava a meu quarto, encontrei dois guardas parados, e não apenas o que estivera a postos antes. Calculei que tinham descoberto minha fuga.

Nem isso conseguiu abater demais o meu humor, pois o tempo que eu passara com Denna tinha-me deixado com a sensação de ter mais de 2 metros de altura. Melhor ainda, eu ia encontrá-la no dia seguinte para cavalgarmos. Ter uma hora e lugar em que encontrá-la era um presente inesperado, no que dizia respeito a Denna.

– Boa noite, senhores – cumprimentei, ao entrar no corredor. – Aconteceu alguma coisa interessante enquanto estive fora?

– Era para ficar confinado aos seus aposentos – respondeu Jayes em tom severo. Notei que dessa vez ele esquecera o "senhor".

Fiz uma pausa, com a mão na maçaneta.

– Como disse?

– É para o senhor permanecer em seus aposentos até recebermos novas ordens – disse ele. – E um de nós deve acompanhá-lo o tempo todo.

Senti minha fúria eclodir.

– E Alveron está a par disso? – perguntei com rispidez.

Os dois se entreolharam, inseguros.

Portanto, *tinha sido* o Stapes quem dera as ordens. Essa incerteza seria suficiente para impedi-los de porem as mãos em mim.

– Vamos resolver isto agora mesmo – falei, e parti pelo corredor em passo acelerado, deixando os guardas correrem para me alcançar, suas armaduras chacoalhando.

Minha irritação foi se intensificando à medida que eu avançava pelos salões. Se minha credibilidade com o maer estava mesmo arruinada, eu preferia acabar logo com aquilo. Se não podia ter as boas graças dele, pelo menos teria minha liberdade e a possibilidade de ver Denna quando quisesse.

Fiz uma curva bem a tempo de ver o maer saindo de seus aposentos. Parecia mais saudável do que eu jamais o vira, carregando um maço de papéis embaixo do braço.

Quando me aproximei, a irritação chispou em seu rosto e achei que ele simplesmente mandaria os guardas me levarem embora. Mesmo assim, abordei-o com a ousadia de quem tivesse recebido um convite por escrito:

– Excelência – comecei, com animada cordialidade. – Podemos conversar um minuto?

– Decerto – respondeu ele em tom semelhante, abrindo a porta que estivera prestes a fechar às suas costas. – Queira entrar.

Observei seus olhos e vi uma raiva tão acalorada quanto a minha. Uma partezinha sensata de mim desanimou, mas meu gênio estava com o freio entre os dentes e avançou num galope enfurecido.

Deixamos os guardas perplexos na antecâmara e Alveron me conduziu pelo segundo conjunto de portas para o interior de seus aposentos particulares. Pairava no ar um silêncio perigoso, como a calmaria antes de uma súbita tempestade de verão.

– Mal posso acreditar na sua impudência – sibilou o maer, uma vez fechadas as portas. – Suas acusações enlouquecidas. Suas afirmações ridículas. Desagradam-me as descortesias em público, portanto cuidaremos disso depois – acrescentou e fez um gesto imperioso. – Volte para seus aposentos e não saia até eu decidir a melhor forma de lidar com você.

– Excelência...

Pela postura de seus ombros, pude perceber que estava prestes a chamar os guardas.

– Não o estou ouvindo – disse ele, em tom categórico.

Enfrentou meu olhar nesse momento. Tinha os olhos duros como pedra e vi quão grande era realmente sua raiva. Não era a raiva de um mecenas ou de um empregador. Não era alguém irritado com meu desrespeito à ordem social. Ali estava um homem que havia mandado em tudo a seu redor desde os 16 anos. Esse homem não tinha o pudor de pendurar alguém numa forca para marcar uma posição. Ali estava um homem que, não fosse uma reviravolta da história, seria agora o rei de toda Vintas.

Meu ânimo acalorado crepitou e se extinguiu como uma vela que se apagasse, deixando-me enregelado. Percebi então que cometera um grave erro de julgamento sobre minha situação.

Quando pequeno, vagando desabrigado pelas ruas de Tarbean, eu havia aprendido a lidar com gente perigosa: estivadores bêbados, guardas de segurança, até crianças sem-teto, que eram capazes de matar com um pedaço quebrado de vidro de garrafa.

A chave para permanecer vivo era conhecer as regras do jogo. Um guarda não espancaria ninguém no meio da rua. Um estivador não perseguiria o sujeito se ele corresse.

Nesse momento, com repentina clareza, dei-me conta do meu erro. O maer não era limitado por nenhuma regra. Podia mandar matar-me e depois pendurar meu corpo nos portões da cidade. Podia atirar-me na prisão e se esquecer de mim. Podia largar-me por lá enquanto eu adoecia e morria de fome. Eu não tinha posição, não contava com amigos que intercedessem em meu favor. Estava tão desamparado quanto uma criança munida de uma espada de graveto de salgueiro.

Reconheci isso num clarão e senti um medo corrosivo instalar-se em minha barriga. Devia ter ficado na Baixa Severen quando tivera essa chance. Nunca deveria ter ido ali, para começo de conversa, e me imiscuído nos assuntos de gente poderosa como aquela.

Foi nesse exato momento que Stapes irrompeu pelo cômodo, alvoroçado, saindo do quarto de vestir do maer. Ao nos ver, sua expressão normalmente plácida vacilou por um segundo, tomada de pânico e surpresa. Ele se recuperou depressa.

– Mil perdões, senhores – disse e se apressou a voltar por onde viera.

– Stapes – chamou o maer, antes que ele pudesse retirar-se. – Venha cá.

Stapes voltou a entrar no quarto, furtivo, torcendo nervosamente as mãos. Tinha no rosto a expressão abalada de um homem cheio de culpa, um homem flagrado no meio de um ato desonesto.

– Stapes, o que você tem aí? – A voz de Alveron soou severa.

Olhando mais de perto, vi que o criado não estava torcendo as mãos, mas segurando algo.

– Não é nada...

– Stapes! – vociferou o maer. – Como se *atreve* a mentir para mim? Mostre-me isso imediatamente!

Com ar aturdido, o criado corpulento abriu as mãos. Um minúsculo passarinho, de cor viva como uma gema de ovo, jazia morto numa das palmas. O rosto de Stapes havia perdido qualquer indício de cor.

Nunca, em toda a história do mundo, a morte de um ser tão encantador me trouxera tamanho alívio e alegria. Fazia dias que eu tinha certeza da traição de Stapes e ali estava a prova incontestável.

Mesmo assim, permaneci calado. O maer precisava ver aquilo com seus próprios olhos.

– O que significa isso? – perguntou ele.

– Não é bom pensar nessas coisas, senhor – apressou-se a dizer o criado –, e pior ainda é deter-se nelas. Eu simplesmente pegarei outro. Ele cantará com a mesma doçura.

Houve uma longa pausa. Vi que Alveron lutava para conter o ódio que estivera prestes a descarregar em mim. O silêncio continuou a se estender.

– Stapes – falei, devagar. – Quantos pássaros você substituiu nos últimos dias?

Stapes virou-se para mim, com a expressão indignada.

Antes que ele pudesse dizer qualquer coisa, o maer interveio:

– Responda a ele, Stapes – ordenou, com a voz quase embargada. – Houve algum além desse?

Stapes olhou-o, abalado:

– Ah, Lerand, eu não queria perturbá-lo. Você andou tão mal durante algum tempo! Depois, pediu os passarinhos e passou aquela noite terrível. E aí, no dia seguinte, um deles morreu.

Baixou os olhos para a ave minúscula em sua mão e as palavras foram saindo cada vez mais depressa, quase tropeçando umas nas outras. Atrapalhado demais para não estar sendo sincero.

– Eu não quis encher sua cabeça falando de coisas que causassem agonia. Por isso, tirei-o daqui de fininho e trouxe outro, novo. Então, você foi melhorando e eles começaram a morrer, quatro ou cinco por dia. Toda vez que eu olhava, havia mais um caído no fundo da gaiola, feito uma florzinha arrancada. Mas você estava passando tão bem! Eu não quis mencionar o assunto. – Stapes cobriu o bebe-gotas com a mão em concha. – Era como se eles estivessem entregando suas alminhas para fazê-lo ficar bom de novo.

De repente, alguma coisa nele se rompeu e o homem desatou a chorar. Eram os soluços profundos e desalentados de um servo honesto, que estivera apavorado e desamparado por muito tempo, assistindo à morte lenta de um amigo querido.

Alveron permaneceu imóvel, durante um momento de perplexidade, e toda a raiva se esvaiu dele. Depois, aproximou-se e envolveu delicadamente o criado nos braços.

– Ah, Stapes – disse, baixinho. – Eles estavam, de certo modo. Você não fez nada de que se possa culpá-lo.

Retirei-me do quarto em silêncio e me ocupei com a retirada dos comedouros da gaiola dourada.

∽

Uma hora depois, nós três fizemos uma ceia tranquila nos aposentos do maer. Alveron e eu contamos a Stapes o que havia acontecido nos dias anteriores. Stapes ficou quase zonzo, tanto com a saúde de seu amo quanto por saber que ela continuaria a melhorar.

Quanto a mim, depois de sofrer alguns dias com o desagrado de Alveron, voltar a cair tão de repente em suas graças foi um alívio. Mesmo assim, senti-me abalado com o quanto me havia aproximado da desgraça.

Fui franco com o maer sobre minha suspeita infundada de Stapes e apresentei ao criado minhas sinceras desculpas. Ele, por sua vez, admitiu suas dúvidas a meu respeito. No fim, trocamos um aperto de mão e fizemos uma opinião muito melhor um do outro.

Quando conversávamos, comendo as últimas garfadas da ceia, Stapes espichou os ouvidos, pediu licença e se retirou às pressas.

– Minha porta externa – explicou o maer. – Ele tem um ouvido de cão. Chega a ser insólito.

Stapes abriu a porta e deixou entrar o homem alto, de cabeça raspada, que estivera examinando mapas com Alveron quando da minha chegada: o comandante Dagon.

Ao entrar no aposento, Dagon correu os olhos por cada um dos cantos, pela janela, pela outra porta, brevemente por mim e voltou-os para o maer. No instante em que esse olhar me tocou, todos os profundos instintos selvagens que me haviam mantido vivo nas ruas de Tarbean me disseram para fugir. Para fazer qualquer coisa, desde que me levasse para bem longe daquele homem.

– Ah, Dagon! – exclamou o maer, em tom animado. – Como está passando neste belo dia?

– Bem, excelência – respondeu ele. Dagon postou-se em posição de sentido, sem propriamente fitar o maer nos olhos.

– Quer ter a gentileza de prender o Caudicus por traição?

Houve uma pausa de meio batimento cardíaco.

– Sim, excelência.

– Oito homens devem ser suficientes, desde que não tendam a entrar em pânico numa situação complicada.

– Sim, excelência.

Comecei a sentir diferenças sutis nas respostas de Dagon.

– Vivo – disse Alveron, como se respondesse a uma pergunta. – Mas você não precisa ser gentil.

– Sim, excelência.

Com isso, Dagon deu meia-volta para se retirar.

– Excelência, se ele é mesmo arcanista, é preciso tomar algumas precauções – apressei-me a dizer.

Lamentei a expressão "é preciso" assim que a proferi; era pretensiosa. Eu deveria ter dito: *Talvez Vossa Graça queira considerar a possibilidade de tomar certas precauções.*

Alveron pareceu não notar minha gafe.

– Sim, é claro. Para pegar um ladrão, é preciso um ladrão. Dagon, antes de instalá-lo lá embaixo, prenda-lhe as mãos e os pés com uma boa corrente de ferro. Ferro puro, entenda bem. Ponha-lhe uma mordaça e uma venda... – Pensou por um instante, batendo com um dedo nos lábios, e acrescentou: – E corte-lhe os polegares.

– Sim, excelência.

– Acha que isso seria suficiente? – perguntou Alveron, olhando para mim.

Lutei contra uma onda de náusea e me esforcei para não torcer as mãos no colo. Não sabia dizer o que era mais inquietante, se o tom animado com que Alveron dera as ordens ou o tom impassível e sem emoção com que Dagon as aceitara. Um arcanista pleno não era coisa com que se brincasse, mas a ideia de mutilar as mãos do homem me pareceu mais horripilante do que matá-lo de uma vez.

Dagon se foi e, uma vez fechada a porta, Stapes estremeceu.

– Santo Deus, Lerand, ele parece água gelada descendo pela minha nuca. Eu gostaria que você se livrasse dele.

O maer riu.

– Para que outra pessoa possa ficar com ele? Não, Stapes. Eu o quero bem aqui. Meu cão raivoso numa guia curta.

Stapes franziu o cenho, mas, antes que pudesse manifestar-se de novo, teve o olhar atraído para a sala de estar, do outro lado da porta:

– Ah, lá vai mais um – disse. Foi até a gaiola e voltou com outro ligeirinho morto, segurando ternamente seu corpo minúsculo enquanto o retirava dos aposentos. – Sei que você precisava testar o remédio em alguma coisa – disse, do outro cômodo –, mas isso é meio duro com os pobrezinhos dos calanthis.

– Como disse? – indaguei.

– O nosso Stapes é antiquado – explicou Alveron, com um sorriso. – E mais instruído do que gosta de admitir. Calanthis é o nome deles em víntico antigo.

– Eu seria capaz de jurar que já ouvi essa palavra em outro lugar.

– Também é o sobrenome da família real de Vintas – disse Alveron, com ar reprovador. – Para quem sabe tantas coisas, você é curiosamente cego em certas questões.

Stapes esticou o pescoço e olhou de novo para a gaiola.

– Sei que você tinha que fazer isso, mas por que não usar camundongos ou aquele cãozinho horroroso da condessa DeFerre?

Antes que eu pudesse responder, houve uma batida nos cômodos externos e um guarda irrompeu pela porta interna, antes que Stapes conseguisse ficar de pé.

– Excelência – disse o homem, arfante, enquanto saltava para a única janela aberta do cômodo e fechava as venezianas com força. Em seguida, correu à sala de estar e fez o mesmo com a janela de lá. Seguiram-se outros ruídos semelhantes, vindos de cômodos mais ao fundo, que eu nunca tinha visto. Houve um vago barulho de móveis sendo arrastados.

Stapes pareceu intrigado e meio que se levantou, mas o maer meneou a cabeça e fez sinal para ele se sentar.

– Tenente! – chamou, com um toque de irritação na voz.

– Perdoe-me, excelência – disse o guarda, ao tornar a entrar no aposento, com a respiração ofegante. – Ordens de Dagon. Eu precisava isolar imediatamente os aposentos de Vossa Graça.

– Depreendo que nem tudo esteja bem – retrucou Alveron, secamente.

– Não houve resposta na torre quando batemos. Dagon nos mandou forçar a porta. Havia... não sei o que era aquilo, excelência. Algum espírito malévolo. Anders está morto, excelência. Caudicus não está em parte alguma dos seus aposentos, mas Dagon foi atrás dele.

A expressão de Alveron toldou-se.

– Maldição! – trovejou, esmurrando a cadeira. Franziu o cenho e soltou um suspiro explosivo. – Muito bem – disse, com um aceno para que o guarda se retirasse.

O militar não se mexeu, rígido.

– Dagon disse que não devo deixar Vossa Graça desprotegido.

Alveron lançou-lhe um olhar perigoso.

– Muito bem, mas fique para aquele lado – e apontou para um canto do aposento.

O guarda pareceu perfeitamente satisfeito por desaparecer de vista. Alveron inclinou-se para a frente, pressionando a testa com a ponta dos dedos.

– Como foi que ele suspeitou, em nome de Deus?

Parecia uma pergunta retórica, mas ela acionou as engrenagens do meu cérebro.

– Vossa Graça mandou buscar seu remédio ontem?

– Sim, sim. Fiz tudo exatamente como nos dias anteriores.

Só que não me mandou buscar sua medicação, pensei.

– Vossa Graça ainda está com o frasco? – indaguei.

Estava. Stapes o trouxe para mim. Tirei a rolha e passei o dedo pelo interior do vidro.

– Que gosto tem o remédio de Vossa Graça?

– Eu já lhe disse. Meio salgado, amargo.

Vi os olhos do maer se arregalarem quando levei o dedo à boca e o toquei de leve com a ponta da língua.

– Você está louco? – exclamou, com ar incrédulo.

– Doce – respondi, simplesmente. Depois, bochechei com água e cuspi com toda a delicadeza possível num copo vazio. Tirei um pacotinho de papel dobrado de um bolso do colete, derramei uma pequena quantidade de seu conteúdo na mão e o comi, fazendo careta.

– O que é isso? – perguntou Stapes.

– Líguelen – menti, sabendo que a resposta verdadeira, carvão, provocaria mais perguntas.

Pus outro gole d'água na boca e também o cuspi. Dessa vez, saiu preto, e Alveron e Stapes o olharam fixamente, assustados.

– Algo deve tê-lo feito desconfiar de que Vossa Graça não vinha tomando seu remédio. Se de repente ele mudasse de sabor, teria havido alguma pergunta sua. – expliquei.

– Eu o vi ontem à noite. Ele perguntou por minha saúde – disse o maer, balançando a cabeça, e bateu de leve com o punho no braço da cadeira. – Maldita falta de sorte. Se ele tem alguma inteligência, já deve ter partido há meio dia. Jamais o apanharemos.

Pensei em lhe recordar que, se ele houvesse acreditado em mim desde o início, nada disso teria acontecido, mas achei melhor não fazê-lo.

– Eu recomendaria que os homens de Vossa Graça fiquem fora da torre dele, excelência. Ele teve tempo para preparar inúmeras maldades lá dentro, armadilhas e coisas parecidas.

O maer assentiu com a cabeça e passou a mão pelos olhos.

– Sim. É claro. Providencie isso, Stapes. Creio que vou descansar um pouco. Esse assunto talvez leve algum tempo para ser resolvido.

Preparei-me para sair, mas o maer fez um gesto para que eu me sentasse outra vez.

– Kvothe, fique um instante e me prepare um bule de chá antes de sair.

Stapes tocou a sineta para chamar os criados. Enquanto retiravam as sobras de nossa refeição, eles me lançaram olhadelas curiosas. Eu não estava apenas sentado na presença do maer, mas compartilhando uma refeição com ele em seus aposentos particulares. Essa notícia correria por toda a propriedade em menos de 10 minutos.

Depois que os criados se foram, preparei outro bule de chá para o maer. Aprontava-me para sair quando ele falou, por cima da borda da xícara, baixo demais para que o guarda ouvisse:

– Kvothe, você se revelou perfeitamente confiável e lamento qualquer dúvida que eu tenha alimentado brevemente a seu respeito – disse. Bebericou e engoliu o chá antes de prosseguir: – Infelizmente, não posso deixar que a notícia de um envenenamento se espalhe. Especialmente quando o envenenador escapou. – Deu-me um olhar significativo: – Isso interferiria no assunto que discutimos antes.

Meneei a cabeça. O conhecimento generalizado de que seu próprio arcanista quase o matara dificilmente ajudaria Alveron a conquistar a mão da mulher com quem tinha esperança de se casar.

– Infelizmente – continuou ele –, essa necessidade de silêncio também me impede de lhe dar a recompensa da qual você é mais que merecedor. Se a situação fosse outra, eu consideraria a doação de terras um mero agradecimento simbólico. Também lhe concederia um título. Esse poder a minha família ainda conserva, livre do controle do rei.

Senti a cabeça rodar com o que o maer estava dizendo e ele prosseguiu:

– Mas, se eu fizesse uma coisa dessas, haveria necessidade de explicações. E uma explicação é a única coisa que não posso dar.

Alveron estendeu a mão e levei um instante para compreender que eu deveria apertá-la. Não é típico se trocarem apertos de mão com o maer Alveron. No mesmo instante, lamentei que a única pessoa presente para ver isso fosse o guarda. Torci para que ele fosse um fofoqueiro.

Apertei solenemente a mão estendida e Alveron continuou:

– Tenho uma grande dívida para com você. Se algum dia passar por uma necessidade, você terá a seu dispor toda a ajuda que um lorde agradecido pode oferecer.

Assenti com a cabeça, de modo gentil, tentando manter uma expressão calma, apesar de minha empolgação. Isso era exatamente o que eu tivera esperança de obter. Com os recursos do maer, poderia fazer uma busca conjunta dos Amyr. Ele poderia me dar acesso a arquivos eclesiásticos, bibliotecas particulares, lugares em que documentos importantes não tivessem sido podados e editados como na Universidade.

Mas eu sabia que essa não era a hora adequada para fazer pedidos. Alveron tinha prometido sua ajuda. Eu poderia simplesmente dar tempo ao tempo e escolher o tipo de ajuda que mais desejasse.

Quando saí dos aposentos do maer, Stapes me surpreendeu com um abraço mudo e repentino. A expressão em seu rosto não poderia ser mais agradecida se eu houvesse retirado sua família de um prédio em chamas.

– Jovem senhor, duvido que entenda quanto lhe devo. Se algum dia precisar de qualquer coisa, é só me informar.

Apertou minha mão, sacudindo-a com entusiasmo para cima e para baixo. Ao mesmo tempo, senti que punha alguma coisa em minha palma.

E então vi-me parado no corredor. Abri a mão e notei um belo anel de prata, com o nome de Stapes gravado na frente. Ao lado dele havia um segundo anel, que não era de metal algum. Era liso e branco e também tinha o nome do criado gravado em letras toscas na superfície. Eu não fazia ideia do que uma coisa daquelas significava.

Voltei para meus aposentos, quase tonto com minha sorte repentina.

CAPÍTULO 65

Um belo jogo

No dia seguinte, meus escassos pertences foram transferidos para aposentos que o maer julgou mais adequados para alguém que caíra definitivamente em suas graças. Eram cinco cômodos ao todo, três deles com janelas voltadas para o jardim.

Foi um belo gesto, mas não pude deixar de pensar que aqueles aposentos ficavam ainda mais longe das cozinhas. Minha comida estaria fria como pedra quando percorresse todo o trajeto até chegar a mim.

Mal fazia uma hora que eu estava lá, quando chegou um mensageiro com o anel de prata de Bredon e um cartão que dizia: "Nos seus gloriosos novos aposentos. Quando?"

Virei o cartão, escrevi no verso "Assim que você quiser" e despachei o garoto.

Pus o anel de prata dele numa salva em minha sala de estar. Agora, o pote ao lado dela tinha dois anéis de prata reluzindo em meio ao ferro.

Abri a porta e vi os olhos negros de Bredon me espiando feito uma coruja, em meio à auréola da barba e da cabeleira brancas. Ele sorriu e fez uma mesura, com a bengala enfiada embaixo do braço. Ofereci-lhe um assento, pedi licença polidamente e o deixei a sós na sala de estar por um instante, como era cortês fazer.

Mal tinha cruzado a porta quando ouvi sua voz sonora vindo do outro cômodo:

– Ora, ora! – exclamou ele. – Mas vejam isto!

Quando retornei, Bredon estava sentado junto ao tabuleiro de tak, segurando os dois anéis que eu recebera pouco antes de Stapes.

– Isso é inesperado, com certeza! – comentou. – Ao que parece, ontem julguei mal as coisas quando meu mensageiro foi despachado da sua porta por um guarda totalmente mal-humorado.

Abri-lhe um sorriso.

– Foi um par de dias empolgante.

Bredon baixou o queixo e deu um risinho gutural, lembrando ainda mais uma coruja que de hábito.

– Posso imaginar – disse, segurando o anel de prata. – Isto aqui conta uma história e tanto. Mas esse... – apontou com a bengala para o anel branco – esse é uma coisa completamente diferente...

Puxei uma cadeira de frente para ele e disse:

– Serei franco com você. Mal consigo adivinhar do que ele é feito, muito menos o que significa.

Bredon levantou uma sobrancelha.

– É uma franqueza admirável da sua parte.

– Estou me sentindo um pouco mais seguro da minha situação aqui – admiti, dando de ombros. – O bastante para poder ser um pouco menos reservado com as pessoas que foram bondosas comigo.

Ele tornou a dar um risinho, repondo o anel de prata no tabuleiro.

– Seguro. Imagino que esteja – disse pegando o anel branco. – Mesmo assim, não é de estranhar que não tenha conhecimento disso.

– Pensei que só existissem três tipos de anéis.

– É verdade, na maioria dos casos. Mas a doação de anéis remonta a muito tempo atrás. Os plebeus a faziam muito antes de ela se tornar um jogo na aristocracia. E, embora Stapes possa respirar o ar rarefeito com o resto de nós, sua família é inegavelmente plebeia.

Bredon repôs o anel branco no tabuleiro e cruzou as mãos sobre ele.

– Esses anéis eram feitos de coisas a que a plebe tivesse acesso com facilidade. Um jovem enamorado podia dar um anel de grama verde e nova a alguém que estivesse cortejando. Um anel de couro era uma promessa de serviço. E assim por diante.

– E um anel de chifre?

– Um anel de chifre demonstra inimizade – respondeu Bredon. – Inimizade poderosa e duradoura.

– Ah – murmurei, um pouco chocado. – Entendo.

Bredon sorriu e segurou o anel claro contra a luz:

– Mas isto não é chifre – disse. – A granulação não combina e Stapes jamais daria um anel de chifre junto com um anel de prata. – Balançou a cabeça. – Não. A menos que meu palpite esteja errado, este é um anel de osso – afirmou e o entregou a mim.

– Que maravilha – comentei, macambúzio, girando-o nas mãos. – E isso quer dizer o quê? Que ele vai me esfaquear no fígado e me empurrar para um poço seco?

Bredon deu-me seu sorriso largo e caloroso.

– Um anel de osso indica uma dívida profunda e duradoura.

– Compreendo – retruquei, esfregando-o entre os dedos. – Devo admitir que prefiro que me devam um favor.

– Não um mero favor. Tradicionalmente, um anel como esse é entalhado num osso de um membro falecido da família – explicou Bredon, levantando uma sobrancelha. – E, embora eu duvide que isso aconteça hoje em dia, ele efetivamente transmite a ideia.

Levantei os olhos, ainda meio zonzo com tudo aquilo.

– E a ideia é...?

– Que essas coisas não são dadas com leviandade. Isso não faz parte dos jogos usados pela aristocracia e não é o tipo de anel que você deva exibir. – Bredon me olhou e acrescentou: – Se fosse você, eu o guardaria em um lugar seguro.

Coloquei-o cuidadosamente no bolso.

– Você tem sido de uma ajuda incrível. Eu gostaria de poder retribuir...

Ele ergueu uma das mãos, interrompendo-me no meio da frase. Em seguida, num gesto de solene cuidado, apontou um dedo para baixo, fechou o punho e bateu com o nó do dedo na superfície do tabuleiro de tak.

Sorri e apanhei as pedras.

∞

– Acho que estou finalmente pegando o jeito do jogo – comentei, passada uma hora, depois de perder por uma margem estreitíssima.

Bredon afastou a cadeira da mesa com ar de desagrado.

– Não. Muito pelo contrário. Você tem os elementos essenciais, mas está perdendo de vista o principal.

– O principal é que finalmente estou perto de derrotar você, depois de todo esse tempo – falei, começando a separar as pedras.

– Não – retrucou Bredon. – Não é nada disso. O tak é um jogo sutil. É por isso que tenho tanta dificuldade de encontrar pessoas capazes de jogá-lo. Neste momento, você está dando patadas feito um brutamontes. No mínimo, está pior do que dois dias atrás.

– Admita. Eu quase o bati da última vez.

Ele apenas fechou a cara e apontou imperiosamente para a mesa.

Atirei-me ao jogo com empenho, sorrindo e cantarolando, certo de que nesse dia finalmente o derrotaria.

Mas nada poderia estar mais longe da verdade. Bredon dispôs suas pedras sem piedade, sem um átimo de hesitação entre seus movimentos. Destroçou-me com a facilidade com que se rasga ao meio uma folha de papel.

A partida acabou tão depressa que me deixou sem fôlego.

– De novo – disse ele, em um tom de comando que eu nunca ouvira em sua voz.

Tentei me recompor, mas a partida seguinte foi ainda pior. Senti-me como um filhotinho de cachorro lutando com um lobo. Não. Fui um camundongo à mercê de uma coruja. Não houve nem sequer um simulacro de luta. Tudo que pude fazer foi correr.

Mas não com rapidez suficiente. A partida acabou mais depressa que a anterior.

– De novo – exigiu ele.

E jogamos novamente. Dessa vez, nem sequer fui um ser vivo. Bredon mostrou-se calmo e desapaixonado como um açougueiro com um facão. A partida durou mais ou menos o tempo necessário para estripar e desossar uma galinha.

No fim, Bredon franziu o cenho e sacudiu vigorosamente as mãos nos dois lados do tabuleiro, como se houvesse acabado de lavá-las e estivesse tentando secá-las com o movimento.

– Ótimo – falei, reclinando-me na cadeira. – Entendi a colocação. Você vinha facilitando as coisas para mim.

– Não – retrucou ele, com expressão severa. – Isso está muito longe do que estou tentando transmitir.

– Então, o que é?

– Estou tentando fazê-lo compreender o jogo. O jogo inteiro, não apenas o movimento das pedras. A ideia não é fazer o jogo mais certinho que puder. A ideia é ser ousado. Ser perigoso. Ser elegante. – Bateu com dois dedos no tabuleiro e disse: – Qualquer homem semidesperto é capaz de perceber uma armadilha montada para ele. Mas entrar com ousadia, com um plano para modificá-la de modo surpreendente, isso é maravilhoso.

Deu um sorriso, sem que nada da severidade deixasse sua expressão, e concluiu:

– Montar uma armadilha e saber que alguém vai chegar precavido, pronto com seu próprio truque, e então derrotá-lo, isso é duplamente maravilhoso. – A expressão de Bredon se abrandou e sua voz tornou-se quase um apelo: – O tak reflete o girar sutil do mundo. É um espelho que seguramos diante da vida. Ninguém vence uma dança, garoto. O objetivo de dançar é o movimento feito pelo corpo. Uma partida bem jogada de tak revela o movimento da mente. Há beleza nessas coisas, para quem tem olhos capazes de vê-la.

Apontou para a disposição rápida e brutal das pedras entre nós.

– Olhe para isso. Por que eu quereria vencer um jogo como esse?

Baixei os olhos para o tabuleiro e perguntei:

– A ideia não é vencer?

– A ideia – respondeu Bredon, com ar majestoso – é jogar um belo jogo.

Levantou as mãos e deu de ombros, seu rosto se abrindo num sorriso beatífico.

– Por que eu quereria vencer outra coisa senão um belo jogo?

CAPÍTULO 66

Ao alcance da mão

M<small>AIS TARDE, NESSA NOITE</small>, sentei-me sozinho no que imaginei ser meu salão. Ou talvez minha sala de estar. Para ser sincero, eu não tinha muita certeza de qual era a diferença.

Fiquei surpreso ao constatar que gostava muito de meus novos aposentos. Não pelo espaço maior. Não por eles terem uma vista melhor do jardim. Não porque o desenho do piso de mármore fosse mais agradável aos olhos. Nem mesmo pelo fato de haver neles sua própria adega de vinhos, excepcionalmente bem abastecida, embora isso fosse muito agradável.

Não. Meus novos aposentos eram preferíveis porque havia diversas cadeiras estofadas sem braços, perfeitas para eu tocar alaúde. É incômodo tocar por muito tempo numa cadeira com braços. Em meu quarto anterior, eu geralmente acabava sentado no chão.

Resolvi chamar o cômodo onde ficavam as cadeiras boas de meu alaudário. Ou talvez meu interpretatório musical. Eu precisaria de algum tempo para inventar algo adequadamente pretensioso.

Nem é preciso dizer que eu estava satisfeito com o rumo recente dos acontecimentos. À guisa de comemoração, abri uma garrafa de um esplêndido tinto escuro de Feloran, relaxei e peguei o alaúde.

Comecei depressa e saltitante, tocando "Tintatatornin" para exercitar os dedos. Em seguida, passei algum tempo tocando com doçura e leveza, para me reacostumar aos poucos com o instrumento. Depois de tocar durante cerca de meia garrafa, pus os pés para cima e minha música se fez lânguida e satisfeita, como um gato sob um raio de sol.

Foi nesse momento que ouvi o ruído às minhas costas. Parei numa cacofonia de notas e me levantei de um salto, esperando ver Caudicus, os guardas ou algum outro problema mortífero.

O que encontrei foi o maer, dando um sorriso sem jeito, como uma criança que acabasse de pregar uma peça em alguém.

– Confio em que seus novos aposentos sejam do seu agrado, pois não?

Recompus-me e fiz uma pequena mesura.

– É muito para pessoas como eu, excelência.

– É bem pouco, levando em conta minha dívida para com você.

Alveron sentou-se num sofá próximo e fez um gesto gentil, indicando que eu deveria ficar à vontade para me sentar também.

– O que você estava tocando agora há pouco? – indagou.

Voltei para minha cadeira.

– Na verdade, não era propriamente uma canção, excelência. Eu estava apenas tocando.

O maer ergueu uma sobrancelha.

– Era uma criação sua?

Meneei a cabeça e ele me fez um sinal, dizendo:

– Lamento tê-lo interrompido. Continue, por favor.

– O que Vossa Graça gostaria de ouvir?

– Sei de fonte confiável que Meluan Lackless gosta de música e de palavras doces. Alguma coisa nessa linha.

– Há muitos tipos de doçura, excelência.

Toquei a abertura de "A espera de Violet". As notas soaram leves, doces e tristes. Depois, passei para "O Lai de Savien", com os dedos em movimentos ágeis pelos acordes complexos, fazendo a melodia soar exatamente tão difícil quanto era.

Alveron balançou a cabeça, assumindo uma expressão mais satisfeita à medida que ouvia.

– E você também sabe compor?

Fiz que sim, descontraído.

– Sei, excelência. Embora fazer direito essas coisas leve tempo.

– Quanto tempo?

– Um ou dois dias, ou três – respondi, dando de ombros. – Depende do tipo de canção que se deseje. As cartas são mais fáceis.

O maer inclinou-se para a frente.

– Agrada-me ver que os elogios de Threipe não foram exagerados. Admito que o transferi para cá com mais do que a gratidão em mente. Há uma passagem que liga estes aposentos aos meus. Precisaremos encontrar-nos com frequência para discutir minha corte.

– Isso deverá revelar-se muito conveniente, excelência – respondi e então escolhi com muito cuidado minhas palavras seguintes. – Aprendi a história da família dela, mas isso só vai até certo ponto, quando se trata de cortejar uma mulher.

Alveron deu um risinho.

– Você deve me tomar por um tolo – disse, em tom gentil. – Sei que precisará conhecê-la. Ela estará aqui dentro de dois dias, para uma visita com uma tropa de outros nobres. Proclamei um mês de festejos para comemorar a superação da minha longa doença.

– Inteligente – cumprimentei-o.

Ele encolheu os ombros.

– Providenciarei algo para colocá-los desde logo em contato. Você precisa de alguma coisa para exercer sua arte?

– Uma boa quantidade de papel deve ser suficiente, excelência. Tinta e penas.

– Nada mais? Ouvi falar de poetas que precisam de certas extravagâncias para ajudá-los em sua composição. – Fez um gesto frouxo: – Um tipo específico de bebida ou de paisagem? Eu soube de um poeta, muito famoso em Renere, que conserva à mão um baú cheio de maças estragadas. Toda vez que lhe falta inspiração, ele o abre e aspira os vapores que delas emanam.

– Sou *músico*, excelência – falei em meio a uma risada. – Os poetas que fiquem com suas superstições. Eu só preciso do meu instrumento, duas boas mãos e conhecimento do meu assunto.

A ideia pareceu perturbar Alveron.

– Nada para ajudar sua inspiração?

– Eu gostaria que Vossa Graça me desse permissão para circular livremente pela propriedade e por Baixa Severen, como me aprouver.

– É claro.

Com um dar de ombros descontraído, falei:

– Nesse caso, tenho a meu dispor tudo de que preciso para me inspirar.

Eu mal tinha posto os pés na rua Tinnery quando a vi. Depois de toda a busca infrutífera que fizera nos meses anteriores, pareceu estranho que eu agora a encontrasse com tanta facilidade.

Denna deslocava-se por entre o povo com lenta graça. Não o empertigamento que passa por graça nos ambientes da corte, mas um vagar natural dos movimentos. Um gato não pensa em se alongar, alonga-se. Mas uma árvore não faz nem isso. A árvore simplesmente balança, sem o esforço de se mover. Era assim que Denna andava.

Alcancei-a o mais depressa que pude, sem chamar sua atenção.

– Com licença, senhorita?

Ela se virou. Seu rosto iluminou-se ao me ver.

– Pois não?

– Normalmente, eu nunca abordaria uma jovem desta maneira, mas não pude deixar de notar que a senhorita tem os olhos de uma dama por quem, um dia, estive desesperadamente apaixonado.

– Que lástima amar apenas uma vez! – disse ela, exibindo os dentes alvos num sorriso travesso. – Ouvi dizer que alguns homens conseguem fazê-lo duas vezes ou até mais.

Ignorei sua pilhéria.

– Só me deixo ser tolo uma vez. Nunca mais voltarei a amar.

Sua expressão abrandou-se e ela pôs a mão de leve em meu braço.

– Pobre homem! Ela deve ter-vos magoado terrivelmente.

– É verdade, magoou-me em mais de um sentido.

– Mas essas coisas são de se esperar – disse ela, com naturalidade. – Como poderia uma mulher não amar um homem tão marcante quanto vós?

– Não sei – respondi, com ar modesto. – Mas creio que não deve amar, pois me fisgou com seu riso fácil, depois escapuliu sem dizer palavra. Como o orvalho à pálida luz do amanhecer.

– Como um sonho ao despertar – acrescentou Denna, com um sorriso.

– Como uma donzela encantada esgueirando-se por entre as árvores.

Denna calou-se por um instante.

– Ela devia ser mesmo maravilhosa, para vos seduzir tão completamente – disse, em seguida, fitando-me com um olhar sério.

– Era incomparável.

– Ora, vamos! – falou, mudando de estilo e assumindo um tom jovial. – Todos sabemos que, ao apagar das luzes, todas as mulheres têm a mesma estatura! – Deu uma risadinha rouca e uma cotovelada cúmplice em minhas costas.

– Não é verdade – retruquei, com firme convicção.

– Bem – disse Denna, devagar –, creio que terei de aceitar sua palavra. – Tornou a me fitar. – Talvez, com o tempo, você possa me convencer.

Contemplei o castanho-escuro de seus olhos.

– Sempre foi essa a minha esperança.

Denna sorriu e meu coração saltou no peito.

– Conserve-a – disse. Enfiou o braço na dobra do meu e acertou o passo comigo. – Porque, sem esperança, o que resta a qualquer um de nós?

CAPÍTULO 67

Observando rostos

Passei boa parte dos dois dias seguintes sob a tutela de Stapes, para garantir que eu conheceria a etiqueta apropriada num jantar formal. Já estava familiarizado com boa parte dela, graças aos meus primeiros anos de infância, mas alegrou-me poder contar com essa revisão. Os costumes diferem de um lugar para outro e de ano para ano, e até pequenas gafes podem levar a um enorme embaraço.

Assim, Stapes serviu um jantar só para nós dois, depois me informou de uma dezena de erros pequenos mas importantes que eu havia cometido. Pousar um talher sujo, por exemplo, era considerado grosseria. Isso queria dizer que era perfeitamente aceitável limpar a faca com uma lambida. Na verdade, se a pessoa não quisesse sujar seu guardanapo, essa era a única coisa correta a fazer.

Era impróprio comer um pedaço inteiro de pão. Devia restar sempre uma parte no prato, de preferência mais que uma casquinha. O mesmo se aplicava ao leite: o último gole sempre devia permanecer no copo.

No dia seguinte, Stapes preparou outro jantar e cometi mais erros. Tecer comentários sobre a comida não era grosseiro, mas era vulgar. O mesmo se aplicava a cheirar o vinho. E, ao que parece, aquele queijinho macio que me fora servido tinha casca. Uma casca que qualquer pessoa civilizada reconheceria como não comestível e destinada a ser retirada.

Como bárbaro que sou, havia comido tudo. E achara muito saboroso. Mesmo assim, anotei o fato e me resignei a jogar fora metade de um queijo perfeitamente bom, caso fosse posto à minha frente. Este é o preço da civilização.

∽

Cheguei ao banquete usando um traje feito sob medida para a ocasião. As cores me caíam bem: verde-folha e preto. Havia um excesso de brocado para o meu gosto, mas, nessa noite, curvei-me a contragosto à moda, já que estaria sentado à esquerda de Meluan Lackless.

Stapes havia montado seis jantares formais para mim nos três dias anteriores e eu me sentia preparado para qualquer coisa. Ao chegar à parte externa do salão de banquete, imaginei que o mais difícil da noite seria fingir interesse na comida.

No entanto, embora tivesse sido preparado para a refeição, eu não o fora para a visão da própria Meluan Lackless. Por sorte, minha formação teatral entrou em ação e eu me portei com desenvoltura em todo o ritual de sorrir e oferecer o braço. Ela me deu um aceno cortês com a cabeça e fizemos juntos nossa procissão para a mesa.

Havia candelabros altos, com dezenas de velas. Jarros de prata entalhados continham água quente para as tigelas das mãos e água gelada para servir nos copos. Vasos antigos, com requintados arranjos florais, adocicavam o ar. Cornucópias transbordavam com frutas lustrosas. Pessoalmente, achei aquilo espalhafatoso, mas era tradicional; uma vitrine da riqueza do anfitrião.

Dirigi-me à mesa com lady Lackless e puxei a cadeira para ela. Tinha evitado olhar em sua direção ao cruzarmos o salão, mas, ao ajudá-la a se acomodar em seu assento, seu perfil pareceu-me de uma semelhança tão marcante com o de outra pessoa que não pude evitar fitá-lo. Eu a conhecia, tinha certeza. Mas por nada no mundo seria capaz de recordar onde nos teríamos encontrado...

Enquanto me sentava, tentei imaginar onde poderia tê-la visto. Se as terras dos Lackless não ficassem a 1.600 quilômetros de distância, eu teria suposto conhecê-la da Universidade. Mas isso era ridículo. A herdeira dos Lackless não estudaria tão longe de casa.

Meus olhos vagaram por aquelas feições irritantemente familiares. Eu a teria conhecido na Eólica? Não parecia provável. Eu me recordaria. Ela era admiravelmente encantadora, de queixo forte e olhos castanho-escuros. Eu tinha certeza de que, se a tivesse visto por lá...

– Está vendo algo que lhe interesse? – perguntou ela, sem se virar para mim. O tom foi agradável, mas com uma acusação não muito abaixo da superfície.

Eu a estivera olhando fixamente. Nem um minuto à mesa e já estava metendo o cotovelo na manteiga.

– Queira perdoar-me. É que sou um agudo observador de rostos e o seu me impressionou.

Meluan virou-se para mim e sua irritação dissipou-se um pouco.

– Você é turagiador?

Os turagiadores se diziam capazes de adivinhar a personalidade ou o futuro com base nos traços do rosto, dos olhos e do formato da cabeça. Superstição vintasiana da mais pura.

– Faço minhas incursões, milady.

– É mesmo? E o que lhe diz meu rosto? – indagou ela, erguendo a cabeça e desviando os olhos de mim.

Fingi examinar-lhe as feições, notando a palidez de sua pele e o cabelo castanho caprichosamente cacheado. Seus lábios eram cheios e vermelhos, sem o benefício de qualquer tintura. A linha do pescoço era orgulhosa e graciosa.

Balancei a cabeça e disse:

– Vejo nele parte de seu futuro, milady.

Uma de suas sobrancelhas levantou-se ligeiramente.

– Pois diga-me.

– A senhora logo receberá um pedido de desculpas. Perdoe meus olhos, que esvoaçam como os calanthis de um lugar para outro. Não pude mantê-los afastados de seu belo rosto de flor.

Meluan sorriu, mas não enrubesceu. Não era imune à lisonja, porém esta tampouco lhe era estranha. Guardei essa informação.

– Essa foi uma adivinhação muito fácil. Vê mais alguma coisa?

Levei mais um momento examinando seu rosto.

– Outras duas, milady. Seus traços me dizem que a senhora é Meluan Lackless e que estou a seu dispor.

Ela sorriu e me deu a mão para que a beijasse. Segurei-a e curvei a cabeça. Não cheguei propriamente a beijá-la, como seria adequado na República, mas pressionei rapidamente os lábios sobre meu próprio polegar. Beijar-lhe diretamente a mão teria sido um terrível atrevimento nessa parte do mundo.

Nossa conversa brincalhona foi interrompida pela chegada da sopa, que 40 criados depositaram diante dos 40 convivas, todos ao mesmo tempo. Provei a minha. Por que, em nome de Deus, alguém havia de fazer uma sopa doce?

Tomei outra colherada e fingi apreciá-la. Pelo canto do olho, observei meu vizinho, um homem mais velho e miúdo que eu sabia ser o vice-rei de Bannis. Tinha o rosto e as mãos enrugados e salpicados de manchas e o cabelo era uma massa desgrenhada e grisalha. Vi-o meter um dedo na sopa, sem o menor sinal de constrangimento, prová-la e afastar a tigela.

Remexeu nos bolsos e abriu a mão para me mostrar o que havia encontrado.

– Sempre trago um bolso cheio de amêndoas cristalizadas para essas ocasiões – disse-me num sussurro conspiratório, com um olhar arguto de criança. – Nunca se sabe o que tentarão fazê-lo comer. – Estendeu a mão e ofereceu: – Pode comer uma, se quiser.

Peguei uma amêndoa, agradeci e procurei fazer com que ele não me notasse mais pelo resto da noite. Quando tornei a olhá-lo de relance, passados vários minutos, ele comia descaradamente o que trazia no bolso e discutia com sua mulher se os camponeses sabiam ou não fazer pão de bolotas de carvalho. Pelo som, calculei que aquele era um pedacinho de uma briga maior, que eles vinham travando durante a vida inteira.

À direita de Meluan estava um casal ylliano, que trocava ideias em sua língua melodiosa. Combinando isso com os objetos decorativos estrategicamente posicionados, que dificultavam a visão dos convidados do lado oposto da mesa, Meluan e eu estávamos mais sozinhos do que se passeássemos pelo jardim. O maer fizera uma bela disposição dos assentos dos convivas.

A sopa foi retirada e substituída por um pedaço de carne que presumi ser faisão, coberto por um espesso molho cremoso. Fiquei surpreso ao descobrir que agradava muito a meu paladar.

– E como lhe parece que viemos a ser pareados? – perguntou Meluan, puxando conversa. – Senhor...?

– Kvothe – respondi, com uma pequena mesura, sentado. – Talvez o maer desejasse que alguém a divertisse. Às vezes sou divertido.

– De fato.

– Ou talvez eu tenha pago ao ecônomo uma soma inacreditável em dinheiro.

Um sorriso fugaz tornou a bailar em seu rosto e ela bebeu um gole d'água. *Gosta de ousadia*, pensei.

Limpei os dedos e quase pus o guardanapo na mesa, o que teria sido um erro terrível. Era o sinal para que se retirasse qualquer prato que estivesse sendo servido no momento. Se o gesto fosse feito cedo demais, implicaria uma crítica silenciosa mas contundente à hospitalidade do anfitrião. Senti uma gota de suor começar a descer pelas minhas costas, entre os ombros, enquanto dobrava com deliberação o guardanapo e o depositava em meu colo.

– E como o senhor ocupa seu tempo, Sr. Kvothe?

Ela não perguntou por meu trabalho, o que significou que supunha que eu era membro da nobreza. Por sorte, eu já havia me preparado para isso.

– Escrevo um pouco. Genealogias. Uma ou outra peça. Agrada-lhe o teatro?

– Vez por outra. Depende.

– Depende da peça?

– Depende dos atores – disse, com um toque de estranha tensão na voz.

Eu não o teria notado se não estivesse observando lady Lackless tão atentamente. Resolvi deslocar o assunto para um terreno mais seguro.

– Como lhe pareceram as estradas, em sua vinda para Severen? – perguntei. Todos gostam de reclamar das estradas. É um assunto tão seguro quanto o clima. – Ouvi dizer que tem havido certas dificuldades com bandidos no norte – acrescentei. Tinha esperança de animar um pouco a conversa. Quanto mais ela falasse, mais eu poderia conhecê-la.

– As estradas estão sempre repletas de bandidos Ruh nesta época do ano – foi a resposta fria de Meluan.

Não só bandidos, mas bandidos *Ruh*. Ela proferiu a palavra com uma aversão tão fria pesando na voz que senti um calafrio ao ouvi-la. Meluan odiava os Ruh. Não era a simples antipatia que a maioria das pessoas sentia por nós, mas um ódio verdadeiro, nítido, contundente.

Fui poupado de dar uma resposta pela chegada de tortas geladas de frutas. À minha esquerda, o vice-rei discutia bolotas com sua esposa. À direita, Meluan cortou ao meio uma tortinha de morango, o rosto pálido feito uma máscara de marfim. Ao ver suas unhas impecavelmente polidas rasgarem a massa em pedaços, percebi que seus pensamentos estavam voltados para os Ruh.

∞

À parte a breve menção aos Edena Ruh, a noite correu muito bem. Aos poucos, deixei Meluan à vontade, conversando informalmente sobre trivialidades. O jantar refinado durou duas horas, dando-nos bastante tempo para discussões. Constatei que ela era tudo o que sugerira Alveron: perspicaz, atraente e bem-falante. Nem mesmo saber que ela abominava os Ruh conseguiu impedir-me por completo de apreciar sua companhia.

Regressei a meu quarto logo após o jantar e comecei a escrever. Quando o maer foi procurar-me, eu tinha três rascunhos de carta, o esboço de uma canção e cinco páginas cheias de anotações e expressões que esperava usar posteriormente.

– Entre, excelência – falei, olhando-o de relance. Ele mal parecia o mesmo homem doentio e trêmulo cuja saúde eu ajudara a recuperar. Ganhara um pouco de peso e parecia cinco anos mais moço.

– O que achou dela? – perguntou-me. – Ela mencionou algum pretendente durante a conversa de vocês?

– Não, excelência – respondi, entregando-lhe um papel dobrado. – Eis a primeira carta que convirá a Vossa Graça enviar-lhe. Confio em que possa dispor de um modo de entregá-la secretamente, não?

Ele desdobrou o papel e começou a ler, movendo os lábios em silêncio. Elaborei trabalhosamente outro verso musical, arranhando os acordes junto com as palavras.

O maer enfim levantou a cabeça.

– Não acha que é um pouco exagerado? – indagou, com certo incômodo.

– Não. – Suspendi minha redação por tempo suficiente para apontar com a pena um outro pedaço de papel. – *Aquela* é exagerada. A que está na mão de Vossa Graça é apenas suficiente. A moça tem uma veia romântica. Anseia por algo que a arrebate, embora provavelmente o negasse.

A expressão do maer continuou em dúvida, por isso me afastei da mesa e pousei minha pena.

– Vossa Graça tinha razão. Ela é uma mulher digna de ser cortejada. Em poucos dias, haverá uma dezena de homens na propriedade que a tomariam alegremente por esposa, certo?

– Já há uma dezena por aqui – disse ele, em tom soturno. – Logo haverá três dúzias.

– Acrescente mais uma que ela conhecerá no jantar ou ao passear pelo jardim. Depois, mais uma que a cortejará pelo mero prazer da caça. Dessas dúzias, quantos lhe escreverão cartas e poemas? Eles lhe mandarão flores, berloques, pequenos sinais de afeição. Em pouco tempo, ela receberá um dilúvio de gentilezas. Vossa Graça dispõe de uma grande esperança.

Apontei para a carta e prossegui:

– Aja depressa. Essa carta captará a imaginação dela, despertará sua curiosidade. Em um ou dois dias, quando os demais bilhetes lhe abarrotarem a escrivaninha, ela já estará à espera de uma segunda carta sua.

Alveron pareceu hesitar por um momento, depois arriou os ombros.

– Tem certeza?

– Não há certezas nesse campo, excelência – falei meneando a cabeça. – Apenas esperanças. Esta é a melhor que lhe posso oferecer.

Ele relutou.

– Não entendo nada disso – declarou, com um toque de impaciência. – Gostaria que houvesse um livro de regras que um homem pudesse seguir.

Por um instante, assemelhou-se muito a um homem comum e pouco ao maer Alveron.

A bem da verdade, eu mesmo estava mais do que um pouco apreensivo. Meus conhecimentos pessoais sobre cortejar mulheres caberiam comodamente num dedal, sem que primeiro fosse preciso tirá-lo do dedo.

Por outro lado, eu tinha uma vasta profusão de conhecimentos secundários. Dez mil canções, peças e histórias românticas, todas consideradas em conjunto, tinham que valer alguma coisa. E, pelo lado negativo, eu tinha visto Simmon perseguir quase todas as mulheres, num raio de 5 quilômetros da Universidade, com o infausto entusiasmo de uma criança tentando voar. E mais, vira uma centena de homens se espatifarem em pedacinhos em Denna, como barcos tentando ignorar a maré.

Alveron me olhou, ainda exibindo no rosto uma franca apreensão.

– Você acha que um mês será tempo suficiente?

Quando falei, fiquei surpreso com a confiança em minha própria voz:

– Se eu não puder ajudar Vossa Graça a conquistá-la no espaço de um mês, é porque será impossível fazê-lo.

CAPÍTULO 68

O preço do pão

Os dias que se seguiram foram prazerosos. Minhas horas de sol eram passadas com Denna, em Baixa Severen, explorando a cidade e a zona rural que a cercava. Gastávamos o tempo cavalgando, nadando, cantando ou simplesmente conversando durante as tardes. Eu a lisonjeava escandalosamente e sem esperança, porque só um tolo esperaria conquistá-la.

Depois disso, voltava para meus aposentos e redigia a carta que se houvesse construído dentro de mim durante o dia inteiro. Ou então, derramava-me numa torrente de canções. E, na carta ou na canção, dizia todas as coisas que não me atrevera a dizer a Denna durante o dia. Coisas que eu sabia que só a levariam a fugir, assustada.

Terminada a carta ou a música, eu a reescrevia. Podava um pouco as arestas, retirava um ou outro dito mais franco. Aos poucos, alisava e costurava, até fazê-la caber tão bem em Meluan Lackless quanto uma luva de couro de bezerro.

Era idílico. Tive mais sorte para encontrar Denna em Severen do que jamais tivera em Imre. Nossos encontros duravam horas a fio, às vezes eram mais de um por semana, às vezes por três ou quatro dias seguidos.

A bem da franqueza, porém, as coisas não eram perfeitas. Havia uns carrapichos no cobertor, como meu pai costumava dizer.

O primeiro era um jovem cavalheiro chamado Gerred, que acompanhou Denna num de nossos primeiros encontros na Baixa Severen. Ele não a conhecia como Denna, é claro. Chamava-a de Alora e foi o que fiz pelo resto do dia.

O rosto de Gerred exibia a expressão malfadada que eu tinha passado a conhecer muito bem. Ele conhecera Denna por tempo suficiente para se enamorar dela e começava a se dar conta de que esse tempo estava chegando ao fim.

Observei-o cometer os mesmos erros que vira outros cometerem antes dele. O rapaz a enlaçava possessivamente com o braço. Presenteou-a com um anel. Ao passearmos pela cidade, se o olhar dela se concentrava em alguma coisa por mais de três segundos, Gerred se oferecia para comprá-la. Tentava prendê-la à promessa de um encontro seguinte. Um baile na mansão dos DeFerre? Jantar no Tabuleiro Dourado? *O rei de dez vinténs*, que seria encenada no dia seguinte pelos homens do conde Abelardo?

Individualmente, qualquer dessas coisas seria ótima. Talvez até encantadora. Mas, em conjunto, elas mostravam puro desespero, daquele que embranquece os nós de dedos apertados. O rapaz agarrava-se a Denna como se fosse um náufrago e ela, uma tábua de madeira.

Lançava-me olhares furiosos quando Denna não estava prestando atenção e, nessa noite, quando ela se despediu de nós dois, o sujeito tinha o rosto contraído e branco como se já estivesse morto havia dois dias.

O segundo carrapicho foi pior. Depois de eu ajudar o maer a cortejar sua dama por quase duas onzenas, Denna desapareceu. Sem vestígio nem aviso. Nada de bilhete de despedida ou de desculpas. Esperei por três horas na cocheira em que havíamos combinado de nos encontrar. Depois disso, fui até sua hospedaria, apenas para descobrir que ela partira na noite anterior, levando tudo o que era seu.

Fui até o parque onde havíamos almoçado na véspera, depois a uma dúzia de outros lugares em que criáramos o hábito de ficar na companhia um do outro. Era quase meia-noite quando tomei o elevador de volta ao topo do Despenhadeiro. Mesmo nessa hora, uma parte ingênua de mim torceu para que ela me recebesse lá em cima, correndo de novo para os meus braços com seu impetuoso entusiasmo.

Mas ela não estava lá. Nessa noite, não escrevi carta nem canção para Meluan.

No segundo dia, perambulei feito um espectro por Baixa Severen durante horas, inquieto e magoado. À noite, em meus aposentos, transpirei, xinguei e amassei 20 folhas de papel, até chegar a três parágrafos curtos e semitoleráveis, que entreguei ao maer para que lhes desse o destino que desejasse.

No terceiro dia, meu coração pesou feito uma pedra em meu peito. Tentei terminar a canção que estava escrevendo para o maer, mas dos meus esforços não saiu nada que valesse a pena. Durante a primeira hora, as notas que toquei soaram plúmbeas e sem vida. Na segunda, tornaram-se discordantes e trôpegas. Continuei insistindo, até que cada som produzido pelo alaúde arranhou feito uma faca nos dentes.

Por fim, deixei meu pobre e torturado instrumento calar-se, relembrando um dito de meu pai de anos atrás: "A música escolhe sua hora e sua estação. Quando a melodia soa como lata, há uma razão para isso. O som de uma melodia é a têmpera do coração e de poço lamacento não sai água cristalina. Tudo que se pode fazer é deixar o lodo assentar ou o som sai desafinado como o de um sino partido."

Guardei o alaúde no estojo, ciente da verdade. Eu precisava de uns dias para poder voltar a fazer produtivamente a corte a Meluan, em nome do maer. Era um trabalho por demais delicado para forçar ou fingir.

Por outro lado, eu sabia que o maer não ficaria satisfeito com a demora. Eu precisava de uma distração e, como Alveron era arguto demais, ela teria que ser ao menos parcialmente verdadeira.

∽

Ouvi o sopro de ar que sinalizava a abertura da passagem secreta do maer para meu quarto de vestir. Tratei de me mostrar ansioso, andando de um lado para outro, quando ele cruzou a porta.

Alveron continuara a ganhar peso nas duas últimas onzenas e já não tinha o rosto encovado e abatido. Fazia uma bela figura com seu traje requintado, que incluía uma camisa marfim e uma jaqueta dura de um azul-safira escuro.

– Recebi seu recado – disse-me, com brusquidão. – Terminou a música?

Virei-me para ele.

– Não, excelência. Veio à minha atenção algo mais importante que a canção.

– No que lhe diz respeito, não há nada mais importante que a canção – rebateu o maer com firmeza, puxando o punho da camisa para endireitá-lo. – Eu soube por várias pessoas que Meluan ficou extremamente satisfeita com as duas primeiras. Você deve concentrar todos os seus esforços nesse sentido.

– Excelência, estou bem ciente de que...

– Desembuche – cortou Alveron, impaciente, com uma olhadela para o mostrador do carrilhão que ficava num canto do aposento. – Tenho compromissos com horários a cumprir.

– A vida de Vossa Graça continua correndo perigo nas mãos de Caudicus.

Uma coisa eu tenho que admitir: o maer poderia ganhar a vida no palco. A única quebra de sua compostura foi uma breve hesitação, enquanto ele ajeitava com um puxão o outro punho.

– Como assim? – perguntou-me, aparentemente despreocupado.

– Há outras maneiras de ele prejudicar Vossa Graça, além de venenos. Coisas que pode fazer à distância.

– Você se refere a um feitiço – disse Alveron. – Ele tenciona despachar alguma bruxaria contra mim, para me atormentar a vida?

Ora, por Tehlu, feitiços e despachos de bruxarias! Era fácil esquecer que esse homem inteligente, sutil e instruído era pouco mais que uma criança quando se tratava de assuntos arcanos. Era provável que acreditasse em fadas e mortos ambulantes. Pobre tolo.

Mas tentar reeducá-lo seria cansativo e contraproducente.

– Existe essa possibilidade, excelência. Assim como outras ameaças mais diretas.

Ele deixou de lado parte da pose descontraída e me encarou.

– O que poderia ser mais direto que uma bruxaria?

O maer não era o tipo de homem que se deixava levar por meras palavras, por isso tirei uma maçã de uma travessa de frutas e a limpei na camisa, antes de estendê-la para ele.

– Vossa Graça poderia segurar isto por um momento?

Ele pegou a maçã, desconfiado.

– O que vem a ser isso?

Fui até minha encantadora capa cor de vinho, pendurada na parede, e peguei uma agulha num de seus muitos bolsos.

– Mostrarei a Vossa Graça o tipo de coisa de que Caudicus é capaz – respondi e estendi a mão para a maçã.

Ele a devolveu e eu a examinei. Segurando-a contra a luz, vi o que esperava: uma manchinha na casca lustrosa da fruta. Murmurei uma conexão, concentrei meu Alar e espetei a agulha no centro da marca borrada que seu indicador deixara na casca.

Alveron estremeceu e fez um som inarticulado de surpresa, fitando a mão como se, inesperadamente, ela tivesse sido espetada por um alfinete.

Eu havia esperado uma repreensão, mas ele não fez nada dessa ordem. Seus olhos se arregalaram e o rosto empalideceu. Em seguida, ele assumiu uma expressão pensativa, enquanto observava a gota de sangue formar-se na ponta de seu dedo.

Passou a língua nos lábios e levou lentamente o dedo à boca.

– Entendo – disse, baixinho. – Há alguma proteção contra essas coisas?

Não foi realmente uma pergunta.

Meneei a cabeça, mantendo um ar grave:

– De certo modo, excelência. Creio que posso criar um... um amuleto para proteger Vossa Graça. Só lamento não ter pensado nisso antes, mas, entre uma coisa e outra...

– Sei, sei – disse o maer, silenciando-me com um aceno de mão. – E do que você precisará para esse amuleto?

Era uma pergunta em camadas superpostas. Na superfície, ele queria saber de que materiais eu necessitaria. Mas o maer era um homem prático. Também me perguntava por meu preço.

– A oficina da torre do Caudicus deve ter o equipamento de que preciso, excelência. Os materiais de que ele não dispuser devo encontrar em Severen, com o tempo.

Então fiz uma pausa, considerando a segunda parte da pergunta, pensando nas centenas de coisas que o maer poderia conceder-me: um valor suficiente para que eu nadasse em dinheiro, um novo alaúde feito sob encomenda, do tipo que só os reis podiam pagar. Senti-me perpassar por um choque ante essa ideia. Um alaúde Antressor. Eu nunca tinha visto um, mas meu pai, sim. Tocara um desses certa vez, em Anilen, e às vezes, depois de uma taça de vinho, falava do instrumento, desenhando formas suaves no ar.

O maer poderia arranjar coisas desse tipo num piscar de olhos.

Tudo isso e muito mais, é claro. Alveron poderia conseguir-me acesso a uma centena de bibliotecas particulares. Um patrocínio formal também não seria insignificante, vindo dele. O nome do maer abriria portas com a mesma rapidez que o do rei.

– Há umas coisas – comecei, devagar – sobre as quais estive esperando conversar com Vossa Graça. Tenho um projeto para cujo desenvolvimento adequado preciso de auxílio. E tenho uma pessoa amiga, musicista de talento, que poderia beneficiar-se de um mecenas em boa posição...

Deixei a voz morrer, de modo significativo.

Alveron assentiu com a cabeça, os olhos cinzentos demonstrando que compreendia. Ele não era tolo. Sabia o preço do pão.

– Mandarei Stapes lhe dar as chaves da torre de Caudicus – disse. – Quanto tempo levará a produção desse amuleto?

Fiz uma pausa, como se refletisse.

– Pelo menos quatro dias, excelência – respondi. Isso me daria tempo para que as águas lodosas da minha fonte criativa clareassem. Ou para que Denna regressasse de fosse qual fosse a missão que a levara embora de repente. – Se eu tivesse certeza do equipamento dele, o prazo poderia ser menor, mas terei de agir com cautela. Não sei o que Caudicus pode ter feito para criar dificuldades antes de fugir.

Alveron franziu o cenho.

– Você também poderá dar continuidade ao seu projeto atual?

– Não, excelência. Será bastante cansativo e demorado. Sobretudo considerando-se minha suposição de que Vossa Graça prefira que eu use de circunspecção para obter meu material na Baixa Severen, pois não?

– É claro que sim – confirmou ele, exalando o ar com força pelo nariz. – Maldito aborrecimento, as coisas estavam indo tão bem! Quem posso chamar para escrever cartas enquanto você estiver ocupado? – indagou, em tom meditativo, basicamente para si mesmo.

Eu precisava cortar essa ideia pela raiz. Não queria dividir com ninguém o mérito pela corte feita a Meluan.

– Creio que isso não será necessário, excelência. Sete ou oito dias atrás, talvez. Mas agora, como disse Vossa Graça, contamos com o interesse dela. A jovem está animada, ansiosa pelo próximo contato. Se alguns dias se passarem sem que chegue nada de nós, ela ficará decepcionada. O mais importante, no entanto, é que ficará ansiosa pelo retorno de sua atenção.

O maer alisou a barba com uma das mãos, numa expressão pensativa. Pensei em tecer uma comparação com os momentos em que se trabalha o peixe na linha, mas duvidei que Alveron jamais houvesse praticado uma atividade tão rústica quanto a pesca.

– Não quero fazer suposições, excelência, mas, nos tempos de mocidade, algum dia Vossa Graça tentou conquistar a afeição de uma jovem?

Alveron sorriu ante a formulação cuidadosa de minha pergunta.

– Pode supor que sim.

– E quais delas lhe pareciam mais interessantes: as que saltavam prontamente para os braços de Sua Graça ou as que eram mais difíceis, relutantes ou até indiferentes a seus avanços?

Os olhos do maer fitaram a distância, rememorando.

– O mesmo se aplica às mulheres – prossegui. – Algumas não suportam que um homem se agarre a elas. E todas apreciam certo espaço para fazer suas próprias escolhas. É difícil sentir falta de algo que está sempre presente.

Alveron assentiu com a cabeça.

– Há alguma verdade nisso. A ausência alimenta a afeição – disse e balançou com mais firmeza a cabeça. – Muito bem. Três dias. – Ele deu uma espiada no carrilhão. – E agora, preciso...

– Uma última coisa, excelência – apressei-me a dizer. – O amuleto que farei será ajustado especificamente para Vossa Graça. E requererá um pouco de sua cooperação. – Pigarreei e prossegui: – Mais exatamente, um pouco de... – tornei a pigarrear – de algumas substâncias de Vossa Graça.

– Fale claro.

– Uma pequena quantidade de sangue, saliva, pele, cabelo e urina.

Suspirei internamente, ciente de que, para alguém com a supersticiosa mentalidade vintasiana, isso soaria como uma receita de bruxaria ou outra coisa igualmente ridícula.

Como eu havia esperado, os olhos do maer se estreitaram ante a lista.

– Embora eu não seja especialista – disse-me, devagar –, essas me parecem ser justamente as coisas de que conviria eu não me separar. Como posso confiar em você?

Eu poderia ter protestado minha lealdade, destacado os serviços já prestados ou chamado sua atenção para o fato de já ter salvado a vida dele. No entanto, durante o mês anterior, eu passara a saber como funcionava a mente de Alveron.

Abri-lhe meu melhor sorriso entendido.

– Vossa Graça é um homem inteligente. Tenho certeza de que sabe a resposta, sem que eu precise dá-la.

Ele retribuiu meu sorriso.

– Nesse caso, faça-me a gentileza.

Encolhi os ombros.

– Vossa Graça não terá qualquer serventia para mim se estiver morto.

Seus olhos cinzentos perscrutaram os meus por um momento e, em seguida, ele meneou a cabeça, satisfeito.

– É verdade. Mande uma mensagem quando necessitar dessas coisas.

Antes de virar-se para sair, repetiu:

– Três dias.

CAPÍTULO 69

Tamanha loucura

Fui várias vezes à Baixa Severen obter materiais para o gramo de Alveron. Ouro bruto. Níquel e ferro. Carvão e ácidos para entalhar. Obtive o dinheiro para essas compras vendendo várias peças do equipamento da oficina de Caudicus. Poderia tê-lo pedido ao maer, mas preferia que ele pensasse em mim como independentemente engenhoso e não como um dreno financeiro contínuo.

Por pura coincidência, no decorrer dessa compra e venda, visitei muitos dos locais onde Denna e eu havíamos passado algum tempo juntos.

Ficara tão acostumado a encontrá-la que agora captava vislumbres dela quando não estava presente. Todos os dias, meu coração se enchia de esperança, quando eu a via dobrando uma esquina, entrando numa sapataria, erguendo a mão para me dar um aceno do outro lado de um pátio. Mas nunca era realmente ela e toda noite eu regressava à residência do maer mais desolado que na véspera.

Para piorar as coisas, Bredon partira de Severen dias antes, a fim de visitar parentes próximos. Até sua partida, eu não tinha me dado conta do quanto passara a depender dele.

Como eu já disse, um gramo não é particularmente difícil de fazer quando se tem o equipamento apropriado, um esquema e um Alar como uma lâmina de aço de Ramston. As ferramentas da torre de Caudicus para trabalhos metalúrgicos eram aproveitáveis, embora nem de longe tão boas quanto as da Ficiaria. O esquema também não causou dificuldade, já que tenho boa memória para essas coisas.

Enquanto trabalhava no gramo do maer, comecei a fazer um outro para substituir o que eu havia perdido. Infelizmente, dada a natureza relativamente tosca do equipamento com que trabalhava, não tive tempo para lhe dar o acabamento adequado.

Terminei o gramo do maer três dias depois de conversar com ele, seis após o súbito desaparecimento de Denna. No dia seguinte, abandonei minha busca inútil e me instalei num dos restaurantes ao ar livre, onde fiquei tomando café e tentando encontrar inspiração para a música que devia a Alveron. Ali passei 10 horas e o único ato de criação que pratiquei foi transformar magicamente quase um galão de café num maravilhoso xixi aromático.

Nessa noite, bebi uma quantidade insensata de scutten e adormeci na escrivaninha. A canção de Meluan ainda estava por terminar e o maer, não propriamente satisfeito.

∞

Denna reapareceu no sétimo dia, quando eu perambulava por nossos locais favoritos na Baixa Severen. Apesar de todas as minhas buscas, ela me viu primeiro e correu para o meu lado, rindo, ansiosa por me contar de uma canção que tinha ouvido na véspera. Passamos o dia juntos, descontraídos, como se ela nunca se houvesse ausentado.

Não fiz perguntas sobre seu inexplicado desaparecimento. Já fazia mais de um ano que eu conhecia Denna e compreendia alguns mecanismos ocultos de seu coração. Sabia que ela valorizava sua privacidade. Sabia que tinha segredos.

Nessa noite, estávamos num jardinzinho que corria bem ao longo da borda do Despenhadeiro. Sentáramos num banco de madeira que dava para a cidade escura lá embaixo, uma vasta extensão de luzes de lampiões, postes de rua e lamparinas a gás, com alguns pontos raros e nítidos de lâmpadas de simpatia espalhados por toda parte.

– Eu sinto muito, você sabe – disse ela, baixinho.

Fazia quase um quarto de hora que contemplávamos as luzes da cidade, sentados em silêncio. Se Denna estava dando continuidade a uma conversa anterior, não pude me lembrar de qual era.

– Perdão, o que disse?

Quando ela não deu qualquer resposta imediata, virei-me para fitá-la. Não havia luz e a noite estava escura. Seu rosto era tenuemente iluminado pelos milhares de pontinhos de luz lá embaixo.

– Às vezes eu vou embora – disse ela, por fim. – Depressa e em silêncio, durante a noite.

Não me olhou ao falar, mantendo os olhos negros fixos na cidade.

– É assim que eu faço – continuou, em voz baixa. – Vou embora. Sem recado nem aviso prévio. Sem explicações depois. Às vezes, é só o que sei fazer.

Virou-se nessa hora para me fitar nos olhos, seu rosto sério na penumbra.

– Espero que você já saiba, sem eu lhe dizer – comentou. – Espero não precisar dizer... – Tornou a contemplar as luzes faiscantes lá embaixo. – Mas, se é que adianta alguma coisa, sinto muito.

Passamos algum tempo desfrutando de um silêncio confortável. Tive vontade de dizer algo. Quis dizer que aquilo não me incomodava, mas seria mentira. Quis dizer-lhe que a única coisa que me importava realmente era que ela voltasse, mas tive medo de que isso fosse verdadeiro demais.

Assim, em vez de me arriscar a dizer algo errado, não falei nada. Sabia o que acontecia com os homens que se agarravam a ela com muita força. Essa era a diferença entre mim e os outros. Eu não a segurava, não tentava possuí-la. Não passava o braço em volta dela, não cochichava em seu ouvido nem beijava sua face quando ela estava desprevenida.

Pensava nisso, por certo. Ainda me lembrava do calor de seu corpo quando ela atirara os braços no meu pescoço, perto do elevador puxado pelos cavalos. Havia momentos em que eu daria minha mão direita para abraçá-la de novo.

Mas então, pensava nos rostos dos outros homens, quando percebiam que Denna os estava deixando. Pensava em todos os outros que haviam tentado amarrá-la no chão, sem conseguir. E assim, eu resistia a lhe mostrar as cantigas e poemas que tinha escrito, ciente de que o excesso de verdade pode estragar as coisas.

E daí que isso significasse ela não ser inteiramente minha? Eu seria aquele para quem ela sempre poderia voltar, sem medo de recriminação nem de perguntas. Assim, não tentava conquistá-la e me contentava em jogar uma bela partida.

Mas havia sempre uma parte de mim que esperava mais, portanto havia uma parte de mim que era sempre tola.

∽

Passaram-se os dias e Denna e eu exploramos as ruas de Severen. Descansamos em cafés, assistimos a peças de teatro, saímos para cavalgar. Subimos a face do Despenhadeiro usando a estrada baixa, só para dizer que o tínhamos feito. Visitamos os mercados do cais, uma coleção itinerante de animais de exibição e várias vitrines de curiosidades.

Em certos dias, não fazíamos nada além de sentar e conversar e nada ocupava tanto nossa conversa quanto a música.

Passávamos horas incontáveis discutindo essa arte. Falávamos da maneira como as canções se encaixavam; do jeito de o refrão e os versos se alternarem num diálogo; de tom, modo e métrica.

Essas eram coisas que eu tinha aprendido quando pequeno e nas quais pensava com frequência. E, embora Denna fosse nova nesses estudos, de certo modo isso funcionava em seu benefício. Eu havia aprendido música desde antes de saber falar. Conhecia 10 mil regras de melodia e letra, melhor do que conhecia o dorso de minhas mãos.

Mas não Denna. Em certos sentidos, isso a prejudicava, mas noutros, tornava sua música estranha e maravilhosa...

Não estou conseguindo explicar direito. Pense na música como uma cidade que é um grande emaranhado, como Tarbean. Nos anos que vivi lá, passei a conhecer suas ruas. Não só as principais. Não só as vielas. Eu conhecia atalhos e telhados e partes dos esgotos. Por isso, sabia me locomover pela cidade como um coelho num matagal. Era rápido, astuto e esperto.

Denna, por outro lado, nunca tivera nenhuma formação. Não sabia nada dos atalhos. Era com se fosse forçada a vagar pela cidade, perdida e desamparada, presa num labirinto retorcido de pedra e reboco.

Em vez disso, porém, ela simplesmente atravessava paredes. Não sabia fazer melhor que isso. Ninguém jamais lhe dissera que não podia. Por isso, ela se movia pela cidade como uma criatura da terra dos Encantados. Andava por ruas que ninguém mais podia ver e isso tornava sua música selvagem, estranha e livre.

∽

No fim, foram necessárias 23 cartas, seis canções e, embora me envergonhe dizê-lo, um poema.

Houve mais do que isso, é claro. Sozinhas, as cartas não conseguem conquistar o coração de uma mulher. Alveron entrou com boa parte de sua própria corte. E, depois que se revelou como o pretendente anônimo de Meluan, fez parte do leão desse trabalho, cativando-a aos poucos, com a meiga reverência que sentia por ela.

Mas minhas cartas despertaram a atenção da jovem. Minhas canções a fizeram aproximar-se o bastante para que Alveron pusesse seu encanto lento e tagarela em ação.

Mesmo assim, só posso reivindicar uma pequena parcela do mérito pelas cartas e canções. Quanto ao poema, há apenas uma coisa no mundo que seria capaz de me levar a tamanha loucura.

CAPÍTULO 70

Agarrados

Encontrei Denna diante de sua hospedaria na travessa Chalker, um lugarzinho chamado Quatro Círios. Ao dobrar a esquina e vê-la parada à luz do lampião pendurado acima da porta de entrada, senti-me inundar por uma onda de contentamento, pelo simples prazer de poder achá-la ao sair à sua procura.

– Recebi seu bilhete – disse-lhe. – Imagine a minha alegria.

Denna sorriu e fez uma mesura com uma das mãos. Estava de saia – não um vestido complicado, do tipo que usaria uma mulher da nobreza, mas um simples volteio de tecido que se poderia usar para cortar feno ou ir a um baile num galpão.

– Eu não tinha certeza de que você conseguiria – falou ela –, já tendo passado da hora em que a maioria das pessoas civilizadas vai se deitar.

– Admito que fiquei surpreso. Se fosse o tipo de homem dado a bisbilhotar, ficaria pensando no que a manteve ocupada até esta hora tão imprópria.

– Negócios – retrucou ela, com um suspiro dramático. – Um encontro com meu mecenas.

– Ele voltou à cidade?

Ela fez que sim.

– E quis encontrá-la à meia-noite? Isso é... estranho.

Denna saiu de baixo da placa da hospedaria e começamos a caminhar juntos pela rua.

– A mão que segura a bolsa... – disse-me, com um dar de ombros impotente. – Horários estranhos e locais inconvenientes são a norma com Mestre Freixo Gris. Parte de mim desconfia que ele é apenas um nobre solitário, entediado com o mecenato comum. Eu me pergunto se, para ele, traz um sabor especial fingir que está enredado numa intriga obscura, em vez de simplesmente me encomendando umas canções.

– E o que você planejou para esta noite? – perguntei.

– Apenas passar algum tempo em sua adorável companhia – respondeu Denna, estendendo a mão e me dando o braço.

– Nesse caso, tenho uma coisa para lhe mostrar. É surpresa. Você terá de confiar em mim.

– Já ouvi cada uma dessas frases uma dúzia de vezes – comentou ela, com um brilho travesso no olhar –, mas nunca todas juntas e nunca de você – completou, sorrindo. – Vou dar-lhe o benefício da dúvida e guardar para depois minhas chacotas cansadas da vida. Leve-me para onde quiser.

Assim, subimos para Alta Severen no elevador movido a cavalos, no qual ficamos ambos boquiabertos com as luzes noturnas da cidade lá embaixo, como os bobalhões de baixa estirpe que éramos. Levei-a para um longo passeio pelas ruas pavimentadas de pedra, passando por lojas e pequenos jardins. Depois, deixamos as construções para trás, pulamos uma cerca baixa de madeira e seguimos para a forma escura de um celeiro vazio.

Diante disso, Denna já não conseguiu se manter calada:

– Bem, você conseguiu. Já me surpreendeu.

Dei-lhe um sorriso e continuei a penetrar na escuridão do celeiro, impregnado do cheiro de feno e de animais ausentes. Levei-a até uma escada que desaparecia nas trevas acima de nossas cabeças.

– Um palheiro? – indagou ela, com incredulidade na voz. Parou de andar e me lançou um olhar estranho, curioso. – É óbvio que você está me confundindo com uma camponesa de 14 anos chamada... – Moveu a boca, sem produzir nenhum som por um instante. – Alguma coisa rústica.

– Gretta – sugeri.

– Isso. É óbvio que você está me confundindo com uma camponesa de vestido decotado chamada Gretta.

– Fique tranquila. Se pretendesse tentar seduzi-la, não agiria assim.

– Ah, é? – disse ela, passando a mão pelo cabelo. Distraídos, seus dedos começaram a entrelaçar mechas numa trança, mas Denna parou e a desfez. – Nesse caso, o que estamos fazendo aqui?

– Você mencionou o quanto gostava de jardins. E os do Alveron são particularmente bonitos. Achei que poderia gostar de dar uma volta por lá.

– No meio da noite – disse Denna.

– Um encantador passeio ao luar – corrigi.

– Hoje não tem luar – assinalou ela. – Se a lua está por aí, ela mal passa de uma lasca fina.

– Seja como for – rebati, recusando-me a me deixar desanimar –, quanto luar é realmente necessário para se apreciar o aroma do jasmim num desabrochar suave?

– No palheiro – disse Denna, a voz carregada de incredulidade.

– O palheiro é o caminho mais fácil para o telhado. De lá para a propriedade do maer. De lá para o jardim.

– Se você está trabalhando para o maer, por que não lhe pede, simplesmente, para deixá-lo entrar?

– Ah! – exclamei, com ar dramático, levantando um dedo. – Aí é que está a aventura. Há uma centena de homens que poderiam simplesmente *levá-la* para passear nos jardins do maer. Mas apenas um é capaz de fazê-la infiltrar-se nele sorrateiramente. – Dei-lhe um sorriso e acrescentei: – O que estou lhe oferecendo, Denna, é uma oportunidade singular.

– Você conhece muito bem os segredos do meu coração – disse ela, sorrindo.

Estendi-lhe a mão, como que para ajudá-la a entrar numa carruagem.

– Milady.

Denna segurou minha mão, mas parou tão logo pôs o pé no primeiro degrau da escada.

– Espere, você não está sendo um cavalheiro. Está tentando espiar por baixo da minha saia.

Lancei-lhe meu melhor olhar ofendido, levando a mão ao peito.

– Senhora, como cavalheiro, eu lhe asseguro...

Ela me deu um tapa.

– Você já me disse que não é cavalheiro. É ladrão e está tentando roubar uma olhadela – acusou. Deu um passo atrás e fez uma paródia do meu gesto cortês de momentos antes:

– Milorde...

Cruzamos o palheiro, saímos pelo telhado e entramos no jardim. A nítida fatia de lua no céu era tênue como um sussurro e tão pálida que nada fazia para abater a luz das estrelas.

Os jardins estavam surpreendentemente quietos para uma noite tão cálida e encantadora. Comumente, mesmo em horas tão tardias, havia casais passeando pelas trilhas ou trocando murmúrios nos bancos dos caramanchões. Perguntei-me se algum baile ou evento na corte os teria afastado.

Eram vastos os jardins do maer, com trilhas sinuosas e cercas habilmente dispostas, que os faziam parecer ainda maiores. Denna e eu caminhamos lado a lado, ouvindo o suspirar do vento por entre as folhas. Era como se fôssemos as únicas pessoas no mundo.

– Não sei se você se lembra – falei, baixinho, sem querer ser um intruso no silêncio – de uma conversa que tivemos, algum tempo atrás, sobre flores.

– Eu me lembro – respondeu ela, no mesmo tom suave.

– Você disse achar que todos os homens extraíam do mesmo livro batido suas lições sobre como fazer a corte.

Denna riu baixinho, mais um movimento que um som. Levou a mão à boca.

– Oh! Eu havia esquecido. Eu disse isso, não foi?

Assenti com a cabeça.

– Disse que todos lhe levavam rosas.

– Ainda trazem. Gostaria que encontrassem um livro novo.

– Você me fez escolher uma flor que lhe fosse mais adequada – relembrei.

Ela sorriu timidamente para mim.

– Eu me lembro. Estava testando você – disse e franziu o cenho. – Mas você levou a melhor, escolhendo uma flor de que eu nunca ouvira falar, muito menos vira.

Dobramos uma curva e a trilha conduziu ao túnel verde-escuro de um caramanchão em arco.

– Não sei se você já as viu, mas aqui estão suas flores de silas.

Apenas as estrelas iluminavam nosso caminho. A lua era tão fina que quase não chegava a dispersar seu brilho. Sob a treliça, o negrume se equiparava ao cabelo de Denna.

Nossos olhos se abriram, forçando a vista na escuridão e, nos pontos em que a luz das estrelas enviesava-se pelas folhas, surgiram centenas de botões de silas, abrindo-se para a noite. Não fosse o seu aroma tão delicado, seria sufocante.

– Oh – suspirou Denna, contemplando a cena de olhos arregalados. Sob o caramanchão, sua pele era mais luminosa que a lua. Ela estendeu as mãos para os dois lados. – São tão suaves!

Caminhamos em silêncio. À nossa volta, as trepadeiras de silas enroscavam-se na treliça, grudando-se à madeira e ao arame e ocultando o rosto do céu noturno. Ao sairmos do outro lado, a noite nos pareceu clara como o dia.

O silêncio prolongou-se até começar a me causar desconforto.

– Portanto, agora você conhece sua flor – comentei. – Pareceu-me uma pena que nunca as tivesse visto. Elas são bem difíceis de cultivar, pelo que ouvi dizer.

– Então talvez combinem mesmo comigo – disse Denna suavemente, baixando os olhos. – Não crio raízes com facilidade.

Continuamos a andar até a trilha descrever uma curva e esconder o caramanchão às nossas costas.

– Você me trata melhor do que mereço – disse ela, por fim.

Ri do ridículo dessa afirmação. Somente o respeito pelo silêncio do jardim impediu que o riso brotasse de mim numa grande e sonora gargalhada. Abafei-a o máximo que pude, embora o esforço me fizesse errar o passo e tropeçar.

Denna me observou à distância de um passo, um sorriso se espalhando pelos lábios. Por fim, recuperei o fôlego.

– Você cantou comigo na noite em que ganhei minha gaita de prata. Deu-me o melhor presente que já recebi – acrescentei e então me ocorreu uma lembrança. – Você sabia que o seu estojo de alaúde salvou minha vida?

O sorriso se alargou e cresceu, aberto como uma flor.

– Foi mesmo?

– Foi. Não tenho nem sequer a esperança de tratá-la tão bem quanto você merece. Considerando-se o que lhe devo, isto não passa do pagamento mais ínfimo.

– Bem, parece-me um começo adorável – disse ela. Ergueu os olhos para o céu e deu um suspiro longo e profundo. – Sempre gostei mais das noites sem luar. É mais fácil falar no escuro. Mais fácil sermos nós mesmos.

Recomeçou a andar e acertei meu passo com o dela. Passamos por uma fonte, um laguinho, uma parede de pálidos jasmins abertos para a noite. Cruzamos uma pontezinha de pedra que nos reconduziu ao abrigo das sebes.

– Você pode pôr o braço nas minhas costas, sabe? – disse ela, com naturalidade. – Estamos andando pelos jardins, sozinhos. Ao luar, se é que se pode dar-lhe esse nome. – Olhou-me de esguelha, o canto da boca curvando-se para cima. – Essas coisas são permitidas, você deve saber.

A repentina mudança em sua atitude me pegou desprevenido. Desde que nos encontráramos em Severen, eu a havia cortejado com impetuoso e incorrigível aparato e ela havia retrucado à altura, sem pestanejar. Cada elogio, cada dito espirituoso, cada gracejo fora retribuído por ela, não como um eco, mas em harmonia. Nossos movimentos tinham sido como um dueto.

Mas isso era diferente. O tom dela foi menos brincalhão e mais direto. Foi uma mudança tão inesperada, que me deixou sem fala.

– Há quatro dias virei o pé naquela pedra solta, lembra-se? – disse ela, baixinho. – Estávamos andando na travessa Mincet. Meu pé resvalou e você me segurou, quase antes de eu saber que estava tropeçando. Aquilo me fez pensar em como você devia estar-me observando com atenção, para ver uma coisa assim.

Dobramos uma esquina na trilha e Denna continuou a falar, sem olhar para mim. Sua voz era baixa e pensativa, quase como se falasse sozinha:

– Você pôs as mãos em mim naquele momento, com toda a segurança, e me firmou. Quase passou o braço à minha volta. Teria sido muito fácil naquele instante. Uma questão de centímetros. Mas, quando firmei os pés, você afastou as mãos. Sem hesitação. Sem demora. Sem nada que eu pudesse interpretar mal.

Ela começou a virar o rosto para mim, mas se deteve e tornou a olhar para baixo.

– É incrível. Há inúmeros homens, todos tentando insistentemente me arrebatar. E há apenas um, que é você, tentando justamente o inverso: certificar-se de que eu esteja com os pés firmes no chão para não cair. – Num gesto quase tímido, Denna estendeu a mão. – Quando seguro seu braço, você aceita facilmente. Chega até a pôr sua mão na minha, como que para conservá-la ali – disse, explicando meu movimento exatamente como eu o estava executando, e fiz força para não deixar que de repente o gesto se tornasse canhestro. – Mas é só isso. Você nunca toma liberdades. Nunca força a mão. Sabe como isso é estranho para mim?

Entreolhamo-nos por um instante, no silêncio do jardim tenuemente enluarado. Senti o calor do corpo dela, parada junto a mim, com a mão em meu braço.

Mesmo sendo inexperiente com as mulheres, até eu era capaz de compreender essa deixa. Tentei pensar no que dizer, mas só consegui me admirar com seus lábios. Como podiam ser tão vermelhos? Até as silas estavam escuras àquele luar pálido. Como os lábios de Denna eram tão vermelhos?

E então, ela ficou petrificada. Não que estivéssemos em grande movimento, mas, num instante, passou de quase parada a imóvel, com a cabeça inclinada, como um cervo se esforçando para captar um som entreouvido.

– Vem vindo alguém – disse-me. – *Vamos*.

Agarrando meu braço, puxou-me para fora da trilha, por cima de um banco de pedra e para o outro lado de uma das sebes, cruzando uma abertura baixa e estreita.

Finalmente paramos no centro de uns arbustos densos. Havia um buraco conveniente, no qual ambos tivemos espaço para nos agacharmos. Graças ao trabalho dos jardineiros, não havia vegetação rasteira de que se pudesse falar, nada de folhas secas nem gravetos que estalassem ou quebrassem sob nossas mãos e joelhos. Na verdade, a grama nesse local protegido era densa e macia como qualquer relvado.

– Há mil garotas que poderiam passear com você pelas trilhas enluaradas dos jardins – disse Denna, arfante –, mas apenas uma é capaz de se esconder com você nos arbustos. – E sorriu para mim, a voz transbordando diversão.

Espiou a trilha pela sebe e eu a observei. Seu cabelo descia como uma cortina pela lateral da cabeça, com uma pontinha da orelha aparecendo. Naquele momento, foi a coisa mais encantadora que eu já tinha visto.

E então ouvi um leve estalar de passos na trilha. Um som abafado de vozes filtrou-se pela sebe: um homem e uma mulher. Após um momento, os dois vieram andando pela curva, de braços dados. Reconheci-os de imediato.

Virei-me para Denna e me inclinei para perto, murmurando em seu ouvido:

– É o maer. Com sua jovem amada.

Denna estremeceu e tirei minha capa cor de vinho, colocando-a em seus ombros.

Tornei a espiar o casal. Enquanto eu observava, Meluan riu de algo dito por Alveron e descansou a mão sobre a dele, em seu braço. Duvidei que o maer ainda tivesse muito mais necessidade dos meus serviços, visto que os dois já se tratavam com tanta familiaridade.

– Para você, não, querida – ouvi-o dizer claramente, quando eles passaram perto de nós. – Você não terá nada senão rosas.

Denna voltou-se para mim, de olhos arregalados. Pôs as duas mãos na boca para abafar o riso.

Em mais um instante, o casal passou por nós, caminhando lentamente, com o passo acertado. Denna destampou a boca e respirou fundo várias vezes, trêmula:

– Ele tem um exemplar do mesmo livro surrado – disse, com o olhar dançando.

Não pude deixar de sorrir.

– É o que parece.

– Então, aquele é o maer – disse Denna em voz baixa, os olhos espiando por entre as folhas. – Ele é mais baixo do que eu imaginava.

– Gostaria de conhecê-lo? – indaguei. – Posso apresentá-lo a você.

– Ah, seria encantador – retrucou ela, com um leve toque de ironia. Deu um risinho, mas, ao ver que não a acompanhei, ergueu os olhos para mim e parou. – Você está falando sério? – perguntou, com a cabeça inclinada e uma expressão dividida entre o divertimento e a confusão.

– Provavelmente, não conviria irrompermos pela sebe diante dele – admiti. – Mas poderíamos sair do outro lado e dar a volta para encontrá-lo – expliquei, descrevendo com um gesto a rota que seguiríamos. – Não estou dizendo que ele nos convidará para jantar nem nada, mas podemos fazer-lhe um aceno polido ao cruzarmos com ele na aleia.

Denna continuou a me encarar, aproximando as sobrancelhas, com o cenho levemente franzido.

– Você está falando sério – repetiu.

– O que você...? – interrompi-me, ao perceber o que significava sua expressão. – Você achou que eu estava mentindo a respeito de trabalhar para o maer. Achou que eu estava mentindo sobre poder convidá-la a vir aqui.

– Os homens inventam histórias – retrucou ela, com ar displicente. – Gostam de se gabar um pouco. Não pensei mal de você por me contar uma mentirinha.

– Eu não mentiria para você – objetei, mas pensei melhor. – Não, não é verdade. Eu mentiria. Por você, vale a pena mentir. Mas não foi o que fiz. Por você, também vale a pena dizer a verdade.

Denna ofereceu-me um sorriso afetuoso.

– Isso é mais difícil de acontecer, de qualquer jeito.

– E então, você gostaria? De conhecê-lo, digo?

Ela espiou a alameda pela sebe.

– Não – respondeu. Ao balançar a cabeça, fez o cabelo mover-se como uma sombra oscilante. – Acredito em você. Não é necessário. – Baixou os olhos. – Além disso, estou com manchas de terra no vestido. O que ele haveria de pensar?

– Estou com folhas no cabelo – admiti. – Sei exatamente o que ele pensaria.

Saímos de trás da sebe. Tirei as folhas do cabelo e Denna sacudiu a frente da saia, retraindo-se um pouco ao passar as mãos pelas manchas de terra.

Voltamos para a trilha e recomeçamos a andar. Pensei em passar o braço em volta dela, mas não o fiz. Não era um bom juiz dessas coisas, mas me pareceu que o momento tinha ficado para trás.

Denna ergueu os olhos ao passarmos pela estátua de uma mulher colhendo uma flor. Deu um suspiro.

– Era mais excitante quando eu não sabia que tinha permissão – confessou, com um tantinho de pesar na voz.

– Sempre é – concordei.

CAPÍTULO 71

Interlúdio – O baú tritrancado

Kvothe levantou a mão, num sinal para que o Cronista parasse. O escriba enxugou a ponta da pena num pano que estava próximo e movimentou os ombros enrijecidos. Sem dizer palavra, Kvothe pegou um baralho gasto de cartas e começou a distribuí-las na mesa. Bast pegou as que lhe couberam e as fitou com curiosidade.

– O que... – começou o Cronista, franzindo o cenho.

Ouviram-se passos na escada externa de madeira e a porta da Pousada Marco do Percurso se abriu, revelando um homem calvo e roliço, de jaqueta bordada.

– Prefeito Lant! – exclamou o hospedeiro, arriando as cartas e se levantando. – Em que posso servi-lo? Uma bebida? Alguma coisinha para comer?

– Um copo de vinho seria muito bem-vindo – respondeu o prefeito, entrando no salão. – Você tem algum tinto de Gremsby?

– Receio que não – disse o hospedeiro, balançando a cabeça. – As estradas, sabe como é. Fica difícil manter produtos em estoque.

O prefeito assentiu com a cabeça.

– Então, eu tomo um tinto qualquer. Mas não lhe pago mais de um vintém, preste atenção.

– É claro que não, senhor – disse o hospedeiro, solícito, retorcendo um pouco as mãos. – Algo para comer?

– Não – respondeu o careca. – Na verdade, estou aqui para usar os serviços do escriba. Achei que devia esperar as coisas se acalmarem um pouco, que tivéssemos alguma privacidade. – Correu os olhos pelo salão vazio e disse: – Imagino que você não se importe em me emprestar o lugar por meia hora, não?

– De modo algum – respondeu o hospedeiro, com um sorriso obsequioso. Fez um gesto de enxotar para Bast.

– Mas eu tinha um *full board*! – protestou Bast, agitando suas cartas.

O hospedeiro fechou a carranca para seu ajudante e voltou para a cozinha.

O prefeito tirou a jaqueta e a dobrou sobre o encosto de uma cadeira, enquanto Bast recolhia o resto das cartas, entre resmungos.

O hospedeiro trouxe um copo de vinho tinto e trancou a porta da frente com uma grande chave de latão.

– Vou levar o garoto lá para cima comigo – disse ao prefeito –, para lhe dar um pouco de privacidade.

– É muita gentileza sua – retrucou ele, sentando-se de frente para o Cronista. – Eu grito quando tiver acabado.

O hospedeiro balançou a cabeça e conduziu Bast para fora do salão e escada acima. Abriu a porta de seu quarto e fez sinal para o ajudante entrar.

– Fico imaginando o que o velho Lant quer manter em segredo – disse Kvothe, tão logo a porta se fechou. – Espero que não demore demais com isso.

– Ele tem dois filhos com a viúva Creel – disse Bast, sem maiores rodeios.

Kvothe ergueu uma sobrancelha ao ouvir a afirmação.

– É mesmo?

Bast deu de ombros:

– Todo mundo na cidade sabe.

Kvothe deu um grunhido e se acomodou numa grande poltrona acolchoada.

– O que vamos fazer durante meia hora? – perguntou.

– Faz séculos que tivemos nossa última aula – disse Bast, que afastou uma cadeira da pequena escrivaninha e se sentou na sua beirada. – Você podia me ensinar alguma coisa.

– Aulas – disse Kvothe, com ar absorto. – Você poderia ler o *Celum Tinture*.

– Reshi – retrucou Bast, em tom suplicante. – É muito *chato*. Não me incomodo com as aulas, mas elas têm que ser de livros?

O tom de Bast arrancou um sorriso de Kvothe.

– Então, uma aula com um quebra-cabeça?

O rosto de Bast abriu-se num sorriso.

– Muito bem, deixe-me pensar por um segundo – disse Kvothe. Tamborilou os dedos nos lábios e deixou os olhos vagarem pelo quarto. Não demorou muito para que eles fossem atraídos para o pé da cama, onde ficava o baú escuro.

Fez um gesto displicente.

– Como você abriria o meu baú se tivesse vontade de fazê-lo?

A expressão de Bast ficou levemente apreensiva.

– O seu baú tritrancado, Reshi?

Kvothe olhou para o aluno, depois deixou escapar uma risada borbulhante:

– Meu o quê? – perguntou, incrédulo.

Bast enrubesceu e baixou os olhos.

– É como penso nele – resmungou.

– Em matéria de nomes... – Kvothe hesitou, com um sorriso bailando na boca. – Bem, esse é coisa de livro de histórias, não acha?

– Foi você quem fez esse treco aí, Reshi – disse Bast, macambúzio. – Três fechaduras, madeira chique e tudo o mais. Não é culpa minha se parece coisa de livro de histórias.

Kvothe inclinou-se para a frente e pôs a mão no joelho de Bast, com ar de quem se desculpasse.

– É um belo nome, Bast. Só me pegou desprevenido, só isso. – Tornou a se recostar e disse: – Bem. Como você tentaria roubar o baú tritrancado de Kvothe, o Sem--Sangue?

Bast sorriu.

– Você parece um pirata quando fala assim, Reshi. – Deu uma olhadela especulativa para o baú no outro lado do quarto. – Acho que lhe pedir as chaves estaria fora de cogitação, não é? – perguntou, finalmente.

– Correto. Para o nosso propósito, finja que perdi as chaves. Melhor ainda, finja que morri e que você está livre para bisbilhotar todas as minhas coisas secretas.

– Isso é meio lúgubre, Reshi – censurou-o Bast, com delicadeza.

– A vida é meio lúgubre, Bast – retrucou Kvothe, sem o menor indício de riso na voz. – É melhor você começar a se acostumar com isso. – Fez um gesto para o baú. – Vá em frente. Estou curioso para saber o que você faria para romper esse pequeno baú de segredos.

Bast lançou-lhe um olhar inexpressivo.

– Ironia é pior que aula de livro, Reshi – disse, caminhando para o baú. Cutucou-o a esmo com o pé, depois se curvou e examinou as duas chapas separadas das fechaduras, uma de ferro escuro, outra de cobre brilhante. Tateou a tampa arredondada com um dedo, franzindo o nariz. – Acho que não gosto dessa madeira, Reshi. E a fechadura de ferro é decididamente injusta.

– Como já foi útil esta aula! – comentou Kvothe, secamente. – Você deduziu uma verdade universal: *as coisas geralmente são injustas*.

– E também não há nenhuma dobradiça! – exclamou Bast, olhando a parte traseira do baú. – Como pode haver uma tampa sem dobradiças?

– Isso eu realmente demorei um pouco para elaborar – admitiu Kvothe, com uma ponta de orgulho.

Bast agachou-se e olhou para o buraco da fechadura de cobre. Levantou uma das mãos e pressionou a palma contra a chapa de metal. Depois, fechou os olhos e ficou muito quieto, como quem escutasse algo.

Passado um momento, debruçou-se e deu uma soprada na fechadura. Como não acontecesse nada, sua boca começou a se mexer. Embora as palavras fossem ditas em voz muito baixa para se fazerem ouvir, tinham um inegável tom de apelo.

Após um bom momento disso, Bast pôs-se de cócoras e franziu o sobrolho. Depois, deu um sorriso brincalhão, estendeu uma das mãos e bateu na tampa do baú, que mal fez um ruído: foi como se batesse os nós dos dedos numa pedra.

– Só por curiosidade, o que você faria se alguma coisa retribuísse a batida? – perguntou Kvothe.

Bast pôs-se de pé, saiu do quarto e voltou no instante seguinte, com um lote variado de ferramentas. Apoiou o corpo num dos joelhos e, usando um pedaço recurvado de arame, passou longos minutos remexendo na fechadura de cobre. Por fim, começou a praguejar baixinho. Ao mudar de posição para obter um ângulo diferente, sua mão roçou na placa de ferro fosco da fechadura e ele pulou para trás, sibilando e cuspindo.

Tornando a se levantar, jogou o arame no chão e pegou um pé de cabra comprido, de metal brilhante. Tentou introduzir a ponta fina sob a tampa, mas não conseguiu nenhum apoio na fenda, que era fina como um fio de cabelo. Após alguns minutos, também desistiu disso.

Em seguida, tentou inclinar o baú de lado para examinar o fundo, mas seus melhores esforços conseguiram apenas fazê-lo deslizar pouco mais de dois centímetros no chão.

– Quanto pesa isso, Reshi? – exclamou, com ar bastante exasperado. – Uns 130 quilos?

– Mais de 180, quando está vazio – respondeu Kvothe. – Lembra-se da dificuldade que tivemos para trazê-lo escada acima?

Com um suspiro, Bast tornou a examinar o baú por um bom momento, com uma expressão feroz. Em seguida, tirou um machado de sua pilha de ferramentas. Não era o machado tosco, com cabeça em forma de cunha, que eles usavam para cortar lenha atrás da hospedaria. Era mais fino e ameaçador, todo feito de um pedaço inteiriço de metal. A forma da lâmina lembrava vagamente uma folha.

Bateu de leve com a arma na palma da mão, como se avaliasse seu peso.

– Isso é o que eu tentaria em seguida, Reshi, se estivesse sinceramente interessado em ter acesso ao interior – disse, com um olhar curioso para o mestre. – Mas, se você preferir que eu não...

Kvothe fez um gesto desamparado.

– Não apele para mim, Bast. Eu morri. Faça como quiser.

Bast sorriu e arriou o machado no topo arredondado do baú. Ouviu-se um som estranho, baixo, tilintante, como se alguém batesse num sino acolchoado num cômodo distante.

Bast fez uma pausa, depois desferiu uma rajada de golpes raivosos no tampo, primeiro batendo furiosamente com uma das mãos, depois usando as duas em grandes machadadas, nas quais levantava os braços como se cortasse lenha.

A lâmina reluzente, em formato de folha, recusou-se a lacerar a madeira, cada machadada deslizando de lado, como se Bast tentasse cortar um enorme bloco inteiriço de pedra.

Ele acabou parando, arfante, e se curvou para examinar o tampo do baú, passando a mão pela superfície, antes de voltar a atenção para a lâmina do machado. Deu um suspiro.

– Você trabalha bem, Reshi.

Kvothe sorriu e tirou um chapéu imaginário.

Bast fitou demoradamente o baú.

– Eu tentaria incendiá-lo, mas sei que a roah não pega fogo. Eu teria mais sorte se a aquecesse o bastante para fazer a fechadura de cobre derreter. Mas, para isso, precisaria pôr a coisa toda de cabeça para baixo na fornalha de uma forja.

Olhou para o objeto, grande como um baú de viagem de um aristocrata, e acrescentou:

– Mas teria de ser uma forja maior que a que temos aqui na cidade. E nem sei quanto é preciso aquecer o cobre para ele derreter.

– Esse tipo de informação – disse Kvothe – certamente seria objeto de uma lição dos livros.

– E imagino que você tenha tomado precauções contra esse tipo de coisa.

– Tomei – admitiu Kvothe. – Mas foi uma boa ideia. Mostra seu pensamento lateral.

– E ácido? – perguntou Bast. – Sei que temos umas coisas potentes lá embaixo...

– O fórmico é inútil contra a roah – disse Kvothe. – Assim como o muriático. Talvez você tivesse alguma sorte com a Aqua Regius. Mas a madeira é muito grossa e não temos grande quantidade dessa substância.

– Eu não estava pensando na madeira, Reshi. Estava pensando nas fechaduras. Com ácido suficiente, eu poderia corroê-las até o outro lado.

– Você está supondo que elas sejam inteiramente feitas de cobre e ferro. Mesmo que fossem, isso exigiria uma enorme quantidade de ácido e você teria que se preocupar com a possibilidade de ele respingar no baú, destruindo o que houvesse lá dentro. O mesmo se aplica ao fogo, é claro.

Bast tornou a fitar o baú por um bom tempo, tocando o dedo nos lábios, pensativo.

– É só isso que tenho, Reshi. Preciso pensar um pouco mais.

Kvothe assentiu com a cabeça. Com ar meio desanimado, Bast recolheu suas ferramentas e as levou embora. Ao voltar, empurrou o baú pelo outro lado, fazendo-o deslizar até alinhar-se de novo com o pé da cama.

– Foi uma boa tentativa, Bast – assegurou-lhe Kvothe. – Muito metódica. Você agiu exatamente como eu agiria.

– Oláaa! – soou a voz oca do prefeito no andar de baixo. – Acabei.

Bast levantou-se de um salto e correu para a porta, repondo a cadeira embaixo da escrivaninha. O movimento repentino perturbou uma das folhas de papel amassadas que descansavam ali, fazendo-a cair no chão, onde ela quicou e rolou para baixo da cadeira.

Bast fez uma pausa e se curvou para apanhá-la.

– Não – disse Kvothe, com um olhar carrancudo. – Deixe aí.

Bast se deteve, com a mão estendida no ar, depois endireitou o corpo e se retirou do quarto.

Kvothe o seguiu, fechando a porta ao sair.

CAPÍTULO 72

Cavalos

DIAS DEPOIS DE DENNA E EU fazermos nosso passeio ao luar, terminei uma canção para Meluan, chamada "Nada além de rosas". O maer a havia solicitado explicitamente e eu me atirara a esse projeto com gosto, sabendo que Denna passaria mal de tanto rir quando eu a tocasse para ela.

Pus a canção do maer num envelope e consultei o relógio na parede. Tinha imaginado passar a noite toda empenhado nisso, até acabar, mas a composição me viera com surpreendente facilidade. Como resultado, eu tinha o resto da noite livre. Era tarde, mas não muito. Não para uma noite de dia-da-pira, numa cidade animada como Severen. Talvez nem tarde demais para achar Denna.

Pus uma roupa limpa e me apressei em sair da residência. Como o dinheiro em minha bolsa vinha da venda de peças do equipamento de Caudicus e de jogos de cartas com nobres que entendiam mais de moda que de estatística, paguei a lasca inteira que me cobraram no elevador movido a cavalos e dei uma corrida de 800 metros até a rua Newell. Reduzi o passo a uma caminhada nos últimos quarteirões. Entusiasmo é coisa lisonjeira, mas eu não queria chegar à hospedaria de Denna arfando e suando feito um cavalo esbaforido.

Não fiquei surpreso por não encontrá-la na Quatro Círios. Denna não era do tipo que ficasse sentada, girando os polegares, só porque eu estava ocupado. Mas nós havíamos passado quase um mês explorando a cidade juntos e eu tinha uns bons palpites de onde poderia achá-la.

Cinco minutos depois, avistei-a. Caminhava pela rua movimentada com passos decididos, andando como se tivesse que ir a um lugar importante.

Comecei a me encaminhar para ela, mas hesitei. Para onde estaria indo, tão resoluta e sozinha, tão tarde da noite?

Ia ao encontro do seu mecenas.

Eu gostaria de poder dizer que me angustiei para me decidir a segui-la, mas não foi assim. A tentação de finalmente descobrir a identidade de seu patrocinador foi grande demais.

Portanto, levantei o capuz da capa e comecei a avançar feito um espectro na multidão atrás de Denna. É algo incrivelmente fáci de se fazer quando se tem um pouco de prática. Eu costumava fazer disso um jogo em Tarbean, para ver até onde poderia seguir alguém sem ser visto. Também ajudou o fato de Denna não ser boba e permanecer nas partes boas da cidade, onde as ruas eram movimentadas, e de, àquela luz tênue, minha capa parecer de uma coloração preta sem maior distinção.

Segui-a por meia hora. Passamos por carroceiros ambulantes que vendiam castanhas e tortas gordurosas de carne. Havia guardas misturados com a população e as ruas estavam claras, com postes dispersos e lampiões pendurados fora das portas das tabernas. Um ou outro músico sem eira nem beira tocava com o chapéu no chão à sua frente e, a certa altura, passamos por uma trupe de mímicos que encenava uma peça numa pracinha pavimentada de pedra.

Depois, Denna dobrou uma esquina e deixou para trás as ruas melhores. Logo passou a haver menos iluminação e mais pândegos de pileque. Os músicos deram lugar a mendigos, que chamavam os passantes ou lhes puxavam a roupa. A luz de lamparinas ainda se derramava pelas janelas dos bares e tabernas próximos, porém a rua já não tinha grande movimento. As pessoas juntavam-se em duplas e trios, mulheres de espartilho e homens de olhar endurecido.

Essas ruas não eram propriamente perigosas. Ou melhor, eram perigosas como vidro quebrado, que não se empenha em machucar as pessoas. Você pode até tocá-lo, se tomar cuidado. Há ruas perigosas como cães espumando pela boca, onde não há cuidado que nos mantenha em segurança.

Eu já começava a ficar nervoso, quando vi Denna parar de repente, à entrada de um beco escuro. Ela inclinou a cabeça por um instante, como se ouvisse algo. E então, depois de uma olhadela para a escuridão, disparou para o beco.

Era *ali* que encontraria o seu mecenas? Estaria pegando um atalho para uma rua diferente? Ou será que apenas cumpria as instruções paranoicas de seu protetor, para se certificar de que ninguém a seguisse?

Comecei a praguejar entre dentes. Se fosse atrás dela no beco e ela me visse, ficaria óbvio que eu a estava seguindo. Mas, se não o fizesse, eu a perderia de vista. E, embora essa não fosse uma parte realmente perigosa da cidade, eu não queria deixá-la andando sozinha tão tarde da noite.

Assim, examinei os prédios próximos e avistei um com uma fachada de pedra bruta meio dilapidada. Após uma rápida olhadela em volta, escalei essa fachada com a rapidez de um esquilo, o que era outra habilidade útil vinda de minha juventude desperdiçada.

Uma vez no telhado, foi uma simples questão de correr pelo alto de vários outros prédios e me esgueirar para a sombra de uma chaminé, para então espiar o beco lá embaixo. No alto havia uma nesga de lua e tive a expectativa de ver Denna cruzar depressa o seu atalho ou ter um encontro sussurrado e oculto com seu esquivo mecenas.

Mas o que vi não foi nada disso. A luz fraca de uma janela no segundo andar mostrou uma mulher esparramada no chão, imóvel. Meu coração deu várias batidas fortes, até eu perceber que não era Denna, que estava de blusa e calças compridas. O vestido branco dessa mulher amarfanhava-se em volta dela, destacando a palidez das pernas nuas contra a pedra escura da pavimentação.

Corri os olhos em volta até ver Denna fora da luz da janela. Estava parada junto a um homem espadaúdo, cuja cabeça calva reluzia ao luar. Será que o estava abraçando? Seria aquele o seu protetor?

Meus olhos acabaram se adaptando o bastante para eu enxergar a verdade: os dois achavam-se muito próximos e imóveis, mas Denna não o estava segurando. Tinha uma das mãos apoiada com força no pescoço do homem. Vi a luz branca da lua reluzir no metal, como uma estrela distante.

A mulher no chão começou a se mexer e Denna a chamou. Com movimentos cambaleantes, ela se levantou, tropeçou de leve ao pisar no próprio vestido e se esgueirou devagar por eles, encostando-se ao muro enquanto caminhava para a saída do beco.

Quando a mulher passava por trás dela, Denna disse-lhe mais alguma coisa. Eu estava longe demais para entender as palavras, mas a voz dela foi suficientemente dura e ríspida para me provocar um arrepio nos braços.

Denna afastou-se do homem e ele recuou, levando uma das mãos ao lado do pescoço. O sujeito começou a xingá-la violentamente, cuspindo e fazendo gestos de agarrar com a mão livre. A voz era mais alta que a dela, mas tão engrolada que não consegui discernir muita coisa do que dizia, embora tivesse identificado várias vezes a palavra "puta".

Mas, apesar de toda a falação, ele não chegou nem perto do alcance do braço de Denna, que simplesmente o encarou, com os pés bem plantados no chão. Ficou segurando a faca à frente do corpo, inclinando-a para baixo. Sua postura era quase descontraída. Quase.

Depois de passar cerca de um minuto xingando, o homem deu meio passo arrastado à frente, agitando o punho. Denna disse alguma coisa e fez um gesto curto e rápido com a faca em direção à virilha do sujeito. O silêncio encheu o beco e os ombros do homem se mexeram um pouco. Denna repetiu seu gesto e ele começou a xingar mais baixo, deu meia-volta e foi andando pelo beco, ainda com a mão apertando a lateral do pescoço.

Denna o observou afastar-se, relaxou e guardou cuidadosamente a faca no bolso. Girou nos calcanhares e se dirigiu à saída do beco.

Corri para a frente do prédio. Lá embaixo, vi Denna e a outra mulher paradas sob um lampião de rua. Com a iluminação melhor, notei que a mulher era muito mais jovem do que eu havia pensado, apenas um fiapo de garota cujos ombros sacudiam com seus soluços. Denna massageou-lhe as costas com pequenos círculos e, pouco a pouco, a garota se acalmou. Passado um momento, as duas começaram a descer a rua.

Voltei correndo para a direção do beco, onde tinha avistado um velho cano de ferro, o que era um modo relativamente fácil de descer de novo para a rua. Mesmo assim, tornar a sentir as pedras do calçamento sob os pés custou-me dois longos minutos e quase toda a pele dos nós dos dedos.

Precisei de muita força de vontade para não sair correndo do beco a fim de alcançar Denna e a garota. A última coisa que eu queria era que ela descobrisse que eu a estivera seguindo.

Por sorte, as duas não andavam muito depressa e foi fácil avistá-las. Denna levou a garota de volta para a parte melhor da cidade e entrou com ela numa taberna de ar respeitável, com um galo pintado na tabuleta.

Parei do lado de fora por um minuto, espiando a disposição da taberna por uma janela. Depois, prendi o capuz com mais firmeza sobre o rosto, contornei com ar descontraído os fundos do local e me esgueirei para um assento do outro lado de uma parede divisória, bem junto do canto em que estavam Denna e a jovem. Se quisesse, poderia inclinar o corpo para a frente e espiar a mesa delas, mas, tal como estávamos, nenhum de nós podia ver o outro.

O salão estava praticamente vazio e uma criada se aproximou de mim, quase no instante em que me sentei. Deu uma olhadela no tecido rico da minha capa e sorriu:

– Em que posso servi-lo?

Olhei para o impressionante conjunto de cristais polidos atrás do bar. Fiz sinal para que a moça chegasse mais perto e falei em voz baixa, com um arranhar da garganta, como se estivesse em recuperação da crupe.

– Vou tomar um copo pequeno do seu melhor uísque. E uma taça de um bom tinto de Feloran.

Ela balançou a cabeça e se retirou.

Concentrei na mesa vizinha meus ouvidos de bisbilhoteiro, delicadamente treinados.

– ...seu sotaque – ouvi Denna dizer. – De onde você é?

Houve uma pausa e um murmúrio quando a garota falou. Como estava de costas para mim, não pude ouvir o que disse.

– Isso fica no torrão ocidental, não é? – perguntou Denna. – Você está bem longe de casa.

Outro murmúrio da garota. Em seguida, uma longa pausa em que não pude ouvir nada. Não saberia dizer se ela havia parado de falar ou se o fazia baixo demais para que eu a ouvisse. Lutei contra a ânsia de me inclinar para a frente e espiar a mesa delas.

Então os murmúrios voltaram, muito baixinhos:

– Sei que ele disse que a amava – comentou Denna, em tom meigo. – É o que todos dizem.

A criada de mesa pôs uma taça alta de vinho à minha frente e me entregou o uísque.

– Duas lascas.

Por Tehlu misericordioso! Com esses preços, não era de admirar que o lugar estivesse quase deserto.

Entornei o uísque de um só gole, fazendo força para não tossir quando ele desceu goela abaixo, queimando minha garganta. Depois, tirei da bolsa um disco de prata inteiro, coloquei a moeda pesada na mesa e emborquei o copinho vazio sobre ela.

Tornei a fazer sinal para que a criada se aproximasse.

– Tenho uma proposta para você – disse-lhe em voz baixa. – Neste momento, não há nada no mundo que eu queira mais do que me sentar aqui, quieto, beber meu vinho e ficar a sós com minhas ideias.

Bati no copinho emborcado sobre a moeda e prossegui:

– Se eu puder fazê-lo sem interrupção, tudo isto, menos o preço das minhas bebidas, será seu.

Os olhos da moça se arregalaram um pouco e tornaram a correr para a moeda.

– Mas, se alguém vier me incomodar, mesmo querendo ser útil, mesmo para perguntar se eu gostaria de beber alguma coisa, eu simplesmente pagarei a conta e irei embora. – Ergui os olhos para ela e perguntei: – Você me ajuda a conseguir um pouquinho de privacidade hoje?

Ela balançou avidamente a cabeça.

– Obrigado.

A criada afastou-se às pressas, dirigiu-se de imediato a outra mulher, parada atrás do balcão do bar, e fez alguns gestos na minha direção. Relaxei um pouco, razoavelmente seguro de que elas não chamariam a atenção para mim.

Beberiquei meu vinho e escutei.

– ...o seu pai faz? – perguntou Denna. Reconheci o tom de sua voz. Era o mesmo tom baixo e suave que meu pai costumava usar para falar com animais arredios; perfeito para acalmar e deixar à vontade.

A jovem murmurou algo e Denna retrucou:

– Esse é um belo trabalho. E o que você está fazendo aqui, então?

Outro murmúrio.

– Começou a lhe passar as mãos, não foi? – indagou Denna, com ar objetivo. – Bem, é da natureza dos varões primogênitos.

A garota tornou a se manifestar, dessa vez com a voz meio inflamada, mas continuei sem conseguir discernir nenhuma das palavras.

Esfreguei um pouco a superfície de minha taça de vinho com a bainha da capa, depois a inclinei para fora e para longe de mim. A bebida era de um vermelho tão escuro que chegava quase a ser preto. Fazia a lateral da taça funcionar como um espelho. Não um espelho maravilhoso, mas um que me permitiu ver formas minúsculas na mesa do canto.

Ouvi Denna dar um suspiro, interrompendo o murmúrio baixo da voz da garota.

– Deixe-me adivinhar – disse, parecendo exasperada. – Você roubou a prata, ou coisa parecida, e fugiu para a cidade.

O pequeno reflexo da jovem apenas continuou sentado.

– Mas não foi como você achou que seria, certo? – perguntou Denna, dessa vez em tom mais gentil.

Vi os ombros da garota começarem a sacudir e ouvi uma série de soluços débeis, desoladores. Desviei os olhos da taça e a repus na mesa.

– Tome – ouvi um som de copo batendo na mesa. – Beba isso – disse Denna. – Vai ajudar um pouco. Não muito. Mas um pouquinho.

Os soluços pararam. A garota deu uma tossida inesperada, meio engasgada.

– Pobre tolinha – disse Denna, suave. – Conhecê-la é pior do que me olhar num espelho.

Pela primeira vez, a garota falou alto o bastante para que eu a ouvisse:

– Eu pensei: se ele vai me possuir de qualquer jeito e conseguir tudo de graça, bem que eu podia ir pra algum lugar onde possa escolher e ser paga...

Sua voz foi-se extinguindo até eu não conseguir discernir palavra alguma, restando apenas um murmúrio abafado que aumentava e diminuía.

– *O rei de dez vinténs*? – interrompeu Denna, incrédula, num tom mais venenoso que qualquer coisa que eu já tivesse ouvido dela. – *Kist e crayle*, odeio aquela maldita peça! Porcaria de conto de fadas modegano. O mundo não funciona assim.

– Mas... – começou a garota.

Denna a interrompeu:

– Não existe nenhum jovem príncipe por aí, fantasiado de andrajos e esperando para salvá-la. Mesmo que existisse, em que situação você ficaria? Seria como um cão que ele houvesse achado na sarjeta. Ele seria seu dono. Depois que a levasse para casa, quem a salvaria dele?

Houve um silêncio. A garota tornou a tossir, mas só um pouco.

– E então, que vamos fazer com você? – perguntou Denna.

A garota fungou e disse alguma coisa.

– Se soubesse cuidar de si mesma, não estaríamos sentadas aqui – retrucou Denna.

Murmúrio.

– É uma opção – disse Denna. – Eles tirarão metade do que você ganhar, mas é melhor do que não ganhar nada e ainda por cima ter a garganta cortada. Acho que você mesma descobriu isso hoje.

Houve um som de tecido sobre tecido. Inclinei a taça de vinho para dar uma espiada, mas só vi Denna fazer um movimento indistinto.

– Vamos ver o que temos aqui – disse. E então veio o conhecido tilintar de moedas no tampo da mesa.

A garota soltou um murmúrio de espanto.

– Não sou, não – desmentiu Denna. – Isso não é muito, quando é todo o dinheiro que se tem no mundo. Você já devia saber como é caro levar uma vida independente na cidade.

Um murmúrio alteado no fim. Uma pergunta.

Ouvi Denna respirar fundo e exalar o ar devagar.

– Porque um dia alguém me ajudou quando precisei – falou. – E porque, se você não arranjar alguma ajuda, estará morta dentro de uma onzena. Pode acreditar em alguém que já teve sua cota de decisões ruins.

Ouvi o som de moedas deslizando sobre a mesa.

– Certo – disse Denna. – Primeira opção. Vamos transformá-la em aprendiz. Você está meio velha e vai custar caro, mas pode ser que consigamos. Nada de sofisticado. Tecelagem. Sapataria. Vão fazê-la trabalhar duro, mas você teria casa e comida e aprenderia um ofício.

Um murmúrio interrogativo.

– Com o seu sotaque? – perguntou Denna, com ar malicioso. – Você sabe cachear o cabelo de uma dama? Sabe maquiar seu rosto? Consertar seus vestidos? Tecer renda? – Pausa. – Não, você não tem preparo para ser camareira e eu não saberia a quem subornar.

Som de moedas sendo reunidas.

– Segunda opção – disse Denna. – Arranjamos um quarto para você, até essa mancha roxa sumir. – Moedas deslizando. – Depois, compramos uma passagem numa sege, para levá-la de volta para casa. – Mais moedas. – Você sumiu há um mês. É o prazo perfeito para surgirem preocupações graves. Quando você chegar em casa, eles simplesmente ficarão felizes por vê-la viva.

Murmúrio.

– Diga-lhes o que quiser – respondeu Denna. – Mas, se tiver metade de um cérebro na cabeça, inventará alguma coisa sensata. Ninguém vai acreditar que você conheceu um príncipe que a mandou para casa.

Murmúrio tão baixo que mal pude ouvi-lo.

– É claro que vai ser difícil, garotinha boba – disse Denna, em tom ríspido. – Vão-lhe jogar isso na cara pelo resto da vida. As pessoas vão cochichar quando você passar na rua. Será difícil arranjar marido. Você perderá amigos. Mas esse é o preço a pagar se quiser voltar a ter algo parecido com a sua vida normal.

As moedas tilintaram ao serem juntadas de novo.

– Terceira opção. Se você tem certeza de que quer tentar a prostituição, podemos dar um jeito de que não acabe morta numa vala. Você tem um rosto agradável, mas vai precisar de roupas adequadas. – Moedas deslizando. – E de alguém para lhe ensinar etiqueta. – Mais moedas. – E de mais alguém para livrá-la desse seu sotaque. – Outras moedas.

Murmúrio.

– Porque é a única maneira sensata de fazer isso – respondeu Denna, impassível.

Outro murmúrio.

Denna deu um suspiro tenso, irritado.

– Está bem. O mestre dos cavalariços do seu pai, certo? Pense nos diferentes cavalos que o barão possui: cavalos de arado, cavalos de carruagem, cavalos de caça...

Murmúrio agitado.

– Exatamente. Portanto, se tivesse que escolher, que tipo de cavalo você gostaria de ser? O cavalo de arado tem um trabalho árduo, mas será que fica com a melhor baia? Recebe a melhor comida?

Murmúrio.

– Justamente. Isso vai para os cavalos sofisticados. Esses são mimados e alimentados e só têm que trabalhar quando há um desfile ou quando alguém vai à caça. Logo, se pretende ser prostituta, faça-o com esperteza. Você não vai querer ser uma rameira de beira de cais, e sim uma duquesa. Quer que os homens a cortejem. Que lhe mandem presentes.

Murmúrio.

– Sim, presentes. Quando pagam, eles se sentem como se fossem seus donos. Hoje você viu o resultado disso. Você pode conservar o seu sotaque e esse seu corpete decotado e ser apalpada por marinheiros, por meio vintém a cada voltinha. Ou pode aprender etiqueta, fazer um penteado no cabelo e começar a receber a visita de cavalheiros. Se for interessante, bonita e souber escutar, os homens desejarão a sua companhia. Tanto vão querer levá-la para dançar quanto para a cama. E aí *você* terá o controle. Ninguém faz uma duquesa pagar antecipadamente por seu quarto. Ninguém derruba uma duquesa em cima de um barril num beco e, depois de se divertir, lhe arranca os dentes a pontapés.

Murmúrio.

– Não – disse Denna, num tom amargo. Ouviu-se o tilintar leve de moedas sendo guardadas numa bolsa. – Não minta para si mesma. Até o mais elegante dos cavalos continua a ser um cavalo. Isso quer dizer que, mais cedo ou mais tarde, alguém vai montá-la.

Murmúrio interrogativo.

– Aí, você vai embora. Quando eles querem mais do que você se dispõe a dar, essa é a única saída. Você vai embora, depressa e em silêncio, durante a noite. Mas, ao fazê-lo, queima os seus barquinhos. É o preço que você paga.

Murmúrio hesitante.

– Isso eu não posso lhe dizer – respondeu Denna. – Você tem que decidir sozinha o que quer. Quer ir para casa? Há um preço. Quer controlar sua vida? Há um preço. Quer a liberdade de dizer não? Há um preço. *Sempre* há um preço.

Ouvi uma cadeira se afastando da mesa e me encostei bem na parede, ao perceber que as duas se levantavam.

– Isso é algo que todos têm que descobrir sozinhos – disse Denna, cuja voz foi ficando mais distante. – O que você deseja mais do que qualquer outra coisa? O que você quer tanto que se dispõe a pagar qualquer coisa para conseguir?

Passei muito tempo sentado depois que elas se foram, tentando beber meu vinho.

CAPÍTULO 73

Sangue e tinta

NA *TEOFANIA*, Teccam escreve sobre os segredos, chamando-os de dolorosos tesouros da mente. Explica que aquilo em que a maioria das pessoas pensa como segredo, na verdade, não é nada disso. Os mistérios, por exemplo, não são segredos. Nem o são os fatos pouco conhecidos ou as verdades esquecidas. Segredo, explica Teccam, é um conhecimento verdadeiro que é intencionalmente ocultado.

Os filósofos discutem há séculos os pormenores dessa definição. Assinalam os problemas lógicos que existem nela, as lacunas, as exceções. Em todo esse tempo, entretanto, nenhum deles conseguiu chegar a uma definição melhor. O que talvez diga mais do que todos os sofismas combinados.

Num capítulo posterior, menos debatido e menos conhecido, Teccam explica que há dois tipos de segredos: os da boca e os do coração.

A maioria deles é da boca. Boatos compartilhados e pequenos escândalos sussurrados. Há segredos que anseiam por se largar no mundo. Um segredo da boca é como uma pedra na bota. No começo, mal se tem consciência dela. Depois, torna-se irritante e, mais tarde, intolerável. Os segredos da boca vão crescendo à medida que são guardados, inchando até pressionar os lábios. Lutam para se soltar.

Os segredos do coração são diferentes. São privados e dolorosos e não há nada que se deseje mais do que escondê-los do mundo. Eles não inflam nem pressionam a boca. Vivem no coração e, quanto mais são guardados, mais pesados se tornam.

Diz Teccam que é melhor ter a boca cheia de veneno que um segredo no coração. Qualquer idiota é capaz de cuspir o veneno, diz ele, mas nós guardamos esses tesouros dolorosos. Engolimos em seco todos os dias para contê-los, empurrando-os para baixo, para nossas entranhas mais recônditas. Lá eles permanecem, ganhando peso, supurando. Com o tempo, não há como deixarem de esmagar o coração que os contém.

Os filósofos modernos desdenham de Teccam, mas são abutres bicando os ossos de um gigante. Discuta-se quanto se quiser, Teccam compreendia o que é a vida.

∽

No dia seguinte àquele em que eu seguira Denna pela cidade, ela me mandou um bilhete e fui encontrá-la à porta da Quatro Círios. Já nos encontráramos lá diversas vezes nas onzenas anteriores, mas, nesse dia, havia algo diferente. Nesse dia, Denna usava um vestido longo e elegante, não cheio de babados e de gola alta, como ditava a moda do momento, porém justo e aberto no pescoço. Era azul-escuro e, quando ela deu um passo, pude vislumbrar um longo trecho de sua perna nua por baixo.

O estojo da harpa estava encostado no muro às suas costas e ela exibia no olhar uma expressão de expectativa. O cabelo preto reluzia à luz do sol, sem qualquer adorno, exceto por três tranças finas, atadas com uma fita azul. Ela estava descalça e tinha os pés sujos de terra. Sorria.

– Está pronta – disse-me, com a empolgação tamborilando na voz como um trovão distante. – Pronta o bastante para que eu toque um pedaço para você, pelo menos. Quer ouvi-la?

Captei um traço de timidez escondido em sua voz.

Como ambos trabalhávamos para mecenas que valorizavam a privacidade, Denna e eu não discutíamos nosso trabalho com frequência. Comparávamos nossos dedos manchados de tinta e reclamávamos de nossas dificuldades, mas apenas em termos vagos.

– Nada me agradaria mais do que ouvi-la – respondi, enquanto Denna pegava o estojo com a harpa e começava a andar pela rua. Acertei o passo com o dela. – Mas o seu protetor não vai se importar?

Ela deu de ombros com exagerada displicência.

– Ele diz que quer que minha primeira canção seja algo que os homens cantarão por 100 anos, portanto duvido que queira me ver guardá-la a sete chaves para sempre. – Deu-me uma olhadela disfarçada e acrescentou: – Vamos a algum lugar discreto e eu o deixo ouvi-la. Desde que você não a saia gritando aos quatro cantos do mundo, estarei a salvo.

Começamos a andar para o portão oeste, por um acordo mudo.

– Eu teria trazido meu alaúde – comentei –, mas finalmente achei um *luthier* em quem confio. Mandei consertar aquela cravelha frouxa.

– Hoje você me servirá melhor como plateia. Extasie-se de admiração enquanto eu toco. Amanhã eu o verei tocar, com os olhos marejados de assombro. Ficarei deslumbrada com a sua habilidade, a sua perspicácia e o seu encanto. – Passou a harpa para o outro ombro e sorriu para mim. – Desde que você não os tenha mandado consertar na loja.

– Estou sempre pronto para um dueto – sugeri. – Harpa e alaúde são uma combinação rara, mas não inédita.

– Que jeito delicado de fazer uma proposta – disse ela, com um olhar de soslaio. – Vou pensar no assunto.

Como já fizera muitas vezes, lutei contra a ânsia de lhe contar que eu havia recuperado seu anel do Ambrose. Queria contar-lhe o ocorrido, com os erros e tudo. Mas tinha razoável certeza de que o impacto romântico do meu gesto seria diminuído pelo final da história, no qual eu havia efetivamente empenhado o anel antes de sair de Imre. Era melhor guardar segredo por enquanto, pensei, e surpreendê-la com o anel em si.

– E o que você acharia de ter o maer Alveron como seu mecenas? – perguntei.

Denna parou de andar e se virou para mim.

– O quê?

– No momento, estou nas boas graças dele. E ele me deve um ou dois favores. Sei que você andou procurando um mecenas.

– Eu tenho um mecenas – retrucou ela em tom firme. – Um que arranjei sozinha.

– Você tem meio mecenas – protestei. – Onde está o seu certificado de patrocínio? O seu Mestre Freixo talvez tenha condições de lhe dar algum apoio financeiro, mas a metade mais importante de um patrocinador é o nome dele. É como uma armadura. É como uma chave que abre...

– Sei como funciona a patronagem – disse ela, me cortando.

– Nesse caso, sabe que o seu não está lhe dando o que lhe é devido. Se o maer fosse seu patrono, quando as coisas deram errado naquele casamento, ninguém naquela cidadezinha fuleira teria tido o atrevimento de levantar a voz contra você, muito menos a mão. Mesmo a 1.600 quilômetros de distância, o nome do maer a teria protegido. Teria garantido a sua segurança.

– Um mecenas pode oferecer mais do que nome e dinheiro – retrucou Denna, com um toque de aspereza na voz. – Estou muito bem sem a proteção de um título e, francamente, ficaria irritada se algum homem quisesse me vestir com suas cores. O meu patrocinador me dá outras coisas. Sabe coisas que eu preciso saber.

Lançou-me um olhar irritado, jogando o cabelo por cima do ombro, e acrescentou:

– Eu já lhe disse tudo isso. Estou satisfeita com ele por enquanto.

– Por que não ficar com os dois? O maer em público e o seu Mestre Freixo em segredo. Com certeza, ele não poderia fazer objeção a isso. É provável até que o Alveron pudesse se informar sobre esse outro sujeito para você, certificar-se de que ele não está tentando conquistá-la com falsos...

Denna me olhou, horrorizada.

– Não. Deus, não – disse. Virou-se para mim, com expressão séria: – Prometa que não vai tentar descobrir nada sobre ele. Isso poderia estragar tudo. Você é a única pessoa a quem contei isso no mundo inteiro, mas ele ficaria furioso se soubesse que eu o mencionei a alguém.

Ao ouvir isso, senti uma onda quente de orgulho.

– Se você prefere mesmo que eu não...

Denna parou de andar e pousou o estojo da harpa nas pedras, onde ele produziu um baque surdo. Exibia uma expressão de mortal seriedade.

– Prometa.

É provável que eu não houvesse concordado, se não tivesse passado metade da noite anterior seguindo-a pela cidade, na esperança de descobrir justamente isso. Mas eu tinha. E, também havia bisbilhotado a conversa dela. Por isso, nesse dia, eu estava praticamente transpirando culpa.

– Prometo – respondi. Ao ver que sua expressão angustiada não desapareceu, acrescentei: – Não confia em mim? Eu juro, se isso tranquilizar sua mente.

– E você juraria em nome de quê? – perguntou ela, recomeçando a sorrir. – O que é tão importante que seja capaz de prendê-lo à sua palavra?

– Meu nome e meu poder? – propus.

– Você é muitas coisas – rebateu ela, secamente –, mas não é o Grande Taborlin.

– Minha mão direita boa? – sugeri.

– Só uma das mãos? – perguntou Denna, deixando a jocosidade insinuar-se de novo em sua voz. Estendeu uma das mãos e segurou as minhas, virando-as de um lado para outro e fingindo examiná-las atentamente. – Gosto mais da esquerda – decidiu. – Jure por essa.

– Minha boa mão *esquerda*? – perguntei, com ar de dúvida.

– Está bem. A direita. Como você é tradicionalista!

– Juro que não tentarei descobrir quem é seu protetor – declarei com amargura. – Juro por meu nome e meu poder. Juro pela minha boa mão esquerda. Juro pela lua em eterno movimento.

Denna me fitou, atenta, como se não soubesse ao certo se eu estava zombando dela.

– Ótimo – disse, dando de ombros, e voltou a pegar a harpa. – Considere-me tranquilizada.

Recomeçamos a andar, atravessando o portão oeste e entrando na zona rural. O silêncio entre nós se prolongou, começando a ficar incômodo.

Com medo de que as coisas se tornassem desconfortáveis, falei a primeira coisa que me veio à cabeça:

– E então, algum homem novo na sua vida?

Denna deu um risinho gutural, baixo.

– Bem, agora você está parecendo o Mestre Freixo Gris, que vive perguntando pelos homens. Não acha nenhum dos meus pretendentes suficientemente bom para mim.

Eu não poderia estar mais de acordo, porém concluí que não seria prudente dizê-lo.

– E o que ele acha de mim?

– O quê? – disse Denna, confusa. – Ah. Ele não sabe de você. Por que saberia?

Tentei dar de ombros com descaso, mas não devo ter sido muito convincente, porque ela caiu na gargalhada.

– Pobre Kvothe! Estou implicando com você. Só falo com ele dos que ficam me rondando, arfando e farejando feito cães. Você não é igual a eles. Sempre foi diferente.

– Sempre me orgulhei da minha falta de arfadas e fungadas.

Denna virou o ombro e, brincando, deixou a harpa que balançava me acertar.

– Você sabe o que quero dizer. Eles vêm e vão, com pouco lucro ou prejuízo. Você é o ouro por trás da escória que o vento sopra. Talvez o Mestre Freixo pense que tem o direito de saber dos meus assuntos pessoais, das minhas idas e vindas – disse, com a expressão meio carrancuda –, mas não tem. Eu me disponho a fazer algumas concessões quanto a isso, por enquanto... – Estendeu a mão e segurou possessivamente o meu braço. – Mas você não faz parte da negociação – disse, em tom quase feroz. – Você é meu. Só meu. Não pretendo dividi-lo.

A tensão momentânea se dissipou e seguimos pela ampla estrada ocidental que saía de Severen, rindo e conversando sobre trivialidades. Oitocentos metros depois da última hospedaria da cidade, havia um arvoredo tranquilo, com um único bloco alto de pedra cinzenta aninhado no centro. Nós o havíamos descoberto enquanto procurávamos morangos silvestres e ele se tornara um de nossos locais favoritos para escapar do barulho e do mau cheiro da cidade.

Denna sentou-se na base do monólito e se encostou nele. Depois, tirou a harpa do estojo e a aninhou junto ao peito, o que repuxou seu vestido e exibiu um pedaço escandaloso de perna. Ela arqueou uma sobrancelha e me deu um risinho irônico, como se soubesse exatamente no que eu estava pensando.

– Bonita harpa – comentei, displicente.

Ela deu uma bufadela indelicada.

Sentei-me onde estava, comodamente esparramado sobre a relva alta e fresca. Arranquei uns talos e me pus a trançá-los distraidamente.

Para ser sincero, eu estava nervoso. Apesar de termos passado juntos grande parte do tempo, no mês anterior, eu nunca ouvira Denna tocar nada de sua própria criação. Havíamos cantado juntos e eu sabia que sua voz era como mel sobre o pão quente. Sabia que seus dedos eram seguros e que ela possuía o senso rítmico dos músicos...

Mas compor uma canção não é o mesmo que tocar. E se a dela não fosse boa? O que eu diria?

Denna abriu os dedos sobre as cordas e minhas inquietações esmaeceram, passando para segundo plano. Sempre achei que há algo de poderosamente erótico na maneira de uma mulher pôr as mãos numa harpa. Ela iniciou um dedilhado ondulante pelas cordas, do agudo para o grave. O som foi como o badalar de sinos, como água correndo sobre pedras, como o canto de pássaros no ar.

Denna parou e afinou uma corda. Tangeu, afinou. Tocou um acorde sustenido, um acorde vigoroso, um acorde prolongado, depois virou-se para mim, flexionando nervosamente os dedos.

– Está pronto?

– Você é incrível – observei.

Ela corou um pouco, depois jogou o cabelo para trás, para esconder sua reação.

– Bobo. Ainda não toquei nada para você.

– Mas é incrível assim mesmo.

– Shh.

Ela tocou um acorde forte e o deixou atenuar-se numa melodia suave. Enquanto esta subia e descia, recitou a introdução de sua canção. Fiquei surpreso com essa abertura tão tradicional. Surpreso, mas satisfeito. O jeito antigo é o melhor.

Juntem-se em roda para bem ouvir,
Que é de tragédia a história a seguir:
Da sombra sutil que na terra se espalhou
E do homem que a sua mão dedicou
À tarefa que poucos teriam suportado.
O belo Lanre: de esposa, vida e orgulho privado,
De sua meta, mesmo assim, não se afastou.
Ergueu-se contra a maré, foi traído e tombou.

Primeiro foi a voz dela que me tirou o fôlego, depois a música.

Mas, antes que 10 versos lhe saíssem dos lábios, fiquei pasmo por outras razões. Denna cantava a história da queda de Myr Tariniel. Da traição de Lanre. Era a história que eu ouvira de Skarpi, em Tarbean.

Mas a versão de Denna era diferente. Em sua canção, Lanre era pintado em cores trágicas, era um herói injustiçado. As palavras de Selitos eram cruéis e contundentes; e Myr Tariniel, um labirinto humano que mais merecia a fogueira da purificação. Lanre não era um traidor, mas um herói vencido.

Muita coisa depende de onde se interrompe uma história e a dela terminava quando Lanre era amaldiçoado por Selitos. Era o final perfeito para uma tragédia. Na história de Denna, Lanre era um injustiçado, um incompreendido. Selitos era um tirano, um monstro insano que arrancara o próprio olho, enfurecido diante da astúcia inteligente de Lanre. A história estava terrível, dolorosamente errada.

Apesar disso, tinha os primeiros lampejos de beleza. Acordes bem escolhidos. Rimas sutis e fortes. A melodia era muito nova, com uma profusão de trechos mal burilados, mas pude sentir sua forma. Vi no que poderia se transformar. Ela viraria a cabeça dos homens, que a cantariam por 100 anos.

Na verdade, é provável que você a tenha ouvido. Quase todo mundo ouviu. Denna acabou por dar-lhe o nome de "A canção dos sete desgostos". Pois é. Denna a compôs e fui a primeira pessoa a ouvi-la tocada na íntegra.

Quando as últimas notas se desfizeram no ar, ela baixou as mãos, sem querer me fitar nos olhos.

Fiquei sentado na grama, calado e imóvel.

Para que isto faça sentido, você precisa entender algo que todo músico sabe: cantar uma nova canção é um processo tenso. Mais que isso: é apavorante. É como tirar a roupa pela primeira vez diante de um novo amante. É um momento delicado.

Eu precisava dizer alguma coisa. Um elogio. Um comentário. Uma piada. Uma mentira. Qualquer coisa era melhor que o silêncio.

Mas não poderia ter ficado mais perplexo se Denna houvesse escrito um hino de louvor ao duque de Gibea. O choque fora simplesmente demais para mim. Eu me sentia esfolado como pergaminho usado pela segunda vez, como se cada nota de sua canção tivesse sido mais um arranhão da faca, raspando até me deixar inteiramente em branco, sem palavras.

De um jeito estúpido, baixei os olhos para minhas mãos, que ainda seguravam o aro semiformado de grama verde que eu estivera trançando no início da canção. Era uma trança larga e chata, que já começava a se curvar na forma de um anel.

Ainda de cabeça baixa, ouvi o farfalhar das saias de Denna quando ela se mexeu. Eu precisava dizer alguma coisa. Já esperara demais. Havia um excesso de silêncio no ar.

– O nome da cidade não era Mirinitel – comentei, sem erguer os olhos. Não era o pior que eu poderia dizer. Mas também não era a coisa certa.

Houve uma pausa.

– O quê?

– Não era Mirinitel – repeti. – A cidade que Lanre incendiou era Myr Tariniel. Lamento lhe dizer isso. Mudar um nome é um trabalho árduo. Vai estragar a métrica de um terço dos seus versos.

Fiquei surpreso com o tom baixo da minha voz, com o tanto que ela soou monocórdia e morta aos meus próprios ouvidos.

Percebi que ela prendia o fôlego, surpresa.

– Você já tinha ouvido essa história?

Ergui os olhos para seu rosto de expressão excitada. Fiz que sim, ainda me sentindo estranhamente apagado. Vazio. Oco feito uma abóbora seca.

– O que a fez escolhê-la para uma canção? – perguntei.

Também não era a coisa certa a dizer. Não consigo deixar de sentir que, se tivesse falado a coisa certa naquele momento, tudo teria sido diferente. Mas até hoje, após anos de reflexão, não consigo imaginar o que poderia dizer para consertar a situação.

A animação dela arrefeceu um pouco.

– Encontrei uma versão da história num livro antigo, quando fazia uma pesquisa genealógica para o meu mecenas. Quase ninguém se lembra dela, o que a torna perfeita para uma música. O mundo não está propriamente precisando de mais uma história sobre Oren Velciter. Jamais deixarei minha própria marca se ficar repetindo o que outros músicos já fizeram mais de 100 vezes, batendo na mesma tecla.

Denna lançou-me um olhar curioso e prosseguiu:

– Pensei que fosse conseguir surpreendê-lo com uma coisa nova. Nunca imaginaria que você tivesse ouvido falar de Lanre.

– Ouvi isso anos atrás – retruquei, atordoado. – De um velho contador de histórias, em Tarbean.

– Se eu tivesse metade da sua sorte... – disse Denna, meneando a cabeça com ar desolado. – Tive de montá-la com base em uma centena de pequenos fragmentos – explicou, com um gesto conciliador. – Eu e o meu mecenas, devo dizer. Ele ajudou.

– O seu mecenas – repeti. Senti um lampejo de emoção quando ela o mencionou. Vazio como estava, foi surpreendente a rapidez com que o azedume se espalhou por minhas entranhas, como se alguém houvesse atiçado uma fogueira dentro de mim.

Denna balançou a cabeça.

– Ele se imagina meio historiador. Acho que está atrás de uma nomeação na corte. Não seria o primeiro a procurar cair nas graças de alguém, iluminando um ancestral heroico há muito perdido. Ou talvez esteja tentando inventar um ancestral heroico para ele mesmo. Isso explicaria a pesquisa que andamos fazendo em antigas genealogias.

Ela hesitou por um momento, mordendo os lábios, e disse, como quem fizesse uma confissão:

– A verdade é que tenho certa desconfiança de que a música é para o próprio Alveron. O Mestre Freixo deixou implícito que tem negócios com o maer. – Deu um sorriso malicioso e acrescentou: – Quem sabe? Circulando nas rodas em que circula, talvez você já tenha conhecido o meu mecenas sem nem saber disso.

Minha mente percorreu num instante a imagem das centenas de nobres e cortesãos que eu conhecera de passagem no mês anterior, mas era difícil eu me concentrar em seus rostos. O fogo dentro de mim se espalhava, até que fiquei com todo o peito cheio dele.

– Mas chega disso – falou Denna, agitando as mãos com impaciência. Afastou a harpa e dobrou as pernas, cruzando-as ao se sentar na grama. – Você está implicando comigo. O que achou da música?

Olhei para minhas mãos e manuseei, distraído, a trança achatada de grama que tinha feito. Era lisa e fria entre meus dedos. Não consegui lembrar-me de como havia planejado unir as pontas para formar um anel.

– Sei que há uns trechos mal-acabados – disse a voz de Denna, transbordando de agitação. – Precisarei corrigir o nome que você mencionou, se você tiver certeza de que é o correto. O começo está meio rudimentar e o sétimo verso está uma bagunça, eu sei. Preciso falar mais das batalhas e da relação dele com a Lyra. O final precisa ser aprimorado. Mas, no geral, o que você achou?

Quando ela retirasse as imperfeições, seria uma canção brilhante. Tão boa quanto uma música escrita por meus pais, mas isso só piorava a situação.

Minhas mãos tremiam e fiquei admirado de ver como era difícil fazê-las pararem. Desviei delas o olhar e o voltei para Denna. Seu nervosismo diminuiu quando viu meu rosto.

– Você terá que reelaborar mais do que apenas o nome – declarei, tentando manter a voz calma. – Lanre não era um herói.

Denna me fitou com curiosidade, como se não conseguisse saber se eu estava brincando.

– Como é?

– Você entendeu tudo errado. Lanre era um monstro. Um traidor. Você vai ter que mudar isso.

Denna jogou a cabeça para trás e riu. Quando não a acompanhei, inclinou a cabeça, intrigada:

– Você está falando sério?

Fiz que sim.

O rosto dela endureceu. Os olhos se estreitaram e a boca formou uma linha fina.

– Você só pode estar brincando – disse. Sua boca moveu-se em silêncio por um instante, depois ela balançou a cabeça. – Não faria o menor sentido. A história toda desmorona se Lanre não for o herói.

– Não se trata do que dá uma boa história. Trata-se do que é verdade.

– Verdade? – repetiu Denna, olhando-me com ar incrédulo. – Isso é só um velho conto popular. Nenhum dos lugares é real. Nenhuma das pessoas é real. É a mesma coisa que se você se ofendesse comigo por eu inventar um verso novo para o "Latoeiro Curtumeiro".

Senti as palavras me subirem à garganta, quentes como o calor de uma chaminé. Engoli em seco, forçando-as para baixo.

– Algumas histórias são apenas histórias – concordei. – Mas não essa. A culpa não é sua. Você não teria como saber...

– Ah, bom, *obrigada* – interrompeu Denna, mordaz. – Fico muito contente por não ser minha culpa.

– Ótimo – retruquei com rispidez. – A culpa *é* sua. Você deveria ter pesquisado mais.

– O que você sabe da pesquisa que fiz? Você não tem a menor ideia! Andei pelo mundo todo cavando pedaços dessa história.

Era o mesmo que meu pai tinha feito. Ele começara escrevendo uma música sobre Lanre, mas sua pesquisa o tinha levado ao Chandriano. Ele havia passado anos perseguindo histórias semiesquecidas e investigando rumores. Queria que sua canção contasse a verdade sobre o grupo e este havia matado minha trupe inteira para acabar com isso.

Olhei para a grama e pensei no segredo que havia guardado por tanto tempo. Pensei no cheiro de sangue e de cabelo queimado. Pensei na ferrugem, no fogo azul e nos corpos fraturados de meus pais. Como poderia explicar algo tão imenso e horrendo? Por onde haveria de começar? Senti o segredo em minhas profundezas, enorme e pesado como uma pedra.

– Na versão da história que li – falei, tocando na borda mais externa do segredo –, Lanre tornou-se membro do Chandriano. Você deve tomar cuidado. Algumas histórias são perigosas.

Denna me olhou fixa e demoradamente.

– Chandriano? – repetiu, incrédula. Depois, desatou a rir. Não foi o seu riso encantado de hábito. Foi uma risada ríspida, cheia de escárnio. – Que espécie de criança é você?

Eu sabia exatamente como aquilo me fazia soar infantil. Senti-me arder de vergonha, enrubescido, com todo o corpo subitamente pinicando de suor. Abri a boca para falar e foi como se abrisse uma fresta na porta de uma fornalha.

– *Eu* pareço criança? – vociferei. – O que você entende de alguma coisa, sua...?

Quase arranquei a ponta da língua para me impedir de gritar *prostituta idiota*.

– Você acha que sabe tudo, não é? – questionou Denna. – Frequentou a Universidade e por isso acha que o resto de nós é...

– Pare de procurar desculpas para ficar aborrecida e escute! – rebati. As palavras saíram de mim como ferro derretido. – Você está tendo um faniquito, como uma garotinha mimada!

– Não se atreva! – exclamou ela, levantando o dedo para mim. – Não fale comigo como se eu fosse uma espécie de camponesa desmiolada. Eu sei coisas que eles não ensinam na sua preciosa Universidade! Coisas secretas! Não sou nenhuma idiota!

– Pois está agindo como uma! – gritei, tão alto que as palavras me machucaram a garganta. – Você não cala a boca por tempo suficiente para me escutar! Estou tentando ajudá-la!

Denna fechou-se num silêncio gélido, com o olhar duro e fixo.

– É disso que se trata, não é? – indagou com frieza. Passou os dedos pelo cabelo, cada movimento enrijecido pela irritação. Desfez as tranças, alisou-as e as refez com ar distraído, de um modo diferente. – Você detesta o fato de eu recusar sua ajuda. Não suporta que eu não o deixe consertar cada detalhezinho da minha vida, não é?

– Bem, talvez alguém precise consertar a sua vida – rebati. – Você fez uma bela embrulhada com ela até aqui, não foi?

Denna continuou muito quieta, os olhos enfurecidos.

– O que leva você a supor que sabe *alguma coisa* da minha vida?

– Sei que você tem tanto medo de alguém se aproximar que não consegue passar quatro dias seguidos na mesma cama – retruquei, já quase sem saber o que dizia. As palavras raivosas brotavam de mim feito sangue numa ferida. – Sei que você passa a vida inteira queimando pontes. Sei que resolve os seus problemas fugindo...

– O que o faz pensar que os seus conselhos valem alguma porcaria, afinal? – explodiu ela. – Meio ano atrás, você estava com um pé na sarjeta. O cabelo todo desgrenhado e só três camisas esfarrapadas. Não havia um único nobre a 150 quilômetros de Imre que se dispusesse a urinar em você, se estivesse pegando fogo. Você teve que correr 1.500 quilômetros para ter a chance de arranjar um mecenas.

Meu rosto ardeu de vergonha à menção das minhas três camisas e voltei a me sentir fumegando de raiva.

– Você tem razão, é claro – retruquei em tom sarcástico. – Sua situação é muito melhor. Tenho certeza de que o seu patrono ficaria perfeitamente satisfeito em urinar em você...

– Agora estamos chegando ao âmago da história – disse ela, levantando as mãos. – Você não gosta do meu mecenas porque poderia arranjar outro melhor para mim. Não gosta da minha música porque ela é diferente da que você conhece. – E estendeu a mão para o estojo da harpa, com movimentos rígidos e raivosos. – Você é igualzinho a todo o resto.

– Estou tentando ajudá-la!

– Está tentando me consertar – rebateu ela, ríspida, enquanto guardava a harpa. – Está tentando me comprar. Ordenar a minha vida. Você quer me conservar como se eu fosse seu animal de estimação. Como se eu fosse seu cão fiel.

– Eu jamais pensaria em você como um cão – respondi, dando-lhe um sorriso luminoso e frio. – O cachorro sabe ouvir. O cachorro tem juízo suficiente para não morder a mão que tenta ajudá-lo.

Desse ponto em diante, nossa conversa seguiu numa espiral descendente.

∾

A esta altura da história, sinto-me tentado a mentir. A dizer que falei essas coisas num ódio incontrolável. Que fui dominado pela tristeza, por causa da lembrança de minha família assassinada. Fico tentado a dizer que senti um gosto de ameixa e noz-moscada. Com isso, eu teria uma desculpa.

Mas as palavras foram minhas. No fim das contas, fui eu que disse aquelas coisas. Apenas eu.

Denna respondeu à altura, magoada, furiosa e com a língua mordaz, tal como eu. Éramos ambos orgulhosos e enraivecidos, cheios das certezas inabaláveis da juventude. Dissemos coisas que nunca teríamos dito em outras circunstâncias e, ao irmos embora, não fomos juntos.

Eu estava com o ânimo acalorado e amargo como uma barra de ferro derretida. Ela me crestou durante todo o trajeto de volta a Severen. Queimou enquanto eu cruzava a cidade e esperava o elevador de frete. Ardeu em brasa quando atravessei a propriedade do maer e bati com força a porta de meus aposentos ao entrar.

Só horas depois foi que esfriei o bastante para me arrepender de minhas palavras.

Pensei no que poderia ter dito a Denna. Pensei em lhe contar como minha trupe tinha sido morta, pensei em lhe falar do Chandriano.

Resolvi que lhe escreveria uma carta. Explicaria tudo, por mais tolo ou inacreditável que parecesse. Peguei a pena e a tinta e pus uma folha fina de papel branco na escrivaninha.

Molhei a pena e procurei decidir por onde poderia começar.

Meus pais haviam sido assassinados quando eu tinha 11 anos. Fora um acontecimento tão imenso e horripilante que quase me levara à loucura. Nos anos decorridos desde então, eu nunca contara a ninguém sobre esse episódio. Nunca chegara sequer a sussurrá-lo num cômodo vazio. Era um segredo e eu me agarrara a ele por tanto tempo que, quando me atrevia a pensar no assunto, tamanho era seu peso no meu peito que eu mal conseguia respirar.

Tornei a molhar a pena, mas não me veio uma só palavra. Abri uma garrafa de vinho, achando que ela poderia soltar o segredo de dentro de mim; dar a meus dedos um ponto de apoio que eu pudesse usar para forçá-lo a se abrir. Bebi até o quarto girar e a ponteira da pena formar uma crosta de tinta seca.

Horas depois, a folha em branco ainda me olhava fixamente e esmurrei a escrivaninha, de fúria e frustração. Bati com tanta força que minha mão sangrou. É esse o peso que pode adquirir um segredo. Pode fazer o sangue fluir com mais facilidade que a tinta.

CAPÍTULO 74

Boatos

No dia seguinte à minha briga com Denna, acordei no fim da tarde, sentindo-me arrasado, por todas as razões óbvias. Comi e tomei banho, mas o orgulho me impediu de ir à Baixa Severen procurá-la. Mandei um anel para Bredon, mas o mensageiro voltou com a notícia de que ele ainda estava fora da propriedade.

Assim, abri uma garrafa de vinho e comecei a folhear a pilha de histórias que se fora acumulando lentamente no meu quarto. A maioria era de textos escandalosos, ressentidos. Mas sua baixeza mesquinha combinava com meu estado de espírito e ajudou a me distrair do meu próprio sofrimento.

E foi assim que fiquei sabendo que o conde Banbride anterior não tinha morrido de tuberculose, mas de sífilis, contraída de um cavalariço apaixonado. Lorde Veston era viciado em resina de dênera e o dinheiro destinado à manutenção da estrada real vinha sustentando seu vício.

O barão Dazno tinha subornado várias autoridades para evitar o escândalo da descoberta de sua filha caçula num bordel. Havia duas versões para essa história, uma em que ela oferecia os serviços, outra em que usufruía deles. Arquivei a informação para uso futuro.

Eu havia começado uma segunda garrafa de vinho quando li que a jovem Netalia Lackless tinha fugido com uma trupe de artistas itinerantes. Os pais a haviam deserdado, é claro, deixando Meluan como a única herdeira das terras dos Lackless. Isso explicou seu ódio pelos Ruh e me deixou duplamente satisfeito por não ter tornado público o meu sangue de Edena em Severen.

Havia três histórias diferentes de como o duque de Cormisant tinha acessos de raiva quando embriagado, batendo em quem estivesse por perto, inclusive sua mulher, seu filho e vários convidados de um jantar. E havia um breve relato especulativo das orgias depravadas que o rei e a rainha promoviam em seus jardins particulares, longe dos olhos da corte real.

Até Bredon apareceu. Diziam que ele conduzia rituais pagãos nos bosques ermos dos arredores de suas propriedades, no norte. Os rituais foram descritos com detalhes tão extravagantes e meticulosos que me perguntei se não teriam sido diretamente copiados das páginas de algum antigo romance aturense.

Varei a noite lendo e só havia chegado à metade da pilha de histórias quando terminei a garrafa de vinho. Já ia mandar um mensageiro buscar mais uma quando ouvi, vindo de outro cômodo, o leve sopro que anunciava a entrada de Alveron em meus aposentos por sua passagem secreta.

Fingi parecer surpreso quando ele entrou no quarto.

– Boa tarde, excelência – cumprimentei-o, pondo-me de pé.

– Fique sentado, se quiser – disse ele, em tom seco.

Permaneci de pé, por deferência, pois aprendera que, com o maer, era melhor errar por excesso que por falta de formalidade.

– Como vão as coisas com a dama de Vossa Graça? – indaguei. Pelos mexericos animados de Stapes, eu sabia que o assunto se aproximava rapidamente de uma conclusão.

– Hoje assumimos um compromisso formal de matrimônio – disse ele, com ar distraído. – Assinamos papéis e tudo o mais. Está resolvido.

– Se me perdoa dizê-lo, excelência, Vossa Graça não parece muito satisfeito.

Ele deu um sorriso amargurado.

– Imagino que você tenha ouvido falar dos problemas nas estradas, ultimamente, não?

– Apenas rumores, excelência.

Alveron bufou.

– Rumores que tenho tentado silenciar. Alguém anda emboscando meus coletores de impostos na estrada do norte.

Isso era grave.

– Coletores, excelência? – perguntei, frisando o plural. – Quanto conseguiram levar?

O maer lançou-me um olhar severo, que deixou clara a impropriedade da minha pergunta.

– O bastante. Mais que o bastante. Foi a quarta vez que tive que arcar com o prejuízo. Mais de metade dos meus impostos nortistas levados por salteadores – disse ele, fitando-me com ar sério. – As terras dos Lackless ficam no norte, você sabe.

– Vossa Graça acha que os Lackless estão emboscando seus coletores?

Alveron me olhou, perplexo.

– O quê? Não, não. São bandidos no Eld.

Enrubesci um pouco, envergonhado.

– E Vossa Graça mandou patrulhas para lá?

– É claro que mandei patrulhas – retrucou ele, ríspido. – Mandei uma dúzia. Não encontraram nem uma fogueira de acampamento – disse, fitando-me com expressão grave. – Desconfio que alguém da minha guarda esteja mancomunado com eles.

– Presumo que Vossa Graça forneça escoltas a seus coletores, não?

– Dois para cada um. Sabe quanto custa substituir uma dúzia de soldados da guarda? Armaduras, armas, cavalos? – Deu um suspiro e acrescentou: – Ainda por cima, apenas parte dos impostos roubados é minha, o resto pertence ao rei.

Balancei a cabeça em sinal de compreensão.

– Imagino que ele não esteja muito satisfeito.

Alveron abanou a mão com descaso.

– Ah, o Roderic receberá seu dinheiro, de qualquer modo. Ele me responsabiliza pessoalmente pelo seu dízimo. Por isso, sou obrigado a mandar de novo os coletores, para que recolham pela segunda vez a cota de Sua Majestade.

– Imagino que isso não caia muito bem com a maioria da população – comentei.

– Não cai – concordou ele. Sentou-se numa poltrona estofada e esfregou o rosto com ar de cansaço. – Estou esgotando meus recursos mentais nessa matéria. O que pensará Meluan se eu não for capaz de manter minhas próprias estradas em segurança?

Sentei-me também, diante dele.

– E Dagon? – perguntei. – Ele não poderia encontrá-los?

Alveron deu um risinho curto e sem humor, que mais pareceu um latido.

– Ah, o Dagon os encontraria. Fincaria a cabeça de todos eles em postes, em menos de 10 dias.

– Então, por que não mandá-lo? – perguntei, intrigado.

– Porque o Dagon é um homem de linhas retas. Arrasaria uma dúzia de vilarejos e poria fogo em mil acres do Eld para achá-los – respondeu Alveron com ar sério, balançando a cabeça. – Mesmo que eu o julgasse adequado para essa tarefa, no momento ele está à procura de Caudicus. Além disso, creio que talvez haja algo de magia em ação no Eld, e isso está fora da alçada do Dagon.

Desconfiei que a única magia em ação era meia dúzia de robustos arcos longos modeganos. Mas é da natureza das pessoas falar em magia, sempre que deparam com algo que não sabem explicar facilmente, sobretudo em Vintas.

Alveron inclinou-se para a frente na poltrona.

– Posso contar com a sua ajuda nisto?

Só havia uma resposta possível:

– É claro, excelência.

– Você tem muito conhecimento de assuntos florestais?

– Estudei sob a orientação de um pequeno proprietário rural quando era mais jovem – exagerei, calculando que ele estaria à procura de alguém que ajudasse a conceber uma defesa melhor para seus coletores. – Conheço o suficiente para rastrear um homem e me esconder.

Ao ouvir isso, Alveron ergueu uma sobrancelha.

– É mesmo? Você é dotado de uma educação muito diversificada, não?

– Tenho levado uma vida interessante, excelência – respondi. O vinho que eu andara bebendo me deixava mais atrevido que de hábito e acrescentei: – Tenho uma ou duas ideias que Vossa Graça poderia achar úteis para lidar com seu problema dos bandidos.

O maer inclinou-se mais para a frente.

– Pois fale.

– Eu poderia criar uma proteção oculta para seus homens.

Fiz um floreio com os dedos compridos da mão direita, torcendo para que parecesse suficientemente místico. Depois de uns cálculos mentais, perguntei-me quanto tempo levaria para produzir um pega-flecha, valendo-me apenas do equipamento que havia na torre de Caudicus.

Alveron balançou a cabeça, pensativo.

– Isso talvez bastasse se eu só estivesse preocupado com a segurança de meus coletores. Mas trata-se da estrada real, uma grande artéria de comércio. Preciso livrar-me dos próprios bandidos.

– Nesse caso, eu reuniria um pequeno grupo que soubesse mover-se em silêncio pela floresta. Ele não deveria ter grande dificuldade de localizar os bandidos. E, quando o fizesse, seria uma simples questão de mandar a guarda de Vossa Graça buscá-los.

– Seria ainda mais fácil preparar-lhes uma emboscada e matá-los, não acha? – sugeriu Alveron, devagar, como que procurando avaliar minha reação.

– Ou isso – admiti. – Vossa Graça é o braço da lei.

– É com a pena de morte que se pune o banditismo. Especialmente na estrada do rei – declarou o maer em tom firme. – Isso lhe parece muito severo?

– De modo algum – respondi, fitando-o nos olhos. – As estradas seguras são o esteio da civilização.

Alveron me surpreendeu com um sorriso repentino.

– O seu plano é exatamente a imagem do meu – disse. – Reuni um punhado de mercenários para fazerem justamente o que você sugeriu. Tive que agir em sigilo, já que não sei quem estaria mandando avisos a esses bandidos. Mas disponho de quatro bons homens, prontos para partir amanhã: um rastreador, dois mercenários com certa habilidade na selva e um mercenário ademriano. Este último não foi barato, aliás.

Dei-lhe um aceno de parabéns com a cabeça.

– Vossa Graça já planejou tudo melhor do que eu seria capaz. Nem parece necessitar da minha ajuda, afinal.

– Muito pelo contrário. Continuo a precisar de alguém com algum juízo para chefiá-los – disse, lançando-me um olhar significativo. – Alguém que entenda de mágica. Alguém em quem eu possa confiar.

Experimentei a sensação repentina de estar afundando.

Alveron levantou-se, com um sorriso caloroso.

– Já são duas vezes que você me serve além de qualquer expectativa. Conhece a expressão "a terceira vez paga tudo"?

Mais uma vez, só havia uma resposta sensata para a pergunta:

– Sim, excelência.

∽

Alveron levou-me a seus aposentos e examinamos os mapas da área da zona rural em que seus homens tinham sido perdidos. Era um longo trecho da estrada real, atravessando uma parte do Eld que já era velha quando Vintas ainda não passava de um punhado de piratas em eterna disputa. Ficava a pouco mais de 120 quilômetros de distância. Poderíamos estar lá em quatro dias de caminhada firme.

Stapes me forneceu uma nova sacola de viagem, que preparei da melhor maneira que pude. Levei algumas peças mais práticas do meu guarda-roupa, embora elas ainda fossem mais apropriadas para um salão de baile que para a estrada. Embalei umas coisas que andara pilhando discretamente do laboratório de Caudicus na onzena anterior e dei a Stapes uma lista de itens essenciais que me faltavam, todos os quais ele supriu mais depressa que um merceeiro em seu armazém.

Por fim, na hora em que todas as pessoas estão na cama, exceto as mais desesperadas e desonestas, Alveron entregou-me uma bolsa com 100 lascas de prata.

– Esta é uma forma atrapalhada de lidar com o assunto – disse-me. – Normalmente, eu lhe daria um documento encarregando os cidadãos de lhe fornecerem assistência e recursos – suspirou –, mas usar algo dessa natureza ao longo da viagem seria o mesmo que tocar uma trombeta para anunciar sua chegada.

Assenti com a cabeça.

– Se eles são inteligentes o bastante para ter um espião na guarda de Vossa Graça, é lícito presumir que também tenham ligações com a população local.

– Talvez eles *sejam* a população local – disse o maer, com ar sombrio.

Stapes conduziu-me para fora da propriedade pela mesma passagem secreta que o maer usava para entrar em meus aposentos. Munido de uma lamparina de ladrão com coifa, conduziu-me por várias passagens sinuosas e, em seguida, por uma escada longa e escura, escavada nas profundezas de pedra do Despenhadeiro.

E foi assim que me vi sozinho no frio porão de uma loja abandonada na Baixa Severen. Estava na parte da cidade que, anos antes, tinha sido devastada pelo fogo e as poucas vigas que restavam no telhado da construção estendiam-se como ossos negros à pálida primeira luz do alvorecer.

Saí da carcaça queimada do prédio. No alto, a propriedade do maer acocorava-se na borda do Despenhadeiro, como uma ave predadora.

Cuspi, nada satisfeito com minha situação, recrutado à força para o serviço de mercenário. Eu parecia ter areia nos olhos, dada a noite insone e o longo trajeto pelas sinuosas passagens de pedra do Despenhadeiro. O vinho que eu tomara também não estava ajudando em nada. Nas horas anteriores, aos poucos eu me sentira menos bêbado e com uma ressaca maior. Até então, nunca havia passado por todo esse processo acordado e não foi agradável. Conseguira manter as aparências na presença de Alveron e Stapes, mas a verdade é que sentia um gosto azedo na boca e estava com as ideias turvas e arrastadas.

O ar frio que antecede o amanhecer desanuviou um pouco minha mente e, menos de 100 passos adiante, comecei a pensar nas coisas que esquecera de incluir na lista entregue ao Stapes. O vinho não me fora de nenhuma serventia nisso. Eu estava sem um estojo de isca e pederneira, sem sal, faca...

Meu alaúde. Eu não fora buscá-lo no *luthier* depois de mandar consertar a cravelha solta. Quem sabe quanto tempo passaria caçando bandidos para o maer? Por quanto tempo o alaúde ficaria lá, sem ser reclamado, até o homem concluir que fora abandonado?

Desviei-me do caminho uns 2 quilômetros, mas achei a loja do *luthier*, escura e sem vida. Esmurrei a porta, inutilmente. Assim, após um momento de indecisão, invadi-a e roubei o alaúde – embora nem tinha sido propriamente um furto, visto que o alaúde era meu mesmo e que eu já havia pago o conserto.

Tive de escalar um muro, forçar uma janela e abrir dois cadeados. Coisa bastante simples, mas, dada a minha cabeça insone e encharcada de vinho, provavelmente foi sorte eu não cair do telhado e quebrar o pescoço. Apesar disso, e afora um pedaço solto de telha que fez meu coração disparar, as coisas correram bem e voltei ao meu caminho em 20 minutos.

Os quatro mercenários reunidos por Alveron me aguardavam numa taberna, 3 quilômetros ao norte de Severen. As apresentações foram rápidas e partimos imediatamente, seguindo para o norte na estrada real.

Tão arrastado era o meu pensamento que eu estava quilômetros ao norte de Severen quando comecei a reconsiderar algumas coisas. Só então me ocorreu que talvez o maer não tivesse sido inteiramente franco em tudo o que me dissera na noite anterior.

Seria eu, realmente, a melhor pessoa para chefiar um punhado de rastreadores numa floresta desconhecida, com o objetivo de matar um bando de salteadores de estrada? Será que o maer fazia mesmo tão bom juízo de mim?

Não. É claro que não. Isso era lisonjeiro, mas simplesmente falso. O maer tinha acesso a recursos melhores que esses. A verdade era que ele provavelmente queria seu assistente bem-falante fora do caminho, agora que tinha lady Lackless bem firme nas mãos. Fora tolice minha não perceber isso antes.

Assim, o maer despachara-me numa missão fadada ao fracasso, para me tirar do caminho. Esperava que eu passasse um mês numa busca inútil, nas profundezas da floresta do Eld e voltasse de mãos vazias. A bolsa também fez mais sentido. Cem lascas de prata nos manteriam abastecidos por mais ou menos um mês. Depois, quando ficasse sem dinheiro, eu seria forçado a regressar a Severen, onde o maer estalaria a língua, decepcionado, e usaria meu fracasso como desculpa para ignorar parte dos favores que eu tinha acumulado até então.

Por outro lado, se eu tivesse a sorte de achar os bandidos, tanto melhor. Era exatamente o tipo de plano que eu atribuiria ao maer. Houvesse o que houvesse, ele obteria algo que desejava.

Era irritante, mas dificilmente eu poderia voltar para confrontá-lo. Agora que tinha assumido um compromisso, não havia nada a fazer senão extrair o melhor possível daquela situação.

Enquanto caminhava para o norte, com a cabeça latejando e a boca seca, decidi que tornaria a surpreender o maer. Caçaria os seus bandidos.

Então, a terceira vez pagaria tudo e o maer Alveron ficaria em dívida comigo de verdade.

CAPÍTULO 75

Os participantes

Nas horas seguintes de caminhada, fiz o melhor que pude para conhecer os homens que Alveron pusera nas minhas costas, como se me encilhasse. Falo em termos figurados, é claro, já que um deles era mulher e não havia cavalos, estávamos os cinco a pé.

Tempi foi o que logo chamou minha atenção e o que a prendeu por mais tempo, por ser o primeiro mercenário ademriano que eu conhecia. Longe de ser o matador imponente e de olhar duro que eu havia esperado, era bem apagado, nem particularmente alto, nem corpulento. Tinha a tez alva, cabelo louro e olhos cinza-claros. Sua expressão era impassível, como uma folha de papel em branco. Estranhamente impassível. *Estudadamente* impassível.

Eu sabia que os mercenários ademrianos usavam roupas vermelho-sangue como uma espécie de insígnia. Mas o traje de Tempi era diferente do que eu imaginara. A camisa era presa ao corpo por uma dúzia de tiras de couro macio. As calças também eram bem ajustadas na coxa, no joelho e na panturrilha. Tudo tingido do mesmo tom de vermelho-vivo e sangrento, com um caimento justo como luva de fidalgo.

Conforme o dia foi esquentando, vi-o começar a transpirar. Tendo vivido no ar frio e rarefeito dos Montes Tempestuosos, a temperatura devia parecer-lhe desproporcionalmente alta. Uma hora antes do meio-dia, ele afrouxou as tiras de couro da camisa e a despiu, usando-a para enxugar o suor do rosto e dos braços. Não pareceu minimamente constrangido por caminhar pela estrada real com o tronco nu até a cintura.

Sua pele era tão alva que tinha quase a cor do leite e o corpo era esguio e elegante como o de um galgo, os músculos movendo-se sob a pele com uma graça animal. Procurei não olhar fixamente, mas não pude deixar de notar as cicatrizes finas e pálidas que riscavam seus braços, seu peito e suas costas.

Em momento algum ele proferiu uma palavra para se queixar do calor. As palavras de qualquer tipo lhe pareciam raras e ele respondia à maioria das perguntas com um aceno ou um abanar da cabeça. Tempi carregava uma sacola de viagem igual à minha, e sua espada, longe de intimidante, parecia ser bem curta e sem maior imponência.

Dedan era tão diferente de Tempi quanto dois homens podem diferir. Era alto, espadaúdo e de tronco e pescoço grossos. Levava uma espada pesada e um facão e usava um conjunto desencontrado de peças de armadura de couro fervido, duro como uma porta e repetidamente remendado. Se algum dia você viu um guarda de caravana, então viu Dedan, ou, pelo menos, alguém moldado na mesma forma.

Ele era quem mais comia, mais reclamava e mais praguejava, e tinha um traço de teimosia mais grosso que uma tábua larga de carvalho. Justiça seja feita, porém, tinha também um jeito amistoso e o riso fácil. Fiquei tentado a pensar nele como obtuso, graças a seus modos e seu tamanho, mas Dedan tinha o raciocínio ágil, quando se dava o trabalho de usá-lo.

Hespe era mercenária. Não era uma criatura tão rara quanto supõem alguns. Na aparência e no equipamento, era quase um reflexo de Dedan. O couro, a espada pesada, a atitude meio curtida e traquejada. Hespe tinha ombros largos, mãos fortes e rosto orgulhoso, com uma mandíbula que parecia um tijolo. O cabelo era louro e fino, mas curto, à moda masculina.

No entanto, vê-la como uma versão feminina do Dedan seria um equívoco. Ela era reservada, enquanto ele era só bravata. E, enquanto Dedan tinha um jeito descontraído, quando não estava com o ânimo esquentado, havia em Hespe uma vaga dureza, como se ela vivesse constantemente à espera de que alguém lhe causasse problemas.

Marten era o mais velho do grupo, nosso rastreador. Usava umas peças de couro, mais macio e bem cuidado que o dos trajes de Dedan e de Hespe. Levava um facão, uma faca curta e um arco de caça.

Marten havia trabalhado como caçador antes de cair em desgraça com o baronete de cujas florestas cuidava. Comparado a isso, o trabalho de mercenário era ruim, mas o mantinha alimentado. Sua habilidade com o arco o tornava valioso, apesar de ele não chegar nem perto da imponência física de Dedan ou Hespe.

Alguns meses antes, os três haviam estabelecido uma parceria informal e desde então vendiam seus serviços como grupo. Marten me contou que haviam prestado outros serviços ao maer, o mais recente dos quais envolvera o patrulhamento de umas terras nos arredores de Tinuë.

Levei uns 10 minutos para perceber que Marten deveria ser o chefe dessa expedição. Tinha mais experiência na selva que todos nós juntos e chegara até a trabalhar uma ou duas vezes na captura de criminosos, em troca de recompensa. Quando lhe mencionei isso, ele balançou a cabeça, sorriu e me disse que poder fazer algo e querer fazê-lo eram duas coisas realmente muito distintas.

Por último, lá estava eu: o destemido líder do grupo. A carta de apresentação do maer me descrevera como "um jovem perspicaz, de boa educação e diversas qualidades úteis". Embora isso fosse verdadeiro, também me fazia parecer o almofadinha mais lamentavelmente inútil que já existira na corte.

Não ajudava muito o fato de eu ser anos mais jovem que qualquer um deles e usar roupas mais adequadas para um jantar do que para a estrada. Eu levava meu alaúde e a bolsa do maer. Não tinha espada, armadura nem faca.

Eu diria que eles não sabiam muito bem o que pensar de mim.

∽

Faltava cerca de uma hora para o pôr do sol quando cruzamos com um latoeiro na estrada. Ele usava a túnica marrom tradicional, amarrada na cintura com um pedaço de corda. Não tinha carroça e conduzia um burro tão carregado de trouxas de artigos avulsos que mais parecia um cogumelo.

Aproximou-se lentamente de nós, cantando:

Mesmo sem precisar de remendos nem cuidados,
O homem sensato sabe gastar seus trocados.
Aproveite a luz solar,
Mas, mesmo que esteja bem,
Venha e gaste seu vintém.
Melhor é pagar que chorar,
Pro mau tempo se aprestar,
Que lembrar do latoeiro depois que a chuva vem.

Ri e bati palmas. Os latoeiros itinerantes propriamente ditos são um tipo raro de gente e sempre me alegra encontrá-los. Minha mãe me dizia que eles davam sorte, e meu pai os valorizava pelas notícias que traziam. O fato de eu estar desesperadamente necessitado de alguns artigos tornou esse encontro três vezes bem-vindo.

– Opa, Latoeiro! – disse Dedan, sorrindo. – Preciso de fogo e de um quartilho de cerveja. Quanto tempo falta para chegarmos a uma taberna?

O latoeiro apontou para a direção de onde viera.

– Nem 20 minutos de caminhada – respondeu, examinando Dedan. – Mas você não vai me dizer que não há nada de que precise – advertiu. – Todos precisam de alguma coisa.

Dedan meneou a cabeça, educadamente.

– Queira desculpar-me, Latoeiro. Minha bolsa anda muito pobre.

– E quanto a você? – indagou o homem, olhando-me de cima a baixo. – Você tem jeito de um rapaz que precisa de alguma coisa.

– Preciso mesmo de algumas coisas – admiti. Ao ver o olhar ansioso dos outros para a estrada, fiz sinal para que fossem em frente. – Vão andando. Vou demorar uns minutos.

Quando eles partiram, o latoeiro esfregou as mãos, sorridente.

– Muito bem. O que você está procurando?

– Sal, para começar.

– E uma caixa para guardá-lo – disse o homem, enquanto começava a remexer nas trouxas no lombo do burro.

– Uma faca também me cairia bem, se houver alguma que não lhe seja muito difícil de encontrar por aí.

– Especialmente se vocês estiverem indo para o norte – retrucou ele, sem pestanejar. – As estradas por aquelas bandas andam perigosas. Não se pode ficar sem faca.

– Você teve algum problema? – indaguei, na esperança de que ele soubesse alguma coisa que pudesse nos ajudar a encontrar os bandidos.

– Oh, não – disse ele, vasculhando suas trouxas. – As coisas não andam tão mal que alguém sonhe pôr as mãos num latoeiro. Mesmo assim, é um trecho ruim de estrada. – Pegou uma faca fina e comprida numa bainha de couro e a entregou a mim: – Aço de Ramston.

Tirei-a da bainha e examinei a lâmina com atenção. Era aço de Ramston.

– Não preciso de nada tão bom assim – retruquei, devolvendo-a. – Vou usá-la no dia a dia, principalmente para comer.

– O Ramston é bom para se usar no dia a dia – argumentou o latoeiro, empurrando-a de novo para minhas mãos. – Você pode usá-la para desbastar gravetos e depois fazer a barba, se quiser. Nunca perde o fio.

– Talvez eu tenha que usá-la em trabalho pesado – esclareci – e o aço de Ramston é quebradiço.

– Isso é verdade – admitiu o latoeiro, descontraído. – Como meu pai sempre dizia, "é a melhor faca que se pode ter, até ela quebrar". Mas podemos dizer o mesmo de qualquer faca. E, para falar a verdade, esta é a única que tenho.

Dei um suspiro. Sei quando estão me tapeando.

– E um estojo de isca e pederneira.

Ele me estendeu o objeto quase antes de eu terminar de falar.

– Não pude deixar de notar que você está com um pouquinho de tinta nos dedos – comentou, apontando para minhas mãos. – Tenho papel aqui, de boa qualidade. Pena e tinta também. Não há nada pior que ter uma ideia para uma canção e não poder escrevê-la – disse, estendendo-me um embrulho de couro com papel, penas e tinta.

Balancei a cabeça, ciente de que a bolsa do maer só iria até certo ponto.

– Acho que estou com a composição de canções suspensa por algum tempo, Latoeiro.

Ele deu de ombros, ainda me estendendo o pacote.

– Então, para escrever cartas. Conheço um sujeito que um dia teve de cortar uma veia para escrever um bilhete para sua amada. Foi dramático, é verdade. Simbólico, com certeza. Mas também doloroso, anti-higiênico e meio macabro demais. Agora ele leva pena e tinta aonde quer que vá.

Senti a cor se esvair do meu rosto, quando as palavras do latoeiro me lembraram outra coisa que eu havia esquecido, na pressa de sair de Severen: Denna. Qualquer pensamento sobre ela tinha sido expulso da minha mente pela conversa do maer sobre os bandidos, duas garrafas de vinho forte e uma noite de insônia. Eu havia partido sem uma palavra após nossa terrível briga. O que ela pensaria, depois de eu lhe dizer palavras tão cruéis e simplesmente sumir?

Eu já estava a um dia inteiro de viagem de Severen. Não podia voltar só para lhe dizer que estava de partida, podia? Considerei a ideia por um instante. Não. Além disso, a própria Denna passara dias desaparecida, sem uma palavra de aviso. Com certeza compreenderia se eu fizesse o mesmo...

Idiota. Idiota. Idiota. Meus pensamentos giravam em círculos, enquanto eu tentava me decidir entre minhas diversas opções desagradáveis.

O zurro agudo soltado pelo burro do latoeiro fez surgir uma ideia, no susto:

– Você está indo para Severen, Latoeiro?

– Mais passando por lá que indo para lá, mas sim.

– Acabo de me lembrar de uma carta que preciso remeter. Se eu a der a você, será que poderia entregá-la numa certa hospedaria?

Ele balançou a cabeça devagar.

– Poderia... Considerando que você vai precisar de papel e tinta... – Sorriu, tornando a sacudir o embrulho.

Fiz uma careta.

– Vou, Latoeiro. Mas quanto me custará isso tudo?

Ele olhou para os artigos acumulados.

– Sal e caixa: quatro lascas. Faca: 15 lascas. Papel, penas e tinta: 18 lascas. Estojo de isca e pederneira: três lascas.

– E mais a entrega – acrescentei.

– Uma entrega *urgente* – disse o latoeiro, com um sorrisinho. – A uma dama, a menos que eu esteja enganado com a expressão do seu rosto.

Assenti com a cabeça.

– Certo – falou ele, esfregando o queixo. – Em condições normais, eu pediria umas 35, aí teríamos um regateiozinho sem pressa, e você me faria baixar para 30.

Era um preço razoável, especialmente considerando como era difícil encontrar papel de boa qualidade. Mesmo assim, era um terço da quantia que o maer me dera. Precisaríamos desse dinheiro para comida, hospedagem e outros suprimentos.

Antes que eu pudesse dizer alguma coisa, porém, o latoeiro continuou:

– Ora, mas posso perceber que isso seria demais para a sua conveniência. E espero que não me ache abusado por dizê-lo, mas essa sua capa é uma beleza. Estou sempre disposto a fazer uma troca.

Puxei para junto do corpo a minha adorável capa cor de vinho, constrangido.

– Acho que eu me disporia a abrir mão dela – disse, sem ter que fingir tristeza na voz. – Mas isso me deixará sem capa alguma. O que farei quando chover?

– Quanto a isso, não há problema – respondeu o latoeiro. Puxou de um embrulho um pano dobrado e o estendeu para que eu o visse. Tinha sido preto um dia, mas o uso prolongado e as lavagens frequentes o haviam desbotado para um tom escuro, esverdeado.

– Está meio surrada – comentei, estendendo a mão para alisar uma costura esgarçada.

– Foi domesticada, só isso – disse ele, desenvolto, estendendo a capa sobre meus ombros. – O tamanho está bom. É uma cor boa para você, destaca seus olhos. E depois, não convém você parecer muito rico, com os bandidos na estrada e tudo o mais.

Dei um suspiro.

– O que você me dará em troca? – perguntei, entregando-lhe minha capa. – Essa capa não tem nem um mês de uso, veja bem, e nunca apanhou uma gota de chuva.

O latoeiro deslizou as mãos por minha linda peça de roupa.

– Ela tem toda sorte de bolsinhos! – exclamou, admirado. – Isso é uma beleza!

Passei os dedos no tecido gasto da capa oferecida por ele.

– Se você incluir agulha e linha, eu troco minha capa pelo lote inteiro – disse, numa súbita inspiração. – E ainda lhe dou um vintém de ferro, um de cobre e um de prata.

Sorri. Era uma ninharia. Mas isso é o que pedem os latoeiros dos contos de fadas ao venderem uma fabulosa mágica ao filho desavisado de uma viúva quando ele parte para fazer fortuna no mundo.

O latoeiro jogou a cabeça para trás e riu.

– Eu ia sugerir exatamente isso – disse. Jogou minha capa no braço e me deu um firme aperto de mão.

Vasculhei minha bolsa e lhe entreguei um ocre de ferro, dois meios-vinténs vintasianos e, para minha agradável surpresa, um vintém sólido aturense. Este último foi uma sorte para mim, porque valia apenas uma fração de um disco de prata vintasiano. Esvaziei os 12 bolsos de minha capa cor de vinho na sacola de viagem e recolhi com o latoeiro minhas novas posses.

Em seguida, escrevi uma carta rápida para Denna, explicando que o maer me mandara viajar inesperadamente. Pedi desculpas pelas coisas ríspidas que dissera e prometi me encontrar com ela assim que voltasse para Severen. Gostaria de ter tido mais tempo para redigir o texto. Gostaria de ter oferecido a Denna um pedido de desculpas mais sutil, uma explicação mais detalhada, porém o latoeiro havia acabado de guardar minha linda capa e estava visivelmente ansioso por retomar seu caminho.

Sem ter cera com que lacrar a carta, usei um truque que tinha inventado ao escrever bilhetes em nome do maer. Dobrei o papel sobre ele mesmo e o prendi de um jeito que seria preciso rasgá-lo para desdobrá-lo.

Entreguei-o ao latoeiro.

– A carta é para uma linda mulher de cabelos negros, chamada Denna. Ela está hospedada na Quatro Círios, na Baixa Severen.

– Isso me faz lembrar: velas! – exclamou o latoeiro, guardando minha carta num bolso. Meteu a mão num alforje e tirou um punhado de velas gordurosas de sebo. – Todos precisam de velas.

O engraçado era que eu *precisava* mesmo, embora não pelas razões que ele supunha.

– Também tenho cera de polir para suas botas – continuou, remexendo nas trouxas. – Temos umas chuvaradas terríveis nesta época do ano.

Levantei as mãos, rindo.

– Eu lhe dou uma lasca por quatro velas, mas não posso comprar mais nada. Se continuar assim, terei que ficar com seu burro só para carregar as compras.

– Como quiser – disse ele, com um dar de ombros descontraído. – Foi um prazer fazer negócios com você, meu jovem senhor.

CAPÍTULO 76

Acendalha

O SOL COMEÇAVA A SE PÔR quando encontramos um bom lugar para acampar na segunda noite. Dedan saiu para buscar lenha. Marten começou a picar cenouras e batatas e disse a Hespe para ir encher a panela de água. Usei a espada pequena dele para cavar um buraco para nossa fogueira.

Sem ser solicitado, Tempi apanhou um galho e usou sua espada para cortar aparas finas de madeira seca, a serem usadas como acendalha. Desembainhada, a espada continuava não parecendo muito impressionante. Mas, considerando-se a facilidade com que ia descascando tiras de madeira finas como papel, devia ser afiada como uma lâmina de barbear.

Terminei de forrar o buraco com pedras. Sem dizer palavra, Tempi me entregou um punhado de aparas.

Agradeci com um aceno de cabeça.

– Você quer usar a minha faca? – perguntei, na esperança de atraí-lo para uma pequena conversa. Eu mal havia trocado uma dúzia de palavras com ele nos dois dias anteriores.

Os olhos cinza-claros de Tempi fitaram a faca na minha cinta e voltaram para sua espada. Ele balançou a cabeça, remexendo-se nervosamente.

– Isso não é ruim para o gume? – perguntei.

O mercenário deu de ombros, evitando meu olhar.

Comecei a preparar o fogo e foi nessa hora que cometi meu primeiro erro.

Havia uma friagem no ar e estávamos todos cansados. Assim, em vez de gastar meia hora cuidando lentamente das centelhas até obter uma fogueira decente, dispus uns gravetos em volta das aparas de Tempi e fui empilhando ao redor galhos progressivamente maiores, o que formou uma aglomeração compacta de madeira.

Dedan voltou com outra braçada de lenha no exato momento em que eu terminava.

– Que beleza – resmungou, baixo o bastante para poder fingir que estava apenas falando sozinho, mas alto o suficiente para que todos ouvissem. – E é você que está no comando. Que maravilha.

– Qual é o problema dos seus dentes, agora? – perguntou Marten, cansado.

– O garoto está fazendo um fortezinho de madeira, não uma fogueira – respondeu Dedan, com um suspiro dramático, e em seguida assumiu um tom que devia considerar paternal, mas que soou profundamente condescendente. – Olhe, eu vou ajudá-lo. A centelha nunca vai pegar nisso aí. Você tem pederneira e aço? Eu lhe mostro como usá-los.

Ninguém gosta de ser tratado com condescendência, mas eu tenho uma aversão particular a isso. Fazia dois dias que Dedan vinha deixando claro que me achava um idiota.

Dei um suspiro fatigado. Meu suspiro mais velho e mais cansado da vida. Era assim que eu precisava agir. Ele me julgava jovem e imprestável. Eu precisava deixar claro que não era nada disso.

– Dedan, o que você sabe a meu respeito? – perguntei.

Ele me lançou um olhar vazio.

– Você sabe uma coisa sobre mim – expliquei, com calma. – Que o maer me pôs no comando. O maer é um idiota? – perguntei, olhando-o nos olhos.

Ele fez um gesto de descaso.

– É claro que não, eu só estava dizendo...

Fiquei de pé e logo me arrependi, porque isso só fez resaltar quanto ele era mais alto.

– Será que o maer me poria no comando se eu fosse um idiota?

Ele me deu um sorriso insincero, tentando fazer dois dias de resmungos depreciativos passarem por uma espécie de mal-entendido.

– Ora, não vá ficando todo nervosinho por causa...

Levantei a mão.

– A culpa não é sua. Você apenas não sabe nada sobre mim. Mas não vamos perder tempo com isso hoje. Estamos todos cansados. Por enquanto, fique certo de que não sou o filho de algum ricaço imbecil que está aqui para se divertir.

Apertei uma das aparas finas do Tempi entre os dedos e me concentrei. Puxei mais calor do que o necessário e senti o braço ficar gelado até o ombro.

– E tenha certeza de que sei acender uma fogueira.

As aparas de madeira se inflamaram, numa explosão quente e súbita, pegando no resto da acendalha e fazendo as labaredas saltarem quase no mesmo instante.

Eu tinha pretendido fazer daquilo um gesto dramático, para que Dedan parasse de pensar em mim como um garoto inútil. Mas o tempo que eu tinha passado na Universidade me deixara tarimbado. Para um membro do Arcanum, acender um fogo como aquele era tão simples quanto calçar as botas.

Dedan, por outro lado, nunca havia conhecido um arcanista, e era provável que nunca tivesse sequer estado a menos de mil quilômetros da Universidade. Tudo o que sabia de magia vinha de histórias contadas junto à fogueira.

Assim, quando o fogo se acendeu, ele ficou branco como cera e deu vários passos repentinos para trás. Tinha toda a aparência de quem tivesse me visto invocar subitamente uma estrondosa cortina de fogo, como o Grande Taborlin.

Então vi a mesma expressão nos rostos de Marten e Hespe, com a superstição inata dos vintasianos claramente escrita na testa. Seus olhos correram para o fogo crepitante e voltaram para mim. Eu era um *daqueles*. Mexia com forças obscuras. Invocava demônios. Comia o queijinho inteiro, inclusive a casca.

Ao fitar seus rostos perplexos, percebi que nada que eu dissesse os deixaria à vontade. Não nesse momento. Assim, em vez disso, dei um suspiro e comecei a preparar meu rolo de dormir.

Apesar de não ter havido muitas conversas animadas em torno da fogueira nessa noite, também não houve resmungos do Dedan. Eu gostaria de respeito, mas, na falta dele, um pouquinho de medo saudável pode ajudar muito a fazer as coisas correrem bem.

Dois dias sem outros gestos dramáticos de minha parte ajudaram todos a relaxar. Dedan continuou todo cheio de intimidação e bravatas, mas parou de me chamar de "garoto" e passou a reclamar apenas cerca da metade do tempo, o que considerei uma vitória.

Animado por esse sucesso morno, resolvi tentar puxar conversa com Tempi. Se eu ia ficar responsável por aquele grupo, precisava conhecê-lo melhor. E, o que era mais importante, precisava saber se ele era capaz de dizer mais de cinco palavras seguidas.

Assim, abordei o mercenário ademriano quando paramos para nossa refeição do meio-dia. Ele se sentara ligeiramente afastado do resto de nós. Não que não fosse sociável. Era só que nós outros nos sentávamos e conversávamos enquanto comíamos. Tempi, por sua vez, apenas comia.

Mas, nesse dia, fiz questão de me sentar a seu lado com meu almoço: um naco de linguiça dura e umas batatas frias.

– Olá, Tempi.

Ele ergueu os olhos e balançou a cabeça.

– Olá.

Por um segundo, tive um vislumbre de seus olhos cinza-claros, que em seguida ele desviou, remexendo-se, inquieto. Passou a mão pelo cabelo e, por um segundo, lembrou-me o Simmon. Os dois tinham a mesma compleição esguia e o mesmo cabelo cor de areia. Mas Simmon não era calado assim. Com ele, às vezes eu mal conseguia uma chance de abrir a boca.

Eu tinha tentado conversar com Tempi antes, é claro. Trivialidades: o tempo, a dor nos pés depois de um longo dia de caminhada, a comida. Nada disso funcionara. No máximo, uma ou duas palavras. Com mais frequência, um aceno da cabeça ou um dar de ombros. Porém o mais comum era um olhar inexpressivo, seguido por gestos nervosos e uma recusa obstinada até mesmo a me olhar nos olhos.

Por isso, nesse dia eu tinha um estratagema para puxar conversa.

– Ouvi umas histórias sobre a Lethani – comecei. – Gostaria de saber mais. Você me falaria dela?

Os olhos pálidos de Tempi encontraram-se brevemente com os meus, com uma expressão ainda impassível. Em seguida, ele tornou a desviar o rosto. Puxou uma das tiras de couro vermelho que prendiam a camisa junto ao corpo e mexeu numa das mangas.

– Não. Não vou falar da Lethani. Não é para você. Não pergunte.

Tornou a desviar os olhos de mim, voltando-os para o chão.

Contei mentalmente: 12 palavras. Ao menos isso respondia a uma das minhas perguntas.

CAPÍTULO 77

A Brava Penny

Caía a noite quando contornamos uma curva da estrada. Ouvi palmas e bater de pés, mesclados com música, vozerio e gargalhadas altas. Após 10 horas de caminhada, o som elevou meu estado de espírito para um nível quase animado.

Situada no último grande cruzamento ao sul do Eld, a Hospedaria Brava Penny era enorme. Construída em madeira sem acabamento, tinha dois andares completos e, acima deles, uns gabletes dispersos que sugeriam um terceiro andar menor. Pelas janelas vislumbrei homens e mulheres dançando, enquanto um violinista fora do meu campo de visão serrava nas cordas uma melodia enfurecida e ofegante.

Dedan respirou fundo.

– Estão sentindo esse cheiro? Vou dizer uma coisa: tem uma mulher nesse lugar que é capaz de cozinhar pedras e me fazer pedir mais. A doce Peg. Juro por estas mãos que espero que ela ainda esteja por aqui – disse, descrevendo uma curva com um gesto que deixou claro o duplo sentido de suas palavras, enquanto cutucava Marten com o cotovelo.

Os olhos de Hespe se estreitaram, fixados na parte posterior da cabeça de Dedan.

Alheio a esse olhar, ele prosseguiu:

– Hoje eu vou dormir com a barriga cheia de carneiro e conhaque. Se bem que, a julgar pela última vez que estive aqui, um pouco menos de sono poderia ser mais divertido.

Vi a tempestade se armando no rosto de Hespe e me apressei a falar:

– O que houver na panela e um beliche para cada um de nós – declarei, em tom firme. – Qualquer outra coisa sai do seu próprio bolso.

Dedan pareceu não acreditar no que ouvia.

– Ora, não me venha com essa! Faz dias que estamos dormindo mal. Além disso, o dinheiro não é seu, não seja um gusa pão-duro com ele.

– Ainda não fizemos nosso trabalho – respondi, calmamente. – Nem sequer parte dele. Não sei quanto tempo vamos ficar por aqui, mas sei que não sou rico. Se acabarmos muito depressa com a bolsa do maer, teremos de caçar para comer. – Dei uma olhadela para todos em volta. – A não ser que alguém mais tenha dinheiro suficiente para nos manter alimentados e queira dividir.

Marten deu um sorriso tristonho diante da sugestão. Hespe só tinha olhos para Dedan, que continuou com a cara amarrada para mim.

Tempi agitou-se, com a expressão indecifrável de sempre. Evitando meu olhar, correu os olhos de um em um, com ar impassível. Seus olhos não passaram de um rosto para outro, mas pelas mãos de Dedan, depois seus pés. Em seguida, pelos pés de Marten, os de Hespe e os meus. Deslocou o peso do corpo e chegou meio passo mais perto de Dedan.

Na esperança de aliviar a tensão, abrandei a voz e disse:

– Depois que estiver tudo terminado, dividiremos o que sobrar da bolsa. Assim, cada um terá um dinheirinho extra antes mesmo de voltar a Severen. E aí cada um poderá gastar sua parte como quiser. Depois.

Percebi que Dedan não ficou satisfeito e esperei para ver se insistiria.

Mas foi Marten quem se manifestou:

– Depois de um dia de longa caminhada – disse, num tom pensativo, como se falasse sozinho –, até que uma bebida cairia *mesmo* muito bem.

Dedan olhou para o amigo e em seguida para mim, na expectativa.

– Acho que a bolsa pode bancar uma rodada de bebidas – admiti, com um sorriso. – Não acho que o maer esteja tentando nos transformar em sacerdotes, não é?

Isso arrancou uma risada gutural de Hespe, enquanto Marten e Dedan sorriram. Tempi me fitou com seus olhos claros, remexeu-se e desviou o rosto.

∾

Alguns minutos de regateio tranquilo arranjaram beliches comuns para nós cinco, um jantar simples e uma rodada de bebidas, tudo por uma única lasca de prata. Feito isso, achei uma mesa num canto mais sossegado do salão e pus meu alaúde embaixo do banco, fora de perigo. Então me sentei, dolorido até os ossos e me perguntando o que poderia fazer para que Dedan parasse de agir feito um galinho de briga.

Era esse o rumo absorto dos meus pensamentos quando meu jantar foi depositado à minha frente na mesa, com um baque. Levantei a cabeça e vi um rosto e um colo bem-apresentado de mulher, emoldurados por uma cascata de cachos de um vermelho-vivo. A pele era branca como leite, com uma levíssima sugestão de sardas. Os lábios eram de um rosa-pálido perigoso; os olhos, de um verde-vivo igualmente perigoso.

– Obrigado – falei, com certo atraso.

– De nada, amor – disse ela. Deu um sorriso travesso com os olhos e afastou o cabelo do ombro nu. – Você parecia estar quase dormindo na cadeira.

– E quase estava. Dia longo e estrada comprida.

– É uma pena mesmo – comentou ela, com um pesar zombeteiro, passando a mão na nuca. – Se achasse que você ainda estaria sobre os dois pés daqui a uma hora, eu o tiraria de cima deles.

Estendeu a mão e enroscou de leve os dedos no meu cabelo, comentando:

– Nós dois bastaríamos para começar um incêndio.

Enregelei como um cervo assustado. Não sei dizer por quê, exceto, talvez, por estar cansado de vários dias na estrada. Talvez fosse por eu nunca ter sido abordado de maneira tão direta até então. Talvez...

Talvez eu fosse jovem e de uma inexperiência deplorável. Deixemos as coisas nesse pé.

Fiz um esforço desesperado para achar algo que dizer, mas, quando encontrei a língua, a jovem tinha recuado meio passo e me deu um olhar astuto. Senti o rosto arder, envergonhando-me ainda mais. Sem refletir, baixei os olhos para a mesa e o jantar que ela trouxera. *Sopa de batata*, pensei, atordoado.

Ela deu um risinho baixo e tocou meu ombro com gentileza.

– Desculpe, garoto. Você parecia ser um pouco mais... – interrompeu-se, como se pensasse melhor em suas palavras. Depois prosseguiu: – Gostei do seu jeito juvenil, mas não pensei que você fosse *tão* jovem.

Embora ela falasse com delicadeza, percebi o sorriso em sua voz. Isso fez meu rosto arder ainda mais, rubro até as orelhas. Por fim, parecendo notar que qualquer coisa que dissesse só me deixaria ainda mais constrangido, ela tirou a mão do meu ombro.

– Volto depois para ver se você precisa de mais alguma coisa.

Balancei a cabeça feito um idiota e a observei afastar-se. Sua retirada foi agradável, mas o som disperso de risadas me perturbou. Olhei em volta e vi a expressão divertida nos rostos dos homens sentados às mesas compridas ao meu redor. Um grupo levantou os canecos, numa saudação muda e zombeteira. Outro sujeito inclinou-se para me dar um tapinha consolador nas costas, dizendo:

– Não tome isso como uma ofensa pessoal, garoto. Ela já rejeitou todos nós.

Com a sensação de que todas as pessoas no salão me observavam, mantive os olhos baixos e comecei a jantar. Cortei pedaços de pão e os mergulhei na sopa, compondo um catálogo mental da extensão da minha idiotice. Com olhadelas furtivas, observei a moça ruiva considerar e repelir as manobras de vários homens, enquanto servia bebidas de mesa em mesa.

Eu havia recuperado um pouco da compostura quando Marten sentou-se numa cadeira a meu lado.

– Bom trabalho lá fora, com o Dedan – disse-me, sem nenhum preâmbulo.

Meu ânimo melhorou um pouco.

– Foi?

Marten acenou de leve com a cabeça, enquanto seus olhos argutos vagavam pelos fregueses que enchiam o salão.

– A maior parte do pessoal tenta intimidá-lo, fazer com que ele se sinta burro. Ele retribuiria lhe criando 10 vezes mais encrenca se você tivesse agido assim.

– Ele *estava* sendo burro – assinalei. – E, se você pensar bem, eu o intimidei, *sim*.

Foi a vez de Marten dar de ombros.

– Mas você soube agir com esperteza, por isso ele ainda vai lhe dar ouvidos.

Bebeu um gole e fez uma pausa, mudando de assunto:

– A Hespe se ofereceu para dividir um quarto com ele hoje – disse, com ar displicente.

– É mesmo? – perguntei, bastante surpreso. – Ela está ficando mais ousada.

Marten balançou a cabeça devagar.

– E aí? – perguntei.

– Aí, nada. Dedan disse que de jeito nenhum ia gastar dinheiro num quarto que deveria ter de graça.

Olhou-me de viés e levantou uma sobrancelha.

– Você não está falando sério – comentei, categórico. – É impossível ele não saber. Só está bancando o simplório porque não gosta dela.

– Acho que não é isso – disse Marten, virando-se para mim e baixando um pouco a voz. – Três onzenas atrás, terminamos um trabalho com uma caravana que vinha de Ralien. Foi uma viagem demorada. Dedan e eu estávamos com o bolso cheio e nada de especial para fazer com a grana, por isso, no fim da noite, ficamos sentados numa taberninha ordinária na beira do cais, bêbados demais para levantar e ir embora. E ele começou a falar dela.

Marten balançou a cabeça devagar e prosseguiu:

– Falou sem parar, durante uma hora e você não reconheceria a mulher que ele descreveu como a nossa fria Hespe. – Deu um suspiro e acrescentou: – Dedan acha que ela é boa demais para ele. *E* está convencido de que, se olhasse para ela de esguelha, ia acabar com o braço quebrado em três lugares.

– Por que você não contou?

– Contar o quê? Isso foi antes de ela começar a olhar toda dengosa para ele. Na época, achei que as preocupações dele eram bem sensatas. O que você acha que a Hespe faria se você lhe desse um tapinha amistoso em qualquer parte mais amistosa dela?

Olhei para onde estava Hespe, em pé junto ao bar. Um de seus pés batia mais ou menos no ritmo do violino. Afora isso, a postura dos ombros, o olhar, a linha do queixo, tudo era sisudo, quase beligerante. Havia um espaço pequeno, mas perceptível, entre ela e os homens que a ladeavam.

– É provável que eu também não arriscasse o meu braço – admiti. – Mas ele *tem* que saber, a esta altura. Ele não é cego.

– Não é pior que o resto de nós.

Comecei a protestar, mas vi de relance a garota ruiva que servia as mesas.

– Nós poderíamos dizer a ele. *Você* poderia. Ele confia em você.

Marten chupou os dentes.

– Não – disse, pousando o copo com firmeza. – Só confundiria mais as coisas. Ou ele vai enxergar, ou não vai. A seu tempo, do seu jeito. – Deu de ombros. – Ou não, e o sol continuará a nascer de manhã.

Nenhum de nós falou por um longo tempo. Marten observou o salão movimentado, assumindo um olhar distante. Deixei o barulho do lugar atenuar-se num ronronar baixo e reconfortante e me encostei na parede, cochilando.

E, como tendem a fazer quando não atento para eles, meus pensamentos vagaram para Denna. Pensei em seu perfume, na curva do seu pescoço perto da orelha, no modo como suas mãos se movem quando ela fala. Perguntei-me onde ela estaria nessa noite e se estaria bem. Perguntei-me só um pouquinho se, em algum momento, os pensamentos dela vagavam para cálidos devaneios sobre mim...

∾

– ...caçar bandidos não deve ser difícil. Além do mais, seria bom levar vantagem sobre eles, para variar, aqueles malditos bastardos ravias fora da lei.

As palavras me tiraram do meu cochilo acolhedor como um peixe arrancado de um lago. O violinista havia parado de tocar para beber alguma coisa e, na relativa calma do salão, a voz de Dedan foi alta como o zurrar de um burro. Abri os olhos e vi que Marten espiava ao redor, também levemente alarmado, sem dúvida despertado pelas mesmas palavras que me haviam chamado a atenção.

Só levei um segundo para avistar Dedan. Estava sentado a duas mesas da minha, numa conversa embriagada com um lavrador grisalho.

Trinquei os dentes enquanto Marten se esgueirava depressa por entre as mesas, dava um tapinha no ombro dele e apontava com o polegar para a mesa em que eu estava. Dedan resmungou alguma coisa que fiquei contente por não ouvir e, a contragosto, pôs-se de pé.

Obriguei meus olhos a percorrem o salão, em vez de seguirem Dedan. Tempi foi fácil de localizar, com seus trajes vermelhos de mercenário. Estava de frente para a lareira, vendo o violinista afinar seu instrumento. À sua frente, na mesa, havia vários copos vazios e ele tinha afrouxado as tiras de couro da camisa. Fitava o violinista com estranha intensidade.

Enquanto eu o observava, uma criada de mesa levou-lhe outra bebida. Ele a examinou, os olhos claros movendo-se explicitamente pelo corpo dela, de cima a baixo. A moça disse alguma coisa e ele beijou o dorso da sua mão, com a gentileza de um fidalgo da corte. A jovem corou e lhe deu um empurrão brincalhão no ombro. Uma das mãos de Tempi deslizou suavemente para a curva da cintura dela e lá ficou. A moça não pareceu se importar.

Dedan aproximou-se da minha mesa, bloqueando minha visão do Tempi, justo na hora em que o violinista ergueu o arco e começou a "serrar" uma giga nas cordas. Uma dúzia de pessoas se levantou, louca para dançar.

– O que é? – perguntou Dedan, ao parar diante da minha mesa. – Você me chamou aqui pra dizer que está ficando tarde? Que vou ter um dia pesado amanhã e devia ir-me deitar bonitinho na cama? – Inclinou-se sobre a mesa, deixando os olhos mais nivelados com os meus. Captei um cheiro azedo em seu hálito: zurrapa. Uma bebida barata e repulsiva com que se podia atear incêndios.

– Diabo, não sou sua mamãezinha – respondi, rindo com ar displicente. Na verdade, aquilo era exatamente o que eu estivera prestes a dizer e me atrapalhei mentalmente em busca de outra coisa com que distraí-lo. Meus olhos pousaram na ruiva que me servira o jantar mais cedo e me inclinei para a frente na cadeira.

– Estava pensando se você podia me dizer uma coisa – falei, no meu melhor tom conspiratório.

A carranca de Dedan deu lugar à curiosidade e baixei a voz um pouco mais.

– Você já esteve aqui antes, não é?

Ele fez que sim e chegou um pouco mais perto.

– Sabe qual é o nome daquela garota? – indaguei, apontando a cabeça na direção da ruiva.

Dedan deu uma espiada exageradamente cuidadosa para trás, que com certeza teria chamado a atenção da moça se ela não estivesse olhando para outro lugar.

– A loura que o ademriano está alisando? – perguntou-me.

– A ruiva.

Ele franziu a testa larga ao espremer os olhos para pôr em foco o outro lado do salão.

– Losine? – perguntou baixinho e se virou para mim, ainda com os olhos espremidos. – A pequena Losi?

Encolhi os ombros e comecei a me arrepender da minha escolha de tática diversionária.

Uma gargalhada explosiva soltou-se do grandalhão, que meio sentou, meio escorregou para o banco em frente a mim.

– A Losi – repetiu, com um risinho um pouco mais alto do que me agradava. – Kvothe, entendi tudo errado a seu respeito – comentou, dando um tapa na mesa com a mão espalmada e tornando a rir, o que quase o fez despencar para trás no banco. – Ah, você tem bom olho, garoto, mas não tem a menor chance.

Meu orgulho ferido se espinhou ao ouvir isso.

– Por que não? Ela não é, bem...? – deixei a voz morrer, fazendo um gesto desarticulado.

De algum modo, Dedan conseguiu entender o que eu queria dizer.

– Prostituta? – indagou, incrédulo. – Caramba, garoto, não! Há umas duas por aí – disse, com um gesto amplo por cima da cabeça e baixou a voz para um tom mais particular. – Não são propriamente prostitutas, entenda bem. Só garotas que não se importam de fazer um extrazinho à noite. – Fez uma pausa, pestanejando. – Dinheiro. Dinheiro extra. *E* umas outras coisas extras – acrescentou, rindo.

– Eu só pensei... – comecei, em tom débil.

– Ei, qualquer homem que tenha olhos e bolas já pensou nisso – disse ele, chegando um pouco mais perto. – Ela é uma coisinha tentadora. Pode ser que dance um pouquinho com um homem que desperte o seu interesse, mas não se deixa levar pra cama, nem na conversa nem por dinheiro. Se deixasse, seria rica como o rei de Vint.

Olhou na direção da moça e acrescentou:

– Quanto valeria dar umas voltinhas com aquilo? Eu daria...

Estreitou os olhos na direção dela, mexendo os lábios como se fizesse uma complexa aritmética silenciosa. Após um momento, encolheu os ombros.

— Mais do que eu tenho — disse. Virou-se de novo para mim e tornou a dar de ombros. — Mas não adianta ficar querendo. Poupe-se esse problema. Se quiser, conheço uma dama aqui pra quem não é nenhuma vergonha olhar. Pode ser que ela queira iluminar a sua noite — acrescentou e começou a correr os olhos pelo salão.

— Não! — retruquei, pondo a mão no seu braço para detê-lo. — Eu só estava curioso, só isso. — Pareci insincero e o percebi. — Obrigado pelas informações.

— De nada — respondeu Dedan, começando a se levantar com cuidado.

— Ah, você pode me fazer um favor? — perguntei, como se a ideia acabasse de me ocorrer. Ele assentiu com a cabeça e fiz um gesto para que chegasse mais perto. — Estou com medo de que a Hespe acabe falando do que estamos fazendo para o maer. Se os bandidos souberem que estamos atrás deles, a situação vai ficar 10 vezes pior.

Uma expressão de culpa cruzou o rosto de Dedan e acrescentei:

— Tenho certeza de que ela não o mencionaria, mas você sabe como as mulheres gostam de falar.

— Entendo — apressou-se a dizer, enquanto acabava de ficar de pé. — Eu falo com ela. É melhor ter cuidado.

O violinista com cara de gavião terminou sua giga e todos aplaudiram, bateram com os pés e deram com os canecos vazios nas mesas. Suspirei e esfreguei o rosto entre as mãos. Ao levantar a cabeça, vi Marten na mesa ao lado da minha. Ele tocou a testa com os dedos e balançou a cabeça numa pequena saudação. Retribuí com uma leve mesura, sentado. É sempre bom ter uma plateia apreciativa.

CAPÍTULO 78

Outra estrada, outra floresta

Experimentei certo prazer perverso ao ver Dedan de ressaca na estrada, na manhã seguinte, antes que o sol tivesse nascido por completo. O grandalhão se movia com cuidado, mas, justiça seja feita, não disse uma única palavra de queixa, a não ser que se possa contar como palavra um ou outro gemido baixo.

Agora que estava observando com mais atenção, discerni nele as marcas do enamoramento. Seu jeito de dizer o nome de Hespe. As piadas grosseiras que fazia ao conversar com ela. A todo momento encontrava uma desculpa para olhar na sua direção. Sempre havia algum pretexto: uma espreguiçadela, uma olhada de relance para a estrada, um gesto para as árvores ao redor.

Apesar disso, Dedan continuava alheio à corte esporádica que Hespe lhe retribuía. Às vezes era divertido observá-los, como uma tragédia modegana bem orquestrada. Noutras, eu tinha vontade de estrangular os dois.

Tempi viajava silencioso entre nós, como um fantoche mudo e bem-comportado. Observava tudo: as árvores, a estrada, as nuvens. Não fosse a expressão inquestionavelmente inteligente de seus olhos, eu o tomaria por um simplório. As poucas perguntas que eu lhe dirigia ainda eram respondidas com um remexer-se sem jeito, acenos de concordância, um dar de ombros ou um menear de cabeça.

O tempo todo minha curiosidade me espicaçava. Eu sabia que a arte Lethani era só uma bobajada de livros de histórias, mas parte de mim não conseguia deixar de se intrigar. Ele estaria mesmo economizando as palavras? Será que era realmente capaz de usar seu silêncio como uma armadura? Seria mais veloz que uma cobra? A verdade era que, depois de ter tido uns vislumbres do que Elxa Dal e Feila podiam fazer, ao invocar os nomes do fogo e da pedra, a ideia de alguém armazenar palavras para queimá-las como combustível não parecia nem de longe uma tolice tão grande quanto no passado.

∽

Nós cinco fomos nos conhecendo aos poucos, familiarizando-nos com as peculiaridades uns dos outros. Dedan preparava cuidadosamente o chão onde estendia o rolo de dormir, não só retirando gravetos e pedras, mas achatando com os pés cada tufo de capim ou grumo de terra encaroçado.

Hespe assobiava desafinado, quando achava que ninguém estava escutando e palitava metodicamente os dentes após cada refeição. Marten se recusava a comer carne com o mais leve toque rosado ou a beber água que não tivesse sido fervida ou misturada com vinho. Dizia-nos pelo menos duas vezes por dia que éramos uns tolos por não fazer o mesmo.

Mas, em termos de comportamento esquisito, Tempi era o campeão do grupo. Não me olhava nos olhos. Não sorria. Não franzia o cenho. Não falava.

Desde que saíramos da Brava Penny, ele só tinha feito um comentário espontâneo: "A chuva faria desta estrada outra estrada, desta floresta outra floresta." Dissera cada palavra com clareza, como se tivesse passado o dia inteiro refletindo sobre essa declaração. O que era bem provável.

Ele se lavava obsessivamente. Nós outros aproveitávamos a casa de banho sempre que parávamos numa hospedaria, mas Tempi tomava banho todos os dias. Se havia um rio próximo, tomava banho à noite e de novo ao acordar. Se não havia, lavava-se com um pano e um pouco de sua água de beber.

E duas vezes por dia, sem falha, praticava um complexo ritual de alongamento, com as mãos desenhando formas e padrões cuidadosos no ar, o que me lembrava as lentas danças da corte praticadas em Modeg.

Era óbvio que aquilo o mantinha flexível, mas era estranho de observar. Hespe fazia piadas, dizendo que, se os bandidos nos tirassem para dançar, nosso mercenário cheiroso seria de uma ajuda extraordinária. Mas ela o dizia baixinho, quando estava fora do alcance dos ouvidos de Tempi.

Em matéria de esquisitices, creio que eu não estava em condições de atirar pedras. Tocava meu alaúde quase todas as noites, quando não estava cansado demais da caminhada. Diria que isso não melhorava o juízo que os outros faziam de mim como líder tático ou arcanista.

Ao nos aproximarmos do nosso destino, fui ficando cada vez mais ansioso. Marten era o único que realmente se adequava à missão. Dedan e Hespe seriam bons numa briga, mas era complicado trabalhar com os dois. Dedan era argumentador e teimoso. Hespe era preguiçosa. Raras vezes ajudava a preparar as refeições ou a arrumar as coisas depois delas, a menos que fosse solicitada, e, mesmo assim, sua ajuda era dada com tanta má vontade que mal chegava a servir para alguma coisa.

E havia o Tempi, um matador profissional que se recusava a me olhar nos olhos ou a manter uma conversa. Um mercenário que eu acreditava firmemente que poderia aspirar a uma carreira decente no teatro modegano...

∽

Cinco dias depois de sairmos de Severen, chegamos à região em que os ataques haviam ocorrido. Era um estirão de 30 quilômetros de estrada sinuosa que atravessava o Eld: nada de cidades ou hospedarias, nem mesmo uma fazenda abandonada. Era um trecho completamente isolado da estrada real, no meio de uma selva antiga e interminável. Um habitat natural de ursos, ermitãos loucos e caçadores clandestinos. O paraíso dos salteadores de estrada.

Marten saiu para fazer o reconhecimento do terreno enquanto o resto de nós preparava o acampamento. Uma hora depois, ele emergiu da mata, ofegante, mas de bom humor. Garantiu-nos não ter visto sinal de mais ninguém por perto.

– Nem acredito que estou defendendo coletores de impostos – resmungou Dedan, enojado. Hespe deu uma risada gutural.

– Você está defendendo a civilização – corrigi-o. – E mantendo seguras as estradas. Além disso, o maer Alveron faz coisas importantes com esses impostos. – Dei um sorriso. – Como nos pagar.

– *Eu* estou lutando é por isso – disse Marten.

Depois de comermos, esbocei a única estratégia que tinha conseguido imaginar em cinco longos dias de reflexão. Tracei uma linha curva no chão com um graveto.

– Muito bem. Aqui está a estrada, com uns 30 quilômetros.

– *Quions* – soou uma voz, baixinho. A de Tempi.

– Perdão, o que disse? – perguntei. Era a primeira coisa que eu o ouvia falar em um dia e meio.

– *Quilomes?* – perguntou ele, com um sotaque tão carregado na palavra desconhecida que levei um segundo para entender que estava pronunciando "quilômetros".

– Quilômetros – repeti com clareza. Apontei para a estrada e levantei um dedo. – Daqui até a estrada é mais ou menos 1 quilômetro e meio. Hoje andamos 24 quilômetros.

Ele assentiu uma vez com a cabeça.

Virei-me de novo para meu desenho.

– Podemos supor que os bandidos estejam a uns 15 quilômetros da estrada – prossegui, desenhando um quadrado em torno do meu esboço tosco. – Isso nos dá mil quilômetros quadrados de floresta para vasculhar.

Houve um momento de silêncio, enquanto todos absorviam a informação. Por fim, Tempi disse:

– É grande.

Meneei a cabeça com ar sério.

– Levaria meses para vasculharmos todo esse território, mas não devemos ter que fazê-lo. – Acrescentei umas duas linhas a meu desenho: – Todos os dias, Marten fará o reconhecimento na nossa frente. – Levantei os olhos para ele e perguntei: – Quanto terreno você consegue cobrir em segurança num dia?

Ele pensou durante um segundo, correndo os olhos pelas árvores que nos cercavam.

– Nessa floresta? Com toda essa vegetação rasteira? Cerca de 2 quilômetros quadrados.

– Quantos se você for cuidadoso?

– Sempre sou cuidadoso – disse ele com um sorriso.

Assenti com a cabeça e tracei uma linha paralela à estrada.

– Marten vai explorar uma faixa de mais ou menos 1 quilômetro de largura e de comprimento da estrada. Ficará de olho para achar o acampamento ou as sentinelas deles, para que o resto de nós não tropece nos bandidos sem querer.

Hespe balançou a cabeça.

– Isso não presta. Eles não vão estar tão perto da estrada. Se quiserem ficar escondidos, vão ficar mais longe. Pelo menos 4 ou 5 quilômetros.

Dedan assentiu com a cabeça.

– Eu me certificaria de ficar a pelo menos 6 quilômetros da estrada, antes de me preparar para criar o hábito de matar gente.

– Também acho – concordei. – Mas eles têm que ir até a estrada, mais cedo ou mais tarde. Têm que pôr sentinelas e ir e voltar da estrada para montar as emboscadas. Precisam se reabastecer. Como já estão aqui há vários meses, é provável que tenham deixado as marcas de algum tipo de trilha.

Acrescentei um pequeno detalhe com o graveto a meu mapa no chão.

– Depois da exploração do Marten, dois de nós sairemos para fazer uma busca cuidadosa atrás dele. Cobriremos uma faixa estreita de floresta, procurando qualquer sinal da trilha. Os outros dois vigiarão o acampamento.

– Podemos cobrir cerca de 3 quilômetros por dia – continuei. – Começaremos no lado norte da estrada, vasculhando do oeste para o leste. Se não acharmos a trilha, atravessaremos para o lado sul e faremos o caminho de volta, de leste para oeste.

Terminei o desenho no chão e recuei.

– Acharemos a trilha deles em uma onzena, talvez duas, dependendo da nossa sorte – concluí e finquei o graveto no chão.

Dedan fitou o mapa tosco com ar lúgubre.

– Vamos precisar de mais mantimentos.

– Mudaremos o acampamento a cada cinco dias – falei. – Dois de nós voltarão a Crosson para buscar provisões. Os outros dois farão a mudança do acampamento. Marten descansará.

Marten se manifestou:

– De agora em diante, também teremos que tomar cuidado com nossas fogueiras. O cheiro da fumaça revelará nossa presença se estivermos atrás deles e o vento soprar em sua direção.

– Vamos precisar de um braseiro escavado no chão todo dia e é bom ficarmos de olho nas reneiras – disse, balançando a cabeça e olhando para Marten. – Você sabe como é uma reneira, não sabe?

Ele fez uma expressão surpresa. Hespe nos olhou, de um para o outro.

– O que é reneira? – perguntou.

– É uma árvore – respondeu Marten. – Boa para usar como lenha. Queima toda e produz muito calor. Quase não produz fumaça e mal cheira a fumaça também.

– Mesmo quando a madeira está verde – completei. – E o mesmo acontece com as folhas. É uma coisa útil. Não dá em todo lugar, mas vi algumas por aqui.

– Como é que um garoto da cidade como você sabe uma coisa dessas? – perguntou Dedan.

– Saber coisas é o meu trabalho – respondi, sério. – E o que é que o faz supor que eu cresci numa cidade?

Dedan deu de ombros e desviou os olhos.

– Daqui para a frente só vamos queimar essa madeira – instruí. – Se ela ficar escassa, nós a economizaremos para o fogo da panela. Se não tivermos nenhuma, comeremos frio. Portanto, fiquem de olho.

Todos balançaram a cabeça, Tempi um pouquinho depois dos demais.

– Por último, é melhor combinarmos as nossas histórias, para o caso de os bandidos toparem conosco quando estivermos procurando por eles. – Apontei para Marten: – O que você vai dizer, se alguém o pegar explorando o terreno?

Ele pareceu surpreso, mas não hesitou na resposta.

– Sou um caçador ilegal – disse e apontou para seu arco com a corda frouxa, encostado numa árvore. – Não estará muito longe da verdade.

– E de onde você é?

Dessa vez, houve um átimo de hesitação.

– De Crosson, apenas um dia a oeste daqui.

– E o seu nome é...?

– M-Meris – ele disse, sem graça.

Dedan riu. Abri um sorriso.

– Não minta sobre o seu nome. É difícil fazer isso de forma convincente. Se eles o surpreenderem e o deixarem ir embora, ótimo. Só não os leve para o nosso acampamento. Se quiserem levá-lo com eles, faça o melhor que puder. Finja que gostaria de se juntar a eles. Não tente fugir.

Marten pareceu inquieto.

– Simplesmente fico com eles?

Confirmei com a cabeça.

– Eles esperarão que você fuja na primeira noite se acharem que é burro. Se acharem que é inteligente, esperarão que fuja na segunda. Na terceira, terão um pouquinho de confiança em você. Espere dar meia-noite e comece uma confusão. Ponha fogo numas duas barracas ou coisa assim. Estaremos à espera da confusão e os atacaremos por fora.

Olhei para os outros três e disse:

– O plano é o mesmo para qualquer um de vocês. Esperem até a terceira noite.

– E como você vai encontrar o acampamento deles? – indagou Marten, com uma fina camada de suor na testa. Não o culpei. Estávamos fazendo um jogo perigoso. – Se eles me pegarem, não estarei aqui para ajudá-los a encontrar a trilha.

– Não estaremos procurando por *eles* – respondi. – Vou encontrar *você*. Posso encontrar qualquer um de vocês na floresta.

Olhei em volta da fogueira, esperando pelo menos um resmungo de Dedan, mas ninguém pareceu duvidar das minhas habilidades misteriosas. Perguntei-me do que achariam que eu era capaz.

A verdade é que, nos dias anteriores, eu havia recolhido sub-repticiamente um fio de cabelo de cada um deles. Com isso, poderia improvisar um pêndulo de rabdomante para qualquer membro do grupo, em menos de um minuto. Dadas as superstições vintasianas, duvidei que eles ficassem contentes em saber dos detalhes.

– Como devem ser as nossas histórias? – perguntou Hespe, dando uma batidinha no peito de Dedan com os nós dos dedos, que produziram um som oco em seu colete de couro duro.

– Acham que poderiam convencê-los de que vocês são guardas de caravana descontentes, que resolveram virar bandidos?

Dedan deu uma bufadela.

– Raios, bem que eu já pensei nisso uma ou duas vezes – disse. Diante do olhar de Hespe, tornou a bufar. – Não me diga que você não fez a mesma coisa. Onzena atrás de onzena andando na chuva, comendo favas e dormindo no chão. Tudo por um centavo a diária? – questionou e encolheu os ombros. – Pelos dentes de Deus, eu me admiro que metade de nós não tenha partido para o mato.

– Vocês se sairão muito bem – falei, sorrindo.

– E quanto a ele? – perguntou Hespe, apontando o polegar para Tempi. – Ninguém vai acreditar que ele se desgarrou. Os ademrianos ganham 10 vezes mais que nós por um dia de trabalho.

– Vinte vezes – resmungou Dedan.

Eu vinha pensando na mesma coisa.

– Tempi, o que você fará se for encontrado pelos bandidos?

Tempi remexeu-se um pouco, mas não disse nada. Deu-me uma olhadela rápida, rompeu o contato visual e voltou os olhos para baixo e para o lado. Eu não soube dizer se estava pensando ou apenas confuso.

– Se não fossem essas roupas vermelhas ademrianas, ele não pareceria nada de especial – comentou Marten. – Nem a espada dele parece grande coisa.

– Não parece 20 vezes melhor que a minha, isso é certo – falou Dedan em voz baixa, mas não tanto que todos não pudessem ouvir.

Eu também me preocupava com o traje de Tempi. Havia tentado puxar conversa com ele várias vezes, na esperança de discutirmos o problema, mas era como tentar conversar com um gato.

No entanto, o fato de ele não ter reconhecido a palavra "quilômetros" me fez perceber algo em que eu deveria ter pensado muito antes: aturano não era sua língua materna. Diante da minha luta recente na Universidade para ganhar fluência em siaru, eu era capaz de compreender o impulso de ficar calado, em vez de falar e fazer papel de bobo.

– Ele poderia tentar fingir que entra no jogo deles, como nós – disse Hespe, em tom de dúvida.

– É difícil mentir de maneira convincente quando não se tem fluência na língua – retruquei.

Os olhos pálidos de Tempi corriam entre nós, de um para outro, enquanto falávamos, mas ele não teceu nenhum comentário.

– O povo subestima quem não sabe falar direito – disse Hespe. – Talvez ele pudesse só... bancar o burro? Parecer confuso, como se estivesse perdido?

– Nem precisaria bancar o burro – continuou Dedan, entre dentes. – Poderia só *ser* burro.

Tempi o olhou, ainda sem expressão, porém com mais intensidade que antes. Inspirou fundo, devagar e com deliberação, antes de falar.

– Calado não é idiota – disse, em tom monocórdio. – Você? Fala sempre. *Iac iac iac iac iac.* – Fez um movimento com uma das mãos, como uma boca abrindo e fechando. – Sempre. Feito cachorro latindo para árvore, noite toda. Tenta parecer grande. Não. Só barulho. Só cachorro.

Eu não devia ter rido, mas aquilo me pegou completamente desprevenido, em parte por eu pensar em Tempi como alguém muito calado e passivo e em parte por ele estar absolutamente certo. Se Dedan fosse um cachorro, seria daqueles que latem para tudo sem parar. Latem só para se ouvir latir.

Mesmo assim, eu não devia ter rido. Mas ri. Hespe também riu e tentou disfarçar, o que foi pior.

O rosto de Dedan escureceu de raiva e ele ficou de pé.

– Você venha aqui me dizer isso.

Ainda sem expressão, Tempi levantou-se e contornou a fogueira, até parar perto do Dedan. Bem, se eu disser que Tempi parou *perto* dele, você terá a impressão errada. A maioria das pessoas fica a dois ou três palmos de distância ao falar com alguém. Mas Tempi andou até ficar a menos de um palmo de Dedan. Para chegar mais perto, teria que lhe dar um abraço ou subir no colo dele.

Eu poderia mentir e dizer que isso aconteceu depressa demais para que eu interviesse, mas não seria verdade. A verdade simples foi que não consegui pensar em nenhum modo fácil de acabar com aquela situação. Mas a verdade mais complicada era que, àquela altura, eu mesmo estava farto de Dedan.

E mais, isso era o máximo que eu tinha ouvido Tempi falar. Pela primeira vez desde que o conhecera, ele se portava como uma pessoa, não apenas como um boneco ambulante e mudo.

E eu estava curioso para vê-lo brigar. Ouvira falar muito da lendária destreza ademriana e tinha esperança de vê-lo arrancar um pouco daqueles resmungos mal--humorados da cabeça dura de Dedan.

Tempi caminhou até Dedan e parou perto o bastante para envolvê-lo nos braços. O outro homem era uma cabeça inteira mais alto, de ombros mais largos e peito mais musculoso. Tempi ergueu os olhos para ele, sem nenhum indício de nada que se pudesse esperar ver em seu rosto. Nada de bravata. Nada de sorriso zombeteiro. Nada.

– Só cachorro – disse ele em voz baixa, sem qualquer inflexão particular. – Cachorro grande barulho – acrescentou, levantando a mão e tornando a imitar uma boca: – *Iac iac iac.*

Dedan ergueu uma das mãos e empurrou com força o peito de Tempi. Eu tinha visto aquele tipo de coisa inúmeras vezes nas tabernas próximas da Universidade. Era o tipo de empurrão que faz o sujeito recuar cambaleando, sem equilíbrio e propenso a tropeçar e cair.

Só que Tempi não cambaleou. Apenas... deu um passo atrás. Depois, estendeu a mão num gesto descontraído e acertou Dedan num dos lados da cabeça, como um pai daria um tapa num filho desobediente no mercado. Nem foi com força suficiente para mover a cabeça do grandalhão, mas todos ouvimos um *paf* baixinho e o cabelo de Dedan levantou numa lufada, como um algodãozinho-do-campo que alguém soprasse.

Dedan permaneceu imóvel por um momento, como se não entendesse muito bem o que tinha acontecido. Depois, amarrou a cara e levantou as duas mãos, para dar um empurrão mais violento em Tempi, que também se afastou desse com um passo e deu outro tapa na cabeça de Dedan, do outro lado.

Dedan franziu o cenho, grunhiu e levantou as duas mãos, cerrando os punhos. Era um homem grande e a roupa de couro rangeu e se esticou nos ombros quando ele ergueu os braços. Esperou um momento, obviamente torcendo para que Tempi tomasse a iniciativa, depois avançou, recuou o braço e desferiu um murro, pesado e forte como um lenhador baixando um machado.

Tempi percebeu o que ia acontecer e se afastou pela terceira vez. Mas, a meio caminho do golpe desajeitado que desferia, tudo em Dedan se modificou. Ele se ergueu nas pontas dos pés e seu soco portentoso se evaporou. De repente, ele não mais pareceu um touro investindo e, em vez disso, disparou para a frente e desferiu três murros curtos, rápidos como um bater de asas.

Tempi desviou-se de um, aparou o segundo, mas o terceiro o acertou no alto do ombro, fazendo-o dar um meio giro e jogando-o para trás. Com dois passos rápidos, ele saiu do alcance de Dedan, recuperou o equilíbrio e se balançou de leve. Então, deu uma risada aguda, encantado.

O som abrandou a expressão do rosto de Dedan, que retribuiu com um sorriso, mas sem baixar as mãos nem os calcanhares. Apesar disso, Tempi se aproximou, esquivou-se de outro soco e acertou Dedan no rosto com a palma da mão. Não na face, como se estivessem encenando uma briga de namorados, mas de cima para baixo, pegando a frente do rosto, da testa ao queixo.

– Aaaai! – berrou Dedan. – Pelo negrume maldito! – Afastou-se, trôpego, segurando o nariz, e disse, olhando para Tempi por trás da mão: – Qual é o seu problema? Você briga feito mulher!

Por um instante, Tempi pareceu que ia objetar. E então, abriu o primeiro sorriso que eu já o vira dar, acenou de leve com a cabeça e encolheu os ombros.

– Sim. Eu brigo feito mulher.

Dedan hesitou, depois riu e deu um tapa bruto no ombro de Tempi. Meio que esperei vê-lo fugir daquele contato, mas em vez disso o ademriano retribuiu o gesto, a ponto de segurar o ombro dele e sacudi-lo com ar brincalhão.

Essa manifestação me pareceu estranha, vindo de alguém que se mostrara tão reservado nos dias anteriores, mas a cavalo dado não se olham os dentes. Qualquer coisa diferente do silêncio agitado do ademriano era uma bênção.

Melhor que isso, passei a ter uma ideia da habilidade dele na luta. Quisesse Dedan admitir ou não, era evidente que Tempi levara a melhor sobre ele. Calculei que a reputação do ademriano era mais do que simples conversa fiada.

Marten observou-o voltar para seu lugar.

– Essa roupa continua a ser um problema – disse, como se não houvesse acontecido grande coisa. Olhou para a camisa e a calça vermelho-sangue de Tempi. – Tanto faz sair agitando uma bandeira quanto usar aquilo ali entre as árvores.

– Vou conversar com ele sobre isso – tranquilizei os outros. Se Tempi ficava constrangido com seu aturano, calculei que nossa conversa correria melhor em particular.

– E vou pensar no que ele fará se topar com os bandidos. Vocês podem ir se ajeitando e começar a preparar o jantar.

Os três se dispersaram, cada qual tentando pegar o melhor lugar para estender seu rolo de dormir. Tempi observou a saída deles e se virou para mim. Deu uma olhadela para o chão e um passinho arrastado para longe.

– Tempi?

Ele inclinou a cabeça e me olhou.

– Precisamos conversar sobre a sua roupa.

Mal comecei a falar, a mesma coisa voltou a acontecer. A atenção dele desviou-se lentamente de mim, os olhos correndo para baixo e para o lado. Como se ele realmente não se desse o trabalho de ouvir. Como se fosse uma criança arredia.

Não preciso dizer como é irritante tentar manter um diálogo com uma pessoa que não nos olha nos olhos. Mesmo assim, eu não podia me dar ao luxo de me ofender ou de adiar essa conversa. Já havia adiado demais.

– Tempi – chamei-o, contendo a vontade de estalar os dedos para chamar sua atenção. – A sua roupa é vermelha – falei, procurando usar a linguagem mais simples possível. – É fácil de ver. Perigosa.

Ele passou um bom momento sem responder. Depois, seus olhos pálidos correram para os meus e ele meneou a cabeça – um simples aceno.

Comecei a ter a terrível suspeita de que talvez ele realmente não compreendesse o que estávamos fazendo ali no Eld.

– Tempi, você sabe o que estamos fazendo aqui na floresta?

Seus olhos correram para meu desenho tosco no chão e de volta para mim. Ele encolheu os ombros e fez um gesto vago com as duas mãos.

– O que é muitos, mas não todos?

A princípio, achei que ele estava fazendo uma estranha pergunta filosófica, mas então me dei conta de que estava perguntando por uma palavra. Levantei uma das mãos e com a outra segurei dois dedos.

– Alguns? – indaguei. Segurei três dedos: – A maioria?

Tempi observou atentamente minhas mãos, balançando a cabeça.

– A maioria – disse, com movimentos inquietos. – Sei a maioria. Fala é rápida.

– Estamos procurando homens – expliquei. Seus olhos se desviaram assim que comecei a falar e lutei contra a ânsia de dar um suspiro. – Estamos tentando encontrar homens.

Aceno.

– Sim. *Caçar* homens – disse ele, frisando a palavra. – Caçar *visantha*.

Ao menos ele sabia por que estávamos ali.

– Vermelho? – observei. Estendi a mão e toquei a tira de couro vermelha que ajustava o tecido de sua camisa ao corpo. Era surpreendentemente macia. – Para caçar? Você tem outras roupas? Não vermelhas?

Tempi baixou os olhos para seu traje, remexendo-se. Em seguida, balançou a cabeça, foi até seu saco de viagem e tirou uma camisa de um modesto tecido cinzento, artesanal. Levantou-a para mim.

– Para caçar. Mas não lutar.

Não tive certeza do que significava essa distinção, mas, por ora, me dispus a deixar isso de lado.

– O que você vai fazer se os *visantha* o encontrarem na floresta? Conversar ou lutar?

Ele pareceu pensar por um instante.

– Não bom para falar – admitiu. – *Visantha?* Lutar.

Assenti com a cabeça.

– Um bandido, lutar. Dois, conversar.

Ele deu de ombros.

– Posso lutar com dois.

– Lutar e vencer?

Com outro dar de ombros displicente, ele apontou para onde Dedan catava gravetos no chão, cuidadosamente.

– Como ele? Três ou quatro.

Estendeu a mão com a palma para cima, como se me oferecesse alguma coisa.

– Se três bandidos, eu luto. Se quatro, tento melhor fala. Espero até três noite. Aí... – Fez um gesto curioso e complicado com as mãos. – Fogo em barracas.

Relaxei, feliz por ele ter compreendido nossa conversa anterior.

– Certo. Ótimo. Obrigado.

Nós cinco partilhamos um jantar calmo, composto de sopa, pão e um queijo meio grudento e bem insosso que havíamos comprado em Crosson. Dedan e Hespe trocaram farpas amistosas, enquanto eu e Marten especulamos sobre como ficaria o clima nos dias seguintes.

Afora isso, não houve muita conversa.

Dois de nós já haviam chegado às vias de fato. Andáramos 160 quilômetros desde a saída de Severen e estávamos todos cientes do trabalho pouco convidativo que nos esperava.

– Espere aí – disse Marten. – E se pegarem *você?* – indagou, olhando para mim.
– Todos temos um plano para o caso de os bandidos nos acharem. Seguiremos com eles e você encontrará o nosso rastro no terceiro dia.

Balancei a cabeça e adverti:

– E não se esqueçam da distração.

– Sim, mas, e se pegarem você? – insistiu Marten, com uma expressão ansiosa. – Eu não tenho magia nenhuma. Não posso garantir que consiga encontrá-lo na tal terceira noite. Provavelmente, é claro. Mas rastrear não é uma coisa certeira...

– Sou apenas um músico inofensivo – tranquilizei-o. – Meti-me numa encrenca com a sobrinha do baronete Banbride e achei que seria melhor sair a esmo pela floresta por algum tempo. – Sorri. – Eles podem me roubar, mas, como não tenho grande coisa, é provável que simplesmente me deixem ir embora. Sou um sujeito persuasivo e não pareço muito ameaçador.

Dedan murmurou entre dentes alguma coisa que fiquei contente por não ouvir.

– Mas, e se? – insistiu Hespe. – Marten tem razão. E se o levarem com eles?

Isso era algo que eu ainda não tinha descoberto, porém, em vez de terminar a noite numa nota amarga, abri meu mais confiante sorriso.

– Se me levarem para o acampamento deles, devo conseguir matá-los sem muito problema – respondi, dando de ombros com exagerada displicência. – Torno a encontrar vocês no acampamento quando o trabalho estiver terminado – concluí e bati com o pé no chão, sorridente.

Eu tinha pretendido que aquilo fosse uma piada, certo de que pelo menos o Marten daria um risinho ante a minha resposta atrevida. Mas subestimei a profundidade a que a superstição vintasiana pode chegar e meu comentário foi recebido com um silêncio incômodo.

Depois disso houve pouca conversa. Sorteamos os turnos de vigília, apagamos o fogo e, um por um, adormecemos.

CAPÍTULO 79

Sinais

D*epois do desjejum*, Marten começou a ensinar ao Tempi e a mim como procurar a trilha dos bandidos.

Qualquer um é capaz de avistar um pedaço de camisa rasgada pendurado num galho ou uma pegada na terra, mas essas coisas nunca acontecem na vida real. São recursos convenientes no enredo de peças teatrais, mas, falando sério, quando foi que você rasgou sua roupa a ponto de deixar um pedaço dela para trás?

Nunca. As pessoas que estávamos caçando eram inteligentes, por isso não podíamos contar com a possibilidade de cometerem erros óbvios. Isso significava que Marten era o único entre nós que tinha alguma ideia do que de fato estávamos procurando.

– Qualquer graveto partido – disse ele. – Em sua maioria, eles estarão onde a vegetação é densa e emaranhada, batendo na cintura ou no tornozelo. – Gesticulou como se chutasse a vegetação densa e a afastasse com as mãos. – Ver o ponto realmente quebrado é difícil, portanto olhem para as folhas. – Apontou para uma moita próxima e perguntou: – O que vocês veem ali?

Tempi apontou para um galho mais baixo. Estava usando sua camisa cinza nesse dia e, sem a roupa vermelha de mercenário, parecia ainda menos imponente.

Olhei para onde Tempi apontara e vi que o galho tinha partido, mas não o bastante para se soltar e cair.

– Quer dizer que alguém passou por aqui? – indaguei.

Marten ajeitou o arco sobre o ombro.

– Eu passei. Fiz isso ontem à noite – disse e nos olhou. – Estão vendo como até as folhas que não parecem penduradas de um jeito estranho vão começando a murchar?

Fiz que sim.

– Isso quer dizer que alguém passou por aqui há mais ou menos um dia. Se fossem dois ou três dias, as folhas teriam ficado marrons e morrido. Se vocês virem duas, uma perto da outra... – disse e olhou para mim.

– Significa que alguém passou pela área mais de uma vez, com um intervalo de dias.

Ele confirmou com a cabeça.

– Como sou eu que estou explorando o terreno, de olho nos bandidos, vocês é que vão ficar atentos aos detalhes. Quando acharem uma coisa como essa, me chamem.

– Chamar? – disse Tempi, pondo as mãos em volta da boca e virando a cabeça em direções diferentes. Fez um gesto largo para as árvores ao redor e levou uma das mãos ao ouvido, fingindo escutar.

Marten franziu o cenho.

– Tem razão. Vocês não podem simplesmente gritar por mim – disse, esfregando a nuca, frustrado. – Droga, não pensamos nisso até o fim.

Lancei-lhe um sorriso.

– Eu pensei. – Peguei um apito tosco de madeira que havia entalhado na noite anterior. Tinha apenas duas notas, mas era só disso que precisávamos. Levei-o à boca e soprei, *ta-rá piii, ta-rá piii*.

Marten sorriu.

– Isso é a maria-viúva, não é? O som está igualzinho.

Confirmei com a cabeça.

– Esse é o meu trabalho.

Ele pigarreou.

– Infelizmente, a maria-viúva também se chama viúva-da-noite – disse, com uma careta de quem pede desculpas. – Viúva-*da-noite*, entende? Vai chamar a atenção de qualquer mateiro experiente, como se fosse uma isca, se você sair soprando isso toda vez que quiser que eu dê uma olhada em alguma coisa.

Olhei para o apito.

– Pelas mãos negras! – praguejei. – Eu devia ter pensado nisso.

– A ideia é boa – retrucou Marten. – Só precisamos de outro apito para um pássaro diurno. Um flautim-dourado, talvez – sugeriu e assobiou duas notas. – Deve ser bem simples.

– Hoje à noite faço outro – respondi. Peguei um graveto, quebrei-o em dois e entreguei metade a Marten. – Isso vai servir, se eu precisar lhe fazer algum sinal hoje.

Ele fitou o graveto com estranheza.

– Como exatamente isso vai ajudar?

– Quando precisarmos da sua opinião sobre alguma coisa que tivermos encontrado, eu faço assim – respondi. Concentrei-me, murmurei uma ligação e movi minha metade do graveto.

Marten deu um pulo de uns dois palmos para cima e uns cinco palmos para trás, largando o graveto. Justiça seja feita, não gritou.

– Pelos diabos! O que foi isso? – sibilou, torcendo a mão.

Sua reação me assustara e meu próprio coração havia disparado.

– Desculpe, Marten. É só um pouquinho de simpatia – expliquei. Percebi uma ruga entre suas sobrancelhas e mudei de tática. – Só um pouquinho de magia. É como um pedaço de corda mágico que uso para amarrar duas coisas.

Imaginei Elxa Dal se engasgando ao ouvir essa descrição, mas prossegui:

– Posso amarrar essas duas coisas, assim, quando eu puxo a minha...

Fui até onde estava a metade de graveto dele no chão. Levantei minha metade e a do chão elevou-se no ar.

Minha demonstração surtiu o efeito desejado. Ao se moverem juntos, os dois gravetos pareciam o fantoche mais tosco e mais triste do mundo. Nada que se pudesse temer.

– É apenas como uma corda invisível, só que não vai se emaranhar nem ficar presa em nada.

– Com que força isso vai me puxar? – perguntou ele, desconfiado. – Não quero isso me arrancando de uma árvore quando eu estiver explorando o terreno.

– Sou só eu na outra ponta da corda – respondi. – Vou balançá-lo um pouquinho. Como a boia na linha de uma vara de pescar.

Marten parou de torcer as mãos e relaxou um pouco.

– É que eu levei um susto, só isso – disse ele.

– A culpa foi minha. Eu devia tê-lo avisado.

Peguei o graveto, manejando-o com displicência proposital. Como se não fosse nada além de um pauzinho comum. É claro que *não era* nada além de um pauzinho comum, mas, nesse momento, era preciso tranquilizar Marten. É como dizia Teccam: não há nada mais difícil no mundo do que convencer alguém de uma verdade desconhecida.

∽

Marten nos mostrou como ver quando as folhas ou agulhas tinham sido mexidas, como identificar pedras em que alguém houvesse pisado, como dizer se o limo ou o líquen tinham sido danificados à passagem de uma pessoa.

O velho mateiro era um professor surpreendentemente bom. Não repisava demais as informações, não falava com condescendência e não se incomodava com perguntas. Nem mesmo as dificuldades de Tempi com a língua o frustravam.

Apesar disso, a coisa demorou horas. Metade do dia. Então, quando pensamos ter finalmente acabado, Marten nos fez dar meia-volta e começou a nos reconduzir pelo campo.

– Já passamos por esse caminho – comentei. – Se vamos praticar, façamos isso na direção certa.

Marten me ignorou e continuou a andar.

– Digam-me o que estão vendo.

Vinte passos depois, Tempi apontou e falou:

– Limo. Meu pé. Eu andei.

De repente compreendi e comecei a ver todas as marcas que Tempi e eu havíamos deixado. Nas três horas seguintes, Marten nos fez percorrer, um passo humilhante após outro, o caminho de volta por entre as árvores, mostrando-nos tudo o que fizéramos para delatar nossa presença: um arranhão no líquen ou num tronco de árvore, uma lasca recém-quebrada de pedra, a descoloração de pinhas reviradas.

O pior de tudo foi meia dúzia de brilhantes folhas verdes que jaziam picadas no chão, num semicírculo exato. Marten ergueu uma sobrancelha e eu enrubesci. Eu as havia arrancado de uma moita próxima e picado, distraído, enquanto o ouvia falar.

– Pensem duas vezes e pisem com cuidado – alertou ele. – E fiquem de olho um no outro – acrescentou, olhando para Tempi e para mim. – Este é um jogo perigoso.

Depois, Marten nos mostrou como encobrir nossos rastros. Logo ficou claro que, muitas vezes, um sinal mal escondido era pior do que um simplesmente abandonado. Assim, nas duas horas seguintes, aprendemos a esconder nossos erros e a identificar erros que outros haviam tentado ocultar.

Só então, quando a tarde ia virando noite, Tempi e eu começamos a vasculhar aquela faixa de floresta, maior que a maioria dos baronatos. Andamos bem perto um do outro, ziguezagueando para lá e para cá, à procura de qualquer sinal da trilha dos bandidos.

Pensei nos longos dias que se estendiam à nossa frente. Eu havia achado que vasculhar o Arquivo era entediante, mas procurar um graveto quebrado nessa enormidade de floresta fazia a caça do gramo parecer uma saída para comprar pão.

No Arquivo eu tivera a oportunidade de fazer descobertas acidentais. E a companhia de meus amigos: conversas, piadas, afeição. Com uma olhadela de esguelha para Tempi, percebi que podia contar as palavras que ele dissera nesse dia: 24; e o número de vezes que me olhara nos olhos: três.

Quanto tempo isso levaria? Dez dias? Vinte? Por Tehlu misericordioso, será que eu conseguiria passar um mês ali sem enlouquecer?

Com pensamentos como esses, quando vi uma lasca na casca de uma árvore e um tufo de grama inclinado na direção errada, senti-me inundar de alívio.

Sem querer exagerar minhas esperanças, fiz sinal para Tempi.

– Está vendo alguma coisa aqui?

Ele fez que sim, remexendo no colarinho da camisa, depois apontou para a grama que eu tinha avistado. Em seguida, indicou um pedaço arranhado de raiz exposta que eu não havia notado.

Quase zonzo de empolgação, puxei o graveto de carvalho e dei um sinal ao Marten. Balancei-o bem devagar, sem querer provocar nele outro momento de pânico.

Marten só demorou dois minutos para sair das árvores, mas, nesse intervalo, eu já tinha concebido três planos para rastrear e matar os bandidos, composto cinco solilóquios de desculpas para Denna e resolvido que, quando voltasse a Severen, faria uma doação em dinheiro à igreja dos tehlinianos, para dar graças por esse milagre palpável.

Esperei que Marten se irritasse por o havermos chamado cedo demais, porém, ao parar perto de nós, sua expressão era absolutamente natural.

Apontei para a grama, a casca de árvore e a raiz.

– Foi Tempi quem avistou esta última – informei, dando-lhe o devido crédito.

– Ótimo – disse Marten, com ar sério. – Bom trabalho. Há também um galho inclinado ali. – Fez sinal para uns passos à direita.

Virei-me na direção que a trilha parecia indicar.

– É provável que eles estejam ao norte daqui. Mais longe da estrada. Você acha melhor explorarmos um pouco o terreno agora, ou esperar até amanhã, quando estivermos descansados?

Marten estreitou os olhos para mim.

– Santo Deus, garoto. Esses não são rastros reais. Óbvios demais, todos muito juntos – disse e me lançou um olhar demorado. – *Eu* os deixei. Precisava ter certeza de que vocês não iam dar uma olhada superficial depois de alguns minutos de busca.

Minha exultação despencou de algum lugar no meu peito e caiu em volta dos meus pés, estilhaçando-se como um jarro de cristal derrubado de uma prateleira alta. Minha expressão deve ter sido digna de pena, porque Marten me deu um sorriso compungido.

– Desculpem. Eu devia ter avisado. Vou fazer isso todos os dias, aqui e ali. É nossa única chance de nos mantermos alertas. Não é a primeira vez que procuro agulhas em palheiros, sabem como é.

∾

Na terceira vez que chamamos Marten de volta, ele sugeriu que mantivéssemos uma aposta permanente. Tempi e eu ganharíamos meio vintém por cada sinal que encontrássemos e ele ganharia uma lasca de prata por cada um que deixássemos escapar. Aceitei prontamente a oferta. Não só ela ajudaria a nos manter atentos, como um rateio de cinco para um parecia bastante generoso.

Isso fez o resto do dia passar depressa. Tempi e eu deixamos escapar alguns sinais:

um tronco deslocado do lugar, umas folhas espalhadas e uma teia de aranha rompida. Achei esta última meio injusta, mas, ainda assim, ao voltarmos para o acampamento, à noitinha, Tempi e eu estávamos dois vinténs à frente.

No jantar, Marten contou a história do filho de uma jovem viúva que saíra de casa para fazer fortuna. Um latoeiro lhe vendeu um par de botas mágicas que o ajudou a resgatar uma princesa de uma torre, no alto da montanha.

Dedan foi balançando a cabeça enquanto comia, como se já tivesse ouvido essa história. Hespe riu em alguns pontos e abafou uma exclamação em outros, uma plateia perfeita. Tempi se manteve absolutamente imóvel, com as mãos cruzadas no colo, sem exibir nenhum dos gestos nervosos que eu passara a esperar dele. Permaneceu assim durante toda a história, escutando, enquanto seu jantar esfriava.

Foi uma boa história. Havia um gigante faminto e uma charada. Mas o filho da viúva era inteligente e, no fim, levou a princesa embora e se casou com ela. Era uma história conhecida. Escutá-la me trouxe à lembrança dias havia muito desaparecidos, da época em que eu tinha um lar e uma família.

CAPÍTULO 80

Tom

No dia seguinte, Marten saiu com Hespe e Dedan, enquanto Tempi e eu ficamos para trás, a fim de cuidar do acampamento.

Sem nada mais para ocupar o tempo, comecei a colher lenha extra. Depois, procurei ervas úteis na vegetação rasteira e busquei água na fonte próxima. Em seguida, ocupei-me esvaziando, separando e rearrumando tudo o que havia em minha sacola de viagem.

Tempi desmontou sua espada, limpou-a meticulosamente e lubrificou todas as partes. Não pareceu entediado, mas, afinal, ele nunca parecia coisa alguma.

Ao meio-dia, eu estava quase louco de tédio. Gostaria de ler, mas não levara nenhum livro. Poderia costurar bolsos na minha capa puída, mas não tinha nenhum tecido sobressalente. Poderia tocar meu alaúde, mas o instrumento de um membro de trupe é feito para tocar música numa taberna barulhenta. Ali, ao ar livre, seu som se propagaria por muitos quilômetros.

Eu me disporia a conversar com Tempi, porém tentar manter um diálogo com ele era como brincar de pegar com um poço.

Mesmo assim, parecia ser minha única opção. Aproximei-me de onde ele se sentara. O ademriano havia terminado de limpar a espada e estava fazendo pequenos ajustes no punho de couro.

– Tempi?

Ele pôs a espada de lado e se levantou. Ficou incomodamente perto de mim, com pouco mais de 20 centímetros entre nós. Depois, hesitou e assumiu uma expressão carregada. Não chegou a ser uma grande carranca, apenas um leve afinamento dos lábios e uma ligeira linha entre as sobrancelhas, mas, no rosto dele, que em geral era uma página em branco, destacou-se como uma palavra escrita em tinta vermelha.

Afastou-se de mim uns dois passos, fitou o chão entre nós e avançou ligeiramente. Veio-me um lampejo de compreensão.

– Tempi, a que distância os ademrianos param uns dos outros?

Ele me lançou um olhar inexpressivo por um segundo e então caiu na gargalhada. Depois, um sorriso tímido cruzou-lhe o rosto, fazendo-o parecer muito jovem. Desapareceu depressa de sua boca, mas demorou-se em volta dos olhos.

– Esperto. Sim. Diferente em Ademre. Para você, perto.

Deu um passo que o deixou incomodamente próximo e em seguida recuou.

– Para mim? É diferente com outras pessoas? – perguntei.

Ele meneou a cabeça.

– Sim.

– Qual é a distância para o Dedan?

Ele se remexeu.

– Complicado.

Senti uma conhecida curiosidade agitar-se dentro de mim.

– Tempi, você me ensinaria essas coisas? Quer me ensinar sua língua?

– Sim – disse ele. E, embora seu rosto não deixasse transparecer nada, ouvi o alívio da retirada de um grande peso em sua voz. – Sim. Por favor. Sim.

∽

No fim da tarde, eu havia aprendido algumas palavras em adêmico, loucamente dispersas e inúteis. A gramática ainda era um mistério, mas sempre começa assim. Por sorte, as línguas são como instrumentos musicais: quanto maior o número das que sabemos, mais fácil é aprender outras, novas. O adêmico era a quarta para mim.

Nosso grande problema foi que o aturano de Tempi não era muito bom, o que nos dava pouco terreno comum. Por isso, desenhamos na terra, apontamos e agitamos um bocado as mãos. Em vários momentos, quando os gestos não bastavam, acabamos fazendo algo parecido com uma pantomima ou uma pecinha de mímicos, para transmitir o sentido do que dizíamos. Foi mais divertido do que eu havia esperado.

Houve um obstáculo no primeiro dia. Eu tinha aprendido uma dúzia de palavras e pensei em outra que seria útil. Fechei um punho e fingi desferir um murro nele.

– *Freaht* – disse Tempi.

– *Freaht* – repeti.

Ele balançou a cabeça.

– Não. *Freaht*.

– *Freaht* – falei, com cuidado.

– Não – insistiu ele, com firmeza. – *Freaht* é... – mostrou os dentes e mexeu com os maxilares, como se mordesse alguma coisa. – *Freaht*. – E deu um murro na palma da mão.

– *Freaht* – falei.

– Não – objetou Tempi. Fiquei admirado com o peso da condescendência em sua voz. – *Freaht*.

Meu rosto se acalorou.

– É o que eu estou dizendo. *Freaht! Freaht! Fre...*

Tempi me deu um tapa com a palma da mão na lateral da cabeça. Era o mesmo jeito com que havia acertado Dedan umas noites antes, o modo como meu pai me dava um tabefe quando eu criava caso em público. Não era forte a ponto de machucar, apenas assustava. Havia anos que ninguém fazia isso comigo.

Mais espantoso ainda foi que eu mal o vi. O movimento foi suave e preguiçoso, porém mais rápido que estalar os dedos. Com ele, Tempi não parecia ter a menor intenção de insultar. Estava meramente chamando minha atenção.

Levantou o cabelo cor de areia e apontou para sua orelha.

– Ouvir – disse, em tom firme. – *Freaht*. – Tornou a mostrar os dentes e fazer um movimento de morder. – *Freaht*. – Levantou o punho. – *Freaht. Freaht*.

E então ouvi. Não era o som da palavra em si, era a cadência.

– *Freaht*? – perguntei.

Tempi me brindou com um pequeno e raro sorriso.

– Sim. Bom.

Depois disso, tive que voltar atrás e reaprender todas as palavras, prestando atenção em seu ritmo. Antes eu não tinha realmente escutado, apenas fizera uma imitação. Pouco a pouco, descobri que cada palavra podia ter vários significados diferentes, dependendo de sua cadência.

Aprendi as importantíssimas frases "O que quer dizer isso?" e "Explique mais devagar", além de duas dúzias de palavras. Luta. Olhar. Espada. Mão. Dança. A pantomima que tive de fazer para que ele compreendesse esta última nos fez cair na risada.

Era fascinante. As diferentes cadências de cada palavra significavam que a língua em si tinha uma espécie de música. Não pude deixar de me perguntar...

– Tempi, como são as suas canções?

Ele me lançou um olhar inexpressivo por um momento e achei que talvez não tivesse compreendido a pergunta abstrata.

– Você pode cantar uma canção ademriana para mim?

– Que é canção? – indagou ele. Na hora anterior, havia aprendido duas vezes mais palavras que eu.

Pigarreei e cantei:

Joaninha, sem sapatos, com o vento foi passear,
Buscando um belo menino com quem rir e gargalhar.
Chapéu de pluma no alto, na boca apito de vento,
Lábios molhados de mel, língua de cardo espinhento.

Os olhos de Tempi se arregalaram enquanto eu cantava. Ele ficou praticamente boquiaberto.

– E você? – instiguei-o, apontando para seu peito. – Sabe cantar uma música ademriana?

O rosto dele enrubesceu num vermelho ardente e foi perpassado por uma dúzia de emoções, sem controle nem disfarce: assombro, horror, embaraço, choque, repulsa. Ele se levantou, deu meia-volta e se afastou, tagarelando alguma coisa em adêmico, depressa demais para que eu o acompanhasse. Agiu exatamente como se eu tivesse acabado de lhe pedir que tirasse a roupa e dançasse nu para mim.

– Não – falou, conseguindo controlar-se um pouco. Seu rosto se recompôs, mas a pele alva continuava de um vermelho violento. – Não – repetiu. Baixou os olhos para o chão e tocou o peito, balançando a cabeça. – Não canção. Não canção de Ademre.

Também me levantei, sem saber o que tinha feito de errado.

– Desculpe, Tempi.

Ele meneou a cabeça.

– Não. Nada de desculpa – disse. Respirou fundo e tornou a balançar a cabeça, dando meia-volta e começando a se afastar. – Complicado.

CAPÍTULO 81
A lua enciumada

Nessa noite, Marten caçou uma trinca de coelhos gordos. Arranquei raízes e colhi umas ervas e, antes do pôr do sol, nós cinco nos sentamos para uma refeição que ficou perfeita, com o acréscimo de duas grandes broas de pão fresco, manteiga e um queijo farelento e novo demais para ter um nome específico.

O moral estava elevado após um dia de bom tempo. Assim, com o jantar, vieram mais histórias.

Hespe contou uma história surpreendentemente romântica sobre uma rainha que amava um criado. Narrou-a com suave paixão. E, se a sua narrativa não revelou um coração terno, os olhares que ela lançou a Dedan ao falar do amor da rainha certamente o fizeram.

Ele, no entanto, não percebeu esses sinais de amor na moça. E, com uma insensatez que raras vezes vi igualada, começou a contar uma história que ouvira na Hospedaria Pennysworth. Uma história de Feluriana.

– O garoto que me contou isso mal chegava a ter a idade do Kvothe – disse. – E, se vocês o ouvissem falar, teriam percebido que ele não era do tipo capaz de inventar uma história dessas. – O mercenário deu um tapinha significativo na têmpora. – Mas escutem e julguem por vocês mesmos se ela é digna de crédito.

Como eu disse, Dedan tinha uma boa língua e uma inteligência mais aguda do que você poderia imaginar, quando decidia usá-la. Infelizmente, esse foi um momento em que a primeira funcionou, mas a segunda não.

– Desde tempos imemoriais, os homens tomam cuidado com este pedaço de floresta. Não por medo de bandidos fora da lei nem de se perderem – explicou, balançando a cabeça. – Não. Eles dizem que o povo encantado faz suas casas aqui. Elfos de casco fendido que dançam nos dias de lua cheia. Seres escuros, de dedos compridos, que roubam bebês do berço. São muitas as mulheres, velhas ou moças, que deixam pão e leite do lado de fora, à noite. E muitos os homens que se certificam de construir suas casas com todas as portas enfileiradas.

Fez uma pausa dramática e continuou:

– Alguns chamariam essa gente de supersticiosa, mas ela sabe a verdade. O mais seguro é evitar os Encantados, porém, na impossibilidade disso, o melhor é cair nas graças deles. Esta é uma história de Feluriana. A Dama do Crepúsculo. A Dama do Primeiro Silêncio. Feluriana, que é a morte para os homens. Mas uma morte feliz, para a qual eles vão de bom grado.

Tempi respirou fundo. Foi um pequeno movimento, mas chamou a atenção, porque ele tinha o hábito de se sentar perfeitamente imóvel durante as histórias noturnas.

– Feluriana – disse Tempi. – Morte para os homens. Ela é... – parou. – Ela é *sentin*? – perguntou. Ergueu as mãos diante do corpo e fez uma espécie de gesto de agarrar. Olhou-nos com expectativa. Então, ao ver que não entendíamos, tocou na espada que descansava a seu lado.

Compreendi.

– Não. Ela não é um dos ademrianos – disse-lhe.

Tempi inclinou a cabeça e apontou para o arco de Marten.

Balancei a cabeça.

– Não. Ela não tem nada de lutadora. Ela... – interrompi-me, sem conseguir pensar em um jeito de explicar como Feluriana matava os homens, especialmente se fôssemos obrigados a recorrer a gestos. Aflito, olhei para Dedan em busca de ajuda.

Ele não hesitou.

– Sexo – falou, francamente. – Você conhece o sexo?

Tempi pestanejou, depois jogou a cabeça para trás e riu. Dedan o fitou, como se tentasse decidir se devia ofender-se ou não. Após um momento, Tempi recuperou o fôlego.

– Sim – disse, simplesmente. – Sim. Conheço sexo.

Dedan sorriu.

– É assim que ela mata os homens.

Por um instante, Tempi assumiu uma expressão mais vazia que de hábito e então um lento pavor espalhou-se por seu rosto. Não, pavor, não, foi uma combinação pura de asco e aversão, agravada pelo fato de seu rosto ser comumente tão impassível. Sua mão crispou-se em vários gestos desconhecidos junto ao corpo.

– Como? – perguntou ele, engasgando-se com a palavra.

Dedan ia dizendo alguma coisa, mas parou. Começou a fazer um gesto, porém também o interrompeu, olhando sem jeito para Hespe.

Ela deu um risinho baixo e gutural e se virou para Tempi. Pensou por um instante, depois fez um gesto de quem envolvesse alguém nos braços e o beijasse. Em seguida, começou a bater ritmicamente no peito, imitando o palpitar do coração. Foi batendo cada vez mais depressa e então parou, fechou o punho e arregalou os olhos. Ficou com o corpo todo tenso, depois amoleceu e deixou a cabeça pender para um lado.

Dedan riu e aplaudiu a encenação.

– É isso. Mas, às vezes... – Ela deu uma batidinha na têmpora, estalou os dedos, envesgou os olhos e pôs a língua para fora. – Maluco.

Tempi relaxou.

– Ah – disse, claramente aliviado. – Bom. Sim.

Dedan meneou a cabeça e retomou a história:

– Certo. Feluriana. O mais caro desejo de todos os homens. Beleza incomparável.

Para que Tempi entendesse melhor, fez o gesto de quem escovasse longos cabelos.

– Há 20 anos – prosseguiu –, o pai e o tio desse garoto saíram para caçar, bem aqui neste trecho de floresta, quando o sol começava a se pôr. Ficaram até mais tarde do que deviam e então decidiram voltar para casa cortando caminho pela floresta, em vez de usarem a estrada, como faz quem tem juízo. Não havia muito tempo que estavam andando quando ouviram um canto ao longe. Seguiram na direção dele, supondo estar perto da estrada, mas, em vez disso, viram-se na orla de uma pequena clareira. E lá estava Feluriana, cantando baixinho para si mesma:

Cae-Lanion Luhial
di mari Felanua
Kreata Tu ciar
tu alaran di
Dirella. Amauen.
Loesi an delan
tu nia vor ruhlan
Felurian thae.

Embora Dedan cantasse muito mal, arrepiei-me ao som da música. A melodia era misteriosa, instigante e completamente desconhecida. E também não identifiquei a língua. Nem uma palavrinha sequer.

Dedan balançou a cabeça ao ver minha reação.

– Mais do que tudo, essa música é o que faz soar verdadeira a história do garoto. Não consigo dar o menor sentido a essas palavras, mas elas ficaram bem gravadas na minha cabeça, embora o garoto só a tenha cantado uma vez.

Meneei a cabeça e ele prosseguiu:

– E assim, lá estavam os dois irmãos juntinhos na orla da clareira. E, graças à lua, enxergavam como se fosse meio-dia, em vez de noite. Feluriana não usava um só ponto costurado e, embora tivesse o cabelo até a cintura, ficou muito claro que estava tão nua quanto a lua.

Sempre gostei de histórias sobre Feluriana, mas, ao olhar de relance para Hespe, minha expectativa esfriou. Ela observava Dedan e, à medida que ele ia falando, seus olhos se estreitavam.

Dedan não percebeu e continuou:

– Ela era alta, de pernas longas e graciosas. A cintura era fina; os quadris, redondos, como se implorassem por um afago de mão carinhosa. A barriga era perfeita e lisa, como um pedaço impecável de casca de bétula, e a covinha do umbigo parecia feita para ser beijada.

Os olhos de Hespe tinham-se tornado fendas perigosas, a essa altura, porém ainda mais reveladora era a boca, que tinha formado uma linha fina e reta. Aceite um conselho: se um dia você vir essa expressão no rosto de uma mulher, pare de falar no mesmo instante e se sente em cima das duas mãos. Isso pode não corrigir a situação, mas pelo menos impedirá que você a piore ainda mais.

Infelizmente, Dedan foi em frente, as mãos grossas gesticulando à luz do fogo.

– Os seios eram fartos e redondos, feito pêssegos esperando para ser colhidos da árvore. Nem a lua ciumenta, que retira a cor de tudo, conseguia esconder o tom rosado...

Hespe fez um barulho de asco e se pôs de pé.

– Eu vou saindo – disse. A frieza em sua voz era tanta que nem Dedan deixou de notá-la.

– O quê? – espantou-se o mercenário, virando-se para ela, ainda com as mãos suspensas, cristalizadas no ato de segurar um par imaginário de seios.

Hespe afastou-se tempestuosamente, resmungando entre dentes.

Dedan deixou as mãos caírem no colo, pesadas. Sua expressão passou de confusa a magoada e enraivecida num piscar de olhos. Após um segundo, ele se levantou, sacudindo com gestos bruscos os pedacinhos de folha e graveto das calças e praguejando consigo mesmo. Recolhendo suas cobertas, começou a caminhar para o outro lado da nossa pequena clareira.

– A história termina com os dois irmãos saindo no encalço dela e o pai do garoto ficando para trás? – indaguei.

Dedan me olhou por cima do ombro.

– Então, você já tinha ouvido. Podia ter-me parado, se não qu...

– Só estou tentando adivinhar – apressei-me a dizer. – Detesto não ouvir o final de uma história.

– O pai enfiou o pé numa toca de coelho – disse ele, em poucas palavras. – Torceu o tornozelo. O tio nunca mais foi visto.

Ele se retirou do círculo de luz da fogueira, com expressão macambúzia.

Lancei um olhar suplicante a Marten, que balançou a cabeça.

– Não – disse, baixinho. – Não quero ter nada a ver com isso. De jeito nenhum. Tentar ajudar agora seria como tentar apagar um incêndio com as mãos. Doloroso e sem qualquer resultado real.

Tempi começou a fazer sua cama. Com um dos dedos, Marten fez um gesto circular e me olhou com ar interrogativo, para saber se eu queria ficar de sentinela no primeiro turno. Assenti com a cabeça e ele pegou seu rolo de dormir, dizendo:

– Por mais atraentes que sejam algumas coisas, é preciso ponderar os riscos. A que ponto o sujeito quer aquilo, a que ponto está disposto a se queimar?

Espalhei as brasas e, logo depois, o manto escuro da noite desceu sobre a clareira. Deitei-me de costas, contemplei as estrelas e pensei em Denna.

CAPÍTULO 82

Bárbaros

No dia seguinte, Tempi e eu fizemos a mudança do acampamento, enquanto Dedan e Hespe voltavam a Crosson para comprar provisões. Marten foi explorar um pedaço isolado de terra plana, perto da água. Depois, embalamos e transferimos tudo, cavamos a fossa, construímos o braseiro e deixamos as coisas arrumadas.

Tempi mostrou-se disposto a conversar enquanto trabalhávamos, mas eu estava nervoso. Eu o havia ofendido ao perguntar logo de saída sobre a arte Lethani e sabia que convinha evitar o assunto. Mas, se ele ficara transtornado com uma simples pergunta sobre música, como eu poderia adivinhar o que o ofenderia?

Mais uma vez, sua expressão impassível e sua recusa a estabelecer contato visual foram os problemas principais. Como era possível manter uma conversa inteligente com uma pessoa, quando eu não fazia ideia do que ela estava sentindo? Era como tentar andar de olhos vendados por uma casa desconhecida.

Assim, escolhi o caminho mais seguro e simplesmente perguntei por mais palavras. Objetos, na maioria dos casos, já que ambos estávamos com as mãos ocupadas demais para fazer mímicas.

O melhor de tudo foi que Tempi passou a praticar seu aturano enquanto eu construía meu vocabulário em adêmico. Notei que, quanto mais eu cometia erros em sua língua, mais à vontade ele ficava em suas tentativas de se expressar.

Isso significava, é claro, que eu cometia muitos erros. Na verdade, era tão obtuso em certos momentos que Tempi se via obrigado a se explicar várias vezes, de diversas maneiras diferentes. Tudo em aturano, é claro.

Terminamos de montar o acampamento por volta do meio-dia. Marten foi caçar e Tempi se espreguiçou e começou a se mover em sua dança lenta. Fez isso duas vezes seguidas e comecei a desconfiar que ele próprio se sentia um pouco entediado. Quando terminou, estava coberto por um brilho fino de suor e me disse que ia tomar banho.

Com todo o acampamento só para mim, derreti as velas do latoeiro e fiz dois pequenos simulacros de cera. Havia dias que eu queria fazer isso, mas, mesmo na Universidade, criar um boneco era uma conduta questionável. Ali em Vintas... basta dizer que me pareceu melhor ser discreto.

Não foi um trabalho refinado. O sebo está longe de ser conveniente como cera de simpatia, mas até o mais tosco dos bonecos pode ser devastador. Depois de guardá-los no meu saco de viagem, senti-me muito mais preparado.

Estava limpando o restinho de sebo dos dedos quando Tempi voltou do banho, nu como um recém-nascido. Os anos de formação no palco me permitiram manter uma expressão serena, mas foi por pouco.

Ele estendeu a mão direita, com o polegar e o indicador unidos.

– O que é isto? – perguntou, abrindo os dedos para eu ver.

Olhei bem, feliz por ter algo em que me concentrar.

– É um carrapato.

Assim de perto, não pude deixar de voltar a notar suas cicatrizes, as finas linhas que riscavam seus braços e seu peito. Eu sabia diferenciar cicatrizes, dos meus tempos na Iátrica, e as dele não exibiam aquele rosa largo e franzido que indicaria um corte profundo, que penetrasse as camadas de pele, gordura e músculos por baixo. Eram ferimentos superficiais. Dezenas deles. Foi impossível não me perguntar há quanto tempo ele era mercenário, para ter cicatrizes tão antigas. Tempi não parecia ter muito mais de 20 anos.

Alheio a meu escrutínio, ele olhou fixamente para a coisa entre seus dedos.

– Ele pica. Pica eu. Pica e *fica*.

Sua expressão era impassível como sempre, mas o tom veio com um toque de nojo. A mão esquerda se agitou.

– Não existem carrapatos em Ademre?

– Não. – Ele fez questão de tentar espremer o inseto entre os dedos. – Não quebra.

Fiz um gesto, mostrando-lhe como esmagá-lo entre as unhas, o que ele fez, com certa dose de prazer. Jogou-o fora e saiu andando para seu rolo de dormir. Então, ainda nu, tratou de tirar toda a roupa lá de dentro e dar-lhe uma vigorosa sacudida.

Mantive os olhos longe, sabendo, no fundo do coração, que seria essa a hora em que Dedan e Hespe voltariam de Crosson.

Felizmente, não voltaram. Passados uns 15 minutos, Tempi vestiu um par de calças secas, depois de inspecioná-las cuidadosamente.

Sem camisa, voltou para onde eu estava sentado.

– Detesto carrapato – declarou.

Ao dizer isso, sua mão esquerda fez um gesto ríspido, como se tirasse migalhas da frente da camisa, perto do quadril. Só que ele não estava de camisa e não havia nada para sacudir em sua pele nua. E mais, percebi que ele já fizera esse mesmo gesto em ocasiões anteriores.

Pensando bem, eu o vira fazer esse gesto meia dúzia de vezes nos dias anteriores, embora nunca com tamanha violência.

Tive uma súbita desconfiança.

– Tempi, o que quer dizer isto? – perguntei, imitando o gesto de sacudir migalhas.

Ele meneou a cabeça.

– É isto – disse e franziu o rosto todo, numa expressão exagerada de nojo.

Minha cabeça deu voltas, relembrando a última onzena, pensando em quantas vezes eu o vira remexer os dedos inquietos enquanto conversávamos. Cheguei a ficar zonzo com aquela ideia.

– Tempi, tudo isto aqui – perguntei, gesticulando para o rosto e em seguida sorrindo, franzindo o cenho e revirando os olhos –, tudo isso é expressado com as mãos, em adêmico?

Ele meneou a cabeça e fez um gesto, ao mesmo tempo.

– Isso! – exclamei, apontando para sua mão. – O que é isso?

Ele hesitou, depois deu um sorriso forçado e sem jeito.

Copiei o gesto, abrindo ligeiramente a mão e pressionando o polegar na parte interna do dedo médio.

– Não – disse ele. – Outra mão. Esquerda.

– Por quê?

Tempi estendeu a mão e bateu no meu peito, logo à esquerda do esterno: *tum-tum, tum-tum*. Depois, deslizou um dedo até minha mão esquerda. Balancei a cabeça, para mostrar que havia entendido. Ela ficava mais perto do coração. Tempi levantou a mão direita e fechou-a em punho.

– Esta mão é forte – disse. Levantou a esquerda. – Esta mão é inteligente.

Fazia sentido. É por isso que a maioria dos alaudistas faz os acordes com a mão esquerda e dedilha com a direita. A esquerda é mais ágil, em geral.

Fiz o gesto com a mão esquerda, dedos afastados. Tempi meneou a cabeça.

– Isso é isto. – Torceu metade da boca num riso de mofa.

A expressão pareceu tão deslocada em seu rosto que mal consegui não abrir a boca. Olhei mais atentamente para sua mão e ajustei um pouquinho a posição dos dedos.

Ele balançou a cabeça com ar de aprovação. O rosto permaneceu inexpressivo, mas pela primeira vez entendi por quê.

Nas horas seguintes, aprendi que os gestos das mãos dos ademrianos não representavam realmente expressões faciais. Não era tão simples assim. Por exemplo, um sorriso pode significar que você está se divertindo, que se sente feliz, grato ou satisfeito. Você pode sorrir para consolar alguém. Pode sorrir por estar contente ou por estar amando. Uma careta ou uma risada parecem semelhantes ao sorriso, mas significam coisas inteiramente diferentes.

Imagine tentar ensinar alguém a sorrir. Imagine tentar descrever o que significam os diferentes sorrisos e exatamente em que momento usá-los na conversa. É mais difícil que aprender a andar.

De repente, inúmeras coisas fizeram sentido. É claro que Tempi não me olharia nos olhos. Não se ganhava nada olhando para o rosto da pessoa com quem se falava. Ouvia-se a voz, mas o que se observava era a mão.

Passei as horas seguintes tentando aprender o essencial, mas foi de uma dificuldade enlouquecedora. As palavras são coisas bastante simples. Pode-se apontar para uma pedra. Pode-se fingir que corre ou pula. Mas você já tentou fazer a mímica da conformidade? Do respeito? Do sarcasmo? Duvido até que meu pai o conseguisse.

Por causa disso, meu progresso foi de uma lentidão frustrante, mas não pude deixar de ficar fascinado. Era como receber de repente uma segunda língua.

E era uma espécie de coisa secreta. Sempre tive um fraco por segredos.

Levei três horas para aprender um punhado de gestos, se me perdoa o trocadilho. Meu progresso pareceu lento como a movimentação de uma geleira, mas, quando enfim aprendi a expressão manual correspondente a "eufemismo", senti uma onda de orgulho quase indescritível.

Acho que Tempi também a sentiu.

– Ótimo – disse ele com um aplanar da mão que tive bastante certeza de indicar aprovação. Girou os ombros e ficou de pé, espreguiçando-se. Deu uma olhadela para o sol por entre as copas das árvores. – Agora comer?

– Logo – respondi. Havia uma pergunta que andava me incomodando. – Tempi, por que ter todo esse trabalho? Sorrir é fácil. Por que sorrir com as mãos?

– Com mãos também é fácil. Melhor. Mais... – fez uma versão ligeiramente modificada do gesto de sacudir a camisa que tinha usado antes. Não nojo. *Irritação?* – Qual é a palavra para pessoas que moram juntas? Estradas. Coisas certas? – perguntou, correndo o dedo pela clavícula. Seria *frustração?* – Qual é palavra para bom viver junto? Ninguém faz cocô no poço.

– Civilização? – sugeri, rindo.

Ele fez que sim, abrindo os dedos: *divertido*.

– Sim – disse. – Falar com mãos é civilização.

– Mas sorrir é natural – protestei. – Todo mundo sorri.

– Natural não é civilização – retrucou Tempi. – Cozinhar carne é civilização. Lavar sujeira é civilização.

– Então, em Ademre vocês sempre sorriem com as mãos? – indaguei. Gostaria de saber qual era o gesto para desânimo.

– Não. Sorrir com rosto é bom com família. Bom com amigo.

– Por que só com a família?

Tempi repetiu o gesto do polegar na clavícula.

– Quando você faz isto – pressionou a palma da mão do lado do rosto e soprou, produzindo um forte ruído flatulento –, é natural, mas você não faz perto dos outros. Grosseria. Com família... – encolheu os ombros. *Diversão.* – ...civilização não importante. Mais natural com família.

– E gargalhar? – perguntei. – Já vi você dar gargalhadas – comentei, fazendo um som de *ha-ha*, para ele saber do que eu estava falando.

Ele deu de ombros.

– Gargalhar é.

Esperei um momento, mas ele não pareceu inclinado a continuar. Tentei de novo:

– Por que não dar risadas com as mãos?

Tempi balançou a cabeça.

– Não. Risada diferente – disse. Chegou mais perto e usou dois dedos para dar uma batidinha em meu peito, acima do coração. – Sorriso? – Correu o dedo por meu braço esquerdo. – Raiva? – Tornou a bater em meu coração. Fez uma expressão de medo, outra confusa, e juntou os lábios num muxoxo ridículo. Em todas as vezes, bateu no meu peito. – Mas risada? – Pressionou a palma da mão contra minha barriga. – Risada mora aqui. – Subiu a mão diretamente até minha boca e afastou os dedos. – Prender risada não é bom. Não saudável.

– Chorar também? – perguntei, passando o dedo pelo rosto, como se uma lágrima imaginária rolasse por ele.

– Chorar também – confirmou. Pôs a mão na própria barriga. – Ha-ha-ha – disse, apertando-a com a mão para me mostrar o movimento do estômago. Em seguida, passou para uma expressão de tristeza: – Hã-hã-hã – arfou, com soluços exagerados, tornando a apertar a barriga. – Mesmo lugar. Não saudável prender.

Balancei a cabeça devagar, tentando imaginar como devia ser para Tempi, constantemente assolado por pessoas grosseiras demais para guardar suas expressões para si. Pessoas cujas mãos gesticulavam com frequência, fazendo gestos que não tinham sentido.

– Deve ser muito difícil para você sair por aí.

– Não muito difícil. – *Eufemismo.* – Quando saio de Ademre, sei disso. Não civilização. Bárbaros são rudes.

– Bárbaros?

Ele fez um gesto largo, abarcando nossa clareira, a floresta, toda Vintas.

– Todos aqui parecem cães – disse, com uma expressão grotescamente exagerada de raiva, mostrando todos os dentes, rosnando e revirando os olhos feito louco. – É só isso que vocês sabem – completou, num dar de ombros displicente de aceitação, como se dissesse que não nos culpava por isso.

– E as crianças? – perguntei. – As crianças sorriem antes de falar. Isso é errado?

Tempi meneou a cabeça.

– Todas as crianças bárbaros. Todas sorriem com rosto. Todas as crianças grosseiras. Mas ficam velhas. Observam. Aprendem. – Fez uma pausa pensativa e escolheu as palavras: – Bárbaros não têm mulher para ensinar civilização. Bárbaros não podem aprender.

Percebi que ele não tinha qualquer intenção de ofender, mas aquilo me deixou mais decidido do que nunca a aprender os detalhes da língua manual dos ademrianos.

Tempi se levantou e começou a se aquecer com diversos alongamentos, parecidos com os que faziam os acrobatas da minha trupe, quando eu era pequeno. Depois de 15 minutos virando o corpo para lá e para cá, iniciou sua lenta pantomima, que lembrava uma dança. Embora eu não o soubesse na ocasião, chamava-se Ketan.

Ainda espinhado com o comentário de Tempi de que "bárbaros não podem aprender", resolvi acompanhar seus movimentos. Afinal, não tinha nada melhor para fazer.

Ao tentar imitá-lo, percebi como a coisa era diabolicamente complexa: manter as mãos curvadas com a inclinação exata, os pés na posição correta. Embora Tempi se movesse com lentidão quase glacial, constatei ser impossível imitar sua graça suave. Em momento algum ele parou ou olhou na minha direção. Em momento algum ofereceu uma palavra de incentivo ou aconselhamento.

Foi exaustivo, fiquei contente quando acabou. Então, comecei a preparar o fogo e montei um tripé depressa. Sem dizer nada, Tempi pegou uma linguiça dura e várias batatas, que começou a descascar cuidadosamente com a espada.

Fiquei surpreso com aquilo, porque ele era tão cheio de cuidados com a espada quanto eu com meu alaúde. Uma vez, quando Dedan a pegara, o ademriano tinha reagido com uma explosão sentimental bastante dramática. Dramática para os padrões Tempi, é claro. Ele tinha dito duas frases inteiras e franzido um pouquinho o cenho.

Notou que eu o observava e inclinou a cabeça, curioso.

– Espada? Para cortar batatas?

Tempi olhou para a batata semidescascada numa das mãos, a espada na outra.

– É afiada – disse, dando de ombros. – É limpa.

Enquanto esperava a água ferver, levantou-se, sacudiu o corpo e começou a segunda série de alongamentos flexíveis. Tornei a acompanhá-lo. Dessa vez foi mais difícil. Os músculos dos meus braços e pernas estavam frouxos e bambos pelo esforço anterior. Já no final, tive de me esforçar para não tremer, porém desvendei mais alguns segredos.

Tempi continuou a me ignorar, mas não me importei. Sempre tive atração por desafios.

CAPÍTULO 83

Falta de visão

— ...E ASSIM, O TABORLIN FOI PRESO num subterrâneo profundo – disse Marten. – Deixaram-no sem nada além da roupa do corpo e alguns centímetros de vela derretida para afastar a escuridão. O rei feiticeiro planejava deixá-lo preso até que a fome e a sede lhe enfraquecessem a vontade. Scyphus sabia que, se o mago jurasse ajudá-lo, cumpriria sua promessa, porque Taborlin jamais lhe faltaria com a palavra. O pior de tudo é que Scyphus tinha-lhe tirado o cajado e a espada e, sem eles, sua força se esvaía e ficava parca. O rei tirara até a capa de cor indefinida do Taborlin, mas ele *atch...* Desculpem. Mas *...atchim*! Hespe, você me faria a gentileza de me passar o cantil?

Hespe jogou o cantil para Marten, que bebeu um grande gole.

– Assim está melhor – disse e pigarreou. – Onde é que eu estava mesmo?

Fazia 12 dias que nos encontrávamos no Eld, e as coisas haviam entrado num ritmo regular. Marten modificara nossa aposta permanente, para que refletisse nossa crescente habilidade. Primeiro de 10 para um, depois de 15 para um: o mesmo arranjo que tinha com Dedan e Hespe.

Minha compreensão da linguagem manual dos ademrianos vinha crescendo e, como resultado, Tempi ia deixando de ser uma frustrante página em branco. Conforme eu aprendia a ler sua linguagem corporal, seus contornos ganhavam cor.

Ele era reflexivo e gentil. Dedan o irritava com sua falta de tato. Tempi adorava piadas, embora muitas das minhas fossem um fiasco e, invariavelmente, as que ele tentava contar não fizessem sentido quando traduzidas.

Isso não quer dizer que as coisas fossem perfeitas entre nós. Eu ainda o ofendia de vez em quando, cometendo gafes que não conseguia entender nem mesmo *a posteriori*. Todo dia eu continuava a acompanhá-lo em sua estranha dança, e todo dia ele me ignorava solenemente.

– Ora, o Taborlin precisava fugir – disse Marten, continuando sua história –, mas, ao correr os olhos pela caverna, não viu nenhuma porta. Nem janelas. Em toda a sua volta não havia nada além de pedra dura e lisa. Mas o Grande Taborlin sabia os nomes de todas as coisas, por isso tudo ficava sob o seu comando. Ele disse à pedra: "*quebra-te!*", e a pedra se quebrou. A parede rasgou feito um pedaço de papel e, pelo buraco, Taborlin pôde ver o céu e respirar o doce ar da primavera. Ele saiu das cavernas, entrou no castelo e, por fim, chegou às portas do próprio salão do rei. As portas estavam trancadas, barrando-o, por isso ele ordenou "*ardei!*", e as portas irromperam em chamas e, pouco depois, já não passavam de cinzas finas. Taborlin entrou no salão e lá avistou o rei Scyphus, sentado com 50 guardas. O rei ordenou "Capturem-no!", mas os guardas tinham acabado de ver as portas virarem cinzas, portanto se aproximaram, mas nenhum se atreveu a chegar *muito* perto, se vocês entendem o que quero dizer. O rei Scyphus exclamou: "Covardes! Combaterei Taborlin com a magia e vou derrotá-lo!" O rei também tinha medo do Taborlin, mas disfarçava bem. Além disso, tinha seu cajado, enquanto Taborlin estava sem nenhum. Então, Taborlin disse: "Se és tão valente, entrega-me o meu cajado antes de duelarmos." "Com certeza", disse Scyphus, embora não pretendesse realmente devolvê-lo, entendem? "Ele está bem a teu lado, naquele baú."

Marten correu os olhos por nós, com ar conspiratório.

– Vocês sabem, o Scyphus sabia que o baú estava trancado e só tinha uma chave. E essa chave estava no bolso dele. Assim, Taborlin se aproximou do baú, mas viu que estava trancado. Então Scyphus e alguns dos guardas riram. Isso aborreceu Taborlin e, antes que algum deles pudesse fazer alguma coisa, ele bateu com a mão no tampo do baú e gritou "*Edro!*". O baú se escancarou e ele pegou sua capa de cor indefinida e a enrolou no corpo.

Marten voltou a pigarrear.

– Desculpem – disse, fazendo uma pausa para beber outro grande gole d'água.

Hespe virou-se para Dedan:

– De que cor você acha que era a capa do Taborlin?

A testa de Dedan franziu-se um pouco, quase num começo de carranca.

– O que você quer dizer? Ela é de cor indefinida, justamente como diz a história.

A boca de Hespe esticou-se.

– Eu *sei* disso. Mas, quando você a imagina na sua cabeça, como ela é? Você tem que imaginá-la parecida com alguma coisa, não é?

Dedan ficou pensativo por um instante.

– Sempre a imaginei como uma espécie de furta-cor. Feito as pedras do lado de fora das fábricas de sebo, depois de uma chuva forte.

– Sempre pensei nela como um cinza sujo – disse Hespe. – Meio desbotada, por ele viver na estrada o tempo todo.

– Faz muito sentido – observou Dedan e vi o rosto de Hespe tornar a se abrandar.

– Branca – sugeriu Tempi. – Eu penso branca. Sem cor.

– Sempre pensei nela como uma espécie de azul-celeste – admitiu Marten, dando de ombros. – Sei que não faz nenhum sentido. Mas é assim que a imagino.

Todos se voltaram para mim.

– Às vezes penso nela como uma espécie de colcha de retalhos – expliquei –, toda feita de uma porção de trapos e sobras de cores diferentes. Mas, na maioria das ocasiões, penso nela como escura. Como se tivesse realmente uma cor, mas fosse escura demais para alguém vê-la.

Quando eu era pequeno, as histórias do Taborlin me deixavam com os olhos arregalados de assombro. Agora que eu sabia a verdade sobre a magia, gostava delas num nível diferente, em algum ponto entre a saudade e a diversão.

Mas eu guardava no coração um lugar especial para a capa de cor indefinida do Taborlin. Seu cajado detinha grande parte do seu poder. Sua espada era letal. A chave, a moeda e a vela eram ferramentas valiosas. Mas a capa estava em seu coração. Era disfarce quando ele precisava disfarçar-se, ajudava-o a se esconder quando estava encrencado. Ela o protegia. Da chuva. Das flechas. Do fogo.

Taborlin podia esconder coisas nela, que tinha muitos bolsos, cheios de objetos maravilhosos. Uma faca. Um brinquedo de criança. Uma flor para uma dama. Qualquer coisa de que Taborlin precisasse estava em algum lugar da sua capa de cor indefinida. Foram essas histórias que me fizeram implorar a minha mãe por minha primeira capa, quando eu era pequeno...

Ajeitei a capa em volta do corpo. Minha capa feia, puída e desbotada, que o latoeiro me dera na troca. Numa de nossas idas a Crosson para comprar provisões, eu tinha comprado um pedaço de tecido e costurara uns bolsos desajeitados na parte interna. Mas ela ainda era uma substituta precária da minha rica capa cor de vinho, ou da encantadora capa verde e preta que a Feila me dera.

Marten voltou a pigarrear e se lançou de novo na narrativa:

– Então, o Taborlin bateu com a mão no baú e gritou "*Edro!*". A tampa se abriu e ele pegou sua capa de cor indefinida e seu cajado. Invocou grandes relâmpagos em forma de galhos e matou 20 guardas. Depois, invocou uma cortina de fogo e matou outros 20. Os que sobraram depuseram as espadas e imploraram por clemência. Então, Taborlin recolheu o resto das suas coisas no baú. Pegou a chave e a moeda e as guardou em segurança. Por fim, tirou sua espada de cobre, Skyaldrin, e a prendeu na cinta...

– Como é? – interrompeu Dedan, rindo. – Conversa! A espada do Taborlin não era de cobre.

– Cale a boca, Dedan – rebateu Marten, irritado com a interrupção. – Era, sim.

– Cale a boca você – retrucou Dedan. – Quem já ouviu falar de espada de cobre? O cobre não conserva o gume. Seria como tentar matar alguém com um vintém grande.

Hespe riu ao ouvir aquilo.

– Provavelmente, era uma espada de prata, não acha, Marten?

– Era uma espada de cobre – insistiu ele.

– Vai ver que isso foi no começo da carreira dele – disse Dedan a Hespe, num cochicho alto. – Ele só podia comprar espadas de cobre.

Marten disparou um olhar raivoso para os dois.

– De cobre, seus infelizes. Se vocês não estão gostando, podem adivinhar o fim.

E cruzou os braços.

– Ótimo – disse Dedan. – O Kvothe pode nos contar. Ele pode ser um fedelho, mas sabe contar histórias direito. Espada de cobre uma ova!

– Na verdade, eu gostaria de ouvir o final da história do Marten – falei.

– Ora, vá em frente – disse o velho mateiro, aborrecido. – Agora não estou com vontade de acabar. E prefiro ouvir você do que esse burro zurrando um dos finais dele.

As histórias contadas à noite eram uma das poucas horas em que podíamos sentar como grupo, sem entrar em picuinhas bestas. Agora, até elas estavam ficando tensas. E mais, os outros começavam a contar comigo para a diversão noturna. Na esperança de pôr fim a essa tendência, eu havia pensado muito na história que contaria nessa noite.

– Era uma vez – comecei – um garotinho nascido numa cidadezinha. Era perfeito, ou assim achava sua mãe. Mas havia uma coisa diferente nele. O menino tinha um parafuso de ouro no umbigo. Só com a cabeça aparecendo. Ora, sua mãe ficava contente pelo simples fato de ele ter todos os dedos das mãos e dos pés. Mas, à medida que foi crescendo, o menino percebeu que nem todo mundo tinha um parafuso no umbigo, muito menos de ouro. Perguntou à mãe para que ele servia, mas ela não soube dizer. Então, perguntou ao pai, mas o pai não sabia. Perguntou aos avós, mas eles também não souberam.

Fiz uma pausa para encará-los.

– Isso resolveu a questão por algum tempo – prossegui –, mas a coisa continuou a incomodá-lo. Por fim, quando tinha idade suficiente, ele arrumou uma trouxa e partiu, na esperança de achar alguém que soubesse a verdade. Foi de lugar em lugar, perguntando a todos que diziam ter algum conhecimento sobre alguma coisa. Perguntou a parteiras e fisiopatas, mas eles não faziam ideia do que pensar daquilo. Perguntou a arcanistas, latoeiros e velhos ermitãos que viviam na floresta, mas ninguém nunca vira nada parecido. Foi perguntar aos mercadores ceáldimos, achando que, se havia alguém que entendia de ouro, eram eles. Mas os mercadores ceáldimos não souberam a resposta. O garoto recorreu aos arcanistas da Universidade, achando que, se alguém entendia de parafusos e seu funcionamento, eram eles. Mas os arcanistas não souberam dizer. Ele seguiu pela estrada dos Montes Tempestuosos, para perguntar às feiticeiras do povo Tahl, mas nenhuma delas soube lhe dar uma explicação. Assim, ele acabou procurando o rei de Vint, o rei mais rico do mundo. Mas o rei não sabia. Apelou para o imperador de Atur, porém, mesmo com todo o seu poder, o imperador não sabia. Ele foi a todos os Pequenos Reinos, um por um, mas ninguém soube lhe dizer nada. Por último, recorreu ao rei de Modeg, o mais sábio de todos os reis do mundo. O rei supremo olhou atentamente para a cabeça do parafuso de ouro que se projetava do umbigo do menino. Então, fez um gesto e o seu senescal lhe trouxe uma almofada de seda dourada. Sobre essa almofada havia uma caixa dourada. O rei tirou uma chave dourada do pescoço, abriu a caixa, e lá dentro havia uma chave de fenda dourada. O rei supremo pegou a chave de fenda e fez sinal para que o menino se aproximasse. Trêmulo de agitação, ele obedeceu. E então o rei supremo pegou a chave de fenda dourada e a encostou no umbigo do menino.

Fiz uma pausa para tomar um grande gole d'água. Senti minha pequena plateia inclinar-se para mim.

– Então, o rei supremo girou cuidadosamente o parafuso dourado. Uma vez: nada. Duas vezes: nada. Aí, girou-o a terceira vez e a bunda do garoto caiu.

Houve um momento de silêncio perplexo.

– O quê? – disse Hespe, incrédula.

– A bunda dele caiu – repeti, com a cara absolutamente séria.

Fez-se um longo silêncio. Todos os olhares estavam fixados em mim. O fogo estalou e fez uma brasa vermelha saltar.

– E aí, o que aconteceu? – perguntou Hespe por fim.

– Nada – respondi. – É só isso. Fim.

– O quê? – perguntou ela de novo, mais alto. – Que diabo de história é essa?

Eu já ia responder, quando Tempi caiu na gargalhada. E continuou a rir, dando grandes gargalhadas chacoalhantes que o deixaram sem fôlego. Logo também comecei a rir, em parte pela manifestação de Tempi, em parte porque sempre tinha achado essa história estranhamente engraçada.

Hespe assumiu uma expressão perigosa, como se fosse ela o alvo da piada.

Dedan foi o primeiro a falar:

– Não entendi. Por que o...? – Sua voz se extinguiu.

– Eles repuseram a bunda do menino no lugar? – interpôs Hespe.

Dei de ombros.

– Isso não faz parte da história.

Dedan fez gestos desconexos, com uma expressão frustrada.

– Qual é o sentido?

Fiz uma cara inocente.

– Achei que só estivéssemos contando histórias.

O homenzarrão fechou a carranca para mim.

– Histórias sensatas! Histórias com um fim. Não histórias que têm só uma bunda de garoto... – Abanou a cabeça. – Isso é ridículo. Vou dormir. – E se retirou para fazer sua cama. Hespe partiu na direção do lugar onde se deitava.

Sorri, razoavelmente seguro de que nenhum deles me incomodaria para pedir mais histórias do que me interessava contar.

Tempi também se levantou. Então, ao passar por mim, sorriu e me deu um abraço repentino. Uma onzena antes, aquilo me deixaria chocado, mas agora eu sabia que o contato físico não era particularmente estranho entre os ademrianos.

Mesmo assim, fiquei surpreso por ele fazer esse gesto diante dos outros. Retribuí o abraço da melhor maneira que pude, sentindo o peito dele ainda sacudir de riso.

– Caiu a bunda – disse ele, baixinho, e seguiu para sua cama.

Os olhos de Marten acompanharam Tempi e, em seguida, ele me lançou um longo olhar especulativo.

– Onde você ouviu essa história? – perguntou-me.

– Foi meu pai quem me contou, quando eu era pequeno – respondi com franqueza.

– É uma história estranha para se contar a uma criança.

– Eu era uma criança estranha. Quando fiquei mais velho, ele me confessou que inventava as histórias para me fazer ficar quieto. Eu o enchia de perguntas. Hora após hora. Meu pai dizia que a única coisa capaz de me manter sossegado era algum tipo de quebra-cabeça. Mas eu matava charadas como quem mata mosquitos e as dele logo se esgotaram.

Dei de ombros e comecei a estender minha cama.

– Por isso, ele inventava histórias que pareciam quebra-cabeças e me perguntava se eu entendia o que queriam dizer – recordei, com um sorriso saudoso. – Eu me lembro de ter passado dias e dias pensando nesse garoto do parafuso no umbigo, tentando descobrir o sentido.

Marten franziu o cenho.

– É crueldade fazer isso com uma criança.

O comentário me surpreendeu.

– O que quer dizer?

– Enganar você, só para ter um pouco de paz e sossego. É uma coisa vergonhosa de se fazer.

Assustei-me.

– Mas ele não fazia isso por mesquinhez. Eu gostava. Isso me dava alguma coisa em que pensar.

– Mas era inútil. Impossível.

– Não era inútil – protestei. – São as perguntas que não sabemos responder que mais nos ensinam. Elas nos ensinam a pensar. Se você dá uma resposta a um homem, tudo o que ele ganha é um fato qualquer. Mas, se você lhe der uma pergunta, ele procurará suas próprias respostas.

Estendi meu cobertor no chão e dobrei por cima a minha capa puída do latoeiro, para me cobrir com ela.

– Assim, quando ele encontrar as respostas – continuei –, elas lhe serão preciosas. Quanto mais difícil a pergunta, com mais empenho procuramos a resposta. Quanto mais a procuramos, mais aprendemos. Uma pergunta impossível...

Parei de falar, ao ter uma súbita percepção. Elodin. Era isso que Elodin estivera fazendo. Era tudo o que tinha feito em suas aulas. Os jogos, as pistas, as charadas enigmáticas. Todos eram uma espécie de pergunta.

Marten balançou a cabeça e saiu andando, mas eu estava perdido em meus pensamentos e mal o notei. Eu havia desejado respostas e, apesar de tudo o que tinha pensado, Elodin estivera tentando dar-me essas respostas. O que eu havia tomado por uma obscuridade maldosa por parte dele tinha sido, na verdade, uma persistente exortação à busca da verdade. Fiquei lá sentado, calado e pasmo ante a extensão dos ensinamentos do mestre. Ante a minha falta de compreensão, a minha falta de visão.

CAPÍTULO 84

A borda do mapa

CONTINUAMOS A AVANÇAR AOS bocadinhos pelo Eld. Todos os dias começavam com a esperança de encontrarmos vestígios de uma trilha. Todas as noites terminavam com desapontamento.

Decididamente, a maçã havia perdido o brilho e, aos poucos, nosso grupo ia sendo tomado pela irritação e pela maledicência. O medo que um dia Dedan pudesse ter sentido de mim tornara-se fino feito papel e ele me pressionava constantemente. Quis comprar uma garrafa de conhaque com o dinheiro do maer. Recusei. Achou que não precisávamos ficar de vigília à noite, bastava montar uma armadilha. Discordei.

Cada pequena batalha que eu vencia o deixava ainda mais ressentido. E seus resmungos baixos foram aumentando progressivamente, à medida que nossa busca prosseguia. Nunca chegava a ser nada tão ousado quanto um confronto direto, apenas uma chuva de comentários irônicos esporádicos e uma insubordinação rabugenta.

Por outro lado, Tempi e eu nos aproximávamos aos poucos de algo parecido com amizade. Seu aturano estava melhorando e o meu adêmico havia progredido a ponto de eu poder ser considerado desarticulado, em vez de apenas confuso.

Continuei a imitá-lo quando ele executava sua dança e ele continuou a me ignorar. Agora que já a fazia havia algum tempo, reconheci nela um certo sabor marcial. Um movimento lento com um braço dava a impressão de um soco, um erguer lentíssimo do pé lembrava um chute. Meus braços e pernas já não tremiam com o esforço de me mover devagar junto com ele, mas eu ainda me irritava por ser tão desajeitado. Não há nada que eu abomine mais do que fazer uma coisa malfeita.

Por exemplo, havia uma parte, no meio do caminho, que parecia fácil como respirar. Tempi girava, rodava os braços e dava um passinho. Mas, toda vez que eu tentava fazer a mesma coisa, era inevitável que tropeçasse. Eu havia experimentado meia dúzia de maneiras diferentes de posicionar os pés, mas nada fazia a menor diferença.

No entanto, no dia seguinte à noite em que contei a história do "parafuso solto", como Dedan passou a se referir a ela, Tempi parou de me ignorar. Dessa vez, depois que tropecei, ele parou e me encarou. Seus dedos se agitaram: *desaprovação, irritação*.

– Volte – disse ele, fazendo a posição de dança que vinha antes do meu tropeço.

Coloquei-me na mesma posição e tentei imitá-lo. Novamente perdi o equilíbrio e tive de arrastar os pés para não cair.

– Meus pés são idiotas – resmunguei em adêmico, enroscando os dedos da mão esquerda: *embaraço*.

– Não – disse Tempi, que segurou meus quadris entre as mãos e os girou. Em seguida, empurrou meus ombros para trás e deu um tapa em meu joelho, fazendo-me dobrá-lo. – Sim.

Tentei me mover para a frente mais uma vez e senti a diferença. Ainda perdi o equilíbrio, mas só um pouco.

– Não – disse ele outra vez. – Observe. – Bateu no ombro. – Isto. – Postou-se diretamente diante de mim, a apenas 30 centímetros de distância, e repetiu o movimento. Girou, suas mãos fizeram um círculo para o lado e seu ombro empurrou meu peito. Era o movimento que alguém faria se tentasse abrir uma porta com o ombro.

Tempi não se moveu muito depressa, mas seu ombro me empurrou para o lado com firmeza. Não foi bruto nem súbito, mas foi de uma força irresistível, como quando um cavalo esbarra na gente numa rua cheia.

Tornei a fazer todo o movimento, concentrando-me em meu ombro. Não tropecei.

Como éramos os únicos no acampamento, tirei o sorriso do rosto e fiz um gesto: *felicidade*.

– Obrigado. – *Eufemismo*.

Tempi não disse nada. Manteve o rosto impassível, as mãos paradas. Apenas voltou ao lugar onde estivera antes e recomeçou sua dança do início, olhando para o outro lado.

Procurei manter-me estoico ante esse diálogo, mas tomei-o por um grande elogio. Se soubesse mais sobre os ademrianos, teria percebido que era muito mais que isso.

∽

Tempi e eu chegamos a uma elevação e encontramos Marten à nossa espera. Ainda era muito cedo para o almoço, por isso senti crescer em meu peito a esperança, quando pensei que, finalmente, depois de todos os longos dias de busca, talvez ele tivesse encontrado a trilha dos bandidos.

– Eu queria lhes mostrar isso – disse Marten, apontando uma planta alta e espalhada, semelhante a uma samambaia, a uns 3,5 metros de distância.

– Isso é uma certa raridade. Faz anos que não vejo nenhuma.

– O que é?

– Chama-se lâmina-de-An – respondeu ele com orgulho, examinando-a. – Vocês precisam ficar de olho. Não são muitas as pessoas que as conhecem e isso pode nos dar uma pista se houver outras delas por aí.

Marten correu os olhos entre nós, de um para outro, ansioso.

– Bem? – incentivou, enfim.

– O que há de tão especial nela? – perguntei, obedientemente.

Marten sorriu e disse:

– A lâmina-de-An é interessante porque não suporta gente. Se qualquer parte dela encostar na pele humana, fica vermelha como as folhas de outono em poucas horas. Mais vermelha até. Viva como os seus tons vermelhos – acrescentou, com um gesto para Tempi. – E depois, a planta toda seca e morre.

– É mesmo? – perguntei, já não tendo que fingir interesse.

Marten confirmou com a cabeça.

– Uma gota de suor a mata do mesmo jeito. Isso significa que, na maioria das vezes, ela morre simplesmente por tocar a roupa de uma pessoa. Ou a armadura. Ou mesmo um cajado ou graveto que ela tenha segurado. Ou uma espada. – Fez um gesto para o quadril de Tempi e acrescentou: – Há quem diga que ela morre se a pessoa simplesmente respirar em cima dela. Mas isso eu não sei se é verdade.

Deu meia-volta e nos afastou da lâmina-de-An.

– Esta é uma floresta muito, muito antiga. Não se vê a lâmina em nenhum lugar próximo de onde tenha havido uma povoação humana. Aqui nós estamos fora da borda do mapa.

– Dificilmente estaríamos na borda do mapa – discordei. – Sabemos exatamente onde estamos.

Marten deu uma bufadela.

– Os mapas não têm bordas externas. Têm bordas internas. Buracos. As pessoas gostam de fingir que sabem tudo sobre o mundo. Especialmente os ricos. Os mapas são ótimos para isso. Do lado de cá da linha ficam os campos do barão Bitributo, do lado de lá, as terras do conde Dinheirama. – Ele deu uma cusparada. – Não pode haver lacunas nos mapas, por isso as pessoas que os desenham sombreiam uma parte e escrevem em cima "Eld" – disse, balançando a cabeça. – Dá na mesma se a gente queimar um buraco bem no meio do mapa, pela serventia que isso tem. Esta floresta é tão grande quanto Vintas. Ninguém é dono dela. Se partir na direção errada aqui, você vai andar centenas de quilômetros sem ver uma estrada, muito menos uma casa ou um campo arado. Há lugares por aqui que nunca sentiram a pressão de uma passada humana nem ouviram uma voz de homem.

Olhei em volta:

– Ela parece igual à maioria das florestas que já vi.

– O lobo é parecido com o cão – retrucou Marten, com simplicidade. – Mas não é igual. O cão é... – Fez uma pausa. – Qual é a palavra para os animais que vivem o tempo todo perto de gente? Vacas e ovelhas, essas coisas.

– Domesticados?

– Isso – confirmou ele, olhando ao redor. – A fazenda é domesticada. Os jardins. Os parques. A maioria das florestas também. Os homens procuram cogumelos, cortam lenha ou levam as namoradas para uns beijinhos e uns amassos.

Ele balançou a cabeça e estendeu a mão para tocar a casca áspera de uma árvore próxima. Foi um gesto estranhamente gentil, quase amoroso.

– Mas não este lugar. Este lugar é antigo e selvagem. Não dá o menor cisco de importância a nós. Se essa gente que estamos caçando levar a melhor sobre nós, não terá nem que enterrar nossos corpos. Passaremos 100 anos deitados no chão e ninguém chegará nem perto de tropeçar nos nossos ossos.

Girei o corpo onde estava, olhando para a ondulação da terra. As pedras gastas, as fileiras intermináveis de árvores. Procurei não pensar em como o maer me mandara para lá, como quem movesse uma pedra num tabuleiro de tak. Ele me mandara para um buraco no mapa. Um lugar onde ninguém jamais acharia meus ossos.

CAPÍTULO 85
Interlúdio – Cercas

KVOTHE EMPERTIGOU-SE NA CADEIRA, espichando o pescoço para enxergar melhor pela janela. Estava levantando a mão para o Cronista quando eles ouviram batidas leves na escadinha de madeira do lado de fora. Rápidas e suaves demais para serem botas pesadas de lavradores, foram seguidas por uma risada aguda de criança.

O Cronista secou depressa com o mata-borrão a folha em que estivera escrevendo e a enfiou embaixo de uma pilha de papel em branco, enquanto Kvothe se levantava e caminhava para o bar. Bast reclinou-se no encosto, vergando a cadeira para trás sobre duas pernas.

Passado um momento, a porta se abriu e um jovem espadaúdo e de barba rala entrou na hospedaria, guiando cuidadosamente uma menininha loura pela porta. Atrás dele, uma jovem carregava um garotinho no colo.

O hospedeiro sorriu e ergueu uma das mãos.

– Mary! Hap!

O jovem casal trocou duas palavras rápidas, antes que o lavrador se encaminhasse para o Cronista, ainda empurrando gentilmente a garotinha à sua frente. Bast levantou-se e ofereceu sua cadeira a Hap.

Mary aproximou-se do bar, displicentemente fazendo com que uma das mãos do garotinho soltasse seu cabelo. Ela era jovem e bonita, com a boca risonha e o olhar cansado.

– Olá, Kote.

– Faz tempo que não os vejo – disse o hospedeiro. – Posso lhe oferecer uma sidra? Fresquinha, prensei-a hoje de manhã.

Mary assentiu com a cabeça e o hospedeiro serviu três canecos. Bast levou dois para Hap e sua filha. O rapaz aceitou a dele, mas a menina se escondeu atrás do pai, olhando timidamente por trás do ombro dele.

– Será que o rapazinho Ben gostaria de um copo só para ele?

– Gostaria – respondeu Mary, sorrindo para o menino que chupava os dedos. – Mas eu não lhe daria um, a menos que você esteja doido para limpar o chão – disse, enfiando a mão num bolso.

Kote balançou a cabeça num gesto firme, levantando uma das mãos.

– Não quero nem ouvir falar disso. Hap não recebeu metade do que valia o trabalho quando consertou minha cerca lá nos fundos.

Mary deu um sorriso cansado e aflito e pegou seu caneco.

– Muito obrigada, Kote.

Foi até onde estava o marido, falando com o Cronista. Dirigiu-se ao escriba, balançando suavemente de um lado para outro, com o bebê apoiado num dos quadris. O marido a ouviu, meneando a cabeça e interpondo uma ou duas palavras de vez em quando. O Cronista molhou a pena e começou a escrever.

Bast voltou para o bar e se encostou no balcão, espiando a mesa com ar curioso.

– Ainda não estou entendendo isso tudo. Tenho certeza de que Mary sabe escrever. Ela me mandou cartas.

Kvothe lançou um olhar curioso para seu aluno, depois deu de ombros.

– Imagino que ele esteja escrevendo testamentos e instruções. Esse tipo de coisa a pessoa quer que seja escrita em letra clara, com a ortografia correta e sem confusões – disse. Fez sinal para onde o Cronista imprimia um selo pesado numa folha de papel. – Viu? Isso mostra que ele é funcionário do tribunal de justiça. Tudo que ele atesta tem peso legal.

– Mas o sacerdote faz isso – disse Bast. – O superior Grimes é funcionário de tudo quanto é tipo. Escreve os registros de casamentos e as escrituras quando alguém compra um pedaço de terra. Você mesmo disse que eles adoram registros.

Kvothe meneou a cabeça.

– É verdade, mas os sacerdotes gostam de quando se deixa dinheiro para a Igreja. Se redigem o seu testamento e você não deixa nem um vintém quebrado para a Igreja... – Encolheu os ombros. – Isso pode dificultar a vida numa cidadezinha como esta. E, se a pessoa não sabe ler... bem, aí o sacerdote pode escrever o que quiser, não é? E quem vai discutir com ele, depois que o sujeito estiver morto?

– O superior Grimes não faria uma coisa dessas! – objetou Bast, parecendo chocado.

– É provável que ele não fizesse – admitiu Kvothe. – Grimes é um tipo de clérigo decente. Mas talvez o sujeito queira deixar um pedaço de terra para a jovem viúva que mora logo adiante na mesma rua e algum dinheiro para o segundo filho dela, não é? – indagou, com uma sobrancelha levantada numa expressão significativa. – Esse é o tipo de coisa que o indivíduo não quer que seu sacerdote escreva. É melhor a notícia vir à tona depois que ele estiver morto e enterrado.

A compreensão iluminou os olhos de Bast, que fitou o jovem casal como se tentasse adivinhar que segredos eles estariam tentando esconder.

Kvothe sacou de um pedaço de pano branco e começou a polir o balcão do bar, distraído.

– Quase sempre é mais simples do que isso – comentou. – Algumas pessoas querem simplesmente deixar a caixa de música para a Ellie e não ficar ouvindo as outras irmãs choramingarem por isso nos 10 anos seguintes.

– Como quando a viúva Graden morreu?

– Exatamente como quando a viúva Graden morreu. Você viu como a família se dilacerou na luta pelas coisas dela. Metade dos familiares ainda nem se falam.

Do outro lado do salão, a garotinha se aproximou da mãe e puxou seu vestido com insistência. Um instante depois, Mary aproximou-se do bar, com a menininha atrás.

– A Syl precisa cuidar das necessidades – disse, com ar compungido. – Será que nós podemos...?

Kote fez que sim e apontou a porta próxima da escada.

Mary virou-se e estendeu o garotinho para Bast.

– Você se incomoda?

Basicamente num movimento reflexo, Bast estendeu as duas mãos e segurou o menino, depois ficou parado ali, sem jeito, enquanto Mary escoltava a filha para longe.

O garotinho olhou em volta, animado, sem entender direito essa nova situação. Bast virou-se para Kvothe, segurando o bebê à frente, com os braços duros. A expressão do menino passou aos poucos de curiosa a insegura e então a infeliz. Por último, começou a fazer um barulhinho baixo, angustiado. Parecia estar pensando se queria chorar ou não e aos poucos começou a perceber que sim, pensando bem, provavelmente queria.

– Ora, mas francamente, Bast! – disse Kvothe em tom exasperado. Deu um passo à frente e segurou o menino, sentando-o no balcão do bar e firmando-o com as duas mãos. – Pronto.

Ali o menino pareceu mais contente. Esfregou a mãozinha curiosa no tampo liso do bar e deixou uma mancha. Olhou para Bast e sorriu.

– Au-au – disse.

– Que encanto – comentou Bast, em tom seco.

O pequeno Ben começou a chupar os dedos e tornou a olhar em volta, dessa vez com ar mais resoluto.

– Mã – disse. – Mamamamã.

Aí começou a parecer apreensivo e a fazer o mesmo ruído baixo e aflito de antes.

– Segure-o firme – disse Kvothe, deslocando-se para ficar bem em frente ao garotinho. Quando Bast o firmou, o hospedeiro pegou o pé do menino e começou a entoar uma cantiga repetitiva:

Sapateiro, sapateiro, venha medir meu sapato.
Fazendeiro, fazendeiro, tire do trigo esse mato.
Seu padeiro, seu padeiro, venha cá assar meu pão.
Chapeleiro, chapeleiro, sem chapéu não ando, não.

O garotinho observou Kvothe fazer um movimento diferente com as mãos para cada verso, fingindo limpar o trigo e amassar o pão. No último verso, o menininho dava risadas encantadas, borbulhantes, batendo as mãozinhas na própria cabeça junto com o homem ruivo.

Moleiro, tome cuidado, tire o dedo da balança.
Leiteira, traga seu balde, para encher a minha pança.
Oleiro, gire essa roda, que rodando o jarro sai,
Neném, ó nenenzinho, dê um beijo no papai.

Kvothe não fez nenhum gesto nesse último verso, apenas inclinou a cabeça, fitando Bast com expectativa.

Bast permaneceu parado, confuso. Depois, a compreensão transpareceu em seu rosto.

– Reshi, como pode pensar uma coisa dessas? – exclamou, com a voz ligeiramente ofendida. Apontou para o garotinho: – Ele é louro!

Olhando para os dois homens, o menino concluiu que, na verdade, gostaria de chorar um pouquinho. Seu rosto se crispou e ele irrompeu em lágrimas.

– A culpa é sua – disse Bast, peremptório.

Kvothe tirou o garotinho do balcão e o balançou, numa tentativa marginalmente bem-sucedida de acalmá-lo. No minuto seguinte, quando Mary voltou para o salão da taberna, o bebê berrou ainda mais alto e se inclinou para ela, estendendo as duas mãos.

– Desculpe-me – disse Kvothe, parecendo desconcertado.

Mary o pegou de volta e ele se acalmou no mesmo instante, ainda com lágrimas nos olhos.

– A culpa não é sua – disse ela. – Ele anda sedento da mamãe ultimamente.

Encostou o nariz no do filho, sorrindo, e o bebê soltou outra risada encantadora, borbulhante.

∞

– Quanto você cobrou deles? – perguntou Kvothe, ao voltar para a mesa do Cronista.

O escriba deu de ombros.

– Um vintém e meio.

Kvothe estancou no ato de se sentar, estreitando os olhos.

– Isso não cobre nem o custo do seu papel.

– Eu tenho ouvidos, não é? – argumentou o Cronista. – O aprendiz de ferreiro mencionou que os Bentley estão passando por um aperto. Mesmo que ele não tivesse falado, eu ainda tenho olhos. O sujeito tinha remendos nos dois joelhos e as botas estão quase furadas. O vestido da garotinha está curto demais para ela e metade é remendada, ainda por cima.

Kvothe meneou a cabeça, com uma expressão sombria.

– O campo deles, no sul, foi inundado por dois anos consecutivos. E as duas cabras morreram nessa primavera. Mesmo que fosse tempo de vacas gordas, este seria um ano ruim para eles. Com o bebezinho... – Respirou fundo e exalou o ar, num suspiro longo e pensativo. – São as coletas de impostos. Já foram duas este ano.

– Quer que eu quebre a cerca de novo, Reshi? – perguntou Bast, ansioso.

– Fale baixo sobre isso, Bast – respondeu Kvothe, com um sorriso bailando nos cantos da boca. – Desta vez vamos precisar de alguma coisa diferente. – O sorriso extinguiu-se. – Antes da próxima coleta.

– Talvez não haja outra – disse o Cronista.

Kvothe meneou a cabeça.

– Não virá até a próxima colheita, mas virá. Os coletores regulares já são um horror, mas entendem o bastante para desviar os olhos de vez em quando. Sabem que estarão de volta no ano seguinte, e no outro. Mas os sanguessugas...

– Eles são diferentes – concordou o Cronista, com ar sombrio. Depois, recitou: – "Mesmo a chuva levariam, se assim pudessem. Se não há ouro, vão-se os cereais que crescem."

Kvothe deu um leve sorriso e continuou:

Levam sua cabra, se grãos você não tem.
Pegam sua lenha e seu casaco também.
Se um gato há por ali, eles levam seu rato.
E no final vai-se a casa, assim é de fato.

– Todos odeiam os sanguessugas – comentou o Cronista, sisudo. – Os nobres os odeiam duas vezes mais, no mínimo.

– Isso me parece difícil de acreditar – disse Kvothe. – Você devia ouvir o que dizem por aqui. Se o último deles não contasse com toda uma guarda armada, acho que não teria saído vivo da cidade.

O Cronista deu um sorriso torto.

– Você devia ter ouvido as coisas de que meu pai os chamava. E ele só teve duas coletas de impostos em 20 anos. Dizia que preferia enfrentar uma invasão de gafanhotos, seguida por um incêndio, a ver o sanguessuga do rei andando por suas terras.

Olhou de relance para a porta da hospedaria e indagou:

– Eles são orgulhosos demais para pedir ajuda?

– Mais orgulhosos ainda – respondeu Kvothe. – Quanto mais pobre é a pessoa, mais valioso é seu orgulho. Conheço esse sentimento. Eu nunca poderia pedir dinheiro a um amigo. Preferiria morrer de fome.

– Um empréstimo? – sugeriu o Cronista.

– Quem tem dinheiro para emprestar, hoje em dia? – perguntou Kvothe em tom sombrio. – Já vai ser um inverno de fome para a maioria do povo. Mas, depois de uma terceira coleta de impostos, os Bentley vão ter que partilhar os cobertores e comer sua reserva de sementes do plantio antes que a neve degele. Isso, se também não perderem a casa...

O hospedeiro baixou os olhos para as mãos sobre a mesa e pareceu surpreso ao ver que havia cerrado um dos punhos. Abriu-o devagar e espalmou as duas mãos no tampo. Depois, ergueu os olhos para o Cronista, com um sorriso pesaroso no rosto.

– Você sabia que, antes de vir para cá, nunca havia pagado impostos? Os Edena não possuem bens, em geral – disse, com um gesto para a hospedaria. – Eu nunca tinha entendido como era exasperante. Chega à cidade um bastardo cheio de si, carregando um livro de registro, e faz você pagar pelo privilégio de possuir alguma coisa.

Fez um gesto para que o Cronista pegasse sua pena.

– Agora, é claro, entendo a verdade das coisas. Sei o tipo de desejo tenebroso que leva um grupo de homens a esperar à beira da estrada para matar os coletores de impostos, num franco desafio ao rei.

CAPÍTULO 86

A estrada destroçada

TERMINAMOS DE VASCULHAR O LADO norte da estrada real e começamos na metade sul. Muitas vezes, a única coisa que distinguia um dia do outro eram as histórias que contávamos à noite, em volta da fogueira. Histórias de Oren Velciter, Laniel Remoçada e Illien. Histórias de porqueiros prestativos e da sorte dos filhos do latoeiro. Histórias de demônios e Encantados, de jogos de adivinhação e dos draugar.

Os Edena Ruh sabem todas as histórias do mundo e sou Edena até o tutano dos ossos. Meus pais contavam histórias em volta da fogueira todas as noites quando eu era pequeno. Cresci assistindo a histórias em pantomimas, ouvindo-as em canções e encenando-as no palco.

Sendo assim, não chegava a surpreender que eu já conhecesse as histórias contadas por Dedan, Hespe e Marten à noite. Não com todos os detalhes, mas sabia a essência delas. Conhecia suas formas e sabia como iam terminar.

Não me entenda mal. Eu continuava a gostar delas. As histórias não precisam ser novas para trazer alegria. Algumas são como velhos amigos. Em outras a gente pode confiar como confia no pão.

Mesmo assim, uma história que ainda não ouvi é algo raro e precioso. E, depois de 20 dias vasculhando o Eld, fui premiado com uma dessas.

∽

– Era uma vez, há muito tempo e longe daqui – disse Hespe, ao nos sentarmos ao redor da fogueira depois do jantar –, um garoto chamado Jax, que se apaixonou pela lua. Jax era um menino estranho, pensativo. Um menino solitário. Morava numa casa velha, no fim de uma estrada destroçada. Ele...

Dedan a interrompeu:

– Você disse estrada *destroçada*?

Hespe enrijeceu a boca. Não amarrou propriamente a cara, mas deu a impressão de estar juntando todas as peças de uma carranca em algum lugar, para o caso de precisar delas às pressas.

– Disse. Uma estrada destroçada. Foi assim que minha mãe contou essa história uma centena de vezes, quando eu era pequena.

Por um minuto, Dedan pareceu prestes a fazer outra pergunta. Em vez disso, porém, deu uma demonstração de rara prudência e simplesmente assentiu com a cabeça.

Relutante, Hespe pôs de lado os pedaços da carranca. Baixou os olhos para as mãos, franzindo o cenho. Sua boca se moveu em silêncio por um momento, depois ela balançou a cabeça para si mesma e prosseguiu.

∽

Todos que viam Jax percebiam haver algo diferente nele. O menino não brincava. Não vivia se metendo em encrencas. E nunca ria.

Algumas pessoas falavam: "O que se pode esperar de um menino que mora sozinho numa casa em ruínas, no fim de uma estrada destroçada?" Outras diziam que o problema era ele sempre ter sido órfão. E havia quem dissesse que ele tinha uma gota de sangue encantado nas veias e que era isso que impedia seu coração de conhecer a alegria.

Era um menino sem sorte, não havia como negar. Se ganhava uma camisa nova, logo havia um furo nela. Se alguém lhe dava um doce, deixava-o cair na rua.

Uns diziam que ele nascera com má estrela, que tinha uma maldição, que levava um demônio montado em sua sombra. Outros simplesmente sentiam pena dele, mas não tanta que se interessassem em ajudar.

Um dia, um latoeiro chegou pela estrada à casa de Jax. Foi uma certa surpresa, porque a estrada estava destroçada, por isso ninguém jamais a usava.

– Você aí, menino! – gritou o latoeiro, apoiado em seu cajado. – Pode arranjar um pouco d'água para um velho?

Jax levou-lhe água num caneco de barro rachado. O latoeiro bebeu e fitou o garoto.

– Você não parece feliz, filho. Qual é o problema?

– Não há problema nenhum. A mim me parece que a pessoa precisa de alguma coisa com que possa ficar feliz e não tenho nada disso.

Jax falou num tom tão monocórdio e resignado, que deixou o latoeiro desolado.

– Aposto que tenho alguma coisa na minha carga que o deixará feliz – disse ao garoto. – O que acha disso?

– Eu diria que, se o senhor me fizer feliz, ficarei mesmo muito grato. Mas não tenho dinheiro para gastar, nem um vintém que possa pedir emprestado, nem mendigar ou dar.

– Bem, isso é um problema – disse o latoeiro. – É que eu faço negócios, você entende.

– Se o senhor puder encontrar alguma coisa na sua carga que me faça feliz, eu lhe darei minha casa. Ela está velha e destroçada, mas tem algum valor.

O latoeiro olhou para a enorme casa velha, a um passinho de ser uma mansão.

– Lá isso tem – concordou.

Então Jax fitou o latoeiro, com o rostinho sério.

– E, se o senhor não conseguir me fazer feliz, o que acontece? Vai me dar os embrulhos que tem nas costas, o cajado que tem na mão e o chapéu que tem na cabeça?

Ora, o latoeiro gostava de apostar e sabia reconhecer uma boa aposta ao ouvi-la. Além disso, seus embrulhos estavam abarrotados de tesouros de todos os Quatro Cantos e ele se sentia confiante de que poderia impressionar um garotinho. Assim, concordou e os dois trocaram um aperto de mão.

Primeiro, o latoeiro pegou um saco de bolas de gude de todas as cores do sol. Mas elas não deixaram Jax feliz. O latoeiro pegou um bilboquê. Mas isso não deixou Jax feliz.

– *Bilboquê não deixa ninguém feliz* – murmurou Marten. – *É o pior brinquedo que já existiu. Ninguém com a cabeça no lugar gosta de bilboquê.*

O latoeiro foi examinando seu primeiro pacote. Estava cheio de coisas comuns, que agradariam a um menino comum: dados, bonecos, um canivete, uma bola de borracha. Mas nada deixou Jax feliz.

Assim, o latoeiro passou para o segundo embrulho, que continha coisas mais raras. Um soldado de engrenagens que andava quando se dava corda nele. Um conjunto luminoso de tintas com quatro pincéis diferentes. Um livro de segredos. Um pedaço de ferro caído do céu...

Isso continuou pelo dia inteiro e até tarde da noite e o latoeiro começou a se preocupar. Não tinha medo de perder o cajado. Mas os embrulhos eram seu meio de vida e ele gostava muito do seu chapéu.

Acabou percebendo que teria de abrir o terceiro pacote. Era pequeno e só continha três objetos. Mas eram coisas que ele só mostrava a seus fregueses mais ricos. Qualquer uma valia muito mais que uma casa em ruínas. Mesmo assim, pensou o latoeiro, era melhor perder uma delas que perder tudo, e ainda por cima o chapéu.

Quando o latoeiro ia pegando o terceiro pacote, Jax apontou para algo:

– O que é aquilo?

– Aquilo são óculos – disse o latoeiro. – São um segundo par de olhos, que ajuda a pessoa a enxergar melhor.

Pegou-os e os ajeitou no rosto de Jax.

O menino olhou em volta.

– As coisas parecem iguais – disse. Aí, levantou a cabeça. – O que é aquilo?

– Aquilo são as estrelas – respondeu o latoeiro.

– Eu nunca as tinha visto – disse Jax e se virou, ainda olhando para cima. E então, parou, completamente imóvel. – O que é aquilo?

– Aquela é a lua – respondeu o latoeiro.

– Acho que aquilo me faria feliz – comentou Jax.

– Bom, aí está – disse o latoeiro, aliviado. – Você já tem os seus óculos...

– Olhar para ela não me faz feliz, assim como olhar para meu jantar não me deixa farto. Eu a quero. Quero tê-la para mim.

– Não posso lhe dar a lua – retrucou o latoeiro. – Ela não me pertence. Pertence apenas a ela mesma.

– Só a lua servirá – declarou Jax.

– Bem, nisso eu não posso ajudá-lo – disse o latoeiro, com um suspiro pesado. – Meus embrulhos e tudo que há dentro deles são seus.

Jax assentiu com a cabeça, sem sorrir.

– E aqui está o meu cajado. É dos bons, resistente.

Jax o pegou.

– Acho – disse o latoeiro, com relutância – que você não se importaria em me deixar ficar com o chapéu, não é? Gosto muito dele...

– Ele é meu por direito – respondeu Jax. – Se o senhor gostava dele, não devia tê--lo apostado.

O latoeiro carregou o sobrolho ao lhe entregar o chapéu.

Tempi fez um ruído grave com a garganta e balançou a cabeça. Hespe sorriu e meneou a dela. Aparentemente, até o ademriano sabia que dá azar ser rude com um latoeiro.

Assim, Jax ajeitou o chapéu na cabeça, segurou o cajado na mão e juntou os embrulhos do velho. Ao achar o terceiro, ainda fechado, perguntou:

– O que há aqui dentro?

– Uma coisa para você se engasgar – vociferou o latoeiro.

– Não precisa ficar todo irritado por causa de um chapéu – disse o garoto. – Preciso mais dele que o senhor. Tenho um longo caminho a percorrer, se quiser encontrar a lua e torná-la minha.

– Não fosse por levar meu chapéu, você poderia ter contado com a minha ajuda para pegá-la – disse o latoeiro.

– Vou lhe deixar a casa em ruínas – disse Jax. – Já é alguma coisa. Embora fique a seu critério consertá-la.

Jax pôs os óculos no rosto e começou a caminhar pela estrada, em direção à lua. Andou a noite toda, parando apenas quando ela escapava do seu campo visual, atrás das montanhas.

E assim, Jax andou dia após dia, numa busca sem fim...

∾

Dedan soltou uma bufadela.

– Isso não parece um pouquinho conhecido demais? – resmungou, alto o bastante para que todos ouvissem. – Fico pensando se ele estava jogando tempo fora, como nós.

Hespe lançou-lhe um olhar furioso e os músculos de seu queixo se contraíram.

Dei um suspiro silencioso.

– Acabou? – perguntou Hespe, com ar mordaz, cravando um olhar furioso em Dedan por um bom momento.

– O quê? – rebateu Dedan.

– Cale a boca enquanto eu conto a minha história, só isso – disse Hespe.

– Todos os outros deram palpites! – exclamou Dedan, pondo-se de pé, indignado. – Até o mudo entrou na conversa – acrescentou, acenando com uma das mãos para Tempi. – Por que sou o único com quem você se irrita?

Hespe fervilhou por um momento e respondeu:

– É que você está tentando puxar briga no meio da minha história, só isso.

– Dizer a verdade não é puxar briga – resmungou Dedan. – Alguém precisa dizer alguma coisa sensata por aqui.

Hespe jogou as mãos para o alto.

– Você continua na mesma! Não pode dar um tempinho por uma noite? Toda chance que aparece, tem que ficar implicando e fazendo seu nhe-nhe-nhem!

– Pelo menos eu digo o que penso quando não concordo – rebateu Dedan. – Não pulo fora feito um covarde.

Os olhos de Hespe faiscaram e, apesar das minhas reservas, resolvi entrar na discussão:

– Ótimo – interrompi, olhando para Dedan. – Você tem uma ideia melhor para nós encontrarmos essa gente, então vamos ouvi-la. Vamos discutir isso como adultos.

Minha intervenção não fez Dedan se acalmar nem um pouco. Apenas fez com que ele se voltasse na minha direção.

– O que é que você entende de adultos? Estou de saco cheio de ser tratado com condescendência por um guri que provavelmente ainda nem tem pelo nos bagos.

– Tenho certeza de que, se o maer soubesse como os seus bagos são cabeludos, teria posto você no comando – retruquei, torcendo para soar enfurecedoramente calmo. – Infelizmente, parece que ele deixou escapar esse fato e optou por mim.

Dedan respirou fundo, mas Tempi interveio antes que ele pudesse começar:

– Bagos – disse, com ar curioso. – O que são bagos?

O ar escapou todo de Dedan numa lufada e ele se virou para Tempi, parte irritado, parte achando graça. O mercenário grandalhão deu uma risada e fez um gesto muito claro entre as pernas, com a mão em concha.

– Você sabe. Bagos – disse, sem o menor vestígio de constrangimento.

Atrás dele, Hespe revirou os olhos e balançou a cabeça.

– Ah! – exclamou Tempi, balançando a cabeça para mostrar que entendia. – Por que o maer está procurando bagos cabeludos?

Houve uma pausa e então uma gargalhada estrondosa rolou por nosso acampamento, explodindo com toda a força da tensão acumulada, que estivera pronta para ferver numa briga. Hespe riu até perder o fôlego, segurando a barriga. Marten enxugou lágrimas dos olhos. Dedan riu tanto que não conseguiu ficar em pé e acabou se agachando, com uma das mãos no chão, para manter o equilíbrio.

No final, estávamos todos sentados em volta da fogueira, arfantes e rindo feito idiotas abobalhados. A tensão, antes densa como a neblina do inverno, desapareceu pela primeira vez em dias. Só então Tempi procurou captar brevemente minha atenção. Seu polegar e indicador se esfregaram com delicadeza. *Alegria?* Não. *Satisfação*. A compreensão despontou em mim quando tornei a fitá-lo nos olhos e vi sua expressão impassível de sempre. Estudadamente impassível. Tão impassível que quase chegava a ser presunçosa.

– Podemos voltar para a sua história agora, querida? – perguntou Dedan a Hespe.
– Eu gostaria de saber como esse garoto levou a lua para a cama.

Hespe lhe sorriu, o primeiro sorriso sincero que eu a via oferecer a Dedan em dias.

– Perdi o fio da meada – disse ela. – A coisa tem um ritmo, feito uma canção. Só sei contá-la do começo e, se começar no meio, fica tudo enrolado na minha cabeça.

– Você recomeça amanhã se eu prometer ficar de boca fechada?

– Recomeço – concordou ela –, se você prometer.

CAPÍTULO 87

A Lethani

No dia seguinte, Tempi e eu fomos a Crosson comprar provisões. Isso significava um longo dia de caminhada, mas não ter que procurar sinais a cada passo do caminho nos deu a sensação de estarmos voando pela estrada.

Enquanto caminhávamos, Tempi e eu fomos trocando palavras. Eu aprendi os termos correspondentes a sonho, cheiro e osso. Aprendi que em adêmico havia expressões diferentes para ferro e ferro de espada.

Depois, gastamos uma longa hora de conversa inútil, na qual ele tentou me ajudar a entender o que significava esfregar os dedos acima da sobrancelha. Parecia ser quase a mesma coisa que dar de ombros, mas ele deixou claro que não era. Seria indiferença? Ambiguidade?

– É a sensação que você tem quando alguém lhe oferece uma alternativa? – tentei de novo. – Quando alguém lhe oferece uma maçã ou uma ameixa? – perguntei, com as duas mãos levantadas à frente do corpo. – Mas você gosta igualmente das duas. – Juntei os dedos e os passei duas vezes acima da sobrancelha. – É essa a sensação?

Tempi balançou a cabeça.

– Não.

Ele parou de andar um instante, depois recomeçou. A seu lado, sua mão esquerda disse: *Desonestidade*.

– O que é ameixa? – *Atento*.

Confuso, olhei para ele.

– Como?

– O que quer dizer "ameixa"? – Tempi gesticulou de novo: *Profundamente sério. Atento.*

Voltei a atenção para as árvores e, no mesmo instante, ouvi um movimento na vegetação rasteira.

O barulho vinha do lado sul da estrada, que ainda não tínhamos explorado. Os bandidos. Excitação e medo inundaram meu peito. Será que nos atacariam? Com a minha capa esfarrapada, eu duvidava que parecesse um grande alvo, mas estava carregando meu alaúde no seu estojo escuro e caro.

Tempi havia recolocado a roupa justa e vermelha de mercenário para ir à cidade. Será que isso desanimaria um homem munido de um arco? Ou faria parecer que eu era um menestrel suficientemente rico para contratar um guarda-costas ademriano? Talvez parecêssemos frutas prontinhas para ser colhidas.

Pensei com saudade no pega-flecha que vendera ao Kilvin e me dei conta de que ele tinha razão. As pessoas pagariam caro por eles. Nesse momento, eu daria cada vintém que tinha no bolso para ter um.

Gesticulei para Tempi: *Aceitação. Desonestidade. Concordância.*

– Ameixa é uma fruta doce – respondi, apurando os ouvidos em busca de sinais reveladores que viessem das árvores à nossa volta.

Devíamos correr para buscar proteção entre as árvores ou seria melhor fingir que não sabíamos da presença deles? O que eu poderia fazer se eles atacassem? Levava na cintura a faca que tinha comprado do latoeiro, mas não fazia ideia de como usá-la. De repente percebi como estava terrivelmente despreparado. O que eu estava fazendo ali, em nome de Deus? Eu não me enquadrava naquela situação. Por que o maer tinha me mandado?

Quando eu começava a transpirar para valer, ouvi um estalido e um farfalhar nas moitas baixas. Um cervo chifrudo irrompeu do arvoredo e, com três saltos ágeis, atravessou a estrada. No instante seguinte, duas corças o seguiram. Uma parou no meio da estrada e se virou para nos olhar, curiosa, remexendo as orelhas compridas. Em seguida, partiu e se perdeu entre as árvores.

Meu coração estava disparado e eu soltei uma risada baixa, nervosa. Virei-me para Tempi e o encontrei com a espada desembainhada. Os dedos da mão esquerda se curvaram, dizendo *embaraço*, depois fizeram vários movimentos rápidos que não pude identificar.

Ele embainhou a espada sem qualquer tipo de floreio. Um gesto tão displicente quanto pôr a mão no bolso. *Frustração*.

Assenti com a cabeça. Por mais que me alegrasse não estar com flechas brotando das costas, uma emboscada ao menos nos daria uma pista de onde se encontravam os bandidos. *Concordância. Eufemismo*.

Continuamos em silêncio nossa caminhada para Crosson.

∽

Crosson não era grande coisa em matéria de cidade. Vinte ou 30 construções e mata densa por todos os lados. Se não ficasse na estrada real, provavelmente nem justificaria um nome.

Mas, como se encontrava na estrada do rei, tinha um armazém geral razoavelmente bem suprido, que atendia aos viajantes e ao punhado disperso de fazendas próximas. Havia uma pequena posta que era também estrebaria e local de trabalho do ferrador, e uma igrejinha que também era cervejaria.

E uma hospedaria, é claro. Embora a Lua Gargalhante mal chegasse a um terço do tamanho da Brava Penny, ainda era muito mais do que se esperaria numa cidade como essa. Tinha dois andares, com três quartos particulares e uma casa de banho. Uma grande tabuleta pintada à mão exibia uma lua bojuda, de casacão, segurando a barriga e rolando de rir.

Eu tinha levado meu alaúde nessa manhã, na esperança de tocar em troca do almoço. Mas isso era só uma desculpa. Eu estava desesperado por qualquer pretexto para tocar. Meu silêncio forçado vinha-me desgastando tanto quanto a resmungação de Dedan. Eu nunca havia passado tanto tempo sem minha música, desde que vivera sem teto nas ruas de Tarbean.

Tempi e eu entregamos nossa lista de provisões à senhora idosa que dirigia o armazém. Quatro pães de viagem grandes, 200 gramas de manteiga, 100 gramas de sal, farinha de trigo, maçã desidratada, linguiça, uma banda de porco defumado, uma saca de nabo, seis ovos, dois botões, penas para reemplumar as flechas do Marten, cordões para botas, sabão e uma nova pedra de amolar, para substituir a que Dedan havia quebrado. Ao todo, seriam oito lascas de prata da bolsa do maer, que minguava rapidamente.

Tempi e eu fomos almoçar na hospedaria, sabendo que levaria uma ou duas horas para nosso pedido ficar pronto. Surpreendentemente, ouvi barulho saindo da taberna do outro lado da rua. Aquele tipo de lugar costumava ficar movimentado à tardinha, quando os viajantes paravam para pernoitar, mas não no meio do dia, quando todos estavam nos campos ou na estrada.

O salão silenciou ao abrirmos a porta. No começo, tive a esperança de que os fregueses estivessem contentes por ver um músico, mas então percebi que todos os olhares estavam voltados para Tempi, com seu traje vermelho e justo de mercenário.

Havia 15 ou 20 pessoas matando tempo na taberna. Umas se debruçavam no bar, outras se aglomeravam em volta das mesas. Não estava tão cheio que não pudéssemos encontrar uma mesa para sentar, mas levou uns dois minutos para que a única criada do salão, de ar atormentado, chegasse até nós.

– O que vai ser? – perguntou ela, afastando do rosto uma mecha suada de cabelo. – Temos sopa de ervilha com toucinho e pudim de pão.

– Parece esplêndido – respondi. – Pode nos trazer também umas maçãs e queijo?

– E para beber?

– Sidra fresca para mim – falei.

– Cerveja – pediu Tempi, depois fez um gesto com dois dedos no tampo da mesa. – Uísque pequeno. Uísque bom.

A moça assentiu com a cabeça e disse:

– Preciso ver seu dinheiro.

Levantei uma sobrancelha.

– Vocês têm tido problemas ultimamente?

Ela deu um suspiro e revirou os olhos.

Entreguei-lhe três meios-vinténs e ela se afastou às pressas. A essa altura, eu tinha certeza de que não era imaginação minha: os homens do salão lançavam olhares sinistros para Tempi.

Virei-me para um homem à mesa ao lado, que tomava sua tigela de sopa em silêncio:

– Hoje é dia de feira ou algo assim? – perguntei.

Ele me olhou como se eu fosse um idiota e vi que tinha um machucado ficando roxo no queixo.

– Não tem dia de feira em Crosson. Não tem feira.

– Passei por aqui faz pouco tempo e as coisas andavam calmas. O que todo mundo está fazendo aqui?

– O mesmo de sempre. Procurando trabalho. Crosson é a última parada antes que o Eld vire mata densa pra valer. Uma caravana esperta pega um ou dois guardas extras. – Tomou um gole de bebida e acrescentou: – Mas tem gente de mais levando flechadas na floresta nos últimos tempos. As caravanas já não passam com tanta frequência.

Corri os olhos pelo salão. Ninguém usava armadura, mas, prestando atenção, pude ver as marcas da vida de mercenário na maioria deles, cuja aparência era mais abrutalhada que a da gente comum da cidade. Mais cicatrizes, mais narizes quebrados, mais facas, mais ginga insolente.

O homem largou a colher na tigela vazia e se levantou.

– Vocês podem ficar com a vaga, que eu não estou nem me incomodando. Faz seis dias que estou aqui e só vi passar quatro carroças. Além disso, só um idiota iria para o norte pra receber por dia.

Pegou um bornal grande e o prendeu nos ombros, dizendo:

– E, com toda essa gente que sumiu, só um idiota ia contratar um ajudante extra num lugar como este. Uma coisa eu lhe digo de graça: metade desses safados fedorentos provavelmente cortaria a sua garganta na primeira noite na estrada.

Um homem espadaúdo, de barba preta desgrenhada, soltou uma risada zombeteira no bar, onde estava parado.

– O simples fato de tu não saber rolar um dado não quer dizer que eu seja criminoso, malandro – disse, com um sotaque nortista carregado. – Repete isso de novo que te dou o dobro do que tu recebeu ontem de noite. Com juros.

O sujeito com quem eu estivera falando fez um gesto que não era preciso ser ademriano para entender e saiu porta afora. O barbudo riu.

Nossas bebidas apareceram nesse momento. Tempi tomou metade do seu uísque de um só gole e soltou um suspiro longo e satisfeito, relaxando na cadeira. Beberiquei minha sidra. Eu havia esperado tocar por uma ou duas horas, em troca da nossa refeição. Mas não era tolo a ponto de me apresentar para uma plateia inteiramente composta de mercenários frustrados.

Eu poderia tê-lo feito, entenda bem. Em uma hora, poderia fazer com que todos estivessem rindo e cantando. Em duas, poderia fazê-los chorar nos canecos de cerveja e pedir desculpas à criada das mesas. Mas não pelo preço de uma refeição. Não se eu tivesse alternativa melhor. Aquela sala cheirava a encrenca. Era uma briga esperando para acontecer. Nenhum membro de trupe digno da sua porção de sal deixaria de reconhecer isso.

O homem de ombros largos pegou um caneco de madeira e veio flanando com displicência teatral em direção a nossa mesa, onde puxou uma cadeira para sentar. Abriu um sorriso largo e fingido por entre a barba espessa e estendeu a mão na direção de Tempi.

– Olá – disse, alto o bastante para que todos na taberna ouvissem. – Meu nome é Tam. E o seu?

Tempi estendeu a mão e o cumprimentou, sua mão parecendo pequena e pálida, presa na mãozorra peluda do outro.

– Tempi.

Tam lhe sorriu.

– E o que tu tá fazendo na cidade?

– Só estamos de passagem – falei. – Nós nos conhecemos na estrada e ele teve a gentileza de vir andando comigo.

Tam me olhou de cima a baixo, com ar de desdém.

– Não tô falando com você, guri – grunhiu. – Respeita os mais velhos.

Tempi continuou calado, observando o grandalhão com a mesma expressão plácida e atenta que sempre exibia. Vi sua mão esquerda subir até a orelha, num gesto que não reconheci.

Tam bebeu um trago, o tempo todo de olho em Tempi. Quando pousou o caneco, os pelos pretos em volta da boca estavam molhados e ele passou o antebraço pelo rosto para secar a barba.

– Eu sempre quis saber – disse, alto o bastante para que sua voz tomasse o salão inteiro. – Vocês, ademrianos. Quanto é que fatura um de vocês, mocinhos chiques?

Tempi virou-se para mim, com a cabeça um pouco inclinada. Percebi que provavelmente não conseguia entender o sotaque carregado do sujeito.

– Ele quer saber quanto você ganha – expliquei.

Tempi deu um aceno com uma das mãos.

– Complicado.

Tam debruçou-se sobre a mesa.

– E se tu fosse contratado pra guardar uma caravana? Quanto ia cobrar por dia?

– Dois iotas – disse Tempi, dando de ombros. – Três.

Tam soltou uma gargalhada exibida, tão alta que pude sentir seu hálito. Eu havia esperado que fedesse, mas não. Cheirava a sidra adoçada e condimentada com especiarias.

– Ouviu isso, pessoal? – gritou para trás, por cima do ombro. – Três iotas por dia. E ele mal sabe falar!

A maioria das pessoas já estava observando e escutando e essa informação provocou um murmúrio baixo e irritado na taberna.

Tam tornou a se virar para a mesa.

– A maioria aqui ganha um vintém por dia, se é que consegue trabalho. Eu ganho dois, porque sou bom com os cavalos e posso levantar a traseira de uma carroça se precisar – disse, girando os ombros largos. – Tu vale por 20 homens numa briga?

Não sei quanto disso Tempi havia compreendido, mas pareceu acompanhar bastante bem a última pergunta.

– Vinte? – repetiu, olhando em volta e avaliando a sala. – Não. Quatro. – Balançou a mão aberta para a frente e para trás, em dúvida. – Cinco.

Isso não contribuiu em nada para melhorar o clima no salão. Tam balançou a cabeça, num gesto exagerado de espanto e disse:

– Mesmo que eu acreditasse nisso por um segundo, isso quer dizer que tu devia ganhar quatro ou cinco vinténs por dia. Não vinte. Por...

Abri meu sorriso mais sedutor e entrei na conversa:

– Escute, eu...

O caneco de Tam bateu com força no tampo da mesa, espirrando um borrifo de sidra no ar. Ele me lançou um olhar ameaçador, sem nada da falsa jocosidade que vinha exibindo para Tempi.

– Garoto, tu me interrompe de novo e eu te arranco os dentes.

Disse a frase sem nenhuma ênfase em particular, como quem me informasse que, se eu pulasse no rio, estaria fadado a me molhar.

Virou-se outra vez para Tempi.

– O que é que te faz achar que tu vale três iotas por dia?

– Quem me paga compra isto – disse Tempi, levantando a mão. – E isto – apontou para o punho da espada. – E isto – deu um tapinha numa das tiras de couro que ajustavam no peito sua típica roupa vermelha ademriana.

O grandalhão deu um tapa com força no tampo da mesa.

– Então, o segredo é esse! Preciso arranjar uma camisa vermelha! – falou, provocando uma risadinha no salão.

Tempi meneou a cabeça.

– Não.

Tam inclinou-se para a frente e deu um peteleco numa das alças perto do ombro de Tempi, com seu dedo grosso.

– Tá me dizendo que não sou bom o bastante pra usar uma camisa vermelha chique feito a sua? – indagou e deu outro piparote.

Tempi assentiu com a cabeça, descontraído.

– Sim. Você não é bom o bastante.

Tam deu uma risada enfurecida.

– E se eu dissesse que a tua mãe é uma puta?

O salão aquietou-se. Tempi virou-se para mim. *Curiosidade*.

– O que é puta?

Como não era de surpreender, essa não tinha sido uma das palavras que havíamos compartilhado na onzena anterior. Durante meio segundo, pensei em mentir, mas não havia jeito.

– Ele disse que sua mãe tem relações sexuais com homens por dinheiro.

Tempi tornou a se virar para o mercenário e fez um aceno gracioso com a cabeça.

– Você é muito gentil, obrigado.

A expressão de Tam carregou-se, como se ele desconfiasse estar sendo alvo de caçoada.

– Seu covarde. Por um vintém quebrado, eu te dava uma surra que tu ia ficar com o pau virado pra trás.

Tempi tornou a me olhar.

– Não entendo esse homem. Ele está tentando comprar sexo comigo ou quer brigar?

Uma gargalhada ressoou pela sala e o rosto de Tam ficou vermelho feito sangue por baixo da barba.

– Tenho certeza de que ele quer brigar – respondi, eu mesmo tentando prender o riso.

– Ah – murmurou Tempi. – Por que ele não diz? Por que todo esse... – Agitou os dedos e me lançou um olhar intrigado.

– Essa falação? – sugeri.

A confiança de Tempi vinha surtindo um efeito relaxante em mim e não me acanhei em dar minha própria cutucadinha. Depois de ver com que facilidade o ademriano tinha lidado com Dedan, sentia-me ansioso por vê-lo arrancar a socos um pouco da arrogância daquele asno.

Tempi virou-se para o grandalhão.

– Se você quer briga, pare com a falação – disse. Fez um gesto largo para o resto do salão e acrescentou: – Vá procurar outros para brigar. Traga muitas mulheres para se sentir seguro. Bom?

Meu breve instante de relaxamento evaporou-se enquanto Tempi virou-se de novo para mim, com a voz carregada de exasperação:

– Vocês são sempre conversa.

Tam voltou pisando duro para a mesa onde seus amigos jogavam dados.

– Tudo bem. Vocês ouviram o sujeito. O merdinha diz que vale quatro de nós, então, vamos mostrar pra ele o tipo de dano que quatro de nós pode causar. Brenden, Ven, Jane, vocês tão comigo?

Um homem careca e uma mulher alta ficaram de pé, sorrindo. Mas o terceiro deu um aceno, descartando a ideia:

– Estou bêbado demais pra brigar direito, Tam. Mas nem de longe tão bêbado a ponto de encarar um camisa de sangue. Eles são uns desgraçados brigando. Eu já vi.

As brigas de bar não me eram estranhas. Você talvez imagine que elas seriam raras num lugar como a Universidade, mas a bebida é o maior nivelador que existe. Depois de seis ou sete copos dos bons, há pouca diferença entre um moleiro se desentendendo com a mulher e um jovem alquimista que se saiu mal nas provas. Os dois ficam igualmente ansiosos por ralar os nós dos dedos nos dentes de alguém.

O que estou querendo dizer é que, quando se é músico, vê-se uma porção de brigas. Umas pessoas vão aos bares para beber. Outras vão para jogar dados. Algumas vão em busca de uma briga e há aquelas que vão torcendo para ver uma briga.

As pessoas não se machucam tanto quanto você suporia. Em geral, umas manchas roxas e lábios cortados são o pior. Se você for azarado, talvez perca um dente ou quebre um braço, mas há uma enorme diferença entre uma briga amistosa de bar e um quebra-pau num beco. A briga de bar tem regras e uma porção de juízes não oficiais, que ficam por perto para fazer com que elas sejam cumpridas. Quando a coisa começa a ficar destrutiva, os espectadores interferem depressa para separar, porque isso é o que cada um gostaria que se fizesse por ele.

Há exceções, é claro. Acidentes acontecem e eu sabia muito bem, pelo tempo que passara na Iátrica, como era fácil torcer o pulso ou deslocar um dedo. Esses talvez fossem ferimentos insignificantes para um boiadeiro ou um hospedeiro, mas, para mim, que dependia tanto das minhas hábeis mãos para ganhar a vida, a ideia de um polegar quebrado era assustadora.

Meu estômago deu um nó quando vi Tempi tomar outra golada de uísque e ficar de pé. O problema é que éramos estranhos ali. Se as coisas ficassem feias, será que poderíamos contar com a intervenção dos mercenários irritados para acabar com a briga? Três contra um não chegava nem perto de ser uma briga justa e, se a coisa ficasse feia, seria muito rápido.

Tempi tomou uma golada de cerveja e me olhou, tranquilo.

– Fique de olho na minha retaguarda – disse e se virou para ir em direção aos outros mercenários.

Por um momento, senti-me simplesmente impressionado com o bom uso que ele fazia do aturano. Desde que eu o conhecera, ele tinha passado do quase mutismo para o uso de expressões idiomáticas. Mas meu orgulho se dissipou de imediato, quando tentei pensar em algo que eu pudesse fazer para acabar com a briga se as coisas fugissem do controle.

Não consegui ter a menor ideia. Eu não havia esperado por aquilo e não tinha nenhum truque na manga. Na falta de melhores opções, desembainhei a faca e a fiquei segurando longe da vista dos outros, abaixo do nível da mesa. A última coisa que eu queria era esfaquear alguém, mas pelo menos poderia ameaçá-los e ganhar tempo suficiente para sairmos porta afora.

Tempi avaliou os três mercenários com o olhar. Tam era vários centímetros mais alto que ele e tinha ombros de touro. Havia o sujeito careca, com uma cicatriz no rosto e um sorriso perverso. E, por último, a loura, um palmo inteiro maior que Tempi.

– Há só uma mulher – disse Tempi, encarando Tam. – Basta? Pode trazer mais uma.

A mercenária se espinhou.

– Seu galinho valentão – cuspiu. – Vou lhe mostrar o que uma mulher é capaz de fazer numa briga.

Tempi balançou educadamente a cabeça.

Sua contínua despreocupação começou a me fazer relaxar. Eu tinha ouvido histórias, é claro, de um único mercenário ademriano derrotando uma dúzia de soldados regulares. Tempi poderia realmente lutar com aqueles três ao mesmo tempo? Com certeza parecia achar que sim...

Ele olhou para os três e disse:

– É minha primeira luta deste tipo. Como começa?

Minha palma começou a transpirar no cabo da faca.

Tam se aproximou de Tempi, deixando poucos centímetros de distância entre o peito deles.

– A gente vai começar te chicoteando até você sangrar. Depois, vamos te dar uns bons chutes. Depois, vamos voltar pro começo e fazer tudo de novo, pra ter certeza de não deixar escapar nada.

Ao dizer esta última frase, ele deu uma testada no rosto de Tempi.

A respiração ficou presa em meu peito e, antes que eu pudesse recobrá-la, a briga havia acabado.

Quando o mercenário barbudo projetou a cabeça para a frente, eu tinha esperado ver Tempi cambalear para trás, com o nariz quebrado e esguichando sangue. Mas foi Tam quem recuou, trôpego, aos gritos e apertando o rosto, enquanto o sangue espirrava por baixo de suas mãos.

Tempi deu um passo à frente, pôs a mão na nuca do grandalhão e o girou sem esforço para o chão, onde ele se estatelou numa barafunda de braços e pernas.

Sem sinal de hesitação, Tempi rodopiou e acertou um chute direto no quadril da loura, fazendo-a cambalear. Enquanto ela oscilava, ele deu-lhe um murro forte na lateral da cabeça e ela desabou no chão, como se não tivesse ossos.

Foi nessa hora que o careca entrou na briga, os braços afastados feito um lutador. Ágil como uma cobra, pôs uma das mãos num ombro do Tempi e a outra em seu pescoço.

Sinceramente, não sei dizer o que aconteceu em seguida. Houve um alvoroço de movimentos e Tempi acabou segurando o pulso e um ombro do sujeito. O careca mostrou os dentes e se debateu, mas Tempi simplesmente lhe torceu o braço até ele ficar dobrado, olhando para baixo. Então, deu-lhe uma rasteira no pé de apoio e o fez se esborrachar no chão.

Tudo isso em menos tempo do que eu levo para contar. Se não estivesse tão perplexo, eu teria irrompido em aplausos.

Tam e a mulher ficaram caídos, com a imobilidade mortal dos profundamente inconscientes. Mas o careca resmungou alguma coisa e começou a se levantar, meio trôpego. Tempi se aproximou, acertou-o na cabeça com displicente precisão e o viu desabar de novo, todo mole.

Distraído, pensei que aquele fora o soco mais educado que eu já tinha visto. Como o golpe cuidadoso de um hábil carpinteiro batendo um prego: forte o bastante para cravá-lo inteiro, mas não a ponto de machucar a madeira em volta.

O salão ficou muito quieto depois disso. Então, o homem alto que se recusara a brigar levantou seu caneco numa saudação, derramando um pouco da bebida.

– Parabéns! – disse a Tempi em voz alta, rindo. – Ninguém vai pensar mal de você se quiser mostrar um pouco da sua bota ao Tam enquanto ele está caído aí. Deus sabe que ele fez isso um bom número de vezes, no seu tempo.

Tempi olhou para baixo, como se pensasse no assunto, mas balançou a cabeça e voltou em silêncio para nossa mesa. Todos os olhos continuavam a observá-lo, mas a expressão não era nem de longe tão sinistra quanto antes.

Ele se aproximou de mim.

– Você ficou de olho na minha retaguarda?

Olhei-o sem entender, depois balancei a cabeça.

– O que viu?

Só então compreendi o que ele queria dizer.

– Suas costas estavam muito eretas. *Aprovação.*

– As suas costas não ficam eretas – disse ele, erguendo a mão reta, inclinada para um lado. – É por isso que você tropeça na Ketan. É...

Baixou os olhos e parou de falar, ao notar a faca meio escondida em minha capa esfarrapada. Franziu o cenho. Era a primeira vez que eu o via fazer aquilo e foi espantosamente intimidante.

– Falaremos disso depois – disse-me. Junto ao corpo, gesticulou: *Grande desaprovação.*

Sentindo-me mais castigado do que se tivesse passado uma hora no chifre, lá na Universidade, baixei a cabeça e guardei a faca.

∽

Fazia horas que andávamos em silêncio, nossos sacos carregados de provisões, quando Tempi finalmente falou.

– Há uma coisa que preciso lhe ensinar. – *Sério.*

– Fico sempre feliz em aprender – respondi, fazendo um gesto que torci para que significasse *ávido.*

Tempi foi até a beira da estrada, arriou o saco pesado e se sentou na relva.

– Precisamos falar da Lethani.

Precisei de todo o meu controle para não abrir um sorriso repentino e tonto. Fazia muito tempo que eu queria tocar no assunto, já que estávamos bem mais próximos do que na ocasião em que eu lhe perguntara sobre isso pela primeira vez. Mas eu não quisera correr o risco de ofendê-lo de novo.

Sentei-me calado por um instante, em parte para manter a compostura, mas também para Tempi saber que eu tratava o assunto com respeito.

– A Lethani – repeti, com cuidado. – Você disse que eu não devia fazer perguntas sobre ela.

– Você não devia antes. Agora, talvez. Eu... – *Inseguro.* – Estou puxado para muitos lados. Mas agora perguntar é.

Esperei mais um instante, para ver se ele continuava sozinho. Quando não o fez, formulei a pergunta mais óbvia:

– O que é a Lethani?

Sério. Tempi me olhou por um longo momento e, de repente, caiu na gargalhada.

– Não sei. E não posso lhe dizer – disse, tornando a rir. *Eufemismo.* – Mesmo assim, devemos falar.

Hesitei, perguntando a mim mesmo se aquela seria uma de suas estranhas piadas que eu nunca parecia compreender.

– É complicado. Difícil na minha língua. Na sua? – *Frustração.* – Diga o que você sabe da Lethani.

Tentei pensar em como poderia descrever o que já ouvira falar, usando apenas as palavras que ele conhecia.

– Eu soube que a Lethani é uma coisa secreta que torna os ademrianos fortes.

Tempi assentiu com a cabeça.

– Sim. Isso é verdade.

– Dizem que quem conhece a Lethani não perde uma luta.

Outro aceno.

Balancei a cabeça, ciente de que não estava conseguindo transmitir a ideia.

– Dizem que a Lethani é uma força secreta. Que os ademrianos guardam as palavras dentro de si. – Fiz um gesto de recolher coisas junto ao corpo e guardá-las. – Então, essas palavras são como lenha na fogueira. Essa palavra, fogueira, torna os ademrianos muito fortes. Muito rápidos. Com a pele igual ao ferro. É por isso que vocês podem lutar com muitos homens e vencer.

Tempi me olhou com atenção e fez um gesto que não reconheci.

– Isso é fala maluca – disse, por fim. – É essa a palavra certa: maluca? – perguntou. Espichou a língua, revirou os olhos e agitou os dedos do lado da cabeça.

Não pude deixar de dar uma risada nervosa diante dessa exibição.

– Sim. A palavra é "maluca". E "louca" também.

– Então, o que você disse é fala maluca e louca também.

– Mas o que vi hoje... Seu nariz não quebrou ao ser atingido pela cabeça de um homem. Isso não é natural.

Tempi meneou a cabeça e se levantou.

– Venha. De pé.

Levantei-me e ele se aproximou de mim.

– Bater com a cabeça é inteligente. É rápido. Pode assustar, se adversário não estiver preparado. Mas eu estou preparado.

Chegou ainda mais perto, até quase encostarmos o peito um no outro.

– Você é o homem barulhento – disse ele. – Sua cabeça é dura. Meu nariz é mole. – Estendeu as duas mãos e segurou minha cabeça. – Você precisa disto. – Baixou minha cabeça devagar, até minha testa pressionar seu nariz.

Soltou minha cabeça e continuou:

– Bater com a cabeça é rápido. Para mim, pouco tempo. Posso me mexer?

Puxou minha cabeça para baixo enquanto se afastava e, dessa vez, minha testa entrou em contato com sua boca, como se ele me desse um beijo.

– Isto não é bom. A boca é mole.

Tornou a inclinar minha cabeça para trás.

– Se eu for muito rápido... – Deu um passo inteiro para trás e baixou ainda mais minha cabeça, até minha testa encostar em seu peito. Soltou-me e eu cheguei para trás. – Ainda não é bom. Meu peito não é mole. Mas esse homem tem a cabeça mais dura que muitos.

Seus olhos piscaram um pouco e eu ri, percebendo que Tempi tinha feito uma piada.

– Então – disse-me, voltando para a posição em que estávamos antes –, o que Tempi pode fazer? – perguntou, com um sinal para mim. – Bata com a cabeça. Devagar. Eu mostro.

Meio nervoso, baixei a cabeça devagar, como se tentasse quebrar o nariz dele.

Com lentidão igual à minha, Tempi inclinou-se para a frente e baixou um pouco o queixo. Não foi uma grande mudança, mas, meu nariz bateu no alto da cabeça dele.

Tempi deu um passo atrás.

– Viu? Inteligência. Não palavra fogueira de fala maluca.

– Foi muito rápido – observei, ligeiramente embaraçado. – Não consegui ver.

– Sim. Lutar é rápido. Treinar para ser rápido. Treinar, não palavra fogueira.

Gesticulou a palavra *seriedade* e me olhou nos olhos, o que era uma raridade nele.

– Digo isto porque você é o líder. Precisa saber. Se achar que tenho jeitos secretos e pele de ferro...

Desviou os olhos, meneando a cabeça. *Perigoso.*

Tornamos a sentar ao lado de nossas sacas.

– Ouvi isso numa história – falei, à guisa de explicação. – Uma história como as que contamos à noite, em volta do fogo.

– Mas você – disse ele, apontando para mim –, você tem fogo nas mãos. Tem... – Estalou os dedos, depois fez um gesto como uma labareda que subisse de repente. – Você fez isso e acha que ademrianos têm fogueira no corpo?

Dei de ombros.

– Foi por isso que perguntei sobre a Lethani. Parece loucura, mas já vi coisas loucas serem verdadeiras e sou curioso.

Hesitei antes de fazer minha próxima pergunta:

– Você disse que quem conhece a Lethani não perde uma luta.

– Sim, mas não com fogueiras de palavras. A Lethani é um tipo de saber.

Tempi parou de falar, obviamente ponderando suas palavras.

– Lethani é a coisa mais importante. Todos os ademrianos aprendem. Mercenários aprendem duas vezes. Shehyn aprende três vezes. O mais importante. Porém complicado. Lethani é... muitas coisas. Mas nada para tocar nem apontar. Ademrianos passam a vida inteira pensando na Lethani. Muito difícil.

Ele fez uma pausa e passamos um instante em silêncio.

– Problema – prosseguiu ele. – Não me cabe ensinar ao meu líder. Mas você é meu estudante de língua. As mulheres ensinam a Lethani. Não sou isso. Faz parte da civilização e você é bárbaro. – *Leve pesar.* – Mas você quer ser civilização. E você precisa da Lethani.

– Explique-me. Eu vou tentar compreender.

Ele meneou a cabeça.

– A Lethani é fazer coisas certas.

Esperei pacientemente que ele continuasse. Passado um minuto, ele fez um gesto, *frustração*.

– Agora você faz perguntas – disse. Respirou fundo e repetiu: – A Lethani é fazer coisas certas.

Tentei pensar num exemplo arquetípico de alguma coisa boa.

– Então, a Lethani é dar comida a uma criança faminta.

Ele fez o gesto oscilante que significava *sim e não* e disse:

– A Lethani não é fazer uma coisa. Lethani é a coisa que mostra a pessoa.

– Lethani quer dizer regras? Leis?

Tempi balançou a cabeça.

– Não.

Fez um gesto para a floresta à nossa volta.

– Lei vem de fora, para controlar. É... o metal na boca do cavalo. E a corda da cabeça. – *Pergunta*.

– Rédea e freio? – sugeri, com um gesto de quem movimentasse a cabeça de um cavalo com um par de rédeas.

– Sim. Lei é rédea e freio. Controla de fora. A Lethani – indicou um ponto entre os olhos, depois apontou para o peito – vive do lado de dentro. Lethani ajuda a decidir. A lei é feita porque muita gente não compreende a Lethani.

– Então, com a Lethani, a pessoa não precisa seguir a lei.

Pausa.

– Talvez. – *Frustração*. Ele desembainhou a espada e a segurou paralelamente ao chão, com o gume para cima. – Se você fosse pequeno, andar nesta espada seria como a Lethani.

– Doloroso para os pés? – perguntei, tentando tornar o clima um pouco mais leve. *Divertimento*.

Raiva. Desaprovação.

– Não. Difícil de andar. Fácil cair para um lado. Difícil ficar.

– A Lethani é muito reta?

– Não. – Pausa. – Como diz quando há muitas montanhas e um lugar para andar?

– Uma trilha? Um desfiladeiro?

– Desfiladeiro – confirmou Tempi. – A Lethani é como desfiladeiro nas montanhas. Curvas. Complicado. Desfiladeiro é caminho fácil para passar. Único caminho. Mas não é fácil de ver. Caminho que é fácil muitas vezes não atravessa montanhas. Às vezes não vai para lugar nenhum. Fome. Queda no buraco.

– Então, a Lethani é o caminho certo que atravessa as montanhas.

Concordância parcial. Animação.

– É o caminho certo que atravessa as montanhas. Mas a Lethani também é saber o caminho certo. Os dois. E as montanhas não são só montanhas. Montanhas são tudo.

– Então, a Lethani é a civilização.

Pausa. *Sim e não*. Tempi meneou a cabeça. *Frustrado.*

Relembrei o que ele dissera sobre os mercenários terem que aprender a Lethani duas vezes.

– A Lethani é lutar? – perguntei.

– Não.

Disse isso com uma certeza tão absoluta que tive de perguntar o contrário, para ter certeza:

– A Lethani é *não* lutar?

– Não. Quem conhece a Lethani sabe quando lutar e quando não lutar. – *Muito importante.*

Resolvi mudar o rumo.

– Foi próprio da Lethani você lutar hoje?

– Sim. Para mostrar que ademriano não tem medo. Com bárbaros, nós sabemos, não lutar é covarde. Covarde é fraco. Não é bom eles pensarem. Assim, com muitos olhando, lutar. Também para mostrar que um ademriano vale por muitos.

– E se eles tivessem vencido?

– Então, bárbaros sabem que Tempi não vale por muitos. – *Ligeira diversão.*

– Se eles tivessem vencido, a luta de hoje seria da Lethani?

– Sim. Se você cai e quebra a perna no desfiladeiro da montanha, ainda é o desfiladeiro. Se eu falhar seguindo a Lethani, ainda é a Lethani. – *Sério.* – É por isso que estamos falando agora. Hoje. Com sua faca. Aquilo não era a Lethani. Não era uma coisa certa.

– Tive medo de que você fosse ferido.

– A Lethani não cria raízes no medo – disse ele, soando como quem recitasse.

– Seria próprio da Lethani deixar você se ferir?

Um dar de ombros.

– Talvez.

– Seria próprio da Lethani deixar você ser... – *extrema ênfase* – ferido?

– Talvez não. Mas eles não feriram. Ser o primeiro com a faca não é da Lethani. Se você vence e é o primeiro com a faca, não vence. – *Ampla desaprovação.*

Não consegui decifrar o que ele quis dizer com isso.

– Não compreendo – falei.

– A Lethani é ação correta. Caminho correto. Momento correto. – O rosto de Tempi iluminou-se de repente. – O velho negociante – disse, com visível entusiasmo. – Nas histórias com os embrulhos. Como é a palavra?

– Latoeiro?

– Sim. O latoeiro. Como você deve tratar esses homens?

Eu sabia, mas queria ver o que o ademriano achava.

– Como?

Ele me olhou com os dedos apertados, *irritação.*

– Você deve ser bondoso e ajudar. E falar bem. Sempre educado. *Sempre.*

Meneei a cabeça.

– E, se eles oferecerem alguma coisa, deve pensar em comprá-la.

Tempi fez um gesto triunfal.

– Sim! Você pode fazer muitas coisas quando encontra latoeiro. Mas só existe uma coisa certa.

Acalmou-se um pouco. *Cautela*.

– Mas só fazer não é a Lethani. Primeiro saber, depois fazer. Isso é a Lethani.

Pensei por um momento.

– Então, ser educado é a Lethani?

– Não educado. Não gentil. Não bom. Não dever. A Lethani não é nenhum desses. Cada momento. Cada escolha. Todos diferentes – disse e me lançou um olhar penetrante. – Você compreende?

– Não.

Felicidade. Aprovação. Tempi levantou-se, balançando a cabeça.

– É bom você saber que não compreende. Bom você dizer. Isso também é da Lethani.

CAPÍTULO 88

Escutar

NA VOLTA, TEMPI E EU ENCONTRAMOS o acampamento surpreendentemente animado. Dedan e Hespe sorriam um para o outro e Marten havia conseguido matar um peru selvagem para o jantar.

Assim, comemos e brincamos. E, depois de terminada a arrumação, Hespe contou sua história sobre o menino que amava a lua, recomeçando do início. Dedan manteve a boca milagrosamente fechada e eu me atrevi a ter a expectativa de que nosso grupinho enfim começasse a se tornar uma equipe.

∽

Jax não teve dificuldade para seguir a lua, porque, naquele tempo, era sempre lua cheia. Ela ficava pendurada no céu, redonda como uma xícara, brilhante como uma vela, inteiramente imutável.

Ele andou dias e dias, até seus pés doerem. Andou meses e meses e suas costas ficaram cansadas sob o peso dos embrulhos. Andou anos e anos, ficou alto e magro e duro e faminto.

Quando precisava de alimento, trocava alguma coisa dos embrulhos do latoeiro. Quando seus sapatos se desgastavam, fazia o mesmo. Jax seguia seu caminho e cresceu inteligente e astuto.

E o tempo todo ele pensava na lua. Quando começava a achar que não conseguiria dar nem mais um passo, punha os óculos e a fitava, com seu bojo redondo no céu. E ao vê-la, sentia uma lenta agitação no peito. E, com o tempo, passou a crer que estava apaixonado.

Um dia, como fazem todos os caminhos, aquele em que Jax seguia passou por Tinuë. E ele continuou a andar, seguindo pela grande estrada de pedra do leste, em direção às montanhas.

A estrada foi subindo, subindo. Jax comeu seu último pedaço de pão e seu último pedaço de queijo. Bebeu o último gole d'água e o último gole de vinho. Caminhou durante dias sem nenhum deles, enquanto a lua crescia no céu noturno.

Quando suas forças começavam a faltar, ele subiu numa elevação e encontrou um velho sentado à entrada de uma caverna, com uma longa barba cinzenta e uma longa túnica cinzenta. O ancião não tinha cabelos nem sapatos nos pés. Estava de olhos abertos e boca fechada.

Seu rosto iluminou-se ao ver Jax. Ele se levantou e sorriu.

– Olá, olá – disse, com voz animada e sonora. – Você está muito longe de qualquer lugar. Como anda a estrada para Tinuë?

– Longa – disse Jax. – Árdua e cansativa.

O velho o convidou a sentar-se. Trouxe-lhe água, leite de cabra e frutas para comer. Jax devorou tudo, faminto, e em troca ofereceu ao homem um par de sapatos de seus pacotes.

– Não é preciso, não é preciso – disse o ancião, alegre, mexendo os dedos dos pés.

– Mas obrigado pela oferta, assim mesmo.

Jax deu de ombros.

– Como quiser. Mas o que está fazendo aqui, tão longe de tudo?

– Achei esta caverna quando saí perseguindo o vento. Resolvi ficar porque este lugar é perfeito para o que eu faço.

– E o que você faz? – perguntou Jax.

– Sou um escutador – disse o ancião. – Escuto as coisas, para ver o que elas têm a dizer.

– Ah – disse Jax, com cuidado. – E este lugar é bom para isso?

– Muito bom. Excelente mesmo. É preciso ir para muito longe das pessoas para poder aprender a escutar direito – disse o velho, com um sorriso. – O que o traz ao meu cantinho do céu?

– Estou tentando encontrar a lua.

– Isso é bem fácil – comentou o velho, apontando para o céu. – Nós a vemos quase toda noite, quando o tempo permite.

– Não. Eu estou tentando pegá-la. Se pudesse estar com ela, acho que eu poderia ser feliz.

O velho o fitou com ar sério.

– Você quer pegá-la, é? Há quanto tempo a persegue?

– Há mais anos e quilômetros do que posso contar.

O ancião fechou os olhos por um instante, depois balançou a cabeça.

– Posso escutá-lo em sua voz. Não é uma fantasia passageira.

Chegou mais perto e encostou o ouvido no peito de Jax. Fechou os olhos por outro longo momento e ficou muito quieto.

– Oh – exclamou, baixinho. – Que tristeza! Seu coração está dilacerado e você nunca teve sequer a oportunidade de usá-lo.

Jax remexeu-se, meio incomodado.

– Se não se importa com a pergunta, como é seu nome?

– Não me importo que você pergunte – disse o velho –, desde que você não se importe se eu não responder. Se você soubesse meu nome, eu ficaria sob o seu poder, não é?

– Ficaria? – perguntou Jax.

– É claro – disse o ancião e franziu o cenho. – É assim que são as coisas. Embora você não pareça ser muito de escutar, é melhor ter cuidado. Se você conseguisse apoderar-se até mesmo de um pedacinho do meu nome, teria toda sorte de poderes sobre mim.

Jax se perguntou se aquele homem seria capaz de ajudá-lo. Embora ele não parecesse tremendamente comum, a missão de Jax também não era comum. Se estivesse tentando capturar uma vaca, pediria ajuda a um fazendeiro. Mas, para capturar a lua, talvez precisasse da ajuda de um velho esquisito.

– O senhor disse que perseguia o vento. Conseguiu capturá-lo?

– Em certos sentidos, sim – respondeu o velho. – Em outros, não. Há muitas maneiras de considerar essa pergunta, entende?

– O senhor pode me ajudar a capturar a lua?

– Talvez eu possa lhe dar um conselho – disse o ancião, com relutância. – Mas, primeiro, você deve pensar bem nisto, rapaz: ao amar alguma coisa, certifique-se de que ela retribui seu amor, caso contrário, acarretará um número infindável de problemas ao persegui-la.

Hespe não olhou para Dedan ao dizer isso. Olhou para tudo quanto era lugar do mundo, menos para ele. Por isso, não viu a expressão de pesar e desamparo em seu rosto.

– Como posso saber se ela me ama? – indagou Jax.

– Você pode tentar escutar – respondeu o velho, quase com timidez. – Funciona que é uma maravilha, sabe? Eu poderia ensinar-lhe.

– Quanto tempo levaria?

– Uns dois anos – disse o velho. – Mais ou menos. Depende de você ter jeito para a coisa. É complexo escutar direito. Mas, depois de aprender, você conhecerá a lua até as solas dos pés.

Jax balançou a cabeça.

– Demorado demais. Se eu puder alcançá-la, posso conversar com ela. Posso fazer...

– Bem, aí está, isso é parte do seu problema. Você não quer realmente pegá-la. Não de verdade. Vai seguir a trilha dela no céu? É claro que não. Você quer *encontrar-se com ela*. Isso significa que precisa que a lua venha até você.

– Como posso fazer isso?

O velho sorriu.

– Bem, essa é a questão, não é? O que você tem que a lua possa querer? O que tem para oferecer a ela?

– Só o que carrego nestes pacotes.

– Não é bem isso que quero dizer – murmurou o velho. – Mas bem que também podemos dar uma olhada no que você trouxe.

O velho ermitão examinou o primeiro embrulho e encontrou muitas coisas práticas. O conteúdo do segundo era mais caro e raro, porém não mais útil.

Então, o velho viu o terceiro pacote.

– E o que você tem aí?

– Nunca consegui abri-lo – disse Jax. – O nó é demais para mim.

O eremita fechou os olhos por um momento, escutando. Em seguida, abriu-os e franziu o cenho para Jax.

– O nó disse que você tentou arrebentá-lo. Espetou-o com uma faca. Mordeu-o com os dentes.

Jax ficou surpreso.

– Sim, eu fiz isso – admitiu. – Eu lhe disse, tentei de tudo para abri-lo.

– Nem tudo – retrucou o eremita, com desdém. Levantou o pacote até pôr o cordão com o nó diante do rosto. – Eu sinto muitíssimo – disse –, mas você poderia abrir-se? – Fez uma pausa. – Sim. Eu peço desculpas. Ele não o fará de novo.

O nó desatou-se e o velho abriu o embrulho. Ao olhar para o interior, seus olhos se arregalaram e ele assobiou baixinho.

Mas, quando estendeu o embrulho aberto no chão, os ombros de Jax arriaram. Ele havia esperado dinheiro, pedras preciosas ou algum tesouro que pudesse dar de presente à lua. Tudo que havia no pacote, porém, era um pedaço encurvado de madeira, uma flauta de pedra e uma caixinha de ferro.

Desses, apenas a flauta chamou a atenção de Jax. Era de uma pedra verde-água.

– Tive uma flauta quando era menor – comentou –, mas ela quebrou e nunca mais consegui consertá-la.

– São todos impressionantes – disse o eremita.

– A flauta é bem bonita – retrucou Jax, dando de ombros. – Mas de que servem um pedaço de madeira e uma caixa pequena demais para qualquer coisa prática?

O ancião meneou a cabeça.

– Não consegue ouvi-los? A maioria das coisas sussurra. Essas gritam – disse e apontou para o pedaço de madeira encurvada. – Aquilo é uma casa dobrável, se não estou enganado. E muito boa, aliás.

– O que é uma casa dobrável?

– Sabe quando você dobra um pedaço de papel e a cada vez que o dobra ele fica menor? Uma casa dobrável é assim. Só que é uma casa, é claro.

Jax pegou o pedaço de madeira torta e tentou endireitá-lo. De repente, viu-se segurando dois pedaços de madeira que pareciam o começo de um batente de porta.

– Não a desdobre aqui! – gritou o ancião. – Não quero uma casa na frente da minha caverna, bloqueando a luz do sol!

Jax tentou rejuntar os dois pedaços de madeira.

– Por que não consigo dobrá-los de novo?

– Porque não sabe como fazê-lo, imagino – respondeu o velho, sem rodeios. – Sugiro que espere até decidir onde quer colocá-la antes de desdobrá-la até o fim.

Jax pousou cuidadosamente a madeira e pegou a flauta.

– Esta também é especial? – indagou. Levou-a à boca e soprou um trinado simples, como o da maria-viúva.

Hespe deu um sorriso brincalhão, levou à boca um conhecido apito de madeira e soprou: ta-rá piii, ta-rá piii.

Ora, todo mundo sabe que a maria-viúva também é chamada de viúva-da-noite. Por isso, ela não sai enquanto o sol brilha. Ainda assim, uma dúzia de viúvas-da-noite veio voando e pousou em volta de Jax, olhando-o com curiosidade e piscando os olhos à clara luz solar.

– Parece que não é uma flauta comum – disse o velho.

– E a caixa? – indagou Jax, que estendeu a mão e a apanhou. Era escura e fria. Tão pequena que ele podia encerrá-la no punho.

O velho estremeceu e desviou os olhos da caixa.

– Está vazia – disse.

– Como é que o senhor pode saber sem ver o interior?

– Escutando – respondeu o eremita. – Fico admirado por você mesmo não poder ouvi-la. É a coisa mais vazia que já escutei. Ela ecoa. Foi feita para guardar coisas em seu interior.

– Todas as caixas são feitas para guardar coisas em seu interior.

– E todas as flautas são feitas para tocar uma música encantadora – assinalou o velho –, mas essa flauta é mais ainda. E o mesmo se aplica a essa caixa.

Jax olhou por um instante para a caixa, pousou-a com cuidado e começou a amarrar o terceiro pacote com os três tesouros.

– Acho que já vou indo – falou.

– Tem certeza de que não quer pensar em ficar um ou dois meses? Você poderia aprender a escutar com um pouquinho mais de atenção. É uma coisa útil, escutar.

– O senhor me deu umas coisas em que pensar – disse Jax. – E eu acho que tem razão, eu não devia perseguir a lua. Deveria fazer a lua vir até mim.

– Não foi isso que eu disse, na verdade – murmurou o velho. Seu tom era resignado. Como ouvinte habilidoso que era, sabia não estar sendo ouvido.

Jax partiu na manhã seguinte, perseguindo a lua até um ponto mais elevado nas montanhas. Acabou achando um pedaço grande e plano de terreno, aninhado entre os cumes mais altos.

Quando o sol começou a se pôr, ele pegou o pedaço vergado de madeira e, pouco a pouco, começou a desdobrar a casa. Com a noite inteira pela frente, esperava tê-la concluído muito antes que a lua começasse a nascer.

Porém, a casa era muito maior do que ele havia imaginado, mais parecia uma mansão que um simples chalé. Além disso, desdobrá-la foi mais complicado do que ele esperava. Quando a lua chegou ao alto do céu, Jax ainda estava longe de terminar.

Talvez tenha sido por isso que ele se apressou. Talvez ele fosse descuidado. Ou talvez tenha sido simplesmente azarado, como sempre.

No fim, o resultado foi o mesmo: a mansão era magnífica e enorme. Mas não se encaixava direito. Havia escadas que subiam para os lados, não para cima. Alguns cômodos tinham paredes de menos, outros, paredes de mais. Muitos não tinham teto e, no alto, exibiam um céu estranho, cheio de estrelas desconhecidas.

Tudo na casa era ligeiramente torto. Num cômodo se podiam ver pela janela flores da primavera, enquanto, do lado oposto do corredor, as vidraças tinham uma película de geada do inverno. Podia ser hora do desjejum no salão de baile, enquanto o crepúsculo enchia um quarto próximo.

Como nada na casa era verdadeiro, nenhuma das portas ou janelas se encaixava direito. Elas podiam estar fechadas ou até trancadas, mas nunca com firmeza. E, grande como era, a mansão tinha inúmeras portas e janelas, por isso havia inúmeras entradas e saídas.

Jax não deu importância a nada disso. Apenas correu para o topo da torre mais alta e levou a flauta aos lábios.

Derramou no claro céu noturno uma doce canção. Não era um simples trinado de pássaro, mas uma melodia vinda de seu coração dilacerado. Era forte e triste. Adejou como um pássaro com a asa quebrada.

Ao ouvi-la, a lua desceu até a torre. Pálida, redonda e bela, postou-se diante de Jax em toda a sua glória e, pela primeira vez na vida, ele sentiu um único sopro de alegria.

E então os dois conversaram, no alto da torre. Jax lhe falou de sua vida, sua aposta e sua longa viagem solitária. A lua o ouviu, riu e sorriu.

Mas acabou olhando com saudade para o céu.

Jax compreendeu o que isso prenunciava.

– Fique comigo – pediu. – Só posso ser feliz se você for minha.

– Tenho que ir – disse ela. – O céu é minha casa.

– Eu lhe fiz uma casa – retrucou Jax, apontando para a vasta mansão abaixo deles. – Aqui há céu suficiente para você. Um céu vazio, que é todo seu.

– Preciso ir – repetiu ela. – Faz muito tempo que me ausentei.

Jax levantou a mão, como que para agarrá-la, mas se deteve.

– O tempo é o que fazemos dele aqui. No seu quarto pode ser inverno ou primavera, tudo conforme o seu desejo.

– Tenho que ir – disse a lua, levantando os olhos. – Mas voltarei. Sou eterna e imutável. E, se você tocar sua flauta para mim, tornarei a visitá-lo.

– Eu lhe dei três coisas: uma canção, um lar e meu coração. Se você tem que ir, não quer me dar três coisas em troca?

A lua riu, com as mãos junto ao corpo, nua como lua que era.

– O que tenho que possa lhe deixar? Mas, se for meu para dar, peça e eu lhe darei.

Jax viu que estava com a boca seca.

– Primeiro, eu pediria um toque da sua mão.

– A mão aperta outra mão e eu lhe concedo seu pedido – disse ela. Estendeu-lhe a mão, que era macia e forte. A princípio, pareceu fria, depois, maravilhosamente cálida. Um arrepio subiu e desceu pelos braços de Jax.

– Segundo, eu lhe pediria um beijo.

– Uma boca prova outra boca e eu lhe concedo seu pedido.

Aproximou-se dele e tinha o hálito doce, os lábios firmes como frutas. O beijo tirou o fôlego de Jax e, pela primeira vez na vida, sua boca curvou-se num começo de sorriso.

– E qual é a terceira coisa? – perguntou a lua. Seus olhos eram escuros e sábios, o sorriso, cheio e sagaz.

– O seu nome – murmurou Jax. – Para que eu possa chamá-la.

– Um corpo... – começou a lua, dando um passo à frente, ansiosa. Mas detém-se. – Apenas meu nome? – indagou, deslizando a mão pela cintura dele.

Jax fez que sim.

Ela chegou perto e disse em seu ouvido, calorosamente:

– *Ludis*.

Então Jax pegou a caixa preta de ferro, fechou a tampa e prendeu o nome dela lá dentro.

– Agora eu tenho o seu nome – disse em tom firme. – Portanto, tenho domínio sobre você. E digo que você deve ficar comigo para sempre, para que eu possa ser feliz.

E assim foi. A caixa deixou de ser fria na mão dele. Era morna e, lá dentro, Jax sentia o nome dela adejando qual mariposa contra a vidraça.

Talvez Jax tenha demorado muito a fechar a caixa. Talvez tenha-se atrapalhado com o fecho. Ou talvez fosse simplesmente azarado em tudo. Mas, no fim, só conseguiu pegar um pedaço do nome da lua, não a coisa toda.

E por isso podia conservá-la por algum tempo, mas ela sempre escapulia. Saía de sua mansão desengonçada, voltava para o nosso mundo. De qualquer maneira, ele ainda possui um pedaço do nome da lua e por isso ela sempre tem que voltar.

∽

Hespe nos olhou, sorrindo.

– E é por isso que a lua vive mudando. E é lá que Jax a mantém, quando ela não está no nosso céu. Ele a capturou e ainda a conserva. Mas, se é feliz ou não, só ele sabe.

Fez-se um longo silêncio.

– É uma história muito boa – disse Dedan.

Hespe baixou a cabeça e, embora a luz da fogueira tornasse difícil saber, eu apostaria um vintém que ela enrubesceu. A dura Hespe, que eu não diria ter uma gota de rubor em si.

– Levei muito tempo para me lembrar de tudo. Minha mãe me contava essa história quando eu era pequena. Toda noite, sempre a mesma. Dizia que a tinha aprendido com sua mãe.

– Bem, você precisa ter certeza de também contá-la a suas filhas – disse Dedan. – Uma história dessas é boa demais para se deixar à beira da estrada.

Hespe sorriu.

∽

Infelizmente, essa noite pacífica foi como a calmaria que antecede a tempestade. No dia seguinte, Hespe teceu um comentário que fez Dedan sair todo ofendido e, durante duas horas, eles mal conseguiram se olhar sem sibilar como gatos zangados.

Dedan tentou convencer-nos a todos de que devíamos desistir de nossa busca e nos empregarmos como guardas de caravana, na esperança de que os bandidos nos atacassem. Marten disse que isso fazia tanto sentido quanto tentar encontrar uma armadilha para ursos pondo o pé dentro dela. Tinha razão, mas isso não impediu que o mercenário e o rastreador passassem os dias seguintes trocando farpas.

Decorridos dois dias, Hespe soltou um grito surpreendentemente infantil de susto quando tomava banho. Corremos para ajudá-la, esperando ver bandidos, mas, em vez disso, encontramos Tempi nu, mergulhado até os joelhos no rio. Hespe estava na margem, semidespida e pingando de molhada. Marten achou a cena hilariante. Hespe não. E a única coisa que impediu Dedan de ter um acesso de raiva e investir contra Tempi foi não conseguir saber como poderia atacar um homem nu sem olhar para ele ou sem de fato tocá-lo.

No dia seguinte, o tempo ficou nublado e úmido, azedando o humor de todos e tornando nossa busca ainda mais lenta.

E então começou a chover.

CAPÍTULO 89

Perdendo a luz

Os últimos quatro dias tinham sido interminavelmente nublados e chuvosos. No começo, as árvores nos deram algum abrigo, mas não tardamos a descobrir que as copas altas apenas retiam a água e a menor lufada de vento despejava cascatas de gotas grossas, acumuladas durante horas. Isso significava que, estivesse ou não chovendo naquele momento, os pingos úmidos caíam constantemente sobre nós.

As histórias depois do jantar cessaram. Marten pegou um resfriado e, à medida que piorava, tornava-se taciturno e sarcástico. E, dois dias antes, o pão ficara molhado. Isso poderia parecer uma bobagem, mas, se você já tentou comer um pedaço de pão molhado depois de um dia andando na chuva, sabe o tipo de humor em que isso nos deixa.

Dedan ficou realmente intratável. Torcia o nariz e reclamava das mais simples tarefas. Na última vez que fora à cidade buscar provisões, havia comprado uma garrafa de zurrapa em lugar de batatas, manteiga e cordas para o arco. Hespe o deixara para trás em Crosson e ele só tinha voltado ao acampamento quase à meia-noite, fedendo de bêbado e cantando alto o bastante para fazer os mortos taparem os ouvidos.

Não me dei o trabalho de repreendê-lo. Por mais contundente que fosse minha língua de artista de trupe, era óbvio que ele estava imune. Em vez disso, esperei que apagasse, derramei o resto da zurrapa no fogo e larguei a garrafa em cima das brasas, para que ele a visse. Depois disso, Dedan parou com seus constantes resmungos depreciativos a meu respeito e se fechou num silêncio gelado. Embora o silêncio fosse agradável, eu sabia que era mau sinal.

Dados os ânimos cada vez mais exacerbados de todos, resolvi que procuraríamos sinais da trilha individualmente. Em parte, foi porque seguir os passos de alguém na terra molhada era uma forma certeira de revolver o solo e deixar uma trilha. Mas a outra razão foi eu saber que, se mandasse Dedan e Hespe saírem juntos, a eventual discussão entre os dois alertaria qualquer bandido a 15 quilômetros dali.

∽

Voltei pingando e deprimido para o acampamento. As botas que eu havia comprado em Severen não tinham a menor impermeabilização e bebiam a água da chuva feito esponjas. À noite eu conseguia secá-las, usando o calor do fogo e um pouquinho de simpatia cuidadosa, mas, assim que dava três passos, elas tornavam a ficar encharcadas. Portanto, para completar, fazia dias que meus pés estavam frios e úmidos.

Era o nosso 29º dia no Eld e, quando subi a pequena elevação que escondia nosso acampamento mais recente, vi Dedan e Hespe sentados em lados opostos da fogueira, ignorando um ao outro. Hespe lubrificava sua espada. Dedan perfurava a esmo o chão à sua frente com um graveto pontiagudo.

Eu mesmo não estava muito a fim de conversa. Torcendo para que o silêncio perdurasse, fui até o fogo, sem dizer palavra.

Só que não havia fogo.

– O que aconteceu com a fogueira? – perguntei, estupidamente. O que tinha acontecido era bastante óbvio. Tinham-na deixado queimar até virar uns pedaços de pau carbonizados e cinzas molhadas.

– Não era minha vez de buscar lenha – disse Hespe, em tom mordaz.

Dedan cutucou a terra com o graveto. Notei o início de uma mancha roxa no alto de sua face.

Tudo que eu queria na vida era uma coisa quente para comer e 10 minutos com os pés secos. Isso não me deixaria feliz, mas me deixaria mais perto da felicidade do que eu estivera o dia inteiro.

– Muito me admira que vocês dois possam urinar sem ajuda – vociferei.

Dedan me encarou, furioso.

– O que você quer dizer com isso?

– Quando Alveron me pediu que fizesse este trabalho para ele, deixou implícito que eu teria adultos para me ajudar, não um punhado de crianças de escola.

Dedan rebateu, ríspido:

– Você não sabe o que ela...

– Não me interessa – interrompi-o. – Não me interessa por que vocês andaram brigando. Não me interessa o que ela jogou em você. O que me interessa é que o fogo está apagado. Por Tehlu nos céus, um cachorro treinado seria mais útil!

A expressão de Dedan cristalizou-se numa beligerância conhecida.

– Quem sabe, se...

– Cale a boca – retruquei. – Prefiro ouvir um asno zurrando a perder meu tempo com o que quer que você diga. Quando volto para o acampamento, espero encontrar uma fogueira e uma refeição. Se isso está além das suas possibilidades, vou providenciar para que alguma criança de cinco anos venha de Crosson ser babá de vocês.

Dedan levantou-se. O vento soprou as copas das árvores acima de nós e despejou gotas pesadas, que tamborilaram no chão.

– Você está caminhando para uma refeição que não vai conseguir tragar, garoto.

Ele cerrou os punhos e eu enfiei a mão no bolso para pegar o boneco que fizera dele, dois dias antes. Senti um nó na boca do estômago, de medo e fúria.

– Dedan, se você der um único passo na minha direção, vou lhe infligir tamanha dor que você vai gritar implorando que eu o mate – avisei, olhando-o bem nos olhos. – Neste momento, estou irritado. Nem pense em me deixar com raiva.

Ele parou e quase pude ouvi-lo pensar em todas as histórias que já tinha escutado sobre o Grande Taborlin. Fogo e relâmpagos. Fez-se um longo silêncio, enquanto nós dois nos encarávamos, sem pestanejar.

Por sorte, nesse momento Tempi voltou para o acampamento e rompeu a tensão. Sentindo-me meio tolo, fui até as brasas da fogueira para ver se podia reatiçá-las. Dedan partiu para a mata, pisando duro, quem sabe à procura de madeira, torci. Àquela altura, eu nem me importava se seria reneira ou não.

Tempi sentou-se junto à fogueira extinta. Se eu não estivesse ocupado, talvez houvesse percebido algo de estranho em seu movimento. Talvez não. Até para um bárbaro semieducado como eu, as oscilações de humor dos ademrianos eram difíceis de interpretar.

Enquanto devolvia lentamente a vida ao fogo, comecei a me arrepender de como havia lidado com as coisas. Somente essa ideia me impediu de soltar os cachorros em Dedan, quando ele voltou com uma braçada de madeira úmida, deixou-a cair na borda da minha fogueira recém-reatiçada e a apagou.

Marten voltou pouco depois de eu reavivar o fogo pela segunda vez. Acomodou-se junto dele e abriu as mãos. Tinha os olhos fundos, marcados por olheiras.

– Melhorou? – perguntei.

– E como.

Sua voz chiou no peito, encatarrada, parecendo pior que pela manhã. Inquietei-me com o som de sua respiração, com a pneumonia, com a febre.

– Posso preparar um chá que fará sua garganta incomodar um pouco menos – sugeri, sem muita esperança. Ele havia rejeitado todas as minhas ofertas de ajuda nos vários dias anteriores.

Marten hesitou, depois assentiu com a cabeça. Enquanto eu esquentava a água, teve um violento acesso de tosse, que durou quase um minuto. Se a chuva não parasse nessa noite, teríamos de ir para a cidade e esperar que ele se recuperasse. Eu não podia correr o risco de ele pegar uma pneumonia ou de revelar nossa posição às sentinelas dos bandidos com um acesso de tosse.

Entreguei-lhe o chá e Tempi se remexeu em seu assento na beirada do fogo.

– Hoje matei dois homens – disse.

Houve um longo momento de silêncio perplexo. A chuva tamborilou no chão à nossa volta. O fogo sibilou e crepitou.

– O quê? – perguntei, incrédulo.

– Fui atacado por dois homens atrás de árvores – disse Tempi, calmamente.

Esfreguei a nuca.

– Raios, Tempi, por que não disse nada antes?

Ele me lançou um olhar penetrante e seus dedos desenharam um círculo desconhecido.

– Não é fácil matar dois homens – disse.

– Você está machucado? – perguntou Hespe.

Tempi voltou para ela seu olhar frio. *Ofendido*. Eu tinha entendido mal seu comentário anterior. Não era a luta em si que ele achara difícil. Era o fato de ter matado dois homens.

– Precisei desse tempo para ordenar ideias. Também espero quando todos estão aqui – disse ele.

Tentei me lembrar do gesto para *desculpe*, mas tive que me contentar com *arrependimento*.

– O que aconteceu? – indaguei com calma, alisando as bordas esfrangalhadas da minha paciência.

Tempi fez uma pausa para escolher as palavras.

– Eu estava tentando achar trilha quando dois homens pularam das árvores.

– Como eram eles? – perguntou Dedan, passando à minha frente.

Outra pausa.

– Um do seu tamanho, braços mais compridos que os meus, mais forte que eu, porém lento. Mais lento que você.

Dedan fez uma expressão carregada, como se não conseguisse decidir se estava sendo insultado.

– O outro era menor e mais rápido – continuou Tempi. – As espadas dos dois eram largas e grossas. Com gume dos dois lados. Desse tamanho – disse, afastando as mãos uns três palmos.

Achei que a descrição revelava mais sobre Tempi do que sobre os homens com quem havia lutado.

– Onde aconteceu isso? Há quanto tempo? – perguntei.

Ele apontou na direção que estivéramos explorando.

– Cerca de 1,5 quilômetro. Menos de uma hora.

– Você acha que eles estavam à sua espera?

– Não estavam lá quando eu passei – interpôs Marten, em tom defensivo. Deu uma tossida úmida e dilacerante do fundo do peito e cuspiu uma coisa espessa no chão. – Se eles estavam esperando, não fazia muito tempo.

Tempi deu de ombros com um gesto eloquente.

– Que tipo de armadura eles usavam? – perguntou Dedan.

Tempi permaneceu calado por um momento, depois estendeu a mão e deu um tapinha na minha bota.

– Isto?

– Couro? – sugeri.

Ele fez que sim.

– Couro. Duro e com um pouco de metal.

Dedan relaxou um pouco.

– Isso já é alguma coisa, pelo menos – disse. Pensou em algo, depois levantou a cabeça com rispidez para Hespe: – O que é? Que olhar foi esse que você acabou de me dar?

– Eu não estava olhando para você – respondeu ela, gélida.

– Estava, sim. Você revirou os olhos – afirmou e se voltou para Marten. – Você a viu revirar os olhos, não viu?

– Calem! A! Boca! – rosnei para os dois. Surpreendentemente, as coisas se acalmaram. Pressionei os olhos com a base das mãos e refleti por um minuto ininterrupto sobre a nossa situação. – Marten, quanta luz ainda nos resta?

Ele levantou os olhos para o céu cor de ardósia.

– Cerca de uma hora e meia como está – respondeu ele, com a voz rouca. – O bastante para rastrear. Talvez um quarto de hora de luz ruim depois disso. O sol vai se pôr depressa atrás dessas nuvens.

– Você tem disposição de rodar um pouco mais por aí? – perguntei.

O sorriso dele me surpreendeu.

– Se pudermos achar esses canalhas hoje, vamos lá. Eles já me fizeram andar por este lugar desgraçado por tempo suficiente.

Balancei a cabeça, estendi a mão e tirei uma pitada de cinza úmida do fogo miseravelmente pequeno. Esfreguei-a entre os dedos, pensativo, depois a limpei num trapinho que guardei dentro da capa. Não seria uma boa fonte de calor, mas qualquer coisa era melhor do que nada.

– Está bem – concordei. – Tempi nos levará até os corpos e vamos ver se conseguimos seguir a trilha deles até seu acampamento.

Levantei-me.

– Opa! – exclamou Dedan, estendendo as mãos. – E nós?

– Você e Hespe ficam aqui e guardam o acampamento – respondi. Mordi a língua para não acrescentar: *e tentem não deixar o fogo apagar*.

– Por quê? Vamos todos. Podemos cuidar deles hoje! – disse ele, levantando-se.

– E se houver uma dúzia deles? – perguntei, no meu tom mais contundente.

Dedan fez uma pausa, mas não recuou.

– Nós teremos o elemento surpresa.

– Nós *não teremos* o elemento surpresa se sairmos os cinco pisoteando tudo – retruquei, acalorado.

– E por que *você* vai, então? Podiam ser só Tempi e Marten.

– *Eu* vou porque *eu* preciso saber o que temos pela frente. Sou *eu* que vou inventar o plano que nos fará sair vivos disso.

– E por que um guri verde como você é que vai inventar esse plano?

– Estamos perdendo a luz – interpôs Marten, cansado.

– Louvado seja Tehlu, falou uma voz da razão! – exclamei. Olhei para Dedan. – Nós vamos. Vocês ficam. Isto é uma ordem.

– Uma ordem? – repetiu Dedan, com sombria incredulidade.

Encaramo-nos com um olhar intimidante por um momento, depois dei meia-volta e entrei na floresta atrás de Tempi. Uma trovoada rugiu nas alturas. Um vento deslocou-se por entre as árvores, acabando com a garoa interminável. Em vez dela, começou a cair uma chuva contínua.

CAPÍTULO 90

Para virar tema de canção

TEMPI LEVANTOU OS GALHOS de pinheiro que cobriam os dois homens. Cuidadosamente deitados de costas, eles pareciam dormir. Ajoelhei-me ao lado do maior, porém, antes que pudesse examiná-lo melhor, senti uma mão pousada em meu ombro. Ao virar para trás, vi Tempi balançando a cabeça.

– O que foi? – perguntei. Restava-nos menos de uma hora de luz. Descobrir o acampamento dos bandidos sem sermos pegos já seria difícil. Fazê-lo em meio a um temporal numa escuridão de piche seria um pesadelo.

– Você não deve – disse ele. *Firme. Sério.* – Perturbar os mortos não é da Lethani.

– Preciso investigar nossos inimigos. Posso aprender com eles coisas que nos ajudarão.

A boca de Tempi quase franziu-se. *Desaprovação.*

– Magia?

Meneei a cabeça.

– Apenas olhando – respondi. Apontei para meus olhos e dei um tapinha na têmpora: – Pensando.

Tempi fez que sim. Mas, quando tornei a me voltar para os corpos, senti novamente sua mão em meu ombro.

– Você deve perguntar. Eles são meus mortos.

– Você já concordou – assinalei.

– Perguntar é o certo.

Respirei fundo.

– Posso examinar os seus mortos, Tempi?

Ele deu um único aceno com a cabeça, num gesto formal.

Olhei para onde Marten inspecionava criteriosamente a corda do seu arco sob uma árvore próxima.

– Quer ver se consegue achar a trilha deles? – perguntei. Ele fez que sim e se afastou da árvore. – Eu começaria por ali – sugeri, apontando para o sul, entre dois cumes.

– Conheço meu trabalho – respondeu Marten, afastando-se com o arco no ombro.

Tempi deu uns dois passos atrás e voltei minha atenção para os corpos. Um deles, na verdade, era bem maior que Dedan, enorme como um touro. Ambos eram mais velhos do que eu havia esperado e as mãos exibiam os calos que marcam os longos anos de trabalho com armas. Esses não eram peões de fazenda insatisfeitos. Eram veteranos.

– Achei a trilha deles – disse Marten, assustando-me. Eu não o ouvira se aproximar em meio ao sussurro incessante da chuva. – Está clara como o dia. Um clérigo bêbado seria capaz de segui-la.

Um relâmpago faiscou no céu, seguido pelo ribombar do trovão. A chuva começou a apertar. Franzi o cenho e cingi mais a capa encharcada do latoeiro em volta dos ombros.

Marten virou a cabeça para o alto e deixou a chuva atingir em cheio seu rosto.

– Fico contente por esse tempo estar finalmente nos servindo para alguma coisa. Quanto mais chover, mais fácil será chegarmos e sairmos em surdina do acampamento deles. – Enxugou as mãos na camisa empapada e deu de ombros. – Além disso, não podemos ficar mais molhados do que já estamos.

– Tem razão – concordei, levantando.

Tempi cobriu os cadáveres com os galhos e Marten e eu saímos na frente em direção ao sul.

∞

Marten se ajoelhou para examinar alguma coisa no chão e aproveitei a oportunidade para alcançá-lo.

– Estamos sendo seguidos – informei, sem me dar o trabalho de cochichar. As pessoas estavam pelo menos 20 metros atrás de nós e a chuva rolava pelas árvores com um barulho de ondas quebrando na praia.

Ele balançou a cabeça e fingiu apontar para alguma coisa no chão.

– Achei que você não os tivesse visto.

Sorri e tirei água do rosto com a mão molhada.

– Você não é o único que tem olhos aqui. Quantos acha que são?

– Dois, talvez três.

Tempi chegou mais perto de nós.

– Dois – disse, com voz segura.

– Só vi um – admiti. – A que distância estamos do acampamento deles?

– Sem o menor palpite. Pode ser depois da próxima colina. Pode ser a quilômetros daqui. Ainda só temos esses dois pares de rastros e não sinto nenhum cheiro de fogueira.

Marten levantou-se e voltou a seguir a trilha, sem olhar para trás.

Afastei um galho baixo para o lado, à passagem de Tempi, e vislumbrei atrás de nós um movimento que nada tinha a ver com o vento ou a chuva.

– Vamos até a próxima colina montar uma ciladinha.

– Parece perfeito – concordou Marten.

Fazendo um gesto para esperarmos, agachou-se e subiu furtivamente até o alto da pequena elevação. Lutei contra a vontade de olhar para trás, enquanto ele espiava por cima do topo da colina e voltava depressa.

Houve um clarão luminoso quando um raio atingiu um ponto próximo. A trovoada foi como um soco no meu peito. Levei um susto. Tempi ficou de pé.

– Isto parece a minha terra – disse, com um vago sorriso. Não fez qualquer tentativa de afastar a água do rosto.

Marten acenou e nós nos esgueiramos pelo alto da colina. Ao sairmos do campo visual de quem estava nos seguindo, dei uma rápida olhadela em volta.

– Continue seguindo os rastros até aquela pícea retorcida e dê a volta – instruí com um gesto. – Tempi fica escondido aqui. Marten se esconde atrás da árvore caída. Eu vou para trás daquela pedra. Marten faz o primeiro movimento. Use o seu critério, mas, provavelmente, seria melhor você esperar eles passarem por aquele toco quebrado. Tente deixar um deles vivo, se possível, mas não podemos permitir que fujam nem façam muito barulho.

– E o que você vai fazer? – perguntou Marten, enquanto corríamos para deixar um claro par de rastros até a pícea retorcida.

– Vou tratar de não atrapalhar. Vocês estão mais preparados para este tipo de situação. Mas tenho um ou dois truques, se for preciso.

Chegamos à árvore e perguntei:

– Prontos?

Marten pareceu meio assustado com a sucessão repentina de ordens, mas os dois assentiram com a cabeça e foram para seus lugares depressa.

Dei a volta e me acomodei atrás de um afloramento de pedra. Dali, via nossas pegadas misturando-se na lama com a trilha que vínhamos seguindo. Para além delas, vi Tempi se posicionar atrás do tronco grosso de um carvalho. À sua direita, Marten preparou uma flecha, puxou a corda até o ombro e esperou, imóvel como uma estátua.

Peguei o trapo com a pitada de cinza e um pedaço fino de ferro, mantendo-os prontos na mão. Meu estômago deu voltas quando pensei no propósito que nos enviara àquele lugar: caçar e matar homens. É verdade, eram criminosos e assassinos, mas, assim mesmo, homens. Respirei mais fundo e tentei relaxar.

A superfície da pedra era fria e áspera na minha face. Agucei o ouvido, mas não conseguia escutar nada em meio ao contínuo tamborilar da chuva. Lutei contra a vontade de chegar mais perto da borda da pedra para ampliar meu campo visual. Outro relâmpago faiscou e eu estava contando os segundos para a trovoada quando vi um par de figuras surgir furtivamente.

Senti uma onda soturna de raiva explodir em meu peito.

– Atire neles, Marten – falei bem alto.

Dedan girou o corpo e já estava virado para mim, com a espada desembainhada, quando saí de meu esconderijo. Hespe foi um pouco mais contida e parou com a espada a meio caminho de sair da bainha.

Guardei a faca e cheguei a meia dúzia de passos de Dedan. O trovão ribombou no momento em que captei e retive seu olhar. Sua expressão era desafiadora e não fiz questão de disfarçar minha raiva. Após um longo minuto de silêncio, ele desviou o rosto, fingindo que tinha que tirar a água dos olhos.

– Guarde isso – ordenei, indicando sua espada. Após um segundo de hesitação, ele o fez. Só então enfiei no forro da capa o pedaço fino de aço quebradiço que segurava.

– Se nós fôssemos bandidos, vocês já estariam mortos – falei. Desloquei o olhar para Hespe e de novo para Dedan. – Voltem para o acampamento.

A expressão de Dedan crispou-se.

– Estou farto de você falar comigo como se eu fosse criança – disse, apontando um dedo para mim. – Estou neste mundo há muito mais tempo que você. Não sou idiota.

Contive várias respostas furiosas que só fariam piorar as coisas.

– Não tenho tempo para discutir. Estamos perdendo a luz e você está nos pondo em perigo. Volte para o acampamento.

– Devemos cuidar disso esta noite – retrucou ele. – Já acabamos com dois deles, provavelmente só restam cinco ou seis. Vamos surpreendê-los no escuro, no meio do temporal. Zás-trás. Estaremos em Crosson amanhã para almoçar.

– E se eles forem uma dúzia? E se forem 20? E se estiverem escondidos numa fazenda? E se acharem nosso acampamento quando não houver ninguém lá? Todas as nossas provisões, nossa comida e *meu alaúde* irão embora, e haverá uma armadilha à nossa espera quando voltarmos. Tudo porque você não conseguiu ficar quieto durante uma hora.

O rosto dele ficou perigosamente vermelho e desviei o olhar.

– Voltem para o acampamento. Falaremos disto logo mais.

– Não, diabos. Eu vou junto e não há porcaria nenhuma que você possa fazer para me impedir.

Trinquei os dentes. O pior é que era verdade. Eu não tinha como impor minha autoridade. Não havia nada que pudesse fazer, a não ser subjugá-lo com o boneco de cera que eu tinha feito. E eu sabia que essa seria a pior alternativa possível. Não só transformaria Dedan num franco inimigo, como sem dúvida faria Hespe e Marten também se voltarem contra mim.

Olhei para Hespe.

– Por que você está aqui?

Ela relanceou os olhos para Dedan.

– Ele vinha sozinho. Achei melhor ficarmos juntos. E nós pensamos em tudo. Ninguém vai topar com o acampamento. Escondemos nossas coisas e apagamos o fogo antes de sair.

Dei um suspiro tenso e guardei a inútil pitada de cinza num bolso da capa. É claro que o tinham apagado.

– Mas eu concordo – acrescentou ela. – Devemos tentar acabar com isto hoje.

Olhei para Marten.

Ele me fitou com ar de quem pede desculpas.

– Eu estaria mentindo se dissesse que não quero acabar com isso – disse. Acrescentou depressa: – Se soubermos agir com inteligência.

Poderia ter dito mais alguma coisa, mas as palavras arranharam sua garganta e ele começou a tossir.

Olhei para Tempi. Ele retribuiu o olhar.

O pior era que, no fundo, eu concordava com Dedan. Queria terminar aquilo. Queria uma cama quente e uma refeição digna. Queria levar Marten para um lugar seco. Queria voltar para Severen, onde poderia me refestelar na gratidão de Alveron. Queria encontrar Denna, pedir desculpas e explicar por que tinha partido sem dizer nada.

Só um tolo luta contra a maré.

– Muito bem. – Olhei para Dedan. – Se um dos seus amigos morrer por causa disso, a culpa será sua.

Vi um titubeio de incerteza cruzar seu rosto e desaparecer, enquanto ele cerrava os dentes. O homem tinha falado demais para que seu orgulho o deixasse recuar.

Apontei um dedo para ele.

– Mas, de agora em diante, cada um de vocês precisa fazer o que eu mandar. Ouvirei suas sugestões, mas sou eu que dou as ordens.

Corri os olhos pelo grupo. Marten e Tempi assentiram prontamente com a cabeça e Hespe os seguiu, um segundo depois. Dedan fez um aceno lento.

Encarei-o e exigi:

– Jure.

Seus olhos se estreitaram e prossegui:

– Se você fizer outra gracinha destas enquanto estivermos atacando, poderá nos matar. Não confio em você. Prefiro ir embora hoje a entrar nisso com alguém em quem não confie.

Houve outro momento de tensão, mas, antes que ele se prolongasse demais, Marten interveio:

– Vamos, Dedan. O garoto tem boa cabeça. Montou esta emboscadinha aqui nuns quatro segundos – disse e assumiu um tom brincalhão: – Depois, ele não é tão mau quanto aquele safado do Brenwe e o dinheiro *daquele* serviçinho não chegou nem à metade.

Dedan abriu um sorriso.

– É. Acho que você tem razão. Desde que acabe hoje.

Nem por um segundo duvidei de que, ainda assim, Dedan faria as coisas do jeito dele se isso lhe conviesse.

– Jure que vai seguir minhas ordens.

Ele deu de ombros e virou o rosto.

– Tá. Eu juro.

Não era suficiente.

– Jure pelo seu nome.

Ele enxugou a chuva do rosto e tornou a me olhar, confuso.

– O quê?

Encarei-o e falei em tom formal:

– Dedan, você fará o que eu mandar hoje, sem questionamento ou hesitação? Dedan, você jura pelo seu nome?

Ele se apoiou num pé e no outro por um momento, depois se empertigou um pouco.

– Eu juro pelo meu nome.

Cheguei mais perto e disse, bem baixinho:

– Dedan.

No mesmo instante, transmiti uma dose ínfima de calor ao boneco de cera em meu bolso. Não o bastante para fazer nada, mas o suficiente para que ele o sentisse, só por um momento.

Vi seus olhos se arregalarem e lhe ofereci meu melhor sorriso de Grande Taborlin. Foi um sorriso cheio de segredos, largo e confiante e mais que um pouquinho presunçoso. Um sorriso que, por si só, contava uma história inteira.

– *Agora eu tenho o seu nome* – falei, baixinho. – *Tenho domínio sobre você.*

A expressão de seu rosto quase valeu um mês de seus resmungos. Dei um passo atrás e deixei o sorriso desaparecer, veloz como um raio. Simples como tirar uma máscara. O que, é claro, iria deixá-lo se perguntando qual das expressões era a verdadeira, se a do rapazola ou a do Taborlin parcialmente vislumbrado.

Virei o rosto para não perder o momento.

– Marten irá na frente para reconhecer o terreno. Tempi e eu iremos em seguida, cinco minutos depois. Isso dará tempo para que ele aviste as sentinelas dos bandidos e volte para nos avisar. Vocês dois seguirão 10 minutos atrás de nós.

Lancei um olhar significativo para Dedan e levantei as duas mãos, com os dedos afastados:

– Dez minutos completos. Será mais lento desse jeito, porém mais seguro. Alguma sugestão?

Ninguém disse nada.

– Muito bem. Marten, o espetáculo é seu. Volte se tiver algum problema.

– Pode contar com isso – disse ele e logo sumiu de vista, perdido no verde e marrom embotados de folhas, cascas de árvore e chuva.

∽

A chuva continuou a martelar e a luz já vacilava quando Tempi e eu seguimos a trilha, esgueirando-nos de um esconderijo para outro. Ao menos o barulho não era motivo de preocupação, já que as trovoadas produziam um ronco quase constante.

Marten surgiu das moitas sem aviso prévio e fez sinal para que nos aproximássemos do abrigo parcial de um bordo inclinado.

– O acampamento deles é logo adiante – disse. – Há rastros por toda parte e vi a luz da fogueira.

– Quantos são?

Ele balançou a cabeça.

– Não cheguei tão perto assim. Logo que vi pegadas diferentes, voltei. Não queria que vocês seguissem a trilha errada e se perdessem.

– A que distância?

– Mais ou menos um minuto, rastejando. Vocês poderiam ver o fogo daqui, mas o acampamento fica do outro lado de uma colina.

À luz que esmaecia, olhei para os rostos de meus dois companheiros. Nenhum deles parecia nervoso. Estavam preparados para esse tipo de trabalho, treinados para ele. Marten tinha seus talentos de rastreador e arqueiro. Tempi tinha a lendária habilidade dos ademrianos.

Talvez eu também pudesse me sentir calmo se tivesse tido a oportunidade de preparar algum plano, algum truque de simpatia que fizesse a balança pender a nosso favor. Mas Dedan havia estragado qualquer esperança disso ao insistir em que atacássemos naquela noite. Eu não tinha nada, nem mesmo uma ligação ruim com um fogo distante.

Interrompi essa linha de pensamento antes que ela passasse da angústia ao pânico.

– Então, vamos – disse-lhes, satisfeito com o timbre calmo de minha voz.

Os três avançamos com movimentos furtivos, enquanto os últimos raios de luz escorriam lentamente do céu. Na penumbra, era difícil ver Marten e Tempi, o que me tranquilizou. Se era difícil para mim, seria quase impossível que as sentinelas nos avistassem de longe.

Não tardei a avistar a luz do fogo refletida na parte inferior das copas altas, mais adiante. Agachado, segui Marten e Tempi pela encosta íngreme da colina, que a chuva tornara escorregadia. Pensei ver um leve movimento à nossa frente.

E então veio um relâmpago. Na quase escuridão, foi o bastante para me cegar, mas não antes que a encosta lamacenta se iluminasse com um branco ofuscante.

Havia um homem alto parado no cume, com o arco retesado. Tempi agachou-se a alguns passos da encosta, imobilizado no ato de posicionar cuidadosamente os pés. Acima dele estava Marten. O velho rastreador se apoiara num joelho e também havia retesado o arco. O raio me mostrou tudo isso num grande clarão, depois me cegou. A trovoada veio no instante seguinte, me ensurdecendo. Arriei no chão e rolei, as folhas e a terra molhadas grudando no meu rosto.

Quando abri as pálpebras, tudo o que pude ver foram os fantasmas azuis que o relâmpago deixara dançando diante dos meus olhos. Não houve grito de alerta. Se a sentinela o emitira, ele fora encoberto pela trovoada. Fiquei muito quieto, até meus olhos se adaptarem. Levei um segundo longo e sem fôlego para encontrar Tempi. Ele estava uns 4,5 metros adiante, na encosta, ajoelhado sobre uma sombra escura. A sentinela.

Aproximei-me, tateando por entre as samambaias molhadas e as folhas lamacentas. Um raio tornou a piscar no alto, dessa vez mais suave, e vi a haste de uma das flechas do Marten projetando-se em diagonal do peito da sentinela. A pena tinha-se soltado e adejava ao vento feito uma bandeira minúscula e encharcada.

– Morto – disse Tempi, quando Marten e eu nos aproximamos o bastante para ouvir.

Duvidei. Nem mesmo um ferimento profundo no peito mataria um homem tão depressa. Ao chegar mais perto, porém, vi o ângulo da flecha. Tinha sido atingido no coração. Olhei para Marten, admirado:

– Isso é uma flechada para virar tema de canção – comentei, baixinho.

– Sorte – disse ele, descartando o comentário, e voltou a atenção para o alto da colina, alguns metros acima de nós. – Vamos torcer para que tenha-me sobrado alguma – acrescentou, começando a rastejar.

Arrastando-me atrás dele, vislumbrei Tempi ainda ajoelhado sobre o homem caído. Ele se debruçou sobre o corpo, como se murmurasse alguma coisa.

Então vi o acampamento e toda a minha vaga curiosidade sobre as peculiaridades do ademriano foi rechaçada da minha mente.

CAPÍTULO 91

Chama, trovão, árvore partida

A COLINA EM QUE ESTÁVAMOS AGACHADOS desenhava um amplo semicírculo, abrigando o acampamento dos bandidos no centro de uma meia-lua protetora. O resultado era que ele parecia se situar no fundo de uma grande tigela rasa. De nossa posição, vi que a parte aberta da tigela era margeada por um rio que descrevia uma curva para dentro e depois se afastava.

O tronco de um majestoso carvalho erguia-se como uma pilastra no centro da tigela, abrigando o acampamento sob sua imensa copa. Dois fogos queimavam, tênues, um de cada lado da árvore. Ambos seriam grandes como fogueiras, não fosse o mau tempo. Nas condições vigentes, mal derramavam luz suficiente para revelar o acampamento.

"Acampamento" é uma expressão enganadora; "quartel de campanha" seria melhor. Havia seis barracas de campanha, baixas e inclinadas, destinadas sobretudo ao sono e à estocagem de material. A sétima barraca era quase um pequeno pavilhão, retangular e grande o bastante para abrigar vários homens de pé.

Seis homens se aconchegavam, sentados junto ao fogo em bancos improvisados. Estavam aninhados para se proteger da chuva, todos com a expressão dura e sofrida de soldados experientes.

Tornei a me agachar, surpreso por não sentir medo algum. Virei-me para Marten e vi em seus olhos uma expressão meio feroz.

– Quantos você acha que são? – perguntei-lhe.

Ele pestanejou, pensativo.

– Pelo menos dois por barraca. Se o chefe está na barraca maior, isso dá 13. Nós matamos três. Portanto, 10. No mínimo – acrescentou, passando a língua nos lábios, num gesto nervoso. – Mas pode ser que durmam até quatro por barraca e a grande poderia acomodar mais cinco, além do chefe. Isso dá 30, menos três.

– Então, na melhor das hipóteses, eles superam o nosso número em dois para um. Essa proporção lhe agrada?

Os olhos dele correram até a linha do cume e voltaram para mim.

– Eu toparia dois para um. Temos a surpresa e estamos bem perto. – Fez uma pausa e tossiu na manga. Deu uma cusparada. – Mas há uns 20 lá embaixo. Sinto isso nos bagos.

– Você consegue convencer o Dedan?

Marten fez que sim.

– Ele confiará em mim. Não é nem de longe o asno que parece ser na maior parte do tempo.

– Ótimo.

Refleti por um instante. As coisas estavam acontecendo mais depressa do que consigo contá-las. Por isso, apesar de tudo o que tinha acontecido, Dedan e Hespe ainda estavam uns cinco ou seis minutos atrás de nós.

– Vá mandar os dois recuarem – ordenei ao Marten. – Depois, volte para nos buscar.

Ele fez uma cara de quem está em dúvida.

– Tem certeza de que não quer vir agora? Não sabemos quando a guarda deles pode trocar.

– Tempi estará comigo. Além disso, você só deve levar uns dois minutos. Quero ver se consigo contar melhor quantos são.

Marten se afastou às pressas e Tempi e eu voltamos rastejando para o alto da colina. Após um momento, ele chegou mais perto, até encostar o lado esquerdo do corpo no meu lado direito.

Notei uma coisa que me havia escapado. Havia postes de madeira, do tamanho de estacas altas de cerca, espalhados por todo o acampamento.

– Postes? – perguntei ao Tempi, espetando um dedo no chão para ilustrar o que queria dizer.

Ele balançou a cabeça para mostrar que entendia, depois encolheu os ombros.

Calculei que servissem para amarrar cavalos ou para secar roupas encharcadas. Afastei a ideia da cabeça, em favor de assuntos mais prementes.

– O que você acha que devemos fazer?

Tempi passou um bom momento calado.

– Matar alguns. Ir embora. Esperar. Outros chegam. Nós... – Fez a pausa característica que indicava faltar-lhe a palavra que ele queria usar. – Pular atrás das árvores?

– Surpresa.

Ele fez que sim.

– Nós fazemos surpresa. Esperamos. Caçamos resto. Contamos ao maer.

Balancei a cabeça. Não era a solução rápida que havíamos esperado, mas era a única opção sensata contra aquele número de homens. Quando Marten voltasse, nós três faríamos o primeiro ataque. Calculei que, com o elemento-surpresa do nosso lado, Marten poderia acertar uns três ou quatro com as flechas antes de sermos obrigados a fugir. Provavelmente não mataríamos todos, mas qualquer homem ferido seria menos ameaçador para nós nos dias seguintes.

– Alguma outra maneira?

Pausa longa.

– Nenhuma que seja da Lethani – disse Tempi.

Já tendo visto o bastante, deixei-me deslizar cuidadosamente vários centímetros, até ficar fora do ângulo de visão do acampamento. Estremeci sob o contínuo tamborilar da chuva. Estava mais fria do que minutos antes e comecei temer ter pegado o resfriado do Marten. Era a última coisa de que precisava naquele momento.

Avistei Marten se aproximando e já ia lhe explicar nosso plano quando vi sua expressão de pânico.

– Não consigo achá-los – sibilou ele, aflito. – Voltei pela trilha até onde eles deviam estar. Mas não os encontrei. Portanto, ou já voltaram, o que eles não fariam, ou estavam muito perto de nós e acabaram seguindo os rastros errados, com essa luz fraca.

Senti um calafrio que nada tinha a ver com a chuva constante.

– Você não pode rastreá-los?

– Se pudesse, eu o teria feito. Mas todas as pegadas parecem iguais no escuro. O que vamos fazer? – perguntou, segurando meu braço. Vi em seus olhos que ele estava à beira do pânico. – Eles não vão tomar cuidado. Vão achar que vasculhamos tudo à sua frente. O que devemos fazer?

Enfiei a mão no bolso em que guardava o boneco de Dedan.

– Eu posso encontrá-los.

Mas, antes que eu conseguisse fazer alguma coisa, houve um alerta na margem leste do acampamento. Um segundo depois, ouviu-se um grito furioso, seguido por uma série de palavrões.

– É o Dedan? – perguntei.

Marten fez que sim. Do outro lado da colina ouviu-se uma movimentação frenética. Nós três subimos o mais depressa que nos atrevemos, espiando por cima do cume.

Um enxame de homens saía das barracas baixas, feito vespas de um vespeiro. Havia pelo menos uma dúzia deles naquela hora e vi quatro com os arcos já armados. Longos pedaços de tábuas surgiram do nada e foram encostados nos postes, formando paredes toscas de quatro pés de altura. Em segundos, o campo escancarado e vulnerável tornou-se uma verdadeira fortaleza. Contei pelo menos 16 homens, mas agora partes inteiras do acampamento estavam protegidas de nossa vista. A luz também piorou, já que as paredes improvisadas bloquearam o fogo e lançaram sombras profundas na noite.

Marten soltou uma série de palavrões, compreensivelmente, já que agora seu arco não teria nem de longe a mesma serventia. Armou uma flecha num piscar de olhos e a teria disparado com igual velocidade se eu não tivesse posto a mão em seu braço.

– Espere.

Ele franziu o cenho, depois balançou a cabeça, sabendo que os homens teriam meia dúzia de flechas para cada uma das suas. Tempi também se tornou subitamente inútil. Seria crivado de flechas muito antes de se aproximar do acampamento.

O único aspecto animador era que a atenção deles não estava voltada para nós. Eles se concentravam no leste, onde ouvíramos o grito da sentinela e os palavrões de Dedan. Nós três poderíamos escapar antes de sermos descobertos, mas isso significaria deixar Dedan e Hespe para trás.

Era o tipo de momento em que um arcanista competente poderia fazer diferença, se não para oferecer uma vantagem, ao menos para possibilitar a fuga. Mas eu não tinha fogo nem ligação. Era inteligente o bastante para me arranjar sem um dos dois, mas, sem ambos, ficava quase impotente.

A chuva começou a desabar com mais força. As trovoadas rugiram. Era só uma questão de tempo até os bandidos descobrirem que eles eram apenas dois e correrem colina acima, para acabar prontamente com nossos companheiros. Se nós três chamássemos sua atenção, seríamos arrasados com a mesma rapidez.

Ouviu-se um concerto de murmúrios baixos e uma chuva de flechas saltou sobre a crista leste da colina. Marten parou de praguejar e prendeu a respiração. Olhou para mim.

– O que vamos fazer? – perguntou, em tom urgente.

Do acampamento surgiu um grito de indagação e, não havendo resposta, outra chuva de flechas zumbiu sobre a crista oriental, buscando localizar a distância do alvo.

– O que vamos fazer? – repetiu Marten. – E se eles estiverem feridos?

E se estiverem mortos? Fechei os olhos e escorreguei para baixo da linha do cume, tentando conseguir um minuto de raciocínio claro. Meu pé bateu numa coisa macia e sólida. A sentinela morta. Veio-me uma ideia tenebrosa. Respirei fundo e mergulhei no Coração de Pedra. Fundo. Mais fundo do que eu jamais estivera. Todo o medo me abandonou, toda a hesitação.

Segurei o cadáver pelo pulso e comecei a arrastá-lo para cima, para o topo da colina. Ele era um homem pesado, porém mal reparei.

– Marten, posso usar o seu morto? – perguntei, distraído. As palavras saíram num barítono agradável, a voz mais serena que eu já tinha ouvido.

Sem esperar resposta, olhei para o acampamento pela borda do cume. Vi um dos homens atrás da parede inclinar o arco para disparar outra flecha. Peguei minha faca longa e fina, de bom aço de Ramston, e fixei mentalmente a imagem do arqueiro. Cerrei os dentes e cravei a faca no rim da sentinela. Ela entrou devagar, como se eu esfaqueasse barro pesado em vez de carne.

Um grito elevou-se acima do som do trovão. O arqueiro tombou, o arco voando loucamente de suas mãos. Outro mercenário se abaixou para olhar o companheiro. Tornei a focalizar a imagem e esfaqueei a sentinela no outro rim, dessa vez com as duas mãos. Houve um segundo grito, mais estridente que o primeiro. *Mais um lamento do que um grito*, pensei, num canto estranhamente separado da mente.

– Não dispare ainda – adverti Marten, em tom calmo, sem tirar os olhos do acampamento. – Eles ainda não sabem onde estamos. Puxei a faca, focalizei de novo e a cravei friamente no olho da sentinela. Um homem ergueu-se atrás da parede de madeira, o sangue jorrando do rosto por baixo das mãos em concha. Seus dois colegas se levantaram, tentando fazê-lo abaixar-se atrás do parapeito de madeira. Minha faca subiu e desceu e um deles vergou-se para o chão, levando as mãos ao próprio rosto ensanguentado.

– Santo Deus – engasgou-se Marten. – Santo Deus do céu.

Encostei a faca na garganta da sentinela e inspecionei o acampamento. Sua eficiência militar estava desmoronando à medida que os homens iam entrando em pânico. Um dos feridos continuou a gritar, um som agudo e penetrante, mais alto que o ribombar das trovoadas.

Vi um dos arqueiros vasculhando a crista da colina com seu olhar duro. Corri a faca pela garganta da sentinela, mas nada pareceu acontecer. Então, o arqueiro fez um ar intrigado e levou a mão ao pescoço. Ela saiu ligeiramente manchada de sangue. Os olhos do homem se arregalaram e ele começou a gritar. Largando o arco, correu para o outro lado da parede baixa e voltou, tentando fugir, mas sem saber para onde.

Recobrou a compostura e começou a examinar desesperadamente a crista da colina em toda a volta do acampamento. Não deu sinal de cair. Franzi o cenho, repus a faca no pescoço da sentinela morta e me apoiei com força sobre ela. Meus braços tremeram, mas a faca começou a se mexer de novo, devagar, como se eu tentasse cortar um bloco de gelo. As mãos do arqueiro voaram para seu pescoço e o sangue jorrou sobre elas. O homem cambaleou, tropeçou e caiu numa das fogueiras. Debateu-se feito louco, espalhando carvão em brasa por toda parte e aumentando a confusão.

Eu estava decidindo onde atacar em seguida quando um raio iluminou o céu e me deu uma imagem nítida e crua do cadáver. A chuva se misturara com o sangue, que estava em toda parte. Minhas mãos haviam escurecido com ele.

Sem querer mutilar as mãos do homem, virei-o de bruços e lutei para tirar suas botas. Depois, concentrei-me de novo e seccionei os tendões grossos acima dos tornozelos e abaixo dos joelhos, o que aleijou mais dois homens. A faca, porém, movia-se cada vez mais devagar e meus braços doíam com o esforço. O cadáver era uma conexão excelente, mas a única energia de que eu dispunha era a força do meu corpo. Nessas condições, eu mais parecia estar cortando lenha que carne.

Mal se haviam passado um ou dois minutos desde o alerta no acampamento. Cuspi água e dei um minuto de descanso a meus braços trêmulos e minha mente esgotada. Olhei lá para baixo e vi a confusão e o pânico aumentarem.

Um homem emergiu da grande barraca na base da árvore. Usava uma roupa diferente da dos outros – uma cota de malha brilhante, que lhe descia até os joelhos, e uma touca metálica cobrindo a cabeça. Entrou no meio do caos com graça destemida assimilou toda a cena num relance. Gritou uma sucessão de ordens que eu não consegui ouvir, abafadas pelo som da chuva e das trovoadas. Seus homens se acalmaram, voltaram a suas posições e retomaram seus arcos e espadas.

Vendo-o andar pelo acampamento, lembrei-me de... alguma coisa. Ele ficou bem à vista, sem se dar o trabalho de se agachar atrás de uma das paredes de proteção. Gesticulou para os homens e algo nesse movimento foi terrivelmente familiar...

– Kvothe – sibilou Marten. Levantei os olhos e vi o rastreador com o arco tensionado até a orelha. – Estou com o chefe deles na mira.

– Atire.

O arco zumbiu e o homem recebeu uma flechada no alto da coxa, que varou a cota de malha, a perna em si e a armadura atrás dela. Pelo canto do olho, vi Marten pegar outra flecha e montá-la na corda, num movimento fluente. Mas, antes que pudesse dispará-la, o comandante dos homens curvou-se. Não foi um dobrar-se na cintura, como se ele se contorcesse de dor. O sujeito curvou o pescoço, baixando os olhos para a flecha cravada na perna.

Após um segundo de exame, segurou-a com um dos punhos e quebrou a ponta. Depois, esticou a mão para trás do corpo e arrancou a flecha da perna. Congelei, ao vê-lo olhar diretamente na nossa direção e, com a mão que segurava a flecha partida, apontar numa posição. Disse uma breve palavra de comando a seus homens, jogou a flecha no fogo e saiu andando com desenvoltura para o outro lado do acampamento.

– Que o grande Tehlu me envolva em suas asas – disse Marten, deixando a mão pender do arco. – Que me proteja dos demônios e das criaturas que andam pela noite.

Só o fato de eu estar profundamente mergulhado no Coração de Pedra me impediu de ter uma reação semelhante. Virei-me para o acampamento a tempo de ver uma pequena floresta de arcos inclinando-se na nossa direção. Baixei a cabeça e dei um chute no rastreador estupefato, o que o derrubou, enquanto as flechas passavam zumbindo. Marten tropeçou e as flechas de sua aljava se espalharam pela encosta enlameada.

– Tempi! – chamei.

– Aqui – respondeu ele, à minha esquerda. – *Aesh*. Sem flechada.

Mais flechas sibilaram no alto, algumas cravando-se nas árvores. Eles logo acertariam a distância e começariam a arqueá-las, para que caíssem sobre nós, vindo de cima. Ocorreu-me uma ideia, com a calma de uma bolha que subisse à superfície de um lago.

– Tempi, traga-me o arco desse homem.

– *Ia*.

Ouvi Marten resmungar alguma coisa, sua voz baixa, urgente, indistinta. No começo, achei que tinha sido alvejado, depois percebi que estava rezando:

– Tehlu me proteja do ferro e da ira – murmurou baixinho. – Tehlu me proteja dos demônios da noite.

Tempi empurrou o arco para a minha mão. Respirei fundo e dividi minha mente em duas partes, depois três, depois quatro. Em cada uma das partes segurei o arco. Forcei-me a relaxar e tornei a dividir a mente, em cinco. Tentei de novo e falhei. Cansado, molhado e com frio, eu tinha chegado ao meu limite. Ouvi os arcos zumbirem de novo e as flechas atingirem o chão à nossa volta, como uma chuva forte. Senti um puxão na parte externa do braço, perto do ombro, quando uma delas roçou meu corpo, antes de se cravar na terra. Houve uma dor fina, depois uma sensação de ardência.

Afastei a dor e cerrei os dentes. Cinco teriam que bastar. Corri a faca de leve pelo dorso do meu próprio braço, apenas o suficiente para tirar umas gotas de sangue, murmurei as conexões apropriadas e passei a lâmina pela corda do arco, com força.

A corda resistiu por um momento assustador, depois rompeu-se. O arco balançou na minha mão, sacudiu meu braço ferido e escapou voando do meu punho. Gritos de dor e pavor subiram até a colina, informando-me que eu tivera ao menos um sucesso parcial. Minha esperança era que todas as cinco cordas tivessem arrebentado, o que nos faria ter que lidar com apenas um ou dois arqueiros.

Mas, assim que o arco voou da minha mão, senti a friagem me invadir. Não apenas nos braços, mas atravessando todo o meu corpo: barriga, peito, garganta. Eu sabia que não podia confiar apenas na força do meu braço para cortar cinco cordas de uma vez, por isso tinha usado o único fogo que um arcanista sempre leva consigo: o calor do sangue. O congelamento por conexão logo se apoderaria de mim. Se eu não encontrasse um modo de me aquecer, entraria em choque e então viriam a hipotermia e a morte.

Saí do Coração de Pedra e deixei os pedaços da minha mente se rejuntarem, meio zonzo com a confusão. Enregelado, encharcado e tonto, rastejei de novo até o alto da colina. A chuva era fria como granizo em minha pele.

Vi apenas um arqueiro. Infelizmente, ele havia mantido a calma e, assim que meu rosto apareceu por cima da crista, puxou a corda e disparou, num único movimento suave.

Uma lufada de vento me salvou. A flecha arrancou centelhas amarelas de um afloramento de pedra, a menos de dois palmos da minha cabeça. A chuva martelou meu rosto e os relâmpagos abriram-se em teias de aranha pelo céu. Tornei a me abaixar para não ser visto e cravei repetidas vezes a faca no corpo da sentinela, num acesso de ódio.

Por fim, atingi uma fivela e a lâmina se partiu. Ofegante, larguei a faca quebrada. Recobrei o bom senso ao som das preces desamparadas de Marten em meus ouvidos. Sentia os membros frios feito chumbo, pesados e canhestros.

Pior que isso, senti a lentidão torporosa da hipotermia me invadindo. Percebi que não estava tremendo e sabia que isso era mau sinal. Eu estava encharcado, sem um único fogo por perto que pudesse chamar de meu.

Um relâmpago tornou a cortar o céu. Tive uma ideia. Soltei uma risada terrível.

Olhei pelo alto da colina e fiquei satisfeito por não ver nenhum arqueiro. Mas o líder estava ladrando novas ordens e não tive dúvida de que achariam novos arcos ou substituiriam as cordas. Pior, eles poderiam simplesmente abandonar o abrigo e nos esmagar com sua vantagem numérica. Havia facilmente uns 12 homens ainda de pé.

Marten continuava deitado na encosta, rezando:

– Tehlu, que o fogo não pôde matar, zela por mim no fogo.

Dei-lhe um pontapé.

– Levante daí, droga, senão estaremos todos mortos.

Ele parou de rezar e levantou os olhos. Gritei alguma coisa incompreensível e me inclinei para levantá-lo pela gola da camisa. Sacudi-o com força e, com a outra mão, joguei seu arco em cima dele, sem saber como fora parar ali.

Um raio tornou a faiscar e me mostrou o que ele tinha visto. Minhas mãos e braços estavam cobertos de sangue da sentinela. A chuva incessante o fazia escorrer em riscas, mas não o tinha lavado. Eu parecia negro, à luz breve e ofuscante.

Marten pegou o arco, entorpecido.

– Atire na árvore – gritei, por cima do trovão. Ele me olhou como se eu houvesse enlouquecido. – Atire!

Alguma coisa na minha expressão deve tê-lo convencido, mas suas flechas estavam espalhadas e ele retomou sua ladainha, enquanto procurava uma delas na encosta lamacenta:

– Tehlu, que prendeste Encanis na roda, zela por mim na escuridão.

Após um longo momento de busca, ele encontrou uma flecha e se atrapalhou para firmá-la na corda com as mãos trêmulas, o tempo todo rezando. Tornei a voltar a atenção para o acampamento. O chefe fizera com que seus homens recuperassem o controle. Vi sua boca a gritar ordens, mas só consegui ouvir o som da voz trêmula de Marten:

Tehlu, que tens olhos verdadeiros,
Zela por mim.

De repente, o chefe dos bandidos parou e inclinou a cabeça. Ficou perfeitamente imóvel, como se ouvisse algo. Marten continuou a rezar:

Tehlu, filho de ti mesmo,
Zela por mim.

O líder lançou um olhar de relance para a esquerda e a direita, como se ouvisse algo que o perturbava. Tornou a inclinar a cabeça.
– Ele consegue ouvir você! – gritei loucamente para Marten. – Atire! Ele está organizando os homens para fazerem alguma coisa!
Marten mirou na árvore no centro do acampamento. O vento o açoitava e ele continuou a rezar:

Tehlu que foste Menda, Menda que eras tu,
Zela por mim em nome de Menda,
Em nome de Perial,
Em nome de Ordal,
Em nome de Andan,
Zela por mim.

O líder virou a cabeça, como se procurasse algo no céu. Alguma coisa nesse movimento me pareceu terrivelmente familiar, mas meus pensamentos estavam-se embotando, à medida que o congelamento por conexão se intensificava em meu corpo. O chefe dos bandidos deu meia-volta e retornou num salto para a barraca, desaparecendo lá dentro:
– Atire a flecha na árvore! – berrei.
Marten a fez voar e eu a vi cravar-se firmemente no tronco do carvalho maciço que avultava no centro do acampamento dos bandidos. Tateei na lama à procura de uma das flechas espalhadas de Marten e comecei a rir do que pretendia tentar. Talvez não resultasse em nada. Talvez me matasse. Só o escape de calor... Mas não tinha importância. Eu morreria mesmo, a menos que achasse um jeito de me aquecer e secar. Logo entraria em choque. Talvez já estivesse lá...
Minha mão fechou-se sobre uma flecha. Dividi minha mente em seis partes e fui gritando as conexões enquanto a cravava fundo no chão encharcado.
– Assim como nas alturas, seja nas profundezas! – gritei, fazendo uma piada que só alguém da Universidade poderia entender.
Passou-se um segundo. O vento amainou.
Houve um clarão branco. Um brilho. Um barulho. Eu estava caindo.
Depois, nada.

CAPÍTULO 92

O Grande Taborlin

Acordei. estava quente e seco. Tudo escuro.
Ouvi uma voz familiar fazendo uma pergunta.
– Foi tudo ele. Foi ele que fez. – respondeu a voz de Marten.
Pergunta.
– Eu nunca vou dizer, Den. Juro por Deus que não. Não quero nem pensar nisso. Faça ele lhe contar, se quiser.
Pergunta.
– Você saberia, se tivesse visto. Aí não ia querer saber mais nada. Não o irrite. Eu o vi com raiva. É só o que vou dizer. Não o irrite.
Pergunta.
– Pode parar, Den. Ele estava matando um por um. Aí, ficou meio doido. Ele... Não. Só vou dizer isto: acho que ele chamou o relâmpago. Feito o próprio Deus.
Como o Grande Taborlin, pensei. Sorri. E adormeci.

CAPÍTULO 93

Todos mercenários

Após 14 horas de sono, fiquei novo em folha. Meus companheiros pareceram surpresos com isso, pois tinham-me encontrado inconsciente, gelado e coberto de sangue. Haviam tirado minha roupa, esfregado um pouco meus membros e me enrolado em cobertores, pondo-me na única barraca que restara no acampamento dos bandidos. As outras cinco tinham sido queimadas, enterradas ou perdidas, quando uma grande coluna de raio explodira o carvalho alto.

O dia seguinte foi nublado, mas benditamente sem chuva. Primeiro cuidamos dos nossos ferimentos. Hespe levara uma flechada na perna quando a sentinela os surpreendera. Dedan tinha um corte fundo num dos ombros, o que foi muita sorte, considerando-se que havia atacado a sentinela de mãos nuas. Quando lhe perguntei o que acontecera, disse que simplesmente não tivera tempo de desembainhar a espada.

Marten exibia um galo vermelho na testa, acima de uma sobrancelha, da hora em que eu o tinha chutado ou de quando eu o arrastara. Era sensível ao toque, mas ele disse ter sofrido coisa pior uma dúzia de vezes em brigas de taberna.

Depois de me recuperar do congelamento, fiquei bem. Notei que meus companheiros se surpreenderam com meu súbito regresso das portas da morte e resolvi deixá-los com seu assombro. Um pouco de mistério não faria mal à minha reputação.

Pus um curativo no corte irregular onde a flecha havia raspado em meu ombro e cuidei de uns machucados e arranhões que nem me lembrava de ter feito. Havia também o corte comprido e superficial que eu abrira no alto do braço, mas esse nem valia a pena costurar.

Tempi continuava ileso, imperturbável, indecifrável.

Nossa segunda tarefa foi cuidar dos mortos. Enquanto eu permanecera inconsciente, o resto do grupo havia puxado quase todos os corpos queimados e sem vida para um lado da clareira. A contagem era assim:

Uma sentinela, morta pelo Dedan.

Dois bandidos que haviam surpreendido Tempi na floresta.

Três que haviam sobrevivido ao raio e tentado fugir. Marten abatera um, Tempi havia acabado com os outros dois.

Dezessete queimados, fraturados ou destroçados de alguma outra maneira pelo relâmpago. Desses, oito já estavam mortos ou gravemente feridos antes do raio.

Encontramos o rastro de uma sentinela que havia assistido a todo o incidente no lado nordeste da crista da colina. Sua trilha já tinha um dia quando a encontramos e nenhum de nós sentiu a menor vontade de ir caçá-lo. Dedan assinalou que talvez ele valesse mais vivo, se espalhasse a notícia dessa derrota fragorosa a outros que andassem considerando o banditismo como meio de vida. Ao menos uma vez, concordamos em alguma coisa.

O corpo do chefe não estava entre os cadáveres reunidos. A grande barraca em que ele se esconderá tinha sido esmagada sob grandes pedaços do tronco explodido do enorme carvalho. Com mais do que o suficiente para nos manter ocupados por algum tempo, deixamos em paz os restos mortais dele, por enquanto.

Em vez de tentar cavar 23 sepulturas, ou mesmo uma sepultura coletiva grande o bastante para receber 23 corpos, construímos uma pira e a acendemos, enquanto a floresta circundante ainda estava molhada de chuva. Usei minhas habilidades para garantir que ela queimasse com um fogo intenso e contínuo.

Porém havia mais um corpo: a sentinela que Marten havia matado e de cujo cadáver eu me servira. Enquanto meus companheiros se ocupavam juntando lenha para a pira, fui até o lado sul da crista e encontrei o lugar onde Tempi o havia escondido, coberto por um galho de abeto.

Passei um bom tempo contemplando o corpo, antes de levá-lo para o sul. Achei um lugar tranquilo embaixo de um salgueiro e, sobre o túmulo, construí um marco de pedras. Depois, infiltrei-me pelas moitas baixas e, em silêncio, vomitei violentamente.

O relâmpago? Bem, o relâmpago é difícil de explicar. Uma tempestade no céu. Uma ligação galvânica com duas flechas parecidas. Uma tentativa de aterrar a árvore com mais força do que qualquer para-raio. Francamente, não sei se posso reivindicar o mérito por fazer o raio cair onde e quando caiu. Mas, de acordo com as histórias, eu invoquei o relâmpago e ele veio.

Nas histórias contadas pelos outros, quando o relâmpago atingiu a árvore, não foi um único raio assustador, mas vários, em rápida sucessão. Dedan o descreveu como "uma coluna de fogo branco" e disse que o impacto sacudiu tanto o chão que o derrubou dos próprios pés.

Qualquer que tenha sido a razão, o majestoso carvalho ficou reduzido a um toco carbonizado, mais ou menos da altura de um monólito cinzento. Grandes pedaços dele espalhavam-se por toda parte. Árvores menores e arbustos haviam pegado fogo, que fora apagado pela chuva. A maioria das tábuas compridas que os bandidos tinham usado em sua fortificação explodira em pedaços não maiores que a ponta de uma unha, se não virado carvão. Da base da árvore saíam enormes sulcos de terra chamuscada, que davam à clareira a aparência de ter sido lavrada por um louco, ou riscada pelas garras de uma imensa fera.

Apesar disso, passamos três dias no acampamento dos bandidos, depois da nossa vitória. Usávamos a água do riacho e o que restara das provisões dos salteadores era mais do que tínhamos. Além disso, depois de recuperarmos um pouco de madeira e lona, cada um de nós contou com o luxo de dispor de uma barraca ou um abrigo.

Concluído nosso trabalho, as tensões que atormentavam nosso grupo se dissiparam. A chuva parou e não precisamos mais fazer fogueiras acanhadas. Como resultado, Marten começou a melhorar da tosse. Dedan e Hespe se tratavam com cortesia e Dedan suspendeu uns três quartos de suas asnices incessantes comigo.

Mas, apesar do alívio do trabalho realizado, nem tudo estava inteiramente agradável. Não havia histórias à noite e Marten se afastava de mim sempre que podia. Seria difícil culpá-lo, considerando o que tinha visto.

Com isso em mente, aproveitei a primeira chance que tive para destruir os bonecos de cera que havia feito. Agora eles já não me serviriam e tive medo do que poderia acontecer se um dos meus companheiros os descobrisse em minha sacola de viagem.

Tempi não teceu comentários sobre o que eu fizera com o corpo do bandido e, pelo que pude perceber, não pareceu me censurar por aquilo. Olhando para trás, hoje percebo quão pouco eu realmente entendia o ademriano. Na ocasião, porém, tudo que notei foi que Tempi passava menos tempo me ajudando a praticar a Ketan e mais tempo exercitando nossa língua, além de discutir o conceito sempre confuso da Lethani.

Buscamos nossas coisas no acampamento anterior no segundo dia. Fiquei aliviado por reaver meu alaúde e duplamente aliviado por constatar que o maravilhoso estojo de Denna permanecera seco e intacto, apesar da chuva incessante.

E, como já não nos movíamos em surdina, toquei. Durante um dia inteiro, fiz pouco mais do que isso. Havia quase um mês que eu não tocava nada e tinha sentido mais falta da música do que você pode imaginar.

No começo, achei que Tempi não desse importância à minha música. Afora o fato de eu o haver insultado, de algum modo, ao cantar naqueles primeiros dias, ele sempre deixava o acampamento quando eu pegava o alaúde. Depois comecei a vislumbrá-lo me observando, embora sempre a distância e, em geral, pelo menos parcialmente escondido. Quando aprendi a procurá-lo, descobri que ele sempre me escutava tocar. De olhos arregalados, feito uma coruja. Imóvel feito uma pedra.

No terceiro dia, Hespe decidiu que sua perna aguentaria andar um pouco. Assim, tivemos que decidir o que seria levado conosco e o que deixaríamos para trás.

Não seria tão difícil. A maior parte do equipamento dos bandidos fora destruída pelo raio, pela queda da árvore ou pela exposição à tempestade. Mas ainda havia algumas coisas de valor a resgatar do acampamento destruído.

Tínhamos sido impedidos de fazer uma boa busca na barraca do chefe, porque ela ficara esmagada sob um dos enormes pedaços do carvalho derrubado. Com mais de 60 centímetros de diâmetro, o galho caído era mais grosso que o tronco da maioria das árvores. No terceiro dia, porém, finalmente conseguimos cortar boa parte dele a machadadas e pudemos rolá-lo para longe dos destroços da barraca.

Eu estava ansioso por dar uma espiada mais de perto no corpo do chefe do bando, pois alguma coisa nele vinha incomodando minha memória desde o instante em que eu o vira sair da barraca. E, em termos mais mundanos, eu sabia que sua cota de malha valia pelo menos uns 12 talentos.

Mas não encontramos o menor sinal do chefe, o que nos deixou meio intrigados. Marten tinha achado o rastro de apenas uma pessoa saindo do acampamento – a sentinela que fugira. Nenhum de nós soube dizer para onde teria ido o líder do grupo.

Para mim, foi um enigma e um aborrecimento, pois eu tinha desejado examinar melhor o rosto dele. Dedan e Hespe acharam que ele havia simplesmente escapado em meio ao caos que se seguira ao relâmpago, talvez usando o riacho para não deixar pistas.

Mas Marten ficou visivelmente inquieto quando não encontramos o corpo. Murmurou alguma coisa sobre demônios e se recusou a chegar perto dos destroços. Achei que estava sendo um tolo supersticioso, mas não nego que também achei o desaparecimento do corpo mais do que um pouco desconcertante.

No interior da barraca destruída encontramos uma mesa, um catre, uma escrivaninha e um par de cadeiras, todos despedaçados e inúteis. Na escrivaninha arruinada havia alguns papéis que eu teria dado muita coisa para ler, mas eles haviam passado tempo demais na umidade e a tinta escorrera. Lá estava também uma caixa pesada de madeira maciça, um pouco menor que uma forma de pão. Seu tampo exibia o brasão esmaltado da família Alvaron e ela estava trancada a chave.

Hespe e Marten admitiram ter certa habilidade para abrir fechaduras e, curioso para saber o que havia dentro, deixei que fizessem uma tentativa, desde que não danificassem a fechadura. Cada um tentou por um bom tempo, mas nenhum deles foi bem-sucedido.

Depois de uns 20 minutos de futucadas cuidadosas, Marten levantou as mãos.

– Não consigo descobrir o jeito – disse, alongando o corpo e comprimindo com as mãos a região lombar.

– Eu bem que poderia tentar – comentei. Tivera a esperança de que um deles conseguisse abrir a caixa. Destrancar fechaduras não é o tipo de habilidade de que um arcanista deva orgulhar-se. E não combinava com a reputação que eu esperava construir para mim.

– Você vai tentar? – disse Hespe, erguendo uma sobrancelha. – Você é mesmo um jovem Taborlin.

Recordei a história que Marten havia contado uns dias antes.

– É claro. – Ri e em seguida gritei *"Edro!"* com a minha melhor voz de Grande Taborlin, dando um golpe com a mão no alto da caixa.

A tampa se abriu.

Fiquei tão surpreso quanto todos os outros, mas disfarcei melhor. Obviamente, o que tinha acontecido era que um deles havia mesmo soltado o trinco, mas a tampa estava emperrada. Era provável que a madeira houvesse inchado, largada por dias na umidade. À minha batida, ela havia simplesmente desemperrado.

Mas eles não sabiam disso. Pela expressão em seus rostos, era como se eu tivesse acabado de transformar barro em ouro diante dos seus olhos. Até Tempi levantou uma sobrancelha.

– Bonito truque, Taborlin – disse Hespe, como se não tivesse certeza de eu estar ou não lhes pregando uma peça.

Resolvi ficar de bico calado e repus num bolso da capa minhas ferramentas improvisadas para destrancar fechaduras. Se eu ia ser arcanista, podia muito bem ser um arcanista famoso.

Fazendo todo o possível para irradiar um ar de poder solene, levantei a tampa e examinei o interior da caixa. A primeira coisa que vi foi um papel grosso dobrado. Tirei-o.

– O que é isso? – perguntou Dedan.

Abri-o para que todos o vissem. Era um mapa detalhado da área circundante, que continha não só uma descrição precisa da estrada sinuosa, mas também a localização das fazendas e cursos fluviais próximos. Crosson, Fenhill e a Hospedaria Brava Penny estavam assinalados e rotulados no lado ocidental da estrada.

– O que é isso? – tornou a perguntar Dedan, com um dedo grosso sobre um X sem denominação, nas profundezas da floresta, do lado sul da estrada.

– Acho que é este acampamento – respondeu Marten, apontando. – Bem ao lado daquele riacho.

Assenti com a cabeça.

– Se isso está certo, estamos mais perto de Crosson do que eu supunha. Podemos seguir daqui para o sul e economizar mais de um dia de caminhada. – Olhei para Marten. – Isso lhe parece certo?

– Dê aqui. Deixe ver.

Entreguei-lhe o mapa, que ele examinou.

– Parece que sim – concordou. – Não pensei que estivéssemos tão ao sul. Pouparíamos pelo menos uns 20 quilômetros tomando esse caminho.

– É uma senhora bênção – disse Hespe, esfregando o curativo na perna. – Quer dizer, a menos que um dos cavalheiros aí queira me carregar.

Tornei a dirigir a atenção para a caixa com chave. Estava cheia de pacotinhos bem embrulhados em tecido. Ao retirar um deles, vi o luzir do ouro.

Houve um murmúrio entre todos os presentes. Verifiquei o resto dos embrulhinhos pesados e fui saudado por mais moedas, todas de ouro. Contando por alto, havia mais de 200 régios. Apesar de nunca haver propriamente segurado um deles, eu sabia que um único régio de ouro valia 80 lascas, quase tanto quanto o maer me dera para financiar toda essa viagem. Não era de admirar que estivesse aflito para acabar com as emboscadas contra seus coletores de impostos.

Fiz umas contas de cabeça, convertendo o conteúdo da caixa para uma moeda mais conhecida, e cheguei a mais de 500 talentos de prata. Dinheiro suficiente para comprar uma hospedaria de beira de estrada de bom tamanho ou uma herdade inteira, incluindo todas as criações de animais e o equipamento. Com tanto dinheiro, o sujeito poderia comprar um pequeno título de nobreza, uma nomeação na corte ou um cargo de oficial nas forças armadas.

Vi que todos os outros faziam seus próprios cálculos.

– Que tal dividirmos um pouquinho disso entre nós? – indagou Dedan, sem muita esperança.

Hesitei, depois enfiei a mão na caixa.

– Vocês acham que um régio para cada um é justo?

Todos se calaram, enquanto eu desembrulhava uma das trouxinhas. Dedan me olhou com ar incrédulo.

– Está falando sério?

Entreguei-lhe uma moeda pesada.

– Ao meu ver, pessoas menos escrupulosas poderiam se esquecer de falar disso com Alveron. Ou talvez nunca voltassem a ele, de jeito nenhum. Creio que um régio para cada um é uma boa recompensa por sermos gente tão honesta – concluí, jogando uma brilhante moeda de ouro para Marten e outra para Hespe.

Atirei um régio para Tempi e acrescentei:

– E depois, fui contratado para encontrar um bando de salteadores, não para destruir um pequeno acampamento militar. – Levantei o meu régio. – Este é o nosso bônus por serviços prestados muito além das nossas obrigações.

Guardei a moeda no bolso e lhe dei um tapinha.

– Alveron não precisa ficar sabendo disto.

Dedan riu e me deu um tapa amigável nas costas.

– Você não é tão diferente do resto de nós, afinal.

Retribuí seu sorriso e fechei a tampa da caixa, ouvindo o clique firme da lingueta travando a fechadura.

Não mencionei as outras duas razões que me levaram a fazer o que fiz. Primeiro, eu estava de fato comprando a lealdade deles. Era impossível que não tenham percebido como seria fácil alguém simplesmente pegar a caixa e desaparecer. A ideia também me passara pela cabeça. Quinhentos talentos pagariam meu percurso na Universidade nos 10 anos seguintes, com muita margem de folga.

Agora, porém, eles estavam consideravelmente mais ricos, o que os levava a se sentirem honestos nessa questão. Uma moeda pesada de ouro lhes tiraria da cabeça o dinheiro que eu levava – embora eu ainda tivesse planos de dormir com a caixa trancada embaixo do travesseiro.

Segundo, o dinheiro me seria útil. Tanto o régio que eu havia guardado abertamente no bolso quanto os outros três que tinha empalmado, ao entregar as moedas ao grupo. Como eu disse, Alveron jamais saberia a diferença e quatro régios cobririam a taxa de um período inteiro na Universidade.

∽

Depois de eu guardar em segurança o cofre do maer no fundo da minha sacola de viagem, cada um de nós decidiu o que procuraria levar do equipamento dos bandidos.

As barracas nós deixamos, pela mesma razão que não tínhamos levado as nossas, para começo de conversa. Eram volumosas demais para carregar. Levamos o máximo de mantimentos que pudemos embalar, sabendo que, quanto mais carregássemos, menos compras teríamos que fazer.

Resolvi levar uma das espadas dos bandidos. Não desperdiçaria dinheiro comprando uma, pois não saberia usá-la, mas, já que eram de graça...

Quando eu examinava o sortimento de armas, Tempi se aproximou e me deu alguns conselhos. Depois de reduzirmos minhas opções a duas espadas, ele enfim disse o que estava pensando:

– Você não sabe usar uma espada. – *Interrogação. Embaraço.*

Tive a impressão de que, para ele, a ideia de alguém não ser capaz de usar uma espada era mais do que vergonhosa. Como não saber comer de garfo e faca.

– Não – confirmei, devagar. – Mas tinha esperança de que você pudesse me ensinar.

Tempi ficou absolutamente imóvel e calado. Eu poderia ter tomado isso por uma recusa, se não tivesse passado a conhecê-lo tão bem. Aquele tipo de silêncio significava que ele estava pensando.

As pausas são uma parte fundamental da conversa em adêmico, por isso esperei pacientemente. Ambos ficamos quietos por um minuto, depois dois. Cinco. Dez. Fiz força para permanecer imóvel e calado. Talvez aquilo *fosse* uma recusa polida.

Eu me achava tremendamente astuto, entende? Fazia quase um mês que conhecia Tempi, havia aprendido mil palavras da sua língua e uns 50 sinais da linguagem manual de Ademre. Sabia que os ademrianos não se acanhavam com a nudez nem com o contato físico e começava a captar o mistério que era a Lethani.

Ah, sim, eu me achava de uma tremenda inteligência. Se soubesse mesmo alguma coisa sobre os ademrianos, nunca teria me atrevido a fazer uma pergunta daquelas a Tempi.

– Você me ensina aquilo? – perguntou ele, apontando o ponto do outro lado do acampamento em que estava meu estojo do alaúde, encostado numa árvore.

A pergunta me pegou desprevenido. Eu nunca havia tentado ensinar ninguém a tocar alaúde. Talvez Tempi soubesse disso e estivesse deixando implícita alguma coisa parecida a respeito dele mesmo. Eu sabia que ele era propenso a falar em camadas sutis.

Era uma oferta justa. Assenti com a cabeça.

– Vou tentar.

Tempi fez um aceno e apontou uma das espadas que estivéramos examinando.

– Use-a. Mas sem luta.

Com isso, deu meia-volta e se foi. Na ocasião, atribuí essa postura a sua concisão natural.

A catação continuou por todo o dia. Marten pegou um bom número de flechas e todas as cordas de arco que conseguiu encontrar. Então, depois de conferir se ninguém queria nenhum deles, resolveu levar os quatro arcos longos que tinham sobrevivido ao raio. Eram um fardo desajeitado, mas ele disse que valeriam um vintém pesado quando os vendesse em Crosson.

Dedan pegou um par de botas e um colete de armadura melhores que os que ele usava. Também se apossou de um baralho e um jogo de dados de marfim.

Hespe levou um conjunto de finas flautas de pastor e enfiou quase uma dúzia de facas no fundo de sua bagagem, na esperança de vendê-las depois.

Até Tempi achou algumas coisas que lhe agradaram: uma pedra de amolar, um saleiro de latão e um par de calças de linho, que levou até o riacho e tingiu do conhecido vermelho-sangue.

Levei menos que os outros. Uma faquinha para substituir a que eu tinha quebrado e uma pequena lâmina de barbear com cabo de chifre. Eu não precisava me barbear com toda essa frequência, mas havia adquirido o hábito na corte do maer. Poderia ter seguido o exemplo de Hespe e levado também algumas facas, mas minha sacola já estava incomodamente pesada por causa do cofre.

Talvez isto pareça meio macabro, mas é simplesmente como funciona o mundo. Os saqueadores são saqueados, enquanto o tempo e a maré tornam todos mercenários.

CAPÍTULO 94

Sobre pedras e raízes

Decidimos confiar no mapa que tínhamos encontrado e cortamos caminho direto pela floresta, rumo a Crosson. Mesmo que não achássemos a cidade, seria impossível não chegarmos à estrada e nos pouparmos uma caminhada de muitos quilômetros.

A perna machucada da Hespe tornou lento o nosso avanço e vencemos apenas cerca de 10 quilômetros para trás nesse primeiro dia. Foi durante uma de nossas muitas paradas que Tempi iniciou minha verdadeira instrução na Ketan.

Tolo que era, eu tinha presumido que ele já vinha me ensinando. A verdade era que estivera apenas corrigindo meus erros mais pavorosos, porque eles o irritavam. Tal como eu ficaria tentado a ajustar as cordas do alaúde de alguém que tocasse desafinado na mesma sala que eu.

Essa aula foi completamente diferente. Começamos pelo início da Ketan e ele corrigiu meus erros. Todos eles. Encontrou 18 só no primeiro movimento e há mais de 100 movimentos na Ketan. Não tardei a começar a ter dúvidas sobre essa aprendizagem.

Também comecei a ensiná-lo a tocar alaúde. Fui mostrando as notas enquanto andávamos e lhe ensinando os nomes, depois lhe apresentei alguns acordes. Parecia um ponto tão bom quanto qualquer outro para começar.

Esperávamos chegar a Crosson na hora do almoço do dia seguinte. No meio da manhã, porém, deparamos com um trecho de pântano deprimente e malcheiroso, que não fora assinalado no mapa.

Assim começou um dia verdadeiramente miserável. Tínhamos que testar o terreno a cada passo e nosso avanço reduziu-se a um rastejar. Em dado momento, Dedan se assustou e caiu, debatendo-se e espirrando água salobra em todos nós. Disse ter visto um mosquito maior que o seu polegar, com um sugador igual a um grampo de cabelo feminino. Sugeri que talvez tivesse sido um bebe-gotas. Ele sugeriu várias coisas incômodas e anti-higiênicas que eu poderia fazer comigo mesmo o quanto antes.

No correr da tarde, desistimos de voltar à estrada e nos concentramos em coisas mais imediatas, como achar um pedaço de terra seca em que pudéssemos nos sentar sem afundar. Tudo o que encontramos foram mais charcos, sumidouros e nuvens de mosquitos que picavam e moscas que mordiam.

O sol já começava a se pôr quando enfim achamos uma saída do pântano e o tempo passou rapidamente de quente e úmido para frio e molhado. Fomos arrastando o passo até o terreno enfim começar a se elevar numa encosta. E, apesar de estarmos todos exaustos e molhados, tomamos a decisão unânime de seguir em frente e abrir alguma distância dos insetos e do cheiro de plantas putrefeitas.

Era noite de lua cheia, o que nos dava luz mais que suficiente para encontrar o caminho entre as árvores. Apesar do dia lastimável, nosso ânimo foi melhorando. Hespe estava tão cansada que se apoiou em Dedan e, quando o mercenário coberto de lama passou o braço em sua cintura, ela disse-lhe que fazia meses que ele não cheirava tão bem. Dedan respondeu que tinha que se curvar ao julgamento de uma mulher de tão evidente cortesia.

Fiquei tenso, esperando que a brincadeira entre os dois descambasse para o azedume e o sarcasmo. Andando atrás deles, porém, notei com que gentileza Dedan a envolvia com o braço. Hespe apoiava-se nele quase com ternura e mal chegava a poupar a perna ferida. Olhei de relance para Marten e o velho batedor sorriu, seus dentes brancos brilhando ao luar.

Não muito depois, achamos um riacho cristalino e tiramos o grosso do mau cheiro e da lama. Também lavamos a roupa e a trocamos por peças secas. Tirei da sacola minha capa surrada e puída e a amarrei no peito, na vã esperança de que ela afastasse a friagem da noite.

Quando íamos acabando de subir a encosta, ouvimos um vago som de canto rio acima. Todos espichamos as orelhas, no entanto o barulho da água tornava difícil ouvir com clareza.

Mas canto significava gente, e gente significava que estávamos quase em Crosson, ou talvez até na Brava Penny, se o pântano nos houvesse desviado muito para o sul. Até uma fazenda seria melhor do que passar outra noite ao relento.

Assim, apesar de estarmos cansados e doloridos, a esperança de uma cama macia, uma refeição quente e uma bebida gelada nos deu energia para juntar as coisas e ir em frente.

Seguimos o rio, Dedan e Hespe ainda caminhando como um casal. O som do canto ia e vinha. As chuvas recentes tinham feito subir o nível do rio e o ruído dele rolando sobre pedras e raízes era o bastante, em certos momentos, para abafar até o som de nossos passos.

O rio foi ficando largo e sereno, enquanto a mata densa tornava-se mais rala e se abria numa vasta clareira.

Já não havia canto. Tampouco vimos estrada, hospedaria ou qualquer lampejo de vaga-lume: apenas uma ampla clareira, bem iluminada pelo luar. O rio alargou-se, formando um lago luminoso. E, sentada numa pedra lisa junto ao lago...

– Que Tehlu poderoso me proteja dos demônios da noite – disse Marten, estupefato. Porém sou mais reverente que temeroso. E não desviou os olhos.

– Aquela é... – disse Dedan em tom débil. – Aquela é...

– *Não acredito em fadas* – tentei dizer, porém mal saiu como um sussurro.

Era Feluriana.

CAPÍTULO 95

Perseguição

Por um momento, ficamos os cinco cristalizados. A lenta ondulação do lago refletia-se na forma alva de Feluriana. Nua ao luar, ela cantava:

cae-lanion luhial
di mari felanua
kreata tu ciar
tu alaran di.
dirella, amauen.
loesi an delian
tu nia vor ruhlan
Felurian thae.

O som de sua voz era estranho. Suave e meigo, baixo demais para que o ouvíssemos em toda a extensão da clareira. Tênue demais para ser ouvido acima do som da água em movimento e do farfalhar das folhas. Mesmo assim, eu *conseguia* ouvi-la. Suas palavras eram claras e doces como o subir e descer das notas de uma flauta distante. Lembravam-me algo, mas não sabia dizer o quê.

A melodia era a mesma que Dedan havia entoado em sua história. Não entendi uma só palavra, exceto o nome dela no último verso. Ainda assim, senti sua atração, inexplicável e insistente. Como se uma mão invisível houvesse tocado meu peito e tentasse puxar-me para a clareira pelo coração.

Resisti. Desviei o rosto e apoiei uma das mãos numa árvore próxima, para me equilibrar.

Atrás de mim, ouvi Marten murmurar baixinho "não, não, não", como se tentasse convencer-se.

– Não, não, não, não. Nem por todo o dinheiro do mundo.

Olhei para trás. Os olhos do materio fixavam-se febrilmente na clareira, mas ele parecia mais temeroso que excitado. Tempi estava imóvel, com a surpresa estampada no rosto normalmente impassível. Dedan postava-se de lado, rígido e de rosto contraído, enquanto os olhos de Hespe corriam de um lado para outro entre ele e a clareira.

E então, Feluriana recomeçou a cantar. Era como a promessa de uma cálida lareira numa noite fria. Como o sorriso de uma menininha. Descobri-me pensando em Losi, da Brava Penny, a de cachos ruivos como uma cascata de fogo. Lembrei-me da curva de seus seios e da sensação de sua mão alisando meu cabelo.

Feluriana cantou e eu senti a atração. Era forte, mas não tanto que eu não conseguisse conter-me. Tornei a olhar para a clareira e a vi, a pele branco-prateada sob o céu noturno. Ela se curvou para mergulhar uma das mãos na água do lago, mais graciosa que uma dançarina.

Uma lucidez repentina invadiu meu pensamento. Do que eu tinha medo: de um conto de fadas? Havia magia ali, magia de verdade. E mais, era a magia do canto. Se perdesse aquela oportunidade, eu jamais me perdoaria.

Tornei a observar meus companheiros. Marten tremia a olhos vistos. Tempi ia recuando devagar. Dedan tinha os punhos cerrados junto ao corpo. Eu ia ser como eles, supersticioso e assustado? Não. Nunca. Eu era do Arcanum. Era nomeador. Era filho dos Edena Ruh.

Senti um riso descontrolado brotar dentro de mim.

– Encontro vocês na Brava Penny daqui a três dias – falei e entrei na clareira.

Senti a atração de Feluriana com mais força. Sua pele reluzia ao luar. Os longos cabelos desciam como uma sombra em volta dela.

– Ora, dane-se! – Ouvi Dedan dizer às minhas costas. – Se ele vai, eu tamb...

Houve um rápido alvoroço, que terminou com o som de alguma coisa batendo no chão. Olhei de relance para trás e o vi estatelado de bruços na grama. Hespe tinha um joelho apoiado na cintura dele e puxava um de seus braços para trás, com força. Dedan se debatia debilmente e praguejava com vigor.

Tempi os observava, impassível, como que desdenhando as trocas de socos. Marten fazia gestos frenéticos na minha direção.

– Garoto – sibilou, com ar urgente –, volte aqui! Garoto! Volte!

Tornei a fitar a água. Feluriana me observava. Mesmo a 30 metros de distância, eu podia ver seus olhos, escuros e curiosos. A boca abriu-se num sorriso largo, perigoso. Ela deu uma risada impetuosa. Foi vívida e encantadora. Não foi um som humano.

E então, ela disparou pela clareira, veloz como um pardal, graciosa como um cervo. Saltei no seu encalço e, apesar do peso da sacola de viagem e da espada no quadril, desloquei-me tão depressa que minha capa enfunou-se feito uma bandeira às minhas costas. Eu nunca havia corrido assim, sem o menor medo de cair.

Feluriana foi à frente. Vegetação adentro. Tenho uma vaga lembrança de árvores, cheiro de terra, pedras cinzentas ao luar. Ela ri. Esquiva-se, dança, pula adiante. Espera eu chegar quase perto o bastante para tocá-la, depois escapole com um salto. Brilha à luz do luar. Há galhos que prendem, um borrifo de água, um vento morno...

E eu a seguro. Suas mãos se enredam em meu cabelo, puxam-me para perto. A boca ávida. A língua tímida e ágil. Seu hálito na minha boca, inundando-me a cabeça. Os bicos quentes de seus seios roçam meu peito. O cheiro dela, um aroma de cravo, de almíscar, de maçãs maduras caídas no chão...

E não há hesitação alguma. Não há dúvida. Sei exatamente o que fazer. Minhas mãos envolvem sua nuca. Roçam seu rosto. Enroscam-se em seu cabelo. Deslizam pela extensão macia de sua coxa. Agarram-na com força pelos flancos. Enlaçam sua cintura fina. Levantam-na. Deitam-na...

E ela se contorce sob mim, flexível e langorosa. Lenta, em suspiros. Suas pernas me prendendo. Suas costas se arqueando. Suas mãos quentes me agarram pelos ombros, pelos braços, puxam-me pela cintura...

E ela monta meu corpo em movimentos frenéticos. O cabelo longo arrasta-se por minha pele. Ela joga a cabeça para trás, trêmula e vibrante, e grita numa língua que não conheço. Suas unhas cortantes cravam-se nos músculos planos do meu peito...

E nisso há também música. Os gritos sem palavras que ela emite, mais alto, mais baixo. Seus suspiros. Meu coração disparado. Seu movimento diminui. Agarro-a pelos quadris num contraponto frenético. Nosso ritmo é uma canção silenciosa. Como um trovão repentino. Como o bater entreouvido de um tambor distante...

E tudo para. Tudo em mim se arqueia. Reteso-me como corda de alaúde. Trêmulo. Doído. A afinação é aguda demais, eu arrebento...

CAPÍTULO 96

O fogo em si

Acordei com algo roçando a fímbria da minha memória. Abri os olhos e vi árvores estendendo-se contra um céu crepuscular. Em toda a minha volta havia almofadas de seda e, a poucos palmos de mim, estava Feluriana, adormecida, o corpo nu frouxamente esparramado.

Era lisa e perfeita como uma escultura. Suspirou em seu sono e eu me repreendi por essa ideia. Sabia que ela nada tinha de pedra fria. Era quente e flexível e até o mais polido mármore lembrava uma mó, se comparado a ela.

Minha mão estendeu-se para tocá-la, mas eu me contive, sem querer perturbar a cena perfeita diante de mim. Um pensamento distante começou a me importunar, mas eu o afastei como a uma mosca irritante.

Os lábios de Feluriana se entreabriram e suspiraram, produzindo um som de arrulho. Lembrei-me do contato deles. Senti-me arder de desejo e me obriguei a desviar os olhos de sua boca macia, de pétala de flor.

Suas pálpebras fechadas tinham um desenho de asas de borboleta, em arabescos de roxo-escuro e preto, com um rendilhado ouro pálido que se fundia com a cor da pele. Com o movimento suave dos olhos durante o sono, o desenho se modificava, como se as borboletas batessem as asas. Essa visão por si só provavelmente valia o preço que todos os homens tinham de pagar para apreciá-la.

Devorei-a com os olhos, certo de que todas as canções e histórias que tinha ouvido não eram nada. Feluriana era aquilo com que os homens sonhavam. Em todos os lugares em que estivera, dentre todas as mulheres que tinha visto, só havia encontrado uma equiparável a ela.

Alguma coisa gritou comigo em minha mente, mas eu estava absorto no movimento dos olhos dela sob as pálpebras, no desenho de sua boca, como se fosse me beijar, mesmo enquanto dormia. Espantei de novo o pensamento, irritado.

Eu ia enlouquecer ou morrer.

A ideia finalmente forçou passagem até minha consciência e, de repente, senti todos os pelos do corpo se arrepiarem. Tive um momento de límpida e perfeita lucidez, como se subisse à tona para respirar, e fechei depressa os olhos, procurando descer até o Coração de Pedra.

Não consegui. Pela primeira vez na vida, aquele estado frio e taciturno me escapou. Por trás de meus olhos cerrados, Feluriana me distraía. O hálito doce. O seio macio. Os suspiros urgentes, quase desesperados, que escapavam de seus lábios famintos, tenros como pétalas...

Pedra. Mantive os olhos fechados e me embrulhei na serena racionalidade do Coração de Pedra, como se fosse um manto, antes mesmo de ousar pensar nela de novo.

O que eu sabia? Recordei uma centena de histórias de Feluriana e destaquei os pontos recorrentes. Ela era linda. Enfeitiçava os homens mortais. Eles a seguiam pela terra dos Encantados e morriam em seus braços.

Morriam como? Era bem simples imaginar. Extremo esgotamento físico. As coisas tinham sido exigentes *mesmo* e talvez os sedentários ou frágeis não se arranjassem tão bem quanto eu. Agora que tinha parado a fim de observar, vi que meu corpo todo parecia um trapo bem espremido. Doíam os ombros, os joelhos ardiam e o pescoço exibia os doces machucados das mordidas de amor, que saíam da minha orelha direita, desciam pelo peito e...

Meu corpo inflamou-se e lutei para me afundar mais no Coração de Pedra, até ficar com a pulsação mais lenta e conseguir expulsar a lembrança dela, que se sobrepunha em minha mente.

Consegui recordar quatro histórias em que os homens tinham voltado vivos da terra dos Encantados, todos com a cabeça oca feito os potes do oleiro. Que tipo de loucura exibiam? Comportamento obsessivo, morte acidental por alienação da realidade, definhamento por melancolia extrema. Três tinham morrido em menos de uma onzena. A quarta história falava do homem que sobrevivera por quase meio ano.

Mas alguma coisa não fazia sentido. Admito que Feluriana era adorável. Habilidosa? Sem dúvida. Mas a ponto de todo homem morrer ou enlouquecer? Não. Era simplesmente improvável.

Eu não pretendia subestimar aquela experiência. Nem por um segundo duvidava que, muito naturalmente, ela já houvesse privado outros homens de suas faculdades. Mas sabia que estava perfeitamente são.

Contemplei brevemente a ideia de que poderia estar louco sem saber. Em seguida, considerei a possibilidade de sempre ter sido louco, reconheci que esta era mais provável que a ideia anterior e tirei as duas da cabeça.

Ainda de olhos fechados, continuei deitado ali, usufruindo de um tipo de languidez tranquila que nunca havia sentido. Saboreei o momento, depois abri os olhos e me preparei para fugir.

Corri a vista pelo pavilhão de cortinas de seda e almofadas dispersas. Para Feluriana, eram apenas adornos. Estava deitada em meio àquilo tudo, com seus quadris arredondados, suas pernas esguias e seus músculos flexíveis que se moviam sob a pele.

Ela me observava.

Se era linda em repouso, era duplamente bela quando desperta. Adormecida, era uma pintura do fogo. Acordada, era o fogo em si.

Talvez lhe pareça estranho que, nesse ponto, eu tenha sentido medo. Talvez pareça estranho que, tendo ao alcance da mão a mulher mais atraente do mundo, de repente eu tenha-me lembrado de minha mortalidade.

Ela sorriu como uma faca cortando o veludo e se espreguiçou como um gato ao sol.

Seu corpo fora feito para se espreguiçar – o arco das costas, a superfície lisa do ventre se retesando. A curva arredondada dos seios levantou-se com o movimento dos braços e, súbito, senti-me como um veado na berra. Meu corpo reagia a ela e foi como se alguém martelasse a fria impassibilidade do Coração de Pedra com um atiçador quente. Perdi o controle por um momento e uma parte menos disciplinada da minha mente começou a compor uma canção para ela.

Eu não podia investir a atenção necessária para retomar as rédeas dessa parte de mim. Assim, concentrei-me em permanecer a salvo no Coração de Pedra, ignorando o corpo de Feluriana e o pedaço falastrão do meu cérebro que compunha versos rimados, num pedaço do fundo da mente.

Não foi a coisa mais fácil que tentei. Na verdade, fez os rigores comuns da simpatia parecerem simples como saltitar. Não fosse o treinamento que recebera na Universidade, eu teria sido uma coisa alquebrada, digna de pena, capaz de me concentrar apenas em meu próprio fascínio.

Feluriana relaxou aos poucos seu alongamento e me fitou com olhos antigos. Olhos diferentes de tudo que eu já vira. Eram de uma cor impressionante...

Tinha nos olhos o entardecer estival

...uma espécie de azul crepuscular. Eram fascinantes. Na verdade...

Nas pálpebras, borboletas aladas

...não havia neles nenhuma parte branca...

Os lábios da cor do sol posto...

Trinquei os dentes, cindi essa parte tagarela de mim mesmo e a encerrei num compartimento da mente, deixando-a cantar sozinha.

Feluriana inclinou a cabeça de lado. Tinha o olhar atento e inexpressivo de um pássaro.

– por que está tão quieto, amor flamejante? eu o saciei?

Sua voz soou estranha aos meus ouvidos. Não tinha a menor aspereza. Era toda melíflua lisura, como um pedaço de vidro perfeitamente polido. Mas, apesar da estranha suavidade, desceu-me pela espinha, fazendo com que me sentisse como um gato que alguém houvesse acabado de alisar até a ponta da cauda.

Recolhi-me ainda mais no Coração de Pedra e o senti frio e calmante em torno de mim. Contudo, embora a maior parte da minha atenção se concentrasse no autocontrole, aquela partezinha louca e lírica da minha mente tomou a dianteira e disse:

– Saciado, nunca. Ainda que imerso em você, eu ardo. O girar da sua cabeça é como uma canção. Uma centelha. Como um sopro que me infla e atiça em chamas um fogo que nada pode fazer senão rugir seu nome.

O rosto de Feluriana iluminou-se.

– um poeta! eu devia ter adivinhado que era poeta, pelo modo como seu corpo se movia.

O doce sussurro de sua voz tornou a me pegar desprevenido. Não é que suas palavras fossem arfantes, roucas ou lascivas. Não era nada tão vulgar nem afetado assim. Mas, quando ela falava, eu não podia deixar de perceber que a respiração saía premida de seu peito, atravessava a suave doçura de sua garganta e era moldada pelo jogo cuidadoso de lábios, dentes e língua.

Ela chegou mais perto, deslocando-se de gatinhas por entre as almofadas.

– você tinha jeito de poeta, fogoso e alvo – disse. Sua voz não foi mais alta que um sopro, quando ela envolveu meu rosto com as mãos. – os poetas são mais gentis. dizem coisas agradáveis.

Eu só ouvira uma pessoa cuja voz se assemelhava a essa: Elodin. Em raras ocasiões, a voz dele enchia o ar como se o próprio mundo estivesse ouvindo.

A voz de Feluriana não era sonora. Não preenchia a clareira da floresta. Era o silêncio que antecede um súbito aguaceiro de verão. Era suave como o roçar de uma pluma. Fazia meu coração saltar no peito.

Com essa fala, ao me chamar de poeta, ela não fez meus pelos se eriçarem nem me levou a trincar os dentes. Vindo dela, aquilo soou como a coisa mais doce de que um homem jamais fora chamado. Assim era o poder da sua voz.

Feluriana roçou meus lábios com as pontas dos dedos.

– os beijos dos poetas são os melhores. você me beija como a chama de uma vela.

Retirou uma das mãos para tocar seus próprios lábios, os olhos iluminados pela lembrança.

Segurei sua mão e a apertei com ternura. As minhas sempre pareceram graciosas, mas, junto às dela, afiguravam-se abrutalhadas e toscas. Soprei sua palma enquanto falava:

– Seus beijos são como a luz do sol em meus lábios.

Ela baixou os olhos e as asas de borboleta dançaram. Senti minha insana necessidade dela afrouxar-se e comecei a compreender. Aquilo era magia, mas não se assemelhava em nada ao que eu conhecia. Não era simpatia nem siglística. Feluriana enlouquecia os homens de desejo do mesmo modo que meu corpo exalava calor. Era algo natural, mas que ela sabia controlar.

Seu olhar vagou pelo emaranhado de minhas roupas e pertences, espalhados num canto da clareira. Pareciam estranhamente deslocados em meio às sedas e às cores suaves. Vi os olhos de Feluriana pousarem no estojo do alaúde. Ela ficou imóvel.

– será que minha chama é um poeta *doce*? ele canta?

Sua voz tremeu e senti a tensão em seu corpo, enquanto aguardava uma resposta. Tornou a olhar para mim. Sorri.

Feluriana disparou para lá e voltou trazendo meu estojo, feito criança com um brinquedo novo. Quando peguei o alaúde, vi que seus olhos estavam arregalados e... marejados?

Fitei-a nos olhos e, num lampejo de compreensão, entendi como devia ser sua vida. Mil anos de idade e volta e meia solitária. Se queria companhia, tinha que seduzir e ludibriar. E para quê? Por uma noite? Uma hora? Quanto tempo poderia durar um homem médio, antes de esmorecerem suas forças e ele se tornar tão irrefletido quanto um cão bajulador? Não muito.

E quem ela encontraria na floresta? Lavradores e caçadores? Que diversão poderiam lhe fornecer, escravizados às paixões de Feluriana? Apicdei-me dela por um momento. Sei o que é solidão.

Tirei o alaúde do estojo e comecei a afiná-lo. Toquei um acorde para experimentar e, com cuidado, afinei-o de novo. O que tocar para a mulher mais bela do mundo?

Não foi difícil decidir, na verdade. Meu pai me ensinara a julgar as plateias. Toquei "As irmãs Flin". Se você nunca ouviu falar dela, não me surpreende. É uma canção alegre e animada sobre duas irmãs que trocam mexericos enquanto discutem o preço da manteiga.

A maioria das pessoas quer ouvir histórias de aventura e romance lendários. Mas o que tocar para alguém que era uma lenda? O que cantar para uma mulher que foi objeto de romance por toda uma era mortal? Canções sobre gente comum. Assim esperei.

Ela bateu palmas no final, encantada.

– mais! mais!

Sorriu com ar esperançoso, inclinando a cabeça para fazer daquilo um pedido. Estava de olhos arregalados, ansiosos, olhos de adoração.

Toquei para ela "Larm e seu jarro de cerveja". Depois, "As filhas do ferreiro". E também uma música ridícula sobre um clérigo que persegue uma vaca, escrita por mim quando eu tinha 10 anos e que nunca sequer recebera nome.

Feluriana ria e aplaudia. Tapava a boca, chocada, e cobria os olhos de vergonha. Quanto mais eu tocava, mais ela me lembrava uma jovem esposa do campo indo a sua primeira feira, cheia de pura alegria, o rosto brilhando de gozo inocente, os olhos arregalados de admiração diante de tudo.

E adorável, é claro. Concentrei-me no dedilhado para não pensar nisso.

Depois de cada canção, ela me recompensava com um beijo, o que tornava difícil decidir o que tocar em seguida. Não que eu me incomodasse terrivelmente. Havia percebido bem depressa que preferia beijos a moedas.

Toquei para ela o "Latoeiro curtumeiro". Deixe que eu lhe diga: a imagem de Feluriana, com sua voz suave de flauta, cantando o refrão de minha música favorita das bebedeiras, é algo que nunca, nunca me deixará enquanto eu viver.

Durante todo esse tempo, senti arrefecer aos poucos o encanto que ela exercia sobre mim. Isso me deu espaço para respirar. Relaxei e me permiti sair um pouquinho mais do Coração de Pedra. A calma desapaixonada pode ser um estado de espírito útil, mas não contribui para uma interpretação cativante.

Passei horas tocando e, ao final delas, voltei a me sentir eu mesmo. Com isso quero dizer que pude olhar para Feluriana sem maior reação do que se sentiria normalmente diante da mulher mais linda do mundo.

Ainda me lembro dela, sentada nua entre as almofadas, com borboletas cor de crepúsculo dançando no ar entre nós. Eu não estaria vivo se não ficasse excitado. Mas minha mente parecia ter voltado a me pertencer e me senti grato por isso.

Feluriana fez um ruído decepcionado de protesto quando repus o alaúde no estojo.

– ficou cansado? – perguntou, com uma sugestão de sorriso. – eu não o teria fatigado, meu doce poeta, se soubesse.

Abri meu melhor sorriso de desculpas.

– Lamento, mas parece que está ficando tarde – expliquei. Na verdade, o céu continuava a exibir a mesma sugestão de pôr do sol que estampava desde a hora em que eu havia acordado, mas fui em frente: – Preciso andar depressa, se quiser encontrar...

Minha mente entorpeceu-se, tão rápido quanto se me houvessem golpeado a cabeça. Senti a paixão, feroz e insaciável. Senti necessidade de possuí-la, de esmagar seu corpo contra o meu, de provar a doçura selvagem de sua boca.

Foi somente graças à minha formação no Arcanum que me agarrei a uma ideia qualquer de minha própria identidade. Mesmo assim, fiquei preso apenas pelas pontas dos dedos.

Feluriana sentou-se de pernas cruzadas nas almofadas em frente a mim, com uma expressão raivosa e terrível, os olhos frios e duros como estrelas distantes. Com calma proposital, espantou do ombro uma borboleta que batia lentamente as asas. Tamanho foi o peso da fúria em seu gesto simples, que meu estômago deu um nó e reconheci este fato:

Ninguém *jamais* deixava Feluriana. Ela retinha os homens até seus corpos e mentes desmoronarem sob o esforço de amá-la. Retinha-os até que se cansasse deles e, quando os mandava embora, era a partida que os enlouquecia.

Eu era impotente. Era uma novidade. Era um brinquedo, favorito por ser o mais novo. Talvez levasse muito tempo para ela se cansar de mim, mas o momento chegaria. E, quando ela enfim me libertasse, minha mente se destroçaria de tanto desejá-la.

CAPÍTULO 97
Sangue e arruda

SENTADO ENTRE AS SEDAS, com meu controle me escapando, senti uma onda de suor frio perpassar meu corpo. Trinquei os dentes e uma pequena raiva se inflamou. Ao longo da minha vida, minha mente tem sido a única coisa em que sempre pude confiar, a única que sempre foi inteiramente minha.

Senti minha determinação derreter-se, enquanto meus desejos naturais eram substituídos por uma coisa animalesca, incapaz de pensar além de sua própria lascívia.

A parte de mim que ainda era Kvothe enfureceu-se, mas meu corpo reagia à presença de Feluriana. Com terrível fascínio, senti-me rastejar pelas almofadas em direção a ela. Um de meus braços encontrou sua cintura esguia e eu me curvei para beijá-la, com uma fome terrível.

Uivei em minha mente. Eu já fora espancado e açoitado, esfaqueado e submetido à fome. Mas minha mente era minha, não importava o que houvesse com este corpo ou com o mundo a seu redor. Lancei-me contra as grades de uma cela intangível, feita de luar e desejo.

E, de algum modo, mantive-me afastado. Minha respiração me escapou da garganta, dilacerante, como se acelerasse para fugir.

Feluriana reclinou-se nas almofadas, a cabeça levantada para mim. Seus lábios eram pálidos e perfeitos. Seus olhos, semicerrados e famintos.

Forcei-me a desviar o olhar do rosto dela, mas não havia lugar seguro em que pousá-lo. Seu pescoço era macio e delicado e vibrava com sua pulsação rápida. Um de seus seios erguia-se, redondo e cheio, enquanto o outro pendia ligeiramente para o lado, seguindo a inclinação do tronco. Os dois subiam e desciam com a respiração, num movimento suave que desenhava sombras de vela em sua pele. Vislumbrei a brancura perfeita de seus dentes por trás do rosa-pálido dos lábios entreabertos...

Fechei os olhos, mas, por alguma razão, isso só piorou as coisas. O calor de seu corpo era como estar junto ao fogo. A pele da cintura era aveludada sob a minha mão. Ela se mexeu embaixo de mim e seu seio roçou de leve o meu peito. Senti seu hálito em meu pescoço. Tive um calafrio e comecei a transpirar.

Quando voltei a abrir os olhos, ela me encarava. Tinha uma expressão inocente, quase magoada, como se não pudesse compreender o que era ser rejeitada. Alimentei minha pequena chama de raiva. Ninguém fazia aquilo comigo. Ninguém. Mantive-me afastado. Uma fina ruga de preocupação marcou-lhe a fronte, como se ela estivesse aborrecida, zangada ou se concentrando.

Estendeu a mão para tocar meu rosto, os olhos atentos, como se tentasse ler algo escrito nas profundezas do meu ser. Tentei chegar para trás, lembrando-me de seu toque, mas meu corpo simplesmente estremeceu. Gotas de suor pingaram da minha pele, tamborilando de leve nas almofadas de seda e na barriga plana de Feluriana, embaixo de mim.

Ela tocou meu rosto com suavidade. Com suavidade, curvei-me para beijá-la e algo em minha mente rompeu-se.

Senti o estalo de quatro anos de minha vida desaparecendo. De repente, eu tinha voltado às ruas de Tarbean. Três garotos maiores que eu, de cabelo oleoso e olhos porcinos, tinham-me arrastado do caixote quebrado em que eu dormia. Dois deles me prendiam no chão, segurando meus braços. Eu jazia numa poça de água estagnada, cortantemente fria. Era madrugada e as estrelas cintilavam.

Um deles tapou minha boca com a mão. Não tinha importância. Fazia meses que eu estava na cidade. Sabia que não convinha gritar por socorro. Na melhor das hipóteses, não viria ninguém. Na pior, alguém chegaria, e o número deles seria maior.

Dois me imobilizaram. O terceiro cortou minha roupa, arrancando-a do meu corpo. E me cortou. Disseram o que iam fazer comigo. Seu hálito era de um calor medonho em meu rosto. Eles riram.

Lá em Tarbean, seminu e desamparado, senti crescer algo dentro de mim. Arranquei dois dedos da mão que me tapava a boca. Ouvi um berro e um palavrão, enquanto um deles se afastava, cambaleando. Fiz força sem parar contra o que continuava em cima de mim. Senti meu braço quebrar-se e ele afrouxou a mão. Comecei a gritar.

Tirei-o de cima de mim. Ainda aos gritos, pus-me de pé, as roupas pendendo em farrapos. Derrubei um deles no chão. Achei uma pedra solta no calçamento e a usei para lhe quebrar uma perna. Lembro-me do barulho que fez. Continuei batendo até partir os ossos de seus braços. Depois, quebrei-lhe a cabeça.

Ao levantar os olhos, vi que o garoto que me esfaqueara tinha sumido. O terceiro se encolhia na parede, segurando junto ao peito a mão ensanguentada. Seus olhos estavam brancos, desvairados. Então, ouvi passos que se aproximavam, larguei a pedra e corri, corri, corri...

E de repente, anos depois, eu era de novo aquele menino feroz. Joguei a cabeça para trás e rosnei em pensamento. Senti algo nas profundezas de minhas entranhas e procurei alcançá-lo.

Dentro de mim se instalou uma quietude tensa, o tipo de silêncio que antecede o trovão. Senti que o ar começava a se cristalizar ao meu redor.

Tive frio. Desapaixonado, recolhi os pedaços da minha mente e os juntei. Eu era Kvothe, o membro da trupe, nascido Edena Ruh. Era Kvothe, o estudante, Re'lar de Elodin. Era Kvothe, o músico. Eu era Kvothe.

Ergui-me diante de Feluriana.

Tive a sensação de que essa era a única vez na vida em que eu estivera inteiramente desperto. Tudo me pareceu claro e nítido, como se eu enxergasse com um novo par de olhos. Como se não desse a menor importância à visão e contemplasse diretamente o mundo com minha mente.

A mente adormecida, percebeu parte de mim, de um jeito vago. *Ela já não dorme*, pensei e sorri.

Olhei para Feluriana e, naquele momento, compreendi-a até as solas dos pés. Ela era um dos Encantados. Não se preocupava com certo ou errado. Era uma criatura de desejo puro, feito uma criança. A criança não se preocupa com consequências, como não o faz o temporal repentino. Feluriana assemelhava-se a ambos e a nenhum dos dois. Era antiga, inocente, poderosa e orgulhosa.

Seria dessa maneira que Elodin via o mundo? Seria essa a magia de que falava? Nada de segredos nem truques, porém magia do Grande Taborlin. Estaria ela sempre presente, mas fora da minha visão até aquele momento?

Era linda.

Encontrei o olhar de Feluriana e o mundo ficou lento e preguiçoso. Foi como se eu tivesse sido lançado em águas profundas, como se minha respiração me fosse arrancada do corpo. Por aquele instante minúsculo, fiquei atordoado e entorpecido, como se um raio houvesse me atingido.

O momento passou e tudo voltou a se mexer. Mas nessa hora, fitando os olhos crepusculares de Feluriana, compreendi-a até muito além da sola dos pés. Conheci-a até a medula dos ossos. Seus olhos eram uma frase musical claramente escrita. Minha mente encheu-se da súbita canção de Feluriana. Respirei fundo e a entoei em quatro notas ásperas.

Feluriana empertigou o tronco. Passou a mão diante dos olhos e proferiu uma palavra cortante como estilhaços de vidro. Minha cabeça foi acometida por uma dor semelhante à trovoada. As trevas bruxulearam na fímbria da minha visão. Provei gosto de sangue e arruda.

O mundo tornou a entrar em foco num estalo e eu me segurei para não cair.

Feluriana franziu o cenho. Endireitou-se. Pôs-se de pé. Com o rosto atento, deu um passo.

De pé, não era alta nem terrível. Sua cabeça mal chegava à altura do meu queixo. Seus cabelos negros, um feixe de sombras, desciam retos como uma faca até roçar seus quadris arredondados. Ela era esguia, pálida, perfeita. Nunca vi rosto tão doce, boca tão feita para beijar. Ela já não tinha a expressão carregada. Tampouco sorria. Tinha os lábios macios e ligeiramente entreabertos.

Deu outro passo. O simples movimento de sua perna parecia uma dança, o gingar sem exagero dos quadris arrebatava como uma fogueira. O arco de seu pé descalço dizia mais de sexo do que tudo que eu já vira em minha jovem vida.

Outro passo. Seu sorriso era fogoso e pleno. Ela era encantadora como a lua. Seu poder a envolvia como um manto. Sacudia o ar. Espalhava-se atrás dela como um par de imensas asas invisíveis.

Perto a ponto de nos tocarmos, senti seu poder dedilhando o ar. O desejo avolumou-se a meu redor, como o mar na tormenta. Feluriana ergueu a mão. Tocou meu peito. Estremeci.

Ela me fitou nos olhos e, no crepúsculo ali escrito, revi as quatro claras notas da frase musical.

Cantei-as em voz alta. Irromperam de mim feito pássaros lançando-se no ar.

De súbito, minha mente clareou outra vez. Respirei fundo e sustentei o olhar dela. Cantei de novo e, dessa vez, estava carregado de ódio. Gritei as quatro notas ásperas da canção. Cantei-as com a tensão, a incandescência e a dureza do ferro. E ao som delas, senti o poder de Feluriana abalar-se, partir-se em estilhaços e então nada restou no ar vazio senão dor e raiva.

Feluriana soltou um grito de susto e se sentou tão de repente que foi quase uma queda. Dobrou os joelhos junto ao corpo e se encolheu, observando-me com olhos arregalados e temerosos.

Corri os olhos em volta e vi o vento. Não como se poderia ver fumaça ou neblina – vi o próprio vento, em sua eterna mutação. Era familiar como o rosto de um amigo esquecido. Ri e abri os braços, deslumbrado com sua forma mutável.

Juntei as mãos em concha e soprei um suspiro no espaço entre elas. Proferi um nome. Mexi as mãos e trancei meu sopro diáfano. A trama se inflou, tragou Feluriana, depois explodiu numa chama prateada que a aprisionou com firmeza dentro de seu nome mutável.

Conservei-a ali, acima do chão. Ela me observou com ar de medo e incredulidade, os longos cabelos dançando como uma segunda chama dentro da primeira.

Naquele instante eu soube que poderia matá-la. Seria simples como atirar ao vento uma folha de papel. Mas a ideia me causou repulsa, pois me trouxe à lembrança as asas arrancadas de uma borboleta. Matá-la seria destruir algo estranho e maravilhoso. Um mundo sem Feluriana seria um mundo mais pobre. Um mundo de que eu gostaria um pouco menos. Seria como quebrar o alaúde de Illien. Como incendiar uma biblioteca, além de pôr fim a uma vida.

Por outro lado, minha segurança e minha sanidade estavam em jogo. Eu também achava o mundo mais interessante com Kvothe dentro dele.

Só que não podia matá-la. Não desse jeito. Não brandindo minha magia recém-descoberta como uma faca de dissecação.

Tornei a falar e o vento a fez descer entre os travesseiros. Fiz um gesto de quem corta e a chama prateada que antes fora meu sopro transformou-se em três notas de uma melodia quebrada e foi tocar entre as árvores.

Sentei-me. Feluriana reclinou-se. Fitamo-nos por vários e longos minutos. Os olhos dela faiscaram, passando do medo à cautela e à curiosidade. Vi-me refletido neles, nu entre as almofadas. Minha força flutuava sobre minha fronte como uma estrela branca.

E então, comecei a sentir um esmaecimento. Um esquecimento. Percebi que o nome do vento já não me enchia a boca e, ao olhar em volta, não vi nada além do ar vazio. Tentei me mostrar calmo, porém, à medida que essas coisas me deixavam, sentia-me como um alaúde cujas cordas fossem cortadas. Meu coração apertou-se, vivendo um luto que eu não sentia desde a morte de meus pais.

Percebi uma leve cintilação no ar em torno de Feluriana, um fiapo de sua força regressando. Ignorei-a, lutando freneticamente para conservar alguma parte do que tinha aprendido. Mas era como tentar segurar um punhado de areia. Se algum dia você sonhou que voava e, ao acordar sentiu-se deslocado porque tinha perdido a arte do voo, tem uma ideia do que senti.

Foi esmaecendo pouco a pouco, até não restar mais nada. Senti-me oco por dentro, doendo como se descobrisse que minha família nunca me amara. Engoli em seco, com um grande nó na garganta.

Feluriana me olhou com curiosidade. Ainda pude ver-me refletido em seus olhos, a estrela em minha testa não mais que um ponto, uma espetadela de luz. E então, até mesmo a visão perfeita da minha mente adormecida começou a esmaecer. Olhei em desespero para o mundo à minha volta. Tentei memorizar a imagem dele, sem piscar.

Mas sumiu. Baixei a cabeça, metade por tristeza, metade para esconder as lágrimas.

CAPÍTULO 98

O lai de Feluriana

PASSOU-SE UM LONGO MOMENTO até eu recuperar compostura suficiente para erguer os olhos. Havia no ar uma hesitação, como se fôssemos jovens amantes que não soubessem o que esperar, que papéis desempenhar.

Peguei meu alaúde e o apertei junto ao peito. Foi um gesto instintivo, como segurar a mão ferida. Tangi um acorde por hábito, depois fiz dele um acorde menor e o alaúde pareceu dizer *triste*.

Sem pensar nem erguer a cabeça, pus-me a tocar uma das canções que tinha escrito nos meses seguintes à morte de meus pais. Chamava-se "Sentado à beira d'água, relembrando". Meus dedos dedilharam tristeza no ar do entardecer. Passaram-se vários minutos até eu me dar conta do que estava fazendo, e vários outros até parar. Eu não havia terminado a canção, nem sei se ela realmente tem fim.

Senti-me melhor. Não *bem*, de modo algum, mas melhor. Menos vazio. Minha música sempre me ajudou. Desde que tivesse minha música, nenhum fardo jamais seria pesado demais para mim.

Levantei os olhos e vi lágrimas no rosto de Feluriana. Isso fez com que eu me sentisse menos envergonhado das minhas.

Também me peguei desejando-a. Foi uma emoção amortecida pela dor em meu peito, mas esse toque de desejo concentrou-me a atenção em minha preocupação mais imediata. Sobrevivência. Fuga.

Feluriana pareceu chegar a uma decisão e se deslocou pelas almofadas em direção a mim. Movendo-se num rastejar cauteloso, parou a alguns palmos de distância e me olhou.

– o terno poeta tem nome? – perguntou, com a voz tão gentil que me assustou.

Abri a boca para falar e me detive. Pensei na lua, aprisionada por seu nome, e em mil contos de fadas que ouvira quando criança. A acreditar em Elodin, os nomes eram a essência do mundo. Hesitei por meio segundo e concluí que já dera a Feluriana bem mais do que isso.

– Eu sou Kvothe – falei. O som pareceu trazer-me de volta ao chão, repor-me dentro de mim mesmo.

– kvothe – proferiu ela, baixinho, o que me fez lembrar um trinado de pássaro. – quer cantar de novo para mim, com doçura? – Estendeu a mão devagar, como se temesse queimar-se, e a pousou de leve em meu braço. – por favor! suas canções são uma carícia, meu kvothe.

Pronunciou meu nome como um começo de canção. Foi adorável. Mas não fiquei inteiramente à vontade com seu jeito de se referir a mim como *seu* Kvothe.

Sorri e assenti com a cabeça. Principalmente por não ter ideia melhor. Tangi uns dois acordes de afinação e fiz uma pausa, pensando.

E comecei a tocar "Na floresta encantada", uma canção sobre a própria Feluriana, imagine. Não era especialmente boa. Usava uns três acordes e duas dúzias de palavras. Mas surtiu o efeito que eu buscava.

Feluriana iluminou-se à menção do seu nome. Não tinha falsa modéstia. Ela sabia ser belíssima, habilíssima. Sabia que os homens contavam histórias e conhecia sua própria reputação. Homem algum podia resistir a seus encantos, homem algum podia fazer frente a ela. Ao fim da canção, o orgulho a fizera sentar-se mais ereta.

Terminei a música.

– Quer ouvir outra? – perguntei.

Ela fez que sim, com um sorriso expectante. Sentou-se entre as almofadas, as costas retas, majestosa como uma rainha.

Comecei uma segunda canção, parecida com a primeira. Chamava-se "Senhora das Fadas", ou algo do gênero. Eu não sabia quem a tinha escrito, mas fora alguém com o espantoso hábito de enfiar sílabas adicionais em seus versos. Não era ruim a ponto de me atirarem coisas nas tabernas, mas chegava perto.

Observei Feluriana atentamente ao tocar. Ela ficou lisonjeada, mas percebi uma leve insatisfação crescendo. Era como se ficasse irritada, ainda que não conseguisse determinar por quê. Perfeito.

Por último, toquei uma canção escrita para a rainha Serule. Garanto que você não a ouviu, mas tenho certeza de que conhece o tipo. Escrita por algum menestrel servil em busca de patrocínio, era algo que meu pai me ensinara como exemplo de coisas a evitar quando se compõe. Um entorpecedor exemplo de mediocridade. Percebia-se que ou o compositor era mesmo incompetente, ou nunca havia conhecido Serule, ou simplesmente não via nela o menor atrativo.

Ao cantá-la, apenas troquei o nome Serule por Feluriana. Também substituí alguns dos melhores versos por outros menos poéticos. Quando terminei, a música era realmente um desastre e Feluriana exibia no rosto uma expressão francamente mortificada.

Passei um bom tempo quieto, como que em profunda reflexão. Quando finalmente falei, foi com a voz abafada e hesitante:

– Senhora, será que lhe posso dedicar uma canção? – indaguei, com um sorriso tímido.

O sorriso de Feluriana foi como a lua atravessando nuvens. Ela bateu palmas e se atirou para mim com um encanto de gatinha, cobrindo-me de beijos. Apenas o medo de que meu alaúde se quebrasse me impediu de aproveitar a experiência como conviria.

Feluriana se afastou e ficou perfeitamente imóvel. Experimentei umas duas combinações de acordes, depois aquietei as mãos e a fitei:

– Vou chamá-la "O lai de Feluriana".

Ela enrubesceu um pouco e me fitou de olhos baixos, com uma expressão acanhada e atrevida.

Sem querer me gabar, sei compor uma bela canção quando me empenho e, nos últimos tempos, minhas habilidades tinham sido aprimoradas a serviço do maer. Não sou o melhor, mas estou entre eles. Havendo tempo suficiente, um tema digno e a motivação adequada, eu diria que sou capaz de compor quase tão bem quanto Illien. Quase.

Fechei os olhos e tirei do alaúde melodias suaves. Meus dedos voavam e captei a música do vento nos galhos, no farfalhar das folhas.

Depois voltei os olhos para o recanto da mente em que a parte louca e tagarela de mim viera compondo uma música para Feluriana durante todo esse tempo. Tangi as cordas mais de leve e comecei a cantar.

Em olhos azuis de meia-noite, o luar prateado reflete faíscas
Nas pálpebras, borboletas multicores adejam, ariscas
Os cabelos ondulam imitando da foice o movimento
Serpeando por entre as árvores, ao cantar do vento.
Ó Feluriana, Dama Encantada,
Que tua clareira na floresta seja abençoada.
Teu hálito é leve como o ar,
Teu cabelo, feito para as sombras ocultar.

Feluriana aquietou-se enquanto eu cantava. Ao final do refrão, eu mal poderia dizer se ela estava respirando. Algumas borboletas que se haviam afastado, assustadas por nosso conflito anterior, voltaram dançando para nós. Uma delas pousou na mão de Feluriana e roçou as asas uma, duas vezes, como que curiosa sobre a razão da súbita quietude de sua senhora. Tornei a olhar para o alaúde e escolhi notas de gotas de chuva lambendo as folhas das árvores.

Ela bailava entre chamas de vela dançantes
E prendeu meus olhos, rosto e corpo num instante.
Seu sorriso, armadilha dez vezes reforçada
Como o lendário canto da fada.
Dama Encantada! Feluriana,
Teu beijo é doce como o mel.
Pobre de qualquer homem fora de tua cama
Que desconhece as maravilhas do céu.

Observei-a de esguelha. Ela parecia ouvir com o corpo inteiro. Tinha os olhos muito abertos. Levou uma das mãos à boca, assustando a borboleta ali pousada, e com a outra comprimiu o peito, enquanto respirava lentamente. Era o que eu havia querido, mas mesmo assim o lamentei.

Curvei-me sobre o alaúde e fiz os dedos dançarem pelas cordas. Teci acordes como água rolando em pedras de rio, como um sopro suave no ouvido. Depois, armei-me de coragem e cantei:

Seus olhos, de tom negro-azulado
São céu noturno, sem nuvens e estrelado
Sua perícia no amor...

Deixei os dedos tropeçarem nas cordas, numa pausa momentânea, como que inseguro de alguma coisa. Vi Feluriana despertar parcialmente de seu devaneio e prossegui:

Sua perícia no amor é bastante.
No estreito abraço, aos homens ela é agradável.
Ó Feluriana, Senhora Cintilante,
Teu toque é mais valioso que a prata.
Eu...

– o quê?
Embora eu esperasse aquela interrupção, o gelo em sua voz me assustou, produzindo um embaralhar de notas e espantando diversas borboletas. Respirei, assumi minha expressão mais inocente e levantei a cabeça.
A expressão de Feluriana era uma tempestade de fúria e incredulidade.
– agradável?
Seu tom fez o sangue escoar do meu rosto. A voz continuava envolvente e meiga como uma flauta distante. Mas isso não significava nada. O trovão distante não pulsa nos ouvidos, é no peito que o sentimos rondando. A suavidade da voz dela me perpassou com esse jeito de trovoada longínqua.
– *agrada?*
– *Foi* agradável – retruquei, para apaziguá-la, com um ar de inocência que só era fingido em parte.
Ela abriu a boca como se fosse falar, depois fechou-a. Seus olhos cintilavam de pura fúria.
– Desculpe. Eu devia ter sabido que não convinha tentar – lamentei, situando meu tom entre o do espírito alquebrado e o da criança espancada. Baixei as mãos das cordas do alaúde.
Parte da ira a deixou, mas, quando ela recuperou a voz, seu tom era tenso e perigoso:
– minha perícia é *bastante*?
Mal pareceu capaz de se forçar a enunciar esta última palavra. Sua boca desenhou uma linha fina, ultrajada.
Explodi, a voz ribombando como um trovão:
– Como é que eu vou saber? Não é como se eu já tivesse feito esse tipo de coisa!
Ela recuou ante a veemência das minhas palavras e parte de sua raiva se esvaiu.
– o que está querendo dizer? – começou e se deteve, confusa.
– Isto! – exclamei, com um gesto canhestro para mim, para ela, para as almofadas e o pavilhão que nos cercava, como se isso explicasse tudo.
O último resquício de raiva a deixou e vi a compreensão despontar em seu rosto.
– você...
– Não – completei, baixando os olhos e sentindo um rubor quente no rosto. – Nunca havia estado com uma mulher.
Em seguida, empertiguei-me e a encarei, como se a desafiasse a criar caso por isso.

Feluriana calou-se por um instante, depois sua boca se curvou num sorriso irônico.

– você está me contando uma historinha de fadas, meu kvothe.

Meu rosto se entristeceu. Não me importo de ser chamado de mentiroso. Eu sou mesmo. Sou um esplêndido mentiroso. Mas detesto que não acreditem em mim quando estou dizendo a mais pura verdade.

Qualquer que tenha sido a motivação da minha expressão, ela pareceu convencê-la.

– mas você foi como uma doce tempestade de verão – disse-me, com um volteio da mão. – foi um bailarino recém-chegado ao campo – acrescentou, com um brilho malicioso no olhar.

Guardei esse comentário para futuros afagos no meu amor-próprio. Minha resposta soou levemente magoada:

– Por favor, não sou um matuto completo. Li vários livros...

Feluriana deu um risinho com som de arroio.

– você aprendeu nos livros.

Olhou-me como se não conseguisse decidir se devia ou não me levar a sério. Riu, parou, tornou a rir. Fiquei sem saber se devia ofender-me.

– Você também se saiu muito bem – apressei-me a dizer, sabendo que soava como o último conviva de um jantar que a elogiasse pela salada. – Aliás, eu li...

– livros? livros! você está me comparando a livros! – Sua raiva desabou sobre mim. Em seguida, sem nem mesmo uma pausa para respirar, Feluriana tornou a dar uma risada alta e encantada. Foi um riso selvagem como o regougo da raposa, límpido e agudo como o canto matinal de pássaros. Não foi um som humano.

Assumi meu ar de inocência.

– Não é sempre assim?

Mantive a expressão de calma, enquanto por dentro me preparava para outra explosão.

Ela apenas sentou-se.

– sou Feluriana.

Não foi a simples enunciação de um nome. Foi uma declaração. O orgulhoso desfraldar de uma bandeira.

Sustentei seu olhar por um instante, dei um suspiro e baixei os olhos para o alaúde.

– Sinto muito pela canção, não tinha a intenção de ofendê-la.

– foi mais adorável que o sol poente – protestou ela, parecendo à beira das lágrimas. – mas... *agradável*? – A palavra lhe soava amarga.

Repus o alaúde no estojo.

– Desculpe-me, não posso consertá-la sem ter uma base de comparação... – Suspirei. – É pena, era uma bela música. Seria cantada por mil anos – acrescentei, com a voz carregada de pesar.

A expressão de Feluriana se animou, como se lhe ocorresse uma ideia, depois seus olhos se estreitaram até virarem fendas. Ela me fitou como quem tentasse ler algo escrito no interior do meu crânio.

Ela entendeu. Percebeu que eu estava guardando a canção inacabada como um resgate. As mensagens não ditas eram claras: a menos que eu parta, jamais terminarei a canção. A menos que eu parta, ninguém jamais ouvirá estas lindas palavras que escrevi para você. A menos que eu parta e prove os frutos que as mulheres mortais têm a oferecer, jamais saberei quão perita você realmente é.

Ali, em meio às almofadas, sob o céu eternamente crepuscular, Feluriana e eu nos encaramos. Ela segurava uma borboleta e eu tinha a mão pousada na madeira polida do alaúde. Dois cavaleiros de armadura avaliando um ao outro num campo sangrento não se equiparariam à intensidade do nosso olhar.

Feluriana falou devagar, considerando minha resposta:

– se partir, você a terminará?

Tentei parecer surpreso, mas não a enganei. Assenti com a cabeça.

– e voltará para cantá-la para mim?

Minha surpresa tornou-se genuína. Eu não imaginara que ela me faria esse pedido. Sabia que não haveria partida numa segunda vez. Hesitei, mas só pelo mais ínfimo segundo. Meio pão é melhor que nenhum. Fiz que sim.

– promete?

Tornei a assentir com a cabeça.

– promete com beijos?

Fechou os olhos e inclinou a cabeça para trás, como uma flor refestelada ao sol.

A vida é curta demais para rejeitar ofertas desse tipo. Aproximei-me dela, puxei seu corpo nu para o meu e a beijei tão bem quanto permitia minha experiência limitada. Parece que foi bom o bastante.

Quando me afastei, ela me olhou e deu um suspiro.

– seus beijos são flocos de neve em meus lábios.

Recostou-se nas almofadas, a cabeça apoiada num braço. A mão livre roçou minha face.

Dizer que ela era encantadora seria um eufemismo tão absurdo que eu nem teria como começar a corrigi-lo. Percebi que, nos minutos anteriores, ela não estivera tentando fazer-me desejá-la, ao menos não num sentido sobrenatural.

Roçou de leve os lábios na palma da minha mão e a soltou. Depois, ficou imóvel, olhando-me com ar atento.

Senti-me lisonjeado. Até hoje, só conheço uma resposta para uma frase tão gentilmente enunciada. Curvei-me para beijá-la. E, rindo, ela me tomou em seus braços.

CAPÍTULO 99

Um tipo diferente de magia

Aquela altura da minha vida, eu ganhara uma reputação modesta.

Não, isso não é totalmente verdadeiro. É melhor dizer que eu havia *construído* minha reputação. Eu a havia arquitetado propositalmente. Cultivara-a.

Três quartos das histórias contadas a meu respeito na Universidade eram rumores ridículos que eu mesmo havia iniciado. Eu falava oito línguas. Enxergava no escuro. Aos três dias de nascido, fora pendurado por minha mãe numa sorveira-brava, dentro de um cesto, à luz da lua cheia. Nessa noite, uma fada lançara sobre mim um poderoso encanto, para me manter sempre em segurança, e isso fazia meus olhos passarem do azul ao verde-folhagem.

Eu sabia como funcionavam as histórias, entende? Ninguém acreditava que eu havia trocado com um demônio uma mancheia do meu próprio sangue vivo para obter um Alar igual a uma lâmina de aço de Ramston. Mesmo assim, eu *era* o melhor duelista da turma de Dal. Nos meus bons dias, vencia qualquer dupla de outros alunos.

Esse fio de verdade entremeava-se na história e lhe dava força. Assim, mesmo não acreditando nela, talvez você a contasse a um primeiranista meio bêbado, de olhos arregalados, só para se divertir vendo a cara dele. E, se você mesmo houvesse tomado uns dois ou três copos, talvez começasse a se perguntar...

Assim, as histórias tinham-se espalhado. E, ao menos na região da Universidade, minha pequena reputação crescera.

Havia também algumas histórias verdadeiras. Partes da minha fama honestamente conquistadas. Eu salvara Feila de um inferno de chamas. Fora açoitado diante de uma multidão e me recusara a sangrar. Havia chamado o vento e quebrado o braço de Ambrose...

Apesar disso, eu sabia que minha reputação era uma capa tecida com teias de aranha. Era uma bobajada de livros de histórias. Não havia demônios negociando sangue. Não havia fadas madrinhas outorgando encantamentos mágicos. E, ainda que pudesse fingir, eu sabia que não era nenhum Grande Taborlin.

Era nisso que pensava quando acordei enredado nos braços de Feluriana. Passei algum tempo deitado entre as almofadas, a cabeça dela descansando de leve sobre meu peito, sua perna frouxamente jogada sobre a minha. Contemplando por entre as árvores o céu crepuscular, percebi que não reconhecia as estrelas. Eram mais brilhantes que as do céu mortal, com desenhos desconhecidos.

Só então percebi que minha vida dera um passo numa nova direção. Até aquele momento, eu havia brincado de ser um jovem Taborlin. Tecera mentiras a meu respeito, fingindo ser um herói de livros de histórias.

Agora, porém, não fazia sentido fingir. O que eu tinha feito era realmente digno de uma história, exatamente tão estranho e maravilhoso quanto qualquer lenda do próprio Taborlin. Eu seguira Feluriana para a terra dos Encantados e a tinha suplantado com mágicas que não sabia explicar, muito menos controlar.

Sentia-me diferente. Mais sólido, de alguma forma. Não exatamente mais velho. Não mais sábio. Porém sabia coisas que nunca soubera antes. Sabia que os Encantados eram reais. Sabia que sua magia era real. Feluriana era mesmo capaz de fazer um homem perder a cabeça com um beijo. Sua voz podia manipular-me como quem movesse as cordas de um fantoche. Havia coisas que eu podia aprender naquele lugar. Coisas estranhas, poderosas, secretas. Coisas que eu talvez nunca tivesse outra oportunidade de aprender.

Soltei-me delicadamente do abraço adormecido de Feluriana e fui até o lago. Borrifei água no rosto e a colhi várias vezes com as mãos em concha para bebê-la.

Examinei as plantas que cresciam à beira d'água. Peguei algumas folhas e as mastiguei, enquanto pensava em como poderia abordar o assunto com Feluriana. A hortelã adoçou meu hálito.

Quando regressei ao pavilhão, Feluriana estava de pé, escovando o longo cabelo preto com os dedos pálidos.

Entreguei-lhe uma violeta de cor tão escura quanto seus olhos. Ela me sorriu e a comeu.

Resolvi abordar o assunto com gentileza, para não ofendê-la.

– Estive pensando – comecei, com cuidado – se você se disporia a me dar uns ensinamentos.

Ela estendeu a mão para tocar de leve a lateral de meu rosto.

– meigo tolinho – disse, com ternura. – acaso já não comecei?

Senti a excitação crescer em meu peito, admirado que pudesse ser tão simples.

– Estou pronto para minha próxima lição?

Seu sorriso se alargou e ela me olhou de cima a baixo, deixando os olhos semicerrados e misteriosos.

– está?

Confirmei com um aceno da cabeça.

– é bom que esteja ansioso – disse Feluriana, com um toque de diversão na voz flauteada. – você tem certa inteligência e uma habilidade natural. porém há muito que aprender. – Fitou-me nos olhos, com grave seriedade no rosto delicado. – quando partir para andar entre os mortais, não quero que me envergonhe.

Segurou-me pela mão e me conduziu até uma almofada.

– sente-se.

Obedeci, nivelando a cabeça com a superfície lisa de seu ventre. Seu umbigo era uma distração terrível.

Ela baixou os olhos para mim, com a expressão orgulhosa e régia.

– *Amouen* – disse, afastando os dedos de uma das mãos e fazendo um gesto premeditado. – a isso chamamos o cervo silencioso. é uma lição fácil para começar e que espero ser do seu agrado.

Então me sorriu com olhos antigos e sábios. E, antes mesmo que me empurrasse contra as almofadas e começasse a mordiscar a lateral de meu pescoço, compreendi que não tencionava me ensinar mágica. Ou, se tinha essa intenção, era um tipo diferente de magia.

Embora não fosse o assunto que eu esperava estudar com ela, é lícito dizer que não fiquei inteiramente decepcionado. Aprender com Feluriana as artes do amor superava de longe qualquer currículo oferecido na Universidade.

Não estou falando dessa atracação vigorosa e suarenta que a maioria dos homens – e, infelizmente, a maioria das mulheres – pensa ser o amor. Embora o suor e o vigor sejam partes agradáveis dele, Feluriana me chamou atenção para as partes mais sutis. Se eu ia enveredar pelo mundo, não haveria de envergonhá-la como amante incompetente e por isso ela teve o cuidado de me mostrar inúmeras coisas.

Eis algumas, nas palavras dela: o pulso atado. O suspiro no ouvido. A devoração do pescoço. A sucção dos lábios. O beijo no pescoço, no umbigo e – segundo a formulação de Feluriana – na flor da mulher. O beijo aspirado. O beijo de pluma. O beijo ascendente. Diversos tipos diferentes de beijos. Numerosos demais para lembrar. Quase.

Havia o tirar água do poço. A mão esvoaçante. Canto de pássaros ao amanhecer. Circundando a lua. Brincar de hera. A lebre atormentada. Os simples nomes encheriam um livro. Mas suponho que este não seja o lugar para tais coisas. Pior para o mundo.

∽

Não quero dar a impressão de que passávamos todas as horas namorando. Eu era jovem e Feluriana era imortal, mas há um limite para o que dois corpos podem aguentar. No resto do tempo, nós nos divertíamos de outras maneiras. Nadávamos e comíamos. Eu tocava para Feluriana e ela dançava para mim.

Fiz-lhe algumas perguntas cautelosas sobre magia, sem querer ofendê-la com minha curiosidade a respeito de seus segredos. Infelizmente, suas respostas não eram muito esclarecedoras. Para ela, a magia era natural como respirar. Era o mesmo que eu perguntar a um lavrador como as sementes brotavam. Quando as respostas não eram irremediavelmente descuidadas, eram enigmas intrigantes.

Mesmo assim, continuei a perguntar e ela ia respondendo como podia. Vez por outra, eu tinha um pequeno lampejo de compreensão.

A maior parte do tempo, entretanto, passávamos contando histórias. Tínhamos tão pouco em comum que elas eram tudo que podíamos compartilhar.

Talvez você imagine que Feluriana e eu fôssemos parceiros desiguais nesse aspecto. Ela era mais velha que o céu, eu nem chegara aos 17 anos.

Mas Feluriana não era o precioso manancial de narrativas que se poderia supor. Poderosa e inteligente? Decerto. Enérgica e encantadora? Sem a menor dúvida. Mas contar histórias não figurava entre seus muitos talentos.

Eu, por outro lado, vinha dos Edena Ruh, e nós sabemos todas as histórias do mundo.

Assim, contei-lhe *O fantasma e a criadora de gansos*; *Tam e a pá do latoeiro*. Contei-lhe histórias de lenhadores e filhas de viúvas e da esperteza dos meninos órfãos.

Em troca, Feluriana contou-me histórias de varõezinhos. *A mão no coração da pérola*, *O menino que corria no meio*. Os Encantados têm seu próprio elenco de personagens lendários: Mavin, o Hominiforme, ou Alavin, o Onifacial. Para minha surpresa, ela nunca ouvira falar do Grande Taborlin nem de Oren Velciter, mas sabia quem fora Illien. Orgulhei-me do fato de um Edena Ruh haver conquistado um lugar nas histórias que os Encantados contavam.

Não fiquei cego ao fato de que a própria Feluriana poderia ter as informações que eu buscava sobre os Amyr e o Chandriano. Quão mais prazeroso seria saber a verdade por ela, em vez de esquadrinhar livros antigos, durante horas intermináveis, em salas poeirentas!

Infelizmente, Feluriana não era a mina de informações que eu havia esperado. Conhecia histórias dos Amyr, mas elas tinham milênios de idade.

Quando lhe perguntei sobre os Amyr mais recentes, indagando sobre os cavaleiros eclesiásticos e os Ciridas, com suas tatuagens ensanguentadas, ela apenas riu.

– nunca houve nenhum amyr humano – disse, descartando prontamente a ideia. – esses de quem você fala parecem crianças vestindo a roupa dos pais.

Embora eu pudesse esperar essa reação de outros, ouvi-la de Feluriana foi especialmente desanimador. Mesmo assim, foi bom saber que eu estivera certo quanto à existência dos Amyr muito antes de eles se tornarem cavaleiros da Igreja tehliniana.

Depois, visto que os Amyr eram uma causa perdida, tentei guiá-la em direção ao Chandriano.

– não – disse ela, fitando-me nos olhos, empertigada. – não falarei dos sete.

Não havia em sua voz nenhum capricho melodioso. Nenhum ar de brincadeira. Nenhum espaço para discussão ou negociação.

Pela primeira vez desde nosso conflito inicial, senti-me perpassar por um filete gélido de medo. Feluriana era tão franzina e adorável que muito facilmente se poderia esquecer de quem era.

Mas eu não descartaria o assunto com tanta facilidade. Essa era, literalmente, uma oportunidade única na vida. Se fosse possível convencê-la a me contar uma parcela que fosse do que sabia, eu poderia aprender coisas que talvez ninguém mais no mundo conhecesse.

Ofereci-lhe meu sorriso mais sedutor e respirei fundo para falar, mas, antes que pudesse pronunciar a primeira palavra, Feluriana inclinou-se para mim e me beijou a boca, seus lábios macios e quentes. Roçou a língua na minha e, de brincadeira, mordeu meu lábio inferior.

Ao afastar a boca da minha, deixou-me sem fôlego e com o coração disparado. Fitou-me com os olhos carregados de terna doçura. Passou a mão por meu rosto, roçando-me a face com a delicadeza de uma flor.

– meu doce amor – disse. – se tornar a me perguntar sobre os sete neste lugar, eu o expulsarei daqui. não importa que o faça de modo firme ou gentil, franco ou dissimulado. se você tentar, eu o açoitarei daqui com um chicote de espinhos e cobras. farei com que ande à minha frente, ensanguentado e choroso, e não pararei enquanto você não estiver morto ou não fugir da terra dos encantados.

Não desviou os olhos de mim ao falar. E, apesar de eu não ter virado o rosto nem visto mudança neles, seus olhos já não estavam brandos de adoração. Fizeram-se negros como nuvens de tempestade, duros como o gelo.

– não estou brincando – disse-me. – eu o juro por minha flor e pela lua em eterno movimento. juro pelo sal, pela pedra e pelo céu. juro por este canto e este riso, pelo som do meu próprio nome.

Tornou a me beijar, pressionando ternamente os lábios nos meus.

– eu farei isso.

E esse foi o fim da história. Eu podia ser tolo, mas não tanto assim.

∽

Feluriana mostrou-se mais que disposta a falar do próprio reino dos Encantados. E muitas de suas histórias detalhavam a política belicosa das cortes dessas terras: os Tain Mael, os Daendan, a corte da Tojeira. Eram histórias difíceis de acompanhar, visto que eu nada sabia sobre as facções envolvidas, muito menos sobre a rede de alianças, falsas amizades, pretensos segredos e velhos ressentimentos que compunham a sociedade dos Encantados.

Isso era complicado pelo fato de Feluriana presumir que eu entendia certas coisas. Se eu contasse uma história a você, não me daria o trabalho de mencionar que a maioria dos agiotas é ceáldica ou que não existe realeza mais antiga que do que a casa real modegana. Quem não sabe essas coisas?

Feluriana excluía de suas histórias detalhes similares. Quem não saberia, por exemplo, que a corte da Tojeira se metera na Berentaltha entre os Mael e a Casa de Garbo?

E por que isso era importante? Bem, é claro que era algo que levaria os cortesãos da Tojeira a serem desdenhados pelos que viviam no lado diurno das coisas. E o que era a Berentaltha? Um tipo de dança. E por que era importante?

Após um punhado de indagações dessa natureza, os olhos de Feluriana se estreitavam. Logo entendi que era melhor ir seguindo adiante, calado e confuso, que tentar desencavar cada detalhe e correr o risco de irritá-la.

No entanto aprendi coisas com essas histórias, mil pequenos fatos dispersos sobre os Encantados. Nomes de cortes, de antigas batalhas, de pessoas notáveis. Aprendi que nunca se deve olhar simultaneamente com os dois olhos para um dos Thiana e que a oferta de uma simples citerina é considerada um insulto terrível, se feita a um dos Beladari.

Talvez você ache que esses milhares de fatos me deram algum discernimento sobre os Encantados. Que, de algum modo, eu os encaixei como pedaços de um quebra-cabeça e descobri a verdadeira natureza das coisas. Afinal, mil fatos são muita coisa...

Mas não. Mil fatos parecem muito, porém há mais estrelas que isso no céu e elas não compõem um mapa nem um mural. Tudo o que descobri com certeza, depois de ouvir as histórias de Feluriana, foi que eu jamais quereria me meter nem mesmo com o rincão mais generoso das cortes dos Encantados. Com a minha sorte, eu assobiaria ao passar sob a copa de um salgueiro e, com isso, insultaria o barbeiro de Deus ou algo dessa ordem.

Eis a grande lição que aprendi com essas histórias: os Encantados não são como nós. É infinitamente fácil esquecer isso, porque muitos deles se parecem conosco. Falam nossa língua. Têm dois olhos. Têm mãos e suas bocas desenham formas familiares quando sorriem. Mas tudo isso são apenas aparências. Não somos iguais.

Ouvi dizer que os humanos e os Encantados são tão diferentes quanto cães e lobos. Ainda que essa seja uma analogia fácil, está longe de ser verdade. Lobos e cães distinguem-se apenas por um pequeno matiz de sangue. Ambos uivam à noite. Se batermos neles, ambos mordem.

Não. Nossa gente e a deles diferem como a água e o álcool. Em copos iguais, parecem a mesma coisa. Ambos são líquidos transparentes. Mas um se inflama, o outro, não. Isso nada tem a ver com o temperamento ou a ocasião. Essas duas coisas se portam de modos diferentes porque são profunda e fundamentalmente desiguais.

O mesmo se aplica aos humanos e aos Encantados. Nós o esquecemos por nossa conta e risco.

CAPÍTULO 100

Shaed

Talvez eu deva explicar algumas peculiaridades dos Encantados.

À primeira vista, a clareira de Feluriana na floresta não parecia particularmente estranha. Na maioria dos aspectos, assemelhava-se a um pedaço antigo e intocado de selva. Não fossem as estrelas desconhecidas no alto, talvez eu suspeitasse ainda estar numa área isolada do Eld.

Mas havia diferenças. Desde que eu deixara meus companheiros mercenários, tinha dormido umas 12 vezes, talvez. Apesar disso, o céu ali continuava com o azul-arroxeado escuro do poente estival e não dava sinais de mudança.

Eu só tinha um palpite, muito por alto, sobre quanto tempo fazia que eu estava na terra dos Encantados. E, o que era mais importante, não tinha ideia de quanto tempo haveria decorrido no mundo dos mortais. As histórias estão cheias de meninos que adormecem em rodas de Encantados e despertam como anciãos. Menininhas que perambulam pelos bosques e regressam anos depois, sem parecerem mais velhas e afirmando que se passaram apenas alguns minutos.

Ao que eu soubesse, podiam correr anos a cada vez que eu dormia nos braços de Feluriana. Eu poderia regressar e descobrir que se passara um século, ou tempo nenhum.

Fiz o melhor que pude para não pensar nisso. Só os tolos se inquietam com o que não podem controlar.

A outra diferença no reino dos Encantados era muito mais sutil e difícil de descrever...

Na Iátrica, eu havia passado um bom tempo perto de pacientes inconscientes. Faço menção a isso para frisar um ponto: há uma enorme diferença entre estar num cômodo vazio ou num onde alguém dorme. A pessoa adormecida é uma presença no aposento. Tem consciência de nós, ainda que seja apenas uma consciência tênue e vaga.

A terra dos Encantados era assim. Isso era algo tão estranho e intangível que, por muito tempo, eu não o havia notado. E então, depois de me conscientizar, levei muito mais tempo para apontar a diferença.

Era como se eu tivesse passado de um cômodo vazio para outro aposento, no qual havia alguém dormindo. Exceto, é claro, que não havia ninguém ali. Era como se tudo a meu redor estivesse num sono profundo: as árvores, as pedras, o rio ondulante que se alargava no lago de Feluriana. Todas essas coisas pareciam mais sólidas, mais presentes do que eu estava habituado a senti-las, como se tivessem ligeira consciência de mim.

∾

A ideia de que eu deixaria a terra dos Encantados vivo e intacto era estranha para Feluriana e pude perceber que a perturbava. Muitas vezes, em meio a uma conversa sem relação com isso, ela mudava de assunto e me fazia jurar, *jurar* que voltaria.

Eu a tranquilizava da melhor forma possível, mas há um limite para as diferentes maneiras de se dizer a mesma coisa. Após uma três dúzias de ocasiões, talvez, eu lhe disse:

– Farei tudo que puder para me manter a salvo e poder voltar para você.

Vi seu rosto alterar-se, ficando primeiro ansioso, depois sombrio e então pensativo. Por um instante, tive medo de que ela decidisse me conservar como um mortal de estimação e comecei a me censurar severamente por não ter fugido da terra dos Encantados quando tivera a oportunidade...

Mas, antes que eu pudesse ficar genuinamente apreensivo, Feluriana inclinou a cabeça de lado e pareceu mudar de assunto:

– será que a minha doce chama gostaria de um casaco? uma capa?

– Eu tenho uma capa – respondi, apontando para a beira do pavilhão, onde meus pertences estavam espalhados. Só então notei que a capa esfarrapada do velho latoeiro *não estava* lá. Vi minha roupa, minhas botas e minha sacola de viagem, ainda estufada com a caixa trancada do maer. Mas a capa e a espada haviam sumido. O fato de eu não ter notado sua ausência era compreensível, visto que não me dera o trabalho de me vestir desde que acordara ao lado de Feluriana pela primeira vez.

Ela me examinou com vagar, a expressão atenta. Os olhos se detiveram em meu joelho, meu braço, meu antebraço. Só quando me segurou pelos ombros e me girou para examinar minhas costas, percebi que estava observando minhas cicatrizes.

Feluriana segurou minha mão e deslizou o dedo por uma linha pálida que descia por meu antebraço.

– você não sabe cuidar muito bem da sua segurança, meu kvothe.

Fiquei meio ofendido, especialmente porque havia mais do que um pouco de verdade no que ela dissera.

– Eu me saio bastante bem – retruquei, rígido –, considerando-se os problemas que enfrento.

Feluriana virou minha mão e examinou atentamente a palma e os dedos.

– você não é dado a lutas – ponderou baixinho consigo mesma. – no entanto, é cheio de mordidas de ferro. é um meigo pássaro que não sabe voar. sem arco. sem faca. sem correntes.

Sua mão moveu-se para meu pé, deslizando pensativa pelos calos e cicatrizes de meus anos nas ruas de Tarbean.

– você é um caminhante de longos percursos. encontra-me na floresta à noite. é um conhecedor profundo. e intrépido. e jovem. e se mete em encrencas.

Levantou os olhos para mim, com expressão atenta.

– será que meu doce poeta gostaria de uma *shaed*?

– Uma o quê?

Ela fez uma pausa, como se considerasse suas palavras.

– uma sombra.

Sorri.

– Já tenho uma.

Conferi, para ter certeza. Afinal, estava na terra dos Encantados.

Feluriana franziu o cenho, balançando a cabeça diante da minha incompreensão.

– a outro eu daria um escudo, que o protegeria do perigo. ou ofereceria âmbar, ataria bem a bainha da espada com encanto, ou lhe faria uma coroa para que os homens o olhassem com amor. – Meneou a cabeça com ar solene: – mas não a você. você é um andarilho noturno. um seguidor da lua. precisa ser protegido do ferro, do frio, do rancor. tem que ser silencioso. tem que ser leve. tem que se mover com delicadeza pela noite. tem que ser rápido e destemido. – Assentiu com a cabeça para si mesma. – isso significa que devo fazer-lhe uma *shaed*.

Levantou-se e começou a andar em direção à floresta.

– venha – disse.

Feluriana tinha um jeito de fazer pedidos com o qual é preciso se habituar. Eu havia descoberto que, a menos que me preparasse para resistir, apanhava-me fazendo automaticamente qualquer coisa que ela quisesse.

Não que ela falasse num tom autoritário. Sua voz era demasiadamente suave e sem arestas para carregar o peso do comando. Ela não exigia nem adulava. Tinha um tom objetivo ao falar, como se não pudesse imaginar um mundo em que alguém não quisesse fazer exatamente o que ela mandava.

Por isso, quando Feluriana me disse que a acompanhasse, pulei feito um fantoche que tem as cordas manipuladas. Logo me vi caminhando a seu lado, imerso nas sombras crepusculares da antiquíssima floresta, nu como um gaio.

Quase voltei para buscar minha roupa, depois resolvi seguir um conselho que meu pai me dera quando eu era pequeno: "Cada um come uma parte diferente do porco. Se você quiser se integrar, faça o mesmo." Lugares diferentes, diferentes formas de decoro.

E assim, segui-a, nu e despreparado. Feluriana partiu num bom ritmo, o musgo abafando o som de nossos pés descalços.

À medida que andávamos, a floresta ia ficando mais escura. No começo, achei que era apenas a copa das árvores se fechando sobre nossas cabeças. Depois percebi a verdade. No alto, o céu crepuscular ia escurecendo aos poucos. Por fim, o último resquício de roxo desapareceu, tornando a abóboda um perfeito veludo negro, salpicado de estrelas desconhecidas.

Feluriana continuou a andar. Eu via sua pele alva à luz das estrelas e via a forma das árvores ao redor, porém mais nada. Julgando-me esperto, fiz uma conexão de simpatia com a luz e levantei a mão acima da cabeça, como se fosse uma tocha. Não foi pouco o meu orgulho ao consegui-lo, já que a conexão movimento-luz é bem difícil sem um pedaço de metal para usar como foco.

A luz aumentou e captei um vislumbre momentâneo de nossos arredores. Troncos escuros de árvores erguiam-se como pilastras maciças até onde a vista alcançava. Não havia galhos baixos, vegetação rasteira nem grama. Apenas o musgo escuro embaixo e o arco de copas altas em cima, o que me trouxe à lembrança uma vasta catedral deserta, revestida de veludo negro.

– *ciar nalias!* – esbravejou Feluriana.

Mesmo sem compreender as palavras, entendi seu tom e rompi a conexão, deixando que as trevas tornassem a nos envolver. No instante seguinte, ela saltou sobre mim e me derrubou no chão, seu corpo esbelto e nu estreitado contra o meu. Não era uma ocorrência de todo incomum, mas, dessa vez, a experiência não foi particularmente erótica, pois dei com a parte posterior da cabeça no nó de uma raiz protuberante.

Por isso, estava meio zonzo e 90 por cento cego quando a terra estremeceu de leve embaixo de nós. Algo imenso e quase perfeitamente silencioso agitou o ar acima e um pouquinho ao lado de onde estávamos.

Pousado sobre o meu, com uma perna de cada lado, o corpo de Feluriana esticou-se como uma corda de harpa. Os músculos das coxas estavam retesados e trêmulos. Seu cabelo comprido caía sobre nós, cobrindo-nos como um lençol de seda. Seus seios pressionavam meu peito, enquanto ela inspirava de leve e em silêncio.

Seu corpo pulsava no ritmo de seu coração acelerado e senti seus lábios se moverem no ponto em que estavam pousados, junto à curva do meu pescoço. Em tom mais baixo que um sussurro, ela enunciou uma palavra meiga, sem a menor aresta. Senti sua pressão em minha pele, gerando ondas silenciosas no ar, tal como uma pedra gera círculos ao ser lançada na superfície de um lago.

Houve um som leve de movimento acima de nós, como se alguém envolvesse um caco de vidro num enorme pedaço de veludo. Ao dizer isto, percebo que não faz sentido, mas, ainda assim, é a melhor forma de descrever aquele som. Foi suave, o ruído entreouvido de um movimento premeditado. Não sei lhe dizer por que me fez pensar em algo terrível e cortante, mas fez. Minha testa formigou de suor e fui tomado por um terror súbito, puro e ofegante.

Feluriana ficou perfeitamente imóvel, tal qual um cervo assustado ou um felino prestes a saltar. Baixinho, inspirou e proferiu uma segunda palavra. Seu hálito quente roçou minha pele e, à palavra entreouvida, meu corpo vibrou como se fosse a membrana de um tambor, sonoramente percutida.

Feluriana girou a cabeça apenas um grau, como quem se esforçasse para ouvir. Esse movimento fez milhares de fios do seu cabelo esparramado deslizarem lentamente sobre todo o lado esquerdo do meu corpo, cobrindo-me de arrepios. Mesmo tomado por um pavor inominável, estremeci e soltei um leve e involuntário arquejo.

O ar agitou-se, bem acima de nós.

As unhas cortantes da mão esquerda de Feluriana cravaram-se com força no músculo do meu ombro. Ela moveu os quadris e, bem devagar, deslizou o corpo nu sobre o meu até ficarmos com os rostos nivelados. Sua língua tocou ligeiramente meus lábios e, sem mesmo pensar, inclinei a cabeça à procura do beijo.

Sua boca encostou na minha e ela inspirou fundo e devagar, tirando o ar de dentro de mim. Fiquei zonzo. Depois, ainda com os lábios grudados nos meus, ela deu um sopro forte, enchendo meus pulmões de ar. Foi mais suave que o silêncio. O gosto era de madressilva. O solo estremeceu sob mim e tudo se aquietou. Por um momento interminável, meu coração parou de bater.

Uma tensão sutil desapareceu do ar acima de nós.

Feluriana afastou a boca da minha e meu coração voltou a bater, repentino e forte. Um segundo batimento. O terceiro. Suguei o ar, com uma inspiração profunda e trêmula.

Só então ela relaxou. Continuou deitada em cima de mim, solta e maleável, o corpo nu fluindo como água sobre o meu. Sua cabeça aninhou-se na curva do meu pescoço e ela soltou um suspiro doce e contente.

Passou-se um momento de languidez e então Feluriana riu de fazer o corpo sacudir. Foi uma risada impetuosa e encantada, como se ela tivesse acabado de pregar a mais maravilhosa das peças. Ela soergueu o corpo, deu-me um beijo feroz na boca, mordiscou minha orelha e saiu de cima de mim, puxando-me para que eu me levantasse.

Abri a boca. Fechei-a, resolvendo que provavelmente não era a hora certa para fazer perguntas. Metade de parecer inteligente tem a ver com ficar de boca fechada nas horas certas.

E assim, continuamos no escuro. Aos poucos, meu olhos se adaptaram e, por entre a copa das árvores, pude ver as estrelas, que formavam desenhos diferentes e eram mais brilhantes que as do céu dos mortais. Sua luz mal bastava para me dar uma vaga ideia do terreno e das árvores circundantes. A forma esguia de Feluriana era uma sombra prateada nas trevas.

Continuamos andando e as árvores foram ficando mais altas e mais grossas, bloqueando aos poucos a pálida luz estelar. Depois, escureceu de verdade. Feluriana era pouco mais que um pedaço de pálida escuridão à minha frente. Parou de andar antes que eu a perdesse completamente de vista e pôs as mãos em concha em volta da boca, como se fosse gritar.

Encolhi-me de medo, ao pensar num ruído alto rompendo a morna quietude daquele lugar. Mas, em vez de grito, não houve nada. Não. Não é que não fosse nada. Foi como um rom-rom baixo e lento. Nada tão alto e ríspido como um ronronar de gato. Foi mais próximo do som da queda de flocos pesados de neve, um sussurro abafado que quase produz menos barulho que o silêncio.

Feluriana produziu esse som várias vezes. Depois, pegou-me pela mão e me fez penetrar mais na escuridão, onde repetiu aquele ruído estranho, quase inaudível. Após ter feito isso três vezes, escureceu tanto que já não pude enxergar nem mesmo a mais vaga silhueta dela.

Depois da pausa final, ela chegou perto de mim no escuro e encostou o corpo no meu. Deu-me um beijo demorado e completo, que esperei transformar-se em algo mais envolvente, e então se afastou e disse baixinho em meu ouvido, num sussurro:

– Quietinho, estão vindo.

Durante vários minutos, forcei os olhos e ouvidos em vão. Depois, vi algo luminoso ao longe. Desapareceu depressa e achei que meus olhos ávidos de luz estavam me pregando peças. Então vi outro faiscar. Mais dois. Uma centena de luzes pálidas veio dançando por entre as árvores em nossa direção, tênue como uma fosforescência.

Eu já ouvira falar do fogo dos tolos, mas nunca o tinha visto. E, dado que estávamos na terra dos Encantados, duvidei que se tratasse de algo tão vulgar. Pensei numa centena de contos de fadas e me perguntei qual daquelas criaturas seria responsável por essas tênues luzes que dançavam desvairadamente. João-fagulhas? Fogos-fátuos? Denereiros com lanternas cheias de fogaréus?

E então elas nos circundaram por toda parte, o que me assustou. As luzes eram menores do que eu havia pensado e estavam mais próximas. Tornei a ouvir o som abafado de neve caindo, dessa vez em toda a minha volta. Continuei incapaz de imaginar o que seria aquilo, até um deles roçar meu braço, leve como uma pluma. Era um tipo de mariposa com riscas luminescentes nas asas.

Brilhavam com uma luz pálida e prateada, fraca demais para iluminar qualquer coisa a seu redor. Mas centenas delas, dançando entre os troncos das árvores, mostravam os contornos do que nos cercava. Algumas pousaram em árvores ou no chão. Outras pousaram em Feluriana e, embora eu ainda não conseguisse enxergar mais que alguns centímetros de sua tez pálida, pude usar a luz móvel delas para segui-la.

Caminhamos por um longo período depois disso, Feluriana à frente, por entre os troncos de árvores antigas. Num dado momento, senti capim macio em vez de musgo sob meus pés descalços, depois veio terra fofa, como se atravessássemos o campo recém-arado de um lavrador. E, o tempo todo, as mariposas nos seguiam, oferecendo-me a mais tênue impressão dos nossos arredores.

Por fim, Feluriana parou. Já então, a escuridão era tão densa que eu quase a sentia como um cobertor quente ao meu redor. Pelo som do vento nas árvores e o movimento das mariposas, percebi que estávamos parados num espaço aberto.

Não havia estrelas acima de nós. Se estávamos numa clareira, as árvores deviam ser imensas, para que suas copas se encontrassem bem no alto. Mas, ao que eu soubesse, era igualmente possível que estivéssemos num subterrâneo profundo. Ou talvez o céu fosse negro e vazio nessa parte da terra dos Encantados. Foi uma ideia estranhamente inquietante.

Ali a sensação sutil de vigília adormecida era mais forte. Se o restante da terra dos Encantados dava a impressão de estar dormindo, esse lugar parecia ter acabado de se mexer, meio instante antes, e estar prestes a despertar. Era desconcertante.

Feluriana fez uma pressão suave com a palma da mão em meu peito e encostou um dedo em meus lábios. Observei-a afastar-se de mim, cantarolando baixo um trechinho da canção que eu compusera para ela. Mas nem mesmo esse gesto lisonjeiro conseguiu distrair-me do fato de que eu estava no centro das terras dos Encantados, cego, completamente nu e sem a menor ideia do que se passava.

Um punhado de mariposas havia pousado em Feluriana, descansando sobre seus pulsos, quadris, ombros e coxas. Observá-las deu-me uma vaga ideia dos movimentos dela. Se tivesse que dar um palpite, eu diria que Feluriana estava colhendo coisas das árvores e atrás ou embaixo de arbustos e pedras. Uma brisa morna suspirou pela clareira e eu me senti estranhamente reconfortado quando roçou minha pele nua.

Passados uns 10 minutos, Feluriana voltou e me deu um beijo. Segurava nos braços algo macio e cálido.

Voltamos pelo caminho que havíamos percorrido. Aos poucos, as mariposas perderam o interesse em nós e foram-nos deixando uma visão cada vez mais vaga do que nos cercava. Depois do que me pareceu um tempo interminável, vi luz infiltrando-se por uma brecha entre as árvores mais adiante. Era apenas a tênue luz das estrelas, mas, naquele momento, pareceu-me o refulgir de uma cortina de diamantes incandescentes.

Comecei a andar por ali, mas Feluriana segurou meu braço e me deteve. Sem dizer nada, fez-me sentar no ponto em que os primeiros tênues raios de luz estelar penetravam por entre as árvores e tocavam o chão.

Com cuidado, foi pisando entre os raios estelares, evitando-os como se pudessem queimá-la. Ao parar no centro deles, agachou-se no chão e se sentou de pernas cruzadas, de frente para mim. Segurava no colo o que havia colhido, seja lá o que fosse; afora o fato de se tratar de algo amorfo e escuro, eu não saberia dizer nada sobre aquilo.

E então, Feluriana estendeu uma das mãos, pegou um dos finos raios de luz estelar e o puxou para a forma escura em seu colo.

Talvez eu tivesse ficado mais surpreso se o jeito dela não fosse tão descontraído. À luz tênue, eu a vi fazer um gesto conhecido. Um segundo depois, tornou a estender a mão, quase distraída, e pegou outro fio estreito de luz estelar entre o polegar e o indicador.

Puxou-o com a mesma facilidade que o primeiro e o manipulou do mesmo modo. O movimento tornou a me parecer conhecido, mas não era nada que eu pudesse definir.

Feluriana pôs-se a cantarolar baixinho, enquanto pegava o feixe de luz seguinte, iluminando quase imperceptivelmente as coisas. A forma em seu colo parecia um tecido grosso e escuro. Ao perceber isso, compreendi o que ela me fizera lembrar: meu pai costurando. Estaria costurando à luz das estrelas?

Costurando *com* luz de estrelas. O entendimento me inundou de repente. *Shaed* significava sombra. De algum modo, ela trouxera consigo uma braçada de sombras e as estava alinhavando com a luz das estrelas. Costurando uma capa de sombras para mim.

Parece absurdo? A mim pareceu. Mas, a despeito da minha opinião ignorante, Feluriana pegou mais um feixe de luz e o puxou para o colo. Descartei qualquer dúvida. Só um tolo descrê daquilo que vê com os próprios olhos.

Além disso, as estrelas lá no alto eram brilhantes e estranhas. Eu estava sentado ao lado de uma criatura saída de livros de histórias. Fazia mil anos que ela era jovem e linda. Sabia parar meu coração com um beijo e conversar com borboletas. Eu ia começar a implicar agora?

Passado algum tempo, me aproximei para observar com mais atenção. Ela sorriu quando me sentei a seu lado e me brindou com um beijo apressado.

Fiz algumas perguntas, mas ou suas respostas não tinham sentido, ou eram desoladoramente indiferentes. Ela não sabia coisa alguma sobre as leis da simpatia, a siglística ou o Alar. Simplesmente não via nada de estranho em sentar-se na floresta, segurando um punhado de sombras. No começo fiquei ofendido, depois senti uma inveja terrível.

Lembrei-me de quando havia descoberto o nome do vento no pavilhão dela. Aquilo me dera a sensação de estar realmente desperto pela primeira vez, com o conhecimento verdadeiro correndo feito gelo em minhas veias.

A lembrança me animou por um momento, depois me deixou com um acorde quebrado de tristeza. Minha mente adormecida estava cochilando de novo. Tornei a voltar a atenção para Feluriana e procurei compreender.

Não demorou muito, ela se levantou num movimento desenvolto e me ajudou a ficar de pé. Continuou cantarolando, satisfeita, e segurou meu braço, enquanto regressávamos passeando por onde tínhamos vindo, conversando sobre uma coisa e outra. Segurava a forma escura da *shaed* displicentemente dobrada sobre o braço.

E então, quando o primeiro vago indício de crepúsculo começou a tocar o céu, ela a pendurou de um modo invisível num dos galhos escuros de uma árvore próxima.

– às vezes, a sedução lenta é o único jeito – disse-me. – a sombra delicada teme a chama da vela. como poderia a sua *shaed*, tão inexperiente, deixar de sentir a mesma coisa?

CAPÍTULO 101

Perto o bastante para ser tocado

Depois de nossa expedição para colher sombras, fiz perguntas mais diretas sobre a magia de Feluriana. Quase todas as suas respostas continuaram incorrigivelmente prosaicas. Como se pega uma sombra? Ela gesticulou com uma das mãos, como quem apanhasse uma fruta. Era assim, ao que parece.

Outras respostas foram igualmente incompreensíveis, cheias de palavras dos Encantados que eu não entendia. Quando ela tentava descrever esses termos, nossas conversas viravam insondáveis emaranhados retóricos. Em certos momentos, eu tinha a impressão de haver encontrado uma versão mais tranquila e atraente do Elodin.

Mesmo assim, aprendi uns fragmentos. O que ela estava fazendo com a sombra chamava-se gramaria. Quando lhe perguntei, ela disse que essa era "a arte de fazer as coisas serem". Distinguia-se de glamouria, que era "a arte de fazer as coisas parecerem".

Também aprendi que não existem direções, no sentido habitual, na terra dos Encantados. Lá, a bússola trimetálica é tão inútil quanto um protetor de lata para a braguilha. O norte não existe. E, quando o céu é um crepúsculo sem fim, não se pode ver o sol nascer no leste.

Mas, se você olhar atentamente para o céu, verá que uma parte do horizonte é ligeiramente mais clara e, na direção oposta, mais escura. Se for andando em direção ao horizonte mais claro, acabará virando dia. O sentido inverso levará a uma noite mais densa. Se andar por tempo suficiente numa mesma direção, você acabará vendo passar um "dia" inteiro e terminará no mesmo lugar em que começou. Essa, pelo menos, é a teoria.

Feluriana descreveu esses dois pontos da bússola da terra dos Encantados como Dia e Noite. Aos outros dois pontos, em diferentes momentos, referiu-se como Escuridão e Luz, Verão e Inverno, ou Avanço e Retrocesso. Uma vez, chegou até a se referir a eles como Tristonho e Risonho, mas alguma coisa no seu jeito de falar me fez desconfiar que era brincadeira.

∾

Tenho boa memória. Isso, talvez mais que qualquer outra coisa, encontra-se no centro do que sou. É o talento do qual dependem inúmeras das minhas outras habilidades.

Não faço ideia de como desenvolvi essa memória. Talvez tenha sido meu treinamento precoce para o palco. As brincadeiras que meus pais usavam para me ajudar a decorar minhas falas. Talvez tenham sido os exercícios mentais que Abenthy me ensinou, ao me preparar para a Universidade.

De onde quer que tenha vindo, minha memória sempre me foi útil. Às vezes funciona muito melhor do que eu gostaria.

Dito isto, ela é estranhamente cheia de lacunas no que se refere ao período que passei na terra dos Encantados. Minhas conversas com Feluriana são de uma clareza cristalina. É como se suas aulas estivessem escritas na minha pele. A visão dela. O sabor de sua boca. Tudo isso é vívido, como se tivesse acontecido ontem.

Mas outras coisas, não há meio de eu trazê-las à lembrança.

Por exemplo, lembro-me de Feluriana sob o crepúsculo arroxeado. Ele a pintalgava por entre as árvores, dando a impressão de que ela estava embaixo d'água. Lembro-me dela à luz bruxuleante das velas, cujas sombras provocantes mais revelavam que escondiam, e também à rica luz cor de âmbar dos candeeiros. Refestelava-se nela como um gato, com a pele morna e radiosa.

Mas não me lembro de candeeiros. Nem de velas. Há um grande alvoroço quando se lida com essas coisas, mas não consigo recordar um único momento em que aparássemos um pavio ou limpássemos a fuligem do vidro de um lampião. Não me lembro de cheiro de óleo nem de fumaça ou cera.

Lembro-me de comer. Frutas, pão e mel. Feluriana comia flores. Orquídeas frescas. Lírios silvestres. Silas suculentas. Eu mesmo experimentei algumas. As violetas eram minhas favoritas.

Não quero dizer que ela só comesse flores. Gostava de pão, manteiga e mel. Tinha uma predileção especial por amoras. E também havia carne. Não em todas as refeições, mas às vezes. Carne de veado. Faisão. Urso. Feluriana comia a dela tão malpassada que chegava a ser quase crua.

E não era cheia de luxos para comer. Não era afetada nem altamente refinada. Comíamos com as mãos e os dentes e, depois, quando ficávamos grudentos de mel, ou de sumo de frutas ou sangue de urso, íamos nos lavar no lago.

Até hoje posso vê-la, nua e rindo, com o sangue a lhe escorrer pelo queixo. Era majestosa como uma rainha. Ávida como uma criança. Orgulhosa como um felino. E não era igual a nenhuma dessas coisas. Nem um pouco parecida.

O que quero dizer é isto: lembro-me de comermos. Mas não consigo me lembrar de onde vinha a comida. Será que alguém a trazia? A própria Feluriana ia buscá-la? Eu seria incapaz de recordar, nem que fosse para salvar minha vida. A ideia de criados se intrometendo na privacidade de sua clareira me parece impossível, assim como a ideia de Feluriana fazendo seu próprio pão.

O veado, por outro lado, eu conseguia entender. Não tinha a menor dúvida de que ela seria capaz de derrubar um deles no chão e matá-lo com as próprias mãos se assim desejasse. Ou posso imaginar um macho tímido arriscando-se a entrar na quietude da clareira. Posso imaginar Feluriana sentada, paciente e calma, esperando-o chegar perto o bastante para ser tocado...

CAPÍTULO 102

A lua em eterno movimento

F<small>ELURIANA E EU ÍAMOS ANDANDO</small> para o lago quando notei uma sutil diferença na qualidade da luz. Erguendo os olhos, admirei-me ao ver a curva pálida da lua espiando por entre as árvores, lá em cima.

Apesar de ser apenas uma lua crescente muito fina, reconheci-a como a mesma que eu vira a vida inteira. Vê-la nesse lugar estranho foi como encontrar longe de casa um amigo há muito perdido.

– Veja! – exclamei, apontando. – A lua!

Feluriana deu um sorriso indulgente.

– você é meu precioso carneirinho recém-nascido. olhe! paira uma nuvem também! *amouen*! dance de alegria! – E riu.

Enrubesci, envergonhado.

– É só que não a vejo desde... – interrompi-me, sem saber como avaliar o tempo. – Há muito tempo. E depois, você tem estrelas diferentes. Pensei que talvez tivesse uma lua diferente também.

Feluriana correu delicadamente os dedos por meu cabelo.

– querido tolinho, só existe uma lua. estávamos esperando que ela chegasse. ela nos ajudará a *entreglaçar* a sua *shaed*.

Deslizou para dentro d'água, escorregadia como uma lontra. Quando voltou à tona, o cabelo fazia seus ombros brilharem feito tinta.

Sentei-me numa pedra à beira do lago, balançando os pés na água, morna como um banho.

– Como pode a lua estar aqui, se este é um céu diferente? – perguntei.

– aqui há apenas um estreito fiapo dela. a maior parte com os mortais ainda está.

– Mas como?

Feluriana parou de nadar e boiou de costas, contemplando o céu.

– oh, lua – disse, com ar de desamparo –, por beijos pereço de anseio. por que me trouxeste uma coruja, quando eu desejava um homem?

Deu um suspiro, depois crocitou baixinho na noite: *como? como? como?*

Deslizei para o lago, não com a agilidade da lontra, mas um pouco melhor que ela para beijar.

Algum tempo depois, estávamos deitados nas poças rasas de um largo leito de pedra alisado pela água.

– obrigada, lua – disse Feluriana, erguendo os olhos para o céu, satisfeita –, por este doce e lascivo varãozinho.

Havia peixes luminosos no lago. Não maiores que a mão humana, cada qual com uma listra ou uma mancha de cor suavemente luminescente. Observei-os emergirem dos esconderijos para onde se haviam dispersado, assustados com a turbulência recente. Tinham o laranja do carvão em brasa, o amarelo do botão-de-ouro, o azul do céu noturno.

Feluriana tornou a deslizar para a água e puxou minha perna.

– venha, minha coruja beijoqueira, e eu lhe mostrarei como funciona a lua.

Segui-a para dentro do lago até ficarmos com água pelos ombros. Os peixes vieram explorar, os mais valentes chegando perto o bastante para nadar entre nós. Seu movimento revelou a silhueta de Feluriana, submersa. Apesar de eu haver explorado com grande minúcia a sua nudez, de repente me descobri fascinado pela forma sugerida de seu corpo.

Os peixes chegaram ainda mais perto. Um deles roçou em mim e senti uma leve mordiscada nas costelas. Dei um pulo, embora a mordidinha tivesse sido suave como a batida de um dedo. Vi mais peixes circularem ao nosso redor, vez por outra nos mordiscando.

– até os peixes sentem prazer em beijá-lo – disse Feluriana, chegando mais perto, para encostar o corpo molhado no meu.

– Acho que devem gostar do sal da minha pele – retruquei, baixando os olhos para eles.

Feluriana me afastou, irritada.

– vai ver gostam do sabor de coruja.

Antes que eu pudesse dar uma resposta adequada, ela assumiu uma expressão séria, abriu a mão e a espalmou na água entre nós.

– só existe uma lua. ela se move entre o seu céu mortal e o meu – disse, encostando a palma em meu peito, depois apertando-a contra o seu. – ela oscila entre os dois. vai e volta. – Interrompeu-se, fechando a cara para mim. – preste atençao em minhas palavras.

– É o que estou fazendo – menti.

– não. está prestando atenção em meus seios.

Era verdade. Eles flertavam com a superfície da água.

– Eles são muito dignos de atenção. Não atentar para eles seria um terrível insulto.

– estou falando de coisas importantes. conhecimentos que você deve ter, se pretende voltar em segurança para mim. – Deu um suspiro exasperado e indagou: – se eu deixar que me toque, você prestará atenção em minhas palavras?

– Sim.

Ela pegou minha mão e a puxou, pondo-a em concha sobre seu seio.

– faça ondas sobre lírios.

– Você ainda não me ensinou ondas sobre lírios.

– então, isso virá depois. – Repôs a mão espalmada na água entre nós, depois suspirou baixinho, semicerrando os olhos. – ah – murmurou. – oh.

Os peixes mais tarde reemergiram de seus esconderijos.

– minha coruja de tantas distrações – disse Feluriana, não sem gentileza. Mergulhou no fundo do lago e voltou segurando uma pedra redonda e lisa. – atenta agora com a voz calada. és tu o mortal, e eu, a fada. Aqui tens a lua – prosseguiu, pondo a pedra entre nossas palmas e enlaçando nossos dedos em torno dela. – tão presa à noite encantada quanto à mortal, que é tua.

Deu um passo à frente e encostou a pedra em meu peito.

– assim se move a lua – falou, apertando os dedos em volta dos meus. – agora que ergo meu olhar, não está a luz que amo ver brilhar. qual aberta flor estival, reluz sua face em teu mundo mortal.

Ela recuou até ficarmos de braços estendidos, com as mãos enlaçadas entre nós. Depois, puxou a pedra para seu peito, arrastando-me na água pela mão.

– agora suspira cada mortal donzela, pois está no meu céu a plenitude dela.
Acenei com a cabeça em sinal de compreensão.
– Por Encantados e mortais querida. É, pois, alegre andarilha nesta vida?
Feluriana balançou a cabeça.
– não andarilha, viajante apenas. move-se sem liberdades plenas.
– Uma vez ouvi uma história – comentei. – Sobre um homem que roubou a lua.
Feluriana assumiu uma expressão solene. Desenlaçou os dedos dos meus e contemplou a pedra em sua mão.
– aquilo foi o fim de tudo. – Suspirou. – até ele roubar a lua, ainda havia alguma esperança de paz.
Fiquei perplexo com o tom neutro de sua voz.
– O quê? – perguntei, como um idiota.
– o roubo da lua – repetiu ela, inclinando a cabeça para mim, intrigada. – você disse estar ciente disso.
– Eu disse que ouvi uma história. Mas era uma bobagem. Não algo que realmente aconteceu. Era um conto de f... Era o tipo de história que se conta às crianças.
Ela tornou a sorrir.
– pode chamá-las de contos de fadas. sei da existência delas. são fantasias. nós contamos histórias de homenzinhos às nossas crianças na hora de dormir.
– Mas a lua foi mesmo roubada? Isso não foi fantasia?
– isto é o que eu estava lhe mostrando! – retrucou Feluriana com uma expressão carregada. Baixou a mão zangada e espirrou água.
Apanhei-me fazendo o gesto adêmico de *pedido de desculpa* sob a superfície, antes de me dar conta de que ele era duplamente inútil.
– Sinto muito, mas é que sem a verdade dessa história, eu me sinto perdido. Conte-a para mim, eu lhe peço.
– é uma história antiga e triste – disse ela, lançando-me um olhar demorado. – o que me dará em troca?
– O cervo silencioso.
– com isso estará dando a mim um presente que é para você – retrucou com malícia. – o que mais?
– Também farei as mil mãos – respondi e vi sua expressão se abrandar. – E lhe mostrarei uma coisa nova na qual pensei sozinho. Eu a chamo de balançar contra o vento.
Feluriana cruzou os braços e desviou o olhar, numa grande demonstração de indiferença.
– nova para você, talvez. certamente a conheço por outro nome.
– Talvez. Mas, se não quiser trocar, não terá como saber.
– está bem – cedeu ela, com um suspiro. – mas só porque você é muito bom com as mil mãos.

Ergueu os olhos por um instante para a lua e disse:

– muito antes das cidades dos homens. antes dos humanos. antes dos encantados. havia aqueles que andavam de olhos abertos. sabiam todos os nomes profundos das coisas.

Fez uma pausa, me olhou e perguntou:

– sabe o que isso significa?

– Quando se sabe o nome de uma coisa, tem-se o domínio sobre ela.

– não – rebateu Feluriana, assustando-me com o peso de reprovação em sua voz. – *nenhum* domínio era dado. eles possuíam o saber profundo das coisas. não o domínio. nadar não é dominar a água. comer uma maçã não é exercer domínio sobre a maçã. – Lançou-me um olhar penetrante. – você compreende?

Não compreendi. Mas, assim mesmo, fiz que sim, por não querer aborrecê-la nem deixar que se desviasse da história.

Feluriana respirou fundo e soltou o ar num suspiro.

– e então, vieram aqueles que viam uma coisa e pensavam em mudá-la. *esses* pensavam em termos de dominação. eram moldadores. sonhadores orgulhosos. – Fez um gesto conciliador. – e nem tudo foi ruim, no começo. houve maravilhas. – Seu rosto iluminou-se com as lembranças e seus dedos seguraram meu braço, empolgados. – uma vez, sentada nos muros de murella, comi uma fruta de uma árvore prateada. ela brilhava e, no escuro, era possível ver a boca e os olhos de todos os que a tinham provado!

– Murella ficava na terra dos Encantados?

Feluriana franziu a testa.

– não. eu já disse. isso foi antes. só havia um céu. uma lua. um mundo. e nele ficava murella. e a fruta. e eu a comê-la, com os olhos brilhando no escuro.

– Há quanto tempo foi isso?

Ela encolheu de leve os ombros.

– há muito tempo.

Mais tempo do que qualquer livro de história que eu já tivesse visto, ou do qual sequer tivesse ouvido falar. O Arquivo tinha exemplares de histórias caluptenianas que remontavam a dois milênios antes e nenhuma delas continha o mais tênue vestígio das coisas de que Feluriana falava.

– Perdoe a minha interrupção – pedi com toda a educação possível e fiz a ela a reverência que pude, sem ficar inteiramente submerso.

Abrandada, ela continuou:

– a fruta foi só a primeira coisa. os primeiros passos incertos de uma criança. eles ficaram mais atrevidos, mais valentes, desregrados. os velhos conhecedores disseram "parem", mas os moldadores se recusaram. então eles discutiram, brigaram e impuseram proibições aos moldadores. argumentaram contra aquele tipo de domínio. – Seus olhos se iluminaram e ela suspirou.– ah, mas as coisas que eles faziam!

E isso vindo de uma mulher que estava tecendo para mim uma capa de sombras. Era impossível imaginar com o que ela se deslumbraria.

– O que eles faziam?

Ela respondeu com um gesto largo, abrangendo o que nos cercava.

– Árvores? – indaguei.

Feluriana riu do meu tom.

– não. as terras dos encantados – disse, agitando as mãos num gesto amplo. – moldadas segundo a vontade deles. os maiores dentre eles as costuraram em tecido inteiro. um lugar onde pudessem fazer o que desejavam. e, no fim de todo o seu trabalho, cada moldador criou uma estrela para preencher seu céu novo e vazio.

Feluriana sorriu para mim.

– e *então* houve dois mundos. dois céus. dois conjuntos de estrelas. – Ergueu a pedra lisa: – mas ainda uma só lua. e toda ela redonda e aconchegada no céu dos mortais.

Seu sorriso se desfez.

– mas havia um moldador que era maior que os demais. para ele, a criação de uma estrela não bastava. ele estendeu sua vontade pelo mundo e a puxou de sua casa.

Erguendo a pedra lisa para o céu, Feluriana fechou cuidadosamente um dos olhos. Inclinou a cabeça, como se tentasse encaixar a curva da pedra nos braços vazios da lua crescente acima de nós.

– aquele foi o ponto de ruptura. os antigos conhecedores compreenderam que discurso algum jamais deteria os moldadores. – Deixou a mão cair novamente na água. – ele roubou a lua e com isso veio a guerra.

– Quem foi? – perguntei.

A boca de Feluriana curvou-se num sorrisinho e ela piou como um mocho:

– *quem-quem? quem-quem?*

– Ele era das cortes dos Encantados? – insisti, com gentileza.

Feluriana balançou a cabeça, com ar divertido.

– não. como eu disse, isso foi antes dos encantados. o primeiro e maior dos moldadores.

– Como era o nome dele?

– nada de nomes aqui. não falarei daquele, ainda que esteja trancado além das portas de pedra.

Antes que eu pudesse fazer outras perguntas, Feluriana segurou minha mão e tornou a aninhar a pedra entre nossas palmas, mudando de tom:

– esse moldador de sombrio e mutável olhar a mão estendeu para o puro céu negro tocar. arrancou a lua, mas não a manteve parada. e agora ela oscila entre mortal e encantada.

Lançou-me um olhar solene, coisa raríssima em seu rosto alvo.

– tua história, aí a tens. são o teu *como* e o teu *quem*. resta agora um segredo final. atenta, mocho, com teu ouvido mortal.

Os olhos de Feluriana enegreceram na penumbra.

– tem a lua nossos dois mundos enfeitiçados, qual pais ao mesmo filho agarrados. cada um para seu lado a puxar, sem que possam reter nem largar.

Ela recuou e ficamos tão afastados quanto era possível, com a pedra presa entre as mãos.

– quando puxada, em teu céu pela metade, vês a distância que nossa união invade.

Estendeu para mim a mão livre, com gestos inúteis de quem tenta agarrar a água esquiva.

– por longo o tempo que nos beijemos, nenhuma força nesse espaço exercemos.

Deu um passo à frente e encostou a pedra em meu peito.

– e quando a tua lua brilha, cheia, todos os encantados prende em sua teia. impele-nos para junto feito açoite, e então, uma visita de uma noite é fácil como um largo portal cruzar, como em mansa praia aportar.

Ela sorriu para mim.

– e foi assim que, vagando nos ermos, sozinho, Feluriana encontraste, varãozinho.

A ideia de todo um universo de seres encantados atraídos para perto pela lua cheia foi perturbadora.

– E de todos os Encantados isso é verdade?

Ela deu de ombros e fez que sim.

– sabendo o caminho e tendo vontade, mil portas semicerradas mantêm teu mundo e o meu interligados.

– E como isso nunca foi sabido? Seria difícil passar despercebido. Fadas dançando pelo mortal relvado...

Ela riu.

– assim não se deu há pouco, no passado? longo é o tempo e vasto o chão, mas inda assim me ouviste a canção, antes de ali me veres a cantar, penteando o cabelo com o luar.

Franzi o cenho.

– Parece-me, porém, que outros sinais haveria desse vaivém.

Feluriana deu de ombros.

– sutis e furtivos são os encantados, leves qual fumaça em passos ensaiados. envoltos em sombras circulam uns entre os teus, ora carregados de fardos como pobres plebeus, ora, talvez, em mantos de rainha vestidos. sabemos agir para não ser percebidos – completou, com um olhar franco.

Tornou a segurar minha mão.

– muitos haveria, os de tipo mais malsão, ávidos por usar os teus por diversão. o que lhes barra esse ataque enluarado? o ferro, o fogo, o vidro espelhado. o olmeiro, o freixo e facas de cobre, esposas camponesas de coração nobre, que as regras conhecem dos jogos que fazemos, que pão nos deixam, e a distância mantemos. mas o pior de tudo, o que mais pavor nos traz, é o poder que perdemos ao pisar na terra dos mortais.

– Nós *somos* mais complicados do que me apraz – reconheci, sorrindo.

Feluriana estendeu a mão e tocou meus lábios com um dedo.

– enquanto ela está cheia, teu riso é precioso, mas fica tu sabendo que há um lado tenebroso.

Ela rodopiou o corpo até esticar o braço e me puxou pela água numa lenta espiral.

– teme o sensato mortal a noite sem do luar um sinal.

Começou a levar minha mão para seu peito, arrastando-me pela água enquanto girava.

– em noite assim, a cada pequeno passo, a escura esteira da lua te aprisiona em seu laço. para o mundo encantado te sentes atraído, sem querer. – Feluriana se deteve e me fitou com ar severo. – e lá, nada te restará senão permanecer.

Deu outro passo atrás na água e me puxou.

– em terreno tão inexplorado a pisar, que pode um mortal senão se afogar?

Segui-a por mais um passo e não encontrei nada sob meus pés. De repente, a mão de Feluriana já não segurava a minha e as águas negras se fecharam sobre minha cabeça. Cego e sufocando, comecei a me debater em desespero, na tentativa de encontrar um meio de voltar à tona.

Passado um momento longo e aterrador, as mãos de Feluriana me agarraram e me suspenderam no ar, como se eu não pesasse mais que um gatinho. Ela me aproximou de seu rosto, com um brilho duro e cintilante nos olhos negros.

Quando falou, sua voz soou clara:

– faço isso para que não deixes de escutar. o homem sábio teme as noites sem luar.

CAPÍTULO 103
Lições

Passou-se o tempo. Feluriana levou-me na Direção Diurna a um pedaço de floresta ainda mais antigo e majestoso do que o que circundava sua clareira crepuscular. Ali subimos em árvores altaneiras e largas como montanhas. Nos galhos mais altos, sentia-se a imensa árvore oscilar ao vento, como um navio no mar encapelado. Foi ali, sem nada além do céu azul à nossa volta e do lento balanço da árvore sob nós, que Feluriana me ensinou a hera no carvalho.

Tentei ensinar-lhe o tak, mas ela já o conhecia. Derrotou-me sem dificuldade e jogou uma partida tão encantadora que Bredon teria chorado ao vê-la.

Aprendi um pouco da língua dos Encantados. Um tiquinho. Uns retalhos dispersos. A bem da verdade, para ser honesto, devo admitir que fui um fracasso lastimável na minha tentativa de aprender a língua dos Encantados. Feluriana não chegava a ser uma professora paciente e a língua era de atordoante complexidade. Meu fracasso foi além da mera incompetência, a ponto de Feluriana efetivamente me proibir de tentar falá-la na sua presença.

No cômputo geral, ganhei algumas expressões e uma dose generosa de humildade. Coisas úteis.

Feluriana me ensinou várias canções do seu povo. Foram mais difíceis de memorizar que as canções mortais, pois tinham melodias deslizantes e retorcidas. Quando tentei tocá-las no alaúde, as cordas provocaram uma sensação estranha nos meus dedos, fazendo-me tropeçar e engasgar como se eu fosse um garoto da roça que nunca houvesse segurado um alaúde. Guardei as letras de cor, mas sem a mais remota ideia do que significariam as palavras.

Enquanto isso, continuamos a trabalhar na minha *shaed*. Ou melhor, Feluriana trabalhou nela. Fiz perguntas, observei e procurei não me sentir como uma criança curiosa que estivesse atrapalhando na cozinha. À medida que ficamos mais à vontade um com o outro, minhas perguntas se tornaram mais insistentes.

– Mas como? – indaguei pela décima vez. – A luz não tem peso, não tem substância. Comporta-se como uma onda. Você não deveria poder tocá-la.

Feluriana tinha terminado o trabalho com a luz estelar e estava trançando raios de luar na *shaed*. Não levantou os olhos do trabalho ao responder:

– quantas ideias, meu kvothe. você sabe coisas de mais para ser feliz.

Aquilo me soou incomodamente como algo que Elodin diria. Descartei sua evasiva.

– Você não deveria poder...

Ela me cutucou com o cotovelo e vi que tinha as duas mãos cheias.

– minha doce chama, dê-me aquele ali – disse, acenando com a cabeça para um raio de luar que penetrava pelas copas das árvores e tocava o chão ao meu lado.

Sua voz teve aquele tom conhecido e sutil de comando e, sem pensar, peguei o raio de luar, como se fosse a ponta de uma trepadeira pendente. Senti-o por um segundo entre os dedos, frio e efêmero. Assustado, detive-me e, de repente, ele voltou a ser um raio de lua comum. Passei a mão por ele várias vezes, sem o menor efeito.

Sorrindo, Feluriana estendeu a mão e o apanhou, como se fosse a coisa mais natural do mundo. Afagou meu rosto com a mão livre, depois voltou a atenção para seu colo e entremeou o raio de luar nas dobras de sombra.

CAPÍTULO 104

O Cthaeh

Depois que feluriana me ajudou a descobrir do que eu era capaz, tive uma participação mais ativa na criação da minha *shaed*. Ela pareceu satisfeita com meu progresso, mas eu me senti frustrado. Não havia regras a seguir, nenhum dado a recordar. Por isso, minha inteligência ágil e minha memória de artista de trupe tiveram pouca serventia e meu desenvolvimento me pareceu de uma lentidão irritante.

Acabei ficando apto a tocar em minha *shaed* sem medo de estragá-la e a modificar sua forma de acordo com meu desejo. Com alguma prática, eu poderia fazer dela um mantelete curto ou um manto longo e completo com capuz, ou qualquer coisa entre os dois.

Mesmo assim, seria desonesto eu reivindicar um fiapo que fosse do mérito por sua criação. Foi Feluriana quem colheu as sombras e as teceu com luar, fogo e luz do dia. Minha principal contribuição foi sugerir que ela tivesse numerosos bolsinhos.

Depois de levarmos a *shaed* por todo o percurso até a luz do dia, achei que nosso trabalho estivesse encerrado. Minhas suspeitas pareceram confirmar-se quando passamos um tempão nadando, cantando e nos divertindo de outras maneiras, na companhia um do outro.

Mas Feluriana evitava o assunto da *shaed* sempre que eu o trazia à baila. Eu não me importava, já que suas esquivas do assunto eram sempre encantadoras. Por isso, fiquei com a impressão de que parte dela ainda estava inacabada.

Certa manhã, acordamos abraçados, passamos cerca de uma hora trocando beijos para despertar o apetite e depois nos entregamos a nosso desjejum de frutas com um delicado pão de trigo, favos de mel e azeitonas.

Então Feluriana ficou séria e me pediu um pedaço de ferro.

O pedido me surpreendeu. Algum tempo antes, eu havia pensado em retomar certos hábitos mundanos que tinha. Servindo-me da superfície do lago como espelho, havia usado minha pequena lâmina para me barbear. No começo, Feluriana parecera satisfeita com a lisura de minhas faces e meu queixo, mas, quando me aproximei para beijá-la, ela me empurrou, esticando o braço e soltando bufadelas, como se quisesse limpar o nariz. Disse-me que eu fedia a ferro e me mandou para a floresta, ordenando que eu não voltasse até tirar aquele cheiro amargo do rosto.

Por isso, foi com boa dose de curiosidade que tirei da sacola de viagem um pedaço quebrado de uma fivela de ferro. Estendi-o para ela, nervoso, como quem entregasse a uma criança uma faca afiada.

– Para que você precisa disso? – perguntei, tentando parecer despreocupado.

Feluriana ficou em silêncio. Segurou-o com força entre o polegar, o indicador e o dedo médio, como se aquilo fosse uma cobra lutando para girar o corpo e picá-la. Sua boca formou uma linha fina e seus olhos começaram a clarear do habitual roxo crepuscular para um azul de águas profundas.

– Posso ajudar? – perguntei.

Ela riu. Não foi o riso leve e melodioso que eu ouvira tantas vezes, mas uma risada selvagem, feroz.

– quer mesmo ajudar? – perguntou-me. A mão que segurava a lasca de ferro tremeu ligeiramente.

Fiz que sim, meio assustado.

– então saia – disse. Seus olhos continuavam mudando, clareando para um branco-azulado. – não preciso de chama agora, nem de canções ou perguntas.

Quando não me mexi, ela fez um gesto de enxotar.

– vá para a floresta. não vagueie para longe, mas não me perturbe pelo tempo necessário para fazer amor quatro vezes.

Sua voz também se alterara um pouco. Embora ainda fosse suave, tinha adquirido um toque irascível que me assustou.

Eu já ia protestar quando ela me lançou um olhar terrível, que me despachou em tropeços desatinados na direção das árvores.

Perambulei a esmo por algum tempo, tentando recuperar a compostura. Foi difícil, já que eu estava nu feito um bebê e fora enxotado da presença de uma magia de peso, como uma criança inconveniente que a mãe expulsa da beira do fogo.

Mesmo assim, eu sabia que não seria bem-vindo na clareira por algum tempo. Portanto, apontei o rosto na Direção Diurna e iniciei minha exploração.

Não sei dizer por que vaguei para tão longe. Feluriana me prevenira a ficar por perto e eu sabia que aquele era um bom conselho. Qualquer uma das centenas de histórias da minha infância me falava do perigo de perambular pelas terras dos Encantados. Mesmo sem levá-las em conta, as histórias narradas pela própria Feluriana deveriam ter bastado para me manter perto da segurança de seu pequeno bosque crepuscular.

Minha curiosidade natural deve ter tido uma parcela de culpa, imagino. Mas a maior parte era por causa de meu orgulho ferido. Orgulho e insensatez caminham juntos, como um par de mãos dadas e apertadas.

Passei quase uma hora caminhando, enquanto o céu no alto clareava aos poucos, até atingir a plena luz do dia. Achei uma espécie de trilha, mas não vi nada vivo, afora uma ou outra borboleta, ou um esquilo saltitante.

A cada passo que eu dava, meu estado de humor oscilava entre o tédio e a angústia. Afinal, eu me encontrava na terra dos Encantados. Deveria estar vendo coisas maravilhosas. Castelos de cristal. Fontes ardentes. Ogros sedentos de sangue. Anciãos descalços, ansiosos por me oferecer conselhos...

As árvores deram lugar a uma enorme planície relvada. Todas as partes das terras encantadas que Feluriana me mostrara eram cobertas por florestas. Portanto, isso parecia um sinal claro de que eu me encontrava fora dos limites de onde deveria estar.

Mesmo assim, prossegui, desfrutando na pele a sensação do sol, após tanto tempo na penumbra da clareira de Feluriana. A trilha em que eu caminhava parecia conduzir a uma árvore solitária que se erguia no campo relvado. Resolvi ir até a árvore e voltar.

Entretanto, depois de andar um bom tempo, não pareci aproximar-me muito dela.

No começo, achei que isso era mais uma esquisitice das terras dos Encantados, mas, ao continuar em meu avanço obstinado pela trilha, a verdade se tornou clara. A árvore era simplesmente maior do que eu havia suposto. Muito maior e muito mais distante.

No fim das contas, a trilha não conduzia à árvore. Com efeito, descrevia uma curva para longe dela, afastando-se mais de 800 metros. Eu estava considerando fazer meia-volta quando um esvoaçar luminoso de cores sob a copa da árvore despertou minha atenção. Após uma breve luta, minha curiosidade venceu e saí da trilha, entrando na relva alta.

Não era nenhum tipo de árvore que eu já tivesse visto, por isso me aproximei dela devagar. Parecia um vasto salgueiro esparramado, com folhas mais largas, de um verde mais escuro. Tinha uma folhagem densa e pendente, salpicada de botões de um pálido azul-celeste.

O vento mudou e, com o agitar das folhas, senti um estranho aroma adocicado. Parecia uma mescla de fumaça, especiarias, couro e limão. Era um aroma instigante. Não do jeito que é atraente o cheiro de comida. Não me fez aguar nem me provocou roncos no estômago. Mesmo assim, se eu visse algo numa mesa que tivesse aquela fragrância, ainda que fosse uma pepita de pedra ou um pedaço de madeira, eu me sentiria compelido a levá-lo à boca. Não por fome, mas por pura curiosidade, como faria uma criança.

Ao chegar mais perto, fiquei impressionado com a beleza da cena: o verde-escuro das folhas contrastava com as borboletas que adejavam de galho em galho, sorvendo os pálidos botões da árvore. O que a princípio eu havia tomado por um canteiro de flores sob a árvore revelou-se um tapete de borboletas, que cobria quase completamente o chão. Era uma cena tão arrebatadora que parei a dezenas de passos de distância da copa da árvore, para não fazê-las alçarem voo, assustadas.

Muitas das borboletas que voavam entre as flores eram roxas e pretas, ou azuis e pretas, como as da clareira de Feluriana. Outras eram de um verde compacto e vibrante, ou cinza com amarelo, ou azul com prateado. Mas minha visão foi bloqueada por uma grande borboleta vermelha, de um carmesim perpassado por um rendilhado leve de dourado metálico. Suas asas eram maiores que minha mão aberta e, enquanto eu a observava, ela voejou mais fundo na folhagem, em busca de uma flor onde pousar.

De repente, suas asas deixaram de se mover em harmonia. Precipitaram-se desordenadamente e caíram separadas no chão, como folhas de outono.

Só depois de meus olhos as seguirem até a base da árvore percebi a verdade. O solo abaixo não era um local de repouso para borboletas... estava coalhado de asas mortas. Milhares delas recobriam a grama sob a copa da árvore, como um manto de pedras preciosas.

– As vermelhas me ofendem o senso estético – disse uma voz fria e seca, saindo da árvore.

Dei um passo atrás, tentando espiar por entre a copa densa de folhas pendentes.

– Que falta de modos! – repreendeu a voz seca. – Nada de apresentação? Apenas olha fixamente?

– Peço desculpas, senhor – apressei-me a dizer. Depois, lembrando-me das flores da árvore, emendei: – Senhora. É que eu nunca havia falado com uma árvore e fiquei meio confuso.

– Eu diria que sim. Não sou árvore. Sou tão pouco árvore quanto um homem é uma cadeira. Sou o Cthaeh. Você teve sorte de me encontrar. Muitos invejariam sua sorte.

– Sorte? – repeti, tentando vislumbrar entre os galhos da árvore o que quer que se dirigia a mim. Um trecho de uma história antiga insinuou-se em minha memória, algum retalho de folclore que eu tinha lido ao fazer pesquisas sobre o Chandriano. – Você é um oráculo.

– Oráculo. Que pitoresco. Não tente definir-me com nomezinhos. Sou Cthaeh. Eu sou. Eu vejo. Eu sei.

Duas asas iridescentes em preto e azul esvoaçaram em separado, onde antes houvera uma borboleta.

– Às vezes eu falo – disse a voz.

– Pensei que fossem as vermelhas que o ofendiam, não?

– Não restou nenhuma vermelha – retrucou a voz, em tom descontraído. – E as azuis têm sempre uma ligeira doçura.

Vi uma tremulação de movimento e outro par de asas cor de safira começou a rodopiar lentamente para o chão.

– Você é o novo varãozinho de Feluriana, não é?

Hesitei, mas a voz seca prosseguiu, como se eu houvesse respondido:

– Foi o que pensei. Sinto o cheiro de ferro em você. Apenas um indício. Mesmo assim, é estranho que ela o suporte.

Uma pausa. Um borrão. Uma leve perturbação de uma dúzia de folhas. Mais duas asas estremeceram e desceram esvoaçando.

– Ora, vamos – continuou a voz, agora de um ponto diferente da árvore, embora continuasse escondida pelas folhas pendentes –, é fatal que um garoto curioso como você tenha uma ou duas perguntas. Vamos. Indague. Seu silêncio muito me ofende.

Hesitei, depois disse:

– Imagino que eu tenha uma ou duas perguntas.

– *Ahhhh* – exclamou a voz, num som lento e satisfeito. – Achei que teria.

– O que pode me dizer sobre os Amyr?

– *Kyxxs* – disse o Cthaeh, cuspindo um ruído irritado. – O que vem a ser isso? Por que tanta reserva? Por que os rodeios? Pergunte-me pelo Chandriano e acabe logo com isto.

Fiquei inerte, perplexo e calado.

– Surpreso? E por que estaria? Ora, ora, garoto, você é como um lago cristalino.

Posso enxergar 3 metros através de você, e você mal chega a ter 90 centímetros de profundidade.

Houve outra turbulência indistinta e mais dois pares de asas rodopiaram para o chão, um azul, um lilás.

Pensei ver um movimento sinuoso entre os ramos, mas ele foi ocultado pelo interminável balançar da árvore, soprada pelo vento.

– Por que a lilás? – perguntei, apenas para ter alguma coisa a dizer.

– Puro despeito – disse o Cthaeh. – Eu invejava sua inocência, sua despreocupação. Além disso, o excesso de doçura me enjoa. Como a ignorância proposital. – Uma pausa. – Você quer me perguntar sobre o Chandriano, não quer?

Não pude fazer outra coisa senão assentir com a cabeça.

– Não há muito a dizer, na verdade – comentou o Cthaeh, com ar petulante. – Mas você faria melhor em chamá-los de os Sete. "Chandriano" está muito carregado de folclore, depois de todos esses anos. Antigamente os nomes eram intercambiáveis, mas hoje, quando se diz Chandriano, as pessoas pensam em ogros, lacerados e escavenhos. Uma porção de tolices.

Houve uma longa pausa. Permaneci imóvel, até me dar conta de que a criatura aguardava uma resposta.

– Diga-me mais – pedi. Minha voz soou terrivelmente frágil a meus próprios ouvidos.

– Por quê?

Julguei detectar um toque de pilhéria na voz.

– Porque preciso saber – respondi, tentando reintroduzir um pouco de força em meu tom.

– Precisa? – indagou o Cthaeh, num tom cético. – Por que essa necessidade repentina? Os mestres da Universidade talvez saibam as respostas que você procura. Mas não as dariam, nem mesmo se você as pedisse, o que não fará. É orgulhoso demais para isso. Inteligente demais para pedir ajuda. Zeloso demais de sua reputação.

Tentei falar, mas minha garganta nada produziu além do som de um estalido seco. Engoli a saliva escassa e tentei de novo:

– Por favor, eu preciso saber. Eles mataram meus pais.

– Você vai tentar matar o Chandriano? – indagou a voz, num tom de fascínio quase assombrado. – Rastrear e matar todo o grupo, sozinho? E como vai conseguir? Haliax vive há 5 mil anos. Cinco mil anos e nem um único segundo de sono.

O Cthaeh fez uma pausa.

– É inteligente sair à procura dos Amyr, suponho – prosseguiu. – Até alguém orgulhoso como você é capaz de reconhecer que precisa de ajuda. A Ordem poderia oferecer-lhe isso. O problema é que ela é tão difícil de achar quanto os próprios Sete. Ó céus, ó céus. O que há de fazer um jovem tão valente?

– Diga-me!

Minha intenção fora gritar, mas aquilo soou como uma súplica.

– Seria frustrante, presumo – continuou calmamente o Cthaeh. – As poucas pessoas que acreditam no Chandriano são medrosas demais para falar, e todas as outras apenas rirão de suas perguntas. – Ouviu-se um suspiro dramático, que pareceu vir de vários pontos da folhagem ao mesmo tempo. – Mas é o preço que se paga pela civilização.

– Que preço? – indaguei.

– A arrogância – respondeu o Cthaeh. – Você supõe que sabe tudo. Você ria dos Encantados até ver um deles. Não admira que todos os seus vizinhos civilizados também descartem o Chandriano. Você teria que deixar os seus preciosos Cantos muito para trás a fim de encontrar alguém que o levasse a sério. Não teria a menor esperança enquanto não chegasse aos Montes Tempestuosos.

Houve uma pausa, depois outro par de asas lilás voejou para o chão. Engoli em seco, lutando com a aspereza da garganta e tentando pensar em que pergunta poderia fazer para obter mais informações.

– Não são muitos os que levariam a sério sua busca dos Amyr – prosseguiu o Cthaeh em seu tom calmo. – Mas o maer é de fato um homem extraordinário. Já chegou bem perto deles, embora não se dê conta. Fique junto do maer e ele o conduzirá à porta deles.

Deu um risinho seco e fino.

– Pelo sangue, feiteiras e ossos! Quisera eu que vocês, criaturas, tivessem sagacidade para me apreciar. Não importa do que mais se esqueça, lembre-se do que acabo de lhe dizer. Você acabará compreendendo a piada. Eu lhe garanto. Rirá quando chegar a hora.

– O que você pode me dizer sobre o Chandriano? – perguntei.

– Já que pergunta com tanta meiguice, é o Gris que você quer. Lembra-se dele? Cabelo branco? Olhos negros? Fez coisas com a sua mãe, sabe? Terríveis. Mas ela resistiu bem. Laurian sempre foi uma batalhadora, se você me perdoa a expressão. Muito melhor que seu pai, com todas as suas súplicas e choradeiras.

Faiscaram em minha cabeça imagens de coisas que eu passara anos tentando esquecer. Minha mãe, seu cabelo molhado de sangue, os braços retorcidos em posições antinaturais, quebrados nos pulsos e nos cotovelos. Meu pai com a barriga aberta, que deixara uma trilha de sangue de 6 metros. Rastejando para chegar mais perto dela. Tentei falar, mas minha boca estava seca.

– Por quê? – consegui grunhir.

– Por quê? – ecoou o Cthaeh. – Que boa pergunta. Sei inúmeros porquês. Por que eles fizeram coisas tão terríveis com a sua pobre família? Ora, porque quiseram, porque podiam e porque tiveram uma razão. Por que o deixaram vivo? – prosseguiu. – Ora, porque foram relaxados, porque você deu sorte e porque alguma coisa os assustou.

O que os assustou?, pensei, entorpecido. Mas tudo aquilo era demais. As lembranças, as coisas ditas pela voz. Minha boca se movia em silêncio, questionando.

– O quê? – perguntou o Cthaeh. – Está à procura de um porquê diferente? Está se perguntando por que lhe digo estas coisas? Que benefício isso traz? Talvez esse tal de Gris tenha agido mal comigo um dia. Talvez me divirta pôr um filhotinho como você ladrando nos calcanhares dele. Talvez o ranger suave dos seus tendões, ao cerrar os punhos, soe como uma doce sinfonia para mim. Ah, soa, sim. Pode ter certeza.

Após uma pausa, o Cthaeh prosseguiu:

– Por que você não consegue encontrar esse Gris? Bem, essa é uma pergunta interessante. Seria de se supor que um homem de olhos negros como carvão causasse alguma impressão ao parar para comprar uma bebida. Como é possível que você não tenha conseguido ter notícias dele em todo esse tempo?

Balancei a cabeça, tentando desanuviá-la do cheiro de sangue e cabelo queimado. O Cthaeh pareceu entender isso como um sinal.

– É verdade, suponho que eu não precise lhe falar da aparência dele. Você o viu há apenas dois ou três dias.

A compreensão trovejou dentro de mim. O chefe dos bandidos. O homem de movimentos graciosos em sua cota de malha. Gris. Fora ele que falara comigo quando eu era pequeno. O homem do sorriso terrível e da espada como gelo hibernal.

– Pena ele ter escapado – continuou o Cthaeh. – Mesmo assim, você deve admitir que teve uma sorte e tanto. Eu diria que foi uma oportunidade de reencontrá-lo dessas que só se tem duas na vida. Pena que a tenha desperdiçado. Não se sinta mal por não o haver reconhecido. Eles são muito experientes em ocultar aqueles sinais reveladores. Não foi culpa sua, de modo algum. Fazia muito tempo. Anos. E depois, você andou ocupado: buscando cair nas graças de alguém, rolando nas almofadas com uma duendezinha, saciando seus desejos mais vis.

Três borboletas verdes crisparam-se ao mesmo tempo. Suas asas pareceram folhas ao rodopiarem para o chão.

– Por falar em desejos, o que acharia a sua Denna? Ora, ora. Imagine se ela o visse aqui. Você e a sua duende enroscadinhos, engatados feito coelhos. Ele bate nela, sabe? O mecenas. Não o tempo todo, mas com frequência. Às vezes, numa explosão de raiva, mas é quase sempre um jogo para ele. Até onde pode ir sem que ela chore? Até onde pode forçar a mão antes que ela tente partir e seja preciso seduzi-la de novo? Não é nada grotesco, entenda bem. Nada de queimaduras. Nada que deixe cicatrizes. Ainda não.

Uma pausa silenciosa.

– Há dois dias – prosseguiu –, ele usou a bengala. Essa foi novidade. Lanhos da grossura do seu polegar por baixo da roupa. Manchas roxas até os ossos. Ela ficou lá, tremendo no chão, com sangue na boca, e sabe no que pensou antes de baixar o negrume? Em você. Pensou em você. Você também pensou nela, imagino. Entre as horas de natação, os morangos e o resto.

O Cthaeh emitiu um som semelhante a um suspiro.

– Pobre garota, está amarrada a ele com muita força. Pensa que é só para isso que presta. Não o largaria nem se você pedisse. O que você não fará. Você, todo cuidadoso. Cheio de medo de espantá-la para longe. E deve mesmo ter medo. É uma fujona, aquela. Agora que ela saiu de Severen, que esperança você tem de achá-la? – Depois acrescentou: – É pena você ter partido sem dizer palavra, sabe? Até ali, ela mal ia começando a confiar em você. Antes do seu acesso de raiva. Antes de você fugir. Como todos os outros homens da vida dela. Igualzinho a todos os outros. Ardendo de desejo por ela, cheio de palavras doces e então simplesmente indo embora. Deixando-a sozinha. Bom que agora ela já está acostumada com isso, não é? Caso contrário, você poderia tê-la magoado. Poderia ter partido o coração da pobre garota.

Aquilo foi tudo demais. Virei as costas e corri, disparando feito um louco pelo caminho por onde viera. De volta ao silencioso crepúsculo da clareira de Feluriana. Para longe. Longe. Longe.

E, enquanto corria, ouvi a voz do Cthaeh atrás de mim. Aquela voz seca e baixa me seguiu por mais tempo do que eu suporia possível.

– Volte. Volte. Tenho mais a dizer. Tenho muito mais a lhe dizer, não quer ficar?

∞

Passaram-se horas até eu retornar à clareira de Feluriana. Não sei direito como encontrei o caminho. Só me lembro da surpresa ao ver o pavilhão dela por entre as árvores. Essa visão reduziu o rodopio louco das minhas ideias até que eu pudesse voltar a pensar.

Fui até o lago e bebi fartos e demorados goles d'água, espargindo-a no rosto para desanuviar a cabeça e esconder os sinais das lágrimas. Após um ou dois momentos de reflexão silenciosa, caminhei até o pavilhão. Só então notei uma curiosa falta de borboletas. Em geral, havia pelo menos um punhado delas voejando por ali, mas nessa hora não havia nenhuma.

Feluriana estava lá, mas vê-la só me trouxe mais inquietação. Foi a única vez que a vi aparentar menos que uma beleza perfeita. Estava deitada entre as almofadas, retraída e com ar fatigado. Como se eu houvesse desaparecido por dias, em vez de horas, e ela não tivesse comido nem dormido durante todo esse tempo.

Ergueu a cabeça exausta ao ouvir minha aproximação.

– está pronta – disse, mas arregalou os olhos de surpresa ao me fitar.

Baixei a cabeça e vi que estava todo dilacerado por espinhos e ensanguentado. Salpicara-me de lama e tinha manchas de terra em todo o lado esquerdo. Devia ter caído, em minha fuga desatinada do Cthaeh.

Feluriana ergueu o corpo:

– que aconteceu com você?

Distraído, tirei um pouco de sangue seco do cotovelo.

– Eu poderia lhe perguntar a mesma coisa.

Minha voz soou grossa e rouca, como se eu houvesse gritado. Ao levantar a cabeça, vi uma apreensão verdadeira nos olhos dela.

– Fui andando na direção do Dia. Achei uma coisa numa árvore. Disse que se chama Cthaeh.

Feluriana ficou estática à menção desse nome.

– o Cthaeh? vocês se falaram?

Confirmei com a cabeça.

– você lhe fez perguntas?

Antes que eu pudesse responder, porém, ela soltou um grito baixo, desesperado, e correu para mim. Começou a deslizar as mãos pelo meu corpo, como se buscasse ferimentos. Após um minuto disso, segurou meu rosto entre as mãos e me fitou nos olhos, como se temesse o que encontraria neles.

– você está bem?

Sua preocupação trouxe um vago sorriso aos meus lábios. Comecei a lhe assegurar que estava ótimo – e então me lembrei das coisas que o Cthaeh dissera. Lembrei-me das fogueiras e do homem de olhos negros de tinta. Pensei em Denna estatelada no chão, com a boca cheia de sangue. As lágrimas me subiram aos olhos e eu me engasguei. Virei de costas e balancei a cabeça, os olhos cerrados com força, incapaz de falar.

Feluriana me afagou a nuca e disse:

– está tudo bem. a dor vai passar. ele não o mordeu e seus olhos estão límpidos, logo está tudo bem.

Afastei-me dela o bastante para fitar seu rosto.

– Meus olhos?

– as coisas que o Cthaeh diz podem destroçar a cabeça dos homens. mas eu o veria, se fosse o caso. você ainda é meu kvothe, ainda é meu doce poeta.

Inclinou-se para a frente, estranhamente hesitante, e me deu um beijo suave na testa.

– Ele mente para os homens e os enlouquece? – perguntei.

Feluriana balançou a cabeça devagar.

– o Cthaeh não mente. tem o dom da visão, mas diz apenas o que fere os homens. só um denereiro tolo falaria com o Cthaeh.

Fez um carinho na lateral do meu pescoço para abrandar suas palavras.

Meneei a cabeça, sabendo que era verdade. E comecei a chorar.

CAPÍTULO 105

Interlúdio – Uma certa doçura

Kvothe fez sinal para que o Cronista parasse de escrever.

– Você está bem, Bast? – perguntou a seu discípulo, com ar apreensivo. – Parece que engoliu um pedaço de ferro.

Bast realmente se mostrava abalado. Tinha o rosto pálido, quase como um boneco de cera. Sua expressão, normalmente efusiva, era de horror.

– Reshi – disse, com a voz seca feito as folhas de outono –, você nunca me contou que tinha falado com o Cthaeh.

– Há muitas coisas que nunca lhe contei, Bast – rebateu Kvothe, em tom irreverente. – É por isso que você acha tão cativantes os detalhes sórdidos da minha vida.

Bast deu um sorriso mortiço, os ombros arriados de alívio.

– Então, não o fez de verdade. Falar com ele, digo. Foi só uma coisa que você acrescentou para tornar a história mais pitoresca, certo?

– Ora, por favor, Bast – disse Kvothe, visivelmente ofendido. – Minha história já é pitoresca o bastante sem que eu lhe acrescente nada.

– Não minta para mim! – gritou Bast de repente, quase se levantando da cadeira com a força do grito. – Não minta para mim sobre isso! Não se *atreva*!

Bateu na mesa com uma das mãos, virando seu caneco e fazendo o tinteiro do Cronista derrapar pelo tampo.

Num piscar de olhos, o Cronista puxou a folha de papel já parcialmente coberta de texto e afastou a cadeira da mesa com os pés, salvando a folha do borrifo repentino de tinta e cerveja.

Bast dobrou-se para a frente, o rosto lívido ao apontar o dedo para Kvothe.

– Não me importa que outra merda você transforme em ouro aqui! Mas não minta para mim sobre isso, Reshi! Para mim, não!

Kvothe apontou para onde o Cronista estava sentado, levantando no alto a folha intacta de papel com as duas mãos e disse:

– Bast, esta é a minha oportunidade de contar a história completa e franca da minha vida. Tudo é...

Bast fechou os olhos e socou a mesa como uma criança em pleno acesso de raiva.

– Cale a boca. Cale a boca! *Cale a boca!*

Apontou para o Cronista e disse:

– Estou pouco me lixando para o que você diz a ele, Reshi. Ele vai escrever o que eu mandar, senão comerei o coração dele na praça do mercado! – Virou de novo o dedo para o hospedeiro e o sacudiu furiosamente. – Mas você dirá a verdade a *mim*, e vai me dizer *já*!

Kvothe levantou os olhos para o aluno, a expressão divertida se esvaindo de seu rosto.

– Bast, nós dois sabemos que não sou avesso a um adorno ocasional. Mas neste caso é diferente. Esta é a minha chance de deixar registrada a verdade do que aconteceu. É a verdade por trás das histórias.

O rapaz moreno curvou-se para a frente na cadeira e cobriu os olhos com uma das mãos.

Kvothe o fitou, cheio de apreensão no rosto.

– Está se sentindo bem?

O aprendiz balançou a cabeça, ainda cobrindo os olhos.

– Bast – disse Kvothe, em tom gentil –, a sua mão está sangrando. – Esperou um bom momento até perguntar: – Bast, qual é o problema?

– É justamente isso! – explodiu Bast, abrindo bem os braços, com a voz aguda e histérica. – Acho que finalmente compreendi qual é o problema!

E começou a rir, mas foi um riso alto e forçado, que se sufocou em algo parecido com um soluço. Ele levantou a cabeça para as vigas da taberna, os olhos brilhando. Piscou-os, como se lutasse para conter as lágrimas.

Kvothe inclinou-se e pôs a mão no ombro do rapaz.

– Bast, por favor...

– É só que você sabe tantas coisas, Reshi. Sabe toda sorte de coisas que não era para saber. Sabe da Berentaltha. Sabe das irmãs brancas e da via gargalhante. Como pode não saber do Cthaeh? Ele é... é um monstro.

Kvothe relaxou visivelmente.

– Santo Deus, Bast, é só isso? Você me deixou suando frio. Já enfrentei coisas muito piores que...

– Não existe nada pior que o Cthaeh! – gritou Bast, tornando a arriar o punho cerrado no tampo da mesa. Dessa vez, ouviu-se o som agudo da madeira estalando, quando uma das tábuas grossas se vergou e partiu. – Reshi, cale a boca e escute. Reshi, escute – pediu. Baixou os olhos por um instante, escolhendo as palavras com cuidado. – Você sabe quem são os sithes?

Kvothe deu de ombros.

– São uma facção dos Encantados. Poderosos, com boas intenções...

Bast agitou as duas mãos.

– Você não os entende se usa a expressão "boas intenções". Mas, se há alguém entre os Encantados de quem se pode dizer que trabalham para o bem, são eles. Sua incumbência mais antiga e mais importante é impedir que o Cthaeh tenha contato com qualquer pessoa. *Qualquer pessoa.*

– Não vi nenhum guarda – disse Kvothe, no tom que um homem usaria para acalmar um animal arisco.

Bast passou as mãos pelo cabelo, deixando-o em desalinho.

– Juro pelo sal que há em mim que não sei como você conseguiu passar por eles, Reshi. Se alguém consegue entrar em contato com o Cthaeh, os sithes o matam. Fazem isso a 800 metros de distância, com seus arcos longos de chifre. Depois, deixam o corpo apodrecer. Se um abutre sequer pousa no cadáver, eles o matam também.

O Cronista pigarreou de leve, depois se manifestou:

– Se o que você está dizendo é verdade, por que alguém haveria de procurar o Cthaeh?

Por um momento, Bast pareceu prestes a dar uma resposta torta ao escriba, depois a trocou por um suspiro melancólico.

– Justiça seja feita, a minha gente não é famosa por tomar as decisões certas. Qualquer menina ou menino dos Encantados conhece a natureza do Cthaeh, mas há sempre alguém ansioso por procurá-lo. As pessoas vão em busca de respostas ou de um vislumbre do futuro. Ou têm a esperança de sair de lá com uma flor.

– Uma flor? – repetiu Kvothe.

Bast lançou-lhe outro olhar estarrecido e perguntou:

– As rhinnas?

Não vendo sinal algum de reconhecimento no rosto do hospedeiro, balançou a cabeça, desolado.

– As flores são uma panaceia, Reshi. Podem curar qualquer doença. Curar e envenenar. Sarar qualquer ferida.

Kvothe ergueu as sobrancelhas ao ouvir isso.

– Ah, sei – disse, baixando os olhos para suas mãos cruzadas sobre a mesa. – Entendo que isso possa atrair as pessoas, apesar de elas saberem que não convém. – Levantou a cabeça e prosseguiu, em tom escusatório: – Tenho de admitir que não percebi o problema. Já vi monstros, Bast. O Cthaeh não chega a tanto.

– Foi a palavra errada para eu usar, Reshi – reconheceu Bast. – Mas não consigo pensar noutra melhor. Se houvesse uma palavra que significasse venenoso, odioso e contagioso, eu a usaria.

Respirou fundo e curvou o corpo para a frente na cadeira.

– Reshi, o Cthaeh pode ver o futuro. Não num vago sentido oracular. Ele vê *todo* o futuro. De forma clara. Perfeita. Tudo o que tem alguma possibilidade de vir a suceder, em intermináveis ramificações a partir do momento presente.

Kvothe ergueu uma sobrancelha:

– Pode mesmo, é?

– Pode – respondeu Bast num tom grave. – E é de uma maldade pura, perfeita. Isso não constitui problema, na maioria das vezes, já que ele não pode sair da árvore. Mas, quando alguém vai visitá-lo...

Os olhos de Kvothe vagavam ao longe quando ele assentiu com a cabeça, como quem falasse sozinho:

– Se ele conhece o futuro perfeitamente – disse, com a fala lenta –, deve saber com exatidão de que modo a pessoa reagirá a qualquer coisa que ele disser.

Bast assentiu com a cabeça.

– E ele é perverso, Reshi.

Kvothe continuou, em tom reflexivo:

– Isso quer dizer que qualquer pessoa influenciada pelo Cthaeh seria como uma flecha disparada para o futuro.

– Uma flecha atinge apenas uma pessoa, Reshi – disse Bast, cujos olhos escuros estavam fundos e sem esperança. – Qualquer pessoa influenciada pelo Cthaeh é como um barco portador da peste, navegando em direção a um porto. – Apontou para a folha parcialmente preenchida no colo do Cronista. – Se os sithes soubessem da existência disso, não pouparaiam esforços para destruí-lo. E nos matariam, por termos ouvido o que o Cthaeh disse.

– Porque tudo que leva a influência do Cthaeh para longe da árvore... – começou Kvothe, baixando os olhos para as mãos e passando um longo momento em silêncio, meneando a cabeça com ar pensativo. – Assim, um jovem em busca da sorte vai até o Cthaeh e pega uma flor. A filha do rei está mortalmente enferma e ele leva a flor para curá-la. Os dois se apaixonam, embora ela esteja noiva do príncipe vizinho...

Bast fixou os olhos em Kvothe, observando-o com ar inexpressivo enquanto ele falava.

– Eles tentam uma fuga ousada ao luar – continuou Kvothe. – Mas o rapaz cai do telhado e os dois são apanhados. A princesa se casa a contragosto e, na noite de núpcias, esfaqueia o príncipe, que morre. É a guerra civil. Campos incendiados e cobertos de sal. Fome. Peste.

– Essa é a história da Guerra de Fastingsway – disse Bast, em tom débil.

Kvothe assentiu com a cabeça.

– Foi uma das histórias contadas por Feluriana. Eu nunca havia entendido a parte da flor, até agora. Ela nunca mencionou o Cthaeh.

– E não o faria, Reshi. É considerado de mau agouro. – Bast balançou a cabeça. – Não, mau agouro, não. É como cuspir veneno no ouvido de alguém. É algo que simplesmente não se faz.

O Cronista recuperou alguma compostura e reaproximou sua cadeira da mesa, ainda segurando a folha com cuidado. Franziu o cenho para o tampo, quebrado e riscado por filetes de cerveja e tinta.

– Essa criatura parece ter uma reputação e tanto – comentou. – Mas acho difícil acreditar que seja tão perigosa assim...

Bast o fitou com incredulidade.

– Pelo ferro e pela bile – disse, em voz baixa. – Acha que sou criança? Você acha que não sei a diferença entre uma história junto à fogueira e a verdade?

O Cronista fez um gesto apaziguador com uma das mãos.

– Não foi isso que eu...

Sem tirar os olhos do escriba, Bast arriou na mesa a palma da mão ensanguentada. A madeira rangeu e as tábuas quebradas se reencaixaram no lugar, com um estalo repentino. Bast ergueu a mão, tornou a baixá-la com força na mesa e, de repente, os filetes escuros de tinta e cerveja se retorceram e se moldaram num corvo negro como breu, que alçou voo e circulou uma vez pelo salão.

Com as duas mãos, Bast segurou o pássaro e o rasgou ao meio com displicência, jogando os pedaços para o alto, onde eles explodiram em grandes ondas de chama cor de sangue.

Tudo aconteceu no espaço de uma única respiração.

– Tudo o que você sabe dos Encantados caberia num dedal – disse ele ao escriba, fitando-o com ar inexpressivo, a voz monocórdia e branca. – Como se atreve a duvidar de mim? Você não faz ideia de quem eu sou.

O Cronista permaneceu muito quieto, mas não desviou o olhar.

– Juro por minha língua e por meus dentes – disse Bast, ríspido. – Juro pelas portas de pedra. Estou lhe dizendo três mil vezes: não há nada no meu mundo ou no seu que seja mais perigoso que o Cthaeh.

– Não há necessidade disso, Bast – interveio Kvothe, baixinho. – Acredito em você.

Bast virou-se para fitá-lo, depois arriou na cadeira, desconsolado.

– Quisera que não acreditasse, Reshi.

Kvothe deu um risinho torto.

– Então quer dizer que, depois que uma pessoa se encontra com o Cthaeh, todas as suas decisões são erradas.

Bast balançou a cabeça, o rosto pálido e tenso.

– Não erradas, Reshi, catastróficas. Iax falou com o Cthaeh antes de roubar a lua e isso desencadeou toda a guerra da criação. Lanre falou com o Cthaeh antes de orquestrar a traição de Myr Tariniel. A criação dos Inomináveis. Dos Escandecentes. Tudo isso pode ser atribuído ao Cthaeh.

Kvothe assumiu uma expressão vazia.

– Bem, isso decerto me coloca numa companhia interessante, não é? – disse, em tom seco.

– Faz mais que isso, Reshi. Em nossas peças, quando a árvore do Cthaeh aparece ao longe, no pano de fundo, sabe-se que a trama será o pior tipo de tragédia. É posta ali para que a plateia saiba o que esperar. Para que saiba que dará tudo terrivelmente errado no fim.

Kvothe olhou demoradamente para o aluno.

– Ah, Bast – disse-lhe baixinho, com um sorriso meigo e tristonho. – Sei que tipo de história estou contando. Isto não é nenhuma comédia.

Bast o fitou com um olhar vazio, desamparado.

– Mas, Reshi... – Seus lábios se moveram, tentando em vão encontrar as palavras.

O hospedeiro ruivo fez um gesto para o salão deserto.

– Este é o final da história, Bast. Todos sabemos disso.

A voz de Kvothe foi pragmática, natural como se ele descrevesse o tempo que fizera na véspera:

– Levei uma vida interessante e esta reminiscência tem certa doçura. Mas... – respirou fundo e soltou o ar suavemente – ...isto não é um romance galante. Não é uma fábula em que as pessoas retornem do reino dos mortos. Não é uma epopeia instigante, feita para agitar o sangue. Não. Todos sabemos que tipo de história é esta.

Por um momento, ele deu a impressão de que continuaria, mas, em vez disso, seus olhos vagaram a esmo pelo salão deserto. Seu rosto estava sereno, sem qualquer vestígio de raiva ou ressentimento.

Bast chispou um olhar de relance para o Cronista, porém dessa vez não havia fogo em seus olhos. Não havia raiva. Tampouco fúria ou comando. Eles estavam desesperados, súplices.

– Não acabou, se você ainda está aqui – disse o Cronista. – Não é uma tragédia, se você continua vivo.

Bast assentiu avidamente com a cabeça, voltando os olhos para Kvothe.

Kvothe os contemplou por um momento, depois sorriu e soltou um risinho gutural, do fundo do peito.

– Ah – disse, em tom afetuoso –, vocês dois são muito jovens.

CAPÍTULO 106

Retornando

Depois de meu encontro com o Cthaeh, levou muito tempo para que eu voltasse a ser eu mesmo.

Dormi muito, mas foi um sono inquieto, pois era interminavelmente atormentado por sonhos terríveis. Alguns eram vívidos e impossíveis de esquecer. Esses eram quase todos sobre minha mãe, meu pai, minha trupe. Os piores eram aqueles em que eu acordava chorando, sem a menor lembrança do que havia sonhado, apenas com uma dor no peito e um vazio na cabeça, como a lacuna sangrenta deixada por um dente que se perdeu.

Na primeira vez que acordei assim, lá estava Feluriana, velando por mim. Sua expressão era tão meiga e apreensiva que esperei que falasse em murmúrios e me afagasse o cabelo, como fizera Auri em meu quarto, meses antes.

Mas Feluriana não fez nada disso.

– você está bem? – perguntou.

Eu não soube responder. Estava embotado pelas lembranças, a confusão e a tristeza. Sem confiar em que pudesse falar sem voltar a irromper em pranto, apenas balancei a cabeça.

Feluriana curvou-se e me beijou no canto da boca, fitou-me demoradamente e tornou a se sentar. Depois, foi até o lago e me trouxe água nas mãos em concha.

Nos dias seguintes, não me pressionou com perguntas nem tentou tirar-me daquele estado. Vez por outra, procurava contar-me histórias, mas eu não conseguia me concentrar nelas, por isso faziam menos sentido que nunca. Partes delas me levavam a um choro incontrolável, embora as histórias em si nada tivessem de triste.

Certa vez, acordei e ela havia sumido, voltando horas depois com uma estranha fruta verde, maior que minha cabeça. Deu-me um sorriso tímido e a entregou a mim, mostrando-me como descascar a pele áspera feito couro e exibir a polpa laranja por dentro. Suculenta e de uma doçura ácida, ela se desfazia em segmentos espiralados.

Nós a comemos em silêncio, até não restar nada além de um caroço redondo, duro e escorregadio. Era castanho-escuro e tão grande que eu não conseguia encerrá-lo no punho. Com um leve floreio, Feluriana o quebrou numa pedra e me mostrou o interior seco, semelhante a uma noz assada. Também o comemos. O sabor era apimentado e fumarento, que lembrava vagamente salmão defumado.

Aninhada no interior havia outra semente, branca como um osso e do tamanho de uma bola de gude. Essa eu ganhei de Feluriana. Era doce como bala e um tantinho grudenta, feito um caramelo.

Em outra ocasião, ela me deixou sozinho por horas a fio e voltou com dois pássaros marrons, cada um cuidadosamente aninhado em uma de suas mãos. Pousou-os junto de onde eu estava deitado nas almofadas e, quando deu um assobio, eles começaram a cantar. Não foram fragmentos de canto de pássaros: eles entoaram uma canção de verdade. Quatro versos e um refrão no meio. Primeiro cantaram em uníssono, depois numa harmonia simples.

Certa vez, acordei e ela me deu de beber numa chávena de couro. O aroma era de violetas e não tinha gosto de nada, mas foi cristalino, morno e limpo em minha boca, como se eu bebesse a luz solar do verão.

Noutra ocasião, ela me deu uma pedra vermelha e lisa que aqueceu minha mão. Passadas várias horas, rompeu-se como um ovo e revelou um bichinho parecido com um esquilo minúsculo, que chilreou para mim, zangado, antes de fugir correndo.

Um dia, acordei e Feluriana não estava por perto. Olhei em volta e a vi sentada à beira d'água, os braços envolvendo os joelhos. Mal pude ouvir a melodia suave do seu soluçar discreto.

Eu dormia e acordava. Ela me deu um anel feito de folha, um cacho de bagas douradas, uma flor que abria e fechava ao ser tocada com o dedo...

E um dia, quando acordei assustado, com o rosto úmido e o peito dolorido, ela estendeu a mão e a deitou sobre a minha. Foi um gesto tão tateante, com uma expressão tão ansiosa, que seria de se supor que ela nunca houvesse tocado um homem. Como se tivesse medo de que eu pudesse quebrar, queimar ou morder. Sua mão fresca ficou pousada na minha por um instante, suave como uma mariposa. Ela apertou de leve minha mão, esperou e se afastou.

Aquilo me pareceu estranho na ocasião. Mas a tristeza e a confusão me deixavam toldado demais para pensar com clareza. Só agora, ao olhar para trás, reconheço a verdade. Com todo o acanhamento de uma jovem enamorada, Feluriana estava tentando me consolar e não fazia a mais remota ideia de como agir.

∽

    Mesmo assim, tudo sara com o tempo. Meus sonhos foram diminuindo. Meu apetite voltou. Fiquei lúcido o bastante para trocar uns gracejos com Feluriana. Pouco depois, recuperei-me o suficiente para namorar. Quando isso aconteceu, o alívio dela foi palpável, como se lhe fosse impossível relacionar-se com uma pessoa que não quisesse beijá-la.
    Por último, retornou minha curiosidade, o sinal mais certeiro de que eu voltara a ser eu mesmo.
    – Nunca lhe perguntei como foi o seu trabalho final com a *shaed* – comentei.
    O rosto dela se iluminou.
    – está pronta!
    Era perceptível o orgulho em seu olhar. Ela me pegou pela mão e me puxou até a borda do pavilhão.
    – o ferro não foi fácil, mas está feito – disse. Começou a avançar, mas se deteve. – você consegue achá-la?
    Olhei demorada e cuidadosamente em volta. Apesar de Feluriana ter-me ensinado o que procurar, levei um bom tempo para avistar uma profundeza sutil na escuridão de uma árvore próxima. Estendi a mão e puxei minha *shaed* da sombra que a escondia.
    Feluriana veio saltitante para o meu lado, rindo como se eu tivesse acabado de vencer um jogo. Agarrou-me pelo pescoço e me beijou com o desvario de uma dúzia de crianças.
    Nunca me deixara usar a *shaed* até então e fiquei deslumbrado ao senti-la estender-se sobre meus ombros nus. Quase não tinha peso e era mais macia que o mais rico veludo. A sensação era a de vestir uma brisa morna, a mesma que me roçara a pele na clareira escura da floresta a que Feluriana me levara para colher as sombras.
    Pensei em ir ao lago ver como estava, refletido na superfície da água, mas Feluriana atirou-se em cima de mim. Derrubou-me no chão e montou sobre meu corpo, a *shaed* estendida embaixo de nós como um cobertor espesso. Pegou as pontas e nos envolveu com elas, depois me beijou no peito, no pescoço, sua língua quente na minha pele.
    – assim – disse, sussurrando ao meu ouvido –, toda vez que a *shaed* o envolver, você pensará em mim. quando ela o tocar, será como sentir meu toque.
    Deslizou vagarosamente sobre mim, esfregando o corpo nu contra o meu.
    – através de todas as outras mulheres, você recordará Feluriana, e vai voltar.

∽

Depois disso, eu soube que meu tempo na terra dos Encantados estava chegando ao fim. As palavras do Cthaeh grudavam-se em minha mente como carrapichos, instigando-me a sair para o mundo. O fato de eu ter estado à distância de uma pedrada do homem que matara meus pais e não o haver percebido deixara em minha boca um gosto amargo que nem mesmo os beijos de Feluriana conseguiam apagar. E o que o Cthaeh dissera sobre Denna continuava a se repisar na minha memória.

Um dia, acordei e vi que era chegada a hora. Levantei-me, arrumei a sacola de viagem e me vesti pela primeira vez em séculos. A sensação da roupa na pele foi estranha, depois de todo aquele período. Por quanto tempo eu estivera ausente? Passei os dedos pela barba e afastei essa ideia com um dar de ombros. Tentar adivinhar era inútil quando eu logo saberia a resposta.

Ao me virar, vi Feluriana parada no centro do pavilhão, com uma expressão tristonha. Por um momento, pensei que fosse protestar contra minha partida, mas não fez nada disso. Vindo para o meu lado, prendeu a *shaed* nos meus ombros, fazendo-me lembrar uma mãe que vestisse o filho para protegê-lo do frio. Até as borboletas que a seguiam pareciam melancólicas.

Ela me conduziu pela floresta durante horas, até chegarmos a um par de altos monólitos cinzentos. Levantou o capuz da minha *shaed* e me mandou fechar os olhos. Depois, conduziu-me por um pequeno círculo e senti uma mudança sutil no ar. Ao abrir os olhos, percebi que aquela não era a mesma floresta em que eu estivera andando um momento antes. A estranha tensão do ar havia desaparecido. Esse era o mundo mortal.

Virei-me para Feluriana:

– Minha senhora, nada tenho a lhe dar antes de partir.

– exceto sua promessa de regressar.

A voz dela foi suave como um lírio, com um toque sussurrante de advertência. Sorri.

– Eu me referia a não ter nada para deixar em seu poder, senhora.

– exceto a lembrança – disse ela, chegando bem perto.

Fechei os olhos e lhe disse adeus com poucas palavras e muitos beijos.

E então me fui. Gostaria de dizer que não olhei para trás, mas não seria verdade. A visão dela quase me partiu o coração. Feluriana parecia extremamente miúda, ao lado das enormes pedras cinzentas. Quase voltei para lhe dar um último beijo, um último adeus.

Mas sabia que, se voltasse, nunca mais conseguiria sair. De algum modo, continuei andando.

Quando olhei para trás pela segunda vez, ela havia desaparecido.

CAPÍTULO 107

Fogo

Cheguei à hospedaria brava penny muito depois de o sol ter se posto. As enormes janelas estavam inundadas pela luz das lamparinas e havia uma dúzia de cavalos amarrados do lado de fora, mastigando a forragem de seus bornais. A porta estava aberta, derramando na rua escura um retângulo enviesado de luz.

Mas havia algo errado. Não se ouvia o clamor agradável e animado que deveria sair de uma hospedaria movimentada, à noite. Nem um sussurro. Nem uma palavra.

Apreensivo, aproximei-me pé ante pé. Todos os contos de fadas que eu já ouvira me passaram pela cabeça. Teria eu me ausentado por anos? Décadas?

Ou haveria algum problema mais comum? Será que houvera mais bandidos do que tínhamos suposto? Será que eles tinham voltado, encontrado o acampamento destroçado e ido criar confusão na hospedaria?

Esgueirei-me para junto de uma janela, espiei o interior e compreendi a verdade.

Havia 40 ou 50 pessoas na hospedaria. Distribuíam-se em mesas e bancos e se enfileiravam junto ao bar. Todos os olhares estavam voltados para o frontal da lareira.

Lá estava Marten sentado, bebendo um longo gole.

– Não consegui desviar os olhos – continuou ele. – Não tive vontade. Aí, o Kvothe deu um passo à minha frente, bloqueando a visão dela e, por um segundo, fiquei livre do seu encanto. Estava coberto de uma camada tão grossa e fria de suor que era como se houvessem derrubado um balde d'água em cima de mim. Tentei puxar o garoto para trás, mas ele se soltou de mim e correu para ela.

A expressão de Marten estava carregada de arrependimento.

– Como foi que ela também não pegou o ademriano e o grandalhão? – perguntou um homem de cara aquilina, sentado ali perto, num canto do frontal da lareira. Tamborilou os dedos num estojo surrado de violino. – Se vocês a tivessem visto *de verdade*, todos teriam corrido atrás dela.

Houve um murmúrio de concordância no salão.

Tempi ergueu a voz numa mesa próxima, seu traje vermelho-sangue tornando-o fácil de avistar:

– Quando estava crescendo, fui treinado para ter controle – disse, levantando uma das mãos e cerrando o punho, para ilustrar sua afirmação. – Ferido. Faminto. Sedento. Cansado – acrescentou. Sacudiu o punho após cada palavra, para mostrar o domínio que exercia sobre elas. – Mulheres – completou. O mais vago sorriso tocou-lhe o rosto e ele tornou a agitar o punho, mas sem nada da firmeza que havia usado antes. Um murmúrio de riso perpassou o salão. – Eu digo isto. Se o Kvothe não fosse, podia ser eu.

Marten assentiu com a cabeça.

– Quanto ao nosso outro amigo – pigarreou, com um gesto para o outro lado do salão –, Hespe o convenceu a ficar.

Vieram outras risadas. Após um momento de busca, avistei Dedan e Hespe sentados. Ele parecia lutar para conter um enrubescimento furioso. Hespe descansava uma das mãos sobre sua perna, com ar possessivo. Deu um sorriso particular, satisfeito.

– No dia seguinte, procuramos por ele – disse Marten, recuperando a atenção do salão. – Seguimos sua trilha pelo arvoredo. Encontramos sua espada a 800 metros do lago. Sem dúvida a tinha perdido, na pressa de alcançar Feluriana. Sua capa estava pendurada num galho não muito longe dali.

Marten levantou a capa esfarrapada que eu tinha comprado do latoeiro. Parecia ter sido estraçalhada por um cão raivoso.

– Estava presa num galho. Ele deve ter-se soltado rasgando-a, para não perder a fada de vista. – Correu os dedos distraídos pelas bordas rasgadas. – Se a capa fosse de um tecido mais forte, talvez ele ainda estivesse aqui conosco hoje.

Sei reconhecer minha deixa quando a escuto. Cruzei o umbral da porta e senti todos os olhares se voltarem para mim.

– De lá para cá, achei uma capa melhor – comentei. – Feita pelas mãos da própria Feluriana. E também tenho uma história. Uma história que vocês contarão aos filhos dos seus filhos. – Sorri.

Houve um momento de silêncio e, em seguida, um grande clamor, no qual todos começaram a falar ao mesmo tempo.

Meus companheiros me encararam, numa incredulidade perplexa. Dedan foi o primeiro a se recuperar e, depois de abrir caminho até onde eu estava, surpreendeu-me com um rude abraço de um braço só. Foi só nessa hora que notei que um de seus braços, preso numa tala, pendia de uma tipoia em seu pescoço.

Olhei-o com ar inquisitivo.

– Você teve algum problema? – perguntei, enquanto o salão fervilhava de zumbidos caóticos à nossa volta.

Dedan balançou a cabeça.

– A Hespe – respondeu com simplicidade. – Ela não gostou muito da ideia de eu correr atrás daquela mulher encantada. Meio que... me convenceu a ficar.

– Ela quebrou o seu braço? – exclamei, lembrando-me de, na partida, ter vislumbrado Hespe prendendo-o no chão.

O homenzarrão olhou para os pés.

– Mais ou menos. Ela meio que ficou segurando, enquanto eu tentava torcer o braço para me soltar – respondeu, com um sorriso levemente acanhado. – Acho que você pode dizer que nós o quebramos juntos.

Dei-lhe um tapinha no ombro saudável e ri.

– Isso é bonito. Comovente de verdade.

Eu teria continuado, mas o salão se aquietara. Todos nos observavam, *me* observavam.

Ao olhar para aquela multidão de gente, de repente me senti desorientado. Como posso explicar...?

Eu já lhe disse que não sei quanto tempo fiquei na terra dos Encantados. Mas tinha sido muito, muito tempo. Um tempo tão longo de vida que a estranheza do lugar se dissipara. Eu passara a me sentir à vontade por lá.

E, agora que estava de volta ao mundo mortal, essa taberna lotada me pareceu estranha. Que coisa esquisita ficar num recinto fechado e não a céu aberto. Os bancos e mesas de madeira grossa me pareceram primitivos e toscos. A luz das lamparinas tinha uma luminosidade antinatural e me feria os olhos.

Eu passara séculos sem outra companhia senão a de Feluriana e as pessoas ao meu redor se afiguraram estranhas, comparadas a ela. O branco de seus olhos era assustador. Elas cheiravam a suor, cavalos e ferro ácido. Tinham vozes ásperas e agudas, e a postura rígida e desajeitada.

Mas isto apenas roça a superfície da coisa. Eu me sentia deslocado na minha própria pele. Era profundamente irritante voltar a usar roupa e não havia nada que eu quisesse mais do que ficar comodamente nu. Minhas botas eram uma prisão. Na longa caminhada até a Brava Penny, eu tinha travado uma luta constante contra a ânsia de tirá-las.

Olhando os rostos em torno de mim, vi uma jovem de não mais de 20 anos. Tinha o rosto meigo e límpidos olhos azuis. A boca era perfeita para beijar. Dei meio passo na direção dela, com toda a intenção de segurá-la nos braços e...

Parei de repente, no instante em que ia estendendo uma das mãos para acariciar a lateral de seu pescoço, e senti a cabeça girar com algo muito próximo de uma vertigem. Ali as coisas eram diferentes. O homem sentado ao lado da moça era obviamente seu marido. Isso era importante, não? Parecia um fato muito vago e distante. Por que eu já não estava beijando aquela mulher? Por que não estava nu, comendo violetas e tocando músicas a céu aberto?

Tornando a correr os olhos pelo salão, tudo me pareceu ridiculamente terrível. Aquela gente sentada nos bancos, com camadas e mais camadas de roupa, comendo de garfo e faca. Tudo me deu a impressão de ser inútil e artificial. E incrivelmente engraçado. Como se eles estivessem participando de um jogo e nem sequer percebessem. Foi como uma piada que, até então, eu nunca havia entendido.

Por isso eu ri. Não foi uma risada alta nem particularmente demorada, mas foi aguda, desenfreada e cheia de um estranho prazer. Não foi um riso humano e correu por entre as pessoas aglomeradas como o vento num trigal. Quem estava perto o bastante para ouvi-la remexeu-se nos assentos, uns me olhando com curiosidade, outros, com medo. Alguns estremeceram e se recusaram a me encarar.

Ver a reação deles me abalou e fiz força para me controlar. Respirei fundo e fechei os olhos. O momento de estranha desorientação passou, embora as botas continuassem duras e pesadas em meus pés.

Quando tornei a abrir os olhos, vi Hespe me fitando. Ela falou em tom hesitante:
– Kvothe... Você parece... bem.
Abri um largo sorriso.
– E estou.
– Pensamos que você estivesse... perdido.
– Vocês pensaram que eu estivesse morto – corrigi-a, em tom delicado, enquanto me dirigia à lareira junto à qual estava Marten. – Morto nos braços de Feluriana ou vagando pela floresta, louco e dilacerado de desejo. – Fitei-os um por um. – Não é verdade?

Senti todos os olhares do salão pousados em mim e resolvi tirar o máximo proveito da situação.

– Ora, vamos, eu sou o Kvothe. Nascido Edena Ruh. Estudei na Universidade e sei invocar o raio, como o Grande Taborlin. Vocês acharam mesmo que Feluriana ia acabar comigo?

– Acabaria, sim – disse uma voz rude na ponta do frontal da lareira. – Se algum dia você chegasse sequer a ver a sombra dela.

Virei-me para o violinista de rosto aquilino:
– Perdão, o que o senhor disse?
– Você devia pedir perdão a todos aqui – retrucou ele, a voz gotejando desdém. – Não sei o que vocês esperam ganhar com isso, mas não acredito que tenham visto Feluriana, nem por um segundo.

Enfrentei seu olhar.
– Fiz mais do que vê-la, amigo.
– Se isso fosse verdade, agora você estaria louco ou morto. E, embora eu admita que você pode ser maluco, não é por nenhum encantamento de fada.

O salão riu ao ouvir isso e o homem continuou:
– Faz uns 20 anos que ninguém a vê. Os Encantados abandonaram este lugar e você não é nenhum Taborlin, digam o que disserem os seus amigos. Acho que você é só um astuto contador de histórias querendo ganhar fama.

Aquilo me soou incomodamente próximo da verdade e vi que alguns dos fregueses me olhavam com ar cético.

Antes que eu pudesse dizer alguma coisa, Dedan entrou abruptamente em cena:
– E a barba dele? Quando ele saiu correndo, três noites atrás, tinha o rosto liso feito bunda de neném.

– Isso é o que *você* diz – retrucou o violinista. – Eu ia ficar calado, mesmo não acreditando em metade do que vocês nos disseram sobre os bandidos ou sobre ele invocar o relâmpago. Mas pensei: "Provavelmente, o amigo deles morreu e eles querem que o pessoal o recorde com uma ou duas histórias que sejam motivo de orgulho."

Apontou seu nariz quebrado para onde estava Dedan, fitando-o com desdém, e prosseguiu:

– Mas, *realmente*, isso já foi longe demais. Não é prudente contar mentiras sobre os Encantados. Não gosto de estranhos chegando aqui para encher de disparates a cabeça dos meus amigos. Calem a boca, vocês todos. Já ouvimos o bastante por hoje.

Dito isto, o violinista abriu o estojo surrado que estava junto dele e pegou seu instrumento. A essa altura, o clima no salão se tornara vagamente hostil e não foram poucas as pessoas que me olharam com ar ressentido.

Dedan vociferou, furioso:

– Ora, escute aq...

Hespe disse alguma coisa e tentou puxá-lo de novo para seu banco, mas Dedan desvencilhou-se dela.

– Não, ninguém vai me chamar de mentiroso. Fomos mandados para cá pelo próprio Alveron, por causa daqueles bandidos. E fizemos nosso trabalho. Não estamos esperando nenhum desfile triunfal, mas raios me partam se vou deixar vocês me chamarem de mentiroso. Nós matamos aqueles safados. E depois vimos Feluriana, sim. E o Kvothe aqui saiu correndo atrás dela. – Dedan lançou um olhar furioso e beligerante pelo salão, principalmente na direção do violinista. – A verdade é esta e eu juro pela minha mão direita. Se alguém quiser me chamar de mentiroso, a gente pode tirar isso a limpo agora mesmo.

O violinista pegou o arco e enfrentou o olhar de Dedan. Fez soar uma nota estrídula nas cordas.

– Mentiroso.

Dedan quase saltou para o outro lado do salão, enquanto as pessoas recuavam as cadeiras e abriam espaço para a briga. O violinista se pôs de pé devagar. Era mais alto do que eu havia esperado, com o cabelo grisalho curto e cicatrizes nos nós dos dedos, que me disseram que ele sabia se arranjar numa troca de socos.

Consegui postar-me na frente de Dedan e me encostei nele, falando baixo em seu ouvido:

– Você quer mesmo brigar, com um braço quebrado? Se o sujeito o agarrar, você só vai ficar gritando e se urinando todo na frente da Hespe.

Senti-o relaxar um pouco e o empurrei de leve de volta para seu assento. Ele foi, mas não ficou satisfeito.

– ...uma coisa aqui – ouvi uma mulher dizer às minhas costas. – Se quiser se atracar com alguém, trate de fazer isso lá fora e não se dê o trabalho de voltar. Você não é pago para brigar com os fregueses. Está me ouvindo?

– Ora, Penny – disse o violinista, em tom apaziguador. – Eu só estava arreganhando um pouco os dentes. Foi ele que tomou tudo como ofensa pessoal. Você não pode me censurar por caçoar do tipo de histórias que eles trazem para cá.

Girei o corpo e vi o violinista se explicando a uma mulher irada de meia-idade. Era um palmo mais baixa que ele e tinha que levantar a cabeça para lhe cutucar o peito com um dedo.

Foi nessa hora que ouvi uma voz exclamar a meu lado:

– Pela mãe de Deus, Seb! Você viu isso? Olhe só! Ela se mexe sozinha.

– Você está cego de tanto beber. É só a brisa.

– Não tem vento nenhum hoje. Ela se mexe sozinha. Olhe de novo!

Era minha *shaed*, é claro. A essa altura, várias pessoas haviam notado que ela balançava suavemente à brisa, só que não havia brisa. Eu achava muito agradável o efeito, mas, a julgar por seus olhos arregalados, percebi que as pessoas estavam ficando assustadas. Uma ou duas deslizaram as cadeiras para longe de mim, inquietas.

Os olhos de Penny fixaram-se na minha *shaed* suavemente esvoaçante e ela se aproximou, parando diante de mim.

– O que é isso? – perguntou, demonstrando apenas um leve indício de medo na voz.

– Nada com que se preocupar – respondi, desenvolto, segurando uma dobra para que ela a examinasse. – É minha capa de sombras. Foi Feluriana quem a fez para mim.

O violinista soltou um ruído enojado.

Penny lançou-lhe um olhar faiscante e, com hesitação, roçou a mão em minha capa.

– É macia – murmurou, erguendo a cabeça para mim. Quando nossos olhares se cruzaram, pareceu surpresa por um instante, depois exclamou: – Você é o garoto da Losi!

Antes que eu pudesse indagar o que ela queria dizer, ouvi uma voz de mulher:

– O quê?

Virei-me e vi uma criada de mesa, uma jovem ruiva que vinha na nossa direção. A mesma que me deixara tão terrivelmente embaraçado em nossa primeira visita à Brava Penny.

A hospedeira inclinou a cabeça para mim:

– É o seu garoto fogoso de cara novinha, aquele de umas três onzenas atrás! Lembra-se de tê-lo apontado para mim? Com a barba, não o reconheci.

Losi postou-se à minha frente. Os vivos cachos vermelhos desciam por seus ombros nus, de pele alva. Seus perigosos olhos verdes correram por minha *shaed* e foram subindo devagar até meu rosto.

– É ele, sim – disse, dirigindo-se de lado à Penny. – Com ou sem barba.

Aproximou-se mais um passo, quase encostando em mim.

– Os garotos vivem usando barba e torcendo para que ela os transforme em homens.

Seus luminosos olhos de esmeralda pousaram atrevidamente nos meus, como se ela esperasse me ver enrubescer e me atrapalhar, como eu fizera antes.

Pensei em tudo o que tinha aprendido nas mãos de Feluriana e senti aquele riso estranho e selvagem avolumar-se de novo dentro de mim. Reprimi-o da melhor maneira que pude, mas senti-o rolar aos tropeços por dentro, enquanto enfrentava o olhar de Losi e sorria.

A jovem deu meio passo atrás, assustada, a pele alva colorindo-se de um vermelho furioso.

Penny estendeu a mão para firmá-la.

– Por Deus, garota, o que há com você?

Losi desviou os olhos de mim.

– Olhe para ele, Penny. Olhe de verdade. Há qualquer coisa de Encantado nele. Veja seus olhos.

Penny examinou meu rosto com uma expressão curiosa, depois ela mesma enrubesceu de leve e cruzou os braços sobre o peito, como se eu a tivesse visto nua.

– Senhor misericordioso! – exclamou, sem fôlego. – Então é tudo verdade, não é?

– Cada palavra – respondi.

– Como você escapou dela? – indagou Penny.

– Ora, pare com isso, Penny! – exclamou o violinista, incrédulo. – Você não está caindo na conversa desse fedelho, está?

Losi virou-se para ele e falou, em tom acalorado:

– Existe um olhar no homem que sabe lidar com uma mulher, Ben Crayton. Não que você pudesse entender disso. Quando esse garoto esteve aqui, há umas duas onzenas, gostei do rosto dele e pensei em nos divertirmos um pouco. Mas, quando tentei passar a conversa nele...

Sua voz se extinguiu, como se as palavras lhe fugissem.

– Eu me lembro disso – gritou um homem no bar. – Foi a coisa mais engraçada do mundo. Achei que ele ia se urinar todo. Não conseguiu dizer uma palavra a ela.

O violinista deu de ombros.

– E daí? De lá para cá, ele conheceu a filha de um lavrador. Isso não quer dizer...

– Cale-se, Ben – disse Penny, com serena autoridade. – Aqui há mais coisas mudadas do que um pouquinho de barba pode explicar. – Seus olhos perscrutaram meu rosto. – Mas, ora se você não tem razão, garota. Tem um jeito de Encantado nele.

O violinista recomeçou a falar, mas Penny lançou-lhe um olhar severo.

– Cale a boca ou saia. Não quero nenhuma briga aqui hoje.

O músico olhou em volta e viu que a maré se voltara contra ele. Rubro e de cara fechada, pegou seu violino e saiu num rompante, pisando duro.

Losi tornou a chegar perto de mim, jogando o cabelo para trás.

– Ela era mesmo tão linda quanto dizem? – perguntou, levantando o queixo com um jeito orgulhoso. – Mais bonita que eu?

Hesitei, depois respondi, baixinho:

– Ela é Feluriana, mais bela que todas.

Estendi a mão para roçar o lado de seu pescoço, onde o cabelo ruivo iniciava sua descida em cascatas, depois me inclinei e murmurei sete palavras em seu ouvido:

– Ainda assim, ela não tinha seu fogo.

Losi me adorou por essas sete palavras e seu orgulho foi salvo.

Penny se manifestou:

– Como você conseguiu escapar?

Corri os olhos pelo salão e vi a atenção de todos pousar em mim. O riso selvagem dos Encantados borbulhou dentro do meu peito. Dei um sorriso preguiçoso. Minha *shaed* inflou-se.

Então, passei para a frente do salão, sentei-me diante da lareira e lhes contei a história.

Ou melhor, contei-lhes *uma* história. Se lhes dissesse toda a verdade, eles não acreditariam. Feluriana me deixara partir porque eu tinha uma canção como refém? Isso simplesmente não combinava com os enredos clássicos.

Assim, o que lhes contei foi mais próximo da história que eles esperavam ouvir. Nessa narrativa, persegui Feluriana pela terra dos Encantados. Nossos corpos se enroscaram em sua clareira crepuscular. Depois, quando descansávamos, toquei para ela uma música tão leve que a fez rir, uma música tão sombria que a deixou sem fôlego, uma música tão doce que a fez chorar.

Mas, quando tentei sair da terra dos Encantados, ela se recusou a me deixar partir. Tinha gostado demais do meu... talento artístico.

Acho que não devo ser recatado. Deixei fortemente implícito que Feluriana havia formado uma opinião muito elevada a meu respeito como amante. Não me desculpo por essa conduta, exceto pelo fato de que eu era um rapaz de 16 anos, orgulhoso de minhas habilidades recém-descobertas e que não me acanhava de me gabar um pouco.

Contei-lhes como Feluriana havia tentado aprisionar-me, como havíamos lutado, usando a magia. Para isso, servi-me um pouco do Grande Taborlin. Disse ter havido fogo e raios.

No fim, eu tinha vencido Feluriana, mas lhe poupara a vida. Por gratidão, ela tecera para mim uma capa encantada, me ensinara segredos de magia e me dera uma folha de prata como símbolo de sua consideração. A folha foi pura invenção, é claro. Mas não seria uma história adequada se ela não me desse três presentes.

No cômputo geral, foi uma boa história. E, se não foi inteiramente verdadeira... bem, pelo menos misturou-se com um pouco de verdade. Em minha defesa, devo dizer que eu poderia ter prescindido inteiramente da verdade e contado uma história muito melhor. As mentiras são mais simples e, na maioria das vezes, fazem mais sentido.

Losi me observou durante toda a narrativa e pareceu encarar a coisa toda como uma espécie de desafio à perícia das mulheres mortais. Encerrada a história, reivindicou minha companhia e me levou para seu quartinho, no andar mais alto da Brava Penny.

Dormi muito pouco naquela noite e Losi chegou mais perto de me matar do que Feluriana jamais fizera. Foi uma parceira adorável, exatamente tão maravilhosa quanto Feluriana tinha sido.

Mas, como era possível isso?, ouço você perguntar. Como poderia qualquer mulher mortal comparar-se a Feluriana?

É mais fácil compreender se você pensar nisso em termos de música. Há ocasiões em que um homem gosta de uma sinfonia. Noutras, acha uma giga mais adequada a seu gosto. O mesmo se aplica a fazer amor. Um tipo combina com as almofadas fofas de uma clareira crepuscular na floresta. Outro se enrosca muito naturalmente nos lençóis de camas estreitas no andar superior de hospedarias. Cada mulher é um instrumento, à espera de ser aprendido, amado e tocado com requinte, para que enfim sua verdadeira música seja criada.

Alguns talvez se ofendam com este modo de ver as coisas, por não compreenderem como um artista de trupe encara sua música. Talvez achem que deprecio as mulheres. Talvez me considerem insensível, grosseiro ou abrutalhado.

Mas essas pessoas não compreendem o amor, nem a música, nem a mim.

CAPÍTULO 108

Rápido

Passamos alguns dias na Brava Penny, enquanto nossa acolhida foi calorosa. Tínhamos nossos próprios quartos e todas as refeições de graça. Menos bandidos significavam estradas mais seguras e freguesia maior, e Penny sabia que nossa presença na hospedaria atrairia uma clientela melhor do que um violinista, qualquer que fosse a noite.

Fizemos bom uso desse tempo, desfrutando de refeições quentes e leitos macios. Uma oportunidade de restabelecimento faria bem a todos nós. Hespe ainda estava cuidando da perna ferida pela flechada e Dedan, da fratura no braço. Meus pequenos ferimentos da luta com os bandidos tinham sarado havia muito tempo, mas eu tinha outros mais novos, quase todos compostos de grandes arranhões nas costas.

Ensinei ao Tempi os princípios básicos do alaúde e ele recomeçou a me ensinar a lutar. Meu treinamento consistia em discussões curtas e tensas sobre a Lethani e em períodos longos e exaustivos me exercitando na Ketan.

Também compus uma canção sobre minha experiência com Feluriana. Originalmente, dei-lhe o nome de "Em crepúsculos versado", que você há de admitir que não era um bom título. Por sorte, o nome não pegou e, hoje em dia, quase todo mundo a conhece como "A canção semicantada".

Não foi minha melhor obra, mas era fácil de gravar. A clientela da hospedaria pareceu apreciá-la e, quando ouvi Losi assobiá-la enquanto servia bebidas, vi que ela se espalharia como fogo numa mina de carvão.

Como o povo continuava a pedir histórias, compartilhei alguns outros eventos interessantes da minha vida. Contei como tinha conseguido ser aceito na Universidade com apenas 15 anos. Contei como havia ingressado no Arcanum num prazo de meros três dias. Contei como tinha invocado o nome do vento, num acesso furioso de ódio, depois de Ambrose quebrar meu alaúde.

Infelizmente, na terceira noite, eu havia esgotado minhas histórias verdadeiras. E, como minha plateia ansiava por mais, simplesmente roubei uma história referente a Illien e me pus no lugar dele. Também furtei umas coisas do Taborlin, já que estava com a mão na massa.

Não me orgulho disso e, em minha defesa, gostaria de dizer que eu tinha bebido um bocado. E mais, havia algumas mulheres bonitas na plateia. Há algo de poderosamente sedutor no olhar empolgado de uma jovem mulher. Ele consegue arrancar toda sorte de disparates de um rapazinho tolo e eu não era exceção a essa regra.

Entrementes, Dedan e Hespe habitavam o mundinho exclusivo que os novos enamorados criam para si. Dava gosto observá-los. Dedan estava mais gentil, mais calado. O rosto de Hespe perdera muito de sua dureza. Os dois passavam grande parte do tempo em seu quarto. Pondo o sono em dia, sem dúvida.

Marten flertou escandalosamente com Penny, bebeu o suficiente para afogar um peixe e, de modo geral, divertiu-se o bastante por qualquer trio de homens.

Deixamos a Brava Penny depois de três dias, sem querer abusar da hospitalidade. De minha parte, fiquei contente por partir. Entre o treinamento e as atenções de Losi, eu estava quase morto de cansaço.

∽

Nosso progresso foi lento na estrada de volta a Severen. Em parte pela preocupação com a perna machucada de Hespe, mas em parte por sabermos que nosso tempo juntos estava chegando ao fim. Apesar das nossas dificuldades, fizéramos uma amizade estreita e essas coisas são difíceis de deixar para trás.

A notícia das nossas aventuras correra à nossa frente. Por isso, quando parávamos para pernoitar, as refeições e as camas eram fáceis de conseguir, quando não gratuitas.

No terceiro dia após sairmos da Brava Penny, topamos com uma pequena trupe de artistas. Não eram Edena Ruh e pareciam bem esmolambados. Havia apenas quatro: um sujeito mais velho, dois homens na casa dos 20 e um garoto de 8 ou 9 anos. Estavam carregando sua carroça toda bamba no momento em que paramos para dar um descanso à perna de Hespe.

– Olá, pessoal da trupe – cumprimentei.

Eles levantaram a cabeça, nervosos, depois relaxaram ao ver o alaúde pendurado em minhas costas.

– Olá, bardo.

Ri e lhes apertei as mãos.

– Aqui não há nenhum bardo, só um pequeno cantor.
– Olá, assim mesmo – disse o homem mais velho, com um sorriso. – Para onde você está indo?
– Do norte para o sul. E vocês?
Eles relaxaram ainda mais, ao saberem que eu seguia para uma direção diferente.
– Do leste para o oeste.
– E como anda a sua sorte?
O homem encolheu os ombros.
– Bem ruinzinha, ultimamente. Mas ouvimos falar numa certa lady Chalker, que mora a dois dias daqui. Dizem que ela nunca dispensa um homem que saiba arranhar um violino ou resmungar uma peça. Temos esperança de sair de lá com um ou dois vinténs.
– As coisas corriam melhor quando tínhamos o urso – disse um dos homens mais jovens. – O pessoal paga para ver um urso ser açulado.
– Ele ficou doente, por causa de uma mordida de cachorro – explicou-me o outro rapaz. – Morreu há quase um ano.
– Que pena. Os ursos são difíceis de achar – comentei. Eles assentiram com a cabeça, em silêncio. – Tenho uma música nova para vocês. O que me dariam por ela?
O homem me olhou, desconfiado.
– Veja bem, nova para você não é exatamente nova para nós – assinalou. – E uma música nova não é necessariamente uma música boa, se entende o que quero dizer.
– Julgue você mesmo – retruquei, tirando o alaúde do estojo. Eu a tinha escrito para que fosse fácil de lembrar e simples de cantar, mas, mesmo assim, tive de repeti-la duas vezes até ele aprender tudo. Como eu disse, o grupo não era Edena Ruh.
– É uma canção bem boa – admitiu ele, a contragosto. – Todos apreciam Feluriana, mas não sei o que teríamos para lhe dar em troca.
O garoto se intrometeu na conversa:
– Eu fiz uma estrofe para o "Latoeiro Curtumeiro".
Os outros tentaram silenciá-lo, mas eu sorri.
– Eu adoraria escutá-la.
O menino estufou o peito e cantou com sua voz flauteada:

Bela filha de lavrador vi um dia,
Bem longe dos homens, à beira do rio.
Quando a avistei, seu banho tomava;
Dizia não achar muito direito
Os homens a espiá-la daquele jeito,
E por isso bem devagar se ensaboava.

Eu ri e o elogiei:
– Essa é boa. Mas que tal esta?

Bela filha de lavrador vi um dia,
Bem longe dos homens, à beira do rio.
Quando a flagrei, admitiu
Que limpa não se sentia
Ao ser vista a se banhar,
E assim tornava a se enxaguar.

O menino pensou um pouco.
– Gosto mais da minha – declarou, após alguma consideração.
Dei-lhe um tapinha nas costas.
– Feliz é o homem que se atém a sua poesia. – Virei-me de novo para o líder da pequena trupe: – Alguma novidade?
Ele pensou um instante.
– Bandidos ao norte daqui, no Eld.
Meneei a cabeça.
– Esses já foram eliminados, pelo que ouvi dizer.
Ele pensou um pouco mais.
– Eu soube que Alveron vai se casar com a tal Lackless.
– Eu sei um poema sobre os Lackless! – tornou a intervir o garotinho, e começou:

Dos Lackless à entrada da porta
Sete coisas há qual moura-torta...

– Psiu! – resmungou o homem mais velho, dando um tapa de leve na cabeça do menino. Levantou os olhos para mim, embaraçado. – O garoto tem bom ouvido, mas nem um mínimo de modos.
– Na verdade, eu gostaria de ouvir.
Ele encolheu os ombros e soltou o garoto, que o fuzilou com os olhos antes de recitar:

Dos Lackless à entrada da porta
Sete coisas há qual moura-torta...
Uma, um anel não usado,
Outra, espada renegada.
Uma, um tempo a acertar,
Outra, uma vela sem brilhar.
Uma, um filho, o sangue carregando,
Outra, uma porta, a inundação barrando.
Uma, algo guardado sem abandono,
E há então aquilo que vem com o sono.

– É um desses quebra-cabeças rimados – disse o pai, desculpando-se. – Sabe Deus onde ele os escuta, mas o garoto sabe muito bem que não é para sair matraqueando tudo o que ouve.

– Onde você ouviu isso? – perguntei.

O menino pensou um instante, depois deu de ombros e começou a se coçar atrás do joelho.

– Sei lá. Garotada.

– Precisamos ir andando – disse o homem mais velho, olhando para o céu. Enfiei a mão na bolsa e lhe entreguei um nóbile de prata. – Mas o que é isso? – perguntou ele, fitando-me com desconfiança.

– É para ajudar com um urso novo. Também passei por uns apertos, mas agora estou com a bolsa recheada.

Eles se foram depois de me agradecerem profusamente. Pobres sujeitos. Nenhuma trupe Ruh de respeito desceria a ponto de açular ursos. Não havia nenhuma arte nisso, nenhum orgulho na apresentação.

Mas dificilmente se poderia culpá-los por sua falta de sangue Ruh, e nós, das trupes itinerantes, temos de olhar uns pelos outros. Ninguém mais o faz.

∞

Tempi e eu usávamos nossas horas de caminhada para discutir a Lethani e as noites para treinar a Ketan. Estava ficando mais fácil para mim e, às vezes, eu conseguia chegar até Colher a Chuva antes que Tempi me apanhasse num erro minúsculo e me fizesse recomeçar do zero.

Nós dois havíamos achado um local parcialmente isolado, perto da hospedaria em que tínhamos parado para encerrar o dia. Dedan, Hespe e Marten estavam bebendo do lado de dentro. Fui executando criteriosamente os movimentos da Ketan, enquanto Tempi sentou-se com as costas apoiadas numa árvore, executando com implacável determinação um exercício básico de dedilhado que eu lhe ensinara. Vez após outra. Vez após outra.

Eu havia acabado de executar as Mãos Circulares quando captei pelo canto do olho um lampejo de movimento. Não parei, pois Tempi me ensinara a evitar qualquer distração ao executar a Ketan. Se me virasse para olhar, eu teria que começar tudo de novo.

Com movimentos de dolorosa lentidão, iniciei a Dança para Trás. Mal firmei o calcanhar, porém, percebi que havia algo errado em meu equilíbrio. Esperei que Tempi se manifestasse, mas ele não o fez.

Interrompi a Ketan, virei-me e vi um grupo de quatro mercenários ademrianos caminhando em nossa direção, com uma graça furtiva. Tempi já estava de pé, andando na direção deles. Meu alaúde havia sido reposto no estojo e estava encostado no tronco da árvore.

Os cinco logo se posicionaram num grupo fechado, tão próximos que seus ombros quase se tocavam. Tão próximos que não consegui ouvir o mais leve sussurro do que diziam nem ver suas mãos. Mas, pelo ângulo dos ombros de Tempi, pude perceber que ele estava constrangido, na defensiva.

Eu sabia que chamá-lo seria uma grosseria, por isso fui até lá. Antes que chegasse perto o bastante para ouvir, porém, um dos mercenários desconhecidos estendeu a mão e me empurrou, pressionando com firmeza os dedos afastados no centro do meu peito.

Sem pensar, fiz o Quebra-Leão, segurando o polegar dele e virando seu pulso para longe de mim. Ele soltou a mão da minha sem nenhum esforço aparente e se moveu para me derrubar com a Pedra de Caçar. Fiz a Dança para Trás e, dessa vez, acertei o equilíbrio, mas a outra mão dele me acertou a têmpora, só o bastante para me deixar zonzo por meio segundo, nem o suficiente para chegar a doer.

Meu orgulho, porém, saiu ferido. Foi o mesmo gesto com que Tempi me acertava, em sua censura silenciosa a minha execução desleixada da Ketan.

– Rápido – disse a mercenária baixinho, em aturano. Mercenária, sim, pois só ao ouvir sua voz me dei conta de que se tratava de uma mulher. Não que ela fosse particularmente masculina, apenas parecia muito semelhante a Tempi. Tinha o mesmo cabelo louro-escuro, os olhos cinza-claros, a expressão calma, o traje vermelho-sangue. Era algumas polegadas mais alta que ele e tinha ombros mais largos. No entanto, embora fosse magra como uma corda, sua roupa justa de mercenária ainda revelava as curvas delgadas dos quadris e dos seios.

Olhando mais de perto, foi fácil perceber que três dos quatro mercenários eram mulheres. A de ombros largos, virada para mim, tinha uma cicatriz fina cortando uma sobrancelha e outra perto da mandíbula. Eram as mesmas cicatrizes de um prateado pálido que Tempi tinha nos braços e no peito. E, embora estivessem longe de ser macabras, elas faziam o rosto inexpressivo da mulher parecer estranhamente sinistro.

"Rápido", dissera ela. À primeira vista, parecia um elogio, mas eu já fora alvo de chacota um número suficiente de vezes na vida para reconhecê-la, em qualquer língua que fosse.

Pior que isso, a mão direita dela deslizou por todo o tronco até parar na parte posterior da cintura, com a palma virada para fora. Mesmo com meu conhecimento rudimentar da linguagem das mãos em adêmico, eu sabia o que aquilo significava. A mão dela estava o mais longe possível do punho de sua espada. Ao mesmo tempo, ela virou o ombro para mim e desviou o olhar. Não foi apenas que me declarasse não ameaçador: aquilo era de um desdém ultrajante.

Esforcei-me para manter o rosto sereno, calculando que qualquer expressão só faria rebaixar ainda mais a opinião que ela fazia de mim.

Tempi apontou para o lugar de onde eu tinha saído.

– Vá – disse. *Sério. Formal.*

Obedeci com relutância, sem querer fazer uma cena.

Os ademrianos se reuniram num nó apertado por um quarto de hora, enquanto eu praticava a Ketan. Apesar de eu não ouvir um sussurro de sua conversa, ficou óbvio que eles estavam discutindo. Seus gestos foram ríspidos e zangados, a postura dos pés era agressiva.

Os quatro ademrianos desconhecidos enfim se foram, caminhando de volta para a estrada. Tempi retornou para onde eu tentava executar a sequência de Debulhar Trigo.

– Afastada demais. – *Irritação*. Bateu na minha perna traseira e empurrou meu ombro, para mostrar que me faltava equilíbrio.

Mudei a posição do pé e tentei de novo.

– Quem eram eles, Tempi?

– Ademrianos – foi sua resposta simples. Ele tornou a se sentar ao pé da árvore.

– Você os conhecia?

– Sim.

Tempi olhou em volta e tirou meu alaúde do estojo. Com as mãos ocupadas, ficou duplamente mudo. Voltei a praticar a Ketan, ciente de que tentar tirar respostas dele seria como arrancar dentes.

Passaram-se duas horas e o sol começou a se pôr atrás das árvores a oeste.

– Amanhã vou embora – disse Tempi. Como ainda tinha as duas mãos no alaúde, só me restou tentar adivinhar seu estado de espírito.

– Para onde?

– Para Haert. Para Shehyn.

– Isso são cidades?

– Haert é cidade. Shehyn é mestre.

Eu havia pensado um pouco no que poderia estar acontecendo.

– Você está tendo problemas por me dar aulas?

Ele guardou o alaúde no estojo e repôs a tampa no lugar.

– Talvez. – *Sim*.

– É proibido?

– Muito proibido.

Levantou-se e começou a praticar a Ketan. Eu o acompanhei e ambos passamos algum tempo calados.

– Quanto problema? – acabei perguntando.

– Muito problema – disse ele e ouvi um fragmento atípico de emoção em sua voz: angústia. – Foi insensato, talvez.

Movemo-nos juntos, com toda a lentidão do sol poente.

Pensei no que o Cthaeh dissera, no único retalho de informação potencialmente útil que ele deixara escapar em nossa conversa. *Você ria dos Encantados até ver um deles. Não admira que todos os seus vizinhos civilizados também descartem o Chan-*

driano. Você teria que deixar seus preciosos Cantos muito para trás a fim de encontrar alguém que o levasse a sério. Não teria a menor esperança enquanto não chegasse aos Montes Tempestuosos.

Feluriana dissera que o Cthaeh só falava a verdade.

– Eu poderia acompanhá-lo? – perguntei.

– Acompanhar? – disse Tempi, movendo as mãos num círculo gracioso, cuja intenção era quebrar os ossos longos do braço.

– Viajar com você. Seguir. Até Haert.

– Sim.

– Isso ajudaria no seu problema?

– Sim.

– Eu irei.

– Eu agradeço.

CAPÍTULO 109

Bárbaros e loucos

A BEM DA VERDADE, NÃO havia nada que eu desejasse mais do que regressar a Severen. Queria voltar a dormir numa cama e tirar proveito do favor prestado ao maer enquanto ele ainda estivesse vivo em sua memória. Queria encontrar Denna e acertar as coisas entre nós.

Mas Tempi estava com problemas por me ensinar. Eu não podia simplesmente fugir e deixá-lo enfrentar aquilo sozinho. E mais, o Cthaeh me dissera que Denna já tinha saído de Severen. Embora eu não precisasse de um Encantado profético para saber disso. Fazia um mês que eu havia partido e Denna nunca foi do tipo que deixa a grama crescer sob seus pés.

Assim, na manhã seguinte, nosso grupo se separou. Dedan, Hespe e Marten seguiriam para o sul, rumo a Severen, para se reportarem ao maer e receberem seu pagamento. Tempi e eu iríamos para o nordeste, em direção aos Montes Tempestuosos e ao Ademre.

– Tem certeza de que não quer que eu leve a caixa para ele? – perguntou-me Dedan pela quinta vez.

– Prometi ao maer que eu devolveria pessoalmente quaisquer valores recuperados – menti. – Mas preciso muito que você lhe entregue isto. – Dei ao mercenário grandalhão a carta que tinha escrito na noite anterior. – Isso explica por que tive que fazer de você o líder do grupo. – Sorri. – Talvez você receba uma bonificação por isso.

Dedan estufou o peito com ar de importância ao receber a carta.

Parado ali perto, Marten fez um ruído que talvez fosse de tosse.

∽

Enquanto Tempi e eu viajávamos, consegui arrancar alguns detalhes do mercenário. Acabei descobrindo que era costume as pessoas da sua posição social pedirem permissão antes de aceitar seus próprios alunos.

Para complicar a situação, havia o fato de eu ser estrangeiro. Um bárbaro. Ao transmitir ensinamentos a uma pessoa como eu, Tempi parecia ter feito mais do que violar um costume. Havia traído a confiança de seu mestre e seu povo.

– Haverá algum tipo de julgamento? – perguntei.

Ele balançou a cabeça.

– Nenhum julgamento. Shehyn me fará perguntas. Eu direi: "Vi no Kvothe bom ferro esperando. Ele é da Lethani. Precisa da Lethani como guia." – Tempi acenou a cabeça para mim. – Shehyn lhe fará perguntas sobre a Lethani, para ver se acertei na minha visão. Shehyn vai decidir se você é ferro digno de malhar.

Sua mão descreveu um círculo, fazendo o gesto de *inseguro*.

– E o que acontecerá se eu não for?

– Com você? – *Incerteza*. – Comigo? Serei cortado.

– Cortado? – repeti, torcendo para ter entendido mal.

Ele ergueu uma das mãos e balançou os dedos.

– Ademrianos. – Cerrou o punho e o agitou. – Ademre. – Reabriu a mão e tocou no dedo mínimo. – Tempi. – Tocou os outros dedos. – Amigo. Irmão. Mãe. – Tocou o polegar. – Shehyn. – Em seguida, fez um gesto de arrancar o dedo mindinho e jogá-lo fora. – Cortado.

Não morto, portanto, mas exilado. Comecei a respirar com mais facilidade, até que fitei os olhos claros de Tempi. Por um breve momento, houve uma brecha em sua máscara perfeita de placidez e por trás dela enxerguei a verdade. A morte seria um castigo mais generoso do que ser exilado. Ele estava aterrorizado, com tanto medo quanto qualquer um que eu já tivesse visto.

∽

Concordamos em que nossa melhor esperança era eu me colocar inteiramente nas mãos dele durante a viagem para Haert. Eu teria cerca de 15 dias para polir o que sabia, até deixá-lo brilhando. A esperança era que, ao conhecer os superiores de Tempi, eu pudesse causar uma boa impressão.

Antes de iniciarmos o primeiro dia, Tempi me instruiu a guardar minha *shaed*, o que fiz com relutância. Ela se dobrou num montinho surpreendentemente pequeno, que coube sem dificuldade em minha sacola de viagem.

O ritmo estabelecido por Tempi foi extenuante. Primeiro, nós dois nos movemos pelos alongamentos de dançarino que tantas vezes eu havia observado. Depois, em vez da nossa caminhada acelerada de praxe, corremos durante uma hora. Em seguida, praticamos a Ketan, enquanto Tempi corrigia meus erros intermináveis. Então caminhamos 1,5 quilômetro.

Por fim, sentamos e discutimos a Lethani. O fato de essa conversa ser em adêmico não facilitou as coisas, mas concordamos em que eu deveria mergulhar nessa língua, para que, ao chegar a Haert, soubesse falá-la como uma pessoa civilizada.

– Qual é o propósito da Lethani? – perguntou Tempi.

– Dar-nos um caminho a seguir? – retruquei.

– Não – respondeu ele, severo. – A Lethani não é um caminho.

– Qual é o propósito da Lethani, Tempi?

– Guiar-nos em nossos atos. Ao seguir a Lethani, age-se corretamente.

– E isso não é um caminho?

– Não. A Lethani é o que nos ajuda a escolher um caminho.

Então recomeçamos o ciclo. Uma hora de corrida, exercícios da Ketan, 1,5 quilômetro de caminhada, discussão da Lethani. Levou cerca de duas horas e, depois de encerrada nossa breve discussão, começamos de novo.

A certa altura de nossa conversa sobre a Lethani, comecei a fazer o gesto de *eufemismo*. Mas Tempi pôs a mão sobre a minha e me deteve.

– Quando estivermos falando da Lethani, você não deve fazer nada disso.

Sua mão esquerda moveu-se rapidamente, passando por *agitação*, *negação* e vários outros gestos que não reconheci.

– Por quê?

Tempi pensou por um momento.

– Quando se fala da Lethani, não deve vir daqui – ele deu um tapinha na minha cabeça – nem daqui. – Bateu em meu peito, na altura do coração, e deslizou os dedos até minha mão esquerda. – O verdadeiro conhecimento da Lethani vive mais fundo. Vive aqui. – E me cutucou na barriga, abaixo do umbigo. – Você deve falar daqui, sem pensar.

À medida que continuamos, aos poucos compreendi as regras não ditas de nossas discussões. Elas não apenas pretendiam ensinar-me a Lethani, mas também revelar com que profundidade a compreensão da Lethani se havia enraizado em mim.

Isso significava que as perguntas tinham que ser respondidas depressa, sem nenhuma das pausas deliberadas que em geral marcavam as conversas em adêmico. O que se esperava não eram respostas refletidas, mas sinceras. Se o sujeito compreendesse verdadeiramente a Lethani, esse conhecimento se tornaria óbvio em suas respostas.

Corrida. Ketan. Caminhada. Discussão. Completamos o ciclo três vezes antes de nossa parada para o almoço. Seis horas. Eu estava coberto de suor e mais ou menos convencido de que ia morrer. Após uma hora de pausa para comer e descansar, partimos de novo. Concluímos outros três ciclos antes de pararmos para dormir.

Acampamos à beira da estrada. Mastiguei meu jantar quase dormindo, estendi meu cobertor e me embrulhei na minha *shaed*. No estado de exaustão em que me encontrava, ela me pareceu macia e quente, como um acolchoado de penas de êider.

No meio da madrugada, Tempi me sacudiu para me acordar. Embora uma parte profunda e animalesca de mim o detestasse por isso, assim que me mexi, compreendi que era necessário. Meu corpo estava rígido e dolorido, mas os movimentos lentos e conhecidos da Ketan ajudaram a afrouxar meus músculos retesados. Ele fez eu me alongar e beber água, depois dormi feito uma pedra pelo resto da noite.

O segundo dia foi pior. Mesmo amarrado com firmeza em minhas costas, meu alaúde tornou-se um fardo terrível. A espada que eu nem sabia usar ia arrastando no meu quadril. Minha sacola de viagem pesava como uma mó e me arrependi de não ter deixado que Dedan levasse a caixa do maer. Meus músculos pareciam de molas traiçoeiras e, ao corrermos, a respiração me queimava a garganta.

Os momentos em que Tempi e eu falamos da Lethani foram o único repouso de verdade, mas foram de uma brevidade decepcionante. Minha cabeça rodopiava de exaustão e precisei de toda a minha concentração para ordenar as ideias e tentar dar respostas adequadas. Mesmo assim, minhas respostas só fizeram irritá-lo. Vez após outra, ele balançava a cabeça e explicava como eu estava errado.

Acabei desistindo de tentar acertar. Muito cansado para dar importância àquilo, parei de ordenar minhas ideias fatigadas e apenas usufruí a possibilidade de me sentar por alguns minutos. Metade do tempo, senti-me exausto demais para me lembrar do que dizia, mas, para minha surpresa, Tempi gostou mais dessas respostas. Foi uma bênção. Quando o que eu dizia lhe agradava, nossas conversas demoravam mais e eu podia passar mais tempo descansando.

Senti-me consideravelmente melhor no terceiro dia. Meus músculos já não doeram tanto. Minha respiração ficou mais solta. Minha cabeça ficou lúcida e leve, como uma folha flutuando ao vento. Nesse estado mental, minhas respostas às perguntas de Tempi saíram da ponta da língua com fluência, fáceis como cantar.

Corrida. Ketan. Caminhada. Discussão. Três ciclos. E então, quando fazíamos os movimentos da Ketan à beira da estrada, desmoronei.

Tempi estivera observando com atenção e me segurou antes que eu batesse no chão. Meu mundo rodopiou loucamente por alguns minutos, até eu perceber que estava à sombra de uma árvore à beira da estrada. Tempi devia ter-me carregado para lá.

Estava segurando meu cantil.

– Beba.

A ideia da água não me atraiu, mas, assim mesmo, tomei uma golada.

– Desculpe, Tempi.

Ele balançou a cabeça.

– Você foi muito longe antes de cair. Não reclamou. Mostrou que sua mente é mais forte que seu corpo. Isso é bom. Quando a mente controla o corpo, isso é próprio da Lethani. Mas conhecer seus limites também é próprio da Lethani. É melhor parar quando precisa do que correr até cair.

– A não ser que cair seja o que a Lethani exige – retruquei sem pensar. Minha cabeça ainda estava leve como uma folha carregada pelo vento.

Tempi deu-me um raro sorriso.

– Sim. Você está começando a enxergar.

Retribuí o sorriso.

– Seu aturano está ficando muito bom, Tempi.

Ele pestanejou. *Preocupação*.

– Estamos falando a minha língua, não a sua.

– Eu não estou falando... – comecei a protestar, mas, ao fazê-lo, escutei as palavras que estava usando. *Sceopa teyas*. Minha cabeça girou por um instante.

– Beba de novo – disse Tempi e, embora seu rosto e sua voz se achassem sob cuidadoso controle, percebi que estava apreensivo.

Bebi outro gole, para tranquilizá-lo. E então, como se de repente meu corpo percebesse que precisava da água, senti muita sede e bebi diversos goles grandes. Parei antes de beber em excesso e ficar com dor no estômago. Tempi meneou a cabeça, *aprovação*.

– E então, estou falando bem? – perguntei, para me distrair da minha sede.

– Está falando bem para uma criança. Muito bem para um bárbaro.

– Só bem? Estou errando as palavras?

– Você faz contato de mais com os olhos – disse ele, arregalando os seus e fitando os meus de modo penetrante, sem pestanejar. – Além disso, suas palavras são corretas, mas simples.

– Então, você tem que me ensinar mais palavras.

Ele balançou a cabeça. *Sério*.

– Você já conhece palavras de mais.

– De mais? Tempi, eu sei tão poucas.

– Não são as palavras, é o uso delas. Em adêmico, há uma arte da fala. Há quem saiba dizer muitas coisas numa só. Como Shehyn. Eles dizem uma coisa de um só fôlego e os outros encontram sentido nisso por um ano. – *Reprovação branda*. – Com muita frequência, você diz mais do que precisa. Não deve falar em adêmico como canta em aturano. Uma centena de palavras para elogiar uma mulher. Um exagero. Nossa fala é menor.

– Então, quando eu conhecer uma mulher, devo dizer simplesmente "você é bonita"?

– Não. Você simplesmente diria "bonita", e deixaria a mulher decidir o resto do significado.

– Isso não é...?

Eu não sabia as palavras correspondentes a "vago" ou "inespecífico" e tive de recomeçar, para transmitir minha ideia.

– Isso não leva à confusão?

– Leva à reflexão – disse ele, em tom firme. – É delicado. Deve ser sempre essa a preocupação quando se fala. Ser excessivo ao falar – Tempi balançou a cabeça –, isso é... – Parou, procurando a palavra.

– Grosseiro?

Negação. Frustração.

– Vou a Severen e há pessoas que cheiram mal. Há pessoas que não. Ambas são pessoas, mas as que não cheiram mal são pessoas de qualidade – disse. Bateu firmemente no meu peito com dois dedos. – Você não é pastor de cabras. É estudante da Lethani. Meu aluno. Deve falar como uma pessoa de qualidade.

– Mas e a clareza? E se você estiver construindo uma ponte? Nisso entram muitas peças. Todas devem ser ditas com clareza.

– Decerto – disse Tempi. *Concordância.* – Às vezes. Mas, na maioria das coisas, nas coisas importantes, o delicado é melhor. O pequeno é melhor.

Ele estendeu a mão e apertou meu ombro com firmeza. Em seguida, ergueu os olhos para os meus e sustentou o olhar por um breve momento. Coisa raríssima nele. E deu um pequeno sorriso silencioso.

– Orgulhoso – disse.

∞

O resto do dia foi gasto na minha recuperação. Andamos alguns quilômetros, praticamos a Ketan, discutimos a Lethani e voltamos a andar. Nessa noite, paramos numa hospedaria à beira da estrada, onde comi o suficiente para três homens e caí na cama antes que o sol deixasse o céu.

No dia seguinte, voltamos aos ciclos, mas fizemos apenas dois antes do meio-dia e dois depois. Meu corpo ardia e doía, mas já não delirei de exaustão. Por sorte, com um pequeno esforço mental, consegui deslizar de novo para aquela estranha lucidez antecipatória que tinha usado para responder às perguntas de Tempi na véspera.

Nos dois dias seguintes, passei a pensar nesse curioso estado mental como Folha em Rodopio.

Ele parecia um primo distante do Coração de Pedra, o exercício mental que eu havia aprendido muito tempo antes. Afora isso, havia pouca semelhança entre os dois. O Coração de Pedra era prático: despia qualquer emoção e fazia minha mente se concentrar. Tornava mais fácil dividir a mente ou sustentar o importantíssimo Alar.

Já a Folha em Rodopio parecia basicamente inútil. Era relaxante deixar a mente ficar vazia e limpa, depois flutuar e ir tropeçando de leve de uma coisa para outra. Mas, exceto por me ajudar a tirar do nada respostas às perguntas de Tempi, não parecia ter qualquer valor prático. Era o equivalente mental de um truque de baralho.

No oitavo dia na estrada, meu corpo já não doía constantemente. Foi então que Tempi acrescentou algo novo. Depois de praticarmos a Ketan, nós lutávamos. Era difícil, porque acontecia quando eu estava mais cansado. Depois da luta, porém, sempre nos sentávamos, descansávamos e discutíamos a Lethani.

– Por que você sorriu hoje, quando lutamos? – perguntou Tempi.
– Porque eu estava feliz.
– Você gostou da luta?
– Sim.
Ele irradiou desprazer.
– Isso não é próprio da Lethani.
Pensei por um momento sobre minha pergunta seguinte:
– O homem deve se comprazer com a luta?
– Não. Você se compraz ao agir corretamente e seguir a Lethani.
– E se seguir a Lethani exigir que eu lute? Não devo sentir prazer nisso?
– Não. Você deve sentir prazer por seguir a Lethani. Se lutar bem, deve se orgulhar por fazer uma coisa bem-feita. Em relação à luta em si, deve sentir apenas dever e tristeza. Só os bárbaros e os loucos sentem prazer no combate. Quem ama a luta em si deixou a Lethani para trás.

∞

No 11º dia, Tempi me mostrou como incorporar minha espada à Ketan. A primeira coisa que aprendi foi a rapidez com que uma espada passa a pesar feito chumbo se empunhada com o braço estendido.

Com nossas lutas e o acréscimo da espada, cada ciclo levava quase duas horas e meia. Ainda assim, mantivemos nosso horário todos os dias. Três ciclos antes do meio-dia, três ciclos depois. Quinze horas, ao todo. Senti meu corpo tornar-se mais rijo, ficando ágil e esguio como o de Tempi.

Assim, corremos, aprendi e Haert foi ficando cada vez mais próxima.

CAPÍTULO 110
Beleza e galho

Na viagem, atravessamos rapidamente as cidades, parando apenas para obter alimento e água. A zona rural foi um borrão. Minha cabeça estava concentrada na Ketan, na Lethani e na língua que eu vinha aprendendo.

A estrada se estreitou ao enveredarmos pelo sopé dos Montes Tempestuosos. O terreno foi ficando pedregoso e irregular e a estrada começou a ziguezaguear, evitando desfiladeiros profundos, penhascos e amontoados de pedaços de rocha. O ar se modificou, tornando-se mais frio do que eu esperaria no verão.

Terminamos a viagem em 15 dias. Segundo minha melhor estimativa, tínhamos percorrido quase 500 quilômetros nesse período.

Haert era a primeira cidade ademriana que eu já vira e, para meu olhar inexperiente, mal pareceu uma cidade. Não havia uma rua central ladeada por casas e lojas. As construções eram muito espaçadas, de formatos estranhos e feitas para se encaixarem na forma natural da terra, como se tentassem ficar longe dos olhos.

Eu não sabia que as violentas tempestades que davam nome à cordilheira eram comuns ali. Seus ventos súbitos e mutáveis destroçariam qualquer coisa elevada e angulosa como as casas quadradas de madeira comuns nas terras mais abaixo.

Em vez disso, os ademrianos construíam com sensatez, ocultando seus prédios do mau tempo. As casas se embutiam nas encostas dos morros ou fora da direção dos ventos, protegidas por paredões de rocha. Algumas eram escavadas para baixo. Outras, nas laterais rochosas de penedos. Algumas a gente mal conseguia ver, a não ser que parasse ao lado delas.

A exceção era um grupo de prédios baixos de pedra, num aglomerado bem próximo, a certa distância da estrada.

Paramos diante do maior deles. Tempi virou-se para mim, puxando com nervosismo as tiras de couro que mantinham as mangas vermelhas do traje de mercenário bem justas nos braços.

– Tenho que me apresentar a Shehyn. Talvez demore um pouco. – *Ansiedade. Pesar.* – Você deve aguardar aqui. Talvez por muito tempo.

Sua linguagem corporal me disse mais que suas palavras. *Não posso levá-lo lá dentro, já que você é bárbaro.*

– Vou esperar – tranquilizei-o.

Ele assentiu com a cabeça e entrou, dando uma olhadela para trás antes de fechar a porta.

Olhei em volta e vi algumas pessoas cuidando em silêncio de seus afazeres: uma mulher que carregava um cesto, um garotinho puxando uma cabra por uma corda. As construções eram feitas da mesma pedra bruta que se via na paisagem, mesclando-se com os arredores. O céu estava nublado, o que acrescentava mais um matiz de cinza.

O vento soprava em tudo, estalando nas esquinas e fazendo desenhos na grama. Por um instante, pensei em vestir minha *shaed*, mas resolvi não fazê-lo. Ali o ar era mais rarefeito e mais frio, porém ainda era verão e o sol estava quente.

Senti-me estranhamente apaziguado naquele lugar, sem nada do vozerio e do mau cheiro das cidades maiores. Nenhum estrépito de cascos de cavalos batendo nas pedras do calçamento. Nada de vendedores em carroças, oferecendo aos gritos suas mercadorias. Era fácil imaginar uma pessoa como Tempi crescendo num lugar assim, mergulhado na quietude até se inundar dela e depois levando-a consigo ao partir.

Tendo pouco mais que olhar, voltei-me para o prédio mais próximo. Era feito de pedaços irregulares de pedra, montados como um quebra-cabeça. Examinando mais de perto, fiquei intrigado com a ausência de reboco. Toquei-o com o nó dos dedos, perguntando-me por um instante se não seria um único bloco, entalhado para dar a impressão de muitas pedras encaixadas.

Atrás de mim, ouvi uma voz perguntar em adêmico:

– O que acha da nossa parede?

Virei-me e vi uma mulher mais velha, com os típicos olhos cinza-claros dos ademrianos. Sua expressão era impassível, mas as feições eram bondosas e maternais. Ela usava um gorro de lã amarela puxado sobre as orelhas. Era um trabalho tosco de tricô e o cabelo louro-escuro que escapava por baixo das bordas começava a embranquecer. Depois de tanto tempo viajando com Tempi, foi estranho ver uma ademriana que não vestia o traje vermelho justo e cheio de correias dos mercenários nem portava uma espada. Essa mulher usava uma blusa branca solta e calças de linho.

– É fascinante a nossa parede? – perguntou-me, gesticulando *leve diversão*, *curiosidade* com uma das mãos. – O que acha dela?

– Acho-a bonita – respondi em adêmico, tomando o cuidado de estabelecer apenas um breve contato visual.

A mão dela se inclinou num gesto desconhecido.

– Bonita?

Encolhi muito ligeiramente os ombros.

– Há uma beleza que pertence a coisas funcionais simples.

– Talvez você esteja confundindo uma palavra – disse ela. *Desculpas gentis*. – Beleza é uma flor, uma mulher ou uma pedra preciosa. Talvez você pretenda dizer "utilidade". Uma parede é útil.

– Útil, mas também bela.

– Talvez uma coisa adquira beleza ao ser usada.

– Talvez uma coisa seja usada conforme a sua beleza – contrapus, perguntando-me se esse seria o equivalente ademriano de uma conversa superficial. Se era, eu o preferia aos mexericos insípidos da corte do maer.

– E quanto ao meu chapéu? – perguntou-me, tocando-o com a mão. – Será belo por estar sendo usado?

O gorro fora tricotado em lã artesanal grossa, tingida de um amarelo vivo, cor de milho. Era ligeiramente torto e tinha pontos desiguais em alguns lugares.

– Parece bem quente – respondi, cauteloso.

Ela fez o gesto de *pequena diversão* e seus olhos cintilaram muito de leve.

– Isso ele é. E, para mim, é bonito, já que foi feito pela filha da minha filha.

– Então, é belo também. – *Concordância*.

A mulher me sorriu com a mão. Inclinou-a de um jeito diferente do de Tempi, ao fazer esse gesto e resolvi entendê-lo como um sorriso afetuoso e maternal. Mantendo o rosto impassível, retribuí o gesto de um sorriso, fazendo o melhor possível para torná-lo caloroso e educado.

– Você fala bem para um bárbaro – disse ela, estendendo as mãos para segurar meus braços num gesto amistoso. – As visitas aqui são raras, especialmente as tão gentis. Venha comigo. Eu lhe mostrarei a sua beleza e você me falará de qual seria o uso dela.

Baixei os olhos. *Pesar*.

– Não posso. Estou esperando.

– Por alguém lá dentro?

Fiz que sim.

– Se a pessoa entrou, desconfio de que você ficará à espera por algum tempo. Com certeza, ela ficaria satisfeita por você vir comigo. Posso mostrar-me mais interessante do que uma parede.

A senhora ergueu um braço e captou a atenção de um garotinho, que veio saltitando e a fitou com expectativa, com uma olhadela de relance para o meu cabelo.

Ela fez diversos gestos para o menino, mas só compreendi *baixinho*.

– Diga aos que estão lá dentro que vou levar este homem para um passeio, para que ele não precise ficar sozinho ao vento. Eu o devolverei em pouco tempo.

Deu um tapinha no estojo do meu alaúde e fez o mesmo com minha sacola de viagem e a espada em minha cinta.

– Entregue-os ao menino e ele os deixará lá dentro para você.

Sem esperar por minha resposta, começou a puxar a sacola do meu ombro e não consegui pensar num modo gentil de me desvencilhar, sem parecer terrivelmente indelicado. Toda cultura é diferente, mas uma coisa é sempre certa: a maneira mais segura de insultar é rejeitar a hospitalidade do anfitrião.

O menino saiu correndo com minhas coisas e a senhora segurou meu braço, levando-me embora. Resignei-me a sua companhia, com certa gratidão, e fomos andando em silêncio, até chegarmos a um vale profundo, que de repente se abriu à nossa frente. Era verde, com um riacho na base e protegido do vento persistente.

– O que me diria de uma coisa assim? – perguntou ela, apontando para o vale protegido.

– É muito ademriano.

Ela deu um tapinha afetuoso em meu braço.

– Você tem o dom de dizer sem dizer. É coisa rara em alguém do seu tipo.

Começou a descer para o vale, mantendo uma das mãos no meu braço como apoio, enquanto pisava com cuidado numa trilha estreita e pedregosa que serpeava pela encosta. Avistei um garotinho com um rebanho de ovelhas não muito longe. Ele acenou para nós, mas não nos chamou.

Chegamos ao fundo do vale, onde o riacho rolava claro sobre as pedras. Criava lagos cristalinos, nos quais pude ver as marolas causadas pelos peixes que se mexiam na água.

– Você chamaria isso de belo? – perguntou a velha senhora, depois de contemplarmos a cena por algum tempo.

– Sim.

– Por quê?
Incerteza.
– Por seu movimento, talvez.
– A pedra não tinha movimento algum e você também a chamou de bela. – *Interrogação.*
– Mover-se não é da natureza da pedra. Talvez a beleza esteja no mover-se de acordo com a própria natureza.

Ela assentiu com a cabeça, como se minha resposta a agradasse. Continuamos a observar a água.

– Você já ouviu falar da Latantha? – perguntou-me.
– Não. – *Pesar.* – Mas talvez eu apenas não conheça a palavra.

Ela se virou e fomos caminhando pela base do vale, até chegarmos a uma área mais larga, com a aparência cuidadosamente tratada de um jardim. No centro dela havia uma árvore alta, diferente de todas as que eu já tinha visto.

Paramos na beirada da clareira.

– Essa é a árvore espadeira – disse ela, fazendo um gesto que não reconheci, no qual roçou o dorso da mão em sua face. – A Latantha. Você diria que é bonita?

Observei-a por um momento. *Curiosidade.*

– Eu gostaria de vê-la mais de perto.
– Isso não é permitido. – *Ênfase.*

Assenti com a cabeça e observei a árvore tão bem quanto me era possível, àquela distância. Seus galhos eram altos e arqueados como os de um carvalho, mas as folhas eram largas e planas, e giravam em círculos estranhos ao serem tocadas pelo vento.

– Sim – respondi, depois de um longo tempo.
– Por que você demorou tanto para decidir?
– Estava considerando a razão da beleza dela – admiti.
– E...?
– Eu poderia dizer que ela se move e não se move de acordo com sua natureza e que isso lhe confere beleza. Mas creio que não é essa a razão.
– Então, qual seria?

Contemplei-a por um longo tempo.

– Não sei. Qual lhe parece ser a razão?
– Ela é simplesmente bela. Isso basta.

Fiz um aceno com a cabeça, sentindo-me ligeiramente tolo pelas respostas complexas que dera antes.

– Você conhece a Ketan? – perguntou-me a senhora, o que me surpreendeu.

Eu já tinha uma ideia de quão importantes eram essas coisas para os ademrianos. Por isso, hesitei em dar uma resposta direta. Mas também não queria mentir.

– Talvez. – *Desculpas.*

Ela meneou a cabeça.

– Você é cauteloso.
– Sim. Você é a Shehyn?
Ela confirmou com um aceno.
– Quando você desconfiou que eu era quem sou?
– Quando me perguntou sobre a Ketan. Em que momento você desconfiou que eu sabia mais do que um bárbaro deveria saber?
– Quando o vi firmar os pés.
Outro silêncio.
– Shehyn, por que você não usa o vermelho, como os outros mercenários?
Ela fez um par de gestos desconhecidos.
– Seu professor lhe disse por que eles usam vermelho?
– Não pensei em perguntar – respondi, sem querer sugerir que Tempi teria sido negligente na minha formação.
– Então, eu lhe pergunto.
Pensei por um instante.
– Para que seus inimigos não os vejam sangrar?
Aprovação.
– Nesse caso, por que uso branco?
A única resposta em que consegui pensar me enregelou.
– Porque você não sangra.
Ela fez um ligeiro aceno com a cabeça.
– E também porque, se uma inimiga me tirar sangue, deverá ver isso como sua justa recompensa.
Inquietei-me em silêncio, fazendo o melhor possível para imitar a compostura ademriana apropriada. Após uma pausa adequadamente polida, perguntei:
– O que acontecerá com Tempi?
– Isso ainda veremos – respondeu ela, com um gesto próximo ao da irritação, e em seguida perguntou: – Você não está preocupado consigo mesmo?
– Estou mais preocupado com ele.
A árvore espadeira tecia desenhos no vento. Era quase hipnótica.
– Até que ponto você chegou em sua formação? – perguntou Shehyn.
– Estudei a Ketan por um mês.
Ela se virou de frente para mim e levantou as mãos.
– Está pronto?
Não pude deixar de pensar que ela era quase um palmo mais baixa que eu e idosa o bastante para ser minha avó. O gorro amarelo torto também não lhe dava uma aparência terrivelmente intimidante.
– Talvez – respondi, também levantando as mãos.
Shehyn aproximou-se de mim devagar, fazendo Mãos de Faca. Contra-ataquei com Colher a Chuva. Depois, fiz Ferro Ascendente e Entrada Veloz, mas não con-

segui tocá-la. Ela acelerou um pouquinho, fazendo o Sopro Giratório e o Golpe à Frente ao mesmo tempo. Aparei um dos golpes com Agitar Água, mas não consegui escapar do outro. Ela me tocou abaixo das costelas e na têmpora, com a leveza de quem encostasse o dedo nos lábios de alguém.

Nada do que tentei surtiu o menor efeito nela. Fiz Raio Atirado, mas ela simplesmente se afastou um passo e nem se incomodou em revidar. Uma ou duas vezes, senti o tecido roçar minhas mãos, ao chegar perto o bastante para tocar em sua blusa branca, mas foi só. Era como tentar acertar um pedaço de corda pendurado.

Cerrei os dentes e fiz Debulhar Trigo, Prensar Sidra e Mãe no Riacho, deslocando-me sem interrupção entre um e outro, numa sucessão de golpes.

Shehyn se movia de um modo que eu nunca tinha visto. Não que fosse veloz, embora o fosse, mas essa não era a essência. Movimentava-se com perfeição, sem jamais dar dois passos quando um era suficiente. Nunca se deslocava 10 centímetros se precisava de apenas 9. Movia-se como algo saído de um livro de histórias, mais fluente e graciosa do que Feluriana dançando.

Na esperança de pegá-la de surpresa e provar meu valor, movi-me da maneira mais veloz a que me atrevi. Fiz a Donzela Dançando, Pegar Pardais, Quinze Lobos...

Shehyn deu um único passo perfeito.

– Por que está chorando? – perguntou-me, ao fazer a Garça Cadente. – Está com vergonha? Com medo?

Pisquei os olhos para desanuviá-los. Minha voz soou rouca de esforço e emoção:

– Você é bela, Shehyn. Porque em você estão a pedra da parede, a água do riacho e o movimento da árvore, todos num só.

Shehyn pestanejou e, em seu instante de surpresa, vi-me segurando firmemente seu ombro e seu braço. Fiz o Trovão Ascendente, mas, em vez de ser derrubada, ela se manteve imóvel e sólida como uma rocha.

Quase distraída, desvencilhou-se com Quebra-Leão e fez Debulhar Trigo. Voei por uma distância de quase 2 metros e bati no chão.

Levantei-me depressa, sem nenhum ferimento. Fora uma queda suave em solo macio e Tempi tinha-me ensinado a cair sem me machucar. Mas, antes que eu pudesse avançar de novo, Shehyn me deteve com um gesto.

– Tempi lhe ensinou e não ensinou – disse, com uma expressão indecifrável. Forcei meus olhos a se desviarem outra vez do seu rosto. Era muito difícil romper esse hábito de uma vida inteira. – O que é ruim e é bom. Venha.

Deu meia-volta e andou para mais perto da árvore.

Era maior do que eu havia pensado. Os galhos menores moviam-se em loucos desenhos de curvas, conforme o vento os jogava de um lado para outro.

Shehyn apanhou uma folha caída e a entregou a mim. Era larga e plana, do tamanho de um prato pequeno, e surpreendentemente pesada. Senti uma espetada na mão e vi um filete de sangue escorrer por meu polegar.

Examinei a borda da folha e vi que era rígida, afiada como um talo de capim. Árvore espadeira, ora se não era. Qualquer um que parasse perto dela no vento forte seria retalhado em tiras.

– Se quisesse atacar essa árvore, o que você faria? – perguntou Shehyn. – Golpearia a raiz? Não. Forte demais. Golpearia as folhas? Não. Velozes demais. Então, o quê?

– O galho.

– O galho. – *Concordância*. Virou-se para mim: – Foi isso que Tempi não lhe ensinou. Seria um erro dar-lhe esse ensinamento. No entanto, você sofreu por isso.

– Não compreendo.

Ela fez um gesto para que eu iniciasse a Ketan. Automaticamente, assumi a posição de Pegar Pardais.

– Pare.

Imobilizei-me naquela posição.

– Se eu quiser atacá-lo, onde deve ser? Aqui, na raiz? – perguntou, empurrando minha perna e vendo que era inflexível. – Aqui, na folha? – empurrou minha mão levantada, deslocando-a com facilidade, mas conseguindo pouco mais que isso. – Aqui. No galho. – Empurrou delicadamente um de meus ombros e me deslocou com facilidade. – E aqui – acrescentou, pressionando também meu quadril e me fazendo girar. – Vê? É preciso saber onde gastar sua força, senão ela é desperdiçada. Desperdiçar força não é próprio da Lethani.

– Sim, Shehyn.

Ela ergueu as mãos e assumiu a posição em que eu a havia apanhado, a meio caminho da Garça Cadente.

– Faça o Trovão Ascendente. Onde está minha raiz?

Apontei para seus pés, solidamente plantados.

– Onde está a folha?

Apontei para suas mãos.

– Não. Daqui até aqui é a folha – retrucou ela, indicando a extensão do braço e demonstrando que podia atacar livremente com as mãos, os cotovelos ou os ombros. – Onde está o galho?

Pensei por um momento e dei um tapinha em seu joelho.

Embora ela não desse nenhum sinal, intuí sua surpresa.

– E...?

Dei um tapinha no lado oposto, na axila e depois no ombro.

– Mostre-me.

Aproximei-me, encostei uma perna no joelho dela e fiz o Trovão Ascendente, jogando-a para o lado. Fiquei surpreso com a pouca força que foi necessária.

Mas, em vez de ser arremessada para cima e derrubada no chão, Shehyn segurou meu antebraço. Senti um choque subir até meu ombro e fui puxado de lado com um passo cambaleante. Em vez de ser lançada longe, Shehyn usou o punho cerrado como alavanca para baixar os pés sob o corpo. Deu um único passo perfeito e recuperou o equilíbrio.

Olhou-me nos olhos por um longo momento especulativo, depois virou-se para ir embora e fez um gesto para que eu a seguisse.

CAPÍTULO 111

Mentiroso e ladrão

SHEHYN E EU VOLTAMOS ao conjunto de construções de pedra e encontramos Tempi parado do lado de fora, deslocando nervosamente o peso do corpo de um pé para o outro. Isso confirmou minha suspeita. Ele não tinha mandado Shehyn para me testar. Ela me encontrara sozinha.

Ao chegarmos suficientemente perto, vi que Tempi segurava a espada desembainhada na mão direita, com a ponta para baixo. Sua mão esquerda gesticulou *esmerado respeito*.

– Shehyn – começou –, eu...

Shehyn fez sinal para que ele a seguisse e entrou na construção de pedra. Fez alguns gestos para um garotinho e ordenou:

– Vá buscar Carceret.

O menino saiu correndo.

Curiosidade, gesticulei para Tempi.

Ele não me olhou. *Profunda seriedade. Atenção.* Não me tranquilizou o fato de serem os mesmos gestos que ele tinha feito na estrada para Crosson, ao supor que estávamos entrando numa emboscada. Suas mãos, notei, tremiam um pouco.

Shehyn nos conduziu a uma porta aberta, onde uma mulher de traje mercenário vermelho juntou-se a nós. Reconheci as cicatrizes finas na sobrancelha e na mandíbula. Era Carceret, a mercenária que havíamos encontrado a caminho de Severen, a que me dera um empurrão.

Shehyn fez sinal para os dois mercenários entrarem, mas ergueu uma das mãos para mim:

– Espere aqui. O que Tempi fez não é bom. Escutarei. Depois decidirei o que deve ser feito com você.

Assenti com a cabeça. Ela entrou e fechou a porta.

∾

Esperei uma hora, depois duas. Espichei os ouvidos, mas não consegui escutar nada. Algumas pessoas passaram pelo saguão: duas de traje mercenário vermelho, outra com uma simples roupa cinza tecida em casa. Todas olharam para meu cabelo, mas nenhuma olhou fixamente.

Em vez de sorrir e menear a cabeça, como seria sociável entre os bárbaros, mantive o rosto impassível, retribuí seus pequenos gestos de saudação e evitei o contato visual.

Em algum momento após a terceira hora, a porta se abriu e Shehyn fez sinal para que eu entrasse.

Era uma sala bem iluminada, com paredes de pedra polida. Tinha o tamanho de um quarto amplo de hospedaria, mas parecia ainda maior, dada a ausência de qualquer mobiliário significativo. Havia uma pequena estufa de ferro que irradiava um calor suave, perto de uma das paredes, e quatro cadeiras de frente umas para as outras, num círculo aproximado. Tempi, Shehyn e Carceret ocupavam três delas. A um gesto de Shehyn, sentei-me na quarta.

– Quantos você matou? – perguntou Shehyn, num tom diferente de antes. Peremptório. O mesmo tom que Tempi usava em nossas discussões sobre a Lethani.

– Muitos – respondi, sem qualquer hesitação. Às vezes posso ser burro, mas sei quando estão me testando.

– Quantos são muitos?

Não era um pedido de esclarecimento. Era uma nova pergunta.

– Ao matar homens, um já é muito.

Ela fez um leve aceno com a cabeça.

– Você matou homens fora da Lethani?

– Talvez.

– Por que não diz sim ou não?

– Porque a Lethani nem sempre foi clara para mim.

– O que torna clara a Lethani?

Hesitei, mesmo sabendo que não era a coisa apropriada a fazer.

– As palavras de um professor.

– Pode-se ensinar a Lethani?

Comecei a gesticular *incerteza*, mas me lembrei que a linguagem das mãos não era apropriada.

– Talvez – respondi. – Eu não posso.

Tempi mexeu-se ligeiramente na cadeira. Aquilo não estava indo bem. Na falta de qualquer outra ideia, respirei fundo, relaxei e inclinei minha mente com delicadeza para a Folha em Rodopio.

– Quem conhece a Lethani? – indagou Shehyn.

– A folha soprada – respondi, embora, honestamente, eu não saiba o que quis dizer com isso.

– De onde vem a Lethani?

– Do mesmo lugar que o riso.

Shehyn hesitou ligeiramente e perguntou:

– Como se segue a Lethani?

– Como se segue a lua?

O tempo que eu havia passado com Tempi me ensinara a apreciar os diferentes tipos de pausas que podem pontuar uma conversa. O adêmico é uma língua que expressa tanta coisa com o silêncio quanto com as palavras. Havia a pausa pregnante, a educada, a confusa. Havia a pausa que muito deixava implícito, a que pedia desculpas, a que enfatizava...

Essa pausa foi um abismo repentino na conversa. Foi o espaço vazio do ar inspirado. Intuí que tinha dito alguma coisa muito inteligente ou muito burra.

Shehyn remexeu-se na cadeira e o ar de formalidade evaporou-se. Sentindo que seguíamos adiante, deixei minha mente desligar-se da Folha em Rodopio.

Shehyn virou-se para Carceret:

– O que me diz?

Durante tudo aquilo, Carceret se mantivera sentada como uma estátua, inexpressiva e imóvel.

– Digo o que disse antes. Tempi nos *netineou* a todos. Deve ser cortado. É por isso que temos leis. Ignorar uma lei é apagá-la.

– Seguir cegamente a lei é ser escravo – apressou-se a dizer Tempi.

Shehyn fez um gesto de *censura severa* e Tempi enrubesceu de vergonha.

– Quanto a isso... – continuou Carceret, apontando para mim. *Menoscabo*. – Ele não é do Ademre. Na melhor das hipóteses, é um idiota. Na pior, mentiroso e ladrão.

– E o que ele disse hoje? – indagou Shehyn.

– O cão é capaz de latir três vezes sem saber contar.

Shehyn virou-se para Tempi:

– Ao falar fora da sua vez, você rejeita sua vez de falar.

Tempi tornou a enrubescer, os lábios empalidecendo enquanto lutava para manter a compostura.

Shehyn respirou fundo e soltou o ar devagar.

– A Ketan e a Lethani fazem com que sejamos o Ademre. Não há meio de um bárbaro conhecer a Ketan.

Tempi e Carceret se mexeram, mas Shehyn levantou uma das mãos e prosseguiu:

– Ao mesmo tempo, destruir alguém que tem compreensão da Lethani não é correto. A Lethani não destrói a si mesma.

Disse "destruir" com extrema displicência. Torci para estar enganado quanto ao verdadeiro sentido daquela palavra adêmica. Shehyn continuou:

– Haveria quem dissesse: "Esse tem o bastante. Não lhe ensine a Lethani, porque quem tem conhecimento da Lethani tudo supera." – Lançou um olhar severo para Carceret e acrescentou: – Mas não sou eu que o diria. Penso que o mundo seria melhor se mais pessoas fossem da Lethani. Pois, embora traga poder, a Lethani traz também sabedoria no uso do poder.

Houve uma longa pausa. Meu estômago revirava, enquanto eu tentava manter a aparência de calma.

– Creio – disse Shehyn, finalmente – que seja possível que Tempi não tenha cometido um erro.

Isso parecia muito distante de um sonoro endosso, mas, pela súbita rigidez das costas de Carceret e pela lenta e aliviada exultação de Tempi, calculei que era a notícia por que havíamos ansiado.

– Eu o darei a Vashet – disse Shehyn.

Tempi ficou imóvel. Carceret fez um gesto de *aprovação* tão largo quanto o sorriso de um demente.

A voz de Tempi foi tensa:

– Você vai dá-lo ao Martelo? – Sua mão tremeu. *Respeito. Negação. Respeito.*

Shehyn pôs-se de pé, indicando o fim da discussão.

– Quem há de melhor? O Martelo mostrará se ele é um ferro que valha a pena malhar.

Com isso, puxou Tempi de lado e falou com ele por um breve momento. Suas mãos afagaram de leve os braços do mercenário. Sua voz foi baixa demais até para os meus ouvidos de bisbilhoteiro, finamente treinados.

Permaneci educadamente ao lado da minha cadeira. Toda a combatividade parecia ter abandonado Tempi, cujos gestos eram um ritmo regular de *concordância* e *respeito*.

Carceret também se manteve afastada deles, me encarando. Tinha a expressão imperturbável, mas em seus olhos havia raiva. Na lateral do corpo, fora da visão dos outros dois, ela fez vários pequenos gestos. O único que compreendi foi *nojo*, mas pude imaginar o sentido geral dos outros.

Em contrapartida, fiz um gesto que não era adêmico. Pelo estreitamento de seus olhos, desconfiei que ela havia conseguido captar bastante bem o que eu queria dizer.

Ouviu-se o som agudo de um sino repicando três vezes. No instante seguinte, Tempi beijou as mãos de Shehyn, o alto de sua fronte e sua boca. Depois, virou-se e fez sinal para que eu o seguisse.

Caminhamos juntos até um salão amplo, de pé-direito baixo, repleto de gente e com cheiro de comida. Era um refeitório, cheio de mesas compridas e bancos escuros de madeira alisada pelo tempo.

Apesar das minhas expectativas, esse refeitório não se assemelhava nem um pouco ao Rancho da Universidade. Para começar, era mais silencioso e a comida era muito melhor. Havia leite fresco e carne tenra e magra, que suspeitei ser de cabra. Havia um queijo duro e picante e um queijo macio e cremoso, além de dois tipos de pão ainda quentes. Havia saleiros à vontade em todas as mesas e todos podiam usar quanto sal quisessem.

Foi estranho estar num cômodo cheio de ademrianos conversando. Eles falavam tão baixo que eu não conseguia discernir nenhuma palavra, mas via suas mãos gesticulando depressa. Eu só conseguia compreender um em cada 10 gestos, mas foi estranho poder ver todas as emoções em lampejos à minha volta. *Diversão. Raiva. Embaraço. Negação. Repulsa.* Perguntei-me quanto daquilo diria respeito a mim, o bárbaro entre eles.

Havia mais mulheres do que eu tinha esperado e muitas crianças pequenas. Havia um punhado dos conhecidos mercenários de vermelho-sangue, porém um número maior usava o cinza simples que eu tinha visto durante meu passeio com Shehyn. Vi também uma blusa branca e fiquei surpreso ao perceber que era a própria Shehyn, comendo lado a lado com o restante de nós.

Nenhum dos presentes me encarou, mas estavam olhando. Muita atenção se voltava para o meu cabelo, o que era compreensível. Havia 50 cabeças louras no salão, umas mais escuras, outras mais claras ou acinzentadas pelos anos. Eu me destacava como uma única vela acesa.

Tentei puxar conversa com Tempi, mas ele não quis saber disso e se concentrou na comida. Nem de longe havia enchido o prato tanto quanto eu e só comeu uma fração daquilo de que se tinha servido.

Sem a conversa para tornar as coisas mais lentas, terminei depressa. Quando meu prato ficou vazio, Tempi desistiu de fingir que comia e me levou embora. Senti dezenas de olhares nas costas ao sairmos do salão.

Tempi me fez descer por uma série de passagens, até chegarmos a uma porta. Abriu-a e revelou um quartinho com uma janela e uma cama. Meu alaúde e minha sacola de viagem estavam lá. Minha espada, não.

– Você terá outro professor – disse-me, enfim. – Faça o melhor que puder. Seja civilizado. Seu mestre decidirá muita coisa. – *Pesar.* – Você não me verá.

Tempi estava visivelmente perturbado, mas não consegui pensar em nada que pudesse dizer para tranquilizá-lo. Em vez disso, dei-lhe um abraço consolador, o que ele pareceu apreciar. Depois, virou as costas e se retirou sem mais uma palavra.

Encerrado em meu quarto, despi-me e me deitei na cama. Eu deveria dizer, parece, que fiquei virando de um lado para outro, nervoso com o que iria acontecer. Mas a simples verdade é que estava exausto e dormi como um bebê satisfeito no colo da mãe.

CAPÍTULO 112

O Martelo

Sentei-me numa pracinha minúscula, composta de nada além de dois bancos lisos de pedra, um punhado de árvores e uma pequena trilha que atravessava a grama alta. Podia-se andar de uma ponta à outra em um minuto. Em dois lados, havia penhascos próximos, protegendo-a do vento. Não que a tal pracinha ficasse fora do vento, entenda bem. Não parecia haver lugar algum em toda Haert que ficasse inteiramente ao abrigo do vento.

Quando Vashet se aproximou, a primeira coisa que notei foi que não usava a espada no quadril. Em vez disso, trazia-a pendurada ao ombro, tal como eu carregava meu alaúde. Caminhava com a confiança mais sólida e mais sutil que eu já tinha visto, como se soubesse que devia andar emproada, mas não conseguisse dar a mínima.

Ela exibia a mesma compleição mediana que eu passara a esperar nos ademrianos, além da tez pálida e aveludada e dos olhos cinzentos. Seu cabelo tinha um matiz levemente mais claro que o de Tempi e ela o usava preso num rabo de cavalo. Quando se aproximou, vi que seu nariz tinha-se quebrado em algum momento e, embora não fosse torto, a ligeira ondulação parecia estranhamente incongruente em seu rosto delicado.

Vashet sorriu para mim, um sorriso largo que exibiu seus dentes alvos.

– Pois então – disse-me, num aturano impecável –, agora você é meu.

– Você fala aturano – comentei, estupidamente.

– Quase todos falamos – respondeu ela. Havia algumas rugas em volta da boca e nos cantos dos olhos, donde calculei que ela seria uns 10 anos mais velha que eu, talvez. – É difícil progredir no mundo quando não se tem um bom domínio da língua. Difícil fazer negócios.

Lembrei-me tarde demais dos meus modos. *Respeito. Formal.*

– Estou certo em presumir que você é Vashet?

O sorriso tornou a lhe repuxar a boca. Vashet retribuiu meu gesto com grande amplitude, exagerando-o, e não pude deixar de sentir que zombava de mim.

– Sou. Serei sua professora.

– E Shehyn? Achei que era ela a professora aqui.

Vashet arqueou uma sobrancelha para mim, numa expressão extravagante, que chegava a assustar num rosto ademriano.

– Num sentido geral, isso é verdade. Mas, num sentido mais prático, Shehyn é importante demais para gastar seu tempo com alguém como você.

Fiz o gesto correspondente a *educado* e disse:

– Eu estava muito feliz com Tempi.

– Se a sua felicidade fosse a nossa meta, isso teria importância. Só que Tempi está mais perto de ser um barco a vela que um professor.

Espinhei-me um pouco ao ouvir isso.

– Ele é meu amigo.

Os olhos dela se estreitaram.

– Nesse caso, como amigo dele, talvez você não perceba suas falhas. Ele é um lutador competente, porém não mais que isso. Mal fala a sua língua, tem pouca experiência com a vida real e, para ser completamente franca, não chega a ser de uma inteligência tremenda.

– Desculpe-me – falei. *Pesar*. – Não pretendi ofendê-la.

– Não me demonstre humildade, a menos que seja verdadeira – retrucou Vashet, ainda me olhando com os olhos apertados. – Mesmo quando você transforma seu rosto numa máscara, seus olhos são como janelas cintilantes.

– Sinto muito – retruquei, em tom sincero. *Pedido de desculpas*. – Eu tinha a esperança de causar uma boa primeira impressão.

– Por quê?

– Prefiro que você pense bem de mim.

– Prefiro ter razão para pensar bem de você.

Resolvi adotar outra tática, na esperança de guiar a conversa para águas mais seguras.

– Tempi a chamou de Martelo. Qual a razão disso?

– Esse é o meu nome. Vashet. O Martelo. A Argila. A Roda que Gira.

Pronunciou seu nome de três maneiras distintas, cada qual com uma cadência própria, e acrescentou:

– Sou aquela que molda e afia, ou destrói.

– Por que a argila?

– É o que também sou – respondeu Vashet. – Somente o que se curva pode ensinar.

Senti uma animação crescente ao ouvi-la.

– Admito que será agradável compartilhar uma língua com minha professora. Há mil perguntas que não formulei, porque sabia que Tempi não conseguiria entender. Ou, mesmo que ele entendesse, eu não seria capaz de compreender suas respostas.

Vashet meneou a cabeça e se sentou num dos bancos.

– Saber comunicar-se também é do procedimento do professor. Agora, vá procurar um pedaço comprido de madeira e traga-o para mim. Então começaremos a aula.

Tomei o rumo das árvores. Houvera um quê de ritual no pedido de Vashet, por isso eu não queria voltar correndo com um galho qualquer que achasse no chão. Acabei encontrando um salgueiro e parti um ramo flexível, mais comprido que o meu braço e da grossura do meu dedo mínimo.

Voltei para o banco onde estava Vashet. Entreguei-lhe o galho de salgueiro e ela desembainhou a espada por cima do ombro e começou a podar os nós menores dos galhos remanescentes.

– Você disse que *somente o que se curva pode ensinar*. Assim, achei que esse seria apropriado.

– Servirá para a aula de hoje – disse ela, enquanto desbastava o último pedaço da casca, sem deixar nada além de uma vara branca e fina. Limpou a espada na blusa, embainhou-a e se pôs de pé.

Segurando o ramo de salgueiro numa das mãos, balançou-o de um lado para outro, produzindo um ruído baixo, *xuip*, *xuip*, conforme ele cortava o ar.

Agora que Vashet estava mais perto de mim, notei que, embora usasse o conhecido traje vermelho dos mercenários, ao contrário de Tempi e de muitos outros, sua roupa não era ajustada com tiras de couro. A blusa e a calça prendiam-se como uma luva a seus braços, pernas e peito por faixas de seda vermelho-sangue.

Ela me olhou nos olhos.

– Agora vou bater em você – disse, em tom sério. – Fique parado.

Começou a andar ao meu redor num círculo lento, ainda balançando a vara de salgueiro. *Xuip, xuip.* Colocou-se atrás de mim e não poder vê-la foi pior. *Xuip, xuip.* Ela agitou a vara mais depressa e o ruído mudou. *Viiiip. Viiiip.* Não me mexi.

Tornou a me circundar, parou atrás de mim e me golpeou duas vezes. Uma em cada braço, logo abaixo do ombro. *Viiiip. Viiiip.* No começo, foi apenas como se tivesse me dado um tapinha, e então a dor desabrochou nos meus braços, queimando como fogo.

Em seguida, antes que eu pudesse reagir, ela me acertou com tanta força nas costas, que senti o impacto nos dentes. A única razão de a vara não se partir foi que era um ramo verde e flexível de salgueiro.

Não gritei, mas foi só por ela ter-me pegado entre uma respiração e outra. Mas arquejei, sugando o ar tão depressa que engasguei e tossi. Minhas costas urravam de dor, como se estivessem pegando fogo.

Vashet postou-se de novo à minha frente e me lançou o mesmo olhar sério.

– Eis a sua lição – disse, em tom pragmático. – Não tenho uma boa opinião a seu respeito. Você é um bárbaro. Não é inteligente. Não é bem-vindo. Seu lugar não é aqui. Você é um ladrão dos nossos segredos. Sua presença é um constrangimento e uma complicação de que esta escola não precisa.

Contemplou a ponta da vara de salgueiro e tornou a olhar para mim.

– Nós nos encontraremos aqui outra vez, uma hora depois do almoço. Você pegará outro ramo e tentarei lhe ensinar esta lição de novo. – Lançou-me um olhar incisivo. – Se o ramo que você trouxer não me agradar, eu mesma escolherei o meu. Faremos o mesmo depois do jantar. E o mesmo no dia seguinte. Esta é a única aula que tenho para lhe dar. Quando a aprender, você sairá de Haert e não voltará nunca mais.

Olhou-me com o rosto frio e completou:

– Entendeu?

– O que vai...

A mão dela disparou e a ponta da vara me acertou na face. Dessa vez tive fôlego e soltei um grito agudo de susto.

Vashet me fitou. Eu nunca soubera que uma coisa tão simples quanto o contato visual podia ser tão intimidante. Mas seus olhos cinza-claros eram duros como gelo.

– Diga-me: "Sim, Vashet. Entendi."

Cravei-lhe um olhar furioso.

– Sim, Vashet. Entendi.

O lado direito do meu lábio superior pareceu grande e incômodo quando falei.

Ela perscrutou meu rosto, como se tentasse decidir alguma coisa, depois deu de ombros e largou o ramo de lado.

Só então me arrisquei a falar outra vez:

– O que aconteceria com Tempi se eu fosse embora?

– *Quando* você for embora – disse ela, frisando a primeira palavra –, os poucos que têm alguma dúvida saberão que ele errou ao lhe dar ensinamentos. Errou duplamente ao trazê-lo aqui.

– E isso fará... – interrompi-me e recomecei. – O que aconteceria com ele, nesse caso?

Vashet deu de ombros e virou as costas.

– Não cabe a mim decidir – respondeu e saiu andando.

Toquei na face e no lábio e olhei para minha mão. Não havia sangue, mas senti o lanho vermelho subir na minha pele, claro como um ferrete para quem quisesse ver.

∾

Sem saber ao certo que outra coisa fazer, voltei à escola para almoçar. Depois de me dirigir ao refeitório, olhei em volta, mas não vi Tempi entre os mercenários de traje vermelho-sangue que ali estavam. Fiquei contente com isso. Por mais que sua companhia amistosa fosse me agradar, eu não suportaria a ideia de ele saber o quanto as coisas tinham corrido mal. E nem precisaria contar-lhe. A marca em meu rosto o dizia com clareza a todos os que estavam no refeitório.

Mantive o rosto impassível e os olhos baixos ao acompanhar a fila e servir meu prato. Depois, escolhi um pedaço vazio de mesa, não querendo impor minha companhia a ninguém.

Estive sozinho durante a maior parte da minha vida, mas raramente me senti tão solitário quanto naquele momento. Eu conhecia uma única pessoa num raio de 650 quilômetros, e ela recebera ordem de ficar longe de mim. Eu não estava familiarizado com a cultura, mal tinha competência na língua e a queimação nas minhas costas e no meu rosto era um lembrete constante do quanto eu não era bem-vindo.

Mas a comida estava gostosa. Frango assado, vagens crocantes e uma fatia de pudim de melaço. Uma refeição melhor do que eu podia bancar na Universidade e mais quente que a servida na residência do maer. Eu não estava particularmente faminto, mas já passei fome suficiente na vida para ter dificuldade de me afastar de uma refeição grátis.

Então vi uma sombra de movimento pelo canto do olho, quando alguém se sentou à mesa diante de mim. Senti meu moral se elevar. Ao menos uma pessoa tinha coragem suficiente para visitar o bárbaro. Alguém tinha a gentileza de me consolar ou, pelo menos, sentia curiosidade bastante para vir conversar comigo.

Ao erguer a cabeça, vi o rosto magro e marcado de Carceret. Ela pôs seu prato largo de madeira do outro lado da mesa, em frente a mim.

– Que está achando da nossa cidade? – perguntou baixinho, com a mão esquerda pousada no tampo da mesa. Seus gestos eram diferentes, pois estávamos sentados, mas assim mesmo reconheci *curiosa* e *educada*. A qualquer um que olhasse, pareceríamos estar mantendo uma conversa agradável. – Que tal sua nova professora? Ela pensa como eu. Que o seu lugar não é aqui.

Mastiguei outra garfada de frango e engoli mecanicamente, sem levantar os olhos. *Apreensão*.

– Ouvi você gritar – prosseguiu ela, sempre em tom baixo. Agora falava mais devagar, como quem se dirigisse a uma criança. Eu não soube ao certo se aquilo pretendia ser um insulto ou se era para garantir que eu a entendesse. – Parecia um passarinho.

Bebi um gole de leite de cabra morno e sequei a boca. O movimento do meu braço repuxou a camisa sobre o lanho em minhas costas, espetando como uma centena de vespas.

– Foi um grito de amor? – indagou Carceret, fazendo um gesto que não reconheci. – Vashet o abraçou? Essa marca no seu rosto é da língua dela?

Comi um pedaço do pudim. Não era doce como eu me lembrava.

Carceret também comeu um pedaço de seu pudim.

– Estão todos apostando sobre quando você irá embora – continuou, ainda falando devagar e baixo, apenas para meus ouvidos. – Apostei dois talentos que você não dura o segundo dia. Se partir durante a noite, como espero, ganharei prata. Se eu estiver errada e você ficar, ganharei a visão dos machucados e o som dos seus gritos.

– *Súplica*. – Fique.

Levantei os olhos para ela.

– Você fala como um cão latindo. Sem parar. Sem sentido.

Falei baixo o bastante para ser educado. Mas não tão baixo que minha voz não chegasse aos ouvidos de todos os que se sentavam perto de nós. Sei fazer uma voz baixa propagar-se. Nós, os Ruh, inventamos o sussurro cênico.

Vi o rosto dela enrubescer, fazendo ressaltarem as cicatrizes pálidas da mandíbula e da sobrancelha.

Baixei os olhos e continuei a comer, a perfeita imagem da calma despreocupação. É complicado insultar alguém de uma cultura diferente, mas eu tinha escolhido minhas palavras com cuidado, com base em coisas que ouvira Tempi dizer. Se ela respondesse de algum modo, apenas confirmaria o que eu tinha dito.

Terminei a refeição de maneira lenta e metódica, imaginando poder sentir o ódio brotando dela como ondas de calor. Essa pequena batalha, pelo menos, eu poderia vencer. Era uma vitória oca, é claro. Mas, às vezes, a gente tem que se contentar com o que pode obter.

∾

Quando Vashet retornou à pracinha, eu já estava sentado num dos bancos de pedra à sua espera.

Ela parou diante de mim e deu um suspiro sonoro.

– Que adorável. Um que aprende devagar – disse, em seu aturano perfeito. – Pois então, vá buscar sua vara. Vamos ver se consigo ser mais clara desta vez.

– Já encontrei minha vara – respondi. Estendi a mão para trás do banco e apanhei uma espada de madeira usada para treinamento, que pegara emprestada na escola.

Era de madeira antiga e lubrificada, alisada por inúmeras mãos, dura e pesada como uma barra de ferro. Se Vashet a usasse para golpear meus ombros, como tinha feito com a vara de salgueiro, quebraria ossos. Se batesse em meu rosto, destroçaria minha mandíbula.

Depositei-a a meu lado no banco. A madeira não estalou contra a pedra. Era tão dura que ressooou quase como um sino.

– Você espera me fazer mudar de opinião com o oferecimento do seu corpo jovem e tenro? – perguntou Vashet. – Você é bonitinho, mas não tanto assim.

Estendi cuidadosamente minha camisa no banco.

– Apenas pensei que seria melhor eu lhe mostrar uma coisa – retruquei e girei o corpo para que ela visse minhas costas.

– Você foi açoitado. Não posso dizer que fique surpresa. Eu já sabia que você era ladrão.

– Isso não foi por causa de roubo. Foi na Universidade. Fui acusado e sentenciado ao açoite. Quando isso acontece, muitos estudantes simplesmente vão embora e procuram se instruir em outro lugar. Eu resolvi ficar. Foram apenas três chicotadas, afinal.

Esperei, ainda de costas para ela. Passado um momento, Vashet mordeu a isca:

– Há mais cicatrizes aí do que seria explicável por três chicotadas.

– Algum tempo depois, fui novamente acusado e levado a julgamento. Dessa vez, foram seis chicotadas. Mesmo assim, fiquei. – Virei-me para fitá-la. – Fiquei porque não havia outro lugar em que eu pudesse aprender o que desejava. O mero açoitamento não conseguiria me manter longe disso.

Apanhei no banco a espada pesada de madeira.

– Apenas me pareceu justo que você fosse informada. Não há como me fazer fugir, assustado, com a ameaça de dor. Não vou abandonar Tempi, depois da confiança que ele depositou em mim. Há coisas que desejo aprender e só posso aprendê-las aqui.

Entreguei-lhe o pedaço rijo e escuro de madeira.

– Se quiser que eu vá embora, você terá que deixar algo pior do que lanhos.

Dei um passo atrás e soltei os braços junto ao corpo. Fechei os olhos.

CAPÍTULO 113
Língua bárbara

Eu gostaria de dizer que mantive os olhos fechados, mas não seria verdade. Ouvi o som áspero de terra sob as solas dos sapatos de Vashet e não consegui deixar de abri-los.

Não espiei. Isso só me faria parecer infantil. Simplesmente abri os olhos e a fitei. Ela me encarou, mantendo mais contato visual do que eu conseguiria de Tempi numa onzena. Seus olhos cinza-claros eram frios em seu rosto delicado. O nariz quebrado já não pareceu fora de lugar. Era uma sinistra advertência ao mundo.

O vento rodopiou entre nós, causando arrepios em meus braços nus.

Vashet deu um suspiro resignado e encolheu os ombros, depois virou a espada de madeira para segurá-la pelo cabo. Ergueu-a nas duas mãos, pensativa, avaliando seu peso. Depois a levantou até o ombro e a girou.

Só que não desferiu o golpe.

– Ótimo! – exclamou, exasperada, jogando as mãos para o alto. – Seu ladrãozinho magrelo. Ótimo! Merda e cebolas. Vista a camisa. Você está me deixando com frio.

Fui arriando até me sentar no banco.

– Graças a Deus – falei. Comecei a pôr a camisa, mas foi difícil, já que minhas mãos tremiam. E não era de frio.

Vashet viu.

– Eu sabia! – disse, com ar triunfal, apontando para mim. – Você parado aí, como se estivesse disposto a ser enforcado. Eu sabia que estava pronto para sair correndo feito um coelho! – Ela bateu com o pé no chão, frustrada. – Devia ter-lhe dado uma paulada!

– Fico contente que não o tenha feito – respondi. Consegui vestir a camisa e então me dei conta de que estava do lado avesso. Resolvi deixá-la assim mesmo, em vez de arrastá-la de novo pelas costas em fogo.

– O que foi que me traiu? – perguntou ela.

– Nada. Foi um desempenho magistral.

– Então, como soube que eu não ia quebrar sua cabeça?

– Pensei bastante – respondi. – Se a Shehyn quisesse mesmo me expulsar daqui, poderia simplesmente ter-me mandado dar o fora. Se me quisesse morto, também teria providenciado isso. – Enxuguei as mãos suadas nas calças. – Isso queria dizer que você estava realmente destinada a ser minha professora. Logo, só havia três alternativas sensatas. – Segurei um dedo: – Isto era uma iniciação ritualística. – Segundo dedo: – Era um teste da minha determinação...

– Ou então, eu estava mesmo tentando botá-lo para correr – concluiu Vashet, sentando-se no banco em frente ao meu. – E se eu estivesse dizendo a verdade e o espancasse até fazê-lo sangrar?

Encolhi os ombros.

– Pelo menos, eu ficaria sabendo. Mas parecia muito improvável que Shehyn escolhesse alguém desse tipo. Se ela me quisesse espancado, poderia ter deixado Carceret fazer isso. – Inclinei a cabeça e perguntei: – Só por curiosidade, qual das duas foi: iniciação ou teste da minha determinação? Todo mundo passa por isso?

Ela balançou a cabeça.

– Determinação. Eu precisava ter certeza de você. Não ia perder meu tempo dando aulas a um covarde ou a alguém que tivesse medo de uma ou duas bofetadinhas. Também precisava saber se você era dedicado.

Meneei a cabeça.

– Foi o que me pareceu mais provável. Pensei em me poupar vários dias de lanhos e forçar a resolução do problema.

Vashet me lançou um olhar demorado, com a curiosidade estampada no rosto.

– Tenho de admitir que nunca tive um aluno que se oferecesse para levar uma surra violenta, para se provar digno do meu tempo.

– Isso não foi nada – retruquei, com ar indiferente. – Uma vez eu pulei de um telhado.

∽

Passamos uma hora conversando sobre trivialidades, deixando a tensão entre nós esvair-se aos poucos. Vashet perguntou por que exatamente eu chegara a ser açoitado e lhe fiz um resumo da história, satisfeito por ter a chance de me explicar. Não a queria pensando em mim como um criminoso.

Depois disso, ela examinou minhas cicatrizes mais detidamente.

– Quem cuidou de você com certeza estava com a fisiopatia afiada – comentou, com admiração. – É um trabalho muito benfeito. Dos melhores que eu já vi.

– Transmitirei os seus cumprimentos – respondi.

A mão dela roçou com delicadeza a borda do lanho ardido que corria por toda a extensão de minhas costas.

– Sinto muito por isso, aliás.

– Dói mais do que o açoitamento, isto eu lhe garanto.

– Vai passar em um ou dois dias. O que não quer dizer que você não vá dormir de bruços hoje.

Ela me ajudou a ajeitar a camisa e voltou para o outro banco, de frente para mim. Hesitei antes de falar:

– Sem querer ofendê-la, Vashet, você parece diferente dos outros ademrianos que conheci. Não que eu tenha conhecido muitos, entenda bem.

– Você só está ávido de uma linguagem corporal conhecida – disse ela.

– Isso é verdade. Mas você parece mais... expressiva do que os outros ademrianos que vi – expliquei, apontando para meu rosto.

Ela deu de ombros.

– No lugar de onde eu vim, nós crescemos falando a sua língua. E passei quatro anos como guarda-costas e comandante a serviço de um poeta dos Pequenos Reinos, que, por acaso, também era rei. É provável que eu fale aturano melhor do que qualquer um em Haert. Inclusive você.

Ignorei a última observação.

– Você não foi criada aqui?

Vashet balançou a cabeça.

– Sou de Feant, uma cidade mais ao norte. Nós somos mais... cosmopolitas. Haert só tem uma escola e todos são muito rigidamente ligados a ela. A árvore espadeira também é um dos caminhos antigos. Muito formal. Cresci seguindo o caminho da alegria.

– Existem outras escolas?

Vashet fez que sim.

– Esta é uma das muitas escolas que seguem a Latantha, a via da árvore espadeira. É uma das mais antigas, depois da Aethe e da Aratan. Existem outros caminhos, talvez umas três dúzias. Mas alguns são muito pequenos, com apenas uma ou duas escolas ensinando sua Ketan.

– É por isso que a sua espada é diferente? – perguntei. – Você a trouxe de sua outra escola?

Vashet me olhou com atenção.

– O que você sabe da minha espada?

– Você a desembainhou para podar a vara de salgueiro. A espada de Tempi era benfeita, mas a sua é diferente. O cabo está gasto, mas a lâmina parece nova.

Ela me lançou um olhar curioso.

– Bem, você com certeza mantém os olhos abertos, não é?

Encolhi os ombros.

– A rigor, ela não é minha espada – disse Vashet. – Apenas fica sob os meus cuidados. É uma espada antiga e a lâmina é sua parte mais antiga. Ela me foi dada pela própria Shehyn.

– Foi por isso que você veio para esta escola?

Vashet balançou a cabeça.

– Não. A Shehyn me deu a espada muito depois – respondeu. Estendeu a mão para trás e tocou o cabo com afeição. – Não. Vim para cá porque, embora a Latantha possa ser muito formal, seus seguidores se destacam no uso da espada. Eu havia aprendido tudo o que era possível no caminho da alegria. Outras três escolas me rejeitaram antes que Shehyn me trouxesse para cá. Ela é uma mulher inteligente e percebeu que haveria um ganho em me ensinar.

– Acho que ambos temos sorte por ela ter a mentalidade aberta – comentei.

– Você mais do que eu – disse Vashet. – Há uma dose de rivalidade entre os diferentes caminhos. Quando me liguei à Latantha, isso foi uma certa vitória para a Shehyn.

– Deve ter sido difícil – observei. – Vir para cá e ser uma estranha para todos.

Vashet deu de ombros, o que fez a espada subir e descer.

– É, no começo – admitiu. – Mas eles reconhecem o talento e isso eu tenho de sobra. Entre os que estudam o caminho da alegria, eu era vista como muito rígida e antiquada. Mas aqui, sou vista como meio tresloucada. – Riu. – É agradável, como ter uma nova muda de roupa para usar.

– O caminho da alegria também ensina a Lethani? – indaguei.

Vashet riu.

– Eis aí uma questão que suscita consideráveis debates. A resposta simples é sim. Todos os ademrianos estudam a Lethani, até certo ponto. Especialmente os que fazem parte das escolas. Afora isso, a Lethani está aberta a amplas interpretações. Aquilo a que algumas escolas se apegam é desdenhado por outras. – Ela me dirigiu um olhar pensativo. – É verdade que você disse que a Lethani vem do mesmo lugar que o riso?

Confirmei com a cabeça.

– É uma boa resposta. Certa vez, minha professora no caminho da alegria me disse exatamente a mesma coisa. – Vashet franziu o cenho. – Você ficou pensativo quando falei isto. Por quê?

– Eu lhe diria, mas não quero que faça uma opinião pior de mim.

– Faço uma opinião pior de você por esconder alguma coisa de sua mestra – retrucou ela, em tom sério. – Deve haver confiança entre nós.

Dei um suspiro.

– Fico contente por você gostar da minha resposta. Mas, sinceramente, não sei o que ela significa.

– Não lhe perguntei o que ela significa – retrucou Vashet, com naturalidade.

– É só uma resposta disparatada. Sei que vocês dão grande valor à Lethani, mas na verdade não a compreendo. Apenas achei um jeito de fingir que sim.

Vashet deu um sorriso indulgente.

– Não há como fingir que se compreende a Lethani – afirmou, em tom confiante. – É como nadar. Para qualquer observador, fica evidente se você realmente leva jeito para a coisa.

– A pessoa também pode fingir que nada – assinalei. – Simplesmente andei movimentando os braços e caminhando no fundo do rio.

Ela me olhou com curiosidade.

– Pois muito bem. Como conseguiu nos enganar?

Expliquei-lhe a Folha em Rodopio. Como eu havia aprendido a mergulhar meus pensamentos num lugar leve, vazio, flutuante, onde as respostas às perguntas vinham com facilidade.

– Quer dizer que você roubou as respostas de si mesmo – disse Vashet, fingindo seriedade. – Você nos enganou com astúcia, tirando as respostas da sua própria cabeça.

– Você não compreende – objetei, ficando irritado. – Não faço a mínima ideia do que seja realmente a Lethani! Não é um caminho, mas ajuda a escolher um caminho. É o caminho mais simples, mas não é fácil de ver. Para ser honesto, vocês falam como cartógrafos bêbados.

Lamentei essa frase assim que ela me saiu da boca, mas Vashet apenas riu.

– Há muitos bêbados bastante versados na Lethani. Alguns de forma lendária.

Ao ver que eu continuava agitado, ela fez um gesto para me acalmar.

– Também não compreendo a Lethani, não de um modo que possa ser explicado a outra pessoa. O ensino da Lethani é uma arte que não domino. Se Tempi conseguiu instilá-la em você, isso é um grande ponto a favor dele. – Vashet inclinou-se para a frente, com ar sério, e disse: – Parte do problema está na sua língua. O aturano é muito explícito. Muito preciso e direto. A nossa língua é rica em implicações, por isso é mais fácil aceitarmos a existência de coisas que não podem ser explicadas. A Lethani é a maior delas.

– Você pode me dar um exemplo de outra coisa, além da Lethani? – pedi. – E, por favor, não diga "azul", senão eu sou capaz de ficar completamente maluco, bem aqui, neste banco.

Ela pensou por um momento.

– O amor é uma dessas coisas. Você tem conhecimento do que ele é, mas ele foge a uma explicação criteriosa.

– Amor é um conceito sutil – admiti. – É esquivo, como a justiça, mas pode ser definido.

Os olhos dela cintilaram.

– Pois então faça isso, meu brilhante aluno. Fale-me do amor.

Pensei por um rápido instante, depois por um longo momento.

Vashet riu.

– Está vendo como será fácil eu encontrar furos em qualquer definição que você dê?

– O amor é a disposição de fazer qualquer coisa por alguém. Até em detrimento de si mesmo.

– Nesse caso, em que o amor difere do dever ou da lealdade?

– Ele também se combina com uma atração física.

– Até o amor materno? – perguntou Vashet.

– Combina-se com uma afeição extrema, então – emendei.

– E o que você quer dizer exatamente com "afeição"? – perguntou ela, com uma calma de enfurecer.

– É... – Deixei a voz se extinguir, quebrando a cabeça para pensar em como poderia descrever o amor sem recorrer a outros termos igualmente abstratos.

– Assim é a natureza do amor – disse Vashet. – Tentar descrevê-lo enlouquece uma mulher. É isso que mantém os poetas rabiscando sem parar. Se um deles conseguisse prendê-lo no papel, completinho, os outros pousariam suas penas. Mas isso é impossível. – Ela ergueu um dedo e acrescentou: – No entanto, só um louco afirmaria que o amor não existe. Ao vermos dois jovens se contemplando com o olhar derretido, lá está ele, tão denso que se poderia espalhá-lo no pão e comê-lo. Ao vermos uma mãe com seu filho, vemos o amor. Quando o sentimos a nos agitar o peito, sabemos o que é. Mesmo que não sejamos capazes de exprimi-lo em palavras. – Vashet fez um gesto triunfante. – Com a Lethani é a mesma coisa. Mas, como ela é maior, é mais difícil apontá-la. Esse é o propósito das perguntas. Formulá-las é como perguntar a uma mocinha sobre o rapaz de quem ela gosta. Suas respostas podem não usar essa palavra, mas revelam o amor ou a falta dele em seu coração.

– Como podem minhas palavras revelar um conhecimento da Lethani, se não sei realmente o que ela é? – perguntei.

– É óbvio que você compreende a Lethani. Ela está arraigada nas profundezas do seu ser. Fundo demais para que você a veja. Às vezes acontece o mesmo com o amor. – Vashet estendeu o braço e me deu um tapinha na testa. – Quanto a essa Folha em Rodopio, ouvi falar de coisas similares, praticadas por outros caminhos. Não há uma palavra em aturano para ela, ao que eu saiba. É como uma Ketan da mente. Um movimento que você faz com os pensamentos, para treiná-los.

Ela fez um gesto de descaso antes de dizer:

– Seja como for, não é tapear. É um modo de revelar o que está oculto nas águas profundas da sua mente. O fato de você o haver descoberto sozinho é muito digno de nota.

Meneei a cabeça.

– Eu me curvo à sua sabedoria, Vashet.

– Você se curva ao fato de eu estar indiscutivelmente certa.

Então, ela bateu as palmas das mãos uma vez.

– Agora, tenho muito que lhe ensinar. Mas, como você ainda está lanhado e todo encolhido, deixemos de lado a Ketan. Em vez disso, mostre-me o seu adêmico. Quero ouvi-lo ferir o meu idioma encantador com a sua rude língua de bárbaro.

∞

Aprendi muito sobre o adêmico nas horas seguintes. Foi reconfortante poder fazer perguntas detalhadas e, em troca, receber respostas claras e explícitas. Após um mês dançando e desenhando no chão, aprender com Vashet era tão fácil que chegava a parecer desonesto.

Por outro lado, ela deixou claro que minha linguagem manual era vergonhosamente tosca. Eu conseguia transmitir as ideias, mas o que fazia era, na melhor das hipóteses, um tatibitate. Na pior, parecia o discurso extravagante de um maníaco desvairado.

– No momento, você está falando assim – disse-me ela. Ficou de pé, sacudiu as duas mãos acima da cabeça e apontou para si mesma com os polegares: – Quero fazer boa luta. – Abriu um sorriso largo e insípido. – Com espada! – Bateu com os dois punhos no peito, depois deu pulos feito uma criança agitada.

– Ora, vamos, não é tão ruim assim – protestei, constrangido.

– Chega perto – retrucou Vashet com ar sério, tornando a se sentar no banco. – Se você fosse meu filho, eu não o deixaria sair de casa. Como meu aluno, isso é apenas tolerável, por você ser bárbaro. É como se Tempi houvesse trazido para casa um cachorro que sabe assobiar. O fato de você desafinar é completamente irrelevante.

Vashet fez que ia se levantar.

– Dito isto, se você fica satisfeito ao falar como um simplório, é só dizer e poderemos passar para outras coisas...

Garanti-lhe que eu queria aprender.

– Primeiro, você diz coisas de mais e fala muito alto. A essência dos ademrianos está na calma e no silêncio. Nossa língua reflete isso. Segundo, você tem que ser muito mais cuidadoso com seus gestos. Com a posição e o momento deles. Isso modifica palavras e pensamentos específicos. Os gestos nem sempre reforçam o que você diz; às vezes, opõem-se deliberadamente ao seu sentido superficial.

Ela fez sete ou oito gestos diferentes em rápida sucessão. Todos diziam *diversão*, mas cada um era ligeiramente diferente.

– Você também precisa compreender os matizes sutis de significado. A diferença entre delgado e esbelto, como dizia meu rei poeta. No momento, você tem apenas um sorriso e é impossível que isso não faça a pessoa parecer um tolo.

Trabalhamos durante várias horas e Vashet deixou claro algo que Tempi pudera apenas insinuar. O aturano era como um lago amplo e raso; tinha muitas palavras, todas muito específicas e exatas. O adêmico era como um poço profundo. Havia menos palavras, porém cada uma tinha muitos sentidos. Uma frase bem falada em aturano era uma linha reta apontando. Uma frase bem falada em adêmico era como uma teia de aranha, na qual cada fio tinha um significado próprio, parte de algo maior e mais complexo.

∽

Cheguei ao refeitório para jantar com um humor consideravelmente melhor do que antes. Meus ferimentos ainda ardiam, porém, ao tocar minha face com os dedos, percebi que o inchaço estava muito reduzido. Continuei a me sentar sozinho, mas não fiquei de cabeça baixa como antes. Em vez disso, observei as mãos de todos que estavam ao meu redor, tentando perceber os matizes sutis de diferença entre *animação* e *interesse*, entre *negação* e *recusa*.

Depois do jantar, Vashet levou-me um potinho de unguento, que espalhou generosamente nas minhas costas, na parte superior dos braços e, em menor quantidade, no meu rosto. Pinicou, no começo, em seguida ardeu e então se acomodou num calor surdo e entorpecido. Só depois que a dor nas minhas costas diminuiu me dei conta de quão tenso estivera todo o meu corpo.

– Pronto – disse Vashet, enroscando novamente a tampa no pote. – Que tal?

– Eu seria capaz de beijá-la – respondi, agradecido.

– Seria. Mas o seu lábio está inchado e não há dúvida de que você estragaria tudo. Em vez disso, mostre-me a sua Ketan.

Eu não tinha feito o alongamento, mas, não querendo dar desculpas, assumi a posição de Mãos Abertas e comecei a me mover lentamente pelas demais.

Como já mencionei, Tempi costumava me interromper ao menor erro que eu cometesse na Ketan. Assim, quando cheguei à 12ª posição sem ser interrompido, senti-me bastante convencido. Então, pus o pé na posição errada em Vovó Reúne. Quando Vashet não disse nada, compreendi que ela estava apenas observando e suspendendo o juízo até que eu terminasse. Comecei a transpirar e só parei ao chegar ao fim da Ketan, 10 minutos depois.

Quando acabei, Vashet ficou parada, alisando o queixo.

– Bem – disse, devagar –, certamente poderia ser pior...

Senti um lampejo de orgulho, até que ela continuou:

– Você poderia, por exemplo, não ter uma perna.

Em seguida, ela descreveu um círculo à minha volta, olhando-me de cima a baixo. Estendeu a mão para cutucar meu peito e minha barriga. Apertou meu antebraço e o músculo grosso acima da minha perna. Senti-me como um leitão levado ao mercado.

Por último, ela segurou minhas mãos, virando-as para examiná-las. Assumiu uma expressão prazerosamente admirada.

– Você nunca lutou antes de ter aulas com o Tempi? – indagou.

Balancei a cabeça.

– Tem boas mãos – comentou, enquanto deslizava os dedos por meus braços, apalpando os músculos. – Metade de vocês, bárbaros, tem as mãos moles e fracas, por não fazer nada. A outra metade tem mãos fortes e rígidas, por cortar lenha ou trabalhar atrás do arado. – Virou minhas mãos nas suas. – Mas você tem mãos fortes e inteligentes, com um bom movimento nos pulsos – disse e me olhou com ar questionador: – Como é que você ganha a vida?

– Sou estudante na Universidade, onde trabalho com ferramentas delicadas, moldando metais e pedra – expliquei. – Mas também sou músico. Toco alaúde.

Vashet pareceu assustar-se, depois caiu na gargalhada. Largou minhas mãos e balançou a cabeça, com ar de desânimo.

– Um músico, ainda por cima – disse. – Perfeito. Alguém mais sabe?

– Que importância tem isso? Não me envergonho de ser quem sou.

– Não. É claro que não. Isso é parte do problema – retrucou ela. Inspirou fundo e tornou a soltar o ar. – Muito bem. Você precisa saber disso o quanto antes. Poupará problemas a nós dois, a longo prazo. – Olhou-me nos olhos e declarou: – Você é um prostituto.

Pisquei os olhos.

– Perdão, o que disse?

– Preste atenção um instante. Você não é burro. Deve ter percebido que há enormes diferenças culturais entre isto aqui e o lugar onde cresceu...

– Na República – interrompi. – E você tem razão. O abismo cultural entre mim e Tempi era imenso, comparado ao que havia com os outros mercenários de Vintas.

Ela assentiu com a cabeça.

– Parte disso é porque Tempi tem menos miolos que músculos – disse. – E é mais ingênuo que um pintinho, em matéria de saber como proceder no mundo – acrescentou. Fez um aceno com uma das mãos. – Afora isso, você tem razão. Há enormes diferenças.

– Eu notei. Parece que a nudez não é tabu para vocês, por exemplo. Ou isso, ou Tempi é meio exibicionista.

Vashet assumiu um ar pensativo por um momento e pareceu chegar a uma espécie de decisão.

– Vamos ver. Será mais simples eu lhe mostrar. Observe.

Vi a conhecida impassibilidade ademriana apoderar-se do seu rosto, deixando-o vazio como uma folha de papel em branco. Sua voz perdeu quase toda a inflexão, ao mesmo tempo, despindo-se de seu conteúdo afetivo.

– Diga-me o que significa eu fazer isto – instruiu. Então aproximou-se de mim, sem estabelecer contato visual. Sua mão disse *respeito*. – Você luta como um tigre – declarou. O rosto se manteve inexpressivo, a voz monocórdia e serena. Ela segurou o alto do meu ombro com uma das mãos e agarrou meu braço com a outra, apertando-o.

– Isso é um elogio – falei.

Vashet assentiu com a cabeça e deu um passo atrás. Em seguida, mudou. Seu rosto tornou-se animado. Ela sorriu e me fitou nos olhos. Chegou mais perto de mim e repetiu:

– Você luta como um tigre. – Sua voz vibrava de admiração. Uma de suas mãos pousou no alto do meu ombro, enquanto a outra deslizava em torno do meu bíceps, que ela apertou.

De repente, fiquei sem jeito com a nossa proximidade.

– É uma investida sexual – afirmei.

Vashet se afastou e assentiu com a cabeça.

– O seu povo vê certas coisas como íntimas. A pele nua. O contato físico. A proximidade dos corpos. O jogo amoroso. Para os ademrianos, nada disso é digno de nota.

Ela fixou os olhos nos meus e perguntou:

– Você consegue se lembrar de uma única vez que tenha ouvido um de nós gritar? Elevar a voz? Ou mesmo falar alto o bastante para ser entreouvido?

Pensei por um momento e neguei com a cabeça.

– Isto é porque, para nós, falar é particular. Íntimo. As expressões faciais também. E isto... – Pressionou a garganta com os dedos. – O calor que a voz pode produzir. A emoção que ela revela. Isso é algo muito privado.

– E nada transmite mais emoção que a música – falei, ao compreender. Era uma ideia estranha demais para eu lidar com ela de uma vez só.

Vashet meneou a cabeça com ar grave.

– Uma família pode cantar junta, se for unida. Uma mãe pode cantar para seu filho. Uma mulher pode cantar para seu homem. – Um ligeiro rubor surgiu em suas faces quando ela disse essa frase. – Mas só se eles estiverem muito apaixonados e inteiramente sozinhos.

Apontou para mim e indagou:

– Mas, e você? Um músico? Você faz isso diante de uma sala cheia de gente. Todos de uma vez. E para quê? Para ganhar alguns vinténs? O preço de uma refeição? – Ela me fitava com ar grave. – E você o faz repetidas vezes. Noite após noite. Com *qualquer um.*

Balançou a cabeça, consternada, e estremeceu um pouco, enquanto sua mão esquerda se crispava inconscientemente em gestos ríspidos: *horror, repugnância, severa reprovação.* Foi intimidante receber dela, ao mesmo tempo, os dois conjuntos de sinais afetivos.

Lutei contra a imagem mental de ficar nu no palco da Eólica e depois me deslocar pela plateia, encostando meu corpo no de todos os presentes. Jovens e velhos. Gordos e magros. Nobres ricos e plebeus sem vintém. Foi uma ideia que me deu no que pensar.

– Mas Tocar Alaúde é a 38º posição da Ketan – protestei. Estava me agarrando a esperanças fúteis e sabia disso.

– E Urso Adormecido é a 12ª – disse ela, dando de ombros. – Mas você não encontrará nenhum urso aqui, nem leão, nem alaúde. Alguns nomes servem para revelar. Os nomes da Ketan destinam-se a esconder a verdade, para que possamos falar dela sem espalhar seus segredos por aí.

– Compreendo. Mas muitos de vocês andaram pelo mundo. Você mesma fala lindamente o aturano e com grande calor na voz. Decerto há de saber que não há nada de intrinsecamente errado em alguém cantar.

– Você também andou pelo mundo – retrucou Vashet, em tom calmo. – E decerto há de saber que não há nada de intrinsecamente errado em alguém manter relações sexuais com três pessoas seguidas, na frente da lareira de uma hospedaria movimentada – concluiu, fitando-me com um olhar significativo.

– Imagino que a pedra seria muito áspera...

Ela deu um risinho.

– Muito bem, vamos presumir que eles também tivessem a possibilidade de usar um forro. Que nome você daria a essa pessoa?

Se ela me houvesse feito essa pergunta duas onzenas antes, quando eu estava recém-saído da terra dos Encantados, talvez eu não a houvesse entendido. Se eu tivesse passado mais tempo com Feluriana, seria perfeitamente possível que fazer sexo no piso diante da lareira não me parecesse estranho. Mas já fazia algum tempo que eu tinha retornado ao mundo dos mortais...

Um prostituto, pensei. E um prostituto barato e sem-vergonha, ainda por cima. Fiquei contente por não ter mencionado a ninguém o desejo de Tempi de aprender alaúde. Como ele devia ter-se sentido envergonhado por um impulso tão inocente! Pensei num Tempi menino, querendo tocar música, mas sem nunca dizer isso a ninguém, por saber que era sujo. Foi de partir o coração.

Meu rosto deve ter deixado transparecer muita coisa, porque Vashet estendeu o braço e segurou delicadamente minha mão.

– Sei que é difícil a sua gente compreender isto. Mais difícil ainda porque vocês jamais consideraram a possibilidade de pensar de outra maneira. – *Cautela*.

Lutei contra tudo o que isso implicava.

– Como vocês recebem suas notícias? – perguntei. – Sem nenhuma trupe deslocando-se de cidade em cidade, como se mantêm em contato com o mundo externo?

Vashet deu um risinho meio zombeteiro ao ouvir isso e apontou para a paisagem varrida pelo vento.

– Este lhe parece um lugar que se preocupe muito com o modo como gira o mundo? – indagou. Deixou pender o braço. – Mas não é tão mau quanto você supõe. Os vendedores itinerantes são mais bem recebidos aqui do que na maioria dos lugares. Os latoeiros, duas vezes mais. E nós mesmos viajamos bastante. Os que vestem vermelho vêm e vão, e trazem notícias.

Pousou uma das mãos em meu ombro, de modo tranquilizador.

– E, de vez em quando, um raro cantor ou músico passa por aqui em viagem. Mas não se apresenta para uma cidade inteira de uma vez. Visita famílias isoladas. Mesmo assim, apresenta-se sentado atrás de um biombo, para não ser visto. Você pode identificar o músico ademriano porque, quando viaja, ele carrega seu biombo alto nas costas. – Vashet franziu um pouco a boca e acrescentou: – Mas nem esses são vistos de maneira inteiramente favorável. Trata-se de uma ocupação valiosa, mas não respeitável.

Relaxei um pouco. A ideia de um lugar em que nenhum artista fosse bem-vindo parecia-me profundamente equivocada, até doentia. Mas um lugar com costumes estranhos eu podia entender. Para os Edena Ruh, fazer adaptações conforme a plateia é tão comum quanto trocar o vestuário.

Vashet continuou:

– É assim que são as coisas e você faria bem em aceitar isso o quanto antes. Digo-o como uma mulher bastante viajada. Passei oito anos entre os bárbaros. Cheguei até a ouvir música num grupo de pessoas. – Disse-o com orgulho, com uma inclinação desafiadora da cabeça. – Eu o fiz mais de uma vez.

– Algum dia você cantou em público? – perguntei.

Seu rosto assumiu uma expressão pétrea.

– Isso não é pergunta que se faça – respondeu, rígida. – E com ela você não fará nenhuma amizade aqui.

– Eu só quis dizer – apressei-me a explicar – que, se um dia você o tentasse, poderia descobrir que não tem nada de vergonhoso. É uma grande alegria para todos.

Vashet lançou-me um olhar severo e fez um gesto ríspido de *recusa* e *palavra final*.

– Kvothe, eu viajei bastante e vi muita coisa. Muitos ademrianos aqui têm experiência no mundo. Sabemos dos músicos. E, para ser franca, muitos de nós temos por eles uma fascinação secreta e cheia de culpa. Exatamente do mesmo modo que vocês se enamoram das habilidades das cortesãs modeganas. – Olhou-me com severidade. – Mas, com tudo isso, eu não gostaria que minha filha trouxesse um deles para casa, se você entende o que quero dizer. Tampouco melhoraria a opinião de alguém sobre Tempi se outras pessoas soubessem que ele compartilhou a Ketan com uma pessoa do seu tipo. Guarde isso para si. Você já tem muito que superar, sem que o Ademre inteiro saiba que você é músico, ainda por cima.

CAPÍTULO 114
Sua flecha única e afiada

Com relutância, segui o conselho de Vashet. E, apesar de meus dedos comicharem por ele, não peguei meu alaúde nessa noite para encher de música meu cantinho da escola. Cheguei até a empurrar o estojo com ele para baixo da cama, a fim de que sua mera visão não sucitasse boatos.

Durante vários dias, pouco fiz além de estudar com Vashet. Comi sozinho e não tentei conversar com ninguém, repentinamente constrangido com meu linguajar. Carceret se manteve distante, mas estava sempre presente, me observando, os olhos fixos e raivosos como os de uma cobra.

Aproveitei o excelente aturano de Vashet para fazer mil perguntas que teriam sido sutis demais para Tempi compreender.

Aguardei três dias inteiros até lhe fazer a pergunta que vinha fervilhando lentamente dentro de mim, desde que eu iniciara a subida do sopé dos Montes Tempestuosos. Pessoalmente, achei que isso demonstrava um autocontrole excepcional.

– Vashet, o seu povo sabe histórias do Chandriano?

Ela me olhou, mas seu rosto expressivo em geral tornou-se de repente impassível.

– E o que isso tem a ver com a sua linguagem manual? – indagou, enquanto sua mão percorria diversas variações do gesto que indicava reprovação e censura.

– Nada.

– Então, tem algo a ver com a sua luta? – perguntou ela.

– Não – admiti. – Mas...

– Decerto se relaciona com a Ketan, não é? Ou com a Lethani? Ou talvez toque em algum matiz sutil de significação que você tenha dificuldade de apreender em adêmico.

– Só estou curioso.

Vashet deu um suspiro.

– Será que posso convencê-lo a concentrar sua curiosidade em assuntos mais prementes? – indagou, gesticulando *exasperada. Firme repreensão.*

Abandonei prontamente o assunto. Não só Vashet era minha professora, como era também minha única companhia. A última coisa que eu desejava era irritá-la ou lhe dar a impressão de estar menos atento a suas aulas.

Com essa decepcionante exceção, Vashet era uma fonte cintilante de informações. Respondia a minhas perguntas intermináveis com rapidez e clareza. Como resultado, não pude deixar de sentir que minha habilidade na fala e na luta vinha progredindo a enormes saltos.

Vashet não compartilhava meu entusiasmo e não se acanhava em dizê-lo. Com eloquência. Em duas línguas.

∞

Ela e eu estávamos no vale escondido que continha a árvore espadeira. Havíamos praticado nosso combate desarmado durante cerca de uma hora e, nesse momento, estávamos sentados na grama alta, recuperando o fôlego.

Ou melhor, *eu* estava recuperando o fôlego. Vashet não estava nem um pouco arfante. Lutar comigo não significava nada para ela e não havia ocasião em que a mestra não pudesse chamar minha atenção por desleixo, rompendo preguiçosamente minhas defesas e me acertando um tapa na lateral da cabeça.

– Vashet – comecei, reunindo coragem para indagar algo que já me incomodava havia algum tempo –, posso lhe fazer uma pergunta que talvez seja pretensiosa?

– Prefiro alunos pretensiosos – respondeu ela. – Eu tinha esperança de que já tivéssemos ultrapassado o ponto em que nos preocupamos com essas coisas.

– Qual é o propósito disto tudo? – Fiz um gesto abarcando nós dois.

– O propósito disto – ela imitou meu gesto – é lhe ensinar o suficiente para que você pare de lutar como um garotinho inebriado com o vinho materno.

Nesse dia, seu cabelo louro-escuro estava preso em duas tranças curtas que caíam até suas costas, dos dois lados do pescoço. Isso lhe dava uma curiosa aparência de menina, o que não tinha feito maravilhas por minha autoestima na hora anterior, quando ela me derrubara repetidas vezes no chão, obrigara-me a me render e me batera com inúmeros socos e pontapés sólidos, mas generosamente contidos.

E a certa altura, rindo, ela passara com facilidade para trás de mim e me acertara um bom tapa no traseiro, como se fosse um bêbado lascivo de taberna e eu, uma criada de mesa com um corpete decotado.

– Mas para quê? Com que propósito você está me dando aulas? – insisti. – Se Tempi cometeu um erro ao me ensinar, por que continuar minha instrução?

Vashet meneou a cabeça com ar de aprovação.

– Andei me perguntando quanto tempo você levaria para fazer essa pergunta – disse-me. – Deveria ter sido uma das primeiras.

– Disseram-me que faço muitas perguntas – rebati. – Tenho procurado ser um pouco mais cauteloso aqui.

Vashet sentou-se inclinada para a frente, com ar subitamente profissional.

– Você sabe coisas que não deveria saber. Shehyn não se importa que você conheça a Lethani, mas há quem tenha outros sentimentos. Há um consenso, porém, quanto à questão da nossa Ketan. Ela não é para bárbaros. É só para os ademrianos que seguem o caminho da árvore espadeira.

Vashet fez uma pausa antes de continuar:

– A ideia da Shehyn é esta: se você fizesse parte da escola, faria parte do Ademre. Sendo parte do Ademre, deixaria de ser bárbaro. E então não seria errado você saber essas coisas.

Havia naquilo certa lógica intricada.

– Isso também significa que Tempi não estaria errado em me dar aulas.

Vashet concordou:

– Exatamente. Em vez de ter trazido para casa um filhotinho de cachorro indesejado, seria como se ele houvesse devolvido ao rebanho uma ovelha perdida.

– Tenho que ser ovelha ou filhote de cachorro? – Suspirei. – Isso é indigno.

– Você luta como um filhotinho – disse ela. – Ansioso e atrapalhado.

– Mas eu já não faço parte da escola? Afinal, você está me ensinando.

Vashet balançou a cabeça.

– Você dorme na escola e come a nossa comida, mas isso não o torna um estudante. Muitas crianças estudam a Ketan, na esperança de ingressar na escola e, um dia, usar o traje vermelho. Elas moram e estudam conosco. Estão *na* escola, mas não *são da* escola, se é que me entende.

– Acho estranho que tantos queiram tornar-se mercenários – comentei, com toda a gentileza possível.

– Você parece bastante ansioso – disse ela, com um toque de rispidez na voz.

– Estou ansioso por aprender – retruquei –, não por levar a vida de um mercenário. Não pretendi ser ofensivo.

Vashet alongou o pescoço, para amenizar a rigidez.

– É a sua língua que atrapalha. Nas terras bárbaras, os mercenários são a camada mais baixa da sociedade. Por mais obtuso e inútil que seja um homem, ele sempre pode carregar um porrete e ganhar meio-vintém por dia guardando uma caravana, estou certa?

– De fato, esse estilo de vida tende a atrair pessoas rudes.

– Não somos esse tipo de mercenários. Somos pagos, mas escolhemos os trabalhos que aceitamos – disse ela e fez uma pausa. – Se você luta pela sua bolsa, é mercenário. Como é chamado se lutar por dever para com o seu país?

– Soldado.

– E se lutar pela lei?

– Condestável ou bailio.

– Se lutar por sua reputação?

Dessa vez precisei pensar um pouco.

– Duelista, talvez?

– E se lutar pelo bem dos outros?

– Um Amyr – respondi, sem pensar.

Ela inclinou a cabeça para mim.

– Essa é uma escolha interessante – falou. Levantou um braço, exibindo com orgulho a manga vermelha. – Nós, ademrianos, somos pagos para guardar, caçar e proteger. Lutamos por nossa terra, nossa escola e nossa reputação. E lutamos pela Lethani. Com a Lethani. Na Lethani. Tudo isso junto. A palavra em adêmico para os que vestem vermelho é *Cethan* – disse, e olhou para mim. – E isso é motivo de muito orgulho.

– Então, tornar-se mercenário é algo muito elevado na escala social ademriana – observei.

Ela assentiu com a cabeça.

– Mas os bárbaros não conhecem essa palavra e, mesmo que a conhecessem, não a compreenderiam. Assim, "mercenário" tem que bastar.

Vashet puxou do chão dois talos compridos de grama e começou a tecer uma corda com eles.

– É por isso que a decisão da Shehyn não é fácil. Ela tem que ponderar o que é correto e também o que é o melhor para sua escola. Levando em conta, o tempo todo, o bem do caminho completo da árvore espadeira. Em vez de tomar uma decisão precipitada, ela está fazendo um jogo mais paciente. Pessoalmente, acho que ela tem esperança de que o problema se resolva por si.

– E como isto se resolveria por si? – perguntei.

– Você poderia ter fugido. Muitos presumiram que faria isso. Se eu decidisse que não valia a pena lhe dar aulas, isso também teria retirado o problema das mãos dela. Ou você poderia morrer durante o treinamento, ou ficar aleijado.

Encarei-a.

Ela deu de ombros.

– Acidentes acontecem. Não com frequência, mas às vezes. Se a Carceret fosse sua professora...

Fiz uma careta.

– Então, como alguém se torna oficialmente membro da escola? Há algum tipo de prova?

Vashet balançou a cabeça.

– Primeiro, alguém tem que falar em sua defesa, dizendo que você é digno de ingressar na escola.

– Tempi? – indaguei.

– Alguém influente – esclareceu ela.

– Então, seria você – observei, lentamente.

Vashet sorriu, deu um tapinha no nariz meio amassado e apontou para mim.

– Você só precisou de dois palpites. Se um dia progredir a ponto de eu achar que não me envergonhará, falarei em sua defesa e você poderá submeter-se à prova.

Ela continuou a entrelaçar os talos de grama, as mãos se movendo num padrão regular e complexo. Eu nunca tinha visto outro ademriano brincar ociosamente assim com alguma coisa enquanto conversava. Eles não poderiam, é claro. Precisavam de uma das mãos livre para falar.

– Se você passar nessa prova, já não será bárbaro. Tempi será inocentado e todos irão para casa satisfeitos. Exceto os que não o ficarem, é claro.

– E se eu não passar? Ou ainda, e se você decidir que não sou bom o bastante para fazê-la?

– Nesse caso, as coisas se complicarão – disse-me. Ficou de pé. – Venha, Shehyn pediu para falar com você hoje. Não seria educado nos atrasarmos.

༄

Vashet foi à frente, em direção ao pequeno aglomerado de prédios baixos de pedra. Quando os vira pela primeira vez, eu havia presumido que eram a própria cidade. Agora eu sabia que eles compunham a escola. O grupo de prédios era como uma pequena Universidade, só que lá não havia nada do regime curricular a que eu estava habituado.

Também não havia um sistema formal de hierarquia. Os que vestiam o vermelho eram tratados com deferência e Shehyn estava obviamente no comando. Afora isso, eu tinha apenas a vaga impressão de uma ordem hierárquica social. Tempi, é claro, tinha uma posição bastante baixa e não era bem conceituado. Vashet tinha uma posição bastante alta e era respeitada.

Ao chegarmos para nossa reunião, Shehyn estava na metade de sua execução da Ketan. Observei-a em silêncio, enquanto ela se movia com a velocidade do mel se derramando num tampo de mesa. A Ketan torna-se mais difícil quanto maior a lentidão com que se fazem os movimentos, mas a execução de Shehyn era impecável.

Ela levou meia hora para terminar e, em seguida, abriu uma janela. Um rodopio do vento fez entrar o aroma doce da grama estival e o som das folhas.

Shehyn sentou-se. Não estava ofegante, embora uma camada de suor lhe cobrisse a pele.

– Tempi lhe falou das 99 histórias? – perguntou-me, sem nenhum preâmbulo. – De Aethe e do começo dos ademrianos?

Fiz que não com a cabeça.

– Ótimo. Não competia a ele fazer isso. Além do mais, não o faria corretamente. – Virou-se para Vashet e indagou: – Como vai indo a língua?

– Tão rápida quanto costumam ir essas coisas – disse ela. *Entretanto...*

– Muito bem – disse Shehyn, passando para um aturano preciso e com sotaque leve. – Vou contá-la desta maneira, para que haja menos interrupções e menos margem para mal-entendidos.

Fiz o melhor que pude para gesticular *respeitosa gratidão*.

– Esta é uma história de anos atrás – disse Shehyn, formalmente. – De antes desta escola. Antes do caminho da árvore espadeira. Antes que qualquer ademriano soubesse da Lethani. Esta é uma história dos primórdios dessas coisas. A primeira escola ademriana não ensinava o trabalho com a espada. Surpreendentemente, foi fundada por um homem chamado Aethe, que buscava alcançar a mestria na flecha e no arco.

Shehyn fez uma pausa na narrativa e deu uma explicação:

– Você precisa saber que, naqueles tempos, o uso do arco era muito comum. A mestria nele era muito valorizada. Éramos pastores e frequentemente nossos inimigos nos perseguiam, e o arco era o melhor instrumento de que dispúnhamos para nos defendermos.

Tornou a se reclinar na cadeira e prosseguiu:

– Aethe não pretendeu fundar uma escola. Não havia escolas naquela época. Ele almejava apenas aprimorar sua habilidade. Investiu nisso toda a sua força de vontade, até ser capaz de arrancar uma maçã de uma árvore a 30 metros de distância. Depois, esforçou-se até conseguir acertar o pavio de uma vela acesa. Em pouco tempo, o único alvo que o desafiava era uma tira de seda pendurada, balançando ao vento. Aethe esforçou-se até conseguir prever a virada do vento e, depois que dominou isso, já não podia errar. As histórias de seu talento se espalharam e outros foram procurá-lo. Entre eles havia uma jovem chamada Rethe. A princípio, Aethe duvidou que ela tivesse força para retesar o arco. Mas ela não tardou a ser vista como sua melhor aluna.

Shehyn se interrompeu por um momento para esclarecer:

– Como eu disse, isso foi há muitos anos e a longas milhas de onde estamos sentados. Naquele tempo, nós, ademrianos, não tínhamos a Lethani para nos guiar, por isso foi uma época dura e sangrenta. Naqueles dias, não era incomum um ademriano matar outro por orgulho, por causa de uma discussão ou como prova de destreza.

Ela retomou a história:

– Sendo Aethe o maior de todos, muitos o desafiavam. Mas um corpo é um alvo insignificante quando se pode acertar seda oscilando ao vento. Aethe os matava com a facilidade de quem ceifa trigo. Levava para os duelos uma única flecha e dizia que, se essa única flecha não bastasse, ele mereceria ser abatido. Aethe envelheceu e sua fama disseminou-se. Ele criou raízes e estabeleceu a primeira das escolas ademrianas. Os anos se passaram e ele treinou muitos ademrianos a serem letais como facas. Tornou-se tão conhecido que, se uma pessoa desse três flechas e três moedas aos alunos de Aethe, seus três piores inimigos nunca mais a importunariam. Assim, a escola ficou rica, famosa e cheia de orgulho. E Aethe também.

Ela fez uma pausa antes de continuar a narrativa:

– Foi então que Rethe o procurou. Rethe, sua melhor discípula, aquela a quem ele mais dava ouvidos e a mais próxima do seu coração. Rethe conversou com Aethe e os dois discordaram. Depois, discutiram. Depois, gritaram tão alto que toda a escola pôde ouvi-los, através das grossas paredes de pedra. E, no fim, Rethe desafiou Aethe para um duelo. Ele aceitou. O vencedor passaria a controlar a escola desse dia em diante. Como desafiado, Aethe foi o primeiro a escolher sua posição. Optou por um bosque de árvores jovens e oscilantes, que lhe dariam sua proteção mutável. Normalmente, ele não se preocuparia com isso, mas Rethe era sua melhor aluna e sabia ler o vento tão bem quanto ele. Aethe levou consigo seu arco de chifre e uma única flecha afiada. Então, Rethe escolheu o lugar em que se posicionaria. Caminhou até o topo de um morro alto, fazendo sua silhueta destacar-se nitidamente contra o céu sem nuvens. Não levou arco nem flecha. E, quando chegou ao cume do morro, sentou-se no chão, tranquila. Isso foi o mais estranho de tudo, talvez, pois era sabido que Aethe às vezes atingia o inimigo na perna, em vez de matá-lo.

Shehyn cravou os olhos nos meus.

– Aethe viu sua aluna fazer esse movimento e foi tomado pela raiva. Pegou sua única flecha e a encaixou no arco. A corda fora Rethe quem fizera para ele, trançando-a com os fios longos e fortes de seu próprio cabelo. Furioso, Aethe disparou sua flecha. Ela atingiu Rethe como um raio. Aqui – disse Shehyn, apontando com dois dedos para a curva interna de seu seio esquerdo. – Ainda sentada – continuou –, com a flecha cravada no peito, Rethe tirou de baixo da blusa uma longa fita de seda branca. Arrancou uma pena branca da extremidade da flecha, molhou-a em seu sangue e escreveu quatro versos. Depois, ergueu bem alto a fita por um longo momento, esperando o vento soprá-la, ora para um lado, ora para outro. Então soltou-a, e a fita rodopiou no ar, subindo e descendo na brisa. Girou ao vento, trançou seu caminho por entre as árvores e foi grudar-se com firmeza no peito de Aethe. Nela, estava escrito:

Aethe, caro ao meu coração.
Sem vaidade, a fita.
Sem dever, o vento.
Sem sangue, a vitória.

Ouvi um ruído murmurado, virei-me e vi Vashet chorando baixinho. Tinha a cabeça curvada e as lágrimas lhe desciam pela face, gotejando marcas mais escuras no vermelho da blusa.

Shehyn prosseguiu:

– Só depois de ler esses versos Aethe reconheceu a profunda sabedoria que possuía sua aluna. Correu para cuidar do ferimento de Rethe, mas a ponta da flecha se alojara perto demais do coração para ser retirada. Rethe viveu apenas três dias depois disso, sob os cuidados de um Aethe desolado pela tristeza. Ele lhe deu o controle da escola e deu ouvidos a suas palavras, enquanto a ponta da flecha ia chegando mais perto do coração dela. Durante esses dias, Rethe ditou 99 histórias e Aethe as anotou. Essas histórias foram o começo da nossa compreensão da Lethani. São a raiz de todo o Ademre. No fim do terceiro dia, Rethe terminou de contar a última história a Aethe, que então se colocou como discípulo de sua discípula. Depois que Aethe acabou de escrever, Rethe lhe disse: "Existe uma última história, mais importante que todas as demais, e essa será conhecida quando eu acordar." E então, Rethe fechou os olhos e adormeceu. Morreu dormindo.

Shehyn parou mais uma vez.

– Aethe viveu mais 40 anos depois disso – disse ao voltar a falar. – E dizem que nunca mais matou ninguém. Nos anos que se seguiram, eram comum se ouvi-lo dizer: "Venci o único duelo em que fui derrotado." Ele continuou a dirigir a escola e a preparar seus alunos para serem mestres do arco. Mas, já então, formou-os também para serem sábios. Contou-lhes as 99 histórias e foi assim que a Lethani se tornou conhecida em todo o Ademre. E foi assim que nos tornamos quem somos.

Houve uma longa pausa.

– Obrigado, Shehyn – falei, esforçando-me ao máximo para gesticular *respeitosa gratidão*. – Eu gostaria muito de ouvir essas 99 histórias.

– Elas não são para bárbaros – respondeu Shehyn. Mas não pareceu ofender-se com meu pedido e gesticulou uma combinação de *censura* e *pesar*. Mudou de assunto: – Como está indo a sua Ketan?

– Eu luto para me aperfeiçoar, Shehyn.

Ela se virou para Vashet e perguntou:

– É verdade?

– Com certeza há luta – confirmou Vashet, ainda com os olhos vermelhos de lágrimas. *Riso irônico*. – Mas há também aperfeiçoamento.

Shehyn meneou a cabeça. *Aprovação reservada*.

– Vários de nós lutaremos amanhã. Talvez você queira levá-lo para assistir.

Vashet fez um movimento elegante, que me permitiu avaliar quão pouco eu sabia das sutilezas da linguagem das mãos: *Gentil agradecimento, aceitação ligeiramente submissa*.

– Você devia sentir-se lisonjeado – disse Vashet, animada. – Uma conversa com Shehyn e um convite para vê-la lutar.

Estávamos voltando para um desfiladeiro profundo, protegido do vento, onde era típico exercitarmos a Ketan e nossos combates à mão desarmada.

Mas meu pensamento continuava retornando a várias ideias inevitáveis e incômodas. Eu estava pensando em segredos e em como as pessoas ansiavam por guardá-los. Perguntei-me o que faria Kilvin se eu levasse alguém à Ficiaria e lhe mostrasse a siglística do sangue, dos ossos e do cabelo.

Bastou pensar na raiva do artífice grandalhão para que eu estremecesse. Eu sabia que tipo de problema enfrentaria. Ele era enunciado com clareza nas leis da Universidade. Mas o que faria Kilvin com a pessoa a quem eu ensinasse essas coisas?

Vashet bateu com as costas da mão no meu peito, para me chamar a atenção.

– Eu disse que você deveria estar lisonjeado – repetiu.

– E estou.

Ela me segurou pelo ombro e me virou de frente.

– Você ficou todo pensativo comigo.

– O que acontecerá com Tempi se tudo isto acabar mal? – perguntei de chofre.

A expressão animada de Vashet desmanchou-se.

– O traje vermelho lhe será tirado, assim como a espada e o nome, e ele será excluído da Latantha – respondeu. Respirou fundo, devagar. – Seria improvável alguma outra escola aceitá-lo depois de uma coisa dessas, logo, isso o exilaria de todo o Ademre.

– Mas o exílio não servirá para mim. Obrigar-me a voltar para o mundo só agravaria o problema, não é?

Vashet não disse nada.

– Quando tudo isto começou, você me incentivou a ir embora. Se eu tivesse fugido, teriam me deixado partir?

Houve um longo silêncio que me revelou a verdade. Mas ela também a disse em voz alta:

– Não.

Senti-me grato por Vashet não mentir para mim.

– E qual será a minha punição? A prisão? – Balancei a cabeça. – Não. Não seria prático me manter trancafiado aqui durante anos. – Levantei os olhos para ela. – Então, o quê?

– A punição não está entre nossas preocupações. Afinal, você é bárbaro. Não sabia que estava fazendo algo errado. A principal preocupação é impedir que você ensine a outros o que furtou, é impedi-lo de usar isso em proveito próprio.

Vashet não tinha respondido a minha pergunta. Fitei-a demoradamente.

– Alguns dizem que o melhor seria matá-lo – declarou-me com franqueza. – Mas a maioria acha que matar não é da Lethani. Shehyn está entre esses. Assim como eu.

Relaxei um pouco: pelo menos, já era alguma coisa.

– E imagino que uma promessa minha não tranquilizaria ninguém, não é?

Ela me deu um sorriso solidário.

– Depõe a seu favor o fato de você ter vindo com Tempi. E você ficou, quando tentei mandá-lo embora. Mas a promessa de um bárbaro tem pouco valor.

– E então, o que vai ser? – perguntei, desconfiando da resposta e sabendo que não gostaria dela.

Vashet respirou fundo antes de dizer, com total franqueza:

– Você poderia ser impedido de ensinar se tivesse a língua arrancada ou os olhos vazados. Para impedi-lo de usar a Ketan, seria possível aleijá-lo. Cortar o tendão do seu tornozelo ou mutilar o joelho da sua perna mais forte. – Ela encolheu os ombros. – Mas ainda é possível ser um bom lutador, mesmo com uma perna prejudicada. Portanto, seria mais eficaz tirar os dois dedos menores da sua mão direita. Isso seria...

Vashet continuou a falar em seu tom descontraído. Acho que tencionava me tranquilizar, me acalmar. Mas a coisa teve o efeito inverso. Eu só conseguia pensar nela decepando meus dedos, com a calma de quem corta um pedaço de maçã. Ficou tudo brilhante nas fímbrias da minha visão e aquela imagem mental vívida me embrulhou o estômago. Por um instante, achei que ia vomitar.

A tontura e a náusea passaram. Ao recobrar os sentidos, percebi que Vashet tinha terminado de falar e me olhava fixamente.

Antes que eu pudesse dizer alguma coisa, ela balançou a mão com desdém.

– Estou vendo que hoje você não terá mais a menor serventia. Tire o resto da tarde para você. Ponha as ideias em ordem ou pratique a Ketan. Vá contemplar a árvore espadeira. Amanhã continuaremos.

∾

Andei a esmo durante algum tempo, tentando não pensar em meus dedos sendo amputados. Depois, ao subir uma colina, quase literalmente tropecei num casal de ademrianos nus, enfurnados num pequeno arvoredo.

Eles não se atrapalharam todos para pegar a roupa, quando surgi atabalhoado no arvoredo e, em vez de tentar lhes pedir desculpas, com o meu linguajar precário e minhas ideias confusas, apenas virei as costas e fui embora, com o rosto ardendo de vergonha.

Tentei praticar a Ketan, mas não consegui me concentrar. Fui observar a árvore espadeira e, durante algum tempo, a visão de seus movimentos graciosos ao vento me acalmou. Depois, minha mente vagou e tornei a deparar com a imagem de Vashet decepando meus dedos.

Ouvi as três badaladas agudas do sino e fui jantar. Estava na fila, meio atordoado com o esforço mental de não pensar em alguém mutilando minhas mãos, quando notei que a ademriana perto de mim me encarava. A garotinha de uns 10 anos estampava no rosto uma expressão de franco assombro e um homem com o vermelho dos mercenários me olhava como se acabasse de me ver limpar a bunda com um pedaço de pão e comê-lo.

Só então percebi que eu estava cantarolando. Não exatamente alto, mas o bastante para ser ouvido por quem estivesse perto. Não podia ter feito aquilo por muito tempo, pois só havia completado os seis primeiros versos de "Saia da Cidade, Latoeiro".

Parei, baixei os olhos, peguei minha refeição e passei 10 minutos tentando comer. Consegui engolir alguns bocados, mas foi só. Acabei desistindo e fui para meu quarto.

Deitei-me na cama, repassando mentalmente minhas opções. Até onde eu seria capaz de correr? Poderia despistá-los na zona rural dos arredores? Conseguiria roubar um cavalo? Eu ao menos tinha visto algum cavalo desde que chegara a Haert?

Peguei o alaúde e exercitei um pouco meus acordes, fazendo todos os meus cinco dedos habilidosos correrem para cima e para baixo pelo braço longo do instrumento. Mas a mão direita comichava de desejo de tanger e dedilhar as notas. Era tão frustrante quanto tentar beijar alguém usando um lábio só e não tardei a desistir.

Por fim, peguei minha *shaed* e me embrulhei nela. Era quente e reconfortante. Puxei o capuz sobre a cabeça até onde era possível descê-lo e pensei na área escura da terra dos Encantados onde Feluriana havia colhido suas sombras.

Pensei na Universidade, em Wil e Simmon. Em Auri, Devi e Feila. Eu nunca tinha sido popular e meu círculo de amigos nunca parecera particularmente grande. Mas a verdade era que eu havia esquecido o que significava estar verdadeiramente só.

E então pensei na minha família. Pensei no Chandriano, em Gris. Em sua graça desenvolta. Na espada empunhada com desembaraço por sua mão, como um pedaço de gelo hibernal. Pensei em matá-lo.

Pensei em Denna e no que me falara o Cthaeh. Pensei no mecenas dela e nas coisas que eu tinha dito em nossa briga. Pensei na ocasião em que ela havia escorregado na rua e eu a segurara, e na sensação da curva suave acima dos seus quadris na minha mão. Pensei no formato da sua boca, no som da sua voz, no perfume de seu cabelo.

E, por fim, cruzei de mansinho as portas do sono.

CAPÍTULO 115

Tempestade e rocha

Acordei na manhã seguinte sabendo a resposta. Minha única saída daquela situação era por meio da escola. Eu tinha que provar meu valor. Isso queria dizer que precisava de tudo que Vashet pudesse me ensinar, o mais depressa possível.

E assim, nessa manhã, levantei-me à luz azul pálida do alvorecer. E, quando Vashet emergiu de sua casinha de pedra, eu estava à sua espera. Não me sentia particularmente alerta e animado, já que meu sono tinha sido repleto de sonhos perturbadores, mas estava pronto para aprender.

∾

Talvez eu tenha dado uma impressão incorreta de Haert.

Ela não era uma próspera metrópole, é óbvio. E não poderia ser considerada uma cidade nem por um grande exagero da imaginação. Em certos aspectos, mal chegava a ser um vilarejo.

Não digo isto em tom depreciativo. Eu tinha passado a maior parte da minha jovem vida viajando com minha trupe, passando de uma cidadezinha para outra. Metade do mundo é feita de comunidades minúsculas, que crescem em torno de nada além de um mercado num cruzamento de duas estradas, de um bom poço de argila ou de uma curva num rio de correnteza forte o bastante para girar a roda de um moinho.

Às vezes, essas vilas são prósperas. Umas têm o solo rico e o clima generoso. Outras vicejam com os mercadores que por elas transitam. A riqueza desses locais é evidente. As casas são amplas e bem conservadas. As pessoas são amáveis e generosas. As crianças são gordas e felizes. Encontram-se alguns luxos à venda, como pimenta, canela e chocolate. Há café e vinho de boa qualidade e música na hospedaria local.

E há também o outro tipo de cidadezinha. Vilarejos onde o solo é raso e desgastado. Aldeias onde o moinho pegou fogo ou o poço de argila esgotou-se anos antes. Nesses lugares, as casas são pequenas e mal remendadas. As pessoas são magras e ariscas e a riqueza se mede por coisas pequenas e práticas. Uma pilha de lenha. Um segundo porco. Cinco potes de amoras em conserva.

À primeira vista, Haert parecia esse tipo de lugar. Era pouco mais que um punhado de casas pequeninas, pedra britada e uma ou outra cabra num cercado.

Na maioria das regiões da República, ou em qualquer parte dos Quatro Cantos, pensando bem, uma família que morasse numa casa pequena, com apenas uns pedaços de pau à guisa de mobília, seria vista como desafortunada. A um passo da miséria.

Mas, embora a maioria das casas ademrianas que eu tinha visto fosse relativamente pequena, elas não eram do mesmo tipo que se encontraria num vilarejo aturense miserável, onde seriam feitas de torrões de grama e toras de madeira emboçadas com taipa.

As casas ademrianas eram de pedras bem talhadas, encaixadas da maneira mais astuta que eu já tinha visto. Não havia frestas por onde entrasse o vento incessante. Não havia vazamentos em telhados. Nada de dobradiças de couro estalando nas portas. As janelas não eram oleados de pele de carneiro, nem buracos vazios com venezianas de madeira. Eram de vidro feito sob medida, tão bem instaladas quanto as que se encontrariam na mansão de um banqueiro.

Nunca vi uma lareira durante todo o tempo que passei em Haert. Não me entenda mal, lareira é muito melhor do que morrer congelado. Mas a maioria dos tipos toscos que a população consegue construir para si, com pedras brutas apanhadas no chão ou tijolos de cinzas, é suja, cheia de correntes de ar e ineficiente. Enche a casa de fuligem e os pulmões de fumaça.

Em vez de lareira, todas as casas ademrianas tinham sua estufa de ferro. O tipo de estufa que pesa centenas de quilos, feito de grosso ferro forjado, de modo que se pode atiçá-la até ela luzir de calor. O tipo de estufa que dura um século e custa mais do que ganha um lavrador num ano inteiro de trabalho árduo na lavoura. Algumas delas eram pequenas, boas para aquecer e cozinhar. Porém não foram poucas as que vi que eram maiores e também podiam ser usadas como fornos para assar. Um desses tesouros ficava enfurnado numa casa baixa de pedra de apenas três cômodos.

Os tapetes dos pisos ademrianos eram quase sempre simples, mas feitos de lã grossa e macia, tingida de cores vivas. Os pisos sob esses tapetes eram de madeira polida com areia, não de terra. Não havia círios de sebo gotejantes nem pavios de junco. Havia velas de cera de abelha ou lamparinas que queimavam um óleo branco e limpo. E uma vez, numa janela distante, reconheci a ininterrupta luz vermelha de uma lâmpada de simpatia.

E foi ela que me fez perceber a verdade: aquilo ali não era um punhado de gente desesperada, raspando o fundo do tacho para levar uma vida de penúria na encosta árida das montanhas. Não sobrevivia a duras penas, tomando sopa de repolho e sempre apavorada com o inverno. Essa comunidade levava uma vida cômoda e serenamente próspera.

Mais do que isso. Apesar da falta de reluzentes salões de banquete e roupas sofisticadas, apesar da inexistência de criados e estatuária, cada uma daquelas casas era um pequeno solar. Todas eram ricas, de uma forma sossegada e prática.

– O que você achava? – perguntou Vashet, rindo de mim. – Que um punhado de nós conquistava o traje vermelho e fugia para levar uma vida de luxo desregrado, enquanto nossas famílias bebiam água suja e morriam de escorbuto?

– Eu não tinha pensado nisso, na verdade – respondi, olhando em volta. Vashet estava começando a me ensinar a usar a espada. Passáramos duas horas nisso e ela tinha feito pouco mais que me explicar as diferentes maneiras de empunhá-la. Como se aquilo fosse um bebê, e não um pedaço de metal.

Agora que eu já sabia procurar, vi dezenas de casas ademrianas engenhosamente inseridas na paisagem. Havia pesadas portas de madeira encaixadas em penhas. Outras pareciam pouco mais que amontoados de pedra. Umas tinham grama crescendo no telhado e só eram reconhecíveis pelas chaminés espetadas das estufas. Uma cabra gorda pastava num desses telhados, a teta balançando quando ela espichou o pescoço para comer um punhado de relva.

– Olhe para a terra a seu redor – disse Vashet, girando num círculo lento para abarcar a paisagem. – O solo é fino demais para o arado, irregular demais para cavalos.

O verão é quente demais para o trigo e inclemente para as frutas. Algumas montanhas têm ferro, carvão ou ouro. Mas não estas. No inverno, a neve forma montes mais altos que a sua cabeça. Na primavera, as tempestades tiram seus pés do chão. – Tornou a se virar para mim. – Esta terra é nossa porque ninguém mais a quer – disse, dando de ombros. – Ou melhor, tornou-se nossa por essa razão.

Ajeitou a espada no ombro e me lançou um olhar especulativo.

– Sente-se e escute – disse ela, em tom formal. – E eu lhe contarei a história de um tempo muito longínquo.

Sentei-me na relva e Vashet se acomodou numa pedra próxima.

– Há muito, muito tempo, nós, ademrianos, fomos expulsos do lugar que era nosso por direito. Algo de que não conseguimos nos lembrar expulsou-nos de lá. Alguém roubou nossas terras, as destruiu ou nos fez fugir de medo. Fomos forçados a perambular ininterruptamente. Toda a nossa nação esmolando, como mendigos. Achávamos um lugar, nos instalávamos e acomodávamos nossos rebanhos. Então, os moradores das imediações nos faziam partir. Os ademrianos eram ferozes, naquela época. Se não fôssemos ferozes, hoje não restaria nenhum de nós. Mas éramos poucos, por isso sempre nos empurravam para adiante. Por fim, achamos este lugar árido e ventoso, indesejado pelo mundo. Cravamos raízes profundas na pedra e fizemos dele nossa pátria.

Os olhos de Vashet vagaram pela paisagem.

– Mas esta terra pouco tinha a nos oferecer, um lugar para nossos rebanhos pastarem, pedra e um vento incessante. Não encontramos nenhum modo de vender o vento, por isso vendemos ao mundo nossa ferocidade. Assim, sobrevivemos e, aos poucos, fomos nos aprimorando até virar o que somos hoje. Não mais apenas ferozes, porém perigosos e orgulhosos. Incessantes como o vento e fortes como a rocha.

Esperei um instante para ter certeza de que ela havia acabado.

– Meu povo também é itinerante – falei. – Em lugar nenhum e em toda parte, é lá que vivemos.

Ela encolheu os ombros, sorrindo.

– Isto é uma história, entenda bem. E das antigas. Tire dela o que quiser.

– Gosto de histórias.

– Uma história é como uma noz – disse Vashet. – O tolo a engole inteira e se engasga. O tolo a joga fora, achando que tem pouco valor. – Sorriu. – Mas a mulher sensata descobre um jeito de quebrar a casca e comer a polpa que há dentro.

Levantei-me e fui até onde ela estava sentada. Beijei-lhe as mãos, a fronte e a boca, e disse:

– Vashet, fico feliz por Shehyn ter-me entregado a você.

– Você é um menino bobo – disse ela, baixando os olhos, mas percebi um vago rubor subir por seu rosto ao falar. – Venha. Temos que ir. Você não vai querer perder a chance de ver Shehyn lutar.

∽

Vashet me levou a um pedaço de campina sem marcas, onde a grama espessa fora pastada quase até o rés do solo. Já havia alguns outros ademrianos por perto, aguardando. Umas pessoas tinham levado banquetas ou rolado pedaços de toras de madeira para usar como bancos. Vashet simplesmente sentou-se no chão e eu a imitei.

Aos poucos se formou uma aglomeração. Apenas umas 30 pessoas, porém era o maior número de ademrianos que eu já vira juntos, sem contar o refeitório. Reuniam-se em duplas e trios, passando de uma conversa para outra. Eram raros os momentos em que grupos de cinco se aglutinavam por algum tempo.

Embora houvesse uma dezena de conversas, todas ao alcance de uma pedrada, não pude ouvir mais que um murmúrio. Os interlocutores ficavam tão próximos que quase se tocavam e o vento na relva fazia mais barulho que suas vozes.

Mas era possível perceber o tom de cada conversa, de onde eu estava. Dois meses antes, uma aglomeração como aquela teria parecido sinistramente silenciosa; uma reunião de semimudos agitados e desprovidos de emoção. Agora, porém, eu via com clareza que havia uma dupla de ademrianas formada por professora e aluna, pela distância física que as separava e pela deferência das mãos da mais jovem. O grupo de três homens de camisa vermelha era de amigos, descontraídos, brincando e trocando empurrões. Um homem e uma mulher mais adiante estavam brigando. Ela estava zangada. Ele tentava se explicar.

De repente, eu me perguntei como pude em algum momento ter pensado naquela gente como inquieta ou nervosa. Cada movimento tinha um propósito. Cada deslocamento dos pés implicava uma mudança de atitude. Cada gesto dizia livros inteiros.

Vashet e eu sentamos perto um do outro e mantivemos a voz baixa, continuando nossa conversa em aturano. Ela me explicou que cada escola tinha uma conta permanente com os prestamistas ceáldicos. Isso significava que mercenários muito distantes podiam depositar a parcela de seus vencimentos que competia à escola em qualquer lugar em que se usasse a moeda ceáldica – ou seja, em qualquer parte de todo o mundo civilizado. Esse dinheiro era então depositado na conta apropriada, para que a escola pudesse fazer uso dele.

– Quanto é que cada mercenário manda para a escola? – perguntei, curioso.

– Oitenta por cento – respondeu ela.

– Oitenta por cento? – repeti, levantando todos os meus dedos, menos dois, certo de ter ouvido mal.

– Oitenta – confirmou Vashet em tom firme. – É o montante apropriado, embora muitos se orgulhem de dar mais. O mesmo se aplicaria a você – disse, com ar displicente –, se você tivesse a mais remota chance de um dia vestir o vermelho.

Ao ver meu espanto, ela explicou:

– Não é tanto assim, se você pensar bem. Durante anos, a escola lhe dá comida, roupa e um lugar para dormir. Dá a sua espada e a sua formação. Depois desse investimento, o mercenário sustenta a escola. A escola sustenta o vilarejo. O vilarejo produz crianças que esperam usar o vermelho um dia. – Desenhou um círculo com o dedo e concluiu: – Com isso, todo o Ademre prospera. Lançou-me um olhar grave e acrescentou: – Ciente disso, talvez você possa começar a compreender o que roubou. Não foi apenas um segredo, mas o maior produto de exportação dos ademrianos. Você roubou a chave da sobrevivência de toda esta nação.

Era uma ideia que dava o que pensar. De repente, a raiva de Carceret fez muito mais sentido.

Vislumbrei a blusa branca de Shehyn e seu gorro amarelo toscamente tricotado em meio à aglomeração. As conversas dispersas se aquietaram e todos começaram a se juntar num círculo amplo e frouxo.

Aparentemente, não era apenas Shehyn que lutaria nesse dia. O primeiro combate seria entre dois meninos, poucos anos mais novos que eu, nenhum dos quais vestia vermelho. Eles se circundaram com cautela, depois partiram um para cima do outro numa confusa rajada de golpes.

Foi rápido demais para que meus olhos acompanhassem e vi meia dúzia de posições semiformadas da Ketan se dispersarem e serem descartadas. A luta enfim terminou quando um garoto pegou o pulso e o ombro do outro no Urso Adormecido. Só ao vê-lo torcer o braço do adversário e forçá-lo para o chão foi que reconheci o golpe como sendo o que Tempi havia usado na briga da taberna em Crosson.

Os garotos se separaram e dois mercenários de camisa vermelha foram falar com eles – seus professores, podia-se presumir.

Vashet inclinou a cabeça para junto da minha.

– O que achou?

– Eles são muito rápidos – respondi.

Ela me olhou.

– Mas...

– Parecem muito desleixados – completei, tomando o cuidado de falar baixo. – Não a princípio, mas depois que começaram. – Apontei para um: – Os pés dele estavam juntos demais. E o outro ficou se inclinando para a frente, o que prejudicou seu equilíbrio. Foi por isso que ele foi apanhado no Urso Adormecido.

Vashet assentiu com a cabeça, satisfeita.

– Eles lutam como fantoches. São jovens; e são meninos. Cheios de raiva e impaciência. As mulheres têm menos dificuldade com essas coisas. Isso é parte do que nos torna melhores lutadoras.

Fiquei bastante surpreso ao ouvi-la dizer isso.

– As mulheres são melhores lutadoras? – indaguei com cuidado, sem querer contradizê-la.

– De modo geral – respondeu ela, com naturalidade. – Há exceções, é claro, mas, em geral, as mulheres são melhores.

– Mas os homens são mais fortes – contrapus. – Mais altos. Têm um alcance maior.

Vashet virou-se para me olhar, com um leve ar de diversão.

– Quer dizer que você é mais forte e mais alto que eu?

Sorri.

– É óbvio que não. Mas, em geral, você tem que admitir, os homens são maiores e mais fortes.

Vashet deu de ombros.

– Isso seria importante se lutar fosse o mesmo que cortar lenha ou carregar feno. É como dizer que uma espada é melhor por ser mais comprida e mais pesada. Tolice. Para os bandidos, talvez isso seja verdade. Mas, depois que se veste o vermelho, a chave está em saber *quando* lutar. Os homens são cheios de raiva, portanto têm dificuldade com isso. As mulheres, nem tanto.

Abri a boca, depois pensei em Dedan e a fechei.

Desceu uma sombra sobre nós e, ao levantar os olhos, vi um homem alto em seu traje vermelho, parado a uma distância polida. Tinha a mão pousada junto ao punho da espada. *Convite*.

Vashet gesticulou de volta.

Gentil pesar e *recusa*.

Observei-o afastar-se.

– Eles não pensarão mal de você por não lutar? – perguntei.

Vashet deu uma fungadela desdenhosa.

– Ele não queria lutar. Uma luta só serviria para embaraçá-lo e me fazer perder tempo. Ele queria apenas mostrar que era valente o bastante para lutar comigo. – Suspirou e me lançou um olhar significativo. – É esse tipo de tolice que afasta os homens da Lethani.

O combate seguinte foi entre dois mercenários de camisa vermelha e a diferença foi gritante. Tudo muito mais limpo e preciso. Os dois garotos tinham parecido pardais frenéticos, batendo as asas no chão, mas as lutas seguintes foram elegantes como danças.

Muitas delas foram à mão desarmada. Essas duravam até uma pessoa se render ou ficar visivelmente aturdida com um golpe.

Uma luta parou de imediato quando um homem fez sangrar o nariz da adversária. Vashet revirou os olhos diante disso, embora eu não soubesse dizer se ela pensou mal da mulher, por ter-se deixado atingir ou do homem, por ter sido inconsequente a ponto de machucá-la.

Houve também vários combates com espadas de madeira. Esses tenderam a ser mais rápidos, já que até um leve toque era considerado suficiente para a vitória.

– Quem venceu esse? – perguntei. Depois de um rápido embate de espadadas ruidosas, o combate acabou com as duas mulheres acertando golpes ao mesmo tempo.

– Nenhuma – disse Vashet, franzindo o cenho.

– Por que elas não lutam de novo se deu empate?

Vashet amarrou a cara para mim.

– Não foi um empate, a rigor. A Drenn teria morrido em minutos, com o pulmão perfurado. A Lasrel morreria em dias, quando o ferimento na barriga infeccionasse.

– Então a Lasrel venceu?

Vashet lançou-me um olhar de desdém fulminante e voltou a atenção para o combate seguinte.

O ademriano alto que a tinha convidado para lutar estava enfrentando um fiapo de mulher. Estranhamente, ele usava uma espada de madeira, enquanto a moça lutava de mãos nuas. O homem a venceu por uma pequena margem, depois de lhe acertar dois sólidos pontapés nas costelas.

– Quem venceu essa? – perguntou-me Vashet.

Percebi que ela não estava em busca da resposta óbvia.

– Não foi uma grande vitória – respondi. – Ela nem tinha uma espada.

– Ela é da terceira pedra e o supera de longe como lutadora. Aquela foi a única maneira de equilibrar as coisas entre os dois, a não ser que ele trouxesse um companheiro para lutar a seu lado – assinalou Vashet. – Portanto, eu pergunto de novo: quem venceu?

– Ele venceu a luta, mas terá umas manchas roxas assustadoras amanhã. Além disso, seus golpes pareceram meio temerários.

– Então, quem venceu? – insistiu Vashet.

Pensei no assunto por um momento.

– Ninguém – decidi.

Ela meneou a cabeça. *Aprovação formal*. O gesto me animou, pois todos os que estavam de frente para nós puderam vê-lo.

Finalmente, Shehyn entrou no círculo. Havia tirado o gorro amarelo torto e seu cabelo meio grisalho esvoaçava ao vento. Ao vê-la entre os outros ademrianos, percebi como era pequena. Ela se portava com tamanha confiança que eu passara a considerá-la mais alta, porém mal batia no ombro de alguns ademrianos de maior estatura.

Shehyn empunhava uma espada simples de madeira.

Nada de sofisticado, mas fora entalhada para que tivesse o formato de uma lâmina com punho. Muitas das outras espadas de exercício que eu tinha visto mal passavam de pedaços de pau alisados, que davam a impressão de ser espadas. A blusa e as calças brancas de Shehyn estavam ajustadas ao corpo e presas por finos cordões brancos.

Ao lado dela estava uma mulher muito mais jovem. Era cerca de 2 centímetros menor que Shehyn. Tinha também uma estrutura mais delicada; o rosto e os ombros miúdos faziam-na parecer quase infantil. Mas a curva pronunciada dos seios empinados e dos quadris redondos, sob o traje vermelho e justo de mercenária, deixavam patente que não se tratava de uma menina.

Sua espada de madeira também era entalhada e ligeiramente curva, ao contrário da maioria das outras que eu vira. Seu cabelo louro-escuro estava preso numa trança comprida e estreita, que lhe descia pelas costas até a cintura.

As duas ergueram as espadas e começaram a se rodear.

A jovem era notável. Desferiu um golpe com tamanha rapidez que mal consegui acompanhar o movimento de sua mão, muito menos a lâmina da espada. Mas Shehyn o rechaçou displicentemente com Neve Flutuante, dando meio passo atrás. Então, antes que pudesse responder com seu próprio ataque, a jovem rodopiou para longe, balançando a longa trança.

– Quem é ela? – perguntei.

– Penthia – disse Vashet, com admiração. – Ela é uma fúria, não? Como uma de nossas antigas antepassadas.

Penthia restabeleceu o combate com Shehyn, fintando e investindo. Disparou para o ataque, bem perto do chão. Num nível impossivelmente baixo. A perna de trás esticou-se para manter o equilíbrio, sem sequer tocar o solo. O gume da espada deslizou à sua frente e ela manteve o joelho tão dobrado que seu corpo inteiro ficou abaixo do nível da minha cabeça, embora eu estivesse sentado no chão, de pernas cruzadas.

Penthia desdobrou todo esse movimento sinuoso com a velocidade de um estalar de dedos. A ponta de sua espada chegou por baixo, sob a guarda de Shehyn, e subiu em diagonal, em direção ao joelho da mestra.

– O que é aquilo? – perguntei baixinho, sem nem esperar resposta. – Você nunca me mostrou esse golpe.

Mas era só minha voz produzindo um barulho de perplexidade. Nem em 100 anos meu corpo seria capaz de fazer tal movimento.

Mas, de algum modo, Shehyn evitou o ataque. Não saltando para longe com um movimento repentino. Não disparando para fora do alcance. Ela era veloz, mas isso não constituía a essência do seu modo de se mover. Não, ela era deliberada e perfeita. Já se afastara metade da distância antes que a espada de Penthia começasse a subir para sua perna. A ponta da espada talvez tenha chegado a cerca de 2 centímetros do seu joelho. Mas não foi por um triz. Shehyn se movera apenas o necessário, não mais.

Dessa vez, ela conseguiu contra-atacar, avançando com Pardal Atinge Falcão. Penthia rolou para o lado, tocou brevemente a grama e se impeliu para cima, saindo do chão. Não, ela se *projetou* para longe do chão, usando apenas a mão esquerda. Seu corpo estalou como uma mola de aço, arqueando-se enquanto a espada chispava duas vezes, empurrando Shehyn para trás.

Penthia era cheia de paixão e fúria. Shehyn era calma e estável. Penthia era uma tempestade. Shehyn, uma rocha. Penthia era um tigre; Shehyn, um pássaro. Penthia dançava e trançava loucamente. Shehyn girava e dava um único passo perfeito.

Penthia fustigou, girou, rodopiou, golpeou, golpeou, golpeou...

E então, as duas pararam, a ponta da espada de madeira de Penthia encostada na blusa branca de Shehyn.

Soltei um arquejo, mas não tão alto que chamasse a atenção. Só então percebi que meu coração havia disparado. Meu corpo inteiro estava banhado em suor.

Shehyn baixou a espada, gesticulando *irritação*, *admiração* e uma mescla de outras coisas que não consegui identificar. Arreganhou um pouco os dentes numa careta e usou a mão para raspar rudemente as costelas, no ponto em que Penthia a atingira. Do mesmo jeito que se esfrega a canela ao bater com ela numa cadeira.

Horrorizado, virei-me para Vashet.

– Ela será a nova chefe da escola? – perguntei.

Vashet me olhou, intrigada.

Apontei para o círculo aberto à nossa frente, onde as duas mulheres conversavam.

– Essa Penthia. Ela derrotou Shehyn...

Vashet me olhou por um instante, sem compreender, depois soltou uma longa e prazerosa gargalhada.

– Shehyn está *velha* – disse. – Ela é avó. Não se pode esperar que vença sempre, competindo com uma coisinha jovem e ágil como Penthia, toda cheia de fogo e vento novo.

– Ah. Entendo. Eu pensei...

Vashet teve a delicadeza de não tornar a rir de mim.

– Shehyn não chefia a escola porque ninguém possa derrotá-la. Que ideia esquisita! Que caos seria isso, com tudo pendendo para lá e para cá, mudando com a sorte de uma ou outra luta. – Ela balançou a cabeça. – Shehyn é a chefe porque é uma professora maravilhosa e tem uma profunda compreensão da Lethani. É a chefe porque sabe como funciona o mundo e é inteligente ao lidar com problemas complicados – disse, e me deu um tapinha significativo no peito com dois dedos.

Em seguida, Vashet fez um gesto conciliador.

– Ela também é uma excelente lutadora, é claro. Não teríamos uma líder que não soubesse lutar. A Ketan de Shehyn é inigualável. Mas um líder não é um músculo. Um líder é uma mente.

Olhei para cima a tempo de ver Shehyn se aproximando. Um dos cordões que prendiam sua manga no lugar tinha-se soltado durante a luta e o tecido flutuava ao vento como uma vela inflada. Ela repusera o gorro amarelo torto e fez um gesto de *cumprimento formal* para nós dois.

Então dirigiu-se a mim:

– No final, onde fui atingida? – perguntou. *Curiosidade*.

Rememorei freneticamente os instantes finais da luta, revendo-os em minha mente. Tentei gesticular com a sutileza que Vashet andara me ensinando: *incerteza respeitosa*.

– Você errou ligeiramente a posição do calcanhar. Seu calcanhar esquerdo.

Shehyn assentiu com a cabeça.

– Ótimo – disse e gesticulou *aprovação satisfeita*, com um movimento amplo o bastante para ser visto por qualquer um que estivesse olhando. E, é claro, todos estavam.

Zonzo com o elogio, mas ciente de estar sendo observado, mantive o rosto cristalizado na impassibilidade apropriada, enquanto Shehyn se afastava, com Penthia em seus calcanhares.

Inclinei a cabeça para junto da de Vashet.

– Gosto do chapeuzinho da Shehyn – comentei.

Vashet balançou a cabeça e deu um suspiro.

– Vamos – disse, cutucando meu ombro com o seu e ficando de pé. – Temos de ir antes que você estrague a boa impressão que causou hoje.

∽

Nessa noite, no jantar, sentei em meu lugar habitual, no canto de uma mesa na parede mais distante da comida. Já que ninguém se dispunha a sentar a 10 palmos de mim, não fazia sentido eu ocupar espaço onde as pessoas pudessem realmente querer se acomodar.

Meu bom humor ainda me animava, por isso não me surpreendi ao ver um lampejo de vermelho deslizar para o assento em frente ao meu. Carceret de novo. Uma ou duas vezes por dia, ela fazia questão de se aproximar o bastante para sibilar algumas palavras para mim. Já estava atrasada.

Ao erguer os olhos, porém, admirei-me ao ver Vashet sentada à minha frente. Ela fez um aceno com a cabeça, o rosto impassível encarando o assombro do meu. Então me recompus, retribuí o aceno e durante algum tempo comemos num silêncio amistoso. Ao terminarmos, passamos um tempo agradável, conversando baixinho sobre banalidades.

Saímos juntos do refeitório e, ao pisarmos no ar noturno, voltei para o aturano, a fim de poder articular da forma adequada algo em que passara horas pensando.

– Vashet, ocorreu-me que seria bom lutar com alguém cuja habilidade fosse um pouco mais próxima da minha.

Ela riu, meneando a cabeça.

– Isso é como atirar duas pessoas virgens numa cama. Entusiasmo, paixão e ignorância não são uma boa combinação. Alguém tende a sair machucado.

– Estou longe de achar justo chamar a minha luta de *virginal*. Não chego nem perto do seu nível, mas você mesma disse que a minha Ketan é admiravelmente boa.

– Eu disse que sua Ketan era admiravelmente boa, considerando seu tempo de estudo – corrigiu-me. – O que são menos de dois meses. O que não é tempo nenhum.

– Isso é frustrante – protestei. – Se acerto um golpe em você, é porque você deixou. Não há nenhuma substância. Você o dá a mim. Não o conquisto por mérito próprio.

– Qualquer golpe ou investida que você faça contra mim são conquistados. Mesmo que eu os ofereça a você. Mas eu entendo. Há que se admitir que a competição franca tem seu valor.

Comecei a dizer algo mais, porém Vashet tapou minha boca com a mão.

– Pare de lutar depois de vencer – disse. Ainda com a mão cobrindo minha boca, tamborilou um dedo, pensativa. – Muito bem. Continue a progredir e eu acharei alguém do seu nível com quem você possa lutar.

CAPÍTULO 116
Altura

Eu estava quase começando a ficar à vontade em Haert. Meu domínio da língua vinha melhorando e eu me sentia menos isolado, agora que conseguia trocar pequenas gentilezas com outras pessoas. De vez em quando, Vashet fazia uma refeição comigo, contribuindo para eu me sentir um pouco menos como um pária.

Tínhamos passado a manhã trabalhando com a espada, o que significava um começo tranquilo do dia. Vashet ainda vinha me mostrando como a espada se incorporava à Ketan e nossos momentos de luta eram poucos e bastante espaçados. Após algumas horas disso, trabalhamos no meu adêmico e, em seguida, mais trabalho com a espada.

Depois do almoço, passamos para o combate desarmado. Não pude deixar de sentir que, pelo menos nesse, eu vinha progredindo bem. Após meia hora, Vashet estava não só com a respiração mais pesada, como também começou a transpirar um pouco. Eu ainda não representava nenhum desafio para ela, é claro, mas, após dias de uma indiferença humilhante, a mestra finalmente precisava fazer o mínimo esforço para se manter à minha frente.

Assim, continuamos a lutar, e notei que... Como posso dizê-lo de maneira delicada? Vashet tinha um cheiro maravilhoso. Não de perfume, nem flores, nem nada parecido. Ela recendia a suor limpo, metal polido e grama amassada, de quando eu a havia derrubado no chão, um pouco antes. Era um cheiro gostoso. Ela...

Acho que não sei descrever isso com delicadeza. O que estou querendo dizer é que ela cheirava a sexo. Não como se o houvesse praticado, mas como se fosse feita dele. Quando chegou perto para se atracar comigo, seu aroma, combinado com seu corpo encostado no meu... Por um segundo, foi como se tivessem ligado um interruptor na minha cabeça. Tudo em que consegui pensar foi em beijá-la na boca, morder a pele macia do seu pescoço, rasgar-lhe a roupa e lamber o suor de seus...

Não fiz nada disso, é claro. Mas, naquele momento, não houve nada que eu desejasse mais. É constrangedor lembrar-me disso, mas não vou me dar o trabalho de me defender, exceto para assinalar que eu estava em plena flor da juventude, saudável e em boa forma. E ela era uma mulher bem atraente, embora 10 anos mais velha que eu.

Acrescente a isso o simples fato de que eu havia passado dos braços amorosos de Feluriana para os braços ávidos de Losi, e destes para um período longo e estéril de treinamento com Tempi, enquanto viajávamos para Haert. Isso significava que, durante três onzenas, eu estivera constantemente exausto, angustiado, confuso e apavorado, em momentos alternados.

Agora não estava em nenhuma dessas condições. Vashet era uma boa professora e se certificava de que eu ficasse o mais repousado e relaxado possível. Eu começava a me sentir mais confiante em minhas habilidades e mais à vontade com ela.

Considerando-se tudo isso, não é grande surpresa que eu tenha tido essa reação.

Na hora, porém, fiquei tão assustado e constrangido quanto só um rapazinho é capaz de ficar. Afastei-me de Vashet, enrubescendo e me atrapalhando com um pedido de desculpas. Tentei esconder minha evidente excitação e, com isso, só fiz chamar mais atenção para ela.

Vashet baixou os olhos para o que minhas mãos tentavam em vão ocultar.

– Ora, muito bem, acho que vou aceitar isso como um elogio, e não como uma nova e curiosa forma de ataque.

Se fosse possível morrer de vergonha, eu teria morrido.

– Você quer cuidar disso sozinho? – perguntou-me ela, com naturalidade. – Ou será que prefere uma parceira?

– Perdão, o que disse? – indaguei, feito um idiota.

– Ora, vamos – disse ela, apontando para minhas mãos. – Mesmo que você pudesse manter a cabeça longe disso, não há dúvida de que atrapalharia o seu equilíbrio. – Deu um risinho gutural baixo. – Você precisará cuidar disso antes de continuarmos sua aula. Posso deixá-lo por sua conta ou podemos achar um lugar macio e ver quem sai ganhando numa melhor de três.

O tom displicente de sua voz me convenceu de que eu a havia entendido mal. Mas então ela deu um risinho malicioso e percebi que a compreendera perfeitamente bem.

– No lugar de onde eu venho, uma professora e um aluno nunca... – Atrapalhei-me, tentando pensar numa forma educada de acabar com aquela situação embaraçosa.

Vashet revirou os olhos para mim e aquela expressão exasperada pareceu estranha num rosto ademriano.

– Os seus professores e alunos também nunca lutam? Nunca conversam? Nunca fazem refeições juntos?

– Mas isso... Isso...

Ela deu um suspiro.

– Kvothe, você precisa se lembrar. Você vem de um lugar bárbaro. Grande parte das coisas em que cresceu acreditando é equivocada e tola. E nada o é tanto quanto os costumes estranhos que vocês, bárbaros, construíram em torno de seus jogos sexuais.

– Vashet, eu...

Ela me interrompeu com um gesto ríspido.

– Seja o que for que você vai dizer, sem dúvida já o ouvi do meu rei poeta. Mas há um limite para as horas de luz do dia. Portanto, eu lhe pergunto: você está com desejo de sexo?

Encolhi os ombros com ar desamparado, sabendo que seria inútil negar.

– Gostaria de fazer sexo comigo?

Eu ainda sentia o perfume dela. Nesse momento, não havia nada que eu desejasse mais.

– Sim.

– Você está livre de doenças? – indagou ela, com ar sério.

Confirmei com a cabeça, atordoado demais para me assustar com a franqueza da pergunta.

– Pois muito bem. Se me lembro direito, há um belo pedaço coberto de musgo e protegido do vento, não muito longe daqui – disse. Começou a subir uma colina próxima, os dedos remexendo na fivela que prendia a bainha de sua espada no ombro. – Venha comigo.

Sua memória era boa. Duas árvores arqueavam seus galhos sobre um leito espesso de musgo macio, aninhado contra uma pequena rocha escarpada e protegido do vento por umas moitas convenientes.

Logo ficou claro que Vashet não tinha em mente uma tarde de acasalamento ocioso na sombra. Dizer que ela foi profissional seria prestar-lhe um grande desserviço, já que o riso de Vashet corria sempre muito próximo da superfície. Mas ela não foi coquete nem recatada.

Despiu seu traje vermelho de mercenária sem a menor fanfarra ou provocação, revelando algumas cicatrizes e um corpo rijo, esbelto e desenhado pelos músculos. O que não quer dizer que também não fosse arredondado e macio. Depois, mexeu comigo por olhá-la fixo, como se nunca tivesse visto uma mulher nua, quando a verdade era que eu simplesmente nunca vira uma mulher inteiramente nua em plena luz do sol.

Quando não me despi com a rapidez que lhe convinha, Vashet riu e fez troça do meu acanhamento. Aproximando-se, despiu-me como quem depenasse uma galinha, depois me beijou na boca, encostando a pele quente em toda a frente do meu corpo.

– Eu nunca tinha beijado uma mulher da minha altura – refleti, quando paramos para respirar. – É uma experiência diferente.

– Vê como eu continuo a ser sua professora em tudo? – disse. – Sua próxima lição é a seguinte: deitadas, todas as mulheres são da mesma altura. O mesmo não se pode dizer do seu tipo, é claro. Muita coisa depende do humor do homem e de seus dotes naturais.

Vashet me pegou pela mão e nos fez deitar no musgo macio.

— Pronto — disse. — Como eu suspeitava. Agora você é mais alto que eu. Isso o deixa à vontade?

Deixou.

∽

Eu estava preparado para que as coisas ficassem meio sem jeito depois de voltarmos das moitas e me admirei ao constatar que não houve nada disso. Ela não se tornou coquete de uma hora para outra, o que seria algo com que eu não saberia lidar. Também não se sentiu obrigada a me tratar com uma nova ternura. Isso ficou claro mais ou menos na quinta vez que ela conseguiu me induzir a baixar a guarda, pegou-me com o Trovão Ascendente e me derrubou com rudeza no chão.

No cômputo geral, ela agiu como se não tivesse acontecido nada de estranho. O que significava que, ou não havia acontecido nada de estranho, ou tinha acontecido algo muito estranho e ela o estava ignorando de propósito.

E isso significava que estava tudo esplêndido ou que tudo corria terrivelmente mal.

Mais tarde, ao jantar sozinho, repassei na cabeça o que sabia sobre os ademrianos. Nenhum tabu da nudez. Eles não consideravam o contato físico particularmente íntimo. Vashet tinha sido muito natural, antes, durante e depois do nosso encontro.

Recordei o casal nu em que eu havia tropeçado alguns dias antes. Eles tinham levado um susto, mas não se mostrado envergonhados.

Ali o sexo era visto de outra maneira, isso era evidente. Mas eu não conhecia nenhuma das diferenças específicas. O que queria dizer que não tinha a mínima ideia de como me conduzir de modo apropriado. E *isso* significava que o que eu estava fazendo era tão perigoso quanto andar às cegas. Era mais como correr às cegas, na verdade.

Normalmente, quando tinha uma pergunta sobre a cultura ademriana, eu a fazia a Vashet. Ela era meu parâmetro. Mas eu era capaz de imaginar um sem-número de maneiras pelas quais essa conversa poderia tomar o rumo errado, e a boa vontade de Vashet era tudo que se colocava entre mim e a perda dos meus dedos.

Quando terminei de jantar, já havia decidido que o melhor seria simplesmente seguir a orientação de Vashet. Ela era minha professora, afinal.

CAPÍTULO 117

Argúcia de bárbaro

Os dias passaram depressa, como tendem a fazer quando há muito com que preenchê-los. Vashet continuou a me dar aulas e eu dediquei toda a minha atenção a me tornar um aluno inteligente e atento.

Nossos encontros amorosos continuaram pontuando meu treinamento. Eu nunca os iniciava diretamente, mas Vashet sabia quando eu estava distraído a ponto de me tornar improdutivo e se apressava a me puxar para as moitas. "Para desanuviar a sua cabeça tola de bárbaro", dizia.

Antes e depois, eu ainda achava esses encontros perturbadores. Durante, porém, ficava longe de me sentir angustiado. Vashet também parecia se comprazer.

Dito isto, ela não parecia minimamente interessada em grande parte do que eu havia aprendido com Feluriana. Não manifestou interesse em brincar de Hera e, apesar de ter gostado das Mil Mãos, tinha pouca paciência com isso e a coisa terminava sendo mais parecida com 75 mãos. De modo geral, assim que recuperávamos o fôlego, Vashet amarrava seu traje vermelho de mercenária e me lembrava que, se eu continuasse a me esquecer de girar o calcanhar para fora, jamais conseguiria bater com mais força que um menino de 6 anos.

∽

Nem todo o meu tempo era passado no treinamento com Vashet. Quando estava ocupada, ela me fazia exercitar a Ketan, refletir sobre a Lethani ou observar os combates entre outros alunos.

Havia algumas tardes ou noites em que Vashet simplesmente me despachava. Assim, eu explorava a cidade à minha volta e descobri que Haert era muito maior do que eu presumira de início. A diferença era que suas casas e lojas não ficavam todas aninhadas num nó. Espalhavam-se por vários quilômetros quadrados de encostas pedregosas.

Logo encontrei as termas. Na verdade, fui enfaticamente orientado para lá por Vashet, com instruções de lavar minha fedentina de bárbaro.

Elas eram um deslumbramento. Um amplo edifício de pedra construído sobre o que calculei ser uma fonte natural de águas termais ou um trabalho de canalização maravilhosamente arquitetado. Havia cômodos grandes cheios d'água e cômodos pequenos cheios de vapor. Cômodos com piscinas profundas de imersão e outros com enormes banheiras de latão para o sujeito se esfregar. Havia até uma piscina grande o bastante para se nadar.

Por todo o prédio, os ademrianos se misturavam sem qualquer consideração para com a idade, o sexo ou o grau de nudez. Isso nem de longe me surpreendeu tanto quanto teria acontecido um mês antes, mas ainda exigia um bocado de habituação.

No começo, achei difícil não cravar os olhos nos seios das mulheres nuas. Depois, passada parte da novidade, achei difícil não olhar fixamente para as cicatrizes que riscavam o corpo dos mercenários. Era fácil saber quem usava o traje vermelho, mesmo quando eles estavam sem roupa.

Em vez de combater minha ânsia de ficar encarando, achei mais simples ir lá de manhã cedo ou tarde da noite, quando as termas ficavam praticamente vazias. Ir e vir em horários inusitados não era difícil, já que não havia fechadura na porta. Ela permanecia aberta em todas as horas, para que qualquer um usasse o local. Havia sabonete, velas e toalhas disponíveis para quem quisesse. As termas, disse-me Vashet, eram mantidas pela escola.

Encontrei a ferraria seguindo o barulho do malho batendo no ferro. O homem que trabalhava lá era agradavelmente tagarela. Gostou de me mostrar suas ferramentas e me dizer os nomes delas em adêmico.

Depois que aprendi a procurar, vi que havia tabuletas acima das portas das lojas. Pedaços de madeira entalhada ou pintada que mostravam o que se vendia lá dentro: pão, ervas, aduelas de barril... Nenhuma das placas tinha palavras, o que era uma sorte para mim, já que eu não fazia ideia de como ler o adêmico.

Visitei a loja de um boticário, onde me disseram que eu não era bem-vindo, e uma alfaiataria, na qual fui calorosamente acolhido. Gastei parte dos três régios que tinha furtado para comprar duas mudas novas de roupa, pois as que eu possuía já deixavam transparecer as milhas que haviam percorrido. Comprei camisas e calças em tons pastel, conforme a moda local, torcendo para que elas me ajudassem a me integrar um pouquinho melhor.

Também passei muitas horas observando a árvore espadeira. No começo, o fiz por orientação de Vashet, mas não tardei a me sentir atraído de volta, quando dispunha de tempo livre. Os movimentos dela eram hipnóticos, reconfortantes. Às vezes, era como se os galhos escrevessem no céu, soletrando o nome do vento.

∽

Fiel a sua palavra, Vashet achou uma parceira para treinar comigo.

– O nome dela é Celean – disse-me, durante o desjejum. – O primeiro encontro de vocês será na árvore espadeira, ao meio-dia. Você deve usar esta manhã para se preparar da maneira que achar melhor.

Finalmente. Uma chance de me provar. Uma chance de medir a inteligência com alguém do meu nível de qualificação. Uma disputa de verdade.

Cheguei cedo à árvore espadeira, é claro, e, à primeira visão da aproximação delas, tive um momento confuso de pânico, ao supor que a figura miúda ao lado de Vashet fosse Penthia, a mulher que havia derrotado Shehyn.

Então me dei conta de que não podia ser Penthia. A figura que se aproximava com Vashet era baixa, mas o vento revelava um corpo magro e reto, sem nenhuma curva. E mais, ela usava uma blusa de um amarelo-vivo, cor de milho, e não o vermelho dos mercenários.

Lutei contra uma pontada de decepção, mesmo sabendo que isso era tolice. Vashet dissera ter-me encontrado uma parceira equiparável. Era óbvio que não poderia ser alguém que já usasse o traje vermelho.

Elas chegaram ainda mais perto e minha empolgação minguou e morreu.

Era uma garotinha. Nem mesmo uma jovem de uns 14 anos, mais ou menos. Era uma *garotinha*, que não teria mais de 10 anos, segundo meu melhor palpite. Era magrela feito um graveto e tão baixa que sua cabeça mal atingia o meu esterno. Os olhos cinzentos eram enormes no seu rosto minúsculo.

Senti-me humilhado. A única coisa que me impediu de gritar meu protesto foi saber que Vashet acharia isso de uma grosseria inominável.

– Celean, este é o Kvothe – disse Vashet em adêmico.

A menina me olhou de cima a baixo com ar avaliador, depois deu um meio passo inconsciente para mais perto. Um elogio. Ela me considerava ameaça suficiente para querer estar perto o bastante para me atingir, se necessário. Ficou mais próxima do que um adulto teria ficado, porque era mais baixa.

Saudação polida, gesticulei.

Celean retribuiu o gesto. Talvez fosse minha imaginação, mas me pareceu que o ângulo de suas mãos pretendeu implicar *saudação polida não subalterna*.

Se Vashet o viu, não teceu comentários.

– É meu desejo que vocês dois lutem – disse-nos.

Celean tornou a me examinar, o rosto estreito cristalizado na típica impassibilidade ademriana. O vento soprou em seu cabelo e pude ver um corte parcialmente cicatrizado que começava no alto da sobrancelha e subia até o início do couro cabeludo.

– Por quê? – indagou calmamente a menina. Não pareceu estar com medo. A pergunta soou mais como se ela não conseguisse pensar na menor razão para querer lutar comigo.

– Porque há coisas que vocês podem aprender um com o outro – respondeu Vashet. – E porque eu estou mandando.

Vashet gesticulou para mim: *atenção*.

– A Ketan da Celean é realmente excepcional – disse a mestra. – Ela tem anos de experiência e se equipara facilmente a quaisquer duas meninas do seu tamanho.

Vashet deu dois tapinhas no ombro de Celean. *Cautela*.

– O Kvothe, por outro lado, é novo na Ketan e tem muito a aprender. Porém é mais forte que você, e mais alto, com um alcance maior. E também possui a argúcia dos bárbaros.

Olhei para Vashet, sem saber ao certo se ela estava zombando de mim.

– Além disso – continuou, dirigindo-se a Celean –, é muito provável que você venha a ter a altura da sua mãe quando crescer, portanto deve praticar a luta com pessoas maiores que você. – *Atenção*. – Por último, ele é novo na nossa língua e você não vai zombar dele por isso.

A menina assentiu com a cabeça. Notei que Vashet não explicitara que eu não poderia ser ridicularizado por outra razão.

Minha mestra se empertigou e falou em tom formal:

– Nada com a intenção de ferir. – Levantou dois dedos, destacando as regras que me ensinara quando tínhamos começado os combates desarmados. – Vocês podem bater com força, mas não com maldade. Cuidado com a cabeça e o pescoço e nada de golpes na direção dos olhos. Cada um de vocês é responsável pela segurança do outro. Se um conseguir uma submissão sólida contra o outro, não tente rompê-la. Dê o sinal com imparcialidade e conte-a no fim.

– Eu sei disso – disse Celean. *Irritação.*

– E precisa ser repetido – retrucou Vashet. *Reprimenda severa.* – Perder uma luta é perdoável. Perder a cabeça, não. Foi por isso que eu a trouxe aqui, em vez de um garotinho. Será que escolhi mal?

Celean baixou os olhos. *Pesar arrependido. Aceitação envergonhada.*

Vashet dirigiu-se a nós dois:

– Ferir um ao outro por descuido não é próprio da Lethani.

Também não entendi como o fato de eu surrar uma garota de 10 anos seria próprio da Lethani, mas sabia que não convinha dizê-lo.

E, com isso, Vashet nos deixou a sós, dirigindo-se a um banco de pedra a uns 10 metros de distância, onde estava sentada outra mulher com o vermelho dos mercenários. Celean fez um gesto complicado, que não reconheci, para as costas de Vashet.

Em seguida, virou-se para mim, examinando-me de cima a baixo:

– Você é o primeiro bárbaro com quem eu luto – disse, após um longo momento. – Vocês são todos vermelhos? – indagou, levando a mão a seu próprio cabelo para deixar claro o que queria dizer.

Balancei a cabeça.

– Não muitos de nós.

Ela hesitou, depois estendeu a outra mão.

– Posso pegar?

Quase sorri diante disso, mas me contive. Abaixei um pouco a cabeça e me inclinei, para que ela pudesse me alcançar.

Celean passou a mão no meu cabelo e esfregou uns fios entre o polegar e o indicador.

– É macio – disse, com um risinho. – Mas parece metal.

Soltou meu cabelo e recuou de novo para uma distância formal. Fez um gesto de *agradecimento educado* e levantou as mãos.

– Está pronto?

Assenti com a cabeça, inseguro, e ergui minhas mãos.

Eu não estava pronto. Celean investiu depressa e me pegou desprevenido. Seu braço desferiu um soco direto em direção a minha virilha. O puro instinto fez eu me agachar, de modo que o soco atingiu meu estômago.

Por sorte, a essa altura eu sabia como receber um murro e um mês de treinamento árduo fizera da minha barriga uma camada de músculos. Mesmo assim, a sensação foi de ter levado uma pedrada e eu soube que ficaria com uma mancha roxa na hora do jantar.

Firmei os pés e desferi um chute exploratório. Queria ver até que ponto ela era assustadiça e tive a esperança de fazê-la recuar, para que eu pudesse recuperar bem o equilíbrio e usar melhor o meu alcance maior.

Acontece que Celean não tinha nada de assustadiça. Não recuou. Em vez disso, deslizou junto a minha perna e me acertou em cheio no nó de músculos bem acima do joelho.

Por causa disso, não pude deixar de cambalear quando tornei a baixar o pé, o que me deixou desequilibrado, com Celean perto o bastante para me escalar, se quisesse. Ela juntou as mãos, firmou os pés e me atingiu com o Debulhar Trigo. A força do golpe me fez cair de costas.

Dada a grama espessa, não foi uma queda dolorosa. Rolei o corpo, para ganhar alguma distância, e tornei a me pôr de pé. Celean me perseguiu e fez o Raio Atirado. Foi veloz, porém minhas pernas eram mais compridas e consegui recuar ou barrar tudo o que desferiu contra mim. Ela fingiu soltar um pontapé e eu me deixei enganar, dando-lhe a oportunidade de me acertar bem acima do joelho, no mesmo lugar de antes.

Doeu, mas dessa vez não cambaleei e dei um passo de lado, me afastando. Mesmo assim, ela me seguiu, implacável e ansiosa demais. E, na pressa, abriu uma brecha.

No entanto, apesar dos machucados e do tombo que ela já me dera, não consegui me dispor a dar um murro numa menina tão pequena. Eu sabia a força com que podia atingir Tempi ou Vashet. Mas Celean era um gravetinho muito fino. Tive medo de machucá-la. Vashet não dissera que éramos responsáveis pela segurança um do outro?

Em vez disso, portanto, agarrei-a com Ferro Ascendente. Minha mão esquerda errou, mas os dedos longos e fortes da direita envolveram inteiramente o pulso fino dela. Não a coloquei na submissão adequada, mas agora era uma disputa de força e não havia como eu perder. Já estava segurando seu pulso e só faltava segurar seu ombro para lhe impor o Urso Adormecido, antes que...

Celean fez o Quebra-Leão. Mas não foi a versão que eu tinha aprendido. A dela usou as duas mãos, golpeando e girando tão depressa que minha mão ardeu e ficou vazia antes que eu conseguisse raciocinar. Então, ela segurou meu pulso e puxou, investindo com um pontapé na minha perna, num movimento fluido. Inclinei-me, verguei o corpo e ela me deixou completamente estatelado no chão.

Essa queda não foi suave, mais pareceu um desabar na grama. Não me aturdiu inteiramente, mas não fez diferença, porque Celean simplesmente estendeu a mão e deu dois tapinhas na minha cabeça. Era um sinal de que, se quisesse, poderia facilmente me deixar desmaiado.

Rolei de lado e me sentei, sentindo dor em vários lugares e com o orgulho ferido. Meu período com Tempi e Vashet tinha-me ensinado a reconhecer a habilidade, e a Ketan de Celean era mesmo excelente.

– Nunca vi aquela versão do Quebra-Leão – comentei.

Celean sorriu. Foi um sorriso pequeno, mas, ainda assim, mostrou um vislumbre de seus dentes alvos. No mundo da impassibilidade ademriana, foi como o sol surgindo atrás de uma nuvem.

– Aquela é minha – disse. *Extremo orgulho*. – Fui eu que a inventei. Não tenho força suficiente para usar o Quebra-Leão comum contra a minha mãe ou contra alguém do seu tamanho.

– Você me mostraria o movimento? – pedi.

Celean hesitou, depois assentiu com a cabeça e deu um passo à frente, estendendo a mão.

– Segure o meu pulso.

Segurei-o, apertando com firmeza, mas não com violência.

Ela repetiu o golpe, como num truque de mágica. Suas duas mãos se mexeram numa rajada de movimentos e fiquei com a mão vazia e pinicando.

Estendi a mão de novo. *Diversão*.

– Tenho olhos lentos de bárbaro. Você pode fazer outra vez, para eu aprender?

Celean deu um passo atrás, encolhendo os ombros. *Indiferença*.

– Por acaso eu sou sua professora? Devo dar uma coisa minha a um bárbaro que não é nem capaz de me atingir numa luta?

Empinou o queixo e olhou na direção da árvore espadeira, de folhas rodopiantes, mas seus olhos correram de volta para mim, com uma expressão brincalhona.

Dei um risinho e fiquei de pé, tornando a levantar as mãos.

Ela riu e se virou para mim:

– Já!

Dessa vez eu estava preparado e sabia do que Celean era capaz. Ela não era nenhuma florzinha delicada. Era rápida, destemida e agressiva.

Assim, parti para a ofensiva, tirando proveito dos meus braços e pernas compridos. Ataquei com Donzela Dançando, mas ela se esquivou com um pulo. Não. Melhor seria dizer que deslizou para longe de mim, sem comprometer minimamente o equilíbrio em momento algum, os pés trançando com suavidade pela grama alta.

Então, mudou de direção de repente e me apanhou entre dois passos e em ligeiro desequilíbrio. Fingiu um soco na minha virilha e me desequilibrou um pouco mais com um empurrão, fazendo a Mó Giratória. Cambaleei, mas consegui me manter de pé.

Tentei recobrar o equilíbrio, porém Celean tornou a roçar em mim com a Mó Giratória e depois mais uma vez. E de novo. E a cada vez me empurrava apenas alguns centímetros, o que me manteve num recuo trôpego e desamparado, até que ela conseguiu plantar um pé atrás do meu, dando-me uma rasteira e me jogando de costas na grama.

Antes que eu acabasse de bater no chão, ela já havia segurado meu pulso e, logo em seguida, prendeu meu braço com firmeza em Hera no Carvalho. Isso me espremeu o rosto no chão, ao mesmo tempo que exercia uma pressão incômoda em meu pulso e meu ombro.

Por um segundo, pensei em tentar me debater para me soltar, mas foi só um segundo. Eu era mais forte que Celean, no entanto a ideia de posições como a Hera no Carvalho e o Urso Adormecido era exercer pressão sobre partes frágeis do corpo. Não era preciso ter muita força para atacar o galho.

– Eu me rendo – disse-lhe. Isso é mais fácil de dizer em adêmico: *Veh*. É um ruído fácil de fazer quando se está sem fôlego, cansado ou sentindo dor. Nos últimos tempos, eu tinha-me acostumado a usá-lo bastante.

Celean me soltou e se afastou, observando enquanto eu me sentava.

– Você não é mesmo muito bom – disse, com uma franqueza brutal.

– Não estou acostumado a bater em garotinhas.

– E como poderia se acostumar? – Ela riu. – Para a pessoa se acostumar com uma coisa, tem que fazê-la uma porção de vezes. Imagino que você nunca tenha batido numa mulher, nem mesmo uma vez.

Celean estendeu a mão. Segurei-a, no que esperei ser um gesto gracioso, e ela me ajudou a ficar de pé.

– O que eu quero dizer é que, no lugar de onde eu venho, não é correto lutar com mulheres.

– Não entendi – disse ela. – Eles não deixam os homens lutarem no mesmo lugar que as mulheres?

– Quero dizer que, em sua maioria, nossas mulheres não lutam – expliquei.

Celean girou o pulso, abrindo e fechando a mão, como se esta estivesse suja de terra e ela tentasse distraidamente limpá-la. Na linguagem das mãos, era o equivalente a *intrigada*, uma espécie de franzir o cenho, confusa.

– Como é que elas aperfeiçoam a Ketan, se não a praticam? – perguntou.

– No lugar de onde eu venho, as mulheres não têm nenhuma Ketan.

Os olhos de Celean se estreitaram, depois se iluminaram.

– Você quer dizer que elas têm uma Ketan *secreta* – disse, usando a palavra "secreta" em aturano. Embora mantivesse uma expressão serena no rosto, seu corpo vibrava de excitação. – Uma Ketan que só elas conhecem, que os homens não podem ver.

Apontou para o banco onde nossas professoras estavam sentadas, ignorando-nos.

– Vashet tem uma coisa assim. Pedi para ela me mostrar uma porção de vezes, mas ela se recusa.

– Vashet conhece outra Ketan? – indaguei.

Celean confirmou com a cabeça.

– Ela estudou no caminho da alegria, antes de vir para cá.

Olhou para Vashet com o rosto sério, como se estivesse disposta a arrancar o segredo da outra mulher só com sua força de vontade:

– Um dia eu vou lá e aprendo. Irei a todos os lugares e vou aprender todas as Ketans que existem. Vou aprender os caminhos ocultos da fita, da corrente e do lago móvel. Vou aprender os caminhos da alegria, da paixão e da continência. Vou saber *todos* eles.

O tom de Celean não era de fantasia infantil, como quem devaneasse sobre comer um bolo inteiro. Também não soou pretensiosa, como se descrevesse um plano que tivesse arquitetado sozinha e julgasse muito inteligente.

Disse-o com serena intensidade. Foi quase como se simplesmente explicasse quem ela era. Não a mim. Estava falando consigo mesma.

Virou-se para me encarar.

– Também irei à sua terra – disse. *Peremptória*. – E vou aprender a Ketan bárbara que as mulheres escondem de vocês como um segredo.

– Você vai se decepcionar. Eu não falei errado. Conheço a palavra correspondente a *secreto*. O que eu quis dizer foi que, lá de onde eu venho, muitas mulheres não lutam.

Celean tornou a girar o pulso, intrigada, e percebi que eu teria de ser mais claro.

– No lugar de onde eu venho, muitas mulheres passam a vida inteira sem empunhar uma espada. A maioria cresce sem saber como golpear outra mulher com o punho ou com a lateral da mão. Elas não sabem nada de nenhum tipo de Ketan. Não travam nenhum combate.

Frisei as duas últimas palavras com *forte negação*.

Isso pareceu finalmente lhe transmitir a ideia. Eu esperava que ela parecesse horrorizada, mas Celean apenas ficou imóvel, com a expressão vazia e as mãos quietas, como se não soubesse o que pensar. Como se eu tivesse acabado de lhe explicar que as mulheres lá de onde eu vinha não tinham cabeça.

– Elas não lutam? – perguntou, com ar de dúvida. – Nem com os homens, nem umas com as outras, nem com ninguém?

Confirmei com a cabeça.

Houve uma pausa muito longa. Seu cenho franziu-se e pude efetivamente vê-la lutando para assimilar essa ideia. *Confusão. Desolação*.

– Então, o que elas fazem? – perguntou, por fim.

Pensei nas mulheres que eu conhecia: Moula, Feila, Devi.

– Muitas coisas – respondi, tendo que improvisar as palavras que não conhecia. – Elas fazem desenhos com pedras. Compram e vendem dinheiro. Escrevem em livros.

Celean pareceu relaxar, à medida que eu recitava a lista, como que aliviada ao saber que essas mulheres estrangeiras, desprovidas de qualquer Ketan, não ficavam espalhadas pela zona rural feito cadáveres sem ossos.

– Elas curam os doentes e cuidam de ferimentos. Fazem... – Quase falei *fazem música e cantam canções*, mas me contive em tempo. – Elas fazem jogos, plantam trigo e fazem pão.

Celean passou um bom tempo pensando.

– Eu preferiria fazer essas coisas e lutar também – disse, em tom decidido.

– Algumas mulheres lutam, mas, para muitos, isso não é considerado próprio da Lethani. – Usei a expressão "próprio da Lethani" por não ter conseguido descobrir como dizer "um comportamento adequado" em adêmico.

Celean fez os gestos de *profundo desdém* e *censura*. Admirei-me ao constatar quão mais dolorosos eles foram, vindo daquela garota de blusa amarelo-vivo, do que jamais tinham sido quando feitos por Tempi ou Vashet.

– A Lethani é a mesma em qualquer lugar – disse ela com firmeza. – Não é como o vento, que muda de uma região para outra.

– A Lethani é como a água – respondi sem pensar. – Em si, ela é imutável, mas se molda para se encaixar em todos os lugares. Ela é o rio e a chuva.

Celean cravou os olhos em mim. Não foi um olhar furioso, mas, vindo de uma ademriana, surtiu o mesmo efeito.

– Quem é você para dizer que a Lethani é isto e não aquilo?

– Quem é você para fazer a mesma coisa?

Ela me olhou por um momento, com a sugestão de uma ruga de seriedade entre as sobrancelhas claras. Depois, soltou uma gargalhada luminosa e levantou as mãos.

– Eu sou Celean – proclamou. – Minha mãe é da terceira pedra. Sou ademriana nata e sou aquela que vai derrubá-lo.

E cumpriu sua palavra.

CAPÍTULO 118

Propósito

Vashet e eu lutamos, deslocando-nos de um lado para outro pelas encostas das montanhas do Ademre.

Depois de tanto tempo, eu já mal notava o vento. Ele era parte tão integrante da paisagem quanto o terreno irregular sob meus pés. Em alguns dias, era suave e pouco mais fazia do que produzir desenhos na grama ou jogar meu cabelo nos olhos. Em outros, era tão violento que o tecido frouxo das minhas roupas estalava e batia na minha pele. Podia vir de direções inesperadas, sem a menor advertência, dando um empurrão tão firme quanto a mão de alguém espalmada entre as espáduas.

– Por que gastamos tanto tempo com o meu combate desarmado? – perguntei a Vashet, enquanto fazia Colher Botões de Cravo.

– Porque o seu combate desarmado é um desleixo só – respondeu Vashet, bloqueando-me com Agitar Água. – Porque você me envergonha toda vez que lutamos. E porque, três em cada quatro vezes, você perde para uma criança da metade do seu tamanho.

– Mas a minha luta com a espada é ainda pior – comentei, enquanto a circundava, buscando uma brecha.

– É pior mesmo – reconheceu ela. – É por isso que não o deixo lutar com ninguém além de mim. Você é impetuoso demais. Poderia machucar alguém.

Sorri.

– Pensei que a ideia fosse essa.

Vashet franziu o cenho, depois estendeu a mão com displicência, segurou meu pulso e meu ombro e me girou no Urso Adormecido. Sua mão direita pegou meu pulso acima da minha cabeça, esticando meu braço num ângulo incômodo, enquanto a esquerda fazia uma pressão firme no meu ombro. Sem saída, fui forçado a dobrar o corpo na cintura, olhando para o chão.

– *Veh* – falei, rendendo-me.

Mas Vashet não me soltou. Torceu meu braço e a pressão no meu ombro aumentou. Os ossos pequenos do pulso começaram a doer.

– *Veh* – repeti, um pouco mais alto, achando que ela não me ouvira. Mas Vashet continuou a me segurar, torcendo meu pulso ainda mais. – Vashet? – chamei-a, tentando virar a cabeça para olhá-la, mas, do ângulo em que estava, só consegui ver sua perna.

– Se a ideia disto é machucar, por que eu deveria soltá-lo? – perguntou.

– Não foi isso que eu quis dizer...

Vashet pressionou com mais força e parei de falar.

– Qual é o propósito do Urso Adormecido? – perguntou, calmamente.

– Incapacitar o adversário – respondi.

– Muito bem.

Ela começou a fazer peso para baixo, com a força lenta e inexorável de uma geleira. A dor surda começou a aumentar no meu ombro, além do pulso.

– Seu braço logo será torcido para fora do encaixe do ombro. Seus tendões vão-se distender e se soltar do osso. Seus músculos se romperão e seu braço ficará pendurado feito um trapo molhado junto ao corpo. Nesse caso, o Urso Adormecido terá cumprido seu propósito?

Debati-me um pouco, por puro instinto animal. Mas isso só fez transformar a queimação numa dor mais aguda, então parei. Ao longo do meu treinamento, eu já tinha sido posto em posições das quais era impossível escapar. Sempre ficara desamparado, mas essa era a primeira vez que realmente me sentia assim.

– O propósito do Urso Adormecido é o controle – disse Vashet, em tom calmo. – Neste exato momento, você é meu e posso fazer o que quiser. Posso movê-lo, quebrá-lo ou soltá-lo.

– Eu preferiria ser solto – falei, tentando soar mais esperançoso que desesperado.

Houve uma pausa e então ela indagou, calmamente:

– Qual é o propósito do Urso Adormecido?

– O controle.

Senti suas mãos me soltarem e me levantei, rolando devagar o ombro para diminuir a dor.

Vashet ficou parada com o cenho franzido.

– O propósito de tudo isto é o controle. Primeiro você deve controlar a si mesmo. Depois, pode adquirir o controle do que o cerca. Em seguida, pode controlar qualquer um que se oponha a você. Assim é a Lethani.

∾

Depois de quase um mês em Haert, não pude deixar de sentir que as coisas iam bem. Vashet reconheceu que meu uso da língua estava melhorando e me deu os parabéns dizendo que eu falava como uma criança, em vez de apenas um imbecil.

Continuei a me encontrar com Celean no campo relvado próximo da árvore espadeira. Ansiava por esses encontros, apesar de ela me dar surras com animada crueldade sempre que lutávamos. Levei três dias para finalmente conseguir derrotá-la.

É um verso interessante para somar à longa história da minha vida, não é?

Venham todos, venham a história escutar
Dos arrojados feitos que vou contar
De Kvothe, o Sem-Sangue, e do assombro
Dos valentes combates ombro a ombro
Que travou com uma menina magrela –
Não mais que 10 anos tinha ela.
E escutem bem como aconteceu
O valoroso golpe que ele lhe deu,
Deixando-a estatelada na grama
E usufruindo da alegria a chama.

Por mais terrível que possa soar, fiquei orgulhoso. E era justificado. A própria Celean me cumprimentou quando isso aconteceu, parecendo bastante surpresa por eu ter conseguido. Ali, à sombra comprida da árvore espadeira e à guisa de recompensa, ela me ensinou sua variante do Quebra-Leão, feita com as duas mãos, e me envaideceu com a familiaridade de um sorriso travesso.

Nesse mesmo dia, terminamos cedo o nosso número prescrito de combates. Fui me sentar num bloco de pedra próximo, que havia sido alisado até virar um assento confortável. Cuidei da minha dúzia de pequenos machucados da luta e me preparei para observar a árvore espadeira, até Vashet voltar para me buscar.

Mas Celean não era de ficar sentada esperando. Saltitou até a árvore e parou a poucos metros de onde os galhos mais compridos oscilavam e dançavam ao vento, fazendo as folhas redondas e afiadas como lâminas girarem em círculos frenéticos.

Então, ela baixou os ombros e disparou sob a copa, em meio aos milhares de folhas que giravam loucamente.

O susto foi tão grande que me impediu de gritar, mas cheguei a ficar quase de pé antes de ouvi-la dar uma risada. Observei-a correr, saltitar e rodopiar, desviando o corpinho das folhas sopradas pelo vento como se brincasse. Chegou à metade da distância do tronco e parou. Baixou a cabeça, esticou a mão e deu um tapa numa folha que estava prestes a cortá-la.

Não, ela não fez um simples gesto de fustigar. Usou a Neve Flutuante. Depois, vi-a chegar ainda mais perto do tronco, trançando de um lado para outro e se protegendo. Primeiro, usou Donzela Penteando o Cabelo, depois, Dança para Trás.

Aí saltitou para um lado, abandonando a Ketan. Agachou-se, disparou por uma brecha entre as folhas e chegou ao tronco da árvore, dando-lhe um tapa com uma das mãos.

Então voltou a se colocar entre as folhas. Fez Prensar Sidra, baixou a cabeça, girou e correu, até sair de baixo da copa. Não gritou de triunfo, como faria uma criança da República, mas deu um salto para o alto, mãos erguidas em sinal de vitória. E então, ainda rindo, executou uma roda acrobática.

Com a respiração presa, vi Celean fazer sua brincadeira vez após outra, entrando e saindo do meio das folhas dançantes da árvore. Nem sempre chegou ao tronco. Em duas ocasiões, recuou correndo do alcance das folhas sem chegar lá e, mesmo de onde eu estava sentado, dava para ver que se aborreceu com isso. Numa das vezes, ela escorregou e foi obrigada a rastejar sob as folhas para fugir do alcance delas.

Mas foi e voltou do tronco quatro vezes, sempre comemorando a travessura com as mãos erguidas, o riso e uma roda perfeita.

Só parou na volta de Vashet. De longe, vi minha professora se precipitar para ela, enfurecida, e passar um severo sermão na menina. Não ouvi o que foi dito, mas a linguagem corporal das duas foi um livro inteiro. Celean baixou os olhos e arrastou os pés. Vashet agitou um dedo e lhe deu um tapa na lateral da cabeça. Foi a mesma repreensão áspera que qualquer criança recebe. Fique longe do jardim do vizinho. Não implique com as ovelhas dos Benton. Não corra entre as mil facas giratórias da árvore sagrada do seu povo.

CAPÍTULO 119

Mãos

QUANDO JULGOU MEU uso da língua apenas moderadamente constrangedor, Vashet providenciou para que eu conversasse com um estranho punhado de pessoas espalhadas por Haert.

Encontrei-me com um velho falastrão que fiava seda enquanto tagarelava sem parar, contando histórias estranhas, sem sentido e meio delirantes. Houve o caso de um menino que pôs os sapatos na cabeça para impedir que matassem um gato, outra em que uma família jurou comer uma montanha, pedra por pedra. Em momento algum consegui entender as histórias, mas ouvi educadamente e tomei a cerveja doce que ele me ofereceu.

Conheci duas gêmeas que faziam velas e me mostraram passos de danças estranhas. Gastei uma tarde com um lenhador que, durante horas, não falou de outra coisa além de cortar lenha.

No começo, achei que esses eram membros importantes da comunidade. Achei que Vashet estava me fazendo desfilar diante deles para mostrar como eu me tornara civilizado.

Só depois de passar uma manhã com Dois-Dedos me dei conta de que ela me mandara a cada uma dessas pessoas na esperança de que eu aprendesse algo.

Dois-Dedos não era seu verdadeiro nome, mas passei a pensar nele assim. Era um cozinheiro da escola, que eu via em todas as refeições. Sua mão esquerda era perfeita, mas a direita era terrivelmente aleijada, só lhe restando o polegar e o indicador.

Vashet me mandou a ele de manhã e, juntos, preparamos o almoço e conversamos. Seu nome era Nadeno. Contou-me que havia passado 10 anos entre os bárbaros. E não foi só: tinha levado mais de 230 talentos de prata para a escola antes de ser ferido e não poder mais lutar. Mencionou este último detalhe várias vezes e percebi que era um motivo particular de orgulho para ele.

Os sinos tocaram e as pessoas foram entrando no refeitório. Nadeno foi servindo conchas do guisado que tínhamos feito, quente e espesso, com pedaços de carne e cenouras. Cortei fatias de pão quente para quem as quis. Troquei acenos de cabeça e gestos polidos ocasionais com as pessoas que passavam na fila. Tomei o cuidado de manter apenas um brevíssimo contato visual e tentei me convencer de que era mera coincidência tão pouca gente parecer interessada no pão nesse dia.

Carceret deu uma clara demonstração de seus sentimentos, para todos verem. Primeiro, chegou ao começo da fila, e então fez um gesto largamente visível de *execrável repugnância* e se afastou, deixando seu prato de madeira.

Mais tarde, Nadeno e eu lavamos a louça.

– Vashet me disse que o seu manejo da espada tem progredido mal – declarou ele, sem qualquer preâmbulo. – Contou que você teme demais pelas suas mãos e que isso o deixa hesitante. – *Firme censura.*

Virou-se da panela de ferro que estava esfregando e ergueu a mão à sua frente. Foi um gesto de desafio, acompanhado por uma expressão dura no rosto. Olhei para a mão, já que ignorá-la seria uma grosseria. Restavam apenas o polegar e o indicador, o suficiente para segurar coisas, mas não o bastante para um trabalho delicado. A metade da mão que restava era uma massa de cicatrizes franzidas.

Mantive o rosto sereno, mas foi difícil. Em certo sentido, eu estava contemplando meu pior temor. Fiquei muito envergonhado de minhas mãos intactas e lutei contra a ânsia de cerrar os punhos ou escondê-las nas costas.

– Faz 12 anos desde a última vez que esta mão empunhou uma espada – disse Nadeno. *Raiva orgulhosa. Pesar.* – Pensei longamente na luta em que perdi meus dedos. Nem sequer os perdi para um adversário de grande mestria. Perdi-os para um bárbaro cujas mãos se adequavam mais a uma pá do que à espada.

Flexionou seus dois dedos. Em certo sentido, ele tivera sorte. Havia outros ademrianos em Haert que tinham perdido as mãos inteiras, os olhos ou partes dos membros, até o cotovelo ou o joelho.

– Pensei durante muito tempo. Como poderia ter salvado minha mão? Pensei no meu contrato de proteger um barão em cujas terras havia uma revolta. E se eu não tivesse aceitado aquele contrato? E se tivesse perdido a mão esquerda? Eu não poderia falar, mas poderia empunhar a espada – disse, deixando a mão cair junto ao corpo. – Mas empunhar a espada não basta. Um mercenário apropriado precisa de duas mãos. Eu nunca poderia fazer Amante Saindo pela Janela nem Urso Adormecido com apenas uma...

Encolheu os ombros.

– Esse é o luxo de olhar para trás. Pode-se fazê-lo eternamente e é inútil. Vesti o vermelho com orgulho. Trouxe mais de 230 talentos para a escola. Fui da segunda pedra e, com o tempo, teria chegado à terceira. – Nadeno tornou a levantar a mão destroçada. – Eu não poderia ter conquistado nenhuma dessas coisas se tivesse vivido com medo de perder a mão. Se me esquivasse e me encolhesse de medo, nunca teria sido aceito na Latantha. Nunca teria chegado à segunda pedra. Estaria inteiro, mas seria menos do que sou agora.

Virou-me as costas e recomeçou a esfregar as panelas. Passado um momento, juntei-me a ele.

– É ruim? – perguntei, baixinho, sem conseguir me conter.

Nadeno não respondeu por um bom tempo.

– Logo que aconteceu, pensei que não era tão ruim. Outros sofreram ferimentos piores. Outros morreram. Tive mais sorte que eles. – Respirou fundo e soltou o ar devagar. – Tentei pensar que não era ruim. Minha vida continuaria. Mas não. A vida para. Muita coisa se perde. Perde-se tudo. – Em seguida, completou: – Quando sonho, eu tenho duas mãos.

Terminamos de lavar a louça juntos, compartilhando o silêncio. Às vezes, isso é tudo que se pode compartilhar.

༄

Celean teve sua própria lição para me ensinar: a de que existem adversários que não hesitam em socar, chutar ou dar cotoveladas diretamente nos órgãos genitais de um homem.

Não com força bastante para me causar uma lesão permanente. Ela havia passado toda a sua jovem vida lutando e possuía o controle que Vashet tanto valorizava. Mas isso queria dizer que sabia exatamente com que força golpear para me deixar atordoado e zonzo, tornando sua vitória incontestável.

Assim, sentei-me na grama, sentindo-me velho e nauseado. Ao me incapacitar, Celean me dera um tapinha consolador no ombro, antes de se afastar, saltitando alegremente. Sem dúvida ia dançar de novo entre os galhos da árvore espadeira, sacudidos pelo vento.

– Você estava indo muito bem, até o final – disse-me Vashet, sentando-se no chão à minha frente.

Não falei nada. Como uma criança que brinca de esconde-esconde, era minha sincera esperança que, se eu fechasse os olhos e permanecesse absolutamente imóvel, a dor não conseguiria me achar.

– Ora, vamos, eu vi o chute dela – disse Vashet, com ar de descaso. – Não foi tão forte assim. – Ouvi-a dar um suspiro. – De qualquer modo, se você precisar de alguém para dar uma olhada e ver se eles continuam intactos...

Dei um risinho leve. Foi um erro. Uma dor incrível desdobrou-se em minha virilha e se irradiou, descendo até o joelho e subindo até o esterno. Senti-me inundar de náusea e abri os olhos para me firmar.

– Ela vai crescer – disse Vashet.

– Espero que sim – retruquei, entre os dentes cerrados. – É um hábito muito nocivo.

– Não foi o que eu quis dizer. Estou dizendo que ficará mais alta. E aí, distribuirá sua atenção mais uniformemente pelo corpo. Por enquanto, ela ataca a virilha com muita regularidade. Isso a torna previsível e faz com que seja fácil a pessoa se defender dela – acrescentou, lançando-me um olhar significativo. – Para qualquer um que tenha um mínimo de inteligência.

Tornei a fechar os olhos.

– Sem lições neste momento, Vashet – pedi. – Estou quase vomitando o desjejum de ontem.

Ela ficou de pé.

– Parece o momento perfeito para uma lição. Levante-se. Você precisa aprender a lutar quando está ferido. É uma habilidade de valor inestimável. Celean lhe deu a oportunidade de praticá-la. Você deveria lhe agradecer.

Sabendo que era inútil discutir, pus-me de pé e comecei a andar com muita cautela em direção a minha espada.

Vashet me segurou pelo ombro.

– Não. Só as mãos.

Dei um suspiro.

– Precisamos mesmo, Vashet?

Ela ergueu uma sobrancelha.

– Precisamos de quê?

– Precisamos concentrar-nos sempre no combate desarmado? Meu manejo da espada está cada vez pior.

– Não sou sua professora? Quem é você para saber o que é melhor?

– Sou aquele que terá de usar essas habilidades no mundo lá fora – respondi sem rodeios. – E, lá fora, eu preferiria lutar com uma espada do que com os punhos.

Vashet baixou as mãos, com o rosto inexpressivo.

– Por quê?

– Porque outras pessoas têm espadas. E, se eu entrar numa luta, pretendo vencer.

– Vencer uma luta é mais fácil com a espada? – perguntou ela.

Sua calma aparente deveria ter-me servido de alerta. Eu estava pisando num terreno perigoso, mas estava distraído pela dor nauseante que se irradiava da minha virilha. Se bem que, para ser franco, mesmo que não estivesse distraído, é possível que eu não houvesse notado. Passara a ficar à vontade com Vashet, à vontade demais para ter o cuidado apropriado.

– É claro. Por que outra razão se portaria uma espada?

– É uma boa pergunta – disse ela. – Por que se carrega uma espada?

– Por que se carrega seja o que for? Para poder usá-lo.

Vashet lançou-me um olhar de franca repugnância.

– Nesse caso, para que nos incomodamos em trabalhar no seu uso da linguagem? – perguntou em tom raivoso, estendendo as mãos para segurar meu queixo, beliscar minhas bochechas e me obrigar a abrir a boca, como se eu fosse um paciente da Iátrica que se recusasse a tomar o seu remédio. – Para que você precisa dessa língua, se a espada resolve?

Tentei me afastar, porém ela era mais forte que eu. Tentei empurrá-la, mas ela afastou as mãos que eu agitava como se fosse uma criança.

Vashet soltou meu rosto e segurou meu pulso, sacudindo minha mão diante dos meus olhos.

– Por que você tem mãos, e não facas, na ponta dos braços?

Depois, largou meu pulso e bateu com força na minha face com a mão espalmada.

Se eu disser que ela me esbofeteou, você terá a impressão errada. Não foi uma bofetada dramática, do tipo que se vê no palco. Nem a bofetada ofendida e contundente que uma dama de companhia desfere na pele macia do nobre que toma um excesso de liberdades. Nem sequer foi a bofetada mais profissional da criada de mesa que se defende das atenções indesejadas de um bêbado cheio de mãos.

Não. Aquilo mal chegou a ser algum tipo de tapa. Um tapa é dado com os dedos ou a palma da mão. Arde ou assusta. Vashet me bateu com a mão aberta, mas, por trás dela, havia a força do seu braço. Atrás dessa havia o ombro. Atrás dele, o mecanismo complexo do giro de seus quadris, as pernas fortes plantadas no chão e o próprio chão embaixo delas. Foi como se a criação inteira me batesse através da sua mão espalmada, e a única razão de aquilo não ter-me aleijado foi que, mesmo em meio a sua fúria, Vashet sempre exercia um controle perfeito.

Por exercer esse controle, ela não deslocou minha mandíbula nem me deixou inconsciente. Mas o golpe fez meus dentes chacoalharem e meus ouvidos zumbirem. Fez meus olhos revirarem na cabeça e deixou minhas pernas frouxas e bambas. Eu teria caído se Vashet não me segurasse pelo ombro.

– Você acha que estou lhe ensinando os segredos da espada para você sair por aí usando-os? – perguntou, contundente. Tive a vaga percepção de que estava gritando. Era a primeira vez que eu ouvia um ademriano elevar a voz. – É isso que você pensa que estamos fazendo aqui?

Enquanto eu bamboleava sob a mão que me retinha, ela me bateu de novo. Dessa vez, sua mão me acertou mais no nariz. A dor foi espantosa, como se tivessem cravado uma lasca de gelo diretamente no meu cérebro. Aquilo me tirou no tranco da minha estupefação, de modo que eu estava plenamente alerta quando ela me atingiu pela terceira vez.

Vashet me segurou por um momento, enquanto o mundo girava, depois me soltou. Dei um passo trôpego e desmoronei no chão como um fantoche cujos cordões fossem cortados. Não desmaiado, mas profundamente zonzo.

Levei muito tempo para me recompor. Quando enfim consegui me sentar, meu corpo parecia frouxo e desajeitado, como se tivesse sido desmontado e remontado de modo ligeiramente diferente.

Quando recobrei o raciocínio e pude olhar à minha volta, estava sozinho.

CAPÍTULO 120

Gentileza

Duas horas depois, sentei-me no refeitório. Minha cabeça doía e a lateral do rosto estava quente e inchada. Eu havia mordido a língua em algum momento, por isso comer era doloroso e tudo tinha gosto de sangue. Meu humor estava exatamente como você pode imaginar, só que pior.

Quando vi uma forma vermelha sentar-se no banco à minha frente, tive medo de erguer os olhos. Se fosse a Carceret, seria ruim. Mas Vashet seria ainda pior. Eu tinha esperado até o refeitório ficar quase vazio antes de entrar, na esperança de evitá-las.

Mas, ao levantar a cabeça, vi que era Penthia, a jovem feroz que havia derrotado Shehyn.

– Olá – disse-me, num aturano com um ligeiro sotaque.

Gesticulei um *cumprimento polido formal*. Considerando-se o dia que eu estava tendo, achei melhor agir com o máximo de cautela possível. Os comentários de Vashet tinham-me levado a crer que Penthia era uma integrante da escola de alto nível e muito respeitada.

Apesar disso tudo, não era muito velha. Talvez fosse sua estrutura franzina ou o rosto em forma de coração, mas ela não parecia ter muito mais de 20 anos.

– Podemos conversar na sua língua? – perguntou-me em aturano. – Seria uma gentileza. Estou precisando de prática na minha fala.

– Será um prazer acompanhá-la – respondi em aturano. – Você fala muito bem. Fico com inveja. Quando falo adêmico, tenho a sensação de ser um brutamontes parecido com um urso, pisoteando tudo com botas pesadas.

Penthia deu um sorrisinho tímido e cobriu a boca com a mão, enrubescendo de leve.

– Isto é correto: sorrir?

– É correto e gentil. Um sorriso como esse mostra que algo foi ligeiramente divertido. O que é perfeito, já que minha pilhéria foi muito pequena.

Penthia retirou a mão e repetiu o sorriso tímido. Era encantadora como as flores da primavera. Meu coração aliviou-se ao contemplá-la.

– Normalmente, eu daria um sorriso em resposta ao seu. Mas receio que as pessoas daqui vejam isso como indelicadeza.

– Por favor – disse ela, fazendo uma sucessão de gestos suficientemente amplos para que qualquer um visse. *Convite resoluto. Apelo suplicante. Boas-vindas familiares.* – Preciso praticar.

Dei um sorriso, embora não tão largo quanto comumente faria. Em parte por cautela, em parte porque meu rosto estava doendo.

– É bom sorrir outra vez – comentei.

– Tenho nervoso com meu sorriso – disse Penthia. Começou a gesticular e se deteve. Sua expressão mudou e os olhos se estreitaram um pouco, como se ela estivesse irritada.

– Isto? – perguntei, gesticulando *leve preocupação*.

Ela assentiu com a cabeça.

– Como se faz isso com o rosto?

– É assim – respondi, juntando um pouquinho as sobrancelhas. – Além disso, como mulher, você faria isto. – Franzi de leve os lábios. – Eu faria assim, já que sou homem – acrescentei, repuxando a boca para baixo numa ligeira carranca.

Penthia lançou-me um olhar perplexo. *Horrorizada.*

– É diferente para homens e mulheres? – indagou, deixando a incredulidade insinuar-se em seu tom.

– Só um pouco – tranquilizei-a. – E só em pequenas coisas.

– Existem tantas – disse ela, com um toque de desespero infiltrando-se em sua voz. – Com a família, a gente sabe o que significa cada pequeno movimento de rosto. Cresce observando. Sabe tudo que tem neles. Aqueles amigos com quem a pessoa é pequena, antes de saber que não é para rir de tudo. Com eles é fácil. Mas isto... – Abanou a cabeça. – Como é possível lembrar quando mostrar corretamente os dentes? Com que frequência é para eu tocar olhos?

– Compreendo. Sou muito bom falando na minha língua. Sei criar os significados mais inteligentes. Aqui, porém, isso é inútil. – Suspirei. – Manter meu rosto impassível é muito difícil. Vivo prendendo a respiração.

– Nem sempre – disse ela. – Nem sempre somos quietos de rosto. Quando você está com... – Sua voz morreu e ela se apressou a gesticular *desculpe*.

– Não há ninguém com quem eu tenha intimidade – afirmei. *Suave pesar*. – Eu esperava estar ficando próximo da Vashet, mas receio que hoje eu tenha estragado isso.

Penthia meneou a cabeça.

– Eu vi – disse. Estendeu a mão e deslizou o polegar pelo lado do meu rosto. Foi uma sensação fresca na pele inchada. – Você deve ter zangado ela muito.

– Posso perceber isso pelo zumbido nos meus ouvidos – respondi.

Penthia balançou a cabeça.

– Não. Suas marcas – disse, apontando para o próprio rosto. – Com outro podia ser engano, mas Vashet não deixaria isso se não quisesse todos vendo.

Senti um frio na barriga e levei inconscientemente a mão ao rosto. É claro. Aquilo não fora um mero castigo. Era uma mensagem para o Ademre inteiro.

– Que tolo eu sou – comentei, baixinho. – Não tinha percebido isso até agora.

Comemos em silêncio durante vários minutos e então perguntei:

– Por que você veio sentar-se comigo hoje?

– Quando o vi hoje, achei que eu tinha ouvido muita gente falar de você. Mas eu não sabia nada de você de conhecimento pessoal.

Após um momento, perguntei com um risinho irônico:

– E o que os outros dizem?

Ela estendeu a mão e tocou o canto da minha boca com a ponta dos dedos.

– Isso – disse. – O que é esse sorriso torto?

Zombaria delicada, gesticulei para explicar.

– Mas zombando de mim, não de você. Posso imaginar o que dizem.

– Nem tudo é ruim – retrucou ela, com delicadeza.

Penthia levantou a cabeça e me fitou nos olhos nesse momento. Os dela eram enormes no rosto miúdo, de um cinza ligeiramente mais escuro que o normal. Eram tão brilhantes e límpidos que, quando ela sorriu, a visão quase me partiu o coração. Senti as lágrimas me brotarem nos olhos e baixei rapidamente a cabeça, sem jeito.

– Oh! – exclamou ela baixinho e gesticulou depressa *desculpa aflita*. – Não. Estou errando com meu sorrir e tocar olhos. Eu quis dizer isto. – *Incentivo bondoso*.

– Você está certa no seu sorriso – retruquei, sem levantar a cabeça, pestanejando furiosamente, na tentativa de afastar as lágrimas. – É uma gentileza inesperada, num dia em que não mereço isso. Você é a primeira a falar comigo por vontade própria. E há no seu rosto uma meiguice que faz doer meu coração.

Fiz o gesto de *gratidão* com a mão esquerda, contente por não ter que enfrentar os olhos dela para mostrar o que estava sentindo.

Sua mão esquerda cruzou a mesa e segurou a minha. Em seguida, virou minha palma para cima e nela pressionou suavemente a palavra *consolo*.

Ergui os olhos e lhe ofereci o que esperei ser um sorriso tranquilizador.

Penthia o espelhou quase com exatidão, depois tornou a cobrir a boca.

– Mantenho ansiedade sobre meu sorriso.

– Pois não devia. Você tem a boca perfeita para sorrir.

Ela tornou a erguer a cabeça e seus olhos cruzaram com os meus por um brevíssimo instante, antes de se afastarem depressa.

– Verdade?

Confirmei com a cabeça.

– Na minha língua, é uma boca sobre a qual eu escreveria...

Estanquei, transpirando um pouco ao perceber que quase dissera "uma canção".

– Um poema? – sugeriu ela, para me ajudar.

– Sim – apressei-me a concordar. – É um sorriso digno de um poema.

– Então, faça um. Na minha língua.

– Não – respondi depressa. – Seria um poema de urso. Desajeitado demais para você.

Isso pareceu apenas instigá-la e seu olhar se tornou ávido.

– Faça. Se for desajeitado, vai fazer eu me sentir melhor dos meus tropeços.

– Se eu o fizer – ameacei –, você também terá que fazer um. Na minha língua.

Eu tinha suposto que isso a assustaria, mas, passado apenas um instante de hesitação, Penthia assentiu com a cabeça.

Pensei nos únicos poemas que eu ouvira em adêmico: alguns fragmentos do velho fiandeiro de seda e o pedaço da história contada por Shehyn sobre o arqueiro. Não era muito em que me basear.

Refleti sobre as palavras que eu conhecia, sobre o som delas. Senti uma aguda falta do alaúde nesse momento. É por isso que temos a música, afinal. As palavras nem sempre conseguem fazer o trabalho que precisamos que façam. A música existe para quando nos faltam palavras.

Por fim, olhei em volta, nervoso, contente por só restar um punhado disperso de pessoas no refeitório. Inclinei-me para Penthia e disse:

Penthia de arma dupla,
Sem a espada na mão,
Sua boca de flor se curva
E corta fácil um coração.

Ela tornou a me dar aquele sorriso e foi como eu tinha dito. Senti sua pungência no peito. Feluriana tinha um sorriso lindo, mas era velho e experiente. O de Penthia brilhava como um vintém novo. Era como água fresca em meu coração seco e cansado.

O doce sorriso de uma mulher jovem. Não há nada melhor no mundo. Vale mais do que sal. Sem ele, alguma coisa em nós adoece e morre. Tenho certeza. E é uma coisa tão simples. Que estranho. Que maravilhoso e estranho.

Penthia fechou os olhos por um momento, movendo os lábios em silêncio enquanto escolhia as palavras de seu poema.

Quando tornou a abri-los, disse em aturano:

Queimando como galho,
Kvothe fala.
Mas a boca que ameaça botas
Revela um urso que dança.

Abri um sorriso tão largo que fez meu rosto doer.
– É adorável – falei, com sinceridade. – É o primeiro poema que já fizeram para mim.

∽

Depois da conversa com Penthia, senti-me consideravelmente melhor. Não sabia ao certo se estivéramos ou não flertando, mas isso não importava. Para mim, bastava saber que havia ao menos uma pessoa em Haert que não queria me ver morto.

Fui até a casa de Vashet, como costumava fazer depois das refeições. Metade de mim esperava que ela me recebesse, risonha e sarcástica, tendo deixado silenciosamente para trás as desavenças daquela manhã. A outra metade temia que ela se recusasse a falar comigo.

Ao me aproximar da colina, vi-a sentada num banco de madeira em frente à porta. Estava encostada à parede de pedra áspera de sua casa, como se meramente aproveitasse o sol da tarde. Respirei fundo e soltei o ar, sentindo-me relaxar.

Ao chegar mais perto, entretanto, vi seu rosto. Ela não sorria. Tampouco usava a impassível máscara ademriana. Observou minha aproximação com a expressão sinistra de um carrasco.

Assim que cheguei perto o bastante, falei em tom grave:
– Vashet, eu...

Ainda sentada, ela levantou a mão e parei de falar tão depressa quanto se ela tivesse me dado um tapa na boca.

– Um pedido de desculpas agora teria pouca significação – disse-me, com a voz monocórdia e fria como a lousa. – Nada do que você disser neste momento será digno de confiança. Você sabe que estou realmente zangada, por isso está tomado pelo medo. O que significa que não posso confiar em nenhuma palavra que disser, porque ela virá do medo. Você é inteligente, encantador e mentiroso. Sei que é capaz de dobrar o mundo com suas palavras. Por isso, não vou ouvi-las.

Mudou de posição no banco e prosseguiu:

– Notei desde cedo certa brandura em você. É coisa rara em alguém tão moço e foi grande parte do que me convenceu de que valia a pena lhe dar aulas. Mas, com o passar dos dias, tenho vislumbrado outra coisa. Uma outra face que está longe de ser branda. Descartei tudo isso como um lampejo de luzes falsas e o tomei por bravatas de rapaz ou piadas estranhas de um bárbaro. Mas hoje, quando você falou, compreendi que a brandura era a máscara. E esse outro rosto vislumbrado, essa coisa sombria e impiedosa, essa é a verdadeira face, a que estava escondida por baixo.

Olhou-me demoradamente antes de continuar:

– Há algo perturbador dentro de você. A Shehyn o viu nas conversas de vocês. Não é a falta da Lethani. Mas isso torna maior a minha inquietação, não menor. Significa que há algo em você mais profundo que a Lethani. Algo que a Lethani não pode corrigir. Se é assim, errei ao lhe dar ensinamentos. Se você foi tão inteligente a ponto de me mostrar um rosto falso por tanto tempo, é um perigo para mais do que apenas a escola. Se é esse o caso, Carceret tem razão e você deve ser morto o mais rápido possível, para segurança de todos os envolvidos.

Ela se pôs de pé, movendo-se como se estivesse muito cansada.

– Isso foi o que pensei hoje. E continuarei a pensar por longas horas esta noite. Amanhã terei decidido. Use esse tempo para ordenar suas ideias e fazer os preparativos que lhe parecerem mais convenientes.

E então, sem voltar a me encarar, virou-me as costas e entrou em casa, fechando a porta em silêncio.

∽

Vaguei sem destino por algum tempo. Fui observar a árvore espadeira, na esperança de achar Celean por lá, mas não a vi em parte alguma. Observar a árvore em si não fez nada para me acalmar. Não nesse dia.

Assim, fui para as termas, onde fiquei em imersão sem nenhuma alegria. Depois, num dos espelhos que ficavam espalhados pelos cômodos menores, tive o primeiro vislumbre do meu rosto desde que Vashet me batera. Metade dele estava vermelha e inchada, com machucados que começavam a salpicar de azul e amarelo a região da minha têmpora e a linha do meu queixo. Eu também exibia os francos primórdios de um olho profundamente roxo.

Ao encarar meu reflexo, senti uma raiva profunda acender-se num lampejo em minhas entranhas. Concluí que eu estava cansado de esperar em desamparo, enquanto os outros decidiam se eu podia ir ou vir. Tinha feito o jogo deles, aprendido sua língua, sido infalivelmente gentil e, em troca, havia sido tratado como um cão.

Fora espancado, olhado com desprezo, ameaçado de morte e coisas piores. Para mim, estava terminado.

Assim, caminhei lentamente por Haert. Visitei as gêmeas, o ferreiro tagarela e o alfaiate com quem tinha comprado minhas roupas. Conversei amavelmente, para passar o tempo, fazendo perguntas e fingindo não parecer que, algumas horas antes, alguém me batera até me deixar inconsciente.

Meus preparativos levaram muito tempo. Perdi o jantar e o céu começava a escurecer quando regressei à escola. Fui direto para o meu quarto e fechei a porta.

Então esvaziei o conteúdo de meus bolsos na cama – umas coisas compradas, outras furtadas. Duas velas bonitas e macias de cera de abelha. Uma lasca comprida de aço quebradiço de uma espada mal trabalhada na forja. Um carretel de linha vermelho-sangue. Uma garrafinha com tampa, cheia de água das termas.

Fechei o punho com força em volta desta última. A maioria das pessoas não compreende quanto calor a água guarda dentro de si. É por isso que demora tanto a ferver. Apesar de a piscina escaldante de onde eu a tirara estar a mais de 800 metros de distância, o que eu tinha na mão possuía mais serventia para um simpatista do que carvão em brasa. Havia fogo nessa água.

Pensei em Penthia com uma pontada de tristeza. Depois, peguei uma vela e comecei a rolá-la nas mãos, aquecendo-a com minha pele, amaciando a cera e começando a moldar um boneco.

Fiquei sentado em meu quarto, ruminando ideias tenebrosas enquanto o restinho de luz esvaecia no céu. Olhei para os utensílios que havia reunido e soube em meu âmago que, em certos momentos, uma situação fica tão enredada que as palavras tornam-se inúteis. Que outra opção eu tinha agora que as palavras me haviam faltado?

O que tem qualquer um de nós, quando as palavras nos faltam?

CAPÍTULO 121

Quando faltam as palavras

Já era tarde da noite quando me aproximei da casa de Vashet, entretanto em sua janela uma luz de vela bruxuleava. Eu não duvidava de que ela mandasse me matar ou aleijar pelo bem de todo o Ademre, mas Vashet era tudo, menos descuidada. Antes de fazê-lo, daria a isso uma longa noite de reflexão.

De mãos vazias, bati de leve na porta. Após um momento, ela a abriu. Ainda usava o traje vermelho de mercenária, mas havia tirado quase todas as tiras de seda que o prendiam ajustado ao corpo. Tinha os olhos cansados.

Sua boca afinou-se ao me ver parado ali e eu soube que, se eu falasse, ela se recusaria a ouvir. Assim, gesticulei *solicitação* e dei um passo atrás, saindo da luz da vela para a escuridão. Eu já a conhecia bem o bastante para ter certeza da sua curiosidade. Seus olhos se estreitaram com desconfiança quando recuei, mas, após um momento de hesitação, ela me seguiu. Não apanhou a espada.

Era uma noite clara e dispusemos de um pedaço de lua para nos iluminar o caminho. Conduzi Vashet para as colinas, longe da escola, longe das casas e das lojas dispersas de Haert.

Andamos mais de 1,5 quilômetro até chegarmos ao lugar que eu havia escolhido: um pequeno arvoredo onde um monte alto de pedras impediria qualquer barulho de se propagar para a cidade adormecida.

O luar enviesava seus raios por entre as árvores, revelando formas escuras num espaço minúsculo aninhado entre as pedras. Nele havia dois bancos pequenos de madeira. Segurei delicadamente a mão de Vashet e fiz com que ela se sentasse.

Com movimentos lentos, estendi a mão para a sombra escura de uma árvore próxima, à direita, e peguei minha *shaed*. Pendurei-a com cuidado sobre um galho baixo, estendendo-a como uma cortina escura entre nós.

Feito isso, sentei-me no outro banco, curvei-me e mexi nos fechos do estojo de meu alaúde. À medida que cada um se abria, o alaúde lá dentro foi emitindo uma conhecida vibração harmônica, como se ansiasse por se libertar.

Tirei-o do estojo e comecei a tocar suavemente.

Eu tinha posto um pedaço de pano em sua caixa de ressonância, para abrandar o som, pois não queria que ele se propagasse pelos morros pedregosos. E havia trançado um pouco da linha vermelha entre as cordas, em parte para que elas não tangessem com muita vivacidade, em parte pela esperança aflita de que aquilo me desse sorte.

Comecei por "Na ferraria da aldeia". Não cantei, com medo de que Vashet se ofendesse se eu fosse tão longe assim. Mas, mesmo sem a letra, essa é uma canção que soa como um lamento. É uma música que fala de cômodos desertos, de uma cama fria e da perda do amor.

Sem nenhuma pausa, emendei "A espera de Violet" e "O vento oeste para casa". Esta última tinha sido uma das favoritas de minha mãe e, ao tocá-la, pensei nela e comecei a chorar.

Depois toquei a canção que se esconde no centro de mim. A música sem letra que se move pelos recônditos secretos do meu coração. Toquei-a com cuidado, dedilhando devagar e baixo, na escura quietude da noite. Gostaria de dizer que ela é uma canção feliz, que é doce e animada, mas não é.

Por fim, parei. As pontas de meus dedos ardiam e doíam. Fazia um mês desde que eu tocara por um tempinho maior e minhas mãos haviam perdido os calos.

Ao levantar a cabeça, vi que Vashet tinha posto minha *shaed* de lado e me observava. A lua erguia-se atrás dela e não pude ver a expressão do seu rosto.

– É por isso que não tenho facas em vez de mãos, Vashet – falei em voz baixa. – É isto que eu sou.

CAPÍTULO 122

Partir

Acordei cedo na manhã seguinte, comi depressa e voltei para meu quarto antes que a maioria da escola se remexesse na cama.

Pus no ombro o alaúde e a sacola de viagem. Embrulhei-me na *shaed*, checando se tudo de que eu precisaria estava devidamente guardado em meus bolsos: linha vermelha, boneco de cera, ferro quebradiço, frasco de água. Depois, levantei o capuz da *shaed* e saí da escola, dirigindo-me à casa de Vashet.

Ela abriu a porta entre minha segunda e terceira batidas. Estava sem blusa e ficou parada no umbral, com os seios à mostra. Lançou-me um olhar significativo, registrando a presença de minha capa, minha sacola de viagem e meu alaúde.

– É uma manhã para visitas – disse-me. – Entre. O vento é frio assim tão cedo.

Entrei e tropecei na soleira, cambaleando e tendo que apoiar a mão no ombro de Vashet para me firmar. Ao fazer isso, minha mão desajeitada prendeu-se no seu cabelo.

Vashet balançou a cabeça enquanto fechava a porta. Despreocupada com sua quase nudez, levou as duas mãos atrás da cabeça e começou a prender metade do cabelo solto numa trança curta e apertada.

– O sol mal surgira no céu hoje de manhã, quando Penthia veio bater à minha porta – disse-me, em tom de conversa. – Ela sabia que eu estava zangada com você. E, embora não soubesse o que você tinha feito, falou em sua defesa.

Segurando a trança com uma das mãos, Vashet pegou um pedaço de cordão vermelho e a amarrou.

– Depois, mal minha porta se fechara, Carceret me fez uma visita. Cumprimentou-me por eu finalmente lhe dar o tratamento que você merece.

Estendeu as mãos para trançar a outra metade do cabelo, com ágeis torções dos dedos.

– As duas me irritaram. Não tinham direito de falar comigo sobre meu aluno.

Amarrou a segunda trança.

– Então, pensei: de quem é a opinião que mais respeito?

Olhou para mim, fazendo daquilo uma pergunta para que eu respondesse.

– Você respeita mais a sua própria opinião.

Vashet abriu um largo sorriso.

– Você tem toda razão. Mas Penthia também não é inteiramente tola. E Carceret é capaz de ser raivosa como um homem, quando fica nesse estado de humor.

Pegou um pedaço de seda escura e o enrolou no torso, passando-o pelos ombros e pelos seios nus, sustentando-os e prendendo-os bem junto ao tórax. Depois, enfiou a ponta do tecido nele mesmo e, de algum modo, ela ficou firmemente presa. Eu já a vira fazer isso várias vezes, mas ainda não entendia como funcionava.

– E o que você decidiu? – indaguei.

Ela enfiou a blusa vermelho-sangue pela cabeça.

– Você ainda é um quebra-cabeça. Gentil e problemático, inteligente e bobo.

Sua cabeça emergiu da blusa e ela me lançou um olhar sério.

– Mas quem destrói um quebra-cabeça por não conseguir resolvê-lo abandonou a Lethani. Não sou essa pessoa.

– Fico contente. Eu não gostaria de partir de Haert.

Vashet ergueu uma sobrancelha ao ouvir isso.

– Aposto que não – disse. Apontou para o estojo do alaúde pendurado no meu ombro. – Deixe isso aqui, senão as pessoas vão falar. Deixe a sacola também. Você pode levá-los de volta para o seu quarto mais tarde.

Fitou-me com ar especulativo.

– Mas traga a capa. Vou lhe mostrar como usá-la na luta. Essas coisas podem ser úteis, mas só quando se evita tropeçar nelas.

∾

Voltei ao meu treinamento quase como se nada tivesse acontecido. Vashet me ensinou a não tropeçar em minha própria capa. Mostrou como era possível usá-la para prender uma arma ou desarmar os incautos. Comentou que era muito fina, forte e resistente, mas em momento algum pareceu notar nela nada de incomum.

Passaram-se os dias. Continuei a treinar combates com Celean e acabei aprendendo a proteger minha preciosa virilidade de todas as formas de ataque. Aos poucos, fui ficando tão habilidoso que chegamos quase a um empate em nossas lutas, trocando vitórias para lá e para cá.

Tive algumas conversas com Penthia durante as refeições e fiquei contente por haver outra pessoa disposta a dirigir um sorriso ocasional na minha direção.

Porém eu já não me sentia à vontade em Haert. Havia chegado muito perto do desastre. Sempre que falava com Vashet, pensava duas vezes em cada palavra. Em alguns momentos, pensava três vezes.

E, embora Vashet parecesse retornar a seu conhecido jeito irônico e risonho, vez por outra eu a apanhava me observando, com o rosto sombrio e os olhos atentos.

Com o passar dos dias, a tensão entre nós se desfez aos poucos, atenuando-se com a mesma lentidão das manchas roxas em meu rosto. Agrada-me pensar que ela teria desaparecido por completo. Mas não nos foi dado tempo suficiente para isso.

Aconteceu como um raio lampejando no céu límpido e azul.

Vashet me abriu a porta quando bati. Mas, em vez de sair, ficou parada na soleira.

– Sua prova é amanhã – disse.

Por um segundo, não entendi do que ela estava falando. Vinha-me concentrando tão atentamente no treinamento com a espada, nas lutas com Celean, na língua e na Lethani, que quase havia esquecido o propósito daquilo tudo.

Senti uma onda de excitação no peito, seguida por um nó gelado no estômago.

– Amanhã? – repeti, estupidamente.

Ela assentiu com a cabeça e deu um vago sorriso ante minha expressão.

Sua reação discreta pouco contribuiu para me deixar à vontade.

– Tão cedo?

– Shehyn acha que seria melhor. Se esperarmos mais um mês, pode chegar a neve, impedindo que você siga livremente o seu caminho.

Hesitei e disse em seguida:

– Você não está me dizendo toda a verdade, Vashet.

Outro vago sorriso e um pequeno dar de ombros.

– Nisso você tem razão, mas Shehyn realmente acha imprudente esperar. Você é sedutor, à sua maneira bárbara e desajeitada. Quanto mais tempo passar aqui, mais gente começará a vê-lo com simpatia...

Senti a friagem instalar-se mais fundo em minhas entranhas.

– E, se vão me mutilar, é melhor que isso seja feito antes de mais gente se dar conta de que sou mesmo uma pessoa de verdade, e não um bárbaro sem rosto – respondi, em tom ríspido, embora não com a rispidez que desejaria.

Vashet baixou os olhos e meneou a cabeça.

– Você não deve ter sabido, mas a Penthia deixou Carceret de olho roxo numa discussão a seu respeito, dois dias atrás. A Celean também se afeiçoou a você e fala disso com as outras crianças. Elas ficam atrás das árvores observando vocês treinarem – contou. Calou-se por um momento e disse: – E há outros.

Depois de todo esse tempo, eu já sabia o bastante para interpretar o verdadeiro significado do pequeno silêncio de Vashet. De repente, seu discreto desânimo e sua quietude fizeram muito mais sentido.

– Shehyn tem que cuidar dos interesses da escola – disse-me. – Tem que decidir de acordo com o que é correto. Não pode se deixar levar pelo fato de alguns gostarem de você. Ao mesmo tempo, se ela tomar a decisão correta e muitas pessoas na escola se ressentirem, isso também não será bom.

Outro dar de ombros.

– Logo...

– Eu estou pronto?

Vashet se manteve calada por muito tempo. Depois disse:

– Essa não é uma pergunta fácil. Ser convidado a ingressar na escola não é mera questão de perícia. É uma prova de adequação, de conveniência. Quando um de nós é reprovado, pode tentar de novo. Tempi fez a prova quatro vezes até ser admitido. Para você, haverá apenas uma chance. – Levantou os olhos para mim. – E, pronto ou não, chegou a hora.

CAPÍTULO 123

A Folha em Rodopio

NA MANHÃ SEGUINTE, Vashet foi me buscar quando eu estava terminando o desjejum.

– Venha – disse. – Carceret passou a noite toda rezando por uma tempestade, mas só está ventando forte.

Eu não sabia o que isso queria dizer, mas também não tive vontade de perguntar. Devolvi meu prato de madeira, virei-me e deparei com Penthia parada ali, com uma leve mancha já amarelando ao longo da mandíbula.

Ela não disse nada, apenas segurou meus braços, numa franca manifestação de apoio. Depois, deu-me um abraço apertado. Fiquei surpreso ao ver que sua cabeça só batia no meu peito. Tinha esquecido quão miúda ela era. O refeitório estava de novo mais silencioso que o normal e, embora não houvesse ninguém olhando fixamente, todos observavam.

Vashet me levou à pracinha em que nos encontráramos pela primeira vez e deu início ao nosso flexível alongamento habitual. Ao terminarmos, conduziu-me ao vale oculto da árvore espadeira. Não me surpreendi. Onde mais se faria a prova?

Havia uma dúzia de pessoas espalhadas pelo campo ao redor da árvore. A maioria vestia o vermelho dos mercenários, mas vi três de roupa mais clara. Calculei que fossem membros importantes da comunidade ou talvez mercenários aposentados e ainda envolvidos com a escola.

Vashet apontou para a árvore. A princípio, achei que estava chamando minha atenção para o movimento dela. Como me dissera, era um dia de vento bem forte e os galhos fustigavam loucamente o ar. Vi então um brilho de metal junto ao tronco. Olhando melhor, pude discernir uma espada, amarrada à árvore.

Pensei em Celean dançando entre as folhas cortantes, para dar tapas no tronco. É claro.

– Há vários objetos em torno da base da árvore – disse Vashet. – Sua prova é ir até lá, escolher um deles e trazê-lo para cá.

– É essa a prova? – indaguei. A pergunta soou um pouco mais ríspida do que eu havia planejado. – Por que você não me disse?

– Por que você não perguntou? – retrucou ela, secamente, e então pousou com delicadeza a mão no meu ombro. – Eu teria dito. Com o tempo. Mas sabia que, se lhe contasse cedo demais, você faria uma tentativa e ia se machucar.

– Bem, graças a Deus nós guardamos isso para hoje – retruquei, depois dei um suspiro. *Desculpa resignada*. – O que acontece se eu entrar lá e for retalhado?

– É de se esperar que você se corte – disse Vashet, puxando para o lado a gola da blusa, revelando um par de conhecidas cicatrizes finas e claras no ombro. – A questão é quanto e onde e como você se comporta.

Devolveu a blusa para o lugar com um encolher do ombro.

– As folhas não produzem cortes profundos, mas tome cuidado com o rosto e o pescoço, onde as veias e tendões ficam próximos da superfície. Um corte no peito ou no braço pode ser tratado com facilidade. Uma orelha decepada, nem tanto.

Observei a árvore receber uma lufada de vento, os galhos se debateram loucamente.

– O que impede a pessoa de entrar lá de gatinhas, rastejando?

– O orgulho – disse ela, perscrutando meu rosto. – Você quer ser conhecido como aquele que rastejou durante a prova?

Dei um aceno com a cabeça. Para mim, essa era uma questão especial. Como bárbaro, eu tinha que provar duplamente meu valor.

Tornei a contemplar a árvore. Havia 9 metros entre a borda dos galhos fustigantes e o tronco. Recordei as cicatrizes que vira no corpo de Tempi, no rosto de Carceret.

– Quer dizer que isso é uma prova de coragem. Uma prova de orgulho.

– É uma prova de muitas coisas – disse Vashet. – Seu comportamento significa muito. Você poderia cobrir o rosto com os braços e entrar em disparada. A reta é o caminho mais curto, afinal. Mas o que isso revela a seu respeito? Que você é um touro que arremete às cegas? Um animal desprovido de sutileza ou graça? – Balançou a cabeça e franziu o cenho. – Espero algo melhor de um aluno meu.

Estreitei os olhos, tentando enxergar que outros objetos estariam em torno da árvore.

– Imagino que não me seja permitido perguntar qual é a escolha correta.

– Há muitas escolhas corretas e muitas outras que são impróprias. É diferente para cada um. O objeto que você traz revela muito. O que você faz com ele, depois, revela muito. O modo como se comporta revela muito. – Deu de ombros. – Tudo isso será levado em conta por Shehyn na hora de decidir se você deve ser aceito na escola.

– Se é Shehyn quem decide, por que todos esses outros estão aqui?

Vashet forçou um sorriso e percebi a angústia espreitando no fundo de seus olhos.

– Shehyn não encarna pessoalmente a escola inteira – disse, com um gesto para os ademrianos mais afastados, parados em volta da árvore. – Muito menos representa a totalidade do caminho da Latantha.

Corri os olhos ao redor e percebi que as camisas que não eram vermelhas não eram de tecido claro, mas brancas. Aquelas eram chefes de outras escolas. Tinham viajado até lá para ver o bárbaro fazer sua prova.

– Isso é habitual? – perguntei.

Vashet fez que não com a cabeça.

– Eu poderia fingir ignorância. Mas desconfio que Carceret tenha espalhado a notícia.

– Eles podem invalidar a decisão de Shehyn?

Vashet balançou novamente a cabeça.

– Não. É a escola dela, a decisão é dela. Ninguém questionaria seu direito de tomá-la.

Junto ao corpo, a mão de Vashet fez um gesto rápido. *Entretanto*.

– Muito bem – falei.

Vashet estendeu os braços e segurou minha mão entre as suas, apertou-a e depois deixou-a cair.

Caminhei em direção à árvore espadeira. O vento amainou por um instante e a densa copa de galhos pendentes me fez lembrar a árvore em que eu havia encontrado o Cthaeh. Não foi uma ideia consoladora.

Observei as folhas que giravam, procurando não pensar em como eram afiadas. Em como me cortariam. Em como poderiam retalhar a pele fina das minhas mãos e fender de um lado a outro os delicados tendões embaixo dela.

Da extremidade externa da copa até a segurança do tronco não podia haver mais de 9 metros. Em certos sentidos, não era nada longe...

Pensei em Celean, disparando impetuosamente por entre as folhas. Pensei nela, pulando e afastando os galhos com tapas. Se aquela menina era capaz de fazê-lo, decerto eu também seria.

Mas, no mesmo instante em que pensei nisso, reconheci que não era verdade. Celean tinha passado a vida inteira brincando ali. Era magra como um graveto, ágil como um grilo e tinha metade do meu tamanho. Comparado a ela, eu era um urso pesado.

Vi um punhado de mercenários ademrianos do outro lado da árvore. Duas das camisas brancas mais intimidantes também estavam lá. Senti seus olhos pousados em mim e, de um modo estranho, fiquei contente.

Quando o sujeito está sozinho, é fácil sentir medo. É fácil concentrar-se no que pode estar à espreita no escuro, na base da escada do porão. É fácil ficar obcecado com coisas improdutivas, como a loucura de enveredar por uma tempestade de facas giratórias. Quando se está sozinho, é fácil transpirar, entrar em pânico, desmoronar...

Mas eu não estava só. E não eram apenas Vashet e Shehyn me observando. Havia também uma dúzia de mercenários e as chefes de outras escolas. Eu tinha uma plateia. Estava no palco. E não há lugar do mundo em que eu me sinta mais à vontade.

Postei-me junto ao limite do alcance dos galhos mais compridos, à espera de uma pausa em seu movimento. Torci para que, só por um momento, seu rodopio aleatório abrisse uma trilha por onde eu pudesse disparar, afastando qualquer folha que chegasse muito perto. Eu poderia usar o movimento de Agitar Água para mantê-las longe do rosto.

Parei ali e observei, tentando prever o padrão. O movimento da árvore me embalou, como já fizera tantas vezes. Era lindo, todo feito de círculos e arcos.

Enquanto observava, suavemente entorpecido pelo balanço da árvore, senti minha mente deslizar de leve para a flutuação transparente e vazia da Folha em Rodopio. Percebi que o movimento da árvore nada tinha de aleatório, na verdade. Com efeito, era um desenho feito de infindáveis desenhos cambiantes.

E então, com a mente aberta e vazia, vi o vento estender-se diante de mim. Foi como gelo cristalizando na lâmina transparente de uma vidraça. Num momento, nada. No seguinte, vi o nome do vento com a clareza com que enxergava o dorso da minha mão.

Olhei em volta por um instante, deslumbrado. Senti o gosto dele na língua e soube que, se quisesse, poderia girá-lo até desencadear uma tempestade. Poderia silenciá-lo num sussurro, deixando a árvore espadeira arriar seus galhos, vazia e imóvel.

Mas isso me pareceu um erro. Simplesmente abri bem os olhos para o vento, observando onde ele escolheria empurrar os galhos, onde agitaria as folhas.

Então, pisei sob a copa, com a calma de quem atravessasse a porta de entrada da própria casa. Dei dois passos e parei, enquanto um par de folhas cortava o ar à minha frente. Dei um passo para o lado e para adiante, enquanto o vento fazia rodopiar outro galho no espaço às minhas costas.

Movi-me por entre os galhos dançantes da árvore. Sem correr, sem afastá-los com tapas frenéticos. Pisei com cuidado e premeditação. Era assim que Shehyn se movia ao lutar, percebi. Não depressa, embora ela às vezes fosse veloz. Ela se movia com perfeição, sempre para onde precisava estar.

Quase antes que eu me desse conta, estava parado na terra escura que cercava o grosso tronco da árvore espadeira. Ali as folhas giratórias não chegavam. Momentaneamente em segurança, relaxei e me concentrei no que me aguardava aos pés dela.

A espada que eu vira da borda da clareira fora atada à árvore por um cordão de seda branca, que circundava o tronco. Estava parcialmente desembainhada e vi que a lâmina se assemelhava à da espada de Vashet. O metal era estranho, de um cinza lustroso, sem marca nem mácula.

Junto à árvore, sobre uma mesinha, havia uma camisa vermelha conhecida, cuidadosamente dobrada ao meio. Havia uma flecha com luminosas penas brancas e um cilindro de madeira polida, do tipo que guardaria um pergaminho.

Um brilho cintilante chamou minha atenção e, ao me virar, vi uma grossa barra de ouro aninhada na terra escura, entre as raízes da árvore. Seria mesmo de ouro? Curvei-me para tocá-la. Deixou uma sensação fria em meus dedos e era pesada demais para que eu a levantasse do chão com apenas uma das mãos. Quanto pesaria? Dezoito quilos? Vinte? Ouro suficiente para eu permanecer para sempre na Universidade, por maior que fosse a crueldade com que aumentassem minha taxa escolar.

Contornei lentamente o tronco da árvore espadeira e vi um pedaço de seda esvoaçante, pendurado num galho baixo. Havia outra espada, de um tipo mais comum, pendendo do mesmo cordão branco. Havia três flores azuis, atadas com uma fita azul. Havia um meio-vintém vintasiano, manchado. Havia uma pedra de amolar comprida e plana, escurecida pelo óleo.

Cheguei então ao outro lado da árvore e vi o estojo do meu alaúde, displicentemente encostado no tronco.

Vê-lo ali e saber que alguém havia entrado em meu quarto, para tirá-lo de baixo da minha cama, encheu-me de um ódio súbito e terrível. Foi pior ainda por eu saber o que os ademrianos pensavam dos músicos. Aquilo significa que eles sabiam que eu era não só um bárbaro, mas também um prostituto barato e vulgar. O instrumento fora deixado ali como uma provocação zombeteira.

Eu já tinha invocado o nome do vento quando tomado por uma raiva terrível, em Imre, depois de Ambrose quebrar meu alaúde. Eu o chamara, em meio ao pavor e à fúria, para me defender de Feluriana. Desta vez, porém, o conhecimento dele não me fora trazido no lombo de uma emoção intensa. Eu deslizara para ele com suavidade, como quem estende a mão para apanhar uma lanugem de cardo que esvoaça delicadamente no ar.

Assim, quando vi meu alaúde, o tumulto da emoção acalorada me fez despencar estatelado da Folha em Rodopio, como um pardal atingido por uma pedra. Quando corri os olhos pelas folhas que dançavam loucamente ao meu redor, não consegui discernir desenho algum, apenas mil lâminas sopradas pelo vento, cortando o ar.

Terminei meu giro lento em volta da árvore com um nó apertado no peito. A presença de meu alaúde deixara clara uma coisa: qualquer daqueles objetos poderia ser uma armadilha.

Vashet tinha dito que a prova era mais do que o objeto que eu levasse da árvore. Era também minha maneira de levá-lo e o que eu fizesse com ele depois. Se eu levasse a pesada barra de ouro e a desse a Shehyn, será que isso mostraria minha disposição de levar dinheiro para a escola? Ou significaria que eu me agarraria gananciosamente a uma coisa pesada e sem jeito, apesar de ela me colocar em perigo?

O mesmo se aplicava a qualquer um daqueles objetos. Se levasse a camisa vermelha, eu poderia ser visto como alguém que lutava nobremente pelo direito de usá-la ou como um arrogante que se presumia bom o bastante para se unir aos mercenários. Isso era duplamente verdadeiro com respeito à espada antiga que pendia da árvore. Não duvidei que, para os ademrianos, ela fosse tão preciosa quanto um filho.

Fiz outro giro vagaroso em torno da árvore, fingindo considerar minhas alternativas, mas, na verdade, estava apenas ganhando tempo. Olhei para os objetos pela segunda vez, nervoso. Havia um livrinho com um fecho de latão. Havia um fuso com fios de lã cinzenta. Havia uma pedra redonda e lisa, pousada sobre um pano branco e limpo.

Ao observar todos eles, percebi que qualquer escolha que eu fizesse poderia ser interpretada de inúmeras maneiras. Eu nem de longe sabia o bastante da cultura ademriana para imaginar o que poderia significar o objeto escolhido por mim.

E, mesmo que a conhecesse, sem o nome do vento para me guiar de volta pela copa, eu seria retalhado em tiras ao deixar a árvore. Talvez, não o bastante para ficar mutilado, mas o suficiente para deixar claro que eu era um bárbaro atrapalhado, cujo lugar obviamente não era ali.

Tornei a contemplar a barra de ouro. Se a escolhesse, ao menos o peso dela me daria uma desculpa para ser desajeitado na saída. Talvez eu ainda conseguisse fazer uma boa exibição...

Nervoso, circundei a árvore pela terceira vez. Senti o vento ganhar força, soltando rajadas e fazendo os galhos da árvore se debaterem mais loucamente que antes. Ele tirou o suor do meu corpo, enregelando-me e me causando arrepios.

Em meio a esse momento de angústia, de repente não houve nada de que eu tivesse mais consciência que da pressão súbita e urgente na minha bexiga. Minha biologia não dava a mínima para a gravidade da minha situação e fui tomado por uma intensa necessidade de me aliviar.

E foi assim que, no centro de uma tempestade de facas, em meio à minha prova, que era também meu julgamento, pensei em urinar na lateral da árvore sagrada, observado por duas dúzias de mercenários orgulhosos e mortíferos.

Foi uma ideia tão horripilante e imprópria que caí na gargalhada. E, quando o riso brotou de mim, a tensão que me dava um nó no peito e cravava as garras nos músculos das minhas costas se desfez. Qualquer que fosse a minha escolha, teria que ser melhor do que fazer xixi na Latantha.

Nesse momento, não mais fervilhando de raiva, não mais tomado pelo medo, olhei para as folhas em movimento ao meu redor. Antes disso, sempre que o nome do vento me deixara, ele havia esmaecido como um sonho quando a gente acorda: irresgatável como um eco ou um suspiro que se extingue.

Mas dessa vez foi diferente. Eu havia passado horas observando os padrões daquelas folhas móveis. Olhei por entre os galhos da árvore e pensei em Celean saltitando e rodando, rindo e correndo.

E lá estava ele. Como o nome de um velho amigo que apenas me houvesse escapado momentaneamente da lembrança. Olhei por entre os galhos e vi o vento. Enunciei gentilmente seu nome pleno e o vento tornou-se gentil. Soprei-o como um sussurro e, pela primeira vez desde minha chegada a Haert, o vento se acalmou e ficou completamente parado.

Naquele lugar de ventos incessantes, foi como se, de repente, o mundo prendesse a respiração. A dança da árvore espadeira ficou mais lenta, depois parou. Como se ela descansasse. Como se houvesse decidido deixar-me sair.

Fui-me afastando da árvore e comecei a caminhar lentamente para Shehyn, sem levar nada comigo. Enquanto andava, levantei a mão esquerda e passei a palma aberta pelo gume afiado de uma folha pendente.

Parei diante de Shehyn, detendo-me a uma distância educada dela. Imobilizei-me, o rosto numa máscara impassível. Ali me postei, em profundo silêncio, completamente estático.

Estendi a mão esquerda, com a palma ensanguentada virada para cima, e cerrei o punho. O gesto significava *disposição*. Havia mais sangue do que eu tinha esperado e, espremido entre meus dedos, ele escorreu pelas costas da minha mão.

Após um longo momento, Shehyn fez um aceno com a cabeça. Relaxei e só então o vento recomeçou.

CAPÍTULO 124

Com objetivo

— Você – disse Vashet, enquanto andávamos pelos morros – é um tremendo safado exibicionista espalhafatoso, sabia?

Curvei a cabeça de leve para ela, gesticulando graciosamente *humilde aceitação*.

Ela me deu um tabefe na lateral da cabeça.

– Deixe de ser metido, seu bestalhão melodramático. A eles você pode enganar, mas não a mim.

Vashet levou à mão ao peito, como quem fizesse mexericos.

– Você soube o que Kvothe trouxe da árvore espadeira? As coisas que um bárbaro não é capaz de compreender: silêncio e quietude. O coração do Ademre. Sabe o que ele ofereceu à Shehyn? A disposição de sangrar pela escola.

Olhou-me com uma expressão entre enojada e divertida.

– Falando sério, é como se você tivesse saído de um livro de histórias.

Fiz um gesto: *aceitação graciosa, lisonjeada, afetuosa e discreta*.

Vashet estendeu a mão e me acertou um peteleco com força na orelha.

– Ai! – gritei e caí na gargalhada. – Tudo bem. Mas não se atreva a me acusar de ser melodramático. Vocês são uma tremenda peça dramática interminável. O silêncio. A roupa vermelho-sangue. A linguagem oculta. Segredos e mistérios. A vida de vocês parece uma gigantesca pantomima. – Olhei fixo nos olhos dela. – E digo isto com todas as suas várias implicações inteligentes.

– Bem, você impressionou Shehyn, o que é o mais importante. E o fez de um modo que as chefes das outras escolas não poderão resmungar demais. O que é a segunda coisa mais importante.

Chegamos ao nosso destino: uma construção baixa de três cômodos, ao lado de um curral de cabras cercado por madeira fendida no sentido longitudinal.

– Aqui está a pessoa que vai cuidar da sua mão – disse-me Vashet.

– E o boticário? – perguntei.

– A boticária é amiga íntima da mãe de Carceret. E eu não a quereria cuidando das suas mãos nem por um bloco de ouro – respondeu Vashet. Depois apontou com a cabeça para a casa próxima. – O Daeln, por outro lado, é quem eu procuraria se precisasse de remendos.

Bateu à porta.

– Você pode ser membro da escola, mas não se esqueça de que ainda sou sua professora. Portanto, sei o que é melhor.

∞

Mais tarde, com minha mão firmemente enfaixada, Vashet e eu nos sentamos com Shehyn. Estávamos num cômodo que eu nunca vira antes, menor do que aqueles em que havíamos discutido a Lethani. Havia uma pequena escrivaninha desarrumada, umas flores num vaso e diversas cadeiras confortavelmente estofadas. Ao longo de uma parede havia um quadro de três pássaros voando, em contraste com um céu crepuscular, não pintado, mas composto de milhares de pedaços brilhantes de azulejo esmaltado. Desconfiei de que estivéssemos no equivalente ao gabinete de Shehyn.

– Como vai sua mão? – perguntou-me ela.

– Muito bem. É um corte superficial. O Daeln deu os menores pontos que eu já vi. Ele é realmente admirável.

Shehyn balançou a cabeça. *Aprovação*.

Levantei a mão esquerda, envolta num linho alvo e limpo.

– O difícil será ficar com essa mão parada por quatro dias. Já tenho a sensação de ter dado um corte na língua, e não na mão.

Shehyn deu um sorrisinho ao ouvir isso, o que me assustou. A familiaridade dessa expressão era um grande elogio.

– Hoje você se saiu muito bem. Todos estão comentando.

– Espero que os poucos que viram tenham coisas melhores de que falar – retruquei, modestamente.

Incredulidade divertida.

– Talvez isso seja verdade, mas os que observaram escondidos sem dúvida falarão do que viram. A própria Celean já deve ter contado a umas 100 pessoas, se não estou enganada. Amanhã, todos esperarão que os seus passos sacudam a terra, como se você fosse o próprio Aethe voltando para nos visitar.

Não consegui pensar em nada para dizer, por isso fiquei calado. Coisa rara em mim. Mas, como falei, eu estava aprendendo.

– Há uma coisa que estive esperando para lhe falar – disse Shehyn. *Discreta curiosidade*. – Depois de trazê-lo para cá, Tempi me contou toda a história do período que vocês passaram juntos. Da sua busca pelos bandidos.

Meneei a cabeça.

– É verdade que você fez magia com sangue para destruir alguns homens e invocou o relâmpago para destruir os demais?

Vashet ergueu a cabeça ao ouvir isso, olhando alternadamente para Shehyn e para mim. Eu estava tão acostumado a falar com ela em aturano, que foi estranho ver a inexpressiva impassibilidade ademriana cobrindo-lhe o rosto. Mesmo assim, percebi que ela ficara surpresa. Não estava ciente disso.

Pensei em tentar oferecer uma explicação dos meus atos, mas tomei a decisão contrária.

– Sim.

– Então, você é poderoso.

Eu nunca havia pensado nisso nesses termos.

– Tenho algum poder. Há outros mais poderosos.

– É por isso que você busca a Ketan? Para adquirir poder?

– Não. Busco-a por curiosidade. Busco o conhecimento das coisas.

– O conhecimento é um tipo de poder – assinalou Shehyn e então pareceu mudar de assunto. – Tempi me disse que havia um rhinta entre os bandidos, como chefe deles.

– Rhinta? – repeti, em tom respeitoso.

– Uma coisa maléfica. Um homem que é mais que um homem, porém menos que um homem.

– Um demônio? – perguntei, usando a palavra aturana sem pensar.

– Demônio, não – respondeu Shehyn, passando com facilidade para o aturano. – Não existem demônios. Sua igreja conta histórias de demônios para assustá-los.

Fitou-me brevemente nos olhos, gesticulando com graça *franqueza pesarosa* e *grave importância*, e continuou:

– Mas existem coisas más no mundo. Coisas antigas, sob a forma de homens. E há um punhado que é pior que os demais. Eles andam livres pelo mundo e fazem coisas terríveis.

Senti a esperança crescer dentro de mim.

– Também os ouvi serem chamados de Chandriano.

Shehyn assentiu com a cabeça.

– Ouvi isso também. Mas rhinta é uma palavra melhor – disse. Lançou-me um olhar demorado e voltou ao adêmico: – Considerando o que Tempi me contou da sua reação, creio que você já o havia encontrado.

– Sim.

– Vai encontrá-lo de novo?

– Sim.

A certeza em minha voz me surpreendeu.

– Com objetivo?

– Sim.

– Que objetivo?

– Matá-lo.

– Essas coisas não são fáceis de matar.

Assenti com a cabeça.

– Você usará o que Tempi lhe ensinou para fazer isso?

– Usarei de tudo para atingir esse objetivo – respondi. Sem querer, comecei a gesticular *decididamente*, mas o curativo em minha mão me impediu. Franzi o cenho para ele.

– Isso é bom – disse Shehyn. – A sua Ketan não será suficiente. É precária para alguém da sua idade. Boa para um bárbaro. Boa para alguém com tão pouco treinamento quanto você, mas ainda precária, de modo geral.

Fiz um enorme esforço para evitar a ansiedade na voz, desejando poder usar a mão para mostrar como esse assunto era importante para mim.

– Shehyn, tenho um enorme desejo de saber mais sobre esses rhintas.

Shehyn calou-se por um longo momento.

– Pensarei nisso – disse, por fim, com um gesto que julguei ser *nervosismo*. – Não se fala dessas coisas com leviandade.

Mantive o rosto impassível e forcei minha mão enfaixada a dizer *profundo desejo respeitoso*.

– Agradeço-lhe por pensar no assunto, Shehyn. Qualquer coisa que você possa me dizer sobre eles terá mais valor para mim que um bloco de ouro.

Vashet gesticulou *sério mal-estar*, depois *desejo polido, diferença*. Duas vintenas antes, eu não teria compreendido, mas nesse momento percebi que ela queria mudar o rumo da conversa.

Mordi a língua e deixei para lá. Àquela altura, eu já conhecia os ademrianos o bastante para saber que insistir na questão seria a pior coisa a fazer se eu quisesse obter mais informações. Na República, eu poderia pressionar, persuadir e arrancar a revelação da pessoa com quem estivesse conversando. Mas isso não funcionaria ali. A calma e o silêncio eram as únicas coisas que funcionariam. Eu teria de ser paciente e deixar Shehyn voltar ao assunto quando lhe fosse oportuno.

– Eu estava dizendo – prosseguiu Shehyn. *Confissão relutante*. – A sua Ketan é precária. Mas, se você fizesse o treinamento apropriado por um ano, ficaria equiparável a Tempi.

– Você está sendo lisonjeira.

– Não estou. Estou falando dos seus pontos fracos. Você aprende depressa. Isso leva a um comportamento precipitado e a precipitação não é própria da Lethani. Vashet não é a única a achar que há algo perturbador no seu espírito.

Shehyn fitou-me demoradamente. Encarou-me por mais de um minuto. Depois veio um eloquente dar de ombros, então ela olhou de relance para Vashet e brindou a mulher mais jovem com um leve indício de sorriso.

– Ainda assim – *meditação bem-humorada* —, se algum dia já conheci alguém sem uma única sombra no coração, com certeza era uma criança pequena demais para falar.

Levantou-se da cadeira e sacudiu a blusa com as duas mãos.

– Venham. Vamos arranjar um nome para você.

∽

Shehyn nos conduziu pela encosta de um morro íngreme e pedregoso.

Nenhum de nós tinha falado depois de sair da escola. Eu não sabia o que estava para acontecer, mas não achei apropriado perguntar. Eu pareceria irreverente, como um noivo que soltasse um "E o que é que vem agora?" bem no meio do casamento.

Chegamos a uma saliência coberta de relva, com uma árvore inclinada que se agarrava solidamente à face lisa de um rochedo. Ao lado da árvore havia uma porta grossa de madeira, de uma das casas ademrianas ocultas.

Shehyn bateu e ela mesma abriu a porta. O interior não tinha nada de cavernoso. As paredes de pedra eram bem-acabadas e o piso era de madeira lisa. O aposento também era maior do que eu havia esperado, com pé-direito alto e seis portas que davam para cômodos escavados mais fundo no rochedo.

Uma mulher estava sentada a uma mesa baixa, copiando algo de um livro para outro. Tinha o cabelo branco e o rosto enrugado, como uma maçã velha. Ocorreu-me então que essa era a primeira pessoa que eu via ler ou escrever em todo o período que passara em Haert.

A velha senhora cumprimentou Shehyn com um aceno da cabeça e se virou para Vashet, e as bordas de seus olhos se enrugaram. *Alegria*.

– Vashet – disse ela —, eu não sabia que você tinha voltado.

– Viemos buscar um nome, Magwyn – disse Shehyn. *Solicitação formal polida*.

– Nome? – repetiu Magwyn, intrigada. Olhou de Shehyn para Vashet e então seus olhos se voltaram para o lugar onde eu estava parado, atrás delas. Ela olhou para meu cabelo vermelho vivo e minha mão enfaixada. – Ah – disse, assumindo subitamente um ar sombrio.

Fechou seus livros e ficou de pé. Tinha as costas encurvadas e dava passos pequenos e arrastados. Fez sinal para que eu me aproximasse e descreveu um círculo lento à minha volta, olhando-me criteriosamente, de cima a baixo. Evitou fitar meu rosto, mas segurou minha mão não enfaixada e a virou, para examinar a palma e as pontas dos dedos.

– Gostaria de ouvi-lo dizer alguma coisa – falou, ainda olhando atentamente para minha mão.

– Como quiser, honrável moldadora de nomes – respondi.

Magwyn ergueu os olhos para Shehyn.

– Ele está zombando de mim?

– Creio que não.

Magwyn descreveu outro círculo ao meu redor, passando as mãos por meus ombros, braços e nuca. Correu os dedos por meu cabelo, depois se deteve de frente para mim e fixou os olhos nos meus.

Seus olhos eram iguais aos de Elodin. Não nos detalhes. Os de Elodin eram verdes, penetrantes e zombeteiros. Os de Magwyn tinham o conhecido cinza ademriano e eram ligeiramente lacrimosos e vermelhos nas bordas. Não, a semelhança estava em seu modo de me olhar. Elodin era a única outra pessoa que eu conhecia que era capaz de olhar para alguém daquele jeito, como se o indivíduo fosse um livro que ele folheasse preguiçosamente.

Quando os olhos de Magwyn encontraram os meus pela primeira vez, tive a sensação de que todo o ar fora sugado de mim. Por um brevíssimo instante, achei que ela estaria assustada com o que viu, mas, provavelmente, foi só a minha ansiedade. Nos últimos tempos, eu estivera à beira do desastre com muita frequência e, apesar de ter me saído bem em minha prova recente, parte de mim ainda esperava a inevitável desgraça que viria a seguir.

– Maedre – disse ela, com os olhos ainda fixados nos meus. Baixou a cabeça e voltou para seu livro.

– Maedre? – repetiu Vashet, com um toque de consternação na voz. Talvez tivesse falado mais se Shehyn não houvesse estendido a mão e lhe dado um tapa sonoro na lateral da cabeça.

Foi exatamente o mesmo movimento que Vashet havia usado mil vezes para me castigar, no mês anterior. Não pude evitar. Dei uma risada.

Vashet e Shehyn me dirigiram um olhar fulminante. Fulminante mesmo.

Magwyn virou-se para mim. Não parecia aborrecida.

– Está rindo do nome que lhe dei?

– Jamais, Magwyn – respondi, fazendo o melhor possível para gesticular *respeito* com a mão enfaixada. – Os nomes são coisas importantes.

Ela continuou a me encarar.

– E o que um bárbaro saberia de nomes?

– Um pouco – respondi, de novo me atrapalhando com a mão enfaixada. Sem ela eu não conseguia acrescentar matizes sutis de significação a minhas palavras. – Muito longe daqui, estudei um pouco essas coisas. Sei mais do que muitos, porém, ainda assim, é só um pouco.

Magwyn passou um longo tempo me olhando.

– Nesse caso, você há de saber que não deve falar do seu novo nome com ninguém. Ele é particular e é perigoso compartilhá-lo.

Assenti com a cabeça.

Magwyn pareceu satisfeita com isso e se reinstalou em sua cadeira, abrindo um livro.

– Vashet, minha coelhinha, você deve vir me visitar logo – disse. *Branda censura afetuosa.*

– Virei, vovó – disse Vashet.

– Obrigada, Magwyn – disse Shehyn. *Gratidão deferente.*

A velha senhora nos dispensou com um aceno distraído e Shehyn nos levou para fora da caverna.

∽

Algum tempo depois, nessa tarde, voltei à casa de Vashet. Ela estava sentada no banco que havia à entrada, contemplando o céu em que o sol começava a se pôr.

Deu um tapinha a seu lado, no banco, e eu me sentei.

– Que tal já não ser bárbaro? – perguntou-me.

– Basicamente, continua a mesma coisa. Um pouquinho mais bêbado.

Depois do almoço, Penthia me puxara para sua casa, onde houvera uma espécie de festa. É melhor chamá-la de reunião, já que não houvera música nem dança. Apesar disso, eu ficara lisonjeado por Penthia ter feito o esforço de encontrar outros cinco ademrianos dispostos a comemorar minha admissão na escola.

Fiquei satisfeito ao ver que a impassibilidade ademriana dissolvia-se com bastante facilidade depois de alguns copos e em pouco tempo todos ríamos como bárbaros. Aquilo me havia relaxado, especialmente porque, agora, grande parte do meu jeito atrapalhado podia ser atribuída à mão enfaixada.

– Hoje, mais cedo – comecei, cauteloso —, Shehyn disse que sabia uma história sobre os rhintas.

Vashet virou-se para mim, com o rosto inexpressivo. *Hesitação.*

– Vasculhei o mundo inteiro à procura de algo assim – disse-lhe. – Poucas são as coisas que eu valorizaria mais. – *Extrema sinceridade.* – E receio ter-me saído mal, na hora de transmitir essa informação à Shehyn. – *Indagação. Apelo intenso.*

Vashet me olhou por um instante, como se me esperasse continuar. Em seguida, gesticulou *relutância.*

– Mencionarei isso a ela – falou. *Garantia. Encerrado.*

Assenti com a cabeça e deixei o assunto morrer.

Vashet e eu passamos algum tempo num silêncio amistoso, enquanto o sol afundava devagar no horizonte. Ela respirou fundo e deu um suspiro expansivo. Eu percebi que, a não ser para esperar que eu recobrasse o fôlego ou me recuperasse de uma queda, nunca tínhamos feito nada parecido. Até esse ponto, todos os momentos que havíamos passado juntos tinham-se concentrado no meu treinamento.

– Hoje à noite – falei, enfim –, Penthia me disse achar que eu tinha uma bela raiva e que gostaria de compartilhá-la comigo.

Vashet soltou um risinho.

– Não demorou muito – disse ela, com um olhar significativo. – Que aconteceu?

Enrubesci um pouco.

– Ah. Ela... me lembrou que os ademrianos não consideram o contato físico particularmente íntimo.

O sorriso de Vashet tornou-se praticamente lascivo.

– Agarrou você, foi?

– Quase. Eu me movimento mais depressa do que um mês atrás.

– Duvido que se mova com rapidez suficiente para ficar longe de Penthia. Ela só está querendo jogos sexuais. Não há nenhum mal nisso.

– Foi por isso que eu quis lhe perguntar – falei, hesitante. – Para ver se haveria algum problema.

Vashet levantou uma sobrancelha, ao mesmo tempo gesticulando *vagamente intrigada*.

– Penthia é mesmo um encanto – expliquei, com cuidado. – Mas você e eu... – busquei uma expressão apropriada – ...temos sido íntimos.

A compreensão inundou o rosto de Vashet e ela tornou a rir.

– O que você está querendo dizer é que tivemos contato sexual. A intimidade entre professor e aluno é muito maior que isso.

– Ah – murmurei, relaxando. – Eu tinha suspeitado de algo assim. Mas é bom saber com certeza.

Vashet balançou a cabeça.

– Eu tinha esquecido como é para vocês, bárbaros – disse, com a voz carregada de afetuosa indulgência. – Faz muitos anos desde a época em que tive de explicar essas coisas ao meu rei poeta.

– Então, você não ficaria ofendida se nós... – Fiz um gesto canhestro com a mão enfaixada.

– Você é jovem e vigoroso. É saudável que faça isso. Por que eu me ofenderia? Acaso virei dona do seu sexo, de repente, para me preocupar com a ideia de você o dar a alguém?

Parou de falar, como se tivesse acabado de lhe ocorrer alguma coisa. Virou-se para mim e perguntou:

– *Você* se ofende por eu ter feito sexo com outros, durante todo este período? – Ela observava atentamente o meu rosto. – Vejo que agora você levou um susto.

– Levei um susto – admiti. Refleti por um momento e me surpreendi ao descobrir que não sabia ao certo como me sentia. – Tenho a impressão de que eu deveria me ofender – disse, por fim. – Mas acho que não estou ofendido.

Vashet deu um aceno de aprovação.

– Isso é bom sinal. Mostra que você está ficando civilizado. O outro sentimento é aquele no qual você foi criado para pensar. É como uma camisa velha que já não lhe serve. E agora, ao examiná-la de perto, você percebe que ela era feia, para começo de conversa.

Hesitei um instante.

– Só por curiosidade, com quantos outros você esteve desde que ficamos juntos?

Vashet pareceu admirar-se com a pergunta. Franziu a boca e passou um bom momento olhando para o céu, antes de dar de ombros.

– Com quantas pessoas falei desde então? Com quantas lutei em treinamento? Quantas vezes comi ou pratiquei minha Ketan? Quem é que conta essas coisas?

– E a maioria dos ademrianos pensa assim? – indaguei, contente por ter enfim a chance de formular essas perguntas. – Que o sexo não é uma coisa íntima?

– É claro que é íntima – disse Vashet. – Qualquer coisa que una duas pessoas é íntima. Uma conversa, um beijo, um cochicho. Até lutar é íntimo. Mas não somos esquisitos, no que diz respeito ao nosso sexo. Não nos envergonhamos dele. Não achamos importante guardar só para nós o sexo de outra pessoa, como um avarento acumulando ouro. – Balançou a cabeça. – Mais do que qualquer outra, essa esquisitice no seu pensamento distingue vocês, bárbaros.

– Mas... e o romance? – perguntei, levemente indignado. – E o amor?

Vashet tornou a rir, uma gargalhada longa, sonora e cheia de divertimento. Metade de Haert devia tê-la ouvido e ela nos voltou num eco dos morros distantes.

– Vocês, bárbaros – comentou ela, enxugando os olhos. – Eu tinha esquecido como são atrasados. O meu rei poeta era igualzinho. Demorou um tempo desgraçado de longo para ele compreender a verdade. Que há uma enorme diferença entre o pênis e o coração.

CAPÍTULO 125

Cesura

No dia seguinte, acordei meio anuviado. Não tinha bebido tanto assim, mas meu corpo já não estava acostumado com essas coisas, por isso senti triplamente o efeito de cada copo pela manhã. Fui me arrastando até as termas, afundei-me na piscina mais quente que consegui suportar e lavei da melhor maneira que pude a vaga sensação de sujeira.

Estava voltando, a caminho do refeitório, quando Vashet e Shehyn me encontraram no saguão. Vashet fez sinal para que eu as acompanhasse e saí atrás delas. Estava longe de me sentir disposto para um treinamento ou uma conversa formal, mas recusar não parecia uma alternativa realista.

Fomos serpeando por vários corredores e acabamos saindo perto do centro da escola. Atravessamos um pátio e nos aproximamos de um pequeno prédio quadrado, que Shehyn destrancou com uma chave de ferro: era a primeira porta trancada que eu via em toda Haert.

Entramos os três num pequeno vestíbulo sem janelas. Vashet fechou a porta externa e o cômodo ficou negro como piche, isolando o som do vento incessante. Então, Shehyn abriu a porta interna. A luz cálida de meia dúzia de velas nos saudou. No começo, pareceu-me estranho que se houvessem deixado velas acesas num cômodo vazio...

E então vi o que estava pendurado. Reluziam espadas à luz das velas, às dezenas, cobrindo as paredes. Todas tinham a lâmina à mostra, com as bainhas pendendo mais abaixo.

Não havia qualquer parafernália ritualística, do tipo que se encontraria numa igreja tehliniana. Nada de tapeçarias nem quadros. Somente as espadas. Apesar disso, ficou óbvio que aquele era um lugar importante. Havia uma tensão no ar, do tipo que se sentiria no Arquivo ou num antigo cemitério.

Shehyn virou-se para Vashet:

– Escolha.

Vashet pareceu assustada com isso, quase abalada. Começou a fazer um gesto, mas Shehyn ergueu a mão antes que ela pudesse protestar.

– Ele é seu aluno – disse. *Recusa.* – Você o trouxe para a escola. A escolha é sua.

Vashet olhou de Shehyn para mim e para as dezenas de espadas reluzentes. Eram todas finas e mortíferas, cada qual sutilmente diferente das outras. Umas eram recurvadas, outras, mais compridas ou mais largas. Algumas exibiam sinais de muito uso, enquanto umas poucas se assemelhavam à de Vashet, com o punho gasto e a lâmina imaculada, de metal polido cinzento.

Com lentidão, Vashet deslocou-se até a parede da direita. Apanhou uma espada, pesou-a nas mãos e a repôs no lugar. Levantou outra, diferente, segurou-a e a entregou a mim.

Peguei-a. Era leve e fina como um sussurro.

– Donzela Penteando o Cabelo – disse-me.

Obedeci, meio constrangido sob o olhar de Shehyn. Mas, antes que eu chegasse à metade do amplo movimento, Vashet já estava balançando a cabeça. Tirou a espada das minhas mãos e a devolveu à parede.

Passado um minuto, entregou-me uma segunda espada. Tinha gravuras desgastadas, que desciam pela lâmina feito hera. A pedido de Vashet, fiz a Garça Cadente. Executei um volteio no alto e uma investida por baixo, a espada reluzindo. Vashet ergueu uma sobrancelha para mim, com ar inquisitivo.

Fiz que não com a cabeça.

– A ponta é pesada demais para mim.

Vashet não pareceu particularmente surpresa e também devolveu essa espada à parede.

E assim continuou. Ela ia pesando as espadas e rejeitando a maioria, sem dizer palavra. Pôs mais três em minhas mãos, pediu vários movimentos da Ketan e as devolveu à parede, sem pedir minha opinião.

Deslocou-se mais devagar ao percorrer a segunda parede. Entregou-me uma espada ligeiramente recurvada, como a de Penthia, e prendi a respiração ao ver que a lâmina era do mesmo metal cinzento, polido e impecável de que era feita a de Vashet. Peguei-a com cuidado, mas o cabo não se adequava aos meus dedos. Quando a devolvi, percebi o alívio claramente estampado no rosto de minha professora.

Enquanto prosseguia pela parede, vez por outra Vashet olhava de relance para Shehyn. Nesses momentos, lembrava pouco a minha mestra confiante e altiva e parecia muito uma jovem aflita que ansiasse por uma palavra de orientação. Shehyn se manteve impassível.

Por fim, Vashet chegou à terceira parede, movendo-se com lentidão cada vez maior. Passou a manusear quase todas as espadas, demorando muito até repô-las em seus lugares.

E então, vagarosamente, pôs a mão em mais uma espada de lâmina cinzenta e polida. Tirou-a da parede, segurou-a e pareceu envelhecer 10 anos.

Evitou olhar para Shehyn ao me entregar a espada. O guarda-mão dessa projetava-se ligeiramente para fora, curvando-se para proporcionar uma discreta proteção manual. Não lembrava em nada uma guarda completa para a mão. Qualquer coisa volumosa como aquela tornaria inútil metade dos movimentos da Ketan. Mas parecia capaz de oferecer aos meus dedos um pouco mais de proteção, e gostei disso.

O punho quente acomodou-se na palma da minha mão com a suavidade do braço do alaúde.

Antes que Vashet pudesse pedir, fiz a Donzela Penteando o Cabelo. Foi como me espreguiçar, depois de um sono prolongado e enrijecido. Passei para Doze Pedras e, por um instante brevíssimo, senti-me gracioso como Penthia ao lutar. Fiz a Garça Cadente e foi doce e simples como um beijo.

Vashet estendeu a mão para pegá-la de volta. Eu não queria, mas entreguei-a. Sabia que aqueles eram a pior hora e lugar possíveis para eu fazer uma cena.

Segurando a espada, Vashet virou-se para Shehyn e disse:

– Esta é a dele. – E, pela primeira vez desde que eu conhecera minha mestra, foi como se todo o riso tivesse sido espremido do seu corpo. Sua voz soou fina e seca.

Shehyn assentiu com a cabeça.

– Concordo. Você se saiu bem ao encontrá-la.

O alívio de Vashet foi palpável, embora seu rosto ainda parecesse um tanto abalado.

– Talvez ela contrabalance o nome dele – disse. Estendeu a espada para Shehyn, que gesticulou *recusa*.

– Não. Seu aluno. Sua escolha. Sua responsabilidade.

Vashet tirou a bainha da parede e enfiou a espada nela. Depois, virou-se e a estendeu para mim.

– Esta se chama Saicere.

– Cesura? – perguntei, surpreso com o nome. Não fora assim que Simmon se referira à pausa nos versos dos poemas em víntico antigo? Estaria eu recebendo a espada de um poeta?

– Saicere – retrucou Vashet, baixinho, como se fosse o nome de Deus. Deu um passo atrás e senti o peso da arma se reacomodar nas minhas mãos.

Intuindo que se esperava algo de mim, desembainhei-a. O som leve do couro ao tocar o metal pareceu sussurrar o nome dela: *Saicere*. A espada era leve em minha mão. A lâmina, impecável. Deslizei-a de volta para dentro da bainha e o som foi diferente. Como a pausa num verso. Disse: *Cesura*.

Shehyn abriu a porta interna e saímos como havíamos chegado. Em silêncio e com respeito.

O resto do dia foi exatamente o oposto de empolgante. Com uma persistência obstinada e sem humor, Vashet me ensinou a cuidar da minha espada. A limpá-la e lubrificá-la. A desmontá-la e remontá-la. A pendurar a bainha no ombro ou no quadril. A ver como o guarda-mão ligeiramente maior alteraria algumas formas de empunhadura e outros movimentos da Ketan.

A espada não era minha. A espada pertencia à escola. Ao Ademre. Eu a devolveria quando não pudesse mais lutar.

Embora, em condições normais, eu tenha pouca tolerância para escutar a mesma coisa repetidas vezes, deixei Vashet se estender. O mínimo que eu podia fazer era deixá-la repetir-se um pouco, quando ela estava visivelmente angustiada e tentando se acalmar.

Mais ou menos na 15ª repetição, perguntei o que eu deveria fazer se a espada quebrasse. Não o punho ou o guarda-mão, mas a lâmina em si. Mesmo assim, eu deveria devolvê-la?

Vashet lançou-me um olhar de tão franca desolação que beirou o horror. Não respondeu e fiz questão de não lhe fazer mais nenhuma pergunta durante o resto da manhã.

Depois do almoço, Vashet me levou de volta à caverna de Magwyn. Seu humor parecia ter melhorado um pouco, mas ela ainda estava longe do seu jeito sociável de costume.

– A Magwyn vai lhe contar a história da Saicere – disse-me. – Você tem que decorá-la.

– História? – indaguei.

Vashet deu de ombros.

– Em adêmico é *Aitas*. É a história da sua espada. De todos que a portaram. Do que fizeram. É algo que você precisa saber.

Chegamos ao alto da trilha e paramos diante da porta de Magwyn. Vashet fitou-me com ar sério:

– Você deve se portar da melhor maneira possível e ser muito gentil.

– Farei isso.

– Magwyn é uma pessoa importante e você deve ouvir atentamente tudo o que ela disser.

– Assim farei.

Vashet bateu à porta e me fez entrar.

Magwyn estava sentada à mesma mesa de antes. Pelo que pude perceber, continuava copiando o mesmo livro. Sorriu ao ver Vashet, depois me notou e deixou o rosto voltar à conhecida impassibilidade ademriana.

– Magwyn – disse Vashet. *Pedido profundamente cortês.* – Este aqui precisa da *Aitas* da sua espada.

– Que espada você achou para ele? – perguntou Magwyn, enrugando o rosto ainda mais, ao franzir os olhos para vê-la.

– Saicere – respondeu Vashet.

Magwyn deu uma risada que foi quase um cacarejo. Desceu de sua cadeira.

– Não posso dizer que esteja surpresa – comentou, desaparecendo por uma porta que levava ao fundo do rochedo.

Vashet se retirou e fiquei parado ali, sem jeito, como num daqueles sonhos em que a gente está no palco e não consegue se lembrar do que dizer, ou mesmo do papel que deve interpretar.

Magwyn voltou, carregando um livro grosso, encadernado em couro marrom. A um gesto seu, sentamo-nos em cadeiras defronte uma da outra. A dela era de couro e estofada. A minha, não. Sentei-me com a Cesura no colo. Em parte porque me pareceu apropriado, em parte por gostar da sensação dela sob minhas mãos.

A anciã abriu o livro sobre seu colo, fazendo a encadernação ranger. Folheou as páginas por um momento, até encontrar a que procurava.

– Primeiro veio Chael – leu. – Que me forjou no fogo para um propósito desconhecido. Portou-me e depois me deixou de lado.

Magwyn ergueu os olhos, impossibilitada de gesticular, pois tinha as duas mãos ocupadas com o grande livro.

– Bem? – indagou.

– O que a senhora deseja que eu faça? – perguntei, polidamente. Não podia gesticular, por causa da atadura. Formávamos um belo par de semimudos.

– Repita comigo – disse, irritada. – Você precisa aprender todos.

– Primeiro veio Chael. Que me forjou no fogo para um propósito desconhecido. Portou-me e depois me deixou de lado.

Ela assentiu com a cabeça e continuou:

– Depois veio Etaine...

Repeti. Assim prosseguimos, talvez por meia hora. Dono após dono. Nome após nome. Juras de lealdade proclamadas e inimigos mortos.

No começo, os nomes e lugares soaram instigantes. Depois, à medida que prosseguíamos, a lista começou a me deprimir, já que quase todos os trechos terminavam com a morte do portador. E não eram mortes pacíficas. Alguns morreram em guerras, outros, em duelos. Muitos foram meramente "mortos por" ou "assassinados por", sem qualquer indicação das circunstâncias. Depois de uns 30 desses, não ouvi nada parecido com "deixou este mundo serenamente, durante o sono, cercado por netos gordos".

Em seguida, a lista deixou de ser deprimente e se tornou simplesmente maçante.

– Depois veio Finol, a dos olhos brilhantes e claros – repeti, atento. – Muito amada por Dulcen. Ela mesma matou dois darunas, depois foi morta por gremmens em Drossen Tor.

Pigarreei antes que Magwyn pudesse recitar outra passagem.

– Se me permite perguntar, quantos portaram a Cesura ao longo dos anos?

– Saicere – corrigiu-me ela, ríspida. – Não tenha a pretensão de mudar o nome dela. Significa partir, capturar e voar.

Baixei os olhos para a espada embainhada em meu colo. Senti seu peso e o frio do metal sob os dedos. Uma frestinha da lâmina cinzenta e lisa era visível acima da extremidade da bainha.

Como posso dizer isto de um modo que você compreenda? Saicere era um belo nome. Era fino, brilhante e perigoso. Caía como uma luva na espada.

Mas não era o nome perfeito. O nome daquela espada era Cesura. Ela era a quebra impactante no verso perfeito de um poema. Era a respiração interrompida. Era lisa, ágil, afiada e mortífera. O nome não lhe caía como uma luva. Caía-lhe como a pele. Mais que isso. Era ossos, músculos e movimento. Essas coisas *são* a mão. E Cesura era a espada. Era o nome e a coisa em si.

Não sei lhe dizer como eu sabia. Apenas sabia.

Além disso, se pretendia ser um nomeador, decidi que eu podia muito bem escolher o nome da minha própria espada.

Levantei os olhos para Magwyn.

– É um bom nome – concordei, em tom cortês, resolvendo guardar minha opinião para mim até estar bem longe do Ademre. – Eu só estava pensando em quantos donos houve ao todo. Isso é algo que eu também deveria saber.

Magwyn lançou-me um olhar azedo, que transparecia a certeza de que eu a estava tratando com condescendência. Mas folheou seu livro até várias páginas adiante. Depois, folheou mais algumas.

E mais algumas.

– Duzentos e trinta e seis – informou. – Você será o ducentésimo trigésimo sétimo.

– Respirou fundo e disse: – Primeiro veio Chael. Que me forjou no fogo para um propósito desconhecido. Portou-me e depois me deixou de lado.

Reprimi a ânsia de dar um suspiro. Mesmo com meu talento de artista itinerante para aprender falas, decorá-las todas levaria muitos dias longos e cansativos.

E então me dei conta do verdadeiro significado daquilo. Se cada dono havia conservado a Cesura por 10 anos e se ela nunca tinha ficado ociosa por mais de um ou dois dias, isso queria dizer que, numa estimativa muito conservadora, a espada tinha mais de 2 mil anos.

∞

Tive minha surpresa seguinte três horas depois, ao tentar pedir licença para jantar. Quando me levantei para sair, Magwyn me explicou que eu deveria ficar com ela até aprender de cor toda a história da Cesura. Alguém nos levaria as refeições e havia um quarto ao lado, onde eu poderia dormir.

Primeiro veio Chael...

CAPÍTULO 126

A primeira pedra

Passei os três dias seguintes com Magwyn. Não foi ruim, especialmente ao se considerar que minha mão esquerda ainda estava cicatrizando, razão por que minha capacidade de falar e lutar era bastante restrita.

Agrada-me pensar que me saí bastante bem. Teria sido mais fácil decorar uma peça inteira do que aquilo. Uma peça se encaixa como um quebra-cabeça. O diálogo vai lá e vem cá. Há uma forma na trama.

O que aprendi com Magwyn, porém, foi apenas uma longa série de nomes desconhecidos e acontecimentos desconexos. Era um rol de roupa suja, fantasiado de história.

Mesmo assim, guardei tudo de cor. Já era tarde da noite, no terceiro dia, quando a recitei para Magwyn de modo impecável. A parte mais difícil foi não cantar, enquanto o fazia. A música transporta as palavras por milhas, levando-as para o coração e a memória. Decorar a história da Cesura tornara-se muito mais fácil quando eu começara a encaixá-la na melodia de uma velha balada vintasiana de que me lembrava.

Na manhã seguinte, Magwyn me mandou recitá-la de novo. Depois que o fiz por completo, pela segunda vez, ela rabiscou um bilhete para Shehyn, lacrou-o com cera e me enxotou de sua caverna.

∞

– Não esperávamos que Magwyn fosse terminar com você ainda por vários dias – disse Shehyn, ao ler o bilhete. – Vashet viajou a Feant e não voltará em menos de uns dois dias.

Isso queria dizer que eu havia decorado a *Aitas* duas vezes mais depressa do que a melhor estimativa delas. Não foi pequeno o orgulho que senti.

Shehyn deu uma olhadela na minha mão esquerda e franziu muito de leve o cenho.

– Quando você tirou os curativos? – perguntou-me.

– Primeiro, eu não consegui encontrá-la – respondi. – Então, fui visitar o Daeln. Ele me disse que sarou muito bem. – Flexionei a mão esquerda, cuja atadura fora recém-retirada, e gesticulei *alegre alívio*. – A pele quase não está endurecida e ele me garantiu que até isso vai desaparecer logo, com o cuidado adequado.

Olhei para Shehyn, esperando ver um gesto de aprovação ou satisfação. Em vez disso, vi *irritação exasperada*.

– Fiz algo errado? – perguntei. *Pesar confuso. Pedido de desculpas.*

Shehyn fez sinal para minha mão.

– Ela poderia ser uma desculpa conveniente para adiar sua prova das pedras – disse. *Resignação irritada.* – Agora, teremos que realizá-la hoje, com ou sem Vashet.

Senti uma angústia conhecida reinstalar-se em mim, como um pássaro negro que cravasse fundo as garras nos músculos do meu pescoço e dos meus ombros. Eu havia pensado que o tédio da memorização seria o fim de tudo, mas, aparentemente, a desgraça derradeira ainda estava por vir. E também não gostei do som da expressão "prova das pedras".

– Volte depois da refeição do meio-dia – disse Shehyn. *Dispensado.* – Vá. Tenho muito que preparar antes disso.

Saí à procura de Penthia. Na ausência de Vashet, ela era a única pessoa que eu conhecia bem o suficiente para perguntar sobre a prova que se aproximava.

Mas ela não estava em casa, na escola nem nas termas. Acabei desistindo, fazendo meu alongamento e praticando minha Ketan, primeiro com a Cesura, depois, sem ela. Em seguida, fui para as termas e lavei a sujeira de três dias sentado sem fazer nada.

Quando voltei depois do almoço, Shehyn estava à minha espera, segurando sua espada entalhada de madeira. Viu minhas mãos vazias e fez um gesto exasperado.

– Onde está sua espada de duelar?

– No meu quarto. Eu não sabia que precisaria dela.

– Vá correndo buscá-la. Depois me encontre no morro das pedras.

– Shehyn – falei. *Súplica urgente.* – Não sei onde é isso. Não sei nada sobre a prova das pedras.

Surpresa.

– Vashet nunca lhe disse? – *Incredulidade.*

Balancei a cabeça. *Sinceras desculpas.*

– Estávamos concentrados em outras coisas.

Exasperação.

– É bem simples – disse. – Primeiro você recitará a *Aitas* da Saicere para todas as pessoas reunidas. Depois, subirá o morro. Na primeira pedra, travará um combate com alguém da escola que seja do nível da primeira pedra. Se vencer, continuará a subir e lutará com alguém da segunda pedra. – Shehyn me fitou. – No seu caso, isso é uma formalidade. Vez por outra, ingressa na escola um aluno de talento excepcional. Vashet foi um deles e conquistou a segunda pedra em sua primeira prova. – *Franqueza nua e crua.* – Você não é um deles. Sua Ketan ainda é precária e não se pode esperar que você conquiste nem a primeira pedra. O morro das pedras fica à direita das termas.

Agitou a mão para mim: *Apresse-se.*

∞

Quando cheguei, havia uma multidão reunida no sopé do morro das pedras, mais de 100 pessoas. Os tecidos artesanais cinzentos e os tons suaves superavam largamente o número dos que usavam o vermelho dos mercenários e o murmúrio baixo da conversa da aglomeração podia ser ouvido de longe.

O morro em si não era particularmente alto nem íngreme. Mas a trilha que levava ao cume ziguezagueava numa série de curvas fechadas. Em cada uma delas havia um espaço largo e plano, com um grande bloco de rocha cinzenta. Havia quatro curvas, quatro pedras e quatro mercenários de camisa vermelha. No cume do morro ficava um monólito cinzento alto, familiar como um velho amigo. Ao lado dele, uma figura miúda, num branco ofuscante.

Ao chegar mais perto, captei um aroma trazido pela brisa: castanhas assadas. Só então relaxei. Aquilo era uma espécie de solenidade. Embora "prova das pedras" tivesse um som intimidante, duvidei muito que eu viesse a ser brutalmente torturado diante de uma grande plateia reunida enquanto alguém vendia castanhas assadas.

Entrei na aglomeração e me aproximei do morro. Vi que era Shehyn quem estava ao lado do monólito cinzento. Também reconheci o rosto em forma de coração e a trança comprida de Penthia na terceira pedra.

O grupo abriu passagem gentilmente quando me dirigi para a base do morro. Pelo canto do olho, avistei uma figura de vermelho-sangue correndo na minha direção. Assustado, virei-me e vi que não era ninguém menos do que Tempi. Ele se precipitou para mim, gesticulando uma larga *saudação entusiasmada*.

Refreei a vontade de sorrir e gritar seu nome e, em vez disso, contentei-me com um gesto de *alegre empolgação.*

Ele parou à minha frente, segurando-me pelos ombros e me sacudindo para lá e para cá, de um jeito brincalhão, como se me desse parabéns. Mas me fitou com um olhar intenso. Junto do peito, sua mão disse *engodo*, onde só eu podia vê-la.

– Escute – disse-me depressa, entre dentes. – Você não pode vencer essa luta.

– Não se preocupe. – *Tranquilização*. – Shehyn acha a mesma coisa, mas talvez eu os surpreenda.

O aperto forte de Tempi no meu ombro tornou-se doloroso.

– Escute – sibilou. – Veja quem está na primeira pedra.

Espiei por cima do ombro dele. Era Carceret. Seus olhos pareciam facas.

– Ela está carregada de ódio – disse Tempi, baixinho, gesticulando *carinhosa afeição* para todos verem. – E, como se a sua admissão na escola não bastasse, você ganhou a espada que foi da mãe dela.

Essa notícia me tirou o fôlego. Minha mente correu para o trecho final da *Aitas*.

– Larel era mãe de Carceret? – perguntei.

Tempi passou a mão direita no meu cabelo, num gesto afetuoso.

– Sim. Ela está numa fúria irracional. Temo que o aleije alegremente, mesmo que isso signifique ser expulsa da escola.

Assenti com ar sério.

– Ela vai tentar desarmá-lo. Tome cuidado. Não se atraque com ela. Se Carceret o pegar com o Urso Adormecido ou as Mãos Circulantes, renda-se prontamente. Grite sua rendição, se for preciso. Se você hesitar ou tentar fugir, ela vai estraçalhar o seu braço, ou arrancá-lo do seu ombro. Eu a ouvi dizer isso à irmã, não faz nem uma hora.

De repente, Tempi se afastou de mim e fez um gesto de *respeito deferente*.

Senti um tapinha no braço, virei-me e vi o rosto encarquilhado de Magwyn.

– Venha – disse-me, com serena autoridade. – Está na hora.

Fui andando atrás dela. Ao passarmos, todas as pessoas na multidão fizeram algum gesto de respeito para Magwyn, que me conduziu ao começo da trilha. Em cada curva da trilha, havia um bloco de pedra cinzenta, ligeiramente mais alto que meu joelho e idêntico aos outros.

A anciã fez sinal para que eu subisse na pedra. Contemplei o grupo de ademrianos e tive um momento sem precedentes de pavor do palco.

Curvando-me um pouco, falei baixinho com Magwyn:

– É apropriado eu elevar a voz ao recitar? – indaguei, nervoso. – Não quero ser ofensivo, mas, se eu não o fizer, quem está lá atrás não conseguirá ouvir.

Magwyn me sorriu pela primeira vez, seu rosto enrugado abrandando-se de repente. Deu um tapinha em minha mão.

– Ninguém se ofenderá com uma voz alta aqui – disse, gesticulando *moderação atenciosa*. – Dê-me a espada.

Soltei a Saicere da cinta e a entreguei a Magwyn, que tornou a fazer o sinal para eu subir na pedra.

Recitei a *Aitas* sob o olhar dela. Apesar de eu confiar na minha memória, foi um desgaste para os nervos. Fiquei pensando no que aconteceria se eu pulasse um dono ou errasse um nome.

Levei quase uma hora para terminar, com a plateia ademriana escutando num silêncio quase espectral. Quando terminei, Magwyn me ofereceu sua mão, ajudando-me a descer da pedra como se eu fosse uma dama saltando de uma carruagem. E fez sinal para eu subir o morro.

Enxuguei o suor das mãos e segurei o punho de madeira da minha espada, começando a subir da trilha. O traje vermelho de Carceret estava firmemente atado em seus braços longos e ombros largos. As tiras de couro que ela usava eram mais largas e mais grossas que as de Tempi. Também pareciam ser de um vermelho mais vivo e eu me perguntei se ela as teria tingido especialmente para esse dia. Ao chegar mais perto, vi que ela exibia a sombra esmaecida de um olho roxo.

Ao perceber que eu a observava, Carceret jogou longe a espada, num movimento lento e proposital. Gesticulou *desdém*, com amplitude suficiente para que a vissem desde os assentos de meio-vintém no fundo da plateia.

Houve um murmúrio na multidão e parei de andar, sem saber ao certo o que fazer. Após um instante de reflexão, deixei minha espada de treinamento à beira da trilha e continuei a subir.

Carceret me esperava no centro de um círculo plano e gramado de uns 9 metros de diâmetro. O chão ali era macio, de modo que, normalmente, eu não me preocuparia em ser derrubado. Normalmente. Vashet tinha-me ensinado a diferença entre derrubar alguém no chão e *atirá-lo* no chão. O primeiro era o que se fazia num combate educado. O segundo, o que se usaria numa luta de verdade, com a intenção de aleijar ou matar o adversário.

Antes de chegar muito perto, assumi a já conhecida posição agachada do lutador. Levantei as mãos, dobrei os joelhos e refreei a vontade de me erguer nas pontas dos pés, sabendo que me sentiria mais rápido e, em consequência disso, estragaria meu equilíbrio. Inspirei fundo uma vez, para me estabilizar, e me aproximei lentamente dela.

Carceret agachou-se numa postura similar e, quando eu chegava ao limite de seu alcance, fez uma finta na minha direção. Foi só uma torção ligeira da mão e do ombro, mas, nervoso como eu estava, deixei-me enganar por completo e fugi feito um coelho assustado.

Carceret baixou as mãos e se levantou, ereta, abandonando a posição agachada da luta. Fez um gesto largo de *diversão*, seguido por *convite*. Em seguida, chamou-me com as duas mãos. Ouvi uns risinhos subirem da multidão abaixo.

Por mais humilhante que fosse a sua atitude, eu estava ansioso por tirar proveito de sua guarda abaixada. Avancei e fiz uma cautelosa tentativa de Mãos de Faca. Foi cautelosa demais e Carceret se esquivou sem nem precisar erguer as mãos.

Eu sabia que ela me superava como lutadora. Isso queria dizer que minha única esperança era jogar com suas emoções já acaloradas. Se conseguisse enfurecê-la, talvez ela cometesse erros. Se ela cometesse erros, talvez eu pudesse vencer.

– Primeiro veio Chael – falei, abrindo o meu sorriso mais largo e mais bárbaro.

Carceret aproximou-se meio passo.

– Vou esmigalhar as suas lindas mãos – sibilou, num aturano perfeito. Ao falar, estendeu um braço e fez um movimento perverso de agarrar na minha direção.

Estava tentando me assustar, fazer-me recuar e perder o equilíbrio. E, para ser sincero, o veneno bruto em sua voz me deu vontade de fazer exatamente isso.

Mas eu estava preparado. Resisti ao reflexo de chegar para trás. Com isso, fiquei imóvel por um momento, sem recuar nem avançar.

Isso, é claro, era o que Carceret estava de fato esperando – um meio instante de hesitação, enquanto eu lutava contra a ânsia de fugir. Investiu contra mim com um só passo desenvolto e segurou meu pulso, a mão me apertando como uma tira de ferro.

Sem pensar, usei a curiosa versão do Quebra-Leão de Celean, com as duas mãos. Perfeita para uma garotinha lutando com um homem adulto, ou para um músico irremediavelmente inferior tentando fugir de uma mercenária ademriana.

Recuperei o controle da mão e o movimento pouco ortodoxo deu um levíssimo susto em Carceret. Aproveitei o momento e desferi depressa o golpe do Semear Cevada, batendo com força os nós dos dedos na parte interna do seu bíceps.

Não foi um murro forte, pois eu estava perto demais para isso. Mas, se eu conseguisse atingir corretamente o nervo dela, o golpe entorpeceria sua mão. Isso a deixaria não apenas fraca do lado esquerdo, mas também tornaria mais difíceis todos os movimentos da Ketan com as duas mãos. Uma vantagem significativa.

Como ainda estava muito perto, emendei a Mó Giratória, dando-lhe um empurrão curto e firme, para lhe tirar o equilíbrio. Consegui pôr as duas mãos nela e até empurrá-la uns 10 centímetros para trás, talvez, mas Carceret não chegou nem perto de se desequilibrar.

Então vi seus olhos. Eu pensava já tê-la visto com raiva, mas não tinha sido nada, comparado a esse momento. Agora eu a havia efetivamente atingido. Não apenas uma, porém duas vezes. Um bárbaro com menos de dois meses de treinamento a golpeara duas vezes, sob o olhar de todas as pessoas da escola.

Não posso descrever a aparência dela. E, mesmo que pudesse, não transmitiria a realidade, porque seu rosto continuava quase inteiramente impassível. Antes, permita-me dizer isto: nunca vi ninguém mais furioso em toda a minha vida. Nem Ambrose. Nem Hemme. Nem Denna quando critiquei sua canção, ou o maer quando o desafiei. Essas raivas tinham sido velas pálidas, se comparadas ao fogo da fornalha que ardia nos olhos de Carceret.

Contudo, mesmo no auge de sua fúria, ela se manteve em perfeito controle. Não saiu desferindo golpes a torto e a direito nem rosnou para mim. Guardou suas palavras dentro de si, queimando-as como combustível.

Eu não poderia vencer essa luta. Mas minhas mãos se moveram automaticamente, treinadas por centenas de horas de exercícios, para aproveitar a proximidade dela. Dei um passo à frente e tentei segurá-la, para fazer o Trovão Ascendente. Com um gesto veloz, suas mãos rechaçaram o ataque. E então ela investiu com o Balseiro no Cais.

Acho que ela não esperava acertar. Um adversário mais competente teria evitado ou bloqueado o golpe. Mas eu deixara um pé na posição ligeiramente errada, estava sem equilíbrio e fui lento, por isso seu pé me atingiu na barriga e *empurrou*.

O Balseiro no Cais não é um pontapé rápido para quebrar ossos. É um chute que empurra o oponente e o desequilibra. Como eu já estava meio desequilibrado, ele me tirou completamente do chão. Estatelei-me de costas com o tranco e rolei na grama, até parar num emaranhado confuso de membros.

Ora, alguns diriam que eu tinha sofrido uma queda feia e, obviamente, ficara atordoado demais para achar meus pés e continuar a luta. Outros diriam que, apesar de ter sido desastrado, o tombo não fora tão forte assim e com certeza eu já me havia levantado de outros piores.

Pessoalmente, acho que, às vezes, a fronteira entre ficar atordoado e ser sensato é muito tênue. Até que ponto é tênue, deixarei você decidir.

CAPÍTULO 127

Raiva

— Que ideia foi aquela? – perguntou Tempi. *Decepção. Repreensão feroz.* – Que idiota deixa a espada de lado?

– Ela largou a espada dela primeiro! – protestei.

– Só para atraí-lo. Foi uma armadilha.

Eu estava prendendo a bainha da Cesura no suporte pendurado no meu ombro. Não houvera nenhuma cerimônia especial depois da minha derrota. Magwyn simplesmente devolvera minha espada e me dera um sorriso, com um tapinha consolador em minha mão.

Vi a multidão se dispersar lentamente lá embaixo e fiz um gesto de *incredulidade polida* para Tempi.

– Eu devia ter ficado com a espada quando ela estava desarmada?

– Sim! – *Concordância absoluta.* – Ela luta cinco vezes melhor que você. Talvez você tivesse uma chance se houvesse conservado a espada!

– Tempi tem razão – ouvi a voz de Shehyn às minhas costas. – Conhecer o inimigo é compatível com a Lethani. Quando uma luta é inevitável, o lutador inteligente aproveita qualquer vantagem.

Virei para trás e a vi descendo a trilha. Penthia vinha ao seu lado.

Fiz o gesto de *certeza cortês*.

– Se eu tivesse conservado minha espada e vencido, as pessoas achariam que Carceret fora ingênua e se ressentiriam de mim, por conquistar um nível que eu não merecia. E, se a tivesse conservado e perdesse, seria humilhante. Nenhuma das duas coisas ficaria bem para mim.

Corri os olhos entre Shehyn e Tempi.

– Estou errado?

– Você não está errado – disse Shehyn —, mas Tempi também não.

– Sempre se deve buscar a vitória – disse Tempi. *Firme.*

Shehyn virou-se para ele e disse:

– A chave é sucesso. Nem sempre é necessária a vitória para ter sucesso.

Tempi gesticulou *discordância respeitosa* e abriu a boca para responder, mas Penthia falou primeiro, interrompendo-o:

– Kvothe, você se feriu na queda?

– Não muito – respondi, mexendo as costas com cautela. – Uns machucados, talvez.

– Você tem alguma coisa para passar neles?

Neguei com a cabeça.

Penthia deu um passo à frente e me segurou pelo braço.

– Tenho umas coisas lá em casa. Vamos deixar esses dois discutindo a Lethani. Alguém precisa cuidar dos seus ferimentos.

Estava segurando meu braço com a mão esquerda, o que deixou sua declaração curiosamente desprovida de conteúdo afetivo.

– É claro – disse Shehyn após um momento e Tempi fez um gesto apressado de *concordância*. Mas Penthia já me conduzia com firmeza morro abaixo.

Andamos cerca de 400 metros, com Penthia segurando meu braço de leve.

Por fim, ela falou, em seu aturano com um ligeiro sotaque:

– Você está tão machucado que precise de um unguento?

– Não realmente – admiti.

– Achei que não. Mas, depois que perco uma luta, raramente quero que as pessoas me digam como a perdi – falou, e me deu um sorrisinho secreto.

Continuamos a andar, Penthia sempre me segurando o braço e nos guiando com sutileza para um arvoredo e depois por uma trilha estreita, cavada numa pequena penha. Acabamos chegando a um valezinho isolado, onde um tapete de botões de papávera-silvestre desabrochava em meio à grama. Suas pétalas soltas, vermelho-sangue, eram quase da cor exata do vermelho de mercenária usado por Penthia.

– Vashet me disse que os bárbaros têm rituais estranhos no sexo – disse Penthia. – Ela me falou que, se eu quisesse me deitar com você, deveria levá-lo a umas flores – acrescentou, apontando a área que nos rodeava. – Essas foram as melhores que pude encontrar nesta estação.

Olhou-me com ar de expectativa.

– Ah. Acho que Vashet estava zombando um pouquinho de você. Ou talvez de mim.

Penthia franziu o cenho e me apressei a continuar:

– Mas é verdade que há entre os bárbaros muitos rituais que conduzem ao sexo. Lá é um pouco mais complicado.

Penthia gesticulou *irritação mal-humorada*.

– Eu não devia me surpreender. Todos contam histórias sobre os bárbaros. Parte delas é por treinamento, para eu poder circular bem entre vocês – disse. *Irônico porém*. – Como ainda não estive entre os bárbaros, também me contam histórias para implicar comigo.

– Que tipo de histórias? – indaguei, pensando no que tinha ouvido sobre os ademrianos e a Lethani antes de conhecer Tempi.

Ela encolheu os ombros, *ligeiro embaraço*.

– É bobagem. Dizem que todos os homens bárbaros são enormes – informou, erguendo as mãos bem acima da cabeça, para mostrar uma altura de mais de 2 metros. – O Nadeno me disse que foi a uma cidade onde os bárbaros tomavam sopa de terra. Eles dizem que os bárbaros nunca tomam banho e que bebem a própria urina, achando que isso os ajudará a ter vida mais longa.

Penthia balançou a cabeça, rindo e fazendo o gesto de *diversão horrorizada*.

– Você está me dizendo – perguntei, devagar – que não bebe a sua?

Ela parou no meio da risada e me olhou, o rosto e as mãos estampando uma mescla confusa e compungida de embaraço, nojo e incredulidade. Foi uma mistura tão bizarra de emoções que não pude deixar de rir e a vi relaxar ao perceber a piada.

– Eu entendo – falei. – Contamos histórias semelhantes sobre os ademrianos.

Seus olhos se iluminaram.

– Você tem que me contar, como eu lhe contei. É justo.

Dada a reação de Tempi quando eu lhe falara do fogo das palavras e da Lethani, resolvi compartilhar algo diferente.

– Dizem que os que vestem vermelho nunca fazem sexo. Dizem que vocês pegam essa energia e a colocam na sua Ketan e que é por isso que são tão bons lutadores.

Penthia riu muito disso.

– Eu nunca teria chegado à terceira pedra, se fosse assim – disse. *Diversão irônica*. – Se não fazer sexo me desse a minha luta, haveria dias em que eu não poderia nem cerrar um punho.

Senti a pulsação se acelerar um pouco ao ouvir isso.

– Mesmo assim – continuou ela – percebo de onde vem essa história. Eles devem pensar que não praticamos sexo porque nenhum ademriano se deitaria com um bárbaro.

– Ah – exclamei, meio desapontado. – Então, por que você me trouxe até as flores?

– Agora você é do Ademre – respondeu ela, descontraída. – Imagino que agora muitas o procurem. Você tem um rosto meigo e é difícil não sentir curiosidade sobre a sua raiva.

Penthia fez uma pausa e deu uma olhadela significativa para baixo.

– Quer dizer, a não ser que você esteja doente, não é?

Fiquei rubro diante disso.

– O quê? Não! É claro que não!

– Tem certeza?

– Estudei na Iátrica – respondi, com certa aspereza. – A maior escola de medicina do mundo inteiro. Sei tudo sobre as doenças que uma pessoa pode pegar, como identificá-las e como tratá-las.

Penthia me dirigiu um olhar cético.

– Não questiono você, em particular. Mas é sabido que é muito comum os bárbaros ficarem doentes no sexo.

Balancei a cabeça.

– Isso é só outra história boba. Eu lhe garanto que os bárbaros não são mais doentes que os ademrianos. Na verdade, imagino que o sejamos menos.

Penthia meneou a cabeça, com um olhar sério.

– Não. Nisso você está errado. De cada 100 bárbaros, quantos você diria que sofrem dessas doenças?

Era uma estatística fácil, que eu aprendera na Iátrica.

– De cada cem? Cinco, talvez. Mais que isso, entre os que trabalham em bordéis ou frequentam esses lugares, é claro.

O rosto de Penthia expressou uma repugnância evidente e ela estremeceu.

– De cada 100 ademrianos, nenhum tem essas doenças – disse em tom firme. *Categórica*.

– Ora, vamos – retruquei, levantando a mão e desenhando um círculo com o dedo. – Nenhum?

– Nenhum – disse ela, com severa certeza. – O único lugar em que podemos pegar uma coisa dessas é com um bárbaro, e quem viaja é avisado.

– E se vocês pegassem uma doença de um ademriano que não tivesse sido cuidadoso ao viajar?

O rostinho em forma de coração de Penthia assumiu uma expressão ameaçadora, as narinas infladas.

– De um dos meus? – *Vasta ira.* – Se um ademriano me transmitisse uma doença, eu ficaria furiosa. Gritaria a plenos pulmões o que ele fez, do alto de um rochedo. Tornaria sua vida tão dolorosa quanto um osso quebrado.

Fez o gesto de *repugnância*, sacudindo a frente da blusa, numa reprodução do primeiro sinal da linguagem das mãos que eu havia aprendido com Tempi.

– Depois, eu faria a longa caminhada pelas montanhas até o Tahl, para me curar. Mesmo que a viagem levasse dois anos e não trouxesse dinheiro nenhum para a escola. E ninguém pensaria mal de mim por isso.

Meneei a cabeça, pensando. Fazia sentido. Dadas as atitudes deles em relação ao sexo, as doenças grassariam pela população se não fosse assim.

Vi que Penthia me olhava com expectativa.

– Obrigado pelas flores – disse-lhe.

Ela acenou com a cabeça e chegou mais perto, levantando a cabeça para mim. Tinha os olhos excitados, ao abrir seu sorriso tímido. Em seguida, seu rosto ficou sério.

– Isso basta para satisfazer os seus rituais bárbaros ou é preciso fazer mais alguma coisa?

Estendi a mão e a deslizei pela tez macia de seu pescoço, correndo os dedos por baixo da longa trança até lhe roçar a nuca. Penthia fechou os olhos e levantou o rosto para o meu.

– Elas são adoráveis e mais que suficientes – respondi e me curvei para beijá-la.

∽

– Eu tinha razão – disse Penthia, com um suspiro satisfeito, quando estávamos deitados nus entre as flores. – Você tem uma ótima raiva.

Eu estava deitado de costas, com o corpinho dela aninhado em meu braço, seu rosto repousando delicadamente no meu peito.

– O que você quer dizer com isso? Acho que "raiva" talvez seja a palavra errada.

– Eu me refiro a *Veavin* – disse Penthia, usando o termo adêmico. – É a mesma coisa?

– Não conheço essa palavra – admiti.

– Acho que *raiva* é a palavra certa. Falei com Vashet na sua língua e ela não me corrigiu.

– Então, o que você quer dizer com *raiva*? Eu certamente não estou me sentindo com raiva.

Penthia levantou a cabeça do meu peito e me deu um sorriso preguiçoso e satisfeito.

– É claro que não. Tirei a sua raiva. Como você poderia se sentir assim?

– Então, você... você está com raiva? – perguntei, certo de estar deixando escapar por completo o sentido.

Penthia riu e balançou a cabeça. Tinha soltado a longa trança e o cabelo cor de mel lhe caía pela lateral do rosto. Isso a fazia parecer uma pessoa totalmente diferente. Isso e a falta do vermelho dos mercenários, suponho.

– Não é esse tipo de raiva – disse ela. – Fico feliz por tê-la.

– Continuo sem entender. Talvez seja alguma coisa que os bárbaros não conheciam. Explique-a para mim como se eu fosse uma criança.

Penthia me fitou com um ar sério por um momento, depois virou de bruços, para que ficasse mais fácil me olhar.

– Essa raiva não é um sentimento. É... – Hesitou, fazendo uma linda carinha franzida. – É um desejo. É um fazer. É um querer de vida.

Olhou em volta e se concentrou na grama que nos cercava.

– A raiva é o que faz a grama romper o chão para chegar ao sol – disse. – Tudo que vive tem raiva. É o fogo dentro dos seres que faz com que eles queiram se mexer, crescer, fazer e criar – acrescentou. Inclinou a cabeça. – Faz sentido para você?

– Acho que sim. E as mulheres tiram a raiva dos homens no sexo?

Ela sorriu, confirmando com a cabeça.

– É por isso que, depois, o homem fica tão cansado. Ele dá um pedaço de si. E desaba. E dorme. – Olhou para baixo. – Ou uma parte dele dorme.

– Não por muito tempo.

– Isso é porque você tem uma raiva ótima, forte – declarou Penthia, orgulhosa. – Como eu já disse. Eu sei, porque eu tirei um pedaço dela. Sei quando há mais esperando.

– Há, sim – reconheci. – Mas o que as mulheres fazem com a raiva?

– Nós a usamos – respondeu ela. – É por isso que, depois, a mulher nem sempre dorme, como o homem. Ela fica mais acordada. Cheia de necessidade de se mexer. Muitas vezes, cheia de desejo de mais daquilo que levou a raiva para ela, para começar.

Baixou a cabeça em meu peito e me deu uma mordida brincalhona, colando o corpo contra o meu.

Foi agradavelmente perturbador.

– Isso quer dizer que as mulheres não têm uma raiva própria?

Penthia tornou a rir.

– Não. Todas as coisas têm raiva. Mas as mulheres têm muitas funções para sua raiva. E os homens têm mais raiva do que conseguem usar, têm tanta que chega a fazer mal.

– Como é possível ter desejo de mais de viver, crescer e criar? Acho que mais seria melhor.

Penthia balançou a cabeça e afastou o cabelo para trás com uma das mãos.

– Não. É como comer. Comer uma refeição é bom. Comer duas não é melhor. – Tornou a franzir o cenho. – Não. É mais como o vinho. Tomar uma taça de vinho é bom, às vezes tomar duas é melhor, mas 10...

Meneou a cabeça, com ar sério.

– Isso é muito parecido com a raiva. O homem que se enche dela é como se tivesse um veneno. Quer coisas de mais. Quer tudo. Fica estranho e esquisito na cabeça, violento.

Em seguida acrescentou, pensativa:

– Sim. É por isso que *raiva* é a palavra certa, eu acho. A gente reconhece o homem que guarda toda a raiva para si. Ela azeda dentro dele. Vira-se contra si mesma e o leva a destruir, em vez de construir.

– Sou capaz de pensar em homens assim. Mas em mulheres também.

– Todas as coisas têm raiva – repetiu ela, dando de ombros. – A pedra não tem muita, comparada com a árvore que brota. Com as pessoas é a mesma coisa. Umas têm mais, outras menos. Umas a usam com juízo. Outras, não.

Deu-me um largo sorriso e acrescentou:

– Eu tenho muita. É por isso que gosto tanto de sexo e sou feroz na minha luta.

Tornou a morder meu peito, menos brincalhona dessa vez, e começou a subir para o meu pescoço.

– Mas, se você tira a raiva do homem no sexo – perguntei, fazendo força para me concentrar –, isso não significa que, quanto mais sexo fizer, mais vai querer?

– É como a água usada para mover a bomba – disse Penthia no meu ouvido, com a voz ardente. – Ande, eu quero toda ela, mesmo que isso nos leve o dia inteiro e metade da noite.

∽

Enfim nos deslocamos da campina relvada para as termas e, em seguida, para a casa de Penthia, composta de dois cômodos aconchegantes, erguidos na lateral de uma penha. A lua estava no céu e passou algum tempo nos olhando pela janela, embora eu duvide que lhe tenhamos mostrado alguma coisa que ela já não tivesse visto.

– Isso basta para você? – perguntei, arfante. Estávamos deitados lado a lado em sua cama espaçosa, com o suor secando no corpo. – Se você tirar muito mais, talvez não me sobre raiva suficiente para falar nem respirar.

Pousei a mão sobre seu ventre plano. A pele era macia e lisa, mas, quando ela ria, eu sentia os músculos do abdômen saltarem, endurecendo como lâminas de aço.

– Por enquanto, basta – respondeu ela, deixando o cansaço transparecer na voz. – Vashet ficaria aborrecida se eu o deixasse vazio feito uma fruta com todo o sumo espremido.

Apesar do meu dia longo, eu estava curiosamente desperto, com as ideias vivas e claras. Lembrei-me de uma coisa que Penthia dissera antes:

– Você mencionou que a mulher tem muitos usos para sua raiva. Que uso a mulher tem que o homem não tenha?

– Nós ensinamos – disse ela. – Damos nomes. Monitoramos os dias e cuidamos do funcionamento regular das coisas. Plantamos. Fazemos filhos. Muitas coisas – acrescentou, dando de ombros.

– O homem também pode fazer essas coisas.

Penthia deu um risinho.

– Você usou a palavra errada – disse, esfregando o meu queixo. – O que o homem faz é barba. Filho é uma coisa diferente e nessa vocês não têm nenhuma participação.

– Nós não carregamos o bebê no ventre – retruquei, ligeiramente ofendido. – Mesmo assim, desempenhamos nosso papel na hora de fazê-lo.

Penthia virou-se para mim, sorrindo como se eu tivesse contando uma piada. Depois, seu sorriso se desfez. Ela se apoiou num cotovelo e me olhou por mais um longo momento.

– Você fala sério?

Ao ver minha expressão perplexa, seus olhos se arregalaram e ela acabou de erguer o corpo, sentando-se ereta na cama.

– É verdade! – exclamou. – Vocês acreditam nos homens-mãe! – então riu, cobrindo a metade inferior do rosto com as duas mãos. – Nunca acreditei que fosse verdade! – Baixou a mão esquerda, revelando um sorriso cheio de animação, enquanto gesticulava *deleite maravilhado*.

Senti que devia me irritar, mas não consegui propriamente juntar a energia para isso. Talvez houvesse alguma verdade no que ela dissera sobre os homens entregarem sua raiva.

– O que é homem-mãe? – perguntei.

– Você não está fazendo piada? – perguntou-me, ainda com uma das mãos cobrindo parcialmente o sorriso. – Acredita mesmo que um homem põe um filho numa mulher?

– Bem... sim – respondi, meio sem jeito. – Por assim dizer. É preciso haver um homem e uma mulher para gerar um filho. Mãe e pai.

– Vocês têm uma palavra para isso! – exclamou ela, encantada. – Também tinham me contado. Com as histórias da sopa de terra. Mas nunca pensei que fosse uma história real!

A essa altura, eu me sentei, ficando apreensivo.

– Você sabe como os bebês são gerados, não sabe? – perguntei, gesticulando *séria compenetração*. – O que passamos a maior parte do dia fazendo, é isso que gera filhos.

Penthia me olhou por um momento, num silêncio perplexo, depois desmanchou-se numa gargalhada incontrolável, tentando falar várias vezes, mas voltando a ser tomada pelo riso, ao contemplar a expressão do meu rosto.

Pôs as mãos na barriga, cutucando-a, como se estivesse intrigada.

– Onde está o meu bebê? – perguntou, olhando para a barriga achatada. – Vai ver que andei fazendo sexo errado todos esses anos – disse. Quando ria, a musculatura do abdômen se mexia, formando um desenho parecido com um casco de tartaruga. – Eu devia ter 100 bebês se o que você diz fosse verdade. Quinhentos bebês!

– Não acontece todas as vezes que há sexo. Só existem certas ocasiões em que a mulher fica madura para gerar um filho.

– E você já fez isso? – perguntou ela, fingindo me olhar com seriedade, com um sorriso lhe repuxando o canto da boca. – Você já fez um filho com uma mulher?

– Tenho tomado cuidado para evitá-lo – respondi. – Existe uma erva chamada silphium. Eu a mastigo todo dia e ela me impede de pôr um bebê numa mulher.

Penthia balançou a cabeça.

– Isso é mais um dos seus rituais bárbaros do sexo. Será que levar um homem para as flores também faz filhos, lá no lugar de onde você vem?

Resolvi usar uma abordagem diferente:

– Se os homens não ajudam na geração dos filhos, como você explica que um filho se pareça com o pai?

– Os bebês se parecem com velhos zangados – disse Penthia. – Todos carecas e com... – hesitou, passando a mão no rosto – ...com rugas na face. Será que os velhos, então, são os únicos que fazem bebês?

Deu um risinho desdenhoso.

– E os gatinhos? – indaguei. – Você já viu uma ninhada de gatinhos. Quando um gato branco e um gato preto fazem sexo, nascem gatinhos brancos e gatinhos pretos. E outros das duas cores.

– Sempre? – perguntou ela.

– Nem sempre – admiti. – Mas na maioria das vezes.

– E se houver um gatinho amarelo?

Antes que eu pudesse preparar uma resposta, Penthia descartou a pergunta.

– Os gatinhos têm pouco a ver com isto – disse. – Não somos iguais aos animais. Não ficamos no cio. Não botamos ovos. Não criamos casulos nem produzimos frutos ou sementes. Não somos cães, sapos ou árvores. – Fitou-me com ar sério. – Você está cometendo um pensamento falso. Do mesmo jeito, poderia dizer que duas pedras fazem filhotes de pedra, batendo uma na outra até um pedaço se quebrar. Portanto, duas pessoas fazem pessoas filhotes do mesmo jeito.

Fumeguei de raiva, mas ela estava certa. Eu estava cometendo uma falácia na analogia. Era uma lógica falha.

Nossa conversa prosseguiu nesses moldes por algum tempo. Perguntei se ela já tinha visto alguma mulher engravidar sem ter praticado sexo nos meses anteriores. Ela respondeu não conhecer nenhuma mulher que se dispusesse a passar três meses sem sexo, exceto as que estavam viajando entre os bárbaros, ou muito doentes, ou eram muito velhas.

Penthia acabou fazendo um aceno para me deter, gesticulando *exasperação*.

– Você está ouvindo as suas desculpas? O sexo faz bebês, mas nem sempre. Os bebês se parecem com os homens-mãe, mas nem sempre. O sexo deve ser na hora certa, mas nem sempre. Existem plantas que tornam isso mais ou menos provável. – Balançou a cabeça. – Você deve perceber que o que está dizendo é fino como uma rede. Você vai costurando fios novos, na esperança de que ela retenha a água. Mas a esperança não faz isso ser verdade.

Ao me ver franzir o cenho, ela segurou minha mão e fez o gesto de *consolo*, como já tinha feito no refeitório, e todo o riso desapareceu de seu rosto.

– Vejo que você pensa isso de verdade. Posso entender por que os homens bárbaros querem acreditar nisso. Deve ser reconfortante achar que vocês são importantes dessa maneira. Mas simplesmente não é assim. – Fitou-me com uma expressão próxima da piedade. – Às vezes, a mulher amadurece. É uma coisa natural e os homens não têm nenhuma participação. É por isso que mais mulheres amadurecem no outono, como as frutas. É por isso que mais mulheres amadurecem aqui em Haert, onde é melhor para ter filhos.

Tentei pensar em algum outro argumento convincente, mas nenhum me veio à cabeça. Foi frustrante.

Ao ver minha expressão, Penthia apertou minha mão e gesticulou *concessão*.

– Talvez seja diferente com as mulheres bárbaras.

– Você só está dizendo isso para fazer eu me sentir melhor – retruquei, mal-humorado, e fui dominado por um bocejo de fazer cair o queixo.

– Estou – admitiu ela. Depois me deu um beijo terno e empurrou meus ombros, me incentivando a deitar de novo na cama.

Deitei e ela se aninhou de novo na dobra do meu braço, com a cabeça apoiada em meu ombro.

– Deve ser difícil ser homem – disse, em voz baixa. – A mulher sabe que faz parte do mundo. Somos cheias de vida. A mulher é a flor e o fruto. Atravessamos o tempo, como parte dos nossos filhos. Mas o homem... – Virou a cabeça e me fitou com um olhar de doce comiseração. – Vocês são galhos vazios. Sabem que, quando morrerem, não vão deixar nada importante. – Afagou meu peito com carinho. – Acho que é por isso que vocês são tão cheios de raiva. Talvez vocês não a tenham mais que as mulheres. Talvez a raiva, em vocês, simplesmente não tenha para onde ir. Talvez fique aflita para deixar uma marca. Sai martelando o mundo. Leva vocês a atos temerários. A rixas. Ao ódio. Vocês pintam, constroem, lutam e contam histórias que são maiores que a verdade.

Deu um suspiro satisfeito e descansou a cabeça no meu ombro, aninhando-se firmemente na curva do meu braço.

– Sinto muito lhe dizer esta coisa. Você é um homem bom e uma coisa bonita. Mas, mesmo assim, é só um homem. Tudo o que você tem para oferecer ao mundo é a sua raiva.

CAPÍTULO 128

Nomes

Esse era o dia em que eu deveria ficar ou partir. Sentei-me com Vashet numa colina verde, vendo o sol erguer-se das nuvens a leste.

– Saicere significa voar, capturar, partir – disse ela, baixinho, repetindo-se pela centésima vez. – Você deve se lembrar de todas as mãos que a empunharam. Muitas mãos, todas seguindo a Lethani. Nunca deve usá-la de maneira imprópria.

– Eu prometo – falei pela centésima vez e então hesitei, antes de trazer à baila algo que vinha me incomodando. – Vashet, você usou sua espada para podar o galho de salgueiro com que me bateu. Uma vez eu a vi usá-la para manter sua janela aberta. Você corta as unhas com ela...

Vashet me lançou um olhar inexpressivo.

– Sim?

– Isso não é impróprio?

Ela inclinou a cabeça, depois riu.

– Você está querendo dizer que eu só deveria usá-la para lutar?

Gesticulei *implicação óbvia*.

– Espada é uma coisa afiada. É uma ferramenta. Eu a carrego constantemente, como seria impróprio usá-la?

– Parece *desrespeitoso* – esclareci.

– Respeita-se uma coisa ao se fazer bom uso dela. Talvez se passem anos até eu voltar às terras dos bárbaros para lutar. Que mal faz à minha espada que, enquanto isso, eu a use para cortar gravetos e cenouras? – Seus olhos assumiram um ar sério. – Portar uma espada pela vida inteira, sabendo que ela seria apenas para matar... – Balançou a cabeça. – O que isso faria com a cabeça da pessoa? Seria terrível.

Vashet tinha regressado a Haert na noite anterior, desolada por ter perdido minha prova das pedras. Disse que eu tivera razão ao pôr de lado minha espada quando Carceret largara a dela e afirmou que isso a havia deixado orgulhosa.

Na véspera, Shehyn me fizera um convite formal para ficar e terminar minha formação na escola. Em tese, eu já havia conquistado esse direito, mas todos sabiam que isso mais era uma ficção política que qualquer outra coisa. A oferta dela era lisonjeira, uma oportunidade que eu sabia que, provavelmente, nunca mais voltaria a ter.

Observamos um menino pastorear um rebanho de cabras, descendo a encosta de um morro.

– Vashet, é verdade que os ademrianos não têm ideia da paternidade?

Ela confirmou com naturalidade, depois fez uma pausa.

– Não me diga que você nos envergonhou a ambos falando disso com todo mundo enquanto eu estava fora – disse, com um suspiro.

– Só com Penthia. Ela achou que era a coisa mais engraçada que tinha escutado nos últimos 10 meses.

– É bem divertido, pensando bem – comentou Vashet, cuja boca se curvou num sorriso.

– Então, é verdade? Até você acredita nisso? Você já...

Ela ergueu uma das mãos e parei de falar.

– Paz. Pense o que quiser sobre os seus homens-mãe. Para mim, dá na mesma – disse. Esboçou um leve sorriso de rememoração. – Aliás, o meu rei poeta acreditava que a mulher nada mais era que o solo em que o homem podia semear um filho.

Vashet emitiu o som meio bufado de quem acha graça, que não foi propriamente uma risada.

– Ele tinha certeza de que estava com a razão. Nada conseguia demovê-lo. Anos atrás, concluí que discutir essas coisas com um bárbaro é um desperdício longo e cansativo do meu tempo. – Encolheu os ombros. – Pense o que quiser sobre gerar filhos. Acredite em demônios. Reze para uma cabra. Desde que não me machuque, por que eu haveria de me incomodar?

Remoí suas palavras por um momento.

– Há sabedoria nisso – reconheci.

Ela assentiu com a cabeça.

– Mas, ou o homem contribui ou não contribui para fazer o filho – assinalei. – Pode haver muitas opiniões sobre uma coisa, mas só existe uma verdade.

Vashet deu um sorriso preguiçoso.

– E, se a busca da verdade fosse a minha meta, isso me interessaria. – Deu um longo bocejo e se espreguiçou como um gato satisfeito. – Em vez disso, vou me concentrar na alegria do meu coração, na prosperidade da escola e em compreender a Lethani. Se sobrar tempo, depois, eu o dedicarei a me preocupar com a verdade.

Contemplamos mais um pouco o nascer do sol, em silêncio. Ocorreu-me que Vashet era uma pessoa bem diferente, quando não estava se esfalfando para enfiar a Ketan e o adêmico inteiro na minha cabeça, o mais depressa possível.

– Dito isto – acrescentou —, se você insistir em se apegar a suas crenças bárbaras sobre os homens-mãe, será melhor silenciar quanto a isso. O máximo que vai conseguir é divertir os outros. A maioria simplesmente o tomará por um idiota, por pensar essas coisas.

Assenti com a cabeça. Passado um bom momento, resolvi enfim formular a pergunta que vinha prendendo havia dias:

– A Magwyn me chamou de Maedre. O que significa isso?

– É o seu nome. Não fale dele com ninguém.

– É uma coisa secreta? – perguntei.

Vashet fez que sim.

– É algo para você, suas professoras e Magwyn. Seria perigoso deixar que outros o conhecessem.

– Perigoso, como?

Vashet me olhou como se eu fosse um paspalho.

– Quando se sabe um nome, tem-se poder sobre ele. Você decerto sabe disso, não é?

– Mas eu sei o seu nome, o de Shehyn e do Tempi. Que perigo há nisso?

Ela fez um aceno com a mão.

– Não esses nomes. Os nomes profundos. Tempi não é o nome que ele recebeu da Magwyn. Assim como Kvothe não é o seu. Os nomes profundos têm significados.

Eu já sabia o que queria dizer o nome de Vashet.

– O que significa Tempi?

– Tempi quer dizer "ferrinho". *Tempa* significa ferro, malhar o ferro e raivoso. Shehyn lhe deu esse nome, anos atrás. Ele foi um estudante extremamente problemático.

– Em aturano, *temper* significa raiva – assinalei, muito agitado, admirado com a coincidência. – E também é têmpera, uma coisa que se faz com o ferro ao forjá-lo como aço.

Vashet deu de ombros, sem se deixar impressionar.

– É o que acontece com os nomes. Tempi é um nome pequeno, mas, ainda assim, guarda muita coisa. É por isso que você não deve falar do seu, nem mesmo comigo.

– Mas eu não conheço suficientemente a sua língua para saber o que ele significa – protestei. – Um homem deve saber o significado de seu próprio nome.

Vashet hesitou, depois cedeu.

– Significa chama, trovão e árvore partida.

Pensei um pouco e concluí que gostava dele.

– Quando Magwyn me deu esse nome, você pareceu surpresa. Por quê?

– Não é apropriado eu comentar o nome de terceiros. – *Recusa absoluta*.

Seu gesto foi tão contundente que olhá-lo chegou quase a doer. Vashet ficou de pé e esfregou as mãos nas calças.

– Vamos, está na hora de você dar sua resposta a Shehyn.

∽

Shehyn fez sinal para que eu me sentasse, ao entrarmos em sua sala. Depois, ela mesma sentou-se e me deixou estarrecido, ao me exibir um brevíssimo sorriso. Era um gesto de familiaridade extraordinariamente lisonjeiro.

– Tomou sua decisão? – perguntou-me.

Meneei a cabeça.

– Eu lhe agradeço, Shehyn, mas não posso ficar. Tenho que voltar a Severen para falar com o maer. Tempi cumpriu suas obrigações no momento em que a estrada se tornou segura, mas eu tenho o compromisso de regressar e explicar tudo o que aconteceu.

Pensei em Denna também, mas não a mencionei.

Shehyn gesticulou uma elegante mescla de *aprovação* e *pesar*.

– Cumprir o dever é próprio da Lethani – disse-me, com um olhar sério. – Lembre-se, você tem uma espada e um nome, mas não deve aceitar contratos como se houvesse vestido o vermelho.

– Vashet já me explicou tudo – respondi. *Tranquilização*. – Tomarei providências para que minha espada seja devolvida a Haert, se eu for morto. Não ensinarei a Ketan nem usarei o vermelho. – *Curiosidade cuidadosamente atenta*. – Mas tenho permissão para contar a outras pessoas que estudei lutas com vocês?

Concordância reservada.

– Você pode dizer que estudou conosco. Mas não que é um de nós.

– É claro. Nem que sou igual a vocês.

Shehyn fez um gesto de *alegre satisfação*. Depois, suas mãos se modificaram e ela executou um pequeno gesto de *admissão constrangida*.

– Isso não é propriamente apenas um presente para você – disse. – Você será melhor lutador que a maioria dos bárbaros. Se lutar e vencer, eles pensarão: o Kvothe só estudou um pouquinho das artes ademrianas e, ainda assim, é assombroso. Quão mais hábeis devem ser eles próprios? – *Porém*. – Se você lutar e perder, eles pensarão: ele só aprendeu parte do que os ademrianos sabem.

Os olhos da velha senhora cintilaram muito de leve. Ela gesticulou *diversão*.

– Haja o que houver, nossa reputação crescerá. Isso convém ao Ademre.

Assenti com a cabeça. *Aceitação voluntária*.

– Também não prejudicará a minha reputação – declarei. *Eufemismo*.

Houve uma pausa na conversa, e então Shehyn gesticulou *importância solene*.

– Quando conversamos antes, você me perguntou pelos rhintas. Lembra? – indagou ela. Pelo canto do olho, vi Vashet remexer-se na cadeira, incomodada.

Com súbita animação, fiz que sim.

– Lembrei-me de uma história deles. Gostaria de ouvi-la?

Gesticulei *extremo interesse ansioso*.

– É uma história antiga como o Ademre. É sempre contada da mesma maneira. Está pronto para ouvi-la? – *Profunda formalidade*. Havia uma sugestão de ritual em sua voz.

Tornei a assentir com a cabeça. *Apelo suplicante*.

– Como em tudo, existem regras. Contarei esta história uma vez. Depois, você não poderá falar dela. – Correu os olhos de Vashet para mim. *Grave seriedade*. – Somente depois de dormir mil noites você poderá falar disso. Somente depois de viajar 2 mil quilômetros poderá fazer perguntas. Ciente disto, está disposto a ouvi-la?

Assenti pela terceira vez, a agitação crescendo dentro de mim.

Shehyn falou com grande formalidade:

– Houve certa vez um grande reino, povoado por grandes pessoas. Não eram ademrianos. Eram o que era o Ademre antes de nos tornarmos nós mesmos. Mas, naquela época, eles eram eles, mulheres e homens belos e fortes. Cantavam canções de poder e lutavam tão bem quanto o Ademre. Esse povo tinha um grande império, cujo nome foi esquecido. Não é importante, pois o império caiu e, desde então, a terra despedaçou-se e o céu se modificou.

Shehyn fez uma pausa antes de prosseguir:

– No império havia sete cidades e uma cidade. Os nomes das sete cidades foram esquecidos, pois elas sucumbiram à traição e foram destruídas pelo tempo. A cidade única também foi destruída, mas seu nome não se perdeu. Chamava-se Tariniel. O império tinha um inimigo, como deve ter a força. Mas o inimigo não era grande o bastante para derrubá-lo. Nem empurrando, nem puxando, teve o inimigo força suficiente para arrastá-lo para o fundo. O nome do inimigo é lembrado, mas vai esperar. Como pela força o inimigo não podia vencer, ele se moveu como o verme na fruta. O inimigo não era da Lethani. Envenenou os outros sete contra o império e eles esqueceram a Lethani. Seis traíram as cidades que confiavam neles. Seis cidades caíram e seus nomes foram esquecidos. Um se lembrou da Lethani e não traiu uma cidade. Essa cidade não caiu. Um deles se lembrou da Lethani e restou esperança no império. Com uma cidade não caída. Mas até o nome dessa cidade foi esquecido, sepultado no tempo.

Ela olhou para mim.

– Porém, sete nomes são lembrados. O nome do um e dos seis que o seguem. Sete nomes foram transportados através do desmoronamento do império, da terra despedaçada e do céu mutante. Sete nomes são lembrados através do longo perambular do Ademre. Sete nomes foram lembrados, os nomes dos sete traidores. Lembre-se deles e os conheça por seus sete sinais:

Cyphus carrega a azulada chama.
Stercus fez-se escravo do ferro.
Ferule tem olhar negro e sem clemência.
Usnea só vive na decadência.
Dalcenti, do cinzento silêncio, nunca fala.
A pálida Alenta traz a peste.
Por fim, o líder dos sete:
Odiado. Incorrigível. Equilibrado. Insone.
Senhor das sombras, Alaxel é seu nome.

CAPÍTULO 129

Interlúdio – algazarra de sussurros

– Reshi! – gritou Bast, com o rosto abalado. – Não! Pare! – Estendeu as duas mãos, como se com elas fosse tapar a boca do hospedeiro. – Você não deve dizer essas coisas!

Kvothe esboçou um sorriso sem humor.

– Bast, quem o instruiu no conhecimento dos nomes, para começo de conversa?

– Você não, Reshi – respondeu ele, balançando a cabeça. – Há coisas que toda criança dos Encantados sabe. Nunca é bom falar disso em voz alta. Nunca.

– E por quê? – instigou-o Kvothe, com sua melhor voz de professor.

– Porque umas coisas sabem quando seus nomes são ditos – retrucou Bast, engolindo em seco. – Sabem *onde* eles são ditos.

Kvothe deu um suspiro meio exasperado.

– Não faz muito mal dizer um nome uma vez, Bast – afirmou e tornou a se reclinar na cadeira. – Por que você acha que os ademrianos têm suas tradições em torno dessa história específica? Só uma vez e nenhuma pergunta depois, hein?

Os olhos de Bast se estreitaram, pensativos, e Kvothe lhe deu um sorrisinho tenso.

– Exatamente. Tentar encontrar alguém que disse seu nome uma vez é como achar o rastro de um homem numa floresta a partir de uma única pegada.

O Cronista levantou a voz, hesitante, como se temesse interromper:

– Algo assim pode realmente ser feito? – indagou. – De verdade?

Kvothe confirmou com um meneio sombrio.

– Imagino que tenha sido assim que eles encontraram minha trupe, quando eu era pequeno.

O Cronista deu uma olhadela nervosa ao redor, depois franziu o cenho e fez um esforço visível para se deter. O resultado foi ficar completamente imóvel, parecendo tão nervoso quanto antes.

– Isso quer dizer que eles podem vir aqui? Você decerto tem falado bastante deles...

Kvothe fez um gesto de descaso.

– Não. A chave são os nomes. Os nomes reais. Nomes profundos. E eu os tenho evitado exatamente por isso. Meu pai era aficionado pelos detalhes. Havia passado anos fazendo perguntas e escavando histórias antigas sobre o Chandriano. Imagino que tenha tropeçado em alguns dos antigos nomes deles e os tenha incluído em sua canção...

A compreensão se acendeu no rosto do Cronista.

– ...e ensaiado repetidas vezes.

O hospedeiro deu um sorriso vago e afetuoso.

– Vezes sem conta, sem parar, se é que eu o conhecia bem. Não tenho dúvida de que ele e minha mãe fizeram o máximo possível para tirar cada carrapicho minúsculo de sua canção antes de a divulgarem. Eles eram perfeccionistas – explicou, com um suspiro cansado. – Para o Chandriano, deve ter sido como alguém acendendo constantemente uma fogueira de sinalização. Imagino que a única coisa que manteve meus pais em segurança por tanto tempo tenha sido o fato de eles estarem sempre viajando.

Bast tornou a interromper:

– E é por isso que você não deve dizer essas coisas, Reshi.

Kvothe carregou o sobrolho.

– Dormi minhas mil noites e viajei vários milhares de quilômetros desde então, Bast. É seguro dizê-los uma vez. Com todas as desgraças que vêm acontecendo no mundo ultimamente, pode crer que as pessoas devem estar contando histórias antigas com mais frequência. Se o Chandriano está tentando ouvir nomes, não duvido que venha obtendo uma lenta algazarra de sussurros, de Arueh ao mar do Círculo.

A expressão de Bast deixou claro que ele não havia se tranquilizado.

– Além disso – acrescentou Kvothe, com um suspiro meio cansado —, é bom que eles sejam escritos. Podem revelar-se úteis para alguém, um dia.

– Mesmo assim, Reshi, você deve ter mais cuidado.

– O que eu tenho sido, em todos estes últimos anos, senão cuidadoso, Bast? – perguntou Kvothe, cuja irritação finalmente borbulhou até vir à tona. – Que bem isso me fez? E depois, se o que você disse sobre o Cthaeh é verdade, as coisas vão acabar em lágrimas, não importa o que eu faça, não é?

Bast abriu a boca e tornou a fechá-la, obviamente sem palavras. Olhou de relance para o Cronista, com os olhos implorando apoio.

Ao perceber isso, Kvothe também se virou para o escriba, erguendo uma sobrancelha com ar curioso.

– Tenho certeza de que não faço a menor ideia – disse o Cronista, baixando os olhos para abrir a sacola e tirar um pedaço de pano manchado de tinta. – Vocês dois já viram toda a extensão da minha perícia em matéria de nomes: ferro. E isso por uma casualidade, segundo a opinião geral. O Mestre Nomeador me declarou um completo desperdício do seu tempo.

– Isso me soa familiar – murmurou Kvothe.

O Cronista deu de ombros.

– No meu caso, tomei a fala dele ao pé da letra.

– Você se lembra da desculpa que ele lhe deu?

– Ele tinha muitas críticas específicas: eu sabia palavras de mais. Nunca havia passado fome. Era muito mole... – As mãos do Cronista se ocuparam, limpando a ponteira da pena. – Achei que ele havia deixado bem clara a sua opinião no momento em que disse: "Quem havia de supor que um escribinha fracote feito você teria algum ferro dentro de si, afinal?"

A boca de Kvothe torceu-se num sorriso solidário.

– Foi mesmo?

O Cronista encolheu os ombros.

– Na verdade, ele me chamou de babaca. Eu estava tentando não ofender os ouvidos inocentes do seu jovem amigo aqui – disse, inclinando a cabeça para Bast. – Pelo que posso perceber, ele teve um dia difícil.

Nesse momento, Kvothe abriu um sorriso de verdade.

– É uma pena nunca termos estado na Universidade na mesma época.

O Cronista deu uma última esfregada na ponteira da pena com o tecido macio, levantando-a contra a luz já esmaecida da janela da pousada.

– Não, na verdade, não – disse. – Você não teria gostado de mim. Eu *era* um babaquinha fracote. E mimado. E metido a besta.

– E o que mudou desde então? – perguntou Kvothe.

O Cronista deu uma bufadela desdenhosa.

– Não muita coisa, dependendo de quem pergunte. Mas me agrada pensar que abri um pouco os olhos – disse e tornou a atarraxar cuidadosamente a ponteira em sua pena.

– E de que modo, exatamente, isso aconteceu? – quis saber Kvothe.

O Cronista olhou para o outro lado da mesa, parecendo surpreso com a pergunta.

– Exatamente? – repetiu. – Não é para *contar* histórias que estou aqui. – Enfiou o pano de novo na sacola. – Em suma, tive um chilique e larguei a Universidade, à procura de pastos mais verdes. Foi a melhor coisa que fiz na vida. Aprendi mais em um mês na estrada do que em três anos de aulas por lá.

Kvothe meneou a cabeça.

– Teccam dizia a mesma coisa. Não há homem valente se nunca houver caminhado algumas centenas de quilômetros. Se você quiser saber a verdade sobre quem é, caminhe até que nem uma única pessoa saiba o seu nome. As viagens são o grande nivelador, o grande mestre, amargo como remédio, mais cruel que o espelho. Um longo estirão de estrada lhe ensina mais sobre você mesmo do que 100 anos de serena introspecção.

CAPÍTULO 130
Vinho e água

Apresentar minhas despedidas em Haert levou um dia inteiro. Compartilhei uma refeição com Vashet e Tempi e deixei que os dois me dessem mais conselhos do que eu precisava ou queria ouvir. Celean chorou um pouco e me disse que iria me visitar assim que finalmente vestisse o vermelho. Travamos um último combate e desconfio que ela me deixou vencer.

Por fim, passei uma tarde agradável com Penthia, que se transformou numa noite agradável e acabou virando uma madrugada agradável. Mas consegui ter umas horinhas de sono nas luzes pálidas que antecedem o amanhecer.

Cresci entre os Ruh, por isso não canso de me admirar com a rapidez com que uma pessoa pode criar raízes num lugar. Apesar de eu ter passado menos de dois meses em Haert, foi difícil sair.

Ainda assim, era bom estar de novo na estrada, voltando para Alveron e Denna. Estava na hora de eu receber minha recompensa por um trabalho benfeito e apresentar minhas desculpas sinceras e bastante atrasadas.

❦

Cinco dias depois, eu ia andando por um daqueles trechos longos e solitários de estrada que só se encontram nos morros baixos do leste de Vintas. Estava, como meu pai costumava dizer, na borda do mapa.

Só tinha passado por um ou dois viajantes o dia inteiro, e nem uma única hospedaria. A ideia de dormir ao ar livre não me inquietava especialmente, mas fazia uns dois dias que eu comia o que levara nos bolsos e uma refeição quente seria muito bem-vinda.

A noite quase havia caído e eu já perdera a esperança de pôr alguma coisa decente no estômago, quando avistei, mais adiante, uma linha de fumaça branca que esvoaçava para o céu crepuscular. No começo, tomei-a por uma casa de fazenda. Depois, ouvi uma leve vibração de música e as minhas esperanças de uma cama e uma refeição aquecida junto à lareira começaram a crescer.

Mas, ao dobrar uma curva, deparei com uma surpresa melhor que qualquer hospedaria de beira de estrada. Vi em meio às árvores uma fogueira alta, tremeluzindo entre duas carroças dolorosamente conhecidas. Homens e mulheres descansavam por perto, conversando. Um deles dedilhava um alaúde, enquanto outro batia preguiçosamente num tamborim apoiado em sua perna. Alguns armavam uma barraca entre duas árvores, enquanto uma mulher mais velha montava um tripé sobre o fogo.

Uma trupe itinerante. Melhor ainda, reconheci marcas familiares na lateral de uma das carroças. Para mim, elas se destacaram com mais luminosidade que o fogo. Aqueles sinais significavam que eles eram verdadeiros artistas de trupe. Minha família, os Edena Ruh.

Quando saí de trás das árvores, um dos homens deu um grito e, antes que eu pudesse respirar para dizer alguma coisa, havia três espadas apontadas para mim. A quietude repentina, depois da música e da conversa, foi mais que ligeiramente inquietante.

Um belo homem de barba negra e brinco de prata deu um lento passo à frente, sem em momento algum afastar a ponta de sua espada, apontada para o meu olho.

– Otto! – gritou para alguém no arvoredo atrás de mim. – Se você estiver cochilando, eu juro pelo leite da minha mãe que vou lhe arrancar as tripas. Quem diabo é você? – Esta pergunta foi dirigida a mim.

Mas, antes que eu pudesse responder, veio uma voz das árvores:

– Estou bem aqui, Alleg, como... Quem é esse? Como foi que ele passou por mim, pelo amor de Deus?

Ante o desembainhar das espadas deles, eu tinha levantado as mãos. É um bom hábito para praticarmos, quando alguém nos aponta um instrumento cortante. Mesmo assim, eu estava sorrindo quando falei:

– Desculpe tê-lo assustado, Alleg.

– Guarde sua conversa – retrucou ele, em tom frio. – Você tem um último sopro de vida para me dizer por que estava se esgueirando pelo nosso acampamento.

Eu não precisava falar. Em vez disso, girei o corpo, para que todos os que estavam perto da fogueira pudessem ver o estojo do alaúde pendurado às minhas costas.

A mudança de atitude de Alleg foi imediata. Ele relaxou e embainhou a espada. Os outros o imitaram e ele sorriu e se aproximou de mim, dando risada.

Também ri.

– Uma só família – falei.

– Uma só família – repetiu ele. Apertou minha mão e se virou para a fogueira, gritando: – Todo mundo se portando direito. Hoje temos visita!

Houve um viva baixo e todos voltaram a se ocupar do que estavam fazendo antes da minha chegada.

Um homem corpulento e armado de espada saiu da mata, pisando duro.

– Raios me partam se ele passou por mim, Alleg. É provável que ele seja...

– Ele é da nossa família – interpôs Alleg, com delicadeza.

– Ah! – exclamou Otto, visivelmente surpreso. Olhou para meu alaúde. – Então, seja bem-vindo.

– Eu não passei por você, na verdade – menti. Quando escurecia, a minha *shaed* me tornava muito difícil de ver. Mas não era culpa dele e eu não queria deixá-lo encrencado. – Ouvi a música e dei a volta. Achei que vocês poderiam ser uma trupe diferente, e eu ia fazer uma surpresa.

Otto deu um olhar significativo para Alleg, virou-nos as costas e voltou pisando duro para o arvoredo.

Alleg pôs o braço em meus ombros.

– Posso lhe oferecer uma bebida?

– Um pouco d'água, se estiver sobrando.

– Nenhum hóspede bebe água junto à nossa fogueira – protestou ele. – Só o nosso melhor vinho vai tocar os seus lábios.

– A água dos Edena é mais doce que o vinho, para quem esteve na estrada. – Sorri para ele.

– Então, tome água e vinho, cada um conforme o seu desejo – retrucou Alleg e me levou a uma das carroças, onde havia um barril d'água.

Seguindo uma tradição mais antiga que o tempo, tomei uma concha d'água e usei outra para lavar as mãos e o rosto. Secando de leve o rosto com a manga da camisa, ergui os olhos para ele e sorri.

– É bom estar em casa de novo.

Alleg me deu um tapinha nas costas.

– Venha. Deixe que eu o apresente ao resto da sua família.

Primeiro havia dois homens de cerca de 20 anos, ambos com a barba ensebada.

– Fren e Josh são nossos dois melhores cantores, depois de mim, é claro – disse Alleg.

Apertei as mãos deles. Então houve os dois homens que tocavam seus instrumentos perto da fogueira.

– Gaskin toca alaúde. Laren cuida das gaitas e do tamborim.

Os dois sorriram para mim. Laren bateu com o polegar na cabeça do tamborim, que produziu um *tum* melódico.

– Aquele é o Tim – disse Alleg, apontando para um homem alto, magro e soturno que lubrificava uma espada. – E o Otto você já conheceu. Eles impedem que fiquemos em perigo na estrada.

Tim meneou a cabeça, tirando os olhos da espada por um momento.

– Essa é a Anne – disse Alleg, com um gesto largo para uma mulher mais velha, de rosto emaciado e cabelo grisalho, preso num coque na nuca. – Ela nos mantém alimentados e banca a mamãe para todos nós.

Anne continuou a cortar cenouras, ignorando-nos.

– E, longe de ser por último, temos a nossa doce Keta, que tem a chave do coração de todos nós.

Keta tinha um olhar duro e sua boca formava uma linha fina, mas sua expressão se abrandou um pouco quando beijei sua mão.

– E aí estão todos – completou Alleg, com um sorriso e uma pequena mesura. – E o seu nome é...?

– Kvothe.

– Seja bem-vindo, Kvothe. Descanse e fique à vontade. Há alguma coisa que possamos fazer por você?

– Um pouco daquele vinho que você mencionou? – Sorri.

Ele pôs a palma da mão na testa.

– Mas é claro! Ou você prefere cerveja?

Fiz que sim, e ele me trouxe um caneco.

– Excelente – comentei ao prová-la, sentando-me num toco conveniente.

Ele tirou um chapéu imaginário.

– Obrigado. Tivemos sorte de surrupiá-la quando passamos por Levinshir, há uns dois dias. Como é que a estrada vem tratando você, ultimamente?

Alonguei o corpo para trás e dei um suspiro.

– Nada mal, para um menestrel solitário. – Encolhi os ombros. – Aproveito as oportunidades que aparecem. Tenho que tomar cuidado, já que estou sozinho.

Alleg deu um aceno entendido.

– Nossa única segurança é nosso número – admitiu e depois fez um sinal para meu alaúde. – Será que não quer nos brindar com um pouquinho de música, enquanto esperamos Anne terminar de fazer o jantar?

– É claro – respondi, pousando meu caneco. – O que gostaria de ouvir?

– Você sabe tocar "Saia da cidade, Latoeiro"?

– Se sei? Diga você mesmo.

Tirei o alaúde do estojo e comecei a tocar. Quando cheguei ao refrão, todos já tinham parado o que estavam fazendo para ouvir. Tive até um vislumbre de Otto, perto da orla das árvores, quando ele saiu de seu posto de sentinela para dar uma espiada na fogueira.

Quando terminei, todos aplaudiram com entusiasmo.

– Você sabe mesmo tocar – disse Alleg, rindo. Depois, assumiu uma expressão séria e deu umas batidas com um dedo na boca. – O que acharia de seguir conosco pela estrada, por algum tempo? – perguntou em seguida. – Outro músico nos seria útil.

Levei um momento pensando.

– Para que lado vocês vão?

– Leste.

– Eu estou a caminho de Severen.

Alleg deu de ombros e disse:

– Podemos chegar a Severen. Desde que você não se incomode de fazer o caminho mais longo.

– Já faz muito tempo que estou longe da família – admiti, olhando para as figuras familiares ao redor da fogueira.

– Um é número ruim para um Edena na estrada – disse Alleg, em tom persuasivo, passando o dedo pela ponta da barba escura.

Dei um suspiro.

– Pergunte-me de novo pela manhã.

Ele me deu um tapinha no joelho, abrindo o sorriso.

– Ótimo! Isso quer dizer que temos a noite toda para convencê-lo.

Guardei o alaúde e pedi licença para atender a um chamado da natureza. Na volta, ajoelhei-me ao lado de Anne, que estava sentada junto ao fogo.

– O que está preparando para nós, mãe? – perguntei.

– Guisado.

Sorri.

– E o que há dentro dele?

Anne estreitou os olhos para mim.

– Cordeiro – respondeu, como se me desafiasse a contestá-la.

– Faz muito tempo que não como cordeiro, mãe. Posso provar?

– Você vai esperar, igualzinho a todo o mundo – retrucou ela, ríspida.

– Nem mesmo uma provinha? – adulei-a, oferecendo-lhe o meu sorriso mais sedutor.

A velha respirou fundo, depois soltou o ar com um dar de ombros.

– Tudo bem – cedeu. – Mas não vai ser culpa minha se a sua barriga começar a doer.

Dei uma risada.

– Não, mãe, não será culpa sua.

Peguei a colher de pau de cabo comprido e a tirei da panela. Depois de soprá-la, provei um pedacinho.

– Mãe! – exclamei. – Esta é a melhor coisa que ponho na boca num ano inteiro!

– Hmm – murmurou ela, estreitando os olhos para mim.

– É a pura verdade, mãe – insisti, com ar sincero. – Quem não gostar desse ensopado não chega nem perto de ser Ruh, na minha opinião.

Anne virou-me as costas para mexer a panela e fez um gesto para me enxotar, mas sua expressão já não estava tão fechada como antes.

Com uma parada junto ao barril, para encher de novo o caneco, voltei para meu assento. Gaskin inclinou-se para a frente.

– Você nos deu uma música. Há alguma coisa que queira ouvir?

– Que tal "A esperteza do Gaiteiro"?

Ele franziu o cenho.

– Essa eu não conheço.

– É sobre um Ruh inteligente, que passa um lavrador para trás.

Gaskin balançou a cabeça.

– Acho que não.

Curvei-me para pegar o alaúde.

– Com sua licença. É uma música que todos nós devemos saber.

– Escolha outra coisa – protestou Laren. – Eu toco alguma coisa na gaita. Hoje você já tocou uma vez para nós.

Dei-lhe um sorriso.

– Esqueci que era você o gaitista. Você vai gostar desta – garanti-lhe. – O herói é o Gaiteiro. E depois, se vocês vão encher minha barriga, posso encher os seus ouvidos.

Antes que ele pudesse levantar mais alguma objeção, comecei a tocar, com rapidez e leveza.

Eles riram o tempo todo. Desde o começo, quando o Gaiteiro mata o lavrador, até o fim, quando ele seduz a viúva e a filha do morto. Deixei de fora os dois últimos versos, quando a população da aldeia mata o Gaiteiro.

Quando terminei, Laren enxugou os olhos, molhados de tanto rir.

– Você tem razão, Kvothe. É melhor eu conhecer essa aí. E depois... – Deu uma olhadela para onde Keta estava sentada, do outro lado da fogueira. – A canção é verdadeira. As mulheres não conseguem tirar as mãos de um gaitista.

Keta deu uma bufadela de desdém e revirou os olhos.

Conversamos sobre trivialidades até que Anne anunciou que o guisado estava pronto. Todos se lançaram à comida, só rompendo o silêncio para elogiar Anne por seu talento como cozinheira.

– Sinceramente, Anne, você pegou uma pimentinha lá de Levinshir? – perguntou Alleg, depois da segunda tigela.

Anne fez um ar convencido.

– Todos precisamos ter nossos segredos, querido. Não importune uma dama.

– A época tem sido boa para você e os seus? – perguntei ao Alleg.

– Ah, com certeza – disse ele, entre uma colherada e outra. – Há três dias, Levinshir foi especialmente boa para nós. – Deu uma piscadela. – Você vai ver quanto, mais tarde.

– Fico contente em saber.

– Na verdade – continuou Alleg, curvando-se para a frente com ar conspiratório –, nós nos demos tão bem que estou-me sentindo cheio de generosidade. Tão generoso que posso lhe oferecer o que você quiser. – Chegou mais perto e disse, num aparte sussurrado de palco: – Quero que você saiba que isto é uma tentativa flagrante de suborná-lo para que fique conosco. Nós ficaríamos com a bolsa cheia, com essa sua voz encantadora.

– Sem falar nas canções que ele poderia nos ensinar – disse Gaskin, entrando na conversa.

Alleg fingiu um ar de zanga.

– Não o ajude a barganhar, garoto. Tenho a impressão de que já vai ser bem difícil, do jeito que está.

Pensei um pouquinho.

– Acho que eu poderia ficar... – deixei a voz morrer, hesitante.

Alleg deu um sorriso entendido.

– Mas...

– Mas eu pediria três coisas.

– Hmm, três coisas. – Ele me examinou de cima a baixo. – Como numa das histórias.

– É o que parece justo – insisti.

Alleg fez um aceno hesitante com a cabeça.

– Acho que sim. E quanto tempo você viajaria conosco?

– Até que ninguém fizesse objeção a minha partida.

– Alguém tem algum problema com isso? – perguntou Alleg, olhando em volta.

– E se ele quiser uma das carroças? – perguntou Tim. Sua voz me assustou, dura e áspera como dois tijolos se arranhando.

– Não tem importância, porque ele vai estar viajando conosco – argumentou Alleg. – Elas pertencem a nós todos, de qualquer maneira. E, já que ele não pode ir embora, a menos que deixemos...

Não houve objeções. Alleg e eu trocamos um aperto de mão e houve uns pequenos vivas.

Keta levantou seu caneco.

– Ao Kvothe e suas canções! Tenho a sensação de que ele valerá tudo que nos custar.

Todos beberam e ergui meu próprio copo.

– Juro pelo leite da minha mãe que nenhum de vocês jamais fará um negócio melhor do que fez comigo hoje.

Isso provocou vivas mais entusiásticos e todos tornaram a beber.

Limpando a boca, Alleg cravou os olhos nos meus e disse:

– E então, qual é a primeira coisa que você quer de nós?

Baixei a cabeça.

– É uma coisinha de nada, na verdade. Não tenho barraca. Se vou viajar com a minha família...

– Não diga mais nada! – exclamou Alleg, balançando seu caneco de madeira como um rei que concedesse uma graça. – Você vai ficar com a minha própria barraca, cheia de peles e tapetes de um palmo de espessura! – Fez sinal para a fogueira, onde Fren e Josh estavam sentados, e ordenou: – Vão montá-la para ele.

– Está tudo bem – protestei –, eu me arranjo sozinho.

– Pssiu, isso é bom para eles. Faz com que se sintam úteis. Por falar nisso... – Fez outro gesto para Tim. – Traga-as para fora, sim?

Tim se levantou e apertou a barriga com a mão.

– Faço isso num instantinho. Volto já – disse, virando-se para andar em direção às árvores. – Não estou me sentindo muito bem.

– É nisso que dá comer como se estivesse numa gamela! – gritou-lhe Otto. Virou-se para o resto de nós e disse: – Um dia ele vai descobrir que não pode comer mais do que eu sem passar mal.

– Já que o Tim está ocupado pintando uma árvore, eu vou buscá-las – disse Laren, com uma avidez muito mal disfarçada.

– Hoje eu estou de sentinela – disse Otto. – Eu busco.

– *Eu* vou buscar – disse Keta, exasperada. Fez os outros voltarem para o lugar com um olhar duro e foi para trás da carroça à minha esquerda.

Josh e Fren saíram da outra carroça com uma barraca, cordas e estacas.

– Onde quer que ela fique? – perguntou Josh.

– Isso não é pergunta que se costume ter que fazer a um homem, não é, Josh? – brincou Fren, dando uma cutucada no amigo.

– Eu costumo roncar – avisei-os. – É provável que vocês me queiram um pouquinho mais longe de todo mundo. – Apontei o local. – Ali entre aquelas duas árvores seria ótimo.

– Eu quero dizer, com um homem, normalmente você sabe onde ele quer que ela fique, não é, Josh? – Fren continuou brincando, enquanto os dois se afastavam e começavam a montar a barraca.

Keta voltou um minuto depois, trazendo um par de mocinhas encantadoras. Uma era magra de rosto e corpo, com o cabelo preto liso e curto como o de um menino. A outra era mais generosamente arredondada, com cachos dourados. Ambas exibiam uma expressão de desamparo e pareciam ter uns 16 anos.

– Apresento-lhe Krin e Ellie – disse Keta, apontando para as mocinhas.

Alleg sorriu.

– Elas são uma das maneiras pelas quais Levinshir foi generosa conosco. Hoje à noite, uma delas o manterá aquecido. É meu presente para você, como novo membro da nossa família. – Fingiu examiná-las. – Qual delas você prefere?

Olhei de uma para a outra:

— É uma escolha difícil. Dê-me um tempinho para pensar.

Keta as fez sentarem à beira do fogo e pôs uma tigela de guisado na mão de cada uma. A garota do cabelo dourado, Ellie, comeu umas garfadas, com ar inexpressivo, depois foi parando devagar, como um brinquedo cuja corda acabasse. Seus olhos pareciam quase cegos, como se ela fitasse algo que nenhum de nós podia ver. Os olhos de Krin, por outro lado, ficaram ferozmente concentrados no fogo. Ela comeu com ar rígido, a vasilha no colo.

— Meninas — repreendeu-as Alleg —, vocês não sabem que as coisas vão melhorar assim que começarem a cooperar?

Ellie comeu outra garfada lenta e parou. Krin olhou fixamente para a fogueira, as costas eretas, a expressão dura.

Do lugar onde estava sentada, junto à fogueira, Anne as cutucou com a colher de pau.

— Comam!

A reação foi a mesma de antes. Uma garfada lenta. Uma rebelião tensa. Caras amarradas. Anne inclinou-se para mais perto e segurou com firmeza o queixo da menina de cabelo preto, enquanto a outra mão se movia para a tigela de guisado.

— Não faça isso – pedi. – Elas vão comer quando estiverem com bastante fome.

Alleg me olhou com ar curioso e eu disse:

— Sei do que estou falando. Deem alguma coisa para elas beberem.

Por um momento, a velha pareceu que ia continuar, apesar da minha intervenção, mas então deu de ombros e largou o queixo de Krin.

— Ótimo. Estou mesmo farta de alimentar essa aí à força. Ela não tem feito outra coisa senão criar caso.

Keta deu uma fungadela, em sinal de concordância.

— A vadiazinha avançou em mim quando a desamarrei para que tomasse banho – contou, afastando o cabelo do lado do rosto para mostrar as marcas dos arranhões. – Quase arrancou a droga do meu olho.

— Também tentou fugir – acrescentou Anne, ainda de cara fechada. – Tive que começar a dopá-la de noite – disse, com um gesto enojado. – Ela que morra de fome, se quiser.

Laren voltou para a fogueira com dois canecos e os pôs nas mãos sem resistência das meninas.

— Água? – perguntei.

— Cerveja – respondeu ele. – Vai ser melhor para elas, já que não estão comendo.

Abafei meu protesto. Ellie bebeu com o mesmo ar vazio com que havia comido. Krin moveu os olhos do fogo para o caneco e para mim. Senti um choque quase físico ante a sua semelhança com Denna. Ainda me encarando, ela bebeu. Seu olhar duro não deixou transparecer nada do que se passava em sua cabeça.

— Traga-as para sentar perto de mim – pedi. – Talvez isso me ajude a decidir.

Keta as trouxe. Ellie foi dócil, Krin, rígida.

– Tome cuidado com essa aí – recomendou Keta, com um sinal da cabeça para a menina de cabelo preto. – Ela gosta de arranhar.

Tim voltou com ar meio pálido. Sentou-se junto à fogueira, onde Otto o cutucou com o cotovelo.

– Quer mais um pouco de guisado? – perguntou-lhe, com ar maldoso.

– Vá se danar – retrucou Tim, com a voz rouca e fraca.

– Pode ser que um pouco de cerveja acalme o seu estômago – sugeri.

Ele meneou a cabeça, parecendo ávido de qualquer coisa que o ajudasse. Keta foi buscar-lhe um novo caneco.

Eu estava sentado com uma mocinha de cada lado, ambas de frente para a fogueira. Mais de perto, vi as coisas que antes me haviam escapado. Havia uma mancha roxa na nuca de Krin. Os pulsos da lourinha tinham apenas arranhões, por ficarem amarrados, mas os de Krin tinham pontos em carne viva e crostas. Apesar disso tudo, elas cheiravam a limpeza. O cabelo estava escovado e as roupas tinham sido lavadas recentemente. Keta andara cuidando das duas.

Elas também eram muito mais encantadoras vistas de perto. Estendi a mão para tocá-las no ombro. Krin se encolheu, depois enrijeceu o corpo. Ellie não teve reação alguma.

Da direção das árvores, Fren gritou:

– Está pronta. Quer que a gente acenda um lampião para você?

– Sim, por favor – gritei de volta. Olhei de uma jovem para outra, depois para Alleg. – Não consigo me decidir entre as duas – disse-lhe, em tom sincero. – Então, fico com ambas.

Ele soltou um gargalhada incrédula. Depois, vendo que eu falava sério, protestou:

– Ora, vamos, isso não é justo com o restante de nós. Além disso, é impossível que você...

Lancei-lhe um olhar franco.

– Bem... – desconversou ele. – Mesmo que você consiga, é...

– Esta é a segunda coisa que eu peço – declarei formalmente. – As duas.

Otto soltou um grito de protesto, que teve eco na expressão de Gaskin e Laren.

Fren e Josh voltaram da montagem da minha barraca.

– Sinta-se grato por ele não ter pedido você, Otto – disse Fren ao homenzarrão. – É o que o Josh teria pedido, não é, Josh?

– Feche a matraca, Fren – ordenou Otto, exasperado. – Agora quem está se sentindo mal sou *eu*.

Levantei-me e pendurei o alaúde num dos ombros. Em seguida, conduzi as duas mocinhas encantadoras, uma dourada e uma morena, para a minha barraca.

CAPÍTULO 131

Negrume ao luar

Fren e Josh tinham trabalhado bem na barraca. Era alta o bastante para que eu ficasse de pé no centro, mas ainda ficava apertada, estando eu e as duas garotas de pé. Dei um empurrãozinho gentil em Ellie, a do cabelo dourado, para a cama de cobertores grossos.

– Sente-se – pedi, em tom gentil.

Quando ela não reagiu, segurei-a pelos ombros e a acomodei numa posição sentada. Ela se deixou mover, mas tinha os olhos azuis arregalados e vazios. Examinei sua cabeça, em busca de ferimentos. Não encontrando nenhum, presumi que ela se achava em profundo estado de choque.

Vasculhei minha sacola de viagem por um momento, depois joguei um pouquinho de erva pulverizada em meu copo de viagem e acrescentei água do meu cantil. Pus o copo nas mãos de Ellie, que o segurou, distraída.

– Beba – animei-a, tentando captar o tom de voz que Feluriana usara comigo, de vez em quando, para me fazer obedecer sem pensar.

Talvez tenha funcionado, ou talvez ela apenas estivesse com sede. Qualquer que fosse a razão, Ellie esvaziou completamente o copo. Os olhos ainda conservavam a mesma expressão distante de antes.

Pus outra dose da erva pulverizada no copo, tornei a enchê-lo de água e o entreguei à jovem de cabelo preto, para que ela o bebesse.

Passamos vários minutos assim, eu com a mão estendida, ela com os braços caídos e imóveis junto ao corpo. Finalmente, Krin pestanejou e focou os olhos em mim.

– O que você deu a ela? – perguntou.

– Vília macerada – respondi, em tom gentil. – É uma antitoxina. Havia veneno no guisado.

Seus olhos deixaram claro que ela não acreditava em mim.

– Não comi nada do guisado.

– Também estava na cerveja, que vi você beber.

– Ótimo. Eu quero morrer.

Dei um suspiro profundo.

– O veneno não vai matá-la. Só vai fazer com que se sinta péssima. Você vai vomitar e ficar enfraquecida, com cãibras musculares por um ou dois dias.

Levantei o copo e tornei a oferecê-lo.

– Que lhe importa se eles me matarem? – perguntou, num tom monocórdio. – Se eles não matarem, eu me mato depois. Prefiro morrer... – Trincou os dentes antes de terminar a frase.

– Eles não a envenenaram. Fui eu que os envenenei e por acaso vocês ingeriram um pouco. Sinto muito, mas isto a ajudará a superar a pior parte.

O olhar de Krin vacilou por um segundo, depois tornou a ficar duro como ferro. Ela o voltou para o copo, depois o fixou em mim.

– Se é inofensivo, tome-o você.

– Não posso – expliquei. – Isso me faria dormir e tenho coisas para fazer esta noite.

Os olhos de Krin correram para a cama de peles estendida no chão da barraca. Abri meu sorriso mais tristonho e gentil.

– Não estou falando dessas coisas.

Ela continuou imóvel. Passamos um bom tempo assim. Ouvi um som abafado de alguém vomitando num ponto afastado do arvoredo. Dei um suspiro e baixei o copo. Ao olhar para baixo, vi que Ellie já se havia enroscado e pegado no sono. Seu rosto parecia quase sereno.

Respirei fundo e tornei a olhar para Krin.

– Você não tem razão alguma para confiar em mim – disse-lhe, com os olhos cravados nos dela. – Não depois do que lhe aconteceu. Mas espero que confie. – Tornei a oferecer o copo.

Ela me encarou sem pestanejar e o pegou. Bebeu tudo de um só gole, engasgou um pouco e se sentou. Seus olhos se mantiveram duros como mármore, fixados na parede da barraca. Sentei-me um tantinho longe dela.

Em 15 minutos, ela estava dormindo. Cobri as duas com um cobertor e observei seus rostos. No sono, eram ainda mais lindos que antes. Estendi a mão para afastar uma mecha de cabelo da face de Krin. Para minha surpresa, ela abriu os olhos e me encarou. Não com o olhar de mármore que me dirigira antes, mas com os olhos escuros de uma Denna novinha.

Minha mão se imobilizou em sua face. Fitamo-nos por um segundo e os olhos dela tornaram a se fechar. Eu não soube dizer se era efeito da droga, puxando-a para baixo, ou sua própria vontade se rendendo ao sono.

Acomodei-me na entrada da barraca e atravessei a Cesura sobre os joelhos. O ódio ardia em mim como fogo e a visão das duas meninas adormecidas foi como uma brisa atiçando as chamas. Trinquei os dentes e me obriguei a pensar no que tinha acontecido ali, deixando o fogo arder furiosamente, deixando-me inundar por seu calor. Respirei fundo várias vezes, preparando-me para o que viria.

∽

Esperei três horas, atento aos sons do acampamento. Conversas abafadas chegaram aos meus ouvidos, frases cujas palavras eu não podia discernir. Extinguiram-se, mesclando-se com palavrões e sons de gente passando mal. Respirei fundo e devagar, várias vezes, como Vashet me ensinara, relaxando o corpo e contando lentamente minhas exalações.

Depois, abri os olhos, fitei as estrelas e julguei que era a hora certa. Levantei-me aos poucos da posição sentada e fiz um alongamento amplo e lento. Havia uma lasca sólida de lua crescente no céu e tudo parecia muito claro.

Aproximei-me da fogueira devagar. Ela se reduzira a brasas escurecidas, que pouco faziam para iluminar o espaço entre as duas carroças. Otto estava lá, o corpanzil arriado junto a uma das rodas. Senti cheiro de vômito.

– É você, Kvothe? – perguntou ele, com a voz arrastada.

– Sim – respondi, continuando minha lenta caminhada até ele.

– Aquela vaca da Anne não deixou o cordeiro cozinhar direito – gemeu ele. – Juro pelo Deus mais sagrado que nunca passei tão mal na minha vida. – Levantou a cabeça para me olhar. – Você está bem?

A Cesura saltou, captou brevemente o luar na lâmina e rasgou a garganta de Otto. Ele se levantou, cambaleante, apoiado num joelho, depois tombou de lado, enegrecendo as mãos ao segurar o pescoço. Deixei-o jorrando seu sangue escuro à luz da lua, incapaz de gritar, agonizando, mas não morto.

Joguei um pedaço de ferro quebradiço nas brasas da fogueira e segui para as outras barracas.

Laren me assustou quando contornei a carroça. Emitiu um barulho surpreso ao me ver fazer a curva com a espada desembainhada. Mas o veneno o deixara mole e ele mal conseguiu levantar as mãos antes que a Cesura lhe varasse o peito. Sufocou um grito ao cair de costas, contorcendo-se no chão.

Por causa do veneno, nenhum deles estivera dormindo um sono profundo e o grito de Laren os fez emergirem das carroças e tendas, trôpegos e olhando em volta, com ar desvairado. Duas formas indistintas, que eu sabia que deviam ser Josh e Fren, pularam da traseira aberta da carroça mais perto de mim. Atingi um no olho, antes que ele chegasse ao chão, e rasguei a barriga do outro.

Todos viram e então houve gritos de verdade. Quase todos começaram a correr para o arvoredo, alguns caindo ao fugir. Mas a forma alta de Tim atirou-se contra mim. E então, no instante em que ele chegou perto o bastante para atacar, parti o ferro entre os dedos, com um estalo. A espada de Tim esfacelou-se com um barulho de sino quebrado e os pedaços rolaram e desapareceram no capim escuro.

Tim era mais experiente que eu, mais forte e com uma envergadura maior. Mesmo envenenado e com meia espada, fez uma boa exibição. Levei quase meio minuto para furar sua guarda com o Amante Saindo pela Janela e lhe decepar a mão na altura no pulso.

Ele caiu de joelhos, soltando um uivo rouco e agarrando o toco do braço. Atingi-o no alto do peito e segui para o arvoredo. A luta não havia demorado, mas cada segundo era vital, pois os outros já se dispersavam pela floresta.

Apressei-me na direção em que vira uma das formas escuras cambalear. Descuidei-me e, por isso, quando Alleg se lançou sobre mim, saindo da sombra de uma árvore, pegou-me desprevenido. Ele não tinha espada, apenas uma faquinha, que reluziu ao luar com sua investida. Mas uma faca é o bastante para matar um homem. Ele me esfaqueou na barriga, quando rolamos no chão. Bati com o lado da cabeça numa raiz e senti gosto de sangue.

Lutei e consegui me levantar antes dele, então seccionei o tendão do seu jarrete. Depois, furei-lhe o abdômen com a espada e o deixei praguejando no chão, enquanto saía à caça dos outros. Pressionei a barriga com força com uma das mãos. Sabia que a dor logo me atingiria e que, depois disso, talvez não me restasse muito tempo de vida.

∞

Foi uma noite longa e não vou incomodar você com outros detalhes. Achei todo o resto do grupo em sua fuga pela floresta. Anne havia quebrado uma perna, na fuga precipitada, e Tim percorreu quase meia milha, apesar da mão decepada e do ferimento no peito. Ambos gritaram, xingaram e imploraram por misericórdia, enquanto eu os perseguia pela mata, porém nada do que disseram conseguiu me aplacar.

Foi uma noite terrível, mas encontrei todos eles. Não houve nisso honra nem glória. Mas houve uma espécie de justiça e sangue. No fim, arrastei seus corpos de volta.

∞

Voltei à minha barraca quando o céu começava a se colorir de um azul conhecido. Uma linha quente e aguda de dor queimava meu ventre, algumas polegadas abaixo do umbigo e, pelo puxão desagradável quando eu me mexia, percebi que o sangue seco devia ter grudado minha camisa no ferimento. Ignorei a sensação o melhor que pude, sabendo que não conseguiria fazer nada por mim com as mãos trêmulas e sem nenhuma iluminação decente. Eu teria que esperar o amanhecer para saber a gravidade do ferimento.

Procurei não me deter no que sabia, com base no meu trabalho na Iátrica. Qualquer ferimento profundo nos intestinos promete um trajeto longo e doloroso para a sepultura. Um fisiopata competente, com o equipamento certo, talvez fizesse diferença, mas eu não poderia estar mais longe da civilização. Daria na mesma desejar um pedaço da lua.

Enxuguei a espada, sentei-me na relva molhada em frente à barraca e comecei a pensar.

CAPÍTULO 132
O círculo rompido

Fazia mais de uma hora que eu estava ocupado quando o sol enfim espiou por sobre a copa das árvores e começou a secar o orvalho da grama. Eu achara uma pedra plana e a usava como bigorna para malhar uma ferradura num formato diferente. Sobre o fogo fervia uma panela de aveia.

Estava acabando de dar os retoques finais na ferradura quando vi, pelo canto do olho, um lampejo de movimento. Era Krin, que espiava de um canto da carroça. Imaginei tê-la acordado com o barulho ao malhar o ferro.

– Ai, meu Deus! – exclamou ela, levando a mão à boca e dando dois passos atordoados para sair de trás da carroça. – Você os matou.

– Sim – respondi simplesmente e minha voz soou morta aos meus ouvidos.

Os olhos de Krin correram por meu corpo, de alto a baixo, fitando minha camisa rasgada e suja de sangue.

– Você... – Ela ficou com a voz presa na garganta e engoliu. – Você está bem?

Assenti com a cabeça, em silêncio. Quando finalmente reunira coragem para examinar meu ferimento, eu descobrira que a capa de Feluriana tinha salvado minha vida. Em vez de derramar minhas tripas, a faca do Alleg me fizera apenas um corte comprido e raso na barriga. Também havia destruído uma camisa em perfeito estado, mas, pensando bem, não me importei com isso.

Examinei a ferradura e usei uma tira úmida de couro para amarrá-la com firmeza na ponta de um galho comprido e reto. Tirei do fogo a panela de aveia e joguei a ferradura em cima das brasas.

Parecendo recuperada de parte do susto, Krin se aproximou devagar, olhando a fileira de cadáveres do outro lado da fogueira. Eu não tinha feito nada além de estendê-los mais ou menos em fila. Não era uma visão bonita. O sangue lhes manchava os corpos e suas feridas estavam abertas. Krin olhou fixamente, como se temesse vê-los começarem a se mexer de novo.

– O que você está fazendo? – perguntou-me, por fim.

Como resposta, tirei a ferradura já incandescente das brasas da fogueira e me aproximei do cadáver mais próximo. Era Tim. Pressionei o ferro em brasa nas costas da mão que lhe restara. A pele fumegou e chiou, grudando-se no metal. Após um momento, retirei-o, deixando uma queimadura negra na pele branca. Um círculo rompido. Voltei à fogueira e comecei a reaquecer o ferro.

Krin permaneceu muda, aturdida demais para ter uma reação normal. Não que houvesse um modo normal de reagir a uma situação como aquela, suponho. Mas ela não gritou nem saiu correndo, como achei que talvez fizesse. Apenas contemplou o círculo rompido e repetiu:

– O que você está fazendo?

Quando finalmente falei, minha voz soou estranha aos meus ouvidos.

– Todos os Edena Ruh são uma única família – expliquei. – Como um círculo fechado. Não importa que alguns de nós sejamos estranhos uns aos outros, ainda assim somos uma família, ainda assim, unidos. Temos que ser, porque somos sempre estrangeiros, aonde quer que vamos. Somos dispersos e as pessoas nos odeiam.

Olhei para ela e prossegui:

– Nós temos leis. Regras que seguimos. Quando um de nós faz algo que não pode ser perdoado nem corrigido, quando põe em risco a segurança ou a honra dos Edena Ruh, ele é morto e marcado com o círculo rompido, para mostrar que já não é um de nós. Raras vezes se faz isso. Raramente é necessário.

Tirei o ferro do fogo e caminhei até o corpo seguinte. Otto. Pressionei o metal no dorso de sua mão e a ouvi chiar.

– Essas pessoas *não eram* Edena Ruh. Mas se fizeram passar por nós. Fizeram coisas que nenhum Edena faria, por isso estou-me certificando de que o mundo saiba que eles não faziam parte da nossa família. Os Ruh não cometem o tipo de atos que esses homens praticaram.

– Mas as carroças – protestou ela. – Os instrumentos.

– Eles não eram Edena Ruh – retruquei com firmeza. – É provável que nem fossem uma trupe de verdade, apenas um bando de ladrões que matou um grupo de Ruh e tentou tomar o lugar deles.

Krin olhou para os corpos e tornou a me fitar.

– Então, você os matou porque fingiram ser Edena Ruh?

– Por fingirem que eram Ruh? Não. – Repus o ferro no fogo. – Por terem matado uma trupe de Ruh e roubado suas carroças? Sim. Pelo que fizeram com vocês? Sim.

– Mas, se eles não eram Ruh... – Krin olhou para as carroças, com sua pintura de cores vivas. – Como?

– Também estou curioso quanto a isso – respondi. Tirei novamente do fogo o círculo rompido, levei-o até Alleg e o pressionei na palma de sua mão.

O falso artista de trupe sacudiu-se e gritou, voltando a si.

– Ele não está morto! – exclamou Krin, num grito estridente.

Eu já havia examinado o ferimento.

– Ele está morto – discordei, em tom frio. – Só não parou de se mexer, ainda.

Virei-me para encará-lo.

– E então, Alleg? Como você arranjou um par de carroças dos Edena?

– Canalha Ruh – xingou ele, num desafio aturdido.

– É, eu sou. E você não é. Portanto, como aprendeu os sinais e costumes da minha família?

– Como você descobriu? – perguntou ele. – Nós conhecíamos as palavras, o aperto de mão. Sabíamos da água e do vinho e das canções antes do jantar. Como você descobriu?

– Vocês acharam que podiam me enganar? – retruquei, sentindo a raiva tornar a se enroscar feito uma mola dentro de mim. – Esta é a minha família! Como eu poderia não saber? Os Ruh não fazem o que vocês fizeram. Os Ruh não roubam, não sequestram meninas.

Alleg balançou a cabeça com um sorriso de mofa. Havia sangue em seus dentes.

– Todo mundo sabe o que a sua gente faz.

Minha ira explodiu.

– Todo mundo pensa que sabe! Pensa que os boatos correspondem à verdade! Os Ruh não fazem isto! – Apontei em volta, com gestos desvairados. – As pessoas só pensam essas coisas por causa de gente como vocês!

Minha raiva inflamou-se ainda mais e eu me vi gritando:

– Agora, diga o que quero saber, senão Deus vai chorar ao ver o que fiz com você!

Alleg empalideceu e teve de engolir em seco, para encontrar a voz.

– Havia um senhor idoso, a mulher dele e mais uns outros músicos. Viajei com eles como guarda por meio ano. Eles acabaram me adotando.

O homem perdeu o fôlego e arfou um pouco, na tentativa de recuperá-lo. Mas já tinha dito o bastante.

– Então, você os matou.

Alleg balançou vigorosamente a cabeça.

– Não... fomos atacados na estrada – disse, com um gesto vago para os outros corpos. – Eles nos pegaram de surpresa. Os outros músicos foram mortos, mas eu só... desmaiado.

Olhei para a fileira de corpos e senti a raiva ferver, embora já soubesse. Não haveria outro modo de aquela gente ter arranjado um par de carroças dos Edena, com suas marcas intactas.

Alleg tinha voltado a falar:

– Depois, eu ensinei a eles... Como agir feito uma trupe. – Engoliu em seco, por causa da dor. – Vida boa.

Dei-lhe as costas, enojado. Ele era um de nós, de certo modo. Um membro adotado de nossa família. Saber disso tornou tudo 10 vezes pior. Tornei a empurrar a ferradura para dentro das brasas e olhei para a menina, enquanto o ferro aquecia. Seus olhos tinham-se transformado em pedra, observando Alleg.

Sem saber direito se era a coisa certa a fazer, ofereci-lhe o ferro em brasa. Seu rosto endureceu quando ela o pegou.

Alleg não pareceu entender o que estava prestes a acontecer, até Krin encostar o ferro em brasa em seu peito. Ele ganiu e se contorceu, mas não teve força para escapar, enquanto ela apertava a ferradura com força contra seu corpo. Krin fez uma careta, enquanto lutava debilmente com o ferro, os olhos transbordando de lágrimas enfurecidas.

Passado um longo minuto, ela retirou o ferro e ficou imóvel, chorando baixinho. Deixei-a quieta.

Alleg a olhou e, de algum modo, conseguiu reencontrar a voz:

– Ah, garota, nós tivemos uns bons momentos, não foi?

Krin parou de chorar e o olhou e Alleg prosseguiu:

– Não...

Dei-lhe um violento pontapé na lateral do corpo, antes que ele pudesse dizer mais alguma coisa. Ele se enrijeceu de dor, emudecido, e me deu uma cusparada de sangue. Acertei-lhe outro pontapé e ele amoleceu.

Sem saber o que mais fazer, peguei de volta o ferro e recomecei a aquecê-lo.

Fez-se um longo silêncio.

– Ellie ainda está dormindo? – perguntei.

Krin confirmou com a cabeça.

– Você acha que ver isso a ajudaria?

Ela pensou por um instante, enxugando o rosto com a mão.

– Acho que não – disse, por fim. – Acho que ela não *conseguiria* enxergar, neste momento. Ela não está boa da cabeça.

– Vocês duas são de Levinshir? – perguntei, para impedir que o silêncio se estabelecesse.

– A minha família lavra a terra, logo ao norte de Levinshir. O pai da Ellie é prefeito.

– Quando foi que essa gente chegou à sua cidade? – perguntei, marcando com o ferro o dorso de outra mão. O cheiro adocicado de carne chamuscada começava a se adensar no ar.

– Que dia é hoje? – perguntou ela.

Fiz as contas de cabeça.

– Dia-da-sega.

– Eles entraram na cidade no theden. Há cinco dias? – indagou, depois de uma pausa. Tinha a voz carregada de incredulidade. – Ficamos contentes por ter a oportunidade de assistir a uma peça e saber das notícias. Ouvir um pouco de música. – Baixou a cabeça. – Eles acamparam no extremo leste da cidade. Quando fui lá para que lessem minha sorte, me disseram para voltar à noite. Pareciam tão amáveis, tão empolgantes...

Krin olhou para as carroças e continuou:

– Quando apareci, eles estavam todos sentados em volta da fogueira. Cantaram para mim. A velha me deu chá. Acho que nem pensei... quer dizer... ela parecia a minha avó. – Seus olhos correram até o corpo da velha senhora e tornaram a se desviar. – Aí, não me lembro do que aconteceu. Acordei no escuro, numa das carroças. Estava amarrada e... – sua voz fraquejou um pouco e ela esfregou os pulsos, distraída. Deu outra olhadela para a carroça. – Acho que Ellie também foi convidada.

Terminei de marcar o dorso das mãos dos bandidos. Havia planejado fazer a mesma coisa com seus rostos, mas o ferro demorava a aquecer no fogo e eu estava me enojando depressa daquele trabalho. Não tinha dormido nada e a raiva que ardera tão inflamada dentro de mim, por tanto tempo, estava nos bruxuleios finais, deixando-me frio e entorpecido.

Apontei para a panela de aveia que tinha tirado do fogo.

– Está com fome?

– Estou – disse Krin, mas olhou os corpos de relance. – Não.

– Nem eu. Vá acordar Ellie e levarei vocês para casa.

Krin correu para a barraca. Depois que desapareceu lá dentro, virei-me para a fileira de corpos e perguntei:

– Alguém faz objeção a que eu deixe a trupe?

Ninguém objetou. Por isso, parti.

CAPÍTULO 133

Sonhos

Demorei uma hora para levar as carroças a um trecho denso de floresta e escondê-las. Destruí suas marcas dos Edena e desatrelei os cavalos. Só havia uma sela, por isso carreguei os outros dois com comida e todos os objetos de valor portáteis que consegui encontrar.

Quando voltei com os cavalos, Krin e Ellie estavam à minha espera. Para ser mais preciso, Krin estava. Ellie achava-se meramente parada por perto, com a expressão vaga, os olhos vazios.

– Você sabe montar? – perguntei a Krin.

Ela fez que sim e lhe entreguei as rédeas do cavalo selado. Pôs um pé no estribo e parou, balançou a cabeça. Tornou a baixá-lo, devagar.

– Vou a pé.

– Você acha que Ellie ficaria em cima do cavalo?

Krin olhou para onde a menina loura estava parada. Um dos cavalos a tocou com o focinho, curioso, mas não obteve resposta.

– É provável. Mas acho que não seria bom para ela. Depois...

Assenti com a cabeça, em sinal de compreensão.

– Vamos todos a pé.

∾

– *Qual é a essência da Lethani?* – perguntei a Vashet.

– O sucesso e a ação correta.
– Qual deles é mais importante: o sucesso ou a retidão?
– Eles são a mesma coisa. Se você age corretamente, o sucesso vem.
– Mas outros podem ter sucesso agindo errado – assinalei.
– As coisas erradas nunca levam ao sucesso – disse Vashet, em tom firme. – Se um homem age mal e tem êxito, esse não é o caminho. Sem a Lethani, não há sucesso verdadeiro.
– Moço? – uma voz chamou. – Moço?

Meus olhos focaram-se em Krin. Seu cabelo estava despenteado pelo vento, seu rosto jovem, cansado. Ela me dirigiu um olhar tímido.

– Moço, está escurecendo.

Olhei ao redor e vi o crepúsculo se insinuando a leste. Eu estava cansado até os ossos e caíra num torpor ambulante, depois de pararmos para o almoço, ao meio-dia.

– Basta me chamar de Kvothe, Krin. Obrigado por sacudir meu cotovelo. Eu estava com a cabeça em outro lugar.

Krin foi buscar lenha e começou a preparar uma fogueira. Tirei a sela e a carga dos cavalos, alimentei-os e os escovei. Também levei uns minutos para montar a barraca. Normalmente, não me incomodo com essas coisas, mas houvera espaço para carregá-la nos cavalos e achei que as meninas não estavam acostumadas a dormir ao relento.

Quando terminei com a barraca, percebi que só tinha pegado um cobertor do sortimento da trupe. E a noite ia esfriar, se é que eu era bom juiz dessas coisas.

– O jantar está pronto – anunciou Krin. Joguei meu cobertor e o de sobra na barraca e voltei para onde ela terminava os preparativos. Krin tinha feito um bom trabalho com os mantimentos de que dispúnhamos. Sopa de batata com toucinho e pão torrado. Havia também uma abobrinha verde assando, aninhada nas brasas.

Ellie me preocupava. Passara o dia do mesmo jeito, caminhando de um jeito apático, sem nunca falar nem reagir a nada que Krin ou eu lhe disséssemos. Seus olhos acompanhavam as coisas, mas não havia pensamento por trás deles. Krin e eu tínhamos descoberto da maneira mais difícil que, se deixada por conta própria, ela parava de andar ou então vagava para fora da estrada, como se alguma coisa lhe chamasse a atenção.

Krin me entregou uma tigela e uma colher quando me sentei.

– Está com um cheiro bom – elogiei-a.

A jovem deu um meio sorriso e serviu uma tigela para si. Começou a encher a terceira e parou, hesitante, ao perceber que Ellie não conseguiria comer sozinha.

– Quer sopa, Ellie? – perguntei-lhe, usando um tom normal. – Está com um cheiro ótimo.

Ela se sentou junto ao fogo, alheia, olhando para o nada.

– Quer dividir a minha? – indaguei, como se fosse a coisa mais natural do mundo. Cheguei mais perto e soprei a colher, para esfriá-la. – Pronto, tome.

Ela a tomou mecanicamente, virando um pouco a cabeça para mim, na direção da colher. Seus olhos refletiam os desenhos dançantes do fogo. Pareciam janelas de uma casa vazia.

Soprei outra colherada e a segurei para ela. A menina loura só abriu a boca quando a colher encostou em seus lábios. Mexi a cabeça, tentando enxergar além das chamas dançantes em seus olhos, na esperança aflita de ver alguma coisa por trás delas. Qualquer coisa.

– Aposto que chamam você de Ell, não é? – perguntei, puxando conversa. Olhei para Krin. – Diminutivo de Ellie?

Krin encolheu os ombros, com ar de desamparo.

– Na verdade, não éramos amigas. Ela é só a Ellie Anwater. A filha do prefeito.

– Hoje foi uma longa caminhada, com certeza – prossegui, falando no mesmo tom descontraído. – Como estão os seus pés, Krin?

Krin continuou a me observar com seus olhos escuros e sérios.

– Meio doloridos.

– Os meus também. Mal posso esperar para tirar os sapatos. Seus pés estão doendo, Ell?

Nenhuma resposta. Dei-lhe outra colherada.

– E também fez bastante calor. Mas hoje à noite deve refrescar. Um tempo bom para se dormir. Não vai ser bom, Ell?

Nenhuma resposta. Krin continuou a me observar do outro lado da fogueira. Tomei, eu mesmo, uma colherada da sopa.

– Isso está bom mesmo, Krin – falei em tom sincero e tornei a me virar para a menina alienada. – É bom termos a Krin cozinhando para nós, Ell. Tudo que eu cozinho tem gosto de estrume.

Do seu lado da fogueira, Krin tentou rir, mas tinha a boca cheia de sopa e os resultados foram previsíveis. Julguei ver um lampejo nos olhos de Ell:

– Se eu tivesse umas bolotas de estrume, podia fazer uma torta de maçãs de estrume para a sobremesa – ofereci-me. – Podia fazê-la hoje, se você quisesse... – deixei minha voz se extinguir, formulando uma pergunta.

Ell franziu muito de leve o cenho, apenas uma ruguinha marcando sua testa.

– É, acho que você tem razão – comentei. – Não seria muito gostosa. Será que você quer mais sopa, em vez disso?

Um aceno quase imperceptível. Dei-lhe outra colherada.

– Mas está meio salgada. Você deve querer um pouco de água.

Outro aceno. Entreguei-lhe o cantil e ela o levou à própria boca. Passou um longo instante bebendo. Devia estar seca, por causa da caminhada do dia. Eu teria que observá-la mais de perto, no dia seguinte, para ter certeza de que bebesse água suficiente.

– Quer um gole, Krin?

– Sim, por favor – disse Krin, de olhos fixos no rosto de Ell.

Num movimento automático, Ell estendeu o cantil na direção de Krin, segurando-o bem acima do fogo, com a alça arrastando nas brasas. Krin o pegou depressa, depois acrescentou um "obrigada, Ell" meio atrasado.

Mantive o lento fluxo de conversa durante toda a refeição. Ell comeu até o fim, mas, embora seus olhos estivessem mais desanuviados, foi como se contemplasse o mundo através de uma vidraça embaçada pelo gelo, vendo sem ver. Mesmo assim, já era uma melhora.

Depois de ela tomar duas tigelas de sopa e comer metade de um pão, seus olhos começaram a se fechar.

– Você gostaria de ir dormir, Ell? – perguntei.

Um aceno mais claro.

– Devo levá-la até a barraca?

Seus olhos se abriram de estalo e ela balançou a cabeça com firmeza.

– Quem sabe a Krin ajuda você a se preparar para dormir se pedir a ela?

Ell virou-se na direção de Krin. Sua boca moveu-se vagamente. Krin me olhou de relance e assenti com a cabeça.

– Então, vamos para a caminha – disse Krin, soando exatamente como uma irmã mais velha. Aproximou-se e pegou a mão de Ell, ajudando-a a se levantar. Quando as duas entraram na barraca, terminei a sopa e comi um pedaço de pão que ficara tostado demais para as meninas.

Não demorou muito, Krin voltou à fogueira.

– Ela está dormindo? – perguntei.

– Dormiu antes de encostar no travesseiro. Você acha que ela vai ficar boa?

Ellie estava em choque muito profundo. Sua mente dera um primeiro passo, entrando nas portas da loucura, para se proteger do que lhe acontecia.

– Deve ser só uma questão de tempo, provavelmente – respondi, cansado e torcendo para que fosse verdade. – Os jovens se curam depressa.

Dei um risinho sem humor, ao me dar conta de que ela só devia ser cerca de um ano mais nova que eu. Nessa noite, eu sentia cada ano de vida como se fossem dois, alguns deles, até três.

Apesar de me sentir com uma capa de chumbo, obriguei-me a ficar de pé e ajudei Krin a lavar a louça. Pressenti seu mal-estar crescente, ao terminarmos a tarefa e amarrarmos os cavalos num trecho novo de pasto. A tensão ficou ainda maior ao nos aproximarmos da barraca. Parei e segurei a aba levantada para que ela entrasse:

– Hoje eu vou dormir aqui fora – informei.

O alívio de Krin foi palpável.

– Tem certeza?

Fiz que sim. Ela entrou e deixei a aba fechar-se às suas costas. Sua cabeça reapareceu do lado de fora quase no mesmo instante, seguida por uma mão que segurava um cobertor.

Neguei com a cabeça.

– Vocês vão precisar dos dois. Vem uma friagem esta noite.

Embrulhei-me na minha *shaed* e me deitei bem na entrada da barraca. Não queria Ell saindo durante a noite e se perdendo ou se machucando.

– Você não vai sentir frio?

– Vou ficar ótimo – respondi. Estava tão cansado que seria capaz de dormir num cavalo em disparada. Cansado o bastante para dormir *embaixo* de um cavalo em disparada.

Krin pôs a cabeça para dentro da barraca. Pouco depois, ouvi-a se aninhando nas cobertas. Então, tudo ficou em silêncio.

Lembrei-me da expressão assustada no rosto de Otto quando cortei sua garganta. Recordei Alleg se debatendo debilmente e me xingando, enquanto eu o arrastava de volta para as carroças. Lembrei-me do sangue. Da sensação que ele me trouxera às mãos. De sua consistência.

Eu nunca havia matado ninguém assim. Não friamente, não de perto. Recordei como fora quente o sangue deles. De como Keta havia gritado quando eu a perseguira pelo bosque: "Eram elas ou eu!", havia berrado, histérica. "Eu não tive escolha. Eram elas ou eu!"

Passei muito tempo acordado. Quando adormeci, os sonhos foram piores.

CAPÍTULO 134

A estrada para Levinshir

Nosso avanço foi lento no dia seguinte, pois Krin e eu fomos obrigados a conduzir os três cavalos e Ell, ainda por cima. A sorte foi que os cavalos eram bem comportados, como costumam ser os animais treinados pelos Edena. Se fossem tão desorientados quanto estava a pobre filha do prefeito, talvez nunca tivéssemos chegado a Levinshir.

Ainda assim, os cavalos quase davam mais trabalho do que valiam. O ruão lustroso, em especial, gostava de perambular pela vegetação rasteira, pastando. Eu já tivera que puxá-lo de volta três vezes e estávamos irritados um com o outro. Eu lhe dera o nome de Carrapicho, por motivos óbvios.

Na quarta vez que tive de puxá-lo de volta para a estrada, pensei seriamente em soltá-lo, para me poupar os problemas. É claro que não fiz isso. Um bom cavalo é como dinheiro no bolso. E seria mais rápido voltar cavalgando para Severen do que percorrer todo o caminho a pé.

Krin e eu fizemos todo o possível para manter Ell participando da conversa enquanto andávamos. Parece que ajudou um pouco. E, quando chegou a hora da nossa refeição do meio-dia, ela parecia quase consciente do que acontecia ao seu redor. Quase.

Tive uma ideia, ao nos prepararmos para partir depois do almoço. Levei nossa égua cinzenta mosqueada para perto de Ell. O cabelo dourado da menina era um emaranhado só, e ela tentava alisá-lo com uma das mãos, enquanto seus olhos vagavam, distraídos, como se ela não compreendesse muito bem onde estava.

– Ell – chamei-a, e ela se virou para olhar. – Você conhece a Cauda Gris? – perguntei, apontando para a égua.

Um vago e confuso menear da cabeça.

– Preciso da sua ajuda para conduzi-la. Você já puxou um cavalo?

Um aceno afirmativo.

– A égua precisa de alguém que cuide dela. Você pode fazer isso?

Cauda Gris me fitou com um de seus olhos enormes, como se me dissesse que precisava tanto de quem a puxasse quanto eu de rodas para andar. Mas, em seguida, baixou um pouco a cabeça e cutucou Ell com o focinho, de um jeito maternal. A garota estendeu a mão num gesto quase automático, para lhe afagar o focinho, e tirou as rédeas de mim.

– Você acha que isso é boa ideia? – perguntou Krin, quando voltei para carregar os outros dois cavalos.

– Cauda Gris é mansa como um cordeiro.

– O simples fato de a Ell estar abobalhada feito uma ovelha não faz delas um bom par – disse-me, com ar insolente.

Esbocei um sorriso ao ouvir isso.

– Nós vamos observá-las por uma hora, mais ou menos. Se não funcionar, não funcionou. Mas, às vezes, a melhor ajuda que uma pessoa pode receber é ajudar alguém.

∽

Por ter dormido mal, eu estava duplamente cansado nesse dia. Tinha um gosto ruim na boca e me sentia empoeirado, como se houvessem raspado as duas primeiras camadas da minha pele com areia. Senti-me quase tentado a cochilar na sela, mas não encontrei disposição para montar enquanto as meninas seguiam a pé.

Assim, fui-me arrastando, conduzindo meu cavalo e cochilando em pé. Nesse dia, porém, não consegui entrar na confortável sonolência que costumo usar quando caminho. Fui atormentado pela lembrança do Alleg, perguntando-me se ele ainda estaria vivo.

Pelo período que eu havia passado na Iátrica, sabia que o ferimento que lhe causara no ventre era fatal. Sabia também que seria uma morte lenta. E dolorosa. Com atendimento adequado, talvez ele levasse uma onzena inteira para morrer. Mesmo sozinho, no meio de lugar nenhum, poderia sobreviver durante dias com aquele ferimento.

Não seriam dias agradáveis. Ele iria delirar de febre quando a infecção se instalasse. Qualquer movimento faria a ferida se reabrir. E também não poderia andar, com o jarrete da perna cortado. Logo, se quisesse se mexer, teria que rastejar. Já devia estar com dor no estômago, de tanta fome, e queimando de sede.

Mas não morto de sede. Não. Eu tinha deixado um cantil cheio por perto. Pusera-o do lado dele quando saímos. Não por bondade. Não para tornar mais suportáveis as suas últimas horas de vida. Eu o tinha deixado por saber que, com água, Alleg viveria mais tempo, sofreria mais.

Deixar-lhe aquele cantil fora a coisa mais terrível que eu já havia feito e, agora que minha raiva tinha esfriado e se transformado em cinzas, arrependi-me disso. Fiquei pensando em quanto mais ele viveria por causa da água. Um dia? Dois? Não mais de dois, com certeza. Procurei não pensar em como seria esse tempo.

Mas, mesmo quando expulsava da cabeça as ideias sobre Alleg, eu tinha outros demônios com que lutar. Fui-me lembrando de fragmentos daquela noite, das coisas que os falsos membros da trupe tinham dito enquanto eu os retalhava. Dos sons feitos por minha espada ao se cravar neles. Do cheiro de sua pele quando a marquei com ferro. Eu havia matado duas mulheres. O que Vashet pensaria dos meus atos? O que qualquer um pensaria?

Esgotado pela preocupação e pela falta de sono, meus pensamentos giraram nesses círculos pelo resto do dia. Montei o acampamento graças à força do hábito e mantive uma conversa com Ell por pura força de vontade. A hora de dormir chegou antes de eu estar pronto e me vi enrolado em minha *shaed*, à entrada da barraca das meninas. Tive vaga consciência de que Krin havia começado a me olhar com a mesma expressão apreensiva com que observara Ell nos dois dias anteriores.

Passei uma hora de olhos abertos antes de adormecer, pensando em Alleg.

Ao dormir, sonhei que os matava. No meu sonho, eu espreitava a floresta com obstinação implacável.

Mas dessa vez foi diferente. Eu matava Otto, cujo sangue borrifava minhas mãos como graxa quente. Depois, matava Laren, Josh e Tim. Eles gemiam e gritavam, contorcendo-se no chão. Seus ferimentos eram medonhos, mas eu não conseguia desviar os olhos deles.

E então seus rostos mudavam. Eu estava matando Taren, o ex-mercenário barbudo da minha trupe. Depois, matava Trip. Em seguida, perseguia Shandi pela floresta, empunhando a espada nua. Ela gritava e chorava de medo. Quando finalmente a alcancei, ela se agarrou em mim, derrubou-me no chão e afundou o rosto no meu peito, soluçando. "Não, não, não", implorava. "Não, não, não."

Acordei. Fiquei deitado de costas, apavorado, sem saber onde meu sonho terminava e onde começava a realidade. Após um breve momento, compreendi a verdade. Ell tinha saído rastejando da barraca e se aninhara ao meu lado. Tinha o rosto afundado no meu peito e a mão agarrava meu braço, desesperadamente.

– Não, não – disse, engasgada. – Não, não, não, não, não. – Seu corpo começou a sacudir em soluços desamparados quando ela não conseguiu mais falar. Minha camisa ficou empapada por suas lágrimas quentes. Meu braço sangrou onde ela o agarrava.

Fiz sons consoladores e afaguei seu cabelo. Depois de um bom tempo, ela se acalmou e acabou mergulhando num sono esgotado, ainda agarrada ao meu peito.

Fiquei muito quieto, sem querer me mexer, para não acordá-la. Trinquei os dentes. Pensei em Alleg, Otto e todos os outros. Lembrei-me do sangue, dos gritos e do cheiro de carne queimada. Lembrei-me de tudo e sonhei com coisas ainda piores que poderia ter feito com eles.

Nunca mais tive aqueles pesadelos. Vez por outra, penso em Alleg e sorrio.

∽

Chegamos a Levinshir no dia seguinte. Ell tinha recobrado o juízo, mas se manteve calada e retraída. Apesar disso, as coisas se desenrolaram mais depressa, principalmente porque as meninas concluíram que já tinham-se recuperado o bastante para montar a Cauda Gris em turnos alternados.

Percorremos 10 quilômetros antes da parada do meio-dia e as meninas foram ficando cada vez mais animadas, ao começarem a reconhecer partes da zona rural. A forma dos morros ao longe. Uma árvore torta à beira da estrada.

No entanto, ao nos aproximarmos de Levinshir, elas foram silenciando.

– É logo ali, depois daquela elevação – disse Krin, descendo da égua ruã. – Daqui em diante você monta, Ell.

Ell olhou para a jovem, depois para mim, depois para os pés. Balancei a cabeça. Observei-as.

– Vocês estão bem?

– Meu pai vai me matar. – A voz de Krin mal passou de um sussurro, o rosto carregado por um medo grave.

– Esta noite seu pai será um dos homens mais felizes do mundo – retruquei, mas depois achei melhor ser franco. – Pode ser que ele também esteja zangado. Mas só por ter ficado louco de pavor nos últimos oito dias.

Krin pareceu ligeiramente tranquilizada, mas Ell desatou a chorar. Krin a envolveu nos braços, produzindo sons meigos.

– Ninguém vai se casar comigo – soluçou Ell. – Eu ia me casar com Jason Waterson e o ajudaria a cuidar da loja. Agora ele não vai se casar comigo. Ninguém vai.

Olhei para Krin e vi o mesmo medo refletido em seus olhos marejados. Mas havia raiva neles, enquanto os de Ell não guardavam nada além de desespero.

– Qualquer homem que pense assim é um idiota – afirmei, pondo em minha voz todo o peso da convicção que consegui reunir. – E vocês duas são inteligentes demais e bonitas demais para se casarem com idiotas.

Isso pareceu deixar Ell um pouco mais calma e seus olhos se voltaram para mim, como que buscando algo em que acreditar.

– É verdade – insisti. – E nada disso foi culpa de vocês. Tenham certeza de guardar isto na lembrança nos próximos dias.

– Eu os odeio! – vociferou Ell, surpreendendo-me com sua ira súbita. – Odeio os homens!

Os ossos de seus dedos ficaram brancos, de tanto apertar as rédeas de Cauda Gris. Seu rosto se contorceu numa máscara de raiva. Krin passou os braços em volta dela, mas, quando se virou para mim, vi o mesmo sentimento silenciosamente refletido em seus olhos escuros.

– Vocês têm toda razão para odiá-los – concordei, sentindo mais ódio e desamparo do que nunca. – Mas eu também sou homem. Nem todos nós somos assim.

Passamos algum tempo ali, a não mais de 800 metros da cidade. Bebemos água e comemos um pouco, para acalmar os nervos. E então, levei-as para casa.

CAPÍTULO 135
A volta para casa

Levinshir não era uma cidade grande. Lá viviam cerca de 200 pessoas, talvez 300, se contássemos as fazendas dos arredores. Era hora da refeição quando entramos e a rua de terra batida que dividia a cidadezinha ao meio estava deserta e silenciosa. Ell me disse que sua casa ficava do outro lado do vilarejo. Torci para chegar lá com as meninas sem sermos vistos. Elas estavam exaustas e com o espírito perturbado. A última coisa de que precisavam era enfrentar uma turba de vizinhos mexeriqueiros.

Mas não seria assim. Havíamos atravessado cerca de metade da cidade quando vi um lampejo de movimento numa janela. Uma voz de mulher gritou "*Ell!*" e, em 10 segundos, começou a jorrar gente de todas as portas visíveis.

As mulheres foram mais rápidas e, em menos de um minuto, haviam formado um círculo protetor em torno das duas jovens, falando, chorando e abraçando umas às outras. As meninas não pareceram se importar. Talvez fosse melhor assim. Uma recepção calorosa poderia contribuir muito para curá-las.

Os homens se contiveram, cientes de serem inúteis em situações como essa. A maioria ficou observando das portas ou varandas. Seis ou oito saíram para a rua, andando devagar e observando a situação. Eram homens cautelosos, lavradores e amigos de lavradores. Sabiam o nome de todas as pessoas num raio de 15 quilômetros de suas casas. Não havia estranhos numa cidadezinha como Levinshir, exceto eu.

Nenhum dos homens era parente próximo das meninas. Ainda que fossem, sabiam que não chegariam perto delas por pelo menos meia hora, quem sabe até um dia. Assim, eles deixaram que as esposas e irmãs cuidassem das coisas. Sem nada mais a ocupá-los, voltaram brevemente a atenção para os cavalos e para mim.

Fiz sinal para um menino de uns 10 anos.

– Vá dizer ao prefeito que a filha dele voltou. Corra!

Ele disparou numa nuvem de poeira pela rua, os pés descalços voando.

Os homens se aproximaram lentamente, com sua desconfiança natural dos estranhos 10 vezes agravada pelos acontecimentos recentes. Um menino de cerca de 12 anos não foi tão cauteloso quanto os demais e veio direto para mim, examinando minha espada e minha capa.

– Como é seu nome? – perguntei-lhe.

– Pete.

– Você sabe montar, Pete?

Ele pareceu ofendido.

– Num brinca.

– Sabe onde fica a fazenda dos Walker?

Ele fez que sim com a cabeça.

– Uns 3 quilômetros pro norte, pros lados do moinho.

Dei um passo de lado e lhe entreguei as rédeas do ruão.

– Vá dizer a eles que sua filha voltou. Depois, deixe-os usarem o cavalo para vir para a cidade.

Ele já estava com uma perna sobre o cavalo antes que eu pudesse ajudá-lo a subir. Mantive a mão nas rédeas por tempo suficiente para encurtar os estribos, para que ele não se matasse a caminho da fazenda.

– Se você for e voltar sem quebrar a sua cabeça nem a perna do meu cavalo, eu lhe darei um vintém – disse-lhe.

– Você vai me dar dois – retrucou o menino.

Dei uma risada. Ele fez meia-volta com o cavalo e se foi.

Enquanto isso, os homens tinham-se juntado num círculo frouxo ao meu redor.

Um sujeito alto e já meio calvo, de cara fechada e barba grisalha, pareceu outorgar-se a posição de líder.

– E ocê quem é? – perguntou, num tom que falava com mais clareza que suas palavras: *Quem diabo é você?*

– Kvothe – respondi, em tom gentil. – E o senhor?

– Acho que isso num é da sua conta – rosnou ele. – Tá fazendo o que aqui? – *Que diabo você está fazendo aqui com as nossas duas meninas?*

– Pela mãe de Deus, Seth – disse-lhe um homem mais velho. – Você tem menos juízo do que um cachorro. Isso não é jeito de falar com...

– Num me vem com conversa, Benjamin – rebateu com aspereza o homem carrancudo. – A gente tem direito de saber quem ele é.

Virou-se para mim e deu alguns passos à frente dos demais.

– Ocê é um daqueles safado da trupe que passou por aqui?

Balancei a cabeça e procurei parecer inofensivo.

– Não.

– Pois eu acho que é. Tô achando que é meio parecido com aqueles tal de Ruh. Tem os olho deles.

Os homens à sua volta esticaram o pescoço para dar uma olhada melhor no meu rosto.

– Santo Deus, Seth – interveio de novo o homem idoso. – Nenhum deles tinha cabelo ruivo. A gente se lembra de cabelo assim. Ele não é um deles.

– Por que eu traria as moças de volta se fosse um dos homens que as levaram? – observei.

A expressão de Seth ficou mais carregada, enquanto ele prosseguia:

– Tá querendo bancar o espertinho comigo, garoto? Vai ver que acha que aqui todo mundo é burro, né? Tá pensando que, trazendo elas de volta, vai ganhar uma recompensa ou que a gente num vai mandar mais ninguém atrás de ocês?

Ele estava a uma distância em que quase podia me tocar, com uma expressão furiosa.

Olhei em volta e vi a mesma raiva espreitando nos rostos de todos os homens. Era o tipo de raiva que entra em ebulição devagar, no coração de homens decentes que querem justiça e que, ao verem que ela lhes escapa, resolvem que a vingança é a segunda melhor opção.

Tentei pensar numa forma de acalmar a situação, mas, antes que pudesse fazer alguma coisa, ouvi a voz de Krin atrás de mim:

– Seth, sai de perto dele!

Seth parou, as mãos meio levantadas para mim.

– Ora...

Krin já andava em direção a ele. O círculo de mulheres se afrouxou para soltá-la, mas ficou por perto.

– Ele nos salvou, Seth! – gritou a moça, furiosa. – Seu idiota comedor de esterco, foi *ele* que salvou a gente! Onde é que estavam vocês todos? Por que não foram nos buscar?

Seth afastou-se de mim, enquanto a raiva e a vergonha travavam um combate em seu rosto. A raiva venceu.

– A gente foi! – berrou ele de volta. – Depois de descobrir o que tinha acontecido, a gente foi atrás deles. Eles acertou o cavalo do Bil bem embaixo dele e ele ficou com a perna esmagada. O Jim levou uma facada no braço e o velho Cupper inda num acordou da surra que eles deu. Eles quase mataram a gente.

Tornei a olhar e a ver a raiva nos rostos dos homens. Entendi a verdadeira razão dela. O desamparo que eles haviam sentido, impossibilitados de defender sua cidade da violência infligida pela falsa trupe. A incapacidade de resgatar as filhas de seus amigos e vizinhos os deixara envergonhados.

– Bem, pois não foi o bastante! – retrucou Krin, com gritos acalorados e os olhos faiscando. – Ele veio e nos buscou porque é homem de verdade. Não é como o resto de vocês, que nos largaram para a gente morrer!

A raiva saltou de um rapaz à minha esquerda, um garoto de fazenda de uns 17 anos:

– Nada disso teria acontecido se vocês não ficassem andando por aí feito umas vagabundas Ruh!

Quebrei-lhe o braço antes de me dar conta do que fazia. Ele gritou ao cair no chão. Puxei-o pela nuca e o pus de pé:

– Como é seu nome? – rosnei no seu rosto.

– Meu braço! – arquejou ele, o branco dos olhos à mostra.

Sacudi-o como se fosse um boneco de pano.

– Nome!

– Jason! – exclamou ele. – Pela mãe de Deus, o meu braço...

Segurei seu queixo com minha mão livre e virei seu rosto para Krin e Ell.

– Jason – sibilei baixinho em seu ouvido –, quero que você olhe para essas moças. E quero que pense no inferno que elas viveram nos últimos dias, de mãos e pés atados no fundo de uma carroça. E quero que você se pergunte o que é pior: um braço quebrado ou ser sequestrada por estranhos e violentada quatro vezes por noite.

Em seguida, virei seu rosto para mim e falei tão baixo que, mesmo a poucos centímetros de distância, mal chegava a ser um sussurro:

– Depois que tiver pensado nisso, quero que reze para Deus perdoá-lo pelo que você acabou de dizer. E, se você for sincero, queira Tehlu que seu braço sare direitinho. – Os olhos do rapaz estavam aterrorizados e marejados. – Depois disso, se algum dia você tiver um pensamento indelicado sobre qualquer uma delas, seu braço vai doer como se houvesse ferro em brasa dentro do osso. E, se algum dia você disser uma palavra grosseira, ele vai ter uma febre e apodrecerá devagarzinho, e vão ter de amputá-lo para salvar a sua vida. – Apertei mais o punho no braço dele, vendo seus olhos se arregalarem. – E, se ousar fazer alguma coisa contra qualquer uma delas, eu ficarei sabendo. Virei aqui, matarei você, e deixarei o seu corpo pendurado numa árvore.

Já então havia lágrimas em seu rosto, embora eu não soubesse dizer se eram de vergonha, medo ou dor.

– Agora, peça desculpas a ela pelo que disse.

Soltei-o, depois de me certificar de que ele estava firme nos pés, e o virei na direção de Krin e Ell. As mulheres continuavam em volta delas, como um casulo protetor.

O rapaz segurou debilmente o braço quebrado.

– Eu não devia ter dito isso, Ellie – soluçou, soando mais arrasado e arrependido do que eu imaginaria possível, com ou sem braço quebrado. – Foi um demônio que falou pela minha boca. Mas eu juro que tava morto de preocupação. Todo mundo estava. E a gente tentou mesmo buscar vocês, mas eles eram muitos e atacaram a gente na estrada, e aí a gente teve que trazer o Bil pra casa, senão ele ia morrer, por causa da perna.

Alguma coisa insinuou-se em minha memória sobre o nome do rapaz. Jason? De repente, suspeitei de que havia acabado de quebrar o braço do namorado de Ell. Por algum motivo, não consegui me sentir mal por isso naquele momento. Na verdade, era a melhor coisa que podia lhe acontecer.

Ao olhar em volta, percebi que a raiva se esvaía dos rostos dos homens a meu redor, como se eu houvesse esgotado toda a reserva da cidade, num clarão repentino e furioso. Em vez disso, eles olharam para Jason, com um ar meio sem graça, como se o rapaz estivesse pedindo desculpas por todos.

Vi então um homem grande e de ar saudável, correndo pela rua, seguido por mais uns 10 aldeões. Pela expressão do seu rosto, calculei que fosse o pai de Ell, o prefeito. Ele abriu caminho por entre as mulheres, levantou a filha nos braços e a rodopiou no ar.

Em cidadezinhas como essas se encontram dois tipos de prefeitos. O primeiro é o dos homens mais velhos e meio calvos, com uma barriga considerável, que são cheios de dinheiro e tendem a torcer muito as mãos quando acontece algo inesperado. O segundo é o dos homens altos e espadaúdos, cujas famílias foram prosperando devagar, por terem trabalhado no arado feito uns infelizes furiosos durante 20 gerações. O pai de Ell era do segundo tipo.

Encaminhou-se para mim, com um braço no ombro da filha.

– Entendo que é a você que devo agradecer por trazer as nossas meninas de volta – disse. Estendeu a mão para apertar a minha e vi que tinha o braço enfaixado. Mesmo assim, o aperto de mão foi firme. Ele abriu o sorriso mais largo que eu já tinha visto desde que deixara Simmon na Universidade.

– Como vai o braço? – perguntei, sem me dar conta do que isso pareceria. O sorriso dele se desfez um pouco e eu me apressei a acrescentar: – Tenho alguma instrução em fisiopatia. E sei que pode ser meio complicado lidar com esse tipo de coisa quando se está longe de casa. – *Quando se mora num lugar que acha que mercúrio é remédio*, pensei.

O sorriso voltou e ele flexionou os dedos.

– Está meio duro, mas é só. É apenas um pedacinho de carne. Eles nos pegaram de surpresa. Pus as mãos num deles, mas o sujeito me esfaqueou e fugiu. Como foi que você conseguiu tirar as meninas daqueles bastardos ateus dos Ruh?

– Eles não eram Edena Ruh – respondi, com a voz mais tensa do que me agradaria. – Nem sequer eram verdadeiros artistas de trupe.

O sorriso começou a desaparecer novamente.

– O que quer dizer?

– Eles não eram Edena Ruh. Nós não fazemos as coisas que eles fizeram.

– Escute – disse o prefeito em tom franco, começando a ficar meio irritado. – Sei muito bem o que eles fazem. Chegaram aqui todos cheios de gentilezas, tocaram um pouco e ganharam um ou dois vinténs. Depois, começaram a criar encrencas na cidade. Quando pedimos que fossem embora, eles levaram a minha menina. – Ele quase cuspiu fogo ao dizer estas últimas palavras.

– *Nós?* – ouvi alguém dizer baixinho atrás de mim. – Jim, ele disse *nós*.

Seth veio para o lado do prefeito, amarrando a cara, para me encarar de novo.

– Eu disse que ele parecia um deles – declarou, em tom triunfal. – Conheço eles. A gente sempre sabe, pelo olho.

– Espere – disse o prefeito, com lenta incredulidade. – Você está me dizendo que é um *deles*? – indagou, assumindo uma expressão perigosa.

Antes que eu pudesse me explicar, Ell agarrou o pai pelo braço.

– Ah, não o deixe zangado, papai – disse depressa, segurando o braço bom do pai como que para puxá-lo para longe de mim. – Não diga nada que o faça se zangar. Ele não estava com o grupo. Ele me trouxe de volta, me salvou.

O prefeito pareceu abrandar-se um pouco diante disso, mas sua simpatia havia desaparecido.

– Explique-se – exigiu, em tom severo.

Suspirei por dentro, percebendo a confusão que tinha causado.

– Eles não eram artistas de trupe e com certeza não eram Edena Ruh. Eram bandidos que mataram pessoas da minha família e roubaram suas carroças. Só estavam fingindo ser artistas.

– E por que alguém se fingiria de Ruh? – perguntou o prefeito, como se isso fosse uma ideia incompreensível.

– Para fazer o que fizeram – rebati. – Vocês os deixaram entrar na cidade e eles abusaram de sua confiança. Isso é algo que um Edena Ruh jamais faria.

– Você não respondeu à minha pergunta. Como foi que resgatou as meninas?

– Cuidei da situação – respondi, simplesmente.

– Ele os matou – disse Krin, alto o bastante para que todos ouvissem. – Matou todos eles.

Senti todos os olhares se voltarem para mim. Metade deles pensava: *Todos eles? Ele matou sete homens?* A outra metade pensava: *Havia duas mulheres com eles, será que ele as matou também?*

– Bem, sendo assim – disse o prefeito, baixando os olhos para me fitar por um longo momento. – Ótimo – comentou, como se acabasse de chegar a uma conclusão. – Isso é bom. O mundo fica melhor sem eles.

Senti todos relaxarem um pouco.

– Aqueles são os cavalos deles – expliquei, apontando para os animais que carregavam nossa bagagem. – Agora eles pertencem às meninas. A mais de 60 quilômetros daqui, vocês encontrarão as carroças. Krin sabe mostrar onde elas foram escondidas. Elas também são das meninas.

– Darão um bom preço lá em Temsford – refletiu o prefeito.

– Com os instrumentos, as roupas e outras coisas similares, conseguirão um bom dinheiro – concordei. – Dividido pelas duas, dará um belo dote – acrescentei em tom firme.

Ele me fitou nos olhos, com um lento aceno de compreensão.

– É, dará mesmo.

– E as coisas que eles roubaram de nós? – protestou um homem corpulento, de avental. – Eles quebraram a minha taberna toda e roubaram dois barris da minha melhor cerveja!

– O senhor tem filhas? – perguntei-lhe, calmamente. A expressão súbita e abalada em seu rosto me disse que sim. Sustentei seu olhar. – Nesse caso, acho que se safou muito bem dessa situação.

O prefeito finalmente notou Jason segurando o braço quebrado.

– O que aconteceu com você?

Jason olhou para os pés e Seth falou por ele:

– Ele disse umas coisa que num devia.

O prefeito olhou em volta e percebeu que obter uma resposta mais completa seria uma verdadeira provação. Encolheu os ombros e deixou para lá.

– Posso colocar uma tala para você – ofereci-me, com naturalidade.

– Não! – exclamou Jason, meio depressa demais, depois recuou. – Prefiro procurar a Vó.

Dei uma olhadela de relance para o prefeito.

– Vó?

Ele abriu um sorriso afetuoso.

– Quando arranhamos os joelhos, a Vó nos remenda de novo.

– O Bil está lá? – indaguei. – O homem da perna esmagada?

O prefeito confirmou com a cabeça.

– Ela não vai perdê-lo de vista por mais uma onzena, se bem a conheço.

– Eu o acompanho até lá – falei, dirigindo-me ao rapaz que aninhava cuidadosamente o braço. – Gostaria de ver o trabalho dela.

∞

Longe da civilização como estávamos, eu esperava que a Vó fosse uma velha recurvada que tratava seus pacientes com sanguessugas e álcool de madeira.

Minha opinião mudou quando vi o interior de sua casa. As paredes eram cobertas de maços de ervas secas e prateleiras cheias de vidrinhos cuidadosamente rotulados. Havia uma pequena escrivaninha, em cujo tampo se viam três livros grossos, com encadernação de couro. Um deles estava aberto e o reconheci como a *Herobórica*. Vi anotações manuscritas, rabiscadas nas margens, enquanto alguns verbetes tinham sido modificados ou riscados por completo.

A Vó não era tão velha quanto eu imaginara que seria, embora tivesse sua cota de cabelos grisalhos. Tampouco era encurvada e, na verdade, era mais alta que eu, com ombros largos e um rosto redondo e risonho.

Pôs uma chaleira de cobre no fogo, cantarolando baixinho. Em seguida, pegou uma tesoura e fez Jason sentar-se, escorando delicadamente o braço dele. Pálido e transpirando, o rapaz manteve um fluxo constante de tagarelice nervosa, enquanto a Vó cortava metodicamente a sua camisa. Em poucos minutos, sem que ela sequer houvesse perguntado, o garoto lhe dera uma descrição precisa, embora meio desconexa, da volta de Ell e Krin para casa.

– É uma bonita fratura – disse ela, enfim, interrompendo-o. – Como aconteceu?

Os olhos arregalados de Jason correram para mim e se desviaram.

– Nada... – apressou-se a falar. Depois, percebeu que não havia respondido à pergunta. – Quer dizer...

– Eu o quebrei – interrompi. – Achei que era minha obrigação acompanhá-lo até aqui, para ver se havia algo que eu pudesse fazer para ajudá-lo a sarar.

A Vó tornou a me olhar.

– Você já lidou com este tipo de coisa?

– Estudei medicina na Universidade.

Ela deu de ombros.

– Nesse caso, acho que pode segurar as talas enquanto eu as prendo. Tenho uma garota que me ajuda, mas ela saiu correndo ao ouvir a comoção na rua.

Jason dirigiu-me um olhar nervoso, enquanto eu prendia a madeira com firmeza em seu braço, mas a Vó levou menos de três minutos para enfaixar a fratura, com um ar de competência entediada. Ao vê-la trabalhar, concluí que ela valia mais que metade dos estudantes da Iátrica cujos nomes eu conhecia.

Depois de terminarmos, ela olhou para Jason.

– Você deu sorte – disse-lhe. – Não precisei fazer a redução. Evite usar esse braço por um mês. Ele deve sarar muito bem.

Jason saiu assim que foi possível e, depois de uma pequena dose de persuasão, a Vó me deixou ver Bil, que estava deitado em seu quarto dos fundos.

Se o braço de Jason tivera uma fratura limpa, as de Bil eram um estrago tão grande quanto se poderia imaginar. Os dois ossos da perna estavam quebrados em vários pontos. Não pude examiná-los sob as ataduras, mas a perna estava muito inchada. A pele acima das ataduras mostrava-se roxa e manchada, esticada como uma linguiça que se encheu demais.

Bil estava pálido, porém lúcido, e dava a impressão de que provavelmente não perderia a perna. Que utilidade ela teria, isso era outra história. Talvez ele não saísse com mais de uma claudicação pesada, que eu não apostaria que algum dia voltasse a correr.

– Que tipo de gente mata o cavalo de um homem? – perguntou, indignado, com o rosto coberto por uma fina camada de suor. – Não é direito.

O cavalo tinha sido o dele, é claro. E aquele não era o tipo de cidadezinha em que o povo tivesse cavalos de sobra. Bil era um homem jovem, recém-casado e com sua própria fazendinha, e talvez nunca mais voltasse a andar, por ter tentado agir com retidão. Era doloroso pensar nisso.

A Vó lhe deu duas colheradas de alguma coisa de um vidro marrom e isso fez com que ele cerrasse os olhos. Ela nos fez sair do quarto e fechou a porta ao passar.

– O osso dele rompeu a pele? – perguntei, uma vez fechada a porta.

Ela fez que sim e repôs o vidro na prateleira.

– O que você tem usado para ele não ficar séptico?

– Fétido, você diz? – perguntou ela. – Carrapicho-de-carneiro.

– É mesmo? Não araruta?

– Araruta. – Ela bufou, enquanto punha mais lenha no fogo e retirava dele a chaleira já fumegante. – Você já tentou impedir alguma coisa de estragar usando araruta?

– Não – admiti.

– Então, deixe-me poupar-lhe o trabalho de matar alguém – retrucou ela. Pegou um par de xícaras de madeira. – A araruta é inútil. Você pode comê-la, se quiser, mas é só.

– Mas dizem que a pasta de araruta e bessâmia é ideal para isso.

– A bessâmia pode ter alguma serventia – admitiu ela –, mas o carrapicho-de-carneiro é melhor. Eu preferiria um pouco de lâmina-rubra, mas a gente nem sempre pode ter o que quer. O que usamos é uma pasta de erva-de-mãe e carrapicho-de-carneiro e você pode ver que ele está se recuperando muito bem. A araruta é fácil de achar e dá uma pasta macia, mas não tem nenhuma propriedade que preste. – Ela balançou a cabeça. – Araruta e cânfora. Araruta e bessâmia. Araruta e erva-de-sal. A araruta não é paliativo nenhum. Só serve para transportar aquilo que funciona.

Abri a boca para protestar, depois corri os olhos pela casa dela, por seu exemplar da *Herobórica* cheio de anotações, e fechei a boca.

A Vó derramou água quente da chaleira nas duas xícaras.

– Sente aí um pouco. Você está com jeito de quem anda nas últimas.

Dirigi um olhar ansioso à cadeira, mas disse:

– Acho que preciso ir andando.

– Você tem tempo para uma xícara – disse ela, segurando meu braço e me sentando com firmeza na cadeira. – E para uma boquinha. Está pálido feito um osso seco e eu tenho aqui um pedaço de pudim sem ninguém pra lhe dar um lar.

Tentei lembrar se tinha comido alguma coisa no almoço desse dia. Recordei-me de ter alimentado as meninas...

– Não quero lhe dar mais trabalho – protestei. – Já lhe arranjei o bastante para fazer.

– Estava na hora de alguém quebrar o braço daquele garoto – disse a Vó, puxando conversa. – Ele tem uma boca que nem dá para acreditar. – Entregou-me uma das xícaras. – Tome isto, que eu vou buscar um pedaço de pudim.

Era maravilhoso o aroma do vapor que subia da xícara.

– O que há aqui dentro? – indaguei.

– Bagas de roseira-canina. E um pouco de conhaque de maçã que eu mesma fiz – respondeu ela, abrindo um sorriso largo, que lhe franziu os cantos dos olhos. – Se quiser, também posso botar um pouco de araruta.

Sorri e tomei um gole. O calor se espalhou por meu peito e eu me senti relaxar um pouco. O que foi estranho, porque até então eu não havia percebido que estava tenso.

A Vó se atarefou um pouco aqui e ali, até pôr dois pratos na mesa e se acomodar numa cadeira próxima.

– Você matou mesmo aquela gente? – perguntou, sem rodeios. Não havia nenhuma acusação em sua voz. Era apenas uma pergunta.

Assenti com a cabeça.

– Provavelmente você não deveria ter contado a ninguém – disse ela. – Sem dúvida vai haver confusão. Vão querer um julgamento e terão que trazer um juiz de Temsford.

– Eu não contei. Foi Krin que contou.

– Ah – exclamou ela.

A conversa foi diminuindo. Tomei o último gole da minha xícara, mas, quando tentei pô-la na mesa, minhas mãos tremiam tanto que ela bateu na madeira, fazendo um barulho que parecia um visitante impaciente à porta.

A Vó bebeu calmamente o líquido de sua xícara.

– Não me agrada falar disso – falei, por fim. – Não foi uma coisa boa.

– Alguns poderiam discordar – disse ela, em tom gentil. – Acho que você fez o que era certo.

Suas palavras me trouxeram uma dor quente e súbita aos olhos, como se eu estivesse prestes a irromper em pranto.

– Não tenho certeza disso – retruquei e minha voz me soou estranha aos ouvidos. Minhas mãos tremeram ainda mais.

A Vó não pareceu se admirar.

– Você andou assumindo o controle de tudo por uns dias, não foi? – comentou, num tom que deixou claro que aquilo não era realmente uma pergunta. – Sei como é. Você se manteve ocupado. Cuidando das meninas. Sem dormir. Sem comer muito, provavelmente. – Pegou o prato. – Coma o seu pudim. Vai ajudar a alimentá-lo um pouco.

Comi o pudim. Na metade dele, desatei a chorar e me engasguei com o doce.

A Vó tornou a encher minha xícara de chá e pôs mais uma dose de conhaque por cima.

– Beba isso – falou.

Tomei um gole. Não pretendia dizer nada, mas me apanhei falando mesmo assim:

– Acho que talvez haja alguma coisa errada comigo – confessei, baixinho. – Uma pessoa normal não tem coragem de fazer as coisas que eu faço. Uma pessoa normal nunca mataria outras pessoas daquele jeito.

– Pode ser – admitiu ela, bebendo um gole de sua xícara. – Mas o que você diria se eu lhe contasse que a perna do Bil ficou meio verde e com um cheiro adocicado embaixo daquele curativo?

Levantei os olhos, assustado.

– Ele está com a podridão?

Ela balançou a cabeça.

– Não. Eu lhe disse que ele está bem. Mas, e se eu dissesse?

– Teríamos que amputar a perna dele.

A Vó meneou a cabeça, com ar sério.

– Isso mesmo. E teríamos que agir depressa. Hoje. Nada de nervosismo nem de esperança de que ele superasse o problema sozinho. Isso apenas o mataria.

Bebeu outro gole e me observou por cima da borda da xícara, transformando a afirmação numa espécie de pergunta.

Assenti com a cabeça. Sabia que era verdade.

– Você entende um pouco de medicina – disse ela. – Sabe que o cuidado adequado significa escolhas difíceis. – Lançou-me um olhar resoluto. – Não somos como os outros. Queimamos um homem com um ferro para estancar um sangramento. Salvamos a mãe e perdemos o bebê. É difícil e ninguém jamais nos agradece por isso. Mas somos nós que temos de escolher.

Ela bebeu outro lento gole de chá e prosseguiu:

– As primeiras vezes são as piores. Você fica com tremedeira e perde o sono. Mas é o preço a ser pago por fazer o que precisa ser feito.

– Havia mulheres também – falei, com a voz presa na garganta.

Os olhos da Vó faiscaram.

– Elas mereciam ser castigadas em dobro – disse e a repentina fúria em seu rosto meigo me apanhou tão completamente desprevenido que senti um arrepio perpassar todo o meu corpo. – O homem que faz isso com uma menina é um cão raivoso. Nem chega a ser uma pessoa. É um animal que precisa ser abatido. Mas a mulher que o ajuda a fazer isso? Ela é pior. Ela sabe o que está fazendo. Sabe o que isso significa.

A Vó pousou delicadamente a xícara na mesa, sua expressão recomposta.

– Se uma perna apodrece, a gente a corta fora – falou. Fez um gesto firme com a mão espalmada, depois pegou sua fatia de pudim e começou a comê-la com os dedos. – E tem gente que precisa morrer. É simples assim.

Quando recobrei meu controle e voltei para o lado de fora, a aglomeração na rua havia aumentado. O taberneiro local tinha rolado um barril para a porta da frente e havia no ar um cheiro adocicado de cerveja.

O pai e a mãe de Krin tinham vindo para a cidade no ruão. Pete também estava lá, depois de correr todo o percurso da volta. Ofereceu-me a cabeça intacta para eu examinar e pediu seus dois vinténs pelos serviços prestados.

Recebi um agradecimento caloroso dos pais de Krin. Eles pareciam ser boa gente. Quase todo mundo é, se tiver uma chance. Peguei as rédeas do ruão e, usando-o como uma espécie de parede portátil, consegui manter por um momento uma conversa relativamente particular com Krin.

Seus olhos escuros tinham-se avermelhado um pouco nas bordas, mas o rosto estava iluminado e alegre.

– Certifique-se de ficar com a Dama da Noite – falei para ela, apontando com a cabeça para uma das éguas. – Ela é sua.

A filha do prefeito teria um bom dote de qualquer maneira, por isso eu havia carregado a égua de Krin com os bens mais valiosos, além da maior parte do dinheiro da falsa trupe.

Krin assumiu uma expressão séria e me fitou nos olhos, mais uma vez fazendo-me lembrar uma Denna mais jovem.

– Você está indo embora – falou.

Eu achava que sim. Ela não tentou me convencer a ficar; em vez disso, surpreendeu-me com um abraço repentino. Depois de me beijar na face, cochichou no meu ouvido:

– Obrigada.

Afastamo-nos um do outro, sabendo que o decoro não nos permitiria mais que isso.

– Não se desmereça, casando-se com um idiota – adverti-lhe, sentindo que convinha dizer alguma coisa.

– Você também não – retrucou ela, com um leve ar de troça no olhar.

Peguei as rédeas da Cauda Gris e a conduzi até onde estava o prefeito, que observava a aglomeração com ares senhoriais. Ele me cumprimentou com um aceno quando me aproximei.

Respirei fundo.

– O condestável está aqui?

Ele ergueu uma sobrancelha ao ouvir isso, depois deu de ombros e apontou para a aglomeração.

– É aquele ali. Mas já estava quase completamente bêbado antes de você trazer as nossas meninas. Não sei se lhe será de muita serventia.

– Bem – retruquei, hesitante –, acho que alguém terá que me prender, até que o senhor possa entrar em contato com o juiz em Temsford. – Apontei com a cabeça para o pequeno edifício de pedra no centro da cidade.

O prefeito me olhou de lado, franzindo um pouco o cenho.
– Você *quer* ser preso?
– Não especialmente – admiti.
– Então, pode ir e vir como quiser.
– O juiz não ficará satisfeito ao saber disto. Prefiro não levar mais ninguém a enfrentar a Lei Férrea por uma coisa que eu fiz. Ajudar um assassino a fugir é um crime passível de ser punido com a forca.

O homenzarrão me deu uma boa olhada. Seus olhos se detiveram na minha espada e no couro gasto de minhas botas. Cheguei quase a sentir que notava a ausência de qualquer ferimento grave, apesar de eu ter acabado de matar meia dúzia de homens armados.

– Quer dizer que você simplesmente nos deixaria prendê-lo? Fácil assim?

Encolhi os ombros.

Ele tornou a franzir o cenho e meneou a cabeça, como se não conseguisse me entender.

– Ora, se você não é manso como um cordeirinho – comentou, com ar intrigado. – Mas não. Não vou prendê-lo. Você não fez nada menos do que o apropriado.

– Quebrei o braço do garoto – retruquei.

– Hum – ele grunhiu, com ar sombrio. – Tinha-me esquecido disso. – Enfiou a mão no bolso, tirou uma moeda de meio-vintém e a entregou a mim. – Muito agradecido.

Ri e coloquei-a no bolso.

– Eis a minha ideia – disse ele. – Vou até lá ver se consigo achar o condestável. Aí lhe explico que precisamos prendê-lo. Mas, se você escapulisse no meio desta confusão, dificilmente seríamos cúmplices na sua fuga, certo?

– Seria negligência na implementação da lei – respondi. – Talvez ele levasse umas chicotadas ou perdesse o cargo.

– Não deve chegar a tanto – disse o prefeito. – Mas, se chegar, ele as tomará com prazer. É tio de Ellie. – Olhou para a multidão na rua. – Será que 15 minutos bastam para você escapulir em meio à confusão?

– Se não fizer diferença, será que o senhor pode dizer que desapareci de uma forma estranha e misteriosa, num momento em que me deu as costas?

Ele riu disso.

– Não vejo por que não. Você precisa de mais de 15 minutos, por causa do mistério e tudo o mais?

– Dez devem ser mais que suficientes – respondi, tirando o estojo do alaúde e minha sacola de viagem da Cauda Gris e entregando as rédeas ao prefeito. – O senhor me faria um grande favor, se cuidasse dela até o Bil se recuperar e voltar à ativa.

– Você vai deixar o seu animal? – indagou ele.

– Bil acabou de perder o dele – respondi, dando de ombros. – E nós, os Ruh, estamos acostumados a andar. Eu não saberia mesmo o que fazer com um cavalo – acrescentei, sem muita sinceridade.

O homenzarrão segurou as rédeas e me olhou demoradamente, como se não me entendesse muito bem.

– Há alguma coisa que possamos fazer por você? – perguntou, enfim.

– Lembre-se de que foram bandidos que as levaram – respondi, dando meia-volta para ir embora. – E que foi um Edena Ruh que as trouxe de volta.

CAPÍTULO 136

Interlúdio – Quase esquecendo

Kvothe ergueu a mão para o Cronista.

– Vamos parar um momento, sim? – pediu, com uma olhadela em volta para a pousada às escuras. – Eu me deixei levar um pouco pela história. Preciso cuidar de umas coisas, antes que fique ainda mais tarde.

Levantou-se, com o corpo enrijecido, e se espreguiçou. Acendeu uma vela na lareira e circulou pelo salão da taberna, acendendo uma a uma as lamparinas e aos poucos repelindo a escuridão.

– Eu mesmo estava muito concentrado – comentou o Cronista, levantando e se espreguiçando. – Que horas são?

– É tarde – disse Bast. – Estou com fome.

O Cronista olhou pela janela para a rua escura.

– Achei que a esta hora você já teria pelo menos alguns fregueses para jantar. Havia uma boa clientela reunida aqui no almoço.

Kvothe meneou a cabeça.

– Já teríamos visto alguns dos meus fregueses habituais, não fosse o funeral do Shep.

– Ah – murmurou o Cronista, baixando os olhos. – Eu tinha esquecido. Isso é uma coisa a que eu tenha impedido vocês de comparecerem?

Kvothe acendeu a última lamparina atrás do balcão do bar e apagou sua vela.

– Na verdade, não – respondeu. – Bast e eu não somos daqui. E eles são pessoas práticas. Sabem que tenho um negócio de que cuidar, ainda que ele mal mereça esse nome.

– E você não se dá com o abade Leoden – disse Bast.

– E eu não me dou com o sacerdote local – admitiu Kvothe. – Mas você deveria aparecer por lá, Bast. Será estranho se não for.

Os olhos de Bast correram pelo salão, nervosos.

– Não quero sair, Reshi.

Kvothe deu-lhe um sorriso caloroso.

– Mas deve, Bast. Shep era um bom homem; vá tomar um trago para se despedir dele. Aliás... – Abaixou-se e procurou alguma coisa atrás do balcão do bar por um instante, levantando-se com uma garrafa. – Pronto. Uma boa e velha garrafa de conhaque. Melhor do que qualquer um por aqui costuma pedir. Vá dividi-la – disse e a depositou no balcão com um ruído sonoro.

Bast deu um passo involuntário à frente, com o rosto em conflito.

– Mas, Reshi, eu...

– Garotas bonitas dançando, Bast – disse Kvothe, em tom baixo e persuasivo. – Alguém no violino e todas elas contentes pelo simples fato de estarem vivas. Levantando a saia ao som da música. Rindo e um pouquinho grogues. As faces todas rosadas, prontas para ganhar um beijo... – Deu uma cutucada na pesada garrafa marrom e a empurrou pelo balcão do bar a seu aluno. – Você é meu embaixador na cidade. Eu estou preso, cuidando dos negócios, mas você pode ir lá e apresentar minhas desculpas.

Bast fechou a mão em torno do gargalo da garrafa.

– Vai ser só um trago – disse, com a voz carregada de determinação. – E só uma dança. E só um beijo em Katie Miller. E talvez outro na viúva Creel. Mas é só isso – afirmou. Fitou Kvothe nos olhos. – Só vou me ausentar por meia hora...

Kvothe abriu um sorriso afetuoso.

– Tenho coisas de que cuidar, Bast. Improvisarei o jantar e daremos um pequeno descanso à mão do nosso amigo.

Bast sorriu e levantou a garrafa.

– Então, duas danças! – Disparou para a porta e, ao abri-la, o vento rodopiou à sua volta, fazendo seu cabelo girar para todo lado. – Guarde alguma coisa para eu comer! – gritou, com uma olhadela para trás.

A porta fechou-se com um baque.

O Cronista dirigiu um olhar curioso ao hospedeiro.

Kvothe encolheu de leve os ombros.

– Ele estava se envolvendo demais com a história. Não consegue sentir nada pela metade. Um tempinho longe daqui o ajudará a pôr as ideias nos devidos lugares. E depois, eu realmente tenho que preparar o jantar, mesmo que seja só para três.

O escriba tirou da sacola de couro um pedaço encardido de pano e o fitou com certo desagrado.

– Será que posso incomodá-lo, pedindo um trapo limpo?

Kvothe fez que sim e tirou um pedaço de linho branco de baixo do balcão.

– Mais alguma coisa de que você precise?

O Cronista se levantou e foi até o bar.

– Se você tiver um solvente forte, será de grande ajuda – disse, parecendo meio sem jeito. – Detesto pedir, mas, quando fui roubado...

Kvothe rechaçou o comentário com um aceno.

– Não seja ridículo – falou. – Eu devia ter perguntado ontem se você precisava de alguma coisa. – Ele saiu de trás do bar, em direção à escada do porão. – Imagino que álcool de madeira seja o melhor, não é?

O Cronista fez que sim com a cabeça e Kvothe desapareceu no porão. O escriba pegou o quadrado de tecido bem passado e dobrado e o esfregou entre os dedos, distraído. Seus olhos vagaram até a espada que pendia no alto da parede atrás do bar. O metal cinzento da lâmina fazia um contraste marcante com a madeira escura da tábua em que estava suspenso.

Kvothe voltou pela escada, segurando um vidrinho transparente.

– Precisa de mais alguma coisa? Também tenho um bom estoque de papel e tinta aqui.

– Talvez precisemos disso amanhã. Já usei quase todo o meu papel. Mas posso preparar mais tinta hoje à noite.

– Não se dê esse trabalho – disse Kvothe, com desenvoltura. – Tenho vários vidros de uma ótima tinta de Arueh.

– Tinta aruense de verdade? – perguntou o Cronista, admirado.

Kvothe abriu um sorriso largo e confirmou com um aceno de cabeça.

– Isso é uma extrema gentileza sua – disse o Cronista, relaxando um pouco. – Admito que eu não estava ansioso por passar uma hora, logo mais, triturando carvão.

Pegou o vidro transparente e o pano e, depois de uma pausa, disse:

– Você se importaria se eu lhe fizesse uma pergunta? Oficiosamente, por assim dizer?

Um risinho curvou o canto da boca de Kvothe, que respondeu:

– Pois muito bem, oficiosamente.

– Não pude deixar de notar que sua descrição da Cesura não... – o Cronista hesitou. – Bem, ela não parece corresponder exatamente à espada em si – concluiu, com uma rápida olhadela para a arma atrás do bar. – O guarda-mão não é como você o descreveu.

Kvothe deu um largo sorriso.

– Ora, se você não é arguto como o quê, não é?

– Não estou querendo implicar... – apressou-se a dizer o escriba, com ar constrangido.

Kvothe deu uma gargalhada sonora e generosa. O som rolou pelo salão e, por um instante, a hospedaria não pareceu estar vazia.

– Não, você está absolutamente certo – disse e se virou para a espada. – Esta não é... como foi que o garoto a chamou hoje de manhã? – Ficou com o olhar distante por um segundo, depois tornou a sorrir. – Kaysera, a matadora de poetas.

– Eu só estava curioso – disse o Cronista, desculpando-se.

– E devo me ofender por você prestar atenção? – perguntou Kvothe, voltando a rir. – Qual é a graça de contar uma história se não há ninguém escutando? – Esfregou as mãos, com ar ansioso. – Pois muito bem. Jantar. Do que você gostaria? Quente ou frio? Sopa ou guisado? Também tenho uma boa mão para pudins.

Decidiram-se por uma coisa simples, para que não fosse preciso reacender o fogão na cozinha. Kvothe movimentou-se com rapidez pela hospedaria, buscando o necessário. Foi cantarolando consigo mesmo enquanto pegava no porão um pouco de carne de carneiro fria e metade de um queijo duro e picante.

– Isto vai ser uma bela surpresa para Bast – comentou, sorrindo para o Cronista ao tirar da despensa um pote de azeitonas em salmoura. – Ele não sabe que as temos, senão já teria comido todas. – Desamarrou o avental e o tirou pela cabeça. – Acho que também temos uns tomates que sobraram na horta.

Voltou minutos depois, com o avental embrulhado feito uma trouxa. Estava respingado de chuva e com o cabelo fino em completo desalinho. Exibia um sorriso juvenil e, naquele momento, lembrava muito pouco o hospedeiro sombrio e de gestos calculados.

– O tempo ainda não decidiu se quer virar uma tempestade – comentou, abrindo o avental sobre o balcão do bar e retirando cuidadosamente os tomates. – Mas, se ele se decidir, vamos ter um aguaceiro de virar carroças esta noite. – Pôs-se a cantarolar, distraído, enquanto arrumava tudo numa grande bandeja de madeira.

A porta da Marco do Percurso se abriu e uma súbita rajada de vento fez a luz das lamparinas bruxulear. Entraram dois soldados, curvados para se proteger do vento, com as pontas das espadas projetadas para trás feito caudas. Respingos escuros de chuva manchavam o tecido de seus tabardos azul e branco.

Largaram suas mochilas pesadas e o mais baixo empurrou a porta com o ombro, para forçá-la a se fechar contra o vento.

– Pelos dentes de Deus! – disse o mais alto, endireitando a roupa. – Noite ruim para ser apanhado ao ar livre – comentou. Era calvo no alto da cabeça e tinha a barba preta e densa. Olhou para Kvothe e disse, em tom animado: – Eta, garoto! Ficamos contentes por ver a sua luz. Vá chamar o dono, sim? Precisamos dar uma palavrinha com ele.

Kvothe apanhou o avental no bar e o enfiou pela cabeça.

– Eu sou o dono – disse, pigarreando enquanto amarrava os cordões na cintura. Passou a mão pelo cabelo despenteado e o alisou.

O soldado barbudo o olhou, depois deu de ombros.

– Tudo bem. Alguma chance de nos arranjar qualquer coisa para comer?

O hospedeiro fez um gesto para o salão vazio.

– Hoje pareceu que não valia a pena pôr a panela no fogo. Mas temos o que vocês estão vendo aqui.

Os dois soldados se aproximaram do bar. O louro passou a mão pelo cabelo crespo, sacudindo algumas gotas de chuva.

– Esta cidade parece mais morta que água estagnada – comentou. – Não vimos uma única luz além desta.

– Foi um dia cansativo de colheita – disse o hospedeiro. – E está havendo um velório numa das fazendas próximas. É provável que nós quatro sejamos as únicas pessoas na cidade, neste momento – explicou. Esfregou animadamente as mãos. – Será que posso interessar os cavalheiros numa bebida, para espantar a friagem? – Pegou uma garrafa de vinho e a pôs no balcão, com um baque surdo e satisfatório.

– Bem, isso é que é dificuldade – respondeu o soldado louro, com um sorriso meio constrangido. – Eu adoraria um trago, mas meu amigo e eu acabamos de receber o soldo do rei – disse, levando a mão ao bolso e tirando uma moeda reluzente de ouro. – Este é todo o dinheiro que eu tenho na mão. Imagino que você não tenha o bastante para trocar um régio inteiro, não é?

– Também só tenho o meu – queixou-se o soldado barbudo. – É a maior soma que eu já tive em dinheiro, mas não é fácil de gastar de uma vez só. A maioria das cidades em que estivemos mal tinha troco para um meio-vintém – completou, dando um risinho de sua própria piada.

– Talvez eu possa ajudá-los nisso – disse o hospedeiro, com naturalidade.

Os dois soldados se entreolharam. O louro meneou a cabeça e falou:

– Então, está certo. A verdade é a seguinte: não estamos aqui realmente para pernoitar. – Pegou um pedaço de queijo no bar e deu uma dentada. – E também não vamos pagar por coisa alguma.

– Ah. Entendo – disse o hospedeiro.

– E, se você tem dinheiro suficiente na bolsa para trocar os nossos dois régios, vamos levar isso também – acrescentou o barbudo, ansioso.

O louro estendeu as mãos, num gesto conciliador.

– Bom, isso não tem por que virar uma coisa feia. Nós não somos más pessoas. Você entrega a sua bolsa e nós seguimos o nosso caminho. Ninguém se machuca e não se quebra nada. Vai doer um pouquinho – acrescentou, levantando uma sobrancelha para o hospedeiro –, mas uma dorzinha é muito melhor do que ser morto. Estou certo?

O barbudo olhou para onde o Cronista estava sentado, perto da lareira.

– E isto também não tem nada a ver com você – disse, em tom sinistro, a barba sacudindo com sua fala. – Não queremos nada seu. Só fique sentadinho onde está e não se meta a valente conosco.

O Cronista relanceou os olhos para o homem atrás do balcão do bar, mas os dele estavam cravados nos dois soldados.

O louro deu outra mordida no queijo, enquanto seus olhos corriam pela hospedaria.

– Um homem moço como você até que está se saindo muito bem. E vai se sair bem, igualzinho, depois que formos embora. Mas, se resolver criar caso, vamos fazer você engolir os dentes, vamos quebrar tudo e assim mesmo, você ficará sem a sua bolsa.

Largou o resto do queijo no balcão e bateu uma palma animada. Sorriu.

– E então, vamos agir como gente civilizada?

– Parece razoável – disse Kvothe, saindo de trás do balcão. Moveu-se devagar e com cuidado, como quem se aproximasse de um cavalo arisco. – Não sou nenhum bárbaro, com certeza.

Baixou a mão e tirou o saco de moedas do bolso, estendendo-o com uma das mãos.

O soldado louro foi em direção a ele, com uma leve ginga de arrogância. Pegou a bolsa e a pesou na mão, com ar apreciativo. Virou-se e sorriu para o amigo.

– Está vendo, eu lhe disse...

Num movimento desenvolto, Kvothe deu um passo à frente e lhe acertou um golpe forte no queixo. O soldado cambaleou e caiu sobre um dos joelhos. A bolsa voou pelo ar, descrevendo um arco, e foi bater nas tábuas do piso, com um sólido baque de metal.

Antes que o soldado conseguisse fazer mais que balançar a cabeça, Kvothe aproximou-se e lhe desferiu calmamente um chute no ombro. Não foi um pontapé contundente, do tipo que quebra ossos, mas um chute forte, que fez o homem se estatelar de costas. Ele bateu com força no chão e saiu rolando, até parar num emaranhado confuso de braços e pernas.

O outro soldado passou por cima do amigo, com um sorriso largo sob a barba. Era mais alto que Kvothe e seus punhos eram grossos nós de cicatrizes e ossos.

– Está certo, idiota – disse, com sinistra satisfação na voz. – Agora você vai levar uma surra.

Desferiu um soco rápido, mas Kvothe deu um passo de lado e soltou um pontapé vigoroso, que atingiu o soldado logo acima do joelho. O barbudo grunhiu de surpresa e tropeçou. Então, Kvothe chegou mais perto, segurou-lhe o ombro, agarrou-lhe o pulso e torceu seu braço, esticando-o num ângulo incômodo.

O brutamontes foi obrigado a se curvar, com um esgar de dor. Depois, soltou abruptamente o braço da mão do hospedeiro, com um puxão. Kvothe assustou-se por meio segundo antes que o cotovelo do soldado o acertasse na têmpora.

O hospedeiro cambaleou de costas, tentando ganhar alguma distância e um instante para desanuviar a cabeça. Mas o soldado o seguiu de perto, com os punhos erguidos, à espera de uma brecha.

Antes que Kvothe conseguisse recuperar o equilíbrio, o homenzarrão se aproximou e lhe acertou um violento murro no estômago. O hospedeiro soltou uma bufadela de dor e, quando começou a se curvar, o soldado soltou o outro punho na lateral do seu rosto, fazendo sua cabeça virar de lado e ele sair cambaleando.

Kvothe conseguiu se manter de pé, apoiado numa mesa próxima. Pestanejando, desferiu um soco violento, para manter o barbudo à distância. Mas o soldado simplesmente o afastou de lado e agarrou o pulso do hospedeiro numa de suas mãozorras, com a facilidade com que um pai seguraria um filho rebelde na rua.

Com o sangue escorrendo pela lateral do rosto, Kvothe se debateu para soltar o pulso. Zonzo, fez um movimento veloz com as duas mãos e o repetiu em seguida, tentando soltar-se. Com os olhos mal focados e embotados de confusão, contemplou o pulso e tornou a executar o movimento, mas suas mãos apenas arranharam o punho cerrado e cheio de cicatrizes do barbudo.

O soldado fitou o hospedeiro atordoado com um ar divertido de curiosidade, depois esticou o braço e o esbofeteou com força na lateral da cabeça.

– Você quase chega a ser um lutadorzinho, guri – disse. – Até me acertou uma vez.

Atrás deles, o soldado louro se pôs lentamente de pé.

– O safadinho me acertou um golpe de surpresa.

O soldado mais alto deu um puxão no pulso do hospedeiro, fazendo-o tropeçar para adiante.

– Peça desculpas, idiota.

Kvothe pestanejou, aturdido, abriu a boca como se fosse falar e então cambaleou. Ou melhor, pareceu cambalear. A meio caminho, o movimento de tropeço tornou-se proposital e o hospedeiro desferiu um pisão forte com o calcanhar, mirando a bota do soldado. Ao mesmo tempo, arriou a testa na direção do nariz do barbudo.

Mas o grandalhão só fez rir, chegando a cabeça para o lado e tornando a desequilibrar o hospedeiro com um safanão no pulso.

– Nada disso – ralhou, desferindo-lhe uma bofetada no rosto.

Kvothe deu um grito e levou uma das mãos ao nariz ensanguentado. O soldado riu e, sem a menor cerimônia, acertou-lhe uma joelhada na virilha.

O hospedeiro dobrou-se em dois, primeiro arfando sem som, depois fazendo uma série de ruídos abafados de vômito.

Movendo-se com naturalidade, o soldado soltou o pulso de Kvothe e pegou a garrafa de vinho no bar. Segurando-a pelo gargalo, girou-a como um porrete. Quando ela atingiu a lateral da cabeça de Kvothe, produziu um som alto, quase metálico.

Kvothe desabou no chão, como se não tivesse ossos.

O grandalhão olhou com curiosidade para a garrafa de vinho, antes de recolocá-la no balcão. Depois, curvou-se, segurou a camisa do hospedeiro e arrastou seu corpo desfalecido até um espaço desobstruído no chão. Cutucou o corpo inconsciente com o pé, até ele fazer um movimento lerdo.

– Eu disse que ia lhe dar uma surra, guri – rosnou e enfiou um pontapé com força na lateral do corpo de Kvothe.

O soldado louro se aproximou, esfregando a lateral do rosto.

– Tinha que bancar o espertinho, não é? – disse, cuspindo no chão. Levou um pé para trás e desferiu seu próprio chute forte com a bota. O hospedeiro emitiu um sibilo agudo e chiado ao inspirar, mas não produziu outro som.

– E você... – disse o soldado barbudo, apontando um dedo grosso para o Cronista. – Eu tenho mais de uma bota. Quer conhecer a outra? Já cansei os punhos, mas para mim não é trabalho se você quiser perder uns dois dentes.

O Cronista olhou em volta e pareceu sinceramente surpreso ao se descobrir de pé. Tornou a arriar lentamente o corpo na cadeira.

O soldado louro capengou para buscar a bolsa onde ela havia caído, enquanto o barbudo continuava parado ao lado de Kvothe.

– Imagino que você achou que precisava tentar – disse ao corpo amarfanhado, soltando-lhe outro pontapé. – Idiota desgraçado. Um hospedeirinho frouxo contra dois soldados do rei. – Balançou a cabeça e tornou a cuspir. – Francamente, quem você pensa que é?

Encolhido no chão, Kvothe começou a fazer um som baixo e ritmado. Foi um ruído seco, quase silencioso, que arranhou os contornos do salão. Ele fez uma pausa e inspirou dolorosamente o ar.

O soldado barbudo franziu o sobrolho e tornou a chutá-lo.

– Eu lhe fiz uma pergunta, idiota...

O hospedeiro repetiu o mesmo ruído, mais alto que antes. Só então ficou patente que ele estava rindo. Cada risinho entrecortado e grave soava como se ele estivesse tossindo um estilhaço de vidro. Mesmo assim, era uma risada, cheia de sombria diversão, como se o homem ruivo tivesse ouvido uma piada que só ele era capaz de entender.

Aquilo continuou por algum tempo. O soldado barbudo deu de ombros e tornou a levar o pé para trás.

O Cronista pigarreou e os dois homens se viraram para ele.

– A bem da manutenção da civilidade – disse-lhes –, creio que devo mencionar que o hospedeiro mandou seu ajudante fazer um serviço rápido na rua e ele deve voltar logo...

O soldado barbudo bateu com o dorso da mão no peito do colega.

– Ele tem razão. Vamos sair daqui.

– Espere um minuto – disse o soldado louro. Voltou depressa ao bar e pegou a garrafa de vinho. – Está bem, vamos.

O soldado barbudo riu e foi até atrás do balcão, pisando no corpo do hospedeiro, em vez de passar por cima dele. Pegou uma garrafa ao acaso e, ao fazê-lo, derrubou meia dúzia de outras. Elas rodopiaram e rolaram sobre o balcão, entre os dois enormes barris, e uma garrafa alta, cor de safira, tombou devagar pela borda, espatifando-se no chão.

Em menos de um minuto, os homens tinham pegado suas mochilas e saído porta afora.

O Cronista correu para onde Kvothe estava caído no chão. O homem ruivo já fazia força para se sentar.

– Bem, isso foi constrangedor – disse o hospedeiro. Pôs a mão no rosto ensanguentado e olhou para os dedos. Tornou a dar um risinho, um som entrecortado, sem alegria. – Por um minuto ali, esqueci quem eu era.

– Você está bem? – perguntou o Cronista.

Kvothe tocou o couro cabeludo, com ar especulativo.

– Vou precisar de um ou dois pontos, acho.

– O que posso fazer para ajudar? – perguntou o Cronista, apoiando o peso do corpo ora num pé, ora noutro.

– Não fique em cima de mim – disse Kvothe, levantando-se sem jeito e arriando numa das banquetas altas do bar. – Se quiser, pode me buscar um copo d'água. E talvez um pano molhado.

O Cronista disparou para a cozinha. Ouviu-se o som de uma busca frenética, seguido por várias coisas caindo no chão.

Kvothe fechou os olhos e se encostou pesadamente no bar.

∾

– Por que a porta está aberta? – gritou Bast, ao cruzar a soleira. – Aqui dentro está frio que nem peito de feiticeira. – Estancou o passo, com a expressão abalada. – Reshi! O que aconteceu? O que... eu... Que aconteceu?

– Ah, Bast – disse Kvothe. – Feche a porta, sim?

Bast correu para lá, com uma expressão estupefata no rosto. Kvothe estava sentado numa banqueta do bar, com o rosto inchado e sujo de sangue. O Cronista estava a seu lado, limpando desajeitadamente o couro cabeludo do hospedeiro com um pano molhado.

– Talvez eu precise convencê-lo a me dar uns pontos, Bast. Se não for muito incômodo.

– Reshi – repetiu Bast –, o que houve?

– O Devan e eu tivemos uma briguinha – disse Kvothe, com um aceno para o escriba – sobre o uso adequado do subjuntivo. A coisa esquentou um pouco no final.

O Cronista olhou para Bast, empalideceu e deu vários passos rápidos para trás.

– Ele está brincando! – disse depressa, levantando as mãos. – Foram soldados!

Kvothe deu um risinho baixo para si mesmo. Tinha sangue nos dentes.

Bast correu os olhos pelo salão vazio da taberna.

– O que você fez com eles?

– Não muita coisa, Bast – disse o hospedeiro. – Agora eles já devem estar a quilômetros daqui.

– Havia alguma coisa estranha neles, Reshi? Como no de ontem à noite?

– Eram apenas soldados, Bast – respondeu Kvothe. – Apenas dois homens do rei.

O rosto de Bast ficou lívido.

– O quê? Reshi, por que você deixou que fizessem isso?

Kvothe dirigiu-lhe um olhar incrédulo. Deu uma risada curta e amarga, depois parou, encolhendo-se e sugando o ar pelos dentes.

– Bem, eles pareciam rapazes tão puros e virtuosos – disse, com ironia na voz – que eu pensei: por que não deixar esses bons homens me roubarem e depois me moerem de pancada?

A expressão de Bast era uma desolação só.

– Mas você...

Kvothe enxugou o sangue que ameaçava entrar em seu olho, depois olhou para o discípulo, como se ele fosse a criatura mais estúpida que já havia respirado no mundo inteiro.

– O que é? – questionou. – O que você quer que eu diga?

– Dois soldados, Reshi?

– É! – berrou Kvothe. – Nem mesmo dois! Parece que só é preciso um bandido de punhos grossos para me deixar semimorto de pancada! – Lançou um olhar furioso para Bast, levantando os braços. – O que vai ser preciso para fazer você calar a boca? Quer que eu lhe conte a história? Quer ouvir os detalhes?

Bast deu um passo atrás ante essa explosão. Ficou com o rosto ainda mais pálido, numa expressão de pânico.

Kvothe deixou os braços caírem pesadamente junto ao corpo.

– Pare de esperar que eu seja uma coisa que não sou – disse, com a respiração ainda ofegante. Curvou os ombros e esfregou os olhos, espalhando sangue no rosto. Deixou a cabeça pender, cansado. – Pela mãe de Deus, por que você não consegue simplesmente me deixar em paz?

Bast permaneceu imóvel como um cervo assustado, os olhos arregalados.

O silêncio inundou o salão da taberna, denso e amargo como um rolo de fumaça.

Kvothe inspirou devagar e aquele foi o único movimento no cômodo.

– Desculpe, Bast – disse, sem levantar a cabeça. – Só estou com um pouquinho de dor neste momento. Ela me dominou. Dê-me um instante que eu resolvo tudo.

Ainda de cabeça baixa, Kvothe fechou os olhos e inspirou e expirou várias vezes, com movimentos lentos e superficiais. Quando olhou para cima, tinha a expressão entristecida.

– Desculpe-me, Bast. Eu não pretendia perder as estribeiras com você.

Um toque de cor voltou às faces do aluno e parte da tensão deixou seus ombros, enquanto ele dava um sorriso nervoso.

Kvothe pegou o pano molhado das mãos do Cronista e limpou novamente o sangue do olho.

– Lamento tê-lo interrompido, Bast. O que você ia me perguntar?

O rapaz hesitou, depois disse:

– Você matou cinco scraels há menos de três dias, Reshi. – Gesticulou para a porta e perguntou: – O que é um bandido, comparado a isso?

– Eu escolhi com muito cuidado a hora e o local para enfrentá-los, Bast. E também não saí exatamente dançando, ileso.

O Cronista levantou a cabeça, surpreso.

– Você saiu ferido? Eu não sabia. Você não me pareceu...

Um sorrisinho irônico torceu o canto da boca de Kvothe.

– É difícil perder velhos hábitos. Tenho uma reputação pela qual zelar. E depois, nós, os heróis, só somos feridos de formas adequadamente dramáticas. Estraga a história se você descobrir que o Bast teve que dar uns 15 palmos de pontos em mim depois da luta.

A compreensão irrompeu no rosto de Bast como um sol nascente.

– É claro! – exclamou ele, com a voz cheia de alívio. – Eu me esqueci. Você ainda está machucado por causa dos scraels. Eu sabia que tinha de ser alguma coisa assim.

Kvothe olhou para o chão, cada linha de seu corpo arriando de cansaço.

– Bast... – começou.

– Eu sabia, Reshi – interrompeu o discípulo, enfático. – Não há jeito de um bandido levar a melhor sobre você.

Kvothe inspirou de leve e soltou o ar depressa.

– Tenho certeza de que é isso, Bast – disse, com naturalidade. – Imagino que eu teria derrubado os dois, se estivesse inteiro.

A expressão de Bast tornou a ficar insegura. Ele se virou para o Cronista:

– Como é que você deixou isso acontecer? – questionou-o.

– Não foi culpa dele, Bast – disse Kvothe, com ar distraído. – Eu comecei a briga. Pôs alguns dedos na boca e tateou, com cautela. Os dedos saíram cheios de sangue.

– Acho que vou perder este dente – refletiu.

– Você não vai perder seu dente, Reshi – disse Bast, em tom furioso. – *Não vai*.

Kvothe fez um leve movimento com os ombros, como se tentasse encolhê-los sem mexer o corpo mais do que o necessário.

– No panorama geral, isso não tem grande importância, Bast. – Comprimiu o couro cabeludo com o pano e depois olhou para ele. – E também é provável que eu não precise daqueles pontos. – Empertigou-se na banqueta. – Vamos jantar e retomar a história. Se você ainda estiver disposto, é claro – acrescentou, levantando uma sobrancelha para o Cronista.

O escriba o encarou, perplexo.

– Reshi – interveio Bast, preocupado. – Você está um trapo. Deixe eu ver os seus olhos – disse, estendendo a mão.

– Não tive uma concussão, Bast – retrucou Kvothe, irritado. – Estou com quatro costelas quebradas, um zumbido nos ouvidos e perdi um dente. Tenho uns ferimentos pequenos no couro cabeludo, que parecem mais graves do que realmente são. Meu nariz está sangrando, mas não quebrou, e amanhã eu serei uma enorme tapeçaria de manchas roxas. – Tornou a encolher os ombros de leve. – Mesmo assim, já tive dias piores. E depois, eles me fizeram lembrar de uma coisa que eu estava quase esquecendo. É provável que eu deva lhes agradecer por isso. – Apalpou o queixo com ar especulativo e correu a língua por toda a boca. – Talvez não um agradecimento tremendamente caloroso.

– Reshi, você precisa de pontos. E precisa me deixar fazer alguma coisa por esse dente.

Kvothe desceu da banqueta.

– É só eu passar uns dias mastigando do outro lado.

Bast segurou-lhe o braço, com um olhar duro e sombrio.

– Sente-se, Reshi.

Não chegou nem perto de ser um pedido. A voz dele foi grave e súbita, como o pulsar de um trovão distante.

– Sente. Aí.

Kvothe sentou-se.

O Cronista acenou sua aprovação com a cabeça e se virou para Bast:

– O que posso fazer para ajudar?

– Fique fora do meu caminho – respondeu ele, de modo brusco. – E o mantenha sentado nessa cadeira até eu voltar. – Subiu a escada.

Houve um momento de silêncio.

– Pois é – disse o Cronista. – O modo subjuntivo.

– Na melhor das hipóteses, ele é uma coisa inútil – disse Kvothe. – Complica desnecessariamente a língua. É um insulto para mim.

– Ora, vamos – retrucou o escriba, com ar levemente ofendido. – O subjuntivo é a essência do hipotético. Em boas mãos... – interrompeu-se ao ver Bast voltar ao salão, de cara amarrada e segurando uma caixinha de madeira.

– Traga-me água – ordenou Bast ao Cronista, em tom imperioso. – Fresca, do barril de água da chuva, não da bomba. E preciso de leite da caixa de refrigeração, um pouco de mel aquecido e uma vasilha grande. Depois, arrume esta bagunça e saia da minha frente.

Ele lavou o corte do couro cabeludo de Kvothe, depois passou um fio do seu próprio cabelo por uma agulha de osso e costurou quatro pontos apertados na cabeça do hospedeiro, com mais suavidade que uma costureira.

– Abra a boca – disse e espiou o interior, franzindo o cenho ao pôr um dedo num dos dentes de trás. Meneou a cabeça consigo mesmo.

Entregou o copo d'água a Kvothe.

– Bocheche para lavar a boca, Reshi. Faça isso umas duas vezes e cuspa a água de novo no copo.

Kvothe assim fez. Quando terminou, a água estava vermelha como vinho.

O Cronista voltou com uma garrafa de leite. Bast cheirou o líquido e despejou uma pequena quantidade numa tigela larga de cerâmica. Acrescentou um punhado de mel e girou a vasilha para misturar. Por fim, molhou a ponta do dedo no copo de água ensanguentada, tirou-o e deixou cair uma só gota na tigela.

Tornou a girá-la e a entregou a Kvothe.

– Encha a boca com isto. Não engula. Segure-o até eu mandar.

Com expressão de curiosidade, Kvothe inclinou a tigela e encheu a boca com um pouco da mistura de leite.

Bast também fez o mesmo. Fechou os olhos por um longo momento, com uma expressão de intensa concentração. Depois, abriu-os. Aproximou a tigela da boca de Kvothe e a apontou.

Kvothe cuspiu a mistura de leite. Era de um branco perfeito, cremoso.

Bast levou a tigela à própria boca e cuspiu. A cor era um rosa esbranquiçado.

Os olhos de Kvothe se arregalaram.

– Bast, você não devia...

O estudante fez um gesto ríspido com uma das mãos, os olhos ainda duros.

– Não pedi sua opinião, Reshi.

O hospedeiro baixou os olhos, incomodado.

– É mais do que você deveria fazer, Bast.

O jovem moreno estendeu o braço e pôs a mão com delicadeza na lateral do rosto de seu mestre. Por um instante, pareceu cansado, esgotado até os ossos. Balançou a cabeça devagar, exibindo uma expressão de desânimo intrigado.

– Você é um idiota, Reshi.

Retirou a mão e o cansaço desapareceu. Apontou para o outro lado do bar, onde o Cronista estava de pé, observando.

– Traga a comida – disse. Apontando para Kvothe, acrescentou: – Conte a história.

Em seguida, girou nos calcanhares, voltou para sua cadeira junto à lareira e se acomodou nela, como se fosse um trono. Bateu duas palmas estridentes.

– Divirtam-me! – ordenou, com um sorriso selvagem, enlouquecido. E, mesmo de onde estavam, junto ao balcão do bar, os outros viram o sangue em seus dentes.

CAPÍTULO 137

Perguntas

Embora o prefeito de Levinshir parecesse aprovar minha maneira de lidar com os membros da falsa trupe, eu sabia que as coisas não eram tão simples. De acordo com a Lei Férrea, eu havia cometido pelo menos três crimes hediondos e qualquer um deles seria suficiente para me condenar à forca.

Infelizmente, toda a população de Levinshir sabia meu nome e minha descrição e tive medo de que a história corresse à minha frente na estrada. Se isso acontecesse, eu poderia facilmente chegar a uma cidade em que os guardiães locais cumprissem o seu dever e me prendessem, até que um magistrado itinerante chegasse para julgar meu processo.

Assim, fui o mais depressa que pude para Severen. Fiz dois dias de caminhada acelerada, depois paguei por um assento numa carruagem que ia para o sul. Os boatos correm depressa, mas é possível ficar à frente deles, se você se dispuser a enfrentar longas horas de deslocamento e a perder um pouco de sono.

Após três dias de uma viagem de estropiar os ossos, cheguei a meu destino. A carruagem entrou na cidade pelo portão leste e, pela primeira vez, vi a forca de que Bredon tinha-me falado. A visão dos ossos embranquecidos na gaiola de ferro não aliviou meus temores. O maer tinha posto um homem ali por simples banditismo. O que faria com alguém que havia trucidado nove músicos itinerantes na estrada?

Senti-me dolorosamente tentado a seguir direto para a Quatro Círios, onde tinha esperança de encontrar Denna, apesar do que dissera o Cthaeh. Mas estava coberto por vários dias de sujeira e suor. Precisava de um banho e uma boa esfregada antes de falar com qualquer pessoa.

Assim que entrei na propriedade do maer, mandei um anel e um bilhete a Stapes, sabendo que essa seria a maneira mais rápida de entrar em contato com Alveron para uma conversa particular. Cheguei ao meu quarto sem muita demora, ainda que isso significasse uns esbarrões bruscos em alguns membros da corte nos corredores. Mal eu havia arriado a sacola de viagem e mandado os criados trazerem água quente, Stapes apareceu à porta.

– Jovem senhor Kvothe! – exclamou, com um sorriso radiante, segurando minha mão para apertá-la. – Que bom tê-lo de volta. Mas, pelo divino casal!, andei preocupado com você!

Seu entusiasmo arrancou de mim um sorriso cansado.

– É bom estar de volta, Stapes. Perdi muita coisa?

– Muita coisa? – Ele riu. – A cerimônia de casamento, para começar.

– Casamento? – indaguei, mas soube a resposta assim que concluí a pergunta. – O casamento do maer?

Stapes assentiu com a cabeça, empolgado.

– Ah, foi uma coisa majestosa. Pena que você tenha precisado se ausentar, considerando... – disse, com um olhar entendido, porém não falou mais nada. Stapes sempre foi muito discreto.

– Eles não perderam tempo, não é?

– Passaram-se dois meses desde o noivado – respondeu o criado pessoal do maer, com um toque de censura. – Nada aquém do que seria próprio. – Vi-o relaxar um pouco e me dar uma piscadela. – O que não quer dizer que eles não estivessem um tantinho ansiosos.

Dei um risinho, enquanto os serviçais entravam pela porta com baldes de água fervendo. O som do líquido sendo vertido, quando eles começaram a encher a banheira, foi uma doce melodia.

Stapes observou-os sair, chegou bem perto e me disse, em tom mais baixo:

– Você vai gostar de saber que aquele nosso outro assunto pendente foi adequadamente resolvido.

Olhei-o sem entender, vasculhando a memória para saber a que ele estaria se referindo. Tanta coisa havia acontecido desde a minha partida...

Stapes percebeu minha expressão.

– Caudicus – disse, torcendo a boca com azedume, ao pronunciar o nome. – Dagon o trouxe de volta apenas dois dias depois de você partir. Ele estava escondido a menos de 15 quilômetros da cidade.

– Tão perto? – indaguei, surpreso.

Stapes deu um aceno sinistro com a cabeça.

– Tinha-se enfurnado numa casa de fazenda, como um texugo numa toca. Matou quatro homens da guarda pessoal do maer e custou um olho ao Dagon. No fim, só o apanharam ateando fogo ao lugar.

– E o que aconteceu com ele? Não um julgamento, com certeza.

– O assunto foi resolvido – repetiu Stapes. – De forma apropriada.

Fez esta última afirmação com o grande peso de um veredicto sinistro. Seus olhos, normalmente bondosos, estreitaram-se de ódio. Naquele momento, o homenzinho de rosto redondo não lembrou em nada um merceeiro.

Lembrei-me da serena ordem de Alveron, "corte os polegares dele". Dado o que eu conhecia da raiva estourada e decidida do maer, duvidei que algum dia se voltasse a ver Caudicus.

– O maer conseguiu descobrir por quê? – indaguei. E, apesar de falar bem baixo, deixei o resto da ideia no ar, ciente de que Stapes não aprovaria minha franca menção do envenenamento.

– Não compete a mim dizê-lo – respondeu ele, com cuidado. Seu tom foi levemente ofendido, como se eu devesse saber que não cabia lhe fazer esse tipo de pergunta.

Deixei morrer o assunto, ciente de que não conseguiria arrancar mais nada de Stapes.

– Você me faria um grande favor se pudesse entregar uma coisa ao maer para mim – pedi, dirigindo-me ao lugar onde havia deixado minha surrada sacola de viagem.

Vasculhei-a até achar a caixa trancada do maer, quase no fundo. Entreguei-a ao Stapes, dizendo:

– Não sei ao certo o que há aí dentro, mas ela tem o brasão de Alveron no tampo. E é pesada. Minha esperança é que possa ser algum dos impostos roubados. – Sorri e acrescentei: – Diga-lhe que é presente de casamento.

Stapes pegou a caixa, sorridente.

– Estou certo de que ele ficará encantado.

Apareceram mais três serviçais, porém só dois passaram correndo com baldes de água quente. O terceiro aproximou-se de Stapes e lhe entregou um bilhete. Houve mais barulho de água sendo derramada no cômodo ao lado e os três garotos tornaram a sair, todos me lançando olhares dissimulados.

Stapes leu rapidamente o bilhete e olhou para mim.

– O maer espera que lhe seja conveniente encontrá-lo no jardim, ao soar o quinto sino.

O jardim significava uma conversa polida. Se o maer quisesse uma discussão séria, teria me convocado a seus aposentos ou me feito uma visita pela passagem secreta que ligava seus aposentos aos meus.

Olhei para o relógio na parede. Não era um relógio de simpatia do tipo a que eu estava acostumado na Universidade. Era de movimento harmônico, com pêndulo oscilante e tudo o mais. Uma bela máquina, porém nem de longe tão precisa. Seus ponteiros indicavam faltar um quarto de hora para o horário marcado.

– Aquele relógio está adiantado, Stapes? – perguntei, cheio de esperança. Quinze minutos mal bastariam para eu tirar a roupa de estrada e me arrumar com um traje refinado e suficientemente decoroso da corte. No entanto, dadas as camadas de poeira e suor azedo que cobriam meu corpo, isso seria tão inútil quanto amarrar uma fita de seda num monte de esterco.

Stapes olhou por cima do meu ombro e conferiu a hora num pequeno relógio de algibeira que levava no bolso.

– Na verdade, parece estar com cinco minutos de atraso.

Esfreguei o rosto, considerando minhas opções. Eu não estava simplesmente desarrumado após um dia de viagem. Estava imundo. Havia caminhado a passos rápidos sob o sol de verão e passado dias a fio preso numa carruagem, num calor sufocante. Ainda que o maer não fosse dado a julgar as coisas inteiramente pelas aparências, ele valorizava o decoro. Eu não causaria uma boa impressão se aparecesse fedendo e imundo.

Sem que eu a evocasse, a lembrança do patíbulo de ferro surgiu em minha mente e resolvi que não poderia correr o risco de causar má impressão. Não com as notícias que tinha a transmitir.

– Stapes, não conseguirei ficar pronto em menos de uma hora. Eu poderia encontrá-lo ao sexto sino, se ele o desejar.

A expressão de Stapes enrijeceu-se de indignação, numa mensagem clara: simplesmente não se pedia para mudar um horário de encontro com o maer Alveron. Ele chamava. A pessoa comparecia. Era assim que funcionavam as coisas.

– Stapes – insisti, com toda a gentileza possível. – Olhe para mim. Sinta o meu *cheiro*. Percorri quase 500 quilômetros na última onzena. Não posso entrar assim no jardim, coberto de poeira da estrada e fedendo como um bárbaro.

A boca de Stapes crispou-se numa firme expressão de desagrado.

– Direi a ele que você está preso a outros compromissos.

Chegaram mais baldes fumegantes.

– Diga-lhe a verdade, Stapes – pedi, começando a desabotoar a camisa. – Tenho certeza de que ele compreenderá.

∽

Depois de esfregado, escovado e devidamente vestido, enviei ao maer meu anel de ouro e um cartão com os dizeres: "Conversa particular, tão logo convenha a Vossa Graça."

Em menos de uma hora, voltou um mensageiro com um cartão do maer, que dizia: "Aguarde minha convocação."

Aguardei. Mandei um criado buscar o jantar e esperei o resto da noite. O dia seguinte passou-se sem qualquer outra mensagem. E, por não saber quando viria a convocação de Alveron, vi-me outra vez aprisionado em meus aposentos, à espera do seu anel.

Foi bom ter tempo para pôr o sono em dia e tomar um segundo banho. Mas tive medo de que as notícias de Levinshir me alcançassem. Minha impossibilidade de descer à Baixa Severen para procurar Denna também era motivo de grande irritação.

Aquele era o tipo de reprimenda silenciosa extremamente comum no ambiente da corte. A mensagem do maer era clara: *Quando eu chamo, você vem. Meus termos ou nada.*

Era infantil, de um modo que só a nobreza é capaz de ser. Ainda assim, não havia nada a ser feito. Por isso, enviei meu anel a Bredon. Ele chegou a tempo de partilhar a ceia comigo e me atualizar sobre os mexericos que eu havia perdido. Os rumores da corte podem ser de uma insipidez terrível, mas Bredon reservara a nata para mim.

Quase todos os mexericos giravam em torno da acelerada corte e do rápido casamento do maer com a herdeira dos Lackless. Aparentemente, eles estavam enrabichados um pelo outro. Muitos suspeitavam que já haveria um filho a caminho. Além disso, a corte real de Renere também andava agitada. O príncipe regente Alaitis tinha sido morto num duelo, levando boa parte do rincão sul ao caos, com diversos nobres fazendo o possível para tirar proveito da morte de um membro de posição tão elevada na corte.

Também havia boatos. Os homens do maer tinham liquidado uma quadrilha de bandidos numa área remota do Eld. Ao que parece, os facínoras andavam emboscando coletores de impostos. Havia insatisfação no norte, onde o povo tivera de suportar uma segunda visita dos coletores do maer. Mas agora que os responsáveis por isso estavam mortos, pelo menos as estradas tinham voltado a ficar seguras.

Bredon mencionou ainda um rumor interessante sobre um jovem que teria visitado Feluriana e voltado mais ou menos intacto, embora com certos toques dos Encantados. Não se tratava exatamente de um boato da corte, e sim do tipo de coisa que se ouviria nas tabernas. Um tipo reles de boato a que nenhuma pessoa de alta estirpe se dignaria dar atenção. Quando Bredon falou disso, seus olhos escuros de coruja cintilaram alegremente.

Concordei em que tais histórias eram de fato muito reles, indignas do interesse de pessoas refinadas como nós. Minha capa? Era esplêndida, não? Eu não me lembrava exatamente de onde mandara fazê-la. Um tanto exótica. A propósito, um dia desses eu ouvira uma canção interessante sobre Feluriana. Ele gostaria de ouvi-la?

Também jogamos tak, é claro. Apesar de eu haver passado um longo tempo afastado do tabuleiro, Bredon disse que meu jogo tivera uma grande melhora. Eu parecia estar aprendendo a jogar uma bela partida.

∽

Não é necessário dizer que, quando Alveron enviou sua convocação seguinte, compareci. Senti-me tentado a chegar com alguns minutos de atraso, mas resisti, sabendo que nada de bom resultaria disso.

O maer caminhava sozinho quando o encontrei no jardim. Alto e ereto, dava toda a impressão de nunca haver precisado apoiar-se em meu braço nem usar uma bengala.

– Kvothe – disse-me, com um sorriso caloroso. – Alegra-me que você tenha encontrado tempo para me visitar.

– É sempre um prazer para mim, excelência.

– Vamos caminhar? A vista é aprazível na ponte sul, neste horário do dia.

Acertei meu passo com o dele e começamos a percorrer nosso trajeto sinuoso por entre as sebes cuidadosamente tratadas.

– Não pude deixar de observar que você está armado – observou Alveron, com a voz carregada de reprovação.

Minha mão desceu inconscientemente para a Cesura. Estava em meu quadril agora, em vez de pendurada no ombro.

– Há alguma incorreção nisso, excelência? Segundo entendo, todos os homens têm o direito de andar armados em Vintas.

– Está longe de ser *apropriado* – retrucou ele, frisando a palavra.

– Ao que eu saiba, excelência, não há na corte do rei, em Renere, um só cavalheiro que se atreva a ser visto sem uma espada.

– Por mais bem-falante que seja, você não é um cavalheiro – assinalou Alveron, em tom frio —, como lhe conviria recordar.

Fiquei em silêncio.

– Além disso, trata-se de um costume bárbaro e que, com o tempo, causará dissabores ao rei. Não importa quais sejam os costumes em Renere, na minha cidade, na minha casa e no meu jardim, você não virá armado à minha presença. – Virou-se para me dirigir um olhar duro.

– Peço desculpas se fui motivo de ofensa para Vossa Graça – respondi, detendo-me e lhe fazendo uma reverência ainda mais compenetrada que a de antes.

Minha demonstração de submissão pareceu aplacá-lo. Alveron sorriu e pôs uma das mãos em meu ombro.

– Não há necessidade disso tudo. Venha, vamos apreciar a flor-do-luto. As folhas não tardarão a amarelecer.

Caminhamos durante um tempo, conversando amavelmente sobre trivialidades. Fui de uma polidez infalível e o humor de Alveron continuou a melhorar. Se afagar seu amor-próprio me mantivesse em suas boas graças, seria um preço pequeno a pagar por seu patrocínio.

– Devo dizer que o casamento lhe cai bem, excelência.

– Obrigado – disse o maer, com um aceno cortês. – Ele tem sido do meu extremo agrado.

– E a saúde de Vossa Graça continua boa? – indaguei, forçando os limites de uma conversa em público.

– Esplendidamente boa. É outro benefício da vida de casado, sem dúvida.

Alveron dirigiu-me um olhar que deixou claro que não apreciaria novas indagações, pelo menos não num espaço tão público quanto aquele.

Continuamos nosso passeio, com acenos da cabeça para os nobres com quem cruzávamos. O maer tagarelou sobre trivialidades, boatos da corte. Entrei no jogo, cumprindo minha parte da conversa. Mas a verdade era que eu precisava acabar com aquilo, para que pudéssemos ter uma conversa séria em particular.

No entanto, eu também sabia que não se podia apressar Alveron a entrar numa conversa. Havia em nossos diálogos um padrão ritualizado. Se eu o violasse, só faria aborrecê-lo. Assim, aguardei o momento propício, aspirei o aroma das flores e fingi interesse pelos mexericos da corte.

Passado um quarto de hora, houve uma pausa característica na conversa. Em seguida, entraríamos num debate. Depois disso, iríamos a algum local suficientemente privado para falar de assuntos importantes.

– Sempre achei – disse Alveron, enfim, introduzindo o tema de nosso debate – que todo homem tem uma questão que repousa no cerne de quem ele é.

– Como assim, excelência?

– Creio que todos têm uma questão que os motiva e os mantêm acordados à noite. Uma questão com a qual se preocupam como um cão com um osso velho. Quando compreendemos a questão de um homem, isso nos aproxima de compreender o próprio homem. – Olhou-me de soslaio, com um meio sorriso. – Ou assim sempre me pareceu.

Pensei no assunto por um momento.

– Eu teria de concordar com Vossa Graça.

Alveron ergueu uma sobrancelha ao ouvir isto.

– Fácil assim? – Pareceu ligeiramente decepcionado. – Eu esperava alguma relutância de sua parte.

Balancei a cabeça, satisfeito com a oportunidade de introduzir meu próprio assunto.

– Faz alguns anos que me inquieto com uma pergunta e imagino que ela ainda me inquietará por mais alguns. Portanto, o que Vossa Graça disse faz todo sentido para mim.

– É mesmo? – disse ele, ávido. – Qual é?

Pensei em lhe dizer a verdade. Em falar da minha busca do Chandriano e da morte da minha trupe. Mas não havia uma possibilidade real de fazê-lo. Esse segredo ainda estava instalado em meu coração, pesado como uma pedra enorme e lisa. Era pessoal demais para contar a alguém da argúcia do maer. E mais, revelaria meu sangue de Edena Ruh, algo que eu não tinha tornado público na corte. Ele sabia que eu não pertencia à nobreza, mas não que meu sangue era tão inferior assim.

– Deve ser uma pergunta de peso, se você passou tanto tempo a ponderá-la – brincou Alveron, enquanto eu hesitava. – Vamos, eu insisto. Na verdade, ofereço-lhe uma troca, uma pergunta por outra. Quem sabe ajudamos um ao outro a chegar a uma resposta.

Dificilmente eu poderia esperar incentivo melhor que esse. Pensei por um momento, escolhendo as palavras com cuidado.

– Onde estão os Amyr?

– Os Amyr de mãos ensanguentadas – refletiu Alveron consigo mesmo, em voz baixa. Olhou-me de esguelha. – Presumo que não me esteja perguntando onde estão guardados os seus corpos, pois não?

– Não, excelência – respondi, com ar sombrio.

Seu rosto assumiu uma expressão pensativa.

– Interessante.

Respirei aliviado. Tinha certa expectativa de que ele me desse uma resposta impertinente, dizendo que os Amyr estavam mortos havia séculos. Em vez disso, ele comentou:

– Estudei muito os Amyr quando era mais jovem, sabe?

– Deveras, excelência? – perguntei, surpreso com minha própria sorte.

Ele me olhou, com a sombra de um sorriso a se esboçar nos lábios.

– Não é *tão* surpreendente assim. Eu queria *ser* um dos Amyr, quando era pequeno – retrucou o maer, com um levíssimo embaraço. – Nem todas as histórias são sinistras, você sabe. Eles fizeram coisas importantes. Fizeram escolhas difíceis, que ninguém mais se dispunha a fazer. Coisas desse tipo assustam as pessoas, mas creio que eles foram uma grande força do bem.

– Também sempre achei que sim – admiti. – Por curiosidade, qual era a história favorita de Vossa Graça?

– Atreyon – respondeu Alveron, com ar meio saudoso. – Faz anos que não penso nisso. Provavelmente, eu saberia recitar de cor os Oito Juramentos de Atreyon. – Meneou a cabeça e deu uma olhadela na minha direção. – E você?

– Atreyon é um tanto sangrenta para mim – comentei.

Alveron pareceu achar graça.

– Não era à toa que os Amyr eram chamados de mãos ensanguentadas. As tatuagens dos Ciridas estavam longe de ser decorativas.

– É verdade – reconheci. – Mesmo assim, prefiro *Sir* Savien.

– É claro – disse ele, com um aceno da cabeça. – Você é um romântico.

Por um momento caminhamos em silêncio, dobrando uma curva e passando por uma fonte.

– Eu era apaixonado por eles, quando menino – falou Alveron enfim, como se confessasse algo ligeiramente constrangedor. – Homens e mulheres com todo o poder da Igreja a respaldá-los. E isso, numa época em que todo o poder de Atur erguia-se por trás da Igreja. – Sorriu. – Valentes, impetuosos e dispensados de prestar contas a quem quer que fosse, a não ser a eles mesmos e a Deus.

– E aos outros Amyr – acrescentei.

– E, em última instância, ao pontífice – concluiu Alveron. – Imagino que você tenha lido a proclamação com que ele os dissolveu, não?

– Sim.

Chegamos a uma pontezinha arqueada de madeira e pedra, paramos no alto do arco e contemplamos a água, vendo os cisnes manobrarem com vagar na correnteza.

– Sabe o que descobri quando eu era mais novo? – indagou o maer.

Fiz que não com a cabeça.

– Quando fiquei velho demais para as histórias infantis sobre os Amyr, comecei a me intrigar com coisas mais específicas. Quantos Amyr havia? Quantos pertenciam à aristocracia rural? Quantos cavalos eles eram capazes de levar ao campo de batalha para uma ação armada? – Virou-se de leve para avaliar a minha reação. – Eu estava em Felton, na época. Lá eles têm um antigo mendário aturense onde guardam registros eclesiásticos de todo o rincão norte. Passei dois dias examinando seus livros. Sabe o que encontrei?

– Nada. Vossa Graça não encontrou nada.

Alveron virou-se para mim. Havia em sua expressão uma surpresa cuidadosamente controlada.

– Constatei a mesma coisa na Universidade – esclareci. – Como se alguém houvesse retirado do Arquivo de lá as informações referentes aos Amyr. Não tudo, é claro. Mas havia pouquíssimos detalhes confiáveis.

Vi as conclusões do próprio maer ganharem vida, cintilando em seus argutos olhos cinzentos.

– E quem faria uma coisa dessas? – indagou.

– Quem teria melhor razão para isso do que os próprios Amyr? O que significa que ainda estão por aí, em algum lugar.

– Por isso sua pergunta – concluiu Alveron, recomeçando a andar, mais devagar que antes. – Onde estão os Amyr?

Saímos da ponte e começamos a percorrer a trilha em volta do lago, o rosto do maer carregado de séria reflexão.

– Você acredita que tive a mesma ideia, depois de fazer minhas buscas no mendário? – perguntou-me. – Achei que os Amyr teriam evitado ser levados a julgamento. Teriam procurado se esconder. Pensei até que poderia haver outros Amyr no mundo, depois de todo esse tempo, agindo em sigilo pelo bem da maioria.

Senti a empolgação fervilhar em meu peito.

– O que Vossa Graça descobriu?

– Descobrir? – repetiu Alveron, com ar surpreso. – Nada. Meu pai faleceu naquele ano e eu me tornei maer. Descartei aquilo como uma fantasia de menino. – Fitou a água e os cisnes que deslizavam suavemente. – Mas, se você constatou a mesma coisa, a meio mundo de distância... – Sua voz se extinguiu.

– *E* cheguei à mesma conclusão, excelência.

Alveron meneou a cabeça devagar.

– É inquietante que possa haver um segredo dessa importância – disse, correndo os olhos pelo jardim até os muros da propriedade. – E nas minhas terras. Não gosto disso. – Tornou a se virar para mim, com um olhar penetrante e límpido. – Como pretende procurá-los?

Dei um sorriso pesaroso.

– Como assinalou Vossa Graça, por mais bem-falante ou instruído que eu seja, jamais serei um nobre. Faltam-me os contatos e os recursos para investigar isto com o rigor que me agradaria. Mas, com o nome de Vossa Graça para me abrir portas, eu poderia fazer uma busca em muitas bibliotecas particulares. Poderia ter acesso a arquivos e registros particulares ou ocultos demais para serem podados...

Alveron assentiu com a cabeça, sem que seus olhos deixassem os meus.

– Creio que o compreendo. Eu, por exemplo, daria muito para saber a verdade sobre este assunto.

Desviou os olhos ao ouvir elevar-se o som de risos, mesclado com os passos de um grupo de nobres que se aproximava.

– Você me deu muito em que pensar – disse-me, em tom mais baixo. – Voltaremos a discutir isto com maior privacidade.

– Qual seria o momento conveniente para Vossa Graça ter uma reunião?

Alveron dirigiu-me um olhar demorado, especulativo.

– Venha a meus aposentos logo à noite. E, já que não posso lhe dar uma resposta, permita-me oferecer-lhe uma pergunta minha em lugar dela.

– Valorizo as perguntas quase com a mesma intensidade, excelência.

CAPÍTULO 138

Bilhetes

Dispondo de quase cinco horas até meu encontro com o maer, finalmente fiquei livre para cuidar de meus assuntos pessoais na Baixa Severen. Visto do elevador movido a cavalos, o céu estava tão límpido e azul que fitá-lo era quase de partir o coração. Com isto em mente, dirigi-me à hospedaria Quatro Círios.

O salão da taberna estava pouco movimentado, por isso não foi de admirar que o hospedeiro me visse caminhar para a escada dos fundos.

– Pare você! – gritou, num aturano atrapalhado. – Pagar! Quarto só para homens pagantes!

Para evitar uma cena, aproximei-me do bar. O hospedeiro era um homem magro e ensebado, com um forte sotaque lenattiano. Abri-lhe um sorriso.

– Eu só ia visitar uma amiga. A mulher do quarto três. Cabelo comprido, escuro. – Fiz um gesto para indicar o comprimento. – Ela ainda está aqui?

– Ah – murmurou ele, dirigindo-me um olhar entendido. – A moça. Seu nome Dinay?

Assenti com a cabeça, ciente de que Denna trocava de nome com a mesma frequência com que outras mulheres mudam o penteado.

O homem sebento tornou a menear a cabeça.

– Sim. Os olhos escuros bonitos? Ela foi embora faz tempo.

Senti-me desconsolado, ainda que já soubesse que não convinha ter esperança de que ela ainda estivesse por lá depois de tanto tempo.

– Saberia dizer para onde ela foi?

Ele soltou um risinho curto feito um latido.

– Não. Você e outros lobos todos vêm farejar atrás dela. Eu podia vender conhecimento a vocês todos para ficar com bolsa cheia. Mas não, não faço ideia.

– Ela deixou algum recado para mim? – perguntei, sem nenhuma esperança verdadeira. Não havia encontrado nenhuma carta ou bilhete à minha espera na residência do maer. – Ela estava esperando que eu viesse encontrá-la aqui.

– Estava? – repetiu o homem, com ar de mofa, e então pareceu lembrar-se de alguma coisa. – Acho que tem um bilhete encontrado. Pode ser. Não sou muito de leitura. Gostaria dele? – indagou, risonho.

Fiz que sim, animando-me um pouco.

– Ela foi embora sem pagamento do quarto – disse o homem. – Dezessete vinténs e meio.

Peguei uma rodela de prata e a exibi. Ele estendeu a mão para pegá-la, mas eu a coloquei sobre o balcão do bar e a segurei entre dois dedos.

O hospedeiro afastou-se correndo para um cômodo nos fundos e sumiu por uns cinco minutos. Finalmente voltou, segurando numa das mãos um pedaço de papel muito dobrado.

– Eu encontrei ele – disse, em tom triunfal, agitando-o na minha direção. – Papel não serve muito aqui, só pra acender fogo.

Olhei para o pedaço de papel e senti a animação voltar. Estava dobrado da mesma forma que a carta que eu pedira ao latoeiro que entregasse a ela. Se Denna havia copiado aquele truque, isso queria dizer que tinha lido minha carta e deixado aquele bilhete para mim. Minha esperança era que o texto dissesse para onde ela fora. Como encontrá-la. Empurrei a moeda para o hospedeiro e peguei o bilhete.

Já do lado de fora, corri para a sombra de uma soleira recuada, sabendo que isso seria o máximo de privacidade que eu encontraria numa rua movimentada. Rasguei o bilhete com cuidado, desdobrei-o e cheguei mais perto da luz. Ele dizia:

> *Denna,*
> *Fui forçado a deixar a cidade numa missão para meu patrono. Passarei algum tempo fora, talvez várias onzenas. Foi algo repentino e inevitável, caso contrário, eu teria feito questão de visitá-la antes de partir.*
> *Lamento muitas coisas que disse na última vez que conversamos e gostaria de poder desculpar-me por elas pessoalmente.*
> *Irei procurá-la quando voltar.*
> *Seu,*
> *Kvothe*

∾

Ao som do oitavo sino, dirigi-me aos aposentos do maer, deixando a Cesura para trás. Senti-me estranhamente nu sem ela. É curioso como nos acostumamos depressa a essas coisas.

Stapes introduziu-me na sala de visitas do maer, que mandou seu criado convidar Meluan a se juntar a nós quando lhe fosse conveniente. Perguntei-me distraidamente o que aconteceria se ela resolvesse não aparecer. Será que Alveron a ignoraria por três dias, numa repreenda silenciosa?

O maer acomodou-se numa poltrona e me lançou um olhar especulativo.

– Ouvi boatos a respeito da sua recente excursão. Umas coisas bastante fantasiosas, nas quais não sou dado a crer. Talvez você queira me contar o que *realmente* aconteceu.

Por um momento, perguntei-me como ele teria ouvido falar de minhas atividades nas imediações de Levinshir com tanta rapidez. Então me dei conta de que estava querendo saber os detalhes de nossa caçada aos bandidos no Eld. Dei um suspiro mental de alívio.

– Confio em que Dedan tenha encontrado Vossa Graça com bastante facilidade, não?

Alveron assentiu com a cabeça.

– Lamentei ter de mandá-lo em meu lugar, excelência. Ele não é uma criatura sutil.

O maer deu de ombros.

– Não houve nenhum prejuízo real. Quando ele chegou a mim, a necessidade de sigilo havia passado.

– Então, ele entregou minha carta?

– Ah, sim, a carta – disse Alveron, tirando-a de uma gaveta próxima. – Presumi que fosse algum tipo de brincadeira estranha.

– Como disse, excelência?

Ele me fitou com ar franco, depois baixou os olhos para a carta:

– *Vinte e sete homens* – leu, em voz alta. – *Mercenários experientes, a julgar por seus atos e sua aparência... Um acampamento bem montado, com fortificações rudimentares.* – Tornou a levantar os olhos. – Você não espera que eu acredite que é essa a verdade. Seria impossível vocês cinco lograrem êxito contra tantos homens.

– Nós os surpreendemos, excelência – retruquei, com certo eufemismo convencido.

A expressão do maer toldou-se.

– Ora, vamos! Deixando de lado todo o humor provinciano, considero isso de extremo mau gosto. Simplesmente me conte a verdade e acabe logo com a história.

– Eu contei a verdade, excelência. Se soubesse que Vossa Graça exigiria provas, teria deixado Dedan trazer-lhe um saco cheio de polegares. Gastei uma hora inteira de discussão para tirar essa ideia da cabeça dele.

Isso não pareceu desconcertar o maer como eu havia esperado.

– Talvez você devesse tê-lo deixado – respondeu ele.

O humor da situação foi-se desfazendo rapidamente para mim.

– Excelência, se eu quisesse mentir para Vossa Graça, escolheria uma história mais convincente – retruquei, deixando-o pensar nisso por um momento. – Ademais, se é apenas de provas que Vossa Graça necessita, basta mandar alguém verificar. Queimamos os corpos, mas os crânios ainda estarão lá. Posso assinalar num mapa o local do acampamento para Vossa Graça.

Alveron adotou uma tática diferente.

– E quanto a esta outra parte: o chefe deles? O homem que não se importou em levar uma flechada na perna. O que entrou em sua barraca e "desapareceu".

– É verdade, excelência.

Alveron me encarou por um longo momento, depois deu um suspiro.

– Nesse caso, acredito em você. Mas, ainda assim, é uma notícia estranha e sinistra – resmungou, quase para si mesmo.

– Deveras, excelência.

Ele me dirigiu um olhar estranhamente calculista.

– Como você entende esse episódio?

Antes que eu pudesse responder, veio dos aposentos externos o som de uma voz feminina. A carranca de Alveron se desfez e ele se empertigou mais na poltrona. Escondi um sorriso atrás da mão.

– É Meluan – informou-me. – Se não me engano, ela está nos trazendo a pergunta que mencionei antes – disse-me, com um sorriso matreiro. – Creio que será do seu agrado. É algo realmente intrigante.

CAPÍTULO 139

Sem fechadura

Stapes introduziu Meluan no aposento, enquanto Alveron e eu nos púnhamos de pé. Ela usava um traje cinza e lilás. Seu cabelo castanho e cacheado estava preso na nuca, deixando à mostra o pescoço elegante.

Meluan foi seguida por dois meninos da criadagem que carregavam um baú de madeira. O maer aproximou-se da esposa para tomar-lhe o braço, enquanto Stapes orientava os meninos a depositarem o baú ao lado de sua cadeira. O valete de Alveron tocou-os rapidamente para fora e me deu uma piscadela conspiratória, antes de sair e fechar a porta atrás de si.

Ainda de pé, virei-me para Meluan e lhe fiz minhas reverências.

– É um prazer ter a oportunidade de reencontrá-la... milady?

Fiz deste último termo uma pergunta, por não saber ao certo como me dirigir a ela. As terras dos Lackless tinham sido um condado inteiro, mas isso fora antes da revolta sem sangue, quando a família ainda controlava Tinuë. O casamento dela com Alveron também havia complicado as coisas, pois eu não tinha certeza se havia um equivalente feminino do título de *maershon*.

Meluan fez um aceno displicente com a mão, descartando inteiramente o problema.

– "Senhora" fica muito bem entre nós, pelo menos quando estivermos a portas fechadas. Não preciso de formalidades por parte de alguém com quem sei ter uma enorme dívida. – Segurou a mão de Alveron e me disse: – Queira sentar-se, por favor.

Fiz outra mesura e tomei meu lugar, olhando para o baú com toda a naturalidade possível. Era mais ou menos do tamanho de um tambor grande, feito de bétula, com juntas bem encaixadas e revestido de latão.

Eu sabia que o procedimento adequado seria entabular uma conversa polida sobre trivialidades, até que a questão do baú fosse trazida à baila por um deles dois. Mas minha curiosidade venceu.

– Fui informado de que a senhora nos traria uma pergunta. Deve ser pesada, para que a guarde tão bem fechada – comentei, com um aceno da cabeça para o baú.

Meluan olhou para Alveron e riu, como se ele tivesse feito uma pilhéria.

– Meu marido me disse que você não é do tipo que deixa um quebra-cabeça esperar por muito tempo.

Dei-lhe um sorriso ligeiramente envergonhado.

– É contra a minha natureza, senhora.

– Eu não gostaria que você lutasse com sua natureza por minha causa – disse ela, com um sorriso. – Quer ter a bondade de trazê-lo para a minha frente?

Consegui levantar o baú sem me machucar, mas, se ele pesava menos de 60 quilos, sou um poeta.

Meluan inclinou-se para a frente na cadeira, curvando-se sobre o baú.

– Lerand me falou do papel que você teve na nossa aproximação. Sou-lhe grata por isso. Sinto-me em dívida com você. – Seus olhos castanho-escuros assumiram um ar grave de seriedade. – Todavia, também considero quitada a maior parte dessa dívida com o que vou lhe mostrar. Posso contar nos dedos das duas mãos as pessoas que algum dia viram isto. Independentemente da dívida, eu jamais pensaria em mostrar-lhe isto se meu marido não me houvesse garantido a sua absoluta discrição.

Lançou-me um olhar significativo.

– Juro por minha mão que não falarei a ninguém do que vir – assegurei-lhe, tentando não parecer tão ansioso quanto de fato estava.

Meluan assentiu com a cabeça. Em seguida, em vez de pegar uma chave, como eu havia esperado, comprimiu as laterais do baú com ambas as mãos e fez dois painéis deslizarem ligeiramente. Houve um estalido suave e a tampa se entreabriu.

Sem fechadura, pensei.

A tampa aberta revelou um baú menor. Era do tamanho de uma caixa de pão, e sua placa de latão plano exibia uma fechadura que não tinha o formato clássico, mas era um simples círculo. Meluan puxou alguma coisa de uma corrente no pescoço.

– Posso ver? – indaguei.

Ela pareceu surpresa.

– Perdão, como disse?

– Essa chave. Posso vê-la por um instante?

– Pelo divino incômodo! – exclamou Alveron. – Ainda não chegamos à parte interessante. Eu lhe ofereço o mistério de uma era e você admira o papel de embrulho!

Meluan entregou-me a chave, que examinei rápida, porém minuciosamente, girando-a nas mãos.

– Gosto de lidar com meus mistérios camada por camada – expliquei.

– Como uma cebola? – grunhiu Alveron.

– Como uma flor – contrapus, devolvendo a chave a Meluan. – Obrigado.

Ela a encaixou na fechadura e abriu a tampa do baú interno. Repôs a corrente no pescoço, empurrou-a para dentro da roupa e rearrumou o vestido e o cabelo, corrigindo qualquer dano causado à sua aparência. Isso pareceu levar aproximadamente uma hora.

Por fim, Meluan estendeu os braços e tirou algo do baú com as duas mãos. Mantendo-o fora do meu campo visual, logo atrás da tampa levantada, ergueu os olhos para mim e respirou fundo.

– Faz... – começou.

– Deixe-o ver logo, querida – interveio Alveron, em tom delicado. – Estou curioso para saber o que ele pensa – acrescentou, com um risinho. – E depois, receio que o menino tenha um ataque, se você o fizer esperar mais.

Com expressão reverente, Meluan entregou-me um pedaço de madeira escura, do tamanho de um livro grosso. Segurei-o com as duas mãos.

A caixa tinha um peso inusitado para seu tamanho e sua madeira era lisa como pedra polida. Ao deslizar as mãos sobre ela, descobri que as laterais eram entalhadas. Não de uma forma tão dramática que despertasse a atenção dos olhos, mas com entalhes tão sutis que meus dedos mal chegavam a sentir os relevos e sulcos na madeira. Alisei o tampo e discerni um desenho semelhante.

– Você tinha razão – comentou Meluan, baixinho. – Ele parece uma criança ganhando um presente no solstício de inverno.

– Você ainda não viu o melhor – respondeu Alveron. – Espere só até ele começar. A cabeça do menino parece um malho de ferro.

– Como se faz para abri-la? – perguntei. Virei-a nas mãos e senti algo mudar de lugar em seu interior. Não havia dobradiças ou tampa óbvias, nem sequer uma junção que pudesse indicar uma abertura. A coisa tinha toda a aparência de ser uma única peça de madeira escura e pesada. Mas eu sabia que era um tipo de caixa. Dava a *sensação* de caixa. Pedia para ser aberta.

– Não sabemos – respondeu Meluan e talvez tivesse continuado, mas o marido fez um sinal carinhoso para que ela se calasse.

– O que há dentro dela? – indaguei, tornando a inclinar a caixa e sentindo seu conteúdo se mexer.

– Não sabemos – repetiu Meluan.

A madeira em si já era interessante. O tom era escuro o bastante para ser roah, mas ela exibia uma granulação vermelho-escura. E mais, parecia um tipo de madeira aromática. Tinha um vago perfume de... alguma coisa. Um cheiro conhecido, que não consegui identificar com precisão. Baixei o rosto para sua superfície e inspirei fundo pelo nariz; era uma fragrância quase igual à do limão. De uma familiaridade exasperante.

– Que tipo de madeira é esse?

O silêncio dos dois foi resposta suficiente.

Ergui a cabeça e nossos olhares se cruzaram.

– Vossas Graças não dão a um sujeito muito com que trabalhar, não é? – comentei com um sorriso, para atenuar qualquer insulto que minhas palavras pudessem representar.

Alveron inclinou-se para a frente na poltrona.

– Você tem de admitir – disse, com mal disfarçada empolgação – que esta é uma pergunta realmente excelente. Você já me mostrou seu dom de adivinhação – comentou, com lampejos nos olhos cinzentos. – Então, o que consegue adivinhar a respeito disso?

– É uma relíquia de família – respondi, com naturalidade. – Muito antiga...

– Que idade você diria que tem? – interrompeu avidamente Alveron.

– Talvez 3 mil anos. Mais ou menos.

Meluan enrijeceu-se de surpresa.

– Cheguei perto dos seus palpites, imagino.

Ela fez que sim, muda.

– Sem dúvida o trabalho de entalhe desgastou-se com os longos anos de manuseio – prossegui.

– Entalhe? – indagou Alveron, inclinando-se mais na poltrona.

– É muito sutil – respondi, fechando os olhos —, mas posso senti-lo.

– Não senti nada disso.

– Nem eu – disse Meluan, parecendo ligeiramente ofendida.

– Tenho mãos excepcionalmente sensíveis – expliquei, em tom sincero. – Elas são necessárias no meu trabalho.

– Sua magia? – perguntou ela, com um toque bem disfarçado de assombro infantil.

– E a música. Permite-me? – pedi. Meluan meneou a cabeça e segurei sua mão, pressionando-a no tampo da caixa. – Aí. Está sentindo?

Ela franziu o cenho, concentrada.

– Talvez, só um pouquinho. – Retirou a mão. – Tem certeza de que é um entalhe?

– É muito regular para ser acidental. Como é possível que a senhora não o tenha notado até hoje? Não é mencionado em nenhuma das suas histórias?

Meluan assombrou-se.

– Ninguém pensaria em escrever sobre a caixa Lockless. Eu já não disse que este é o maior de todos os segredos?

– Mostre-me – disse Alveron. Guiei seus dedos sobre o desenho. Ele carregou o sobrolho. – Nada. Meus dedos devem estar muito velhos. Poderiam ser letras?

Neguei com a cabeça.

– É um desenho que flui, como arabescos. Mas não se repete, ele muda... – Ocorreu-me uma ideia. – Talvez seja um nó narrativo em ylliche.

– Você consegue lê-lo? – perguntou Alveron.

Corri os dedos pela caixa.

– Não conheço ylliche o bastante para ler um nó simples, nem mesmo se tivesse os fios entre os dedos – respondi, balançando a cabeça. – Além disso, os nós teriam sofrido mudanças nos últimos 3 mil anos. Conheço algumas pessoas que talvez soubessem traduzi-lo, lá na Universidade.

Alveron olhou para Meluan, mas ela meneou a cabeça com firmeza.

– Não admito que se fale disto com estranhos.

O maer pareceu decepcionado com essa resposta, mas não insistiu. Em vez disso, tornou a se virar para mim.

– Deixe-me refazer-lhe suas próprias perguntas. Que tipo de madeira é esse?

– Ela durou 3 mil anos – refleti, em voz alta. – É pesada, apesar de ser oca. Portanto, tem que ser uma madeira de desenvolvimento lento, como carpino ou reneira. A cor e o peso me levam a supor que também contém uma boa dose de metal, como a roah. Provavelmente, ferro e cobre. – Encolhi os ombros. – Isto é o melhor que posso fazer.

– O que há dentro dela?

Pensei por um bom momento antes de dizer:

– Algo menor que uma caixa de sal... – Meluan sorriu, mas Alveron franziu muito de leve o cenho e me apressei a prosseguir: – Algo metálico, pelo modo como seu peso se desloca quando inclino a caixa. – Fechei os olhos e escutei o baque amortecido do conteúdo. – Não. Pelo peso, talvez seja algo de cristal ou pedra.

– Alguma coisa preciosa – disse Alveron.

Abri os olhos.

– Não necessariamente. *Tornou-se* preciosa por ser antiga e por estar há tanto tempo na família. Também é preciosa por ser um mistério. Mas o que vem a ser precioso, para começar? – Encolhi os ombros. – Quem sabe?

– Mas as coisas preciosas são trancadas – assinalou Alveron.

– Precisamente – concordei. Levantei a caixa e exibi sua face lisa. – Isto não está trancado. Na verdade, talvez esteja aprisionado. Talvez seja algo perigoso.

– Por que diz isso? – indagou Alveron, com curiosidade.

– Para que ter todo esse trabalho? – protestou Meluan. – Para que guardar uma coisa perigosa? Se uma coisa é perigosa, é só destruí-la – disse, mas, em seguida, respondeu a sua própria pergunta. – A não ser que também seja preciosa, além de perigosa.

– Talvez ela fosse útil demais para ser destruída – sugeriu Alveron.

– Talvez não pudesse ser destruída – propus.

– Por último e melhor que tudo – disse Alveron, inclinando-se ainda mais para a frente no assento. – Como fazer para abri-la?

Contemplei longamente a caixa, girei-a nas mãos, pressionei as laterais. Deslizei os dedos pelos desenhos, à procura de uma junção que meus olhos não podiam ver. Sacudi-a de leve, farejei o ar à sua volta, segurei-a contra a luz.

– Não faço ideia – admiti.

Alveron deixou os ombros caírem um pouco.

– Era esperar demais, suponho. E algum tipo de magia, quem sabe?

Hesitei em lhe dizer que esse tipo de magia só existia nos contos de fadas.

– Nenhuma que eu domine.

– Você já pensou em abri-la simplesmente serrando-a? – perguntou Alveron à mulher.

Meluan pareceu exatamente tão horrorizada quanto eu diante dessa sugestão.

– Nunca! – exclamou, assim que recobrou o fôlego. – Ela é a própria raiz da minha família de origem. Eu preferiria pensar em salgar cada acre de nossas terras.

– E, por mais dura que seja esta madeira – apressei-me a acrescentar —, o mais provável é que se destruísse o que está dentro da caixa. Especialmente se for algo delicado.

– Foi só uma ideia – disse Alveron, para tranquilizar a esposa.

– Uma ideia irrefletida – rebateu ela com rispidez, mas pareceu arrepender-se de suas palavras. – Desculpe-me, mas só de pensar... – deixou a voz se extinguir, obviamente aflita.

O maer deu-lhe um tapinha na mão.

– Eu compreendo, querida. Você tem razão, foi uma ideia impensada.

– Será que agora posso guardá-la? – perguntou Meluan.

Com relutância, devolvi-lhe a caixa.

– Se houvesse uma fechadura, eu poderia tentar abri-la, mas nem consigo imaginar onde estaria a dobradiça ou a junção da tampa – observei. *Numa caixa que nem tampa ou chave tem / Ficam as pedras do marido também.* As rimas saltitantes do poema infantil me passaram loucamente pela cabeça e foi com dificuldade que consegui transformar meu riso numa tosse.

Alveron não pareceu notar.

– Como sempre, confio na sua discrição – disse-me, pondo-se de pé. – Infelizmente, receio ter usado a maior parte do nosso tempo. Estou certo de que você tem outros assuntos de que tratar. Vemo-nos amanhã, para conversar sobre os Amyr? Ao segundo sino?

Eu me havia levantado junto com o maer.

– Se convier a Vossa Graça, tenho outro assunto que justifica certa discussão.

Ele me dirigiu um olhar sério.

– Presumo que seja um assunto importante.

– Urgentíssimo, excelência – respondi, nervoso. – Não deve esperar nem mais um dia. Eu o teria mencionado antes, se houvéssemos disposto de privacidade e tempo.

– Muito bem – disse ele, tornando a se sentar. – Qual é essa premência tão terrível?

– Lerand – interveio Meluan, com ligeira censura. – Já passa da hora. Hayanis deve estar à nossa espera.

– Pois que espere – respondeu Alveron. – Kvothe tem-me prestado bons serviços em todos os sentidos. Não faz nada com leviandade e sempre que o ignoro o prejuízo é meu.

– Vossa Graça me lisonjeia. Este é um assunto grave. – Olhei de relance para

Meluan. – E também um tanto delicado. Se sua senhora quiser retirar-se, talvez seja melhor para ela.

– Se o assunto é importante, não devo ficar? – perguntou ela, com arrogância.

Dirigi um olhar inquisitivo ao maer.

– Qualquer coisa de que você queira me falar pode ser dita a minha senhora – declarou Alveron.

Hesitei. Eu precisava conversar com ele sobre a falsa trupe. Tinha certeza de que, se ele ouvisse primeiro a minha versão dos acontecimentos, eu poderia apresentá-los de um modo que me deixasse sob um prisma favorável. Se soubesse da notícia pelos canais oficiais, talvez ele não se dispusesse a passar por cima da realidade crua da situação: do fato de eu haver trucidado nove viajantes, por minha livre e espontânea vontade.

Apesar disso, a última coisa que eu queria era a presença de Meluan na conversa. Isso apenas complicaria a situação. Fiz uma última tentativa:

– Trata-se de um assunto extremamente sinistro, excelência.

Alveron balançou a cabeça, franzindo de leve o cenho.

– Não temos segredos.

Lutei para reprimir um suspiro de resignação e tirei de um bolso interno da *shaed* um pedaço grosso de pergaminho dobrado.

– Esta é uma das licenças de patrocínio concedidas por Vossa Graça?

Seus olhos cinzentos percorreram o papel, manifestando certa surpresa.

– Sim. Como você o conseguiu?

– Ah, Lerand – disse Meluan. – Eu sabia que você deixava os mendigos viajarem por suas terras, mas nunca pensei que descesse ao ponto de patrociná-los.

– É apenas um punhado de artistas de trupe – retrucou ele. – Como convém às pessoas de minha categoria. Toda casa nobre de respeito possui pelo menos alguns músicos.

– A minha não – rebateu Meluan, em tom firme.

– É conveniente ter a própria trupe – explicou Alveron, em tom gentil. – E mais conveniente dispor de várias. Desse modo, pode-se escolher o entretenimento apropriado para acompanhar qualquer evento que se ofereça. De onde você acha que vieram os músicos da nossa cerimônia de casamento?

Como a expressão de Meluan não se abrandasse, Alveron prosseguiu:

– Eles não têm permissão para apresentar nada vulgar ou pagão, querida. Eu os mantenho sob o mais rigoroso controle. E fique certa de que nenhuma cidade em minhas terras deixaria uma trupe se apresentar, a menos que ela tivesse a licença de um nobre.

Alveron tornou a se virar para mim:

– O que nos traz de volta ao assunto em questão. Como foi que você obteve a licença deles? A trupe deve estar passando por dificuldade sem ela.

Hesitei. Com Meluan ali, sentia-me inseguro quanto à melhor maneira de abordar o assunto.

– Está, excelência. Eles foram assassinados.

O maer não manifestou surpresa.

– Foi o que imaginei. Essas coisas são lastimáveis, mas vez por outra acontecem.

Os olhos de Meluan faiscaram.

– Eu daria muito para vê-las acontecerem com mais frequência.

– Tem ideia de quem os matou? – perguntou-me o maer.

– De certa maneira, excelência.

Ele ergueu as sobrancelhas, com ar de expectativa.

– Bem, e então?

– Fui eu.

– Você fez o quê?

Dei um suspiro.

– Matei os homens que portavam essa licença, excelência.

Alveron enrijeceu na poltrona.

– O quê?

– Eles haviam sequestrado duas mocinhas numa pequena cidade por onde tinham passado. – Fiz uma pausa, buscando uma forma delicada de dizer aquilo na frente de Meluan. – Elas eram muito jovens, excelência, e os homens não foram gentis.

A expressão de Meluan, já severa, tornou-se fria como gelo diante disso. Mas, antes que ela pudesse falar, Alveron me perguntou, incrédulo:

– E você tomou para si a incumbência de matá-los? Uma trupe inteira de artistas a que eu havia concedido uma licença? – Esfregou a testa. – Quantos foram?

– Nove.

– Santo Deus...

– Creio que ele agiu bem – opinou Meluan, em tom acalorado. – Sugiro que você lhe dê uma vintena de guardas e o deixe fazer o mesmo com todos os bandos de ravias Ruh que encontrar nas suas terras.

– Minha querida – disse Alveron, com um toque de severidade. – Não me importo muito mais com eles do que você, mas lei é lei. Quando...

– A lei é o que *você* determina – interpôs ela. – Este homem lhe prestou um nobre serviço. Você deveria conceder-lhe terras e um título, além de dar-lhe assento em seu conselho.

– Ele matou nove dos meus súditos – assinalou Alveron, em tom severo. – Quando os homens deixam de seguir a lei, o resultado é a anarquia. Se tivesse ouvido isto de passagem, eu o enforcaria como a um bandido.

– Ele matou nove estupradores Ruh. Nove ladrões assassinos daquela ravia. Haver nove homens dos Edena a menos no mundo, isso é um serviço prestado a todos nós. – Meluan virou-se para mim: – Senhor. Creio que seu ato não foi nada senão o que era correto e apropriado.

Seu elogio descabido apenas atiçou o fogo que ardia sob a minha raiva.

– Nem todos eram homens, senhora – respondi-lhe.

Meluan empalideceu um pouco diante desta observação.

Alveron esfregou o rosto com uma das mãos:

– Santo Deus, homem! Sua franqueza é como um machado se abatendo.

– E devo mencionar – acrescentei em tom sério –, com o perdão de ambos, que as pessoas que matei não eram Edena Ruh. Nem sequer eram uma trupe de verdade.

Alveron balançou a cabeça, com ar cansado, e bateu com o dedo na licença à sua frente.

– Aqui diz outra coisa. Edena Ruh e trupe de artistas, as duas informações.

– A licença era roubada, excelência. As pessoas com que deparei na estrada haviam matado uma trupe de Ruh e tomado o seu lugar.

Ele me olhou com curiosidade.

– Você parece muito seguro disso.

– Foi o que um deles me contou, excelência. Ele admitiu que o grupo estava meramente se fazendo passar por uma trupe. Estava se fingindo de Ruh.

Meluan pareceu incapaz de decidir se ficava confusa ou enojada com essa ideia.

– Quem fingiria uma coisa dessas?

Alveron meneou a cabeça.

– Minha esposa tem um bom argumento. Parece mais provável que eles tenham mentido para você. Quem deixaria de negar uma coisa dessas? Quem admitiria voluntariamente ser Edena Ruh?

Senti um rubor quente me subir pelo rosto ao ouvir isso, subitamente envergonhado por ter escondido minhas origens durante tanto tempo.

– Não duvido que a trupe original fosse de Edena Ruh, excelência. Mas os homens que matei não o eram. Nenhum Ruh faria o que eles fizeram.

Os olhos de Meluan faiscaram, furiosos.

– Você não os conhece.

Enfrentei seu olhar.

– Senhora, creio que os conheço muito bem.

– Mas por quê? – indagou Alveron. – Quem, em seu juízo perfeito, tentaria fazer-se passar por Edena Ruh?

– Pela facilidade das viagens. E pela proteção oferecida pelo nome de Vossa Graça.

Ele descartou minha explicação com um dar de ombros.

– É mais provável que eles fossem Ruh que se cansaram do trabalho honesto e, em vez disso, deram para furtar.

– Não, excelência. Eles não eram Edena Ruh.

Alveron lançou-me um olhar de reprovação.

– Ora, vamos. Quem pode dizer a diferença entre bandidos e um bando de Ruh?

– Não existe diferença – interpôs Meluan, secamente.

– Excelência, eu saberia a diferença – declarei, em tom acalorado. – *Eu* sou Edena Ruh.

Silêncio. A expressão de Meluan passou do choque perplexo para a incredulidade, o ódio e a repugnância. Ela se pôs de pé, parecendo momentaneamente prestes a me dar uma cusparada, depois saiu com passos firmes porta afora. Ouviu-se um chocalhar metálico quando sua guarda pessoal assumiu a posição de sentido e a acompanhou, retirando-se dos aposentos externos.

Alveron continuou a me olhar, o rosto severo.

– Se isso é uma piada, é de muito mau gosto.

– Não é, excelência – respondi, lutando para controlar a raiva.

– E por que você julgou necessário esconder isso de mim?

– Não o escondi, excelência. Em suas próprias palavras, Vossa Graça mencionou várias vezes que estou longe de ser de origem nobre.

Ele bateu no braço da cadeira, com raiva.

– Você sabe o que quero dizer! Por que nunca mencionou ser um dos Ruh?

– Creio que a razão é bastante óbvia, excelência – respondi em tom ríspido, tentando não cuspir as palavras. – O nome "Edena Ruh" tem um cheiro forte demais para muitos narizes aristocráticos. A esposa de Vossa Graça achou que o perfume que estava usando não era capaz de encobri-lo.

– Minha esposa teve experiências infaustas com os Ruh no passado – disse ele, à guisa de explicação. – Você faria bem em atentar para isto.

– Estou ciente do ocorrido com a irmã dela. Da trágica vergonha da família. Fugir com um artista de trupe e amá-lo. Que coisa terrível! – observei, em tom mordaz, o corpo todo formigando de um ódio acalorado. – O bom senso dessa irmã é uma honra para a família dela. O mesmo não se pode dizer dos atos da esposa de Vossa Graça. Meu sangue vale tanto quanto o de qualquer homem, mais até que o da maioria. E, ainda que não valesse, ela não tinha o direito de me tratar como tratou.

A expressão de Alveron endureceu.

– Prefiro crer que ela tem o direito de tratá-lo como lhe aprouver. Ficou simplesmente chocada com a sua proclamação repentina. Dados os sentimentos que ela nutre pela sua ravia, creio que ela demonstrou um comedimento admirável.

– Creio que ela está ressentida com a verdade. A língua de um artista de trupe levou-a mais depressa para a cama do que foi a irmã dela.

Mal disse isto, eu soube que tinha ido longe demais. Cerrei os dentes para me impedir de dizer coisas piores.

– Isto é tudo – declarou Alveron com fria formalidade, os olhos fixos e enraivecidos.

Retirei-me com toda a dignidade enfurecida que consegui reunir. Não porque não tivesse mais nada a dizer, mas porque, se permanecesse ali por mais um momento, ele chamaria os guardas e não era essa a saída que eu queria.

CAPÍTULO 140

Justas recompensas

Eu estava no meio do processo de me vestir, na manhã seguinte, quando chegou um mensageiro, trazendo um envelope grosso, com o lacre e a chancela de Alveron. Sentei-me junto à janela para abri-lo e encontrei várias cartas. A primeira dizia:

> Kvothe,
> Pensei um pouco e concluí que seu sangue não tem grande importância, à luz dos serviços que você me prestou.
> Entretanto, minha alma está ligada a outra, cujo bem-estar valorizo com mais carinho do que o meu. Embora eu houvesse esperado conservar os seus serviços, já não posso fazê-lo. E mais, como sua presença é causa de considerável angústia para minha esposa, devo pedir-lhe que devolva meu anel e deixe Severen o mais depressa possível.

Parei de ler, levantei-me e abri a porta de meus aposentos. Um par dos guardas de Alveron postava-se no corredor, em posição de sentido.
– Senhor? – disse um deles, olhando de relance para meu estado seminu.
– Só uma verificação – respondi, fechando a porta.
Voltei para minha cadeira e tornei a pegar a carta.

> Quanto ao assunto que precipitou esta situação lamentável, creio que você agiu da maneira que mais convinha a meus interesses e aos de Vintas em geral. Com efeito, ainda esta manhã recebi a notícia de que duas jovens foram devolvidas a suas famílias, em Levinshir, por um "cavalheiro" ruivo chamado Kvothe.
> Como recompensa pelos seus inúmeros serviços, ofereço-lhe o seguinte:
> Primeiro, pleno perdão por ter matado aquelas pessoas nas imediações de Levinshir.
> Segundo, uma carta de crédito que lhe facultará sacar recursos de meus cofres para o pagamento de suas taxas escolares na Universidade.
> Terceiro, uma licença que lhe concede o direito de viajar, tocar e se apresentar onde quiser dentro de minhas terras.
> Por fim, meu muito obrigado.
> Maershon Lerand Alveron

Passei longos minutos sentado, contemplando pela janela os pássaros que voejavam no jardim. Os demais papéis no envelope eram exatamente o que dissera Alveron. A carta de crédito era uma obra de arte, assinada e chancelada em quatro lugares por ele e por seu tesoureiro-mor.

A licença era, no mínimo, ainda mais encantadora. Fora redigida numa folha grossa de velino de cor creme, assinada de próprio punho pelo maer e adornada com o brasão da família e a chancela pessoal de Alveron.

Mas não era uma licença de patrocínio. Li-a criteriosamente. Por omissão, ela deixava claro que eu não estava a serviço do maer e não tínhamos vínculos um com o outro. Apesar disso, concedia-me a liberdade de viajar e o direito de me apresentar em nome dele. Como documento, era uma curiosa solução de compromisso.

Eu mal havia acabado de me vestir quando veio outra batida na porta. Suspirei, esperando que fossem mais guardas para me expulsar de meus aposentos.

Mas a abertura da porta revelou outro mensageiro. Ele carregava uma salva de prata com outra carta. Essa exibia no alto a chancela dos Lackless. Ao lado dela havia um anel. Peguei-o e o girei nas mãos, intrigado. Não era de ferro, como eu teria esperado, mas de madeira clara, com o nome de Meluan toscamente gravado a fogo.

Notei os olhos arregalados do mensageiro, correndo entre mim e o anel. E, mais importante, notei que os guardas não fitavam o objeto. Evitavam propositalmente olhar para ele. Era o tipo de não olhar a que o sujeito só se entrega quando algo muito interessante lhe chama a atenção.

Entreguei meu anel de prata ao menino.

– Leve isto a Bredon. E não perca tempo.

∽

Bredon estava examinando os guardas quando abri a porta.

– Continuem assim, meus bons rapazes – disse-lhes, com uma batidinha brincalhona da bengala no peito de um deles. A cabeça prateada de lobo tilintou de leve no peitoral do guarda e Bredon sorriu, como um tio brincalhão. – Todos nos sentimos mais seguros sob a sua vigilância.

Fechou a porta ao entrar e ergueu uma sobrancelha para mim.

– Pela misericórdia divina, garoto, você está subindo na vida aos saltos. Eu sabia que você havia caído nas graças do maer, mas a ponto de ele designar dois homens da sua guarda pessoal para acompanhá-lo? – Levou a mão ao coração e soltou um suspiro dramático. – Logo, logo estará ocupado demais para gente como o pobre, velho e inútil Bredon.

– Acho que a coisa é mais complicada – retruquei, com um débil sorriso. Levantei o anel de madeira para ele. – Preciso que você me diga o que isto significa.

A animação jovial de Bredon evaporou-se mais depressa do que se eu tivesse sacado uma faca suja de sangue.

– Pelo divino casal! – exclamou. – Diga-me que você recebeu isso de algum lavrador antiquado.

Balancei a cabeça e lhe entreguei o anel.

Bredon o girou entre os dedos.

– Meluan? – indagou, em voz baixa. Devolvendo-me o anel, afundou numa poltrona próxima, com a bengala atravessada sobre os joelhos. Seu rosto se acinzentara ligeiramente. – A esposa do maer lhe mandou isso? Como uma convocação?

– Não poderia estar mais longe de uma convocação. Ela também enviou uma carta encantadora – comentei, levantando-a na outra mão.

Bredon estendeu uma das suas.

– Posso ver? – perguntou, mas recolheu a mão depressa. – Desculpe-me. Foi uma grosseria terrível eu pedir...

– Você não poderia me prestar maior favor do que lê-la – interrompi-o, pondo a carta em sua mão. – Preciso desesperadamente da sua opinião.

Bredon pegou a carta e começou a ler, movendo os lábios de leve. Seu rosto ficava mais pálido à medida que ele chegava ao fim da página.

– A dama tem o dom de construir bem as frases – comentei.

– Isso não se pode negar – concordou Bredon. – Poderia ter escrito isso com sangue.

– Creio que ela gostaria de fazê-lo. Mas teria precisado matar-se para encher a segunda página – retruquei e lhe entreguei a folha.

Bredon a pegou e continuou a ler, empalidecendo ainda mais.

– Por todos os deuses que nos cercam! Será que "excrescência" é mesmo uma palavra?

– É – respondi.

Bredon terminou a segunda página, voltou para o começo e, lentamente, leu tudo mais uma vez. No fim, levantou os olhos para mim e disse:

– Se alguma mulher me amasse com um décimo do ódio apaixonado que essa dama nutre por você, eu me consideraria o mais afortunado dos homens.

– O que quer dizer isto? – perguntei, segurando o anel. Era possível sentir nele o cheiro de fumaça. Meluan devia ter gravado seu nome nele a fogo ainda naquela manhã.

– Se viesse de um lavrador? – disse Bredon, com um dar de ombros. – Muitas coisas, dependendo da madeira. Mas aqui? Vindo de um membro da nobreza? – Balançou a cabeça, obviamente sem conseguir encontrar as palavras.

– Pensei que só houvesse três tipos de anéis na corte.

– Apenas três que alguém se digne usar – disse Bredon. – Apenas três que são enviados e exibidos. Antigamente, usavam-se anéis de madeira para chamar os criados. Aqueles que eram subalternos demais para o ferro. Mas isso foi há muito tempo. Acabou por se tornar uma afronta terrível enviar um anel de madeira a alguém na corte.

– Com a afronta eu posso conviver – retruquei, aliviado. – Já fui insultado por gente melhor que ela.

– Isso foi há 100 anos – salientou Bredon. – As coisas mudaram. O problema é que, depois que os anéis de madeira passaram a ser vistos como uma afronta, alguns criados sentiram-se ofendidos com eles. Ora, não convinha a ninguém ofender seu próprio cavalariço-mor e, sendo assim, a pessoa não lhe enviava um anel de madeira. Mas, se nem ao cavalariço se mandava um anel desses, talvez o alfaiate se sentisse ofendido ao receber um.

Meneei a cabeça, em sinal de compreensão.

– E assim sucessivamente. No final, todos se ofendiam ao receber um anel de madeira.

Bredon fez que sim.

– O homem sensato toma o cuidado de se manter nas boas graças de seus criados. Até o menino que traz o jantar pode ficar ressentido e há mil formas invisíveis de vingança ao alcance do mais humilde deles. Os anéis de madeira já não são usados por ninguém. Talvez tivessem sido completamente esquecidos, se não fossem utilizados como um recurso na trama de um punhado de peças teatrais.

Olhei para o anel.

– Portanto, sou mais baixo que o menino que recolhe os urinóis.

Bredon pigarreou, sem jeito.

– É mais que isso, na verdade. – Apontou para o anel. – Significa que, para ela, você nem sequer é uma pessoa. Não merece ser reconhecido como um ser humano.

– Ah. Entendo.

Enfiei o anel de madeira num dedo e cerrei o punho. Encaixou muito bem, na verdade.

– Não é o tipo de anel que se deva usar – disse Bredon, incomodado. – Muito pelo contrário. – Lançou-me um olhar curioso: – Imagino que você já não esteja com o anel do Alveron, não é?

– Ele o pediu de volta, na verdade.

Apanhei a carta do maer na mesa e também a entreguei a Bredon.

– O mais depressa possível – disse ele, citando um trecho da carta com um risinho seco. – Isso diz bem mais do que parece – comentou, pousando o documento. – Mas é provável que seja melhor assim. Se ele o deixasse ficar com seu beneplácito, você se tornaria um campo de batalha para os dois: um grão de milho entre o pilão dela e o soquete dele. Os dois o esmagariam com suas brigas.

Seus olhos relancearam pelo anel na minha mão.

– Presumo que ela não o tenha entregado a você pessoalmente – comentou, com ar esperançoso.

– Mandou-o por um mensageiro – respondi, soltando um suspiro baixo. – Os guardas também o viram.

Houve uma batida à porta. Fui atender e um mensageiro entregou-me uma carta.

Fechei a porta e olhei para a chancela.

– Lorde Praevek – informei.

Bredon balançou a cabeça.

– Juro que aquele homem passa cada minuto de suas horas de vigília com o ouvido colado numa fechadura, ou com a língua no rabo de alguém.

Rindo, abri a carta e a examinei rapidamente.

– Está pedindo que eu devolva seu anel. E o texto está borrado, ele nem esperou a tinta secar.

Bredon meneou a cabeça.

– A notícia está se espalhando, sem dúvida. Não seria tão ruim, se Meluan não estivesse firmemente sentada à mão direita de Alveron. Mas está e deixou clara a sua opinião. Qualquer pessoa que o trate melhor do que a um cão compartilhará, sem a menor dúvida, o desprezo que ela nutre por você. – Jogou a carta para o alto. – E desse tipo de desprezo há muito por aí, sem perigo de escassez.

Fez um gesto em direção à tigela dos anéis e deu um risinho seco e sem alegria.

– Justo quando você também estava recebendo alguns de prata.

Fui até a tigela, procurei seu anel e o estendi para ele.

– Você deve levar isto de volta.

A expressão de Bredon pareceu sofrida, mas ele não fez qualquer movimento para apanhar a joia.

– Em breve estarei partindo – falei – e detestaria que você fosse maculado por seu contato comigo. Não tenho como lhe agradecer pela ajuda que me deu. O mínimo que posso fazer é contribuir para minimizar o prejuízo para sua reputação.

Bredon hesitou, depois fechou os olhos e deu um suspiro. Pegou o anel com um dar de ombros derrotado.

– Ah – exclamei, lembrando-me de repente de outra coisa. Fui até a pilha de histórias caluniosas e retirei as páginas que descreviam suas travessuras pagãs. – Talvez isto lhe pareça divertido – disse, entregando-as a ele. – Agora, é provável que lhe convenha ir andando. O simples fato de estar aqui não é bom para você.

Bredon deu um suspiro e assentiu com a cabeça.

– Lamento que as coisas não tenham corrido melhor para você, meu rapaz. Se algum dia voltar a estas paragens, não hesite em me procurar. Essas coisas realmente acabam se dissipando. – Seus olhos continuavam voltando para o anel de madeira no meu dedo. – Você não deve mesmo insistir em usar isso.

Depois que ele se foi, pesquei na tigela o anel de prata de Stapes e também o de ferro pertencente a Alveron. Em seguida, saí para o corredor.

– Vou fazer uma visita ao Stapes – informei polidamente aos guardas. – Gostariam de me acompanhar?

O mais alto olhou de relance para o anel no meu dedo e, em seguida, para seu companheiro e então murmurou sua concordância. Girei nos calcanhares e saí andando, com minha escolta me seguindo.

∾

Stapes me introduziu em sua sala de visitas e fechou a porta atrás de mim. Seus aposentos eram ainda mais refinados que os meus e consideravelmente mais habitados. Também vi uma tigela grande de anéis numa mesa próxima. Eram todos de ouro. O único anel de ferro à vista era o de Alveron e este ele usava no dedo.

Stapes podia parecer um merceeiro, mas tinha um par de olhos argutos. Avistou prontamente o anel no meu dedo.

– Então, ela o fez mesmo – comentou, balançando a cabeça. – Você realmente não deveria usá-lo.

– Não me envergonho de ser quem sou. Se este é o anel dos Edena Ruh, eu o usarei.

Stapes deu um suspiro.

– É mais complicado que isso.

– Eu sei. Não vim aqui dificultar a sua vida. Você pode devolver isto ao maer por mim? – pedi, entregando-lhe o anel de Alveron.

Stapes o pôs no bolso.

– Eu também gostaria de devolver estes. – Entreguei-lhe os dois anéis que ele me dera, um de prata reluzente, um de osso. – Não quero criar mais problemas entre você e a esposa do seu amo.

Stapes meneou a cabeça, pegando o anel de prata, e disse:

– Criaria problemas se você o conservasse. Estou a serviço do maer. Como tal, tenho de prestar atenção aos jogos da corte.

Em seguida, estendeu a mão e pegou a minha, pondo de volta o anel de osso.

– Mas este está fora dos meus deveres para com o maer. É uma dívida entre dois homens. Os jogos da corte não interferem nessas coisas – acrescentou, fitando-me nos olhos. – E eu insisto em que você o conserve.

∞

Fiz uma refeição tardia em meus aposentos, sozinho. Os guardas continuaram a aguardar do lado de fora, pacientemente, enquanto eu lia a carta do maer pela quinta vez. A cada leitura, eu alimentava a esperança de encontrar algum sentimento de clemência escondido em suas frases. Mas não havia nenhum.

Sobre a mesa estavam os vários papéis que o maer me enviara. Esvaziei minha bolsa ao lado deles. Eu tinha dois régios de ouro, quatro nóbiles de prata, oito vinténs e meio e, inexplicavelmente, um único strehlaum modegano, embora não conseguisse me lembrar de onde o havia arranjado, nem se fosse para salvar minha vida.

Ao todo, as moedas somavam pouco menos de oito talentos. Empilhei-as ao lado dos documentos do maer. Oito talentos, um perdão, uma licença para tocar e minhas taxas escolares pagas na Universidade. Não era uma recompensa insignificante.

Ainda assim, não pude deixar de me sentir muito mal recompensado. Eu salvara Alveron do envenenamento, havia descoberto um traidor em sua corte, conquistado uma esposa para ele e livrado suas estradas de mais gente perigosa do que me daria o trabalho de contar.

E, apesar disso tudo, continuei sem um mecenas. Pior ainda, a carta dele não tinha qualquer menção aos Amyr, qualquer referência ao apoio que ele me prometera em minha busca dos membros dessa ordem.

Mas eu não ganharia nada criando caso e teria muito a perder. Tornei a encher a bolsa e guardei as cartas de Alveron no compartimento secreto do estojo do alaúde.

Também surrupiei três livros que havia tirado da biblioteca de Caudicus, já que ninguém sabia que estavam comigo, e virei todos os anéis da tigela num saquinho. No armário havia duas dúzias de trajes do mais fino corte. Valeriam um bom dinheiro, mas não eram muito fáceis de carregar. Peguei dois dos melhores e deixei os demais pendurados.

Por último, prendi a Cesura na cinta e fiz de minha *shaed* uma capa longa. Esses dois objetos confirmaram que meu período em Vintas não tinha sido um desperdício completo, embora eu os houvesse conquistado sozinho, sem qualquer ajuda de Alveron.

Tranquei a porta, apaguei as lamparinas e saí para o jardim por uma janela. Depois, usei um pedaço de arame torto para trancar a janela e fechar as persianas por fora.

Mesquinharia? Talvez, mas uma ova se eu ia me deixar escoltar para fora da propriedade pela guarda do maer. Além disso, a ideia dos homens intrigados com minha fuga me fez rir e o riso faz bem à digestão.

∞

Saí da propriedade sem que ninguém me visse. Minha *shaed* prestava-se muito bem para deslocamentos furtivos no escuro. Depois de uma hora de buscas, encontrei um encadernador ordinário na Baixa Severen.

Era um sujeito execrável, com a moral de um cão selvagem, mas *se interessou* pela pilha de histórias caluniosas que os nobres tinham andado enviando para meus aposentos. Ofereceu-me quatro carretéis de ouro pelo conjunto, mais a promessa de 10 vinténs por cada volume que ele vendesse do livro depois da impressão. Pechinchei até conseguir seis carretéis e seis vinténs por exemplar e trocamos um aperto de mão. Saí da loja, queimei o contrato e lavei as mãos duas vezes. Mas fiquei com o dinheiro.

Depois disso, vendi as duas mudas de roupas finas e todos os livros de Caudicus, exceto um. Com o dinheiro que havia acumulado, passei as horas seguintes no cais e descobri um navio que partiria no dia seguinte para Junpui.

Quando a noite se acomodou sobre a cidade, perambulei pelas partes altas de Severen, na esperança de topar com Denna. Não topei, é claro. Dava para perceber que ela partira havia muito tempo. As cidades transmitem uma sensação diferente quando Denna está em alguma parte delas e Severen me pareceu oca como uma casca de ovo.

Ao cabo de várias horas de buscas infrutíferas, entrei num bordel na beira do cais e passei algum tempo bebendo na taberna. Era uma noite sem movimento e as damas estavam entediadas. Assim, paguei bebidas para todas e conversamos. Contei algumas histórias e elas escutaram. Toquei algumas canções e elas aplaudiram. Depois, pedi um favor e elas riram, riram, riram sem parar.

Assim, despejei os anéis do saquinho numa tigela e os deixei no bar. Pouco depois, as damas já os experimentavam e discutiam quem ficaria com os de prata. Comprei outra rodada de bebidas e fui embora, com o humor ligeiramente melhor.

Depois disso, vaguei sem rumo e acabei achando um jardinzinho público, perto da borda do Despenhadeiro, de onde se avista a Baixa Severen. Os lampiões lá embaixo ardiam numa tonalidade alaranjada e aqui e ali se via uma lamparina a gás ou uma lâmpada de simpatia, bruxuleando em azul-esverdeado e carmesim. A paisagem era tão arrebatadora quanto da primeira vez que eu a vira.

Fazia algum tempo que a contemplava, quando me dei conta de que não estava sozinho. Havia um homem mais velho encostado numa árvore, a vários metros de distância, fitando as luzes tal como eu. Um aroma vago e não desagradável de cerveja desprendia-se dele.

– Coisinha bonita, né? – disse-me, com um sotaque que o distinguia como estivador.

Concordei. Passamos algum tempo em silêncio, contemplando o piscar das luzes. Tirei o anel de madeira do dedo e pensei em atirá-lo do penhasco. Mas, agora que havia alguém observando, não pude deixar de sentir que era um gesto meio infantil.

– Dizem que, daqui de cima, um nobre é capaz de mijar em metade de Severen – comentou o estivador, em tom de conversa.

Guardei o anel num bolso da minha *shaed*. Seria um memento.

– Esses são os preguiçosos – retruquei. – Os que eu conheci conseguem mijar muito mais longe.

CAPÍTULO 141

Viagem de regresso

A SORTE ME SORRIU NO TRAJETO de retorno à Universidade. Tivemos bons ventos e tudo transcorreu encantadoramente sem incidentes. Os marinheiros tinham ouvido falar do meu encontro com Feluriana, por isso gozei de modesta fama durante a viagem. Toquei para eles a canção que tinha composto sobre esse encontro e lhes contei a história, mais ou menos metade das vezes que eles me pediram.

Também lhes falei da minha viagem ao Ademre. No começo, não acreditaram em parte alguma dela, mas depois lhes mostrei a espada e derrubei três vezes o seu melhor lutador. A partir daí, eles me demonstraram um tipo diferente de respeito, assim como um tipo mais bronco e mais honesto de amizade.

Aprendi um bocado com eles na viagem para casa. Contaram-me histórias do mar e me ensinaram os nomes das estrelas. Falaram do vento, da água e das muié, desculpe, mulheres. Tentaram me ensinar alguns nós, mas eu não tinha jeito para a coisa, embora me revelasse um perito na hora de desatá-los.

No todo, foi muito prazeroso. A amizade dos marinheiros, a música do vento nas velas, o cheiro de suor, sal e alcatrão. No correr dos longos dias, aos poucos essas coisas foram abrandando a amargura que eu sentia pelos maus-tratos que recebera nas mãos do maer Alveron e de sua encantadora esposa.

CAPÍTULO 142

Em casa

FINALMENTE APORTAMOS EM TARBEAN, onde os marinheiros me ajudaram a arranjar um beliche barato num barco a vela que ia subir o rio em direção a Anilen. Desembarquei em Imre dois dias depois e segui a pé para a Universidade, quando a primeira luz azulada do amanhecer coloria o céu.

Em toda a minha vida, eu nunca tivera nada que fosse uma casa, um lar. Quando pequeno, crescera na estrada, viajando sem parar com minha trupe. A casa não era um lugar. Eram pessoas e carroças. Mais tarde, em Tarbean, eu tivera um lugar secreto onde três telhados se juntavam e me abrigavam da chuva. Lá eu dormia e escondia algumas coisas valiosas, mas não era nada que se parecesse com uma casa.

Por isso, durante toda a vida, nunca havia desfrutado o prazer de voltar para casa depois de uma viagem. Senti-o pela primeira vez nesse dia, ao cruzar o Omethi, calcando as conhecidas pedras da ponte sob os pés. Ao chegar à parte mais alta de seu amplo arco, vi a forma cinzenta do Arquivo elevar-se das árvores à minha frente.

As ruas da Universidade foram reconfortantes sob meus pés. Eu tinha passado três quartos de ano fora de lá. Em certos aspectos, parecia muito mais que isso, porém, ao mesmo tempo, tudo ali parecia tão familiar que era como se não houvesse transcorrido um dia sequer.

Ainda era cedo quando cheguei à taberna do Anker e a porta da frente estava trancada. Considerei brevemente a ideia de escalar a parede e o telhado para o meu quarto, mas mudei de ideia, pois estava carregando meu alaúde e a sacola de viagem, além da Cesura.

Em vez disso, fui até o Magno e bati na porta do Simmon. Era cedo e eu sabia que iria acordá-lo, mas estava ansioso por ver um rosto conhecido. Depois de esperar um minutinho e não ouvir nada, tornei a bater, mais alto, e ensaiei meu sorriso mais animado.

Simmon abriu a porta com o cabelo despenteado, os olhos vermelhos pelas poucas horas dormidas. Fitou-me com ar sonolento e, por uma fração de segundo, manteve uma expressão vazia. Em seguida, atirou-se em cima de mim com um abraço esmagador.

– Pelo corpo enegrecido de Deus! – exclamou, usando a linguagem mais pesada que eu jamais ouvira em sua boca. – Kvothe. Você está vivo!

∽

Simmon chorou um pouco, deu uns gritos comigo e depois rimos e esmiuçamos a situação. Aparentemente, Threipe havia acompanhado minhas viagens mais de perto do que eu supunha. Por isso, com o desaparecimento do meu navio, ele tinha presumido o pior.

Uma carta teria esclarecido as coisas, mas eu nunca havia pensado em mandá-la. A ideia de escrever para casa me era estranha.

– Disseram que o navio tinha naufragado com toda a tripulação – contou Simmon. – A notícia se espalhou na Eólica e adivinhe quem ficou sabendo.

– O Stanchion? – perguntei, ciente de que ele era um terrível mexeriqueiro.

Simmon balançou a cabeça, com ar sinistro.

– Ambrose.

– Ah, que encanto – comentei, secamente.

– Teria sido ruim receber a notícia de qualquer pessoa. Mas foi pior vindo dele. Fiquei quase convencido de que ele tinha dado um jeito de afundar o seu navio – disse-me, com um sorriso enojado. – Ele esperou até alguns minutos antes das entrevistas de admissão para me contar. Nem preciso dizer que me urinei todo durante o exame e passei mais um período como E'lir.

– Passou? Você foi promovido a Re'lar?

Ele sorriu.

– Ontem mesmo. Eu estava dormindo para curar a ressaca da comemoração quando você me acordou.

– Como vai o Wil? Ele recebeu mal a notícia?

– Equilibrado como sempre. Mas, assim mesmo, sim, muito mal – disse Simmon, com uma careta. – Ambrose também andou complicando a vida dele no Arquivo. O Wil encheu o saco e foi passar um período em casa. Deve voltar hoje.

– Como vão os outros todos? – perguntei.

De repente Simmon pareceu ter uma ideia e se levantou:

– Ah, meu Deus, a Feila!

Tornou a se sentar de modo pesado, como se tivesse perdido as pernas.

– Ah, meu Deus, a Feila – repetiu, num tom completamente diferente.

– O que foi? Aconteceu alguma coisa com ela?

– Ela também não recebeu muito bem a notícia – respondeu Simmon, com um sorriso trêmulo. – Acontece que era muito ligada a você.

– A Feila? – perguntei, estupidamente.

– Não lembra que o Wil e eu achávamos que ela gostava de você?

Aquilo parecia ter anos.

– Eu me lembro.

Simmon pareceu constrangido ao dizer:

– Bom, sabe. Quando você foi embora, Wil e eu começamos a passar muito tempo com ela. E... – fez um gesto desarticulado, com a expressão presa entre o acanhado e o risonho.

De repente entendi.

– Você e a Feila? Genial, Simmon! – Senti um sorriso espalhar-se por meu rosto e então vi a expressão dele. – Ah. – Meu sorriso sumiu. – Simmon, eu não atrapalharia isso.

– Eu sei que não – disse ele, com um débil sorriso. – Confio em você.

Esfreguei os olhos.

– Isto é que é recepção braba. E ainda nem passei pelas entrevistas de admissão.

– Hoje é o último dia – assinalou Simmon.

– Eu sei – retruquei, levantando-me. – Primeiro tenho que fazer uma coisa.

∽

Deixei minha bagagem com Simmon e fui visitar o tesoureiro da Universidade, no porão do Cavus. Rieme era um homem meio careca, de cara franzida, que antipatizava comigo desde o dia em que os professores tinham-me designado uma taxa escolar negativa, no meu primeiro período. Ele não tinha o hábito de dar dinheiro, e toda aquela experiência o deixara muito irritado.

Mostrei-lhe minha carta de crédito com acesso aos cofres de Alveron. Como eu disse, era um documento impressionante. Assinado de próprio punho pelo maer. Lacres de cera. Velino de primeira. Caligrafia excelente.

Chamei a atenção do tesoureiro para o fato de que a carta do maer permitiria à Universidade sacar qualquer valor necessário para cobrir minhas taxas escolares. Qualquer valor.

O tesoureiro a releu e concordou que parecia ser isso mesmo.

Era uma pena que minha taxa fosse sempre tão baixa, refleti em voz alta. Nunca passava de 10 talentos. Era, de certo modo, uma oportunidade que a Universidade perdia. O maer era mais rico que o rei de Vint, afinal. E pagaria *qualquer* taxa...

Rieme era um homem esperto e logo entendeu o que eu estava sugerindo. Seguiu-se uma rápida negociação, depois da qual trocamos um aperto de mãos e eu o vi sorrir pela primeira vez.

Fiz uma refeição ligeira e esperei na fila com os demais estudantes que não tinham ficha para a entrevista de admissão. A maioria era de alunos novos, mas alguns, como eu, candidatavam-se à readmissão. Era uma longa fila e, em certa medida, todos estavam visivelmente nervosos. Assobiei para matar o tempo e comprei uma torta de carne e um caneco de sidra quente de um sujeito numa carroça.

Causei certo rebuliço ao pisar no círculo de luz diante da mesa dos professores. Eles haviam recebido a notícia e se admiraram ao me ver com vida, quase todos com satisfação. Kilvin exigiu que eu me apresentasse sem demora na oficina, enquanto Mandrag, Dal e Arwyl discutiam as disciplinas que eu deveria cursar. Elodin deu-me apenas um adeusinho, o único que não pareceu impressionado com meu milagroso retorno do reino dos mortos.

Após um minuto de caos simpático, o reitor reassumiu o controle da situação e deu início a minha entrevista. Respondi com bastante facilidade às perguntas de Dal e às de Kilvin, mas me atrapalhei nas cifras com Brandeur e, em seguida, tive de admitir que simplesmente não sabia a resposta à pergunta de Mandrag sobre a sublimação.

Elodin dispensou com um dar de ombros a oportunidade de me submeter à arguição, abrindo um enorme bocejo. Loren me fez uma pergunta surpreendentemente fácil sobre as heresias dos sacerdotes mendeiros e consegui dar-lhe uma resposta rápida e inteligente. Tive que passar um longo momento pensando para responder à pergunta de Arwyl sobre o lacilium.

Com isso, restava apenas Hemme, que mantinha a cara amarrada desde o momento em que eu me colocara diante da mesa dos mestres. A essa altura, meu desempenho insosso e minhas respostas lentas haviam curvado seus lábios numa expressão arrogante. Seus olhos cintilavam toda vez que eu dava uma resposta errada.

– Ora, ora – disse-me, folheando a pilha de papéis à sua frente. – Eu não sabia que teríamos de lidar novamente com seu tipo de problema. – Deu-me um sorriso insincero. – Ouvi dizer que você tinha morrido.

– Ouvi dizer que o senhor usa um espartilho de renda vermelha – retruquei, com naturalidade —, mas não acredito em todos os boatos disparatados que correm por aí.

Seguiu-se uma gritaria e fui prontamente acusado de Uso de Tratamento Impróprio ao Falar com Professores. Fui sentenciado a redigir uma carta com um pedido de desculpas e a pagar uma multa no valor de um talento de prata. Dinheiro bem gasto.

Mas foi um comportamento feio e inoportuno, sobretudo depois do meu desempenho fraco. Como resultado, minha taxa escolar foi estipulada em 24 talentos. Nem preciso dizer que fiquei terrivelmente embaraçado.

Depois disso, voltei ao gabinete do tesoureiro. Apresentei oficialmente a Rieme a carta de crédito de Alveron e, não oficialmente, recebi minha parte no trato: metade de tudo que ultrapassasse 10 talentos. Pus os sete talentos na bolsa e me perguntei, preguiçosamente, se algum dia alguém já fora tão bem pago pela insolência e pela ignorância.

Segui para a taberna do Anker, onde tive o prazer de descobrir que ninguém havia informado o dono sobre a minha morte. A chave do meu quarto estava em algum lugar no fundo do mar de Centhe, mas Anker tinha uma cópia extra. Subi e me senti relaxar ante a visão familiar do teto inclinado e da cama estreita. Estava tudo coberto por uma fina camada de poeira.

Talvez você suponha que meu quartinho de teto inclinado e cama estreita pareceria apertado, depois da suíte luxuosa que eu ocupara na residência do maer. Porém nada estaria mais longe da verdade. Atarefei-me esvaziando a sacola de viagem e tirando as teias de aranha dos cantos.

Passada uma hora, consegui abrir a fechadura do baú ao pé da cama e retirar dele as coisas que havia guardado. Redescobri meu relógio de movimento harmônico, parcialmente desmontado, e brinquei um pouco com ele, sem preocupação, tentando lembrar se estivera em meio à sua desmontagem ou remontagem ao guardá-lo.

Depois, como não tinha nenhum outro compromisso premente, tornei a atravessar o rio. Parei na Eólica, onde Deoch me recebeu com um entusiástico abraço de urso que me levantou do chão. Após tanto tempo na estrada, entre estranhos e inimigos, eu havia esquecido como era estar cercado pela expressão calorosa de rostos amigos. Deoch, Stanchion e eu compartilhamos copos e trocamos histórias, até que começou a escurecer do lado de fora e então os deixei cuidarem dos negócios.

Perambulei durante algum tempo pela cidade, visitando algumas hospedarias e tabernas conhecidas. Dois ou três jardins públicos. Um banco sob uma árvore num pátio. Deoch me dissera não ter tido nem mesmo um vislumbre da sombra de Denna em um ano. Mas, de certo modo, até procurar por ela sem encontrá-la era reconfortante. Em alguns sentidos, esse parecia ser o cerne da nossa relação.

∽

Mais tarde nessa noite, subi no telhado do Magno e caminhei pelo conhecido labirinto de chaminés e coberturas descasadas de ardósia, barro e piche. Fiz uma curva e vi Auri sentada numa chaminé, o cabelo fino esvoaçando ao redor da cabeça, como se ela estivesse embaixo d'água. Olhava fixamente para a lua e balançava os pés descalços.

Pigarreei baixinho e ela se virou para olhar. Pulou da chaminé e veio correndo pelo telhado, detendo-se a poucos passos de mim. Seu sorriso brilhava mais que a lua.

– Tem uma família inteira de ouriços morando no Cricrido! – exclamou, animada.

Deu mais dois passos e segurou minha mão entre as suas.

– Tem bebês pequenininhos feito bolotas! – Puxou-me com delicadeza. – Quer ver?

Assenti com a cabeça e Auri me conduziu pelo telhado até a macieira que usávamos para descer ao pátio. Quando enfim chegamos lá, ela fitou a árvore e indicou o ponto onde os ouriços estavam enquanto continuava a segurar minha mão, comprida e bronzeada, com suas duas mãozinhas alvas. Não era um aperto forte, mas era firme, e ela não deu nenhum sinal de me soltar.

– Senti saudade de você – disse-me baixinho, sem levantar os olhos. – Não vá embora de novo.

– Não planejo partir nunca mais – respondi em tom meigo. – Tenho muito que fazer aqui.

Auri inclinou a cabeça de lado, para me espiar por entre sua nuvem de fios de cabelo.

– Como me visitar?

– Como visitar você – concordei.

CAPÍTULO 143
Sem-Sangue

Uma última surpresa me aguardava em meu retorno à Universidade.

Fazia alguns dias que eu tinha regressado quando voltei à minha ocupação na Ficiaria. Embora já não precisasse desesperadamente de dinheiro, eu sentia falta do trabalho. Há algo de profundamente satisfatório em moldar uma coisa com as próprias mãos. A artificiaria benfeita é como uma canção que se torna sólida. É um ato de criação.

Assim, fui até o Estoque, pensando em começar por uma coisa simples, já que estava sem prática. Ao me aproximar da portinhola, vi um rosto conhecido.

– Olá, Basil – cumprimentei-o. – O que você fez para ficar preso aí desta vez?

Ele baixou os olhos.

– Manuseio impróprio de reagentes – resmungou.

Dei uma risada.

– Não é tão mau assim. Você estará fora em uma ou duas onzenas.

– É – concordou ele. Levantou a cabeça e me deu um sorriso sem jeito. – Ouvi dizer que você tinha voltado. Veio buscar o seu crédito?

Parei no meio da minha lista mental de tudo de que precisaria para fazer um tubo de aquecimento.

– Como disse?

Basil inclinou a cabeça de lado.

– O seu crédito – repetiu. – Pelo Sem-Sangue. – Olhou-me por um momento e então a compreensão iluminou seu rosto. – Ah, é, você não tinha como saber...

Afastou-se da janela do Estoque por um instante e voltou com algo que parecia uma lâmpada de oito lados, toda feita de ferro.

Era diferente do pega-flecha que eu havia criado. O meu fora construído a partir do zero e era cheio de imperfeições. Esse era liso e lustroso. Todas as partes se encaixavam perfeitamente, além de ser revestido por uma fina camada de esmalte alquímico transparente, que o protegia da chuva e da ferrugem. Inteligente. Eu deveria ter incluído isso no projeto original.

Embora parte de mim se envaidecesse por alguém ter gostado tanto do meu projeto a ponto de copiá-lo, uma parte maior irritou-se ao ver um pega-flecha muito mais caprichado que o meu original. Notei uma uniformidade reveladora nas peças.

– Alguém fez um conjunto de moldes? – perguntei.

Basil confirmou com a cabeça.

– Ah, sim. Já faz séculos. Dois conjuntos. – Ele sorriu. – Preciso admitir que é um troço inteligente. Levei um tempão para entender como funcionava o gatilho inercial, mas, agora que entendi... – Deu um tapinha na testa. – Eu mesmo já fiz dois. O dinheiro é bom, pelo tempo que leva para aprontar. É muito melhor que fazer lamparinas de convés.

Isso me arrancou um sorriso.

– Qualquer coisa é melhor que as lamparinas de convés – concordei, pegando o aparelho. – Este é um dos seus?

Ele balançou a cabeça.

– Os meus foram vendidos há um mês. Eles não demoram a sair. Foi esperto da sua parte fixar um preço tão baixo.

Revirei o aparelho nas mãos e vi uma palavra entalhada no metal. As letras grossas sulcavam fundo o ferro, por isso percebi que faziam parte do molde. Diziam: "Sem-Sangue."

Levantei os olhos para Basil, que sorriu.

– Você foi embora sem dar um nome direito a ele. Aí, Kilvin formalizou o projeto e o acrescentou ao registro. Precisávamos chamá-lo de alguma coisa, para começar a vender – explicou. Seu sorriso se desmanchou um pouco. – Isso foi mais ou menos na época em que veio a notícia de que você tinha desaparecido no mar. Então, Kilvin chamou Mestre Elodin...

– Para lhe dar um nome adequado – completei, ainda girando o aparelho entre as mãos. – É claro.

– Kilvin reclamou um pouco. Disse que era uma bobajada dramática. Mas o nome pegou. – Basil encolheu os ombros, abaixou-se, procurou algo por um instante e se levantou com um livro. – Enfim, como você quer o seu crédito? – indagou, começando a folhear as páginas. – Agora você já deve ter um bom dinheiro acumulado. Uma porção de gente tem feito o aparelho.

Encontrou a página que queria e correu o dedo pelas linhas do livro.

– Pronto, é isso. Até agora foram vendidos 28...

– Basil – interrompi-o —, eu não entendo mesmo do que você está falando. Kilvin já me pagou pelo primeiro que fiz.

Basil franziu o cenho.

– A sua comissão – disse, com naturalidade. Depois, ao ver minha expressão perplexa, continuou: – Toda vez que o Estoque vende alguma coisa, a Ficiaria recebe uma comissão de 30 por cento e o dono do projeto ganha 10 por cento.

– Pensei que o Estoque ficasse com o total dos 40 por cento – observei, chocado.

Basil deu de ombros.

– Quase sempre é assim. O Estoque é dono da maioria dos projetos antigos. A maioria das coisas já foi inventada. Mas, quando aparece uma novidade...

– Manet nunca mencionou isso – retruquei.

Basil fez uma careta de quem se desculpa.

– O velho Manet é um burro de carga – disse, com ar polido —, mas não é o sujeito mais inovador que existe por aí. Já está aqui há quanto tempo, uns 30 anos? Acho que não fez um único projeto que leve o seu nome. – Folheou um pouco o livro, examinando as páginas. – A maioria dos artífices sérios tem pelo menos um, por uma questão de orgulho, mesmo que seja uma coisa bem inútil.

Os números rodopiaram na minha cabeça.

– Então, 10 por cento de oito talentos por cada um... – murmurei, depois levantei a cabeça. – Eu tenho 22 talentos à minha espera?

Basil fez que sim, examinando as anotações do livro.

– Vinte e dois e quatro – disse, pegando um lápis e um pedaço de papel. – Quer tudo?

Abri um sorriso.

∾

Quando parti para Imre, tinha a bolsa tão pesada que fiquei com medo de capengar. Passei pela taberna do Anker e apanhei minha sacola de viagem, pendurando-a no outro ombro, para equilibrar as coisas.

Vaguei pela cidade, visitando em vão todos os lugares que Denna e eu tínhamos frequentado no passado. Perguntei-me em que lugar do mundo ela poderia estar.

Uma vez concluído meu ritual de busca, fui até uma viela que cheirava a gordura rançosa e subi uma escada estreita. Dei uma batidinha rápida na porta de Devi, esperei um bom minuto e tornei a bater, mais alto.

Ouvi o som de uma tranca sendo retirada e uma chave girando na fechadura. A porta se entreabriu e um único olho azul-claro me espiou. Sorri.

A porta terminou de se abrir devagar. Devi ficou parada no umbral, me encarando com expressão perplexa, braços caídos junto ao corpo.

Levantei uma sobrancelha para ela.

– O que foi? Nenhuma piada inteligente?

– Não faço negócios no patamar da escada – retrucou ela, automaticamente. Sua voz não tinha a menor inflexão. – Você vai ter que entrar.

Aguardei, mas ela não saiu do caminho. Senti o aroma de canela e mel que vinha do cômodo às suas costas.

– Devi, você está bem? – perguntei.

– Você é... – ela parou de falar, ainda me olhando fixamente. Tinha a voz monocórdia e sem emoção. – Era para você estar morto.

– Nisso, como em muitas outras coisas, meu objetivo é frustrar as expectativas.

– Eu estava certa de que tinha sido ele – continuou Devi. – O baronato do pai dele é chamado de Arquipélago dos Piratas. Eu tinha certeza disso, por termos posto fogo nos aposentos dele. Fui eu que comecei o incêndio, na verdade, mas ele não tinha como saber disso. Você foi o único que ele viu. Você e aquele sujeito ceáldico.

Devi me fitou, piscando os olhos contra a luz. A usurária de rostinho de elfo sempre tivera a pele clara, mas essa foi a primeira vez que a vi parecer pálida.

– Você está mais alto – comentou. – Eu quase tinha esquecido como você é alto.

– Eu quase tinha esquecido como você é bonita. Mas não consegui direito.

Devi continuou parada na soleira, pálida e com o olhar fixo. Preocupado, dei um passo à frente e pus a mão de leve em seu braço. Ela não o puxou, como eu quase havia esperado. Simplesmente ficou olhando para minha mão.

– Estou esperando uma tirada sarcástica – provoquei-a, delicadamente. – Você costuma ser mais rápida.

– No momento, acho que não posso disputar tiradas com você – disse ela.

– Nunca imaginei que você pudesse – respondi. – Mas gosto de uma piadinha de vez em quando.

Devi esboçou o fantasma de um sorriso e um pouco de cor voltou ao seu rosto.

– Você é um bestalhão – disse-me.

– Assim é melhor – comentei, em tom encorajador, puxando-a da soleira para a luminosa tarde de outono. – Eu sabia que você levava jeito.

∽

Fomos andando até uma pousada ali perto e, com a ajuda de uma cerveja leve e um almoço demorado, Devi se recuperou do choque de me encontrar vivo. Em pouco tempo, já estava com a língua afiada de praxe e ficamos mexendo um com o outro, tomando canecos de sidra condimentada.

Mais tarde, voltamos passeando para a casa dela atrás do açougue, onde Devi descobriu que tinha esquecido de trancar a porta.

– Tehlu misericordioso! – exclamou, depois de entrarmos, olhando freneticamente em volta. – Essa foi novidade.

Correndo os olhos pela sala, vi que pouca coisa havia mudado desde a última vez que eu estivera ali, embora a segunda estante estivesse com livros quase até a metade. Examinei os títulos enquanto Devi percorria os outros cômodos, para se certificar de que não faltava nada.

– Alguma coisa que você queira pedir emprestada? – perguntou-me, ao voltar para a sala.

– Na verdade, tenho uma coisa para você.

Pus a sacola de viagem em sua escrivaninha e procurei um pouco, até achar um embrulho retangular e chato, envolto num oleado e amarrado com barbante. Passei a sacola para o chão e pus o embrulho na mesa, empurrando-o para ela.

Devi se aproximou com uma expressão de dúvida, depois sentou-se e desfez o embrulho. Dentro estava o exemplar do *Celum Tinture* que eu havia furtado da biblioteca de Caudicus. Não era um livro particularmente raro, mas era um recurso útil para uma alquimista exilada do Arquivo. Não que eu entendesse alguma coisa de alquimia, é claro.

Devi baixou os olhos para ele.

– E isso é para quê? – perguntou.

Dei uma risada.

– É um presente.

Ela me encarou, estreitando os olhos.

– Se você pensa que isso vai lhe arranjar uma extensão do prazo do empréstimo...

Balancei a cabeça.

– Apenas achei que você ia gostar. Quanto ao empréstimo...

Peguei a bolsa e contei nove talentos inteiros, pondo-os na escrivaninha.

– Pois muito bem – disse Devi, com ligeira surpresa. – Parece que alguém fez uma viagem proveitosa. – Levantou os olhos para mim. – Tem certeza de que não quer esperar até pagar a sua taxa na Universidade?

– Já cuidei disso.

Ela não fez qualquer movimento para pegar o dinheiro.

– Eu não gostaria de deixá-lo sem vintém no começo de um novo período – falou.

Levantei minha bolsa numa das mãos. Ela tilintou com uma sonoridade encantadora, quase musical.

Devi apanhou uma chave e abriu uma gaveta na parte inferior da escrivaninha. Um a um, tirou meu exemplar de *Retórica e lógica*, minha gaita do talento, minha lâmpada de simpatia e o anel de Denna.

Empilhou-os com cuidado sobre o móvel, mas continuou sem pegar as moedas.

– Você ainda tem dois meses até o fim do seu prazo de um ano e um dia. Tem certeza de que não prefere esperar?

Intrigado, olhei para o dinheiro na mesa e para os aposentos de Devi. A compreensão me veio como uma flor que desabrochasse na minha cabeça.

– Isto não tem nada a ver com dinheiro, não é? – perguntei, admirado por ter levado tanto tempo para descobrir.

Devi inclinou a cabeça para o lado.

Apontei para as estantes, a cama espaçosa com cortinas de veludo e a própria Devi. Eu nunca havia reparado, mas, embora sua roupa não fosse sofisticada, o tecido e o corte eram tão refinados quanto os de qualquer nobre.

— Isso não tem nada a ver com dinheiro – repeti. Olhei para seus livros. Sua coleção devia valer uns 500 talentos, se é que valia um vintém. – Você usa o dinheiro como isca. Empresta a pessoas desesperadas, que lhe possam ser úteis, e torce para que elas não consigam pagar. O seu verdadeiro negócio são os favores.

Devi deu uma risadinha.

— Dinheiro é bom – disse, com os olhos cintilando –, mas o mundo está cheio de coisas que as pessoas jamais venderiam. Os favores e obrigações valem muito, muito mais.

Baixei os olhos para os nove talentos que reluziam na escrivaninha.

— Você não tem um valor mínimo de empréstimo, não é? – perguntei, já sabendo a resposta. – Só me disse isso para que eu fosse obrigado a pedir mais. Estava torcendo para eu cavar um buraco tão fundo que não conseguisse pagar minha dívida com você.

Devi abriu um sorriso luminoso.

— Bem-vindo ao jogo – disse, começando a recolher as moedas. – Obrigada por jogar.

CAPÍTULO 144
Espada e shaed

COM A BOLSA QUASE ESTOURANDO de tão cheia e a carta de crédito de Alveron garantindo minha matrícula, meu período letivo de inverno foi despreocupado como um passeio no jardim.

Era estranho não ter que viver como miserável. Eu tinha roupas que me serviam e podia pagar para mandar lavá-las. Podia tomar café ou chocolate sempre que quisesse. Já não precisava trabalhar na Ficiaria por horas sem fim e podia passar o tempo brincando de criar coisas apenas para satisfazer a curiosidade ou tocando projetos por simples prazer.

Tendo ficado quase um ano fora, demorei um pouco para me reinstalar na Universidade. Era estranho não usar espada, depois de tanto tempo. Mas ali essas coisas eram malvistas e eu sabia que criaria mais problemas do que valia a pena.

A princípio, deixei a Cesura em meu quarto. Mas sabia melhor do que ninguém como seria fácil uma pessoa entrar lá e roubá-la. A tranca móvel só manteria afastado um ladrão muito cortês. Outro, mais pragmático, simplesmente quebraria a janela e sairia em menos de um minuto. Como a espada era literalmente insubstituível e já que eu havia prometido mantê-la segura, não demorei muito a transferi-la para um esconderijo nos Subterrâneos.

Minha *shaed* era mais fácil de conservar à mão, já que eu podia alterar sua forma com um pouquinho de trabalho. Nos últimos tempos, só raras vezes ela se enfunava sozinha. O mais comum era se recusar a se mexer tanto quanto as lufadas de vento pareciam exigir. Seria de se supor que as pessoas notassem essas coisas, mas não. Nem mesmo Wilem e Simmon, que implicavam comigo pelo tanto que eu gostava da capa, jamais a viram como algo além de uma peça de roupa extremamente versátil.

Na verdade, Elodin foi o único a notar nela alguma coisa fora do comum.

– O que é isso? – exclamou ele, ao nos cruzarmos num patiozinho em frente ao Magno. – Como foi que você se enshaedou?

– Perdão, o que disse? – indaguei.

– Sua capa, garoto. A capa que muda de forma. Pela doce graça divina, como foi que você arranjou uma *shaed*? – perguntou, tomando minha surpresa por ignorância. – Não sabe o que está usando?

– Sei o que é. Só me admira que o senhor o saiba.

Ele me dirigiu um olhar ofendido.

– Eu não seria um grande nomeador se não soubesse identificar uma capa dos Encantados a poucos metros de distância. – Pegou uma ponta dela entre os dedos. – Ah, essa é mesmo adorável. Está aí uma antiga magia em que hoje raras vezes se põe a mão.

– É magia nova, na verdade – retruquei.

– O que quer dizer?

Quando ficou óbvio que minha explicação envolveria uma longa história, Elodin me levou a um barzinho aconchegante que eu nunca tinha visto. Hesito até em chamá-lo de bar. Não era repleto de estudantes falastrões nem cheirava a cerveja. Era silencioso e de iluminação suave, com o pé-direito baixo e grupos dispersos de poltronas fundas e confortáveis. Recendia a couro e vinho antigo.

Sentamos perto de um calefator morno e bebericamos sidra condimentada, enquanto eu lhe contava toda a história da visita que fizera sem querer às terras dos Encantados. Foi um alívio maravilhoso. Eu ainda não pudera falar disso com ninguém, por medo de ser ridicularizado a ponto de ter que sair da Universidade.

Elodin revelou-se uma plateia surpreendentemente atenta e demonstrou especial interesse pela briga que eu tivera com Feluriana, quando ela tentara me dobrar à sua vontade. Depois que terminei a história, ele me crivou de perguntas. Eu conseguia me lembrar do que tinha dito para chamar o vento? Qual fora a sensação? O estranho estado de vigília descrito por mim se assemelhava mais a uma bebedeira ou era como entrar em choque?

Respondi da melhor maneira que pude e ele acabou se reclinando na poltrona, meneando a cabeça para si mesmo.

– É bom sinal quando um estudante sai em busca do vento e o alcança – disse-me, com ar de aprovação. – Agora, já são duas vezes que você o chamou. Só pode ficar mais fácil.

– Três vezes, na verdade. Tornei a encontrá-lo quando estava no Ademre.

Elodin riu.

– Você o perseguiu até a borda do mapa! – exclamou, fazendo um gesto largo com a mão esquerda espalmada. Atônito, percebi que era o sinal da linguagem das mãos adêmica equivalente a *respeito admirado*. – E como foi? Você acha que poderia reencontrar o nome dele se houvesse necessidade?

Concentrei-me, procurando empurrar minha mente para a Folha em Rodopio. Tinham-se passado um mês e milhares de quilômetros desde a última vez que eu o havia tentado e foi difícil levar a mente a resvalar para aquele vazio estranho e desordenado.

Mas acabei conseguindo. Corri os olhos pela sala pequena, esperando ver o nome do vento como se fosse um velho amigo. Mas não havia nada ali, exceto partículas de poeira rodopiando num feixe de luz solar que entrava enviesado por uma janela.

– Bem? – insistiu Elodin. – Poderia chamá-lo, se precisasse?

Hesitei.

– Talvez.

O Mestre Nomeador balançou a cabeça, como se compreendesse.

– Mas, provavelmente, não a pedido de alguém, não é?

Confirmei com a cabeça, bastante desapontado.

– Não desanime. Isso nos dará algo por que trabalhar – disse Elodin, dando-me um sorriso alegre e um tapinha nas costas. – Mas acho que há mais na sua história do que você percebe. Você chamou mais do que o vento. Pelo que me contou, creio que chamou o nome da própria Feluriana.

Procurei rememorar. Minhas lembranças do tempo que havia passado nas terras dos Encantados eram estranhamente incompletas e nenhuma o era mais que a de meu confronto com Feluriana, que tinha um toque ímpar, quase onírico. Quando eu tentava recordá-lo com detalhes, era quase como se aquilo houvesse acontecido com outra pessoa.

– Imagino que seja possível – retruquei.

– É mais que possível – garantiu-me Elodin. – Duvido que uma criatura tão velha e poderosa quanto Feluriana pudesse ser subjugada por nada mais que o vento. Não que eu queira desmerecer o seu feito – apressou-se a acrescentar. – Chamar o vento é mais do que um em cada mil alunos jamais consegue fazer. Porém, chamar o nome de um ser vivo, ainda mais um dos Encantados... – levantou as sobrancelhas para mim – ...isso já é outra história, completamente diferente.

– Por que o nome de uma pessoa seria tão diferente? – perguntei e em seguida eu mesmo respondi: – A complexidade.

– Exato – confirmou Elodin. Minha compreensão pareceu empolgá-lo. – Para chamar uma coisa, você precisa compreendê-la inteiramente. Uma pedra ou um pouco de vento já são bem difíceis. Uma pessoa... – deixou a voz morrer, com ar significativo.

– Eu não poderia dizer que compreendo Feluriana – afirmei.

– Parte de você compreendeu – insistiu Elodin. – Sua mente adormecida. Uma coisa realmente rara. Se você soubesse como era difícil, nunca teria tido a menor chance de fazê-lo.

∞

Como a pobreza já não me obrigava a trabalhar por horas infindáveis na Ficiaria, fiquei livre para estudar um campo mais vasto que nunca. Levei adiante minhas disciplinas habituais de simpatia, medicina e artificiaria, depois acrescentei química, ciência herbolária e anatomia feminina comparada.

Minha curiosidade fora aguçada pelo contato com a caixa Lockless e eu havia tentado aprender alguma coisa sobre os nós narrativos em ylliche. Mas não tardei a descobrir que a maioria dos livros sobre Yll era de cunho histórico, não linguístico, e não dava informações sobre como eu poderia efetivamente ler um nó.

Assim, vasculhei o Arquivo Morto e descobri uma prateleira de livros fora de uso a respeito de Yll, num dos desagradáveis setores de pé-direito baixo dos porões. E então, quando procurava um lugar para me sentar e ler, descobri uma salinha escondida atrás de umas prateleiras que se projetavam.

Não era um cubículo de leitura, como eu havia suspeitado. Lá dentro havia centenas de grandes fusos de madeira nos quais se enrolavam barbantes cheios de nós. Não eram livros, precisamente, mas seu equivalente ylliano. Uma fina camada de poeira recobria tudo e duvidei que alguém houvesse entrado naquela sala nas últimas décadas.

Tenho um fraco por coisas secretas, mas logo descobri que ler os nós seria impossível sem antes compreender o ylliche. Não havia aulas sobre o assunto e as sondagens que fiz revelaram que nenhum dos guildeiros do Linguista-Mor conhecia mais que um punhado de palavras dispersas.

Não foi uma terrível surpresa, considerando-se que Yll fora praticamente reduzido a pó sob as botas de ferro do Império Aturense. O pedaço que ainda restava era predominantemente povoado por ovelhas. E, se o indivíduo parasse no meio do país, poderia jogar uma pedra do outro lado da fronteira. Mesmo assim, foi um fim decepcionante para minhas buscas.

E então, dias depois, o Linguista-Mor me chamou a seu gabinete. Ficara sabendo das minhas indagações e, por acaso, falava ylliche bastante bem. Ofereceu-se para me dar aulas particulares, o que aceitei com alegria.

Desde minha chegada à Universidade, eu só tinha visto o Linguista-Mor nas entrevistas de admissão e nas ocasiões em que fora levado a comparecer perante o chifre, por razões disciplinares. No papel de reitor, ele era bastante severo e formal. No entanto, quando não estava sentado em seu gabinete, Mestre Herma era um professor de surpreendente habilidade e gentileza. Era espirituoso, com um senso de humor de espantosa irreverência. Na primeira vez que me contou uma piada obscena, eu poderia ter sido derrubado por uma pluma.

Elodin não estava lecionando nesse período, mas comecei a estudar a arte de nomear sob a sua orientação pessoal. Dessa vez as coisas correram com mais tranquilidade, agora que eu compreendia haver um método em sua loucura.

O conde Threipe ficou transbordando de alegria ao descobrir que eu estava vivo e ofereceu uma festa da ressurreição na qual fui orgulhosamente exibido aos nobres locais. Mandei fazer um traje especificamente para essa ocasião e, num acesso de saudade, resolvi encomendá-lo nas cores usadas por minha antiga trupe: o verde e cinza dos homens de lorde Greyfallow.

Depois da recepção, degustando uma garrafa de vinho na sala de visitas de Threipe, contei-lhe minhas aventuras. Omiti a história de Feluriana, por saber que ele não acreditaria nela. E não pude lhe contar metade do que tinha feito a serviço do maer. Por conseguinte, ele achou que Alveron tinha sido muito generoso ao me recompensar. Não discuti sua visão.

CAPÍTULO 145
Histórias

AMBROSE ESTIVERA ABENÇOADAMENTE ausente durante o período letivo de inverno, mas, na primavera, voltou para se empoleirar feito uma espécie de ave migratória abominável. Não foi à toa que, no dia seguinte ao seu retorno, faltei a todas as aulas e passei o dia inteiro confeccionando um novo gramo para mim.

Assim que a neve derreteu e o chão tornou a ficar firme, retomei minha prática da Ketan. Lembrando de como ela me parecera estranha na primeira vez que eu a tinha visto, passei a me exercitar na privacidade da floresta ao norte da Universidade.

Com o período letivo da primavera veio uma nova rodada de provas de admissão. Compareci a minha entrevista com uma profunda ressaca e me atrapalhei em algumas perguntas. Minha taxa escolar foi fixada em 18 talentos e cinco, o que me rendeu quatro talentos e uns trocados com o tesoureiro.

As vendas do Sem-Sangue tinham diminuído no inverno, já que havia menos mercadores visitando a Universidade, mas, quando as neves derreteram e as estradas secaram, o punhado de aparelhos que se acumulara no Estoque foi rapidamente vendido, trazendo-me mais seis talentos.

Eu não estava acostumado a dispor de tanto dinheiro e admito que ele me deixou meio doido. Eu tinha seis mudas de roupa que me caíam bem e todo o papel que seria capaz de usar. Comprei excelente tinta preta de Arueh e adquiri meu próprio conjunto de ferramentas para gravação. E tinha dois pares de sapatos. *Dois.*

Encontrei um antigo e esfarrapado *dictum* de ylliche, uma combinação de gramática e dicionário, perdido numa livraria de Imre. Como era cheio de desenhos de nós, o livreiro achava que era um diário de bordo de marinheiro e eu o comprei por um mero talento e meio. Não muito depois, comprei um exemplar da *Herobórica* e, em seguida, um do *Termigus Techina*, que poderia usar como referência ao desenhar projetos na privacidade de meu quarto.

Levei meus amigos para jantar fora. Auri ganhou vestidos novos e fitas coloridas para o cabelo. Tudo isso e eu continuava com dinheiro na bolsa. Que coisa estranha. Que maravilha!

∾

Mais ou menos na metade do período letivo, comecei a ouvir umas histórias conhecidas. Histórias sobre um certo aventureiro ruivo que tinha passado a noite com Feluriana. Histórias de um galante jovem arcanista que tinha todos os poderes do Grande Taborlin. Levara meses, mas minhas façanhas em Vintas finalmente haviam passado de boca em boca por todos os longos quilômetros até a Universidade.

Talvez seja verdade que, quando enfim tomei conhecimento dessas histórias, alonguei um pouquinho a minha *shaed* e passei a usá-la com mais frequência. Talvez também tenha passado uma quantidade vergonhosa de tempo em cervejarias nas onzenas seguintes, espreitando em silêncio e escutando conversas. Talvez eu tenha até chegado a oferecer uma ou outra sugestão.

Afinal, eu era moço e era muito natural que me deleitasse com a minha notoriedade. Achei que ela se dissiparia com o tempo. Por que não deveria me regalar um pouco com os olhares de esguelha que me dirigiam os meus colegas de estudo? Por que não aproveitar enquanto ela durasse?

Muitas histórias centravam-se na minha caça a bandidos e no salvamento de mocinhas. Mas nenhuma se aproximava tremendamente da verdade. Nenhuma história é capaz de se deslocar por tantos quilômetros, de boca em boca, e conservar sua forma.

Embora os detalhes diferissem, quase todas seguiam uma linha conhecida: jovens mulheres precisavam ser salvas. Ora um nobre me contratava, ora um pai apreensivo, um prefeito aflito ou um condestável atrapalhado.

Na maioria das vezes, eu salvava um par de mocinhas. Às vezes era apenas uma, noutras havia três. Elas eram amigas íntimas. Ou eram mãe e filha. Ouvi um relato em que havia sete jovens, todas irmãs, lindas princesas e virgens. Você conhece esse tipo de história.

Havia uma enorme variedade quanto a exatamente de quem eu salvava as moças. Os bandidos eram uma presença bastante comum, mas havia também tios perversos, madrastas e trapentos. Numa das versões, numa estranha reviravolta, eu as salvava de mercenários ademrianos. Havia até um ou dois ogros.

Embora, vez por outra, eu resgatasse as meninas de uma trupe de músicos itinerantes, orgulho-me em dizer que nunca ouvi falar que elas tivessem sido sequestradas pelos Edena Ruh.

Em geral, a história tinha um de dois finais. No primeiro, eu me lançava à batalha como o Príncipe Galante e travava lutas individuais de espada, até todos morrerem, fugirem ou manifestarem o arrependimento adequado. O segundo era mais popular. Envolvia minha invocação do fogo e do raio celestes, à maneira do Grande Taborlin.

Na minha versão favorita, eu encontrava um latoeiro prestativo na estrada. Dividia com ele o meu jantar e o homem me falava de duas crianças roubadas de uma fazenda próxima. Antes de eu ir embora, ele me vendia um ovo, três pregos de ferro e uma capa surrada, capaz de me tornar invisível. Eu usava esses objetos e minha grande inteligência para salvar as crianças das garras de um troll ardiloso e faminto.

Mas, embora houvesse muitas versões desse relato, a história de Feluriana era de longe a mais popular. A música que eu havia composto também tinha viajado para o oeste. E, como as canções preservam melhor a forma do que as histórias, os detalhes de meu encontro com Feluriana eram moderadamente próximos da verdade.

Quando Wil e Simmon me pressionaram para obter detalhes, contei-lhes a história toda. Levei algum tempo para convencê-los de que estava dizendo a verdade. Ou melhor, levei algum tempo para convencer Simmon. Por alguma razão, Wil mostrou-se perfeitamente disposto a admitir a existência dos Encantados.

Não censurei Simmon. Antes de vê-la, eu teria apostado um bom dinheiro em que Feluriana não existia. Uma coisa é apreciar uma história, outra, muito diferente, é aceitá-la como verdade.

∽

— A verdadeira questão – disse Simmon, em tom pensativo – é qual é a sua idade real.

— Essa eu sei – declarou Wilem, com o orgulho carrancudo de quem finge desesperadamente não estar bêbado. – Dezessete anos.

— Ahhh!... – exclamou Simmon, erguendo um dedo com ar dramático. – Isso é o que você suporia, não é?

— Do que você está falando? – perguntei.

Simmon inclinou-se para a frente na cadeira.

— Você entrou na terra dos Encantados, demorou-se algum tempo por lá e, ao sair, descobriu que só haviam passado três dias. Isso quer dizer que ficou só três dias mais velho? Ou será que envelheceu enquanto estava lá?

Calei-me por um momento.

— Eu não tinha pensado nisso – admiti.

— Nos contos de fadas – disse Wilem –, os meninos entram na terra dos Encantados e voltam como homens. Isso significa que a pessoa envelhece.

— Se você acreditar em contos de fadas – retrucou Simmon.

— E no que mais? – perguntou Wil. – Você quer consultar o *Compêndio de Marlock sobre Fenômenos dos Encantados*? Encontre-me esse livro que eu passo a usá-lo como fonte de referência.

Simmon concordou com um dar de ombros.

– Então – disse Wil, virando-se para mim –, quanto tempo você ficou lá?

– É difícil calcular – respondi. – Não havia dia nem noite. E minhas lembranças são meio esquisitas. – Pensei por um longo momento. – Nós conversamos, nadamos, comemos dezenas e mais dezenas de vezes, passeamos um pouco. E, bem... – Fiz uma pausa para um pigarro significativo.

– Cabriolaram – sugeriu Wil.

– Obrigado. E também demos muitas cabriolas.

Contei as habilidades que Feluriana me ensinara e calculei que não poderiam ter sido mais de duas ou três por dia...

– Foram pelo menos uns dois meses – afirmei. – Eu me barbeei uma vez... ou será que foram duas? Tempo suficiente para minha barba crescer um pouquinho.

Wil revirou os olhos ao ouvir isso, passando a mão por sua própria barba ceáldica escura.

– Nada como o seu maravilhoso urso facial – comentei —, mas, ainda assim, minha barba cresceu pelo menos duas ou três vezes.

– Portanto, pelo menos dois meses – disse Simmon. – Mas quanto tempo teria sido?

– Três meses? – indaguei. Quantas histórias havíamos compartilhado? – Quatro ou cinco meses? – Pensei na lentidão com que tivéramos de levar minha *shaed* da luz estelar para a luz do luar e a do fogo. – Um ano? – Pensei no período desgraçado que eu passara em recuperação do meu encontro com o Cthaeh. – Tenho certeza de que não pode ter sido mais de um ano...

Minha voz não soou nem de longe tão convincente quanto me agradaria.

Wilem levantou uma sobrancelha.

– Bem, nesse caso, feliz aniversário. – Ergueu o copo para mim. – Ou aniversários, depende.

CAPÍTULO 146

Fracassos

Durante o período letivo da primavera, tive diversos fracassos.

O primeiro deles foi principalmente um fracasso aos meus próprios olhos. Eu havia esperado aprender ylliche com relativa facilidade. Mas nada poderia estar mais longe da verdade.

Num punhado de dias eu tinha aprendido temano suficiente para me defender no tribunal. Mas o temano era uma língua muito ordeira, que eu já conhecia um pouquinho por meus estudos. E, o que talvez fosse mais importante, havia muitas semelhanças entre o temano e o aturano. Elas usavam os mesmos caracteres na escrita e muitas palavras se relacionavam umas com as outras.

O ylliche não tinha nada em comum com o aturano nem com o siaru, nem tampouco com o adêmico, aliás. Era uma barafunda irracional e confusa. Quatorze tempos verbais no indicativo. Flexões bizarras nas formas de tratamento formais.

Não se podia dizer apenas "as meias do reitor". Ah, não. Simples demais. Toda posse era estranhamente dual, como se o reitor fosse dono de suas meias, mas, ao mesmo tempo, as meias também fossem proprietárias do reitor. Isso alterava o uso de ambas as palavras de maneiras gramaticais complexas. Como se, por algum motivo, o simples ato de possuir meias alterasse a natureza da pessoa de um jeito fundamental.

Assim, mesmo após meses de estudo com o reitor, a gramática do ylliche continuava a ser uma misturada obscura para mim. Tudo o que eu podia mostrar por meu trabalho eram algumas noções de vocabulário. Minha compreensão dos nós narrativos era ainda pior. Tentei melhorar a situação praticando com o Deoch. Mas ele não era um grande professor e admitiu que a única pessoa do seu conhecimento que era capaz de ler nós narrativos era sua avó, que havia morrido quando ele era muito novo.

Em segundo lugar veio meu fracasso em química avançada, que eu estudava com o guildeiro do Mandrag, Anisat. Embora a matéria me fascinasse, não me dei bem com o próprio Anisat.

Eu adorava as descobertas que a química oferecia. Adorava a emoção de fazer experimentos, o desafio do ensaio e erro. Gostava do caráter intrigante daquilo. Também devo admitir uma queda meio boba pela aparelhagem envolvida. Os vidros e tubos. Os ácidos e sais. O mercúrio e a chama. Há na química algo de primitivo, algo que desafia a explicação. Ou se sente isso, ou não.

Anisat não o sentia. Para ele, a química era um conjunto de registros escritos e fileiras cuidadosamente anotadas de números. Ele me fazia repetir a mesma titulação quatro vezes, só por minha notação estar incorreta. Para que escrever números? Por que eu devia gastar 10 minutos para escrever o que minhas mãos podiam concluir em cinco?

E assim, discutíamos. No começo, educadamente, mas nenhum de nós dois se dispunha a recuar. Como resultado, mal decorridas duas onzenas do período, acabamos gritando um com o outro no meio do Cadinho, sob o olhar boquiaberto e consternado de 30 estudantes.

Ele mandou eu me retirar de sua aula e me chamou de denereiro irreverente, que não tinha o menor respeito pela autoridade. Eu o chamei de calculadorzinho idiota e pomposo, que tinha deixado escapar sua verdadeira vocação para escriba de gabinete de contabilidade. Para ser justo, nós dois tínhamos certa razão.

Meu outro fracasso veio na matemática. Depois de escutar Feila tagarelar animadamente durante meses sobre o que vinha aprendendo com Mestre Brandeur, eu me dispus a melhorar meu conhecimento dos números.

Infelizmente, os picos mais elevados da matemática não me encantaram. Não sou poeta. Não gosto das palavras por elas mesmas. Gosto delas pelo que podem realizar. Do mesmo modo, não sou aritmético. Os números por si só têm pouco interesse para mim.

Graças a meu abandono da química e da aritmética, fiquei com muito tempo livre. Parte dele eu gastei na Ficiaria, fazendo meu próprio Sem-Sangue, que foi vendido praticamente antes de chegar à prateleira. Também passei um bom tempo no Arquivo e na Iátrica, fazendo pesquisas para um ensaio intitulado "Sobre a ineficácia da araruta". Arwyl mostrou-se cético, mas concordou em que minhas pesquisas iniciais mereciam atenção.

Também gastei romanticamente uma parte do meu tempo. Foi uma experiência nova para mim, já que eu nunca havia despertado a atenção das mulheres. Ou, se havia, não soubera o que fazer.

Agora, porém, estava mais velho e mais traquejado, até certo ponto. E, graças às histórias que circulavam, as mulheres de ambos os lados do rio começaram a demonstrar interesse por mim.

Todos os meus romances eram agradáveis e breves. Por que breves, não sei dizer, exceto para afirmar o óbvio: que eu não tinha muita coisa que incentivasse uma mulher a fazer da minha companhia um hábito prolongado. Simmon, por exemplo, tinha muito a oferecer. Era uma joia não lapidada. Não deslumbrante, à primeira vista, mas de um enorme valor abaixo da superfície. Simmon era tão terno, generoso e atencioso quanto qualquer mulher poderia desejar. Fazia Feila delirantemente feliz. Era um príncipe.

Em contraste, o que eu tinha a oferecer? Nada, na verdade. Menos, agora. Mais parecia uma pedra curiosa que se apanha no chão, carrega-se por algum tempo e, por fim, torna-se a jogar fora, ao perceber que, a despeito de toda a sua aparência interessante, ela não passa de terra empedrada.

∽

– Mestre Kilvin – perguntei –, o senhor consegue pensar em algum metal que resista a um uso contínuo por dois mil anos e se conserve relativamente sem desgaste ou sem máculas?

O artífice grandalhão levantou os olhos da engrenagem de bronze em que gravava uma inscrição e me fitou, parado à porta de seu gabinete.

– Que tipo de projeto você tem em mente agora, Re'lar Kvothe?

Nos três meses anteriores, eu andara tentando criar outro projeto tão bem-sucedido quanto meu Sem-Sangue. Em parte pelo dinheiro, mas também por ter aprendido que era muito maior a probabilidade de Kilvin promover alunos que tivessem o mérito de haver desenvolvido três ou quatro projetos de peso.

Infelizmente, também nisso eu havia deparado com uma sucessão de fracassos.

Tivera mais de uma dúzia de ideias brilhantes, mas nenhuma delas levara a um projeto acabado.

A maioria fora descartada pelo próprio Kilvin. Oito de minhas ideias brilhantes já tinham sido criadas, algumas mais de 100 anos antes. Cinco delas, o artífice me informara, exigiriam o uso de runas que eram proibidas aos Re'lares. Três não tinham coerência matemática e ele resumira em traços rápidos por que estariam fadadas ao fracasso, o que me havia poupado dezenas de horas de tempo perdido.

Uma das minhas ideias ele havia rejeitado como "sumamente imprópria para um artífice responsável". Eu tinha argumentado que um mecanismo que reduzisse o tempo necessário para se recarregar uma balestra ajudaria os navios a se defenderem da pirataria. Ajudaria as cidades a se defenderem de ataques de salteadores Vi Sembi.

Mas Kilvin não quisera saber de nada disso. E, quando seu rosto começara a ficar sombrio como uma nuvem de tempestade, eu havia abandonado depressa os meus argumentos cuidadosamente planejados.

No fim, apenas duas das minhas ideias tinham-se mostrado sólidas, aceitáveis e originais. Mas, após semanas de trabalho, eu me vira forçado a abandoná-las, sem conseguir fazer com que funcionassem.

Kilvin pousou o estilo e a engrenagem parcialmente gravada e me encarou.

– Admiro o estudante que pensa em termos de durabilidade, Re'lar Kvothe. Mas mil anos são muita coisa para se esperar de uma pedra, que dirá do metal. Sem falar em metal submetido a um uso contínuo.

Minha pergunta referia-se à Cesura, é claro. Mas hesitei em dizer toda a verdade a Kilvin. Sabia muito bem que o Artífice-Mor não aprovava que se ligasse o uso da artificiaria a nenhum tipo de arma. E, embora pudesse apreciar a grande qualidade artesanal de uma espada como aquela, ele não pensaria bem de mim por possuí-la.

Sorri e disse:

– Não é para um projeto. Eu só estava curioso. Durante as minhas viagens, mostraram-me uma espada afiada e em perfeitas condições de uso. Apesar disso, parecia haver provas de que ela contava com mais de dois mil anos de idade. O senhor conhece algum metal que conseguisse não se quebrar durante tanto tempo, sem falar em manter o gume?

– Ah – exclamou Kilvin, meneando a cabeça, sem exibir uma expressão particularmente surpresa. – Essas coisas existem. Magias antigas, pode-se dizer. Ou antigas artes que se perderam para nós. Essas coisas estão espalhadas pelo mundo. Dispositivos maravilhosos. Mistérios. Há muitas fontes fidedignas que falam da lâmpada de combustão permanente. – Apontou com um gesto largo para os hemisférios de vidro dispostos sobre sua bancada. – Até possuímos um punhado dessas coisas aqui na Universidade.

Deixei minha curiosidade inflamar-se.

– Que tipo de coisas?

Kilvin alisou a barba e disse:

– Tenho um dispositivo, sem nenhuma siglística, que não parece fazer nada além de consumir momento angular. Tenho quatro lingotes de um metal branco mais leve que a água, que não consigo fundir nem danificar de modo algum. Uma lâmina de vidro preto que não tem nenhuma propriedade de atrito num dos lados. Um pedaço de pedra de formato estranho, que mantém a temperatura ligeiramente acima do congelamento, não importa o calor que faça ao seu redor. – Seus ombros largos se encolheram. – Essas coisas são mistérios.

– Seria impróprio eu pedir para ver alguma dessas coisas? – perguntei, relutante.

O sorriso de Kilvin foi muito alvo, em contraste com a tez morena e a barba escura.

– Pedir nunca é impróprio, Re'lar Kvothe. Um estudante deve ser curioso. Eu me inquietaria se você fosse indiferente a essas coisas.

O artífice corpulento foi até sua enorme escrivaninha de madeira, tão repleta de projetos semiacabados que mal se enxergava sua superfície. Destrancou uma gaveta com uma chave que tirou do bolso e pegou dois cubos de metal fosco, pouco maiores que dados.

– Não fazemos ideia de como usar muitas dessas coisas antigas – disse. – Mas algumas possuem uma utilidade notável. – Sacudiu os dois cubos de metal como se fossem dados e eles tilintaram de leve em sua mão. – Damos a isto o nome de pedras de repulsão.

Curvou-se e as pôs no chão, a vários metros de distância uma da outra. Tocou-as e falou muito baixo entre dentes, baixo demais para que eu ouvisse.

Senti uma mudança sutil no ar. A princípio, achei que a sala estava esfriando, mas então percebi a verdade: eu não podia sentir o calor que irradiava da forja fumegante no outro lado do gabinete de Kilvin.

Ele pegou com displicência a barra de ferro usada para atiçar a forja e desferiu um golpe forte contra a minha cabeça. Foi um gesto tão natural que me pegou completamente desprevenido e nem tive tempo para me abaixar ou me encolher.

A barra parou a meio metro de mim, como que se chocando com uma obstrução invisível. Não houve som, como se tivesse batido em alguma coisa, nem ela deu um coice na mão de Kilvin.

Estendi minha mão com cautela e ela esbarrou em... nada. Foi como se o ar intangível diante de mim se houvesse solidificado de repente.

Kilvin abriu-me um sorriso.

– As pedras de repulsão têm uma utilidade especial quando se fazem experimentos perigosos ou a se testar certos tipos de equipamento. De algum modo, elas produzem uma barreira táumica e cinética.

Continuei a passar a mão na barreira invisível. Não era dura, nem ao menos era sólida. Cedia um pouco ao ser empurrada e parecia escorregadia, como vidro sujo de manteiga.

Kilvin me observou, com uma leve expressão de quem achava graça.

– Para falar a verdade, Re'lar Kvothe, antes que o Elodin fizesse sua sugestão, eu estava pensando em chamar o seu aparelho rechaçador de flechas de Repulsor Menor. – Franziu ligeiramente o cenho e acrescentou: – Não era de todo exato, é claro, porém era mais preciso do que aquele disparate dramático do Elodin.

Apoiei-me com força na barreira invisível. Era resistente como um muro de pedra. Agora que a examinava mais de perto, pude ver uma distorção sutil no ar, como se eu olhasse através de uma lâmina de vidro com uma ligeira imperfeição.

– Isso é muito superior ao meu pega-flecha, Mestre Kilvin.

– É verdade – disse ele, com um aceno conciliador. Curvou-se para apanhar as pedras e tornou a resmungar alguma coisa entre dentes. Cambaleei um pouco quando a barreira desapareceu. – Mas a sua engenhosidade nós podemos repetir indefinidamente. Esse mistério, não.

Kilvin segurou os dois cubos de metal na palma da mão.

– Isto aqui é útil, mas nunca se esqueça: a engenhosidade e a cautela são boas para o artífice. Fazemos o nosso trabalho no campo do real. – Fechou os dedos sobre as pedras de repulsão. – Deixe o mistério para os poetas, os sacerdotes e os tolos.

∽

Apesar de meus outros fracassos, meus estudos com Mestre Elodin progrediram bastante. Ele dizia que, para me aprimorar como nomeador, eu só precisava de tempo e dedicação. Dei-lhe ambas as coisas e ele as utilizou de formas curiosas.

Passávamos horas resolvendo charadas. Ele me fez beber um quartilho de aguardente de maçã e ler a *Teofania* de Teccam de cabo a rabo. Fez-me passar três dias seguidos com uma venda nos olhos, o que não melhorou meu desempenho nas outras aulas, mas foi uma infinita diversão para Wil e Sim.

Incentivou-me a verificar por quanto tempo eu conseguiria permanecer acordado. E, já que eu podia pagar por todo o café que quisesse, consegui ficar sem dormir por quase cinco dias. Mas é verdade que, no fim, estava meio maníaco e começando a ouvir vozes.

E houve o incidente no telhado do Arquivo. Todos ouviram falar dele, numa ou noutra versão, ao que parece.

Aproximava-se uma tempestade brutal e Elodin resolveu que me faria bem passar algum tempo no meio dela. Quanto mais perto, melhor, disse-me. Ele sabia que Lorren jamais nos daria acesso ao telhado do Arquivo, então roubou a chave.

Infelizmente, isso significou que, quando a chave rolou lá de cima, ninguém ficou sabendo que estávamos presos ali. Como resultado, os dois fomos forçados a passar a noite toda na pedra lisa do telhado, presos no olho da tempestade furiosa.

Só na metade da manhã seguinte é que a chuva amainou o bastante para que pudéssemos gritar para o pátio lá embaixo, pedindo socorro. Então, como não havia uma segunda chave, Lorren optou pela solução mais direta e simplesmente mandou vários escribas corpulentos derrubarem a porta que levava ao telhado.

Nada disso teria constituído grande problema se, no instante em que começou a chover, Elodin não houvesse insistido em que nos despíssemos por completo, embrulhássemos a roupa num oleado e puséssemos um tijolo em cima para segurá-la. De acordo com o Nomeador-Mor, isso me ajudaria a vivenciar a tempestade com a maior plenitude possível.

Mas os ventos foram mais fortes do que ele havia esperado e arrancaram o tijolo e a trouxa com nossas roupas, atirando-as para o alto como um punhado de folhas. Foi assim que perdemos a chave, entende? Ela estava no bolso da calça de Elodin.

Por causa disso, Mestre Lorren, seu guildeiro Distrel e três escribas parrudos encontraram Elodin e eu nus em pelo, encharcados como ratos molhados, no telhado do Arquivo. Em menos de 15 minutos, a Universidade inteira ficou sabendo da história. Elodin riu daquilo tudo e, embora hoje eu possa ver o humor da situação, na hora ela ficou longe de ser divertida para mim.

Não cumularei você com a lista completa de nossas atividades. Basta dizer que Elodin se empenhou ao máximo em despertar minha mente adormecida. Fez esforços ridículos, na verdade.

E, para minha grande surpresa, nosso esforço foi recompensado. Chamei três vezes o nome do vento durante esse período letivo.

Na primeira delas, detive o vento pelo tempo de uma inspiração demorada, parado na Ponte de Pedra no meio da noite. Elodin estava lá para me instruir. Com isso estou querendo dizer que me cutucava com um chicote. Eu também estava descalço e mais do que meio bêbado.

A segunda vez ocorreu de maneira inesperada, quando eu estudava nos Tomos. Estava lendo um livro sobre a história de Yll quando, de repente, o ar no salão cavernoso sussurrou para mim. Escutei-o, como Elodin me ensinara, e então disse seu nome suavemente. Com a mesma suavidade, o vento escondido agitou-se numa brisa, assustando os estudantes e deixando os escribas em pânico.

O nome desapareceu da minha mente minutos depois, mas, enquanto durou, tive o conhecimento certeiro de que, se assim desejasse, eu poderia provocar uma tempestade ou um trovão, com a mesma facilidade. Apesar disso, o conhecimento em si teve que me bastar. Se eu invocasse com força o nome do vento no Arquivo, Lorren mandaria me pendurar pelos polegares acima da porta de entrada.

Talvez você não ache que essas foram proezas de nomeação tremendamente impressionantes e imagino que tenha razão. Mas chamei o vento uma terceira vez naquela primavera, e a terceira é a vez da sorte.

CAPÍTULO 147

Dívidas

Como eu dispunha de muito tempo livre, na metade do período letivo aluguei uma sege de corrida, puxada por dois cavalos, e fui a Tarbean, em busca de um pouco de diversão.

Levei todo o dia-do-saque para chegar e passei a maior parte do dia-da-pira visitando locais que eram meus velhos conhecidos e pagando antigas dívidas: a um remendão que fora generoso com um garoto descalço, a um hospedeiro que me deixara dormir algumas noites junto a sua lareira, a um alfaiate que eu havia aterrorizado.

Partes da Beira-Mar me pareceram incrivelmente familiares, enquanto outras eu nem pude reconhecer. Isso não foi grande surpresa. Uma cidade movimentada como Tarbean vive em constante transformação. O que me surpreendeu foi a estranha saudade que eu sentia daquele lugar que fora tão cruel comigo.

Eu tinha ido embora havia dois anos. Para todos os efeitos práticos, tinha sido uma vida inteira atrás.

Fazia uma onzena desde a última chuva e a cidade era um osso de tão seca. O arrastar dos pés de 100 mil pessoas levantava uma nuvem de poeira fina que enchia as ruas. Ela cobriu minha roupa e entrou em meu cabelo e meus olhos, fazendo-os coçar. Procurei não me deter muito no fato de que era feita sobretudo de estrume pulverizado, com um sortimento de peixes mortos, fumaça de carvão e urina, para temperar.

Se respirava pelo nariz, eu era assaltado pelo mau cheiro. Se respirava pela boca, dava para sentir o gosto da poeira, que me enchia os pulmões e me fazia tossir. Eu não tinha lembrança de que as coisas fossem tão ruins. Será que sempre fora tão sujo ali? Sempre havia cheirado tão mal?

Após meia hora de buscas, finalmente achei a construção dilapidada na qual havia um porão. Desci os degraus e atravessei o corredor comprido que levava a uma sala úmida. Trapis ainda estava lá, descalço e com a mesma túnica esfarrapada, cuidando de suas crianças desamparadas na fria escuridão dos subsolos da cidade.

Ele me reconheceu. Não como outros reconheceriam, como um herói florescente, saído de livros de histórias. Lembrou-se de mim como o menino todo sujo e semimorto de fome que, numa noite de inverno, havia caído de sua escada, febril e choroso. Pode-se dizer que o amei ainda mais por isso.

Dei-lhe todo o dinheiro que ele se dispôs a aceitar: cinco talentos. Tentei dar mais, porém ele recusou. Disse-me que, se gastasse muito dinheiro despertaria o tipo errado de atenção. Ele e suas crianças ficavam mais seguros quando ninguém os notava.

Curvei-me à sua sensatez e passei o resto do dia a ajudá-lo. Bombeei água e fui buscar pão. Fiz um exame rápido das crianças, passei num boticário e voltei com algumas coisas que poderiam ser úteis.

Por último, cuidei do próprio Trapis, pelo menos tanto quanto ele permitiu. Massageei seus pobres pés inchados, usando cânfora e erva-de-mãe, depois lhe dei de presente um par de meias bem justas e um bom par de sapatos, para que ele não continuasse andando descalço na umidade do porão.

À medida que a tarde foi-se desfazendo em noite, começaram a chegar crianças maltrapilhas ao porão. Iam em busca de um pouco de comida, de um lugar seguro para dormir ou por estarem machucadas. Todas me olharam com desconfiança. Minha roupa era nova e limpa. Eu não fazia parte dali. Não era bem-vindo.

Se ficasse, haveria problemas. No mínimo, minha presença deixaria tão incomodadas algumas crianças famintas que elas não ficariam para pernoitar. Assim, despedi-me de Trapis e fui embora. Às vezes, partir é tudo que se pode fazer.

∽

Como eu dispunha de algumas horas antes que as tabernas começassem a encher, comprei uma única folha de papel de escrever de tom creme e um envelope de pergaminho pesado, para combinar. Eram de qualidade extremamente refinada, muito melhores do que qualquer coisa que eu já tivesse possuído.

Em seguida, achei um café tranquilo e tomei chocolate e pedi um copo d'água. Abri o papel na mesa e peguei a pena e o tinteiro em minha *shaed*. Então escrevi, com letra elegante e fluente:

Ambrose,
O filho é seu. Você sabe tão bem quanto eu que é verdade.
Tenho medo de ser rejeitada por minha família. Se você não se portar como um cavalheiro e não cumprir suas obrigações, procurarei seu pai e lhe contarei tudo.
Não me ponha à prova, porque estou decidida.

Não assinei um nome, escrevi apenas uma inicial, que tanto poderia ser um R enfeitado quanto um B trêmulo.

Depois, molhando o dedo no copo d'água, deixei várias gotas caírem na página. Elas incharam um pouco o papel e borraram ligeiramente a tinta, antes que eu as secasse com o mata-borrão. Ficaram razoavelmente parecidas com lágrimas.

Deixei uma última gota pesada cair sobre a inicial com que havia assinado, tornando-a ainda mais obscura. Agora, também era possível que a letra fosse um F, um P ou um E. Talvez até um K. Poderia ser qualquer coisa, na verdade.

Dobrei cuidadosamente o papel, fui até uma das lamparinas da sala e derreti uma porção generosa de lacre sobre a dobra. Na parte externa do envelope, escrevi:

Ambrose Dazno
Universidade (duas milhas a oeste de Imre)
Belenay-Barren
Região Central da República

Paguei minha bebida e segui para o Campo dos Tropeiros. Faltando poucas ruas para chegar, tirei a *shaed* e a guardei na sacola de viagem. Depois, deixei a carta cair no chão e pisei em cima, esfregando-a um pouco antes de pegá-la e sacudir a poeira.
Já estava quase na praça quando vi a última coisa de que precisava.
– Ei, você aí! – chamei, dirigindo-me a um velho barbudo que se sentara encostado num prédio. – Eu lhe dou meio vintém se você me emprestar o seu chapéu.
O velho tirou o chapéu surrado e o olhou. Sem ele, exibia uma cabeça muito calva e clara. Estreitou os olhos contra o sol do fim de tarde:
– Meu chapéu? – conferiu, com a voz rouca. – Por um vintém inteiro, pode ficar com ele e com a minha bênção – disse-me e abriu um sorriso esperançoso, estendendo a mão magra e trêmula.
Dei-lhe um vintém.
– Pode segurar isto para mim um segundo? – pedi.
Passei-lhe o envelope e usei as duas mãos para firmar bem o chapéu velho e informe sobre as orelhas. Usei a vitrine de uma loja próxima para me certificar de que cada fio do meu cabelo ruivo estava bem escondido embaixo dele.
– Cai bem em você – disse o velho, com uma tosse encatarrada.
Peguei de volta a carta e dei uma espiada nas marcas borradas de dedos deixadas por ele.
Dali até o Campo dos Tropeiros foi uma caminhada rápida. Arriei um pouco os ombros e apertei os olhos, perambulando por entre as pessoas que circulavam. Passados uns dois minutos, meus ouvidos captaram o som característico de um sotaque sulista de Vintas, então me aproximei de um pequeno grupo de homens que carregavam pesadas sacas de aniagem numa carroça.
– Opa – cumprimentei-os, imitando sotaque. – Vocês estão indo pros lados de Imre?
Um dos homens levantou uma saca, colocou-a na carroça e veio na minha direção, sacudindo as mãos.
– A gente vai passar por lá – respondeu. – Está querendo uma carona?
Balancei a cabeça e tirei a carta da sacola de viagem.
– Tenho uma carta lá pra aquelas bandas, que eu mesmo ia levar, mas meu navio parte amanhã. Comprei de um marinheiro lá em Gannery, paguei uma quartilasca inteira. Ele tinha comprado ela de uma garota da nobreza, por uma lasca só – expliquei, com uma piscadela. – A moça tava com muita urgência de mandar a carta pra ele, ouvi dizer.

– Você pagou uma quartilasca? – disse o homem, já meneando a cabeça. – Besteira sua. Ninguém vai pagar isso tudo por uma carta.

– Humm – murmurei, levantando um dedo. – Você inda não viu pra quem é – falei e suspendi o envelope para lhe mostrar.

O homem estreitou os olhos.

– Dazno? – disse, devagar, o reconhecimento iluminando seu rosto. – Quer dizer que é o garoto daquele barão Dazno?

Assenti com a cabeça, fazendo um ar convencido.

– O mais velho, ele mesmo. Um garoto rico assim deve pagar uma boa moeda por uma carta da dama dele. Até um nóbile inteiro, eu calculo.

O homem fitou a carta.

– Pode ser – concordou, cauteloso. – Mas olhe. Aqui não diz nada além de Universidade. Já andei por aquelas bandas. Não é um lugar pequeno.

– O filho do barão Dazno não vai dormir num barraco qualquer – retruquei, com ar irritado. – Pergunte qual é o lugar mais chique, é lá que ele vai estar.

O homem meneou a cabeça, pensativo, a mão deslizando inconscientemente para a bolsa.

– Acho que posso ficar com ela – disse, de má vontade. – Mas por uma quartilasca. Com isso eu já tô correndo um risco, de qualquer jeito.

– Ora, tenha santa piedade! – protestei, com ar aflito. – Andei mais de mil quilômetros com ela! Isso vale mais do que nada!

– Tudo bem – disse o homem, tirando algumas moedas da bolsa. – Então, eu lhe dou três lascas.

– Prefiro meia rodela de prata – resmunguei.

– Você vai é ficar com três lascas – retrucou ele, estendendo a mão encardida.

Entreguei-lhe a carta.

– Não esqueça de dizer a ele que é de uma dama da nobreza – recomendei, virando-me para ir embora. – Figurão rico. Veja se arranca dele tudo que puder, escute o que estou falando.

Saí da praça, endireitei o corpo e tirei o chapéu. Apanhei a *shaed* na sacola de viagem e a estendi com um rodopio desenvolto sobre os ombros. Comecei a assobiar e, ao passar pelo velho mendigo careca, devolvi seu chapéu e ainda lhe dei as três lascas de prata.

~

Quando ouvi pela primeira vez as histórias que contavam a meu respeito na Universidade, eu pensei que elas fossem durar pouco. Tinha suposto que se inflamariam e morreriam com a mesma rapidez, como um fogo que esgotou seu combustível.

Mas não foi o que aconteceu. As histórias de Kvothe salvando mocinhas e se deitando com Feluriana foram-se misturando e se fundindo com retalhos de verdade e com as mentiras ridículas que eu havia espalhado para melhorar minha reputação. Havia combustível em abundância, por isso as histórias rodopiaram e se alastraram como um incêndio na mata quando o vento sopra forte.

Sinceramente, eu não sabia se devia me divertir ou me assustar. Quando ia a Imre, as pessoas me apontavam e cochichavam entre si. Minha fama se espalhou até se tornar impossível eu atravessar o rio com naturalidade e bisbilhotar as histórias que eram contadas.

Tarbean, por outro lado, ficava a 65 quilômetros de distância.

Ao deixar para trás o Campo dos Tropeiros, voltei ao quarto que havia alugado numa das melhores áreas da cidade. Nessa região, o vento que vinha do mar afastava o mau cheiro e a poeira, deixando no ar uma sensação fresca de limpeza. Pedi água para um banho e, num acesso de esbanjamento que teria deixado zonzo o homem que eu era antes, paguei três vinténs para que o porteiro levasse minha roupa à lavanderia ceáldica mais próxima.

Depois, novamente limpo e perfumado, desci para a taberna.

Eu havia escolhido a hospedaria com cuidado. Não era de luxo, mas também não era fuleira. A taberna tinha o pé-direito baixo e uma atmosfera intimista. Ficava na esquina de duas das ruas mais movimentadas de Tarbean e vi mercadores ceáldicos esbarrando em marinheiros yllianos e carroceiros vintasianos. Era o lugar perfeito para ouvir histórias.

Não demorou muito, eu já espreitava na extremidade do bar, escutando alguém contar como eu havia matado a Besta Negra de Trebon. Fiquei pasmo. Eu tinha mesmo matado um dracus enfurecido em Trebon, mas, na visita que Nina me fizera, um ano antes, ela nem sabia meu nome. De algum modo, minha fama crescente havia passado pela cidade de Trebon e colhido essa história em sua esteira.

Ali no bar, fiquei sabendo de muitas coisas. Ao que parece, eu tinha um anel de âmbar que era capaz de forçar os demônios a me obedecerem. Podia beber a noite toda, sem que isso jamais me fizesse mal. As fechaduras se abriam ao mais leve toque da minha mão e eu tinha uma capa toda feita de teias de aranha e sombras.

Essa também foi a primeira vez que ouvi alguém me chamar de Kvothe, o Arcano. E, ao que parecia, não era um nome novo. O grupo de homens que escutava a história apenas fez acenos com a cabeça ao ouvi-lo.

Descobri que Kvothe, o Arcano, sabia uma palavra capaz de imobilizar flechas no ar. Kvothe, o Arcano, só sangrava se cortado por uma faca de ferro bruto, não temperado.

O jovem narrador estava construindo o final dramático da história e era sincera a minha curiosidade de saber como eu teria conseguido deter a fera demoníaca, estando meu anel estilhaçado e minha capa de sombras quase toda queimada. Mas, justo no momento em que eu entrava à força na igreja de Trebon, destroçando a porta com uma palavra mágica e um único golpe da minha mão desarmada, a porta da hospedaria se escancarou num tranco, assustando todos os presentes, ao bater forte na parede.

Ali postava-se um jovem casal. A mulher era moça e linda, de cabelos e olhos escuros. O homem estava ricamente trajado e lívido de pânico.

– Não sei o que está havendo! – gritou, olhando em volta, desvairado. – Estávamos só andando e de repente ela não pôde mais respirar!

Coloquei-me ao lado dela antes que qualquer outra pessoa no salão tivesse tempo para se levantar. A jovem havia como que desabado num banco vazio, com o acompanhante de pé a seu lado. Uma de suas mãos apertava o próprio peito, enquanto a outra empurrava debilmente o rapaz. Ele ignorou esse gesto e continuou a abafá-la, falando com ela de perto, em voz baixa e urgente. A mulher foi escorregando para longe, até ficar na beirada do banco.

Empurrei-o para o lado sem nenhuma gentileza.

– Acho que ela precisa de um espaço longe de você, neste momento.

– Quem é você? – perguntou o homem, com voz estrídula. – Você é médico? Quem é esse sujeito? Alguém vá buscar um médico, já! – E tentou me afastar com o cotovelo.

– Você! – chamei, apontando para um marinheiro grandalhão que estava sentado a uma mesa. – Tire este homem daqui e leve-o para lá.

Minha voz soou como uma chicotada e o marinheiro se levantou de um salto, agarrou o jovem cavalheiro pelo cangote e o arrastou ordeiramente para longe.

Virei-me outra vez para a mulher e vi sua boca perfeita se abrir. Com esforço, ela aspirou o mais tênue sibilo de ar. Tinha os olhos arregalados e úmidos de pavor. Cheguei bem perto e lhe disse, no mais gentil dos tons, tranquilizando-a:

– Você vai ficar boa. Está tudo bem. Preciso que você me olhe nos olhos.

Os dela cravaram-se nos meus e se abriram mais, com o assombro do reconhecimento.

– Eu preciso que você respire para mim – disse-lhe.

Pus uma das mãos sobre seu peito arfante. A pele estava avermelhada e quente. O coração palpitava como um pássaro assustado. Pus a outra mão em sua face e a olhei fundo nos olhos. Pareciam lagos escuros.

Cheguei perto o bastante para beijá-la. Ela recendia a flor de silas, grama verde e poeira de estrada. Senti seu esforço para respirar. Escutei. Fechei os olhos. Ouvi o sussurro de um nome.

Falei-o com suavidade, mas perto o bastante para roçar os lábios dela. Falei-o em voz baixa, mas junto o bastante para que o som se enredasse em seu cabelo. Falei-o em tom duro, firme, sombrio e doce.

Houve uma inspiração. Abri os olhos. O salão estava tão quieto que pude ouvir o farfalhar aveludado da segunda e aflita inspiração dela. Relaxei.

Ela pôs a mão sobre a minha, sobre seu coração:

– Eu preciso que você respire para mim – repetiu minha frase. – São sete palavras.
– São.
– Meu herói – disse Denna e inspirou devagar, sorridente.

∞

– Foi esquisito que só vendo – ouvi o marinheiro comentar, do outro lado do salão. – Tinha uma coisa na voz dele. Eu juro pelo sal do meu corpo, eu me senti feito um fantoche com as cordas puxadas.

Escutei com apenas meio ouvido. Calculei que o marujo simplesmente soubesse pular, quando assim mandava uma voz com o toque apropriado de autoridade.

Mas não fazia sentido dizer-lhe isso. Meu desempenho com Denna, combinado com meu cabelo de cor viva e minha capa escura, tinha-me identificado como Kvothe. Portanto, seria mágica, independentemente do que eu dissesse. Não me importei. O que eu tinha feito nessa noite era digno de uma ou duas histórias.

Por me haverem reconhecido, as pessoas nos observavam, mas sem chegar muito perto. O cavalheiro amigo de Denna tinha saído antes mesmo que pensássemos em procurá-lo, por isso desfrutamos de certa privacidade, em nosso cantinho da taberna.

– Eu devia saber que toparia com você por aqui – disse-me ela. – Você sempre está onde menos espero encontrá-lo. Finalmente abandonou a Universidade?

Balancei a cabeça.

– Estou gazeteando por dois ou três dias.

– Vai voltar logo?

– Sim, amanhã. Vim numa sege de corrida.

Denna sorriu.

– Quer um pouco de companhia?

Dirigi-lhe um olhar franco.

– Você já deve saber a resposta.

Denna enrubesceu de leve e desviou o olhar.

– Acho que sei.

Quando baixou a cabeça, o cabelo desceu-lhe em cascatas pelos ombros, pendendo em volta do rosto. Tinha um perfume quente e penetrante, como sol e sidra.

– O seu cabelo – comentei. – Adorável.

Para minha surpresa, o rubor dela se acentuou ainda mais ao ouvir isso e Denna meneou a cabeça, sem erguer os olhos para mim.

– É a isso que chegamos depois de tanto tempo? – perguntou, furtando uma olhadela para mim. – Adulação?

Foi minha vez de ficar sem jeito e gaguejei:

– Eu... eu não... quero dizer, eu ia... – Respirei fundo, antes de estender a mão para tocar de leve numa trança estreita e intricada, parcialmente escondida em seu cabelo. – A sua trança. – Esclareci: – Ela quase diz *adorável*.

A boca de Denna fez um "o" perfeito de surpresa e uma de suas mãos correu para o cabelo, constrangida.

– Você sabe lê-la? – perguntou-me, com a voz incrédula e a expressão levemente horrorizada. – Por Tehlu misericordioso, há alguma coisa que você não saiba?

– Andei estudando ylliche. Ou tentando. Ela tem seis mechas, em vez de quatro, mas é quase como um nó narrativo, não é?

– Quase? Ora, é muito mais que quase – exclamou Denna. Seus dedos repuxaram o pedaço de cordão azul na ponta da trança. – Os próprios yllianos mal conhecem o ylliche hoje em dia – disse entre dentes, claramente irritada.

– Eu não sou muito bom, só sei umas palavras.

– Nem os que sabem falar a língua dão importância aos nós – retrucou Denna, dirigindo-me uma olhadela furiosa de esguelha. – E eles são para ser lidos com os dedos, não com os olhos.

– Tive que aprender quase tudo vendo desenhos em livros – expliquei.

Denna finalmente desatou o cordão azul e começou a desfazer a trança, os dedos ágeis alisando-a de volta entre os outros fios de cabelo.

– Você não precisava ter feito isso. Eu gostava mais como estava antes.

– A ideia é justamente essa, não é? – Denna me olhou, levantando orgulhosamente o queixo e balançando o cabelo. – Pronto. O que você acha agora?

– Acho que tenho medo de lhe tecer outros elogios – respondi, sem saber exatamente o que fizera de errado.

O semblante dela se abrandou um pouco e a irritação desapareceu.

– É só que é embaraçoso. Nunca esperei que alguém pudesse lê-la. Como você se sentiria se alguém o visse usando uma tabuleta com os dizeres "Sou arrojado e lindo"?

Houve uma pausa. Antes que se tornasse incômoda, perguntei:

– Será que a estou retendo, atrapalhando algum compromisso premente?

– Apenas com o cavalheiro Strahota – respondeu Denna, com um gesto displicente para indicar o acompanhante que se retirara.

– Ele era do tipo premente? – indaguei, com um meio sorriso, arqueando uma sobrancelha.

– Todos os homens pressionam, mais ou menos – disse ela, com falso ar de severidade.

– Quer dizer que continuam seguindo o manual?

Denna assumiu uma expressão pesarosa e deu um suspiro.

– Antigamente, eu esperava que, com a idade, eles abandonassem o manual. Em vez disso, descobri que apenas viraram uma página. – Levantou a mão e exibiu um par de anéis. – Agora, em vez de rosas, eles dão ouro e, ao dá-lo, ficam subitamente ousados.

– Ao menos você é entediada por homens de posses – comentei, em tom consolador.

– Quem quer um homem possessivo? – assinalou Denna. – E não faz diferença se a riqueza é legítima ou obscura.

Pus a mão em seu braço, num gesto conciliador.

– Você deve perdoar esses homens de ideias mercenárias. Esses pobres homens ricos que, ao verem que não podem segurá-la, tentam comprar algo que sabem que não se pode comprar.

Denna aplaudiu, encantada.

– Um pedido de misericórdia para com os inimigos!

– Estou apenas assinalando que você própria não se acanha em dar presentes. Como eu mesmo sei muito bem.

Os olhos dela endureceram e Denna balançou a cabeça.

– Há uma grande diferença entre um presente graciosamente oferecido e um que pretende atar uma mulher a um homem.

– Isso é verdade – admiti. – O ouro é tão capaz de formar grilhões quanto o ferro. Mesmo assim, não se pode propriamente censurar um homem por ele ter a esperança de decorá-la.

– Longe disso – retrucou Denna, com um sorriso ao mesmo tempo irônico e cansado. – Muitas das sugestões deles são bastante indecorosas. E você? – perguntou, olhando para mim. – Você me prefere decorada ou indecorosa?

– Andei pensando nisso – respondi, com um sorriso misterioso, ciente de estar com seu anel guardado em segurança no meu quarto na Anker. Fingi examiná-la: – As duas coisas têm seus méritos, mas o ouro não é para você. Você é brilhante demais para ser polida.

Denna segurou meu braço e o apertou, dando-me um sorriso afetuoso.

– Ah, meu Kvothe, senti saudade de você. Metade da razão de eu ter voltado para este canto do mundo foi a esperança de reencontrá-lo. – Levantou-se e me estendeu a mão. – Ande, leve-me para longe disto tudo.

CAPÍTULO 148

Histórias de pedras

Na longa viagem de volta para Imre, Denna e eu conversamos sobre uma centena de miudezas. Ela me falou das cidades que visitara: Tinuë, Vartheret, Andenivan. Eu lhe falei do Ademre e lhe mostrei alguns sinais da linguagem das mãos.

Denna brincou comigo a respeito da minha fama crescente e eu lhe contei a verdade por trás das histórias. Contei-lhe sobre o desentendimento com o maer e ela ficou apropriadamente indignada por mim.

Mas houve muitas coisas que não discutimos. Nenhum de nós mencionou o modo como nos havíamos separado em Severen. Eu não soube se ela partira com raiva depois da nossa briga ou se achava que eu a havia abandonado. Todas as perguntas pareciam perigosas. Uma conversa desse tipo seria incômoda, na melhor das hipóteses. Na pior, talvez reacendesse nossa desavença anterior e isso era algo que eu queria desesperadamente evitar.

Denna estava carregando sua harpa, além de um grande baú de viagem. Calculei que houvesse concluído sua canção e que a vinha apresentando. Aborreceu-me a ideia de que a tocasse em Imre, onde inúmeros cantores e menestréis a ouviriam e a transportariam por todo o mundo.

Mesmo assim, não falei nada. Sabia que essa seria uma conversa difícil e precisava escolher bem o momento.

Também não mencionei seu mecenas, embora o que eu tinha ouvido do Cthaeh me obcecasse. Eu pensava naquilo sem parar. Chegava a ter pesadelos.

Feluriana foi outro assunto que não discutimos. Apesar de todas as piadas de Denna sobre eu salvar bandidos e matar virgens, em momento algum ela mencionou Feluriana. Devia ter ouvido a canção escrita por mim, já que esta era muito mais popular do que as outras histórias que ela parecia conhecer tão bem. Porém nunca a mencionou e eu não era tolo a ponto de trazer o assunto à baila.

Assim, enquanto viajávamos, houve muitas coisas não ditas. A tensão adensou-se no ar entre nós, conforme a estrada ia sacolejando sob as rodas da sege. Houve lacunas e interrupções na conversa, silêncios que se estendiam demais, silêncios que eram curtos, mas assustadoramente profundos.

Estávamos presos num desses silêncios quando finalmente chegamos a Imre. Deixei Denna na Cabeça de Javali, onde ela pretendia se hospedar. Ajudei-a a subir com o baú, mas o silêncio tornou-se ainda mais profundo no seu quarto. Assim, circulei às pressas pelo cômodo, dei um adeus afetuoso a Denna e fugi sem sequer beijar sua mão.

∽

Nessa noite, pensei em 10 mil coisas que poderia ter dito a ela. Fiquei deitado, acordado, olhando fixamente para o teto, sem conseguir dormir até as horas tardias e tenebrosas da madrugada.

Acordei cedo, ansioso e inquieto. Partilhei o desjejum com Simmon e Feila e fui para a aula de Simpatia Especializada, na qual Fenton me derrotou sem dificuldade em três duelos sucessivos, o que o deixou no primeiro lugar da turma, algo inédito desde a minha volta à Universidade.

Não tendo outras aulas, tomei banho e passei longos minutos examinando minhas roupas, até me decidir por uma camisa simples, com o colete verde que Feila dizia destacar meus olhos. Transformei minha *shaed* numa pelerine curta, mas resolvi não usá-la. Não quis que Denna pensasse em Feluriana quando eu a visitasse.

Por último, guardei o anel de Denna no bolso do colete e cruzei o rio, a caminho de Imre.

Ao chegar à Cabeça de Javali, mal tive chance de tocar na maçaneta, pois Denna abriu a porta e saiu para a rua, entregando-me uma cesta de almoço.

Não foi pequena a minha surpresa.

– Como você sabia...?

Ela usava um vestido azul-claro que a favorecia e abriu um sorriso cativante, trançando o braço no meu.

– Intuição feminina.

– Ah – respondi, tentando parecer traquejado. A proximidade dela chegava quase a doer; o calor de sua mão no meu braço e seu perfume, que misturava folhas verdes e o cheiro de aguaceiro de verão no ar. – Você também sabe para onde estamos indo?

– Apenas que você me levará até lá – respondeu ela. Ao falar, Denna se virou para mim e senti o calor do seu hálito em meu pescoço. – Deposito alegremente a minha confiança em você.

Virei o rosto para ela, pensando em dizer uma das coisas brilhantes em que tinha pensado na noite anterior. Mas, quando nossos olhos se cruzaram, as palavras se esvaíram de mim. Fiquei perdido em meu deslumbramento, nem sei dizer por quanto tempo. Durante um longo momento, fui todo dela...

Denna riu, arrancando-me de um devaneio que pode ter-se estendido por um instante ou um minuto. Fomos andando para fora da cidade, numa conversa descontraída, como se entre nós nunca tivesse havido nada além de luz de sol e ar de primavera.

Levei-a a um lugar que eu havia descoberto no começo da estação, um valezinho protegido por uma encosta arborizada. Junto a um monólito cinzento deitado no chão corria em meandros um regato e o sol brilhava sobre um campo de margaridas luminosas, de rosto espichado para o céu.

Quando chegamos à crista da colina antes do vale, Denna prendeu a respiração ao ver o tapete de margaridas estendido à sua frente.

– Esperei muito tempo para mostrar a essas flores como você é linda – falei.

Isso me rendeu um abraço entusiástico e um beijo que me queimou a bochecha. Os dois acabaram antes de eu saber que tinham começado. Confuso e sorridente, conduzi-a por entre as margaridas até o monólito junto ao regato.

Tirei os sapatos e as meias. Denna chutou longe os sapatos e amarrou a saia, correndo para o centro do riacho até ficar com água acima dos joelhos.

– Você já conhece o segredo das pedras? – perguntou-me, pondo a mão na água. A bainha de seu vestido mergulhou no riacho, mas ela não pareceu se preocupar.

– Que segredo?

Denna pegou no leito do regato uma pedra lisa e escura e a estendeu para mim.

– Venha ver.

Terminei de enrolar as calças e entrei na água. Ela segurava a pedra gotejante.

– Se você a segurar e ouvir o que ela diz...

Foi o que fez, fechando os olhos. Passou um bom momento parada, com o rosto voltado para cima, como uma flor.

Tive vontade de beijá-la, mas resisti.

Por fim, Denna abriu os olhos escuros, que sorriram para mim.

– Se você ouvir com atenção, ela lhe conta uma história.

– Que história ela lhe contou? – perguntei.

– Era uma vez um garoto que chegou perto da água. Esta é a história de uma garota que foi até a água com o garoto. Eles conversaram e o garoto atirou pedras, como se as atirasse para longe de si. A garota não tinha nenhuma pedra, por isso ele lhe deu algumas. Então ela se deu ao garoto e ele a atirou longe como se fosse uma pedra, sem pensar no tombo que ela levaria.

Fiquei calado por um instante, sem saber se ela havia terminado.

– Então essa é uma pedra triste?

Denna beijou a pedra e a deixou cair, vendo-a pousar na areia.

– Não, não é triste. Mas foi atirada uma vez. Conhece a sensação do movimento. Tem dificuldade de ficar parada, como faz a maioria das pedras. Aceita a oferta da água e se desloca de vez em quando. – Levantou os olhos para mim e me deu um sorriso franco. – Quando se movimenta, ela pensa no garoto.

Eu não soube o que entender da história, por isso, tentei mudar de assunto:

– Como você aprendeu a ouvir as pedras?

– Você ficaria admirado com o que se pode ouvir, se gastasse o tempo necessário para tanto. – Apontou para o leito do regato, recoberto de pedras. – Experimente. Nunca se sabe o que se pode ouvir.

Sem saber que jogo ela estava fazendo, procurei uma pedra ao redor, enrolei a manga da camisa e enfiei a mão na água.

– Escute-a – disse Denna, com ar sério.

Graças a meus estudos com Elodin, eu tinha grande tolerância ao ridículo. Aproximei a pedra do ouvido e fechei os olhos. Perguntei-me se devia fingir que estava ouvindo uma história.

E então, lá estava eu no fundo, molhado até os ossos e cuspindo água. Espadanei e me debati para me levantar, enquanto Denna se dobrava de rir, mal conseguindo ficar de pé.

Fui na sua direção, mas ela escapuliu com um gritinho que a fez rir ainda mais. Assim, parei de persegui-la e fingi que sacudia a água do rosto e dos braços.

– Desistiu tão fácil assim? – provocou-me. – Ficou tão encharcado, de repente?

Baixei a mão para a água.

– Eu tinha esperança de reencontrar minha pedra – respondi, fingindo procurá-la.

Denna riu, balançando a cabeça.

– Você não vai me atrair tão facilmente assim.

– Estou falando sério. Queria ouvir o fim da história.

– E que história era essa? – implicou, sem chegar mais perto.

– Era a história de uma garota que mexeu com um arcanista poderoso. Zombou e desdenhou dele. Riu dele, cheia de sarcasmo. Um dia ele a pegou num riacho e, em versos, aplacou seus medos. E então ela esqueceu de olhar para trás e tudo acabou em pranto.

Dei-lhe um sorriso e tirei a mão da água.

Denna virou-se a tempo de ser atingida pela onda. Foi só uma ondinha pela cintura, mas bastou para desequilibrá-la. Ela afundou num remoinho de saias, cabelos e bolhas.

Voltou à tona com cara de três dias de afogada.

– Isso não foi bonito! – esbravejou, indignada. – Não foi bonito!

– Discordo. Você é a ninfa mais linda que hoje espero ver ainda.

Ela me jogou água.

– Adule quanto quiser, a verdade Deus vai ver. Seu golpe foi traiçoeiro. Eu usei um truque honrado.

Nesse momento, ela tentou me derrubar, mas eu estava prevenido. Lutamos um pouco, até ficarmos prazerosamente arfantes. Só então percebi quanto ela estava perto. Como era adorável. Quão pouco a nossa roupa molhada parecia separar-nos.

Denna pareceu se dar conta disso ao mesmo tempo que eu e nos afastamos um pouco, subitamente tímidos. O vento soprou, lembrando-nos quanto estávamos molhados. Denna saltitou ligeira para a margem, tirou o vestido, sem um instante de hesitação, e o jogou em cima do monólito para secar. Por baixo, usava uma combinação branca, que se colou ao corpo quando ela voltou para a água. Deu-me um empurrão de brincadeira, ao passar por mim, e subiu num pedregulho preto e liso quase no centro do riacho, meio submerso.

Era uma pedra perfeita para tomar sol, de basalto liso, escura como os olhos de Denna. A alvura de sua pele e a combinação muito reveladora faziam com a rocha um contraste marcante, quase ofuscante de ver. Ela se deitou de costas, com o cabelo espalhado para secar. Os fios molhados formaram na pedra um desenho que soletrou o nome do vento. Denna fechou os olhos e inclinou o rosto para o sol. Nem a própria Feluriana poderia ter-se mostrado mais encantadora, mais perfeitamente à vontade.

Também me aproximei da margem e tirei a camisa e o colete ensopados. Tive de me conformar com as calças molhadas, já que não tinha mais nada para vestir.

– O que está dizendo a pedra? – perguntei, para preencher o silêncio, enquanto estendia a camisa ao lado do vestido dela no monólito.

Denna deslizou a mão pela superfície lisa da pedra e falou, sem abrir os olhos.

– Esta aqui está me dizendo como é viver na água sem ser peixe. – Espreguiçou-se feito um gato. – Traga a cesta para cá, sim?

Peguei-a e chapinhei até Denna, andando devagar para não levantar borrifos. Ela estava em perfeita imobilidade, como se dormisse. Mas, enquanto eu a observava, sua boca curvou-se num sorriso.

– Você é silencioso. Mas sinto o seu cheiro, parado aí.

– Não um cheiro ruim, espero.

Ela balançou de leve a cabeça, ainda sem abrir os olhos.

– Você cheira a flores secas. Como uma estranha especiaria aquecendo em fogo lento, quase pegando fogo.

– E também cheiro a água de rio, se posso dar um palpite.

Denna tornou a se espreguiçar e abriu um sorriso relaxado, exibindo a alvura perfeita dos dentes, o rosa perfeito dos lábios. Mudou ligeiramente de posição na pedra. Quase como se abrisse espaço para mim. Quase. Pensei em me juntar a ela. A pedra era grande o bastante para dois se nos dispuséssemos a deitar bem perto...

– Sim – disse Denna.

– Sim o quê?

– Sim para a sua pergunta – respondeu ela, inclinando o rosto para mim, com os olhos ainda fechados. – Você está quase me fazendo uma pergunta. – Ajeitou de leve sua posição na pedra. – A resposta é sim.

Como entender aquilo? O que eu deveria pedir? Um beijo? Mais? Quanto seria demais pedir? Aquilo era uma prova? Eu sabia que pedir demais só faria afastá-la.

– Eu estava pensando se você poderia chegar um pouquinho para lá – pedi, em tom gentil.

– Sim.

Ela tornou a se mexer, deixando mais espaço a seu lado. Então abriu os olhos, que se arregalaram ao me ver sem camisa, parado ali. Baixou-os e relaxou, ao ver minhas calças.

Ri, mas sua expressão de susto, de olhos arregalados, empurrou-me de volta para a cautela. Pus a cesta no lugar que tinha pensado em ocupar.

– Que ideia foi essa, milady?

Ela enrubesceu um pouco, sem graça.

– Não imaginei que você fosse do tipo que corre nu em pelo para levar o almoço a uma garota – disse. Encolheu de leve os ombros e olhou para a cesta e para mim. – Mas gosto de você desse jeito. Meu escravo de peito desnudo. – Tornou a fechar os olhos. – Sirva-me morangos.

Atendi-a com prazer e assim passamos a tarde.

∾

Fazia muito tempo que o almoço havia terminado e o sol nos secara. Pela primeira vez desde nossa briga em Severen, senti que as coisas estavam bem entre nós. Os silêncios já não nos rondavam como buracos na estrada. Eu sabia que seria só uma questão de esperar com paciência, até a tensão passar.

Com o lento extinguir-se da tarde, compreendi que era hora de trazer à baila o assunto que por tanto tempo eu mordera a língua para não mencionar. Vi o verde opaco de manchas roxas antigas nos braços de Denna e a marca remanescente de um lanho em suas costas. Havia uma cicatriz em sua perna, acima do joelho, tão recente que a vermelhidão transparecia no branco da combinação.

Eu só precisava indagar sobre eles. Se fizesse as perguntas com cuidado, ela admitiria que as marcas tinham sido deixadas por seu patrono. A partir daí, seria simples fazê-la afastar-se dele. Convencê-la de que ela merecia coisa melhor. De que, fosse o que fosse que ele lhe oferecia, não compensava esses maus-tratos.

E, pela primeira vez na vida, eu estava em condições de lhe oferecer uma saída. Com a linha de crédito de Alveron e meu trabalho na Ficiaria, o dinheiro nunca seria problema para mim. Pela primeira vez na vida, eu estava rico. Podia oferecer-lhe um modo de escapar...

– Que aconteceu com as suas costas? – perguntou Denna, baixinho, interrompendo o fluxo dos meus pensamentos. Continuava reclinada em sua pedra, na qual eu me encostava, com os pés na água.

– O quê? – perguntei, fazendo sem pensar uma meia-volta boba.

– Você é cheio de cicatrizes nas costas – disse ela em tom meigo. Senti o toque fresco de uma de suas mãos em minha pele aquecida pelo sol, descrevendo uma linha. – No começo, mal percebi que eram cicatrizes. São bonitas. – Desenhou outro traço nas minhas costas. – É como se uma criança gigante houvesse confundido você com um pedaço de papel e treinado caligrafia na sua pele, com uma pena de prata.

Ela retirou a mão e me virei para fitá-la.

– Onde você as arranjou? – perguntou-me.

– Criei uns problemas na Universidade – respondi, meio sem jeito.

– Eles o açoitaram? – perguntou Denna, incrédula.

– Duas vezes.

– E você continua lá? – indagou, como se ainda não conseguisse acreditar. – Depois de fazerem isso com você?

Dei de ombros.

– Há coisas piores que o açoite. Não há nenhum outro lugar onde eu possa aprender o que eles me ensinam. Quando quero uma coisa, é preciso mais que um pouquinho de sangue para...

Só então me dei conta do que dizia. Os professores me açoitavam. O mecenas dela a surrava. E ambos permanecíamos. Como eu poderia convencê-la de que a minha situação era diferente? Como poderia convencê-la a deixá-lo?

Denna me olhou com ar curioso, a cabeça inclinada de lado.

– O que acontece quando você quer algo?

Encolhi os ombros.

– Eu só estava dizendo que não sou fácil de enxotar.

– Ouvi isso a seu respeito – retrucou Denna, dirigindo-me um olhar entendido. – Uma porção de garotas de Imre diz que você não é fácil de afastar.

Ergueu o tronco, sentada na pedra, e começou a deslizar para a beira dela. Com o movimento, a combinação branca foi repuxada e começou a subir lentamente por suas pernas.

Eu já ia tecer um comentário sobre sua cicatriz, na esperança de ainda conseguir conduzir a conversa para o mecenas, quando reparei que Denna havia parado de se mexer e me observava, enquanto eu olhava fixamente para suas pernas descobertas.

– O que elas dizem, exatamente? – perguntei, mais para ter algo que falar do que por curiosidade.

Denna deu de ombros.

– Algumas acham que você está tentando dizimar a população feminina de Imre – respondeu, chegando mais perto da borda da pedra. O movimento da combinação foi perturbador.

– Dizimar implicaria uma em cada 10 – retruquei, tentando fazer piada da observação. – Isso é meio ambicioso, até para mim.

– Que tranquilizador. E para todas elas você leva... – Denna soltou um gritinho abafado, ao escorregar pelo lado da pedra. Conseguiu se segurar no instante em que eu estendia a mão para ajudá-la.

– Levo o quê?

– Rosas, seu bobo – respondeu de modo brusco. – Ou será que você já virou essa página?

– Quer que eu carregue você? – perguntei.

– Quero – disse ela. Mas, antes que eu pudesse alcançá-la, ela acabou de escorregar da pedra, fazendo a combinação subir até uma altura escandalosa antes de deslizar para o regato. A água subiu até seus joelhos, apenas umedecendo a bainha.

Voltamos chapinhando para o monólito e vestimos devagar nossa roupa já seca. Denna se alvoroçou com a bainha molhada da combinação.

– Eu podia ter carregado você, sabe disso – comentei em voz baixa.

Denna pôs o dorso da mão na testa e disse:

– Outras sete palavras, acho que vou desmaiar. – Abanou-se com a outra mão. – O que há de fazer uma mulher?

– Me amar.

Eu tinha pretendido dizê-lo no meu tom mais irreverente. Implicando com ela. Fazendo piada. Mas cometi o erro de fitar seus olhos ao falar. Eles me perturbaram e, quando as palavras saíram de minha boca, acabaram não soando nem um pouco como eu havia tencionado.

Por um segundo fugaz, Denna reteve meu olhar, com absorta meiguice. Em seguida, um sorriso tristonho curvou-lhe o canto da boca.

– Ah, não – disse. – Essa armadilha para mim, não. Não serei uma das muitas.

Cerrei os dentes, preso entre a confusão, o constrangimento e o medo. Eu me excedera na ousadia e tinha feito uma trapalhada geral, como sempre havia temido. Quando é que a conversa tinha conseguido escapar de mim?

– Perdão? – perguntei, feito um idiota.

– É bom mesmo pedir – retrucou Denna. Endireitou a roupa com gestos de uma rigidez atípica e passou as mãos pelo cabelo, prendendo-o numa trança grossa. Seus dedos foram tricotando as mechas e, por um segundo, consegui ler, com clareza cristalina: "Não fale comigo."

Eu podia ser tapado, mas até eu era capaz de ler um sinal tão óbvio. Fechei a boca, prendendo o que estava prestes a dizer.

Então Denna me viu fitando seu cabelo e tirou as mãos, acanhada, sem amarrar a trança. O cabelo logo se soltou e se espalhou por seus ombros. Ela levantou as mãos à frente do corpo e torceu nervosamente um dos anéis.

– Espere um minuto, eu quase esqueci – falei, enfiando a mão no bolso interno do colete. – Tenho um presente para você.

Denna olhou para minha mão estendida e sua boca formou uma linha fina.

– Você também? Para ser sincera, eu pensava que você fosse diferente.

– Espero que seja – respondi e abri a mão. Eu havia polido o anel e a luz do sol refletiu-se nas bordas da pedra azul-clara.

– Ah! – exclamou Denna, levando as mãos à boca, os olhos subitamente marejados. – É ele mesmo? – perguntou, estendendo as duas mãos para pegá-lo.

– É.

Ela o girou nas mãos, depois tirou um dos outros e enfiou o anel num dedo.

– É ele – disse, admirada, as lágrimas brotando. – Como foi que você...?

– Peguei-o com o Ambrose.

– Ah – murmurou Denna, deslocando o peso do corpo entre um pé e outro e senti o silêncio assomar novamente entre nós.

– Não foi grande problema. Só lamento ter demorado tanto – comentei.

– Não tenho palavras para lhe agradecer por isso.

Estendeu as mãos e segurou a minha entre as suas.

Seria de se supor que isso ajudasse. Que um presente e um aperto de mãos consertassem as coisas entre nós. Mas o silêncio tinha voltado, mais forte que antes. Tão denso que daria para espalhar no pão e comer. Há silêncios que nem mesmo as palavras conseguem repelir. E, embora Denna tocasse minha mão, não a estava segurando. Há um mundo de diferença entre as duas coisas.

Ela olhou para o céu.

– O tempo está virando. É melhor voltarmos antes que comece a chover.

Assenti com a cabeça e fomos embora. As nuvens cobriram de sombras a campina às nossas costas, ao nos afastarmos.

CAPÍTULO 149

Emaranhado

A taberna do Anker estava deserta, exceto por Simmon e Feila, sentados a uma mesa dos fundos. Fui até eles e me sentei de costas para a parede.

– E então? – perguntou Sim, enquanto eu arriava na cadeira. – Como foram as coisas ontem?

Ignorei a pergunta, sem a menor vontade de discutir o assunto.

– O que houve ontem? – perguntou Feila, curiosa.

– Ele passou o dia com Denna – esclareceu Simmon. – O dia *inteiro*.

Dei de ombros.

Simmon perdeu um pouco do seu jeito animado.

– Não foram muito bem? – perguntou, cautelosamente.

– Não muito.

Olhei para trás do balcão do bar, atraí a atenção de Laurel e fiz sinal para que ela me servisse o que houvesse na panela.

– Está interessado na opinião de uma dama? – perguntou Feila, com gentileza.

– Eu me contento com a sua.

Simmon soltou uma gargalhada e Feila fez uma careta.

– Mesmo assim, vou ajudá-lo. Conte tudo à tia Feila.

Assim, fiz-lhe um resumo do acontecido. Tentei pintar a situação da melhor maneira que pude, mas o cerne da coisa parecia desafiar as explicações. Parecia uma tolice, quando eu tentava colocá-lo em palavras.

– É só isso – concluí, depois de vários minutos me atrapalhando com o assunto. – Ou, pelo menos, para mim chega de falar nisso. Ela me confunde mais que qualquer outra coisa no mundo. – Fiquei futucando com o dedo uma lasca no tampo da mesa. – Detesto quando não entendo algo.

Laurel me trouxe pão quente e uma tigela de sopa de batata.

– Mais alguma coisa? – perguntou.

– Não, obrigado – respondi com um sorriso e depois observei seu traseiro quando ela voltou para o bar.

– Pois muito bem – disse Feila, com ar eficiente. – Vamos começar pelos seus pontos positivos. Você é sedutor, bonito e perfeitamente cortês com as mulheres.

Simmon riu.

– Não viu como ele acabou de olhar para Laurel? Ele é o devasso número um do mundo. Olha para mais mulheres do que eu conseguiria, se tivesse duas cabeças e o pescoço girando feito uma coruja.

– É verdade – admiti.

– Há olhares e *olhares* – disse Feila a Simmon. – Certos homens têm um olhar sujo.

Fazem a mulher ter vontade de tomar banho. Outros têm um olhar agradável, que nos ajuda a saber que somos bonitas. – Ela passou a mão no cabelo, distraída.

– Nem é preciso lembrar isso a você – retrucou Simmon.

– Toda mulher precisa ser lembrada. Mas com o Kvothe é diferente. Ele é muito sério nesse negócio. Quando olha para uma mulher, dá para perceber que concentra toda a atenção nela. – Feila riu da minha expressão constrangida. – Essa foi uma das coisas de que gostei em você quando nos conhecemos.

A expressão de Simmon toldou-se e procurei parecer o menos ameaçador possível.

– Mas, desde que você voltou, é uma coisa quase física – prosseguiu Feila. – Agora, quando você me olha, acontece alguma coisa por trás do seu olhar. Algo que é todo feito de frutas doces, sombras e luz de lamparinas. Uma coisa impetuosa, da qual as donzelas encantadas fogem sob um céu violeta. Na verdade, é uma coisa terrível. Eu gosto.

Ao dizer esta última frase, Feila se remexeu de leve na cadeira, com um brilho travesso no olhar.

Foi demais para Simmon. Ele afastou a cadeira da mesa e começou a se levantar, fazendo gestos desarticulados.

– Então, está ótimo... Eu vou só... Ótimo.

– Ah, docinho – disse Feila, pondo a mão em seu braço. – Fique calado. Não é nada disso.

– Não me mande ficar calado – rebateu ele, mas permaneceu na cadeira.

Feila afagou-lhe a nuca, passando a mão em seu cabelo.

– Não é nada com que você precise se preocupar – disse, rindo como se a ideia fosse ridícula. – Você me amarrou com mais força do que imagina. Mas isso não quer dizer que eu não possa gostar de um pouquinho de lisonja de vez em quando.

Simmon fechou a cara.

– Então, devo me enclausurar? – perguntou ela. A irritação insinuou-se em sua voz, trazendo consigo um levíssimo cantarolar do sotaque modegano. – Sabe como você se sente quando Moula fica flertando com você?

Simmon abriu a boca, dando a impressão de que queria empalidecer e corar ao mesmo tempo. Feila riu do seu espanto.

– Pelos deusinhos do céu, Sim! Você acha que eu sou cega? É uma gracinha e faz você se sentir bem. Que mal há nisso?

Houve uma pausa.

– Nenhum, imagino – disse Simmon por fim. Levantou a cabeça, deu-me um sorriso nervoso e afastou o cabelo dos olhos. – Só trate de nunca me olhar do jeito que ela falou, está bem? – Seu sorriso se alargou, tornando-se mais autêntico. – Não sei se eu saberia lidar com isso.

Retribuí o sorriso, sem pensar. Simmon sempre conseguia me fazer sorrir.

– Além disso – disse-lhe Feila –, você é perfeito do jeitinho que é. – Beijou-o na orelha, como que para selar a melhora do humor dele, e se virou de novo para mim.

– Por outro lado, não haveria dinheiro no mundo que você pudesse me pagar para eu me enroscar com você – disse, sem rodeios.

– O que quer dizer com isso? E quanto ao meu olhar, meu não sei quê obscuro de Encantado?

– Ah, você é fascinante. Mas uma garota quer mais que isso. Quer um homem dedicado a ela.

Meneei a cabeça.

– Eu me recuso a me atirar em cima dela como todos os outros homens que ela já conheceu. Denna detesta isso. Eu vi o que acontece.

– Já lhe ocorreu que talvez ela sinta a mesma coisa? – perguntou Feila. – Você tem certa reputação com as mulheres.

– Então, devo me enclausurar? – retruquei, repetindo o que ela dissera ao Simmon, embora saísse mais ríspido do que eu tinha pretendido. – Pelo corpo enegrecido de Deus! Já vi Denna nos braços de 10 dúzias de homens! De repente, é ofensivo para ela que eu leve outra mulher para assistir a uma peça?

Feila olhou-me com franqueza.

– Você tem feito mais que dar passeios de carruagem. As mulheres falam.

– Que maravilha. E o que elas dizem? – perguntei, em tom ressentido, baixando os olhos para minha sopa.

– Que você é cativante – respondeu ela, com naturalidade. – E educado. Que não deixa as mãos vagarem por toda parte, o que, aliás, parece ser uma fonte de frustração, em alguns casos – acrescentou, com um ligeiro sorriso.

Olhei-a, curioso.

– Quem?

Feila hesitou.

– Maradin – respondeu. – Mas não foi por mim que você soube.

– Ela não trocou nem 20 palavras comigo no jantar! – retruquei, balançando a cabeça. – E ficou decepcionada porque depois eu não passei a mão nela? Eu achei que ela me detestava.

– Estamos muito longe de Modeg – disse Feila. – As pessoas não são sensatas em matéria de sexo nesta parte do mundo. Algumas mulheres não sabem lidar com homens que não façam investidas atrevidas.

– Que ótimo. O que mais elas dizem?

– Nada de muito surpreendente. Embora você possa não ser voraz, com certeza também não é nenhum desafio lhe passar a perna. Você é generoso, espirituoso e... – Feila foi parando de falar, parecendo sem jeito.

– Continue – pedi.

Ela deu um sorriso e acrescentou:

– Distante.

Não foi o golpe esmagador que eu havia esperado.

– Distante?

– Às vezes, tudo que a gente quer é um jantar. Ou companhia. Ou uma conversa. Ou alguém que dê umas alisadas amistosas. Mas, principalmente, a mulher quer um homem que... – Ela franziu o cenho e recomeçou: – Quando se está com um homem... – Parou outra vez.

Inclinei-me para a frente.

– Diga o que você quer dizer.

Feila encolheu os ombros e desviou os olhos.

– Se nós estivéssemos juntos, eu ia esperar que você me deixasse. Não de imediato. Não por maldade nem baixeza. Mas eu ia saber que você me deixaria. Você não parece ser do tipo que fica com uma garota para sempre. Acabaria indo atrás de alguma coisa mais importante que eu.

Fiquei futucando um pedaço de batata da sopa, sem saber ao certo o que pensar.

– Tem que haver mais do que apenas dedicação – disse Simmon. – Kvothe seria capaz de virar o mundo de cabeça para baixo por essa garota. Você percebe isso, não é?

Feila me olhou demoradamente.

– Acho que sim – disse, baixinho.

– Se você percebe, a Denna deveria ser capaz de perceber – salientou Simmon, com sensatez.

Feila balançou a cabeça, discordando.

– Só é fácil perceber porque eu estou a uma distância suficiente.

– O amor é cego? – Simmon deu uma risada. – É *essa* a orientação que você tem a oferecer? – perguntou, revirando os olhos. – Ora, por favor!

– Eu nunca disse que estava apaixonado – interpus. – Nunca disse isso. Ela me deixa confuso e eu gosto dela. Mas não passa disso. Como poderia passar? Não a conheço o bastante para fazer nenhuma declaração de amor séria. Como posso amar uma pessoa que não entendo?

Os dois me olharam em silêncio por um momento. Então Simmon soltou a sua gargalhada de garoto, como se eu tivesse acabado de dizer a coisa mais ridícula que eles já tinham ouvido. Pegou a mão da Feila e deu um beijo direto no seu anel multifacetado de pedra.

– Você ganhou – disse-lhe. – O amor é cego, além de surdo-mudo. Nunca mais vou duvidar da sua sabedoria.

∞

Ainda me sentindo meio mal-humorado, saí à procura de Mestre Elodin e acabei o encontrando sentado embaixo de uma árvore, num jardinzinho perto do Magno.

– Kvothe! – disse ele, com um aceno preguiçoso da mão. – Venha. Sente-se. – Empurrou uma tigela com o pé na minha direção. – Coma umas uvas.

Peguei algumas. Frutas frescas não eram uma raridade para mim nos últimos tempos, mas, ainda assim, as uvas estavam esplêndidas, na beirinha de amadurecerem demais. Fiquei mastigando, pensativo, ainda com as ideias emaranhadas por causa de Denna.

– Mestre Elodin – perguntei, devagar –, o que o senhor pensaria de alguém que vivesse trocando o próprio nome?

– O quê? – Ele se empertigou de repente, com o olhar agitado, em pânico. – O que você fez?

Sua reação me assustou e eu levantei as mãos, numa postura defensiva.

– Nada! Não sou eu! É uma garota que conheço.

O rosto de Elodin ficou lívido.

– A Feila? – perguntou. – Ah, não. Não. Ela não faria uma coisa dessas. É inteligente demais para isso – disse, com ar de quem tentava desesperadamente se convencer.

– Não estou falando da Feila. Estou falando de uma moça que eu conheço. Toda vez que viro as costas, ela escolhe outro nome para usar.

– Ah – disse Elodin, relaxando. Tornou a se encostar na árvore, rindo baixinho. – Nomes de *chamar* – comentou, com alívio palpável. – Pelos ossos de Deus, menino, pensei... – Interrompeu-se, meneando a cabeça.

– Pensou o quê? – indaguei.

– Nada – respondeu ele, de um jeito displicente. – E então, que história é essa da garota?

Encolhi os ombros, já me arrependendo de ter abordado o assunto.

– Eu só estava pensando no que o senhor diria de uma moça que vive trocando de nome. Toda vez que eu me viro, ela escolhe um nome diferente. Dianah. Donna. Dyane.

– Presumo que não seja fugitiva, não é? – perguntou Elodin, sorrindo. – Perseguida. Fazendo o impossível para escapar da Lei Férrea de Atur. Esse tipo de coisa.

– Não que eu saiba – respondi, eu mesmo esboçando um sorriso.

– Poderia indicar que ela não sabe quem é. Ou sabe, mas não gosta – disse ele. Olhou para cima e esfregou o nariz, distraído. – Poderia indicar inquietação e insatisfação. Talvez signifique que ela é de natureza mutável e troca de nome para combinar com isso. Ou que ela muda de nome na esperança de que isso a ajude a ser uma pessoa diferente.

– Isso é um monte de coisa nenhuma – comentei, de mau humor. – É como dizer que o sujeito sabe que a sopa está quente ou fria. Que uma maçã está doce ou azeda. – Franzi o cenho. – É só um jeito complicado de dizer que não sabe nada.

– Você não me perguntou o que eu *sabia* dessa moça – assinalou ele. – Perguntou o que eu diria dessa moça.

Dei de ombros, cansado do assunto. Chupamos as uvas em silêncio, vendo os estudantes passarem para lá e para cá.

– Tornei a chamar o vento – falei, ao me dar conta de que não lhe contara. – Lá em Tarbean.

Elodin se interessou.

– É mesmo? – Virou-se para me olhar, com ar expectante. – Então conte-me. Todos os detalhes.

Elodin era tudo que se poderia desejar numa plateia, atento e entusiasmado. Relatei-lhe a história toda, sem economizar alguns floreios dramáticos. Ao terminar, descobri que meu humor havia melhorado muito.

– Já são três vezes neste período – comentou o mestre, com ar de aprovação. – Buscado e encontrado, quando você precisou dele. E não apenas uma brisa, mas um sopro. É muita sutileza – observou. Espiou-me pelo canto do olho, com um sorriso matreiro. – Em quanto tempo acha que vai poder fazer um anel de vento para você?

Levantei a mão esquerda, vazia, com os dedos afastados.

– Quem sabe se já não o estou usando?

Elodin rolou de rir, depois parou, ao ver que minha expressão não se alterava. Franziu um pouco o sobrolho ao me examinar com ar especulativo, os olhos correndo para minha mão, depois para meu rosto.

– Está brincando? – perguntou.

– É uma boa pergunta – declarei, encarando-o calmamente. – Estou?

CAPÍTULO 150

Insensatez

O PERÍODO LETIVO DA PRIMAVERA prosseguia. Ao contrário do que eu havia esperado, Denna não fez nenhuma apresentação pública em Imre. Em vez disso, seguiu para Anilen, no norte, uns dias depois.

Dessa vez, porém, ela foi especialmente à taberna do Anker para me dizer que estava de partida. Fiquei lisonjeado com isso e não pude deixar de sentir que era um sinal de que nem tudo estava destruído entre nós.

O reitor adoeceu ao final do período letivo. Embora não o conhecesse muito bem, eu gostava de Herma. Não só fora um professor de surpreendente tolerância, ao me dar aulas de ylliche, como ele tinha sido bondoso comigo na época em que eu era novo na Universidade. No entanto, não senti uma preocupação especial. Arwyl e a equipe da Iátrica sabiam fazer de tudo, exceto trazer as pessoas de volta do reino dos mortos.

Mas os dias se passaram e não veio nenhuma notícia da Iátrica. Os boatos diziam que Herma estava debilitado demais para se levantar da cama, atormentado por picos de febre que ameaçavam queimar seu poderoso cérebro de arcanista.

Quando ficou patente que nem tão cedo ele conseguiria retomar seus deveres como reitor, os professores se reuniram para decidir quem ocuparia o cargo. Talvez em caráter permanente, caso seu estado se agravasse.

E, para resumir uma história dolorosa, Hemme foi o escolhido. Passado o choque, foi fácil entender por quê. Kilvin, Arwyl e Lorren eram por demais atarefados para assumir obrigações adicionais. O mesmo se podia dizer de Mandrag e Dal, em grau um pouco menor. Restavam Elodin, Brandeur e Hemme.

Elodin não quis o cargo e, de modo geral, era tido como perturbado demais para exercê-lo. E Brandeur sempre seguia qualquer orientação soprada pela cabeça de Hemme.

Assim, Hemme foi nomeado reitor. Embora o fato me fosse irritante, teve pouca repercussão na minha vida cotidiana. A única precaução que tomei foi ter um cuidado extra até mesmo com a mais insignificante das leis da Universidade, sabendo que, se fosse levado ao chifre, agora o voto de Hemme pesaria em dobro contra mim.

∽

Ao se aproximarem os exames de admissão, Mestre Herma continuava debilitado e febril. Portanto, foi com um bolo de pavor amargo no estômago que me preparei para minha primeira entrevista de admissão com Hemme como reitor.

Passei pelas perguntas usando o mesmo artifício cuidadoso que havia adotado nos dois períodos anteriores: eu hesitava e cometia alguns erros, o que me rendia uma taxa escolar de cerca de 20 talentos. O bastante para ganhar algum dinheiro, mas não o suficiente para me envergonhar demais.

Hemme, como sempre, formulou perguntas dúbias ou enganosas, com o propósito de me derrubar, mas nisso não houve nada de novo. A única verdadeira diferença pareceu estar em que ele sorria muito. E não era um sorriso agradável.

Os professores fizeram sua conferência silenciosa de praxe. E então, Hemme leu o valor da minha taxa: 50 talentos. Aparentemente, o reitor tinha mais controle sobre essas coisas do que eu jamais soubera.

Obriguei-me a morder o lábio para não rir e armei no rosto uma expressão desolada, ao me dirigir ao porão do Cavus onde ficava o gabinete do tesoureiro. Os olhos de Rieme brilharam à visão da minha ficha com a taxa escolar. Ele desapareceu na sala dos fundos e voltou num minuto, com um envelope de papel grosso.

Agradeci-lhe e voltei ao meu quarto na Anker, o tempo todo mantendo a expressão de desalento. Assim que fechei a porta, rasguei o envelope pesado e despejei o conteúdo na palma da mão: dois reluzentes marcos de ouro, no valor de 10 talentos cada um.

E então, ri. Ri até chorar e ficar com dor na barriga. Em seguida, vesti minha melhor roupa e reuni meus amigos: Wilem e Simmon, Feila e Moula. Mandei um mensageiro a Imre com um convite para Devi e Threipe. Depois, aluguei uma carruagem com quatro cavalos para nos transportar a todos para Imre, cruzando o rio.

Paramos na Eólica. Denna não estava lá, mas peguei o Deoch no lugar dela e seguimos para o Armas do Rei, um estabelecimento cujos preços nenhum estudante de respeito jamais poderia bancar. O porteiro olhou com desdém para nosso grupo, como se pretendesse fazer alguma objeção, mas Threipe fechou-lhe sua melhor carranca de fidalgo e nos introduziu em segurança no local.

E assim começou uma noite de prazeroso desregramento como poucas vi desde então. Comemos e bebemos e eu paguei alegremente por tudo. A única água na mesa era a das tigelas para lavar as mãos. Em nossos copos houve vinhos vintasianos de safras antigas, scutten escuro, metheglin gelado e conhaque doce, e todos os brindes que erguemos foram à insensatez de Hemme.

CAPÍTULO 151

Trancas

Kvothe respirou fundo e meneou a cabeça para si mesmo.

– Vamos parar por aqui – falou. – Dinheiro no bolso pela primeira vez na vida. Cercado de amigos. É um bom ponto para encerrarmos a noite. – Esfregou as mãos, massageando distraidamente a esquerda com a direita. – Se formos muito adiante, as coisas voltarão a ficar sombrias.

O Cronista recolheu a pequena pilha de folhas concluídas, bateu-a na mesa, acertando os cantos, e pôs em cima a página ainda não terminada. Abriu a sacola de couro, tirou a luminosa coroa verde de azevinho e guardou os papéis. Depois, fechou a tampa do tinteiro e começou a desmontar e limpar as partes de sua pena.

Kvothe ficou de pé e se espreguiçou. Em seguida, recolheu os pratos e copos usados e os levou para a cozinha.

Bast apenas permaneceu sentado, com uma expressão vazia. Não se mexeu. Mal parecia respirar. Passados vários minutos, o Cronista começou a dar olhadelas de relance na sua direção.

Kvothe voltou para o salão e franziu o cenho.

– Bast – chamou.

O discípulo virou lentamente os olhos e fitou o homem atrás do balcão do bar.

– O velório de Shep ainda está acontecendo – disse-lhe Kvothe. – Hoje não há muita coisa para arrumar. Por que você não dá uma chegada lá e fica até o fim? Eles vão gostar da sua presença...

Bast pensou por um momento e balançou a cabeça.

– Acho que não, Reshi – disse, num tom monocórdio. – Não estou mesmo com disposição. – Levantou-se da cadeira e cruzou o salão em direção à escada, sem encarar nenhum dos dois. – Vou só me recolher.

Os sons duros de seus passos esmaeceram devagar ao longe, seguidos pelo de uma porta que se fechava.

O Cronista observou sua saída, depois virou-se para o homem ruivo atrás do balcão. Kvothe também fitava a escada, com olhar apreensivo.

– Foi só um dia difícil para ele – comentou, mais parecendo falar consigo mesmo que com seu hóspede. – Amanhã ele estará bem.

Enxugando as mãos, Kvothe contornou o balcão e foi até a porta da frente.

– Precisa de alguma coisa antes de se deitar? – perguntou.

O Cronista fez que não com a cabeça e começou a remontar a pena.

Kvothe trancou a porta de entrada com uma grande chave de bronze e se virou para o escriba:

– Vou deixá-la na fechadura, para o caso de você acordar cedo e ter vontade de dar uma caminhada ou algo assim. Nos últimos tempos, não tenho dormido muito – acrescentou, tocando a lateral do rosto, onde uma mancha roxa começava a despontar em sua mandíbula –, mas esta noite vou abrir uma exceção.

O Cronista assentiu com a cabeça e pendurou a sacola no ombro. Em seguida, pegou com delicadeza a coroa de azevinho e subiu a escada.

Sozinho no salão da taberna, Kvothe varreu metodicamente o chão, limpando bem todos os cantos. Terminou de lavar a louça, passou um pano molhado nas mesas e no balcão do bar e apagou todas as lamparinas, menos uma, o que deixou o aposento na penumbra e repleto de sombras bruxuleantes.

Por um momento, fitou as garrafas atrás do balcão do bar, depois deu meia-volta e subiu lentamente para o quarto.

∽

Bast entrou em seu quarto devagar e fechou a porta.

Cruzou a escuridão em silêncio e parou diante da lareira. Não restava nada além de borralho e cinzas do fogo daquela manhã. Abriu o lenheiro, mas só havia no fundo da caixa uma camada grossa de palhiço e lascas de madeira.

A luz tênue da janela cintilou em seus olhos escuros e desenhou o contorno de seu rosto, enquanto ele permanecia imóvel, como se tentasse decidir o que fazer. Após um momento, deixou cair a tampa da caixa de lenha, enrolou-se num cobertor e se enroscou num canapé diante da lareira apagada.

Passou um longo tempo ali sentado, de olhos abertos, no escuro.

Houve um leve bulício na parte externa da janela. Em seguida, nada. Depois, o som vago de um raspão. Bast virou-se e viu uma sombra escura do lado de fora, movendo-se na noite.

Ficou imóvel, depois se esgueirou furtivamente do canapé para o frontal da lareira, onde, ainda com os olhos na janela, deslizou as mãos com cuidado pelo console.

Ouviu outra raspadela na vidraça, dessa vez mais alta. Os olhos de Bast correram dela para o console da lareira, onde pegou alguma coisa com as duas mãos. Houve um tênue luzir de metal à luz fraca do luar quando ele se agachou, o corpo retesado como uma mola.

Durante um longo momento, nada aconteceu. Nenhum som. Nenhum movimento fora da janela nem na escuridão do quarto.

Toc-toc-toc-toc-toc. Foi um ruído leve, mas perfeitamente audível na quietude do cômodo. Fez-se uma pausa e o ruído recomeçou, nítido e insistente na vidraça: *toc-toc-toc-toc-toc-toc-toc.*

Bast deu um suspiro. Relaxou a tensão da postura agachada, foi até a janela, tirou a tranca móvel e abriu.

– A minha janela não tem tranca – disse o Cronista, com ar impaciente. – Por que a sua tem?

– Por razões óbvias – respondeu Bast.

– Posso entrar?

Bast deu de ombros e recuou para a lareira, enquanto o Cronista entrava desajeitadamente pela janela. O rapaz riscou um fósforo e acendeu uma lamparina numa mesa próxima, repondo com cuidado no console um par de facas compridas. Uma era estreita e afiada como um talo de grama, a outra, pontiaguda e graciosa como um espinho.

O Cronista olhou em volta quando a luz inundou o quarto. Era amplo, com um belo revestimento de madeira e tapetes felpudos. Dois canapés confortáveis posicionavam-se frente a frente diante da lareira e um canto do quarto era dominado por uma enorme cama de baldaquino com cortinas verde-escuro.

Havia estantes repletas de quadros, bibelôs e diversas miudezas. Cachos de cabelo presos com fitas. Apitos de madeira entalhada. Flores secas. Argolas de chifre, couro e grama trançada. Uma vela artesanal com folhas prensadas na cera.

E, como um óbvio acréscimo recente, galhos de azevinho decoravam partes do quarto. Uma guirlanda comprida corria pela cabeceira da cama, outra estava presa ao longo do console da lareira, entrançada nos cabos de um par de machadinhas ali penduradas, brilhantes e com a lâmina em formato de folha.

Bast tornou a se sentar diante da lareira fria e envolveu os ombros numa manta de retalhos, como se fosse um xale. Ela era um caos de tecidos mal combinados e com cores esmaecidas, exceto por um vívido coração vermelho, costurado bem no centro.

– Precisamos conversar – disse o Cronista, baixinho.

Bast deu de ombros, com um olhar turvo fixado na lareira.

O Cronista chegou mais perto.

– Preciso lhe perguntar...

– Você não tem que cochichar – interrompeu Bast, sem levantar a cabeça. – Estamos do outro lado da hospedaria. De vez em quando, recebo convidados. Isso costumava deixá-lo acordado, por isso me mudei para este lado do prédio. Há seis paredes sólidas entre meu quarto e o dele.

O Cronista sentou-se na beirada do outro canapé, de frente para Bast.

– Preciso fazer-lhe umas perguntas sobre umas coisas que você disse hoje. Sobre o Cthaeh.

– Não devemos falar do Cthaeh – retrucou Bast, em tom monocórdio e pesado. – Não é saudável.

– Então, sobre os sithes. Você disse que, se soubessem dessa história, eles matariam todas as pessoas envolvidas. É verdade?

Bast fez que sim, ainda fitando a lareira.

– Poriam fogo neste lugar e salgariam a terra, antes de ir embora.

O Cronista baixou os olhos, balançando a cabeça.

– Não entendo esse medo que você tem do Cthaeh.

– Bem, as evidências indicam que você não é dotado de uma inteligência brilhante.

O Cronista franziu o sobrolho e esperou, paciente.

Bast deu um suspiro e, por fim, desviou os olhos da lareira.

– Pense. O Cthaeh sabe tudo o que você fará em qualquer ocasião. Tudo que você dirá...

– Isso faz dele um interlocutor irritante – interrompeu o Cronista –, mas não...

A expressão de Bast enfureceu-se de repente.

– *Dyen vehat. Enfeun vehat tyloren tes!* – vociferou, quase incoerente. Trêmulo, abria e cerrava os punhos.

O escriba empalideceu ante o veneno na voz do rapaz, mas não se amedrontou.

– Você não está com raiva de mim – disse, em tom calmo, fitando Bast nos olhos. – Está apenas com raiva e por acaso eu estou perto.

Bast lançou-lhe um olhar furioso, mas não disse nada.

O Cronista inclinou-se para a frente.

– Estou tentando ajudar. Você sabe disso, não é?

Bast assentiu com a cabeça, carrancudo.

– Isso significa que preciso entender o que está acontecendo.

O outro deu de ombros. A súbita explosão de raiva tinha-se esgotado, deixando-o inerme outra vez.

– Kvothe parece acreditar no que você diz sobre o Cthaeh – falou o escriba.

– Ele conhece as reviravoltas ocultas do mundo. E o que escapa à sua compreensão ele capta depressa. – Os dedos de Bast remexeram a esmo nas bordas da manta. – E confia em mim.

– Mas isso não lhe parece artificial? O Cthaeh dá uma flor a um garoto, uma coisa leva a outra e, de repente, eclode uma guerra. – Fez um gesto de desdém. – As coisas não funcionam assim. É coincidência de mais.

– Não é coincidência – retrucou Bast, com um suspiro curto. – É fatal um cego tropeçar num cômodo atulhado. Você não. Você usa os seus olhos e escolhe o caminho mais fácil. Para você, é perfeitamente claro. O Cthaeh enxerga o futuro. Todos os futuros. Nós temos que tatear, atrapalhados. Ele não. Ele apenas olha e escolhe o caminho mais desastroso. É a pedra que desencadeia a avalanche. É a tosse que inicia a peste.

– Mas, se você sabe que ele está tentando guiá-lo, é só fazer outra coisa. Ele lhe dá a flor e você a vende, só isso.

Bast balançou a cabeça.

– O Cthaeh saberia. Você não tem como adivinhar o que está na cabeça de uma coisa que conhece o seu futuro. Digamos que você venda a flor ao príncipe. Ele a usa para curar a noiva. Um ano depois, ela o apanha na cama com a arrumadeira, suicida-se de vergonha e seu pai lança um ataque para vingar a honra da filha. – Bast abriu as mãos, num gesto de desamparo. – Você continua tendo uma guerra civil.

– Mas o rapaz que vendeu a flor fica em segurança.

– Provavelmente, não – respondeu Bast, sinistro. – O mais certo é que ele fique bêbado de cair, pegue varíola e, mais tarde, derrube uma lâmpada e ponha fogo em metade da cidade.

– Você só está inventando coisas para provar que tem razão. Na verdade, não está provando nada.

– Por que eu precisaria lhe provar alguma coisa? Por que eu me incomodaria com o que você pensa? Fique feliz em sua ignoranciazinha tola. Estou-lhe fazendo um favor ao não lhe contar a verdade.

– Que verdade? – indagou o Cronista, claramente irritado.

Bast deu um suspiro cansado e o fitou, com uma expressão profundamente desprovida de qualquer esperança.

– Eu preferiria lutar com o próprio Haliax. Preferiria enfrentar todo o Chandriano, de uma vez só, a trocar 10 palavras com o Cthaeh.

Isso fez o Cronista pensar.

– Eles o matariam – comentou o escriba, mas algo em sua voz transformou a observação numa pergunta.

– É – disse Bast. – Mesmo assim.

O Cronista encarou o homem de cabelo escuro sentado diante dele, embrulhado numa manta de retalhos.

– Histórias fantasiosas ensinaram você a ter medo do Cthaeh – disse, num tom claramente enojado. – E esse medo o está deixando burro.

Bast deu de ombros, enquanto seu olhar vazio tornava a vagar para o fogo inexistente.

– Você está me chateando, varãozinho.

O Cronista se levantou, deu um passo à frente e esbofeteou com força o rosto de Bast.

A cabeça dele rodou para o lado e, por um instante, o rapaz pareceu chocado demais para se mexer. Em seguida, levantou-se num borrão de movimento, a manta voando de seus ombros. Agarrou o Cronista com força pelo pescoço, com os dentes arreganhados, os olhos de um azul-escuro sombrio.

O Cronista o encarou sem pestanejar e disse, calmamente:

– O Cthaeh desencadeou tudo isto. Sabia que você ia me atacar e coisas terríveis vão acontecer por causa disto.

A expressão furiosa de Bast cristalizou-se e seus olhos se arregalaram. A tensão deixou seus ombros e ele soltou o pescoço do Cronista. Começou a afundar de novo nas almofadas do canapé.

O Cronista recuou o braço e voltou a esbofeteá-lo. O som foi, no mínimo, ainda mais alto que antes.

Bast tornou a arreganhar os dentes, mas parou. Seus olhos correram para o Cronista, depois se desviaram.

– O Cthaeh sabe que você o teme – disse o escriba. – Sabe que eu usaria esse conhecimento contra você. Ele continua a manipulá-lo. Se você não me atacar, coisas terríveis vão acontecer.

Bast ficou como que paralisado, aprisionado a meio caminho entre levantar e sentar.

– Está me ouvindo? – perguntou o Cronista. – Será que você finalmente acordou?

O rapaz o olhou com uma expressão de admiração confusa. Uma viva marca vermelha despontava em sua face. Ele meneou a cabeça e, devagar, afundou no canapé.

O Cronista tornou a levar o braço para trás.

– O que vai fazer se eu lhe der outra bofetada?

– Vou lhe dar uma surra de lhe arrancar 10 cores diferentes de tripas – respondeu Bast, em tom compenetrado.

O Cronista meneou a cabeça e voltou para seu canapé:

– A bem da discussão, vou admitir que o Cthaeh conheça o futuro. Isso significa que ele pode controlar muitas coisas. Mas não tudo – acrescentou, levantando um dedo. – A fruta que você comeu hoje ainda teve um gosto doce na boca, não foi?

Bast assentiu, devagar.

– Se o Cthaeh fosse tão perverso quanto você diz, ele o feriria de todas as maneiras possíveis. Mas não pode. Não pôde impedi-lo de fazer o seu Reshi rir, hoje de manhã. Não pôde impedi-lo de sentir o prazer do sol batendo no rosto nem de beijar as faces rosadas das filhas dos lavradores, não é?

Um esboço de sorriso cruzou o rosto de Bast.

– Eu beijei mais que isso.

– É o que estou querendo dizer – retrucou o escriba, em tom firme. – Ele não pode envenenar tudo que fazemos.

Bast assumiu um ar pensativo e deu um suspiro.

– De certo modo, você tem razão – admitiu. – Mas só um idiota fica sentado numa casa em chamas e acha que está tudo bem, porque as frutas continuam doces.

O Cronista fez questão de correr os olhos pelo quarto.

– Não me parece que a hospedaria esteja pegando fogo.

Bast dirigiu-lhe um olhar incrédulo.

– O mundo inteiro está pegando fogo. Abra os olhos.

O escriba franziu o cenho.

– Mesmo que ignoremos todo o resto – disse, prosseguindo com ímpeto –, Feluriana o deixou ir embora. Sabia que ele tinha falado com o Cthaeh e com certeza não o teria soltado no mundo se não tivesse algum modo de protegê-lo da influência dele.

Os olhos de Bast se iluminaram com essa ideia, mas o brilho esmaeceu quase de imediato e ele balançou a cabeça.

– Você está procurando águas profundas num riacho raso.

– Não entendi – insistiu o Cronista. – Que razão ela teria para deixá-lo partir se ele fosse realmente perigoso?

– Razão? – repetiu Bast, com um tom amargo de diversão a lhe colorir a voz. – *Razão* nenhuma. Ela não tem nada a ver com razão. Deixou-o partir porque isso era bom para seu orgulho. Queria que ele saísse pelo mundo dos mortais a lhe cantar louvores. Contar histórias sobre ela. Arder de saudade dela. Foi por isso que o deixou partir – acrescentou, com um suspiro. – Eu já lhe disse. O meu povo não é famoso pelas decisões acertadas.

– Talvez. Ou talvez ela tenha simplesmente reconhecido a inutilidade de tentar adivinhar o pensamento do Cthaeh. – Fez um gesto sereno. – Se tudo que você vai fazer estará errado, você pode muito bem fazer o que quiser.

Bast passou um longo momento em silêncio. Em seguida, meneou a cabeça, a princípio de leve, depois com um gesto mais firme.

– Você tem razão. Se, de qualquer jeito, tudo vai acabar em lágrimas, eu devo fazer o que quiser.

Correu os olhos pelo quarto e se levantou de repente. Após um instante de busca, achou uma capa grossa amarfanhada no chão. Deu-lhe uma vigorosa sacudida, colocou-a nas costas e foi para a janela. Parou, voltou ao canapé e remexeu nas almofadas, até achar uma garrafa de vinho.

O Cronista pareceu intrigado.

– O que está fazendo? Vai voltar para o velório do Shep?

Bast fez uma pausa a caminho da janela, com ar quase surpreso por ver o Cronista ainda parado ali.

– Vou cuidar da minha vida – respondeu, enfiando a garrafa embaixo do braço. Abriu a janela e passou um pé para o lado de fora. – Não me espere acordado.

∽

Kvothe entrou em seu quarto com passos ligeiros e fechou a porta.

Moveu-se para lá e para cá, atarefado. Limpou as cinzas frias da lareira e pôs lenha nova em seu lugar, dando vida ao fogo com um fósforo vermelho e gordo de enxofre. Pegou um segundo cobertor e o estendeu sobre a cama estreita. Com o cenho levemente franzido, pegou o pedaço de papel amassado que caíra no chão e o repôs na escrivaninha, onde ele ficou ao lado das outras duas folhas amarrotadas.

Depois, quase com relutância, foi até os pés da cama. Respirou fundo, esfregou as mãos nas calças e se ajoelhou diante do baú escuro. Apoiou as duas mãos no tampo recurvado e fechou os olhos, como se procurasse ouvir algo. Seus ombros se mexeram, conforme ele puxou a tampa.

Nada aconteceu. Kvothe abriu os olhos, a boca transformada numa linha severa. Suas mãos tornaram a se mover, puxando com mais força e se esfalfaram por um bom momento, até que ele desistiu.

Com o rosto inexpressivo, ele se levantou e foi até a janela que dava para o bosque nos fundos da hospedaria. Abriu-a e se inclinou para fora, estendendo as duas mãos para baixo, depois recuou para dentro do quarto, segurando uma caixa estreita de madeira.

Sacudiu uma camada de poeira e teias de aranha e abriu a caixa. Dentro dela havia uma chave de ferro preto e uma reluzente chave de cobre. Kvothe tornou a se ajoelhar diante do baú e encaixou a chave de cobre na fechadura de ferro. Girou-a com lenta precisão, esquerda, direita, esquerda de novo, escutando atentamente os vagos cliques de algum mecanismo no interior do baú.

Em seguida, pegou a chave de ferro e a introduziu na fechadura de cobre. Essa ele não girou. Deslizou-a bem fundo na fechadura, puxou-a para fora até a metade, tornou a empurrá-la para dentro e a tirou, com um movimento rápido e suave.

Depois de repor as chaves em sua caixa, tornou a posicionar as mãos nas laterais do baú, na mesma posição de antes.

– Abra – disse entre dentes. Abra, desgraçado. Edro.

Puxou, retesando os ombros e as costas com o esforço.

A tampa do baú não se mexeu. Kvothe deu um longo suspiro e inclinou o corpo para a frente, até encostar a testa na madeira fria e escura. Enquanto o ar lhe deixava o peito, seus ombros arriaram, o que o fez parecer pequeno e ferido, terrivelmente cansado e mais velho do que era.

Mas sua expressão não manifestou surpresa nem pesar. Foi de mera resignação. Foi a expressão do homem que finalmente recebe a má notícia que já sabia estar a caminho.

CAPÍTULO 152

Sabugueiro

Era uma noite ruim para se ficar ao ar livre.

As nuvens tinham chegado tarde, como um lençol cinzento que se estendesse sobre o céu. O vento soprava em lufadas gélidas, combinadas com uma chuva intermitente, cujas pancadas martelavam com força e depois amainavam numa garoa.

A despeito disso tudo, os dois soldados acampados num matagal próximo à estrada pareciam se divertir. Tinham achado o estoque de madeira de um lenhador e feito uma fogueira tão alta e quente que as rajadas ocasionais de chuva causavam nela pouco mais que estalidos e chiados.

Os dois falavam alto, soltando os zurros de riso de quem está bêbado demais para se incomodar com o mau tempo.

Um terceiro homem acabou emergindo da escuridão do bosque, passando com delicadeza por cima de um tronco de árvore caído. Estava molhado, embora não encharcado, com o cabelo grudado na cabeça. Ao vê-lo, os soldados ergueram suas garrafas e gritaram uma saudação entusiasmada.

– A gente não sabia se você ia conseguir – disse o soldado louro. – Está uma merda de noite. Mas é justo você receber o seu terço.

– Você está todo molhado – comentou o barbudo, erguendo uma garrafa estreita e amarela. – Mama isto aqui. É um troço de fruta, mas escoiceia feito um pônei.

– O seu é um mijo de garotinha – disse o louro, erguendo sua própria garrafa. – Toma. Isto aqui é que é bebida de homem.

O terceiro olhou para um e outro, como se não conseguisse decidir. Por fim, levantou um dedo, apontou para uma garrafa e a outra e começou a cantarolar:

Bordo. Festa de maio.
Olhar de soslaio.
Brasa e fogueira.
Sabugueiro.

Parou apontando para a garrafa amarela, que segurou pelo gargalo e levou à boca. Tomou uma golada comprida e lenta, a garganta trabalhando em silêncio.

– Ei! – exclamou o soldado barbudo. – Deixa um pouquinho!

Bast baixou a garrafa e passou a língua nos lábios. Deu uma risadinha seca e sem humor.

– Você pegou a garrafa certa – declarou. – É sabugueiro.

– Você não tá nem de longe tão tagarela que nem hoje de manhã – disse o soldado louro, inclinando a cabeça de lado. – Tá com cara de que mataram seu cachorro. Está tudo bem?

– Não – respondeu Bast. – Não está nada bem.

– Não foi culpa da gente se ele descobriu – apressou-se a dizer o louro. – A gente esperou um pouco depois de você sair, como você mandou. Mas já fazia horas que a gente tava esperando. Achamos que você não ia sair nunca mais.

– Diabos! – praguejou o barbudo, irritado. – Ele sabe? Tocou você pra fora?

Bast balançou a cabeça e tornou a emborcar a garrafa.

– Então, você não tem nada que reclamar – disse o soldado louro, esfregando o lado da cabeça e amarrando a cara. – O idiota sacana me acertou uns dois socos.

– Ele levou o troco com sobra – riu-se o soldado barbudo, passando o polegar pelos nós dos dedos. – Amanhã vai mijar sangue.

– Então acabou tudo bem – disse o louro, com ar filosófico, dando umas guinadas instáveis ao balançar a garrafa, com certo exagero dramático. – Você ralou os punhos. Eu arrumei um trago de um troço que é uma delícia. E nós todos ganhamos uns bons trocados. Está todo mundo feliz. Todo mundo conseguiu o que mais queria.

– Eu não consegui o que queria – discordou Bast, em tom categórico.

– Ainda não – disse o soldado barbudo, metendo a mão no bolso e tirando um saquinho que fez um tinido pesado, quando ele o balançou na palma da mão. – Arruma aí um pedaço de fogueira que a gente divide isto.

Bast correu os olhos pelo círculo de luz da fogueira, sem fazer qualquer movimento para se sentar. Recomeçou a cantarolar, apontando para as coisas ao acaso: uma pedra próxima, uma tora, uma machadinha...

Alqueive e bacorinhos.
Carvalho e cinzas no pé.
Espera e dinheirinho.
Fumaça de chaminé.

Parou apontando para a fogueira. Chegou mais perto, agachou-se e puxou um galho mais comprido que seu braço. A outra ponta era um nó sólido de brasa incandescente.

– Raios, você tá mais bêbado que eu – disse o barbudo, com uma risada. – Não foi isso que eu quis dizer quando mandei você arrumar um pedaço de fogueira.

O soldado louro rolou de rir.

Bast baixou os olhos para os dois homens. Após um momento, começou a rir também. Foi um som terrível, entrecortado e sem alegria. Não era uma risada humana.

– Ei! – interrompeu o barbudo em tom ríspido, já sem a expressão de quem achava graça. – O que há com você?

Recomeçou a chover e uma rajada de vento salpicou gotas grossas no rosto de Bast. Seus olhos estavam escuros e atentos. Veio outra lufada, que fez a ponta do galho emitir um brilhante clarão laranja.

A brasa descreveu um arco radioso no ar quando Bast começou a apontá-la para lá e para cá entre os dois homens, cantarolando:

Barril. Cevada.
Pedra e bastão.
Vento e aguada.
Força na mão.

Parou com o galho incandescente apontado para o homem barbudo. Tinha os dentes vermelhos à luz do fogo. Sua expressão em nada lembrava um sorriso.

EPÍLOGO
Um silêncio em três partes

Noite outra vez. A Pousada Marco do Percurso estava em silêncio, e era um silêncio em três partes.

A parte mais óbvia era uma quietude oca e repleta de ecos, feita das coisas que faltavam. Se houvesse uma chuva contínua, ela poderia tamborilar no telhado, escorrer pelo beiral e lavar lentamente o silêncio, carregando-o para o mar. Se houvesse amantes nas camas da pousada, eles dariam suspiros e gemidos e fariam o silêncio fugir de vergonha. Se houvesse música... mas não, é claro que não havia música. Na verdade, não havia nenhuma dessas coisas, por isso o silêncio persistia.

Fora da Marco do Percurso, um barulho de festança distante soprava de leve por entre as árvores. Um trinar de rabeca. Vozes. Botas marcando o compasso, palmas. Porém o som era mais fino que um fio de linha e uma guinada do vento o rompeu, deixando somente o farfalhar das folhas e algo que quase lembrava o pio longínquo de uma coruja. Este também se extinguiu, sem deixar nada além do segundo silêncio, que esperava como uma respiração interminavelmente presa.

O terceiro silêncio não era fácil de se notar. Se você o escutasse por uma hora, talvez começasse a senti-lo no metal frio de uma dúzia de fechaduras bem trancadas, para repelir a noite. Ele estava nos toscos canecos de barro em que se servia a sidra e nos espaços ocos da taberna onde deveria haver cadeiras e mesas. Estava na contundência das manchas roxas que despontavam num corpo e nas mãos do homem que portava os ferimentos, em sua rigidez ao levantar da cama, cerrando os dentes contra a dor.

O homem tinha cabelos de um ruivo verdadeiro, vermelhos como a chama. Seus olhos eram escuros e distantes e ele se movia com a segurança sutil de um ladrão na madrugada. Desceu para o salão. Lá, atrás das venezianas bem fechadas, ergueu as mãos como um dançarino, deslocou o peso do corpo e, lentamente, deu um único passo perfeito.

Dele era a Pousada Marco do Percurso, como dele era também o terceiro silêncio. Era apropriado que assim fosse, pois esse era o maior silêncio dos três, agasalhando os outros em seu interior. Era profundo e amplo, como o fim do outono. Pesado como um pedregulho alisado pelo rio. Era o som paciente de flor colhida do homem que espera a morte.